疯狂的罗兰

启真馆 出品

文艺复兴译丛

疯狂的罗兰

上

〔意〕卢多维科·阿里奥斯托 著

王 军 译

ZHEJIANG UNIVERSITY PRESS
浙江大学出版社

译者序

　　初次与《疯狂的罗兰》会面已经是 30 多年前的事了，当时我正在意大利罗马智慧大学文学院进修。虽然我尚不能完全理解这部文艺复兴时期的代表作，阅读时似懂非懂，但它所讲述的精彩故事却已经深深地吸引着我。

　　20 年前，我萌生了翻译这部巨著的想法，曾就翻译策略做过一系列的试验，但终因种种原因未能正式动笔。五六年前，我终于下定决心，开始全力以赴地投入到翻译工作之中，除了上课和参加必要的会议之外，几乎把所有的时间都用在了这项工作上，经常是一天工作十余小时。起初，翻译工作进展得很慢；深刻理解意大利诗歌语言并不容易，更何况是 500 多年前的诗歌语言，而且还要照顾译文的准确、优美和诗句的字数、节奏、脚韵，因而每天只能翻译三四段；后来则越来越熟练，也越来越着迷，翻译的速度大大加快，每天可以翻译十余段，甚至最多一天能够翻译二十段。

　　现在这项工作终于结束了，我虽然卸下了一副沉重的担子，却也有一种失落感，交稿时好像丢失了什么东西：再也不能阅读和修改译稿，似乎它已不属于我，而成为出版社和未来读者的财产。就像是孩子已长大成人，现在必须离开我，走向社会，接受社会的检验。我现在的唯一希望是我精心培育的这个"孩子"能够令读者喜欢，受到读者的欢迎，为社会做出他微薄的贡献。同时我也深感诚惶诚恐：作品的内容如此丰富，思想如此深刻，篇幅如此浩瀚，我的水平又十分有限，难免顾此失彼，出现这样或那样的翻译错误。在此，敬请读者指正。

这部《疯狂的罗兰》是根据都灵 Einaudi 出版社 1992 年出版的意大利文版翻译而成的，该版本是目前意大利最流行的版本；但愿我的翻译能够准确地体现作者的创作思想和风格，从而使我国的读者能够更好地理解意大利的文艺复兴和人文主义精神。

《疯狂的罗兰》是一部充满文化信息的长篇史诗，作品中有许多历史、地理、希腊—罗马神话、西方古典文学和哲学的知识，为了帮助读者更好地理解作品，我在史诗正文中加入了大量的注释，并在正文前面加入了篇幅较长的"作品导读"。因史诗篇幅浩瀚，繁忙的读者很难一口气连续读完全部作品，为方便读者记住作品的内容，我在每一歌之首加入了四句诗，这四句诗不仅作为该歌的标题，也概括了该歌的内容；此外，我还在每一歌正文的前面加入了一小段内容简介。

如果说小说的翻译不易，那么诗歌的翻译就更难，翻译篇幅浩瀚的史诗更是难上加难。

这是因为诗歌的内容比小说更浓缩，语言更具有概括性，使人更觉得：只能意会，不可言传。此外，诗歌对艺术形式具有严格的要求，因而人们也必然会苛求诗歌译文具有相应的艺术形式。

纵观我国对外国史诗的翻译，无非有下面几种方法：译成散文体，译成自由体诗歌，模仿中国古代诗歌格律进行翻译，模仿西方诗歌格律进行翻译。

我不赞同把诗歌作品翻译成散文体，主要有两个原因：首先，此种翻译使译文彻底抛弃了原文的艺术形式，读者已丝毫无法体会原文的文学形式美；其次，诗歌的语言与散文体作品的语言截然不同，诗歌语言一般点到为止，给读者留有较大的联想空间，没有细腻的描述和铺陈，如果用散文体翻译诗歌，语言势必会显得过于干瘪和枯燥。

我主张采用与原文相近的文学形式翻译诗歌，如果原文是现代的自由体诗歌，我们便可以用自由体诗歌形式进行翻译；如果原文是传统的格律诗，我们便应该用格律诗歌形式进行翻译。《疯狂的罗兰》是一部意大利格律体史诗，因而我主张将其译成格律诗。

有人会说，用散文体翻译诗歌，能够更准确地译出原文内容。我认为未必如此。正如黄国彬先生所说的那样，"译格律诗而放弃格律，等于未打仗就自动放弃大幅疆土；而放弃了大幅疆土后，所余的疆土未必会因这样的'自动放弃'、'自动退守'而保得更稳"[1]。

　　有人又会说，上述自由体诗歌翻译的建议可以接受，因为原文不讲究格律，译者也可以相对自由地展示其艺术风格。而对格律诗翻译的建议则难以令人接受，中文和意大利文之间相差甚远，中意两国传统诗歌的格律也截然不同，如果模仿意大利的诗歌格律，中国读者并不一定能够感受到译文的韵律和音乐节奏美；因为他们没有此类韵律和节奏感的传统，中国文化培养出来的审美感受与外国诗歌的韵律和节奏感并不相符；如果用中国传统的格律诗体翻译意大利诗歌，就已经是对原文艺术形式的背叛。我承认这是一种背叛，在某种意义上，翻译就是背叛，译者的努力只是为了尽量少地背叛原文；然而，这种翻译并不是对原文形式的彻底背叛；译成散文体才是彻底的背叛，因为译文已经不再是诗歌了；与散文体译文相比，格律诗体译文背叛的程度较轻。古语云："两害相权取其轻"，因而用格律诗体翻译《疯狂的罗兰》是我的必然选择。当然，用格律诗体翻译这部意大利文艺复兴的代表作会增加工作的难度，但是再难我们也要努力尝试，文学翻译本来就是一种令人勉为其难的工作。

　　确定了用格律诗体翻译《疯狂的罗兰》之后，下一步就是要选定较合适的格律了，即选择一个既能被我国读者欣然接受又能使我们尽可能少背叛原文艺术形式的格律。

　　意大利传统诗歌的格律种类很多，它们可以按照音节的数量分类，如 3、4、5、6、7、8、9、10、11、双 5、双 6、双 7 音节诗，其中以11 音节诗最为常见；也可以按照每段的诗句数量分类，如两行、三行、四行、六行、八行、十四行和自由体诗，其中十四行诗体为比较常见的抒情诗形式，八行诗体为最常见的叙事诗形式。

　　十四行诗和八行诗均为 11 音节诗。然而，11 音节诗中也有部分诗

---

[1]　见但丁·阿利吉耶里，《神曲·地狱篇》，黄国彬译注，北京：外语教学与研究出
　　版社，2010 年，第 32 页。

句由 10 个音节或 12 个音节组成，因为所谓的 11 音节诗，指的是诗句的关键重音（即最后一个重音）落在第 10 个音节上的诗句，由于意大利语绝大部分词汇的重音落在倒数第二个音节上，因而 11 音节诗的绝大部分诗句为 11 个音节，它也由此而得名；如果诗句中最后一个词汇的重音落在倒数第一个音节上，该诗句便只有 10 个音节，如果落在倒数第 3 个音节上，该诗句就应有 12 个音节。

我国的格律诗主要分为三言、四言、五言、七言。我曾经尝试用各种格律诗句翻译《疯狂的罗兰》，其结果均不尽人意。最后，是中国的国粹——京剧戏文给了我启示。京剧中有一种唱词为十个字一句，读起来合辙押韵，朗朗上口。译文一般具有对原文的解释功能，因而比精练的原文略显冗长。五言与七言诗句均因字数所限，经常难以表示清楚 11 音节诗句的全部内容，更不用说三言和四言诗句了；如果用字数较少的诗句翻译意大利的 11 音节诗，译者必然被迫放弃诗句的某些含义，这是我所不愿意见到的。然而，十字句京剧唱词的字数较多，基本解决了我所担忧的问题。再则，京剧唱词也是一种以叙事为主的韵律文，这一点也与西方的史诗相符合。十字句的京剧唱词一般采用 3+3+4 的节奏，这种节奏也与 11 音节诗句相近：汉语的每一个字为一个音节，重音一般落在词汇的最后一个字上，这样，十字句的最后一个重音（即关键重音）与 11 音节诗一样也落在第十个音节上。这些原因促使我决定参照京剧十字句唱词翻译《疯狂的罗兰》。下面我们一起对照一下京剧唱词和《疯狂的罗兰》的译文。

京剧唱词：

> 叹杨家 / 投宋主 / 心血用尽，
> 真可叹 / 焦孟将 / 命丧番营。
> 宗保儿 / 挽为父 / 软榻靠枕，
> 怕只怕 / 熬不过 / 尺寸光阴。[1]

---

[1] 京剧《洪羊洞》选段。见段宝林，《古今民间诗律》，北京：北京大学出版社，1999 年，第 120 页。

《疯狂的罗兰》的译文：

> 好似那 / 幼年鹿 / 亲眼看见，
> 树林内 / 家园中 / 草木之间，
> 花斑豹 / 撕碎了 / 母亲胸腹，
> 又凶残 / 咬断其 / 脖颈喉管；
> 野林中 / 急奔逃 / 躲避凶手，
> 魂未定 / 心恐慌 / 吓破肝胆：
> 一次次 / 荆棘丛 / 剐蹭肌肤，
> 皆疑惑 / 被恶豹 / 撕成碎片。[1]

在完成此项艰巨的翻译工作之时，我首先应该感谢帮助过我的祁玉乐、张宇静、文铮、李婧敬等老师和我的博士与硕士研究生，他们阅读了第 1 歌的译文，并提出了重要的建议；尤其应该感谢的是我的夫人徐秀云女士，她曾三次认真阅读了全部译文，并提出了许多宝贵且具体的修改意见，使译文的质量得到保证。徐秀云女士是我的每一部著作的第一位读者，她的鼓励和建议对我来说是弥足珍贵的。

最后，我要对我的小孙女雨祺表示真诚的感谢，她今年 5 岁有余，其成长伴随着我的翻译工作。她的存在不仅没有打扰我的工作，反而对我是一个极大的激励。当我在书房中埋头工作时，经常可以听见她那悦耳的声音："姥爷办公不打扰"；当我感觉疲劳时，她的细嫩的小手经常会轻轻地推开书房的门，用稚嫩的声音对我说："姥爷吃水果，休息一会儿，喝点茶吧。"每当我看见她和听到她的声音时，我都会把一切辛劳忘记在脑后，都会感到有无限的力量。我愿把这部译著送给我心爱的孙女，希望她长大后能够喜欢它，并通过阅读它，开始喜欢

---

[1] 《疯狂的罗兰》第 1 歌 34 节译文。

意大利文艺复兴文化，喜欢文学，从而陶冶情操，热爱生活，成为一个阳光、幸福的人。

王军
2017 年元月，于北京外国语大学

导读:《疯狂的罗兰》及其作者

　　卢多维科·阿里奥斯托（Ludovico Ariosto）是文艺复兴文学最杰出的代表人物之一，也是意大利最优秀的史诗诗人，他的代表作《疯狂的罗兰》（*Orlando Furioso*）诞生于意大利文艺复兴的鼎盛时期，最全面地反映了意大利文艺复兴的精神，是世界文学宝库中十分罕见的瑰宝。

一、作者生平

　　1474 年 9 月 8 日，阿里奥斯托出生在意大利中部的雷焦·艾米利亚城，父亲尼克罗曾经担任过该城的城防司令官，母亲是该城的一位大家闺秀；10 岁时，父亲调任费拉拉城的行政长官，他随全家迁居于这座意大利文艺复兴时期十分重要的文化城市。他始终不渝地热爱自己的"故乡"费拉拉，喜欢自称是"费拉拉人"，晚年时甚至声称：谁若想将他驱离费拉拉，他就杀死谁。

　　1489—1494 年，在父亲的要求下，阿里奥斯托学习了五年法律；但他酷爱文学，有空就阅读文学作品。后来，父亲只好同意他改学文学。阿里奥斯托师从著名学者格里高利·埃拉迪奥（Gregorio Elladio da Spoleto），学习拉丁语、希腊语和古典文化，经过努力，他不仅学会了拉丁语，初通了希腊语，而且还掌握了丰富的古希腊和古罗马文化知识及古典的写作风格。此外，他还在费拉拉大学兼学哲学。由于父亲是艾克勒·埃斯特（Ercole d'Este）公爵宫廷的重要官员，阿里奥斯托从小便有机会接触到宫廷生活，受到费拉拉宫廷的文艺复兴人文主义文化气氛的熏陶，并在鉴赏文学作品的过程中与文艺复兴时期意大利最重要的语言学家本博（Bembo）结为挚友。

1500 年，父亲病故，留下 10 个子女，其中三个尚未成年，一个瘫痪在床；作为长子的阿里奥斯托不得不中断他所喜爱的古典文化学习，担负起养家的重任。为了维持生计，他开始在埃斯特宫廷谋求职务。1502 年，阿里奥斯托担任了著名的卡诺萨城堡的卫队长，次年，又成为埃斯特公爵阿方索一世的兄弟伊波利托枢机主教[1] 的亲随侍从。他的工作琐碎、繁重，不仅要安排主教的衣食住行，而且经常陪伴主教或公爵从事外交活动和参加战争，有时还要冒生命危险。1512 年，阿里奥斯托随阿方索公爵前往罗马与教皇儒略二世谈判，差一点死于愤怒的教皇之手。阿里奥斯托厌恶这种不安定的生活，希望有一个相对稳定的工作，以便在工作之余读书和写作。1513 年，当洛伦佐·美第奇的儿子乔瓦尼·美第奇当选为教皇（利奥十世）时，阿里奥斯托赶赴罗马，希望在这位庇护文人的教皇手下谋求一个职位，结果事与愿违，遭到冷遇，被迫又回到伊波利托枢机主教身边。

1516 年，经过作者 11 年的努力，《疯狂的罗兰》的首版问世。阿里奥斯托把这部凝聚了十余年心血的作品奉献给恩主枢机主教伊波利托·埃斯特，却没有得到他的赞赏，因而，他认为伊波利托吝啬、无知、狭隘。1517 年，伊波利托调任埃格尔（匈牙利东部）主教，阿里奥斯托以身体不适为由坚决拒绝随其前往匈牙利；但实际的原因却是留恋费拉拉相对稳定的生活及文学研究和创作，不愿意离开家人和他所爱恋的女人亚历山德拉·贝努齐。次年，阿里奥斯托又成为阿方索·埃斯特公爵的侍从，此后便一直在公爵手下做事。

1522 年，阿里奥斯托受命担任特使，被派往盗贼猖獗的加尔法尼亚纳地区；他在该山区小镇一直工作到 1525 年。由于他工作努力，处事得当，较好地维护了当地的社会秩序。返回费拉拉后，阿里奥斯托用他的积蓄购买了一幢小别墅。1527 年，阿里奥斯托迎娶了他爱恋多

---

[1] 埃斯特家族的伊波利托枢机主教和阿方索公爵是《疯狂的罗兰》的作者阿里奥斯托的恩主。

年的亚历山德拉·贝努齐。此后，他一直隐居在家中，与妻子和子女享受天伦之乐，过着安闲的生活。他的晚年是在阅读古典著作和不断地修改《疯狂的罗兰》中愉快地度过的。1533 年 7 月 6 日，这位文艺复兴的伟大诗人病逝于费拉拉。

二、作品内容简介

阿里奥斯托曾经写作过数十篇抒情诗歌和 6 部喜剧，但真正使他跻身于意大利文艺复兴时期最著名诗人和作家行列的是骑士史诗《疯狂的罗兰》。这是一部篇幅浩瀚的作品，用 8 行 11 音节诗体写成，全诗共 4842 段，38736 行，诗句的数量约是法兰西著名的骑士史诗《罗兰之歌》[1] 的 10 倍，是但丁《神曲》[2] 的近 3 倍。

《疯狂的罗兰》于 1516 年问世，第一个版本只有 40 歌。此后，阿里奥斯托对这部旷世杰作做过多次修改，并将其扩展为 46 歌，直至作者逝世之前不久，最终一版才问世。因而，我们可以说，这是一部凝聚着作者毕生心血的作品。

作品的内容承接另一部意大利文艺复兴时期的著名骑士史诗《热恋的罗兰》[3]（ *Orlando Innamorato* ），共分三条叙事主线：查理大帝率领基督教骑士与撒拉逊军队之间所进行的宗教战争，罗兰等骑士对绝世美女契丹公主安杰丽佳的爱和追逐以及罗兰的疯狂过程，异教勇士鲁杰罗和基督教女骑士布拉达曼之间的爱情。

为了更好地理解《疯狂的罗兰》，首先需要对《热恋的罗兰》的梗概有所了解。

1.《热恋的罗兰》的内容梗概

查理大帝举行一场规模空前的比武会，两万余名基督教和异教骑

---

[1]《罗兰之歌》共 4002 行。
[2]《神曲》共 14233 行。
[3]《热恋的罗兰》的作者是意大利文艺复兴中期的著名诗人博亚尔多。

士应邀参加大会。契丹王国公主东方绝代美女安杰丽佳在兄弟阿加利的陪同下来到会场,她向在场的骑士提出挑战,宣称谁若能战胜其兄弟,便可娶她为妻;失败者则要受她支配,服从她的命令。安杰丽佳的美貌迷惑了所有在场的骑士。然而,阿加利手中的金枪施有魔法,变化莫测,与其交手的骑士都纷纷跌落马背。夜里,近卫士阿托夫盗走阿加利的神枪,致使他第二天败于西班牙的撒拉逊骑士费拉乌之手,并被其杀死。安杰丽佳不愿履行诺言,成为费拉乌的妻子,因而趁人不备,逃之夭夭。罗兰和表弟里纳多等骑士都被如花似玉的安杰丽佳深深吸引,离弃查理大帝,紧追美女不舍。

在追赶安杰丽佳的途中,里纳多来到阿登森林,无意中喝下"恨泉"之水,开始仇恨和厌恶安杰丽佳;而安杰丽佳也来到了阿登森林,她却误饮了"爱泉"之水,疯狂地爱上了里纳多。

经过多日的奔逃和百般周折,安杰丽佳终于返回了契丹。然而,强大的鞑靼汗王阿格里却要强娶她为妻,她被迫躲藏在阿布拉卡城堡之中。关键时刻,罗兰赶到,他全力以赴地保护美丽的公主,与阿格里汗王展开恶战,最后将其杀死。疯狂的爱情蒙蔽了罗兰的双眼,他把表弟里纳多也视为情敌,决定与其争个高低。

此时,为获得罗兰手中的杜林丹宝剑和里纳多胯下的巴亚多宝马,东方的赛里斯国国王格拉达索率军攻打查理大帝。没有罗兰和里纳多等勇将的保护,查理处于危险之中。近卫士阿托夫赶到,解救了查理。随后,为找回罗兰和里纳多,阿托夫赶往东方,恰遇两组英雄意欲角斗,角斗的一方是里纳多、玛菲萨、格力风和阿奎兰兄弟,另一方是保护安杰丽佳的罗兰、萨克利潘和布兰迪;阿托夫站在了里纳多一方。

安杰丽佳心中燃烧着对里纳多的热恋烈火,为保护心爱的人,她请求罗兰离开角斗战场,去摧毁法勒琳的欧佳尼花园。罗兰战胜种种困难,完成了摧毁法勒林魔法花园的任务;随后,又两次解救了里纳多和许多骑士;经历千难万险后,他又返回安杰丽佳身边,并将其从玛菲萨手中解救出来。在此期间,阿托夫不幸跌入妖女阿琪娜的爱情陷阱之中。

非洲王阿格拉曼威逼法兰西王国,为击败法兰西人,他希望得到勇冠三军的骑士鲁杰罗的帮助。然而，鲁杰罗却被其养父阿特兰大法师限制了自由，无法随行。法师已经预见到：鲁杰罗将与法兰西女骑士布拉达曼相爱，并结成姻缘，婚后不久就将被恶人害死，因而，必须避免他去法兰西参战。阿格拉曼王派阴险的窃贼矮子布鲁内前往东方盗取安杰丽佳的魔戒，并利用它帮助鲁杰罗摆脱养父的控制。在西班牙王马西略、力大无穷的罗多蒙、英勇无敌的鲁杰罗和费拉乌的帮助下，阿格拉曼王率军进犯法兰西；闻讯后，罗兰携安杰丽佳返回法兰西，里纳多等近卫士和其他基督教骑士也返回基督徒营寨。尽管众骑士奋勇抵抗，撒拉逊军队还是攻破了设在比利牛斯山中的基督徒防线。

在返回法兰西的路上，里纳多和安杰丽佳再次路过阿登森林，然而，此次命运却转变了他们的角色：里纳多误饮了"爱泉"之水，又恢复了对美丽公主的狂恋，安杰丽佳则误饮了"恨泉"之水，开始厌恶和仇恨里纳多。

罗兰和表弟里纳多为争夺美女拔剑相向。为避免手足相残，削弱基督徒阵营的力量，使敌人从中获利，查理大帝命拜恩公爵软禁美女安杰丽佳，并许诺战争结束后将其赐予二人中杀敌最勇猛者。

鞑靼汗王阿格里之子蛮力卡也赶到法兰西寻仇。法兰西大军溃败，查理被迫撤退至巴黎。得胜的非洲王阿格拉曼紧追不舍，将巴黎城团团围住。此时，罗兰和里纳多却不顾查理和法兰西的安危，继续追踪趁混乱逃之夭夭的妖艳美女安杰丽佳。

大法师阿特兰想方设法控制已经与基督教女骑士布拉达曼相爱的鲁杰罗。诗人预言，通过他们二人的结合将诞生埃斯特家族。没有完成的史诗作品《热恋的罗兰》至此中止。

2.《疯狂的罗兰》的第一条叙事主线

查理大帝率领的基督教骑士与撒拉逊军队之间所进行的宗教战争是《疯狂的罗兰》的第一条叙事主线，也是该作品的历史背景，其起始点是基督徒军队在比利牛斯山的溃败。

查理大帝在比利牛斯山摆开战场，准备与非洲王阿格拉曼决战，却不幸战败，被迫退守巴黎。撒拉逊大军长驱直入法兰西，把巴黎城团团围住。追逐安杰丽佳未果的里纳多返回基督徒营寨，被查理派往英格兰求取救兵。在非洲王阿格拉曼围攻巴黎的紧要关头，罗兰却为寻找和解救安杰丽佳离弃查理。

围攻巴黎城的战斗异常激烈。罗多蒙率撒拉逊兵勇攻破城池，却在第二条防线的深沟里受到火攻，被烧得狼狈不堪。攻入城中的罗多蒙大开杀戒，无数基督徒死在他的剑下；他放火烧毁了许多房屋和庙宇。查理王率众骑士救援处于危难之中的巴黎城内的民众，他身先士卒，冲向罗多蒙；众骑士也随其围攻恶徒。罗多蒙拼死厮杀，最后跳入塞纳河，游水逃离巴黎。

里纳多在"沉默神君"的护佑下，率英格兰、苏格兰、爱尔兰联军神奇地、毫无声息地一天内就赶到了巴黎。里纳多进行战前总动员，命苏格兰军为右翼，爱尔兰军为左翼，英格兰将士为中军，随后开始攻击撒拉逊军营。在里纳多的激励和鼓舞下，基督徒将士个个奋勇杀敌，查理也率军出城接应，内外夹击。英勇的里纳多杀死阿蒙特之子、非洲猛将、年轻的达蒂内国王；异教军大败，撤回营寨，坚守不出，巴黎获救。

查理将撒拉逊营寨包围。格拉达索、萨克利潘、鲁杰罗、玛菲萨等人冲击基督徒营寨，缓解了阿格拉曼的压力。但此时撒拉逊勇将之间发生争执，战斗力锐减。里纳多从家乡带来生力军，并率军袭击撒拉逊营寨，致使阿格拉曼大败，被迫退守法兰西南部的阿尔勒城。

阿托夫骑乘宝马神鹰飞至非洲的努比亚王国，帮助国王塞纳颇摆脱了人头妖鸟的残酷折磨；随后又飞上月球，取回罗兰丢失的理智，并按照圣约翰教授的方法治愈了国王失明的双眼。为感激恩人，塞纳颇国王亲自率军随阿托夫征讨阿格拉曼的非洲老巢比塞大。在比塞大城下，阿托夫与众基督教勇士一同帮助疯狂的罗兰恢复理智。罗兰与阿托夫指挥基督徒和努比亚军队攻陷比塞大城。

阿格拉曼在阿尔勒城下与基督徒军队交战，被击败，逃回非洲；在非洲海岸附近，他的战船遭遇杜多内率领的基督徒舰队，再次被击溃，只好乘小舟狼狈逃窜。他眼望老巢比塞大城被大火烧毁，痛不欲生;后来,他的小舟被风浪推至一座小岛,在那里巧遇格拉达索。垂死挣扎的非洲王派人向罗兰提出最后的挑战,双方决定各派出三员猛将,以比武的方式一决雌雄。

罗兰、布兰迪、奥利维登上兰佩杜萨岛,与阿格拉曼、格拉达索和索柏林展开激战。布兰迪不幸被格拉达索砍中头部,身负重伤,死在罗兰的怀里。罗兰见格拉达索杀死挚友,胸中燃烧起怒火,他猛劈一剑,将非洲王阿格拉曼斩为两段。随后,又扑向格拉达索,将其刺死。

后来,撒拉逊最后一位猛将罗多蒙也在角斗中死于已经皈依基督教的鲁杰罗之手。这场宗教战争以基督教徒的胜利告终。

3.《疯狂的罗兰》的第二条叙事主线

《疯狂的罗兰》的第二条叙事主线是:罗兰等骑士对绝世美女契丹公主安杰丽佳的爱和追逐,以及罗兰丧失爱情后的疯狂过程。

经过无数周折之后,罗兰携安杰丽佳又重新返回西方。罗兰与表弟里纳多争夺美女,拔剑相向。为了避免骨肉相煎,查理王命拜恩公爵纳莫软禁安杰丽佳,并许诺将其奖赏给在战场上杀敌最多、贡献最大的勇士。基督徒军队不幸战败,拜恩公爵被俘,营寨失守;安杰丽佳趁机骑马逃走。在树林中,安杰丽佳偶遇徒步追踪战马的里纳多,于是拼命奔逃。她见河岸边有人,便大声呼救。在河边打捞头盔的撒拉逊骑士费拉乌跳上岸来,与里纳多激战,安杰丽佳又趁机逃走。安杰丽佳认为已把里纳多甩下很远,便下马在一片美丽的树丛中休息。睡梦中,她被一阵马蹄声惊醒,看见切克斯国王萨克利潘正为找不到她而万分痛苦;于是便走出树丛,希望在痴情爱人的保护下返回契丹。重见绝世美人,萨克利潘十分高兴,正待实现美事儿之时,一位白袍骑士路过,并将其击落马下,随后离去。萨克利潘与安杰丽佳继续前行,又遇徒步而来的里纳多;萨克利潘与里纳多为争夺美女展开激战。安杰丽佳再次逃走。

在逃跑的路上,安杰丽佳遇见一位年迈的隐修士。隐修士也被其美貌所吸引,他施魔法,命幽灵进入安杰丽佳骑乘的驽马体内;幽灵附身的驽马把美女带入海中，游向一座荒岛。孤独无助的安杰丽佳哭泣，抱怨。此时，隐修士又出现在她的面前，假惺惺地安慰她，并利用魔眼药水使其入睡。好色的隐修士试图占有安杰丽佳的身体，但由于年迈，体力不佳，好事难成，最终只好靠在美女身边入睡。沉睡的安杰丽佳被埃不达岛上的海盗掠走，奉献给食人海怪。

鲁杰罗骑宝马神鹰飞过埃不达岛，见安杰丽佳被捆缚在礁石上，一个巨大的海怪正要吞食美女，便与海怪展开激战。为了取胜，鲁杰罗把魔戒戴在安杰丽佳的手指上，以避免她被宝石盾牌的强光刺伤，随后摘下遮盖魔盾的罩布，用魔盾的耀眼光芒使海怪晕厥过去。安杰丽佳获救，她的美貌使鲁杰罗情欲冲动。鲁杰罗用宝马神鹰携带安杰丽佳离去，降落在一片树林之中。鲁杰罗难以抑制情欲，正准备与安杰丽佳行男女情事时，安杰丽佳低下头，忽然看见手指上戴着自己丢失的魔戒，暗暗惊喜；她急忙将其放入口中，随即消失踪影。鲁杰罗找不到安杰丽佳，非常懊悔，又发现飞马也脱缰而去，十分不悦。

一天夜里，罗兰做了一个噩梦：安杰丽佳遇险，召唤他去救援。醒来后他满面泪水，决心去寻找安杰丽佳。为了不被认出，他身披别人的盔甲，穿敌营，越原野，寻遍法兰西，踏遍天涯海角，到处询问安杰丽佳的去向。

在埃不达岛，罗兰独自驾小舟携带巨锚和缆绳驶入海怪口中，用铁锚撑住海怪的嘴，拉动缆绳，将其拖死，解救了险些被海怪吞食的少女。然而，被救的少女并不是安杰丽佳，而是他曾经解救过的被忘恩负义的比雷诺公爵出卖和抛弃的奥林匹娅。

罗兰急于返回法兰西继续寻找安杰丽佳。春暖花开之际，他来到一片树林附近，见一位少女被骑士劫持，他觉得被劫少女好似安杰丽佳，便紧追不舍。那骑士携少女进入一座城堡，消失不见。这是大法师阿特兰用魔法修建的第二座城堡，里面圈禁着许多著名的骑士，如鲁杰罗、萨克利潘、格拉达索、费拉乌、布兰迪等人；他们都被阿特兰的魔法摄入城堡中无法脱身。罗兰也被虚幻的安杰丽佳的呼救声引入城堡。偶然间，安杰丽佳真地来到城堡，她想解救萨克利潘，并让他作为卫士保护自己返回契丹，于是便取出口中的魔戒，显现身影。

罗兰和费拉乌也看到了安杰丽佳,他们与萨克利潘一同离开城堡,去追逐安杰丽佳。

在一片树林中,费拉乌为安杰丽佳与罗兰发生争吵,两人都拔出宝剑,意欲角斗。罗兰见费拉乌未戴护盔,为显示公平,自己也将头盔挂在一根树枝上。萨克利潘无意观赏两人比试武艺,便策马去追赶消失踪影的安杰丽佳。隐身的安杰丽佳先在一旁观看格斗,后来为了戏弄两位骑士,她摘走罗兰的盔冠,逃之夭夭。激战中的罗兰见挂在树上的头盔消失,以为被在一旁观战、后来又去追寻安杰丽佳的萨克利潘盗走,便停止与费拉乌的激战,愤怒地去追赶窃贼。安杰丽佳来到一条小溪旁,她把罗兰的头盔挂在树枝上;然而头盔却掉落在草地上。此时,费拉乌赶到,安杰丽佳急忙再次隐身;没有来得及取回的头盔被费拉乌捡走并戴在头上。

罗兰继续寻找安杰丽佳。在巴黎附近,罗兰遇见非洲诺里和特勒密两王国的军队,他杀死马尼拉和阿兹多两位国王和许多士兵。偶然间,罗兰进入一座土匪占据的山洞,遇见美丽的异教公主伊萨贝,并听她讲述了不幸的遭遇。罗兰杀死众土匪,吓跑了看守伊萨贝的老妪,救出了伊萨贝,携带她继续赶路。两人路遇被判处死刑的泽比诺:他被马刚萨家族诬陷杀死了皮纳贝。罗兰驱散刽子手,救出泽比诺,使苏格兰王子与伊萨贝公主终于团聚。两人对罗兰感激不尽。此时,勇猛的鞑靼王子蛮力卡携心爱女子多拉丽赶到。蛮力卡要为阿兹多和马尼拉国王报仇,向罗兰提出挑战。他只持长枪,却不挎剑,因为他曾经发誓:若夺不到罗兰手中的宝剑便腰间永不悬剑。罗兰与蛮力卡展开大战。激战中,蛮力卡扯断了罗兰战马的束鞍皮带,罗兰骑马鞍落地;罗兰也扯断了蛮力卡战马的辔头,失控的战马驮着鞑靼王子疯狂地逃离战场,多拉丽也随其而去。

安杰丽佳来到巴黎郊外尸横遍野的战场,见到年轻英俊的撒拉逊士兵梅多罗倒卧在血泊之中,奄奄一息,心生怜悯之情;她用草药为其医伤;随后又将他带到一位牧民家中疗养。在精心治疗梅多罗的过程中,安杰丽佳与他产生了爱情。梅多罗伤痊愈后,两人结成夫妻,并在牧民家幸福地度过了一个月的时光。夫妻两人把名字铭刻在所有能够鉴证他们爱情的岩石和树干之上。

　　安杰丽佳意欲携梅多罗返回契丹，并将王位赠送给他。途中，在一片海滩上，一个浑身是泥的疯子袭击了他们，此人便是已经发了疯的罗兰伯爵。安杰丽佳没有认出罗兰，罗兰也没有认出安杰丽佳。疯狂的罗兰紧紧追赶安杰丽佳，奋力抢夺她的驽马，并一拳打死了梅多罗的坐骑。安杰丽佳跌落马背，危急时刻她又借助魔戒的威力隐匿身形。后来，安杰丽佳和梅多罗怎样返回契丹，梅多罗又怎样成为契丹国王，诗人认为，这些自有其他人讲述，他更愿意讲述别的故事，从此两人便在诗中消失。

　　蛮力卡退出角斗后，罗兰重新束好马鞍，告别了泽比诺和伊萨贝，独自去寻找脱离战场的蛮力卡。他来到一片草地，准备小憩片刻，却看见许多树干和岩石上刻着安杰丽佳和梅多罗的名字；不仅如此，两人的名字还纠缠在一起。后来，一段梅多罗书写的文字更证实了他心中的担忧。那位曾经接待过安杰丽佳和梅多罗的牧民向罗兰讲述了两人狂热爱恋的经过。罗兰跌入痛苦的深渊，高吼着在树林里狂奔乱跳；他拔出宝剑，拼命地劈砍刻有安杰丽佳和梅多罗名字的岩石和树木，石末和木屑落入溪水之中，使清澈的泉水变得浑浊。他倒在树林中，呆呆地仰望天空，三天三夜不食不眠，越想心中越郁闷，最后完全丧失理智，变得疯癫。他撕下盔甲和战袍，把枪、剑、盾、甲和战袍碎片抛弃在树林的各个角落，赤身裸体，拔除古树；他无目的地到处奔跑，疯狂地杀伤人畜，做出许多令人惊叹之事。

　　后来，偶然间，疯狂的罗兰来到异教勇士罗多蒙为忠贞烈女伊萨贝修建的陵墓附近，在狭窄的小桥上与凶猛的撒拉逊人赤手搏斗，并与其一同跌入河中；赤身裸体的罗兰轻松地游上河岸，全身重甲的罗多蒙却经过极大的努力才摆脱危险。罗兰继续盲目奔走，在西班牙海岸边，为了躲避烈日，他竟然把头埋于岸边的沙子里。他没有认出路过的安杰丽佳，掠走她的马，并骑着它到处奔跑，后来跌入一条深壑；他扛着马跳出深壑，拖着摔伤的马前行，直至将马拖死。然而他并没有抛弃死马，继续拖着它前行。途中，他不断杀人抢掠。

　　疯狂的罗兰拖着死马来到西班牙一条大河的入海口处，见一位牧人骑马而来，便提出用死马换取牧人的活马；牧人不愿意，被他打死。他骑着牧人的马继续前行；不饮马，不喂马，几日后将马累死。随后他又抢夺了几匹马，均将其累死。后来，罗兰奋力游过直布罗陀海峡，登上非洲的休达海岸。他来到了近卫士阿托夫统帅的基督徒大军之中，用一支大棒击倒了上百名兵将。阿托夫和军中最勇猛的战将赶到，经过激烈的搏斗，众人终于用绳索绊倒伯爵，齐力将其压住，并捆绑起来。阿托夫取来从月球上找到的装有罗兰丢失的理智的大瓶，将其置于罗兰的鼻孔处，拔出瓶塞，使罗兰吸入理智，恢复知觉。苏醒过来的罗兰彻底摆脱了爱情的折磨。

4.《疯狂的罗兰》的第三条叙事主线

《疯狂的罗兰》的第三条叙事主线着重展示了布拉达曼和鲁杰罗之间的爱情，具有为埃斯特家族歌功颂德的意义。

正当萨克利潘与安杰丽佳在树林中欲行男女情事之时，一位白袍、白甲、白马、白枪的骑士路过，并与萨克利潘对阵，只一个回合便将其击落马下，使其在美女面前颜面尽失；这位勇猛的骑士就是女英雄布拉达曼。

布拉达曼到处寻找心爱的骑士鲁杰罗，路遇马刚萨家族的皮纳贝伯爵。邪恶的伯爵引导布拉达曼寻找圈禁鲁杰罗的城堡，当他知道布拉达曼身份时，便用计欺骗少女，使其跌下悬崖，丧失知觉，并盗走她的战马。布拉达曼苏醒后，进入崖下一座山洞，遇到善良的女法师梅丽萨。梅丽萨把她引入停放梅林大法师石棺的墓室。梅林的幽灵告诉布拉达曼，她和鲁杰罗将成为一个创立丰功伟绩的显赫家族的祖先。之后，梅丽萨呼唤出布拉达曼尚未出生的子孙的幽灵，并把他们一一介绍给布拉达曼。

天亮后，梅丽萨陪伴布拉达曼走出山洞，引导她去寻找法师阿特兰圈禁鲁杰罗的神奇城堡，并告诉她，只有取得撒拉逊窃贼布鲁内手上的魔戒，才能破解阿特兰的魔法。布拉达曼在客栈中与布鲁内相遇。布鲁内自告奋勇引女骑士去寻找城堡。趁其不备，布拉达曼将布鲁内束缚，撸下他手指上的魔戒。依赖戒指的魔力，女骑士捉住了大法师，并强迫他解除城堡魔法。老法师对布拉达曼讲述了圈禁鲁杰罗的原因：他本是鲁杰罗的养父，希望帮助鲁杰罗逃脱死亡的命运，所以一定要使他远离尘世争斗，避免他恋爱结婚，因为法师已经预见到，婚后不久鲁杰罗必死无疑。

　　阿特兰的魔法被破除，魔法城堡和老法师都消失不见，鲁杰罗和被圈禁在城堡中的其他骑士及美女获得了自由。正当布拉达曼要与鲁杰罗团聚时，宝马神鹰在老法师的唆使下载鲁杰罗飞上天空，把布拉达曼抛弃在陆地上。那神兽飞越大海，降落在东方一座绿树成荫、繁花似锦的岛屿上。在那里，鲁杰罗受到娇艳妖女阿琪娜的迷惑，陷入情网，与她度过销魂的一夜之后便彻底忘记了布拉达曼。他每日与阿琪娜欢天喜地，有食不尽的美酒佳肴，玩不腻的各色游戏。此时，布拉达曼为寻找鲁杰罗翻山越岭，跨越江河湖海，却始终难觅其踪影。她想返回梅林山洞，请大法师为她指点迷津。每当布拉达曼遇到困难，梅丽萨总会前来帮助。梅丽萨向她讲述了鲁杰罗的情况，并向布拉达曼借用魔戒，以便向鲁杰罗揭示阿琪娜的真面目。梅丽萨赶往东方的阿琪娜岛，把魔戒交到鲁杰罗之手，使其看清阿琪娜秃顶、无齿、肮脏且丑陋的老妪面孔。鲁杰罗深感羞愧，他披甲带剑，跨上战马，杀死卫兵，逃离阿琪娜的王国，并在善良的仙女洛基提的教导下学会了驾驭宝马神鹰。

　　鲁杰罗离开神奇的阿琪娜岛，乘飞马翱翔天空。在飞越埃不达岛时，他看见下面的礁石上捆绑着一位赤身裸体的少女：她就是被海盗作为食物献给海怪的美女安杰丽佳。鲁杰罗大战海怪，无法取胜，便揭开魔盾的罩布，用魔光将其照晕，但为了避免伤害安杰丽佳，他事先把魔戒戴在了少女的手指上。鲁杰罗携安杰丽佳乘宝马神鹰飞离埃不达岛，随后降落在布列塔尼海岸边的树林中。他迫不及待地跳下飞马，撕下身上的盔甲，抛弃枪剑，意欲占有裸体的美丽佳人。情急之下，安杰丽佳把魔戒置于口中，隐匿身影。失望的鲁杰罗到处寻找安杰丽佳，远离了宝马神鹰。那飞马挣脱缰绳，消失不见。鲁杰罗丢失了安杰丽佳和飞马，非常懊悔。路上，鲁杰罗见到巨人与骑士格斗，骑士被击倒，处于危险之中。当巨人摘下骑士的头盔时，鲁杰罗发现那骑士竟然是布拉达曼，便上前解救心爱的少女；巨人却扛起布拉达曼拼命奔跑，鲁杰罗紧追不舍，最后追入阿特兰用魔法建起的第二座城堡。

偶然间阿托夫也来到魔法城堡，破解了魔法。布拉达曼与鲁杰罗终于拥抱在一起。为了与布拉达曼喜结连理，鲁杰罗必须先受洗礼皈依基督教，于是，他们朝一座修道院走去。路遇一位少女求助，为帮助少女解救一位可爱的少年，他们来到了皮纳贝的城堡，并与受胁迫的阿奎兰、格力风、单索内、圭多内比武。布拉达曼认出曾陷害她的皮纳贝，便在他的身后紧紧追赶，追入一片森林中，并将其杀死；然而，她却迷失了方向，找不到返回城堡的道路，再次与鲁杰罗失散。

布拉达曼派侍女牵着鲁杰罗的战马伏龙去修道院报信，以避免鲁杰罗误认她爽约。她迫切期盼鲁杰罗来蒙塔坂城堡与她相会。侍女伊帕卡返回城堡，向女主人讲述了罗多蒙夺走战马和在泉水旁遇见鲁杰罗的经过，把鲁杰罗的亲笔信交给布拉达曼，并告诉她，鲁杰罗将在20天内前来迎娶她。

布拉达曼日夜焦急地等待鲁杰罗到来，经常外出打探消息。一日，她遇见一位从非洲营寨来的骑士，便询问鲁杰罗的情况。骑士告诉布拉达曼，在角斗中，鲁杰罗杀死了蛮力卡，自己也身负重伤；据他所见，鲁杰罗与神武的东方女骑士玛菲萨已经产生恋情，待其伤痊愈后，两人将结为夫妻。布拉达曼认为鲁杰罗背叛了她，心生怨恨，便提枪上马，奔赴撒拉逊军营；她决心或杀死玛菲萨，或自己死于鲁杰罗之手。

布拉达曼与鲁杰罗对阵，她不忍心伤害鲁杰罗，便虚晃一枪而去。被弃一边的鲁杰罗因无法与布拉达曼搭话而发出抱怨。闻听抱怨声，布拉达曼引鲁杰罗远离混战的战场，玛菲萨也追赶而来。他们三人同时来到树林中的一座大墓前。愤怒的布拉达曼冲向玛菲萨，欲夺其命。鲁杰罗想阻止两人争斗，惹怒了玛菲萨，她把利剑刺向鲁杰罗，鲁杰罗不得不迎战，布拉达曼则在一旁观战。此时，阿特兰法师的幽灵在大墓中说话，他讲述了鲁杰罗和玛菲萨的身世：二人本是孪生兄妹，父亲是西西里国王鲁杰罗二世，母亲是非洲王的女儿，阿格拉曼的姑姑；他们均被阿格拉曼的爷爷、父亲和叔叔杀害。鲁杰罗与玛菲萨兄妹相认，布拉达曼也与玛菲萨摒弃前嫌。玛菲萨认为鲁杰罗应为父母报仇，而不该效力于仇人的儿子。但鲁杰罗已被阿格拉曼加封为骑士，如弑君，便违背了骑士的神圣原则，将被视为无耻的叛徒。他们经过协商，最后决定，鲁杰罗暂且返回非洲军营，等待时机，皈依基督教，反叛非洲王，投靠查理大帝。

当布拉达曼焦急地等待鲁杰罗皈依基督教并前来求婚的时候，阿蒙公爵却决定把她嫁给东罗马帝国的太子利奥。为拒绝嫁给东罗马帝国的太子，布拉达曼请求查理允许她比武招亲，并提出：只有一天内未被她击败者方可娶她为妻。查理同意了她的要求。

利奥请无名骑士（鲁杰罗）乔装成他的模样，以他的身份下场比武，希望获得迎娶布拉达曼的权利；心痛万分的鲁杰罗为报答救命之恩接受了请求。布拉达曼未能在一天之内战胜乔装成利奥的鲁杰罗，因而被查理判为战败，必须嫁给利奥太子。取胜的鲁杰罗更加痛苦，离营出走。女法师梅丽萨引导利奥太子找到了决定离弃人世的鲁杰罗。鲁杰罗向太子讲述了他与布拉达曼之间的爱情，善良的利奥太子决定把布拉达曼还给鲁杰罗。

查理为布拉达曼和鲁杰罗举办隆重的婚礼。正当众人欢庆婚礼之时，撒拉逊最后一位勇士罗多蒙赶来，他指责鲁杰罗背叛信仰，出卖君主，并向其提出挑战。经过激烈的搏斗，鲁杰罗最终杀死了罗多蒙。

5. 穿插于三条叙述主线之间的几段精彩的故事

在《疯狂的罗兰》的三条叙事主线上还穿插着许许多多的精彩故事，这里我们无法将其一一介绍，只能列举几例；虽然读者只能管中窥豹，然而，我却希望他们可窥一斑而知全身。

1) 季内娃公主的故事

侍女达琳达与苏格兰公主季内娃一起长大，多年服侍公主。王国中有权有势、野心勃勃的奥巴尼公爵引诱她与其通奸，并想利用她获得公主的爱，成为驸马，夺取王位。

阿里奥丹是一位来自意大利的英俊骑士，他赢得了公主的芳心，也获得了国王的信任和喜爱,因此奥巴尼公爵的阴谋难以得逞。对此,公爵并不甘心,想方设法挑拨意大利骑士与公主之间的关系。他请求达琳达趁公主睡觉时,偷偷穿上公主的衣服,然后到公主的另一间卧室的阳台上与他幽会,说这样,他会感觉更加刺激。被爱情冲昏头脑的达琳达以为公爵说的是实话,便接受了他的请求。随后,公爵约阿里奥丹骑士见面,对骑士说他早就与公主交往,正要请求国王赐婚,把公主许配给自己;他视骑士为挚友,而骑士却不讲朋友义气和骑士美德,妄图夺他所爱。起初,阿里奥丹骑士并不相信公爵的谎言,说季内娃公主已明示对他的爱忠贞不渝。公爵则说,公主只是说说而已,并谎称一个月内公主必与他有三四夜男女之欢;若不信,他可以让骑士亲眼见到他与公主的恩爱场面。

两天后的夜深人静之际,公爵请骑士躲藏在公主卧房阳台对面的黑暗之处观看他与季内娃的幽会。月光下,与公主长相相似的达琳达身穿公主的服装,打扮得和公主一个模样,出现在公主卧室的阳台上,躲藏在远处阴影下的阿里奥丹自然会误认她就是季内娃公主。达琳达听到公爵发出的信号后,便放下软梯,帮助公爵攀上阳台。不知真相的达琳达与心怀鬼胎的奥巴尼公爵立刻热烈地拥抱在一起,疯狂地亲吻。阿里奥丹骑士亲眼看见了令他心碎的场面,拔出宝剑,意欲自尽,却被一同来的兄弟鲁卡尼拼死拦住。第二天清晨,痛苦的骑士默默地离开了苏格兰,没有人知道他去了何方。后来传说,他跳海自尽。公主听到噩耗后,肝肠寸断。

鲁卡尼与兄长一起目睹了公主与公爵幽会的场面,认为公主是杀害兄长的凶手,便在宫廷议事会上控诉了公主与人通奸的事实,要求国王依法行事,还其兄以公道,并表示愿意以刀剑证实他所述无虚。按照当地的法律,如一月之内无人为季内娃公主洗清冤屈,她就必须被判处死刑。为挽救爱女性命,国王下令广贴榜文,声明:谁若能为公主昭雪冤屈,便可娶公主为妻,并可获得一份极其丰厚的嫁妆。同时,国王还亲自进行调查,希望能还公主清白。奥巴尼公爵害怕达琳达泄露秘密,便试图命人将其挟持到隐蔽之处杀死。

校场上鲁卡尼正在与一位挺身而出捍卫季内娃生命和名誉的骑士

激战。国王与全体贵族骑士集聚场外，观看两人的决斗。里纳多赶到，请求国王下令停止决斗，他当众揭露了奥巴尼公爵陷害公主的阴谋，并向奥巴尼公爵提出挑战。公爵被迫提枪上马，迎战里纳多，只一个回合他便被里纳多挑于马下。为免一死，奄奄一息的公爵向里纳多说出了他所犯下的罪行。国王和在场的所有人都听到了罪恶公爵的忏悔，季内娃公主的冤屈得以昭雪。那位拼死捍卫公主生命与荣耀的骑士也摘下了头盔，露出了真实面目；他不是别人，正是人们以为早已投海自尽的意大利骑士阿里奥丹。在里纳多的力主下，国王把公主许配给阿里奥丹，并把奥巴尼公国作为公主的嫁妆赐给了这位善良、勇敢的骑士。

2）奥林匹娅的故事

奥林匹娅是荷兰伯爵之女，与西兰公爵比雷诺相爱。然而，附近有一王国，叫弗利萨，其国王十分彪悍；他派人与伯爵订立婚约，要娶奥林匹娅为儿媳。奥林匹娅对父亲表明自己不愿意嫁给邻国王子，伯爵便对弗利萨国王提出终止婚约。弗利萨国王大怒，向荷兰发动战争。该国王不仅残暴，强悍，诡计多端，而且会使用一种火枪，无人能敌。他用火枪杀死了奥林匹娅的父亲和两位兄长，仍不罢休，还要强迫奥林匹娅嫁给他的儿子，阴谋夺取荷兰的统治权。如奥林匹娅不从，他决不让荷兰安宁。比雷诺公爵曾率舰队来救援奥林匹娅，却中了弗利萨国王的埋伏，被其捉获。

为了复仇，奥林匹娅佯装愿意嫁给弗利萨王子，却在洞房中将其杀死，随后逃走。弗利萨国王对奥林匹娅恨之入骨，决定用公爵做诱饵，诱杀她。国王声称，如一年后仍捉不到奥林匹娅，就把公爵杀死。一年时限即将过去，奥林匹娅决定献出自己的生命，以自首的方式解救公爵；但又怕弗利萨国王不守信誉，杀死她之后，仍然要杀害公爵。她请求罗兰护送他去自首，确保她自首后公爵获释。罗兰发誓，一定确保公爵生命安全；同时，暗暗下定决心，也要保证善良的少女奥林匹娅平安。罗兰与奥林匹娅来到荷兰，他让少女在船上等待，自己只身去向弗利萨国王挑战。经过一场恶战，罗兰杀死了凶残的国王。此时，比雷诺公爵的表弟也率领军队冲入城中，击溃了弗利萨军队，救出了公爵。奥林匹娅恢复了荷兰的统治权，她和比雷诺都万分感激罗兰伯爵。比雷诺公爵获释的当天，罗兰便离开荷兰，去寻找他心爱的美人儿安杰丽佳。

　　比雷诺公爵见到了弗利萨国王娇滴滴的女儿，便动了移情别恋的邪念。他令兄弟迎娶国王之女为妻，目的却是要满足自己的情欲需要。他假意带奥林匹娅返回西兰，当船行至一座小岛时，便趁她熟睡，将其抛弃在孤岛之上。绝望的奥林匹娅孤独无助，捶胸顿足，撕乱金发，痛苦万分。后来，奥林匹娅又被海盗掠走，奉献给埃不达岛的海怪。

　　罗兰杀死邪恶的弗利萨国王，随后便乘船赶往埃不达岛。他独自乘小舟携带一个巨锚和绳缆驶向俯卧在海岸边礁岩旁的食人海怪，闯入海怪口中，用铁锚撑住海怪的嘴，拉动缆绳，用力游上海岸，把海怪拖死在岸边。罗兰解救了奥林匹娅。此时，爱尔兰国王奥贝托率军队冲上海岛，杀死了岛上所有的海盗，并与早就相识的罗兰会合。奥贝托被奥林匹娅的美貌打动，决定迎娶她为爱尔兰王后，并为她报仇雪恨，严厉惩罚忘恩负义的公爵比雷诺。

　　3）梅多罗的故事

　　里纳多引来的英格兰、苏格兰和爱尔兰的援军与查理合击撒拉逊军队，令其大败，年轻的异教国王达蒂内战死沙场。阿格拉曼王的非洲军团损失惨重，溃不成军，被迫撤回营寨坚守不出。守卫营寨的撒拉逊士兵中有一位名叫梅多罗的勇士，他是达蒂内的部下，因自己的国王暴尸荒野而感到十分不安，决定去为国王收尸。与他有生死之交的战友克洛丹愿意陪同他去冒险。他们摸到基督徒营寨，杀死许多放松警惕的基督徒兵将；后来又在月光下发现了达蒂内的尸体。正当他二人欲抬着尸体离开血流成河的战场时，一整夜追杀逃敌的泽比诺率几名骑士返回，发现了他们，便包抄过来。两位撒拉逊勇士携尸体躲进了一片茂密的古老野林。见追兵靠近，克洛丹弃尸而逃，他以为梅多罗也会逃走。然而，忠诚的梅多罗却一人扛着达蒂内的尸体继续吃力地奔走；由于身负重物，且不熟悉道路，落在后面，与战友克洛丹走散。泽比诺率领的基督教骑士追赶上梅多罗，将他团团围住。克洛丹返回，欲救梅多罗，连发数箭，射死两名基督教骑士；此时，梅多罗被一名基督教骑士刺伤，跌倒在地；克洛丹从树后跳出与敌拼命，但寡不敌众，被基督教骑士杀死。

后来，娇艳的少女安杰丽佳从此处路过，发现了奄奄一息的梅多罗，将其救起，并用草药为其治疗重伤。他们遇到了一位善良的牧民，借住在他的茅舍中，以便梅多罗更好地康复。在医伤的过程中，安杰丽佳与梅多罗产生了爱情；他们在茅舍的墙壁、屋外的树干和岩石上刻下了两人的名字，以见证他们的爱情。梅多罗彻底康复之后，他两人告别牧民，登上了返回契丹的道路。

已经疯狂的罗兰偶遇安杰丽佳和梅多罗，他打死梅多罗的战马，掠走安杰丽佳的坐骑。此后，梅多罗和安杰丽佳再未出现在诗中。安杰丽佳和梅多罗是怎样返回契丹的，梅多罗又是怎样成为契丹国王的，诗人认为，这些自有其他人讲述。

4）伊萨贝与泽比诺的故事

一次，异教公主伊萨贝随父王参加比武大会，无意间看见了苏格兰王子泽比诺，两人一见钟情。但不同的宗教信仰使两人无法对父母说明他们之间的爱情，于是便商定好以绑架伊萨贝的方式私奔。泽比诺受父命，要去救援查理大帝，因而把绑架伊萨贝的任务委托给挚友奥多里。奥多里率武士在海边花园中把伊萨贝挟持到一只快船上，驶离海岸；却不幸遇到海上的风浪，奥多里带伊萨贝乘救生艇逃上一片荒凉的海滩。这个所谓的朋友见四周无人，便产生了占有美丽少女的邪念。伊萨贝的反抗和喊叫声引来了附近的居民，吓跑了欲强暴少女的恶徒。但不幸的是刚出虎穴又入狼窝，解救伊萨贝的是一群强盗，他们要将其卖给商人，赚取大钱，因此把她囚禁于山洞之中。罗兰偶然来到山洞，他杀死众恶徒，吓跑看守伊萨贝的老妪，携带伊萨贝离去。后来，泽比诺投宿皮纳贝父亲的城堡，被随行的邪恶老妪贾丽娜诬陷杀死了皮纳贝，因而被判处死刑。罗兰赶到刑场，解救了他，使其与伊萨贝团聚；二人对罗兰感激不尽。

泽比诺与伊萨贝来到罗兰发疯的树林，见到被罗兰伯爵抛弃在树林各处的兵器、盔甲和战袍，十分伤心，便将其收拢在一起。此时，鞑靼勇士蛮力卡赶到，他见到罗兰的杜林丹宝剑，便高兴地将其抓在手中。泽比诺十分气愤，为捍卫罗兰的宝剑与其展开激战。泽比诺处于劣势，身负重伤，流血不止，奄奄一息，最后死在伊萨贝的怀里。痛苦的伊萨贝正欲自尽，一位善良的年迈隐修士来到，他劝说伊萨贝珍爱生命，并将其奉献给天主。隐修士准备带伊萨贝携泽比诺的棺木去马赛附近的一座修道院，将她安顿在那里。

隐修士陪伴伊萨贝偶然来到撒拉逊勇将罗多蒙暂住的小教堂，被这位凶狠的异教徒杀死。罗多蒙被伊萨贝的美貌所吸引，妄图占有她。伊萨贝谎称认识一种药草，可用它煮制一种能使人刀枪不入的药剂；罗多蒙十分期待获得这种神奇的药剂。伊萨贝采来药草，当晚熬制药剂，并将熬好的药剂涂在自己身上，请罗多蒙用剑砍她，以试药效；结果被罗多蒙杀死，保全了贞洁。罗多蒙被伊萨贝的英勇行为所感动，决定把自己居住的小教堂改建为伊萨贝和泽比诺的陵墓，以纪念这位忠诚的贞洁烈女和她的未婚夫。同时，他命人在陵墓旁修建了塔楼，供自己居住，为烈女守灵。他决定夺取所有过路的撒拉逊骑士的兵器和捕获所有过路的基督教骑士，用以祭奠烈女。

5）布兰迪与菲蒂丽的故事

布兰迪是罗兰的挚友，与忠贞的美女菲蒂丽之间有着一段感人的爱情故事。罗兰离开战场去寻找安杰丽佳，受到查理的指责；他不愿好友受到国王的惩罚，未向菲蒂丽告别就离开军营去寻找罗兰伯爵。许久时间之后，菲蒂丽仍不见布兰迪返回，也离开基督徒军营去寻找爱人；经过无数周折，布兰迪和菲蒂丽终于在战场上相逢。

布兰迪听说罗兰伯爵疯癫的消息后，十分伤心，他与菲蒂丽去寻找罗兰，希望能帮助朋友治好疯癫之症。两人赶到罗多蒙修建的窄桥前，布兰迪与罗多蒙展开激战，不幸跌入水中，险些淹死，成为罗多蒙的俘虏，被押送到非洲。在非洲海岸边布兰迪被准备攻打非洲王老巢比塞大城的阿托夫解救，并再次与爱人菲蒂丽团聚。

布兰迪与其他基督教骑士共同努力帮助罗兰恢复了理智。他身先士卒，不惧危险，孤身一人率先冲入城中，为攻陷比塞大城立下奇功。布兰迪与罗兰和奥利维登上兰佩杜萨岛，与非洲王阿格拉曼、格拉达索、索柏林决战，不幸被格拉达索砍伤，最终死在罗兰伯爵的怀中。

战友们为布兰迪举行隆重的葬礼，菲蒂丽为布兰迪殉葬。

三、《疯狂的罗兰》的中心思想和艺术风格

　　但丁以他的不朽巨著《神曲》宣告了欧洲中世纪文化的终结，彼特拉克以反映他内心情感与理性冲突的《歌集》代表了新旧时代之间过渡的桥梁，薄伽丘以他被称作"人曲"的《十日谈》率先跨入了人类的近现代社会，阿里奥斯托则以篇幅浩瀚的史诗《疯狂的罗兰》全面地体现了文艺复兴的精神。

　　《疯狂的罗兰》是一部骑士史诗，以骑士生活为主要内容，它不仅把中世纪欧洲两大系列的骑士传奇故事巧妙地糅合在一起，而且体现了古典主义的文化特征和文艺复兴时期的新的时代精神。因而我们可以说，它是欧洲古典文化的结晶、中世纪加洛林与不列颠两大系列骑士传奇的完美结合、文艺复兴文学的杰作、近现代社会和现代叙事手法的最初表现。

1. 欧洲古典文化的结晶

　　中世纪晚期，人们开始不满足于只掌握中世纪的基督教文化，他们希望重新深入地了解古典文化，以丰富自己的头脑。14世纪后半叶，意大利出现了学习古拉丁语的热潮。语言是文化的载体，在研究古拉丁语的过程中，人文主义者逐步发现了一个以人为中心的、强调人类现世利益的、给人以智慧与力量的古典文化。

　　14世纪后半叶和15世纪前半叶是意大利人文主义运动时期，在意大利文学史上，这一时期又被称作"无诗世纪"，因为，在这一时期，最有影响的文人不再用刚诞生不久的意大利语写作，而把主要精力用在对古典语言和文化的研究之上。人文主义者，先是对古拉丁语和古罗马文化产生了浓厚的兴趣，后来又渴望深入了解西方古典文化的源头——古希腊文化，他们千方百计地从修道院图书馆厚厚的灰尘中把早已被人们遗忘了的古书翻腾出来，如饥似渴地学习，努力理解其深刻的含义，模仿其语言风格。古典作家的思想渐渐地渗入到人文主义

者的头脑中，使他们摆脱了中世纪的偏见，把古代以人为本的哲学思想与意大利和欧洲的现实相结合，解放了思想，推动了意大利和欧洲社会与文化的发展。

　　尽管到了 15 世纪后半叶，意大利最重要的作家和诗人又重新开始用意大利语写作，但是，热爱古典文化的风气还在继续发展。人文主义最重要的特点之一就是崇尚古希腊和古罗马文化，它培育出以人为本的人文主义精神，引导意大利进入了辉煌的文艺复兴时代。

　　在人文主义文化气氛的熏陶下，阿里奥斯托成为一位古典主义的史诗诗人。在《疯狂的罗兰》中，我们到处可以见到来自于古希腊与古罗马神话和文学作品的比喻以及对古代风俗习惯和神奇事物的描述，作品中涉及古希腊、古罗马、《圣经》、基督教早期文化的内容至少有数百处之多。

　　在描写女子的美貌点燃了少年心中熊熊的爱情之火时；诗人借助古希腊神话中爱神淬炼金箭的意象，展示出恋爱者的极其强烈的欲望。

　　　　双眼的烈火中烧红箭杆，潺潺的小溪里熄灭火焰，小溪在红白花之间流淌：淬炼出锐利的无敌金箭；用全力拉开弓，射向少年，盾与甲虽坚硬，难保安全；只要是看见那美目、秀发，便必知心为何被箭射穿。[1]

　　爱情给人们带来的经常不是快乐，而是痛苦，因而诗人曾多次抱怨古希腊和古罗马神话中的爱神，说他对恋爱者不公正，指责他过分残忍。

　　　　爱神啊，你为何不讲公道，令吾辈爱之心难以遂愿？你为何对情侣如此邪恶，将争端播撒在他们心田？……[2]

---

[1]　见正文第 11 歌 66 节。
[2]　见正文第 2 歌 1 节。

　　当诗中最重要的女主人公之一契丹公主安杰丽佳走出树丛，显现出绚丽风采之时，诗人用罗马神话中的爱神维纳斯和月亮女神狄安娜的美丽形象来比喻她的娇娆身姿：

　　　　走出了黑幽幽灌木树丛，娇艳女突然间现出身影；就好似狄安娜、美丽爱神，野林外山洞前闪亮显形。[1]

　　鲁杰罗从海怪的口中解救出安杰丽佳，他怀抱赤裸的绝世美女，难以抑制自己的情欲，无法抗拒娇艳美女的诱惑，此时，诗人不惜借助古希腊最有理性和定力的哲学家色诺克拉（Zenocrate）的形象，来展现脆弱的人性。

　　　　见此女严肃的色诺克拉，也难以克制住心马意猿。鲁杰罗急忙忙撕下甲胄，抛弃了手中盾长枪佩剑；美女子裸露着艳丽胴体，羞答答不抬头低垂双眼……[2]

　　诗人还用古代著名的迦太基女王狄多和埃及女王克莱奥帕特拉的自杀来渲染被鲁杰罗抛弃的邪恶妖女阿琪娜心中的痛苦之情。

　　　　噢，狄多啊，你用剑结束苦难；啊，尼罗的女王啊，你貌娇艳，她也想模仿你永睡不醒，却永远不能把生命斩断。[3]

　　希腊神话中的利比亚巨人安泰是大地女神该亚的儿子，他只要身不离地，就能从大地母亲身上不断地吸取力量，因而战无不胜。在描写罗兰伯爵越战越勇时，诗人用安泰比喻他有用不完的力量：

　　　　　　　　　　　　　　　　　　　　　　　　　　　

[1]　见正文第 1 歌 52 节。
[2]　见正文第 11 歌 3 节。
[3]　见正文第 10 歌 56 节。

就像那利比亚巨人安泰，摔倒后，再站立，更加凶悍；罗兰爷也同样触及大地，身挺起，更觉得力大无边。[1]

罗兰赶到埃不达岛，见海怪欲吞食被绑缚在海边礁岩上的裸体美女，以为那美女是他所爱的契丹公主安杰丽佳，便与海怪展开恶战。在展示罗兰勇战海怪的场面时，诗人描述了罗马神话中众海神落荒逃难的情景，以此渲染大战令人恐怖的程度：

洞穴中走出了普罗透斯，闻巨响他游到波涛海面；见骑士从怪嘴出出入入，把巨大一条鱼拖向海岸，便抛弃群海兽逃往远洋：引起了海浪涌，造成混乱。[2]

伊诺抱梅里切哭泣不已，狼狈的海仙女秀发散乱，格劳科、特里同、其他海神，或东西，或南北，四处逃窜。[3]

"劫持普罗塞耳皮娜"是希腊－罗马神话中的一个著名故事：主管万物生长的丰收女神刻瑞斯的女儿普罗塞耳皮娜在丛林中采摘花朵，大地突然裂开，冥王从地下跃出，将她劫入冥府，强娶为妻。她的母亲刻瑞斯悲痛万分，到处寻找女儿，以致田地荒芜，五谷不收，人类陷入饥饿之中。主神宙斯只得出面裁决，令冥王准许普罗塞耳皮娜每年的春、夏两季回到母亲身边居住，使万物复苏。在描述罗兰踏遍天涯海角寻找契丹公主安杰丽佳时，诗人借助了这一神话故事的意象，使描述更加生动，感人。

……她曾经把女儿留在荒野，踏遍了野山谷再难寻见；又抓

---

[1]　见正文第 9 歌 77 节。
[2]　见正文第 11 歌 44 节。
[3]　见正文第 11 歌 45 节。

脸，又刺眼，捶胸，撕发，还用力把两棵巨松推翻……[1]

　　伏尔甘锻铁炉点燃巨松，不灭的松树火烈焰冲天：她两手各擎着一支火炬，乘双蛇拉动的车驾向前，进山谷，入野林，游弋江湖，闯激流，登高山，踏遍平原，寻遍了世间的陆地、海洋，又下到冥界的无底深渊。[2]

　　在赞颂英勇的骑士征服凶残的野蛮人时，诗人借助了荷马史诗《奥德赛》中所描写的食人肉的野人形象，从而更好地衬托出骑士的勇猛。

　　他轻易可杀死千名敌兵，每一次都能够奏凯而旋；凯旋时还经常带回俘虏，全是些恶魔般可怖凶汉：捉来了拉斯忒、癸干忒斯，他们都曾搅扰我国地面。[3]

　　在赞美神勇和仁慈时，诗人以古希腊时期的英雄赫克特、阿喀琉斯和罗马人的祖先埃涅阿斯为例：

　　太神勇赫克特、阿喀琉斯！太仁慈罗马人那位祖先！[4]

　　史诗中有一位女英雄，叫玛菲萨，是鲁杰罗的孪生妹妹，勇猛无敌；诗人用希腊神话中的亚马逊女战士的形象来展示她的飒爽英姿：

　　玛菲萨身上穿束带紧衣，女骑士经常会如此这般：德茂东似

---

[1]　见正文第 12 歌 1 节。
[2]　见正文第 12 歌 2 节。
[3]　见正文第 35 歌 38 节。
[4]　见正文第 35 歌 25 节。

乎见希波吕忒，将自己与女兵这般打扮。[1]

在表现女英雄玛菲萨果断地解决困难时，诗人借助了古代亚历山大大帝斩结的典故。

> 为保险我可用这把宝剑，学习那斩结的亚历山大，用其法可解开错综结团。[2]

在赞美女子英雄气概时，诗人列举了一系列古代女英雄的名字，他领读者回顾历史，使读者产生丰富的联想。

> 不只是阿帕里、托米丽司，卡米拉、彭忒西十分彪悍；不仅仅希德尼、推罗女主，海上行，利比亚最终登岸；也不仅胜亚述、波斯、印度，那一位女君王风采无限：她们是罕见的女中豪杰，神武威令她们名传万年。[3]

在阿里奥斯托的笔下，骑士们身上穿戴的盔甲和使用的宝剑往往也是从古希腊英雄那里继承而来的。

> 泽比诺高吼道：休得动剑，莫以为可取它不须激战。如此得赫克特神奇兵器，是偷窃而不是理所当然。[4]

> 鲁杰罗战胜了鞑靼国王，夺得了他那顶护头宝冠，特洛伊赫克特带过此胄，伟大的史诗曾将其颂赞……[5]

---

[1]　见正文第 27 歌 52 节。
[2]　见正文第 19 歌 74 节。
[3]　见正文第 37 歌 5 节。
[4]　见正文第 24 歌 60 节。
[5]　见正文第 38 歌 78 节。

在描写鞑靼王子蛮力卡勇猛无敌时，诗人借助了《圣经》中英雄
人物叁孙的形象。

> 腓力斯人群中叁孙闯入，拾颔骨把众人头颅砸烂，蛮力卡亦
> 击碎盾牌、头盔，将周围骑士的战马驱赶。[1]

在赞颂非洲勇士罗多蒙时，诗人说比罗多蒙更勇猛者还从来没有
在非洲诞生，尽管非洲曾经有过几乎毁灭了古罗马共和国的迦太基英
雄汉尼拔和希腊神话中的利比亚巨人安泰。

> 非洲啊，可与他相比者你尚未生，尽管有汉尼拔、安泰
> 巨汉。[2]

甚至诗中最重要的人物之一鲁杰罗也被说成是特洛伊英雄赫克特
的后裔。

> 鲁杰罗对胞妹细细讲述，赫克特是他们最早祖先：阿斯蒂躲
> 过了奥德修斯，又逃避其他的重重灾难，离开了故乡土特洛伊城，
> 另一位同龄儿替他受难；经过了长时间海上漂流，来到了西西里，
> 弃船登岸。[3]

当娇艳的妖女阿琪娜被迫显露原形时，阿里奥斯托的笔下便出现
了古希腊丑陋老妪的典型形象赫卡柏和库迈纳。

> 阿琪娜面憔悴，苍白，多皱，稀疏的白头发披垂双肩，其身

---

[1]　见正文第 14 歌 45 节。
[2]　见正文第 18 歌 24 节。
[3]　见正文第 36 歌 70 节。

材尚不足六拃之高,口中牙全脱落,一颗不见;年龄已超过了所有女人,赫卡柏、库迈纳均难比肩。[1]

在表示天亮时,诗人又不止一次地把希腊－罗马神话中的太阳神福玻斯(即阿波罗)和曙光女神奥罗拉引入诗中。

福玻斯牵出了浪中海马,出水马皮毛上露珠点点,奥罗拉向天空每一角落,撒下了红黄花千千万万……[2]

一直到奥罗拉驾驶金轮,把冰冷白霜露洒满人间……[3]

在夸耀宝马神鹰快速飞行时,诗人说它的速度比为希腊神话中的主神宙斯掌控霹雳的使者还要快。

好一只大怪鸟宝马神鹰,抖动着巨羽翼快速飞行,执掌着天箭的宙斯使者,亦被它抛身后不见踪影。[4]

史诗中,近卫士阿托夫利用魔号降伏巨人卡里格兰,并用该巨人的神网将其捆缚;诗人说,那张神网是由罗马神话中的火神伏尔甘亲手制造,目的是为了床上捉奸,以惩罚不忠的妻子维纳斯和奸夫玛尔斯。

伏尔甘用坚固纤细铁丝,精心织罩人的神网一面,谁若想挣破那铁网弱处,必定会白费力,无法实现;维纳斯、玛尔斯双手双脚,曾被其捆绑住不能动弹。嫉妒者编此网不为它用,只为捉

---

[1] 见正文第 7 歌 73 节。
[2] 见正文第 12 歌 68 节。
[3] 见正文第 10 歌 20 节。
[4] 见正文第 6 歌 18 节。

他二人床上通奸。[1]

史诗在展示一个小镇中只有女人、没有男子时，诗人借助了希腊神话中的阿尔戈英雄的探险经历，使描写十分生动。

> 伊阿宋、阿尔戈伙伴一同，踏上了海中的岛屿地面，众英雄走遍了利姆诺斯，仅仅见有两张男子颜面：女杀夫、亲生子、父亲、弟兄，此景令目睹者发出哀叹……[2]

当见到一座酷似西西里的岛屿出现在眼前的时候，诗人立刻想起了古希腊神话中关于贞洁少女阿瑞托萨的感人的爱情故事：

> 那岛似西西里浮于海面，岛上有爱之人遭受磨难，似贞洁美少女阿瑞托萨，越大海，穿黑暗，徒劳枉然。[3]

在赞美东方神奇岛屿上的光怪陆离的城市时，阿里奥斯托巧妙地借助了古罗马著名诗人贺拉斯"至福的牛角杯盛满花果"的诗句意象。

> 我认为可如此赞美此城，它就是爱神的美丽家园：这里的每一刻都是节庆，不跳舞，不游戏，岂能成欢；在此处没有人心存理智，可敬的智慧心丝毫不见，烦与苦皆不能进入城中，每个人牛角杯花果盛满。[4]

在描写该城中的生活时，诗人又把希腊－罗马神话中的爱神引入诗中，使城中充满了男女性爱的欢乐气氛。

---

[1] 见正文第 15 歌 56 节。
[2] 见正文第 37 歌 36 节。
[3] 见正文第 6 歌 19 节。
[4] 见正文第 6 歌 73 节。

　　　　松树与桂树的枝头之上，冷杉与山毛榉高高树尖，戏谑的小爱神空中飞舞：有时他奏凯归，心中喜欢，有时又用弓箭瞄射人心，欲撒网把猎物罩于其间；有时他在溪旁淬炼箭头，有时在转石前磨砺箭尖。[1]

在描写夜莺在婆娑的树林中鸣叫时，诗人借助了希腊－罗马神话中有关菲洛墨拉的悲惨故事：

　　　　似听见哭泣的菲洛墨拉，婆娑影像橡树林立于岸边；林中的草地上清泉流淌，两侧是孤独的一座小山。[2]

在《疯狂的罗兰》中类似上述借助古典文化意象的诗句不胜枚举。此外，作品的叙事风格也体现了古典主义的平衡、和谐、庄重、高雅、适度、严谨的原则。

2. 中世纪加洛林与不列颠两大系列骑士文学的完美结合

《疯狂的罗兰》不仅是欧洲古典文化的结晶，而且"是基督教骑士传统与古典人文主义传统的理想结合"[3]。

　　欧洲中世纪的骑士文学主要分为加洛林和不列颠两大系列。加洛林系列又称帝王系列，主要以查理大帝与手下骑士抗击撒拉逊人侵略的故事及有关传奇为主题。法兰西的著名史诗《罗兰之歌》是这一系列文学作品的源头，它讲述了被叛徒出卖的罗兰英勇战死在比利牛斯山的故事。《罗兰之歌》之后，罗兰及其战友的故事在法兰西、西班牙和意大利的民众中广为流传，逐步形成了加洛林系列骑士传奇。不列

---

[1] 见正文第 6 歌 75 节。

[2] 见正文第 10 歌 113 节。

[3] 摘译自 Gianni, Angelo, *Antologia della letteratura italiana, II, prima parte*, Casa editrice G. D'Anna, Messina-Firenze, 1961，p37。

颠系列骑士文学则主要讲述了以亚瑟王为首的圆桌骑士的故事，充满了神奇的魔法、曲折的爱情、无穷无尽的探险等内容。

《疯狂的罗兰》把这两大系列的传奇巧妙地融合在一起，用文艺复兴的人文主义精神对其进行改造、发挥，赋予其新的思想内容。作品中我们不仅能够看见一条以基督教骑士与异教军队之间的战争为内容的主线，而且还可以看到两大系列骑士文学中许许多多十分精彩的故事。从不断奔波的罗兰、里纳多、鲁杰罗、阿托夫等人在东西方各地所创建的丰功伟绩，到阿特兰、梅林、梅丽萨、阿琪娜等人的神奇魔法，再到安杰丽佳、布拉达曼、季内娃、奥林匹娅、伊萨贝、菲蒂丽等人的美貌和离奇且感人的爱情；通过阅读这部史诗，我们可以对两大系列骑士文学中最精彩的故事均有所了解。

作品以《疯狂的罗兰》为标题，其内容自然会以加洛林系列的骑士传奇故事为主线，主要人物也自然是加洛林王朝的君王和骑士，如查理大帝、罗兰、里纳多等人。

在第 1 歌第 1 节中诗人就明确表示，他要讲述的是查理大帝与非洲摩尔人之间的战争。

> 许久前摩尔人跨越大海，法兰西惨遭受蹂躏侵犯。因父王特罗扬被人杀害，少年的非洲王阿格拉曼，怒扑向查理曼罗马皇帝，为报仇发出了狂妄誓言。

此外，在作品中，查理大帝作为基督徒军队的最高统帅，始终以十分重要的身份出现在战场之上。

> 在最大圣庙中查理皇帝，由统领、鼓动者、勇将陪伴，诸圣事他亲自虔诚参与，以行动为所有将士垂范。[1]

---

[1] 见正文第 14 歌 69 节。

查理王及时救城中民众，众多的勇骑士跟随身边。[1]

史诗的名称来自于查理最勇猛的近卫士罗兰的名字，罗兰自然是史诗中最重要的人物之一，也自然是占有史诗篇幅最多的人物之一。从史诗的第1歌到全诗结束，绝大多数章节中都有罗兰的形象。在第1歌第2节中，诗人就已经十分明确地指出了史诗的一个极其重要的主题：

> 我讲述未曾见散文、诗歌，讴歌的罗兰爷故事段段：他曾经被认为大智大勇，却为情失理智，怒而疯癫。

激战之余，在睡梦中，美丽的安杰丽佳又出现在罗兰的脑海中，但形象忽左忽右，忽上忽下，飘荡不定；罗兰似乎意识到永远再难以见到这位娇艳的契丹公主，因而十分痛苦。

> 他心爱美女子又入脑海，应该说从来就未离心田，现如今他心中爱火更旺，白日里似熄灭，夜晚又燃。从契丹携美女返回西方，却在此丢失了绝世婵娟；查理在波尔多遭受失败，无踪影佳丽也再难见面。[2]

因丧失爱情，罗兰怒而疯癫；史诗中描写罗兰疯狂的诗句极其生动：他不费吹灰之力连根拔除千年古树，发出惊天动地的巨响。

> 随后又连根拔许多巨松，好似薅莳香草，毫无困难；榉树和冬青栎、橡树、榆树、白蜡与冷杉也同样遭难。还拔除苦栎与其他古树，就如同捕鸟人清场一般：须拔掉灯芯草、麦根、荨麻，

---

[1] 见正文第 17 歌 13 节。
[2] 见正文第 8 歌 72 节。

方可以布下网将鸟围圈。[1]

史诗中描述罗兰英勇善战的诗句更是不胜枚举。诗人在展示罗兰为救助奥林匹娅与弗利萨国王西魔科的兵将作战时这样写道：

> 安格兰勇骑士直挺长枪，朝着那人密处猛冲向前，枪到处必有人被其刺透，戳一个又一个如同面团；一杆枪穿起来六具尸体，若枪杆长度够还可再穿，第七人被戳伤没穿上，但重击也必定令其完蛋。[2]

当罗兰路遇撒拉逊军队，独闯军营，大开杀戒，令异教兵士血流成河时，诗人又这样写道：

> 罗兰握出鞘的闪电宝剑，令无数撒拉逊命丧血溅；谁若是想知道杀人多少，这可是一难题摆在面前。路变成鲜红的一条血河，太多的被杀者堆满路面；索命的杜林丹落下之时，铁盔与盾牌都必裂两半。[3]

马刚萨家族诬陷泽比诺杀人，欲将其处死。罗兰路见不平，出手相助，挥剑怒杀马刚萨家族的乌合之众，其凶猛程度令人发指。

> 或竖劈，头至脚一剑到底，或横砍，头颅被囫囵斩断；转瞬间许多人脖颈被刺，上百人遭杀戮或被驱散。[4]

罗兰在角斗场上怒杀非洲王阿格拉曼和赛里斯王格拉达索时所表

---

[1] 见正文第 23 歌 135 节。
[2] 见正文第 9 歌 68 节。
[3] 见正文第 12 歌 79 节。
[4] 见正文第 23 歌 60 节。

现出来的凶狠令所有的人不寒而栗。当勇猛的赛里斯王格拉达索见到罗兰杀死阿格拉曼时,竟然被吓得不知所措。

> 从未曾见这等可怕之事,受惊吓,面失色,心惊胆战;见罗兰勇骑士冲至面前,他好像早已经预见灾难:当遭受致命的打击之时,竟丝毫没遮挡,亦未躲闪。[1]

罗兰伯爵斩杀海怪时更是彪悍无比,他驾小舟携巨锚和绳缆驶入海怪口中,用铁锚撑住海怪的嘴,拉动缆绳,将其拖死。

> 那海怪刚靠近立刻发现,不远处近卫士十分讨厌,便张开血盆口欲吞骑士,嘴之大骑战马可入其间。罗兰爷携大锚入怪咽喉,无畏惧,深进入,奋勇向前,小舟儿也必定驶入其口,锚紧挂咽与腭柔软舌面:
>
> 上颌骨被撑住无法下落,下颌骨亦不能向上动弹。[2]

里纳多是基督徒中仅次于罗兰的第二位勇士,在帝王系列骑士史诗中也是一位极其重要的人物,有许多加洛林骑士传奇作品讲述他的故事。在《疯狂的罗兰》中,阿里奥斯托也使用了大量的笔墨书写他的事迹。在史诗的第1歌中,里纳多巧遇安杰丽佳、大战费拉乌的生动形象就跃然纸上。

> 身披甲,头顶盔,全副武装,手挽盾,腰胯间悬挂宝剑,树林中轻如燕快步飞奔,宛如那竞技场赤膊粗汉。[3]

> 二骑士足立地手舞利刃,在河边好一场殊死恶战,锻铁砧亦

---

[1]　见正文第 42 歌 10 节。
[2]　见正文第 11 歌 37—38 节。
[3]　见正文第 1 歌 11 节。

难挡如此重击，更莫说锁子甲、护身坚片。[1]

里纳多率领救兵为查理王解围，在疆场上横冲直撞，所向披靡，令围困巴黎城的撒拉逊兵勇狼狈逃窜，并剑挑非洲勇将达蒂内。

里纳多倒敌旗，开路挺进，或抗击敌兵将，阻其向前；只见他用马刺驱动坐骑，朝彪悍达蒂内猛冲向前。[2]

这一剑直刺向对手胸口，戳穿胸从背后露出剑尖。拔出剑，灵魂伴鲜血流出：无魂尸喷着血跌落马鞍。[3]

里纳多率领八百家乡子弟兵，伙同其他兄弟，夜袭敌营，大获全胜，杀得敌兵鬼哭狼嚎，逼迫非洲王阿格拉曼撤兵至法兰西南方的阿尔勒城。

里纳多命立刻吹响号角，高喊着其英名冲锋向前，撒拉逊闻喊声惊恐万状，一个个早已经吓破苦胆。他驱动巴亚多飞奔而上，一纵身跨越过营寨栅栏，撞翻了敌骑士，蹄踏步卒，被冲垮之营寨躺倒地面。[4]

里纳多大战格拉达索的场面也十分惊心动魄，尽管格拉达索手握罗兰的无敌宝剑，近卫士却毫无畏惧，他身体灵敏，武艺高强，勇猛彪悍。

里纳多急腾挪，忽左，忽右，身灵巧，艺高超，功夫精湛，

---

[1]　见正文第 1 歌 17 节。
[2]　见正文第 18 歌 146 节。
[3]　见正文第 18 歌 152 节。
[4]　见正文第 31 歌 53 节。

杜林丹剑锋利,削铁如泥,必须要躲避它沉重劈砍。凶狠的异教王毫不留情,但几乎次次空,效果不显:即便是中目标,敌仍无恙,本应该重创敌,伤却很浅。[1]

因为饮用了阿登森林中的"爱泉"水,里纳多心中燃烧着对安杰丽佳的熊熊的情欲之火,到处寻找美丽的契丹公主,直至"漠视神君"重新引导他饮用"恨泉"水,他才摆脱情欲的纠缠。

您知道他热恋安杰丽佳,赛天仙美女子世上罕见;但并非美容貌诱其落网,全因为饮用了那股魔泉。[2]

那精灵无论是善或邪恶,里纳多均谢他心地良善,赞美他来身旁实施救助,使骑士摆脱了爱情磨难。[3]

除查理大帝、罗兰、里纳多之外,史诗还赞美了其他许多耳熟闻能详的加洛林系列的骑士,如:布拉达曼、鲁杰罗、阿托夫、奥利维、格力风、阿奎兰、杜多内、布兰迪等人,这里我就不一一评介了。

尽管《疯狂的罗兰》以加洛林骑士传奇故事为叙事主线,但作品中却时常出现不列颠圆桌骑士传奇中的人物形象,如:亚瑟王、梅林大师、高文、特里坦(另译:特里斯坦)、兰斯洛(另译:兰斯洛特)等人。

在介绍卡吕冬野林的时候,诗人写道:

有许多杰出的游侠骑士,不惧难从各地赶到此间:不列颠、法兰西、北国挪威,还有那日耳曼,或近或远。谁若是不强悍难

---

[1] 见正文第 33 歌 81 节。
[2] 见正文第 42 歌 29 节。
[3] 见正文第 42 歌 66 节。

堪折磨，行路苦，争斗险，命丧魂断。在此处特里坦、亚瑟、高文、兰斯洛、加拉斯威风尽显。

其他的新与旧圆桌骑士，武艺精，名远扬，威武彪悍，留下了战利品、座座丰碑，展现了他们的英明强干。[1]

尤其是梅林大师的形象，在史诗中起着极其重要的作用，他多次出现在作品之中。首先，关闭在棺木中的梅林的灵魂曾预示：布拉达曼将与鲁杰罗结为夫妻，孕育出伟大的后裔，其家族的光辉将照亮整个人间。

阿蒙女刚迈步跨进门槛，进入到隐蔽的密室空间，死去的皮囊中活的灵魂，便对她从石棺清晰吐言："贞洁的美少女无比高贵，机运神保佑你处处遂愿，你腹中将孕育一粒良种，其光辉必将会普照人间。

"它来自特洛伊古老源头，两清泉汇集于你的血管，哺育出精粹的英雄豪杰，人世间各望族均难比肩……"[2]

梅林大师还在法兰西设立了四股清泉，并在清泉旁边的岩壁上雕刻了许多幅浮雕，用以预示欧洲的未来。

岩石上书名姓那些人物，他们都还没有生于人间；仍需待七百年方能出世，他们的英名令世界璀璨。智慧的不列颠法师梅林，亚瑟王时代便设此清泉；命巧匠刻下了未来之事，雕筑了这一处清水池谭。[3]

布拉达曼在一座城堡中受到热情的接待，并在城堡主的陪同下观

---

[1] 见正文第 4 歌 52—53 节。
[2] 见正文第 3 歌 16—17 节。
[3] 见正文第 26 歌 39 节。

看了大厅中的壁画,那些壁画也是由梅林大师绘制的,一幅幅美丽的画面展示了中世纪的杰出人物,并预示了南下入侵意大利的法兰西军队均没有好下场。

　　大厅中法师把未来预示,事出于梅林后千年之间,法兰克进行的每场战争,胜与败均展示,令人明见……[1]

　　应国王之请求梅林提笔,施法术画下了未来事件,法兰西将建的丰功伟绩,被展示厅壁上,供人观看。[2]

　　若有人南下去践踏意土,欲破坏并将其蹂躏,侵犯,我认为他必会亲眼看见,坟墓已张巨口设于山南。[3]

　　苏格兰公主季内娃的传奇也是一个典型的从不列颠系列骑士文学移植过来的故事,该故事经过阿里奥斯托的艺术加工后变得更加曲折感人:阴险的奥巴尼公爵设下圈套,命与其通奸的侍女达琳达偷穿公主季内娃的衣服,冒充公主在阳台上与其幽会,并请与公主相爱的阿里奥丹骑士在月光下观看虚假的约会场面。受骗的阿里奥丹痛苦万分,离家出走;后来传说他投海自尽。受到指控的公主被判处死刑。最后,里纳多赶到,揭露了公爵的阴谋,并将其杀死,为公主报仇雪冤,使有情人终成眷属。

　　好骑士将贼人穿于枪杆,一用力挑下马,甩出很远。跳下马,走过去,抓贼头盔,未待贼站起身,盔绳扯断:那贼人已全无回手之力,低垂头,求怜悯,微微颤颤,向骑士忏悔了他的罪孽,

---

[1]　见正文第 33 歌 7 节。
[2]　见正文第 33 歌 11 节。
[3]　见正文第 33 歌 12 节。

众显贵与国王全都听见。[1]

史诗中还讲述了一个有关不列颠圆桌骑士传奇系列中的重要人物特里坦的故事：天色已晚，勇骑士特里坦希望在一座城堡借宿。但是，城堡主的妻子十分美丽，由于嫉妒，他不愿外人入住。特里坦百般无奈，只好武力夺取城堡，并将堡主逐出城外露宿。

千百次恳求都遭到拒绝，骑士爷欲投宿难以如愿，开言道："我不再苦苦哀求，强入住，不管你愿与不愿。"向十位勇骑士、克洛德君，高声吼，怒目睁，提出挑战，要证明他并非无礼、粗野，一定要与他们比试枪剑。[2]

3. 文艺复兴文学的杰作

"如果说但丁终结了中世纪，卢多维科·阿里奥斯托则全面地代表了文艺复兴，他热情地歌颂文艺复兴的理想，赞美人的创造能力、探险精神、对美的欣赏和对尘世快乐的享受。"[3]

1）爱情至上

人文主义是指导文艺复兴文化发展的主流哲学思想，《疯狂的罗兰》是最能体现人文主义精神的作品；它虽然以宗教战争为背景，却处处展示出文艺复兴时期爱情至上、追求现世快乐的价值取向。史诗中真正引人注目的是穿插在宗教战争之间的一个个动人的爱情故事。

诗人开宗明义，在史诗的第 1 歌第 1 节的头两句诗中就明确地表示了作品的主题，其中男女之间的情爱被置于了首位。

---

[1] 见正文第 5 歌 89 节。

[2] 见正文第 32 歌 86 节。

[3] 摘译自 Prosciutti, Ottavio, *Lineamenti di letteratura italiana*,《Grafica》Stabilimento per le arti Grafiche, Perugia, 1980，p.69。

我歌颂儿女情、美人、骑士，彬彬礼、神武功、甲胄枪剑。

作品中几乎所有人物，无论是主角还是配角，男人还是女人，基督徒还是撒拉逊人，善良还是邪恶，都与情爱有紧密的关系，如：罗兰、鲁杰罗、里纳多、阿托夫、泽比诺、格力风、布兰迪、阿里奥丹、理查德、圭多内、罗多蒙、蛮力卡、萨克利潘、费拉乌、梅多罗、诺兰丁、安杰丽佳、布拉达曼、菲蒂丽、季内娃、奥林匹娅、多拉丽、伊萨贝、阿琪娜等人，男女之爱贯穿于整个作品，它的力量势不可当，是推动作品情节发展的最大动力。

为了爱情，查理最杰出的近卫士罗兰忘记了不可推卸的捍卫基督教信仰和保护帝国利益的神圣使命，毅然决然地离弃战场，单枪匹马地去寻找妖艳的美女契丹公主安杰丽佳。

对少女感觉到十分担忧，他认为美女子定遇危险，随即便闪电般跳下床榻，穿软甲，披坚片，装备齐全，又牵过宝马驹布里亚多，并未带侍从者跟随身边。[1]

为了爱情，勇猛的罗兰不顾生命危险，欲解救安杰丽佳，大战并斩杀巨型海怪。

罗兰爷携缆绳快速游动，登礁石，停住脚，稳稳立站，用全力将缆绳拉向怀中，锚利爪令魔怪痛断心肝。咽受伤，它被迫随绳而动，拉缆的伯爵爷力大无边，绞盘车转一次怎可相比，其拉力足胜过缠绕十圈。[2]

为了爱情，无所畏惧的罗兰东征西战，保护心爱女子，在世间创下了无数丰功伟绩。

──────────

[1] 见正文第 8 歌 84 节。
[2] 见正文第 11 歌 41 节。

罗兰爷早已把安杰丽佳，倾国色美女子狂热爱恋，为了她创无数不朽功业，留丰碑于米底、印度、鞑靼。[1]

同样也是为了爱情，里纳多不惜与亲如手足的表兄罗兰拔剑相向。

里纳多、罗兰爷缘同手足，因爱情烈火烧，二人生嫌，数日前相互间争斗不休，为美女罕见的妖艳容面。[2]

与罗兰一样，里纳多也为了寻找天下第一美人安杰丽佳走遍天涯海角，经历枪林箭雨。在史诗的头两歌中，他就因为争夺这位契丹公主两度分别与费拉乌和萨克利潘展开激战。

多回合难分解，旗鼓相当，彼此间刀剑术高低难辨；蒙塔坂城堡主周身炙热，难忍受，只因为爱火胸燃……[3]

他二人就好似两只恶犬，为妒忌与仇恨胸燃怒焰；龇着牙咧着嘴步步逼近，斜楞着红红的喷火双眼；疯狗般相互间你撕我咬，背上毛竖立起狂吠向前：克莱蒙勇骑士、切克斯王，喊叫着羞辱语挥舞刀剑。[4]

爱情也支配着《疯狂的罗兰》中的另一位重要人物——鲁杰罗。史诗的第三条叙事主线讲述的就是鲁杰罗与布拉达曼之间的爱情故事。为了爱情，鲁杰罗放弃了旧的信仰，皈依了基督教。

---

[1]　见正文第 1 歌 5 节。
[2]　见正文第 1 歌 8 节。
[3]　见正文第 1 歌 18 节。
[4]　见正文第 2 歌 5 节。

学会了我宗教全部玄义，鲁杰罗感觉到快乐无限；第二日老
修士举行仪式，为骑士施洗礼，淋洒山泉。[1]

大法师阿特兰观看星象，预知鲁杰罗皈依基督教后不久便会死于
非命，并将他的预见告诉了鲁杰罗。但是，要与布拉达曼成婚，就必
须皈依基督教；鲁杰罗明知这是一条死路，却仍然义无反顾地爱恋布
拉达曼，并期望与其喜结连理。

鲁杰罗，你心中十分明白，是师父阿特兰把你照看。关于你
我曾见星辰预示，皈依后你身亡基督徒间……[2]

为了爱情，布拉达曼不惧千难万险，踏遍天涯海角寻找心爱之人。
正当她要去解救鲁杰罗时，得知自己的封地受到撒拉逊人的威胁和侵
占；在爱情与责任之间，她选择了爱情，并没有先去履行捍卫信仰和
保卫国土的义务，而更急于去解救爱人。这说明，在诗人的眼中，人
的情感的地位已经高于对信仰和祖国的忠诚。

马赛城与周边大片土地，从瓦尔和罗纳直至海边，查理王托
付于阿蒙之女，希望她不负望保其安全：……马赛派信使寻布拉
达曼，请求她急回援，快马加鞭。[3]

这一边肩负着责任、荣誉，那一边心中爱如同烈焰。到最后
她决定继续努力，去解救鲁杰罗脱离危险……[4]

布拉达曼与鲁杰罗约定在蒙塔坂城堡见面，她日夜期盼着鲁杰罗

---

[1]　见正文第 41 歌 59 节。
[2]　见正文第 36 歌 64 节。
[3]　见正文第 2 歌 64 节。
[4]　见正文第 2 歌 65 节。

的到来，经常外出打探消息；因为担忧鲁杰罗移情别恋，她痛苦万分；约定的时间已过，心爱的人仍然没有到来，这更令多情的女子痛碎心肝。

> 过一日，又一日，三四五日，八九日，十来日，二十余天；仍未见夫君面，消息亦无，便开始心不宁，口吐怨言；黑暗国"复仇女"发如长蛇，她也会被抱怨感动生怜；勇少女自虐其非凡美目，还有那嫩白胸、金色发卷。[1]

在阿里奥斯托的笔下，众多骑士被安杰丽佳的美貌所吸引，无论他们是基督徒还是撒拉逊人，都不顾一切地追逐她；罗兰是基督徒中最勇猛、最智慧的骑士，本应该最具理性，却竟然为失掉这位异教美女的爱变得疯狂；罗兰的疯狂意味着中世纪骑士贵族的尊严已不复存在。

> 罗兰爷竟这等怨恨、愤怒，以至于失理智头脑昏乱。忘记了把宝剑握在手中，其疯狂否则会更不一般。他身上力无限，何须武器，创伟业不必用板斧、利剑。在林中展示出神奇威力：先拔除一高大松树粗干……[2]

诗人在赞颂男女情爱时，经常热心于描写情欲的冲动和展示人们对情欲的放纵，这一点与薄伽丘在《十日谈》中对情欲的描述十分相似。这是因为，男女之间的爱情是对自然规律的遵从，是人的情感和肉体的强烈需要，它是既焚烧着人的灵魂也焚烧着人的肉体的火焰，其基础是不可否认的人的本能。

鲁杰罗从海怪口中解救出赤裸的契丹公主安杰丽佳，并用宝马神鹰将其携走；与赤裸的绝世美女同乘一马，他难以抑制情欲的冲动，

---

[1] 见正文第 32 节 17 节。

[2] 见正文第 23 歌 134 节。

便将其置于树林之中,急忙卸甲胄欲成好事,显得十分慌乱。

> 急忙忙卸盔甲,左扯右拽,心慌的鲁杰罗一阵忙乱,解此扣
> 彼扣却紧紧缠绕:脱甲胄从未遇如此麻烦。[1]

在遥远东方岛屿上的美丽宫殿中,鲁杰罗受到娇艳的妖女阿琪娜的诱惑,成为妖女的情人,与她在一起疯狂地发泄情欲。

> 她未穿长裙子,没戴裙架,只裹着轻轻的一层稀纱,喜人
> 的白而薄一件内衣,美人肩稀纱上轻轻披搭。骑士抱美人时内
> 衣脱落,仅剩下透明纱身上披挂,罩不住前后的无限春色,胜
> 玫瑰赛百合晶莹奇葩。
>
> 两情人紧搂抱,拥作一团,远胜过常青藤纠缠攀援;热唇上
> 采摘下灵魂之花,那花儿吐芳香令人迷恋,……他二人需自己说
> 明快乐,却各自口中把双舌叼含。[2]

在美女面前,甚至年迈的隐修士也无法控制自己追求性爱快乐的欲望;他施魔法把安杰丽佳带到一座小岛上,对其动手动脚,妄图满足不轨的情欲;却因为年事已高,无能为力。

> 隐修士拥美女,任意抚摸,美女子入梦乡难以反抗。他时而
> 吻其胸,时而亲唇,荒凉处并无人将其阻挡。好一匹老马儿激情
> 洋溢,体弱却难适应强烈欲望:他因为年事高气喘吁吁,无能力
> 享美事如愿以偿。[3]

对待男女情爱,阿里奥斯托采取了与《十日谈》作者薄伽丘相同

---

[1] 见正文第 10 歌 115 节。
[2] 见正文第 7 歌 28—29 节。
[3] 见正文第 8 歌 49 节。

的态度，认为追求爱情并无罪过，拒绝爱情才是有罪的。在《疯狂的罗兰》第 34 歌中，诗人展示了地狱的景况，并讲述了莉迪亚公主的故事，其中心思想与《十日谈》中的纳斯塔乔的故事（第 5 天第 8 个故事）相似，即拒绝他人爱情并给求爱者带来痛苦的人应该下地狱。

　　　　因我在尘世间无情无义，不善待忠诚的爱我儿男。此洞中有无数这类地方，同罪者应遭受同等苦难。
　　　　残忍的阿纳萨在此下方，更浓的黑烟中忍受熬煎；因为她见情人痛苦悬梁，却冷酷，不动情，心比石坚，其躯体在世间变为岩石，灵魂也来此处遭受磨难。达芙涅在一旁已经明白，不应令阿波罗奔跑枉然。[1]

　　诗人甚至通过近卫士里纳多的口，指责压制情欲的中世纪的法律：在去苏格兰求取救兵时，里纳多得知，当地人诬陷公主季内娃与人通奸，并要以此罪名判处她死刑，非常愤怒。

　　　　里纳多略思索然后回答："一少女把情人拥在胸前，令其在喜泪中发泄情欲，竟然要被杀死离弃人间。此法律制订者应受诅咒！容此法之人也十分讨厌：该死的理应是残忍女子，而不是纵情的美丽婵娟。"[2]

　　阿里奥斯托在歌颂人对现世生活追求的时候，认为人不应该虚度现世人生，而应抓紧时间享受人生的幸福。激发罗兰和其他许多人物心中爱情的契丹公主安杰丽佳是美色的代表，也是青春的象征，她到处奔跑，从不停歇，或隐或现，犹如青春与美色一样，来去匆匆；所有的男人都被她的娇艳所吸引，都想把她留在自己身边，占有她。这充分体现了人文主义者冲破中世纪禁欲主义道德规范束缚、积极追求

---

[1]　见正文第 34 歌 11—12 节。
[2]　见正文第 4 歌 63 节。

现世幸福的新的价值观念。这一点在其他意大利文艺复兴诗人的作品中也有充分的体现，有诗为证：

> 青春多美好，飞逝不长存，若乐尽情乐，明日何需问。[1]

2）对大千世界的好奇心和探索与冒险精神

在《疯狂的罗兰》中，关于男女情爱的内容比比皆是。除了赞美爱情和对现世享乐的追求之外，作品还热情地歌颂了人文主义者对大千世界的好奇心和探索与冒险精神：血肉横飞的战场、令人胆寒的角斗、永无休止的旅行、变化莫测的形势、魔怪和巨人、仙女和妖女、法师与巫女、神话般迷人的环境、东方光怪陆离的城市、岛屿、宫殿和花园等，这些都大大地增加了作品的思想厚度。史诗以整个世界作为展示奇妙故事的舞台，把许多惊心动魄的传奇和谐且巧妙地串联在一起。

作品反复不断地展示基督徒与撒拉逊人你死我活的战争场面。诗人对凶狠的异教勇将罗多蒙率兵攻陷巴黎城墙的描写令人魂飞魄散。

> 只见他砍下了数人首级，其伤口就像是教士发圈，到处飞死人的臂膀、头颅，血如注，从城头流向河面。[2]

在巴黎城的第二道防线处，基督徒用硫磺等易燃品放火，烧得撒拉逊兵士哭爹喊娘，其场面极其悲惨。

> 蔓延的熊熊火连成一片，把东岸与西岸全都烧遍；那火焰直升上高高天空，月亮上露之源几乎烧干。天空中笼罩着黑暗烟雾，

---

[1]　意大利文艺复兴时期著名诗人洛伦佐·美第奇的诗句。见 Prosciutti, Ottavio, *Pagine di scrittori italiani,* Nuova edizione,《Grafica》Stabilimento per le arti Grafiche, Perugia, 1978, p.68。

[2]　见正文第 14 歌 121 节。

蔽皓日，遮住了晴朗蓝天。只听得噼噼啪不断爆响，就像是可怕的雷鸣、闪电。[1]

史诗中有许多此类给读者留下深刻印象的对惨烈战争场面的描述，这些描述使人有一种身临其境、气势磅礴的感受，这里我就不一一赘述了。

在《疯狂的罗兰》中，不仅有惨烈的战争场面，还可以见到难以数清的一次次令人胆寒的角斗。角斗者无论武艺高低，一般都表现出大无畏的勇士精神。泽比诺为保护罗兰的杜林丹宝剑，不顾生命危险，与比自己更加强大的鞑靼王子蛮力卡奋力激战。

> 泽比诺虽神武，无济于事，尽管他有力量，也很勇敢；但鞑靼之国王远胜王子，其武艺更精湛，十分彪悍。[2]

> 弱势者鲜血已越流越多，尽管他不觉得支撑已难：坚强心并没有丝毫减弱，还足以强撑住虚弱躯干。[3]

为争夺古代特洛伊勇士赫克特留下的兵器的使用权，鲁杰罗与鞑靼王子蛮力卡展开了一场殊死搏斗；虽然鲁杰罗最后杀死了蛮力卡，取得了胜利，但他自己也身负重伤，险些丧命。

> 二骑士将枪尾插入靠中，刺马腹驱坐骑冲锋向前；其冲力极巨大，惊天动地，似乎令大地裂，天空塌陷。[4]

> 鲁杰罗取对手性命之时，他也被蛮力卡剑劈迎面，盔中的大

---

[1] 见正文第 14 歌 133 节。
[2] 见正文第 24 歌 66 节。
[3] 见正文第 24 歌 71 节。
[4] 见正文第 30 歌 47 节。

护箍、精铁丝网，全都被这一击迸飞一边；杜林丹破额头坚硬皮骨，入骑士头骨中两指深浅：鲁杰罗亦跌倒昏厥过去，其头部流鲜血小溪一般。[1]

罗兰最后在兰佩杜萨岛上斩杀非洲王阿格拉曼和赛里斯王格拉达索的角斗更加血腥。凶狠的格拉达索一剑劈下，令基督教勇士布兰迪身负重伤。

　　　盔冠有铁护环二指余宽，被利剑猛力劈，碎裂两段；这一击实在是力大惊人，盔内的护头网亦被斩断。布兰迪面茫然，失去知觉，顷刻间落马背，重摔地面；鲜红血从脑中喷涌而出，如河水流淌在小岛海滩。[2]

布兰迪本来已杀得对手非洲王阿格拉曼狼狈不堪，却不料受到格拉达索的袭击，惨死阵前。见到最亲密的战友阵亡，罗兰胸中燃烧起复仇的烈火，猛劈一剑，将撒拉逊人的三军最高统帅阿格拉曼的头颅斩落。

　　　王中王浑身血，手中无剑，左臂挽半面盾，盔绳已断，他身上许多处被人击伤，道道痕均出自布兰迪剑；似雀鹰被苍鹰已经抓伤，猎手却赶在了苍鹰之前：罗兰爷冲过去猛力劈砍，非洲王头与体一分两边。[3]

《疯狂的罗兰》中有许多展示魔法的内容，经常可以见到法师、神君、精通法术的隐修士、巫女、仙女、妖女、魔怪、巨人、魔法、法器等人与物，如：梅林、阿特兰、漠视神君、梅丽萨、阿琪娜、洛基

---

[1] 见正文第 30 歌 66 节。
[2] 见正文第 41 歌 101 节。
[3] 见正文第 42 歌 8 节。

提、曼托、宝马神鹰、宝石魔盾、魔戒、魔号、魔法金枪、魔法书等，这些都表明作者具有对大千世界未知事物的好奇之心。中世纪，人们把宇宙万象解释为上天的安排；文艺复兴时期，人们已经认识到人的自主意识的重要性，试图用自己的头脑认识自己和自然；然而，世间仍存在着许多未知的事物。应该怎样解释这些事物呢？人文主义者不再愿意将其解释为天命的安排，而更想说有一种魔幻的力量在左右着它们的发展；这种魔幻的力量虽然超越普通人的能力，却可以被智者所掌握。

人们还需要再等待半个多世纪才能够看到现代科学之父伽利略的出生，现代科学还需要再等待一个世纪方能问世。正如意大利著名的文学评论家德桑蒂斯所说："科学还像一个被蒸汽包裹着的太阳，尚未放射出光芒。"[1] 但是，充满探索精神的现代科学的先驱者莱奥纳多·达芬奇已经活跃在意大利的艺术领域。对大千世界的好奇之心使人们期待着太阳驱散迷雾把神奇的世界清晰地展现在眼前，它预告了以观察事物为先决条件、以实验为基础的新科学的诞生。

史诗第4歌中，阿特兰法师骑乘宝马神鹰首次神奇的亮相便使读者受到极大的震撼。

> 忽然间一声响炸在耳边。少女叫："圣母啊，我的苍天！是何物震耳聋令人心颤？"她急奔炸响处瞩目观看。[2]

> 美女子抬头见一桩奇事，说出来真令人相信也难，高大的双翼马行走空中，一骑士披甲胄稳坐马鞍。[3]

鲁杰罗乘宝马神鹰飞越埃不达岛，大战海怪，解救了契丹公主

---

[1] 摘译自 De sanctis, Franceso, *Storia della letteratura italiana*, Giulio Einaudi Editore s.p.a.,Torino, 1958, secondo volume, p.513。
[2] 见正文第4歌3节。
[3] 见正文第4歌4节。

安杰丽佳；激战中宝石魔盾起到了关键性作用，它帮助鲁杰罗取得了胜利。

> 鲁杰罗立岩上揭开神盾，就好像又一日天空出现。
> 那神盾发出了万丈光芒，魔法光刺伤了巨怪双眼。……只见那怪物在浪中翻滚，可怖的悲惨状令人胆寒。[1]

安杰丽佳手中的魔戒可以破除一切魔法，若将其放入口中，便可以隐遁身形；她借助指环的魔力摆脱了坠入情欲之中的鲁杰罗的纠缠。

> 取下来魔指环放入口中，其速度极快捷如同闪电，鲁杰罗眼睁睁见她消逝，就好像被云遮太阳不见。[2]

阿托夫的魔号更是威力无穷，闻其声者必定头晕目眩。正是借助它的魔力，众英雄才得以逃出凶残的女儿国。

> 可怖的号角声回荡空中，好像是大地摇，宇宙抖颤。众人心被恐惧重重压迫，一个个为活命意欲逃窜，受惊吓，面失色，扑下看台，被弃的校场门无人看管。[3]

《疯狂的罗兰》中的人物把整个世界作为他们的活动舞台，他们无休止的旅行；这种漫游世纪的旅行是贯穿作品的一个重要内容。史诗一开始就交代说，罗兰在米底、印度、鞑靼等地创建了无数丰功伟绩，随后又携带契丹美女安杰丽佳返回西方的比利牛斯山。随后又在第6歌中说：鲁杰罗被宝马神鹰从西方携带到遥远东方的阿琪娜岛。

---

[1] 见正文第 10 歌 109—110 节。
[2] 见正文第 11 歌 6 节。
[3] 见正文第 20 歌 88 节。

再表表鲁杰罗飞行骑士，乘神兽轻盈行翱翔于天。[1]

他已把欧罗巴甩在身后，越出了广阔的大地边缘……[2]

那大鸟抖双翼飞出很远，不转弯，不回首，直冲向前，此时它盘旋着落向一岛，只因为长飞行心已生厌。[3]

在女法师梅丽萨和仙女洛基提的帮助下，鲁杰罗摆脱妖女阿琪娜的纠缠后，又骑乘宝马神鹰从东方返回西方；这真可谓是一次伟大的环球旅行。

这里是曼加纳、那是契丹，巨大的坤萨伊脚下展现；飞过了高高的喜马拉雅，赛里斯被甩在右侧后面；从北方斯基泰降向里海，到达了萨马特两洲边缘：俄罗斯、普鲁士、波美拉尼，鲁杰罗把欧亚尽收眼帘。[4]

他还要看一看其他地方：匈牙利、日耳曼，还有波兰，最后至可怖的北方之地，又来到英格兰——欧洲尽端。[5]

这样便如同那光辉太阳，绕世界他走完整整一圈。[6]

阿托夫也不落后：他破除了阿特兰的第二座魔法城堡，获得了宝马神鹰，不仅骑乘它游遍欧亚大陆，而且还深入非洲内地。

---

[1] 见正文第 6 歌 16 节。
[2] 见正文第 6 歌 17 节。
[3] 见正文第 6 歌 19 节。
[4] 见正文第 10 歌 71 节。
[5] 见正文第 10 歌 72 节。
[6] 见正文第 10 歌 70 节。

　　再讲述阿托夫驾驭神兽,似平时骑跨着战马一般,翱翔在天空中,行程万里,连雄鹰与猛隼如此也难。越大海、莱茵河、比利牛斯,又西返法兰西、西班牙间,飞跃了高卢人居住之地,见一山将东西一分两边。[1]

　　又见到加的斯、狭窄海峡,赫丘利在那里划定地边。他随后准备游阿非利加,大西洋一直到埃及边缘。再鸟瞰著名的巴利阿里,又直飞伊维萨美丽空间。随后再掉头向阿兹拉地,西班牙被甩在神鹰后面。[2]

此外,阿托夫还骑乘宝马神鹰来到地狱入口,并将其拴在地狱外的树林中,随后,勇敢地下到可怖的地狱。

　　自言道:"下地狱我有何惧?魔号能帮助我战胜万难。它可使三头狗让开道路,驱赶走普路托、凶恶撒旦。"[3]

从地狱出来后,阿托夫又骑乘宝马神鹰飞上人间乐园的山巅,并在那里看见了许许多多的神奇之物。

　　公爵爷在空中越飞越高,已飞至高峰的山脊上面。
　　美丽的花朵像珠宝一般:蓝宝石、红宝石、黄金、白钻、锆石与橄榄石、水晶、珍珠,似和风将群花嵌于坡面;如此的嫩草儿世间罕见,祖母绿也难以这等鲜艳;繁茂的枝与叶郁郁葱葱,神奇的花与果树头挂满。[4]

---

[1] 见正文第 33 歌 96 节。
[2] 见正文第 33 歌 98 节。
[3] 见正文第 34 歌 5 节。
[4] 见正文第 34 歌 48—49 节。

最后阿托夫又在圣约翰的陪同下升入天国，游历了月亮天，找到了罗兰丢失的理智，并将其带回人间。

> 圣使徒套上了四匹骏马，那马儿红彤彤好似火焰；携公爵阿托夫一同登车，手持缰，策骏马，奔向蓝天。车轮转，那马车腾空而起，转瞬间便进入永恒火团；老使徒驾驶着神奇飞车，过火层却不觉身边烈焰。
> 飞天车穿越了整个火层，随后便进入了月球空间。[1]

除了对游历人世和宇宙的精彩描写之外，诗人还展示了许多奇妙的环境，如：光怪陆离的城堡、城市、岛屿、宫殿和花园等，它们虽然位于人间，却如仙境一般美丽，迷人。大法师阿特兰施法术在比利牛斯山中修建的精铁城堡，炫目耀眼，坚不可摧，令人赞叹。

> 远处望好似被火焰照亮，其建材非石料亦非瓦砖。到近处更见其闪闪发光，美无比，真令我惊叹不断。原来是香火烟、朗朗咒语，招来了勤奋的魔鬼所建，那城堡四壁用金属筑成，憎恨河火与水炼就其坚。[2]

在东方的美丽岛屿上，妖女阿琪娜引导鲁杰罗进入一座繁华的城中，那城垣与城门富丽堂皇，无比壮观。

> 金城门真壮丽，装饰华美，从城墙探出身略微向前，处处都镶嵌着东方宝石，罕见的石与珠奇光闪闪。四支柱根根是整块钻石，既粗大，又坚硬，明亮耀眼。不知道是真钻还是假钻，人世间更美物从未曾见。[3]

---

[1] 见正文第 34 歌 69—70 节。
[2] 见正文第 2 歌 42 节。
[3] 见正文第 6 歌 71 节。

　　阿托夫乘宝马神鹰巡游世界,最后降落到非洲的努比亚王国,在那里见到了一座华丽、神奇的宫殿。

　　　　不仅是金属件精细,华美,王官的敞廊也气势不凡,挺拔的水晶柱十分高贵,宽阔的明亮厅充满光线。……祖母绿、黄晶与红蓝宝石,灯光下五彩色炫目耀眼。
　　　　墙面和棚顶都镶嵌珍珠,贵重的珠宝也铺满地面。此处是香脂树温暖故乡,圣城的香脂也难以比肩。[1]

　　预告未来也是展示神奇的一种有效的手段。在荷马史诗《奥德赛》中,先知特伊西亚斯向奥德修斯预示了未来;在维吉尔的史诗《埃涅阿斯纪》中,冥界中的魂灵向埃涅阿斯预示了罗马的未来;在彼特拉克的史诗《阿非利加》中,西皮阿梦中升入天空,见到了死去的父亲,并听他预示了第二次布匿战争的结局;通过某种手段预示未来已经成为西方史诗的一个惯例。《疯狂的罗兰》也不例外,在第3歌中,梅林大法师的灵魂预告了布拉达曼和鲁杰罗子孙后代的辉煌。

　　　　从印度到塔霍、尼罗、多瑙,从南极到北极世间罕见。你光荣之子孙名声显赫,皆具有公侯威、帝王尊严。[2]

　　此外,史诗中,诗人还利用壁画、浮雕、系列雕塑、帐篷上的刺绣等许多手段预告了未来,这里就不赘述了。

4. 近现代社会和现代叙事手法的最初表现

　　《疯狂的罗兰》写于500年前意大利文艺复兴的鼎盛时期,讲述的是1200年前查理大帝时期的故事,但作品中,我们却可以见到许多近

---

[1]　见正文第33歌104—105节。
[2]　见正文第3歌17节。

现代社会的影子。作品以骑士生活为内容，展示的本应该是奔驰在陆地上的战马与骑士的形象，然而，它却多次用大量篇幅描写了航海的场面，有些描写还十分细微、深入、准确。

查理大帝命令里纳多去英格兰求取救兵，因情况紧急，里纳多强迫水手顶着风暴出海。

只见得风神怒蔑视一切，高昂头风暴起掀起巨澜，船周围浪竖立大海怒吼，欲吞没水中舟直至桅杆。[1]

异教公主伊萨贝与苏格兰王子泽比诺相爱，但因宗教障碍无法明说；最后，两人决定私奔。泽比诺委托他人伴装绑架伊萨贝，将其带走；然而帆船却在航行中遇到猛烈的风暴，撞上了礁石。

降风帆，将桅杆捆定两舷，拆船楼亦难以逃避海难；罗歇尔附近处可悲船儿，撞上了尖尖的水下礁岩。[2]

阿托夫告别仙女洛基提，离开神奇的东方岛屿，欲返回欧洲；为他送行的帆船穿越马六甲海峡，绕过印度，进入波斯湾。

船沿着富裕的海岸行进，见恒河泛白沫流入海洋；再前行他看见多马之地，水手们把船头转向北方。[3]

阿托夫、玛菲萨、阿奎兰、格力风等人要返回法兰西，然而他们的帆船却遭遇了海上风暴，险些沉入海底；后来侥幸被风暴吹至一个女子掌权的国度。

---

[1] 见正文第 2 歌 28 节。
[2] 见正文第 13 歌 16 节。
[3] 见正文第 15 歌 16 节。

那狂风极凶猛，海浪更恶，船楼与眺台被浪头撞翻：暴风雨
使波涛挺直竖立，老船长与海斗，劈斩巨澜。有人在微弱的灯光
之下，低着头紧盯住航海罗盘，用手在海图上指示航向，还有人
持火炬至舷下面。[1]

诗人还经常用航海比喻其他，生动地展示出某种意象。贾丽娜欲
勾引丈夫的朋友费兰德通奸，费兰德不从，她便设毒计，致使费兰德
误杀好友阿尔焦；邪恶的女子还以揭发他杀害朋友为要挟意欲强迫费
兰德就范；费兰德左右为难，权衡利弊，最后只好妥协。

就像似大海中行驶木船，被两股强风浪冲击不断，一股风从
船尾推船前进，另一股又推船退回原点；风儿或吹船尾或吹船头，
相搏后更强风推其向前；就这样费兰德徘徊不定，两害中择其轻
理所当然。[2]

罗多蒙的未婚妻被蛮力卡夺走，他怒不可遏，与蛮力卡拔剑相向；
非洲王唯恐他二人不和影响战局，极力干预，才制止了他们的争斗；
此处亦可见到诗人用与航海有关的形象来比喻两位勇士之间的纠纷。

蛮力卡也再次暴跳如雷，高喊道："要做甚，悉听尊便！"若
不是罗多蒙受到指责，非洲王命他勿再起争端，不要与蛮力卡继
续吵闹，强行令他降下怒火风帆，纠纷的木帆船入港之前，还仍
然须游弋广阔海面。[3]

大篇幅地描写海上航行的场面并利用此类描写展示其他意向，这
种做法说明了诗人生活在哥伦布发现新大陆的近代大航海时代，而且

---

[1] 见正文第 19 歌 44 节。
[2] 见正文第 21 歌 53 节。
[3] 见正文第 27 歌 109 节。

对这种人类大无畏的探索精神十分关注和欣赏。诗人对世界各地地理状况的描写也充分地说明了这一点。阿里奥斯托从来没有离开过意大利，但是，无论是西方还是东方，陆地还是海洋，欧亚还是非洲，他的描写都是那么细致入微和准确。马可波罗等人的东方之行已经为西方人提供了丰富的陆路地理知识，大航海活动又为他们提供了丰富的海路地理知识；我们不难想象，当时，在诗人生活的环境中，存在着许多各类的有关世界地理知识的资料、图册和书籍，而且诗人也一定对这些资料、图册和书籍进行过认真细致的阅读和研究。

前面我们提到过，里纳多曾经指责压制女子情欲的苏格兰的中世纪法律。在《疯狂的罗兰》中，此类赞美女性、指责男性、维护女性权利的内容很多，这些内容也是近现代社会的一种新鲜事物。

诗中，诗人极力赞美奥林匹娅对心爱男子的忠诚，严厉谴责男人们花言巧语、不遵守诺言、欺骗和背叛女子的行为。

> 我推崇爱魁首奥林匹娅，古与今难有人与其比肩，若尚未超越过所有他人，如此的巨大爱亦属少见。[1]

> 人世间存在着众多邪恶，追求者常许下报恩诺言。他们为能获取欲得之物，全不顾上天主耳听眼见，对上天许诺言发出毒誓，一阵风便全都烟消云散。[2]

诗人认为，女性十分优秀，但因为笔杆子掌握在男人手中，男人的嫉妒和无知使女子的美名难以世代相传；这样的情况不应该再继续下去了。

> 女子们生来就无比优秀，涉足的各领域光辉灿烂；历史上却没有引起关注，至今日其名望人世罕见。若以往人间不传女名，

---

[1]　见正文第 10 歌 1 节。
[2]　见正文第 10 歌 5 节。

此恶习却不应世代相传；全因为执笔者嫉妒，无知，把她们之荣耀长期隐瞒。[1]

诗人还认为，尽管笔杆子主要掌握在男人手中，但历史上仍不乏杰出的女性，她们经过努力，使自己的美名传遍世间。面对这种情况，嫉妒的男人们又想方设法地诬陷女性，生怕她们的美名超越自己。

杰出的女子们长期努力，昼与夜工作忙，孜孜不倦，才收获累累的丰硕果实，使自己美名声传遍世间……[2]

绝不愿女人们占据上风，要努力把她们逐入深渊：怕女子，庸者便掩其荣耀，唯恐雾遮蔽住太阳光线。[3]

当人们指责妻子背叛丈夫时，诗人却为女人辩护。他指出，在利益面前，最坚强的心灵也难以抵抗其诱惑；世上有数不清的卖主、叛友的男人，人们更应该痛恨他们，而不应抓住女人不放。

最坚强心灵也受利驱使，为微小之利益作恶多端。你应该切齿恨多少男子？为金钱他们把主、友背叛。[4]

在《疯狂的罗兰》的第43歌中，诗人讲述了一个离奇的故事：为获得一只能够制造金银财宝的神奇小狗，阿尔佳受人诱惑，背叛丈夫，愤怒的丈夫欲将其杀死；而丈夫却为获得一座宫殿与一位极其丑陋的摩尔人发生同性恋关系。诗人通过阿尔佳的口，为女人的失身进行了合情合理的辩护。

---

[1]　见正文第 20 歌 2 节。

[2]　见正文第 37 歌 1 节。

[3]　见正文第 37 歌 3 节。

[4]　见正文第 43 歌 48 节。

女子道:"被苦求,我顺自然,你却要开杀戒令我命断,现如今与卑劣男人同卧,惩罚你需要用何等手段?我情人面貌美彬彬有礼,赠送我之礼物远胜官殿。"[1]

此外,在《疯狂的罗兰》中还可以见到其他许多新鲜事物,如对火绳枪的描写。

枪筒后喷火焰好似闪电,枪筒前爆炸声如雷冲天。天空中回荡着可怖声音,墙壁摇大地也剧烈抖颤。被击中定然会粉身碎骨,任何人都难以把命保全;那子弹呼啸过发出尖叫,邪恶的暗杀者却未如愿。[2]

火绳枪诞生于文艺复兴时期,查理大帝时代尚未出现,但诗人却在诗中描写了它的威力和发明过程,这也说明了阿里奥斯托对待近现代的新鲜事物十分关注。

《疯狂的罗兰》还采用了一种极具现代感的立体式叙事手段。诗中,许许多多的动人故事交织在一起,相互拉动,相互影响;就好像一棵巨大的千年古树,在它的宗教战争的主干上分出了两根支干:罗兰及其他骑士对安杰丽佳的爱情和追逐、鲁杰罗与布拉达曼之间的爱情;随后又在主干的其他部位和支干上派生出了无数条柔软的枝叶,这些枝叶相互缠绕,形成了一个巨大的十分复杂的繁茂树冠。

在叙事时,每当一个故事发展到关键时刻,如人物陷入难以自拔的困境致使读者处于高度紧张状态的时候,诗人总会突然停笔,向读者表示:

恩主呀,这一歌已经太长,继续讲会使您烦而生厌:我以后

---

[1]　见正文第 43 歌 141 节。
[2]　见正文第 9 歌 75 节。

再叙述这段故事，那时候您定会更加喜欢······[1]

随后，诗人转换话题，开始讲述其他故事；间隔数歌，甚至十几歌后，当读者心情平静时，再返回原话题。这种处理方法成为诗人手中的一支魔棒。一方面，诗人利用它，可以避免自己的情感过于陷入故事之中，以便能置身于故事之外，按照自己的意愿更好地操纵故事，使复杂的史诗内容更加合理地发展。另一方面，诗人使史诗的叙事方法与今天的许多电视连续剧十分相似，诗中同时讲述多个故事，并将它们交织在一起；这样既可以更全面地展示生活的各个侧面，更真实地反映复杂的生活现实，使故事更具有立体感；又可以紧紧地抓住读者的注意力，使读者被急于了解故事结局的好奇心牢牢地拴在作品之上；还可以像诗人自己所说的那样：

如故事可左右不断变换，便能够令听众减少厌烦。[2]

阿里奥斯托是幸运的，他诞生于古登堡铅字活版印刷术之后。由于《疯狂的罗兰》具有极高的文化与艺术价值，受到读者的喜爱，它问世不久便被译成法语、西班牙语、英语等多种文字，并借助印刷术的神奇羽翼传遍了整个欧洲，赢得了更多的读者，对欧洲的史诗发展产生了深远的影响，成为世界文学宝库中不可多得的珍贵遗产。

王军

2017 年元月，于北京外国语大学

---

[1]　见正文第 10 歌 115 节。
[2]　见正文第 13 歌 80 节。

目 录

第 1 歌

趁混乱美女子逃离营寨　　落马背异教王丧尽颜面
捞盔冠费拉乌河边遇鬼　　追佳丽里纳多两度激战

非洲王阿格拉曼欲报杀父之仇，率领非洲兵勇倾巢出动，协同马西略率领的西班牙撒拉逊军队杀向法兰西。

此时，勇猛的近卫士罗兰携美丽的契丹公主安杰丽佳从东方返回西方，来到设立在比利牛斯山脚下的基督徒军营。大战在即，为争夺美女，罗兰与表弟里纳多拔剑相向。为了避免骨肉相煎，查理大帝命拜恩公爵软禁安杰丽佳，并许诺，战后将其赐予二人中杀敌最多者。

基督徒军队溃败，安杰丽佳趁机骑马逃走；不料，途中遇见徒步而来的里纳多。里纳多紧追不舍，在河边遇到打捞头盔的西班牙勇士费拉乌，并与其厮杀起来；安杰丽佳又乘机逃之夭夭。

安杰丽佳在树林中巧遇切克斯国王萨克利潘，并希望得到他的保护。路过此处的基督教勇猛女骑士布拉达曼与萨克利潘对阵，只一个回合便将其击落马下，使其在美女面前颜面尽失。

灰溜溜的萨克利潘正待与安杰丽佳离去，里纳多赶到，见异教王骑在他的宝马巴雅多背上，与美女安杰丽佳同行，怒不可遏，向其提出挑战。

1

我歌颂儿女情、美人、骑士[1]，

彬彬礼、神武功、甲胄枪剑。

---

[1]　诗人开宗明义，一开始就说明了自己要以文艺复兴文学作品的中心主题之一——爱情——为史诗内容。

许久前摩尔人跨越大海，
法兰西惨遭受蹂躏侵犯。
因父王特罗扬[1] 被人杀害，
少年的非洲王阿格拉曼，
怒扑向查理曼罗马皇帝[2]，
为报仇发出了狂妄誓言。

2

我讲述未曾见散文、诗歌，
讴歌的罗兰爷[3] 故事段段：
他曾经被认为大智大勇，
却为情失理智，怒而疯癫。
曾有女[4] 亦使我神情迷乱，
现如今磨炼我微薄才干，
她令我有能力执笔耕耘，
成就我写诗篇了却夙愿。

3

艾克勒[5] 俊后裔伊波利托，
您慷慨用光辉照亮人间；

---

[1]　非洲王阿格拉曼之父，死于年轻的罗兰之手。
[2]　公元 800 年的圣诞节，教皇利奥三世加冕法兰克王查理为神圣罗马帝国皇帝，史称"查理大帝"或"查理曼"。"曼"在西方语言中意思为"伟大的"。
[3]　《疯狂的罗兰》中最重要的人物，也是中世纪法兰西加洛林系列骑士传奇故事中最重要的人物；他是查理大帝十二近卫士之一，基督教最勇猛的骑士。
[4]　指诗人的爱妻亚历山德拉·贝努齐。
[5]　指伊波利托·埃斯特枢机主教的父亲费拉拉公爵艾克勒一世。费拉拉城主埃斯特家族是文艺复兴时期意大利最有影响的家族之一，曾赞助过许多文人墨客。伊波利托是诗人的主人和赞助者。

下微臣[1] 谨奉上微薄礼物，
恩请君笑纳之心中喜欢。
明知道恩情债纸墨难消，
也只能靠诗文部分偿还，
请勿怪此回报轻如鸿毛，
我尽力倾所有竭诚奉献。

4

您将见鲁杰罗[2] 不朽英名，
已列入豪杰榜，金光闪闪，
我亦欲写诗篇将其赞颂，
他本是您家族显赫根源。
您若能暂退避尊贵思绪，
低垂耳，赐片刻，听我诗篇，
便可闻您先祖勇猛无敌，
创奇功，建伟业，永世相传。

5

罗兰爷早已把安杰丽佳[3]，
倾国色美女子狂热爱恋
为了她创无数不朽功业，
留丰碑于米底[4]、印度、鞑靼。
携美女又西返比利牛斯[5]：

---

[1] 指诗人自己。诗人是伊波利托·埃斯特枢机主教的秘书，受其提携和恩惠，因而写诗赞颂他。
[2] 史诗中的重要人物。诗人认为他是埃斯特家族最早的祖先。
[3] 契丹公主，貌美无比；是史诗中最重要的女主人公之一，也是史诗中许多爱情故事的灵魂；在意大利文艺复兴早期作品博亚尔多的《热恋的罗兰》中已经出现。
[4] 指古米底王国所在地区，即伊朗高原西北部。
[5] 指位于西班牙与法兰西交界处的比利牛斯山脉。

　　大山中集聚起士卒万千，

　　法兰西、日耳曼随从查理，

　　旷野间、山脚下牢扎营盘；

6

　　要使那马西略[1]、阿格拉曼，

　　再一次为疯狂自抽颜面[2]。

　　前者驱西班牙军队入侵，

　　后者率非洲人举兵来犯，

　　能持械丁勇均倾巢出动，

　　欲蹂躏法兰西美丽家园。

　　恰此时罗兰爷返回军营，

　　谁料想不多时懊悔已晚[3]。

7

　　人经常会做出错误判断：

　　可叹那心上人难以再见！

　　疾奔驰护佳丽从东到西，

　　挥枪剑无数天奋勇苦战[4]；

　　到如今心爱女却被夺走，

　　在本土朋友间无法亮剑。

　　查理王睿智帝将其分离，

---

[1] 西班牙撒拉逊人国王。当时西班牙被撒拉逊人占领，即被来自于北非的穆斯林占领。

[2] 再一次为自己的疯狂举动而懊悔不已。

[3] 罗兰、里纳多和其他许多基督教勇士都热恋美丽的安杰丽佳，甚至为了争夺美女拔剑相向；查理为了避免手足相残，鼓励他们英勇杀敌，便将安杰丽佳交给拜恩公爵看管，并许诺，战争结束之后将其赐予杀敌最多的勇士；后来安杰丽佳趁机逃跑，使罗兰不但无法立刻得到她，而且将永远失掉她。

[4] 为了护卫安杰丽佳，罗兰曾与鞑靼汗王阿格里等人大战。

为熄灭似火焰熊熊欲念。

8

里纳多^[1]、罗兰爷缘同手足，
因爱情烈火烧，二人生嫌，
数日前相互间争斗不休，
为美女罕见的妖艳容面。
此争斗令查理坐卧不宁，
骨肉煎怎助王与敌争战。
拜恩公^[2]受君命囚禁佳丽，
只因为此女子实为祸端。

9

向两位勇骑士查理许诺：
决战日谁做出重大贡献，
斩敌酋，建奇功，令王欢喜，
便赐予美女子了却其愿。
那一日运不佳，事与愿违，
基督徒溃败逃，战局凶险，
拜恩公与众人成为俘虏，
营寨空，无人守，被弃一边。

10

美女子被囚禁基督营寨，
悬赏物本应该花落好汉^[3]。

---

[1] 里纳多是史诗中的重要人物，在《热恋的罗兰》中就已经出现；他是罗兰的表兄弟，十分勇猛，也是查理的十二宫廷近卫士之一。
[2] 指日耳曼拜恩（另译：巴伐利亚）公爵纳莫。
[3] 指在战场上杀敌最多的英雄好汉。

她已经预感到机运女神，
那一日必定把基督反叛，
事变前就先行跨上马背，
待时机，转身逃，快马加鞭；
飞奔入树林中蜿蜒小路，
一勇士迎面来徒步向前。

11

身披甲，头顶盔，全副武装，
手挽盾，腰胯间悬挂宝剑，
树林中轻如燕快步飞奔，
宛如那竞技场赤膊粗汉[1]。
美女子忽然见徒步勇士，
猛然间勒住马止步不前，
就好似牧羊女路遇毒蛇，
急躲闪，心恐惧，毛骨悚然。

12

来者乃蒙塔坂[2]阿蒙[3]之子，
查理王近卫士，十分彪悍。
巴雅多[4]他心爱宝马良驹，
不知道为何故脱缰不见。
抬头望，眼前亮，瞧见佳人，
相距远亦认出美丽容颜，

---

[1] 诗人为歌颂费拉拉城的统治者埃斯特家族写作了这部史诗；古时候，该城举办体育比赛时，运动员一般为普通民众，他们经常半赤裸着身体参加跑步比赛。
[2] 蒙塔坂是里纳多的封地。
[3] 里纳多是阿蒙公爵的儿子。
[4] 里纳多的战马叫巴雅多。

娇俏貌犹如那天使下界，

他正为此女子情意缠绵。

13

美女子勒坐骑转身躲避，

缰绳弛，纵马奔树木林间，

哪顾得枝与叶稀疏稠密，

只希望寻佳路求生逃难：

脸苍白，身颤抖，全然失控，

任马儿自择路飞驰向前。

野林中乱冲闯，东西南北，

多时后身临近一条河边。

14

异教徒费拉乌[1]浑身是土，

汗淋漓站立在那片河滩；

本希望饮河水小憩片刻，

他刚刚经历了一场恶战；

未曾想头上盔[2]落入河中，

因口渴急饮水过于贪婪；

欲取回那铁冠实在不易，

无奈何，不得已，滞留河边。

15

俏女子奔驰来惊恐万状，

---

[1] 来自西班牙的撒拉逊骑士，十分勇猛；在博亚尔多的《热恋的罗兰》中已经出现。
    他杀死安杰丽佳的兄弟阿加利，并借走了他的十分珍贵的头盔；他是罗兰的死敌，
    也热恋安杰丽佳。
[2] 指费拉乌杀死阿加利时借走的头盔。

尽全力撕裂嗓高声叫喊。
闻其声跳上岸撒拉逊人，
定睛瞧养人眼俊俏容颜；
惊慌的美女子苍白面色，
难遮掩非凡貌俏丽婵娟；
虽多日未曾闻此女消息，
但唯有契丹女如此妖艳。

16

费拉乌亦慷慨[1] 如同二士[2]，
其胸中也燃烧爱情火焰，
头上盔虽丢失胆气尚在，
护女子心甘愿竭诚奉献；
拔出剑，奔向前，怒视对方，
里纳多岂惧怕来者凶悍。
他二人已数次战场相遇，
也曾经显身手比试枪剑。

17

二骑士足立地手舞利刃，
在河边好一场殊死恶战，
锻铁砧亦难挡如此重击，
更莫说锁子甲、护身坚片[3]。
看二人拼全力难解难分，

---

[1]　在诗人的笔下，慷慨之士心中都自然会燃烧起爱情之火。
[2]　指罗兰和里纳多二位勇士。
[3]　锁子甲是古代战争中使用的一种金属铠甲，用细小的铁环相套，形成一件护甲；
　　优点是柔软，披甲人可以较自由地挥动臂膀，弱点是难以抵挡住猛力刺来的枪剑，
　　因而骑士经常在锁子甲上披挂硬甲，即坚硬的金属片。

美女子细思量脱身逃难，
时机到不迟疑驱赶坐骑，
奔向那树林中、旷野田间。

18

他二人均试图压倒对方，
相互间猛击打，各施手段，
多回合难分解，旗鼓相当，
彼此间刀剑术高低难辨；
蒙塔坂城堡主周身炙热，
难忍受，只因为爱火胸燃，
面对着费拉乌西班牙人，
先启齿说明白心中之言。

19

"此厮杀定会使两败俱伤，
你与我互伤害实为哪般？
如若说战火源燃于胸中[1]，
这艳阳又出现[2]灼你心田，
纠缠且阻挡我与你何益？
捉住或杀死我你难如愿，
美貌女归属谁另有定夺，
你阻拦，我迟延，她却逃远。

20

"你如若爱此女激情依旧，
何不将逃遁路快快截断，

---

[1]　因二人胸中燃烧着对美女安杰丽佳的爱情，所以才交战。
[2]　"艳阳"指美女安杰丽佳，再一次见到她，费拉乌心中又重新燃起了爱情之火。

莫令其先脱身逃之夭夭，
留住这美娇艳在己身边！
到那时归属谁再议不迟，
决雌雄问你我手中刀剑：
现如今我二人厮杀不止，
对你我均无益只有灾难。"

21

此建议异教徒心中喜欢，
便同意暂推迟争斗时间；
二勇士欲休战收住兵刃，
把仇恨忘脑后抛弃一边。
费拉乌不愿意只身离去，
留下那徒步汉独在河畔，
阿蒙子被邀请跨上马背，
寻足迹追美女纵马向前。

22

哎呀呀，古骑士慷慨仁善！
原本是敌对者兵刃相见，
信仰异，刀剑利，招招险恶，
浑身伤，遍体痕，疼痛不断；
到此时无猜忌同马驰骋，
羊肠道，崎岖路，黑暗林间。
四根刺[1] 驱坐骑，战马狂奔，
来到了岔道口，路分两边。

---

[1] 每只马靴上有一根马刺，两位骑士，共穿四只马靴，因而有四根马刺。

23

二骑士不知晓美女去向，
择此道，选彼路，无法判断，
两条路均可见马蹄新印，
看上去无区别着实难辨；
里纳多、撒拉逊[1]各上一路，
无奈何全依赖命运决断。
费拉乌徘徊于树木林间，
东转转，西转转，回到原点。

24

到最后又来到小河边上，
那顶盔被吞噬沉下水面。
追赶上美女子已经无望，
为何不寻铁胄重踏漪澜？
河水中掩藏着骑士头盔，
费拉乌再一次下至河滩：
丢失物深陷入河底泥沙，
重获得费时间十分困难。

25

费拉乌将一根粗枝折断，
剔枝杈去叶片做成长杆，
触河底试水深寻找失物，
可及处均插到，细细查探。
多少时，多少汗，徒劳无获，
不由得内心中怒火爆燃。

---

[1] 指费拉乌。

突然间一骑士凶神恶煞，
河中央出水面半截躯干。

26

那骑士光着头全身披甲，
右手中紧握着一顶铁冠：
费拉乌寻此冠已经多时，
却一直杳无踪，努力枉然。
水中人怒目睁张口说话：
"哎呀呀，汝失信，丧尽颜面！
此物件早应该归还于我，
为什么丢失它你心不安？

27

"我胞姐名字叫安杰丽佳，
杀我时你许诺了我心愿：
数日后将护盔抛入此河[1]，
这件事你本应牢记心间。
若如今命运神逆你而为，
却努力帮助我实现凤愿，
为此事你不该灰心、沮丧，
失信才应令你心绪不安。

28

"你若想重获得精美盔冠，
勇夺之方见你荣耀非凡，

---

[1] 据博亚尔多在《热恋的罗兰》中讲，杀死安杰丽佳兄弟阿加利时，费拉乌曾答应满足他最后的心愿：将其尸体抛入附近的河中，同时费拉乌向阿加利借用他珍贵的头盔，并许诺两天后还给他，即抛入河中。

近卫士勇罗兰头顶宝胄，

里纳多头上盔更是光灿，

它们属阿蒙特[1]、曼波林君[2]，

得其一足显你神勇超凡；

你发誓这头盔归还与我，

为何不守信誉履行诺言？"

29

突然间那人影水中出现，

撒拉逊猛壮士毛骨悚然，

神慌张，面苍白，不知所措，

本欲言，话难出，语塞色变。

此人名阿加利，美女兄弟，

费拉乌夺其命距此不远；

受指责背信誉，天下耻笑，

面与心燃火焰，羞愧难按。

30

一时间话语塞，有口难辩，

更何况指责词确凿实言，

无语对，紧缄口，瞠目结舌，

一颗心早已被耻辱戳穿。

想当初阿蒙特头盔被夺，

阿莱蒙[3]与罗兰结下仇怨；

---

[1] 撒拉逊骑士，阿高兰的儿子，特罗扬和加拉切拉的兄弟，阿格拉曼王的叔叔，鲁杰罗的舅舅；罗兰将其杀死，并夺走头盔。

[2] 查理大帝的死敌，里纳多将其杀死，并夺走他的施有魔法的头盔。

[3] 在阿莱蒙地区罗兰杀死了撒拉逊骑士阿蒙特，并夺走他的神奇头盔；费拉乌曾发誓与罗兰决斗，夺回该头盔。阿莱蒙指意大利的阿斯普罗蒙特山，位于意大利南部墨西拿海峡附近，属于亚平宁山脉的一部分。

以其母朗福萨名义发誓，
不夺回，费拉乌永不顶冠[1]。

31

异教徒心不悦，悻悻离去，
这誓言远胜过以往许愿，
他始终将此事牢记心中，
长时间为了它忍受熬煎，
其足迹踏遍了天涯海角，
一心寻近卫士[2]，不畏艰险。
里纳多踏上了不同之路，
另一片天与地展现眼前。

32

勇骑士刚走出没有多远，
好一匹烈性马跳至面前：
"巴雅多，快站住，快快站住！
无尔助我实在举步维艰。"
那畜牲不听唤未止脚步，
放开蹄，撒起欢，飞奔向前。
里纳多紧紧追，怒不可遏：
于此时美女子仓惶逃难。

33

契丹女慌乱中闯入幽林，
荒野地，孤寂处，渺无人烟。

---

[1] 费拉乌曾以母亲朗福萨的名义发誓，如若夺不回阿蒙特的头盔，就永远不再戴护
头盔冠。
[2] 指罗兰。

黑林中山毛榉、苦栎、榆木，
风儿吹，枝叶摇，沙沙不断，
落荒逃，心惊恐，风声鹤唳，
东奔奔，西撞撞，心惊胆战；
山顶上，峡谷中，若见影动，
唯恐是里纳多身后追赶。

34

好似那幼年鹿亲眼看见，
树林内，家园中，草木之间，
花斑豹撕碎了母亲胸腹，
又凶残咬断其脖颈喉管；
野林中急奔逃，躲避凶手，
魂未定，心恐慌，吓破肝胆：
一次次荆棘丛剐蹭肌肤，
皆疑惑被恶豹撕成碎片。

35

一白昼，一黑夜，又一半天，
到处转，不知晓何处避难。
来到了一树林，景致优雅，
感觉到清爽风轻轻拂面：
两清泉潺潺流，窃窃私语，
青青草、嫩嫩叶覆盖河岸；
碎石砾截溪水，时断时续，
甜美音、和谐乐流入心田。

36

里纳多千里远，难以追上，
美女子自认为平安脱险，

路艰难，烈日炎，疲劳饥渴，
理应当歇片刻，跨下马鞍。
卸辔头，放马儿随意啃草，
好牧场处处花，芳香色鲜；
清泉边一片片肥美嫩草，
任马儿信步游饱食佳宴。

37

不远处少女见锦绣灌木，
荆棘丛花儿放，玫瑰红艳，
清泉水如镜面倒映美景，
古橡树参天高遮蔽日焰；
灌木中有空地，阴影覆盖，
天恩赐一寝室——绿荫房间：
枝与叶细编织，结成密网，
太阳光难射入，视线亦难[1]。

38

细嫩草铺垫成一张睡榻，
靠近客[2]被邀请躺卧其间。
美女子足迈入灌木丛中，
入梦乡，睡卧在草榻上面。
刚入睡不多时好似听到，
达格达马蹄声响在耳边；
轻坐起，朝河畔举目张望，
一骑士戴甲胄映入眼帘。

---

[1]　阳光照不进去，过路人的视线也难看到那里。
[2]　靠近的人。

39

既希望，亦恐惧，心生疑虑，
是敌人或朋友难以分辨；
静等待，观其变，纹丝不动，
屏呼吸，寂无声，空气停颤[1]。
河岸边那骑士跳下马背，
双面颊依小臂，神情疲倦；
深陷入思绪中不能自拔，
就如同无知觉顽石一般。

40

低垂头，苦沉思，何止一时，
恩主呀[2]，那骑士心受熬煎；
良久后才吐出悲伤话语，
抱怨声依然是温柔委婉；
真诚语开坚石，唤起怜悯，
感人言亦能使恶虎从善。
洒热泪如面颊流淌溪水，
叹息声似胸腔爆发火山。

41

"思绪呀，你令我柔肠寸断，
冰冻或火烧之尽遂汝愿。
其他人摘果实，捷足先登，
我本是后来者，只能哀叹。
肥猎物早已被别人夺走，

---

[1] 屏住呼吸，不敢作声，就好像空气都不颤抖了。

[2] 《疯狂的罗兰》是诗人为赞美其恩主伊波利托·埃斯特枢机主教所创作的史诗，
因而诗中他经常以"恩主呀"等词语来唤起阅读史诗的枢机主教的注意。

我与她仅交换片语只言。
如若是花与果不应归我，
又何必将我心残忍戳穿？

42

"美少女好似那艳丽玫瑰，
天生就浑身刺，玉立花园，
温和风、黎明露将其滋润，
清澈泉、肥沃土为其奉献，
放牧人与羊群不敢近身，
孤芳花享自在，无比安全：
俊少年、怀春女爱慕有加，
摘鲜花，插鬓角，装饰胸前。

43

"一时间被摘下绿色花茎，
离开了母亲怀无人照看，
没有了天与人青睐关怀，
一切美皆丧失，丽质不见。
美少女对鲜花热爱至极，
远胜过其生命、美丽双眼，
如鲜花被采摘失去颜色，
众情人心目中不再鲜艳。

44

"他人前花儿谢，丽质全无，
一人摘，独占有，实在贪婪。
啊，机运神你为何如此残忍！
我痛苦，心已死，他人喜欢。
难道说我不配爱那美女？

难道说我性命理应归天？

啊，我如若不能够把她爱恋，

莫不如早离世，闭上双眼。"

45

如问我是何人如此痛苦，

在河边悲伤泣，热泪潸潸；

乃可怜切克斯[1]一国之主，

被爱情苦纠缠萨克利潘[2]；

百般苦，千般痛，源于情爱，

只因为一颗心疯狂热恋；

他仅是美女子恋者之一，

艳丽女已认出悲痛儿男。

46

在印度便得知伤心消息：

猛罗兰携美女西方回返；

从远东直追至日落之处[3]，

皆因为情与爱如同烈焰。

来到了法兰西方才得知，

查理帝羁美女许下诺言：

那一日勇捍卫金色百合[4]，

二雄[5]中有一人可获美艳。

---

[1] 切克斯（另译：切尔克斯）指古代居住在今俄罗斯北高加索地区的切克斯人所建立的王国。

[2] 史诗中的重要人物，异教徒，切克斯国王，热恋安杰丽佳；在《热恋的罗兰》中就已经出现。

[3] 此诗句的主语是上一节所提到的萨克利潘。

[4] 金百合又名鸢尾，是法兰西的国花，象征法兰西的国家利益。

[5] 指罗兰和里纳多。

47

多情人[1] 赶到了厮杀战场，
亲眼见查理军溃败逃窜：
细细寻美女子逃亡踪迹，
却茫然不知道所行路线。
这便是苦涩爱伤心故事，
受磨难痛苦人萨克利潘，
抱怨语、哭诉词、肠断肝裂，
生怜悯足可令太阳停转。

48

如此痛，如此怨，如此悲伤，
双目中流淌出温热清泉，
口中吐无数句怨恨言语，
此文中无必要句句表全；
这骑士好运气真不寻常，
他所言美女子全都听见：
此良机实在妙，千载难逢，
得来时不费力，只在瞬间。

49

骑士语美女子静静细听，
真诚意、肺腑言、悲切声声，
她已经明此情不止一日，
为了爱骑士无半刻安宁：
俏佳丽不同情痛苦男儿，

_____

[1] 指萨克利潘。

其心肠寒如冰，更比石硬；
世上人无例外全都蔑视，
没有谁值得她付出真情。

50

荒原中，野林间，身只影单，
应利用此骑士护卫身边；
如若你陷水中头顶将没，
不呼人来救命实属蠢蛋。
此良机不牢牢紧握手中，
再想见忠诚士难上加难；
任何人都不如此人可靠，
他早已经历过千锤百炼。

51

美女子心冷酷情亦麻木，
恋爱者忧愁怨与她无关，
无心思抚慰其累累伤痕，
不思量怎满足情人夙愿；
只为把追求者挽留身旁，
编织出爱情网，实为欺骗；
她需要佯装爱达到目的，
待事后冷与傲仍旧依然。

52

走出了黑幽幽灌木树丛，
娇艳女突然间现出身影；

就好似狄安娜[1]、美丽爱神[2]，
野林外山洞前闪亮显形[3]。
一现身便柔声轻启朱唇：
"恳请君心平静神情安宁，
切勿要不明辨将我怪罪，
愿神灵依赖你佑我清名。"

53

美女子突然间站在眼前，
风拂柳，花照水，举止非凡，
俏容貌宛如那天使降临，
令骑士内心中欢欣愕然；
就如同将士归爱子未回，
母误认儿身亡痛碎心肝，
抬起头却见他面前站立，
其心中乐开花惊喜无限[4]。

54

东方的恋爱者[5]充满痴情，
急奔向心爱女娇艳明星；
美佳丽紧抱住情人脖颈：

---

[1] 在罗马神话中，狄安娜是奥林匹斯山上的月亮与狩猎女神，在希腊神话中叫阿耳忒弥斯；她身材修长、匀称，相貌美丽。
[2] 指罗马神话中的爱神维纳斯，在希腊神话中叫阿芙罗狄忒，她美丽无比。
[3] 狄安娜是管理大自然和狩猎的女神，她喜欢森林、草原，因而经常出没于山林之间。维纳斯也是一位经常在山林中现身的美丽女神，著名的维纳斯与美丽的少年猎手阿多尼斯的爱情故事就发生在山林之中。
[4] 就如同战争结束后，将士们都回到祖国，母亲却没有看见随军出征的儿子回来，以为他战死于沙场，因此痛碎心肝；然而，她一抬头，竟然看见儿子站在面前，其惊喜之状可以想象。
[5] 指萨克利潘。

在契丹岂能赐如此殊荣！
女子欲归故乡返回祖国，
携带他护身边一路同行：
内心中又燃起希望之火：
在奢华闺房中静享太平。

55

美女子细细讲，骑士静听，
那一日派遣他东方远行，
求助于赛里斯[1]、纳巴泰人[2]，
请国王伸援手发出救兵；
靠罗兰常防护少女身边，
避邪恶，保荣誉，护花舍命；
处女花安然在，分毫未损，
就如同从母腹刚刚降生。

56

这类事或许真，相信却难，
清醒者心存疑理所当然；
热恋者却轻信完全可能，
只因为他已经头脑混乱[3]。
爱之神能使人视而不见，
客观物难进入人的眼帘；

---

[1] 赛里斯人即丝国之人。古希腊和古罗马人称中国的西域都护府和中原地区的居民
为赛里斯人。

[2] 纳巴泰人是生活在约旦、迦南南部和阿拉伯北部的古代居民，这里指居住在小亚
细亚地区的阿拉伯人。

[3] 一个热恋的人，总是会毫不犹豫地、盲目地相信爱神所安排的一切，因而难免犯
严重的错误。

常轻信期待物实在可悲[1]，
此骑士已笃信美女谎言。

57

切克斯国之主低声自语：
"安格兰痴骑士[2] 苦水下咽，
没头脑，太愚蠢，丧失良机，
再获得此恩赐难上加难，
机运神弃眷顾，自食恶果，
我不愿模仿他同其并肩：
放过这本应得美妙机遇，
到头来独自里忍受熬煎。

58

"初开放鲜玫瑰我将采摘，
若迟疑节气过花残柳败，
我深知此美事无与伦比，
俏女子亦理应异常喜爱；
哪怕是艳佳丽桀骜不驯，
莫名状忧喜间无常往来，
我定要巧实现美好计划，
虚傲慢假矜持不予理睬。"

59

话语落甜蜜事正欲施行，
树林中一巨响震耳欲聋，

___

[1] 爱神能使人看见人们所看不见的东西，亦能使人看不见人们应该看见的东西；经
     常轻信自己所期待得到的东西是非常可悲的。
[2] 指罗兰。罗兰是安格兰城堡的主人，即安格兰伯爵。

受惊吓异教王萨克利潘，
心不甘也只好暂弃美梦：
急戴上护头盔意欲应变，
习武者顶铁胄习惯养成，
他靠近战马缰，握其在手，
随后便跃上鞍，长枪直挺。

60

一骑士来自于茂密树林，
其外表极矫健彪悍勇猛：
身上披一战袍洁白如雪，
头盔上白羽缨平添气盛；
在此时过此路不合时宜，
冲散了采花者白日美梦；
异教王难忍受如此搅扰，
怒难遏，凶狠狠双目圆睁。

61

待骑士靠近身国王[1] 挑战，
自认为能将其掀下马鞍。
我[2] 判断此来者非等闲辈，
交战中方可见勇猛彪悍。
那骑士迎挑战不惧威胁，
刺马腹，枪靠上直撑枪杆[3]。

---

[1] 指萨克利潘，他是切克斯国王。见本歌 45 节。

[2] 指诗人自己。

[3] "枪靠"是中世纪骑士铠甲的重要组成部分，位于铠甲的右胸部；冲锋时，骑士
     将枪杆尾端依靠在枪靠上，右手紧紧抓住枪杆后部，以避免巨大的冲力使长枪脱
     手落地。

异教王亦挺枪欲逞威风，
二骑士对冲撞纵马向前。

62

似雄狮逞凶狂扑向猎物，
胜公牛意欲将对手挑翻，
这一番对冲撞着实猛烈，
二人握坚实盾均被戳穿。
山峰摇，大地颤，上下抖动，
绿峡谷、荒秃岭为之震撼；
多亏了身上甲坚硬，牢固，
避伤害，保护住生命安全。

63

两匹马似斗羊迎面狂奔，
猛冲撞，不转弯，更不躲闪：
异教徒坐下骑本是良驹，
顷刻间惨死于角斗阵前，
直挺挺卧在地再难起身，
其主人被压住不能动弹；
另一匹战马亦跌倒在地[1]，
跃身起，因马刺扎痛肋间。

64

那无名勇骑士稳坐马鞍，
见对手惨兮兮人仰马翻，
自认为冲突中已获胜利，

---

[1]　指白袍骑士胯下的战马。

并不想与对手再次交战；
野林中任马行，悠闲泰然，
那马儿随其意飞奔向前；
异教徒还没有摆脱困境，
它已经奔出去千米之远。

65

就好似一巨响天降霹雳，
耕地牛被击毙，躺倒在地，
震晕了蠢农夫——扶犁之人，
站起身，心惊慌，仍存余悸；
抬头望经常见那棵松树，
无树冠，没精神，远处独立：
异教徒心羞愧，地上爬起，
亲眼见难堪事美貌佳丽。

66

极悲伤，痛哭泣，心中哀叹，
并非因手与足筋骨折断，
只因为奇耻辱空前绝后，
未曾见臊红脸如此这般[1]：
全依赖心爱女卸下重物[2]，
站起身羞愧颜更加难看。
我料定美女子若不启齿，
他必然默无语难以开言。

---

[1]　从没见过羞臊得如此红的脸。
[2]　重物指的是战马。是安杰丽佳帮助萨克利潘卸下了压在身上的被震死的战马。

67

美女道："跌落马并非您错，
哎呀呀，您何必这般自惭！
原因是战马疲体力不支，
本应该休息后喂饱再战。
因此说失败者是那骑士[1]，
他不能添荣耀增加光鲜：
如若是我判断胜负、雌雄，
我认定离战场他先怯战。"

68

美女子安慰其悲哀心怀，
此时间一驽马奔跑而来，
马鞍上骑坐着疲惫信使，
身上挎小号角、信函囊袋；
靠近后探身问萨克利潘：
可曾见一武士浑身穿白，
战盔上饰白缨，手持白盾，
穿过了此树林，不曾徘徊。

69

异教王回答说："如你所见，
他击我落马下刚刚走远；
我想知是何人将我践踏，
不知晓其名姓我心怎安。"
信使道："你若问她是何人，
我尽可满足你绝不迟延：

---

[1]　指离去的白袍骑士。

从马上掀下你是位女子，

其高贵与勇猛无人比肩。

70

"色绝世，美非凡，十分强健，

其英名我不想对你隐瞒：

夺得你尘世间全部荣耀，

无敌之女英雄布拉达曼[1]。"

话语落，缰绳弛，纵马离去，

留下了悲伤的萨克利潘，

傻呆呆，无言语，不知所措，

羞愧火熊熊燃，灼烧颜面。

71

这件事真令人百思不明，

再冥思再苦想难以辨清，

竟然被一女子击落马下，

越是想越觉得心中疼痛；

沉默人飞身跨另一匹马[2]，

紧缄口，不言语，静静无声，

抱起了美女子置于马背，

待以后安静处再圆美梦。

72

行不远异教王耳中听到，

密林里四处响混乱声声，

---

[1]　史诗中重要的女人物，女骑士，十分勇猛；里纳多的胞妹，鲁杰罗的情人。在
　　《热恋的罗兰》中已经出现。

[2]　指安杰丽佳骑来的马。

好像是林中木瑟瑟发抖，
哗啦啦，轰隆隆，震耳欲聋；
转瞬间便看见一匹骏马，
金辔头、金马鞍、金色马镫，
撞翻了高大树、一切障碍，
跨越过溪与河、灌木树丛。

73

美女道："枝叶密，林中黑暗，
若不然必能见良驹出现，
巴雅多[1] 便是那奔腾骏马，
猛冲撞，开道路，轰鸣不断。
我熟知巴雅多，是它无疑，
晓我意，知我心，雪里送炭，
二人乘一驽马实在不妥，
特赶来帮助我度过难关。"

74

切克斯国之主跳下马鞍，
靠近了巴雅多，勒马停站；
烈性马急转身，掀起后蹄，
回敬他，不留情，势如闪电；
目标远，那马儿未能踢到：
若不然必悲惨筋骨折断！
蹬踹时使出了千钧之力，
足能够踏碎那铜岭铁山。

---

[1] 里纳多的战马。见本歌 12 节。

75

好马儿通人性走近少女，

低垂首对少女表示眷恋，

似爱犬两三日远离主人，

一见面围绕他蹦跳撒欢。

巴雅多仍记得美貌女子，

她曾经把主人狂热爱恋[1]，

受关照就在那阿布拉卡[2]，

那时候里纳多心有恨怨。

76

美女子伸左手拉住缰绳，

右手对马颈、胸抚摸不断；

那战马通灵性聪明无比，

如温顺小羊羔立于面前。

趁此机异教王跃上马背，

抓缰绳，刺马腹，驱其向前。

美女子将身体向前移动，

稳坐在驽马的脊背中间。

77

无意间她目光转向别处，

见一位步行汉挥剑向前。

---

[1] 在博亚尔多的作品《热恋的罗兰》中，安杰丽佳曾饮用爱泉之水，狂热地爱上了
里纳多；而同时，里纳多却饮用了恨泉之水，怨恨和躲避安杰丽佳。后来，安杰丽
佳又喝了恨泉之水，而里纳多却喝了爱泉之水。

[2] 阿布拉卡是《热恋的罗兰》中所描写的一个东方城堡，安杰丽佳曾被围困在该城
堡之中，也曾在那里照顾过巴雅多。

认出来他便是阿蒙之子[1]，
其心中不由得怒火重燃。
美女子逃避他如躲猎鹰，
勇骑士爱美女舍命心甘。
想当初骑士恨美女狂爱，
现爱恨全颠倒，命运转换。

78

阿登的森林[2]有两股清泉，
爱泉与恨泉水相距不远，
爱与恨全都由两泉引起，
饮爱水心田中情火必燃，
如若饮恨泉水爱心无存，
往日的爱情火化作冰寒。
里纳多饮爱泉为情痛苦，
美女子喝恨水愤怨增添。

79

神秘泉琼浆液着实难辨，
它常使爱变恨情感翻转；
女子见里纳多徒步奔来，
顷刻间亮眼睛晴转阴暗；
急恳求异教王，色变音颤，
希望他不要待恶人近前，
快带她离此处逃之夭夭，
切莫让凶武士[3]靠近身边。

---

[1] 指里纳多。见本歌 12 节。
[2] 阿登森林位于法兰西东北部。
[3] 指里纳多。

80

撒拉逊异教王[1] 张口吐言：
"我难道不可信，未入你眼？
依你看我已是毫无用处，
无能力抵御他保你安全。
你是否忘记了阿布拉卡[2]？
那一夜我为你孤身奋战，
为保护你平安赤膊上阵，
抗击了阿格里[3] 整个军团。"

81

美女子未答言不知所措，
只因为里纳多已近身边；
勇骑士辨认出心爱战马，
亦看见俏佳丽天使颜面，
其心中又燃起爱情烈火，
怒目瞪，威逼向萨克利潘。
下一歌我再来细细讲述，
这两位傲慢者如何表现。

[1] 指萨克利潘。萨克利潘是切克斯国王。
[2] 在《热恋的罗兰》中，安杰丽佳曾被鞑靼汗王阿格里围困在阿布拉卡城堡，萨克利潘为保护她曾英勇奋战。
[3] 指《热恋的罗兰》中的人物鞑靼汗王阿格里。

第2歌

里纳多追战马再遇美女　　闻谎言勇骑士无心恋战
求救兵顶风暴远渡英伦　　女骑士寻情人蒙受欺骗

里纳多追赶战马巴雅多，路遇安杰丽佳和骑乘巴雅多的萨克利潘，并与萨克利潘大战，安杰丽佳再次乘机逃之夭夭。

一位隐修士用巫术召唤来幽灵，并命其去里纳多和萨克利潘角斗处散布谣言。闻听谣言后，里纳多无心恋战，他夺回战马，骑乘着它返回巴黎。

查理大帝命里纳多去英格兰求取救兵，因情况紧急，里纳多强令水手顶着风暴出海。

布拉达曼寻找心爱的骑士鲁杰罗，路遇马刚萨家族的皮纳贝。邪恶的皮纳贝引导布拉达曼寻找囚禁鲁杰罗的城堡，当他知道了布拉达曼的身份时，便用计欺骗少女，使其跌下悬崖，丧失知觉，并盗走她的战马。

1

爱神啊，你为何不讲公道，
令吾辈爱之心难以遂愿？
你为何对情侣如此邪恶，
将争端播撒在他们心田？
你拖我入浑水，河深难测，
却不许涉过那清澈浅滩[1]：

---

[1] 诗人抱怨爱神戏弄世人，专门为爱情设置障碍；不让恋爱的人们轻松地涉过清澈的浅滩，获得爱情，而强迫他们进入深不可测的浑水之河，遭受磨难。

有爱时你唤我转身离去，
仇恨者你却要我去爱恋。

2

美女子见骑士心中生厌，
骑士则看女子更加美艳：
佳丽曾爱骑士容貌英俊，
骑士却对少女心怀恨怨[1]。
现如今已扯平，命运翻转，
费气力，白折腾，徒劳枉然；
对骑士美女恨已入骨髓，
只盼他快快死离弃人间。

3

里纳多怒斥责萨克利潘，
"恶贼子快滚下我的马鞍！
夺战马之耻辱实难忍受，
我让你此重债加倍偿还：
这女子留给你荒唐至极，
我亦要抢夺之令你难堪。
如此之美女子、宝马良驹，
岂能容一贼人窃留身边。"

4

异教徒亦傲慢厉声答道：
"你说我是窃贼纯属谎言，
我听说你早已臭名昭著，

---

[1]　见第 1 歌 75 节中的注。

称呼你为盗贼理所当然[1]。
我与你谁更配美女、骏马，
请立刻抖精神较量一番；
为了她我值得与你一搏，
将罕见伟业绩留于世间。"

5

他二人就好似两只恶犬，
为妒忌与仇恨胸燃怒焰；
龇着牙咧着嘴步步逼近，
斜楞着红红的喷火双眼；
疯狗般相互间你撕我咬，
背上毛竖立起狂吠向前：
克莱蒙勇骑士[2]、切克斯王，
喊叫着羞辱语挥舞刀剑。

6

一骑士坐马背，另一步行，
您以为骑马者必占上风？
岂不知他并无半点优势，
驭此马还不如见习后生[3]；
那马儿不愿意伤害其主，
好战马自然有如此本能：
异教徒用手打亦用足刺[4]，

---

[1] 在《热恋的罗兰》和其他骑士传奇故事中，里纳多被描写成反叛者的形象，甚至被描写成抢掠者，因而经常被冠以盗贼之恶名。

[2] 指里纳多。里纳多属于法兰西显赫的克莱蒙家族。

[3] 萨克利潘胯下的巴雅多是里纳多的战马，不会听从他的使唤，因而说他驾驭该马时还不如一位年轻的见习驭手。

[4] 萨克利潘用手打马，用脚上的马刺刺马，都不能使它听从命令。

都难使那畜牲听从命令。

7

刺其腹欲前行，马儿不动，
欲勒缰止其步，战马奔腾：
那畜牲将马首藏于胸下，
摇其背，摆其臀，不断踢蹬。
要驯服此烈马时机不利[1]，
撒拉逊骑士也心中分明，
紧抓住马鞍桥挺立身躯，
从左侧一跃身落地立定。

8

摆脱了巴雅多疯狂畜牲，
异教徒轻轻跃跳出困境；
另一场险恶战即将开始，
里纳多之攻击更加凶猛[2]。
他二人举刀剑上劈下挑：
赛过那伏尔甘舞锤之功[3]；
巧火神锻造出宙斯雷电，
烟熏的山洞中锤飞不停。

9

或长刺，或短挑，抑或虚砍，

---

[1] 要在巴雅多的主人里纳多面前驯服该马，使其为己服务，自然难上加难，因而说"时机不利"。

[2] 里纳多的攻击比他的战马巴雅多对萨利潘的攻击更加凶猛。

[3] 伏尔甘是罗马神话中的火神，在希腊神话中叫赫淮斯托斯。他是诸神的铁匠，具有出神入化的锻铁技巧，每日不停地挥舞锻铁锤，制造出许多武器、工具和艺术品；宙斯的雷电也是他的杰作之一。

他二人均内行武艺精湛：
或伸展直立起略露破绽，
或缩成一个团壁障遮掩，
或退缩，或前进，彼此周旋，
或实劈，或躲闪，招招走险，
你转来，我转去，往返腾挪，
你后退，我必然紧逼向前。

10

里纳多向对手挥动利剑，
扑过去用全力奋勇劈砍；
异教徒举盾牌护住身体，
坚固的盾骨上镶满金片，
浮杯塔[1] 却将其砍成数段，
巨响声令野林心惊胆寒。
盾牌骨、金属片四溅如冰，
撒拉逊之骑士震麻臂肩。

11

怯生生美女子全都看见，
此一击竟令人如此震撼，
心生惧，面改色，无比恐慌，
似罪犯面对着酷刑磨难。
里纳多爱佳丽痛苦至极，
美佳丽却对他切齿恨怨，
她如若不想被恨者掠走，
便必须不迟疑逃离此间。

---

[1] 里纳多的宝剑叫浮杯塔。

12

调转头美女入崎岖小路，
策马儿奔向那树木之间：
时不时苍白脸转向身后，
总以为里纳多距己不远。
落荒逃，奔跑了没有多久，
山谷中一隐士来至面前，
他面目似忠厚，令人尊敬，
胸前还垂飘着一缕长髯。

13

因年迈，守斋戒，面容消瘦，
坐下骑一毛驴，行走悠然；
看上去人世间无人似他，
既小心，又谨慎，事事躲闪。
老叟见一骑者迎面而来，
俏佳丽娇容颜展现眼前；
美女子虽然是十分柔弱，
见修士，精神振，希望重燃。

14

女子向隐修士询问打探，
欲知晓哪条路通往海边，
只希望快离开法兰西国，
恶骑士里纳多不想再见[1]。
隐修士深通晓占卜之术，
用话语把美女安慰一番，

---

[1] 安杰丽佳非常希望逃离法兰西这块是非之地，返回契丹，永远不想再看见里
纳多。

伸出手抓过来一只口袋，
欲从中得妙术助其脱险。

15

从袋中抽出来奇书一卷，
打开了第一页尚未读完，
便出现一精灵服侍身旁[1]，
遵其命听其令顺从其愿。
那精灵被魔咒驱入野林，
见两位勇骑士并非休闲，
正处于酣战中，胜负难分，
便斗胆插入到二人中间。

16

"你二人谁能够向我说明，
斩对手还需要多少时间？
如果说那罗兰不费口舌，
亦不用角斗中撕碎衣衫，
就已经把美女引向巴黎，
你们却为了她疯狂恶战，
即便是此争斗有了结果，
怎补偿你等的辛苦万千？

17

"不远处我遇见伯爵罗兰，
他正与美女子返回家园[2]，
你二人无理由争斗不休，

---

[1]　隐士尚未读完魔法书的第一页，身边便出现了一个听从他指挥的精灵。
[2]　返回罗兰的家园，即巴黎。

伯爵会笑尔等愚钝冥顽。
现如今最好是快快行动，
追上去，趁他们尚未走远：
到巴黎美女便归属伯爵，
他不会让你们重新再见。"

18

二骑士听到了这番话语，
心悲伤，神纷乱，惶恐不安，
真正是愚钝汉有眼无珠，
被对手[1] 竟如此嘲弄欺骗；
里纳多抽出身走向战马，
喷出了叹息声似吐火焰，
愤怒火心中烧，发出毒誓：
若追上那罗兰定把心剜。

19

来到了巴雅多宝马身旁，
一跃身上马背飞离林间；
无心思邀对手[2] 同马而行，
顾不得说一声以后再见。
里纳多驱烈马横冲直闯，
所遇物均被它踏碎撞翻：
深沟壑、激流水、岩壁、蒺藜，
皆不能阻神驹奔驰向前。

---

[1] 对手指罗兰：罗兰也热恋安杰丽佳，因此是萨克利潘和里纳多的情敌。
[2] 指萨克利潘。

20

恩主啊，您不要感到惊奇：

里纳多寻此马多日枉然，

已许久未能够触碰缰绳，

却如此飞跃上神驹马鞍[1]。

此宝马本来就通晓人性，

奔逃走并非因邪恶习惯，

只因为曾听到主人愿望，

便引他来到了美女身边[2]。

21

那一日[3] 巴雅多紧盯美女，

离营寨落荒逃[4] 亲眼所见，

追婵娟主人却未在背上，

他正与一悍将徒步苦战，

争斗者武艺强难分秋色，

马背上只驮着空空马鞍；

好马儿觅踪迹追赶佳丽，

试图引主人至美女面前。

22

它一心引骑士寻找美女，

奔驰在野林中主人前面，

只为了不被迫另择它途，

---

[1] 却如此轻而易举地跨上了马鞍。

[2] 巴雅多通人性，它逃离里纳多身边，并不是因为不听主人使唤，而是因为它知道主人的心愿，因而想方设法地将其领引到美女安杰丽佳的身边。

[3] 指基督教军队溃败的那一天。

[4] 指安杰丽佳逃离失陷的基督教军队的营寨。巴雅多亲眼看到了安杰丽佳逃跑的场面。

不愿意让主人跨上马鞍[1]。

由于它里纳多两次遇美，

却未能将佳人留在身边，

第一次费拉乌成为障碍，

第二次阻拦者萨克利潘。

23

那幽灵示美女逃跑路线，

里纳多被谎言蒙蔽欺骗，

巴雅多亦对其深信不疑，

既坚定，又驯服，为主奉献。

里纳多怒与爱[2] 共燃心中，

驱战马朝巴黎疾奔向前，

一心想如旋风赶快飞到，

怪只怪那马儿脚步太慢。

24

夜幕降，骑士只休息片刻，

为挑战勇罗兰快马加鞭：

对幽灵虚幻语深信不疑，

因谨慎老修士令其传言[3]。

昼与夜飞奔驰，少有停歇，

遥望见巴黎城出现眼前，

查理王溃败后撤军巴黎，

---

[1] 巴雅多不愿意里纳多追上它，骑在它的背上，驱使它去别的地方，一心只想引导里纳多去追赶安杰丽佳。

[2] 里纳多听信了幽灵的谎言，一方面，他热恋安杰丽佳，另一方面，他对把安杰丽佳带走的罗兰非常愤恨；因而，愤怒之火与爱情之火一起燃烧在他的心中。

[3] 因为幽灵来自于谨慎的隐修士身边，所以更加令人深信不疑。

丢盔甲，弃器械，惨不忍见。

25

为抗击非洲王攻打城池，
查理帝整旗鼓，磨刀，砺剑，
他努力收集起有生力量，
挖沟壑，修城墙，准备再战。
只要是对守城有益之事，
下军令立即办，刻不容缓：
派人去英格兰求取救兵，
他要把新军团尽快组建。

26

时机到再一次摆开战场，
与敌人拼全力决一死战。
决定派里纳多前去搬兵，
不列颠是救兵重要来源。
近卫士[1]对使命心怀不满，
并非因与英伦结有仇怨，
因查理此时刻派他出使，
未让其在家中休整一天。

27

里纳多从未曾如此心烦，
被剥夺自决权，难以遂愿，
不能够去寻找娇颜佳丽，
就如同从胸腔掏走心肝。

---

[1] 指里纳多。里纳多是查理十二宫廷近卫士之一。

然而他却只能服从查理，
须立刻踏征途寻求军援；
不多时来到了卡莱斯港[1]，
当天便登舟船，不容迟缓。

28
狂风使海摇撼波涛翻滚，
船夫均不愿冒生命危险，
里纳多却因为急于返回，
强迫其顶风浪行船海面。
只见得风神怒，蔑视一切，
高昂头，风暴起，掀起巨澜，
船周围浪竖立，大海怒吼，
欲吞没水中舟直至桅杆。

29
精明的水手们急忙行动，
降主帆，调船头，打算回返，
想尽快再进入起锚港口，
从那里船强行驶出海湾[2]。
"我不能任尔等如此放肆，"
风之神高声喝，淫威施展，
船飘荡被推向不知何方，
风劲吹，涛怒吼，海难难免。

---

[1] 法兰西通往英格兰的一个港口。
[2] 船驶出港湾之前，水手们已经预见到将有风暴到来，然而，里纳多却逼迫他们强
    行驶出了港湾。

30

扫船尾，吹船头，风儿不停，
恶风神越来越狂野凶悍：
众水手降下帆，任船飘荡，
小船儿滑入到远海水面。
因为我要绣出壮丽美景，
就必须勤换用五彩丝线[1]，
里纳多与船儿暂且搁放，
我再来细讲述布拉达曼。

31

再表表这一位卓越少女，
由于她跌落地萨克利潘[2]，
父阿蒙，贝丽奇[3]是其母亲，
与胞兄里纳多出自同源。
查理与法兰西均爱此女，
因为她貌美丽而且彪悍。
其勇力非寻常，不让其兄，
与兄长同英名，众人称赞。

---

[1] 在《疯狂的罗兰》中，每当一个故事发展到最紧张状态、主人公难以从困境中解
  脱出来的时候，作者总是突然停笔，转换话题，开始讲述其他故事;间隔数歌之后，
  他又重新回到原话题上来。这样做，既使作者能够轻而易举地处理好作品中出现
  的难以解决的困境，又使作者真实地展示出生活的犬牙交错的各个侧面，给人以
  立体感，同时也起到了紧紧抓住读者注意力的作用，使读者被急于了解故事结局
  的好奇心牢牢地拴在作品之上。经过如此处理，作品就好像一幅用五彩缤纷的丝
  线编制成的十分壮观的锦绣画面。
[2] 见第 1 歌 59—66 节。
[3] 布拉达曼和里纳多的父亲是阿蒙公爵，母亲叫贝丽奇。

32

有骑士[1] 追随着阿格拉曼，

越海来，与此女产生爱恋；

他母亲名字叫加拉切拉[2]，

其父亲鲁杰罗[3] 播种情缘：

阿高兰绝望女难躲狮熊[4]，

但从来未曾把情人背叛。

那骑士[5] 与少女[6] 运气不佳，

虽相爱却仅仅见过一面[7]。

33

骑士叫鲁杰罗与父同名，

寻找他心爱的美貌婵娟，

孤身女四处行却很安全，

就好似有卫士成百上千[8]。

她挺枪挑翻了切克斯王，

---

[1] 指史诗中的重要人物鲁杰罗。

[2] 加拉切拉是鲁杰罗的母亲，特罗扬的妹妹，非洲王阿格拉曼的姑姑。

[3] 根据鲁杰罗的养父巫师阿特兰的讲述，西西里国王鲁杰罗二世与老非洲王阿高兰的女儿加拉切拉之间产生爱情，加拉切拉的两位兄长特罗扬和阿蒙特十分生气，他们杀死了鲁杰罗二世，并把怀有双胞胎的加拉切拉丢弃在海中。然而加拉切拉并没有葬身海底，她生下鲁杰罗及其孪生妹妹玛菲萨后死去。巫师阿特兰埋葬了加拉切拉，并收养了两兄妹。后来一伙阿拉伯人掠走了玛菲萨，而鲁杰罗却在阿特兰的抚养和保护下长大。

[4] 阿高兰是加拉切拉和特罗扬与阿蒙特的父亲，狮熊指的是迫害鲁杰罗二世和加拉切拉的特罗扬与阿蒙特。

[5] 指鲁杰罗。

[6] 指布拉达曼。

[7] 在《热恋的罗兰》第 3 卷中，布拉达曼曾多次见到鲁杰罗潇洒的骑士风度，因此产生了好感；一次，他们有机会单独在一起，便相互述说自己的情况，并摘下头盔，看见了对方的容貌，好感变成了爱情。突然间，一队撒拉逊士兵赶到，冲散了这一对有情人，从此开始了布拉达曼寻找鲁杰罗的艰辛历程。

[8] 布拉达曼虽然是一位少女，却十分勇猛；单身一人行走于天下，却非常安全，就像有许多卫士护卫在她的身边。

令其面撞古老母亲[1] 之脸，
随后便穿过了树林、山峰，
走近了好一股美丽清泉。

34

那清泉流淌过一片草地，
周围罩清凉影，古木参天[2]，
悦耳目潺潺水邀人畅饮：
挽留住过路人止步不前；
左面的山丘上长满树木，
遮住了正晌午烈日炎炎。
在此间勇少女转动秀目，
看见了一骑士坐于不远。

35

绿色草，五彩花装点林边，
那骑士坐在了树荫中间，
深思的孤独者沉默不语，
他身旁流淌着水晶清泉。
不远处山毛榉拴着战马，
盾与盔悬挂于树枝上面；
双目中含热泪，头脸低垂，
看上去很痛苦，十分可怜。

36

世上人总好奇他人之事，

---

[1] 人们经常称大地为母亲，这里"古老母亲"指的便是大地；布拉达曼把萨克利潘
击落马下，使其狠狠地摔在地面上，因此说"令其面撞古老母亲之脸"。
[2] 草地笼罩在阴影下，周围长着高大的树木。

每人都心中存探奇意愿，
好奇心引少女过去发问，
问骑士为何被痛苦熬煎。
美少女问话时彬彬有礼，
初次见就感觉[1] 举止不凡，
看上去她[2] 像位勇猛武士，
悲伤者便讲出痛苦根源。

37

"我统帅许多的骑兵、步卒，
为杀敌入沙场参加激战，
查理帝布下了迎敌大阵，
为了使马西略难以下山[3]；
当时我携带着一位美女，
对她的爱情火燃我心田；
罗阿讷[4] 遇到了一位武士，
他骑乘双翼兽，稳坐马鞍。

38

"谁知道那贼子是否凡人，
可能是地狱鬼抑或天神，
他一见我身边可爱美女，
便好像从天降扑食猛隼，
霎时间冲下来伸爪便抓，

---

[1] 初次见到布拉达曼，那位悲伤的骑士便觉得她与众不同。
[2] 指布拉达曼。穿戴着盔甲的布拉达曼，不像是一位女子，而更像是一位勇猛的
武士。
[3] 马西略是西班牙异教国王。"下山"指的是翻过比利牛斯山脉侵入法兰西。见第
1 歌 6 节。
[4] 法兰西的一个镇子。

美女子慌乱中入地无门。
我尚未醒过神（儿）应对袭击，
空中的哭声便令我惊魂。

39

"时常见空中降凶恶大鸢，
把母鸡身旁仔掠走升天，
失儿母只能够事后悲伤，
追猛禽，咯咯叫，哭嚎已晚。
他是位飞行人实难追赶，
躲避在峭壁上，藏入深山；
岩壁陡，路艰险，行走辛苦，
战马疲我却仍努力登攀。

40

"我的心被飞人插入一刀，
其他事对于我已不重要，
随从们都走上另一条路，
未闻听我号令亦无引导；
爱神却指引我登上山坡，
山上路时而平时而陡峭，
我爬向那猛禽[1]飞往之处：
它带走我安宁，令我心焦。

41

"不停步行六天，夜以继日，
奇山坡、怪峭壁令人胆寒，

---

[1]　指飞马和骑在飞马上的人。

无小道，更难见宽敞大路，
所过处极荒凉，渺无人烟；
来到了一山谷——不毛之地，
到处是虎豹洞[1]、峭壁、高岩，
在一个高岩上有座城堡，
坚而美，居险地，令人赞叹。

42

"远处望好似被火焰照亮，
其建材非石料亦非瓦砖。
到近处更见其闪闪发光，
美无比，真令我惊叹不断。
原来是香火烟、朗朗咒语[2]，
招来了勤奋的魔鬼所建，
那城堡四壁用金属筑成，
憎恨河[3]火与水炼就其坚。

43

"一座座瞭望楼灿烂如银，
锈与污难损坏闪亮之金。
昼与夜城堡中人员流动，
那窃贼在城中隐藏其身。
贼意欲囚禁者城中并无，

---

[1] 到处是令人恐怖的猛兽巢穴。

[2] 这是诗人的一种比喻，意思为，该城堡十分神奇，好像是由寺庙香火和朗朗咒语引来的魔鬼所建造的。

[3] 又称斯提克斯河，是古希腊和古罗马神话冥界中的五条河之一。

现只能追其后发泄怨恨[1]。

我的心与女子同时被掠[2]，

已无望获解救，怎安我魂？

44

"被掠心已锁在城堡之中，

难道说我只能遥望此城？

就好似鹰巢内幼狐呼救[3]，

母狐狸也只能惊闻其声，

心焦急，团团转，不知所措，

因为它无双翼难以腾升。

那高岩真陡峻城堡亦然，

非禽类没翅膀实难攀登。

45

"正当我滞留于那片地面，

二骑士一侏儒来到眼前，

又令我重燃起希望之火，

但瞬间火熄灭，一切徒然。

一骑士名字叫格拉达索[4]：

赛里斯勇国王十分彪悍，

---

[1] 这座城堡的主人是鲁杰罗的养父大法师阿特兰。《热恋的罗兰》中曾预言，鲁杰
罗婚后将死于马刚萨家族的恶徒之手；因此，阿特兰建造了这座魔法城堡，想用其
软禁鲁杰罗，使他不能与任何女子在世间相遇，更不能恋爱结婚，从而逃脱天亡
的厄运；但至今鲁杰罗仍未进入城堡，为此，他只能追踪鲁杰罗，并不断地在他身
后抱怨。见本歌 32 节注。

[2] 讲述者的心与他心爱的女子一同被掠入城堡，使他难以离去；但他并无希望救出
心爱的女子，也不能救回自己的心。

[3] 就好像被鹰掠入巢穴内的幼狐在呼救。

[4] 《疯狂的罗兰》中的重要人物，勇猛的撒拉逊骑士，赛里斯国王。见第 1 歌 55 节
中的注。

另位叫鲁杰罗，年轻健硕，
在非洲王国中高贵非凡。

46

"侏儒道：'他二人来此比武，
要对那城堡主提出挑战，
城堡主坐下骑四足飞兽，
脚下路不寻常，行走空间。'
我说道：'吾遭遇实在悲惨，
各位爷，请你们把我可怜，
若你等如我愿能胜飞人，
就请把那女子还我身边。'

47

"我说明心爱人如何被掠，
越讲述越痛苦，泪流满面。
为赢得二骑士怜悯同情，
向他们许下了万千诺言。
二骑士走上了险峻山坡，
我观战，求上帝保佑平安。
城堡下有一块宽广平地[1]，
从此端到彼端两投之间[2]。

48

"来到了高高的城堡脚下，
二骑士都要求首先挑战，
命运定赛里斯国王出马，

---

[1] 高岩与城堡浑然一体，所谓城堡下，即高岩之下。
[2] 即用力投两次石头的距离。当时欧洲人用此种方法表示距离。

鲁杰罗不再争优先之权。
赛里斯勇国王吹响号角，
号角声震荡着城堡、高岩。
城门开，走出来一位骑者[1]，
坐下乘双翼马站立门前。

49

"就好像灰色鹤意欲移栖，
先见它大步奔，然后升起，
四足兽一步步开始腾飞，
离地面高一臂又是一臂；
当飞马已完全升入空中，
便迅速舒展开美丽双翼，
老法师[2]命令它抖动翅膀，
冲云霄，连雄鹰也难相比。

50

"时机到飞骑者[3]勒住马缰，
调转头收双翼从天而降，
如训练有素的猎鹰扑下，
鸭与鸽等猎物难免遭殃。
空中将[4]把长枪倚在靠上，
掠长空，震耳聋，发出巨响。
东方王[5]刚发现天降之物，

---

[1]　指法师阿特兰。
[2]　指法师阿特兰。
[3]　指法师阿特兰。
[4]　指法师阿特兰。
[5]　指格拉达索。

便觉其到身边，立即出枪。

51

"在对手头顶上法师折枪，
东方王也只把空气刺伤。
飞行者并没有因此停顿，
转瞬间朝远处展翅飞翔。
草地上见战马[1]后退、下坐：
这一击太凶猛，马儿难当，
赛里斯国王的坐骑健硕，
天下马都难比它更强壮[2]。

52

"飞行者冲云霄直上群星，
随后便转过头向下猛冲，
受袭击鲁杰罗全无防备，
因注视东方王目不转睛。
急躲闪，忙招架，身体扭曲，
坐下马也随之后退倒行；
当骑士转身欲回击对手，
已见其远离去飞向天空。

53

"鲁杰罗、东方王慌乱迎战，
腹与背受攻击只在瞬间，
他二人忙回应，全无效果，

---

[1] 指格拉达索的战马。
[2] 格拉达索胯下骑的是一匹世上罕见的十分强健的骏马，然而也被迫后退下坐，难以承受如此巨大的冲击力。

只因为飞行人快如闪电。
那天马行走于广阔天空，
佯击东，实击西，难以判断，
不知他从何处发动攻击，
二骑士被搅得眼花缭乱。

54

"两个人战于地，一人在天，
直斗到白日落月儿高悬，
天地间笼罩上漆黑夜幕，
万物种美色彩全然不见。
我之言绝没有添枝加叶，
亦未曾对他人讲述所见；
这一段奇遭遇令人惊异，
不像是真故事好似杜撰。

55

"飞行者手挽着一面盾牌，
美丽的丝锦缎覆盖上面。
不知道他为何如此谨慎，
决定让护身盾穿上衣衫；
随即间揭遮盖，显示威力，
见盾者必然会头晕目眩，
跌倒地就如同一具死尸，
被法师控制在股掌之间。

56

"奇盾牌镶满了石榴宝石[1],

---

[1] 石榴红宝石。东方一种十分美丽的宝石。

闪闪亮远超过任何光线。

见其光人必然跌倒在地，

眼不睁，理智失，头脑晕眩。

我也曾长时间丧失知觉，

许久后才能够黑白明辨；

那时间战场空，山谷漆黑，

二骑士与侏儒全然不见。

57

"因此我便认为那个魔头，

同时间击倒了两个对手，

依靠着闪光盾无穷威力，

将二位勇骑士一并掠走[1]。

城堡内囚禁着我的心肝，

诀别时我悲伤，深感心揪[2]。

爱之神何时曾制造悲剧，

令他人比我更痛苦、忧愁[3]！"

58

那骑士讲述完伤心根源，

随即又坠入到痛苦深渊。

他名叫皮纳贝[4]是位伯爵，

马刚萨大家族重要成员；

---

[1] 叙事者把解救自己心爱女人的希望已经寄托在鲁杰罗与格拉达索身上，他二人被掠走，他的希望也自然被掠走了。

[2] 尽管述说者的心肝（即他所爱的女人）被囚禁在城堡中，他却无能为力，只好与城堡诀别，因而心中十分痛苦。

[3] 爱神什么时候制造过比这更惨的悲剧？什么时候令他人比我更加痛苦？

[4] 皮纳贝伯爵是安塞莫·阿塔利帕之子，是《罗兰之歌》中的叛徒加纳隆的侄子，他们同属马刚萨家族，与罗兰和里纳多等人的家族有不共戴天的世仇。

该家族组成者各个凶狠，
他亦非忠诚士气宇昂然，
其行为极邪恶，万分丑陋，
无人能与此君并行比肩。

59

马刚萨伯爵爷娓娓道来，
勇女子静静听，颜面多变；
当提到心中人鲁杰罗君，
她脸上显露出无比快感；
但后来又听说爱人被囚，
便转而感觉到痛苦不安；
曾多次请伯爵重复讲述，
听明白她才会意足心满。

60

到最后她觉得一切明了，
便说道："骑士呀，你且心安；
我到来对于你弥足珍贵，
今日也必定是幸运一天。
快带我到那个贪婪去处，
那里的收藏物价值无限[1]；
如若是机运神不为我敌，
此一番定不会徒劳枉然。"

---

[1] 那里囚禁着布拉达曼心爱的男人和皮纳贝心爱的女人。在布拉达曼的眼里，所爱之人便是无限珍贵的宝物；而飞行人却把他们收藏在城堡之中，不让其他人看，更不容其他人获得，因而城堡是贪婪、吝啬之处。

61

那骑士回答说："依你所求。

陪同你翻山岭心甘情愿，

我已经尽丧失其他之物，

再重新走一番又有何难？

你自求翻越过陡岩峭壁，

入监牢[1] 去忍受痛苦磨难。

为了我你何必自讨苦吃，

听完我述说后便要冒险[2]。"

62

话音落皮纳贝靠近战马，

他要引勇女子行走向前；

勇女子甘愿被法师捉杀，

定要为鲁杰罗冒此风险。

"等一等，快停下，切莫动身！"

闻听到一信使身后高喊，

该信使曾路遇萨克利潘，

并告知胜他者布拉达曼[3]。

63

传信者带来了不利消息，

蒙庇利[4]、纳博讷[5] 竖旗面面，

---

[1] 指那座被施了魔法的金属城堡。

[2] 述说者并不知布拉达曼与鲁杰罗相爱，因而，误认为女英雄之举是为了帮助他。

[3] 见第 1 歌 59—66 节。

[4] 另译蒙庇利埃。法兰西南部的重要城市。

[5] 法兰西南部的城市。

那旗帜均属于卡斯提尔[1]，
他[2]请求勇少女立刻回返；
只因为女英雄未在马赛，
无人守之城池缺少安全，
敌旌旗插遍了普罗旺斯[3]，
少女归方能够挽救局面。

64

马赛城与周边大片土地，
从瓦尔[4]和罗纳[5]直至海边，
查理王托付于阿蒙之女[6]，
希望她不负望保其安全：
大皇帝知道她善用枪剑，
常见她神武威身手不凡。
马赛派信使寻布拉达曼，
请求她急回援快马加鞭。

65

勇少女片刻间犹豫不定，
是返回是逗留难以决断：
这一边肩负着责任、荣誉，
那一边心中爱如同烈焰。
到最后她决定继续努力，

---

[1] 历史上，在西班牙境内曾建立过卡斯提尔（另译：卡斯蒂利亚）王国，后被西班牙王国吞并。卡斯提尔地区曾被撒拉逊人占领和统治。
[2] 指信使。
[3] 法国东南部的一个地区，毗邻地中海，和意大利接壤；马赛位于该地区。
[4] 法兰西南部的一条河。
[5] 法兰西南部的一条河。普罗旺斯位于瓦尔与罗纳两河之间，南面临大海。
[6] 指布拉达曼。布拉达曼是阿蒙公爵之女，里纳多之妹。

去解救鲁杰罗脱离危险，
如若是她力微难以做到，
至少能被囚禁爱人身边。

66

看上去此理由足够充分，
传信者被说服心情平静。
调马头，驱坐骑继续赶路，
皮纳贝却不悦，心中不平：
现已经知晓了女子门第，
此家族早令其怒火填膺；
如若是这女子知他身世，
必将会惩治他毫不留情。

67

马刚萨、克莱蒙[1] 两大血缘，
结世仇早已经时间久远，
曾多次相互斗头破血流，
流淌出血的海鲜红一片。
卑劣的皮纳贝心中盘算，
如何把轻率女设计坑骗；
一遇到好机会弃其山中，
然后再另择路自奔向前。

68

天生的仇与恨、怀疑、恐惧，

---

[1]　皮纳贝属于马刚萨家族（即《罗兰之歌》中加纳隆的家族），布拉达曼属于克莱蒙家族，两家族之间曾结下世代血海深仇。

使伯爵[1]头脑中充满梦幻，
无意中脱离了正确道路，
进入了幽暗的荒野林间；
野林中有一座不毛山峰，
山之巅是悬崖秃秃峭岩；
多多涅公爵爷[2]单纯女儿，
紧跟着皮纳贝从未离远。

69

皮纳贝见已经进入幽林，
便设法抛弃掉布拉达曼。
他说道"最好是天黑之前，
找一所安身处离开此间。
如若我未认错，翻过山峰，
可见到山谷中富丽宫殿。
你在此且等待，我登山顶，
亲眼见那城堡心中方安。"

70

话音落便策马奔跑向前，
登上了孤山峰至高之点，
四处望欲寻找另一条路，
看如何将少女抛弃荒山。
悬崖下发现了一个山洞，

---

[1] 指皮纳贝。

[2] 多多涅公爵即阿蒙公爵。阿蒙是公爵的名字，他的城堡建在位于法兰西西南部的
多多涅（另译：多尔多涅）河谷上，因而也称多多涅公爵。多多涅公爵之女自然指
的是布拉达曼。

距崖口三十臂[1]或许更远。
那峭壁似镐钎劈凿而成，
垂直立，山洞口开在下面。

71

陡岩下山洞门十分宽敞，
一通道引导至广阔空间；
从里面射出来一束光亮，
好似有一火炬洞内点燃。
少女与骗子间有段距离，
心担忧失踪迹足印不见；
正当那邪恶人沉默思量，
追上去，距岩洞已经不远。

72

恶徒见无法把少女甩掉，
所策划之骗术未能实现；
又设想古怪的一条新计：
掠走或杀死她，更为阴险。
迎少女走过去，引其登峰，
来到了悬崖处岩洞上面；
告诉她在崖底曾见一女，
年纪轻，面姣好，貌似和善。

73

那女子举止美，服饰华丽，
看上去其身世并不低贱，

---

[1] 意大利中北部地区的长度单位，约等于 0.6 米。

然而却表现出心中不悦，
因被人囚禁在山洞里面。
为了解那女子所处状况，
他试图下崖底深入打探；
恰此时从洞中走出一人，
就是他将少女禁闭深山。

74

勇敢的女英雄布拉达曼，
却如此不谨慎轻信谎言；
一心想解救那苦难少女，
思忖着如何能下到洞前。
抬头见繁茂的一棵榆树，
树尖上有一枝可做长杆；
立刻便拔出剑将其斩断，
把一头探下崖以便回攀。

75

另一头交在那骗子手中，
嘱咐他牢抓住切莫等闲。
她先把两只脚伸到崖下，
随后便抓长杆全身空悬。
皮纳贝冷笑着欲松双手，
问少女是否能跳上崖边[1]；
"你同族都随尔跌下此崖，
灭你种才能够遂我心愿！"

---

[1]　邪恶的皮纳贝不仅要害死布拉达曼，而且还取笑处于危险之中的受害者。

76

无辜女之命运天意注定，
并未遂皮纳贝邪恶意愿：
那坚硬之树枝支撑身躯，
令少女跌深渊命却保全，
它代替无辜女先行受伤，
落崖下，狠狠摔，折成数段。
少女亦卧崖底失去知觉，
下一歌我再把故事讲完。

第 3 歌

大法师山洞中预示未来　　勇女子亲眼见后裔风范
深山中寻魔法精铁城堡　　破法术须先夺神奇指环

　　布拉达曼苏醒后，进入崖下一座山洞，遇到了善良的女法师梅丽萨。梅丽萨把她引入停放梅林法师石棺的墓室。梅林的幽灵告诉布拉达曼，她和鲁杰罗将成为一个创立丰功伟绩的显赫家族的祖先。之后，梅丽萨呼唤出尚未出生的布拉达曼的子孙的幽灵，并把他们一一介绍给布拉达曼。

　　天亮后，梅丽萨陪伴布拉达曼走出山洞，引导她去寻找法师阿特兰囚禁鲁杰罗的神奇城堡，并告诉她，只有取得撒拉逊窃贼布鲁内手上的魔戒，才能破解阿特兰的魔法。

1

这史诗之主题如此高贵，
谁赐我美歌喉、奇妙语言？
腾空起上蓝天需要翅膀，
谁借我双羽翼书写诗篇？
我深知这一刻比较以往，
暖我心更需要创作灵感：
真诚将此诗篇奉献恩主[1]，
用它赞其祖先辉煌起源。

---

[1] 指伊波利托·埃斯特枢机主教和埃斯特家族的其他成员。埃斯特家族是费拉拉城主，也是文艺复兴时期意大利最有影响的家族之一，它赞助和保护了许多文人墨客，其中也包括《疯狂的罗兰》的作者阿里奥斯托。

2

噢，福玻斯[1] 太阳神光照人间，

统治者世明主[2] 上天遴选，

你[3] 不见恩主的荣耀家族，

和与战时刻都金光灿烂[4]？

此家族已长久保持高贵，

未来时其光辉仍旧依然，

如若是预言光不会熄灭，

其光彩饰宇宙，寿如苍天。

3

要唱出赞美语、颂扬之音，

我手中齐特拉[5] 难以胜任，

更需你手中琴前来帮助：

你用它赞宙斯战胜巨神[6]。

若可获你帮助取得佳器[7]，

定能够将美石[8] 琢成妙品，

我将用所有的努力、智慧，

创作出好形象装点乾坤。

---

[1] 福玻斯是阿波罗的一个别名，他是希腊神话中的太阳神，亦主管诗乐。

[2] 人世间圣明的恩主，指埃斯特家族。

[3] 指太阳神福玻斯，即阿波罗。

[4] 在希腊神话中，太阳神福玻斯主管诗乐；诗人问其是否见到，无论是和平时期还是战争时期，埃斯特家族都赢得了闪闪发光的荣耀；并求助于福玻斯，希望福玻斯赐予他更大的智慧和灵感，写出更美的诗句，赞美自己的恩主。

[5] 西方古代的一种琴。引申含义为"诗性"、"诗意"。

[6] 希腊神话中的主神宙斯打败了攻打奥林匹斯山的巨神，福玻斯曾奏乐赞美主神的胜利。

[7] 此处诗人巧妙地使用了一种比喻手法，本来他在谈论用乐器演奏美妙的音乐，瞬间乐器转变成了雕琢出美妙作品的雕塑器具。

[8] 指埃斯特家族。作者将埃斯特家族的光辉历史作为精美的史诗素材，认为在福玻斯的帮助下，发挥诗人自己所具有的才智，就一定能写出绝妙的文学作品。

4

现如今我技艺尚未熟练，

笨拙手就暂且粗雕几錾：

待以后勤奋学技艺高超，

再将其精琢磨细细完善[1]。

我们再返回那山中崖边，

在那里盾与甲难保安全[2]：

马刚萨皮纳贝十分险恶，

一心要杀少女发泄恨怨。

5

陡峭壁数十米，险峻异常，

骗子想坠悬崖少女必亡，

慌张张面苍白逃离恶地，

因为他山洞门已变肮脏[3]。

邪恶徒急忙忙跨上马鞍，

并把那少女驹携带身旁，

皮纳贝之灵魂十分淫邪，

竟还要罪加恶丧尽天良[4]。

6

到后来骗人时身死命丧[5]，

我们把这恶徒暂且搁放；

再说说被骗女跌下悬崖，

---

[1] 诗人继续用雕塑比喻自己的史诗创作。

[2] 布拉达曼跌下山崖，因而盾牌和盔甲都无法保护她的安全。

[3] 因为皮纳贝的邪恶行为，神圣的山洞被亵渎，洁净的地方被污染。

[4] 邪恶的皮纳贝不仅要害死布拉达曼，而且要带走她的战马；因此说他"竟还要罪加恶丧尽天良"。

[5] 此处诗人预言布拉达曼将对皮纳贝进行报复，见第22歌97节和第23歌2—4节。

一时间失知觉似乎身亡；
爬起来仍觉得头晕目眩，
只因为重摔在坚硬岩上；
好少女入洞口行走通道，
来到了宽敞的一处地方。

7

好一处威严的宽阔空间，
就好像虔诚的肃穆教堂，
珍贵的雪花石圆圆支柱，
支撑起美建筑坚硬石墙。
一祭台摆放在大厅中央，
祭台前一盏灯闪闪发光；
照亮了室内外两片天地，
全因为旺灯火光芒万丈。

8

触动了谦卑的少女之心，
这是个慈悲的神圣地方；
跪在地，心与口祈祷天主，
祷告声传到了上帝身旁。
吱呀呀，洞内的小门作响，
门开处一女子进入厅堂，
那女子赤着脚披头散发，
对少女直呼名，声音响亮：

9

"噢，慷慨的美少女布拉达曼，
你到来并非无上天意愿，

数天前梅林[1]曾对我说过，
你的事他已经早有预见：
将来此瞻仰其神圣遗骨，
所行走之路径实在不凡[2]；
我在这（儿）欲向你揭示未来，
为了你上天已安排周全。

10

"这山洞古老却令人难忘，
是梅林贤哲士亲自修建，
或许你曾听人提起此洞，
在这里湖夫人把他诱骗[3]。
梅林的石雕棺就在此处，
其腐败之尸骨躺卧其间，
受诱惑他渴望满足夫人，
生之时卧于此，死后依然。

11

"身躯死魂居于石棺之中，
一直到闻天使吹响号声[4]，

---

[1] 梅林是不列颠系列骑士传奇中的重要人物，他是大法师和预言家，传说他导演了
     亚瑟王的诞生和圆桌骑士体系的建立。
[2] 指布拉达曼跌到崖下，从而有机会瞻仰梅林的尸骨；这种瞻仰方式实在不寻常。
[3] 据不列颠系列骑士传奇讲，在湖夫人的诱惑下，梅林爱上了她，并被她施魔法
     关在山洞中。梅林在山洞中修建了这座坟墓，希望死后用它永久保护他和湖夫人
     的尸骨与灵魂，使之不损坏，直至上帝最后审判的那天。然而湖夫人却要摆脱梅
     林，用爱抚诱骗梅林自己躺进了坟墓，并念动咒语将其永久关闭在里面。见《梅
     林传》。
[4] 天使吹响号声的时候便是最后审判到来之时。

是乌鸦是鸽子听从宣判[1]，
上天主做决断发号施令。
石棺处能发出活人之音，
你可以在那里仔细聆听，
谁若是询问他过去未来，
他必定作回答，声音分明。

12

"我从一遥远处来到这边，
到此地石棺前已经数天，
只因为预言者要揭奥秘，
这奥秘与我的研究有关[2]：
我已经谋划了一月有余，
只希望我二人能够见面；
好梅林总能够预告真情，
他确定你今日必来相见。"

13

阿蒙女[3]口无语默不作声，
目不转，听她讲，实感愕然；
真不知是否在白日做梦，
她心中充满了惊奇之感；
羞答答两只眼低垂于地，
怯生生谦卑女回答其言：

---

[1] 黑色的乌鸦指注定被打入地狱的邪恶灵魂，洁白无瑕的鸽子指将升入天国的纯洁的灵魂。
[2] 说话的女子叫梅丽萨，是一位善良的女法师，在史诗中，她帮助布拉达曼解决各种难题；她研究的学问也是预见未来，因此说"与我的研究有关"。
[3] 指布拉达曼，她是阿蒙公爵的女儿。

"我卑微又能有何德何能？
竟然令法师把未来预判。"

14

此遭遇不寻常，少女喜欢，
便马上跟随在巫女身边，
被巫女引导到墓室之中，
一石棺把梅林魂骨收殓。
那口棺用坚石雕琢而成，
闪亮的红颜色好似火焰；
洞室中无阳光本应漆黑，
石棺的光芒却照亮空间。

15

有些石靠自然不凡属性，
似火炬能驱赶幽幽黑暗，
有些石却要靠天星迹象，
还依赖香草熏、祈祷、颂赞[1]。
我觉得此说法的确不错，
那光辉照亮了美物件件，
或雕塑或绘画抑或其他，
点缀着这一处可敬空间[2]。

16

阿蒙女刚迈步跨进门槛，

---

[1] 有些宝石具有发光的自然属性，有些宝石则要靠天上星辰迹象的变化和人们熏香
    祈祷才会发光。中世纪欧洲人认为宝石的光亮是与星辰运转变化紧密相关的。
[2] 闪亮石棺发出的光辉照亮了令人肃然起敬的停放石棺的房间，房间中陈列着许多
    物品，其中有雕塑、绘画和其他装饰品。

进入到隐蔽的密室空间，

死去的皮囊[1]中活的灵魂，

便对她从石棺清晰吐言：

"贞洁的美少女无比高贵，

机运神保佑你处处遂愿，

你腹中将孕育一粒良种，

其光辉必将会普照人间。

17

"它来自特洛伊古老源头，

两清泉汇集于你的血管[2]，

哺育出精粹的英雄豪杰，

人世间各望族均难比肩；

从印度到塔霍[3]、尼罗、多瑙，

从南极到北极世间罕见。

你光荣之子孙名声显赫，

皆具有公侯威、帝王尊严。

18

"出你门勇骑士、三军统帅[4]，

运筹于帷幄或战场舞剑，

定要使意大利重获荣耀，

---

[1] 指梅林的尸体。

[2] 博亚尔多在《热恋的罗兰》中就已经指出，埃斯特家族的根在特洛伊：布拉达曼所属的克莱蒙家族和鲁杰罗所属的蒙格拉纳家族均是特洛伊王子赫克特之子阿斯提阿那克斯的后裔。布拉达曼与鲁杰罗结婚后，特洛伊血统最优秀的两支融合在了一起，诞生了埃斯特家族。

[3] 指流淌于伊比利亚半岛的塔霍河。从印度河（东方）到塔霍河（西方），从尼罗河（南方）到多瑙河（北方），即从东到西，从南到北，在世界的各个地方，都难以见到这样的英雄豪杰。

[4] 许多勇猛的骑士和三军统帅都出自你的家门。

再度使古英名世间远传[1]；
如智慧之努马[2]、奥古斯都[3]，
你家族正义主手握大权，
欲恢复最初的黄金时光[4]，
建立的好政府仁德、慈善。

19

"鲁杰罗是上天为你选定，
通过你天之意得以实现；
摘硕果你定要自始至终，
坚持沿小路行，勇往直前；
任何事都不许中途插入，
施干扰把你的理想冲断；
那凶恶抢劫者[5]夺你希望，
你将其击下马必在首战。"

20

说完话梅林便缄口不语，
为女巫梅丽萨提供方便；
梅丽萨把诸位杰出后裔[6]，
介绍给美少女布拉达曼。
呼唤出众幽灵聚于一处，

---

[1] 要再度弘扬意大利古时候所享有的常胜不败的美名。这里，"古英名"指的是古罗马军队享有的常胜不败的美名。

[2] 指努马·庞皮留斯，他是古罗马早期王政时代的第二任国王。

[3] 指古罗马帝国开国皇帝奥古斯都。

[4] 指恢复古罗马时期的辉煌。

[5] 指鲁杰罗的养父、骑在飞马上的法师阿特兰。鲁杰罗是布拉达曼的希望，因阿特兰要软禁鲁杰罗，因而此处说"夺你希望"。

[6] 指布拉达曼的杰出后裔。

身上衣不同样，不同颜面，
谁知道从哪来众多幻影，
或许是从地狱升至人间。

21

梅丽萨唤少女进入教堂[1]，
在那里她早已画一圆圈，
美少女直身躺可容于内，
甚至还两端有一掌空间[2]；
身上盖五角形魔布一块，
为不被众幽灵搅扰侵犯；
梅丽萨要少女沉默看她，
然后便打开书与魔对言。

22

众幽灵来到了第一洞室[3]，
一个个齐聚在圆环周边，
就好像围绕着墙壁、深坑，
欲入环道路被拦腰截断[4]；
幽灵们守规矩履行义务，
绕着那圣圆环转了三圈，
随后又进入了那间密室[5]，
伟大的预言家卧于其间。

---

[1] 指棺室外面的那间宽阔的大厅。见本歌 7 节。
[2] 那个圆环的直径大于少女身长一掌，因此说"甚至还两端有一掌空间"。
[3] 即那座像教堂似的宽敞大厅。
[4] 幽灵围在圆环周围，越来越多，但无法进入圆环，就像圆环周围有一堵墙或一条
深沟，把进入圆环的道路切断。
[5] 又进入停放梅林石棺的密室。

23

梅丽萨向少女事先讲清:
"所展示之幽灵尚未出生,
他们被魔法术召唤而来,
排成队,出室门^[1],依序而行;
如若把每个人一一介绍,
太繁琐,一整夜也难完成:
因此便遵循着时间顺序,
选部分适当者加以说明。

24

"你看那第一位与你相像,
面貌俊,姿态美,喜气洋洋:
鲁杰罗播下种,你身孕育,
是家族意大利首位家长。
我等待看到他染红大地,
令邪恶彭提欧^[2]鲜血流淌,
其父亲被出卖惨遭杀害,
报父仇,灭敌族,血债血偿。

25

"他努力摧毁了德斯得留,
意大利之君主、伦巴第王^[3];

---

[1] 走出停放梅林石棺的密室,进入如同教堂的大厅。

[2] 彭提欧是马刚萨家族的封地,位于法兰西的北部,现在的皮卡第地区。"令邪恶彭提欧鲜血流淌"即令马刚萨家族鲜血流淌。据《热恋的罗兰》中讲,由于马刚萨家族的出卖,鲁杰罗身亡。

[3] 德斯得留是伦巴第国王(现意大利的米兰地区),公元756年成为意大利国王,公元774年被查理所败,成为法兰克人的俘虏。诗人认为,鲁杰罗之子是直接击败伦巴第人的英雄。

受皇封埃斯特、卡拉奥内[1]，

由于其伟业绩灿烂辉煌。

你贤孙乌贝托紧随其后[2]，

曾多次对蛮族英勇抵抗，

捍卫了威严的神圣教廷，

显武威令西方[3]无比荣光。

26

"你再看阿贝托[4]战无不胜，

所缴获战利品装点圣堂[5]：

他儿子叫乌戈[6]，紧随其后，

控制了米兰城，展示蛇蟒[7]。

另一位叫阿佐[8]，继承兄业，

伦巴第王国权手中执掌。

再往后是智者阿贝塔佐[9]，

提建议便驱逐贝伦加王[10]。

---

[1] 受查理大帝之封，成为埃斯特和卡拉奥内城堡之主；埃斯特家族之姓便来自埃斯特城堡的名字。

[2] 乌贝托是史诗中的虚构人物，诗人设想他是抗击蛮族、捍卫教廷的英雄。

[3] 指意大利。古希腊人把意大利半岛称作西方，因为它位于希腊的西面。

[4] 有人认为，史诗中的阿贝托指的是阿贝托·维斯孔蒂。中世纪时，维斯孔蒂家族曾是米兰城主。

[5] 装点举行祭祀的庙宇圣殿。

[6] 乌戈是真实的历史人物，受封为米兰侯爵。

[7] 指米兰维斯孔蒂家族的徽章：一条蛇，口中叼着一个孩童。"展示蛇蟒"即展示维斯孔蒂家族的徽章，展示该家族统治米兰的权力。

[8] 阿佐是真实的历史人物，指阿贝托·阿佐一世，意大利费拉拉城主。阿里奥斯托认为，他继承其兄乌戈，执掌了伦巴第王国。

[9] 阿贝塔佐指的是阿贝托·阿佐二世，他是阿贝托·阿佐一世的儿子。

[10] 贝伦加王指的是贝伦加尔二世和他的儿子阿达busto二世，二人都曾是意大利国王。诗人认为，是阿贝塔佐建议奥托一世南下意大利向贝伦加尔父子开战，打败了他们，解救了意大利；因而说，阿贝塔佐只提出一个建议就成为解放意大利的最大功臣。

27

"奥托帝[1]将女儿赐他为妻[2]，

迎公主回家园理所应当。

后继者极英俊，也叫乌戈[3]，

父虽智，论才却不在其上。

他捍卫教宗与奥托三世[4]，

为他们解围困去除恐慌，

熄灭了罗马人傲慢气焰，

明公道，他要把正义声张。

28

"你再看弗尔克慷慨至极，

其财产全赠予同胞兄弟[5]，

为掌握日耳曼一大公国，

别故土，去他乡，离家千哩：

萨克森大公国血脉全断，

伸援手应该助一臂之力；

按母系之血脉理当继承，

靠子孙永世续扶其挺立。

---

[1] 指日耳曼神圣罗马帝国的开国皇帝奥托一世。

[2] 诗人认为阿贝塔佐迎娶了奥托一世的女儿阿尔达公主，这不符合历史事实。

[3] 第二个乌戈指的是阿贝托·阿佐二世（阿贝塔佐）的第三个儿子。阿里奥斯托认
    为，第二个乌戈曾打击傲慢的罗马人，维护教宗和奥托三世皇帝的利益。

[4] 指日耳曼神圣罗马帝国皇帝奥托三世。据说，乌戈曾率领军队去罗马平定骚乱，
    重新扶植由奥托三世皇帝支持的格里高利教宗登上宝座。

[5] 历史上，阿贝塔佐的长子叫弗尔克，次子叫圭尔弗。长子弗尔克是埃斯特家族的
    祖先，次子圭尔弗把在意大利的所有财产赠送给兄弟乌戈，然后去日耳曼继承了
    萨克森公爵爵位和封地。然而，史诗的作者阿里奥斯托却误说是弗尔克继承了萨
    克森公爵爵位。

29

"第二位阿佐也迎面走近,

不喜武,举止雅,文质彬彬,

俩儿子贝托多、阿贝塔佐,

一在左,一在右,身边紧跟。

贝托多曾打败亨利二世,

帕尔马日耳曼鲜血流尽[1];

另一位[2]迎娶了玛提尔德[3],

荣耀的女伯爵贞洁、谨慎。

30

"靠美德他披上如此婚装,

亨利的外甥女[4]值得颂扬,

出嫁时她的确已不年少[5],

近半个意大利作为嫁妆。

贝托多之爱子来到眼前,

人称其里纳多,十分荣光,

抗击了凶残的巴巴罗萨[6],

助教廷摆脱掉邪恶魔掌。

---

[1] 第二个阿佐及其儿子贝托多和阿贝塔佐都不是埃斯特家族史中的真实人物。按照
  阿里奥斯托所说,贝托多曾在意大利中部的帕尔马城下打败了日耳曼的亨利二世,
  使日耳曼军队流尽了鲜血;因此他说在"帕尔马日耳曼鲜血流尽"。

[2] 指阿贝塔佐。

[3] 按照阿里奥斯托所说,埃斯特家族的阿贝塔佐迎娶了位于意大利中部的卡诺萨城
  堡主人女伯爵玛提尔德;但这也不符合历史事实;历史上,迎娶玛提尔德的是巴伐
  利亚公爵圭尔弗五世。

[4] 指玛提尔德。玛提尔德是日耳曼神圣罗马帝国皇帝亨利三世的外甥女,亨利四世
  的表姐。

[5] 圭尔弗五世迎娶玛提尔德时,年仅18岁,而女伯爵玛提尔德却已经43岁。诗人
  也在感慨夫妻二人的年龄差别,因此写道"出嫁时她的确已不年少"。

[6] 日耳曼神圣罗马帝国皇帝腓特烈一世,人称巴巴罗萨,即"红胡子",引申意思
  为"野蛮者"。

31

"你可见另一位阿佐出现？

他掌控维罗纳统治大权，

受封于洪诺留[1]、奥托四世[2]，

安科纳[3]侯爷把封地掌管。

如若对每个人都做介绍，

宏伟业也均要——颂赞，

你家族太多人服务教廷，

细细讲需要用许久时间。

32

"奥比佐[4]、弗尔克[5]、阿佐[6]、乌戈[7]，

两亨利[8]父与子齐步向前；

还有俩圭尔弗[9]名声显赫，

斯波莱[10]公爵服披挂在肩。

受伤的意大利鲜血流淌，

擦干了血与泪面露笑颜：

我讲的是那位阿佐五世[11]，

---

[1] 指教宗洪诺留三世。

[2] 日耳曼神圣罗马帝国皇帝。

[3] 意大利中东部地区的一座大城市，当时是侯爵封地。

[4] 指埃斯特侯爵奥比佐一世，他曾掌控帕多瓦大权，卒于1193年。

[5] 奥比佐一世的兄弟，卒于1178年之前。

[6] 不知诗人指的是谁，显然不是指前面所提到过的阿佐。

[7] 不知诗人指的是谁，显然不是指前面所提到过的乌戈。

[8] 两亨利可能指的是圭尔弗四世的儿子巴伐利亚和萨克森公爵黑子亨利及其儿子傲慢者亨利。

[9] 指斯波莱公爵圭尔弗六世和儿子圭尔弗七世。

[10] 斯波莱（另译：斯波莱托）是意大利中部的一座城市，当时是公爵封地。

[11] 艾泽林家族是中世纪威尼托地区重要的家族，属于吉柏林党（皇帝党）。阿佐五世是阿里奥斯托臆造的打败艾泽林三世的胜利者，历史上真正打败艾泽林三世的人是阿佐七世，而不是阿佐五世。

艾泽林被击败，魂飞命断。

33

"艾泽林[1] 大暴君残酷，凶狠，

被世人认为是魔鬼子孙，

杀臣民，捣家园，无恶不作，

将美丽意大利伤害，毁损，

盖乌斯[2]、安东尼[3]、苏拉[4]、尼禄[5]，

与之比均更显善、慈、德、仁。

腓特烈[6] 亦被此阿佐击败，

不得不返南方狼狈逃遁。

34

"他手持幸福的国家权杖，

掌控的美家园位于河上[7]，

---

[1] 指中世纪意大利北部吉柏林党（皇帝党）的重要人物——人称暴君的艾泽林三世。他曾经是意大利东北部许多城市的统治者，如：维罗纳、维琴察、帕多瓦。他十分残暴，人送绰号"魔鬼之子"。1226年由于战败，丢失了帕多瓦城，因此下令杀死在他军队中服务的所有的帕多瓦籍士兵。

[2] 指残暴的罗马皇帝卡里古拉，其全名为盖乌斯·恺撒·奥古斯都·日耳曼尼库斯，卡里古拉是他的绰号。下面诗人列举了一系列古罗马暴君的名字，他认为，与艾泽林三世相比这些暴君要仁慈得多。

[3] 指古罗马政治家和军事家马克·安东尼，他是恺撒最重要的军队指挥官和管理人员之一。恺撒被刺后，他与屋大维和雷必达一起组成后三头同盟。公元前33年后三头同盟破裂，开始内战；公元前30年，被屋大维击败后，安东尼及其情妇埃及女王克莱奥帕特拉七世先后自杀身亡。

[4] 指著名的古罗马政治家，军事家，独裁官苏拉，他曾经极其残暴地镇压反对党。

[5] 指罗马帝国的残暴皇帝尼禄。

[6] 指著名的日耳曼神圣罗马皇帝腓特烈二世，他生长于西西里岛，热爱意大利南方，因而把帝国的宫廷设在西西里。

[7] 指位于波河之上。阿佐七世（诗中为阿佐五世）是费拉拉城主，费拉拉城位于波河平原。

在那里福玻斯弹琴哭泣[1]，

呼唤着错掌灯可怜儿郎[2]，

还有人流出了琥珀眼泪[3]，

也有人穿上了白羽衣裳[4]；

这本是罗马的圣廷所赐[5]，

感恩主，担义务，无上荣光。

35

"阿佐兄又岂能搁放不讲[6]，

欲解救圣祭司天主教皇，

抵抗住吉柏林[7]、奥托四世，

他们要去罗马肆虐，猖狂；

并袭击皮切尼[8]、翁布里亚[9]，

---

[1] 此处指希腊神话中的太阳神福玻斯在波河哭泣死去的儿子。法厄同对人夸耀自己是太阳神的儿子，他怕别人不信，便任性地驾驶父亲的太阳车，从东方日出之处到西方日落之处，慌乱中失去了对拉车白马的控制，造成世间巨大灾难。最后，宙斯不得不亲自动手，用闪电把法厄同击毙。法厄同的尸体掉进一条大河，这条河便是意大利的波河。

[2] 希腊神话中的太阳车被视为照耀人间的灯，"错掌灯"指法厄同错误地驾驶太阳车；"可怜儿郎"指被宙斯用闪电击毙的法厄同。

[3] 希腊神话中，赫利阿得斯是太阳神的五位女儿，法厄同的姊妹；她们为法厄同的不幸而哭泣，后来变成了杨树；从杨树的树干中流出金黄色的眼泪，结晶成神奇的琥珀。因而此处说"还有人流出了琥珀眼泪"。

[4] 为法厄同哭泣的还有其挚友库克诺斯，宙斯把他变成了天鹅。因而此处说"也有人穿上了白羽衣裳"。

[5] 诗人认为，阿佐五世手中的权柄是教廷所赐。可见埃斯特家族与罗马教廷之间的密切关系。

[6] 诗人说：我岂能不讲讲阿佐兄长的丰功伟绩。这里指的是阿佐七世的兄长阿拉德罗班蒂诺。他是一个真实的历史人物：教宗被日耳曼神圣罗马帝奥托四世和吉伯林党（皇帝党）的军队围困在罗马，他前去解救，组织了解放翁布里亚和马尔凯的战役，从而维护了教廷与埃斯特家族的利益。

[7] 指吉柏林党，即皇帝党。

[8] 指古代皮切尼人居住的地区，即意大利中东部亚得里亚海岸地区，相当于今天的马尔凯地区。

[9] 翁布里亚地区位于意大利中部，与马尔凯地区接壤。

还夺回周边的城市田庄;

讨巨额军费于佛罗伦萨,

施救援须有人慷慨解囊。

36

"无珠宝也没有其他抵押,

只好把小兄弟交与对方[1]。

击溃了日耳曼凶悍军队,

展开的凯旋旗迎风飘扬;

恢复了圣教廷应有地位,

严惩那切拉诺[2] 理所应当;

他服务至高的灵魂牧师[3],

年轻轻便离世令人心伤。

37

"好兄弟阿佐将遗愿继承,

安科纳、佩扎罗[4] 握于手中,

从海边一直到亚平宁山,

从邵罗一直到潺潺特隆[5],

信仰与诸城均一同接受[6],

好精神更比那财宝有用:

---

[1] 为了向佛罗伦萨借得军费,解救教皇,阿拉德罗班蒂诺(即诗中的"阿佐兄")
   不惜把自己心爱的弟弟年少的阿佐(即后来的阿佐七世)抵押给佛罗伦萨人。

[2] 指切拉诺伯爵。他支持奥托四世围困罗马,威胁教宗,战败后受到严厉惩罚。

[3] "至高的灵魂牧师"指的是教宗。

[4] 安科纳和佩扎罗都是意大利中东部的重要城市,位于亚得里亚海岸。

[5] 邵罗和特隆是意大利马尔凯地区的两条河流。亚得里亚海在埃斯特家族统治区的东
   面,亚平宁山脉在其西面,该区域内流淌着邵罗和特隆两条河流,一条在其南面,
   一条在其北面;这两句诗划定了埃斯特家族统治区域的广阔范围。

[6] 从亚得里亚海岸到那亚平宁山脉,从邵罗河到特隆河,大片土地上的每一座城市
   都成为阿佐的属地,他不仅继承了这些领土,而且还继承了兄长的信仰和精神。

机运神可赐夺万种财物，

却不能给予人美好德能[1]。

38

"你再看里纳多[2] 多么光灿，

死神与机运神如无恨怨，

人们以美德行弘扬家族，

他定会放光芒非同一般[3]；

做人质曾经去那不勒斯，

我们应聆听其讲述苦难[4]。

年轻的奥比佐[5] 现在走来，

作君主继承了祖父大权。

39

"凶狠的摩德纳，快乐勒佐，

均收入掌握中，祖业发展[6]，

该地区民众都尊其为主，

无人比之才华众口称赞。

你再看他儿子阿佐六世，

掌握了教皇国统军大权，

---

[1]　机运之神可以赐予或剥夺人的各种财物，却不能给予人美好的德能。

[2]　此处的里纳多并不是指史诗前面所提到的布拉达曼的兄长里纳多，而是指阿佐七世的儿子。他曾经作为人质被送往腓特烈二世的宫廷（那不勒斯），后被谋杀。

[3]　如果死神和机运神都不嫉妒和怨恨人们用自己的美德为自己家族添彩，那么，里纳多就一定会放射出与众不同的光辉。

[4]　我们应该聆听他讲述做人质时所忍受的苦难。

[5]　指里纳多的儿子奥比佐二世，他继承祖父权位时只有 17 岁。

[6]　1288 年奥比佐二世夺取了摩德纳城，1289 年又夺取了勒佐城，从而光大了祖业。摩德纳人曾顽强地抵抗埃斯特家族的攻击，因而称其"凶狠的摩德纳"；诗人青少年时曾在勒佐幸福地生活，因而称"快乐勒佐"。

与查理二世王[1]心爱之女，
把公国安德里共同掌管[2]。

40

"在这组显赫的人物之中，
你可见最杰出君主容颜，
奥比佐、阿贝托、坡脚之君[3]，
其他人亦充满爱与仁善。
我不想长时间令你滞留，
因而便跳跃过许多事件，
比如那法恩扎、安德里亚[4]，
海水名从后者获取灵感；

41

"如玫瑰之家乡盛产玫瑰，
希腊语是美名产生根源[5]；
如波河两河口沼泽之城[6]，
沼泽地鱼儿多，渔民贪婪，
总希望海面上刮起狂风，
海水摇，浪涛涌，掀起波澜。

---

[1] 指西西里国王查理二世。

[2] 历史上，是阿佐八世与查理二世之女联姻，获得安德里地区的统治权，并非阿佐六世。

[3] "跛脚之君"指的是尼科洛二世，他为埃斯特家族夺得了法恩扎城。

[4] 亚得里亚海的名称来自于安得里亚城的名称，因此说"海水名从后者获取灵感"。

[5] 罗维戈城古时称罗迪玖慕（Rhodigium），希腊语的意思为"玫瑰"，因而人们称其为玫瑰之城。罗维戈是意大利东北部维内托大区的一座城市。

[6] 这里指科马桥（Comacchio）城，它位于波河入海口三角洲的沼泽地带上，所处位置非常容易受到洪水和海潮的袭击。Comacchio 的名称可能来自于拉丁语的cumaculum，意思为波浪。

我不表卢戈与阿尔间塔[1]，
亦跳过其他的古堡、城垣。

42

"稚嫩的尼科洛[2]来到面前，
臣民们选择他执掌政权，
为了使塔德奥[3]阴谋破产，
拿起了内战的枪斧刀剑。
幼年时他便喜玩弄兵器，
练武艺，演战争，不惜流汗；
早早就习武功，受益匪浅，
成就了将之花，名震世间。

43

"他使得反叛者企图落空，
令他们受损失无功而返；
对各种计与谋胸有成竹，
谁要想欺骗他万分困难；
邪恶的统治者奥托特剌[4]，
其生命被剥夺，丧失大权，
帕尔马、勒佐的残暴之君[5]，
发现其中计谋为时已晚。

---

[1] 阿尔间塔是一座位于费拉拉城和博洛尼亚城之间的小城镇，卢戈是一座位于拉文纳省的小城镇。

[2] 指尼科洛三世，他继承其父阿贝托五世权位时只有 10 岁。

[3] 历史上，埃斯特家族有一位亲戚叫阿佐，他曾试图趁尼科洛三世年幼之机篡权；阿佐有一子叫塔德奥，阿里奥斯托可能把他们父子二人的名字弄混了，误认为是塔德奥要篡权，因此诗中写道"为了使塔德奥阴谋破产"。

[4] 奥托特剌凶狠残暴，野心勃勃，并试图取代尼科洛三世；后被尼科洛三世诱杀。

[5] 指奥托特剌，他曾用残忍的手段夺取了帕尔马城和勒佐城，成为统治两座城市的暴君。

44

"他不断扩张其美丽王国，

却丝毫不把那正路走偏，

如若是不受到恶毒攻击，

任何人他都不伤害侵犯：

伟大的上天主为此欣悦，

不限制他发展锦绣家园；

愿其国世代都繁荣昌盛，

就如同和谐天永不停转。

45

"勒内罗[1] 与首位公爵出现[2]，

卓越的波尔索美名流传，

其统治极和谐，无比荣耀，

远远比其他国辉煌灿烂。

被囚禁之战神难见光明，

怒魔亦双手被紧紧捆拴。

仁善的公爵爷一心为民，

只希望臣民们幸福宁安。

46

"你再看艾克勒[3] 现在走来，

足受伤，跛脚行，步子缓慢；

---

[1]　勒内罗是尼科洛三世之子，是一位杰出的君主、文学家和诗人。

[2]　首位公爵指的是波尔索，他也是尼科洛三世之子，1450 年继承了其兄勒内罗之
　　位，掌握了埃斯特家族的权柄。他是第一位受封为公爵的埃斯特家族成员，先是
　　被日耳曼神圣罗马帝国皇帝腓特烈三世封为摩德纳和勒佐公爵，后来又被教宗保
　　罗二世封为费拉拉公爵。

[3]　指艾克勒一世，他也是尼科洛三世之子，1471 年继承了其兄波尔索之位，掌握
　　了埃斯特家族的权柄。

布德辽制止了邻居[1]溃败，

不感恩邻居却无情翻脸，

他不为受奖赏参加战斗，

成仇人被追赶亦非所愿[2]。

此位爷我难以讲解说明，

战与和何时更光辉灿烂[3]。

47

"普利亚、卢卡与卡拉布利[4]，

把他的伟功业牢记心间，

好一场不寻常激烈战斗，

获国王[5]最初的奖赏、称赞[6]；

屡屡战屡屡胜，赢得荣耀，

已名列常胜的战将榜单：

他应登宝座于三十年前[7]，

早早把公国权控于掌间。

48

"臣民们都十分热爱此君，

为了他愿做出所有奉献；

---

[1] "邻居"指与费拉拉相邻的威尼斯。布德辽是距博洛尼亚不远的一个小镇。在布德辽进行的一场战斗中，艾克勒一世挽救了溃败的威尼斯人，自己却受伤成为跛脚。

[2] 忘恩负义的威尼斯人后来反而攻击艾克勒一世，并追击他一直到费拉拉城下。

[3] 战争时期与和平时期，艾克勒一世都十分杰出，我真无法判断他什么时期更杰出。

[4] 普利亚人、卢卡人和卡拉布利亚人（另译：卡拉布利亚人）都参加了那场战争，因此都应该记得艾克勒一世的丰功伟绩。

[5] 指阿拉贡和卡塔罗尼亚国王兼西西里和那不勒斯国王阿方索一世。

[6] 艾克勒一世少年时便在阿拉贡和卡塔罗尼亚国王兼西西里和那不勒斯国王阿方索一世指挥下参加战争，并因英勇战斗而第一次荣获军功。

[7] 他本应提前三十年掌握权柄，即在勒内罗和波尔索统治时期就掌握权柄；因为他是尼科洛三世的嫡生子，而勒内罗和波尔索是私生子。

不因为他改造沼泽土地，
费拉拉获得了肥沃良田，
不因为他扩建城墙、护河，
更多人住进了城垣里边，
不因为修宫殿、剧院、庙宇，
使城市更美丽、舒适、方便；

49

"不因为抵御了双翼雄狮[1]，
保卫了费拉拉城市安全；
不因为高卢军悍然南下[2]，
美丽的意大利战火点燃，
他却能避危险，不纳贡金，
躲战火保平安其身独善；
不因为获得了种种裨益，
埃斯特臣民才感受恩典；

50

"而因生阿方索[3]、伊波利托[4]，
杰出的两兄弟正义，仁善；

---

[1] 双翼雄狮是威尼斯的城徽，即威尼斯的象征；这里自然指的是威尼斯人的进攻。

[2] 这里指的是法兰西国王查理八世的军队，因为法兰西地区古罗马时期被称作高卢。1494 年，查理八世以王位继承人资格进入意大利，1495 年攻占那不勒斯并加冕为那不勒斯国王。查理八世把战火烧遍了整个意大利，费拉拉却得以幸免，而且也没有向其纳贡，因而说费拉拉躲避了战争的危险和避免了高昂的贡金。后来，查理八世的行动遭到教宗亚历山大六世、威尼斯、米兰及日耳曼神圣罗马帝国皇帝马克西米利安一世和阿拉贡的斐迪南联合反对。在福尔诺沃战役中，法军战败，查理八世被迫于 1495 年底退出意大利。

[3] 指阿里奥斯托时期的费拉拉公爵阿方索一世。

[4] 指阿方索一世的兄弟伊波利托枢机主教，他是提携阿里奥斯托的恩主。见第 1 歌 3 节。

你爱我我爱你，享有美名，

就如同天鹅子彼此相伴，

为对方摆脱掉死亡黑暗，

均甘心相互间生死兑换[1]。

他二人心坚定，做好准备，

救对方宁愿把生命奉献。

51

"两人的伟大爱美好，光灿，

全依仗伏尔甘[2]火炼锤锻，

修建起双重的铜墙铁壁[3]，

使臣民享受到幸福、平安。

阿方索是一位英明君主，

用智慧培育出世间仁善，

未来人定认为天降正义，

令人间冷与暖四季轮换[4]。

---

[1] "天鹅子"指的是希腊神话中勒达所生下的两个儿子，一个叫卡斯托耳，另一个叫波鲁克斯。据希腊神话讲，斯巴达王后勒达生出两个天鹅蛋，一个受孕于斯巴达国王廷达瑞俄斯，另一个则受孕于宙斯。后来蛋中孵化出两个儿子，受孕于国王的叫卡斯托耳，受孕于宙斯的叫波鲁克斯。在一次争斗中卡斯托耳被杀身亡，波鲁克斯无法接受其兄弟死亡的事实，便向父亲宙斯请求，希望宙斯可以令其复活。但是宙斯表示，卡斯托耳只是一个普通的人，本来就会死，若是真的令其复活，就必须把波鲁克斯剩余的生命分给他。波鲁克斯毫不犹豫就答应了。宙斯深受感动，将两人都安置在天空成为双子座，永不分离。

[2] 伏尔甘是罗马神话中的火神，他是一位铁匠，巧妙地锻造出许多神奇的作品。

[3] 阿方索一世时期费拉拉修建起了第二道城墙。

[4] 中世纪晚期，但丁、彼特拉克等著名文人都认为，黄金时代过后正义女神已经抛弃了人类。见《神曲·地狱篇》第3歌87句。这里，阿里奥斯托说，在阿方索一世的统治下，费拉拉出现了盛世，后人定会以为正义女神又重新来到人间，因而冷暖协调，四季分明。

52

"他必须与其父同样精明，

做事情更需要十分谨慎；

一方面要应对威尼斯人，

以少数去抗击万千敌军[1]；

另一面他还要应对后娘[2]，

亦或许那是位生身母亲；

但如同美狄亚、普洛克涅[3]，

对亲子竟如此凶狠，残忍。

53

"多少个昼与夜出城征战，

忠诚的臣民们紧随身边，

无论在大海上还是陆地，

每一战均使敌溃败逃窜。

罗马涅之民众受人欺骗，

对邻居同盟者发兵侵犯，

三角洲遭受了悲惨失败[4]，

---

[1] 强大的威尼斯是费拉拉北面的邻居，经常与费拉拉作对，因而埃斯特家族需时刻准备抗击远远比他们强大的敌人。

[2] 指教皇国。埃斯特家族的爵位是教宗加封的，然而，费拉拉却经常受到教皇国欺压；特别是教宗尤里乌斯二世，他联合威尼斯人，压迫费拉拉；因而阿里奥斯托说教皇国是埃斯特家族的后母，假如是亲生母亲，也一定是一位杀害儿子的残忍的母亲。

[3] 美狄亚和普洛克涅都是希腊神话中的人物，是残忍母亲的象征。美狄亚帮助希腊英雄伊阿宋取得金羊毛，并与他结为夫妻；后来伊阿宋另有所爱，愤怒之下，美狄亚不仅杀了伊阿宋的情妇，而且还杀害了她与伊阿宋所生的三个儿子。普洛克涅是雅典公主，她丈夫忒瑞俄斯爱上了她的妹妹，并将其掠走；后来，普洛克涅救出了妹妹，并愤怒地杀死了她与忒瑞俄斯所生的儿子。

[4] 罗马涅人的领土与埃斯特家族的属地相邻，并与埃斯特家族签署过同盟条约；然而他们却受教宗的蛊惑，被拉入反对埃斯特家族的战争之中。他们在位于波河、桑特诺河和扎尼奥洛三角洲的巴斯提要塞遭受了失败。

鲜红血浸染了土地大片。

54

"不久后依然在同一地方，
西班牙雇佣军受命教皇，
攻陷了巴斯提要塞城堡，
杀死了守城的司令官长[1]；
再夺回城堡时尽灭守军，
指挥官与士兵一律杀光，
没有人能幸免逃脱传信，
带噩耗跑回到罗马报丧[2]。

55

"罗马涅展开了广阔战场，
阿方索用智慧、刀剑、长枪，
助法军胜教宗、西班牙兵[3]，
赢得了美名扬，荣耀辉煌。
齐腰深鲜血中战马游动，
田野间到处是血海汪洋；
西班牙、德、意、法尸骨成山，
广阔的土地下也难埋葬[4]。

---

[1] 与罗马涅人的战争刚刚结束不久，教宗又雇佣西班牙军队向阿方索一世发起进攻，攻陷了巴斯提要塞，并残忍地杀害了守城的指挥官维斯提德罗·帕加诺。

[2] 不久后，阿方索一世重新夺回要塞，并处决了所有要塞的占领者，为维斯提德罗抵罪，从指挥官到士兵无一幸免，以致无人能够把要塞失守的消息带给罗马教宗。

[3] 1512年，阿方索一世与法兰西人结盟，率费拉拉炮队参加拉文纳战役，发挥重要作用，致使法兰西人打败了教皇国与西班牙联军。

[4] 双方战死的士兵不计其数，其中有西班牙人、日耳曼人、意大利人和法兰西人；尽管作为战场的那片土地十分广阔，也难以埋葬所有的死尸。

56

"其兄弟头上戴紫色法冠，

在教廷掌握着枢机大权，

主教的名字唤伊波利托，

他宽宏亦慷慨卓越超凡；

是诗歌与散文永久素材，

可丰富和美化每一语言[1]；

主[2] 希望此时代充满诗人，

如同那维吉尔、奥帝年间[3]。

57

"他照耀子与孙世代永昌，

超群星赛明月光芒万丈。

相比下其他光黯然失色，

就如同艳阳把普世照亮。

他曾率极少数步卒、骑兵，

出战忧，归来却心情舒畅；

缴获了十五只两帆快船，

其他的小木舟难知数量[4]。

---

[1] 阿里奥斯托认为，埃斯特家族的伊波利托枢机主教的丰功伟绩可以作为文学创作的素材，从而丰富和美化语言。

[2] 指上帝。

[3] 就如同维吉尔所生活的奥古斯都皇帝时代，即古罗马文学的黄金时代。"奥帝"指奥古斯都皇帝。

[4] 1509 年 12 月 22 日埃斯特家族打败了威尼斯人，缴获了许多战利品。出战时，因兵员少，伊波利托十分担忧，但由于他指挥得当，却取得了胜利，凯旋时十分高兴。在此次战役中，埃斯特家族缴获了 15 只威尼斯的双帆快船和无数只其他小船。

58

"你再看那两位斯基孟铎[1]，
阿方索[2] 五子都即将登场，
其英名震撼了整个世界，
山与海均不能阻其传扬：
众人应学习那伊波利托[3]，
为家族争美名无上荣光，
与叔父同光辉照耀大地，
艾克勒法王婿富贵辉煌[4]。

59

"第三子弗朗索，还有两子[5]，
前面我已对你再三说明，
如若把你家族细细介绍，
需数次天黑亮方能完成[6]，
你家族每一支都很卓越，
其丰功把家族地位提升：
时间到我应该停止述说，
你亦愿我告别这些魂影[7]。"

---

[1] 埃斯特家族曾有两位斯基孟铎，一位是艾克勒一世的兄弟，另一位是他的儿子。

[2] 指阿方索一世。

[3] 此处的伊波利托指的是阿方索的儿子伊波利托二世，他与其叔父伊波利托一世（即阿里奥斯托的恩主）一样，也是一位枢机主教。

[4] 此处的艾克勒指的是阿方索一世的儿子艾克勒二世，他迎娶了法国国王路易十二的女儿，成为法国国王的女婿。

[5] 弗朗索是阿方索的第三个儿子，此外，阿方索还有两个私生子。

[6] 前面开始讲述时，梅丽萨已经说明，因时间的关系，不可能一一介绍埃斯特家族的成员。这里他再次说明，如果细细地介绍，需要天黑天亮数次才能介绍完。

[7] 你也一定希望我现在停止讲述，告别刚才一一展示的埃斯特家族后裔的魂影。

60

女法师仅遵从少女意愿，

合上书并暂且闭口不言。

众魂影进入了石棺密室，

全都在片刻间消失不见。

得允许美少女布拉达曼，

向巫女提疑问张口开言：

"那两位悲哀者是何许人，

站立在阿方索兄弟之间[1]？

61

"他二人叹息着低垂双眼，

好像是丝毫不自负傲慢；

我看到两兄弟[2]远离他们，

似乎是见他们有意躲闪。"

听此言梅丽萨好似变脸，

滚滚泪流淌出她的眼睑，

喊叫道："不幸啊苦命之人，

被唆使行不义，受尽苦难[3]！

62

"噢，善者[4]扬艾克勒[5]后裔声望，

---

[1]　指站立在阿方索一世及其兄弟伊波利托枢机主教之间。布拉达曼问梅丽萨，刚才她所看见的在阿方索和伊波利托兄弟之间的两个悲伤的人是谁。

[2]　两兄弟指阿方索一世和伊波利托枢机主教。

[3]　布拉达曼所问的两个人是费兰特和朱利奥，他们也是费拉拉公爵艾克勒一世的儿子，但受人唆使，阴谋反对继公爵位的阿方索一世和任枢机主教的伊波利托兄弟二人，阴谋破灭后先被判处死刑，后改判终身监禁。

[4]　指阿方索一世和伊波利托枢机主教兄弟。

[5]　指艾克勒一世。

不义者[1] 难损其仁慈形象:
悲哀者[2] 也都是他[3] 的骨血:
正义主施怜悯[4] 宽宏大量。"
随后又放低声补充说道:
"我们把这件事暂且搁放,
你口中含着蜜别尝苦味,
我不想你最后忍受悲伤[5]。

63

"现天空即将要泛白放亮,
我二人齐上路奔向前方,
去寻找闪亮的精铁城堡,
鲁杰罗身陷于四面城墙。
对于你我是伴亦是向导,
野山林极险恶,十分荒凉,
我教你摆脱它奔向大海,
上正路避免你走错方向。"

64

勇少女一整夜滞留洞间,
与梅林长时间交心恳谈,
大法师劝说她出手相助,

---

[1] 指费兰特和朱利奥两兄弟。
[2] 亦指费兰特和朱利奥两兄弟。
[3] 指艾克勒一世。
[4] 此处,阿里奥斯托向正义的天主请求宽容费特兰和朱利奥两兄弟,他们终究是埃斯特家族的骨肉。
[5] 梅丽萨认为,布拉达曼正在听自己叙述自己家族的丰功伟绩,口中就像含着蜂蜜一样甜,就不必去听不愉快的事情,从而引起悲伤。

去帮助鲁杰罗，表达情感[1]。
随后便离开了地下洞室，
梅丽萨陪伴在少女身边，
走过了长长的黑暗之路，
又重见天空中阳光灿烂。

65

来到了隐蔽的一个山谷，
四周的险山峰难以攀缘；
行走了一整日未曾休息，
登上了陡峭岩，越过山涧。
为了使远行程不显乏味，
为了使崎岖路不显艰险，
她二人选择了快乐话题，
所谈事都令人心中喜欢。

66

话题与鲁杰罗大都有关，
向少女授机宜巫女开言：
以什么技巧与何种智慧，
才能获鲁杰罗，尽遂己愿。
"你若是帕拉斯[2]、玛尔斯神[3]，
按自己之意愿指挥作战，
远胜过查理与阿格拉曼，
却难以败法师[4]决胜阵前。

---

[1] 梅林嘱咐布拉达曼要帮助鲁杰罗脱离其养父的束缚，并与他互通爱慕之情。
[2] 指希腊神话中的智慧女神雅典娜，雅典娜的全名叫帕拉斯·雅典娜。
[3] 指罗马神话中的战神玛尔斯。
[4] 此处的法师指乘飞马作战的鲁杰罗的养父阿特兰。

67

"那城堡精铁筑，坚不可摧，
更何况高耸立，插入云端；
双翼兽善飞翔，天马行空，
腾云雾，踏日月，跳跃撒欢；
法师的闪光盾索人性命，
揭罩布其光芒伤人双眼，
令睹者目失明全无知觉，
就如同一死人不能立站。

68

"你或许头脑中已有打算，
战斗中欲紧紧合闭双眼，
若如此你怎知何时击敌，
又怎知避攻击何时躲闪。
为消除老巫师魔法威力，
为避免那强光令你目眩，
我教你一方法，它是捷径，
这世间除此路并无他选。

69

"有一宝属非洲阿格拉曼，
它本是偷窃的女王指环，
托付于布鲁内——一位男爵[1]，

---

[1] 非洲王阿格拉曼命布鲁内偷窃了安杰丽佳的神奇指环，并将其托付给这位狡猾的
窃贼保管。令他利用指环的神奇魔力去解救鲁杰罗，把他引回到撒拉逊阵营，与
查理的基督教军队作战。这是一只具有很强魔力的指环，谁把它含在嘴中，就会
隐身，谁把它戴在手指上，就会破解一切其他魔法。博亚尔多在《热恋的罗兰》
中对魔戒已有介绍，布鲁内也是博亚尔多所创造出的人物。安杰丽佳是契丹公主，
后来成为契丹女王，因而诗人说"它本是偷窃的女王指环"。

此爵爷正行于前方不远；
谁手指若戴上这只宝戒，
便可以摆脱掉魔法梦魇。
就如同阿特兰深谙法术，
布鲁内擅长于偷窃欺骗。

70

"布鲁内极狡猾，通晓世故，
被国王派遣去突破难关，
用智慧和指环力闯城堡，
为解脱鲁杰罗做出贡献；
那指环真神奇，屡试不爽，
此次也定能将目的实现；
他许诺不辜负国王[1]重托，
要救出鲁杰罗令王心安。

71

"鲁杰罗本应该属你一人，
而不应去追随阿格拉曼，
我教你有效的一个方法，
可助你救骑士走下石岩。
再往前不远处见一海滩，
你沿其向前面行走三天，
第三日便可见一座客栈，
客栈里有一人手戴指环。

---

[1]　指非洲王阿格拉曼。

72

"那位客身矮小，只有六拃，
头顶上布满了团团发卷；
黑黝黝一头发，肤色亦暗，
发须下显露出青灰颜面；
肿眼泡，目斜视，眯眼看人，
粗粗的眼睫毛，鼻梁平扁，
身上穿那件袍又瘦又短，
依我看就如同鸻鸟一般[1]。

73

"他为你会提供聊天机会，
奇怪的魔法术与你论辩[2]：
你定要说明白你有意愿，
希望与魔法师[3]比武交战；
切记住莫透露你已知晓，
那指环除魔法威力无边。
他必然会自愿为你引路，
陪同你一直到城堡跟前。

74

"你必须紧跟随他的身后，
当看见那城堡离你不远，
切记要杀死他，莫施怜悯，
不要将我建议抛弃一边；

---

[1] 鸻鸟是一种群居于海滨的鸟类，体形较小，嘴短而直，前段略膨大，颈部有一圈白色绒毛，胸部有一圈黑色的绒毛，十分善于奔跑。
[2] 与你探讨奇妙的法术问题。
[3] 指骑飞马作战的法师阿特兰。

勿令其猜透你心中意图，
莫使他有时间隐身逃远：
他如若把魔戒放入口中，
其踪影便立刻消逝不见。"

75

说话间来到了波尔多岸[1]，
加龙河入海口就在此间。
在那里她二人相互告别，
难舍弃，苦离别，泪流满面。
为解救心上人脱离牢狱，
阿蒙女岂能够懈怠懒散，
急赶路，夜幕降，至一客栈，
布鲁内早已经住在里边。

76

美少女一见他立刻认出，
其形象已深深铭刻心间：
何处来，何处去，少女提问，
布鲁内一一答，句句谎言。
阿蒙女早知其骗子嘴脸，
她也要编假话以骗对骗，
杜撰出国与族、信仰、名姓，
并不时把贼手偷偷窥看。

77

美少女监视着骗子双手，

---

[1] 波尔多是位于法国西南的一个港口城市。

却担心隐秘事被他窥见，
不让其与自己过分靠近，
知晓她万事均早已了然。
他二人正如此你欺我骗，
轰隆隆震耳声响彻云天。
恩主呀，若想知巨响何来，
停片刻，稍后再对您明言。

第 4 歌

女骑士破魔法得见情人　飞马载鲁杰罗腾空升天
里纳多苏格兰路见不平　欲出手救公主脱离苦难

　　布拉达曼在客栈中与布鲁内相遇。布鲁内自告奋勇引女骑士去寻找城堡。趁其不备，布拉达曼将布鲁内束缚，撸下他手指上的魔戒；然而，她却心生恻隐，没有遵照梅丽萨的嘱咐，将其杀死。

　　依赖戒指的魔力，女骑士捉住了阿特兰，并强迫他解除城堡魔法。布拉达曼和鲁杰罗终于重新相见。但阿特兰又施计谋，令飞马把鲁杰罗带往他方。

　　里纳多去求救兵，遇到海上风暴，船被吹向苏格兰。在一座修道院中，他得知苏格兰公主季内娃被诬陷与人通奸，将被判处死刑，便决定出手相救。

　　路上，里纳多先解救了被恶徒挟持的公主贴身侍女达琳达，并听她讲述了公主的不幸遭遇。

1

伪装术经常是重复不变，
欺骗的邪恶已清晰可见，
却仍然能控制大事小情，
得明显之实惠获利万千；
它可免受损失、毁誉、死亡[1]，
因人世少阳光充满黑暗；

---

[1]　伪装之术经常重复，并无新意，伪装者的邪恶显而易见；然而，人们仍然喜欢伪装，因为伪装能使伪装者收获利益，减少各种麻烦，甚至避免死亡。

对话者不全是知心朋友，

无真诚，嫉妒心充满人间。

2

若找到真朋友实在不易，

需经历辛与苦长期考验，

对真友不应存怀疑之心，

可吐露你思想，无需隐瞒。

就如同梅丽萨描述那样，

虚假者善伪装，全为欺骗，

好一位布鲁内不真不诚，

鲁杰罗美女友[1] 应该咋办？

3

她也学虚伪者佯装真诚，

对此人理应当以骗对骗；

时不时双眼窥骗子之手，

那是双窃贼手，极其贪婪。

忽然间一声响炸在耳边。

少女叫："圣母啊，我的苍天！

是何物震耳聋令人心颤？"

她急奔炸响处瞩目观看。

4

看见了客栈主与其家人，

站在那客栈外或是窗前，

好像在仔细看月食、彗星，

---

[1]　指布拉达曼。

仰着头，举双眼，观望蓝天。

美女子抬头见一桩奇事，

说出来真令人相信也难，

高大的双翼马行走空中，

一骑士披甲胄稳坐马鞍。

5

双羽翼色奇特，又长又宽，

那骑士稳坐在羽翼中间，

身上的铁甲胄十分明亮，

朝西方抖翅膀飞翔向前。

正如同客栈主讲述那样，

猛然间俯冲下，沉入大山：

飞行者常如此来来往往，

穿行于大山间或近或远[1]。

6

时而间展翅飞高入星际，

时而间低低行似刮地面；

街市上遇到的许多女子，

俯冲下，抢掠去，携带身边：

美貌的少女们着实悲哀，

若自认美丽也十分可怜，

只因为恶法师专掠美女，

均不敢出家门，日光难见[2]。

---

[1] 法师经常骑着飞马出入大山，有时去较远的地方，有时去较近的地方。

[2] 法师抢掠所有美丽的女子，因而美丽的女子人人自危，自认为美丽的女子也不例外，她们连出门都不敢，就连太阳都很难与她们见面。

7

栈主道："有城堡坐落在比利牛斯，

他施法控制于股掌之间，

精铁筑之城堡明亮，美丽，

人世间无它堡与其比肩，

有许多骑士爷去那城堡，

却没有一个人能够返还：

以至于我担心他们命运，

恐怕已被捉获或者遇难。"

8

美少女听讲述心中喜欢，

思忖着用指环前去迎战，

神指环能破除巫师法术，

亦可以令城堡烟消云散[1]。

她欲求栈主助开口吐言：

"我需要一向导引路向前，

去寻找那巫师决一胜负，

真不愿再等待，只想亮剑[2]。"

9

布鲁内抢在先立即回答：

"并不缺指路人引你进山，

我已经画下了应行路线，

做向导定叫你心中喜欢。"

他本想提指环，欲言又止：

---

[1] 用指环可以破除魔法，使城堡消逝。

[2] 布拉达曼要客栈主人为其寻找一位向导，她实在不想再等待，只想尽快地与那法师决战。

不希望食恶果自己难堪。
少女说:"欢迎你做我向导,"
好像说:"现已经归属我那枚指环。"

10

有利事她讲给撒拉逊人,
有害事她必定缄口不言[1]。
她喜欢客栈主一匹骏马,
那马儿可赶路亦可作战。
第二日清晨起,天气晴朗,
买骏马[2],踏征途,快步向前。
走上了一条路,进入峡谷,
布鲁内行于后或者在前。

11

他二人要赶到比利牛斯,
穿越了片片林、座座高山,
晴朗天居高处一眼望见,
西班牙、法兰西、两面海岸[3],
就像看第勒诺[4]、亚得里亚,
需登上亚平宁山脉之巅。
随后又沿崎岖山间小路,
一步步朝山谷行走向前。

---

[1] 对自己有好处的事情,布拉达曼就与布鲁内讲,对自己没有好处的事情,她就不
对他讲。

[2] 指客栈主的那匹骏马。

[3] 晴天时,站在比利牛斯山脉之巅,向北看是法兰西,向南看是西班牙,向西看是
大西洋,向东看是地中海。"两面海岸"指的是大西洋海岸和地中海海岸。

[4] 意大利周边有四个海,第勒诺(另译:第勒尼安)是其中之一。

12

深谷中耸立着一座高岩，

坚硬铁包裹着美丽岩尖[1]，

那岩尖俯视着周围万物，

高耸立，入云霄，直指蓝天。

如若是不会飞休想登顶，

奋力爬，无结果，难以攀援。

布鲁内开口道："就在此处，

美女子、勇骑士囚禁里面。"

13

就好似岩四周预画直线，

工匠们按直线竖凿石岩[2]。

无一处有小路或是台阶[3]，

可助人能吃力向上攀援：

那城堡就好像鸟儿巢穴，

修筑在陡峭的高岩顶端。

勇女子心中想时机已到，

该杀死布鲁内夺走指环。

14

但又想：这小人手无寸铁，

沾染他肮脏血实在难堪；

倒不如夺走他手中宝物，

---

[1] 岩尖指城堡。高岩上坐落着城堡，从远处看，高岩与城堡浑然一体，高岩的顶端
    便是城堡。

[2] 那高岩十分陡峭，就像是工匠们事先画好了直线，按照直线开凿出来的上下直立
    的陡壁。

[3] 陡峭的高岩四周没有一处向上攀援的小路或台阶。

放其生，令他把性命保全。
布鲁内丝毫无思想准备，
勇少女将他捉，迫其就范，
然后又捆绑在冷杉树上，
从指上撸下来神奇指环。

15

布鲁内被紧紧捆绑树上，
尽管他泪满面，哭泣，抱怨，
勇少女却从容走下山岗，
来到了高岩下平坦地面。
她吹响牛角号呼唤法师，
催促他快出城迎接挑战；
吹完号凶狠狠高声呐喊，
邀法师上战场比试枪剑。

16

魔法师听到了号声、呼喊[1]，
片刻间便来到城堡门前。
双翼兽空中飞，猛冲少女，
误认她是一位野蛮凶汉。
开始时勇少女十分镇定，
见来者无长枪亦无锤剑，
便以为他难以将其伤害，
更不能把盔甲砸烂、戳穿。

---

[1]　巫师听到了号角声和呼喊声。

17

那法师用左手挽一盾牌，

盾牌上覆盖着朱红锦缎；

右手中轻托着一本法书，

念此书便可生神奇无限。

他有时好像是挺枪战斗，

伤众人只在那眨眼之间；

有时候又像用锤剑击人，

却实际与对手相距尚远。

18

坐下骑飞兽是自然所生[1]，

一母马受孕于一只兀鹰，

产马驹似其父，生有羽翼，

头和嘴及前蹄亦与父同；

其他处与其母十分相似，

人为它起名叫宝马神鹰；

此怪兽出生于乌拉尔山，

在那里海之水结成寒冰[2]。

19

魔法术引宝马来到此间，

巫术师用心机将其训练，

现如今这马儿已被驯服，

一月来其主人稳坐马鞍：

地上奔天空飞无论何处，

---

[1] 他坐下骑的并不是一匹人工制造的机器马，而是一匹生于大自然的真正的马。

[2] 指希腊神话中许珀耳玻瑞亚人居住的地方。传说许珀耳玻瑞亚人居住在希腊以北
    极遥远的地方，那里虽然太阳终日不落，却十分寒冷，就连海水也结成冰。

任由它自在行，没有阻拦。
飞行马并非是魔法所造，
自然生，是真驹，人人可见。

20

其他物均是那巫师伪造：
魔法师能使人红黄不辨；
但此次其巫术毫无效力，
难战胜勇少女全因指环。
尽管是阿蒙女没被击中，
却佯作驱战马左右躲闪；
全身心在战斗，努力挣扎：
梅丽萨早已经嘱咐在先。

21

勇少女骑战马周旋片刻，
便跳下战马鞍徒步再战，
一心使梅丽萨嘱托之事，
最终能排万难得以实现[1]。
那法师欲实施最后打击，
掀开了遮盾牌朱红锦缎，
他认为此一击无人能挡，
魔法光必令敌跌倒地面。

22

本可以一照面便揭锦缎，
不必与骑士们拖延时间；

---

[1] 为了最后能更好地实现女法师梅丽萨的嘱托。见第 3 歌。

然而他却喜欢周旋数刻，
看他们挺长枪舞弄刀剑：
人常见狡猾猫玩弄老鼠，
戏其于利爪间，心中喜欢；
待到它厌倦生快乐已去，
便凶狠咬一口令其完蛋。

23

那巫师就像猫，对手似鼠，
以往的战场上如此这般；
现如今其结果截然不同，
只因为勇女子手带指环。
应谨慎，她定会小心翼翼[1]，
使巫师绝没有便宜可占；
当看到魔法师揭开宝盾，
随即便闭双眼摔倒地面。

24

并非因神盾光能够伤人，
闪闪亮也令她头脑晕眩：
对少女施法者无能为力，
摔倒地只为了诱敌[2]下鞍。
她所施妙计谋并未落空，
其身体刚倒下头贴地面，
飞行者便加快扇动翅膀，
落地前先空中盘旋数圈。

---

[1]　应该谨慎的时候，布拉达曼必定会十分谨慎。
[2]　引诱对手，即巫师阿特兰。

25

魔法师把神盾挂在马鞍，
盾牌上早已经覆盖锦缎，
他徒步走向那躺卧少女，
似恶狼欲捕狍蹑足向前。
若巫师靠近时少女跃起，
顷刻便能将他控于掌间。
可怜人用法书与人作战，
此时刻却把它[1]放于地面：

26

走过去欲捆缚躺卧少女，
手中提好一条锁人铁链；
他通常用锁链捆绑俘虏，
也以为缚少女能遂其愿。
勇少女将巫师突然按倒，
魔法师难抵抗理所当然：
被捉者本是位孱弱老叟，
年轻的少女却无比强悍。

27

勇少女抬起了法师之脸，
她迅速高举起胜利铁拳，
望其面铁拳却难以下落，
此复仇太卑劣，令人难堪；
怎可逼一长者走投无路，
这老叟令人敬，面带伤感，

[1] 指魔法书。

他满脸是皱纹，须发皆白，
在人世已度过七十余年。

28

魔法师轻蔑她，怒声吼道：
"年轻人杀死我，令我归天！"
好女子怎忍心夺其性命，
老巫师亦喜欢放人生还[1]。
美少女极渴望了解真情：
荒蛮地建城堡为了哪般？
这法师是何人？为啥来此？
造城堡把世人伤害，欺骗。

29

老巫师满脸泪边泣边说：
"唉，我着实很可怜，并无恶念！
在那座高岩上修建城堡，
并非因我是贼心性贪婪；
爱之心驱动我救一骑士，
要使他摆脱掉死亡苦难，
天预示他将被恶人出卖，
归基督不久后便会升天[2]。

30

"好一位美少年飒爽英姿，
从北极至南极也难得见：
阿特兰从小养鲁杰罗儿，

---

[1]　巫师阿特兰也从来不愿意轻易伤人性命。
[2]　据《热恋的罗兰》讲，鲁杰罗皈依基督教不久后，便会被马刚萨家族出卖而亡。

作养父我要保他的平安。
虚荣心与厄运引他入法[1]，
来军前效力于阿格拉曼；
我爱他远胜过亲生儿子，
欲救其离法境[2]脱离危险。

31

"我修建美城堡目的明确：
欲保护鲁杰罗，令其安全；
就如同今日里我被你捉，
他被我早捕获，已遂我愿；
你将见高贵者、女子、骑士，
全被我锁城堡如同囚犯，
只为了他有伴不思逃离，
被禁闭城堡中心甘情愿。

32

"为使他不要求离开城堡，
我精心照料他令其喜欢；
人世间各物品应有尽有，
城堡中啥东西都能看见：
有音乐，有歌声、游戏、食品，
心想到，口索要，次次灵验[3]，
播下种，长庄稼，必有收获，

---

[1] 引导他进入法国。
[2] 离开法国。
[3] 心中想的和开口索要的都能立刻得到。

你到来把一切统统搅乱[1]。

33

"噢,如若你心与面同样美丽,
就不该阻我把意愿实现!
我送你此宝马与这神盾,
你骑它可翱翔广阔空间;
切莫要插手于城堡之事,
若提走一、两友亦随汝愿;
携带走所有人未尝不可,
只求把鲁杰罗留我身边。

34

"如若你把他也决意带走,
至少在携他去法国之前,
先令吾苦灵魂摆脱躯壳,
这躯壳已衰败开始腐烂[2]!"
少女说:"我可以给你自由,
你休要叫喳喳满口胡言;
那盾牌与马儿早已归我,
何劳你送礼物假意奉献;

35

"如若你还能够奉献、索取[3],

---

[1] 阿特兰为保护鲁杰罗所做的努力已经开始结出硕果,然而布拉达曼的到来却把一切都打乱了。
[2] 如果布拉达曼要带鲁杰罗去法兰西,就应该先杀死阿特兰,使他的痛苦灵魂摆脱已经衰老的、快要腐烂的躯体。
[3] 如果你还有能力奉献或索取什么的话。

我觉得你最好做些改变。
你定说鲁杰罗星象不利,
要使他远离开致命灾难。
上天主定命运你咋知晓?
知晓了又怎能将其改变?
若不知眼前你自己命运,
其他人何命运预见更难[1]。

36

"你不必恳请我把你杀死,
哀求我开杀戒徒劳枉然,
祈求死却无人恩赐予你,
欲自尽还需要灵魂更坚。
你灵魂在摆脱肉体之前,
须开门放众人走下石岩。"
勇少女说话间抓起法师,
径直朝城堡处迈步向前。

37

阿特兰行走于少女前面,
身上缠自己的捆人锁链,
看上去他好像垂头丧气,
美少女存芥蒂警惕不减。
她跟在大法师身后不远,
岩脚下找到了裂缝一线,
裂缝中有石阶盘旋而上,
引二人来到了城堡门前。

---

[1] 眼前你连你自己如此悲惨的命运都无法预知,又怎能轻易地预知其他人的命
运呢?

38

见一石雕刻着奇特符号，
阿特兰将该石挪离门槛[1]，
石下面有瓦罐，人称熏瓮，
瓮里面不见火只冒黑烟。
魔法师走上前打碎瓦罐，
顷刻间高岩上城堡不见，
高岩也变成了荒山秃岭，
无城墙更不见指天塔尖。

39

魔法师亦摆脱少女控制，
就像那鹐鸟儿脱网逃难；
美城堡已消逝，无影无踪，
被囚者却有了自由空间。
美女子、勇骑士来到野外，
走出了壮丽的囚室房间：
许多的贵妇人深感痛苦，
此自由毁灭了幸福家园[2]。

40

这里有拉稀多、格拉达索，
还有那异教王萨克利潘，
拉稀多本来自遥远东方，
知心友伊洛多亦随身边[3]。

---

[1] 有一块石头堵在城堡的门口，上面刻着许多奇怪的符号，阿特兰将其挪开。
[2] 许多获得自由的贵妇人感到痛苦，因为她们在城堡中生活得很幸福。
[3] 在《热恋的罗兰》中，博亚尔多已经介绍过拉稀多和伊洛多两位忠实的朋友，他们被里纳多解救，皈依基督教，并随里纳多来到西方。

到最后美少女布拉达曼，

找到了鲁杰罗，遂其所愿；

鲁杰罗也认出心爱女子，

他二人喜相逢，共乐同欢。

41

为了他少女曾摘冠，负伤，

那日起鲁杰罗把她爱恋[1]，

远胜过爱腹中心肝肠肺，

更胜于爱自己明亮双眼。

他寻找心上人不分昼夜，

说起来话儿长，历尽艰险，

踏遍了偏僻的荒野山林，

若今日不相逢无日再见。

42

他得知美少女只身来救，

现如今就站在自己眼前，

普天下唯一的幸运之人[2]，

心田中感受到快乐无限。

众男女从山顶下到山谷，

美少女获全胜就在此间[3]；

看见了双翼马悠闲自在，

腰间挂神奇盾，上盖锦缎。

---

[1] 在《热恋的罗兰》中，布拉达曼曾多次见到鲁杰罗潇洒的骑士风度，因此产生了
好感；一次，他们有机会单独在一起，便相互述说了自己的情况，并摘下头盔，看
见了对方的容貌，好感变成了爱情。突然间，一队撒拉逊士兵赶到，冲散了这一
对有情人，而且还使布拉达曼受了伤。

[2] 鲁杰罗觉得普天下没有比他更幸运的人。

[3] 布拉达曼就是在这个山谷中打败阿特兰的。

43

勇少女走过去欲抓缰绳，
那马儿静等待并不躲闪，
待少女近身时突然展翼，
腾空起，随后落不远地面；
阿蒙女紧追赶，岂肯放弃，
那畜牲再飞起，不急不缓，
就好像大乌鸦戏弄犬儿，
东奔奔，西跑跑，时飞时站。

44

众骑士、鲁杰罗、格拉达索，
也一起在身后拼命追赶，
你向上，我向下，东奔西跑，
都希望速追至飞马身边。
那马儿曾反复落入湿谷，
也曾经许多次飞上山巅，
使众人空忙乎白白辛苦，
最后见鲁杰罗止步不前[1]。

45

阿特兰设计了此种把戏，
因为他未放弃可怜意愿，
不断思，反复想，熬尽心血，
希望帮鲁杰罗摆脱危险。
他试图携养子远离欧洲，
于是令飞兽降骑士身边[2]。

---

[1] 那飞马到处飞奔，最后在鲁杰罗面前停下脚步。
[2] 阿特兰再次施魔法，令无人驾驭的飞马停落在鲁杰罗面前。

鲁杰罗在马上欲拉其缰，

神鹰却不随他行走向前。

46

他被迫一纵身跳下伏龙[1]，

伏龙是鲁杰罗战马名称，

又一跃跨上了那匹飞兽，

用双刺把畜牲肋下刺痛。

那飞兽略奔跑随即离地，

飞上天，空中行，十分轻松，

就好似驯鹰师摘下眼罩，

猎鹰儿展双翼，盘旋，升腾[2]。

47

阿蒙女仰起头举目观看，

见情人鲁杰罗万分危险，

她双眼直愣愣，目瞪口呆，

好半天未醒神，真假不辨[3]。

特洛伊被掠走该尼莫德[4]，

莫非是同样事发生身边？

难道说这一次还要掠走，

勇少女英俊的宝贝心肝？

---

[1] 鲁杰罗所骑的战马叫伏龙。它原本是萨克利潘的战马，被布鲁内盗走后赠送给鲁
杰罗。见《热恋的罗兰》。

[2] 就好像驯鹰师摘下猎鹰的眼罩，猎鹰随即腾空而起那样，宝马神鹰迅速地升腾，
飞上了天。

[3] 布拉达曼愣在那里，好半天不明白所发生的事情是真是假。

[4] 在希腊神话中，该尼莫德（另译：该尼莫德斯）是特洛伊国王的儿子，宙斯变成
雄鹰将其掠到天上，做众神的侍从，为众神斟酒。

48

她紧盯鲁杰罗，望其飞远，
一直到天之边，消逝不见，
人肉眼难随其奔向远方，
而思想却能够追随永远。
阿蒙女也只能叹息哭泣，
她不再有可能心静情安[1]。
鲁杰罗已飞远，没了踪影，
其坐骑伏龙驹仍在眼前。

49

她决定不将其留给他人，
怎能让此骏马任人糟践，
先带走，再交还它的主人，
阿蒙女自认为还可重见[2]。
那飞马升腾去，骑者难止，
鲁杰罗望脚下巍峨群山，
一座座高山峰看似低矮，
难分辨平地与入云山巅[3]。

50

那马儿抖双翼越飞越高，
在地面只能见一个小点，
它取道飞奔向日落之处，

---

[1] 由于心上人鲁杰罗被掠走，布拉达曼从此不再有安宁。
[2] 尽管布拉达曼已经绝望，但仍期盼有一天能与鲁杰罗重逢。
[3] 那飞马飞得很高，在马背上向下看，高山变得很低，分辨不出高山和平原。

沿着那回归线疾驰向前[1]。

就好像涂油船顺风飞驶[2]，

大海中破浪行如同闪电。

我这里暂搁放空中天马，

回头讲里纳多海中行船。

51

里纳多被狂风吹荡海面，

海上漂一昼夜又是一天，

忽而西，忽而北，方向不定，

那风儿不停吹，激起巨澜。

最后在苏格兰抛下船锚，

卡吕冬荒野林展现眼前[3]，

古老的苦枥树阴影之下，

常听见叮叮当当撞击刀剑。

52

有许多杰出的游侠骑士，

不惧难从各地赶到此间：

不列颠、法兰西、北国挪威，

还有那日耳曼，或近或远[4]。

---

[1] 当时哥伦布已经发现新大陆，诗人深信沿着哥伦布的航线也可到达东方；因此，在他的笔下，阿特兰为了把鲁杰罗带离西方，并没有令飞马向东飞行，而让它沿着北回归线（大约在直布罗陀海峡所处的纬度），即沿着哥伦布的航线向西飞行。

[2] 按照当时的造船技术，涂上柏油的船是航行最快的船，再加上顺风，就会飞一样的行驶。

[3] 卡吕冬森林是古希腊和古罗马文学作品中时常提及的地方，然而，阿里奥斯托却是第一位把这个神奇的地方移植到讲述中世纪骑士传奇文学作品中的诗人。按照阿里奥斯托的讲述，该森林位于苏格兰的北部。

[4] 各地的骑士都来这里冒险，有的从远处来，有的从近处来，他们来自于英国、法国、挪威、日耳曼等地。

谁若是不强悍难堪折磨，

行路苦，争斗险，命丧魂断。

在此处特里坦、亚瑟、高文、

兰斯洛、加拉斯[1] 威风尽显。

53

其他的新与旧圆桌骑士[2]，

武艺精，名远扬，威武彪悍，

留下了战利品、座座丰碑，

展现了他们的英明强干。

里纳多牵着马携带兵器，

登上了那一片荫蔽海岸，

命船夫先离去勿等于此，

驶向那伯里克[3] 待其回返。

54

好骑士无侍从亦无陪伴，

只身入无边的荒野林间，

时而间择此路时而彼路，

为遇见奇异事甘冒风险。

第一天他来到一座寺院，

精装饰之寺院美丽壮观，

为招待过往的妇人、骑士，

修士们花费了大量金钱。

---

[1] 亚瑟王、特里坦、高文、兰斯洛、加拉斯等人都是不列颠系列骑士传奇中的重要
人物。

[2] 旧圆桌骑士指的是以亚瑟王的父亲为首的圆桌骑士，新圆桌骑士指的是以亚瑟王
为首的圆桌骑士。

[3] 位于苏格兰和英格兰边界的城市。

55

院长和修士们热情款待，
端上桌一盘盘佳肴美餐，
饥饿的里纳多狼吞虎咽，
吃饱后把问题摆上桌面：
为什么在这片土地之上，
骑士们经常要大胆冒险？
在何处男子汉方显卓越，
才能够被指责或受称赞[1]？

56

修士们回答说：在这野林，
骑士可遭遇到千难万险；
人们于隐蔽处建立伟业，
全不知是何人将其创建[2]。
"你应去较容易传名之处，
闪闪亮伟业绩才能彰显，
冒风险，付辛苦，应获回报，
需有人把你的美名远传。

57

"如若你要显示勇力、才干，
有一件伟业绩摆在面前，
这种事古与今绝无仅有，
少有人把此类丰功创建。
我国王有一女需要帮助，
更需要有骑士保其平安：

---

[1] 胜利者会受到人们的称赞，失败者会受到人们的指责。
[2] 骑士们经常在隐秘的地方创建业绩，因而其丰功伟绩不为人所知。

鲁卡尼男爵爷欲夺其命[1]，
还要把她名誉残忍踏践。

58

"男爵爷指控这国王之女，
并不因有证据只为仇怨，
说他曾半夜里发现公主，
引情人上阳台意欲通奸[2]。
一月内若不见辩护之士，
难证明指控者编造谎言，
按法律公主将被判火刑，
所限期即将到，命悬一线。

59

"苏格兰之法律残忍严厉，
女子们无论出何等门第，
被指控与男人肉体结合，
非此男结发妻必死无疑。
如若有一骑士前来解救，
护女子并为其洗清冤屈，
能证明她无辜不该受死，
她方可免一死生命延续。

60

"公主叫季内娃十分美艳，

---

[1] 鲁卡尼是服务于苏格兰宫廷的意大利男爵，他的兄弟阿里奥丹就是这位季内娃公主所爱的骑士。

[2] 中世纪的骑士传奇中有一种风俗，当一位贵妇人被指责与人有染时，只有想捍卫她声誉的骑士挺身而出，武力干涉，她才能摆脱困境。

其父王为了她心如刀剜，

城与乡贴榜文昭告天下，

招贤士欲护佑公主平安：

谁若是出身于贵族之家，

可驳斥无耻的邪恶谎言，

便可以娶公主作为娇妻，

还能够获嫁妆、封地、田园[1]。

61

"如若是一月内无人应招，

那公主将被杀，实在悲惨。

这样的美功德你应建立，

远胜过在林中游荡乱转：

你不仅能赢得无上荣耀，

美名声可伴你直到永远，

从印度至立柱西方尽头[2]，

获无数美女心理所当然；

62

"再获得巨财富、一片封地，

可保你永幸福生活美满；

那国王又新生，恢复荣誉，

你定能受宠幸获其好感。

更何况作骑士你有义务，

---

[1] 娶公主为妻，可以获得一块封地作为嫁妆。

[2] 不仅可以获得流芳百世的美名，还可以获得从东方到西方尽头的整个世界无数美女的芳心。据说，希腊神话中的大力神赫拉克勒斯在大地的尽头树立了两根柱子，标示大地的界限。按照但丁等人的解释，树立赫拉克勒斯之柱的大地尽头位于直布罗陀海峡处，即陆地的最西边。

为公主雪耻辱，惩治背叛，
世间人皆认为公主纯洁，
她本是众人的贞洁典范。"

63

里纳多略思索然后回答：
"一少女把情人拥在胸前，
令其在喜泪中发泄情欲，
竟然要被杀死离弃人间。
此法律制订者应受诅咒！
容此法之人也十分讨厌：
该死的理应是残忍女子，
而不是纵情的美貌婵娟[1]。

64

"季内娃是否有心上情人，
这件事对于我毫不相干：
若此事未被人揭发指控，
我也要把她的行为颂赞。
一定要去保护这位公主，
请选择一向导随我身边，
快引我去寻找发难之人，
希望主救少女脱离苦难。

65

"我不说她是否做了那事，
不知情便可能错说谎言；

---

[1] 应该被处死的是那些残忍地拒绝爱情的女子，而不是回报情人爱情给予情人快乐
的女子。诗人明确地表示了他所具有的爱情至上的人文主义思想。

只想说仅仅为如此之事，
那惩罚绝不该由她承担；
谁制订此邪恶残忍法律，
不仅是不公正而且疯癫；
应废除陈旧的错误规定，
定新法方显出明智卓见[1]。

66

"一样的激情火、同等欲望，
既燃烧男儿心，亦灼女郎，
男人欢女人爱十分美妙，
愚昧汉才觉得此事荒唐；
为什么只惩罚柔弱女性，
指责她与数男上床求欢，
而男子却可以任意选择，
不受罚反而会得到赞扬？

67

"此法律实在是缺乏公正，
制订它为的是虐待女性；
我希望上天主明确表示，
已过久容忍了此种恶行。"
里纳多获修士广泛赞许，
都认为是古人太不聪明，
竟制订不平等错误法律，

---

[1]　里纳多不想评论公主是否与人通奸，因为他不了解情况，可能会说错；而只想批评惩治通奸女子的法律。诗人通过里纳多之口，指出这种法律不公平，并在下面的诗句中说明了为什么说这种法律不公平。这充分地体现了诗人具有男女平等的女权主义思想。

那国王不修正应受批评。

68

天泛白，曙光红，空中灿烂，

照亮了北半球人类家园；

里纳多选一名随身侍从，

披甲胄，携兵刃，跨上马鞍。

两匹马不停蹄急行赶路，

可怖的野林中走出很远，

始终是朝着那该去之地：

在那里为少女欲试枪剑[1]。

69

放弃了阳关道，踏上小路，

为的是尽量把路途缩短；

突然间听到了哭喊之声，

把一片荒野林填充塞满[2]；

里纳多驱坐骑奔向山谷：

哭喊声从山谷传至林间；

看见了俩无赖挟持一女，

远处望那少女十分娇艳。

70

美女子满脸泪痛苦万分，

如此之伤心女从未曾见。

两恶徒持刀械身边站立，

---

[1] 按照中世纪骑士的习惯，为维护受人羞辱的女子的荣誉，骑士们需要拔出刀剑，用武力说话。

[2] 指哭喊声很大，充满了整个树林。

用其血染红了绿草一片。
那女子哀求着拖延时间，
期盼有怜悯者来到身边，
里纳多赶到后发现暴行，
高声喝，奔过去，威逼向前。

71

两匪徒急转身抬头张望，
见有人从远处前来救援，
撒开腿便逃跑，躲进深谷，
里纳多并不想将其追赶。
走近了女身边试图了解，
是何罪令其受如此磨难；
命侍从把少女置于马背，
又上路只为了节省时间。

72

里纳多骑着马细细观看，
尽管是那女子浑身抖颤，
险丧命，受惊吓，心有余悸，
却仍然举止端，十分美艳。
好骑士又一次向她提问，
是何人令其受如此磨难。
那女子开始讲，声音低弱，
讲什么，下一歌再听我言。

第5歌

季内娃恋骑士阿里奥丹　美公主受陷害命悬一线
鲁卡尼雪兄耻校场比武　里纳多杀公爵灭恶除奸

野心勃勃的奥巴尼公爵引诱公主的侍女达琳达与其通奸，并想利用她通过欺骗的手段获得公主的爱，成为驸马，夺取王位。

公主早与阿里奥丹骑士相爱。公爵请求达琳达偷穿公主的衣服，在公主卧室的阳台上与其幽会。然后约阿里奥丹去观看他与公主在月光下约会的虚假场面。

受骗的阿里奥丹痛苦万分，离家出走。后来传说他投海自尽。阿里奥丹的兄弟鲁卡尼，在宫廷议事会上指控公主害死其兄。若无人在比武会上为公主洗清冤屈，她将被判处死刑。

阿里奥丹并没有死，他化装成其他人，下校场维护公主的荣誉。里纳多赶到校场，揭露了公爵的阴谋，并将其杀死。公主的冤屈被昭雪，有情人终成眷属。

1

尘世间所有的其他动物[1]，
如若是无事端和平宁安，
若产生纠纷且发动战争，
雄性的绝不向雌性宣战。
公母熊在林中友好相处，
雌狮子安卧在雄狮身边；

---

[1]　尘世间除了人以外的其他动物。

母狼与公狼也相安无事，
公牛亦从不把母牛侵犯。

2

可恶的麦格拉[1]害人瘟疫，
你为何来搅扰人类心田？
常听说夫与妻争吵不休，
互羞辱，口中吐谩骂恶言，
撕破脸，互伤害，遍体青紫，
用泪水打湿了婚榻床单，
有时候并非只抛洒眼泪，
邪火使婚榻被鲜血浸染。

3

如男子击打了美女颜面，
或只把她一根发丝折断，
我认为这不仅是在作恶，
而且还逆上帝，违反自然。
谁若是用毒药将其杀害，
或使用绳与刀令其命断，
我不信他灵魂可获永恒，
在人间已先受地狱苦难。

4

看二人在黑林所作所为，
必定是两强盗，不难判断；
里纳多驱赶其远离少女，

---

[1] 麦格拉是希腊神话中的复仇三女神之一。她手持蝮蛇拧成的鞭子，是愤怒和嫉妒
的象征。"麦格拉的复仇"常被人们用来比喻极端凶恶的报复。

再未闻恶徒的消息流传。
骑士与美女子已成朋友，
恳请她讲故事启齿开言，
说出她为什么遭此厄运，
我这里将情节一一表全。

5

"底比斯、迈锡尼、阿尔戈斯[1]，
都曾经发生过残忍事件，
此地区或许是更加残忍，"
美少女开始讲她的苦难，
"如若说旋转日远离此地，
而距离其他处并不遥远，
我认为太阳公不愿来此，
只因为要躲避邪恶地面[2]。

6

"男人们对敌人十分残忍，

---

[1] 底比斯、迈锡尼、阿尔戈斯是古希腊三个著名的城市，在这三座城市里都曾经发生过极其残忍的故事。底比斯的悲剧：俄狄浦斯是希腊神话中底斯国王，是国王拉伊俄斯和王后伊俄卡斯忒的儿子，他在不知情的情况下，杀死了自己的父亲并娶了自己的母亲。迈锡尼的悲剧：据古希腊著名剧作家欧里庇得斯在悲剧中讲述，希腊军队进攻特洛伊之前，集聚于奥利斯港，其统帅阿伽门农猎杀了一头公鹿，便吹嘘自己的箭法堪比狩猎女神阿耳忒弥斯，因而引起阿耳忒弥斯不满，于是令海上无一丝风，致使海船无法航行，军队空耗给养。随军祭司卡尔卡斯预言，只有献祭阿伽门农的长女伊菲革涅亚，才能平息女神的愤怒。于是阿伽门农便让祭司把其长女作为牺牲品杀死在祭坛之上。伊菲革涅亚的母亲克吕泰涅斯特拉对阿伽门农怀恨在心，特洛伊战争结束后，归国的阿伽门农被她及其面首埃癸斯托斯刺杀。阿尔戈斯的悲剧：躲避于阿尔戈斯的达那伊斯姐妹听从父亲的命令，在新婚之夜杀死她们的新郎。

[2] 如果说，旋转的太阳不远离其他地区，而只远离我们北方地区，我认为那是因为它想躲避我们这个邪恶的地方，避免看见我们这些残忍的人。

各时代都不乏榜样、典范；
如戕害为你们牟利之人，
实在是不公正，过分凶残。
为了能更清晰向你解释，
为什么他们把天理反叛，
一定要杀害我年轻生命，
我对你细讲述，道明根源。

7

"老爷啊，请求你细听端详，
多年来我服侍公主身旁，
很荣幸与公主一同长大，
伴随她生活在高贵地方。
不幸啊！残忍的爱之神灵，
因嫉妒引诱我迷失方向：
我觉得奥巴尼[1]公爵最美，
无骑士能比他形象辉煌。

8

"只因为他表示爱我美艳，
我动情，也一心把他热恋。
听其言，观其色，真真切切，
便心中做出了错误判断。
相信他，奉真情，心中期盼，
在床上把公爵拥抱胸前。
王宫中季内娃美丽公主，
有一处隐蔽的私密房间，

---

[1] 苏格兰的一个公国。

9

"收藏着季内娃心爱之物，
美公主亦时常安睡其间。
那房间探出了宫城墙外，
人方便攀阳台进入里面。
每当我有欲望约会情人，
便不顾身处于极端危险，
亲手把软绳梯放下阳台，
助公爵顺着它向上攀援。

10

"季内娃有时会更换睡床，
为躲避难受的酷暑严寒，
这为我提供了许多机会，
便趁机与情人多次会面。
只因为宫城的那个阳台，
面朝向倒塌的房屋一片，
昼与夜皆无人从那（儿）路过，
攀援者从未被他人发现。

11

"我二人秘密的爱情游戏，
日复日，月复月，连续不断；
焚烧我爱之火越来越旺，
我感觉全身心燃起烈焰。
哪知道他伪装虚假爱情，
我双眼被蒙蔽，真伪不辨：
需要有无数的确凿证据，
方能够揭穿他邪恶欺骗。

12

"后来他又爱上美丽公主，
我不知何处是爱情开端，
或许是那爱情刚刚开始，
亦或许已始于爱我之前。
他对我逞威风发号施令，
已变得极傲慢肆无忌惮；
竟要求我助他实现新爱，
有胆量对我讲，不顾颜面。

13

"他说是对公主并非真情，
恋爱我才出自他的心田；
伪装出熊熊的爱情之火，
只希望与公主结成姻缘。
让国王嫁公主并非难事，
只要是季内娃心甘情愿：
王国中论血统国王至上，
除此外无人同公爵比肩。

14

"如若是我助她成为王婿，
对于我他必然感激万千；
忘记我对于他并无益处，
论地位我将在公主之前[1]。
我被其巧舌簧完全蒙骗，
只希望他把我永久爱恋。

---

[1] 公爵许诺，在他的心中，我的地位将排在公主的前面。

尽管我已看清他的野心：
欲爬上国王位权力之巅。

15

"我一心要满足他的愿望，
从不知亦不想拗他之言，
那些天我才觉十分快乐，
只因能献殷勤令他喜欢。
我抓住出现的每个机会，
公主前一次次将他夸赞；
用全力使尽了浑身解数，
为了让季内娃将他爱恋。

16

"尽管我用全力撮合此事[1]，
天主却察秋毫万事明鉴；
公主处我难以获得成果，
无能力令她把公爵喜欢：
只因为季内娃一心一意，
把一位美骑士真诚爱恋，
那骑士千哩外来到此地，
身显贵，懂礼貌，风度翩翩。

17

"从意土[2] 来到此，进入宫廷，
有年少一兄弟将他陪伴；
他练就精功夫，武艺高强，

[1]　撮合公爵与公主之间的爱情。
[2]　从意大利。

不列颠没有人比他强悍。
我国王喜爱他，待其不薄，
赐他的一城堡价值无限，
还有那封地权、乡村、城镇，
其荣耀已可与显贵比肩。

18

"国之君喜爱他其女更甚，
那骑士名字叫阿里奥丹，
他武艺不寻常，精彩绝妙，
更何况真诚把公主爱恋。
季内娃亦深知爱情火焰，
已熊熊燃烧在骑士心田，
远胜过特洛伊焚城之火，
维苏威、埃特纳喷火之山[1]。

19

"对骑士公主也一心一意，
任其爱，任其求，任其喜欢，
以至于我的话毫无结果，
难获得公主对公爵善言：
我越是说好话赞扬公爵，
用心机求得她对其好感，
公主对公爵爷越怀敌意，
鄙视他，指责他，对他不满。

---

[1] 季内娃知道，熊熊的爱情火焰也焚烧着骑士的心，那火焰比烧毁特洛伊的大火和维苏威及埃特纳火山之火还要旺盛。

20

"我时常用善言安慰情人，
劝导他放弃那徒劳之念；
公主已坠入到另一爱河，
别希望再转变她的情感。
我劝他头清醒承认现实，
为别人公主把爱火点燃，
纵然倾全部的大海之水，
也难灭她心中熊熊烈焰。

21

"我反复劝导那坡里内索[1]，
公爵爷听我劝何止数遍，
他的爱并不被公主接受，
心明了而且也亲眼看见；
心剧痛不只因退出爱情，
还因为他人被公主喜欢，
那人[2]的傲慢状令人难忍，
公爵爱变成了愤恨仇怨。

22

"公爵爷想方法挑拨离间，
他要在情人间播撒仇怨，
令公主与情人结成死仇，
其关系永远也不得和缓；
决心让季内娃蒙受耻辱，
生与死都不能摆脱难堪：

---

[1] 奥巴尼公爵的名字叫坡里内索。
[2] 指被公主所爱的人。

他对我未讲明阴谋诡计，

对他人也自然不会坦言。

23

"诡计成，便对我张口开言：

'达琳达[1] 你应该心有明断，

树干断树根处还会生芽，

三四次，五六次，反复不断；

我不幸，但固执始终不变，

尽管是树干会反复折断，

却重新冒嫩芽努力再生，

仍然要实现它固有意愿[2]。

24

"'如此做并不为取得快乐，

而只为胜对手赢得考验；

不能够真实现所定计划，

可幻想取胜利我也喜欢。

希望你能为我提供掩护，

待公主就寝时脱下衣衫，

把它们全拿走，不要遗留，

然后你穿在身待我观看。

25

"你模仿季内娃梳妆打扮，

---

[1] 成为公爵情妇的公主侍女名字叫达琳达。

[2] 树干折断后，树根处还会多次发出新的嫩芽；我也一样，虽然很不幸，就像不断
被折断的树干一样，爱情不断地遭受失败，却固执地重新发出新的爱情嫩芽，还
要去实现爱的意愿。

尽量要使自己与她一般，
随后去那密室进入阳台，
再放下软绳梯待我攀援。
我幻想你便是衣衫主人，
顺绳梯攀登到你的身边：
希望用此方法自欺欺人，
这样做可暂时平我欲念[1]。'

26

"那时节理与智离我远远，
我头脑已没有明智判断，
看不出为何他坚持请求，
欺骗性其实已十分明显。
我穿戴季内娃服装佩饰，
从阳台放软梯待他攀援，
严重的害人果尚未结出，
我难把其邪恶事先预见。

27

"在成为情敌前骑士[2]、公爵[3]，
本来是好朋友，亲密无间；
公爵爷邀骑士当面交心，
他面对骑士爷开口直言：
'在所有显贵中我最敬你，
对于你我的爱已入心田，
然而你却如此待我不公，

---

[1]　用这种自欺欺人的方法，在短时间内可减弱我对季内娃的爱的激情。
[2]　指与公主相爱的阿里奥丹骑士。
[3]　指邪恶的奥巴尼公爵。

这令我真感到诧异不安。

28

"'我深信你心中十分明白，
季内娃早已经与我往来；
现如今我正要恳求国王，
赐婚姻，娶公主，永结恩爱[1]。
为什么你成心把我打扰？
为什么你要把无果花摘[2]？
倘若是我二人交换位置，
我认为尊重你理所应该。'

29

"英武的骑士爷张口争辩：
'我感到太惊讶你吐此言；
应是我先爱上美丽公主，
你只是曾见过她的容颜。
我二人多相爱你心明白，
难以见如此的热恋烈焰；
我希望迎娶她同享幸福，
你却是从未曾入她心田。

30

"'为什么你不顾我俩友情，
对我吐这样的不敬之言？
难道说她爱你超过爱我？

---

[1] 我现在正要恳请国王，把公主赐予我为妻，与公主永远恩爱。

[2] 你为什么用尽心机地来打扰我？你的所谓爱情是结不出爱情果实的，那么你为什么还要去摘这朵不结果实的花儿呢？

难道说你更令公主喜欢？
尽管你在此地最为富有，
迎娶她却是我强烈意愿；
国王对我恩宠远超于你，
更何况美公主把我爱恋.'

31

"公爵道:'哎呀呀，好大误会，
是狂爱引你把道路走偏！
你与我都认为被她所爱，
看结果才能把真爱明鉴。
你讲明她与你之间关系，
我私密亦和盘摆放眼前；
获胜者可继续爱恋公主，
失败者应退让，另寻他欢。

32

"'我愿意发誓言永不泄密，
你说的句句话埋藏心间；
也希望你亦能向我保证，
永隐藏我对你所吐之言.'
他二人手按在《福音书》上，
同声音发出了铮铮誓言:
相互间不泄露对方之语，
好骑士随后便先行发言。

33

"季内娃与骑士爱情故事，
骑士爷细细讲，丝毫不掩:
美公主已决心非他不嫁，

不仅说而且还笔录誓言；
若父王表示出反对之意，
她许诺对骑士永不背叛，
不接受其他的任何婚配，
要独身过一生，永远不变。

34

"他对此美姻缘充满信心，
也因为神武功多次展现，
赢得了君主的御赐荣耀，
国王与臣民们齐声称赞；
恩主的宠与爱不断增长，
认为他有才干前途无限，
只要是能获得公主欢心，
便可以结成这美满姻缘。

35

"骑士说：'我的爱已经结果，
美公主对我已十分依恋：
我不信有人可与我相比，
其心中燃更烈爱情火焰；
如若是不得到上帝恩准，
爱情也难结成美好姻缘；
继续问其他事实属多余，
论仁慈她胜过一切名媛。'

36

"好骑士如实把爱情讲完，
为了爱他付出耐心、血汗。
恶公爵早已经设下毒计，

定要使两情人结成仇怨，
他开口把话讲，编造谎言：
'你距我还相差十分遥远，
我要你亲口说我爱根深[1]，
承认我是唯一幸福儿男。

37

"'她对你佯装爱，假示欣赏，
致使你存希望，听信美言：
公主曾对我说爱你是假，
把那爱归结为虚幻情感。
她爱我的确是证据凿凿，
可不是空许诺无稽之谈。
我对你应缄口却示私密，
只因你曾发出铮铮誓言[2]。

38

"'一月里我曾经三夜四夜，
赤裸体在她怀寻乐求欢，
有时候一月间甚至十夜，
似乎她极喜欢情爱火焰。
真情事、假爱语亲眼看见[3]，
那谎言怎抵我真实情欢。
你已经心自明难与我比，
快把她让与我另寻他恋。'

---

[1] 我要让你自己亲口说出，我的爱情是根深蒂固的。

[2] 我本应该对你不说出我的隐私，但现在却要把一切隐私告诉你，因为你曾经发出过保守秘密的铮铮誓言。

[3] 你可以亲眼看见什么是真正的情爱之事，什么是虚假的爱情谎言。

39

"好骑士回答说:'我不相信,

敢肯定你所说全是谎言;

你自己杜撰了虚假故事,

目的是令我惧不敢应战。

这是对季内娃莫大羞辱,

此言语之恶果你要承担;

你不仅是骗子还是叛徒,

我现在就让你暴露嘴脸[1]。'

40

"公爵道:'这样做太不公正,

又何必一定要舞枪弄剑[2],

只要你真愿意了解实情,

我随时可将它呈你眼前。'

听此言那骑士不知所措,

体内流冰冷气,周身骨寒;

假若是全相信公爵之语,

必定会顷刻间命绝气断。

41

"他的心被刺穿,面色苍白,

口中苦,回话时声音抖颤:

'如若是能让我亲眼看见,

你二人罕见的[3] 深情爱恋,

---

[1] 中世纪的欧洲骑士经常用决斗的方法来雪耻,从而证明侮辱自己的人是骗子,自
己或自己所保护的人是无辜的;因而这句话中含有拔刀相向的意思。

[2] 公爵不愿意与骑士决斗,因此说"这样做太不公平"。

[3] 不寻常的。

我才信她对你确实慷慨，
便离弃吝啬女[1]，永不回转：
你不要自以为我可轻信，
我先要把事实亲眼看见。'

42

"'到时候我会来通知于你，'
话音落恶公爵转身走远。
他二人分手后仅过两天，
公爵爷便安排来我身边[2]。
为了使受骗人跌入圈套，
骗子对骑士爷叮嘱再三：
那一片无人迹废弃房屋，
当天夜骑士可隐藏其间。

43

"为骑士他指出隐身之处，
就在那攀援的阳台对面。
难道说恶公爵设下陷阱？
骑士的心里面升起疑团。
季内娃私通人定是编造，
他岂能相信这无稽之谈，
莫非要引诱他到那去处，
然后再露凶颜把他暗算。

---

[1]　如果公主确实慷慨地把爱情给予了公爵，那么对骑士就太吝啬了，因而骑士称她
　　为"吝啬女"。
[2]　便安排我假扮公主在阳台上与他约会。

44

"骑士爷下决心冒此风险，

知真情远重于自身安全，

即便是受攻击成为事实，

他何曾把死亡放在心间。

骑士有一兄弟勇冠三军，

名字叫鲁卡尼，聪慧，彪悍，

若带他在身旁胆气更壮，

可胜过十勇士护卫身边。

45

"他偕同鲁卡尼带上武器，

夜幕中二兄弟前去冒险：

骑士爷对兄弟未泄秘密，

向他人亦不会吐情半点。

命兄弟随身后拉开距离：

'好兄弟，若爱我，请听我言，

你记住，不闻唤切莫靠近，

听召唤方可以来我身边。'

46

"'尽管去，莫犹豫。'兄弟答道。

好骑士心镇定，走入黑暗，

隐匿于荒寂的无人之处，

恰在那密约[1]的阳台对面。

此时刻从一旁走来骗子，

他要把季内娃坑害诬陷；

———————————

[1] 公爵与达琳达的秘密约会。

对着我发出了预订暗号，
我不明他心中邪恶欺骗。

47

"我身披洁白的美丽衣裙，
金丝线饰缎面，绣走裙边，
头上的金丝网拢住乌云，
发网上用红结精心装点；
其他人都不曾如此穿戴，
只有那季内娃这样打扮，
闻信号我立刻奔上阳台，
从四面均能够把我看见。

48

"鲁卡尼心中生疑云朵朵，
他担心好兄弟身处危险，
此心情很正常，人人会有，
好奇心常令人细心侦探；
于是他轻如燕跟随过去，
隐蔽在黑暗中阴影之间，
藏身于同一间废弃房屋，
距兄弟仅仅有数步之远。

49

"然而我对此事毫不知情，
登阳台身穿着那套衣衫；
我不只一两次上此阳台，
其目的皆善良，我心喜欢[1]。

---

[1] 我以前不止一次上阳台与公爵私会，但都出于我所喜欢的善良的目的。

月光下身上衣清晰可见，
我体形与公主相差不远，
论容貌我与她十分相似，
人时常会错认我俩颜面。

50

"更何况那一片废弃房屋，
与我所站立处距离很远，
二兄弟躲藏在阴影之中，
公爵的巧安排真假难辨。
你想想骑士会多么痛苦，
全身会怎么样瑟瑟抖颤[1]。
我把那软绳梯放下阳台，
公爵爷攀援到阳台上边。

51

"一下子我抱住他的脖颈，
并未想是否会被人看见；
我亲吻他的嘴、整个面部，
就如同每一次他来会面。
他对我比寻常爱抚更甚，
为使人更相信他的欺骗。
那骑士在远处望见一切，
被引来观此景着实可怜！

52

"跌入了无底的痛苦深渊，

---

[1]　你想想，一旦骑士亲眼看见公爵与假扮的公主在阳台私会，他会多么痛苦，他会
　　怎样地浑身瑟瑟颤抖。

只希望立刻将生命了断：
把剑柄立于地剑锋朝上，
决心用剑尖把胸膛戳穿。
鲁卡尼见公爵爬上阳台，
虽惊奇，是何人却难分辨[1]，
看见了亲兄长绝望之举，
冲过去，岂能够袖手旁观。

53

"阻止他亲手用利剑刺胸，
因愤怒将生命自行了断。
若行动稍迟缓、距离略远，
均不能将兄长及时阻拦[2]。
他吼道：'哎呀呀，癫狂兄长，
你已经失理智，着实可怜，
难道说为女人你就去死？
她们都必定是过眼云烟[3]。

54

"'对于你，名誉比死亡更重，
她[4]去死那才是理所当然。
现如今你应该仇恨公主，
当初爱全因为未识欺骗；
此货色就应该遭人唾弃，

---

[1]　虽然感到惊奇，却难以辨别是何人。
[2]　如若行动迟缓或者距离略远，都难以阻拦兄长的自杀行为。
[3]　世间所有的女人，无论多么美丽，最终都会人老色衰，美色总会消逝，就像过眼的云烟。
[4]　指季内娃公主。

她所为你已经亲眼看见。
你可用这一把自杀宝剑，
王面前揭露其邪恶背叛。'

55

"悲骑士见兄弟来到面前，
收起了自杀的锋利宝剑，
虽然说死之念略有收敛，
却仍然折磨着痛苦心田。
站起身忍受着胸中悲伤，
那剧痛早已经穿透心肝。
对兄弟佯装作不再哀痛，
把先前之狂怒隐于心间。

56

"翌日晨骑士仍心痛欲绝，
对兄弟及他人未吐一言，
悲伤情驱使其登上路程，
无人知去何方，已经数天。
只有他亲兄弟和那公爵，
心明了谁令其离弃家园。
国王的宫廷中议论纷纷，
苏格兰到处都评说不断。

57

"过八天或许是更多时日，
宫廷中季内娃公主面前，
一行者带来了悲痛讯息：

大海已吞噬掉阿里奥丹[1]；
并非是风与浪犯下罪过，
是骑士自寻死心甘情愿。
他站在海边的高耸巨岩，
纵身跳，落海中，沉下水面。

58

"悲骑士遇行者纯属偶然，
跳崖前他说出肺腑之言：
'恳请你跟我来有事相求，
请转告季内娃我的遗愿；
告诉她我现在所作所为，
都是你在现场亲眼看见；
全因为我看到太多事情，
恨不得未曾有明亮双眼[2]。'

59

"那时节他们在岬角之处，
岬角朝爱尔兰探入海面。
话未尽见骑士走上高崖，
头朝下一纵身跳入波澜。
离岬角行者便急来报信，
传消息以实现死者遗愿。
听此言季内娃面色苍白，
傻呆呆差一点魂飞气断。

---

[1] 受欺骗的悲伤骑士的名字叫阿里奥丹。见本歌 18 节。
[2] 全因为我看到了太多不该看到的事情，现在才会遭受如此灾难；我真恨不得从来就未曾有过这双明亮的双眼。

60

"噢，天啊，他说啥？他做啥？公主哀伤。
从此后她只能独守空房！
季内娃撕衣衫，顿足，捶胸，
蓬乱的金发也不成模样；
她始终只重复一句话语，
骑士的临终言令人断肠：
他所有残忍的悲惨遭遇，
皆因为看见了过多荒唐[1]。

61

"因痛苦悲骑士生命了断，
这噩耗在王国四处流传。
众骑士与妇人伤痛不已[2]，
国王也为此事泪水洗面。
骑士弟[3] 比他人更加悲哀，
深陷入痛苦中，方寸大乱，
恨不能学其兄手刃自己，
只期望再一次伴他身边[4]。

62

"鲁卡尼曾反复告诫自己：
杀兄罪必须由公主承担，
若不是目睹了她的丑事，

---

[1] 季内娃始终只重复阿里奥丹临终前所说的一句话，即"全因为我看到太多事情"，
她为这句话痛苦得心碎肠断；因为这是引起阿里奥丹灾难的原因。
[2] 阿里奥丹深受人们的爱戴，他的灾难引起人们的怜悯，骑士和贵妇人们都为他的
死而悲伤。
[3] 指阿里奥丹的兄弟鲁卡尼。
[4] 恨不能也自杀，与兄长一同死去，在阴间再一次陪伴在兄长身边。

兄怎能将生命自行了断。
他心中燃起了复仇烈火，
愤与怒痛与苦遮蔽双眼，
全不顾失宠信惹怒国王，
更无暇去理睬国民恨怨[1]。

63

"宫廷的议事厅众人济济，
诉冤屈他来到国王面前：
'陛下呀，你应该了解此情，
我兄长失理智自投深渊，
全因为你女儿罪恶滔天，
用痛苦将他的灵魂刺穿；
亲眼见季内娃不守女德，
他宁死也不愿苟活世间。

64

"'爱公主之情感堂堂正正，
这一点我丝毫不想隐瞒：
他希望以德能效忠国王，
待体面娶公主实现心愿；
只满足在远处嗅其香气[2]，
不曾想却见到他人攀援，
攀援上他预留幸福果树，
摘尽了树上果，不讲情面。'

---

[1] 他更顾不得指责公主会引起国民的怨恨。

[2] 阿里奥丹等待着堂堂正正地迎娶公主，因此，婚前他只满足于远远地嗅到美丽的季内娃身上散发出来的芳香气息，不敢也不愿越雷池一步。

65

"他随后讲述了亲眼所见，
季内娃在阳台与人通奸，
放悬梯等待着情人来会，
未看清攀援者何等颜面[1]；
那贼人为不被他人认出，
更服饰，掩发型，乔装打扮。
接下来他表示所述无虚，
愿意用刀与剑证实其言[2]。

66

"季内娃受到了如此指控，
他父王心中痛，何等难堪？
此谴责令其父无法想象，
怎能够相信这无稽之谈。
国王知若无人挺身而出，
用武力来证明皆为谎言[3]，
他必须要做出应有判决，
处公主以极刑，令其归天[4]。

67

"凡女子与男人苟合通奸，
被判处受极刑那是必然，
我认为对于你骑士老爷，

---

[1] 鲁卡尼未看清攀援悬梯的人是谁。
[2] 中世纪，骑士们经常以比武的方式证实自己的真诚，捍卫自己的尊严。
[3] 用比武的方式来证明对公主的指控全是谎言。
[4] 如若无骑士挺身而出，用比武的方式证明公主的清白，国王就必须按照苏格兰的法律，判处公主死刑。

我国的此法律并不新鲜。
如若是一月内没有骑士，
为捍卫其名誉显示肝胆，
能证明通奸事子虚乌有，
我公主赴刑场无法避免。

68

"王[1]认为公主被他人诬陷，
贴榜文，招贤士，为女申冤，
谁若能为公主洗清名誉，
娶公主，获嫁妆，富贵无限。
见榜文人人都面面相觑，
更没有一骑士挺身向前；
只因为鲁卡尼手握利刃，
其凶狠令骑士各个胆寒。

69

"凶残的恶命运设下此局，
公主兄泽比诺未在身边，
数月前离王国闯荡天下[2]，
他武艺超群雄，善用枪剑。
如若是勇王子[3]获得消息，
如若他距王国并不遥远，
必然会急忙忙赶回家园，
解救其亲姊妹脱离苦难。

---

[1]　国王，即季内娃公主的父亲。

[2]　游侠骑士是中世纪骑士文学作品中常见的形象。骑士们经常在广阔的疆域上纵横
　　　驰骋，在探险中展示自己的武威。

[3]　指季内娃公主的兄长泽比诺。

70

"欲知晓那指控[1] 是真是假，

季内娃是否该身亡命断，

除骑士以武力展示真相，

国王还试图用其他手段：

公主的侍女们必知真情，

王下令将她们候审收监。

如若是我被捉露出马脚，

我自身与公爵都有危险。

71

"当天夜我抽身离开宫廷，

来到了公爵处与其商谈；

告诉他我若是被人捉住，

我与他都难保生命安全。

他建议我去其城堡躲避，

那城堡距此处并不遥远，

抚慰我并劝我切莫慌张，

还派了俩卫士把我陪伴。

72

"你已经听讲述我尽努力[2]，

使公爵笃信我真爱不变；

他对我却欠下累累情债，

是否仍心有我，你可明辨[3]。

现请你细细听我获之奖：

---

[1]　指对公主的指控。

[2]　你已经听我讲述过，为了使公爵信任我，我付出了怎样的努力。

[3]　那公爵是否心中仍然有我，你是可以明辨的。

大恩变大仇恨，实在可怜！
一女子深陷入真情之中，
是否该希望被热烈爱恋？

73

"他是个残忍的无情之人，
对我的忠诚心疑云片片：
怀疑我是否能长期守秘，
是否会揭露他狡猾欺骗。
为保密指使我远离宫廷，
直到王愤与怒烟消云散；
他佯装送我去安全之处，
却即刻要令我一命归天。

74

"他秘密命令人引我外出，
来到了这一片野林之间，
恶狠狠要将我杀害于此，
竟如此回报我衷心一片！
如若你未听到我的呼喊，
他阴谋早已经得以实现。"
就这样达琳达边走边说，
近卫士[1] 细细听少女讲完。

75

里纳多听完了少女叙述，
知道了季内娃无辜受冤，

---

[1]　此处指里纳多。

与其他所有的奇遇相比，

这件事最令他心中喜欢[1]。

即便是此指控有根有据，

他也要助公主摆脱苦难[2]，

更何况美公主蒙受奇冤，

冤情明，他更把勇气增添。

76

里纳多奔向那圣安德鲁[3]，

不停歇，不迟缓，快马加鞭，

来到了该城的近郊之处，

城中住国王与王族家眷，

在此地为公主平雪冤屈，

勇骑士必定有一场恶战。

距城池不远处停下脚步，

寻一位侍从把消息打探：

77

有一位怪骑士来自远方，

他要把季内娃名誉保全，

无人识其标志晓其名姓，

来无影，去无踪，神秘难辨；

在城中他始终头戴战盔，

没人能窥其容得见其面；

新聘的侍从也口中声称：

---

[1] 里纳多听说季内娃公主是无辜的，因而十分高兴；这样，他救公主就更名正言顺了。

[2] 前面已讲过，里纳多认为判处通奸妇女死刑的法律不公正，因而，即使无法证明季内娃公主无辜，他也要解救她。这反映了文艺复兴时期性爱至上的价值观念。

[3] 指苏格兰的圣安德鲁城（另译：圣安德鲁斯）。

"此何人我实在无法判断。"

78

里纳多携众人骑行不远，
便来到城墙外城门前面。
再前行达琳达心中畏惧，
好骑士[1] 安慰她，令其心安。
城门闭，近卫士高声呼喊，
问门卫："关城门为了哪般？"
守门者回答道：全都因为，
城中人均去看骑士对战。

79

在城中另一端摆开战场，
那里的大草坪宽阔平坦，
鲁卡尼与那位神秘骑士，
已开始好一场殊死恶战。
门卫放近卫士进入城中，
随即便关城门，插紧门闩。
里纳多穿过了空空城区，
留少女安歇在一间客栈。

80

达琳达在客栈更觉安全，
只需等近卫士些许时间。
里纳多随后便奔向战场，
在那里二骑士厮杀正酣；

---

[1] 指善良的里纳多。

你击打，我遮挡，来来往往，
两个人浑身皆血迹斑斑：
鲁卡尼一心要伤害公主，
另一位护公主努力奋战。

81

栅栏中立六位披甲武士，
他们是见证者、公平裁判；
奥巴尼公爵爷也在现场，
骑坐在一强壮良驹马鞍，
他就像宫廷的主管大臣，
亲随的护卫士站立身边；
眼见着季内娃身处险境，
他不悲，反高兴，显露傲慢。

82

人群中里纳多策马扬鞭，
巴雅多掀四蹄飞速向前：
奔驰的骏马儿如同疾风，
闻声者都唯恐不及躲闪。
近卫士高昂首校场现身，
天下似无勇者与其比肩；
他随后在国王面前勒马，
众人都围拢来听其所言。

83

里纳多启奏道："国王陛下，
请下令快停止这场恶战；
他二人无论谁死于校场，
都因你不明智才把命断。

那个人[1]满以为自己有理，
却错误传播下弥天谎言；
是误解害死了他的兄长，
又令他拿起了复仇枪剑。

84

不知道另一人[2]是否有理，
他展示彬彬礼、善良心田，
为保护季内娃美丽公主，
全不顾自己的生命危险；
我来取造谣者邪恶性命，
还要还无辜者荣誉、平安。
请你先制止这无谓争斗，
再听我来讲述故事一段。”

85

里纳多看上去仪表堂堂，
形威严，语凿凿，不容申辩，
那国王被说动发号施令：
二骑士快住手停止恶战。
国之君、诸显贵、各位骑士，
王国的各色人均到齐全，
里纳多揭露了邪恶公爵：
季内娃遭其害蒙受奇冤。

86

他声称愿意用枪剑证明，

[1]　指阿里奥丹的兄弟鲁卡尼。
[2]　指那位不识真面目的远方来的骑士。

所说话句句真，毫无虚言。
厉声唤恶徒名坡里内索，
那贼人心慌恐，面色全变：
尽管他壮起胆矢口否认，
里纳多怒吼道："真假立现。"
他二人持兵器顶盔挂甲，
角斗场不迟疑立刻开战。

87

能证明季内娃无辜受冤，
令国王与臣民极大喜欢；
所有人都希望上帝验证：
说公主无廉耻全是谎言。
恶公爵真卑鄙、残忍、傲慢，
使伎俩，施骗术，心性贪婪；
他设下此骗局，确确凿凿，
无人会对此事心生疑团。

88

邪恶者[1] 情忧郁，心肝抖颤，
其面色似死人，苍白难看，
听到那催战号响过三次，
不得不枪上靠[2] 准备迎战。
里纳多朝着他猛冲过去，
一心想把贼人挑于枪尖：
长枪杆深插入贼人胸部，
心想事成现实，骑士如愿。

---

[1] 指邪恶的坡里内索公爵。
[2] "枪靠"是中世纪骑士盔甲的重要组成部分，见第 1 歌 61 节注。

89

好骑士将贼人穿于枪杆，

一用力挑下马，甩出很远。

跳下马，走过去，抓贼头盔，

未待贼站起身，盔绳扯断：

那贼人已全无回手之力，

低垂头，求怜悯，微微颤颤，

向骑士忏悔了他的罪孽，

众显贵与国王全都听见。

90

他正在忏悔中，话未说完，

声已无，气已绝，魂飞命断。

国王见心爱女已获自由，

其名誉未受损，生命安全，

乐滋滋，心欢喜，将其劝慰，

拾起那失落的闪亮宝冠，

又重新为公主戴在头上[1]，

里纳多亦获得众人称赞。

91

里纳多摘盔冠认出恶徒，

他曾经多次见那张嘴脸，

朝苍天伸出了他的双手，

谢天主巧安排令其如愿[2]。

---

[1] 这里比喻为公主恢复名誉。

[2] 摘下头盔后，里纳多认出了坡里内索；他曾经多次见过这位邪恶公爵的面，知道
     他是一个阴险的人，因而感谢天主安排他将其杀死。

那一位不知名勇猛骑士，

曾为救季内娃摆脱危难，

身披甲，头顶盔，下场搏斗，

旁边站，把一切尽收眼帘。

92

王请他务必要说出名姓，

至少应把面容当众展现，

他可以向国王要求奖赏，

善良心获回报理所当然。

那骑士难拒绝再三请求，

去头盔显现出真实容颜。

如若您喜欢听这段故事，

下一歌再听我细细道全。

第6歌

鲁杰罗乘神兽飞至魔岛　阿托夫述说其变树根源
勇骑士欲绕过妖女城堡　阿琪娜用美色诱其寻欢

　　捍卫公主名誉的神秘骑士不是别人，正是阿里奥丹。在里纳多的
力主下，国王把公主许配给了这位忠诚的情人。

　　阿特兰又施计谋，令飞马把鲁杰罗带往他方。飞马落在一座遥远
东方的美丽小岛上，在那里，鲁杰罗遇见了变成爱神树的近卫士阿托
夫。阿托夫向鲁杰罗讲述了他的离奇遭遇：邪恶的妖女阿琪娜控制着
这座小岛，她利用鲸鱼把阿托夫挟持到岛上，用美色诱惑他；当阿琪
娜另有新欢时，便把他变成一棵树。

　　鲁杰罗本想绕过阿琪娜的城堡去寻找善良的女仙洛基提，却被阿
琪娜的美色和舒适的城堡生活所诱惑，跌入享乐的情网中。

1

> 可怜的作恶人充满幻想，
> 总以为其罪恶无人看见；
> 当众人皆缄口沉默不语，
> 空中气、地下土亦会呐喊[1]：
> 数日后上天主令其懊悔，
> 随后令恶人把罪行显现[2]，

---

[1] 如果由于某种原因，人们对恶人的罪行沉默不语，上天也不会放过他，也会命空
　　气和大地对其发出呐喊之声。
[2] 恶人犯了罪，几天之后天主就会令其灵魂不安，因而罪过感本身便会引导罪犯暴
　　露自己的罪行。

并不用别人来调查审问，
他自己便自动暴露嘴脸。

2

恶公爵亦曾经错误认为，
能够把其罪行完全遮掩，
他知道达琳达必须铲除，
只有她才能够揭露其奸；
如此便罪累罪变本加厉，
犯罪的道路上快马加鞭[1]；
他或许可推迟、避免犯罪，
却急忙奔向那死亡深渊。

3

丢掉了众朋友、生命、地位，
更丧失重要的荣耀光环[2]。
那骑士[3]是何人，无人知晓，
我说过国王曾请求再三，
到后来他只好摘下头盔，
其面目众人皆多次看见：
苏格兰全国曾为他哭泣，
可爱的好骑士阿里奥丹。

4

季内娃、鲁卡尼、国王、众人，
均以为他已经身死魂断，

---

[1] 邪恶的公爵变本加厉，在犯罪的道路上越跑越快，越走越远。

[2] 欧洲中世纪的骑士把荣誉看得比生命更加重要，因此说"重要的荣耀光环"。

[3] 指上一歌所说的那位不愿显露面容的神秘的骑士。

曾为其痛苦且哭泣不已，
现赞美他勇敢、心肠慈善。
行路人带来了他的死讯，
此时看却像要把人欺骗[1]；
他确实曾看见骑士自尽，
从高岩头朝下跳入波澜。

5

绝望者经常是如此表现：
不想活，一心把生命了断，
事临头心中却仇恨死亡，
才发觉这一步十分艰难。
好骑士跳海后心中懊悔，
不愿意就如此离弃人间，
水中术他胜过所有勇士，
拼全力，快速游，返回岸边。

6

骑士爷自觉得行为荒唐，
这轻生之念头实在疯狂，
他如同落汤鸡狼狈上路，
来到了一修士居住地方。
骑士欲在此处默默隐居，
后来却有消息传至耳旁：
季内娃或许能获得快乐，
亦或许要永久令人悲伤[2]。

---

[1] 此时看起来，带来阿里奥丹死讯的过路人好像是有意欺骗大家。

[2] 季内娃有可能被解救，获得快乐；也有可能被处死，留给人们永远的伤痛；这一切都取决于是否有骑士站出来维护她的声誉。

7

先听说季内娃痛苦不堪，
差一点没有把生命了断[1]，
这件事生双翼众人皆知，
苏格兰全岛上无处不传。
本以为自己是受害之人，
事实却不同于亲眼所见[2]。
后听说鲁卡尼指控公主，
国王前揭露其行为不端。

8

为公主爱火仍焚烧心田，
对兄弟心中燃愤怒火焰，
尽管是为了他弟欲复仇，
他仍觉其行为邪恶凶残。
后来又听人说没有骑士，
愿意为季内娃挺身拔剑：
人人对鲁卡尼心存顾忌，
只因为他十分勇猛彪悍。

9

熟人知鲁卡尼十分谨慎，
既睿智，又机敏，善于判断，
如若是他所说有违真情，
便不会不顾忌生命危险。
正为此许多人犹豫不定，

---

[1] 他听说季内娃公主为他的死痛苦万分，差一点没有自杀，因而受到感动。
[2] 他曾经怀疑过公主，然而，事实并不像他亲眼所见的那样，季内娃可能仍然爱他，并没有背叛他。

不知道是否该据理争辩。
好骑士[1]经过了反复思考，
下决心去回应兄弟挑战

10

"啊，真可怜！"那骑士自言自语，
"决不能让公主为我受难！
如若是见到她先于我死，
死对我将何等苦涩悲惨。
我依然爱恋着这位女神，
没有她，眼失明，永处黑暗[2]；
无论对还是错拼死一搏[3]，
为救她战死也心甘情愿。

11

"我可能无道理，自寻死亡[4]，
但结果并不令我心沮丧，
我死后，美公主仍要被杀，
想此事我悲哀痛断肝肠[5]。
恶公爵对公主是否真爱？
他是否护公主愿舞刀枪？
到时候季内娃一目了然，

---

[1] 指季内娃公主的情人阿里奥丹骑士。

[2] 没有心爱的季内娃，我的眼睛就会失明，永远处于黑暗之中。

[3] 下比武场为捍卫季内娃公主的荣誉拼死一搏。

[4] 阿里奥丹仍然怀疑季内娃背叛了他的爱情，认为用决斗的方式捍卫她的荣誉并不一定是有理之事；再说决斗的对手是自己的兄弟，他不可能杀死兄弟，因而有可能被不知情的兄弟杀死；所以此处说"自寻死亡"。

[5] 阿里奥丹并不为自己将死而痛苦，但他知道，他的死意味着他心爱女子的罪过被证实，因而也要被处死，为此他十分伤心。

这件事略能够疗我心伤[1]；

12

"她[2] 曾经把我心如此冒犯，
却能见我助她摆脱危难[3]。
我兄弟对公主胸燃怒火，
对于他我也要严加惩办；
要令他为残忍承受痛苦，
亲眼见恶行为结局悲惨：
他以为能够为兄长复仇，
却亲手要将其性命了断[4]。"

13

想到此好骑士阿里奥丹，
又重新寻战马、盔甲、枪剑；
手中挽黑盾牌，身披皂袍，
战袍上装饰着黑色袍边[5]。
他寻到无人识一名侍从，
携带他来到了比武场前；
无人晓他是谁，前文说过，
来此处为向弟提出挑战。

---

[1] 如果公爵不愿意为捍卫公主声誉下校场比武，季内娃公主便可以一目了然，明白公爵的爱是虚假的；这样阿里奥丹会感觉到心中略有安慰。

[2] 指季内娃公主。

[3] 公主严重地伤害了阿里奥丹的心，却将看到阿里奥丹为解救她下校场比武，因而亲眼见到阿里奥丹对她的忠诚之心；这对阿里奥丹是很大的安慰。

[4] 阿里奥丹决定下比武场迎战兄弟，但他不愿意打败和伤害兄弟，因而决定让兄弟将自己杀死；这也是对试图伤害公主的残忍的兄弟的惩罚。阿里奥丹的兄弟希望为兄长报仇，然而他战胜和杀死的对手不是别人，却恰恰就是他的兄长。

[5] 在《疯狂的罗兰》中，盾牌和战袍的颜色都表现出诗中人物的情感，此处的黑颜色代表了阿里奥丹痛苦的心情和赴死的决心。

14

前文已讲述了阿里奥丹，
是如何显现出真实容颜。
王见女已经被洗清冤屈，
心中也极快乐，欢喜无限。
他认为如此的忠诚爱人，
人世间实在是难以觅见；
经历了这样的奇耻大辱，
仍情愿为公主与弟斗剑。

15

爱公主是他[1]的真实心愿，
更何况众显贵敦请再三，
尤其是里纳多执意要求，
请他与美公主喜结良缘。
恶公爵现已经一命呜呼，
奥巴尼公爵国重归王权，
那公国此时刻岂能无主，
赐公主做嫁妆，全国同欢[2]。

16

里纳多为侍女[3]恳请国王，
求国王把她的罪过赦免。
达琳达已厌倦尘世生活，
许下了永服侍上主意愿：
她离开苏格兰，即刻动身，

---

[1] 指阿里奥丹骑士。
[2] 国王可以将奥巴尼公国作为嫁妆赐予公主，使举国上下同欢。
[3] 指达琳达。

去丹麦做修女，远离家园。
再表表鲁杰罗飞行骑士，
乘神兽轻盈行翱翔于天。

17

鲁杰罗本十分镇定勇敢，
此时却情异常面色改变，
尽管我相信他不会胆怯，
亦不会心恐惧浑身抖颤。
他已把欧罗巴[1]甩在身后，
越出了广阔的大地边缘，
常胜的赫丘利将其圈定，
画出了航海者行动界限[2]。

18

好一只大怪鸟宝马神鹰，
抖动着巨羽翼快速飞行，
执掌着天箭的宙斯使者[3]，
亦被它抛身后不见踪影。
人世间飞行兽皆不能比，
其速度均不如天马行空；
我认为只有那空中霹雳，
以此速猛落地，电闪雷鸣。

---

[1]　"欧洲"一词的另一种译法。

[2]　据传说，罗马神话中的大力神赫丘利（即希腊神话中的赫拉克勒斯）曾在直布罗陀海峡处竖立了两根柱子，以标示大地的边缘；谁若越过大地的边缘必受到上天的惩罚。但丁就曾在《神曲·炼狱篇》第 26 歌中指出，年迈的奥德修斯再次出海时，驶出了大地边缘，并看见了炼狱的山峰，但炼狱的旋风吹沉了他的船。

[3]　指希腊神话中为主神宙斯掌控霹雳的神鹰。该神鹰的飞行速度如同闪电，但仍会被宝马神鹰远远地甩在身后。

19

那大鸟抖双翼飞出很远，
不转弯，不回首，直冲向前，
此时它盘旋着落向一岛，
只因为长飞行心已生厌。
那岛似西西里浮于海面，
岛上有爱之人遭受磨难，
似贞洁美少女阿瑞托萨，
越大海，穿黑暗，徒劳枉然[1]。

20

从空中鸟瞰那美丽土地，
真令人神情怡心中喜欢，
即便是走遍了天涯海角，
亦难寻美家园如此这般。
大鸟载鲁杰罗空中盘旋，
随后便降落在海岛地面：
草原上万物生，山丘平缓，
清澈水、软草地、绿荫河岸。

21

怡人的爱神树、月桂、棕榈，
构成了奇妙的树林片片，

---

[1] 希腊神话中的故事：阿尔菲俄斯爱恋追随月亮女神的仙女阿瑞托萨。月亮女神
阿尔忒弥斯把阿瑞托萨变成一股泉水，引至西西里的奥提伽，以躲避阿尔菲俄斯。
主神宙斯被阿尔菲俄斯的痛苦打动，把他变成一条河，并允许该河从希腊的伯罗
奔尼撒穿越地中海一直流淌到西西里的奥提伽，与阿瑞托萨泉水会合；阿瑞托萨躲
避阿尔菲俄斯的企图最终落空。因而，在讲述阿瑞托萨逃避阿尔菲俄斯的爱情时，
诗人使用了"徒劳枉然"一词。

还有那结果的香橼、橙子，

呈千姿，显百态，美丽非凡；

投下了浓重的婆娑阴影，

夏日里遮阴凉，避暑，消汗；

夜莺在树林中飞行歌唱，

无忧虑穿梭于枝叶之间。

22

紫色的玫瑰花、白色百合，

在温和微风中常保鲜艳，

花草间穿行着各类野兔，

马鹿儿高昂首，神情傲慢，

全不惧人们会追杀、捕捉，

品味着嫩草叶，静享平安；

还有那灵巧的黇鹿、山羊，

成双对游荡在美丽草原。

23

飞行兽即将要降落在地，

跃下鞍已没有任何危险，

鲁杰罗从马背纵身轻跳，

便稳稳站立在草地上面；

手中仍紧握着缰绳不放，

怕神兽再一次展翅升天；

在海边爱神树拴好飞马，

一月桂、一松树分立两边[1]。

---

[1] 鲁杰罗把宝马神鹰拴在一棵爱神树上，爱神树两侧有一棵月桂树和一棵松树。

24

那里有好一处潺潺清泉，
周围是挂满果椰子、香橼[1]，
鲁杰罗卸盾牌，摘掉头盔，
搁放下手中的长枪、利剑；
时而间脸朝海，时而朝山，
任舒适微风儿轻轻拂面，
清爽风吹拂着云杉、榉木，
摇动了耸立的高高山尖[2]。

25

鲁杰罗将干唇浸于清泉，
享受着凉爽的潺潺漪澜，
身披甲令骑士浑身燥热，
撩泉水将身上热汗消减。
盔与甲令其厌有何奇怪，
空中行并非是校场比剑[3]：
他奔驰数千里未曾歇息，
金属片始终都披挂在肩。

26

鲁杰罗把缰绳拴于树干，
令马儿乘凉于树荫下面，
那畜牲突然间受惊欲逃，
不知道何怪物藏在林间[4]；

---

[1]　潺潺清泉周围长着许多挂满果实的椰子树和香橼树。
[2]　山上长满了山毛榉和云杉，风儿吹来，树木摇摆，就像山尖随风摇动了一样。
[3]　对鲁杰罗来说，骑着宝马神鹰飞行并非像校场上比武那么轻松。
[4]　好像是林中隐藏着什么怪物，惊吓到了宝马神鹰。

拴它的爱神树被其拖倒，
大树冠绊住脚，把路阻拦[1]：
爱神树繁茂的枝叶落地，
马却未脱缰绳逃离不见。

27

时常见树桩的髓质已空，
被放在热火上熏烤，烘干，
高温下树桩心潮湿之气，
寻不到排气孔岂能宁安[2]？
树桩中因此便发出声响
噼噼啪，噼噼啪，爆裂不断；
那棵树先如此低声哀鸣，
随后便树皮裂，树干折断[3]。

28

从树中传出了清晰话语，
语气里充满了忧伤、哀怨：
"你若是彬彬的善良君子，
就如同你外表风度翩翩，
快快牵这畜牲离我身旁，
我无法再忍受外加苦难[4]，
即便是无外部附加之苦，
自身苦我已经难以承担。"

---

[1] 绊住了宝马神鹰的脚，阻挡了它前行的道路。

[2] 这是一句比喻。时常见到这样的情况：人们把空心的一段树桩放在火上烘干，在
高温下，树桩中的潮气必须找到排除的渠道，否则就会发出噼噼啪啪的响声，不
得安宁。

[3] 拴马的树干先是像被烘烤的树桩一样噼噼啪啪地作响，随之便树皮撕裂，折断了。

[4] 我自身已经十分痛苦，实在无法忍受外部再一次强加给我的苦难。

29

一听到那声音骑士一愣，
身站立，面扭曲，惶恐，受惊，
他发现那话音出自树木，
强烈的惊愕情生于心中；
急忙忙跑过去解开飞马，
因羞愧，手脚乱，面色绯红：
"无论你是何人，敬请原谅，
或许你是神仙，并无人形。

30

"我不知粗糙的树皮之下，
隐藏着会说话人的魂灵，
致使我搅扰了美丽树冠，
伤害了爱神树活的生命。
快快请回答我你是何人，
为什么身为树，如此坚硬，
树身却能发出人的声音，
天佑你躲避开冰雹、雷霆[1]。

31

若我能对于你有所奉献，
可补偿你受的巨大苦难，
我愿以美女子名义许诺[2]：
奉献出任何物我都心甘。
我将用语言和具体行动，

---

[1] 快告诉我你是何人，为什么有坚硬的树的身体；然而树的身体却能发出人的声音；
　　愿上天保佑你不被冰雹和雷霆击打。

[2] 我愿意以布拉达曼的名义许诺。

令你能有理由把我颂赞。"
鲁杰罗说完了这一番话,
爱神树浑身都瑟瑟抖颤。

32

随后见树皮中流出汗水,
就好像林中木刚被伐砍,
便觉得熊熊火向其袭来,
其抵抗全无益徒劳枉然[1]。
爱神树随即便开口说话:
"你想知是何人把我改变?
我以前曾经是何等人士?
为何会变成树,立于海滩?

33

"我名叫阿托夫,查理近卫[2],
本来自法兰西,勇慑敌胆,
罗兰与里纳多是我表弟,
他二人之威名远震天边;
我便是英格兰国王世子,
父奥托百年后我掌大权。
我也曾貌英俊,潇洒倜傥,
爱一女,最后却被她欺骗。

---

[1] 这又是一段生动的比喻:树林中树木刚刚被砍伐,便面临着熊熊的烈火,它无力
抵抗烈火的烘烤,因而潮湿的树干被烤得流出水来,就好像树干在流汗。
[2] 查理王的近卫士。

34

"印度洋拍打着东方岛屿[1]，

我从那天边处至此地面[2]；

该岛上[3]里纳多、其他骑士，

均与我被囚在幽幽黑暗；

布莱的勇骑士[4]彪悍无比，

救众人出牢狱返回家园[5]；

我们沿大沙漠[6]欲归西方，

那大漠静听着北方怒怨。

35

"坎坷的命运与曲折道路，

引导着我众人行进向前；

某清晨来到了大海附近，

见一座大城堡坐立岸边[7]。

强大的阿琪娜[8]走出城堡，

---

[1] 指印度洋岛国德莫机。

[2] 指阿托夫现在所在的地方，即妖女阿琪娜的岛屿。

[3] 指刚刚提到的印度洋的岛国德莫机。

[4] 指罗兰。罗兰不仅是安格兰伯爵，也是布莱封地的主人。

[5] 博亚尔多在《热恋的罗兰》中讲述：阿托夫追踪安杰丽佳至阿布拉卡，遇到里纳多，二人结伴，不幸双双落入印度洋岛国德莫机国王莫诺丹之手。在德莫机岛上还关押着许多骑士，如：拉稀多、伊洛多、杜多内等人。妖女摩根勒菲爱上了莫诺丹年轻的儿子泽良特，并将其掠走，声称只有用罗兰才能将其换回，因为她曾受其凌辱，欲报仇雪恨。莫诺丹下令逮捕所有来德莫机的骑士，希望能捉住罗兰。后来罗兰终于来了，并被送往摩根勒菲妖女处。然而，罗兰不但没有受到妖女的惩罚，反而解救了年轻的王子。国王非常高兴，下令释放了包括阿托夫在内的所有被囚禁的骑士。后来阿托夫来到了阿琪娜的花园。

[6] 指北方的荒原。

[7] 一天清晨，他不知不觉地被坎坷的命运带到了一片海滩，见到一座城堡坐落在岸边。

[8] 阿琪娜是摩根勒菲的姊妹，也是一位邪恶的妖女，她是这片海滩的主人，神通广大，因而诗中说"强大的阿琪娜"。

无人陪，独立于美丽海岸，
她手中并没有捕鱼网、钩，
鱼儿却顺其意游向海滩。

36

"众海豚游过来，争先恐后，
肥胖的金枪鱼聚其面前；
巨头鲸与海牛受到惊扰，
睡梦中懒洋洋睁开双眼；
乌鸦鱼、叉牙鲷、鲑鱼、绯鲤，
结成队，加速度游向岸边；
齿锯鳐、抹香鲸、虎鲸、须鲸，
亦都把大脊背显露水面。

37

"大海中有一头巨型须鲸，
如此之庞然物从未曾见：
十余米黑脊背卧在那里，
其周围滚动着汹涌波澜。
我们都犯下了同一错误，
均以为是小岛露出海面，
只因为那畜牲不摇不动，
头至尾似陆地好大一片。

38

"阿琪娜仅使用简单咒语，
便使得海中鱼跃出水面。

她姊妹本是那摩根勒菲[1]，
谁先生，谁后生，不知根源。
阿琪娜细细看我的容貌，
好像是我面目令其喜欢：
她设计把我与同伴分开，
其阴谋与欺骗得以实现。

39

"她微笑朝我们迎面走来，
既优雅，又恭敬，张口开言：
'骑士呀，若今日愿宿我处，
一定能令你们心足意满；
我将会捕捉到各类海兽，
把它们呈现在你们面前：
有鳞鱼、长毛鱼、软体鱼儿，
其种类胜繁星，难以数全。

40

"'美人鱼[2]用她的甜蜜歌声，
使大海风浪静，波澜不见，
想见她便随我去其小岛，
此时刻她总是回到那边。'
阿琪娜手指向如岛巨鲸，
她邀请众骑士举目观看，

---

[1] 《热恋的罗兰》和《疯狂的罗兰》的作者都认为，亚瑟王同母异父的姐姐（见《亚瑟王传奇》）女巫摩根勒菲是阿琪娜的姊妹，但他们说不清两姐妹中谁是姐姐，谁是妹妹，也说不清她们是否是孪生姐妹。

[2] 希腊神话中的人鱼，诗人荷马在史诗《奥德赛》中曾经讲述过她们的故事：她们是大海中的歌手，居住在一座小岛上，她们的歌声可以迷惑水手，使其无法航行，最终葬身大海。

我总是好奇心重于他人，
当时竟爬上了须鲸背肩。

41

"里纳多暗示我不可过去，
杜多内[1] 提醒我不要受骗。
阿琪娜随后也跳上鲸背，
笑嘻嘻把二人[2] 抛在一边。
那须鲸真勤快，愿意效力，
游动着向前行，搅动波澜。
我马上便后悔，自觉愚蠢，
但此时离海岸已经很远。

42

"为救我里纳多游水猛追，
差点没被贪婪巨浪吞咽，
从南面刮过来一股狂风，
蔽天日阴暗云遮住海面。
他后来怎么样我不知晓，
阿琪娜安慰语令我心安，
一整天一整夜骑坐鲸背，
漂泊在大海的浪涛之间。

43

"我们被带到这美丽小岛，
小岛由阿琪娜主要掌管；

---

[1]　基督教骑士，查理王十二近卫士之一。
[2]　指里纳多和杜多内二人。

她父亲将小岛传给其妹[1]，
按法律岛应由其妹承传；
有消息告诉我确实如此，
乱伦生俩姐姐[2]难继家产；
邪恶的阿琪娜不守规矩，
篡夺了继承权，把岛侵占。

44

"俩姐姐真淫邪，狠毒，凶残，
浑身是恶习惯，丑劣不堪，
而妹妹却忠良，诚实，贞洁，
她一心求美德，行正，心善。
姐姐们针对她策划阴谋，
组织起何止是一个军团，
为了把亲妹妹赶出海岛，
攻陷了百余座堡垒、城垣[3]。

45

"其妹叫洛基提，善良仁慈，
她几乎没有了立锥地面，
仅剩下无人住一座秃岭，
还有可通行的一道海湾；
苏格兰、英格兰两地之间，
一条河、一座山与此这般[4]；

---

[1] 指洛基提，她是阿琪娜和摩根勒菲的同父异母妹妹，十分善良；后来她把阿托夫
　　从阿琪娜岛放走。
[2] 指阿琪娜和摩根勒菲。
[3] 攻陷了本属于妹妹洛基提的百余座城堡。
[4] 洛基提仅剩下的荒岭和海湾，就像是把苏格兰与英格兰分隔开的切维厄特岭和特
　　威德河。

邪恶的阿琪娜、摩根勒菲，
不再想夺其妹所剩荒原。

46

"这两个恶姐姐实在狠毒，
仇恨其端庄妹虔诚良善。
我们再重回到前面话题，
如何人变成树听我讲完。
阿琪娜置我于极乐之中，
她亦被熊熊的情欲点燃，
我见她面貌美彬彬有礼，
心目中也燃起爱情火焰。

47

"她四肢与肌肤无比娇嫩，
我享尽天下乐，纵情求欢；
本应该将欢乐分给众生，
有人多，有人少，同享世间。
我忘记法兰西、其他一切，
傻呆呆欣赏着那张美面；
欲望都汇集在她的身上，
除此美我已无其他思念。

48

"阿琪娜亦不睬其他众人，
她同样把我也疯狂爱恋；
抛弃了过去的所有情人，
我之前许多人与她相恋。
每一日，每一夜，耳畔蜜语，
为我做任何事她都情愿：

信任我，依赖我，寸步不离，
昼与夜与他人不讲一言。

49

"啊，为什么我还要触摸旧伤？
已无药治愈我伤痕斑斑。
为什么还要去回忆往事？
我如今忍受着极度苦难。
那时候我自觉十分幸福，
还以为她对我真心爱恋；
但后来重移走爱我之心，
她如今又将其投入新欢。

50

"她性情易改变，反复无常，
从爱恋到不爱只需瞬间。
我占有她的心不过两月，
另一位心爱人将我替换。
阿琪娜强迫我远离恩宠，
恶狠狠驱我离她的身边；
现已知这妖女情人甚多，
每一位都承受如此苦难。

51

"为不让众情人世上行走，
到处传她性情好色淫乱，
便令其沃土中深深扎根，
蜕变成橄榄树或是云杉，
或者变爱神树、香橼、棕榈，
栽种在这一片绿色海岸，

抑或者变泉水、集市万物，
成何物全由她随心所愿。

52

"而如今命注定你来此岛，
所行走之道路神奇非凡；
现在的情人将变成石头，
或者会与我同，变成树干[1]；
你手中将抓握妖女权杖，
其快乐超众人，绝非一般；
但肯定不久后你也变化，
或树木，或顽石，或者清泉。

53

"我自愿将此情讲给你听，
并不信这便能助你脱险；
最好你现在就做好准备，
略知晓那妖女性情、习惯。
人面孔相互间各自不同，
其机敏或许也相差甚远，
你也许能躲过她的迫害，
无数人却没能避免灾难。"

54

鲁杰罗早听说此人名姓，
阿托夫本是他情人表兄；

---

[1] 你乘飞马行走于天空，所行之路神奇非凡，命运送你来到此岛，为的是让你来替换阿琪娜现在的情人；由于你的到来，妖女现在的情人将被变化成石头或与我一样的树。

现如今竟变成如此模样，
千分苦、万分痛凝其心中[1]；
为了他心爱的美丽女子[2]，
他愿意助其兄[3] 摆脱困境，
但此时骑士[4] 却无能为力，
只能够用语言慰其心灵。

55

骑士问阿托夫何路安全，
可以到那一位善女[5] 身边，
若能够躲避开邪恶妖女，
他宁愿穿平原翻越高山。
那树木回答说另有一路，
到处是艰险的乱石、高岩；
向前行不远处转向右方，
上高坡，翻越过陡峭山巅。

56

然而你别以为如此简单，
踏上路并不能行走多远，
便遇见凶悍的一群恶徒，
要越过此障碍十分困难；
阿琪娜设下了这座屏障，
谁要想脱陷阱必受阻拦。

---

[1] 鲁杰罗十分同情阿托夫，见到他的情况，心中凝结了许多痛苦。
[2] 指布拉达曼 。
[3] 指阿托夫。
[4] 指鲁杰罗。
[5] 指善良的仙女洛基提。

鲁杰罗获得了重要消息，
告别了爱神树上路探险。

57

走过去解开了飞兽缰绳，
牵着它向前行，并不上鞍；
为的是那马儿不能随意，
驮着他到处奔如同从前。
鲁杰罗思考着如何能够，
速赶往善女处[1] 获得平安；
为不被阿琪娜控制在手，
他愿意用一切有效手段。

58

想重新再跨上神兽脊背，
骑着它空中行，飞翔于天，
却担忧会犯下更大错误，
那畜牲实在是不听使唤。
好骑士在口中自言自语：
"我如若不失误定能闯关。"
在海边刚行走不过数哩，
便望见阿琪娜壮丽城垣。

59

长长的美城墙远处可见，
把一座大城市环抱其间，
从地面到城顶黄金砌成，

---

[1]　指善良的仙女洛基提所在之处。

它高耸入云霄，直指蓝天。
曾有人不同意我的见解，
竟然说城墙是假金所建；
此说法或许真或许虚假，
我觉得真金才如此灿烂。

60

这一座富丽城举世无双，
城正面是一片广阔平原，
平坦的笔直路通向城门，
鲁杰罗却绕行转向右边[1]；
走上了山间的一条小道，
为的是避凶险寻求安全。
但马上他便遇一群魔怪，
喧嚣着阻挡他继续向前。

61

从未见如此的乌合之众，
群魔鬼、众妖怪丑恶难看，
有的妖颈以下同人一样，
却长着猴脸或猫的颜面；
有的似人头马[2]，十分灵活，
还有的四足如山羊一般；
有的披奇怪皮，有的赤裸，
年少狂，年长呆，无耻厚颜。

---

[1] 在西方古典文化中，右象征美德，左则象征邪恶。
[2] 指希腊神话中的半人半马——凶残的肯陶洛斯，它行动敏捷，奔跑如飞。

62

有的妖骑着马不停奔跑，

有的却骑驴牛行走缓慢，

有的妖骑鸵鸟、雄鹰、灰鹤[1]，

还有的骑人马驰骋向前；

叼号角，吻酒杯[2]，大有妖在，

有男妖，有女妖，还有双兼[3]；

有的妖持绳梯，有的提钩，

还有的攥锉刀，手握铁钳。

63

一魔头为首领十分显眼，

面肥胖，浑身肉，大腹便便；

胯下的一只龟向前爬行，

那畜牲慢抬步，行动迟缓。

魔头的左与右均有人扶，

只因他醉醺醺低垂眼睑；

有些妖为他擦额头下巴，

还有妖煽衣襟为他消汗。

64

另一怪其形状与人相似，

足腹颈头和耳与犬一般，

它朝着鲁杰罗狂吠不止，

强迫他入金城不得绕转。

"只要我有力量能持宝剑，

---

[1] 鸵鸟象征怯懦者，雄鹰和灰鹤象征傲慢者。

[2] 嘴叼号角的妖象征自吹自擂者，吻酒杯（正在喝酒）的妖象征暴饮暴食者。

[3] 还有的妖，既有男性特征，又有女性特征，双兼两性。

绝不进那城门遂尔等愿！"
话未落勇骑士亮出兵刃，
利剑尖直指向魔怪[1]胸前。

65
那魔怪用长枪欲伤骑士，
鲁杰罗朝着他猛扑向前：
把利剑刺入了怪物肚囊，
后背处露出了一拃剑尖。
但妖怪人数多，群魔乱舞，
前面攻，后面击，轮番不断，
勇骑士挽盾牌左突右冲，
护住身与众怪展开激战。

66
头上盔、手中盾、护胸铠甲，
均难挡他所持锐利宝剑，
这一剑劈在了妖怪牙齿，
那一剑刺中了魔鬼心肝；
众魔怪从四面一起扑来，
退妖魔方能够获得平安；
只有比百手怪[2]手臂更多，
才能够败群魔摆脱危难。

67
如若是骑士想揭开宝盾，

---

[1]　指阻挡鲁杰罗前进的魔怪
[2]　希腊神话中的巨人。百手怪是乌拉诺斯和该亚的儿子，有五十个头，一百只手。
　　据说在他的帮助下，宙斯才能顺利地统治奥林匹斯山。

（阿特兰曾将其系于马鞍，
它本是大法师手中神盾，
闪闪亮能令人眼花缭乱），
众妖魔立刻会跌倒在地，
全丧失反抗力，头晕目眩；
或许是好骑士鄙视此法，
愿显示神武功不靠魔鉴[1]。

68

他不愿做俘虏被人囚禁，
而宁愿战死在群魔之间。
此时刻黄金城大门开启，
走出来两美貌年少婵娟，
从服饰和举止便可看出，
其出身极高贵，门第不凡，
牧民家难养出这般女子，
此等的美少女长于帝苑。

69

两女子胯下骑独角白兽，
比雪貂还要白，十分罕见；
她二人之美貌世上难寻，
服饰华，举止雅，无比娇艳；
若男人想正确评价其美，
必须有神灵般一双慧眼，
左边看，右边瞧，细细观察，

---

[1] 鲁杰罗没有使用神盾，或许他想展示自己的武威，而不愿意依靠神盾的魔力取胜。因神盾镶满宝石，闪闪发光，就像一面具有魔力的宝鉴，因而诗中又称其为"魔鉴"。

美女神、俏仙子来到身边[1]。

70

二美女来到了草地之上，
鲁杰罗与群魔正在纠缠。
她二人伸出手迎向骑士，
众妖魔急忙忙退闪一边；
勇骑士羞红脸不知所措：
美女子赞他有君子心田[2]；
鲁杰罗为取悦美妙女子，
随她们入城门，心甘情愿。

71

金城门真壮丽，装饰华美，
从城墙探出身略微向前，
处处都镶嵌着东方宝石，
罕见的石与珠奇光闪闪。
四支柱根根是整块钻石，
既粗大，又坚硬，明亮耀眼。
不知道是真钻还是假钻，
人世间更美物从未曾见。

72

城门口，支柱间，穿梭少女，

---

[1] 如若男人想正确评价这两位女子的美貌，需要有神仙一般的慧眼，并左右仔细观
   看，才能明白她们是下到人间的美丽的女神和仙女。

[2] 两位绝世美女向骑士伸出友谊之手，并赞美他具有尊敬女子的君子心田，致使鲁
   杰罗不知所措，羞红了脸。

嬉笑着，玩耍着，春色尽显[1]，

如若是严遵守女子美德，

或许会更显示俏丽美艳[2]。

她们都身穿着绿色秀裙，

头上戴鲜嫩的枝叶花冠，

一个个面带笑迎接来客，

热情邀鲁杰罗进入乐园。

73

我认为可如此赞美此城，

它就是爱神的美丽家园：

这里的每一刻都是节庆，

不跳舞，不游戏，岂能成欢；

在此处没有人心存理智，

可敬的智慧心丝毫不见，

烦与苦皆不能进入城中，

每个人牛角杯花果盛满[3]。

74

此城中人人都笑逐颜开，

欢庆着美妙的四月春天[4]，

美女子、俊儿郎纵情歌唱，

在一处凉爽的清水泉边；

---

[1]　少女们显露着她们的美艳身体。

[2]　这里，诗人加入了自己的评论：如若这些美丽的少女能够遵守女子美德规范，不
　　这么风骚，会显得更美。

[3]　在欧洲传统文化中，用牛角杯盛满花果洒向大地，通常象征富足。古罗马著名诗
　　人贺拉斯曾有"至福的牛角杯盛满花果"的诗句。

[4]　四月是鲜花盛开的春天，是一年最美的季节；诗人用"美妙的四月春天"来比喻
　　此城的欢乐气氛。

有人在树荫下山影之中，
做游戏，跳舞蹈，快乐无限；
还有人远离开纷乱之地，
向挚友倾吐出爱的哀怨。

75

松树与桂树的枝头之上，
冷杉与山毛榉高高树尖，
戏谑的小爱神[1]空中飞翔：
有时他奏凯归心中喜欢，
有时又用弓箭瞄射人心，
欲撒网把猎物罩于其间；
有时他在溪旁淬炼箭头，
有时在转石前[2]磨砺箭尖。

76

一骏马交到了骑士手中，
那马儿棕色毛，十分强健，
马背上装配着华丽鞍饰，
镶宝石金马鞍光辉灿烂；
老法师调教的宝马神鹰，
交给了另一位青年看管，
那青年牵着它慢慢行走，
跟随着鲁杰罗不急不缓。

---

[1] 小爱神在希腊神话中叫厄洛斯，在罗马神话中叫丘比特。小爱神不会长大，总是
　　像个孩子，背上长有翅膀，到处飞翔；他有一张金弓、一枝金箭和一枝银箭，被他
　　的金箭射中，便会陷入爱情，相反，被他的银箭射中，便会拒绝爱情。
[2] 指转动的磨石。

77

美妙的两少女——爱情仙子，

出手助鲁杰罗躲过危难，

在那条右侧的山间小路，

摆脱了挡路的魔怪纠缠；

她们对骑士说："尊贵好汉，

您表现很彪悍亦很勇敢，

请求您施恩泽伸出援手，

为我等之福祉做出贡献。

78

"向前行有一条潺潺小河，

此平原被该河一分两边。

一恶女名字唤厄里菲拉[1]，

守桥头，无人能过到对岸，

她高大，是一个凶狠巨人，

过桥者被胁迫，遭抢，受骗；

长牙齿可注入杀人毒液，

尖尖爪抓挠人如熊一般。

79

"她阻挡我姊妹出行道路，

若无她我行路更加安全；

除此外她经常游遍花园[2]，

各处均受其扰难以宁安。

---

[1] 与希腊神话中的邪恶女子厄里菲勒名字相似。希腊神话中，厄里菲勒为了获得"和谐项链"，明知必死无疑，还诱使丈夫参加与底比斯的战争。后来她被为父报仇的儿子杀死。

[2] 阿琪娜岛十分美丽，如同花园，因而亦称"花园"。

城门外攻击您那群魔怪，
全是她追随者，各个凶残，
其中有许多是她的子孙，
如同她，性邪恶，极端贪婪。"

80

骑士道："此小事何足挂齿，
我情愿为你们投身百战；
你二人可充分将我利用，
可随意去实现你等心愿。
我身穿软硬甲——铁布衣衫，
并不为取金银争夺地盘，
只为了给他人谋求福祉，
尤其是为你等美貌婵娟。"

81

二女子对骑士万分感谢，
他至诚之爱心令人称赞。
说话间已来到小河附近，
一座桥横跨在河水上面；
见那位高傲女身披铠甲，
镶嵌的绿蓝石光亮闪闪。
欲知晓鲁杰罗如何应对，
下一歌再听我细细表全。

第 7 歌

勇女子寻情人踏遍世间　梅丽萨指迷津许诺救援
女法师携魔戒潜入海岛　鲁杰罗巧逃离妖女宫殿

　　鲁杰罗在阿琪娜的引诱下，进入了妖女的奢华宫殿；美宴、歌舞、各种令人神醉情迷的诱人游戏，应有尽有。夜深人静之时，骑士又与美丽无比的阿琪娜共享床榻上的欢乐。鲁杰罗被幸福冲昏头脑，完全忘记了对布拉达曼的爱情。

　　布拉达曼不知鲁杰罗的下落，想再一次返回梅林山洞，请求大法师的幽灵指点迷津。

　　女法师梅丽萨及时赶到。她向布拉达曼揭示了阿琪娜对鲁杰罗的诱惑，并向她借用能够破除一切魔法的魔戒。

　　梅丽萨潜入海岛，把魔戒戴在鲁杰罗的手指上，令其认清了阿琪娜的丑陋面目。鲁杰罗遵循梅丽萨的嘱托，逃离阿琪娜的宫殿，去寻找善良的洛基提。逃走前，他又把魔戒暂时交到梅丽萨的手中，希望她用魔戒帮助阿托夫等人恢复原形，摆脱阿琪娜的魔法。

1

谁若是去异乡远离家园，
常见到难置信奇事件件；
讲述给他人听，皆不相信，
被认为编谎言把人欺骗：
若不是亲眼见，亲手触摸，

愚蠢的普通人难信传言[1]。
正因此我深知无人轻信,
我写的一段段离奇诗篇。

2

或深信或浅信反正我信,
不必睬无知人如何判断。
我知道您智慧放射光芒,
不认为我骗人编织谎言;
我辛劳定能够结出硕果,
那果实可令您真心喜欢[2]。
前面说傲慢的厄里菲拉,
看守在过河的桥梁旁边[3]。

3

她披戴珍贵的金属甲胄,
上镶嵌之宝石五彩斑斓:
红宝石朱砂色,锆石金黄,
橄榄石、祖母绿色彩灿烂。
此女子并不骑任何战马,
只坐在狼背上行走向前;
狼背上架马鞍无比华贵,
女主人骑着它走过桥面。

---

[1] 普通人都很愚蠢,没有分析能力,若不是亲眼所见和亲手触摸,就不会轻信传言。
[2] 诗人希望通过他的辛勤工作,能够创作出优美的诗句,获得主人(埃斯特家族)的欢欣。
[3] 上一歌已经说过,厄里菲拉守护在过河的桥边。

4

普利亚也未见这等巨狼[1]，

其高大如牛犊，十分强健。

狼止步却无人勒住狼嘴，

不知她怎样命大狼停站[2]。

铠甲罩沙子色一件战袍，

邪恶的瘟疫毒洒在上面：

大主教与其他高级教士，

宫廷中用此毒常行其奸[3]。

5

盾牌上、头盔顶雕饰蟾蜍，

那畜牲[4]浑身毒，肚鼓气满。

两姐妹指女子告诉骑士，

她过河来这里为了挑战，

断骑士前行路将其羞辱，

对别人她也曾如此这般。

那女子厉声喝："快快后退！"

鲁杰罗却握枪威逼向前。

6

女巨人也同样敏捷，强悍，

稳坐鞍，催大狼冲锋向前，

一面冲一面把长枪上靠，

---

[1] 普利亚是意大利东南部的一个行政大区。古时候，那里的狼十分高大健硕，非常
    著名。

[2] 勒住马嘴中的嚼子，马就会止住脚步；然而，狼嘴中并无嚼子，不知道厄里菲拉
    如何令其停住了脚步。

[3] 主教等教会的重要人物经常施阴谋毒害他人。

[4] 指蟾蜍。

其凶猛令大地震撼，抖颤。
英勇的鲁杰罗一枪刺中，
用气力将女子挑下马鞍，
向后面推出去六臂[1]之遥，
卧草地，难起身，十分悲惨。

7

勇骑士走过去欲割其首，
噜楞楞拔出了腰中宝剑，
这本来就如同探囊取物，
那死人已躺在花草之间。
两姐妹高声喊："如此足矣，
切莫要再点燃复仇火焰。
请慷慨好骑士收起利刃，
我们可越过桥继续向前。"

8

走上了林间的一条小路，
那条路不轻松，有些艰难，
既狭窄亦布满大小石块，
而且还直通向巍峨山巅。
当他们到达了山顶之上，
脚下面是一片广阔草原，
看见了壮丽的一座宫殿，
如此之美宫殿人间罕见。

---

[1] "臂"是意大利中北部地区的一种传统的计量单位，约等于 0.6 米。

9

美丽的阿琪娜先行一步，
然后再迎出门[1]，笑盈满面，
高雅的显贵们簇拥妖女，
隆重接勇骑士进入宫殿。
对骑士人人都十分崇拜，
均愿意把敬意捧其面前，
即便是上天主降临人世，
也难以似骑士这般光灿。

10

美宫殿实在是超凡脱俗，
并不因壮观且珠宝璀璨，
而因为居住着风流人物，
既艳丽又优雅，世间少见。
殿中的美人物相差无几，
各个都极俊俏，正当少年：
比他人妖女[2]更出类拔萃，
似明月被群星烘托中间[3]。

11

她完美之体形没有缺点，
就如同大画师图中展现：
长长的金色发结成波浪，
比黄金更辉煌，灿烂，耀眼，

---

[1] 阿琪娜先行一步，进入宫殿，然后又从宫殿中走出来迎接鲁杰罗，以示主人之礼。
[2] 指阿琪娜。
[3] 宫殿中居住的人都十分美丽，阿琪娜更是出类拔萃；众人围绕着她，就像天上的星辰烘托着明月一样。

飘洒在娇嫩的面颊两侧，
似玫瑰如百合俏丽颜面，
快乐的明净额好似象牙，
脸上端光且白，匀称，舒展。

12

在两道纤细的弯月之下[1]，
闪烁着艳日般一对亮眼，
慢转动之双眸显露仁慈，
似爱神戏耍于眼神之间，
能激起人心中强烈欲望，
将射出尖锐的穿心利箭；
俊俏鼻端坐于美面中央，
嫉妒神亦难寻丝毫缺陷[2]。

13

鼻下面现一丝朱砂美口，
横卧于俏丽的酒窝之间；
有两行奇珍珠[3]排列口中，
被上下美妙唇包在里面；
唇开启吐出来高雅词句，
每一颗粗俗心均会变软；
俊俏口凝结出甜蜜微笑，
可随意打开那人间乐园[4]。

---

[1]　在弯弯的眉毛之下。
[2]　美丽的鼻子完美无缺，连嫉妒女神也寻找不到丝毫缺陷。
[3]　指两排美丽洁白的牙齿。
[4]　比喻人间的甜蜜爱情。

14

雪白的圆脖颈美丽无比，

奶子胸似象牙鲜嫩丰满：

像怡人温柔风吹动大海，

推动着层层浪冲向海滩。

即便是长百眼阿耳戈斯[1]，

也只能看清楚妖女表面：

若人心与外表完全相符，

便可以看长相判断恶善[2]。

15

两条臂看上去优美，匀称，

洁白的一双手修长好看，

手背上没有疤，无筋显露，

细手指如玉笋，根根嫩鲜。

再见那苗条身行走摆动，

瘦小的两只脚轻举向前。

空中降一仙女，貌如天使，

她不需戴面纱将美遮掩。

16

或说笑，或歌唱，或者行走，

每一举每一动均是欺骗：

鲁杰罗被俘虏并不奇怪，

---

[1]　即希腊神话中的百眼巨人阿耳戈斯。警觉的百眼巨人奉天后赫拉之命看守被变成小母牛的伊娥。他睡觉时闭着五十只眼睛，睁着五十只眼睛。后来赫尔墨斯奉宙斯之命给他吹笛子、讲故事，使他闭上全部眼睛，然后砍下了他的头，救出了伊娥。

[2]　此处，诗人又在发表议论，他说：假如人心与外表完全相符，便可以看长相来判断人心的善恶。

只因为他觉得妖女仁善。
爱神树[1] 曾说过此女邪恶，
但骑士不愿离妖女身边：
在如此美妙的微笑之下，
怎可能隐藏着阴险、凶残？

17

阿托夫被妖女变成树木，
鲁杰罗也相信并非虚言；
却认为阿托夫活该如此，
因为他无情意，行为不端：
对妖女所有的议论、传说，
均源自邪恶的复仇意愿，
谎言的根源是仇恨、嫉妒，
苦人儿[2] 因此把妖女抱怨。

18

他曾经爱恋的那位美女[3]，
此时刻已远离他的心田；
阿琪娜用魔法洗刷其心，
荡涤掉以往的一切情感；
装入了她的情她的眷恋，
只有她在心里铭刻不变：
如果说鲁杰罗轻浮，无常，
应谅解，他已难自主判断。

---

[1]　前面已经讲过，阿托夫被阿琪娜施魔法变成爱神树，他曾经提醒鲁杰罗要谨防妖
　　女的迫害。
[2]　指阿托夫。
[3]　指布拉达曼。

19

风鸣琴、七弦琴、齐特拉琴，
演奏的和谐乐荡漾盛宴，
其他的奇乐器合奏齐鸣，
叮叮当，当当叮，妙音飘天。
还有人歌唱着向人讲述，
愉悦的爱之情、爱的眷恋，
抑或者朗诵着优美诗句，
赞颂的欢乐事梦幻一般[1]。

20

埃及的艳女主爱情盛会[2]，
古老的亚述王凯旋美宴，
难道说都难与此宴相比？
难道说其奢华仍差甚远？
热恋的美妖女心甘情愿，
把盛宴奉献在骑士面前；
侍酒童[3]也未曾为了宙斯，
侍奉过如此之丰盛大餐。

21

撤下了美佳酿、珍奇馐肴，
围成圈，做游戏，共同寻欢，
好奇者欲询问他人隐私，
于是便把嘴唇附其耳边；

---

[1] 此处，诗人展示了文艺复兴时期埃斯特家族的盛宴状况。
[2] 美丽的埃及女王克莱奥帕特拉为其情夫马克·安东尼摆设的盛宴也难与此宴相比。
[3] 指希腊神话中主神宙斯的侍酒童子该尼莫德（另译：该尼莫德斯）。他本是特洛伊王特洛斯之子，为宙斯所爱，被略去作了侍酒童子。

此时刻情人们获得良机，
无禁忌表述着心中爱恋：
若此夜二人能共度良宵，
方可算爱之戏结局圆满。

22

此游戏结束后时间尚早，
按风俗还应入内室狂欢，
侍从者持火炬进入大厅，
用光亮驱赶走厅内黑暗[1]。
众人都簇拥着鲁杰罗君，
去寻找羽绒的被褥温暖，
走入了宫殿的最美卧室，
新颖的巧装饰色彩光鲜。

23

又重新捧出来美酒、点心，
奉献给众宾客理所当然；
宾客们躬身出，显示恭敬，
都回到自己的卧室房间。
善织者[2] 织出了亚麻床单，
铺在了睡榻上，香气扑面；
鲁杰罗钻入被竖起双耳，
期盼着美娇娘前来会面。

---

[1] 做游戏时，大厅中的灯光黑暗，游戏参与者没有任何顾忌，可以任意地寻欢作乐。
[2] 指希腊神话中的善织者阿拉喀涅。吕狄亚少女阿拉喀涅善织绣，许多女神都到她那里观看，因此引起雅典娜的嫉妒。雅典娜便和她比赛织绣，结果阿拉喀涅获胜。雅典娜大怒，把她的织物撕成碎片，并把她变成了蜘蛛。

24

每听到微小的一点声响，
便抬头静期待美女来访：
时常是自以为听到动静，
却发现是错觉，空盼一场。
时不时走下床打开房门，
却不见任何人，心中沮丧：
千万遍他诅咒时间太慢，
拖延着缓缓行，不慌不忙。

25

他不断自语道："已出房间[1]。"
便静静把两室距离计算，
在心中默默数相隔几步，
只期待阿琪娜快到面前；
女未到他开始反复思考，
费心机设计出各种方案。
总担心会遇到某种障碍，
摘鲜果[2] 突然间受到阻拦。

26

许久后阿琪娜喷完香水，
迷人的浓香气全身洒满；
宫殿中早已经寂静无声，
时机到她不再推延时间，
一个人走出了她的卧室，
秘密行，静无声，蹑足向前，

---

[1] 指阿琪娜已走出她自己的房间。
[2] 指摘取爱情的鲜果。

走向了鲁杰罗睡卧之处，
好骑士等佳丽忐忑不安。

27

阿托夫后继人[1] 抬头看见，
微笑的明亮星[2] 出现眼前，
就好似血管中燃烧硫磺，
皮与肉怎能够包容其间[3]。
畅游在快乐的海水之中，
幸福的浪花花充满双眼[4]。
跳下床将美人揽入怀里，
等不及她慢慢脱下衣衫。

28

她未穿长裙子，没戴裙架[5]，
只裹着轻轻的一层稀纱，
喜人的白而薄一件内衣，
美人肩稀纱上轻轻披搭。
骑士抱美人时内衣脱落，
仅剩下透明纱身上披挂，
罩不住前后的无限春色，
胜玫瑰赛百合晶莹奇葩。

---

[1] 指鲁杰罗，因为他是继阿托夫之后被阿琪娜欺骗坠入爱河的。
[2] 指阿琪娜。
[3] 鲁杰罗的皮和肉已经无法包容住他血管中沸腾的热血。
[4] 鲁杰罗眼中充满了幸福的热泪。
[5] 欧洲贵妇人常戴的在长裙内撑起裙摆的圆支架。

29

两情人紧搂抱，拥作一团，
远胜过常青藤纠缠攀援；
热唇上采摘下灵魂之花[1]，
那花儿吐芳香令人迷恋，
即便是遥远的印度、塞巴[2]，
也难有香料气如此这般[3]。
他二人需自己说明快乐，
却各自口中把双舌叼含。

30

此种事本来是卧室隐私，
即便是不保密也别宣传；
不宣扬便少被他人诅咒，
缄口者会受到人们称赞[4]。
宫殿的那一些精明之人，
让骑士尽情乐随意寻欢：
热恋的阿琪娜要求每人，
对情人要恭敬鞠躬请安。

31

外界已没有了任何快乐，
一切乐都聚于情爱房间[5]。
每一日易服饰两至三次，

---

[1] 指亲吻。
[2] 生活在也门一带的先伊斯兰文化民族。
[3] 印度和塞巴都是最著名的香料产地，然而那里的香料也无法散发出如此这般的
    芳香。
[4] 不议论卧室私密，就不会受到他人的诅咒，而会受到他人的称赞。
[5] 与情爱宫殿和情爱房间的欢乐相比，外界的欢乐已不值一提。

次次都为适应环境改变：
比武场、剧院与温暖浴室，
歌舞会、丰盛宴、节庆盛典。
丘陵的阴影下、泉水之侧，
吟诵着古人的爱情诗篇。

32

捕猎于阴暗谷、快乐山冈，
受惊的胆小兔上跳下蹿；
那雉鸡似发疯逃出树丛，
后面有聪明的猎犬追赶；
捉鸟网、粘鸟带巧妙布置，
在一片芳香的刺柏林间；
香饵与钓鱼钩、密密渔网，
使受扰之鱼儿难以宁安。

33

鲁杰罗享受着无限快乐，
查理王正激战阿格拉曼；
我不想将他们彻底忘记，
更不愿不理睬布拉达曼。
她已为心爱人哭泣数日，
忍耐着痛与苦，心受熬煎，
见爱人被带上神奇之路[1]，
不知去哪一处海角天边。

---

[1] 布拉达曼亲眼看见宝马神鹰带着鲁杰罗腾空而起，不知去向。

34

我先讲美少女布拉达曼，
她多日寻情人却不得见，
踏遍了阴暗林、烈日田野、
乡村与座座城、高山、平原；
不知道心爱人去往何方，
必定是已相隔万水千山。
她经常异教营闯入闯出，
其踪迹仍无法探知半点。

35

每一天她都要询问百人，
没有人能知道如何回言。
从营地到营地不停奔走，
从军帐至军帐各处寻遍：
行走于骑士与步卒之间，
并无人限其行将她阻拦，
全依仗指环的神奇魔力，
放入口立刻便身影不见。

36

她不信鲁杰罗已经死去：
勇骑士美名声传遍世间，
若已死岂能够不闻噩耗，
日落处到印度[1]必定传遍。
她无法想象出应行何道，
愿意闯任何路，不畏艰险，

[1]　即从西方到东方。

哭泣与叹息声陪她上路，
入地狱，登云天，心甘情愿。

37

她最后想到了那座山洞，
梅林的尸骨还停放其间；
应回去对先知高声喊叫，
要感动冰冷的坚硬石棺。
鲁杰罗是否还活在人世，
天之命是否已令其魂断，
先知处她欲晓一切情况，
并且要遵从其明智意见。

38

想到此她登程奔向那片，
彭提欧[1] 附近的野林荒原，
说话的梅林墓[2] 设在那里，
隐藏在陡峭的险峻深山。
然而却有一人挂念少女，
总是要帮助她实现意愿，
那人曾山洞中讲述族史，
是一位女法师，十分良善[3]。

---

[1]　法兰西加纳隆·马刚萨伯爵的封地。加纳隆的名字早已出现在法兰西著名骑士史
　　　诗《罗兰之歌》中，后来又在《热恋的罗兰》等其他骑士史诗作品中出现过。

[2]　大法师梅林虽然早已死去，封闭在棺木中的灵魂却仍然可以说话，预见未来，因
　　　此诗中说"说话的梅林墓"。见第 3 歌 8—14 节。

[3]　指保护和帮助布拉达曼的善良女法师梅丽萨。梅丽萨曾在停放梅林石棺的山洞中
　　　对布拉达曼讲述她未来家族的光辉历史。见第 3 歌 8—62 节。

39

女法师梅丽萨慈善，智慧，

她关心美少女布拉达曼，

知道她将来是一族之母，

那一族是半神[1]，勇冠世间；

她时刻欲知晓少女言行，

为少女每天都占卜抽签；

并知道鲁杰罗已获自由，

后被劫，去印度，远在天边。

40

亲眼见飞行兽难以驾驭，

载骑士空中行，越飞越远，

鲁杰罗坐马背不知所措，

踏上了异常路，难以回还；

也知晓那骑士正享温柔，

做游戏，跳舞蹈，饱食美宴，

已忘记君主与心爱女人，

也同样把荣誉抛弃一边。

41

好一位可爱的杰出骑士，

如若在懒惰中浪费时间，

消磨掉大好的美妙青春，

同时把肉与灵丢弃不管，

必将是其声誉刚刚诞生，

就会被扼杀于襁褓之中：

---

[1] 古希腊神话中称战无不胜的英雄们为半神。这里，诗人用"半神"的称呼赞颂埃
斯特家族的英勇。

脆弱的人肉体[1]死亡之后，
只有那美名声可留人间。

42

仁慈的女法师十分良善，
把骑士安与危牢记心间，
要引导鲁杰罗重获德能，
跨高山，越险阻，克服困难。
她就像医术高妙手神医，
用铁火与猛药治病，解难，
病人们经常是先受大苦，
后受益，对医师感谢万千。

43

女法师对骑士不会宽容，
她并非不知晓骑士狂恋[2]，
就如同阿特兰[3]所作所为，
一心想保骑士生命安全。
阿特兰最关心他[4]的性命，
哪怕是生命无荣耀、光鲜：
用人世全部的歌颂、赞美，
也难换骑士[5]的一年平安。

---

[1] 基督教认为，人的肉体是十分脆弱的，短暂的人生转瞬即逝，人的肉体也会很快腐烂；因此这里说"脆弱的人肉体"。
[2] 指与邪恶女妖阿琪娜之间的恋情。
[3] 梅丽萨要像阿特兰那样全心全意地保护鲁杰罗，使他重获荣耀，恢复与布拉达曼的爱情。大法师阿特兰是鲁杰罗的养父，他一心想保护鲁杰罗的安全，施魔法阻止他与布拉达曼之间的爱情，因为他知道结婚后鲁杰罗将很快死去。
[4] 指鲁杰罗。
[5] 指鲁杰罗。

44

将骑士送到那远方岛屿，
只因为要使其忘记枪剑；
阿特兰是一位渊博法师，
最擅长用魔法把人欺骗，
法师为鲁杰罗十分揪心，
他的心紧系在骑士身边，
若骑士寿能比涅斯托尔[1]，
也难解粗粗的拴心锁链。

45

我继续来讲述巫女[2]故事，
她能够把未来准确预见；
因而便踏上路径直迎着，
游荡的阿蒙女[3]赶路向前。
美少女见到了友善巫女，
变痛苦为希望，心中喜欢，
女法师揭实情，告诉少女，
阿琪娜诱骑士滞留身边。

46

当听到心爱人远在天边，
美少女差一点魂飞命断；
如若是不马上给予救助，
其爱情必定有毁灭危险。
善良的女法师安慰少女：

---

[1] 希腊神话中的皮罗斯国王，寿命极长。
[2] 指梅丽萨。
[3] 指布拉达曼，她是阿蒙公爵之女。

剧疼处涂药膏，痛苦减缓，
向少女许诺言并且发誓，
几天后与骑士定能见面。

47

巫女道："你掌握神奇指环，
它驱逐魔法的神力无限，
如若是能将它带到岛上，
定能把阿琪娜诡计戳穿；
当我从邪恶岛[1]返回之时，
会重新带回来你的心肝[2]。
今晚上我便将尽早出发，
到达那印度时曙光方现。"

48

好巫女随后对少女讲述，
她如何对骑士实施救援，
引导他摆脱那香粉世界，
再返回法兰西少女家园。
美少女摘下了手上魔戒，
救情人她情愿奉献指环，
只要是能帮助心爱之人，
她宁可献生命、捧出心肝。

49

将魔戒递巫女，嘱托再三，
托巫女保骑士生命安全，

---

[1] 指阿琪娜的岛屿。
[2] 指鲁杰罗。

并请她捎带去千般祝福，

随后便另择路返回家园。

好巫女走向了另一方向，

头脑中之想法定要实现，

当天晚便令人牵来骏马：

红蹄子，黑皮毛如同锦缎。

50

我认为那马儿黑如鬼魂，

似巫女从地狱唤至人间；

只见她一纵身跨上马背，

赤着脚，衣不整，头发蓬乱；

为避免施魔法[1]受到阻碍，

从手指退下了神奇指环[2]。

随后便奔向了阿琪娜岛，

清晨时便赶到，快如闪电。

51

好巫女显神通摇身一变，

看上去与法师模样一般[3]，

她身材长高了一拃见外，

四肢也按比例粗了一圈，

其尺寸正合适，不大不小，

活脱脱鲁杰罗养父再现。

额头与其他处布满皱纹，

两颌下垂挂着一缕长髯。

---

[1] 梅丽萨要施魔法，尽快赶到阿琪娜岛。

[2] 神指环可以使一切魔法失效。

[3] 变得与大法师阿特兰一模一样。

52

不仅是形象同，言行亦同，
识法术，善模仿，行为全变，
外表似阿特兰魔法大师，
好巫女梅丽萨暗藏里面。
终于见有一天邪恶妖女[1]，
远离开鲁杰罗骑士身边：
是命运做出了如此安排，
否则离片刻也痛苦难堪[2]。

53

一清晨，天气爽，晴空万里，
鲁杰罗独自来细浪河边，
潺潺水顺山冈流入小湖，
怡人的清澈湖泛起漪澜。
他身穿柔软的休闲服装，
既舒适，又美丽，撩人心弦，
全是那阿琪娜精心制作，
亲手用丝与金[3]织出锦缎。

54

脖子上挂一串宝石项链，
从颈项垂下来直至胸前；
男子汉强健的两条臂膀，
各套着一闪亮美丽臂环；

---

[1] 指阿琪娜。
[2] 是命运安排阿琪娜暂时离开鲁杰罗，否则，阿琪娜便不会离开他；因为妖女已十
　　分眷恋鲁杰罗，难以忍受分离片刻的痛苦。
[3] 用丝线与金丝。

黄金圈穿透了一对耳轮，
有两颗大珍珠垂挂下面；
印度与阿拉伯富贵绅士，
也无人戴珠宝如此璀璨。

55

湿头发蜷曲成许多小卷，
散发着怡人香，令人赞叹：
就好像身已在巴伦西亚[1]，
早习惯效力于美貌婵娟。
一举手，一投足，均似情种，
鲁杰罗已变成如此这般！
除姓名没有变，仍然健康，
其他处全已经腐败，糜烂。

56

好巫女面貌似庄严法师，
出现在鲁杰罗骑士面前，
既严肃又令人十分敬畏，
鲁杰罗早看惯这张颜面：
一双眼总充满愤怒、威胁，
他从小就恐惧充满心间。
假法师张口道："竟然如此！
难道我白浪费时间、血汗？

---

[1] 指西班牙城市巴伦西亚，当时该城以追求奢靡生活著称于世。

57

"自幼我喂你吃狮熊骨髓[1]，

那是你食用的最初美餐；

育你在可怖的山洞深谷，

你习惯把蟒蛇脖颈掐断，

连根拔活野猪口中牙齿，

剪除掉豹与虎锋利爪尖；

现变成阿提斯、阿多尼斯[2]，

白付出血与汗我怎心甘！

58

"看天象，做肠卜[3]，观测风水，

使用了许多种方法、手段，

断征兆，解梦境，抽签，占卦，

绞尽了脑中汁，苦苦盘算；

你尚在襁褓时我便指望，

能快快长成人，平平安安，

建丰功，创伟业，神勇无比。

难道说其结果就如我见？

59

"本希望你能像亚历山大[4]，

---

[1] 著名诗人博亚尔多在他的史诗作品《热恋的罗兰》中讲，阿特兰曾像希腊神话中
的肯陶洛斯喂养阿喀琉斯那样让鲁杰罗食用狮、熊的骨髓。

[2] 阿提斯是希腊神话中众神之母赛比利的情人，阿多尼斯是维纳斯的情人。诗人以
此比喻鲁杰罗已经成为阿琪娜的情人。

[3] 一种占卜术：通过观察鸟类的内脏占卜吉凶。

[4] 指古希腊时期的亚历山大大帝。

或恺撒[1]、西庇阿[2]光辉灿烂。
难道说你甘心如此堕落?
难道说这是你辉煌开端[3]?
哎呀呀,谁曾想你已经沦为奴仆,
紧追随阿琪娜妖女身边。
你颈上与双臂套着枷锁[4],
她若要牵你走便拉锁链。

60

"天选你创伟业建立英名,
难道说这也难推你向前[5]?
为什么要贻害你的后代,
挥霍掉他们的应得财产[6]?
上天主希望你子孙满堂,
既威武,又英明,荣耀非凡,
其光辉胜日月,普照大地,
噢,你为何要使她[7]结果困难?

61

"永恒的理念中寄寓灵魂,

---

[1] 指罗马帝国的奠基者恺撒。

[2] 西庇阿是古罗马共和国时期著名的政治家和军事家,曾率领罗马军团南下非洲,彻底打败汉尼拔将军,征服罗马劲敌迦太基,取得第二次布匿战争的伟大胜利,为罗马统治整个地中海地区奠定了基础。

[3] 年轻的鲁杰罗刚刚开始创立功业,因此,诗中问:"难道说这是你辉煌开端?"

[4] 指他身上佩戴的华丽首饰。

[5] 上天选择你创建辉煌伟业,难道这都不能促使你积极上进?

[6] 你不上进将会贻害你的后代,使他们难以获得所应得到的荣誉、权力和财产。本诗作者阿里奥斯托认为鲁杰罗是其恩主埃斯特家族的祖先,所谓贻害后代,即贻害埃斯特家族。

[7] 指布拉达曼。梅丽萨指责鲁杰罗堕落,说他不为子孙后代着想,甚至使布拉达曼难以生育后代。

高贵的美灵魂生命无限，

你勿要阻止它注入人体，

融入到你后裔血液里面[1]！

你儿孙和其他后继之人，

将努力摆脱掉重重苦难，

重塑造意大利以往辉煌，

你不可阻止其奏凯而旋[2]。

62

"有许多美丽的正直灵魂，

既高贵又神圣，坚韧，良善，

将出自你根源，开花结果，

他们应促使你脱此纠缠[3]：

阿方索与兄弟伊波利托，

这样的伟人物世间罕见，

他二人处处都彰显德能，

足可以治愈你荒唐疯癫[4]。

63

"我经常对你讲他们二人，

并将其与他人加以区分，

是因为他们俩出类拔萃，

---

[1] 按照柏拉图的哲学理论，人的灵魂寄寓在永恒的理念之中，然后逐步地注入到
    人的体内。梅丽萨指责鲁杰罗，说他的堕落行为会阻碍高贵的灵魂进入后代体中，
    从而阻碍他们成为光辉普照大地的杰出人物。

[2] 你的后代将要忍受重重苦难，为重塑意大利以往的辉煌做出贡献；你不可以因为
    你的堕落而阻挡他们取得胜利。

[3] 他们应该能促使你摆脱妖女阿琪娜的纠缠。

[4] 诗人的恩主伊波利托枢机主教及其兄长——当时的费拉拉公爵是《疯狂的罗兰》
    所赞美的对象。诗人利用梅丽萨的口表示：只要想起伊波利托兄弟的辉煌形象，鲁
    杰罗就应该头脑清醒过来，不再疯狂和荒唐。

美德行远胜过其他子孙；
还因为每当我讲述他们，
你总是会格外聚精会神：
我见你对后裔由衷满意，
英雄的好儿孙光辉永存。

64

"人世间有娼妓千千万万，
都不如你女王^[1] 出众非凡？
她曾与许多人同床姘居，
到最后哪一个幸福美满？
为揭露阿琪娜伪装欺骗，
使你能认清她真实颜面，
看一看她是否美丽无比，
你戴着此指环去她身边。"

65

惭愧的鲁杰罗沉默不语，
低着头，看着地，难以开言；
小拇指伸向了善良巫女，
戴上了那一枚神奇指环。
好骑士又恢复正常理智，
感觉到其行为丢尽脸面，
恨不能钻入地千米之深，
从此后再无人见其容颜。

---

[1]　指阿琪娜。

66

说话间善女巫恢复原形，
其变化就在那转瞬之间；
她来此之目的已经达到，
不必要再保留法师[1]假面。
于是便说出了自己是谁[2]：
她名叫梅丽萨，来自遥远。
现已对鲁杰罗揭示真情，
并说明为什么到达此间：

67

有一位美少女满怀爱情，
没有爱其心境难以宁安，
她委托梅丽萨解救骑士，
帮助他摆脱掉魔法羁绊；
为获得鲁杰罗更多信任，
好巫女装法师[3]，模样改变；
此时刻她已经实现目的，
便展示真相于骑士[4]面前。

68

"高贵的美少女[5]十分爱你，
你对她也应该呵护、眷恋，
如若是你尚未失掉记忆，

---

[1]　指阿特兰大法师。
[2]　在此之前，梅丽萨一直以阿特兰法师的身份与鲁杰罗说话。
[3]　指阿特兰法师。
[4]　指鲁杰罗。
[5]　指布拉达曼。

应记得她救你所做贡献；
　她送你这一枚除魔指环，
　可助你脱危险确保平安，
　若她心也具有如此能力，
　为救你她亦愿将其奉献[1]。"

69

梅丽萨向骑士反复讲述，
　少女[2] 对鲁杰罗始终爱恋；
　同时还赞美她[3] 神勇无比，
　其话语既真诚又具情感[4]。
　聪明的传信人[5] 努力使用，
　最好的叙事法、最佳语言，
　激起了鲁杰罗心中愤恨，
　恨妖女阿琪娜作恶多端。

70

当指环助骑士破除魔法，
　假爱情被揭露，原形毕现，
　尽管是鲁杰罗曾爱妖女，
　现如今憎恨她也是必然。
　魔指环向人们揭示真相，
　阿琪娜周身皆虚假美艳：
　从双足到头顶毫无真实，

---

[1]　若她的心也有解救你的能力，她也愿意奉献给你。
[2]　指布拉达曼。
[3]　指布拉达曼。
[4]　梅丽萨的讲述既真实又充满了她对布拉达曼的情感。
[5]　指梅丽萨。

美消逝，她容貌丑陋不堪。

71

鲁杰罗谨遵从巫女[1]之言，
又回到阿琪娜妖女身边，
魔法术已丧失全部效力，
因骑士手上戴神奇指环；
他发现曾经的美貌女子，
现如今极肮脏，令人生厌，
似天下最丑陋一位老妪，
真令人难想象更难预见。

72

就如同一少年置一熟果，
随后便忘记了搁放地点，
数天后又回到那个地方，
偶然间见果实摆放眼前，
他惊讶发现其变了模样，
甜美果全腐烂，极其难看，
曾经对鲜嫩果十分喜爱，
此时刻极厌恶，抛弃一边。

73

阿琪娜面憔悴，苍白，多皱，
稀疏的白头发披垂双肩，
其身材尚不足六拃之高，
口中牙全脱落，一颗不见；

---

[1] 指梅丽萨。

年龄已超过了所有女人，
赫卡柏、库迈纳[1] 均难比肩。
用魔法可令己年轻貌美，
现如今该法术已经失传[2]。

74

施法术妖女[3] 曾无比娇艳，
鲁杰罗与众人皆被欺骗；
多年来掩盖的真实面目，
全依赖神指环将其揭穿。
鲁杰罗曾一心爱恋妖女，
但此时她妖术已不灵验；
如若是此事件不算神奇，
神奇便不存在尘世人间。

75

遵循着女法师谆谆嘱托，
鲁杰罗对妖女仍如从前，
一直至寻觅到一次良机，
头顶盔，身披甲，腰挎宝剑。
为了使阿琪娜不起疑心，
他谎称披铠甲更显强悍：
甲胄已许多日未曾上身，
看是否身发福穿戴困难。

---

[1]　赫卡柏和库迈纳都是希腊神话中的人物。赫卡柏是特洛伊国王普里阿摩斯的妻子，生育了五十个儿女；库迈纳是古希腊著名的女先知，太阳神阿波罗的祭司，据说活了一千年；她二人都是衰老的最典型的象征。
[2]　诗人认为古人可以用法术使自己变得年轻貌美，因而发出感叹，说这种法术今天已经不存在了。
[3]　指妖女阿琪娜。

76

他腰间挂上了巴利萨达[1]，
著名的锋利剑威力非凡；
再取来那一面神奇盾牌，
其神力不只是炫目耀眼，
还能够令众人丧失魂魄，
似灵魂出人体飘飘然然；
他将盾悬挂在脖颈之上，
盾牌上覆盖着一块锦缎。

77

到马厩选一匹漆黑战马，
命令人戴辔头装上马鞍：
梅丽萨嘱咐他选择此马，
好巫女深知其快如闪电。
它名叫拉比坎，名驹有主，
是鲸鱼带马儿来到此间，
其主人便是那可悲骑士[2]，
该骑士受风吹立于海边。

78

鲁杰罗本来可骑乘飞马[3]，
拉比坎就拴在它的身边，
好巫女嘱咐他要有头脑：

---

[1] 鲁杰罗的宝剑叫巴利萨达，在《热恋的罗兰》中已有交代；该宝剑从罗兰之手转
　　到布鲁内之手，最后落到鲁杰罗的手上。
[2] 指阿托夫。阿托夫被阿琪娜变成树木，立于海边，忍受风吹雨打。拉比坎是阿托
　　夫的战马。
[3] 指宝马神鹰。

"你知道那畜牲[1]驾驭极难。"

她许诺第二天牵出飞马,

并带它出国界远离危险,

然后再一点点教授骑士,

如何能驾飞马随心所愿。

79

若暂时不牵走宝马神鹰,

便不会遗留下逃亡疑点。

鲁杰罗按巫女指示行事,

梅丽萨隐身形耳边谏言。

就这样鲁杰罗秘密逃出,

老娼妓设下的淫荡宫殿,

出城门去寻找洛基提[2]女,

踏上路,不停顿,直奔向前。

80

他突然猛攻击城门卫士,

或砍伤,或刺死,无人可免,

左面冲,右面闯,挥舞利刃,

一步步越过桥,冲向对岸;

待到那阿琪娜获得消息,

鲁杰罗早已经逃出很远。

若知他怎样见洛基提女,

请听我下一歌慢慢道全。

---

[1] 指宝马神鹰。

[2] 善良的仙女,阿琪娜的妹妹,她可以帮助骑士们逃离阿琪娜岛,获得自由。见第
6 歌 44—46 节。

第 8 歌

梅丽萨破魔法解救众人　妖艳女被修士阴谋暗算
埃不达闹海怪美女遭殃　罗兰爷噩梦醒出寻婵娟

梅丽萨破除了阿琪娜的魔法，跨上鲁杰罗的飞马，携带阿托夫飞到了洛基提处。

到处奔逃的安杰丽佳遇见一位邪恶的隐修士，并被他挟持到一座海岛。隐修士意欲占有她，却因年迈力不从心。

埃不达岛居民每日须把一位美女作为食物献给海怪，否则不得安宁。为使自家女子免受灾难，他们成为海盗，到处劫掠其他美女。海盗发现了隐修士与安杰丽佳，便绑架了他们，并准备把安杰丽佳供奉给海怪。

非洲王阿格拉曼围攻巴黎，查理处于危难之中。罗兰梦中听到安杰丽佳求救，惊醒后，单骑出城。

1

噢，有多少魔法师、多少巫女，
活跃在广阔的尘世人间！
耍尽了他们的各种伎俩，
把相爱男与女容貌改变。
并不必施法术驱使灵怪，
也不把天上星仔细观瞻，
而只用欺骗术装腔作势，
将人心用绳索牢牢捆拴。

2

谁若获美女子[1] 神奇戒指，

或者说获得那理性指环，

无论你怎么样弄虚作假，

他均能将你的假象戳穿。

剥掉了虚伪的美丽画皮，

美与善变丑恶，真相展现。

那戒指揭示了真实情况，

鲁杰罗经历了一场风险。

3

鲁杰罗披甲胄，声色不露，

骑乘着拉比坎[2] 来到门前[3] ：

守门的卫士们毫无防备，

他突然舞利剑冲入其间。

死的死，伤的伤，卫士遭殃，

勇骑士[4] 过吊桥，踏碎栅栏[5] ：

奔上了林中路，刚逃不远，

被妖女[6] 一奴仆无意撞见。

4

该奴仆手上托一只猛禽，

那畜牲喜飞翔，十分贪婪，

---

[1]　指安杰丽佳，因为魔戒最初属于安杰丽佳。

[2]　阿托夫的战马。见第 7 歌 77 节。

[3]　来到城门前。

[4]　指鲁杰罗。

[5]　临时设在城门前的栅栏。当有人闯城门时，能够减缓其冲闯的速度，使守城人有
　　时间提起吊桥。

[6]　指阿琪娜。

每一天都必须捕捉猎物，
展翅于池塘边、田野之间；
一丑陋瘦驽马驮着奴仆，
马身边跟一条忠实猎犬。
奴仆见鲁杰罗如此匆忙，
便判断他欲逃私自跨鞍。

5

傲慢的恶奴仆迎向骑士，
问为何他如此行走慌乱。
鲁杰罗并无意回答问话，
更加重奴仆的心中疑团；
他盘算如何能拦住骑士，
于是便伸左臂[1]张口开言：
"你能否抵挡住这只猛禽？
我若是把路拦你该咋办？"

6

音未落驱猛禽腾空飞起，
欲阻挡拉比坎奔跑向前。
恶奴仆纵身跳，跃下马背，
随即又勒战马[2]，令其停站。
拉比坎疯狂咬，拼命蹬踹，
急奔跑，其速度快如飞箭；
奴仆也随其后穷追不舍，
好似有风与火身后驱赶。

---

[1] 一般情况下，养鹰者用左臂托着猎鹰。此处指，奴仆伸出左臂，向鲁杰罗展示猎鹰。
[2] 指勒住鲁杰罗骑乘的战马。

7

凶猛犬亦不肯落在人后，
追赶着拉比坎飞奔向前，
速度可与捕兔豹子相比，
若奔逃骑士觉丧失颜面[1]。
他见那徒步的强悍追者，
其手中并未握快刀、利剑，
只拿着一小棒指挥凶犬，
便不屑从鞘中拔出宝剑。

8

那奴仆靠近身，猛击骑士，
恶犬亦咬左脚，十分凶残。
好战马不停步，后蹄蹬踹，
鲁杰罗右肋处被击难免[2]。
猛禽亦在头上来回盘旋，
其利爪伤骑士连续不断，
受惊吓拉比坎尖声嘶叫，
缰与刺[3]难令其听从使唤。

9

到最后鲁杰罗被迫拔剑，
只为了令骚扰远离身边。
驱赶那鹰和犬、凶恶奴仆，

---

[1]　鲁杰罗见有人追赶，如若不等待追赶者，人们会认为他胆怯；作为勇猛的骑士，
　　他不能做这等丧失颜面的事。
[2]　尽管战马左踢右踹，鲁杰罗右肋处还是被凶狠的奴仆用短棒击中。
[3]　指缰绳与马刺。

剑尖刺人与兽[1]，剑锋劈砍。

那一群讨厌鬼不停搅扰，

东一个，西一个，把路阻拦；

如若是仍如此纠缠不休，

受害的鲁杰罗将丢颜面。

10

他知道每延误一分一秒，

都有被阿琪娜追上风险：

耳听见钟鼓和号角齐鸣[2]，

响彻了深谷与高高山巅。

用宝剑斗奴仆、猎鹰、恶犬，

鲁杰罗自觉得十分不便，

还不如快亮出神奇魔盾：

阿特兰之宝鉴金光灿烂。

11

那神盾被遮盖已经多日，

鲁杰罗揭下了朱红锦缎；

耀眼光已经被千次验证，

它必定会刺伤人的双眼：

荒野的捕猎者[3] 失去知觉，

驽马与恶猎犬摔倒地面，

猎鹰也在空中难展双翼，

骑士愿他们能深度睡眠。

---

[1]　把剑尖刺向凶恶的奴仆和鹰与犬。

[2]　阿琪娜已经发现鲁杰罗逃走，因而击钟鼓，吹号角，调动人马追赶鲁杰罗。

[3]　指驱使猎鹰和猎犬捕猎的奴仆。

12

此时刻阿琪娜已知消息：
鲁杰罗闯城门冲出城垣，
杀死了众多的守门卫士；
痛苦的邪恶女几乎命断。
撕碎了衣和裙，抓破脸面，
说自己是一个轻率蠢蛋；
立即命众随从拿起武器，
赶快都集聚在她的身边。

13

她把人分成了两个部分，
一部分追骑士进入林间，
其他人集聚在港口之处，
急忙忙乘木舟驶出港湾。
撑开的船帆下海水昏暗，
绝望的阿琪娜登上航船，
为追回鲁杰罗冲昏头脑，
被弃的空城池无人看管。

14

被关押城中者命运悲惨，
梅丽萨正隐藏欲施救援，
她等待行动的良好时机，
空城为女法师[1] 提供方便：
她可以在城中任意走动，
寻找到各类的魔咒图案，

---

[1]　指梅丽萨。

用火烧，用刀刮，将其铲除，
化解掉魔法术，恢复平安[1]。

15

她随后在旷野快步行走，
令那些爱恋者重现容颜[2]，
爱恋者人众多，难以尽数，
曾变成树或石、潺潺清泉。
所有的获释者放开脚步，
沿骑士之足迹[3]奔跑向前：
若赶到洛基提[4]所在之处，
便可以获拯救返回家园。

16

梅丽萨之恩情没齿难报，
众人都感谢她实施救援。
英格兰公爵爷[5]先于他人，
第一个恢复了人的颜面：
鲁杰罗与此人本是兄弟[6]，
曾恳求梅丽萨助他还原，
还把那奇指环交还她手，
希望她用魔戒助其逃难。

---

[1] 恢复被关押者的平安。
[2] 使那些因为爱恋阿琪娜而变成其他物种的人恢复原形。
[3] 沿着鲁杰罗逃走的路线。
[4] 洛基提是与阿琪娜住在同一座海岛上的善良仙女。
[5] 指阿托夫。阿托夫是英格兰公爵。
[6] 英格兰公爵阿托夫与鲁杰罗的心爱女子布拉达曼之间有血缘关系，是布拉达曼的
　　堂兄。

17

全依赖鲁杰罗再三恳求，
近卫士[1] 才得以恢复容颜。
梅丽萨还做出其他努力，
帮骑士[2] 又找回甲胄枪剑；
好一条金枪杆闪闪放光，
无论谁被触及必落马鞍：
它本属阿加利[3] 现归骑士，
为二人在法国争得颜面[4]。

18

那金枪与公爵[5] 全部装备，
被妖女阿琪娜收于宫殿，
隐藏在她那座邪恶居所，
梅丽萨向骑士一一展现。
好巫女跨上了法师战马[6]，
让骑士安坐在她的后面；
腾空起，飞向了洛基提女，
并先于鲁杰罗到达地点。

19

鲁杰罗正奔向贤智仙女[7]，

---

[1] 指阿托夫。

[2] 指阿托夫。

[3] 阿加利是《热恋的罗兰》中的人物。他是安杰丽佳的兄弟，在比武会上被西班牙异教骑士费拉乌杀死。

[4] 神奇的金枪原属于安杰丽佳的兄弟阿加利，后来落入阿托夫之手。这杆金枪曾在法兰西为阿加利和阿托夫争得荣耀，因而此处说"为二人在法国争得颜面"。

[5] 指阿托夫。

[6] 法师指阿特兰，战马指宝马神鹰。

[7] 指洛基提。

行走在岩石与荆棘之间，
翻过了座座梁、道道山谷，
艰险的荒野路渺无人烟；
忍受了千般苦、万分辛劳，
炎热的正晌午来到海边[1]，
海滩上无人影，更无阴凉，
它前面是大海，后面是山。

20

日炎炎似火焰燃烧山冈，
热山冈就好像火炉一般，
烘烤的沙与气滚滚沸腾，
连玻璃亦能够融化变软。
飞鸟儿均静静躲入阴影，
吵闹蝉藏身于茂密林间，
用它那刺耳音放声歌唱，
震荡着山与海、深谷、蓝天。

21

鲁杰罗沿孤独[2]烈日海滩，
不停步，艰难行，一往直前，
热与渴还有那赶路之苦，
是骑士无聊的艰辛旅伴。
我不想在这里絮絮叨叨，
只讲述一件事令您厌烦，
暂且把鲁杰罗置于炎热，
再讲述里纳多它处探险。

---

[1] 炎热的正晌午时来到一片海滩。
[2] 意思为"无人的"。

22

苏格兰国王与公主、民众，

一起把里纳多百般称赞。

近卫士[1] 心喜悦，见机行事，

表明了此行的目的、心愿：

以查理之名义寻求帮助，

希望获苏格兰慷慨支援；

向国王讲述了种种理由，

说明了此增援必须实现。

23

那国王不犹豫，满口答应，

他愿意尽全力做出贡献，

助查理与帝国维护利益，

使皇帝之荣耀永远灿烂；

将努力召集来更多骑士，

几日内便能把人马聚全；

若不是现如今已经年迈，

必定会率全军亲自出战。

24

并不是只因为年迈力衰，

才要留苏格兰看守家园，

还因为其儿子身强、睿智，

更适合代父王统兵增援；

尽管他此时刻未在国内，

但国王希望其及时返还，

---

[1]　指里纳多。

当三军集结后整装待发，
好王子一定会立于军前。

25

向全国王派出军需官员，
招兵勇，买军马，积极备战，
筹军饷，备粮草，一刻不停，
军需品已齐备，船入港湾。
里纳多要出发赶往英伦，
热情的好国王将他陪伴，
送他至伯里克[1]方止脚步，
离别时见国王泪流满面。

26

里纳多道别后登上小舟：
掌舵人解缆绳，起锚开船，
吉祥风吹船尾，鼓帆飞至，
泰晤士河口处咸水海面[2]；
起伏的海面上波浪滚滚，
木船儿顺海潮逆流向前[3]，
船夫们撑起帆，用力划桨，
一路行，到伦敦，顺畅平安。

27

奥托王[4]与查理被困巴黎，

---

[1] 位于苏格兰和英格兰边界的城市。见第4歌53节。
[2] 船儿飞快地来到泰晤士河入海口处的海面上。
[3] 船儿顺着海潮逆泰晤士之流而上。
[4] 英格兰国王，阿托夫和威尔士亲王的父亲。

里纳多受其托重任在肩，
带来了奥托王、查理信件，
命亲王[1] 快准备前往增援，
召集起各处的步卒、骑兵，
运送到卡拉斯法国港湾，
要调动英格兰全国军力，
去解除法兰西查理危难。

28

我说的是英伦监国亲王，
代奥托理国事行使王权，
他给予里纳多无上荣耀，
对国王也未曾如此这般[2]：
满足了近卫士一切要求，
召集来不列颠武装人员，
还有那列岛的所有兵勇[3]，
确定了发兵的登船时间。

29

我应该学习那杰出乐手，
善玩弄美妙的竹丝管弦[4]，
他经常更琴弦改变音调，
时而低，时而高，顿挫幽婉。
在讲述里纳多搬兵之时，

---

[1] 威尔士亲王，国王不在时他承担监国的责任。
[2] 对待来访的国王也未曾给予过如此的荣耀。
[3] 不仅召集了英格兰的兵勇，而且还召集了附属于英格兰的诸岛屿的所有兵勇。
[4] 指各类乐器。

我眼前美女子[1]形象出现：
契丹女山谷中躲避骑士[2]，
隐修士却来到她的面前[3]。

30

我再来接着讲美女故事：
她欲知如何能到达海边，
便向那隐修士细细询问，
因害怕里纳多身后追赶；
她认为不越海必受其害，
在欧洲无一处可获安全。
隐修士欲拖住娇艳女子，
他希望把佳丽挽留身边。

31

非凡的美容貌令其激动，
把他的冷漠心重新点燃。
修士见美女子不关注他，
更不愿滞留在他的身边，
便不断鞭策其胯下毛驴，
却不能令畜牲快步向前，
毛驴儿慢步走，不奔不跑，
并无意把速度加快半点。

32

只因为那畜牲曾行远路，

―――――――――――

[1]　指安杰丽佳。
[2]　安杰丽佳正躲避里纳多。见第 2 歌 12 节。
[3]　见第 2 歌 12—15 节。

再远些便可能踪影不见[1]。
隐修士求助于阴曹地府,
把一群鬼与妖放出黑暗,
从其中精心挑一个魔怪,
先告诉那魔怪自己心愿,
后令他附体于美女坐骑,
携其心[2]载美女奔跑向前。

33

山中的狩猎人经常可见,
欲捕杀狐兔的机灵猎犬,
见到了受猎物奔向一侧,
它却去另一侧,佯装不见;
必经路等待着猎物到来[3],
猛咬住并将其撕成碎片:
隐修士也同样另择他路,
却总能追赶至美女身边。

34

我了解他心中如意算盘,
时机到会将其向您揭穿。
美女子并没有丝毫担忧,
骑着马赶路程,天复一天。
魔怪魂附马体,随其同行,
就如同隐秘处暗藏火源,
随后会点燃起熊熊烈火,

---

[1] 再远便可能脱离人间,不见踪影;用此比喻行走了很远的路程。
[2] 指携带隐修士的心。
[3] 在猎物必经之路等待其到来。

扑不灭，更难以火中逃难。

35

无垠海拍打着加斯科涅[1]，
美女子沿海边策马向前，
那马儿身旁是滚滚波涛，
奔跑在靠海的坚硬沙滩。
魔怪魂驱赶马下入海水，
在浪中游动着浮于水面，
受惊吓美女子不知所措，
便紧抓缰与鬃，倚卧马鞍。

36

拉缰绳那马儿却不回转，
向深海一点点越游越远。
美女子抬起脚，提起裙裤，
以免被咸海水打湿衣衫；
微风儿戏弄她长长秀发，
轻轻吹，拂丽丝飘洒双肩；
风与浪均停止发泄淫威，
也许是二者在静观美艳[2]。

37

美人露无助状，眼望陆地，
泪如河打湿了胸襟、丽颜[3]，

---

[1] 法兰西西南部的一个地区，靠近大西洋。
[2] 只有微风吹拂着美人的秀发，风与浪都好像静下来观看美人的艳丽容颜。
[3] 美人眼望着远去的陆地，显现出无助的样子，泪水打湿了她的胸襟和美丽的容颜。

眼见着海滩已渐渐远去，
一点点变模糊，消逝不见。
那马儿向右侧奋力游去，
许久后才再次弃海登岸，
海岸边到处是暗礁、幽洞，
漆黑的夜幕已降临人间。

38

美女子见自己独在荒原，
望一眼可怖景浑身抖颤，
福玻斯[1]已躲藏大海之中，
留给了天与地一片黑暗。
恐惧的美女子止步不前，
任何人见到她都难分辨：
不知是活生生一位女子，
还是块上色的坚硬石岩。

39

呆愣在未知的海边沙滩，
蓬松的散乱发披撒背肩，
两只手合拢着，双唇不动，
一双眼无精神，仰望苍天，
好像是在指责上天之主，
令一切恶命运对她发难。
美女子傻愣愣许久时间，
随后便放声哭，张口开言：

---

[1] 希腊神话中的太阳神，即阿波罗。

40

"机运神你还要如何待我,
才能够满足你贪婪心愿?
你拒绝接受我悲惨生命,
我还能把何物向你奉献[1]?
你本可吞食我可怜躯体,
却把它又重新推上海岸[2]:
好像是在生命终结之前,
你愿见我承受更多苦难。

41

"你对我已经是百般折磨,
还能够给予我何种磨难?
由于你我已经远离王位,
无希望再夺回王国大权[3];
美荣誉被玷污更加可悲:
尽管我从没有行为不端;
人人会议论我四处游荡,
必然是守贞洁难上加难[4]。

42

"人世间女人的何物珍贵?

---

[1] 机运之神啊,你拒绝让我悲惨地死去,但除了生命我还能向你奉献什么呢?

[2] 你本来可以让大海把我淹死,却为什么又让我游上海岸呢?

[3] 由于你的不公正,我丧失了继承王位的机会。在《热恋的罗兰》中,安杰丽佳本来是可以继承契丹王位的公主,鞑靼的阿格里汗王向其求婚,遭到她父王拒绝,便恼羞成怒,向契丹开战,并取得胜利;因此安杰丽佳被迫离开祖国,到处求援,希望恢复王位,却一直难以实现愿望。

[4] 由于安杰丽佳十分美丽,基督教武士和异教骑士都想获得她,到处追逐她;尽管她从来没有失身,但她认为人们会议论她,说她到处游荡一定难以保守贞洁;因此她担心她的荣誉已经受损。

价值能如同其贞洁一般？

人人说我年轻，容貌秀美，

却为何遭此难，受人诬陷？

我不能谢苍天赐我美貌，

因为它我才会跌入深渊；

阿加利亦因此丧失性命，

神金枪并未能助其脱险[1]。

43

"我父王加拉隆[2]本掌契丹，

兵败于鞑靼王阿格里汗[3]，

因拒婚恶国王将我逼迫，

兵败后我才会如此悲惨；

夜晚也难安宁，四处奔逃，

你[4]夺走我国民、荣誉、财产，

伤害我之目的已经达到，

还能够强加我何等苦难？

44

"如若我大海中溺毙身亡，

难令你残忍心得到宁安，

你可派一猛兽将我吞食，

只要是能使你意足心满。

无论我以何种方法死去，

---

[1] 据《热恋的罗兰》讲述，阿加利是安杰丽佳的兄弟，在一场比武大会上，他虽然具有施有魔法金枪，但还是被西班牙勇猛的异教骑士费拉乌杀死。后来该金枪落入近卫士阿托夫之手。

[2] 加拉隆是契丹国王，安杰丽佳和阿加利的父亲。

[3] 阿格里是鞑靼国汗王。见本歌 41 节。

[4] 指机运女神。诗中，安杰丽佳正在向机运女神发泄抱怨。

能死亡，便对你感谢万千。"
当美女哭泣着如此述说，
隐修士来到了她的身边。

45

随魔怪他行走非凡之路，
六天前就已经到达此间[1]。
曾站在高高的岩石之上，
细观察美女子各种表现；
见美女极痛苦、惊慌失措，
越过了大礁石来到海滩，
便假装比圣人更加忠厚[2]，
轻移步靠近了美女身边。

46

起初她未认出来者是谁，
见面善便觉得心中略安；
尽管是她脸色依然苍白，
惊与恐却渐渐远离身边。
见修士美女子开口说话：
"神父啊，快救我摆脱灾难。"
因抽泣其声音断断续续，
对修士讲述了她的苦难。

47

隐修士开始说美妙道理，

---

[1]　隐修士施魔法，随魔怪走了一条非凡人能走的道路，所以先行到达此处等待安杰丽佳。见本歌 32—33 节。
[2]　比基督教早期的隐修圣人保罗和希拉里翁更忠厚。

开导且安慰她，劝其心安；
说话间斗贼胆动起手脚，
触其胸并抚摸流泪美面[1]：
随后便伸双臂拥抱少女，
被她用娇嫩手推搡一边：
美女子轻蔑他，将其拒绝，
因羞恼，面通红，颜色全变[2]。

48

隐修士打开了身边袋囊，
取出来一小瓶烈性琼浆；
美女子有一对秀丽眼睛，
闪烁着爱神的炙热光芒[3]；
点一滴琼浆于眼眶之中，
使美女昏沉沉进入梦乡。
那佳人仰卧在沙滩之上，
老修士可随意满足欲望。

49

隐修士拥美女，任意抚摸，
美女子入梦乡难以反抗。
他时而吻其胸，时而亲唇，
荒凉处并无人将其阻挡。
好一匹老马儿[4]激情洋溢，

---

[1] 抚摸美女安杰丽佳的胸和流泪的脸。
[2] 安杰丽佳又羞又恼，脸色变得通红。
[3] 安杰丽佳闪亮的眼睛十分美丽，能够引起异性爱的激情，因此说"闪烁着爱神的炙热光芒"。
[4] 用来比喻年迈的隐修士。

体弱却难适应强烈欲望：
他因为年事高气喘吁吁，
无能力享美事如愿以偿。

50

他尝试各条路、不同手段，
但懒惰老驽马[1]难以撒欢；
勒缰绳，用鞭打，全不奏效，
也只能长叹气眼望苍天。
最后他挨美人倒下入睡，
美女子将遭遇新的灾难[2]：
机运神若捉弄一个生灵，
便对它绝不会轻易休战。

51

我先要暂离开叙事主线，
把情况向您来解释一番。
大海中日落处爱尔兰西，
有一岛伏卧在波涛之间，
它名叫埃不达[3]，人烟稀少，
只因为一海怪将其摧残，
那海怪追随着普罗透斯[4]，
去那里为主子[5]报仇雪冤。

---

[1] 用来比喻老修士力不从心的身体。
[2] 指安杰丽佳后来将遭受的灾难。
[3] 指位于苏格兰沿海的赫布里底群岛。
[4] 普罗透斯是希腊神话中波塞冬的儿子，是一位变化无常的海神，能知未来。
[5] 指普罗透斯。

52

古代的一传说真假难辨。
据传说那里的国王凶残，
国王女容貌美，举世无双，
吸引了众后生无限爱恋；
爱之火亦点燃普罗透斯，
只因为她[1]现身海边沙滩；
那一日海之神[2]见其独处，
便胁迫她受孕生养儿男。

53

此事件令父王十分不快，
对女儿他严厉超出一般[3]，
并未因怜悯心饶女不死：
愤怒的熊熊火灼其心田。
行刑者也未因见她怀孕，
便把那行刑期向后推延：
可怜的国王孙并无罪过，
出生前便与母一同被斩。

54

波塞冬掌控着狂涛巨澜，
海中兽全都由其子[4]统管，
这海神[5]闻公主遇难身亡，

---

[1] 指国王的女儿。
[2] 指普罗透斯。
[3] 对女儿，国王比对一般人更加严厉。
[4] 指普罗透斯。
[5] 指普洛透斯。

因愤怒把天条公然违反；
派出了大海怪、水中群魔，
施妖术，兴风浪，登上海岸，
不仅仅危害到牛羊牲畜，
还摧毁座座城、农庄、田园。

55

群魔怪对诸城发起进攻，
围城池并令其水泄不通，
昼与夜城中人全副武装，
受惊吓，被骚扰，难述苦衷；
乡村被全摧毁，无一幸免，
人们要寻救援、获得同情，
只好去求神谕解释疑惑，
神灵说遵神旨方可活命。

56

必须要寻年少秀丽婵娟，
其容貌与公主同样美艳，
把少女奉献给愤怒海神，
代死者[1]出现在海岸沙滩。
如海神满意其俊美容貌，
收留她便不会再来摧残；
如若是不满意还会再来，
需重选另一女讨其喜欢。

---

[1]　即代替死去的公主。

57

就这样许多的美貌女子，

开始受恶命运无情摧残，

每日都献海神一位少女，

一直到他能够意足心满。

奉献的美女子均丧性命，

全被那恶海怪囫囵吞咽，

大海怪滞留于海岸附近，

其他的海妖已返回家园[1]。

58

此海神之故事或真或假，

我很难对于它发表意见；

埃不达却早已立下法律，

该法律对女子十分凶残，

让海怪吞食掉美丽女子，

每一天那畜牲必来岸边。

尽管是各地女都很不幸，

皆没有此岛的女子悲惨。

59

噢，年轻的美女[2] 呀，你真悲惨，

恶命运送你到不祥海岸[3]！

海上人[4] 一个个十分警觉，

---

[1] 返回海妖的家园。

[2] 指安杰丽佳。

[3] 指安杰丽佳和隐修士所在的海岸。因为安杰丽佳将在那里被埃不达岛上的人绑架，所以称其为"不祥海岸"。

[4] 指警觉地在海上搜捕外地女子的埃不达岛上的人。

为劫掠美女子性变凶残：
献祭的外来女人数越多，
自家的美少女才更安全[1]。
但海风不总会送来猎物[2]，
寻猎物还需去别处海面[3]。

60

驾快艇，乘慢舟，任何舟船，
游弋在各地的岸边水面，
从远处或近处掠来女子，
减轻了献祭的沉重负担。
有女子用暴力强行绑架，
有女子用金钱、美言欺骗；
美女们均来自四面八方，
把碉楼和监牢全都挤满。

61

在那座荒凉的小岛[4]附近，
一轻舟沿海岸行驶向前；
岸边的草地上灌木丛中，
不幸的美女子睡卧其间；
从船上走下来几名水手，
为砍柴并提取清澈山泉，

---

[1] 埃不达岛上的人变得越来越凶残，他们警觉地在海上抓捕外地女人，因为向海怪
献祭的外来女人越多，他们自己的女儿才能更加安全。
[2] 指可以捕捉的年轻美貌的女子。
[3] 但是在埃不达附近的海面上不经常能捕捉到美丽的女子，因此他们开始乘船去其
他海域抓捕美女。
[4] 指安杰丽佳和隐修士所在的小岛。

却发现圣修士[1] 怀抱美女，

从未见有女子如此娇艳。

62

噢，对这些野蛮的粗鲁俗人，

此可爱之猎物[2] 高贵不凡！

难想象残忍的机运女神，

竟左右人命运如此这般：

把佳人作食物献给魔怪，

让魔怪吞食她作为美餐。

阿格里为此女曾发重兵，

赴契丹全不顾生命危险[3]。

63

切克斯国王也曾爱此女[4]，

远胜过爱荣耀、王国君权[5]；

安格兰封地主[6] 亦为此女，

玷污了美名声，头脑昏乱；

美容貌搅乱了整个东方，

所有人都被迫听其使唤；

现如今她只剩孤身一人，

无人再帮助她，保其平安。

---

[1] 指隐修士。这里"圣修士"一词具有讽刺意义。

[2] 指安杰丽佳。

[3] 据《热恋的罗兰》讲，鞑靼汗王阿格里向安杰丽佳求婚遭到拒绝后，便率鞑靼国重兵闯出位于高加索的杰尔宾特隘口，包围了安杰丽佳避难的阿布拉卡城堡。

[4] 指东方的切克斯（另译：切尔克斯）国王萨克利潘，他是安杰丽佳的狂热追逐者。见第 1 歌 45 节。

[5] 萨克利潘爱这位美女远胜过爱自己的荣誉和王国的权力。

[6] 指罗兰。罗兰是安格兰伯爵。见第 1 歌 57 节。

64

美女子深陷入昏睡之中，
苏醒前便已被戴上锁链，
与修士一同被押上轻舟，
悲伤的一群人[1] 挤满小船；
那轻舟又重新升起风帆，
直朝向悲哀岛[2] 飞驶向前。
美女子被囚于岛上城堡，
等待着恶命运到来那天。

65

只因为契丹女十分美艳，
引起了凶残者心中爱怜，
把她的献祭日不断推迟，
保留她做储备应急解难[3]；
舍不得把美女轻易供出，
一直到有一天无女奉献，
只能送此女子去见海怪，
所有人随其后哭泣不断。

66

悲抽泣，痛喘息，哭喊，嚎叫，
抱怨声穿透了九重云天。
美女在冷岩上等待死亡[4]，

---

[1] 指被掠来做祭品的一群年轻女子。

[2] 指埃不达岛。

[3] 把安杰丽佳储备起来，当被掠女子都已经献祭给海怪，没有其他可献祭的女子时，再献祭安杰丽佳。

[4] 被献祭的女子都被放置在海边的一块冰冷的礁岩上，等待海怪来取食。

戴镣铐，无救援，状况悲惨。
我奇怪天为何不施怜悯，
令邪恶之海岸地裂沉陷[1]？
痛苦情动我心，令我停讲，
促使我把话题暂时转换[2]，

67

寻找到新诗句避免伤痛，
让我的苦灵魂略减凄惨[3]。
从红海一直到阿特拉斯，
狠毒兽横行于火热荒原[4]，
即便是毒蛇蝎、凶猛虎狼，
也难以显露出如此凶残：
眼见着美女子捆缚秃礁，
却没有一点点痛苦不安[5]。

68

闻罗兰陪美女去了巴黎，
受欺骗里纳多、萨克利潘[6]，
噢，如若是他们也知晓此事，
难道说不立刻赶来救援？

---

[1] 诗人对诗中悲惨的场面发出感叹，对上天不施怜悯令海岸沉裂而感到不解。
[2] 诗人被这种痛苦的场面所震撼，不忍心再继续讲下去，不得不暂时转换话题；这是诗人所采用的一种文学叙事技巧，使诗人能够较轻松地从紧张的气氛中摆脱出来。
[3] 使我的灵魂不再像讲述安杰丽佳受难时那么痛苦凄惨。
[4] 阿特拉斯山脉，位于非洲西北部，长 2400 公里，横跨摩洛哥、阿尔及利亚、突尼斯三国（包括直布罗陀半岛），把地中海西南岸与撒哈拉沙漠分开。这里指整个北非海岸。在那里的荒漠上，到处横行着极其凶残的毒蛇猛兽。
[5] 即便是那里的毒蛇猛兽也难以凶残到见到安杰丽佳受难仍然无动于衷。
[6] 狡猾的老修士派一魔怪欺骗了里纳多和萨克利潘，谎称罗兰陪同安杰丽佳去了巴黎。见第 2 歌 15—17 节。

寻美女他们定不惧百难，

解救她不惜杀敌人万千：

但如今相互间距离甚远，

痴情的追逐者[1]又该咋办？

69

此时间非洲王[2]率军围城，

大巴黎正遭受苦痛磨难；

其形势已经是万分危急，

有一日那城池险些失陷：

如若是不祈祷上苍保佑，

降下来黑色雨[3]，淹没平原，

法兰西之英名、神圣帝国，

定毁于非洲的长枪、利剑。

70

至高的创世主目光转向，

年迈的查理王正义抱怨[4]；

降下了及时雨，浇灭大火：

人之力已难以灭此烈焰。

敬主者永远是明智之人[5]，

上天能帮助他摆脱危难。

虔诚的大皇帝心中明白，

是神灵解救他脱离危险。

---

[1]　指罗兰、里纳多和萨克利潘等人，他们都是安杰丽佳的痴情的追逐者。

[2]　指非洲王阿格拉曼。他为报父仇，率领撒拉逊军队进攻法兰西。见第1歌1节。

[3]　在《热恋的罗兰》中，博亚尔多描写了撒拉逊人对巴黎城的围困：在紧要关头，
　　天降暴雨，天昏地暗，撒拉逊人不得不停止攻击，巴黎城才幸免于难。

[4]　指查理王对天主的祈祷和对罗兰等勇猛骑士为追逐美女而离弃战场的抱怨。

[5]　信奉和敬重天主者是明智的人，他们会得到天主的保佑。

71

深夜里罗兰爷反侧辗转，

因思绪生双翼难以入眠；

时而东，时而西，时而不动，

却难以聚一处稳定不变[1]：

就像那日与月照射水面，

反映出道道光抖抖颤颤，

忽而左，忽而右，忽而上下，

投射在周围的物体上面[2]。

72

他心爱美女子[3]又入脑海，

应该说从来就未离心田，

现如今他心中爱火更旺，

白日里似熄灭，夜晚复燃。

从契丹携美女返回西方，

却在此丢失了绝世婵娟；

查理在波尔多[4]遭受失败，

无踪影佳丽也再难见面。

73

因此事罗兰爷万分痛苦，

回想着自己的愚蠢短见。

---

[1] 罗兰的思绪忽而飘向东，忽而飘向西，忽而暂时停止不动，却很难聚集成一个稳定的思想。

[2] 这是一个十分生动的比喻：思绪就像是日月之光投射在水面上，水面泛起漪澜，使其颤颤巍巍，忽上忽下，忽左忽右，难以稳定；这种颤颤巍巍的光线又投射到周边的物体上，更是模糊不清。

[3] 指安杰丽佳。

[4] 法兰西西南部的城市。

"我对你太规矩，心肝宝贝！
那时候我昼夜守你身边，
你并未拒我于千里之外[1]，
后来却把你交纳莫[2]看管，
对奇耻大辱却不知反抗[3]，
想到此我的心似被油煎。

74

"难道说我不能抗拒他们？
查理王或许也难逆我愿[4]：
即便是逆我愿，谁敢逼我？
谁又敢抢走她与我结怨？
难道说我不能拿起武器，
阻止人从我胸剜取心肝？
查理王和他的全部人马，
都难以强夺她离我身边。

75

"我至少可带她赶往巴黎，
隐藏于城堡内，确保安全。
似乎是为使我丧失美女，
查理才托纳莫将她看管。
谁比我更能够保卫佳丽？
我若能帮助她死也心甘；

---

[1] 那时候我二人昼夜相处，你并没有拒我于千里之外，而我在你面前却显得太规矩，没有勇气提出更多的要求。

[2] 指拜恩（另译：巴伐利亚）公爵莫纳。见第1歌8节。

[3] 罗兰把自己心爱女子交予他人之手视为奇耻大辱。但那是查理王的命令，他不得不服从；然而，此时他却有些后悔。

[4] 就连查理王都可能难以违逆我的意愿。

捍卫她胜保护我的双眼，

可做到却未做，永留遗憾。

76

"哎呀呀，心肝啊，我的宝贝，

没有我你是否依旧美艳？

光明逝，黑暗已降临人世，

迷失的羔羊却仍在林间，

它到处哭泣着抱怨，哀叫，

只希望放牧者能够听见，

不曾想远方狼听到哭声，

悲哀的牧羊人哭泣枉然[1]。

77

"你在哪（儿）？你在哪（儿）？我的希望。

难道你还孤独漂流世间？

难道你因没有忠诚卫士[2]，

早就被众恶狼撕成碎片？

我一向珍爱你处女之花，

它本可带我去登天成仙[3]，

噢，我不愿打扰你贞洁灵魂，

啊，他们却强摘花，将你摧残[4]。

---

[1] 就如同夜幕降临了，黑暗的树林中，迷途的羔羊找不到回家的路，哭叫着，希望牧羊人能够听到，却引来了恶狼将其吞食；对此，牧羊人也只能无能为力地哭泣。

[2] 罗兰把自己说成是安杰丽佳最忠诚的卫士，因为他始终不顾一切地保护安杰丽佳。

[3] 我一向珍爱你的处女之花，不敢轻易地摘取它；它本来可以属于我，带着我去享受登天成仙的无尽快乐。

[4] 虽然我不愿意打扰你的贞洁灵魂，不敢轻易地摘取你的处女之花；但现在他人却把你抢夺去，摧残了你的处女之花。

78

"如若是美丽花已被摘取，
噢，好悲惨！我不死又能咋办？
天主啊，别令我受此煎熬，
我情愿先领受其他磨难。
若此灾已发生我愿自尽，
把绝望之灵魂自行了断。"
痛苦的罗兰爷自言自语，
他大声哭泣着叹息不断。

79

人世间各处的疲倦生灵，
用睡眠减轻其灵魂磨难[1]，
或卧于芳草地、树木枝梢，
或倒在坚岩上、羽绒之间[2]。
骑士[3]被混乱的思绪刺痛，
一刻也不能够平静入眠，
眼睑啊，他刚刚把你放下，
然而你却不让他有宁安。

80

在一片葱葱的绿色河岸，
罗兰爷欣赏着象牙美面[4]，
河岸上点缀着芳香花朵，

---

[1]　睡着了，人们会忘记苦难，灵魂就会减轻痛苦。
[2]　卧于柔软的羽绒被褥之间。
[3]　指罗兰。
[4]　罗兰入睡后也不得安宁，梦中：在鲜花盛开绿草成茵的河边，他欣赏着安杰丽佳
　　象牙般细腻白润的美丽面容和如同闪亮星辰般的眼睛，那眼睛里映出了坠入爱河
　　中的罗兰的灵魂。

涂粉的红润脸更显鲜艳，
那两颗明亮的星辰闪烁[1]，
把坠入爱河的灵魂展现：
我在说俏面容、美丽双眼，
是它们剜去了骑士心肝。

81

近卫士感觉到幸福至极，
其他人均难有这等体验；
然而却突然间刮起狂风，
艳丽花被摧毁，树木折断；
猛烈风可来自东南西北，
但如此风暴却十分罕见[2]。
他好像在沙漠四处乱闯，
欲寻找避风处，徒劳枉然[3]。

82

不幸的罗兰爷不知为何，
心爱女消逝在一片黑暗；
他四处呼唤着美女芳名，
呼喊声回荡在树林、田园。
近卫士徒劳喊："我真悲惨！
是何人把快乐变成苦难？"
这时候他听到美女哭泣，
并再三请骑士助其脱险。

---

[1]　指安杰丽佳的美丽双眼。
[2]　狂风可以来自四面八方，但是这么强烈的风暴却十分罕见。
[3]　梦中，罗兰好像在沙漠中四处奔跑，却无法找到一个避风之处。

83

好像有一喊声到处奔跑，

忽而这（儿），忽而那（儿），十分疲倦。

噢，他忍受痛苦的百般折磨，

却无望品尝到任何甘甜[1]！

此时刻从远处传来声音：

"在人间别希望与她[2]再见。"

听到这恐怖声骑士惊醒，

满面的痛苦泪模糊双眼。

84

全不想刚才的影像虚假，

是恐惧和欲望形成梦幻[3]，

对少女感觉到十分担忧，

他认为美女子定遇危险，

随即便闪电般跳下床榻，

穿软甲，披坚片[4]，装备齐全，

又牵过宝马驹布里亚多[5]，

并未带侍从者跟随身边。

85

为方便穿行于条条小路，

不玷污勇骑士高贵尊严，

他未戴阿蒙特荣耀标志：

---

[1] 指罗兰无望获得安杰丽佳的爱。

[2] 指安杰丽佳。

[3] 罗兰并不考虑刚才梦中所见到的景象和所听到的声音全是幻觉，全是内心的恐惧和欲望所造成的梦幻。

[4] 指披挂在软甲（锁子甲）外面的坚硬的金属片，亦称硬甲。

[5] 罗兰的战马。在《热恋的罗兰》中已经出现。

红白色四方格绚丽耀眼[1]；
只穿戴黑色的昏暗盔甲，
或许为衬托他心中苦难：
几年前杀一位异教首领，
他缴获此盔甲奏凯而旋。

86

半夜时他动身离开营地，
对舅父[2] 查理曼没吐半言；
也未告知心友布兰迪[3] 君，
尽管是他二人无话不谈。
太阳从富有的东方[4] 升起，
金色的晨光已洒满人间，
驱走了潮湿的黑暗阴影，
查理王才发现骑士不见。

87

见外甥趁黑夜不辞而别，
查理王之心中深感遗憾；
他本应助国王[5]，与其同在，
却不顾君面临千难万险；
大皇帝难抑制胸中怒火，

---

[1] 罗兰为寻找心爱的女子退出战场，他害怕这件事会引起别人的耻笑，因而便没有
穿戴十分显眼的阿蒙特的盔甲和携带他的盾牌（上面画有红色和白色四方格）。阿
蒙特是撒拉逊骑士、阿高兰的儿子、特拉扬和加拉切拉的兄弟、非洲王阿格拉曼
的叔叔、鲁杰罗的舅舅；罗兰将其杀死，并夺走他的盔甲和盾牌。见第 1 歌 28 节。

[2] 罗兰是查理的外甥。

[3] 据《热恋的罗兰》讲，罗兰引导布兰迪皈依基督教，并和他成为挚友。

[4] 当时西方人认为神秘的东方充满了珍奇之物，因而称其为"富有的东方"。

[5] 指查理王。

极严厉把罗兰伯爵抱怨；
扬言说如若他不返营寨，
定令他遭惩罚承受苦难。

88

罗兰的好兄弟布兰迪君，
整装束，登路程，刻不迟缓；
或许因不愿听伯爵挨骂，
也可能希望使好友回返；
他痛苦等待着白日过去，
趁黄昏溜出营，走人黑暗。
对妻子[1] 未透露半点消息，
只担心其计划受到阻拦。

89

他心中十分爱这位女子[2]，
很少会远离开她的身边；
该女子既贤惠，优雅，貌美，
而且还极聪慧，谨慎，果敢。
他未向心爱女告别辞行，
是希望同一天便可回返，
但后事却令人无法预料，
难脱身返家园[3]，遂其所愿。

90

那女子白白等一月有余，

---

[1] 指布兰迪的未婚妻，她叫菲蒂丽。
[2] 指布兰迪的未婚妻。
[3] 后来的事难以预料，布兰迪被事所缠，难以脱身，不能如其所愿地尽快返回家园。

仍不见心上人返回家园，
她心中燃烧起思念之情，
便动身寻爱人，未带同伴。
以后再找机会对您讲述，
她怎样踏遍了海角天边。
此二人之故事[1]暂且不讲，
安格兰骑士[2]事先需讲完。

91

换下了阿蒙特光荣标志[3]，
勇骑士[4]来到了城门前面，
对那位守门将附耳说道：
"伯爵我欲出城，切莫迟缓。"
他令其速放下城门吊桥，
出门后急匆匆快步向前，
沿近路朝敌营径直而去，
后面事下一歌对您表全。

---

[1]　指布兰迪及其女人的故事。
[2]　指罗兰。见第 1 歌 57 节。
[3]　见本歌 85 节。
[4]　指罗兰。

第 9 歌

罗兰爷遇少女奥林匹娅　　弗利萨恶国王阴险凶残
强逼婚火枪筒戕害无辜　　勇伯爵杀恶霸怒拔利剑

　　罗兰踏遍天涯海角，寻找安杰丽佳。听说埃不达岛海怪吞食美女的故事后，他决定前去施救，却路遇美女奥林匹娅向他求救。

　　奥林匹娅是荷兰伯爵之女，与西兰公爵比雷诺相爱。然而，弗利萨国王却强迫奥林匹娅嫁给他的儿子，遭到拒绝后便向荷兰开战，并用火枪筒杀死奥林匹娅的父兄。比雷诺公爵率舰队前来救援，也不幸被其捉获。罗兰怒杀凶残的国王，救出了公爵，恢复了奥林匹娅被夺去的权力。

　　罗兰离开荷兰，继续寻找心爱的美女安杰丽佳。

　　奥林匹娅与比雷诺公爵结为夫妇，并把荷兰的统治权交给了丈夫。

1

好一位阴险的爱情之神，
用力气扯动了骑士[1]心弦，
剜走其侍主的赤胆忠心[2]，
他[3]还能怎么样更显凶残？
罗兰爷曾十分智慧、谨慎，
把捍卫圣教会重任承担，

---

[1]　指罗兰。
[2]　这里的"主"指的是查理王。爱神剜走了罗兰侍奉君主的赤胆忠心。
[3]　指爱神。

现为情全不顾舅父、荣耀[1]，
更把那上天主抛弃一边。

2

然而我却与他同病相怜，
很高兴有伯爵与我做伴；
对于善我也是懒散无力，
追逐恶我却会奋勇向前[2]。
罗兰爷披黑甲离开营寨，
弃朋友于不顾，独行世间，
西班牙、非洲人野地扎营，
勇骑士闯敌营不惧危险。

3

撒拉逊有些兵未设营寨，
遮风雨全依赖树木、屋檐，
或此处或彼处就地睡下，
仨一群五一伙聚成一团。
有的人依手臂，有人躺卧，
每个人都痛苦狼狈不堪；
伯爵爷本可以随意杀戮，
却未拔杜林丹[3]锋利宝剑。

---

[1]　指罗兰自身的荣耀。

[2]　诗人在这里又一次发出感慨：他与罗兰一样，行善时懒散无力，追逐"邪恶"时
　　　却十分积极；即为所谓的正义奋斗时懒散无力，而追求现世快乐时却十分积极。

[3]　罗兰杀死阿蒙特时夺得了杜林丹宝剑（即《罗兰之歌》中的迪朗达尔宝剑），并
　　　一直携带在身边，用其杀敌。据说该宝剑原属于古希腊时期的特洛伊王子赫克特。

4

近卫士之胸怀十分慷慨，
不屑于杀敌寇趁其睡眠。
他寻觅心爱的女子踪迹，
东边找，西边探，敌营踏遍。
对所遇值夜者细细描述，
美女子穿何衣何等容颜。
随后便叹息着恳请对方，
指引他如何到美女身边。

5

黑夜过，天色明，四周放亮，
骑士把非洲营全都搜遍，
因为有阿拉伯盔甲罩身，
所以才查敌营十分方便；
还因他不仅说法兰西话，
亦能够流畅讲非洲语言。
就好像生长在的黎波里[1]，
这一点也助他未遇危险。

6

罗兰爷在此处逗留三日，
为寻找心爱女踏遍营盘；
随后又进许多城市、乡镇，
每一城每一镇细细查看，
不仅仅搜索了法兰西岛[2]，
法兰西之疆土全都寻遍，

---

[1]　利比亚的首都。该城历史悠久，于公元前 7 世纪由腓尼基人建立。
[2]　法兰西岛即大巴黎地区。

皮卡第[1]、奥弗涅[2]、加斯科涅[3]，

从东边到西边从北到南。

7

十月末十一月开始之时，

抖颤的树木已飘落叶片，

均渐渐袒露出四肢肌体[4]，

到最后只剩下赤裸树干，

鸟儿也排成行结队飞走；

罗兰爷开始了寻找婵娟，

寒冬至亦未弃，苦苦探索，

执著的寻觅者迎来春天。

8

这一日罗兰爷离开某地，

来到了另一处寻找美女，

那里见一条河流入大海[5]，

分离开诺曼底[6]、布列塔尼[7]；

那时节水涨满泛着白沫，

雪融化，山中还泼洒大雨，

汹涌的河中水卷走桥梁，

过河路被截断，彼岸难抵。

---

[1] 位于法国北部的一个大区。

[2] 位于法国中部的一个大区。

[3] 指法国西南部的一个地区，位于阿基坦大区及南部 – 比利牛斯大区。

[4] 指树叶落光，只剩下树枝和树干。

[5] 指库埃农河。

[6] 诺曼底地区位于法国巴黎与海滨之间，北面濒临英吉利海峡。

[7] 布列塔尼半岛是法国西部的一个地区，隔着英吉利海峡与英国遥遥相望。

9

近卫士在河边左顾右盼，
看如何才能够到达彼岸，
他不是水中鱼、空中飞鸟，
要过河也只能依靠渡船；
看见了一叶舟迎面而来，
一少女安坐在船尾上面，
那小舟好像是朝他行驶，
少女却不让其靠近岸边。

10

小船儿不靠岸，少女狐疑，
她担心逆其愿有人上船。
罗兰爷求少女让其登舟，
载送他渡过河，脚踏彼岸。
少女道："您如此休想过河，
骑士爷，若渡河必须许愿，
您一定要满足我的要求：
为正义去战斗，拔出利剑。

11

"骑士呀，如若您真的希望，
为助我[1] 渡过河登上彼岸，
就请求您真诚对我许诺，
而且在下月末实现诺言：
您赶快去会合爱尔兰王，
他正在聚集起强大军团，

---

[1]　意思为"为了帮助我"。

为的是摧毁那埃不达岛，
大海中诸岛间它最凶残。

12

"您一定已知晓爱尔兰西，
埃不达俯卧在诸岛之间；
该岛国按法律派人抢劫，
恶徒害周边人十分凶残；
劫持走许多的美貌女子，
做食物全献给海怪吞咽；
为一天食一位新鲜少女，
那海怪每日都必来岸边。

13

"商人们[1] 和海盗四处游走，
带回去美女子成百上千。
每一天死一个，您可数数，
有多少无辜女遭此劫难。
如若您内心中还有怜悯，
对爱神并没有彻底反叛，
被选中必定会非常高兴[2]，
努力为创伟业做出贡献。"

14

罗兰爷强忍耐，听完讲述，

---

[1] 有的美女是抢劫来的，有的美女却是买来的；因此这里说"商人们和海盗四处
游走"。
[2] 如果您没有背叛爱神，即仍然认为男女之间的爱情是重要的，就应该为被选中而
高兴。

为创建此伟业发出誓言；
他秉性闻暴虐难以忍受，
见不平必然会胸燃怒焰；
更何况闻消息伯爵担忧，
怕心爱美女子亦遭此难：
因踏遍乡村与座座城镇，
美女子之踪迹均难寻见。

15

此想法使伯爵头脑混乱，
令他把原计划搁置一边，
他决定乘船去罪恶王国[1]，
恨不能立刻就赶到那边。
第二天日尚未沉下海面[2]，
他已在圣马洛[3]寻获一船，
登上船，扬起帆，立刻出海，
当天夜便越过圣米凯山[4]。

16

布里厄[5]、特雷吉[6]在其左侧，
他沿着海岸线西行向前；
随后船头朝北面对英伦，

---

[1] 指邪恶的埃不达岛国。

[2] 第二天太阳尚未落山的时候。

[3] 圣马洛是法国布列塔尼地区伊勒－维莱讷省的城市，为旧时的要塞和重要军港，控制着北方的海湾及更外面的海域。

[4] 圣米凯山（另译：圣米歇尔山），位于法国诺曼底附近距海岸约 1 公里的岩石小岛上。

[5] 指圣布里厄，它是法国西北部的一座海滨城市，布列塔尼大区阿摩尔滨海省的首府。

[6] 特雷吉（另译：特雷吉耶）是法国阿摩尔滨海省的一个市镇。

驶向了那一片白色海滩[1]；
那时节东南风十分缺少，
强烈的西北风激荡海面；
那船儿只能够随波逐流，
它被迫降下了全部风帆。

17

好水手在海中熟练驾船，
避免其撞礁石裂成碎片。
逆风船四日后可到英伦，
返回时顺风行只需一天。
那风儿呈凶狂刮了四日，
第五日才减弱，改换笑脸：
它迫使小木舟入一河口，
那河在安特城与海会面[2]。

18

疲惫的掌船人驾驶木舟，
刚进入河口处靠在岸边，
从高处便走来一位老叟，
年事高，白头发，银色须髯；
老人家来自那右岸城市[3]，
看上去极尊贵气度不凡，
他认为伯爵是众人之首，

---

[1] 面对法兰西的英格兰附近的海面上有一片白色的海礁，诗人把它说成"一片白色海滩"。
[2] 指安特卫普城。安特卫普是比利时的重要城市，在那里斯海尔德河流入大海。罗兰没有到达英格兰，风浪使他的船随波逐流，漂入了斯海尔德河的入海口。
[3] 指安特卫普城。

先行礼然后便对其开言。

19

为一位美少女老叟恳求，
求伯爵助该女摆脱苦难；
那女子不仅仅十分俊俏，
其温柔性格也世间罕见。
老叟请近卫士罗兰等待，
待那位美女子自愿登船，
对少女伯爵爷不可怠慢，
应表现比他人更愿奉献。

20

有许多骑士爷来此河口，
或陆路或海路乘坐小船，
没一人会拒绝与她交谈，
均愿意出主意为其解难。
听此言罗兰爷刻不容缓，
急忙忙走出船登上河岸，
他本是仁慈的彬彬君子，
随老叟见少女心甘情愿。

21

近卫士被引入一座宫殿，
上楼梯遇一位美丽婵娟，
那女子看上去哀伤无比，
其脸上痛苦状明显可见；
宫殿里到处都覆盖挽幛，
黑柱廊，黑厅堂，黑色房间；
美女子待骑士十分真诚，

请其坐，然后便悲痛吐言：

22

"我本是荷兰的伯爵女儿，

受宠爱被视为父亲心肝，

尽管我非家父唯一独女，

有两位亲兄长将我陪伴，

但只要对父亲提出请求，

他从不驳斥我令我心酸。

我生活无忧虑，十分幸福，

一直到一公爵来到荷兰。

23

"那爵爷来自于西兰公国[1]，

要赶赴比斯开[2]与敌作战。

爱之情从未曾进入我心，

他英俊，亦年少，动我心弦，

我的心被公爵轻易俘获，

看上去他爱我永远不变；

我一直都认为这是真情，

现如今仍坚持此种信念。

24

"许多天风不顺不宜出海，

那风对别人恶对我和善[3]；

---

[1]　指位于丹麦的西兰岛。

[2]　比斯开是西班牙北部的一个地区。

[3]　刮逆风，不宜行船，别人都不高兴，我却觉得这逆风十分和善，因为它可以留住
　　公爵。

他人觉四十天漫长难熬，
我却觉飞逝去只在瞬间。
公爵与我多次约会畅谈，
相互间许下了爱情誓愿，
待到他从战场返回之时，
我二人便隆重结成姻缘。

25

"我家乡不远处有一王国，
名字叫弗利萨[1]，国王彪悍，
阿邦特是他的独生儿子，
欲娶我为儿媳结成姻缘。
我情人比雷诺[2]刚刚离去，
他便派显贵者来到荷兰，
向我父提出了联姻请求，
一定要迎娶我去新家园。

26

"我已向心上人许下婚约，
决不能把情人轻易背叛，
爱神也不许我随意变化，
作一位负心人，毁坏良缘。
两家的联姻事快成定局，
我要使求婚者不能如愿，
便斗胆对父亲表明态度：
出嫁前我宁愿先把命断。

---

[1] 指古代的弗里西亚王国。该王国位于今荷兰和丹麦之间的北海岸边。
[2] 与荷兰伯爵之女相爱的西兰公爵叫比雷诺。

27

"老父亲从不想难为于我，

我拒绝，他自然也不情愿；

安慰且劝导我别再哭泣，

并中止两家的联姻谈判。

那国王西魔科[1]十分傲慢，

他胸中燃怒火，凝结仇怨，

引兵入荷兰界，发动战争，

把我的亲人们投入深渊。

28

"他不仅体健硕，力大无穷，

今少有男子汉如此强悍，

而且还极狡诈，诡计多端，

论力量与智勇无人比肩；

他手中一兵器十分神奇，

除他外古今人均不识辨：

一铁筒长度有足足两臂[2]，

内装入药面和一粒弹丸[3]。

29

"铁筒后封死处略见小孔，

用火捻触碰并压住孔眼；

就像是医师们经常所为，

缝伤口必先要压紧血管：

---

[1] 弗利萨王国国王名叫西魔科。

[2] 计量单位，一臂约 0.6 米。

[3] 指火绳枪。查理大帝时期还没有热兵器，14 世纪才出现火绳枪；诗人生活在 16
世纪，该武器已经被广泛使用。

只听得一巨响弹丸飞出，
其响声如轰雷，闪光如电，
霹雳也远不如它的威力，
被击中必倒裂冒出火焰[1]。

30

"用此物他杀死我的兄长，
曾两次捣毁了我的家园：
第一次我大哥受到攻击，
他铠甲与心脏均被击穿；
第二次他又来攻击二哥，
我二哥魂魄飞，结伙逃窜，
从身后很远处被其击中，
弹丸丸穿胸过，一命归天。

31

"有一天我父亲东奔西走，
要应付战争中意外事件，
被一个无耻的叛徒看到，
从远处跟梢来，我父蒙难；
当时他为自卫躲进城堡，
竟没有一个人守护身边：
他已经丧失了所有随从，
被恶魔用同法送往那边[2]。

32

"荷兰岛继承人剩我一个，

---

[1]　被击中后，必定会栽倒，破裂和被点燃。
[2]　送往另一个世界，即杀死。

我父亲与兄长命亡气断，
弗利萨恶国王野心勃勃，
欲将我之国土吞并、侵占；
他派人告诉我及其国民，
只有我做决定遂其心愿，
同意嫁阿邦特他的儿子，
他才能赐予我和平、宁安。

33

"我憎恨西魔科和他家族，
与他们结深仇，不共戴天，
他凶残杀死了我的父兄，
还掠夺，烧毁我美丽家园；
更何况我已经许下婚约，
决不能把情人狠心背叛，
在他从西班牙返回之前，
我不能与别人结成姻缘。

34

"于是我便回答：'愿尝恶果，
甘忍受千百倍痛苦磨难；
我宁可被烧死决不妥协，
骨灰儿随风洒是我心愿。'
臣民们或请求或者威胁，
想尽法要让我抛弃此念，
都希望我不要连累众人，
想把我与疆土一同奉献。

35

"威胁和请求都无济于事，

我始终不改变坚定信念；
臣民与弗利萨沆瀣一气，
协商好献我和美丽家园。
国王说只要我软化态度，
愿嫁与阿邦特结成姻缘，
他不会做任何龌龊之事，
确保我与家园和平、宁安。

36

"我看到竟如此被人胁迫，
为摆脱他之手宁愿命断；
但如若不复仇我心疼痛，
远超过已忍受各种苦难。
我左思与右想心方明白，
伪装能帮助我报仇雪冤：
便佯装极希望获得原谅，
愿意做他儿媳遂其所愿。

37

"许多人曾经为我父效力，
我选中其中的两位兄弟，
他二人心善良十分忠诚，
而且还极机灵，智慧无比；
就好似豢养的宫中松鼠，
陪伴我一同长，嬉笑顽皮；
它与我命相依，密不可分，
为了我献生命绝无异议。

38

"向他们我吐露图谋打算，

他们也许下了助我诺言。
一人去佛拉芒准备船只，
另一人留荷兰在我身边。
外来者、国内人筹备婚礼[1]，
此时却传来了喜讯一件，
比斯开[2] 比雷诺[3] 有一舰队，
正准备起铁锚驶向荷兰。

39

"第一次战役中我丧一兄，
战败后我立刻写了信函，
派人去比斯开交给公爵，
把丧事报与他，求其救援。
当公爵正筹措军备之时，
我国土全被那恶人侵占；
比雷诺对此事一无所知，
他已经命战船扬起风帆。

40

"弗利萨恶国王获得消息，
命儿子自己把婚礼筹办；
在海上他埋伏强大舰队，
击溃并烧毁了公爵战船。
机运神布下网，公爵被俘，
消息还未传到我们耳边；
此时刻那恶少与我成婚，

---

[1]　外来者指弗利萨王国的人，国内人指荷兰人，他们都忙于准备婚礼。
[2]　比斯开是西班牙北部的一个省份。见本歌 23 节。
[3]　比雷诺是那位与荷兰伯爵之女相爱的西兰公爵。见本歌 25 节。

要携我上床把美事成全。

41

"幔帐后我隐藏忠诚侍从，
并命他在未见新郎来前，
切记要别出声，纹丝不动，
待到他上婚床与我同眠，
再勇敢从身后举起板斧，
用全力击他头，将其砸烂。
就这样侍从者狠砍恶少，
我下床再迅速割其喉管。

42

"倒霉的恶少爷倒地身亡，
就像是被屠宰笨牛一样，
弗利萨国之主残忍无比，
我如此回报了邪恶国王；
为占领我疆土奴役我民，
他杀死我父和两位兄长，
又强行要娶我做他儿媳，
或许在某一日令我命丧。

43

"在遇到更多的阻碍之前，
我轻易摘除了恶人心肝[1]；
那侍从用绳索助我逃走，
悬我于窗口外，送向海面；

---

[1]　杀死弗利萨王子并不困难，然而却对邪恶的国王是一个极其沉重的打击，就像摘掉他的心肝一样。

其兄从佛拉芒已经返回[1]，
携小舟静待在窗子下边。
我们便扬起帆，划动船桨，
上天主助我等逃离灾难。

44

"第二日国王从海上返回，
见此状必然是胸燃怒焰，
他或许因仇恨咬牙切齿，
亦或许为儿死心如油煎。
比雷诺被抓获，成为俘虏，
恶国王高昂首奏凯而旋；
本以为可参加隆重婚礼，
却见到可怕的血光灾难。

45

"亡儿痛、杀子恨牢记心间，
他日夜受折磨，似被熬煎。
但仅仅哭亡者并无裨益，
不复仇怎能够令其心安；
西魔科心中的怜子之情，
化作了叹息声、痛苦、怒焰，
他要把爱子情凝成仇恨，
抓住并严惩我难解恨怨。

46

"他若知谁曾是我的朋友，

---

[1]　指被派往佛拉芒准备船只的另一位侍从。见本歌 37、38 节。

或者曾帮助我逃离苦难，
便统统把他们残忍戕害，
并烧毁他们的全部财产。
他也曾想杀害我的公爵，
知道这会使我痛苦不堪，
后来却又决定留其性命，
想用他布下网把我诱骗。

47

"西魔科提出了残忍条件，
要求他诱捕我，一年为限，
他可以利用我亲属朋友，
用武力或欺骗等等手段；
如若在限期内交不出我，
他必定被处死，下场悲惨。
我死亡才能够使他获救，
他生命与我死紧密相关。

48

"为救他我做出一切努力，
只没有把我的生命奉献。
我卖掉佛拉芒六座城堡，
或低价或高价换得金钱，
去收买比雷诺监狱牢头，
或恳请强大者[1]实施救援，
我求助英格兰、日耳曼人，
阻止那恶国王将我摧残。

---

[1] 指比邪恶的西魔科更加强大的人。

49

"或者因他们也无能为力，
或者因都不想履行诺言，
简言之许诺人只说不做，
得钱后便把我抛弃不管。
眼见得就要到所限之日，
过限期再努力为时已晚：
派军队、送金钱全都无用，
我情人丧性命不可避免。

50

"为了他我父兄丢失性命，
为了他我国家被人侵占，
我赖以生存的继承之物[1]，
其数量本来就非常有限，
为了他全部都已经用尽，
要救他如今我不知咋办，
也只能站出来自投罗网，
让自己现身在恶敌面前。

51

"如若是已没有别的出路，
如若是无他法助其脱险，
只能够奉献出我的性命，
为救他献生命我也心甘。
有一事却让我举棋不定，
唯此事最令我坐立不安：

---

[1] 我所能继承的财产。

难确定是否那淫邪暴君，

为捉我设陷阱，意欲诱骗。

52

"怀疑他想把我装入笼中，

让我受人世间各种苦难，

却不给比雷诺人身自由，

使公爵感谢我把命奉献[1]；

恶国王心中已充满愤怒，

诛杀我仍不能满足心愿，

杀我后还可能针对公爵，

再重新施同样凶残手段。

53

"我不仅对您[2]讲这个故事，

而且对所有人述我苦难，

来此的骑士爷全不放过，

只希望在众多听者中间，

有人能教授我有效方法：

当我被押送到暴君面前，

暴君还比雷诺自由之身，

而不会杀我后把他亦斩。

54

"当向那恶国王自首之时，

我请求一骑士随我身边；

---

[1]　我怀疑他只是想把我囚禁起来，让我受尽人世间的苦难，却不释放公爵，使他有机会感谢我为了救他把生命奉献。

[2]　指罗兰。

他应该许诺言保证做到，
此交换一定要公平实现：
我现身，比雷诺同时获释，
如此我方能够含笑归天；
因这样我的死才有价值：
可换来心爱人活在人间。

55

"我至今尚未遇任何一人，
发誓能确保我愿望实现：
如若我被带到暴君那里，
他仍然不愿放公爵生还，
此君可阻止我被人捉获，
能捍卫我意愿不受侵犯；
只因为都惧怕他的兵器，
无甲胄可抵御飞来铁弹[1]。

56

"看上去您力大、勇猛无比，
如若是内心也同样强悍[2]，
虽暴君使奸诈背信弃义，
您深信能助我控制局面，
也愿意陪伴我去见暴君，
我便可抛弃掉恐惧不安：
即便是我被人残忍杀害，
有您在我情人也会平安。"

---

[1]　没有任何甲胄可以抵御恶国王的火绳枪所射来的那粒铁质子弹。

[2]　如果您内心也如同外表那样强大。

57

哭泣且叹息着时续时断，
美女子把她的故事讲完。
她刚刚闭上嘴停止叙述，
罗兰爷便发誓许下诺言，
不仅要全满足少女请求，
还一定会做出更大贡献；
他性格已决定话语不多，
其心中却十分愿意行善。

58

为救出比雷诺少女献身，
这并非罗兰爷心中所愿，
好骑士胆气壮，宝剑锋利，
一定要救二人一同脱险。
骑士与美少女当天上路，
天晴朗，风儿顺，飞速向前。
还期待能尽快赶到恶岛[1]，
骑士便急赶路刻不容缓。

59

大海中好水手展开风帆，
船时而侧左舷时而右舷[2]：
望见了西兰国座座岛屿，

---

[1] 指埃不达岛。本来罗兰的目标是去解救将被海怪吞食的年轻女子们，他担心安杰丽佳也在其中，所以希望尽快帮助面前这位可怜的女子摆脱危难，然后赶赴邪恶的埃不达岛。

[2] 船有时向左边侧身，有时向右边侧身。

一岛屿身后隐一岛又现[1]。
第三日罗兰爷到达荷兰，
他不让美少女登上海岸，
希望她先等待恶人[2]死讯，
然后才允许她走出木船。

60

登岸的近卫士全副武装，
跨上了一战马黑白相间，
它长于佛拉芒生于丹麦，
壮而强，速度却不尽人愿[3]。
闪电般高头马布里亚多[4]，
只有那巴雅多[5]方可比肩，
被伯爵留在了布列塔尼，
在那里罗兰爷轻装登船。

61

罗兰爷到达了德雷赫特[6]，
见众多武装者守卫门前[7]，
或因为那暴君刚夺此城，
总怀疑城门处不够安全，
或因为新到来一队船只，
武装的船上人来自西兰：

---

[1] 形容船行驶得很快，岛屿也很多，刚刚驶过一岛，另一座岛又出现在眼前。
[2] 指邪恶的国王西魔科。
[3] 那战马生于丹麦，成长于佛拉芒；虽然又高又壮，奔跑的速度却不尽人意。
[4] 罗兰的战马。见第 8 歌 84 节。
[5] 里纳多的战马。见第 1 歌。
[6] 南荷兰省的一座城市。
[7] 守卫在城门前。

被囚禁之公爵[1]有位表弟，
欲率军救表兄摆脱苦难。

62

罗兰爷请门卫通报国王，
说有位勇游侠向王挑战，
并希望与国王先签契约，
签约后二人再比试枪剑：
如若是国王胜挑战之人，
杀王子凶手会交他惩办[2]，
那女人[3]被藏在不远之处，
勇游侠可随时带她来见。

63

但需要国王也许下诺言，
如若他被游侠击落马鞍，
便立刻还公爵自由之身，
比雷诺去何处随其自便。
守门兵立即向国王报告。
德与礼西魔科从来不管[4]，
他一心只会耍阴谋诡计，
用误导之手段把人欺骗。

64

看上去来者已控制女子，

若门卫未误解游侠之言，

王觉得只要能捉住骑士，

定能够使女子入牢收监。

于是令三十人踏上小路，

背城门[1] 急赶路，快马加鞭，

偷绕出很远的一段路程，

秘密行，迂回至骑士后面。

65

骗子[2] 命用话语拖住游侠，

好设置一骗局将其坑陷；

见兵马都已经各就各位，

便率人来到了伯爵面前。

就如同细心的内行猎手，

欲捕猎先要把树林围圈；

亦好似沃腊诺[3] 精明渔夫，

用长网围困住鱼儿万千。

66

国王命看守住各个路口，

他认为近卫士逃脱已难，

一心想生擒获游侠骑士，

还以为这件事十分简单：

---

[1]　向城门相反的方向。

[2]　指欺骗成性的弗利萨国王。

[3]　沃腊诺是意大利波河岸边的一座小村镇，距诗人的故乡费拉拉城不远；那里的渔
　　 民经常用很长的围网围捕河鱼。

那一支人间的霹雳火筒[1]，
已杀死无辜者成百上千，
这一次他试图活捉骑士，
并不须携此器与其作战。

67

谨慎的捕鸟人十分聪明，
先捕的活鸟儿留在身边，
让它们在笼中飞舞歌唱，
引诱来其他鸟成百上千。
恶国王也想学此种方法，
但伯爵怎么肯令其如愿，
他不会被人捉成为诱饵，
却定能破笼网飞向蓝天。

68

安格兰勇骑士直挺长枪，
朝着那人密处猛冲向前，
枪到处必有人被其刺透，
戳一个又一个如同面团；
一杆枪穿起来六具尸体，
若枪杆长度够还可再穿，
第七人被戳伤没有穿上，
但重击也必定令其完蛋。

69

沟渠边猎蛙者亦用此法，

---

[1]　指邪恶的国王使用的火绳枪。

经常见他节约使用箭杆，

从体侧或脊背将蛙穿起，

蛙与蛙紧挨着不留空间；

如若是一箭杆尚未插满，

猎蛙人绝不会轻弃旁边[1]。

罗兰爷拔宝剑投入战斗，

抛掷出穿满的沉重枪杆[2]。

70

长枪断勇骑士紧握宝剑[3]，

那宝剑从不会虚刺空砍，

无论是步兵卒还是骑者，

每一击都令其命丧魂断：

蓝绿黄白与黑各式军服，

碰利剑，被染红，颜色改变。

西魔科苦未带那支火筒[4]：

急用时神器却不在身边。

71

他厉声吼叫着命令士卒，

快取来火枪筒送其面前；

士卒均逃入城无人听命，

没人有再出城返回之胆。

---

[1] 经常可以见到在沟渠边猎蛙的人用箭杆一个挨一个地将青蛙穿在一起，他们十分注意节省空间，一根箭杆尚未插满时，绝不会将其放弃一边，再用另一根箭杆穿插青蛙。

[2] 罗兰也像放下穿满青蛙箭杆的猎蛙人一样，抛弃了穿满尸体的枪杆，拔出宝剑投入战斗。

[3] 被抛出去的长枪杆折断了，罗兰紧握宝剑进行战斗。

[4] 西魔科因未携带神奇武器火绳枪而吃尽苦头。

恶国王见众人全都逃走，
也决定快逃遁把命保全：
急匆匆奔城门，欲起吊桥，
眨眼间伯爵亦冲上桥面。

72

国王见势不妙转身便跑，
把骑士抛弃在两门之间[1]；
他先于其他人冲入城门，
只因为坐下驹快如闪电。
罗兰爷顾不上卑微士卒，
只想把恶魁首拦腰斩断；
逃亡者似生翼飞奔而去，
追赶者胯下马不尽人愿。

73

从此路转彼路飞速奔逃，
快逃避近卫士刻不容缓，
已命人取来了铁制火筒，
持神器随后又重新回返，
埋伏在一角落等待骑士，
就好似捕兽者狩猎一般，
携猎犬与铁叉藏于暗处，
只等待野猪儿来到面前；

74

凶野猪无论在何处露头，

---

[1]　第一道门指的是城门外设的栅栏，第二道门指的是真正的城门，栅栏与城门之间
　　是设在护城河上的吊桥；因而，所谓的两门之间指的就是吊桥之上。

定会令山石落、枝叶折断，
轰隆隆就好似丛林破裂，
又像是周围的山崩地陷。
西魔科潜伏好等待骑士，
伯爵爷从此过必然遭难：
只要他用火种触碰引信，
那枪筒就一定喷发火焰。

75
枪筒后喷火焰好似闪电，
枪筒前爆炸声如雷冲天。
天空中回荡着可怖声响，
墙壁摇，大地也剧烈抖颤。
被击中定然会粉身碎骨，
任何人都难以把命保全；
那子弹呼啸过发出尖叫，
邪恶的暗杀者却未如愿。

76
或许因心慌乱此枪未中，
或许因有太强杀人邪念[1]；
亦或许心颤如风吹树叶，
致使他[2]手与臂抖动不断；
也许是仁慈主不愿看见，
忠诚的勇骑士过早归天：
铁弹丸只射中战马腹部，
那马儿被击倒永难立站。

---

[1]　也许因为射击者的杀人欲念太强，因而过于紧张。

[2]　指射击者。

77

战马携勇骑士跌倒在地，
马重摔，伯爵却略触地面；
身敏捷，猛跃起，十分轻巧，
他身体生来就非常强健。
就像那利比亚巨人安泰[1]，
摔倒后再站立更加凶悍；
罗兰爷也同样触及大地，
身挺起更觉得力大无边。

78

谁曾见宙斯火[2]从天而降，
令人们竟如此毛骨悚然[3]？
谁曾见封闭的碳、硝、硫磺[4]，
无穷力竟能把万物射穿[5]？
那火器只要是轻轻触碰，
就能够燃烈焰，火光冲天，
可击碎硬墙壁、坚固云石，
令四溅之石块飞上蓝天。

79

近卫士跌倒后愤怒起身，

———————

[1] 安泰是希腊神话中的利比亚巨人，海神波塞冬和地神该亚之子。凡路过利比亚的人都必须和他格斗。在格斗中只要他身不离地，就能不断地从大地母亲身上吸取力量，因而战无不胜。

[2] 指霹雳闪电。在希腊神话中，主神宙斯用霹雳闪电与敌作战；他发出的霹雳闪电就像人类战争中所射出的一支支利箭。

[3] 谁见过霹雳闪电竟然能令人如此毛骨悚然。

[4] 制造火药的材料。这里指的就是火药。

[5] 谁见过密封起来制成炸药包的火药竟然有如此大的威力，能够把万物射穿。

谁曾想竟然会如此表现：
他面色就如同凶神恶煞，
其行动令天上战神胆寒。
恶国王被惊呆，不知所措，
勒缰绳，调马头，意欲逃窜；
罗兰爷从身后猛冲过去，
他动作极迅速，快如飞箭：

80

先前他骑战马未成之事，
此时却欲徒步将其实现。
说时迟那时快，突然一跃，
其迅猛未亲见相信都难。
追上去把宝剑高举过顶，
砍头盔，将其首劈成两半，
利剑锋直劈至脖颈之处，
恶国王倒在地，抽搐命断。

81

这时候闻城内发生骚乱，
刀与剑碰撞声搅作一团；
比雷诺表弟也率领人马，
从本国来此处为兄解难；
他发现城之门洞开无阻，
便率众冲进了无防城垣：
近卫士已造成全城恐慌，
使表弟[1]之兵马未受阻拦。

---

[1]　指比雷诺公爵的表弟。

82

城中人乱成团，四处奔逃，

不明白是何人、为何来犯；

后有人闻其[1]音，见其服饰，

才知晓侵犯者来自西兰；

众人[2]便捧白纸前来求和，

愿服从来犯者随意调遣，

弗利萨[3]将西兰公爵囚禁，

他们愿助来者[4]与其[5]作战。

83

弗利萨恶国王及其随从，

本来就与他们结有仇怨，

那国王杀死了他们伯爵，

而且还极霸道，凶狠，贪婪。

罗兰爷在其间进行调解，

让表弟[6]与城人和平停战；

双方力合一处，同仇敌忾，

弗利萨若不亡必成囚犯[7]。

84

众人开牢狱却不用钥匙，

---

[1] 指听到来犯者说话的声音。

[2] 指城中的人。

[3] 此处意指弗利萨人。

[4] 指来犯的西兰人。

[5] 指弗利萨人。

[6] 指西兰公爵比雷诺的表弟。

[7] 此处的"弗利萨"意指"弗利萨人"。弗利萨人不是被杀死，就是被捉住成为囚徒。

用力气把牢门撞翻地面。
比雷诺对伯爵千谢万谢，
并表示报大恩理所当然。
许多人去寻找奥林匹娅[1]，
美少女静等待，坐于小船：
荷兰权理应该归还此女，
闻此言她心中万分喜欢[2]。

85

本来想奉献出自己生命，
便可救心上人脱离苦难；
未曾想罗兰爷如此慷慨，
竟为她做出了此番贡献。
荷兰的民众都敬爱女主[3]，
比雷诺也与她相互爱恋，
他二人对伯爵如何感恩，
短时间实在难对您讲全。

86

民众请美少女登父宝座，
对女主发出了效忠誓言。
牢固的爱神索捆缚少女，
令她与比雷诺结成姻缘。
少女把国权柄交予公爵，
公爵却请表弟为其分担，

---

[1] 公爵和许多人随罗兰一起去寻找在船上等待的少女，该少女名叫奥林匹娅。此时
才点明故事主角的名字，更增加了故事的神秘感。
[2] 奥林匹娅听众人说荷兰的权力应该归于她，心中万分高兴。
[3] 指掌握荷兰大权的女伯爵奥林匹娅。

任命他做卫士守护城池，
亦守护荷兰岛整个家园。

87

按计划他本应返回西兰，
还要把忠诚妻携带身边，
他却说要赶往弗利萨国，
碰运气看能否遂其心愿[1]；
他手中有一颗沉重砝码，
能保证其心愿得以实现：
狱中关弗利萨众多俘虏，
他发现国王女[2]亦在其间。

88

便试图令一位嫡亲兄弟，
娶该女为妻子，结成姻缘[3]。
就在那比雷诺获释当天，
勇骑士罗兰便离开荷兰。
因听说那枪筒神奇无比，
其威力能胜过霹雳闪电，
众多的战利品不取一物，
仅仅把此神器携带身边。

---

[1] 公爵自称要去夺取弗利萨王国，看看命运是否能够遂其所愿。
[2] 指被杀死的弗利萨国王西魔科的女儿。
[3] 公爵手中有一颗重要的砝码，可以帮助他夺取弗利萨王国的权力，那就是西魔科
　　国王的女儿被关在俘房营中；他试图让自己的兄弟娶其为妻，这样便有了夺取该国
　　权力的理由。

89

他有意带走这神奇兵器，

并不为用它保自身安全：

与对手交锋时如若用它，

只说明你怯懦、胸中气短；

而是要把此物远远抛弃，

令此物不再能贻害人间；

同时还带走了附属之物：

其中有火药和粒粒弹丸。

90

帆船已驶出了海潮线[1]外，

进入到蔚蓝的深海水面，

远处的右海岸慢慢消逝，

左海岸也渐渐难以看见，

他取过喷火筒张口说道：

"就请你永留在海底下面，

为骑士不因你胆怯退缩，

为懦夫不因你妄称强悍。

91

"噢，该死的、可憎的邪恶兵器，

你本来产生于地狱深渊，

出自那别西卜[2]凶狠之手，

他用你要彻底毁灭人间；

我却要令你归地狱黑暗。"

说着便把火筒投入波澜。

---

[1] 海潮线指的是海岸边受涨潮和落潮影响的浅水区域。

[2] 别西卜（另译：巴力西卜）在《圣经·新约》中被称为鬼王。

伯爵爷船驶向残忍之岛[1]，
海风儿鼓动起船上风帆。

92

他是否能找到心爱女子：
无此女伯爵爷片刻难安，
爱惜她远胜过世上万物，
此时刻近卫士难抑欲念。
若现在他奔向爱尔兰岛，
又担心新事件[2] 耽误时间，
因而便口中吐无奈之语：
"我为何未更快赶路向前？"

93

英格兰、爱尔兰皆未停顿，
也未曾停泊于对面海岸[3]，
射心的弓箭手[4] 掌控航向，
我们应任他[5] 去，不必多管。
现在我要重新回到荷兰，
亦邀请您与我一同回返；
如若是婚礼[6] 上缺少我们，
违我心，也必定不合您愿。

---

[1] 指爱尔兰附近的埃不达岛。见第 8 歌 51 节和本歌 11 节。
[2] 又担心会发生新的事件，阻碍行程，耽误时间，使其来不及解救可能受难的安杰
    丽佳。
[3] 指爱尔兰和英格兰对面的海岸，即法兰西的海岸。
[4] 指罗马神话中的小爱神丘比特。
[5] 指罗兰。
[6] 指奥林匹娅与公爵比雷诺的婚礼。

94

那婚礼虽然是奢华非凡，

却不似西兰人[1] 许诺那般。

我不愿您独自胡思乱想，

请跟我随思绪同赴庆典[2]；

因为那（儿）又出现新的情况，

把这场隆重的婚礼搅乱；

您如若还愿意听我讲述，

下一歌再向您细细道全。

---

[1] 指西兰公爵比雷诺。

[2] 诗人不希望读者自己随意想象这场隆重的婚礼场面，而希望读者听他细细讲述，因而请读者随他的思绪一同飞向婚礼的庆典。

第 10 歌

孤岛上弃新娘奥林匹娅　背信义恶公爵移情别恋
鲁杰罗乘飞马游遍各地　埃不达救美女与怪激战

　　忘恩负义的比雷诺公爵，见弗利萨国王女儿美艳，便移情别恋，残忍地把奥林匹娅抛弃在一座孤岛之上。

　　鲁杰罗逃离阿琪娜的城堡，到达了善良仙女洛基提处，并向仙女学会了驾驭宝马神鹰的诀窍。他骑乘宝马神鹰飞越了许多地方，在伦敦见到了英格兰的军队，后来又看见了苏格兰的军队，两军已整装待发，准备去救援查理；然后他又飞向爱尔兰。

　　当他飞越埃不达岛时，见海怪正要吞食被缚于礁石之上的安杰丽佳，便与海怪展开了一场激战。鲁杰罗无法斩杀海怪，便决定用魔盾征服它。他担心盾光伤及安杰丽佳，便把魔戒戴在美女的手指上。耀眼的魔盾光令海怪昏厥过去。安杰丽佳获救，她的美貌使鲁杰罗情欲冲动。

1

人世间著名的恋爱之人，
要经历多少乐、多少苦难？
面临着多少爱、多少忠贞？
其爱心应怎样坚定不变？
我推崇爱魁首奥林匹娅，
古与今难有人与其比肩，
即便是未超越所有世人，
如此的巨大爱亦属罕见。

2

她的爱极浓烈而且明显，
比雷诺对于此心中明鉴[1]；
美少女对公爵敞开心扉，
更加令此男子心定神安[2]。
如若是爱之情应获回报，
这样的爱情债理当偿还，
比雷诺爱少女超过自己，
我认为这才是理所当然。

3

哪怕是其他女十分美艳，
能够将欧亚陆投入苦难[3]，
哪怕是遇见了绝世佳丽，
也不该抛弃这善良婵娟；
此女子爱生活，品格高贵，
眼明亮，耳亦聪，言语非凡，
其他女你可想，也可谈论，
但切莫把此女抛弃一边[4]。

4

无论是比雷诺佯装爱情，
就好似美少女真爱那般，

---

[1] 比雷诺公爵心中十分清楚奥林匹娅非常爱他。

[2] 当奥林匹娅公开向公爵表述爱情时，公爵对她的爱更加放心。

[3] 哪怕是其他女人十分美艳，美艳得如同把欧亚大陆投入到战争苦难的海伦。据荷马史诗所言，海伦是引起特洛伊战争的绝世美女。

[4] 奥林匹娅热爱生活，有高贵的品格，既聪明，说话又极其好听；你头脑中可以去想其他的女人，亦可议论其他的女人，但绝不可以把这样善良、美貌、高贵的女子抛弃一边。

对少女表面上忠诚无比，
看上去像从来未曾背叛；
或公然对少女忘恩负义，
弃忠诚与爱情，显露凶残，
我都会将惊讶变成鄙视，
撇撇嘴，把轻蔑结于眉间[1]。

5

女人啊，你们要听我规劝，
别相信求爱者巧语花言，
人世间存在着众多邪恶，
追求者常许下报恩诺言。
他们为能获取欲得之物，
全不顾上天主耳听、眼见，
对上天许诺言，发出毒誓，
一阵风便全都烟消云散[2]。

6

爱情的饥与渴灼烧心田，
饥与渴解除后爱情不见，
发出的誓言与种种许诺，
飘洒在空气中，被风吹散。
切莫信他们的恳求、哭泣，
受骗的真实例就在眼前。
靠别人付代价由钝变精，

---

[1] 无论是比雷诺外表装出十分爱恋奥林匹娅，还是对其公开显露出忘恩负义的凶残面容，我都会先是感到惊讶，然后便对他十分鄙视。

[2] 诗人在此又发出感叹，希望女人们能够提高警惕，不要被心存邪念的男人们的花言巧语所欺骗。

那才会感觉到幸福无限[1]。

7

女人啊，你们应十分警惕，

嘴巴上无毛的英俊少年，

他的情来时快去时更快，

其欲望就如同稻草火焰[2]。

也好像狩猎者追捕野兔，

寒与暑，追入山，奔上海滩，

他不知能否把猎物捉住，

只知道快步跑将其追赶：

8

少年亦对你们如此行事，

他坚定且固执追求不断，

就如同忠诚的一位奴仆，

为求爱，奉承你，用心周旋；

但随后很快便高歌凯旋[3]，

将你们却视为奴仆一般，

此时刻你们见假爱已去，

恶少又换对象，移情别恋。

9

不因此我便把你们阻拦，

使你们不能把爱情实现；

---

[1] 诗人仍然在向女人呼吁：女人相信求爱者的恳求和眼泪，随后又受到求爱者欺骗，
奥林匹娅的真实经历就摆在眼前；汲取他人教训变得聪明的女人才会幸福。

[2] 像用稻草点燃的火，刚点燃时，非常旺盛，但很快稻草就会烧尽，火也随之熄灭。

[3] 很快便征服了所爱的女子。

没有爱你们像园中孤苗，

无木杆[1]做依靠难以立站。

我只想劝你们远离少年，

嘴无毛，心不专，十分易变。

不要摘坚硬的未熟果实，

因为那未熟果既涩又酸[2]。

10

上文讲弗利萨国王之女，

狱中被公爵与随从发现，

那公爵经协商做出决定，

令弟娶她为妻带回家园[3]。

其实是比雷诺贪其秀色，

见美味嘴边挂三尺垂涎：

到嘴的肥美肉岂能让人，

他认为假谦让愚蠢可怜[4]。

11

那少女尚不足十四周岁，

其容貌娇而美，超俗脱凡，

好一支待放的含苞玫瑰，

春天的阳光下更显娇艳。

比雷诺心中爱美丽少女，

似火绒遇火苗，岂能不燃；

---

[1] 指插在果园支撑果树苗的木棍。

[2] 仍然在规劝女子：你们要远离嘴上无毛、爱心不专的少年，就像不应该摘取坚硬的未成熟的果实，因为它们既涩又酸。

[3] 公爵已与人密谋，假意命他的兄弟迎娶被杀的弗利萨西魔科国王的女儿为妻，然后带回西兰公国，自己再将其占有。

[4] 他认为谦让的人愚蠢可怜。

即便是嫉妒者投他入火，
其热烈也难比焚心火焰[1]。

12

当见到丧父女痛苦不堪，
娇滴滴，悲戚戚，泪盈美面，
他立刻情激动，如火焚身，
火苗儿烧到了骨髓里面。
以前他曾狂爱奥林匹娅，
遇新人[2]熄灭了往日情恋，
就如同滚烫的一锅沸汤，
参冷水，止沸腾，不再滚翻。

13

他腻烦更厌恶先前情人[3]，
再见她实在不心甘情愿；
另一女已点燃他的欲望，
若长期不如愿命难保全[4]。
恶公爵欲欺骗奥林匹娅，
有一天把妻子留在身边，
又对她表现出爱恋至极，
假惺惺要赢得她的喜欢。

---

[1] 焚烧心灵的爱情之火远比把他投入到熊熊烈火之中还要令其难受。
[2] 指西魔科国王之女。
[3] 指他先前所爱的奥林匹娅。
[4] 如果继续拖延下去，不能满足欲望，他的生命就难以保全。

14

如若他爱抚那另一女子[1]，
其狂热定然要超出一般，
对于他无人会提出指责，
而会说他一片爱心拳拳[2]：
如有人被命运投入深渊，
你安慰遇难者，实施救援，
只会有赞美音，何来骂声，
更何况受援者是位婵娟。

15

哎呀呀，至高的上天主啊，
黑暗云常遮蔽人的判断！
比雷诺之行为十分险恶，
看上去却非常正直，仁善。
众水手已开始摇动船桨，
船起锚离开了平安海岸[3]，
搭载着公爵与随行人员，
在海面诸岛间驶向西兰。

16

荷兰的海岸线越来越远，
船上人已渐渐难以看见[4]，
船夫朝苏格兰驾舟行进，

---

[1] 指西魔科国王之女。
[2] 如果他爱抚西魔科之女，不会有人指责他，而会赞美他具有拳拳的爱心。
[3] 指已经平安的荷兰海岸。
[4] 船上的人已渐渐看不见海岸线了。

为躲避弗利萨船侧左舷[1]。
骤起的狂暴风卷动木舟，
入远海飘荡了整整三天。
第三日黑暗夜即将降临，
一荒岛偶然间出现面前。

17

风推动船进入避风海湾，
无猜忌美少女离船登岸，
不忠的比雷诺将她陪同，
令少女心愉悦享用晚餐：
随后便选定了适意之处，
支帐篷与夫婿卧榻入眠。
随从者均返回各自船上，
倒下身，欲休息，解除疲倦。

18

大海的风暴与极端恐惧，
使少女未曾有半刻合眼，
登岸后远离开风浪之声，
躺卧在平静的树木之间，
没骚扰，无担忧，不需盼顾，
因为她心上人就在身边；
美少女因此便深沉入睡，
睡鼠也难安眠如此香甜。

---

[1]　为了躲避弗利萨王国船向左边转，显然弗利萨王国在荷兰伯爵属地的右侧。

19

假爱人早已经策划背叛，

见少女进梦乡深入睡眠，

便悄悄不穿衣走下卧榻，

把衣裤打成卷捧在胸前，

离帐篷飞一般返回船上，

就好像有双翼生于两肩，

唤醒了随行者，悄无声息，

离岸边驶入了远海水面。

20

可怜那无助的奥林匹娅，

沉睡于梦乡中因为疲倦，

一直到奥罗拉驾驶金轮[1]，

把冰冷白霜露洒满人间[2]；

晨曦闻悲哀的哈尔西翁，

向波涛抱怨着古老海难[3]。

美少女伸手臂，半睡半醒，

去拥抱负心汉[4]，徒劳枉然。

21

未触到任何人，收回手臂，

---

[1] 奥罗拉是罗马神话中的曙光女神，她每天黎明时分飞向天空，向大地宣布新一天
     的来临。她的形象是：一位女神驾驭着金制车轮的马车飞驰于天空，因而这里说
     "驾驶金轮"。
[2] 罗马神话说，奥罗拉的眼泪是露水，当她悲伤时，一边飞上天空，一边掉泪，眼
     泪落下就变成了黎明时的霜露，因而此处说"把冰冷白霜露洒满人间"。
[3] 哈尔西翁是希腊神话中的特洛伊国王刻宇克斯的妻子，因得知丈夫遇海难死去而
     投海自尽，死后变成翠鸟，不断地在水边鸣叫，抱怨淹死丈夫的大海波涛。诗人
     用上面几句诗表示天已经亮了。
[4] 指将其出卖的西兰公爵比雷诺。

再试探，仍无人揽于臂间。
左一揽，右一揽，双臂拥抱[1]，
前一腿，后一腿，反复勾圈[2]。
恐惧感驱睡意，睁眼观看：
无别人，她独卧羽绒之间，
此时刻已无意被中温暖，
跳下床，忙走到帐篷外面；

22

急奔向海岸边，抓耳挠腮，
已预感恶命运来到身边，
她拼命扯头发，顿足捶胸，
借月色张望着远处海面，
想看到有船只停泊岸边，
却只见黑暗中汪洋一片。
她呼唤比雷诺，反反复复，
怜悯的洞窟神[3]回声不断。

23

大海边耸立着一座高岩，
浪花儿对岩底拍击不断，
岩底处形成了拱形空洞，
如弯桥悬挂于海水上面。
美少女急匆匆登上岩顶，
是绝望令其有力量无限，

---

[1] 在睡梦中用左臂揽一下，再用右臂揽一下，然后再用双臂拥抱。
[2] 用腿向前勾一下，再向后勾一下，然后又反复不断地用腿勾来勾去。
[3] 她的呼唤只在具有怜悯之心的洞窟神那里得到了回音，即只有礁石下的洞穴回应
    她的呼喊。

她遥见海面上风帆点点，
残忍的负心人已经逃远：

24

应该说她似乎望见风帆，
因那时天色仍十分昏暗。
无助女颤抖着跌倒在地，
苍白脸如寒雪覆盖地面；
随后她硬撑着站起身来，
朝远去帆船儿高声叫喊，
用足力呼叫那骗子名姓，
一声声召唤着残忍恶汉。

25

柔弱的呼喊声难以传远，
用哭泣与击掌少女乞怜[1]。
"残忍汉，你急忙逃往何处？
应登舟可怜人[2]尚未上船。
携我魂亦应该带走身躯[3]，
我登船怎令你如此为难。"
悲惨的美少女摇手摆衣，
示意那远行船快快回返。

26

风吹动扬帆船进入远海，

---

[1] 痛苦、绝望地猛击双掌。
[2] 指奥林匹娅自己。
[3] 你既然带走了我的灵魂，也应该带走我的躯体。

驶向那不忠者[1] 西兰家园，

带走了不幸女乞求、哀诉，

携去了苦命人哭泣、叫喊；

她三次狠下心试图寻死：

投入海，自溺亡，沉下水面；

最后都望海水决心难下，

又返回睡卧的帐篷里边。

27

她趴在卧榻上覆掩颜面，

泪如雨，浸湿床，发出哀叹：

"昨夜里你[2] 接待两位客人，

为什么起身时未双而单？

噢，邪恶的比雷诺背信弃义，

啊，生你的那一日天降灾难[3]！

我咋办？我只身又该咋办？

苍天啊，谁助我，安我心田？

28

"这地方看不到任何人影，

连人的踪迹也丝毫不见；

更没有可乘的救命船只，

我无望寻活路逃出灾难。

苍天啊，森林中恶狼成群，

即便我未作为它们美餐，

死后也极悲惨，无物遮体，

---

[1]　指背叛了奥林匹娅的西兰公爵比雷诺。

[2]　指卧榻。

[3]　你的出生就等同于灾难降临人间。

更无人能令我入土为安。

29

"我似乎已看见那片森林，
有狮熊和虎豹出入其间，
天赋予诸猛兽尖牙利爪，
使它们伤人时十分凶残。
苍天啊，何猛兽比你[1]狠毒？
能令我比此死[2]更加悲惨？
诸猛兽杀死我一次足矣，
你却要戕害我千遍万遍。

30

"即便是有水手现在来此，
怜悯心令他们救我脱难，
能躲避熊与狮豺狼虎豹，
苦与难伤与死也可避免；
难道说我还能逃往荷兰？
你的人已控制要塞港湾。
难道说我还能返回故乡？
你已经用欺骗将它侵占。

31

"你打着联姻的友好旗号，
却无情夺走了我的家园。
很快便安插了你的亲信，
手中已紧握住统治大权。

---

[1] 指凶恶的西兰公爵比雷诺。
[2] 指孤独地饿死在孤岛之上。

我可去佛拉芒安身立命？
但已经卖尽了所有财产[1]，
这一切都为了救你出狱，
苍天啊，我何处可以避难？

32

"难道说我应去弗利萨国？
为了你我放弃那（儿）的王冠，
失掉了所有的财富、权力，
父与兄均丧命，后果悲惨。
我不想抱怨你忘恩负义，
也不想指责你罪恶滔天，
你心中更比我清楚明白，
却如此回报我，你心怎安？

33

"哎呀呀，可别让海盗捉我，
再把我作奴隶卖到天边！
狮与熊狼与虎其他猛兽，
也别来施伤害把我侵犯，
咬死我拖尸体进入洞穴，
用利爪与尖牙将我撕烂。"
美少女把双手插入金发，
一缕缕将头发撕散，拽乱。

34

随后她又跑到海边沙滩，

---

[1] 为营救西兰公爵比雷诺，奥林匹娅已经买尽了她家的财产。见第 9 歌 48—50 节。

心绝望，摇摆头，发丝飘散；

似乎是发了疯丧失理智，

体内有数十个魔鬼纠缠；

就好像见爱子被人害死，

愤怒的郝卡柏变成狂犬[1]。

她立于岩石上眺望大海，

也如同那一座岩石一般。

35

先暂且将此女搁置一边，

我再把鲁杰罗讲述一番：

正晌午迎头照炎炎烈日，

他跃马海滩上十分疲倦[2]。

太阳公照山冈，光线反射，

令脚下细白沙热如火炭。

身上的铁甲胄如同烈火，

亦像是铁匠炉炙铁一般。

36

他策马炙热的海滩之上，

又干渴，又孤独，行进艰难，

一步步陷深沙，十分辛苦，

只有那厌与烦陪伴身边；

---

[1] 郝卡柏是希腊神话中的人物，她是特洛伊国王普里阿摩斯的妻子，赫克特和帕里斯等人的母亲。在特洛伊战争中，她丧失了丈夫和几乎所有的儿子，自己也成了俘虏。普里阿摩斯唯一幸存的血脉是幼子波吕多洛斯，他留在色雷斯，没有被杀死。但当郝卡柏路经色雷斯时得知，色雷斯王为了侵吞波吕多洛斯的财产把他也杀死了，因而十分愤怒；她找到国王，弄瞎了他的双眼，杀死了他的两个儿子。后来她也被杀死，死后变成一条狗。郝卡柏是复仇女性的一个象征。

[2] 鲁杰罗逃离阿琪娜的宫殿之后，赶往善良的仙女洛基提处。见第 8 歌 19—21 节。

见岸边一古塔立于浪中，
那古塔把阴影投洒地面，
影下有阿琪娜宫廷三女，
看衣装与举止辨认不难。

37

三女子躺卧在地毯之上，
其周围堆放着许多酒坛，
享受着惬意的阴影凉爽，
饮琼浆，喝玉液，舒舒坦坦。
海滩边停泊着一只小舟，
戏弄着海中的细波、微澜，
此时刻风浪静，酷热难当，
她们待吉祥的风儿吹帆。

38

眼见到鲁杰罗专注赶路，
急忙忙驰行于松软沙滩，
干渴的嘴唇上布满裂纹，
呈现出痛苦状，汗流满面，
便为了挑逗他张口说话，
规劝他切勿要一心向前，
别忘记享受这温情阴凉，
莫拒绝补给养保持强健。

39

一女子来到了骑士马前，
抓马蹬欲令其跳下马鞍；

另一女手捧着一杯汽酒[1]，
使骑士见酒杯更觉口干。
鲁杰罗并不为她们所动，
他不敢浪费掉半点时间，
阿琪娜有可能立刻赶到，
她就在己身后紧紧追赶。

40

细硝粉、纯硫磺[2]也不能够，
遇火种便燃起如此烈焰；
即便是黑风暴降临大海，
亦难令它如此咆哮、抖颤[3]：
当看到鲁杰罗坚定不移，
专心要赶路程，一往直前，
全不顾她们的美丽容貌，
第三女怒火烧，发疯一般。

41

"你不是真君子亦非骑士，"
她用尽全身力高声呐喊，
"手中剑、胯下马均不属你，
得到手全依赖偷窃、欺骗[4]；
我能够极准确猜到真情：
你是个粗野的傲慢贼汉，

---

[1] 如同香槟一样的带有气泡的酒，看上去能够令人解渴。
[2] 制作火药的材料，这里指火药。
[3] 此处，诗人用火药燃起烈焰和风暴卷起大海波涛来比喻第三个女子发怒。
[4] 你见到美丽的女子如此傲慢，根本就不是真正的君子和骑士；你手中的宝剑和胯下的战马均是靠偷窃和欺骗得来的。

被烧死，被绞死，或被车裂，
必将要受惩罚，下场悲惨。"

42

傲慢女随后仍骂声不断，
邪恶的攻击中难闻善言；
鲁杰罗尚未及反唇相讥，
她迅速与姐妹登上木船：
那船儿专门为三女服务，
停靠在海岸边，飘荡水面；
女子们摇动桨，快速行驶，
沿岸边望骑士紧紧追赶。

43

威胁且诅咒他，不断辱骂，
句句话都刺穿骑士心肝。
鲁杰罗奔逃至一道海峡，
越过它便可入善女地面[1]；
见面前有一位年迈船夫，
正解开船缆绳欲去彼岸，
就好像得通知早有准备，
等待着鲁杰罗赶来登船。

44

见骑士到岸边船夫扬帆，
他愿意渡骑士到达彼岸：
面慈者心肠好，令人信任，

---

[1]　指善良的仙女洛基提所管辖的地界。

看上去他心地十分良善。
鲁杰罗登小舟，感谢上主，
令他能航行于宁静海面，
驾船人与骑士谈天说地，
那老叟智慧且富有经验。

45

他赞扬鲁杰罗英明、果断，
能摆脱阿琪娜温柔纠缠；
对爱者邪恶女均献毒酒，
鲁杰罗却事先离她身边[1]，
奔向那圣洁的洛基提女，
将看到善良的风俗习惯，
亦可见无限的永恒优雅，
养性情心向善孜孜不倦[2]。

46

"她[3]具有神奇魂、敬人之心，
其容貌与举止高贵不凡，
你仔细瞻仰其优雅形象，
便会觉其他均微小仁善[4]。
普通爱能滋生欲望、忧愁，

---

[1] 阿琪娜对恋爱她的人最后都要捧出毒酒，将其变成树木等各类物品，而鲁杰罗却能够在她捧出毒酒之前逃离而去。
[2] 洛基提的善良与优雅可陶冶来访者的性情，使其永远孜孜不倦地向善。
[3] 指洛基提。
[4] 你若是仔细观察她的优雅形象，便会觉得其他的仁善都微不足道。

会令你心陷入种种苦难[1]，
她的爱不使你产生欲望，
见到她你便会意满心安。

47

"她教你喜爱的各类学问，
使你的思想能更加康健，
还教你品气味、歌舞、沐浴，
使你能如白云升上蓝天：
人肉体也能够部分享受，
真福者[2] 无限的快乐宁安[3]。"
摆渡者话儿多，说个不停，
小船儿仍远离安全彼岸。

48

此时刻他看见许多木舟，
均朝着他的船行驶向前。
邪恶的阿琪娜坐在船中，
率领着众随从紧紧追赶，
或为了要追回丢失之爱，

---

[1] 普通的爱可以使人心中产生欲望和忧愁，因为人即希望获得爱情，又担心丧失爱情；而她的爱却是极其高贵和纯洁的，不会引起你的欲望；见到她你自然会心满意足，感觉宁安。

[2] 指升入天国享受永恒之福的灵魂。

[3] 洛基提可以教授你各类学问，还可以教你如何品尝味道，如何唱歌跳舞，如何沐浴，使你变成高贵的人；因而可以使你升上天空，在人世间就使你的肉体之身也能够部分地享受到天国无限的至福。这些诗句充分地表现了诗人把人间快乐与天国幸福结合在一起的人文主义精神。

或由于国与人均遭涂炭[1]。
妖女因淫邪爱惹下大祸,
熊熊的复仇火燃于心间。

49

自出生她从未如此恼恨,
愤怒火焚烧着她的心田;
因此便命令人快快划桨,
水花花飞溅在船的两舷。
哗啦啦,划桨声十分响亮,
其回声飘荡在岸边、海面。
"鲁杰罗快揭开神盾锦缎!
若被杀或被俘你丧颜面[2]。"

50

摆渡人对骑士如此喊道,
随后便伸手抓罩盾锦缎,
揭下了遮盖物,亮出魔盾,
那魔盾显神威,金光闪闪。
发出了一道道神奇光芒,
强烈光刺伤了追兵双眼,
追赶者立刻都变成瞎子,
从船头或船尾跌向海面。

---

[1] 鲁杰罗冲破了阿琪娜的城门,杀死许多阿琪娜的士兵;梅丽萨破除了阿琪娜的魔
     法,恢复了被变成树木、石头等物的众骑士的本来面目;因而此处说"国与人均遭
     涂炭"。见第 8 歌 3—18 节。
[2] 如果被杀死或者被俘虏,你都会丧失颜面。

51

哨塔上有一位瞭望士兵，

发现了阿琪娜舰队战船；

便拼命敲响了报警钟声，

请岸边快给予骑士支援。

投石机向敌人掷出石弹，

就好像天上降石雨一般：

增援者来自于四面八方，

助骑士获自由、生命安全。

52

好仙女[1] 派出了四位女子，

她们都急忙忙来到海滩：

睿智的芙洛妮、义女蒂奇，

奇女子安洛妮十分勇敢，

索罗茜有节制胜过他人[2]，

可发挥更多热，十分光灿。

无敌的一军团冲出城堡，

摆开了迎敌阵，直对海面。

53

城堡下宁静的海港之中，

停泊着无数的巨大战船，

钟声响便可以一呼百应，

昼与夜均准备投入大战。

就这样展开了激烈厮杀，

---

[1]　指洛基提。

[2]　四女子是西方勇、义、智、节"四枢德"的象征。"四枢德"是古希腊时期西方哲
　　　人就开始追求的人的最基本的美德，后来基督教又增加了信、望、爱"三超德"。

那战火烧陆地亦燃海面：
阿琪娜曾夺取妹妹王国，
现如今又令其[1]地覆天翻。

54

噢，开战前难判断战争结果，
有多少战争都不尽人愿！
阿琪娜未追回逃跑骑士，
其复仇之愿望未能实现，
她的船曾经是密密麻麻，
挤满了广阔的大海水面，
一把火被烧尽，干干净净，
她只好乘小舟狼狈逃窜。

55

其随从烧死和溺水无数，
或被杀，或被俘，难逃劫难。
丢失了鲁杰罗妖女哀痛，
其疼痛撕裂了她的心肝：
昼与夜为了他悲伤哭泣，
伤心泪无休止溢出双眼；
为结束如此的痛苦折磨，
她时常恨不能自行了断[2]。

56

只要是日与月不停运转，

---

[1] 阿琪娜曾利用极其卑鄙的手段强行占领其妹洛基提的国土，现在又把战争烧到洛
    基提仅剩的港口地区，使其天翻地覆。
[2] 阿琪娜痛苦得恨不能自杀。

妖女便不会死，直至永远[1]。

她如若非永生，如此之痛，

足可使克洛托收其红线[2]；

噢，狄多啊，你用剑结束苦难[3]；

啊，尼罗的女王啊[4]，你貌娇艳，

她[5]也想模仿你[6]永睡不醒，

却永远不能把生命斩断。

57

鲁杰罗应享有永恒荣耀，

阿琪娜却为他忍受苦难。

勇骑士弃舟船登上陆地，

来到了安全的一片海滩，

他感激上天主周密安排，

使他的计划能完全实现，

转过身，背朝海，加快脚步，

向那座城堡处奔跑向前。

---

[1] 阿琪娜和其他仙女一样，具有不死之身。

[2] 克洛托是希腊神话中掌握人类生命的女神。西方人认为，每个人的生命红线都缠绕在生命纺锤之上，掌握生命的女神将谁的红线收起，就意味着这个人将死去。此诗句意思为，如果阿琪娜是可以死去的普通人，她的痛苦足可以使克洛托收起她的生命红线，令其死去。

[3] 维吉尔在《埃涅阿斯纪》中讲：埃涅阿斯逃难，漂泊到北非的迦太基，与女王狄多产生了爱情，幸福地生活在一起；但梦中，上天指示他继续航行，努力建立一个伟大的国家，即后来的罗马；埃涅阿斯毅然决然地离弃了狄多；愤恨的狄多女王拔剑自杀，并命人将其尸体焚烧。

[4] "尼罗的女王"指埃及女王克莱奥帕特拉七世，他与古罗马后三头政治同盟者之一马克·安东尼相爱，安东尼被政敌屋大维击败身亡后，据说她也放毒蛇将自己咬死。

[5] 指阿琪娜。

[6] 指埃及女王克莱奥帕特拉。

58

该城堡坚而美丽，举世无双，

往日里见不到，未来亦难[1]。

即便是石榴石、钻石砌墙，

其珍贵也难与此城比肩[2]。

何宝石筑成了如此美城？

说何益，你最好亲眼观看；

我认为人世间无城可比，

若想找第二座只能登天。

59

城墙前诸宝石鞠躬退让[3]，

凝视它人灵魂透彻可见[4]；

这便是宝城墙另一神功，

它使你看清楚邪恶、仁善，

令你能识别出阿谀奉承，

不无理斥责人引起抱怨[5]：

从而可变谨慎具有智德，

照明镜，识己貌，端正衣冠。

60

亮闪闪城墙石可比艳阳，

似明灯照四方，光辉灿烂，

有此石随时能获得白昼，

---

[1]　如此坚固、美丽的城堡，以前很难见到，未来也很难见到。

[2]　即便用石榴石（一种红色的宝石）或钻石砌墙修建起来的城堡也难与这座城堡
　　相比。

[3]　在宝石砌成的城墙面前，各种宝石均显得逊色，只能退让到一边。

[4]　凝视这座宝石砌成的城墙，人的灵魂便可以透彻可见。

[5]　而不会把善良看作邪恶，因无理斥责好人而引起抱怨。

可违逆福玻斯，遂己心愿[1]。
不仅是筑城石举世无双，
建城的技巧亦神奇非凡，
如若是只赞美二者之一，
必然会出错误扭曲判断。

61

许多的拱状门高高耸立，
看上去好像在支撑苍天，
天空中种植物虽然辛苦，
却展现好一片美丽花园[2]。
可见到芳香的小小树林[3]，
周围的美城垛金光闪闪，
无论是夏日里还是冬季，
鲜艳花、累累果挂在眼前。

62

珍奇的棵棵树如此这般，
其他的花园中着实罕见，
还有那紫罗兰、玫瑰、百合，
千穗谷、香茉莉争奇斗艳。
其他处鲜花朵只放一日，
当天开，当天谢，低垂艳脸，
只要它[4]离弃了鳏居花茎，

---

[1] 砌城墙的宝石闪闪发光，如阳光一样，它可以使我们按照自己的意愿，违逆太阳神福玻斯的指令，随时获得明亮的白天。
[2] 城楼上种植着各种植物，在空中种植物虽然很辛苦，却展现出好一片美丽的花园。
[3] 城楼上可以看见一片小小的、芳香的树林。
[4] 指花。

就只能随天意顺其自然。

63

但此处草与树绿色不变，
保鲜的各色花永远美艳：
并不因大自然如此造化，
有意要表现出这番仁善；
而因为善仙女[1]用心呵护，
不依赖上天把恩泽施展；
其他人似乎是难以如此，
牢牢把美春色锁于身边。

64

这等的高贵者[2]来到身边，
善仙女表现出欢乐无限；
命令人对骑士盛情款待，
把荣耀奉献于英雄[3]面前。
阿托夫早已经来到此地，
鲁杰罗见到他十分喜欢。
十日后又来了许多骑士，
梅丽萨[4]引他们到达此间。

65

休息了一昼夜又一白天，

---

[1] 指洛基提。
[2] 指鲁杰罗。
[3] 指鲁杰罗。
[4] 善良的女法师，布拉达曼的保护人；她破除了阿琪娜的魔法，救出了阿托夫等被
    变形的骑士。见第 8 歌 14—18 节。

鲁杰罗与公爵[1] 来见女仙[2]，
阿托夫也同样迫切希望，
尽快能回西方重返家园。
梅丽萨为二人张口求情；
请女仙帮骑士解决疑难，
为了使他们能早归故土，
恳求她伸出手提供支援。

66

女仙道："这件事我来处理，
他二人若自由还需两天。"
应先帮鲁杰罗后助公爵，
她心中把计划反复盘算：
首先要解决那飞马之事，
若想去阿基坦[3] 需它飞天；
事先要给烈马戴上嚼子，
命往东不向西，令站便站[4]。

67

还应教它如何服从命令，
听号令从空降或者升天；
或令它疾奔驰翱翔空中，
亦可以令其在天上盘旋：
就如同骑士们平时骑马，

---

[1] 指阿托夫。

[2] 指洛基提。

[3] 阿基坦是加斯科涅的古称，位于法兰西的西南部，布拉达曼诞生在那里的多多涅
河畔的城堡中。

[4] 洛基提要为飞马戴上嚼子，并训练它，使其听从指挥；然后鲁杰罗才能骑乘它去
遥远的阿基坦寻找布拉达曼。

奔跑在大地的平坦草原，
鲁杰罗将熟练驾驭神鹰，
自由在蓝天上飞行向前。

68

鲁杰罗已完全做好准备，
告别了善良的美丽女仙，
离开了那一片可爱土地，
大爱却从此把二人相连。
我下面先讲他怎样离去，
然后把英格兰骑士[1] 叙谈：
他[2] 付出许多的时间、辛苦，
才最终返回到查理身边。

69

鲁杰罗就这样登程上路，
他未走来时的奇异路线[3]，
这一次仍骑乘宝马神鹰，
翱翔于大海上，陆地少见：
但此时他已能随意操纵，
令飞马听其命展翅行天；
就如同三贤士躲避希律[4]，

---

[1] 指阿托夫。
[2] 指阿托夫，即英格兰骑士。
[3] 来时，鲁杰罗尚不会驾驭宝马神鹰，因而任其随意飞翔，行走了一条奇特的路线，被迫来到阿琪娜岛。因而，此处诗人说鲁杰罗来时走了一条"奇异路线"。
[4] 据《圣经·新约》记载，耶稣降生时，三位贤士在东方看见伯利恒方向的天空上有一颗巨星，于是便跟着它来到了耶稣基督的出生地。他们带来黄金、乳香、没药等珍贵礼物，向刚诞生的耶稣献礼。他们担心国王希律会迫害耶稣，因而返回东方时，绕道而行，没有去耶路撒冷把耶稣诞生的准确地点告诉他。

他亦选新路线飞行向前。

70

他离开西班牙来到此地，

沿直线飞行至印度地面，

东海水浸泡着这片土地，

在此处两仙女争斗不断[1]。

现如今他将见另一天地，

在那里风神[2]将席卷海面；

这样便如同那光辉太阳，

绕世界他走完整整一圈[3]。

71

这里是曼加纳[4]、那儿是契丹[5]，

巨大的坤萨伊[6]脚下展现；

飞过了高高的喜马拉雅，

赛里斯[7]被甩在右侧后面；

从北方斯基泰[8]降向里海，

---

[1] 阿特兰的钢铁城堡设在位于西班牙的比利牛斯山，布拉达曼利用魔戒破了阿特兰的魔法，使城堡消逝；然而宝马神鹰却携带鲁杰罗飞到东方的阿琪娜岛，岛上，邪恶女仙阿琪娜与善良女仙洛基提争斗不断。见第 4 歌 16—48 节。

[2] 指希腊神话中的风神埃俄罗斯。

[3] 来时，鲁杰罗乘宝马神鹰向东南飞行，从西班牙一直飞行到东方；返回时他将向西北飞行，再返回西方；这样他将像光辉的太阳一样，从西向东，又从东向西，绕着世界转了一圈。

[4] 指中亚地区的南部。

[5] 指中国。当时西方人认为契丹就是中国。

[6] 指中国的浙江地区。马可波罗在他的《马可波罗游记》中描述过该地区。

[7] 古希腊和古罗马人称中国西北地区为赛里斯，意思是 "丝来的地方"。在《热恋的罗兰》和《疯狂的罗兰》中，勇猛的异教骑士格拉达索是赛里斯的国王。见第 2 歌 45 节。

[8] 指古代斯基泰人居住的地区。斯基泰人是公元前 8 世纪至公元前 3 世纪位于中亚和南俄草原上的印欧语系东伊朗语族的游牧民族，善于养马。

到达了萨马特[1] 两洲边缘:
俄罗斯、普鲁士、波美拉尼[2],
鲁杰罗把欧亚尽收眼帘。

72

尽管想立刻见布拉达曼,
欲尽快返回到爱人身边,
却不愿放弃掉巡游之乐,
希望把全世界游历一番;
他还要看一看其他地方:
匈牙利,日耳曼,还有波兰,
最后至可怖的北方之地,
又来到英格兰——欧洲尽端。

73

别以为骑士会始终飞行,
从未下神鹰背离开马鞍;
每夜晚他必定下榻客栈,
鲁杰罗欲保障良好睡眠。
因欣赏茫茫海、无垠大地,
在路上耗费了许多时间。
一清晨飞马至伦敦上空,
泰晤士河上方向下盘旋。

---

[1] 萨马特(另译:萨尔马特)指古代萨马特人居住的地方。他们是公元前 3 世纪至公元 4 世纪时生活在南俄草原及巴尔干东部地区的居民。
[2] 波美拉尼(另译:波美拉尼亚)是中欧的一个历史地域名称,现在位于德国和波兰北部,处于波罗的海南岸。

74

在伦敦附近的草地之上，
他看见武装者集聚一团，
号角鸣，战鼓响，震撼大地，
列成队，步伐齐，行进向前；
近卫士里纳多荣立队首，
其故事前文中尚未讲完，
查理帝派骑士来到这里，
为的是寻帮助求得救援。

75

鲁杰罗恰此时到达英伦，
城门外阅兵式雄伟壮观；
落地后他询问一位骑士，
那和蔼之骑士张口回言：
"众兵勇均来自四面八方，
列成队高举起旌旗面面，
苏格兰、爱尔兰、英伦诸岛，
助查理战敌寇奋勇当先。

76

"阅兵式结束后整装出发，
奔向那浪滚滚大海岸边，
战船已停泊在港口之中，
待勇士扬起帆游弋海面。
被围的法兰西盼望援兵，
再重新整旗鼓投入激战。
我对你慢慢说，细细讲述，
把援军之情况一一道全。

77

"你细看那一面巨大旌旗，
百合花与斑豹同绣旗面，
其他旗跟随在该旗之后，
统军帅举大旗走在前面；
他便是著名的利奥内托[1]，
军旅中将之花，勇猛彪悍，
国王侄镇守于兰开斯特[2]，
此公爵战场上智勇双全。

78

"紧跟随王室的旌旗之后，
沃里克里卡多[3]举旗向前，
伯爵的绿旗绣三只白翅，
迎着风面对山瑟瑟抖颤。
双鹿角标志着格洛斯特[4]，
公爵爷高擎旗跟在后面。
那位是克莱尔[5]约克[6]公爵，
随其后雄赳赳举旗一杆。

79

"你再看诺福克[7]公爵旗帜，
上绣着折三段一支枪杆。

---

[1] 利奥内托是英格兰国王的侄子，兰开斯特公爵。
[2] 英格兰西部的一个地区。
[3] 沃里克伯爵的名字叫里卡多。
[4] 英格兰西南部的一个公国。
[5] 英格兰公国名称。
[6] 克莱尔公爵的名字叫约克。
[7] 英格兰公国名称。位于英格兰的东部。

彭布罗[1]伯爵爷旗绣兀鹰，

肯特[2]伯旌旗上绣着闪电。

萨福克[3]公爵爷旗绣天平，

你再看那牛轭二蛇盘缠：

掌旗伯受封地埃塞克斯[4]，

诺森[5]伯蓝旗上刺绣花环。

80

"阿伦德[6]伯爵爷放船下海，

那木舟竟然会沉下水面。

你再看马奇[7]伯、里士满[8]伯，

紧跟在伯克利[9]侯爵后面：

二伯旗绣棕榈、水中傲松，

侯爵爷擎白旗，上绣半山。

多切特[10]伯爵爷旗绣车架，

汉普顿[11]伯爵旗刺绣王冠。

81

"德文[12]伯雷蒙德手擎一旗，

---

[1]　彭布罗（另译：彭布罗克）是英格兰伯爵封地的名称。

[2]　肯特是英格兰的伯爵封地，位于伦敦的东南方。

[3]　英格兰的公爵属地，位于英格兰的东部。

[4]　英格兰的伯爵属地，位于英格兰的东部，在伦敦的西南方。埃塞克斯伯爵的旗帜上绣的是两条蛇缠着牛轭。

[5]　另译诺森伯兰。英格兰的公爵属地，位于英格兰的东北部。

[6]　阿伦德（另译：阿伦德尔）是英格兰的伯爵属地。

[7]　英格兰的伯爵属地。

[8]　英格兰的伯爵属地。

[9]　英格兰的侯爵属地

[10]　多切特（另译：多切斯特）是英格兰的伯爵属地，位于英格兰南部。

[11]　指南汉普顿。英格兰的伯爵属地，位于英格兰南部。

[12]　英格兰的伯爵属地，位于英格兰西南部。

上面绣一只隼翼覆巢面。

德比[1]旗绣猛犬，牛津[2]绣熊，

温切特[3]伯爵旗黑黄相间。

巴斯[4]的主教爷十分富有，

旗帜上绣十字，金光闪闪。

你再看灰旗上椅子破裂，

它属于萨默赛[5]公爵阿曼。

82

"马上的弓箭手、武装骑士，

其数量足足有四万两千，

徒步者更多于骑士两倍，

或者说步兵勇足足十万。

你快看那灰旗、绿旗、黄旗，

还有那黑蓝条旗帜招展：

戈弗雷[6]、恩力格[7]、艾曼[8]、奥多[9]，

举旌旗率步卒威武向前。

83

"老艾曼统帅着阿伯加文[10]，

---

[1] 指英格兰中部的德比地区。

[2] 指英格兰南部的牛津地区。德比的旗帜上绣的是猛犬，牛津的旗帜上绣的是熊。

[3] 温切特（另译：温切斯特）是英格兰的伯爵属地，位于英格兰南部。

[4] 英格兰的一个主教教区，位于英格兰的南部。

[5] 萨默赛（另译：萨默赛特）是英格兰的公爵属地，位于英格兰南部。

[6] 白金汉公爵。

[7] 索尔兹伯爵。

[8] 阿伯加文伯爵。

[9] 什鲁伯里伯爵。

[10] 阿伯加文（另译：阿伯加文尼）是英格兰的伯爵属地，位于英格兰的西南部。

恩力格把索尔兹伯[1] 掌管，
奥多伯引领着什鲁伯里[2]，
白金汉公爵爷[3] 走在最前。
英格兰众勇士登船东行，
随后又调船头转向西面[4]，
见王子泽比诺[5] 率领兵勇，
苏格兰戴甲士足足三万。

84

"泽比诺早已经安营扎寨，
营寨中国王的旌旗招展：
旗帜上绣两只独角猛兽，
还有只雄武狮爪持宝剑。
武士中无人能与他[6] 媲美，
天铸就随后便毁掉模板[7]。
其美德与优雅超过众人，
罗斯[8] 的公爵爷勇力无边。

85

"阿瑟尔[9] 伯爵爷蓝旗高举，

---

[1] 索尔兹伯（另译：索尔兹伯里）是英格兰的伯爵属地，位于英格兰南部。

[2] 什鲁伯里（另译：什鲁斯伯里）是英格兰的伯爵属地，位于英格兰西部。

[3] 指前面提到的戈弗雷，他走在四支队伍的最前面。白金汉是英格兰公爵属地，位于英格兰中南部。

[4] 去与苏格兰军队会合。

[5] 苏格兰王子。见第 5 歌 79 节。

[6] 指泽比诺。见第 7 歌 35—80 节。

[7] 上天铸造了泽比诺，然后便毁掉铸造他的模具；意思为：泽比诺的美德、优雅和勇力是天下独一无二的。

[8] 罗斯是苏格兰的北部地区，是公爵属地，泽比诺是罗斯公爵。

[9] 苏格兰的伯爵属地，位于苏格兰的中部。

旗面上金线绣一个围栏。
马尔[1] 的公爵爷擎起旌旗，
一花豹卧悬架绣在上面。
彪悍的阿加隆[2] 旗帜古怪，
上绣着数只鸟，五彩斑斓，
他并非公爵或伯爵、侯爵，
却是位野蛮国首领魁元。

86

"斯特拉福德[3] 公旗帜上边，
一鸟儿迎太阳圆睁双眼。
鲁卡尼[4] 伯爵爷安格斯[5] 主，
旗上绣一公牛携带二犬。
你看那奥巴尼公爵老爷[6]，
举一旗，上面是蓝白相间。
布坎[7] 的伯爵爷高举大旗，
一只鸷斗绿龙绣于旗面。

87

"强悍的阿马诺[8] 福布斯[9] 主，
手擎着黑白色旌旗一面；

---

[1] 苏格兰的公爵属地，位于苏格兰的北部。
[2] 位于苏格兰的一个蛮族王国的国王。
[3] 公爵属地。
[4] 即前面讲过的欲为兄阿里奥丹报仇的年轻骑士。见第 5 歌 44 节。
[5] 苏格兰的伯爵属地，位于苏格兰的东部。
[6] 指前面讲过的阿里奥丹骑士，他已经是奥巴尼公爵了。见第 6 歌 15 节。
[7] 苏格兰的伯爵属地，位于苏格兰的东部。
[8] 福布斯伯爵。
[9] 苏格兰的伯爵属地。

艾罗尔[1]伯爵爷在他右手，

擎绿旗，上绣着明灯一盏。

爱尔兰众兵勇分为两队，

基代尔[2]伯爵爷带队在前，

德斯蒙[3]伯爵爷紧随其后，

率他们从高山走向平原。

88

"前者的旗帜上松树燃火，

后者的白色旗红带斜穿。

救查理不仅有英格兰人，

苏格兰、爱尔兰也在其间；

还有人来自于瑞典、挪威、

图勒岛[4]、冰岛等遥远天边。

众勇士从四方聚于此地，

欲齐力与敌人展开激战。

89

"许多人从山洞、野林而来，

其数量不少于一万六千；

脸与胸、腰与背、臂与大腿，

长满毛，就如同野兽一般。

见一面白色旗毫无绣饰，

旗周围竖立着如林枪杆：

大首领莫拉托下定决心，

---

[1]　苏格兰的伯爵属地。

[2]　基代尔（另译：基尔代尔）是爱尔兰的伯爵属地，位于爱尔兰中东部。

[3]　德斯蒙（另译：德斯蒙德）是爱尔兰的伯爵属地。

[4]　至今无人知晓诗人指的是什么地方。

用摩尔之鲜血将旗浸染。"

90

兵马赴法兰西实施救援，
鲁杰罗见队前旌旗招展，
他默念不列颠首领名姓，
试图将领军人牢记心间；
胯下马引起了众人兴趣，
天下的唯一兽世间罕见，
众人都跑过来惊愕不已，
团团将勇骑士[1]围在中间。

91

鲁杰罗有意把众人戏弄，
欲引起围观者更多赞叹，
他拉动飞马的束面辔头，
用马刺轻刺其两肋之间：
那神鹰奔跑着腾空而起，
把众人弃地面呆呆观看。
好骑士俯视着支支队伍，
随后朝爱尔兰飞驰向前。

92

神奇的爱尔兰[2]展现眼前，
在那里老圣人掘井一眼，
对该井天似乎赐予恩惠，

---

[1] 指鲁杰罗。
[2] 爱尔兰是一个充满了神奇传说的国度。

它可令罪恶者洗心革面[1]。
海浪儿拍打着布列塔尼,
鲁杰罗又策马飞过海面;
向下望看见了安杰丽佳,
美女子被捆缚秃秃礁岩。

93

在前面诗句中我已讲过,
有一岛之居民十分凶残,
他们都无人性,冷酷,野蛮,
乘坐船游遍了各处海岸,
抢掠走所有的美丽女子,
作佳肴供奉在海怪嘴边,
人们称该岛为哭泣之岛[2],
美女子[3]受缚于岛边秃岩。

94

那日晨美女子被缚于此,
待巨怪来将她活活吞咽,
该怪物本是个食人海妖,
吞人饵必遭受天谴人怨。
上文中我讲过年迈修士,
用法术把美女引至海岸,
他二人依靠着昏昏入睡,

---

[1] 诗人暗指有关圣帕特里克井的民间传说,此处的“老圣人”指的就是圣帕特里克。圣帕特里克被称为“爱尔兰使徒”和主保圣人,他是公元 5 世纪爱尔兰的基督教传教士与主教,把基督教信仰带到爱尔兰,使其走出了蛮荒时代。圣帕特里克井位于爱尔兰的北部,据说:人浸泡在该井水中,便可以洗净身上的一切罪孽。
[2] 指埃不达岛。见第 8 歌 51—66 节。
[3] 指美丽的安杰丽佳。

被海盗发现后劫持上船[1]。

95

邪恶的冷酷人[2]十分残忍，
把绝世美女子陈于秃岩，
赤裸裸就如同出生之时[3]，
奉献于食人的畜牲面前。
并未披薄薄的一层细纱，
把百合与玫瑰花朵遮掩[4]，
可避免酷暑或寒冬时节，
美花瓣受摧残飘落地面[5]。

96

若不见清晰的滴滴泪水，
洒落在鲜玫瑰女贞之间[6]，
两青嫩苹果上覆盖露珠[7]，
金色发迎微风左右飘展；
鲁杰罗定以为是座雕像，
勤劳的雕师把杰作展现。
那女子被捆在秃岩之上，
如明亮光滑的云石一般。

---

[1]　见第 8 歌 29—64 节。
[2]　指埃不达岛上的居民。
[3]　赤裸裸的，就好像人刚出生的时候那样。
[4]　美丽的躯体上连一层薄薄的细纱布都没有覆盖。
[5]　诗人把美人的躯体比作百合与玫瑰，她身上没有任何遮盖，因而无法避免寒冬和
　　　酷暑时节美丽的花瓣凋谢。
[6]　指女子的阴部。
[7]　指少女两个嫩嫩的乳房上也滴满了泪珠。

97

还记得也曾经如此盯视[1]，
心中的美婵娟布拉达曼。
他勉强忍耐住，没有哭泣，
爱与怜把骑士心田戳穿；
鲁杰罗勒住了他的飞马，
随后便对少女温情开言：
"噢，爱之神用枷锁束缚奴仆，
美女啊，只有你配得上他的锁链[2]。

98

"是哪位残忍者产生邪念，
用此种恶行为引人愤然，
紧捆住象牙般洁净美手，
将可恶青紫斑印在上面？"
听此言美少女变了颜色，
象牙上[3]胭脂红涂得满满[4]，
见自己赤裸裸春色尽露，
羞愧感欲将美覆盖，遮掩。

99

若不是她双手紧紧被缚，
因羞愧早就会捂住美面；
尽管她尽全力压低哭声，
其泪水仍洒满佳人之脸。

---

[1] 主语仍然是鲁杰罗。
[2] 只有你配得上人们的爱。
[3] 指安杰丽佳如同象牙一样洁白的身体。
[4] 比喻羞愧得浑身发红。

她呜咽数声后开始说话，
微弱的抽泣声令人爱怜；
此时间大海中传出巨响，
立刻令哭泣声戛然中断。

100

突然间那巨怪现出其身，
半藏于海浪中半立水面。
可怖的大畜牲直扑美食[1]，
那美食本来就距它不远；
就好像长船队被风吹动，
经常会急入港冲向岸边。
美女子受惊吓，魄散魂飞，
他人的安慰[2]也难令其安。

101

鲁杰罗并没有长枪上靠，
他奋力击海怪，举枪过肩[3]。
我不知那魔怪是何物种，
巨身躯旋转着扭成一团；
除了头并不像一只动物，
似母猪眼与齿鼓在外面。
鲁杰罗迎怪物猛击双眼；
却好像击打在铁或坚岩。

---

[1] 指被捆缚在秃岩上的美女安杰丽佳。
[2] 指鲁杰罗的安慰。
[3] 鲁杰罗并没有像骑士之间角斗时那样把长枪尾部依靠在枪靠上，因为那海怪太高
     大，他只能把长枪高举过肩。

102

第一击丝毫未伤及怪物，
再返回将全力集于枪尖。
那海怪见巨大羽翼[1]之下，
海浪上一黑影左右飞窜，
便放弃岸边的到嘴猎物，
怒冲冲去追赶无谓虚幻：
跑过来，奔过去，徘徊不定，
鲁杰罗从空降，猛击不断。

103

当雄鹰见游蛇窜动草间，
或背朝大太阳卧于秃岩，
其美丽之鳞片闪烁银光，
经常会从天降羽翼双展；
它并不从正面发起进攻，
因恶蛇喷毒液迎击来犯，
却拍翼从背后将其掠起，
欲回击蛇却难把身速转。

104

鲁杰罗亦如此使用枪剑，
不迎击长齿的海怪嘴脸，
每一击均落于它的耳部，
还对其背与尾狠刺猛砍。
如怪物转过身他亦改路，
或朝下或向上腾挪躲闪：

---

[1] 指宝马神鹰的双翼。

但他却遇到了一块坚石[1]，
并无法用枪剑将其斩断。

105

就好像七月里收获麦子，
八九月葡萄汁香飘满园，
忙碌的田园中尘土飞扬，
见血蝇斗恶狗十分勇敢：
围住且靠近它飞来飞去，
叮刺它两只眼、伤人嘴脸[2]；
那恶狗经常是徒劳狂咬：
能咬住一次也心足意满[3]。

106

大海怪用尾部猛烈拍击，
溅起来海中水冲向蓝天；
不知是飞天兽[4]空中展翅，
还是那鲁杰罗马游海面[5]。
海中水若如此不断飞溅，
怕只怕神鹰会双翼折断，
好骑士妄想有木筏、小舟，
还多次希望能登上海岸。

---

[1]　比喻海怪坚硬的身躯。
[2]　用伤人的狗嘴比喻怪物的嘴。
[3]　如果恶狗能咬住一次血蝇也会心满意足，但它的努力总是徒劳的。
[4]　指宝马神鹰。
[5]　海空连成一片，不知道是宝马神鹰飞翔于空中，还是鲁杰罗骑着它在海面上游动。

107

他准备用神器战胜恶魔，
可利用最佳的有效手段：
遮盖的神盾中隐藏魔光，
它定能使对手头晕目眩。
为不使弱女子受到伤害，
鲁杰罗飞上了光光秃岩，
把魔戒戴在那美女手指，
魔法术便不会伤及婵娟[1]。

108

魔戒从布鲁内手中夺得，
曾一度归属于布拉达曼，
为帮助鲁杰罗获得自由，
梅丽萨交予他佑其平安。
前文中我已经向您讲述，
女法师用此戒助人脱险；
后来又还给了勇猛骑士，
鲁杰罗便始终带此指环[2]。

109

美女子那一对明亮秀目，
把骑士已罩入情网之间，
将魔戒戴在她纤纤玉指，
怕神盾强烈光伤其双眼。
巨海怪也游向岸边海滩，
其腹部覆盖着半个海面。

---

[1]　指安杰丽佳。
[2]　见第 7 歌 35—80 节。

鲁杰罗立岩上揭开神盾，
就好像又一日天空出现。

110

那神盾发出了万丈光芒，
魔法光刺伤了巨怪双眼。
就好似众鱼儿潜入河底，
山里人投石灰使其不安[1]；
只见那怪物在浪中翻滚，
可怖的悲惨状令人胆寒。
鲁杰罗用全力东扎西刺，
却无法把海怪身体戳穿。

111

美女子哭泣着请求骑士，
别徒劳再胡乱猛扎狠砍。
"骑士爷，求求你，赶快回来，
怪醒前一定要救我脱难；
带我走，我宁愿溺死大海，
也不想葬身于鱼腹里面。"
鲁杰罗听呼唤心情激动，
为女子解绑绳，扶其立站。

112

刺[2]飞马沙滩上急速奔跑，
随后便腾空起飞驰于天；

---

[1] 就像山里的捕鱼人在河中投放了大量的石灰，使潜入河底的鱼类无法安宁地隐藏，被迫在水中拼命地翻腾那样。

[2] 用马刺刺飞马。

鲁杰罗骑跨在飞兽背上，
美女子安坐在马儿臀间[1]。
就这样海怪的美食被夺，
这食物太娇嫩美妙香甜。
鲁杰罗转过身不断亲吻，
美女胸和她的明艳双眼。

113

本想绕西班牙飞行一圈，
骑士把先前的计划改变；
降落于较近的布列塔尼[2]，
半岛的长臂膀探入海面。
似听见哭泣的菲洛墨拉[3]，
婆娑影橡树林立于岸边；
林中的草地上清泉流淌，
两侧是孤独的一座小山。

114

贪色的勇骑士停止狂奔，
草地上跳下了神鹰背肩；
令飞马收拢起一对翅膀，
情欲的双翼却更加伸展[4]。

---

[1] 骑坐在飞马的臀部。

[2] 法兰西西部的一个伸向英国的半岛。

[3] 菲洛墨拉是希腊神话中的人物。她被好色的姐夫色雷斯国王强奸，并被割去舌头。姐姐普罗克涅得知后气愤至极，为报复丈夫她竟杀死了自己的孩子，并将孩子的肉做成饭给丈夫色雷斯国王吃，然后带菲洛墨拉逃跑。色雷斯国王派人拼命追赶二人。两姐妹在绝望中向天神祈祷，天神把她们变成了鸟：普罗克涅变成夜莺，菲洛墨拉变成燕子。后来古罗马作家改动了神话，说无舌的菲洛墨拉变成了夜莺，普罗克涅则变成了燕子。"似听见哭泣的菲洛墨拉"的意思为：似听到了夜莺在鸣叫。

[4] 鲁杰罗展开了他的情欲翅膀，即急于与美丽的安杰丽佳发生性爱关系。

下飞兽却难抑上马冲动[1]，
是盔甲阻碍他无法如愿：
要满足自身的强烈愿望，
需尽快拔除掉碍事栅栏[2]。

115

急忙忙卸盔甲，左扯右拽，
心慌的鲁杰罗一阵忙乱，
解此扣彼扣却紧紧缠绕：
脱甲胄从未遇如此麻烦。
恩主呀，这一歌已经太长，
继续讲会使您烦而生厌；
我以后再叙述这段故事，
那时候您定会更加喜欢。

---

[1] 此处也表明鲁杰罗急于与安杰丽佳发生性爱关系。
[2] 指盔甲。

第 11 歌

鲁杰罗见美艳情欲难抑　　为解救阿蒙女再入魔幻
罗兰爷埃不达斩杀海怪　　不幸女与国王喜结良缘

　　鲁杰罗难以抑制情欲，正准备与安杰丽佳行好事。此时，安杰丽佳苏醒过来，见手指上戴着的魔戒，暗暗惊喜；她急忙将其放入口中，随即消失踪影。鲁杰罗丢失了安杰丽佳，非常懊悔，又发现飞马也脱缰而去，十分不悦。后来他偶然见到一个巨人掠走了布拉达曼，便拼命追赶。

　　罗兰杀死弗利萨国王之后，乘船赶赴埃不达岛。他独自驾小舟携带巨型铁锚和绳缆驶入海怪口中，用铁锚撑住海怪的嘴，拉动缆绳，将其拖死，再一次解救了奥林匹娅。爱尔兰国王奥贝托率军冲上海岛，杀死了所有的海盗；他被奥林匹娅的美貌打动，决定迎娶她为爱尔兰王后，并严惩邪恶的公爵比雷诺。

1

奔腾的烈性马风驰电掣，
却可以轻勒缰令其停站，
很少见疯狂的性爱欲望，
用理性能令其转身回返；
熊最知快乐感无法摆脱，
强迫它远离蜜十分困难，
只因它用鼻子嗅到气味，
已尝到蜜罐上滴滴香甜。

2

在一片舒适的无人树林，
赤裸的美女子躺卧身边，
鲁杰罗怎能够不图快乐？
他难以强克制情欲火焰。
心中也曾铭刻布拉达曼，
如今却难记起她的颜面：
不欣赏眼前的绝世美女，
他必定是疯子不懂情欢。

3

见此女严肃的色诺克拉，
也难以克制住心马意猿[1]。
鲁杰罗急忙忙撕下甲胄，
抛弃了手中盾长枪佩剑；
美女子裸露着艳丽胴体，
羞答答，不抬头，低垂双眼，
忽然见指上带珍贵魔戒，
布鲁内在东方盗此指环[2]。

4

首次赴法兰西长途跋涉，
与兄弟同行时便戴此环[3]，
她兄弟曾手持一杆金枪，

---

[1] 另译色诺克拉底。古希腊的哲学家，柏拉图的学生。即使是最有理性的伟大的古希腊哲学家，面对如此美丽的赤裸少女，也难以克制自己的情欲。

[2] 据《热恋的罗兰》讲述，在东方的阿布拉卡城堡，布鲁内盗窃了安杰丽佳的魔戒。见第3歌69节。

[3] 博亚尔多在《热恋的罗兰》中讲，契丹公主安杰丽佳及其兄弟阿加利赶往巴黎，欲求援兵以抵抗鞑靼汗王阿格里，当时她手上就戴着这枚魔戒。

现如今阿托夫将其掌管[1]。

在梅林洞穴前指环显灵，

马拉基魔法术不再灵验[2]；

指环救罗兰和其他众人，

摆脱了德拉贡魔法纠缠[3]。

5

一恶叟曾将其[4]关进塔楼，

她隐身走出来，全赖魔幻[5]。

您已知这戒指离奇故事，

我何必再向您一一表全。

非洲王希望得这件宝物，

曾命令布鲁内盗走指环。

从此后命运神与她[6]作对，

甚至还灭其国夺她家园[7]。

6

此时见神指环戴在手上，

美女子惊异且心中喜欢，

---

[1]　据《热恋的罗兰》讲，随安杰丽佳去巴黎求救兵的阿加利手持一杆施有魔法的金枪；后来阿加利被费拉乌杀死，金枪落在阿托夫手中。

[2]　马拉基善施魔法，在《热恋的罗兰》中就已经出现，他是里纳多的表兄弟，基督徒的保护者；在收藏梅林法师棺木的山洞前，安杰丽佳利用魔戒曾经使马拉基的魔法失效。

[3]　据《热恋的罗兰》讲，巫女德拉贡施魔法，使被她俘获的骑士丧失记忆，其中也包括罗兰；安杰丽佳利用魔戒破除了巫女的魔法，解救了罗兰等人。

[4]　指安杰丽佳。

[5]　据《热恋的罗兰》讲，安杰丽佳曾被一个凶残的老叟囚禁于一座塔楼，后来她利用魔戒隐身，逃出了塔楼。

[6]　指安杰丽佳。

[7]　据《热恋的罗兰》讲，鞑靼汗王阿格里击败了契丹王，占领了契丹；致使安杰丽佳丧失家园。

她怀疑是否在白日做梦，
难相信自己的手与双眼。
取下来魔指环放入口中，
其速度极快捷如同闪电，
鲁杰罗眼睁睁见她消逝，
就好像被云遮太阳不见。

7

鲁杰罗向四周仔细观望，
寻美女就如同疯子一般；
想起了那一枚神奇戒指，
方明白受嘲弄丢尽颜面：
他诅咒自己的粗心大意，
亦抱怨美女子没有心肝，
竟做出这一等无礼之事，
不报恩却悄悄隐匿不见。

8

他说道："好一个无情女郎，
你如此酬谢我怎能心安？
宁盗取也不愿接受馈赠，
我送你此指环有何困难[1]？
你若想利用我，尽可利用，
神指环、盾与马我皆奉献；
知道你讨厌我不想回话，
残忍女，别藏起你的美颜。"

---

[1] 我完全可以赠送你这枚指环，你不容我赠送，却自己将其盗走。

9

边说话边围着泉水寻找，
如瞎子摸索着行进向前[1]。
他希望用双臂搂抱美女，
唉，却多次拥怀中空气一团！
美女子早已经远走他处，
急匆匆来到了一座山前，
山下面有一个宽敞岩洞：
见食物，美女把肚腹填满。

10

山洞中住一位年迈牧民，
他饲养母马于山洞旁边。
母马群在山谷啃食嫩草，
草地上清澈溪流水潺潺。
洞左侧与右侧均有马厩，
正午时为马儿遮蔽日炎。
那一日美女子入洞多时，
却没被任何人将其发现。

11

黄昏时天气已开始凉爽，
她觉得休息了许久时间；
用洞中粗糙布裹住身体，
往日里穿华服式样多变：
绿与黄、兰与朱、波斯暗红，
今怎比那时的绫罗绸缎。

---

[1] 鲁杰罗看不见安杰丽佳，用手摸索着寻找她，就像瞎子看不见路，摸索着前进一样。

简陋裙并不能令其减色，
她仍然极高贵美丽非凡。

12

再不要把妮拉、伽拉忒亚、
费利斯、安玛莉仙女颂赞，
也别提蒂蒂罗、梅立贝欧，
无仙女之美貌与她比肩[1]。
美女子马群中挑选坐骑，
一母马极令她心中喜欢，
她脑中立刻便产生想法：
骑此马返回到东方家园。

13

鲁杰罗寻佳人一心一意，
辛苦了半天却不能如愿，
到最后才发现自己犯错，
美女已逃离远，怎能寻见？
骑士又回过头去找宝马，
那马儿习惯于翱翔于天：
他看到神奇兽挣脱缰绳，
腾空起，自由行，飞奔向前。

14

见自己留地面飞马离去，
祸加祸不单行，更加悲惨。

---

[1] 妮拉、伽拉忒亚、费利斯、安玛莉、蒂蒂罗、梅立贝欧都是古罗马著名诗人维吉
尔及其他田园诗人在牧歌中赞颂的美丽仙女。此处，诗人认为，有绝世佳人安杰
丽佳在，人们就不要再赞颂她们了，因为没有任何仙女可以与安杰丽佳媲美。

失飞马与受骗[1]同样沉重，
还有事最让他心中难安：
与二者[2]相比较丢失魔戒，
令骑士更觉得百般心烦；
并不因那魔戒法力无穷，
而因是心爱女赠此指环[3]。

15

他悲伤，心疼痛，重披甲胄，
再把那护身盾背上双肩；
迈大步沿山坡奔向山谷，
踏草地，赶路程，离开海岸。
宽广的山谷中庇荫野林，
见一条平坦路山间伸展。
行不远便听到右侧密林，
传出来嘈杂的高声叫喊，

16

还听见可怕的兵器撞击，
于是他穿密林奔跑向前。
在一片小空地看见两人，
正展开好一场凶狠恶战。
那二人不谦让更不留情，
真不知相互间有何仇怨。
一斗士是巨人，面相凶狠，

---

[1]　指受隐身而去的安杰丽佳的欺骗。

[2]　丢失飞马和受安杰丽佳欺骗。

[3]　鲁杰罗心中烦恼，并不是因为丢失的魔戒法力无穷，心中不舍，而是因为那是他
　　　心爱的女子布拉达曼赠送的。

另一位是骑士，十分强悍。

17

巨人的双手握一柄大锤，
飞舞着向对手攻击不断，
另一位举盾牌挥舞利剑，
左右跳以避免大锤砸面。
路旁卧已丧命一匹战马。
鲁杰罗站住脚仔细观看，
他心中很快便有了倾向，
希望那骑士能赢此激战。

18

他并未因此去帮助骑士，
却只是闪一旁立足观看。
那巨人用双手舞动大锤，
砸在了骑士的头盔上面。
这一击着实狠，骑士倒地，
见对手已晕倒难以立站，
巨人便摘其[1]盔欲取性命：
此时刻鲁杰罗才见真颜。

19

鲁杰罗看见了被遮面容：
她便是可爱的布拉达曼，
恶巨人欲杀的这位女子，
是骑士温柔的美丽心肝。

---

[1] 指晕倒的骑士。

见此状骑士要立即参战，
拔出了腰中剑，挺身向前：
那巨人并不想继续争斗，
抱起来昏厥的美丽婵娟，

20

将女子扛在肩扭身便走，
就如同凶恶狼捕羊一般，
又像是空中鹰常露利爪，
将鸽子、其他鸟掠于空间。
鲁杰罗见情况十分紧迫，
拼全力奔跑着紧紧追赶；
恶巨人迈大步行走如飞，
勇骑士眼睁睁见他跑远。

21

骑士沿林间路追赶巨人，
那条路多阴影，凉爽，昏暗，
向前奔小路却越加宽阔，
出树林见一片广袤草原。
我回头再来讲罗兰伯爵，
他抛弃火枪于大海深渊，
那火枪本属于西魔科王，
现如今人世间永再难见。

22

人性的邪恶敌[1] 发明火枪，

---

[1]　指地狱魔鬼。

他灵感来自于空中闪电，
空中电裂云朵，从天而降，
其危害不亚于夏娃欺骗[1]。
夏娃女偷窃了罪恶苹果，
大法师[2]却盗取天神之箭[3]：
这事情发生在祖父时代，
距今天并不是十分遥远[4]。

23

地狱的喷火筒[5]落于海中，
在百米深水底隐藏多年，
它本是高超的魔法之术，
日耳曼先他人将其发现：
恶魔鬼磨砺了他们智慧，
促使其反复做各种试验，
最终便学会了使用火筒，
其他人必定会遭受灾难[6]。

24

意大利、法兰西、其他地区，
随后也学会了残忍工艺[7]。
有人用冶炼炉融化青铜，

---

[1] 指人类始祖夏娃在伊甸园盗食禁果，致使人类受苦。见《圣经·旧约·创世记》。
[2] 诗人可能指的是日耳曼修士贝特霍尔德，在很长一段时间内，欧洲人认为是他发明了火药。
[3] "天神之箭"指闪电。
[4] 贝特霍尔德是14世纪的人，距诗人生活的15世纪末、16世纪初并不遥远。
[5] 指西魔科国王的火绳枪。
[6] 在日耳曼人发现火药之前，火绳枪只是一种魔法术的产物；后来日耳曼人经过反复试验，最先学会了使用火绳枪，致使其他人遭受灾难。
[7] 指制造火绳枪的工艺。

注入到模具中凝成固体；

还有人铁筒上钻一洞孔，

带眼（儿）的空心柱大小不一：

有的为单筒炮，有的双筒，

还有的是臼炮、随身火器[1]；

25

有人称圣火筒、蛇管、小炮，

定何名制造者全靠自己；

霹雳火可裂铁击碎坚石，

开道路，无阻挡，所向披靡[2]。

卑微的雇佣兵用你[3]可融，

枪与剑斧钺戟——所有兵器[4]；

若希望能赚到雇佣军饷，

只需扛火绳枪——筒管霹雳。

26

噢，你们瞧，此发明多么难看！

怎能够使善者心中喜欢？

由于它武威[5]被彻底摧毁，

武士的职业也丧失尊严；

由于它勇与力不再重要，

邪与恶经常能战胜良善；

由于它战场上不再比试，

---

[1] 指随身携带的火器，即火绳枪。

[2] 用火药开山辟路所向披靡。

[3] 指火器。

[4] 卑微的雇佣军士兵可以用臼炮和火绳枪融化所有武器，即击败使用各种冷兵器的
    骑士。

[5] 指骑士的武威。

谁更加无畏惧勇猛彪悍。

27

战争将意大利投入苦难，
毁世界之硝烟熄灭之前，
由于它许多的僭主[1]、骑士，
阵亡后葬地下静静长眠；
我所说之言语绝非虚妄，
人世间无邪恶与它比肩
我难以想象出还有何物，
比此物更凶狠、恶毒、阴险。

28

我不信上主会长久报复，
他将把那恶物[2]锁于深渊[3]，
去陪伴该死的叛徒犹大，
令其难见天日，直至永远。
我们再继续讲骑士罗兰，
他切望埃不达[4]就在眼前：
那岛上孱弱的美貌女子，
作食物奉献于海怪面前。

29

近卫士越着急越觉风弱，

---

[1] 文艺复兴时期，意大利北部有许多国家，其中大部分是僭主国，如佛罗伦萨等
　　地;其统治者往往是出身资产阶级的极其富有的家族，如佛罗伦萨的美第奇家族等。
[2] 指臼炮与火绳枪等热兵器。
[3] 指地狱。
[4] 上文已经讲到过的把美女献给海怪作食物的邪恶岛屿。见第8歌51—67节。

总认为它没有推船向前。
风虽吹左右舷或是船尾，
伯爵爷仍觉得船行缓慢：
靠风儿木帆船难以前行，
有时竟完全无风儿鼓帆，
还有时反向吹，迫使骑士，
或后退或转舵逆风行船。

30

我将讲之故事能够发生，
全依赖上天主崇高意愿：
伯爵比爱尔兰国王先到，
邪恶的埃不达周边海面。
靠近时罗兰爷命令船夫：
"你可以留此处不必向前，
我自己划小舟驶向礁石，
并不需任何人陪伴身边。

31

"我要带你船上最大铁锚，
还有你船上的最粗绳缆：
与海怪恶斗时你方可见，
我为何将它们携带身边。"
他令人把锚缆装入小舟，
再让人将小舟放到海面。
只带剑留下了其他兵器，
欲独自驾小舟驶向礁岩。

32

伯爵爷下小舟离开大船，

把双桨用全力拉向胸前[1]；
就像是常见的海中螃蟹，
倒退着行走于泻湖海滩[2]。
奥罗拉[3] 迎朝阳展示金发[4]，
初升日半露身半掩其面[5]，
惹怒了嫉妒的提托诺斯[6]：
曙光神此时刻无限美艳。

33

罗兰爷已靠近那座海礁，
用力可将石块投上秃岩[7]，
他似乎听到了有人哭泣，
哭声弱，令人怜，时隐时现。
近卫士转过身面向左侧，
将目光投向那礁石上面，
见一女赤裸裸如同初生，
脚浸水被缚于一根树干。

34

伯爵爷认不出她是何人，

---

[1] 比喻用全力划桨。

[2] 罗兰用力地划船，就好像倒退行走于泻湖海滩上的螃蟹那样，背朝着那座礁石前进。

[3] 罗马神话中的曙光女神。

[4] 比喻东方出现了金黄色的曙光。

[5] 初升的太阳半掩其面。

[6] 奥罗拉向太阳神福玻斯展示她美丽的金发，使她年迈的丈夫提托诺斯十分嫉妒。传说奥罗拉爱上了凡人提托诺斯，她祈求宙斯，使其爱人永远不死，这样他们就可以长相厮守了。然而奥罗拉忘记了祈求爱人永世不老，因此提托诺斯越来越老，这使奥罗拉十分痛苦。

[7] 离礁石已经很近，如果从船上用力抛一块石头，便可以将其抛到礁石上。

只因其低垂头、相距甚远。
他急于要了解是谁被缚，
便快速摇双桨近其身边。
突然间他听到大海咆哮，
震荡使林与洞[1]上下抖颤：
海浪涌，出现了一只魔怪，
胸以下埋没于波涛之间。

35

就像是从黑暗水波深谷[2]，
一阴云含风暴骤然升天，
又好像昼已去夜幕降临，
黑压压笼罩住整个人间。
那怪兽游动着巨大身躯，
可以说覆盖了全部海面；
勇罗兰凝聚神傲视魔怪，
波涛颤，骑士却气定神闲。

36

伯爵爷已确定如何行动，
他划动小船儿刻不迟缓；
为能够既保护孱弱女子，
又可以降海怪得胜凯旋，
插小舟于海怪、女子之间，
并未从剑鞘中拔出宝剑，
手中只紧抓住锚与缆绳，
无畏惧，等待着恶怪向前。

---

[1] 周围的树林与山洞。
[2] 比喻海底。

37

那海怪刚靠近立刻发现，
不远处近卫士十分讨厌，
便张开血盆口欲吞骑士，
嘴之大骑战马可入其间[1]。
罗兰爷携大锚入怪咽喉，
无畏惧，深进入，奋勇向前，
小舟儿也必定驶入其口，
锚紧挂咽与腭柔软舌面：

38

上颌骨被撑住无法下落，
下颌骨亦不能向上动弹。
就如同用铁镐采掘矿物，
挖掘后撑住土那是必然，
以避免塌陷土将人埋没[2]：
工作时人经常忽视安全[3]。
那巨锚爪与爪相距甚远，
伯爵跳方能触上面爪尖[4]。

39

见怪兽嘴被撑无法合闭，
近卫士已自觉稳妥安全，

---

[1] 那海怪的口大得骑着战马都可以奔驰进去。。
[2] 采矿时，必须用支架撑住矿道，以避免塌陷的土将人埋葬。诗人以此比喻海怪嘴
    被巨锚撑起。
[3] 此处，诗人风趣地说：尽管人们努力避免被塌陷的土埋葬，但工作时还是经常忽
    视安全问题。
[4] 当巨锚的下爪触地时，只有罗兰用力向上跳才能触及上爪尖。

便握剑在那座黑暗洞穴[1]，
前与后左与右狠刺猛砍。
侵略者[2]已进入怪物咽喉，
那怪物也只能挣扎滚翻，
就如同敌之兵闯入城堡，
守城人不得不拼命死战。

40

它因痛时而间腾跃海面，
显露出左右肋、脊背鳞片；
时而间又潜入深深海底，
用肚皮猛搅动，海沙浮泛。
勇骑士感觉到海水上涨，
便游出怪之口，漂浮浪间：
那巨锚留兽[3]嘴，深扎肉中，
伯爵手牵拴锚粗粗绳缆。

41

罗兰爷携缆绳快速游动，
登礁石，停住脚，稳稳立站，
用全力将缆绳拉向怀中，
锚利爪令魔怪痛断心肝。
咽受伤，它被迫随绳而动，
拉缆的伯爵爷力大无边，
绞盘车转一次怎可相比，

---

[1] 指怪物的口中。
[2] 指罗兰。
[3] 指海怪。

其拉力[1] 足胜过缠绕十圈。

42

就如同野公牛突然感到，
有绳索把牛角紧紧捆拴，
它狂怒，四处转，东蹦西跳，
忽而卧，忽而起，局促不安；
跃出了生命的依赖之所[2]，
那怪物与铁臂[3] 较量周旋，
它无法摆脱掉缆绳束缚，
便随其扭动着不断翻转。

43

从口中喷出来大量鲜血，
今可以称"红海"血色水面[4]，
那魔怪猛拍击海中波浪，
似乎欲将海底震裂、击穿；
海水溅，打湿了整个天空，
遮皓日，天地间一片黑暗。
从山林与远岸传来巨响，
轰隆隆，四周围回音不断。

---

[1] 指罗兰的拉力。
[2] 指海怪赖以生存的大海。
[3] 指罗兰的铁臂。
[4] 诗人戏谑地说：今天可以称这片被鲜血染红的大海为"红海"。

44

洞穴[1]中走出了普罗透斯[2]，

闻巨响他游到波涛海面；

见骑士从怪嘴出出入入，

把巨大一条鱼[3]拖向海岸，

便抛弃群海兽[4]逃往远洋：

引起了海浪涌，造成混乱。

尼普顿[5]驾驭着海豚之车，

那日去与众神共享美宴[6]。

45

伊诺[7]抱梅里切[8]哭泣不已，

狼狈的海仙女秀发散乱，

格劳科[9]、特里同[10]、其他海神，

或东西，或南北，四处逃窜[11]。

罗兰爷在岸边拖拽恶鱼[12]，

已不需费力气拉动绳缆；

---

[1] 指海中的洞穴。

[2] 普罗透斯是希腊神话中波塞冬的儿子，他是一位变化无常的海神，能知未来。见
     第 8 歌 52—57 节。

[3] 指海怪。

[4] 抛弃了海中由他统管的各种海兽。

[5] 尼普顿是罗马神话中的海神，即希腊神话中的波塞冬；普罗透斯是他的儿子。

[6] 那天海洋主神尼普顿未在家中，所以其子普罗透斯惹下了大祸。

[7] 伊诺是希腊神话中的人物，生有二子；她是阿塔玛斯的第二个妻子，也是酒神
     的姨。姐姐死后，伊诺说服阿塔玛斯收养幼小的酒神，被嫉妒的天后赫拉知道了。
     赫拉令阿塔玛斯疯狂。疯狂的阿塔玛斯杀死了伊诺的一个儿子，把另一个儿子投
     入海中。为救儿子，伊诺也跳入海中，二人都变成了海中神灵。

[8] 梅里切是被抛入海中的伊诺的儿子。

[9] 格劳科（另译：格劳科斯）是海中神灵，善做预言。

[10] 海中神灵，波塞冬之子；海中的吹鼓手，所用的乐器是个大海螺。

[11] 那天，尼普顿不在家，其他的小海神都惊恐万状，狼狈不堪。

[12] 指海怪。

未上岸那畜牲已经丧命:
它先前承受了太多苦难。

46

从岛上涌来了不少居民,
都赶来观看这离奇海战;
他们受假信仰[1] 驱使、诱惑,
均指责此圣举将神[2] 侵犯:
说这样更激起神灵愤怒,
那神灵会重新记恨心间,
定将派众海怪登陆海岛,
对居民把战火再次点燃。

47

最好是向怒神[3] 求得和平,
以避免神造成更大灾难;
为熄灭众海神心中怒火,
应该把莽撞汉[4] 抛入波澜。
民众要将骑士[5] 投进大海,
此民愿一传十,十传百千,
就如同燃火炬一一传递,
全街区被照亮只在瞬间。

---

[1] 指对海神普罗透斯的崇拜。
[2] 指普罗透斯。
[3] 指普罗透斯等海中的神灵。
[4] 指罗兰。
[5] 指罗兰。

48

他手拿投石器，我持弓弩，
你长枪握在手，我提利剑，
从前后或左右夹攻伯爵，
对骑士猛击打，或近或远。
近卫士感觉到万分诧异，
这一群无义人禽兽一般：
本以为杀海怪立下奇功，
却不想被众人无理侵犯。

49

俄罗斯、立陶宛捕猎之时，
常见人牵一头棕熊回返[1]，
棕色兽路过时狗儿狂吠，
熊不惧，只觉得不屑一看；
近卫士亦同样不惧村夫，
何曾把粗野人放在心间，
只需他不费力轻轻吹气，
就令其四散逃狼狈不堪。

50

刚拔出杜林丹[2]迎向村夫，
恐惧的众人便躲闪一边。
那一群狂野人满心以为，
伯爵爷未披甲，没戴盔冠，
手无盾亦没有其他护具，
抵挡住万人力十分困难；

---

[1] 捕获了一头活的棕熊。
[2] 罗兰的宝剑。

却不知近卫士从头到脚，
皆要比金刚钻更应更坚。

51

他们对伯爵爷难以加害，
罗兰却对他们施害不难。
勇骑士杀死了三十余人，
只挥动十来次手中利剑。
他很快清除了身边之敌，
转身把缚女索意欲斩断；
从岸边另一处传来喊声，
又一批乌合众[1]冲上海岸。

52

这一边众村夫扑向伯爵，
勇骑士阻挡其冲锋向前，
那一边爱尔兰野蛮粗汉，
弃舟船从四处登岛上岸；
他们无丝毫的怜悯之心，
尽杀戮岛上人，显露凶残：
可能是为正义或因残忍，
全不顾老与幼是女是男。

53

岛上人并没有任何防备，
一方面是因为袭击突然，
还因为岛太小，居民稀少，

---

[1] 指爱尔兰的兵勇。

不谨慎，缺机智，未加防范。
入侵者在岛上杀人抢掠，
烧房屋，令小岛火海一片：
岛上的民宅被夷为平地，
无一人生命能幸免于难。

54

巨响声、尖叫声、坍塌之声，
这一切与伯爵全不相干，
他走向海怪的嘴边食物[1]，
欲登上缚少女那块秃岩。
举目看，似乎是有些相识，
越靠近越觉得此女面善：
她好像不幸的奥林匹娅，
忠诚者竟遭受如此苦难[2]。

55

哎呀呀，好悲惨，奥林匹娅，
爱之神戏弄你，命运亦然，
命海盗掠你来埃不达岛，
同一天竟发生恶事两件[3]。
罗兰爷登秃岩认出少女，
美女子赤裸裸全无遮掩，
低着头，怯生生，不敢说话，
更不敢对伯爵抬起双眼。

---

[1] 指作为食物被捆缚于礁石上的那位赤裸的女子。
[2] 一位忠诚的恋爱者竟然遭受如此的苦难。见第 9 歌 22—34 节。
[3] 指被忘恩负义的公爵抛弃在海岛上和被埃不达人绑架两件邪恶的事。见第 10 歌
　　1—34 节。

56

伯爵问美女子为啥来此，

何命运竟然会如此凶残；

曾经留少女于公爵[1]身旁，

她本该把夫君幸福陪伴。

少女道："我不知是否应该，

谢您把我生命留存人间？

还是应抱怨您救我性命，

致使我仍然未结束苦难？

57

"但至少需感激您的慷慨，

助我避恐怖的魔怪凶残；

若那兽活吞我于它腹中，

此死法的确是过于悲惨。

然而我却不能谢您救命，

因死亡可使我摆脱苦难：

如若是您能够赐我一死，

我更会对于您感激万千。"

58

她随后对伯爵细细讲述，

恶夫君[2]如何将妻子[3]背叛；

趁熟睡弃她于孤岛之上，

后又被众海盗掠走上船。

讲述时她转动美丽身躯，

---

[1] 指把奥林匹娅抛弃在海岛上的西兰公爵比雷诺。见第10歌1—34节。

[2] 指背叛奥林匹娅的比雷诺公爵。

[3] 指奥林匹娅。

就如同狄安娜[1]雕塑一般：
月亮神用水泼阿克泰翁[2]，
那故事发生在山泉旁边。

59

少女将胸与腹尽力遮掩，
身两侧与腰部仍露外边。
罗兰爷真希望船入港口，
寻衣服覆盖在裸体上面。
他正要为少女斩断锁链，
突然间奥贝托[3]来到面前，
爱尔兰之君主伊贝尼王[4]，
已听说有海怪卧于岸边；

60

还听说一骑士游水过去，
将沉重大铁锚置怪喉管；
就像是往日里逆水拖舟，
把怪物用力气拽上海岸。
奥贝托要看看奏报之人，
是不是把真情陈于君前。
士兵们正摧毁埃不达岛，
他自己却来到海边秃岩。

---

[1] 罗马神话中的月亮与狩猎女神，即希腊神话中的阿尔忒弥斯。
[2] 阿克泰翁是希腊神话中的一位猎人。据奥维德在《变形记》中讲，阿克泰翁偶然
  看到月亮女神狄安娜在山泉旁沐浴，被狄安娜变为牡鹿，结果被他自己的 50 只猎
  犬杀死。此处，诗人比喻奥林匹娅不愿意被罗兰看见她的裸体。
[3] 年轻的爱尔兰国王。
[4] 古罗马人称爱尔兰的原住民为伊贝尼人，因而诗中称奥贝托为"爱尔兰之君主伊
  贝尼王"。

61

尽管是罗兰爷刚出怪口，
身上的海怪血染红地面，
他已被血浸染，变了颜色，
且如同落汤鸡滴水不断；
奥贝托仍认出神武伯爵，
其形象早已在脑中呈现：
闻骑士如此勇便已想到，
除罗兰谁能够这等彪悍。

62

他[1]曾任法兰西荣誉侍从，
前一年父王崩，灵魂归天，
为继承王权柄返回故土，
因此他早认识伯爵颜面。
他曾经多次见罗兰伯爵，
也曾经无数次与其攀谈。
奥贝托奔过去拥抱伯爵，
拽下了头上盔与其共欢。

63

罗兰的快乐也不亚国王，
见国王他亦觉满心喜欢。
两个人又重新相互拥抱，
抱一次，又一次，反复不断。
近卫士对国王从头讲述，
美少女是如何被人欺骗，

---

[1] 指年轻的爱尔兰国王奥贝托。

欺骗者比雷诺背信弃义，
他万万不能够再活人间。

64

女子曾表现出十分爱他，
其证据可举出成百上千：
为了他失财产，父兄身亡，
为了他忠诚女愿把命献；
伯爵爷亲经历，可以作证，
所讲述皆真实，绝无虚言。
好骑士勇罗兰讲述之时，
少女泪已充满美丽双眼。

65

此时的美女子奥林匹娅，
容颜似春季的艳阳雨天，
有时候可见到天空落雨，
太阳却出乌云显露笑脸。
又好像树上的夜莺鸟儿，
歌唱着蹦跳于枝叶之间；
泪水中爱之神打湿翅膀，
欣赏着闪亮的美丽双眼。

66

双眼的烈火中烧红箭杆[1]，
潺潺的小溪里熄灭火焰[2]，

---

[1] 爱神金箭的箭杆在奥林匹娅似烈火一样的美丽双眼中被烧红。
[2] 烧红了的箭杆在如小溪一样流淌的泪水中浸泡，熄灭了火焰，得到了淬炼。

小溪在红白花之间流淌[1]：
淬炼出锐利的无敌金箭[2]；
用全力拉开弓射向少年，
盾与甲虽坚硬难保安全；
只要是看见那美目、秀发，
便必知心为何被箭射穿。

67

少女的美容貌着实罕见，
不仅仅额与眼俊俏非凡，
秀丽发与面颊十分动人，
口与臂、脖与肩也不一般；
双乳上平时遮女子长衫，
如若是你向下继续观看，
便可知其他女无法相比，
美身材真令人眼花目眩。

68

美少女光洁肤赛过象牙，
娇嫩且白如雪，十分柔软；
圆圆的一对胸如同凝乳，
可滴出浓浓的香奶点点。
似常见丘陵间阴凉山谷，
一深壑夹在那双乳之间，
冬季里山谷中覆盖积雪，
怡人的春季到山花烂漫。

---

[1] 如小溪一样的泪水在红白相间的美丽面颊上流淌。
[2] 就这样淬炼出了无敌的爱神金箭。

69

胯凸起，腿白嫩，臀部娇美，

扁平腹极洁净如同镜面，

似出自卓越的菲狄亚斯[1]，

或其他名雕师锤凿铲钻。

难道说还需讲隐秘之处？

裸少女欲隐藏实在太难。

简言之可以说从头到脚，

其美体全暴露众人眼前。

70

若是在伊达山[2]深谷之中，

被那位弗里吉牧人[3]看见，

真不知维纳斯如何称美，

尽管在女神中她已占先；

或许他[4]不会去阿米克拉[5]，

---

[1] 雅典人，被公认是最伟大的古希腊雕刻家。其代表作是世界七大奇迹之一的宙斯巨像和巴特农神殿中的雅典娜像。

[2] 指特洛德（即荷马史诗中的特洛伊）地区的伊达山。

[3] 弗里吉（另译：弗里吉亚）是指古代弗里吉人居住在特洛伊地区。这里，"弗里吉牧人"指的是掠走海伦引起战争的特洛伊小王子帕里斯。希腊神话中有这样一个故事：天后赫拉、智慧女神雅典娜和爱神阿佛罗狄忒（即罗马神话中的维纳斯）都希望获得刻有"献给最美女神"字样的金苹果，因而产生纠纷，她们打算举行一次比美大赛。宙斯提议让特洛伊王子帕里斯作评判。为了能得到金苹果，三位女神都各自私下贿赂帕里斯：天后赫拉答应让他成为统领全亚洲的国王；雅典娜保证使他成为最聪明的人，并赋予他最高的军功；阿佛罗狄忒承诺他将得到人间最美女子海伦的爱情。帕里斯想来想去，最终选择把象征最美女神的金苹果交给了爱神阿佛罗狄忒，并成了阿佛罗狄忒的宠儿。因此赫拉与雅典娜怀恨在心，决心彻底毁灭所有特洛伊人。

[4] 指帕里斯。

[5] 古希腊的城市，与斯巴达在同一个地区。

褒渎那圣款待，引起战乱[1]；
却会说："海伦女留给你墨涅拉俄[2]，
此女子[3]是我的唯一爱恋。"

71

宙西斯[4]曾欲绘美女图像，
摆放在克罗顿[5]神庙里面，
他唤来裸体的美女数人，
希望把完美的佳丽展现；
如当时此女在克罗顿城，
何必取各美女部分优点，
仅仅在此女子一人身上，
便可得所需的全部美艳。

72

如若是比雷若见此美体，
我不信他还会那般凶残，
将少女抛弃在荒野之中，
全不顾弱女子生命安全。
奥贝托心燃起熊熊情火，
难遮掩炙热的烈焰冲天。

---

[1] 在阿米克拉，帕里斯受到了隆重的款待，然而他却拐走了美女海伦，引起特洛伊
    战争。
[2] 墨涅拉俄（另译：墨涅拉俄斯）是希腊神话中的斯巴达国王，绝世美女海伦的丈
    夫。海伦被帕里斯拐走后，墨涅拉俄与阿加门农召集希腊境内几乎所有的国王对
    特洛伊开战。
[3] 指奥林匹娅。
[4] 宙西斯（另译：宙克西斯）是古希腊画家，出生于意大利半岛南部。他的作品
    逼真至极，以至招来飞鸟啄食画中的葡萄。最著名的作品为《特洛伊的海伦》及
    《马人与其幼崽》。
[5] 克罗顿（另译：克罗托内）是古希腊的城市，现仍存在，位于意大利半岛的南部。

他安慰美少女不必绝望，
恶变善，坏转好，均属自然[1]。

73

他许诺陪少女赶往荷兰，
惩罚那无耻的负心恶汉[2]，
为少女报仇恨，伸张正义，
帮助她把权力重新掌管；
爱尔兰定做到全力以赴，
将尽快去实现她的夙愿。
他命人快快去各家各户，
寻找来女人的裙子、衣衫。

74

不需要派人到岛外寻找，
在岛内寻女服并不困难；
每一天海怪都吞食美女，
留下了一件件女人裙衫。
奥贝托没有费吹灰之力，
找来的各色衣堆成小山；
命侍女装点好奥林匹娅，
恨只恨此穿戴不尽人愿。

75

善织者来自于佛罗伦萨[3]，
也难织漂亮的金丝锦缎；

---

[1] 奥贝托告诉奥林匹娅：坏事变成好事是十分自然的，她不要再为经历的苦难而伤心。
[2] 指坑害奥林匹娅的邪恶公爵比雷诺。
[3] 文艺复兴时期佛罗伦萨是欧洲最著名的纺织中心。

灵巧的绣花者绞尽脑汁，
也难绣绚丽的锦绣画面；
即便是密涅瓦[1]、灵巧火神[2]，
也无法织绣出体面衣衫[3]，
能遮住少女[4]的美丽玉体：
因它[5]已铭刻在国王[6]心间。

76

近卫士也喜欢这一爱情，
它可使各方面心足意满：
比雷诺犯下了背叛罪孽，
国王将把公爵罪行惩办；
伯爵爷也因此获得解脱，
不必再承受这沉重负担；
他来此并非为这位女子，
而为救他心中美貌婵娟。

77

他见到心爱女并不在此，
却不知她也曾受此熬煎；
岛上的所有人均被杀死，
匪盗中无一人幸免于难。

---

[1]　密涅瓦是罗马神话中的智慧女神、战神、艺术家和手工艺人的保护神；在希腊神话中叫雅典娜。
[2]　指罗马神话中的伏尔甘，在希腊神话中被称为赫淮斯托斯。据说他在众神之中最心灵手巧。
[3]　即便是密涅瓦和伏尔甘两位主管手工艺的天神出手，也织绣不出配得上奥林匹娅的体面的衣衫。
[4]　指奥林匹娅。
[5]　指奥林匹娅的玉体。
[6]　指爱尔兰国王奥贝托。

第二天近卫士离开小岛，
与众人乘坐上同一条船，
和他们一起去爱尔兰岛，
再为返法兰西重新扬帆。

78

再三求伯爵爷多住几日，
他却在爱尔兰只留一天：
爱之神催他寻心中女子，
怎容其留该岛太久时间。
伯爵把获救女托付国王，
又反复要求他不可食言：
好罗兰真不必如此担心
奥贝托早视其[1]如己心肝。

80

他迎娶美少女奥林匹娅，
女伯爵又戴上王后宝冠。
近卫士在海上急急赶路，
日与夜不停顿，高扬风帆；
随后又收船帆进入海港[2]：
在该港他曾经帆升桅杆；
披甲胄跨上了布里亚多[3]，
把狂风与恶浪抛在后面。

---

[1] 指奥林匹娅。
[2] 指圣马洛港。见第 9 歌 15 节。
[3] 罗兰的战马。

81

那年冬他创建丰功伟绩，
恩主啊，值得您细听周全；
但此时诸事件尚未发生，
暂不讲并非是错事一件；
我时刻准备着对您讲述，
罗兰爷为何把伟业创建：
从无人讲述过那些故事，
谁知晓必定是亲眼所见[1]。

82

冬之余默无声流逝而去[2]，
无人知伯爵爷去往哪边；
现已是太阳入白羊宫时[3]，
照四方之艳日金光闪闪；
温柔且快乐的微风吹动，
带来了甜蜜的美妙春天；
罗兰爷创下的非凡业绩，
似鲜花与嫩草重新再现[4]。

83

他心中充满伤，痛苦难忍，
踏遍了山与林、乡村、平原；
那一日进树林听得呼叫，

---

[1] 从来就没有人讲过那些故事，谁若是知道那些故事，一定是他亲眼看到的。

[2] 冬天剩下的日子默默地过去了。

[3] 白羊宫是西方占星术黄道十二宫的第一宫。每年 3 月 21 日前后太阳到这一宫，那时是春分，所以春分又叫"白羊宫第一点"。

[4] 无人知道冬天的时候罗兰去了哪里。现在春暖花开了，罗兰的丰功伟绩又如新冒出来的花草一样开始展现在人们的眼前。

刺人心哀痛声传至耳边。
急催马，手中握忠实宝剑，
迎呼声疾奔驰，快速向前：
我又要推迟讲下面故事，
就请您以后再听我道全。

第 12 歌

欲救美罗兰被诱入城堡　　三骑士追美女闯入林间
伯爵斗费拉乌丢失头盔　　近卫士山洞遇另一婵娟

林中，罗兰见一骑士掠走一位美女，便拼命追赶，被引入阿特兰
设下的另一座魔法城堡。鲁杰罗追踪掠走布拉达曼的巨人也进入该
城堡。

安杰丽佳来到城堡，被萨克利潘、罗兰和费拉乌发现，她只好落
荒而逃；三位骑士追入一片树林。安杰丽佳再次口含魔戒隐遁身影。
罗兰与费拉乌激战，他见对手未戴头盔，为显示公平，自己也摘下头
盔，挂在树枝上。然而，罗兰的头盔却被隐身的安杰丽佳偷走。

激战中的罗兰见挂在树上的头盔不见，以为是被在一旁观战、后
来又去寻找安杰丽佳的萨克利潘盗走，便停止与费拉乌的激战，愤怒
地去追赶窃贼。

罗兰继续寻找安杰丽佳。夜晚，他进入一座山洞，遇到了一位美
丽女子和一位老妪。

1

刻瑞斯[1] 离开了伊达之母[2]，

---

[1] 刻瑞斯是罗马神话中的大地和丰收女神。她掌管农业，给予大地生机，教授人类
　　耕种。据传说：冥神普路托掠走了刻瑞斯的女儿普罗塞耳皮娜，强娶其为后，母亲
　　刻瑞斯悲痛万分，到处寻找，以致田地荒芜，饿殍遍野，于是宙斯命令冥神每年
　　春天准许普罗塞耳皮娜回到母亲身边，致使万物回春，形成了四季。
[2] 指大地女神库柏勒，她是刻瑞斯的母亲，因她的圣地是伊达山，因而诗中称其为
　　"伊达之母"。

急返回荒僻的山谷之间[1]，
在那里雷劈的恩克拉多[2]，
被压在埃特纳大山下面；
她[3]曾经把女儿留在荒野，
踏遍了野山谷再难寻见[4]；
又抓脸，又刺眼，捶胸，撕发，
还用力把两棵巨松推翻；

2

伏尔甘锻铁炉[5]点燃巨松，
不灭的松树火烈焰冲天：
她两手各擎着一支火炬[6]，
乘双蛇拉动的车驾[7]向前，
进山谷，入野林，游弋江湖，
闯激流，登高山，踏遍平原，
寻遍了世间的陆地、海洋，
又下到冥界的无底深渊。

3

罗兰爷若能比厄琉息神[8]，

---

[1]　指西西里埃特纳火山的山谷。

[2]　恩克拉多（另译：恩克拉多斯）是希腊神话中的一位反对宙斯的巨人，被宙斯用雷电劈死，后来雅典娜将其埋葬在西西里的埃特纳火山下。

[3]　指刻瑞斯。

[4]　普罗塞耳皮娜被冥神掠走，所以刻瑞斯找不见她。

[5]　火神伏尔甘的炼铁炉就设在埃特纳火山。

[6]　指那两棵点燃的巨大的松树。

[7]　据传说，刻瑞斯乘坐着两条蛇拉动的车，跑遍天涯海角，寻找女儿。

[8]　指刻瑞斯。厄琉息（另译：厄琉息斯）城有一个秘密教派，每年都举行秘密的入会仪式，这个仪式被称作厄琉息秘仪；该秘密教派崇拜得墨忒耳（即罗马神话中的刻瑞斯）和珀耳塞福涅（即罗马神话中的普罗塞耳皮娜）；因而诗中称刻瑞斯为"厄琉息神"。

神力也可令他随心所愿，

他必定为寻找安杰丽佳，

足踏遍江河湖野林荒原，

下山谷，上高山，登陆，入海，

再探测遗忘的永恒深渊[1]；

只因为他并无车驾、飞龙[2]，

便只能尽己力寻找婵娟。

4

法兰西他不见美女[3]踪影，

意大利、日耳曼意欲寻遍，

还要去新与旧卡斯提尔[4]，

再为去利比亚跨越海面。

伯爵爷正如此反复盘算，

忽然间有哭声传至耳边；

走向前看见了一位骑士，

骑乘在马背上疾步向前，

5

他强抱一女子坐于马鞍，

那女子有一张忧伤颜面，

似乎是很痛苦，不断啼哭，

挣扎着呼喊人快来救援；

---

[1] 指地狱的最底层。地狱最底层的罪恶灵魂忍受着永恒的苦难，被永远地抛弃和遗忘在那里。

[2] 指为刻瑞斯拉车的两条神蛇。

[3] 指安杰丽佳。

[4] 卡斯提尔（另译：卡斯蒂利亚）是西班牙历史上的一个王国，由西班牙西北部的老卡斯提尔和中部的新卡斯提尔组成。

安格兰封地的勇猛主人[1]，
抬头望眼前的美丽婵娟：
法兰西及周边昼夜寻找，
却好像美女子就在眼前。

6

我未说此女是安杰丽佳，
而是说她像那美貌婵媛。
伯爵见心爱的高贵女神，
忍受着这般苦，如此可怜，
心中便燃起了熊熊怒火，
高声喝，迎骑士威逼向前；
罗兰爷驱动着布里亚多[2]，
其吼声令闻者心惊胆战。

7

那骑士不停步亦不答话，
只把那美猎物放在心间[3]，
急匆匆沿密林快速离去，
疾风儿追赶他也很困难。
一个人急奔逃，一人紧追[4]，
野林中回荡着哀哭抱怨。
出野林奔上了平坦绿地，
一城堡屹立在广阔草原。

---

[1] 安格兰是罗兰的封地，因而安格兰封地的主人指的就是罗兰。
[2] 罗兰的战马。
[3] 不理睬罗兰，一心只想着怀中抱着的女子。
[4] 抱着女子的骑士在前面急急奔跑，罗兰在后面紧紧追赶。

8

大理石砌城墙，鬼斧神工，
华丽的美城堡雄伟壮观。
那骑士奔入了金制城门，
始终把美女子抱在胸前。
不多时赶来了布里亚多，
马背上罗兰爷凶猛，傲慢。
进城后近卫士四处张望，
骑士与美女子全然不见。

9

伯爵爷便立刻跳下战马，
急匆匆入内室，快如闪电：
奔到这，跑到那，不停脚步，
廊与室不放过任何一间。
查遍了一层楼，徒劳无益，
登楼梯又迈上二层楼面，
他仍然诸房间仔细寻找，
同样也枉费了许多时间。

10

他看到金与丝装点床榻，
无一处可见到光秃墙面，
墙与地都覆盖丝织花毯，
脚踏处均感觉十分柔软。
罗兰爷不停步上下奔跑，
却无法满足他警觉双眼[1]，

---

[1]　指见到安杰丽佳，只有见到安杰丽佳，他的双眼才能够得到满足。

令其见那窃贼、安杰丽佳：
是窃贼盗走了佳人美面。

11

他不断白费力左跑右奔，
苦与忧充满了伯爵心田，
却见到费拉乌[1]、格拉达索[2]、
布兰迪[3]、异教王萨克利潘[4]；
他们都忙乱着不停奔走，
欲寻找遗失物徒劳枉然；
对那位无形的邪恶堡主，
众人均在心中深深恨怨。

12

所有人寻堡主却难见到，
抱怨他全因为被盗[5]心烦：
有人因丢战马十分痛苦，
有人因失女人怒火冲天；
被盗走其他物心也不悦，
寻失物，白辛劳，脱身亦难[6]；
此城堡囚众人数周数月[7]，

---

[1] 来自西班牙的异教勇猛骑士。见第 1 歌 11—31 节。
[2] 赛里斯王，力大无穷的异教骑士，后来被罗兰杀死。
[3] 罗兰的战友和好朋友。
[4] 异教骑士，切克斯国王。见第 1 歌 45—81 节。
[5] 所有人都好像丢失了什么东西，为寻找某人或某物，被阿特兰的魔法引诱到了这座城堡。
[6] 所有的人在城堡中寻找丢失的人或物，难以脱身。
[7] 有些人被关在城堡中已经数周了，还有些人被关在城堡中已经几个月了。

被困在囚笼[1]中皆因受骗[2]。

13

罗兰爷把这座奇异城堡，

搜查了五六遍心仍不甘，

因而便自言语低声说道：

"在此处我徒劳浪费时间，

那窃贼已携她[3]出另一门，

有可能现已经离城很远。"

此想法引伯爵走出城堡，

草地上围城堡转了一圈[4]。

14

他一边围绕着城堡转圈，

一边还低下头仔细观看，

欲查寻是否有新踏足印，

或朝左，或朝右，方向可鉴；

忽听到城堡中传出妙音[5]，

便抬头对窗口仔细观看，

似看见那一张美丽面孔[6]，

比往日就好像另一容颜。

15

像听到美女子苦苦祈求，

---

[1] 此处"囚笼"指城堡。

[2] 城堡是巫师阿特兰施魔法修建起来的，人们受魔法蒙蔽，被囚禁在里面无法脱身。

[3] 指安杰丽佳。

[4] 在草地上围着城堡转了一圈。

[5] 美妙的声音。

[6] "那一张美丽面孔"指的是安杰丽佳的面孔。

对伯爵哭泣着张口开言：
"救命啊，我贞洁托付于你，
它比我灵与命更重万千。
难道说我会被强盗掠走，
竟然在勇罗兰骑士面前？
我宁愿忍痛苦被你杀死，
也不愿受命运如此刁难。"

16

这番话令伯爵重入城堡，
查一次再一次每个房间，
又承受多少的痛苦、劳累，
再重燃何等的希望、期盼。
他不时闻声音停下脚步，
似听到美女子妙音非凡，
闻呼救却不知声出何处，
他奔左声音便转向右边。

17

再回到鲁杰罗故事上来，
他正把心爱女、巨人追赶，
沿一条阴暗的林间小路，
出树林来到了广阔草原；
罗兰已先于他来到此地，
前文中我已经说过一遍。
那巨人冲入了城堡大门，
鲁杰罗随其后紧紧追赶。

18

他刚刚跨入了城堡大门，

便仔细观察着柱廊、庭院；
一双眼左右望，徒劳无益，
那巨人与女子全都不见。
他楼上与楼下奔跑多次，
结果却未能够如其所愿：
难想象恶巨人携带女子，
转瞬间把身影藏于哪边。

19

上下楼他往返奔跑多次，
查寻了所有的柱廊、房间，
再一次奔上楼再次返回，
未忘记细搜查楼梯下面[1]。
希望见二人于附近林中，
出城堡却听见有人呼唤[2]，
确有人呼叫着罗兰名字，
他重新返回到城堡里面。

20

不仅似听到了安杰丽佳，
把伯爵罗兰爷热情呼唤，
鲁杰罗还似见多多涅女，
不理他，与别人却在交谈。
那个人可能是格拉达索，
城堡中其他人也在乱转，
就好像城中有期盼之物，
都希望快抓在自己掌间。

---

[1] 连楼梯下面的隐蔽之处都仔细查找了。

[2] 鲁杰罗希望在城堡外的树林中找到布拉达曼，但刚一出城堡便听到呼叫声。

21

这便是阿特兰新设魔法，
不寻常，真神奇，世间罕见；
意欲把鲁杰罗禁闭于此，
虽然他需遭受一些苦难，
却可以令厄运不降其身，
避免他年轻时生命中断。
铁城堡[1]、阿琪娜[2] 均未奏效，
大法师再次把巫术施展。

22

阿特兰将众人摄入魔法，
为了使鲁杰罗免遭灾难[3]；
城堡中囚勇猛格拉达索，
还圈有其他的勇将多员，
都曾在法兰西创立伟业，
到此处均不必为食犯难：
魔城堡可提供全部需求，
众美女与骑士流连忘返[4]。

23

再来讲美女子安杰丽佳，
又重获那一枚神奇指环，
含口中她可以消失踪影，

---

[1] 巫师阿特兰建立的囚禁鲁杰罗的坚铁城堡，已被布拉达曼破除。见第 2 歌 41—
    56 节，第 4 歌 16—38 节。
[2] 阿特兰施魔法，令宝马神鹰把鲁杰罗掠至阿琪娜岛；邪恶的妖女阿琪娜用美色迷
    惑了鲁杰罗。见第 4 歌 43—48 节，第 6 歌 35—81 节，第 7 歌，第 8 歌 1—20 节。
[3] 免遭死亡之难。
[4] 进入城堡的妇人和骑士能安逸地生活，因而流连忘返。

戴指上便能够破除魔幻；
山洞处她找到食物、衣服、
马匹和其他的所需物件，
便计划再重返东方之地，
回到她美丽的王国家园。

24

罗兰爷、异教王[1]心甘情愿，
将这位美女子护卫，陪伴：
美女子不偏爱其中一人，
甚至还将他们全都背叛；
但返回东方的路途遥远，
须穿过无数处城市、田园，
她需要有陪同为其指路，
对二人[2]之信任远超一般。

25

在得知二人的消息之前，
她已把城与乡到处寻遍，
有时候过乡村有时入城，
还有时寻二人深入林间。
到最后机运神引她来到，
阿特兰囚众人舒适宫殿[3]，
罗兰爷、费拉乌均在此处，
亦可见鲁杰罗、萨克利潘。

---

[1]　指萨克利潘。
[2]　指上面提到的罗兰和萨克利潘。
[3]　指阿特兰用魔法建立的城堡。

26

入城堡没有被法师发现，
隐身形搜城堡全靠指环；
她见到罗兰爷、萨克利潘，
为寻找美女子城中乱转。
又发现阿特兰设下骗局，
将二人用魔法套入虚幻。
便许久思索着解脱哪位，
真难以下决心做出判断。

27

她不知伯爵爷、萨克利潘，
那一位更适合把她陪伴。
罗兰爷之英勇世间无敌，
危难中定能够救她脱险：
若伯爵做护卫必自做主，
不知道再如何使其就范，
厌恶时总希望摆脱此人，
赶他回法兰西心中方安。

28

即便捧切克斯国王[1] 上天，
需要时却可以令其就范[2]。
这便是为什么安杰丽佳，
很愿意让此人护卫身边。
美女子从口中取出魔戒，

---

[1]　指萨克利潘，他是切克斯国王。
[2]　萨克利潘则与罗兰不同，即便是把他捧上了天，当需要的时候，还是能够使其顺
　　　从自己的意愿，为自己服务。

把身影显现给萨克利潘。
她只想令一人发现自己，
费拉乌与罗兰也都看见。

29

他二人为寻觅心中女神，
无休止奔走于两层楼间，
搜遍了堡内外毫无收获，
竟突然见美女出现面前。
因美女把魔戒攥于手中，
阿特兰魔法术再难阻拦，
三骑士[1]辨别出安杰丽佳，
他们便飞奔至佳丽身边。

30

两骑士[2]头顶盔先行赶到，
护身的软硬甲披挂在肩：
从他们跨入了城堡之后，
就未曾把甲胄搁置一边；
骑士们披甲胄如同穿衣，
只因为早养成战争习惯。
费拉乌第三位赶来之人，
却没有亦不愿头顶盔冠[3]。

---

[1] 指罗兰、费拉乌、萨克利潘。
[2] 指萨克利潘和罗兰。
[3] 见第 1 歌 24—30 节。

31

他欲夺近卫士[1]头上那顶，
特罗扬兄弟的辉煌盔冠[2]；
河中寻阿加利头盔之时，
曾内心许下了如此宏愿[3]：
尽管是罗兰爷近在咫尺，
费拉乌却未能与其交战；
他二人同时在城堡之中，
却难以相互间认出颜面。

32

城堡被阿特兰施加魔法，
在一起却不能相互见面。
昼与夜他们都不脱甲胄，
亦未曾放下盾，摘下宝剑；
也没卸坐骑的马鞍、辔头，
缰绳从马鞍桥垂向地面，
厩圈中马儿食稻草、大麦，
那马厩就设在城门旁边。

33

阿特兰并不能阻挡骑士，
重新再跨坐骑跃上马鞍，
去追踪粉面的安杰丽佳，
寻找其金色发、黑眸秀眼。
美女子不愿见三位恋者，

---

[1]　指罗兰。
[2]　罗兰头上戴的是杀死特罗扬的兄弟阿蒙特而夺取的盔冠。见第 1 歌 28 节。
[3]　见第 1 歌 24—30 节。

同时都陪伴在她的身边，
便骑上她那匹母马驮兽，
急忙忙出城堡，奔跑向前。

34

引三人远离开那座城堡，
不再有担忧事令她不安：
大法师也不能再施魔法，
用诱惑将他们伤害，欺骗。
魔戒曾帮助她多次脱险，
她将其又一次置于唇间：
骑士们一个个呆若木鸡，
美女子消逝在众人眼前。

35

罗兰爷或者是萨克利潘，
选一人陪伴她返回家园，
重见到加拉隆[1] 亲爱王国[2]，
这本是美女子最初心愿；
但现在她已经厌恶二人，
瞬间便改变了她的意愿：
不再想依附于两位骑士，
她认为魔指环远胜勇汉。

36

树林中三骑士受到嘲弄，
急转动惊愕脸左右观看；

---

[1] 是安杰丽佳的父亲，契丹国的国王。
[2] 指契丹。

就好像猎狗追野兔、狐狸，
突然间猎物却消失不见，
躲藏于某一处狭窄洞穴，
亦可能沟渠或灌木之间。
桀骜的契丹女偷偷发笑，
观骑士自己却形影不见。

37

树林中只见到一条道路，
骑士们都以为美女逃窜，
先他们沿此路溜之大吉，
否则便不可能瞬间不见。
罗兰爷、费拉乌不再迟疑，
异教王[1]亦策马奔跑向前。
美女子则勒住马的缰绳，
放慢步行走于他们后面。

38

三骑士奔跑着来到一处，
在那里路消逝密林之间，
他们便细观察地上青草，
看是否有足迹印在上面。
费拉乌本是位傲慢魁首，
头上面理应戴骄者王冠，
他此时怒对着其他二人，
吼叫道："你们俩来此何干？

---

[1] 指萨克利潘。

39

"如若是你二人不想丧命，
快后退，另寻路，奔向他边：
切莫爱亦莫追我的女人，
别以为我可忍他人陪伴[1]。"
伯爵爷开口问萨克利潘：
"难道他视我等娼妓一般？
这恶徒竟然会如此狂妄，
他以为我二人低劣卑贱。"

40

又转向费拉乌高声怒骂：
"贼畜牲，若不见你无盔冠，
我立刻就让你心中明白，
是否该说出那混账语言。"
西班牙骑士[2]道："无盔何妨？
你等才应小心躲避灾难。
我一人足可以敌你两个，
让你们见识到我无虚言。"

41

伯爵爷转向了萨克利潘：
"唉，劳大驾，借给他你的盔冠，
我要把他脑中疯狂铲除，
从未见有疯子如此这般。"
异教王回答道："真够疯狂！
但你盔借给他更合我愿，

---

[1]　别以为我可以忍受他人陪伴我的女人。
[2]　指费拉乌。

与你比我更加适合出手，
惩罚这疯狂的无礼傲慢。"

42

费拉乌又说道："实在愚蠢，
如顶盔能令我心中喜欢，
你们已丧失掉铠甲兵器，
我早就夺下了你等盔冠。
你二人怎知晓我的故事，
我许诺不顶盔行走人间[1]，
一直到能夺得精美头盔，
罗兰将甲与胄奉我面前。"

43

伯爵爷微笑着开口回言：
"罗兰在罗蒙特[2] 功绩璀璨，
夺走了阿高兰儿子[3] 头盔，
你岂能不顶盔夺走他[4] 冠？
我认为你若见他在面前，
必然会头至脚浑身抖颤；
献出你身披的全副铠甲，
又何止丢失掉一顶盔冠。"

---

[1] 见第 1 歌 30—31 节。
[2] 罗蒙特全称阿斯普罗蒙特，是意大利南部的一座山峰，位于墨西拿海峡附近，与西西里隔海相望，属于亚平宁山脉的一部分。据骑士传奇讲，罗兰在那里杀死了阿高兰的儿子、特罗扬的兄弟阿蒙特，并夺走了他的头盔。见本歌 31 节，第 1 歌 28 节。
[3] 指被罗兰杀死的阿蒙特。
[4] 指罗兰。

44

西班牙自夸者[1]开口回言：
"那罗兰屡次败，被我打惨，
夺他的全身甲易如反掌，
更何况区区的一顶盔冠；
我尚未将他的甲胄夺走，
只因为还未曾有此意愿，
现如今此意愿已经产生，
我认为实现它并不困难。"

45

罗兰爷失耐心高声喊叫：
"说谎者竟吐出如此狂言，
你曾经在何处击败过我？
又曾经于何时胜我枪剑？
你自吹战败的那位骑士，
他此刻就在你面前不远。
看看你是否能夺我头盔，
还是我扒下你周身甲片。

46

"我不想占你的分毫便宜。"
说话间伯爵爷摘下盔冠，
挂在了山毛榉枝杈之上，
同时间拔出了锋利宝剑。
费拉乌未因此丧失勇气，
也拔剑，摆架势，准备迎战，

---

[1] 指费拉乌。

他舞剑迎上去抗击伯爵，
高举盾护住了秃秃头面[1]。

47

二骑士便如此开始交手，
兜过来，转过去，打马盘旋；
其剑锋所指处必是要害，
均刺向甲片的缝隙之间。
人世间实难有其他角斗，
更比此之厮杀令人赞叹：
他二人勇与力旗鼓相当，
谁若想伤对手着实困难。

48

我的爷[2]，您一定早已听说，
费拉乌浑身都不吃刀剑，
只有那从母腹吸养之处[3]，
才是他全身的致命弱点：
一直到墓穴的泥土掩面[4]，
他都把精炼的七块甲片，
戴在他身体的薄弱之处[5]，
阻挡住袭来的利刃锐尖。

―――――――

[1] 指没有头盔保护的头。
[2] 指读者，即诗人的恩主伊波利托枢机主教。见第 1 歌 3 节。
[3] 据《热恋的罗兰》讲，费拉乌有神力相助，因此除腹部外其他部位均刀枪不入。
    在母腹中婴儿用脐带吸养，出生后剪断脐带，留下肚脐；此处的"母腹的吸养之处"
    指的是肚脐，即腹部。
[4] 指一直到死。
[5] 指腹部。

49

安格兰主人[1]也刀枪不入，
有神力保护他不受侵犯：
他只有脚掌处可受伤害，
于是便想方法保其安全；
其他处皆坚硬胜过钻石：
如若是其盛名并非虚传。
他二人虽然也披戴甲胄，
为装饰而不为遮挡枪剑。

50

二骑士展开了殊死之战，
看上去实在是令人胆寒。
费拉乌尽全力劈砍刺挑，
每一招绝非是虚晃、欺骗；
罗兰爷剑锋落必破盔甲，
撕裂开环锁铠[2]、硬甲坚片。
美女子隐身形躲在一旁，
注视着这一场千古奇观。

51

见两位勇骑士难解难分，
切克斯国王却另有判断：
美女子脱身后沿路跑走，
但必定不可能逃离很远；
便决定沿眼前道路猛追，
一心想追赶上美貌婵娟。

---

[1] 指罗兰。
[2] 锁子甲的另一种称呼。

加拉隆娇艳女留在战场，
她独自见证了那场恶战。

52

先见到那恶战震撼天地，
着实令观看者毛骨悚然，
两骑士之勇猛不分上下，
厮杀对他二人均有危险；
随后又产生了顽皮想法，
欲摘走伯爵盔做个试探，
只暂时拿走它观察后果，
看一看二骑士如何表现。

53

她最后会将其还给伯爵，
但此时却先要玩耍一番。
取下盔，抱怀中，场外站立，
又观看二骑士一段时间。
随后便对二人不辞而别，
骑着马怀抱盔远离激战，
二骑士未发现头盔被盗，
因他们胸中燃熊熊怒焰。

54

费拉乌先转目挂盔树枝，
退一边对伯爵开口吐言：
"与我们同在的那位骑士[1]，

---

[1] 指萨克利潘。因为他们看不见安杰丽佳。

把我们看作是愚笨蠢蛋！
他已经盗走了美丽头盔，
何奖励还能与胜者相干？"
罗兰爷亦后退举目观望：
不见盔愤怒火燃烧心田。

55

费拉乌之言语伯爵同意：
先前的那骑士盗走盔冠；
因此他紧抓住战马缰绳，
用双刺[1] 驱马儿奔驰向前。
费拉乌亦随其离开战场，
他二人来到了草地一片，
异教王、美女子新留足迹，
打印在草地上清晰可见。

56

伯爵爷选左路奔向山谷：
异教王沿此路驰入深山。
费拉乌选择了依山小道：
美女子骑马儿踏此路面，
奔驰的路途中见一清泉，
凉爽的绿荫处令人喜欢，
邀请着过路人享受清凉，
不饮泉决不让离开水边。

---

[1]　指两只马靴上的马刺。

57

美女子清泉处停下脚步，
不担心身后边有人追赶；
魔戒可隐藏起她的身影，
并不怕被他人置于危险。
一踏上绿荫的清泉溪畔，
便择选一树枝悬挂盔冠；
随后寻枝与叶茂密之处，
拴马儿食草于清凉之间。

58

西班牙勇骑士[1]追踪而来，
也赶到清澈的泉水溪畔。
美女子并没有立即看到，
因而未跨马儿逃离泉边。
那头盔坠落在草地之上，
欲取回少女却相距太远。
费拉乌发现了惊艳美女，
朝着她兴冲冲奔跑向前。

59

他眼前美女子再次消逝，
就如同幽灵影隐于梦幻。
树木间费拉乌到处寻找，
可怜他再难以得见婵娟。
他诅咒先知者穆罕默德，
辱骂其众祭司不解人难；

---

[1] 指费拉乌。

又重新返回到溪水之畔，
伯爵盔卧在那（儿）草地上面。

60

头盔的边缘处铭刻文字：
说明了罗兰爷怎夺此冠，
何时间、从何处、何人之手，
立刻便能识别，若细观看。
如夜晚之幽灵少女消逝，
此事令异教徒[1]心痛，意乱，
却未忘拾起那美丽头盔，
可护住头与项，更觉安全。

61

费拉乌将盔冠戴在头上，
美女子是他的唯一遗憾，
如闪电时而现时而失踪，
找到她才能够心足意满。
踏遍了荒野林寻找美女：
却没能寻觅到踪迹半点，
寻美女不再有任何希望，
决定把西班牙营寨回返。

62

虽然说没能够如愿以偿，
胸中的苦痛却得到和缓，
近卫士之头盔已到其手，

---

[1] 指费拉乌。

他怒火被冷却，略了心愿。
当伯爵知晓了真实情况，
长时间寻找他以泄恨怨；
一直到两桥间夺其性命[1]，
头盔才重回到伯爵身边。

63

美女子隐身形独自而去，
紧锁眉，心烦躁，头脑混乱：
匆忙间将头盔遗留溪旁，
这件事实令她心难宁安。
"我竟做不该做荒唐之事，
盗走了伯爵的珍贵盔冠；
曾欠他许多的人情之债[2]，
难道说竟如此将其偿还？

64

"天神知我本来是片好意，
尽管是其后果不尽人愿，
为和平我盗取伯爵头盔：
希望能令二人放下刀剑；
谁料想那丑陋西班牙人，
今日他竟因我满足心愿。"
美女子絮叨叨抱怨自己，
令伯爵丢失了珍贵盔冠。

---

[1] 《疯狂的罗兰》并没有讲述费拉乌之死，但在文艺复兴时期意大利的另一部骑士
史诗《摩尔干提》中有所描写：罗兰在两座小桥之间杀死了对手费拉乌。
[2] 在《热恋的罗兰》中，罗兰为保护安杰丽佳，闯遍东西南北，到处征战；因而说
安杰丽佳欠下了罗兰的人情之债。

65

愤慨的美女子重新上路，
择佳途朝东方奔驰向前。
人群中隐与显酌情而定，
经常需掩身形，时而露面[1]。
到达了许多处，遇事无数，
见一位年轻人躺倒林间，
旁边卧死去的一位战友，
那青年伤势重：剑刺胸前[2]。

66

我下面暂不讲安杰丽佳，
有许多其他事先须道全；
亦搁放费拉乌、萨克利潘，
再重新见他们尚待时间。
安格兰伯爵爷将我引走，
他之事我必须讲述在先；
勇罗兰经历了千辛万苦，
其愿望最终也未能实现。

67

他希望无人知他的身份，
刚进入第一城便取新冠[3]，
将新冠戴在了颈项之上，

---

[1] 在人群中，她根据情况决定隐身还是显形；她经常隐藏身形，时而也显露身形。
[2] 那位受重伤的年轻人是梅多罗，安杰丽佳救了他，并与他发生了恋情，致使罗兰发疯。
[3] 罗兰不希望有人认出他，因此进入第一座城池时就杀死一个兵勇，夺取一顶盔冠戴在头上。

全不顾它是否坚铁精锻：

伯爵爷并不须佳冠保护，

天神佑他周身无比安全[1]。

头未顶坚固盔继续寻美[2]，

昼与夜、风和雨不能阻断。

68

福玻斯[3]牵出了浪中海马，

出水马皮毛上露珠点点，

奥罗拉[4]向天空每一角落，

撒下了红黄花千千万万[5]；

群星已准备好离开舞会，

用面纱遮挡住美妙容颜[6]：

这一日罗兰爷路过巴黎，

把他的神武威充分展现。

69

撞见了撒拉逊两队人马，

第一队统帅曾勇猛彪悍，

他便是马尼拉[7]——诺里[8]国王，

发已白，力亦亏，睿智不减；

---

[1] 罗兰浑身上下有神佑护，刀枪不入。

[2] 尽管没有戴坚固的护头盔冠，他仍然继续寻找美女安杰丽佳。

[3] 希腊神话中的太阳神。

[4] 罗马神话中的曙光女神。

[5] 指洒下了彩色的曙光。

[6] 曙光出现的时候，群星变得苍白，它们就像舞会上的少女一样，脸上遮盖着面纱准备离开舞场。

[7] 诺里王国的国王。

[8] 诺里是非洲的一个王国，在《热恋的罗兰》中已经出现该王国的名字，但无人知道应该对应哪一个真实的非洲王国。

阿兹多[1]——特勒密[2] 王国之主，
麾下的兵勇亦十分强健；
人们说非洲的骑士之中，
该国王是一位完美典范。

70

此二人与其他异教军队，
冬季里驻扎在巴黎乡间，
围困住一座座城镇、村庄，
距巴黎或者近或者略远[3] ；
非洲王[4] 欲夺取大巴黎城，
他辛苦劳累了何止一天，
现终于形成了合围之势：
不如此不能够实现夙愿。

71

为形成合围势聚兵无数，
从非洲随他来丁勇万千，
西班牙马西略国王陛下，
亦指挥众将士奋勇参战，
法兰西招募者也来助阵[5] ：
许多的城与乡已经沦陷；

---

[1] 特勒密王国的国王。

[2] 特勒密是非洲的一个王国，位于现在的阿尔及利亚境内，在《热恋的罗兰》中已
     经出现该王国的名字。

[3] 马尼拉和阿兹多率领两队非洲人马，围困了巴黎附近的一些城镇和村庄，有些城
     镇和村庄离巴黎比较近，有些则略远些。

[4] 指阿格拉曼。

[5] 阿格拉曼在法兰西还招募了许多兵勇，他们也来帮助他攻打巴黎。

从巴黎一直到阿尔勒河[1]，
法兰西西南部[2] 均被攻占。

72

小河冰已开始渐渐融化，
温和水潺潺流，微微颤颤，
草地上铺盖着翠绿新芽，
树儿把嫩枝叶披挂在肩；
跟随着非洲王阿格拉曼，
众兵勇创伟业甘冒风险，
为接受统帅的[3] 隆重检阅，
整军容，列队把雄风展现。

73

特勒密、诺里国两位君主，
急赶路为参加阅兵大典，
二人欲及时至集合之处，
希望见好与坏各色军团。
伯爵爷勇罗兰偶然到此，
无意中撞见了这等场面，
我说过他正在追踪美女，
爱之神迫使他搜寻不断。

74

伯爵爷之彪悍举世无双，

---

[1] 指罗纳河，位于法兰西的最南部。该河流经阿尔勒城，因此诗人称其为阿尔勒
河。从法兰西北部的巴黎一直到最南部的阿尔勒地区，都已经沦陷。
[2] 指加斯科涅地区。
[3] 指非洲王阿格拉曼。

他面前战神也退让一边[1]；
罗兰朝特勒密国王走去，
昂着首，挺着胸，十分傲慢；
他见到阿兹多凶狠国王，
呈现出怒冲冲愤怒容颜，
便以为此骑士勇猛无比：
实际上他却是外强中干。

75

年少的阿兹多力大，胆壮，
他因此便十分狂妄，傲慢，
驱战马，迎向前，比试武艺：
依我看他最好躲闪一边[2]。
伯爵爷挑他于战马之下，
枪尖儿穿透了他的心肝，
那受惊之战马落荒而逃，
马背上无骑士勒其停站。

76

当见到年轻人[3]栽于马下，
巨大的伤口处鲜血飞溅，
惊呼声立刻便升入空中，
东与西南和北全都传遍。
乌合众朝伯爵疯狂冲来，
咆哮着枪尖刺剑锋劈砍；

---

[1] 战神在他面前也要退让到一边。
[2] 最好躲藏起来，不要上前找死。
[3] 指特勒密国王阿兹多。

多数人站远处拉弓齐射[1]，
羽尾箭就如同暴雨一般。

77

胆小者就像是一群野猪，
奔逃于树林中、乡野、荒原，
因恶狼走出了隐蔽山洞，
或棕熊下高山来到平原，
捕捉住嫩嫩的一头猪仔，
那畜牲尖叫着发出哀怨；
野蛮的士兵则扑向伯爵，
高喊着："冲上去，快快向前！"

78

千万把利刃都同时刺出，
盾与甲遮挡住刀枪飞箭；
有的人用铁锤背后袭来，
还有人攻左右，或击迎面。
但伯爵并没有丝毫畏惧，
他蔑视乌合众箭枪刀剑，
就好像黑夜中狼入羊群，
怎会怕小羊羔成百上千。

79

罗兰握出鞘的闪电宝剑，
令无数撒拉逊命丧血溅；
谁若是想知道杀人多少，

---

[1]　大多数人不敢靠近，只是在远处向罗兰射箭。

这可是一难题摆在面前[1]。
路变成鲜红的一条血河，
太多的被杀者堆满路面；
索命的杜林丹[2]落下之时，
铁盔与盾牌都必裂两半，

80

厚厚的棉外套[3]难护其身，
千层的缠头布[4]难保安全。
不仅是空中飘悲哀哭声，
砍断的头臂肩亦飞满天。
残忍的死亡神行走战场，
许多人因惊恐面色改变；
死神道："勇罗兰握此利剑，
远胜我杀戮刀成百上千。"

81

刚躲过一狠劈又一猛刺，
众兵勇很快便纷纷逃窜；
刚才还一群群蜂拥而上：
都以为众吃一理所当然。
并无人有耐心等待伙伴，
然后再同他们一起逃难；
有的人徒步逃，有人骑马，
全不顾逃亡路是否平坦。

---

[1] 谁若是问罗兰杀了多少人，这可是一个无人回答得出来的难题。
[2] 罗兰的宝剑。
[3] 指衬在盔甲里面的棉衣。
[4] 指撒拉逊人头上的缠头巾。

82

德能神[1] 手持镜四处游走，

可将人灵魂皱[2] 反射镜面。

没有人镜前照，除一老叟：

岁月能吸干血，难食肝胆[3]，

他宁死也不愿逃之夭夭，

毁荣耀，受耻辱，丢尽颜面。

我说的是那位诺里国王，

枪上靠迎伯爵奋勇向前。

83

高傲的罗兰爷纹丝不动，

枪尖刺伯爵盾，枪杆折断。

近卫士早已经利刃出鞘，

对冲来异教王[4] 举剑劈砍。

机运神救国王一条性命，

伯爵爷冷森的剑锋略偏：

不可能每一剑正劈目标，

但此击亦令其跌下马鞍。

84

那国王跌下马，头晕目眩，

罗兰爷对于他看都不看，

---

[1]　德能之神手持一面神镜到处行走，在神镜面前，人们可以照出自己灵魂的全部弱点。

[2]　灵魂的皱纹，即灵魂中的弱点。

[3]　没有人愿意照德能神的神镜，因为都怕显露出自己灵魂中的弱点；然而却有一位老叟愿意在德能神镜前照自己的灵魂，他就是老当益壮的诺里国王马尼拉；岁月虽然能吸干人的血液，使人变得软弱无力，却不能吞食人的肝胆，使人丧失勇气。

[4]　指诺里国王马尼拉。

又劈砍或刺杀其他众人：
人人觉伯爵在身后追赶。
就好像要逃避凶猛猎鹰，
受惊的欧椋鸟飞向蓝天，
一队人有的死有的躲藏，
还有的被伯爵追赶驱散。

85

一直到战场上不见活人，
伯爵爷才停止挥舞利剑。
走何路近卫士犹豫不决，
尽管他大巴黎熟记心间[1]。
或向左，或向右，难以抉择，
思想距心上人总是很远[2]：
寻美女他担心走错道路，
背道驰更远离心爱婵娟[3]。

86

时常把美女子消息询问，
过乡村，越野林，搜寻向前，
无意识远离了人行之路[4]，
来到了一峻岭山脚下面。
透过了岩石缝夜晚远望，

---

[1]　尽管罗兰非常熟悉巴黎地区，他却犹豫不决，不知向何方向走，因为他不知道安
　　　杰丽佳在何方。
[2]　他总是想不明白安杰丽佳去了何处，因此诗中说"思想距心上人总是很远"。
[3]　如果背道而驰，就会离心爱女子安杰丽佳更加遥远。
[4]　指进入了荒僻、无人的地方。

见光明抖羽翼飞上云天[1]。
为看看美女子是否在此，
勇罗兰伯爵爷靠近石岩。

87

就如同卑微的[2]刺柏林中，
或田野收割后残株之间，
搜垄沟，查密路，到处寻觅，
胆小兔藏身处全都找遍；
再进入每一片蒺藜树丛，
或许它[3]静悄悄躲藏其间；
罗兰爷也如此寻找美女，
被希望引导着不惧艰难。

88

伯爵爷朝光线快步走去
狭窄的山岩缝越来越宽，
他眼前出现了一片树林，
巨大的山岩洞藏在里面；
洞口前荆棘与灌木丛生，
像遮挡山洞的围墙护栏，
隐蔽起洞中的躲藏之人，
使他们免受到别人摧残。

---

[1] 透过山峰岩石的缝隙，夜晚向远处望去，看到晨光已展开了羽翼，飞上了天空。这里，诗人形象地把夜晚比喻成向远处眺望的人，把晨光比喻成展开双翼的飞鸟。
[2] 诗人用"卑微"一词来表示引不起人们的注意。
[3] 指胆小的兔子。

89

天色暗有灯光暴露山洞，
若白日绝难以被人发现。
罗兰爷已察觉洞中有人，
但还想进一步明确判断。
他洞外先拴好布里亚多[1]，
再靠近隐蔽洞，悄声无言，
不需要呼唤来任何向导，
拨密枝进入到岩洞里面。

90

一步步深入到阴暗洞穴：
活人被埋葬在此坟下面[2]。
山岩洞被凿成拱形圆顶，
洞内部有一片广阔空间；
白天里从洞口射入阳光，
微弱光难照亮岩洞里面；
但右边露出来一个洞窗，
从那里可射进充足光线。

91

岩洞里一堆火燃于中央，
火之旁有一女容貌不凡；
伯爵爷见女子十分年轻，
看上去似二八恰逢少年：
尽管她双眼中噙满泪水，
其心中正忍受痛苦熬煎；

---

[1] 罗兰的战马。
[2] 指山洞中囚禁着活人，就像被埋葬在山洞这座坟墓下面一样。

仍然令野山洞变成天堂，
倾国色，羞花貌，美若天仙。

92

她正与一老妪吵闹不休，
（女人们对争执早已习惯），
但见到伯爵爷进入山洞，
她们便停争论，不再开言。
罗兰爷示敬意，表现谦恭，
（对女人他一向如此这般），
二女子立刻都站起身来，
对伯爵亦施礼以示友善。

93

突然间听到了说话声音，
又见到一男人来到身边，
这男子披甲胄全副武装，
她二人略有些惊恐慌乱。
伯爵问是何人这等无礼，
既霸道，又野蛮，如此凶残，
将这样柔情的可爱面容，
埋藏在山洞中，隐于黑暗。

94

贞洁女猛然间开始抽泣，
回答时，语艰难，续续断断，
珊瑚口、珍珠齿吐出话语，
甜蜜的字句却残缺不全。

沿百合与玫瑰[1] 落下眼泪，
泪珠儿流入嘴自己吞咽。
恩主啊，这一歌已该结束，
请听我另一歌续讲下段。

---

[1]　指红白相间的面颊。

第 13 歌

伊萨贝细讲述不幸遭遇　罗兰爷救公主脱离苦难
女英雄寻骑士进入城堡　见情人却难以与其团圆

　　山洞中罗兰遇见异教公主伊萨贝，并听她讲述不幸遭遇：公主与
苏格兰王子泽比诺相互爱恋，却因宗教障碍无法明说；她在私奔的过
程中被人绑架，囚禁于山洞。罗兰杀死囚禁公主的众恶徒，吓跑了看
守伊萨贝的老妪，救走了伊萨贝。

　　布拉达曼为鲁杰罗担忧。梅丽萨告诉她鲁杰罗再次被阿特兰施魔
法囚禁于另一城堡，并愿意带她去寻找心爱之人。

　　布拉达曼不听从梅丽萨的嘱咐，受到伪装成鲁杰罗的阿特兰的欺
骗，也被魔法引入城堡。城堡中，她与鲁杰罗可以相互见面，听到对
方说话，却无法团圆。

1

那时代[1] 骑士们十分走运，
他们在山谷的荒野林间，
黑暗的山洞或蛇穴之中，
棕熊与雄狮的兽窝里面，
能看到悦目的美好事物：
奢华的宫廷内达官难见[2]。
年少的俏女子风华正茂，
其丽质必定是美妙无限。

---

[1]　指罗兰那个时代。
[2]　能看到达官贵人在宫廷中都难以见到的美丽的事物。

2

上文中我讲到在那山洞，
罗兰爷见一位美丽婵娟，
询问她是何人引其至此，
我现在将故事一一道全。
呜咽声一次次打断佳丽，
美女子对伯爵述其灾难，
她简短讲述了事情经过，
其语言极甜蜜，温柔，哀婉。

3

"噢，骑士呀，尽管我十分清楚，
这番话定给我带来灾难，
对把我囚禁于山洞之人，
此老妪[1]将报告毫不隐瞒；
我准备对你把真相道明，
即便是我生命悬于一线。
有一日他们会让我死去，
除此外又如何令我心欢[2]？

4

"我名叫伊萨贝，是位公主，
原本是加利西[3]国王心肝，
最好说我曾经是其女儿，

---

[1] 指陪伴在年轻女子身边的老妪。
[2] 有一天囚禁我的人一定会让我死去，否则他又有什么方法让我高兴呢？被囚禁的
    女子认为，只有死她才能摆脱痛苦，获得幸福。
[3] 加利西（另译：加利西亚）是古时伊比利亚半岛的一个王国，位于西班牙的西北
    部，现在是西班牙的一个自治区。

如今我不归他，属于苦难。
是爱神不公正，犯下罪过，
致使我须忍受如此熬煎，
最初他[1]用蜜语将我鼓励，
却暗中编织出邪恶诱骗。

5

"我生活本来很幸福，宁安，
既年轻，又富有，美丽非凡；
现如今竟然会如此不幸，
若世间有悲惨我最悲惨。
我希望你能够知晓缘由，
是什么邪与恶令我受难；
尽管是你难以给我帮助，
也不妨将我的痛苦分担。

6

"拜奥纳[2]我父王组织比武，
那事件发生在十二月前。
我国内到处都传说此事，
各国的骑士欲齐聚论剑。
或许是爱之神给我启示，
或许因他[3]表现勇猛彪悍：
苏格兰泽比诺——国王之子，
众人中只有他值得颂赞。

----

[1]　指爱神。
[2]　位于现在西班牙加利西亚自治区的一座古城，西邻大西洋。
[3]　指泽比诺。

7

"我见他下校场大显身手，
骑士的侠义气不比一般，
若不是已察觉难以自控，
还不知被爱神戏弄掌间。
尽管是爱之情将我左右，
我必须心中有自己意愿，
不能把我的心置于脏处，
对人类最美者方可奉献。

8

"英俊的泽比诺勇猛过人，
世上人均难以与其比肩。
我对他表现出爱恋之意，
他胸中亦燃起情欲火焰。
我二人不需要中间媒介，
把相互爱之情解释一番[1]，
他与我灵与魂已经结合，
只表面看上去相距甚远[2]。

9

"比武会结束后我的王子[3]，
返回了苏格兰他的家园。
你若是懂爱情就会理解，
日与夜想念他我心悲酸；
我坚信他心中亦不安宁，

---

[1]　我们两人不需要中间媒介传递相互的爱恋之情。
[2]　他与我的灵魂已经结合在一起，只是表面上还保持很远的距离。
[3]　指泽比诺。

也燃烧爱之火，意烦情乱。
他并不再掩饰自己欲望，
一心想我追随他的身边。

10

"撒拉逊、基督徒不同信仰，
把我们分隔在东西两边，
禁止他向我父正式求婚[1]，
他决定劫持我满足心愿。
我富饶祖国的城池之外，
有绿色之旷野紧靠海边，
海岸上有一片美丽花园，
周围的海与山尽收眼帘[2]。

11

"他觉得那地方十分适合，
移宗教之障碍满足心愿[3]；
便让人通知我他的决定：
下决心把二人幸福实现。
圣马塔[4]附近处秘藏快船，
武装的众兵勇躲于其间，
均听从比斯开[5]奥多里[6]命：
他陆海之战术精通，熟练。

---

[1]　不同的宗教信仰阻碍了他向我父亲正式提出娶我为妻。
[2]　站在那座花园中可以把周围的海和山尽收眼底。
[3]　他认为那是一个合适的地方，在那里可以把伊萨贝带走，避开宗教差异的障碍，
　　　从而满足他们相爱的愿望。
[4]　加利西王国的一个渔村。
[5]　西班牙北部的一个地区。
[6]　泽比诺的一个所谓的朋友，泽比诺委托他以绑架的方式把伊萨贝带走。

12

"泽比诺难亲自操作此事，
因父王命其把重任承担，
率兵勇去救援法兰西王，
便只能托挚友实现己愿；
挚友中奥多里当属第一，
对王子[1]忠诚心坚定，不变：
若朋友能获得他的帮助，
他自然会觉得心足意满。

13

"他将要乘一只武装快船，
约时间绑架我登舟离岸。
我期盼相约日快快到来，
时间到便主动赶往花园[2]。
黑夜里奥多里率人来到，
诸'绑匪'识水性，英勇善战，
在城外小河处[3]下船登陆，
静悄悄潜入到花园里面。

14

"我被人'挟持'到黑漆船[4]上，
城中人并没有立即发现。
仆人们一个个手无寸铁，
有的人被杀死，有的逃窜；

---

[1] 指泽比诺。
[2] 指前文提到的海岸边的花园。
[3] 有一条小河在那里流入海中。
[4] 船涂上了黑色的柏油，可以加快船的航行速度。这是当时制造快船的一种技术。

一部分成俘虏，也被带走，
就这样我离开祖国家园，
真无法对你说有多快活，
只希望尽快与王子团圆。

15

"我们船刚转过梦吉小镇[1]，
一股风便袭向船的左舷，
那风儿搅乱了晴朗天空，
翻动起海中水，波浪滔天。
西北风推动着船儿横行，
风力猛而且还增长不断；
小船儿左右转已经无益[2]，
上风舷、下风舷避风皆难。

16

"降风帆，将桅杆捆定两舷，
拆船楼亦难以逃避海难；
罗歇尔[3] 附近处可悲船儿，
撞上了尖尖的水下礁岩。
船上的人与物难助我们，
残忍的灾难却推我上岸。
猛烈的邪恶风高速飞舞，
从未见如此快脱弓之箭[4]。

---

[1] 加利西王国的一个小镇。
[2] 小船向左转或向右转都没有用处。
[3] 西班牙的一座沿海城镇。
[4] 风速比射出去的箭飞得还要快。

17

"奥多里急放下救生小艇，
因为他已预感面临危险，
用此法虽经常难以逃命，
他还是先携我下入舢板[1]。
随后又下来了两位武士，
他们为阻后人拔出利剑，
没有人再能够进入小舟，
舟上人断绳索离弃大船。

18

"我们下救生艇十分幸运，
命得救，登上岸，逃离海难，
大船裂，其他人全都溺水，
船上物均漂浮波涛海面。
举双臂我感谢善神、爱神：
永恒的善与爱恩泽无限。
海之怒并没有夺我希望，
未使我与爱人永难相见。

19

"尽管是衣服与珠宝、饰物，
全部都抛弃在沉没大船，
重见到泽比诺希望仍在，
其他物被卷走我不觉惨。
下船处并非是泊船海滩，
行人路、居住屋全然不见，

---

[1]　指救生艇。

仅仅有一座山，浪拍其脚[1]，
海风儿吹动着葱郁山巅。

20

"爱之神是暴君，冷酷凶残，
从来不遵守他所许诺言，
我们的每一个理性设想，
他总要施诡计将其搅乱，
用他的淫邪术转好为坏，
致使我之处境极其悲惨：
泽比诺信任的那位朋友，
冷冻了诚与信，心生恶念。

21

"或许是在海上欲念已生，
当时他无勇气将其表现，
或许是此时刻刚刚产生，
荒凉的无人岸提供方便；
他决心要实现狠毒计划，
满足其贪婪的邪恶欲念；
乘小舟一同来还有两人，
先摆脱一个人方能如愿。

22

"那人叫阿莫纽，苏格兰人，
泽比诺认为他忠诚无限；
赞扬其是一位完美骑士，

---

[1] 浪拍着那座山的山脚。

把他交奥多里，听其调遣。
奥多里对他说我若步行，
赶到那罗歇尔十分不便，
命令他在前面先行一步，
寻马匹以缩短赶路时间。

23
"勇敢的阿莫纽无所畏惧，
即刻便登路程行走向前，
罗歇尔距海岸不过数哩，
一树林将该城遮挡不见。
奥多里决定向另外一人，
说明白他心中邪恶欲念；
因不知如何能摆脱此人，
还因为他是其心腹伙伴[1]。

24
"此人叫克雷伯，毕尔博[2]人，
只有他留在了恶人身边；
他二人小时候一起成长，
生活在同一个屋檐下面。
背叛者自认为可以向他，
说明其无情的邪恶欲念，
希望他更愿意朋友[3]快乐，
而不怪朋友无真诚心田。

---

[1] 是奥多里的心腹伙伴。
[2] 毕尔博（另译：毕尔巴鄂）是西班牙北部的一座沿海城市，位于比开斯海湾附近。
[3] 指背叛者奥多里。

25

"克雷伯是一位正人君子，
听其言难抑制胸中怒焰，
反对他实行那邪恶计划，
怒斥其把朋友无耻背叛。
二人的胸中均燃烧怒火，
剑出鞘，欲动武较量一番。
见他们拔利剑我心恐惧，
转过身逃遁于黑暗林间。

26

"奥多里武艺高，而且强健，
几回合他便把优势全占，
克雷伯被砍倒，似乎已死，
他沿着我足迹追赶向前。
我判断若无错，爱神助他[1]，
为他插双羽翼将我追赶；
教会他恭维话、恳求之法，
想以此勾引我，令我就范。

27

"这一切均徒劳，我心坚定，
宁可死绝不能让他遂愿。
奉承话加威胁、反复请求，
均没有使恶人心足意满，
最后他竟公然使用武力，
我哀求也无法令其心变，

---

[1] 指奥多里。

泽比诺之信任提也无益，
现已经落他手，难逃危险。

28

"我看到恳求皆徒劳无益，
亦无望再获得他人救援，
他对我越来越贪婪，粗野，
就如同饥饿的棕熊一般；
用脚踢，用手抓，我要自卫，
指甲挠，牙齿咬，绝不就范；
还拔掉他胡须，抓破皮肤，
尖叫声直冲上高高云天。

29

"我不知喊叫声如此巨大，
竟然在数哩外仍能听见；
如若是遇海难有人溺水，
按习惯人们会奔向海岸[1]。
我看见山冈上出现人群，
朝我在之海边奔跑向前，
奥多里见人群涌向我们，
急忙忙放弃我，独自逃窜。

30

"恩主啊，那群人帮助了我，
防止了背叛者[2]把我强奸。

---

[1] 一般情况下，发生海难有人呼救时，听到呼救声的当地居民都会涌上海岸观看
情况。

[2] 指奥多里。

但百姓有一句常用谚语：
'出煎锅又掉入炙热火炭。'
我没有遭受到巨大不幸，
并非是那群人[1]心不凶残，
他们未强暴我这是事实，
却不因德行美意在施善；

31

"而因为他们要保我贞洁，
希望能卖掉我赚取大钱。
度过了第八月九月来到，
我活活葬于此，不见青天。
从人们言谈中获得消息，
我已对泽比诺再无期盼[2]，
他们要将我身买给商人，
商人再奉献给东方苏丹[3]。"

32

可爱的美女子如此讲述，
经常有呜咽声、刺心哀叹，
打断她天使般感人之音，
那声音能够使毒蛇生怜。
悲惨女讲述了不幸遭遇，
她如此能略减心中苦难；
此时见二十余大汉入洞，

---

[1]　指涌向海边的当地人。
[2]　在囚禁伊萨贝的当地人相互交谈时，伊萨贝得知她将被卖给商人，再由商人把她
　　　奉献给东方的苏丹陛下，因此她不再对泽比诺抱有任何希望。
[3]　苏丹是某些伊斯兰教国家的国王。

一个个手持着长矛、勾镰。

33

为首者看上去冷酷无情，
一只眼斜楞着面色阴暗，
有人曾猛击他鼻梁颔骨，
打瞎了脸上的另一只眼。
他见到骑士与美丽女子，
同坐在山洞中相对而言，
便转向同伴们开口说道：
"又一鸟自投网心甘情愿。"

34

随后又转过身面对伯爵：
"从无人会像你行此方便。
我不晓你如何知道此事，
或许是某个人对你明言：
我期待美盔甲已经多日，
这棕色战袍亦雅致不凡；
你来此的确是正逢时机，
可满足我需要遂心所愿。"

35

罗兰爷跳起身冷冷微笑，
对那位无赖汉张口回言：
"我可以卖给你这副盔甲，
商人却从未闻此等价钱[1]。"

---

[1]　我可以把这副盔甲卖给你，但从来没有商人听说过如此高的价钱。

随后便从火堆抽一柴棍，
柴棍上熊熊火冒着浓烟，
猛然间砸向那无耻恶徒，
正打在无赖的眉鼻之间。

36

柴火棍击打在两只眼睑，
左眼睑之伤势更加悲惨；
可怜的一独眼也被击瞎，
独眼龙已彻底丧失光线。
伯爵爷不满足打瞎独眼，
欲令其把地狱幽灵陪伴；
喀戎送幽灵去沸腾血河[1]，
他[2]亦应浸泡在血水里面。

37

山洞中摆放着一台餐桌，
好一张宽敞的四方桌面，
方桌面不光滑，桌腿粗壮，
可容纳大盗贼[3]全家就餐。
罗兰爷将餐桌用力抛出，
他欲把众恶徒头颅砸烂，
就如同西班牙神武骑士，

---

[1] 喀戎是希腊神话中的一个半人马。地狱中有一条血河，那里浸泡着暴虐者的灵魂，血河由以喀戎为首的半人马看守（见但丁的《神曲·地狱》）。这里的意思是，这个暴虐者也应该进入地狱去忍受血河之苦的惩罚。
[2] 指暴虐的独眼龙。
[3] 指暴虐的独眼龙。

可轻松把投枪抛出很远[1]。

38

击中了众恶徒胸腹、脑壳，
打断了他们的双腿、臂肩；
有的人肢残废，有的毙命：
轻伤者一个个试图逃窜。
似冬去蛇出洞欲享日光，
无意间一巨石落于地面，
或砸断众蛇腰，腹碎肠出，
或拍裂蛇头颈，全身压扁。

39

真不知有多少下列情况：
有的蛇丧了命尾巴折断，
有的蛇已无法向前爬行，
下半截却徒劳扭曲翻转；
还有的比其他运气好些，
草地上蜿蜒着爬向水边。
这一击虽可怕并不奇怪：
勇罗兰伯爵爷神勇，强悍。

40

有七人未被那餐桌伤及，

---

[1] 文艺复兴时期，在意大利有一种比武方式：贵族们骑在马上投掷标枪；这种比武方式是北非的摩尔人引入西班牙的，后来西班牙人又将其引入意大利；因而这里讲"就好像西班牙神武骑士，可轻松把投枪抛出很远"，用此比喻罗兰轻松地把大方桌抛出很远。

（图品君[1] 之记载十分周全），

匍匐在骑士的脚下求饶，

罗兰爷寻绳索欲缚其肩；

洞中有适合的绑人麻绳，

伯爵将众恶徒双臂捆拴，

恶徒们不反抗束手就擒，

近卫士走到了山洞外边。

41

他拖着众恶徒出了洞口，

来到了古花楸[2] 树荫下面。

砍树枝将恶徒挂在树上[3]，

作食物为乌鸦提供美宴[4]。

为人间清除掉这群瘟神，

挂人头并不需铁钩、锁链[5]，

那古树已提供所需挂钩，

恶徒的下巴颏断枝上悬。

42

那老妪[6] 与恶徒十分友善，

见他们一个个命丧气断，

手扯发痛哭着奔逃而去，

---

[1]　传说兰斯大主教图品（Turpin）曾随法兰西查理王征战西班牙，亲眼见证了罗兰
　　的英勇行为，后来写下了《罗兰之歌》等骑士传奇故事。本诗的作者阿里奥斯托
　　也认为有关罗兰的传奇故事是由图品记载下来的。

[2]　一种古树种。

[3]　砍掉树枝，留下树枝的断根，然后把被捆缚的恶徒们挂在上面。

[4]　把恶徒挂在树上，给乌鸦作为美餐。

[5]　并不需要锁链和铁钩来悬挂这些瘟神的头颅。

[6]　指前面提到的老妪。见第 12 歌 92 节。

进入了迷宫般野林之间。
被恐惧推动着踉踉跄跄，
崎岖的林中路行走艰难，
在一条小河边遇一骑士，
他是谁以后再向您道全。

43

我回头再来讲那位美女，
求骑士别将她独弃一边；
无论哪（儿）她都愿跟随伯爵，
慷慨的近卫士劝其心安。
奥罗拉探出头又要上路，
洁白面佩戴着玫瑰花环，
身上披紫红色长长外衣[1]，
罗兰携美女子赶路向前。

44

他二人一同行已经多日，
并无事值得我讲述一番；
这一日遇见了一位骑士，
并助他出牢狱获得平安[2]。
我将来告诉您他是何人，
先讲述下面事，您必喜欢：
前文说阿蒙女[3]无精打采，
只因为其爱情遇到困难。

---

[1]　比喻曙光又现，新的一天开始了。

[2]　那位骑士是泽比诺。在后面的 23 歌中会继续讲述他的故事。

[3]　指布拉达曼，她是阿蒙公爵的女儿。

45

勇少女[1]迫切见鲁杰罗君，
希望他快回到自己身边。
少女在马赛城抵御敌寇，
每日使异教徒痛苦难堪；
撒拉逊流窜于普罗旺斯，
亦掠夺隆格多[2]高山、平原：
她[3]是位智慧的封地主人，
也是位勇骑士，十分善战。

46

少女已等待了许久时间，
鲁杰罗早应该来其身边，
却不见心上人——可爱骑士[4]，
她活在恐惧中，忐忑不安。
有一日孤独女悲伤，哭泣，
一巫女来到了她的面前，
该女子曾经用指环为药，
治愈了阿琪娜诱惑儿男[5]。

47

女法师梅丽萨重新返回，
却未把她爱人带在身边，
阿蒙女面苍白，浑身发抖，

---

[1]　指布拉达曼。
[2]　隆格多（另译：隆格多克）是法兰西西南部的一个地区。
[3]　指勇少女布拉达曼。
[4]　指鲁杰罗。
[5]　这位巫女是布拉达曼的保护者善良的梅丽萨。她曾经利用魔戒帮助鲁杰罗摆脱邪恶妖女阿琪娜的诱惑。

脚发软，身无力，难以立站。
善良的女法师微笑向前，
因为她并没有看到危险；
用话语把少女和蔼劝慰：
报喜的善人都如此这般[1]。

48

她说道："少女呀，切莫害怕，
他活着，崇拜你，健康，平安；
你敌人[2]又夺走他的自由，
现如今他仍然被其禁圈；
如若是你希望重新见他，
现在就随同我跨上马鞍；
为了使鲁杰罗获得自由，
我愿意开道路走你前面。"

49

她接着对少女继续讲述，
阿特兰施魔法再次欺骗：
装扮成少女[3]的美丽容貌，
一巨人俘获她扛其在肩[4]，
引骑士[5]入一座魔法城堡，
随后便消失在他的面前；
用此法他困住美女、骑士，

---

[1] 给人们带来喜讯的善良人都会这样做。
[2] 指巫师阿兰特。他一直想方设法囚禁鲁杰罗，使其不能与布拉达曼相遇。
[3] 指布拉达曼。
[4] 见第 11 歌 16—21 节。
[5] 指鲁杰罗。

每一个入堡人脱身均难。

50

入堡人都觉得看见巫师，
就如同见到了他[1] 的期盼：
女人和侍从者、同伴、朋友，
人所求并非只一种伙伴[2]。
城堡中大家都不停搜寻，
白辛苦，无结果，难遂人愿；
寻失物之愿望如此之大，
都不想离城堡虚假梦幻。

51

"魔城堡坐落在一片旷野，
当你入旷野时，距城不远，
那巫师定然会迎你走来，
装扮成鲁杰罗那副容颜；
看上去有强者将他击败，
那是他设诡计把你欺骗，
为了要引你去将他援助，
然后再把你和他人同圈[3]。

52

"许多人都跌入他的陷阱，
知内情你已经不会受骗。

---

[1] 指入城堡的人。

[2] 城堡中有各式各样的人，因为人所追求的并不只是一种伙伴。

[3] 看上去好像他被人打败了，他来求你帮助，但那全是欺骗；他设计这些阴谋诡计，
　　为的是把你引诱进城，然后把你与其他人一起圈禁在那里。

你好像见爱人就在眼前，
他请求你尽快施加救援，
但千万不要信他的假话，
一定要将他的性命了断：
不要怕假爱人[1]一命呜呼，
丧命者曾使你忍受苦难。

53

"杀死与鲁杰罗相似男人，
我知道对于你十分困难：
切莫要相信你模糊眼睛，
是魔法迷双目，真假难辨。
我引你入林前你须坚定，
不可以再把你思想改变；
如若是因胆怯留其性命，
鲁杰罗你可能永难再见。"

54

年轻的勇女子下定决心，
要斩杀贼骗子，令其命断；
手握剑，下决心，跟随巫女，
她深知巫女有忠心赤胆。
女法师引少女急急赶路，
跨田野，过森林，翻越高山，
用欢快之言语缓解疲劳，
尽全力减轻其行路忧烦。

---

[1]　即阿兰特装扮的鲁杰罗。

55

阿蒙女最爱听美妙话语，
女法师便反复讲述不断；
鲁杰罗与少女留下后裔：
卓越的君主们光辉灿烂。
永恒的天之神所有秘密，
全呈现梅丽萨法师眼前，
数世纪之后才发生之事，
她能够预言出，不差半点。

56

杰出的少女对法师说道：
"法师呀，你是我智慧陪伴，
你提前告诉我未来家事，
男性的子与孙雄武彪悍[1]；
再说说我家族女性后裔，
是否有某女子慰我心田，
可加入贤惠的女子之列。"
和善的女法师张口回言：

57

"我见到端庄女出自于你，
她们是帝王母，辉煌不凡[2]，
坚实的顶梁柱稳固支撑，
显赫的家族与伟大政权；
石榴裙不亚于武装骑士，
心胸宽，受人敬，令人爱怜，

---

[1]　见第 3 歌 20—59 节。
[2]　出自你家门的女人中有些成了帝王之母，她们灿烂辉煌，形象非凡。

她们有极大的克制能力，
大智德使她们无人比肩。

58

"如讲述你家族荣耀之女，
每一位都值得讴歌颂赞，
对哪位我都觉不应沉默，
该歌颂贤女子成百上千。
众人中我只能选择几位，
以便我能完成使命一件[1]。
你为啥在山洞[2]不提此事？
否则你已见到杰出女眷。

59

"你辉煌之家族将出一女，
爱杰作亦热恋学术钻研，
我不知应该说她更美丽，
还是说更端庄、聪慧、哲贤，
她便是宽宏的伊萨贝女[3]，
昼与夜光照亮国土一片[4]，
该国土位于那闵桥河[5]畔，

---

[1] 向布拉达曼预告她后人的光辉业绩是梅丽萨的重要使命。

[2] 指隐藏梅林大法师棺木的山洞。见第 3 歌 6—62 节。

[3] 指埃斯特·伊萨贝（1474—1530），她是阿方索公爵和伊波利托枢机主教的姐姐，她知识渊博，热爱文化，是文艺复兴时期著名的艺术保护者。她与诗人阿里奥斯托之间保持着友好的关系。

[4] 伊萨贝嫁给了曼托瓦侯爵法兰西斯二世，因而她所照亮的国土指的是曼托瓦。曼托瓦位于意大利北部。

[5] 闵桥河位于意大利的北部，属于波河的支流，曼托瓦城位于该河河畔。

奥诺母[1] 所赐名光辉灿烂。

60

"与匹配之夫君[2] 相互竞技，

使比赛增光彩更加璀璨，

你开门展双臂欢迎谦恭，

我更爱美德行将其颂赞；

夫说去塔拉河[3]、那不勒斯[4]，

为抗击高卢人[5] 做出贡献；

妻却说：'是因为夫人贤惠，

尤利斯功绩[6] 才丝毫不减。'

61

"此女子诸佳事我均收集，

件件都向后人认真传递，

我离弃俗人的生活之时，

是梅林棺木中对我提及[7]。

---

[1] 出生于曼托瓦的古罗马著名诗人维吉尔曾在诗中说：仙女曼托是奥诺河的母亲，
　　是她以自己的名字为曼托瓦城命了名，因而此处说"奥诺母所赐名"。

[2] 指伊萨贝的丈夫曼托瓦侯爵法兰西斯二世。他也知识渊博，热爱文化，是文艺复
　　兴艺术著名的保护者，他们夫妻二人竞相热爱文化，因而此处说"与匹配之夫君
　　相互竞技"。

[3] 塔拉河位于意大利北部，属于波河的支流。此处指发生在塔拉河畔的福尔诺沃战
　　役：1493 年 7 月 6 日，曼托瓦侯爵指挥意大利联军，重创了率军南下的法国国王查
　　理八世。

[4] 此处指阿特拉战役。阿特拉是意大利的一座古城，现属于那不勒斯市的一部分。
　　1496 年 8 月 5 日，法兰西斯二世侯爵率军支援那不勒斯国王，把查理八世的法国
　　军队赶出了那不勒斯领土。

[5] 指查理八世率领的法国军队。

[6] 罗马人把荷马史诗中的希腊英雄奥德修斯称作尤利斯（另译：尤利西斯）。尤利
　　斯的妻子佩涅罗帕是古代贤妻的典范，丈夫外出二十年不归，她始终对其忠贞不
　　渝。此处的意思是：因为尤利斯有一位贤惠的妻子，他的功绩才光彩夺目。

[7] 梅丽萨讲：在我离开尘世开始隐修的时候，是梅林大师在棺木中对我提到了这些。

如我在大海中展开风帆，
航行术绝非是提飞可及[1]。
总言之美德行上天恩赐，
她善良且友爱，别人难比。

62

"她姊妹贝丽奇与其齐肩，
此名字恰好配这等名媛：
不仅仅极善良如下所述，
她一生美德行达到极点；
在所有富贵的诸侯之中，
她能够使配偶[2] 幸福无限[3]，
当后来此女子离开人世，
夫君便跌入了不幸深渊[4]。

63

"从北极白雪到红海岸边，
从印度大洋到你的海面[5]，
蟒蛇旗[6] 与 "摩尔"[7] 斯福尔扎，
因她在而强盛，被人颂赞：

---

[1] 如若我在赞颂伊萨贝美德的大海中展开风帆，提飞也无法与我相比。提飞是希腊神话中的人物，他是阿尔戈英雄之一，随伊阿宋驾驶 "阿耳戈" 船去寻找金羊毛，是船上的舵手。西方人认为提飞是最佳的航海者，因而此处说 "航行术绝非是提飞可及"。

[2] 贝丽奇嫁给了米兰公爵卢多维科·斯福尔扎，这里指的就是他。

[3] 使他的配偶比其他的富贵诸侯都要幸福。

[4] 贝丽奇活着的时候，卢多维科公爵事事顺利；她死后，公爵便遭受失败，最后成为法国人的俘虏，死于狱中。

[5] 指布拉达曼的领地及其海面，即普罗旺斯地区。

[6] 蟒蛇旗帜本属于斯福尔扎以前的米兰城主维斯孔蒂家族，但诗人认为该旗帜是米兰城的象征，因此把它与斯福尔扎家族放在一起。

[7] 米兰公爵卢多维科·斯福尔扎也被称为摩尔人卢多维科。

她逝去，伦巴第走向衰落，
意大利也遭殃，承受灾难，
没有她，大智慧也被看作，
是运气助人事，纯属偶然[1]。

64

"还有些其他的同名女性，
比她要早出生许多时间：
其中有一女子头上戴着，
肥沃的潘诺尼神圣王冠[2]；
另一位离开了人世之后，
在意土被封圣，荣誉升天[3]，
其名字被加入圣女行列，
承香火，展画像，接受许愿。

65

"尽管是你族女全都值得，
响亮的英雄号[4]歌唱颂赞，
我说过，其他人不再提及，
若全讲，须耗费太多时间；
我牢记众卞卡、鲁蕾齐亚[5]、
科坦扎与其他杰出女眷，
她们是辉煌的家族之母，

---

[1] 贝丽奇死后，卢多维科用聪明智慧所取得的丰功伟绩也被人们看作是十分偶然的，是运气帮助他获得的。

[2] 在同名字的女性中有一位嫁给了土地肥沃的潘诺尼地区的国王。潘诺尼（另译：潘诺尼亚）王国位于现在的匈牙利西部。

[3] 另一位叫贝丽奇的女性成为修女，后来被封为圣人，荣誉升天了。

[4] 迎接英雄凯旋的军号。

[5] 埃斯特家族曾有过许多叫卞卡、鲁蕾齐亚、科坦扎的杰出女性。

支撑着意大利挺直腰板。

66

"你家族各支系均有女眷，
身处于幸运的女性之间；
女儿们一个个贞洁，正直，
媳妇们也不会逊色半点。
大法师告诉我这些消息，
为的是我能够对你面传，
我迫切要对你谈及此事，
以便你能传递他人耳边。

67

"先说说贤女子俪恰尔达[1]，
是勇、德与贞洁光辉典范；
她不幸青年时开始守寡：
善良者经常会蒙受灾难。
她见到子女失父亲权杖，
流亡于他国的街区田园，
少年时便落入敌人之手，
最后却获补偿，结局圆满。

68

"古老的阿拉贡王室之后[2]，
其辉煌我怎能缄口不言，

---

[1]　俪恰尔达是埃斯特家族的一位媳妇，年轻时开始守寡，亲眼见儿子被剥夺继承
　　权，并被送往那不勒斯王国做人质，但最后她终于见到儿子重登公爵宝座。
[2]　指阿方索、伊波利托、伊萨贝的母亲，她是那不勒斯国王阿拉贡·斐迪南的女儿，
　　嫁给了埃斯特家族的艾克勒一世公爵。

从未见希腊与拉丁历史，

颂扬过美女子如此智贤；

命运神未给她特殊眷顾，

却孕育儿与女不同一般：

伊萨贝、阿方索、伊波利托，

上天主恩赐她贤惠、良善。

69

"她便是智慧的莱奥诺拉[1]，

是你[2]的幸福树嫁接枝杈[3]。

第二位媳妇也承其美德，

你若问关于她我会说啥？

她秀丽，德行好，美名传扬，

名字叫鲁蕾齐亚·波吉亚[4]，

其运气与名誉日益增长，

如松软沃土中成长嫩芽。

70

"人世间所有的著名女子，

无论其有多美多么智贤，

或者有其他的卓越德才，

皆难比此女子[5]光辉灿烂；

就如同锡比银，黄铜比金，

---

[1]　阿方索、伊波利托、伊萨贝的母亲叫莱奥诺拉。

[2]　指布拉达曼。

[3]　莱奥诺拉虽然不是布拉达曼的后裔，但她是其后裔的媳妇，因而此处说她是布拉达曼的"幸福树嫁接枝杈"。

[4]　鲁蕾齐亚是教宗亚历山大六世的私生女。莱奥诺拉的儿子阿方索一世公爵的第一个妻子亡故，娶她为妻，因此处称她为"第二位媳妇"。

[5]　指阿方索一世的妻子鲁蕾齐亚。

罂粟花怎能比玫瑰美艳，
染色的玻璃块（儿）怎比宝石，
遇常青月桂树柳必汗颜。

71

"她生前与死后美誉不断，
有一誉远胜过所有颂赞，
带来了宫廷的高雅习俗，
艾克勒[1]、其他子[2]享用永远；
从她起开始了隆重奢饰，
军与民后来都学习装点[3]：
若香料被装入新瓶之中，
其气味就很难快速消散[4]。

72

"杰出的雷纳塔[5]来自法国，
前者的儿媳妇[6]必须盛赞，
其光辉照亮了布列塔尼[7]，
法兰西国王女永世璀璨。
自从有熊熊火，流水拍岸，
见乾坤无休止和谐运转[8]，

---

[1] 指艾克勒二世，他是鲁蕾齐亚的亲生子。

[2] 艾克勒和其他的埃斯特家族的子孙。

[3] 鲁蕾齐亚最先开始穿华丽的服饰，后来无论是军人还是民众都效仿她装饰自己。

[4] 比喻一种习俗被带入一个新的地区，并被当地人所接受，就不可能很快地消逝。

[5] 指埃斯特·艾克勒二世的夫人雷纳塔，她是法兰西国王路易十二的女儿。

[6] 雷纳塔是鲁蕾齐亚的儿媳妇。

[7] 雷纳塔的母亲是布列塔尼公爵的女儿，叫安娜，因而此处说"其光辉照亮了布列塔尼"。

[8] 自从诞生了燃烧的熊熊火焰和拍打河岸的流水，自从宇宙乾坤开始无休止地和谐运转。

无女比雷纳塔更加贤惠，
她德贤聚一身，形象灿烂[1]。

73

"阿尔达·萨克森[2] 我若讲述，
切拉诺女伯爵[3] 我若叙谈，
加泰罗尼亚的卞卡·玛莉[4]、
西西里国王女[5] 岂能不言，
波伦亚菲利帕[6]、其他女子，
我若是对她们一一颂赞，
恐怕是长时间不能结束，
就如船入波涛难见海岸。"

74

已展示大部分少女后代，
其介绍令少女无比喜欢，
又讲述鲁杰罗被何魔法
摄入到城堡中受人欺骗。
现已距狡诈的老叟不远，
女法师梅丽萨不再向前；
她觉得应停止行进脚步，
不可令阿特兰将其发现。

---

[1] 德与贤都聚集在雷纳塔一人身上，使她的形象光辉灿烂。
[2] 指日耳曼萨克森公爵奥托三世的女儿，她嫁给埃斯特家族，成为该家族的媳妇。
[3] 不清楚切拉诺女伯爵指的是谁。
[4] 加泰罗尼亚的卞卡·玛莉是阿拉贡国王阿方索的女儿，也嫁给埃斯特家族，成为该家族的媳妇。
[5] 指西西里国王安茹·查理二世的女儿贝雅特丽齐。
[6] 指被称作"美人"的波伦亚（另译：博洛尼亚）女子菲利帕。

75

对少女嘱咐过千遍之事，
再一次请少女牢记心间。
她离去，勇少女单骑独行，
沿小路又前进数哩之远；
看见与鲁杰罗相似之人，
有两位恶巨人跟随身边，
二巨人紧抓住骑士[1]臂膀，
就好像押送其赴死一般。

76

那人与鲁杰罗一模一样，
少女见情人陷如此危险，
立刻便忘记了美好计划，
怀疑起女法师嘱咐之言。
她认为梅丽萨仇恨骑士，
因结怨愤怒火燃烧心田[2]，
设计出不寻常复仇之计，
想令其惨死于爱人刀剑。

77

自言道："鲁杰罗不是此人？
他一直在我心，现入我眼。
我难道辨不出眼前之人？
我难道不认识这张颜面？
为什么只相信他人之语？
为什么不相信亲眼所见？

---

[1]　指前面提到过的与鲁杰罗相似之人。

[2]　她认为梅丽萨被鲁杰罗得罪了，因而仇恨他，心中燃烧着对鲁杰罗的愤怒火焰。

即便是没有眼我心亦能，
感觉到他距我是近是远。"

78

正当她思考时，闻一声音，
好像是鲁杰罗哀求救援；
刺马腹，抖缰绳，驱动坐骑，
勇少女飞一般奔跑向前，
视两个恶巨人凶狠仇敌，
她全速追过去，快马加鞭：
女骑士一心只追逐巨人，
无意中被引入魔法宫殿。

79

女骑士刚进门便入陷阱，
那陷阱将众人蒙蔽，欺骗。
为寻觅鲁杰罗上下奔跑，
她徒劳城内外各处搜遍；
昼与夜不止步，努力寻找，
大法师施魔法手段非凡，
虽可闻鲁杰罗与其说话，
但二人却不能拥作一团。

80

现在要暂搁置布拉达曼，
她陷入魔法中，您勿心烦；
当摆脱魔法的时机到来，
我将令二人把自由实现。

换火绒可重新点燃欲望[1]，
我觉得这故事应暂中断，
如故事可左右不断变换，
便能够令读者减少厌烦。

81

我在织一巨幅锦绣画面，
需要用许多条五彩丝线[2]。
城堡外摩尔人离奇故事，
听我讲您不要心不喜欢；
摩尔人随其主阿格拉曼，
威逼向金百合[3]，手持刀剑，
王[4]命其列成队再次检阅，
为知晓这一次聚兵几万。

82

这一次骑士与戴甲步兵，
明显见数量少，军力有限，
西班牙、利比亚、非洲各地，
许多的勇武士均未出现；
有一些队伍中缺少统帅：
无头的乌合众队列松散；
为统率和号令各队人马，
王阅兵意欲把军威展现。

---

[1] 比喻更换内容便能引起读者的更大兴趣。
[2] 诗人阿里奥斯托认为创作《疯狂的罗兰》就好像织一巨幅锦绣画面，需要把五彩
　　丝线交织在一起，即需要把多种离奇的故事交织在一起。
[3] 金百合是法兰西的象征。
[4] 指非洲王阿格拉曼。

83

激战中许多兵已被杀死，
需补充新兵勇方可再战，
西班牙立新君[1] 重整旗鼓，
又派人返非洲招新兵员[2] ；
新兵被分配到各队之中，
听统领之调度准备参战。
恩主呀，请准我下歌讲述，
阅兵式队列齐军风威严。

---

[1] 指马西略。见第 1 歌 6 节。
[2] 阿格拉曼王派人返回非洲招募新兵，以利再战。

第 14 歌

非洲王阅兵场整军再战　蛮力卡掠人妻诱其就范
罗多蒙率兵勇冲入巴黎　二防线遭火攻狼狈不堪

为整军再战，西班牙异教王马西略与非洲王阿格拉曼检阅撒拉逊军队。

鞑靼王子蛮力卡偶遇护送格拉纳达王国公主的队伍，他杀死卫士，掠走了美丽的多拉丽公主。在蛮力卡的威胁利诱之下，本来是非洲勇士罗多蒙未婚妻的多拉丽公主接受了鞑靼世子的爱情。

阿格拉曼猛烈攻击巴黎城，战斗异常激烈。罗多蒙杀死无数基督徒将士，率撒拉逊兵勇攻破城池；却在第二条防线的深沟里受到火攻，被烧得狼狈不堪。

1

西班牙、非洲与法兰西国，
展开了无数次殊死恶战，
死亡者难计数，尸骨遍野，
成恶狼与猛禽饕餮大宴；
尽管是法兰西遭受打击，
其战线尽失守，全部沦陷；
撒拉逊亦痛苦，伤亡惨重，
许多的将与帅战死阵前。

2

他们的胜利是如此血腥，
凯旋的喜悦情十分有限。

如若是当今事可比古代，

阿方索[1]，您常胜，光辉灿烂，

战争中您取得伟大胜利，

光荣应归于您，功德璀璨；

拉文纳却睫毛垂挂眼泪，

所获与此异教胜利一般[2]：

3

皮卡第、阿基坦、诺曼底人[3]，

当他们吓破胆退败不前，

是您[4]对西班牙[5]得胜之敌，

发起了猛攻击，展现勇敢；

年轻的勇士们随您冲锋，

齐奋勇挥舞着手中枪剑，

那一日授予您神武嘉奖，

金剑柄、金马镫光辉灿烂[6]。

4

胸中有如此的豪壮胆气，

令您能不回避任何危险，

---

[1] 指费拉拉公爵阿方索一世，他是本诗作者阿里奥斯托的恩主；赞颂恩主的丰功伟业也是诗人创作目的之一。

[2] 在拉文纳战役中，阿方索一世取得了辉煌的战绩。而作为敌对方的拉文纳，在战役开始时也取得了一定的战绩，就像当时异教军队与查理作战时所取得的暂时胜利一样，其损失却十分惨重；因而此处说"拉文纳却睫毛垂挂眼泪，所获与此异教胜利一般"。

[3] 皮卡第人、阿基坦人、诺曼底人组成了法国军队，他们是费拉拉公爵阿方索一世的盟军。

[4] 指费拉拉公爵阿方索一世。

[5] 西班牙是拉文纳的盟友。

[6] 战斗结束后，同公爵一起奋勇杀敌的费拉拉勇士都获得了象征骑士荣耀的金马镫和金剑柄。

　　　　击倒了高贵的黄金橡树[1]，

　　　　还把那黄与红权杖[2]斩断，

　　　　金百合[3]因为您未受伤害，

　　　　因此您戴桂冠风光凯旋。

　　　　您还把法伯利交还罗马[4]，

　　　　为此事应授您另一桂冠。

5

　　　　伟大的科隆纳罗马家族[5]，

　　　　您捕获其子孙[6]后又奉还，

　　　　此举动带给您无限荣耀，

　　　　远胜过击溃了凶猛军团；

　　　　阿拉贡[7]、纳瓦拉[8]、卡斯提尔[9]，

　　　　拉文纳战场上兵勇万千[10]，

　　　　见长矛与战车均难御敌，

　　　　便纷纷偃军旗狼狈逃窜。

---

[1] 黄金橡树是教宗尤里乌斯二世的标志，当时教宗是西班牙人和拉文纳人的同盟，即费拉拉公爵的敌人，因而此处说"击倒了高贵的黄金橡树"。

[2] 西班牙王国的旗帜是红黄两种颜色组成的，红黄两种颜色是西班牙的象征，因而此处说"还把那黄与红权杖斩断"。

[3] 指法兰西。金百合是法兰西的象征。

[4] 指法伯利·科隆纳，他是教皇国军队的总指挥，被阿方索公爵俘虏；战后公爵慷慨地将其交还给教皇国。诗人认为，应授予阿方索公爵另一顶慷慨大度的桂冠。

[5] 科隆纳是罗马最显赫的家族之一，它原籍在罗马附近的科隆纳镇，家族姓氏由此而来。历史上该家族曾出过一个教皇和许多枢机主教以及其他重要的政治人物。

[6] 指法伯利·科隆纳，他被阿方索一世俘获，后来又奉还给罗马。

[7] 指阿拉贡王国。阿拉贡王国位于现在西班牙的东北部，因阿拉贡河而得名。

[8] 指纳瓦拉王国。纳瓦拉王国位于现在西班牙的北部。

[9] 指卡斯提尔（另译：卡斯蒂利亚）王国。卡斯提尔王国是位于现在西班牙境内的一个古代王国，它与阿拉贡等其他王国合并成后来的西班牙王国。

[10] 在拉文纳战役中有成千上万的阿拉贡、纳瓦拉、卡斯提尔王国的士兵。

6

那胜利并没有带来欢乐，

带来的仅仅是一点慰勉；

为保护权杖与同盟兄弟，

杰出的各诸侯翻越高山[1]，

征战中他们见法军统帅，

战死于沙场上永不回还[2]；

悲伤情吞噬了暴风骤雨，

痛苦的压抑下快乐难现。

7

在此次胜利中得以确认，

我们已获得了生命安全[3]，

寒冬与暴风雨难施淫威，

对我们怒宙斯不再凶残[4]。

但听到法兰西寡妇抱怨：

一个个极伤心，哭泣不断；

见女人穿丧服面颊挂泪，

虽取胜却难以相庆弹冠。

8

路易王[5]需重新选择将领，

来统领王室的各路军团。

---

[1] 为了保护自己的统治地位和维护同盟兄弟的利益，许多杰出的诸侯翻越阿尔卑斯山脉来到意大利。

[2] 指富瓦伯爵加斯东，他也是内穆尔公爵，当时担任法兰西联军的统帅，战死在拉文纳战场。

[3] 拉文纳战役的胜利确保了诗人所在的费拉拉公国的安全。

[4] 天神也不会再发怒用战争来伤害我们。

[5] 指路易十二世。

为了使金百合增添荣耀，
应严惩窃贼的强取、贪婪[1]：
恶徒们强暴了妻子、女儿，
把洁净修道院蹂躏、踏践，
将基督之圣体抛在地上，
又掠走银质的圣体神龛。

9

噢，拉文纳，你是座可悲之城，
当时你不应有反抗意愿[2]；
布雷西亚教训十分沉痛[3]，
里米尼拒绝你作为典范[4]。
路易[5]与善良的特利乌斯[6]，
将教会你的人[7]节制怒焰，
告诉你[8]有多少此类错误，
造成了意大利死人无限。

---

[1] 指严惩那些违反军纪抢劫拉文纳城的法兰西士兵。在"拉文纳浩劫"中，法兰西
　　士兵烧杀抢掠，侵占修道院，甚至危害修女，抢掠和毁坏圣物。

[2] 拉文纳遭受如此浩劫，实在可悲，拉文那人当时就不应该有反抗法兰西军队的坚
　　定意愿。

[3] 布雷西亚是意大利北部的一座城市。当时该城也被法兰西军队洗劫，因而各城市
　　都从中吸取了教训，不再抵抗法兰西军队。

[4] 里米尼是意大利东中部的城市，位于拉文纳南面。里米尼等城均拒绝以拉文纳作
　　为反抗法兰西军队的典范，开城迎接法兰西军队，因而没有遭受洗劫。

[5] 指后来的法兰西国王路易十二世。

[6] 特利乌斯是法兰西的一位将领，十分勇猛，也非常残忍。此处，诗人称他为"善
　　良的特利乌斯"，显然是在讨好阿方索公爵，因为在拉文纳战役中，公爵是法兰西
　　军队的盟友。

[7] 指拉文纳的人。

[8] 指拉文纳。

10

当皇帝查理王[1] 选择将领[2]，

欲充实基督军，准备再战；

马西略、非洲王阿格拉曼，

也试图整顿好异教军团。

为能够调动起各路人马，

布兵于要害处，掌控关键，

他们命兵勇们离开冬营，

整队后下战场再试刀剑。

11

马西略先展示他的士卒，

非洲王随后阅兵勇万千。

队前方行走着卡塔兰人[3]，

领队者多里菲举旗向前。

纳瓦拉[4] 众兵勇紧随其后，

却没有国之主行走列间，

他死于里纳多骑士之手，

伊索列是该军新的统管。

12

巴鲁干是莱昂[5] 民众首领，

格兰朵率阿加[6] 军队向前；

---

[1]　指查理曼。

[2]　作者突然笔锋一转，重新开始讲述查理大帝与撒拉逊人的战争故事。

[3]　卡塔兰人（另译：加泰隆尼亚人）生活在伊比利亚半岛的卡塔兰（加泰隆尼亚）地区，当时该地区被撒拉逊人占领。

[4]　纳瓦拉是现在西班牙北部的一个地区，当时被撒拉逊人占领。

[5]　莱昂王国位于现在的西班牙北部地区，当时被撒拉逊人占领。

[6]　阿加也是伊比利亚半岛的一个地区，当时该地区被撒拉逊人占领。

后面是武装的卡斯提尔[1]，
领军人法斯龙[2]气壮，强健。
马拉加[3]兵与将、塞维利亚[4]，
跟随着马达拉[5]旌旗一面：
加的斯[6]至沃土科尔多瓦[7]，
贝提河[8]浇灌着绿色海岸[9]。

13

特西拉、斯托迪、巴里孔多，
一个个展示着所统军团：
首先是里斯本[10]、格拉纳达[11]，
然后是马略卡[12]听从调遣。
里斯本国之主特拉西王，
本出身侍从者十分卑贱。
加利扎[13]众兵勇随后而来，
赛潘廷作统帅走在最前。

---

[1] 见本歌 5 节。
[2] 马西略国王的兄弟。
[3] 马拉加是位于西班牙南部面临地中海的一座城市，当时被撒拉逊人占领。
[4] 指塞维利亚国兵勇。塞维利亚是西班牙南部的大城市，当时是撒拉逊人占领地区。
[5] 马拉加与塞维利亚两地的统帅。
[6] 加的斯是西班牙西南部的一座滨海城市，当时是撒拉逊人占领的地区。
[7] 科尔多瓦是西班牙南部城市，当时是撒拉逊人占领地区。
[8] 西班牙南部的瓜达尔基维尔河的古称。
[9] 意思为：旗上画着，从加的斯到科尔多瓦的贝提河所流经的绿色海岸。
[10] 里斯本是葡萄牙的首都，当时也是撒拉逊人占领地区。特西拉是其领军的国王。
[11] 格拉纳达是西班牙南部城市，当时是撒拉逊人占领地区。斯托迪是其领军的国王。
[12] 指马略卡岛。马略卡岛属于西班牙，当时被撒拉逊人占领。
[13] 西班牙西部的一个地区，当时是撒拉逊人占领区。

14

托莱多[1]、卡拉特[2]步卒、骑士，

西纳贡曾擎其大旗向前，

兵勇们沐浴于瓜地纳河[3]，

河中的清澈水无比甘甜，

勇猛的马塔里将其统帅；

阿托加[4]列成队，步伐矫健，

还有那普拉森[5]、萨拉曼卡[6]、

阿维拉[7]、萨莫拉[8]、帕伦[9]军团。

15

萨拉戈[10]、马西略[11]宫廷骑士，

由勇士费拉乌指挥统管：

其中有马加林、巴林维诺，

兵勇们装备良，威武强悍；

马扎里、莫干特也在队中，

是命运夺走了他们家园，

不得不远走于异国他乡，

马西略将他们收留身边。

---

[1] 西班牙古城，曾经是西班牙王国的首都，位于西班牙中部，当时是撒拉逊人占
    领区。
[2] 由阿拉伯人建立的西班牙古城。
[3] 瓜地纳河（另译：瓜地亚纳河）从西班牙中南部流向西南方入海。
[4] 指阿托加人。阿托加是西班牙北部一个山区。
[5] 普拉森（另译：普拉森西亚）位于西班牙西部。
[6] 萨拉曼卡位于西班牙西部。
[7] 阿维拉位于西班牙中部。
[8] 萨莫拉是西班牙西北部城市。
[9] 帕伦（另译：帕伦西亚）是西班牙北部一座城市。
[10] 萨拉戈（另译：萨拉戈萨）是西班牙的城市，位于伊比利亚半岛东北部。
[11] 西班牙撒拉逊人的国王，西班牙军队的最高统帅。见第 1 歌 6 节。

16

军中有阿梅利私生儿郎[1]：
马西略是佛力所爱父王；
还有那铎利坎、巴瓦特等、
萨贡托[2]伯爵爷阿尔基荡；
拉米兰、兰吉兰十分勇猛，
马拉古极聪明，机敏非常，
还可见其他的许多勇士，
有时间我再论他们短长。

17

西班牙各军马阔步向前，
把军容展示给阿格拉曼，
奥兰国[3]国王也率队走来，
身高大就如同巨人一般。
另一队为马塔[4]愤愤不平，
杀他者勇少女布拉达曼；
一女子竟杀死加拉曼王，
该国军自然会痛苦不安。

18

接下来第三队马孟达[5]军，

---

[1] 阿梅利（另译：阿尔梅利亚。）是西班牙的城市，位于西班牙东南部地中海沿岸。佛力生于阿梅利，是马西略国王的私生子。

[2] 西班牙东部沿海城市。

[3] 奥兰王国位于今天北非的阿尔及利亚。

[4] 马塔是加拉曼王国的国王，据《热恋的罗兰》讲，他被布拉达曼所杀。加拉曼王国在北非的撒哈拉沙漠。

[5] 北非的某个地区。

把被杀阿高拓[1]弃于荒原：

这一军与二军四军相同，

都需要新统帅指挥作战。

尽管是非洲王缺少战将，

却幻想有勇士令其挑选：

布拉多、奥米达、阿加尼等，

需要时均可把重任承担。

19

利比亚哭被杀杜里纳索[2]，

现交予阿加尼[3]统帅掌管。

布鲁内[4]引领着丹吉尔人[5]，

他双眼低垂着，面色阴暗：

高岩上阿特兰城堡附近，

森林中丢指环，被人欺骗，

阿蒙女夺走了他的魔戒，

因此便失宠于阿格拉曼。

20

费拉乌之兄弟[6]若未发现，

他被人捆缚于树干上面，

刑场上说真相为其作证，

他早就上绞架命丧气断。

王已命将绳索套其脖颈，

---

[1] 指马孟达军的前统帅阿高拓。

[2] 据《热恋的罗兰》讲，杜里纳索被罗兰杀死。

[3] 利比亚军队的新统帅。

[4] 指侏儒布鲁内。见第 3 歌 69—77 节，第 4 歌 2—15 节。

[5] 居住在现毛里塔尼亚西部的北非人。

[6] 指费拉乌的兄弟伊索列。

在众人苦求下方得赦免:
令松绑却记下此次大过,
再犯错定绞断他的喉管。

21

布鲁内因此便垂头丧气,
面带着忧伤色行走向前。
法鲁蓝紧跟随,其后便是,
毛里纳[1]骑兵与步卒军团。
新国王利巴诺[2]随后而来,
君士坦[3]众兵勇由其统管;
前国王名字叫皮纳多罗[4],
现在他[5]握权杖、头顶王冠。

22

索利丹统率着赫斯珀里[6],
多里隆带领着休达[7]兵团,
普拉诺携一群纳萨孟人[8],
马拉布所率兵来自费赞[9],
塔多克[10]之兵勇巴拉斯领,

---

[1] 毛里塔尼亚的一部分,具体指那一部分不详。
[2] 利巴诺是君士坦的新国王。
[3] 君士坦(另译:君士坦丁)位于阿尔及利亚东北部。
[4] 君士坦的前国王,据《热恋的罗兰》讲,他被鲁杰罗杀死。
[5] 指君士坦的新国王利巴诺。
[6] 赫斯珀里(另译:赫斯珀里得斯)是希腊神话中看守西方赫拉金苹果圣园的仙女。
   古代西方人认为赫斯珀里的果园设在佛得角岛上,因而这里的赫斯珀里指的是佛
   得角。
[7] 休达位于马格里布的最北部,在直布罗陀海峡附近的地中海沿岸,与摩洛哥接壤。
[8] 古时北非的一个部落,专门在苏尔特湾从事抢掠遇难海船。
[9] 费赞是北非的一个历史地区,是撒哈拉沙漠的一部分,位于今利比亚西南部。
[10] 塔多克是非洲某国的国王,他没有赴战场,他的军队由巴拉斯统管。

阿牟尼[1]由国王阿里卡管；

加那利[2]、摩洛哥组成队伍。

菲纳杜掌握其指挥大权。

23

姆尔贾[3]、阿兹拉[4]两队随后，

后队的统兵帅并无改变，

前一队却缺少领军主帅，

王[5]命友柯力诺将其统管[6]。

汤飞龙[7]统帅的马西里[8]军，

现已换卡亦克执掌军权；

杰图里[9]统兵权里迈东掌，

巴林龙率卡尚[10]跟随后面。

24

下队是波尔加[11]骑士、步兵，

克拉林接替了米拉巴[12]权。

他后面跟随着巴里卫佐，

万军中他最是英勇彪悍。

---

[1] 阿牟尼是位于利比亚东南方向一片沙漠绿洲上的国家。

[2] 指大加那利岛，位于非洲西北海岸之外，与非洲最近距离有 95 公里。现在整个群岛隶属于西班牙，是西班牙的自治区之一。

[3] 北非地区，位于阿尔及利亚境内。

[4] 北非地区，位于摩洛哥海岸。

[5] 指非洲王阿格拉曼。

[6] 非洲王阿格拉曼命令自己的朋友阿力诺统管前面一队人马，即统管姆尔贾的军队。

[7] 据《热恋的罗兰》讲，马西里国王汤飞龙被罗兰杀死。

[8] 古时居住在现阿尔及利亚东北部的部落。

[9] 古时北非的一个部落，居住在现阿尔及利亚和摩洛哥一带。

[10] 指卡尚军团。卡尚是古时北非的一个部落。

[11] 古时北非的一个地区名称。

[12] 米拉巴是波尔加前任统帅。据《热恋的罗兰》讲，他被里纳多杀死。

索柏林国王率另一军队，
威武师之战旗迎风飘展，
他也是最英明撒拉逊王，
三军中无人能与其比肩。

25

瓜乔托[1]本应领美海岸[2]军，
现已被撒扎的国王替换，
此人叫罗多蒙[3]，新组队伍，
从撒扎[4]率骑士、步兵来援；
当太阳隐没于人马座后，
天蝎座也将其光辉遮掩[5]，
非洲王曾命他赶赴非洲[6]，
来到此仅仅在三天之前。

26

非洲营没人能与其相比，
撒拉逊最数他力大彪悍：
巴黎的各城门皆惧此人，
惧怕也必然有惧怕根源；
他跟随马西略、阿格拉曼，
来到了法兰西领兵作战：
比参加阅兵的其他勇士，

---

[1] 原美海岸军的统帅。据《热恋的罗兰》讲，他被布兰迪杀死。
[2] 指阿尔及利亚和突尼斯海岸。
[3] 著名的撒拉逊勇将，力大无穷，彪悍凶残；后来攻入巴黎城，将巴黎投入烈火与杀戮之中。
[4] 古时北非的一个部落，居住在现阿尔及利亚和摩洛哥一带。
[5] 天文学术语，指 11 月 21 日至 1 月 21 日的两个月时间。
[6] 去非洲重新组织兵员。

更加对我信仰[1]心存愤懑。

27

随后是阿瓦拉[2]葡卢晓[3]王，
柱马拉[4]达蒂内[5]紧跟后面。
不知道他们养何种飞鸟：
猫头鹰、小嘴鸦？令人生厌；
那鸟儿在屋顶树枝之间，
呱呱叫预示着未来凶险，
上主定第二天不祥之日[6]，
战争中二人都死于阵前。

28

诺里[7]与特勒密[8]两国兵勇，
最后才入校场行进向前；
行列中看不见他们旗帜，
也不知为什么如此这般。
对他们这样的懒惰懈怠，
不知道非洲王如何评判；
特勒密国王的一位侍从，
把要事报告给阿格拉曼。

---

[1] 诗人是基督徒，他所说的"我信仰"自然指的是基督教。
[2] 非洲的一个岛国。
[3] 阿瓦拉岛国的国王。
[4] 非洲的一个王国，即《热恋的罗兰》中的阿柱马拉。
[5] 阿蒙特之子，阿格拉曼王的堂弟，柱马拉国的国王。
[6] 第二天是不详之日，这是上主所定的。
[7] 见第 12 歌 69 节。
[8] 见第 12 歌 69 节。

29

侍从说两国的可怜国王，
与许多其他人死于阵前。
"大王啊，杀人者十分骁勇，
若大军[1] 比我等行动迟缓，
不能像我这般迅速逃遁，
全军必葬身于他的枪剑：
他追杀骑士与步卒兵勇，
就如同恶狼把群羊驱赶。"

30

前几日非洲营来一骑士，
他身手不寻常，十分彪悍；
从西方到东方整个世界，
无一人勇力可与其比肩；
骑士叫蛮力卡[2]，凶狠无比，
鞑靼国之世子显贵无限，
其父是骁勇的阿格里汗[3]，
非洲王大礼迎，岂敢怠慢。

31

他名声传四方，威震寰宇，
曾创下伟业绩千千万万；
其中有一伟业最为显赫，
说一说都令人心惊胆战：

---

[1] 指正在接受检阅的非洲和西班牙的撒拉逊大军。
[2] 在《热恋的罗兰》中，蛮力卡已经开始寻找罗兰报杀父之仇。
[3] 据《热恋的罗兰》讲，阿格里汗是鞑靼王，被罗兰杀死。

他到过索里亚[1] 女仙城堡，
把一副闪光甲披挂在肩，
千年前赫克特曾穿此甲[2] ；
那真是不平凡神奇探险[3]。

32

当侍从报告时他[4] 在现场，
高昂首，其表现十分傲慢；
恨不能立刻就追踪而去，
寻杀人勇骑士较量一番。
脑中的思想他隐藏不露，
因不屑把别人放在心间，
或因为若泄露心中想法，
怕他人抢功劳行动在前。

33

他询问侍从者[5] 那位骑士，
铠甲外披罩着何种袍衫。
侍从道："那骑士全身黑色，
无盔缨，盾牌亦黑漆一般。"
恩主啊，他之言并非虚假，
只因为罗兰爷心如油煎，

---

[1]　西班牙北部的一座城市。

[2]　据《热恋的罗兰》讲，蛮力卡希望用自己的力量夺取一副盔甲，因而他未穿盔甲
　　就去寻找罗兰报仇。后来他进入索里亚的一座仙女城堡，经过千辛万苦，夺得了
　　古代特洛伊王子赫克特的盔甲，但没有获得他的宝剑，因为宝剑已落入阿蒙特之
　　手；后来阿蒙特被罗兰杀死，宝剑又落入罗兰之手。

[3]　索里亚女仙城堡的经历真是一次不寻常的探险。

[4]　指蛮力卡。

[5]　指前来报信的侍从者。

他离弃基督教兵营之时，
希望其外表也阴沉昏暗[1]。

34

马西略将一匹栗色战马，
赠送给蛮力卡，讨其心欢，
那马儿乌黑的腿与鬃毛，
西班牙、荷兰血混流血管。
蛮力卡提长枪跃上马背，
飞奔于广阔的荒野田间；
发誓要寻找到黑衣骑士，
否则便不返回非洲营盘。

35

他遇到许多的惊恐之人，
刚逃脱罗兰剑，侥幸生还，
你哭儿，我哭兄，悲痛欲绝，
亲眼见子弟们丧命面前。
逃亡者脸色仍苍白，昏暗，
一个个可怜人浑身抖颤；
他们都极恐惧，心有余悸，
神无主，面无色，口中无言。

36

行不远他来到事发之处，
凶残的场面便展现眼前，
侍从对非洲王讲述之事，

---

[1] 罗兰因担忧安杰丽佳的安全，心急如火，因而出行时身穿表示情绪低落的黑色铠甲，手持黑色盾牌。

被证实的确是令人赞叹。
对杀死众人的那位骑士，
奇怪的嫉妒情心中出现，
他移尸用手掌测量伤口，
对死者一个个仔细观看。

37

似农夫抛弃了一头死牛，
凶恶的狼与獒赶来太晚，
只剩下角与骨、坚硬蹄子，
鸟与犬已经把皮肉吃完，
只能够傻愣愣呆望枯骨，
野蛮的骑士[1] 也如此这般。
因嫉妒他嘴中不断谩骂，
恨只恨未赶上饕餮盛宴[2]。

38

他询问、追寻那黑衣骑士，
行走了一整日另加半天。
来到了树荫下一片绿地，
小河水将草坪环抱臂间，
只留下一通道，别无他路，
潺潺泉在那里[3] 掉头转弯。
就好像台伯河蜿蜒流淌，
将小镇奥特里[4] 团团围圈。

---

[1]　指蛮力卡。
[2]　恨自己来晚了，没能赶上杀戮的盛宴。
[3]　指在通道处。
[4]　奥特里（另译：奥特里科利）是意大利中部的一个市镇。

39

通道处有许多武装骑士，

一个个披甲胄，提枪，挎剑。

异教徒[1] 问他们为何聚此，

是何人令他们集成一团。

看到他有一副尊贵面容，

戴金饰，佩宝石，气度不凡，

像一位卓绝的勇猛骑士，

为首者便对他张口开言：

40

"为护送尊贵的公主殿下[2]，

我们受国王的上命召唤，

公主被许配给撒扎君主[3]，

此消息还未曾四处流传。

当蝉儿止喧闹不叫之时，

夜幕降，四周的天色黑暗，

我们再进入到西班牙营，

把公主护送到国王面前。"

41

傲慢的蛮力卡希望知道，

这些人能否把重任承担，

看一看会怎样保护公主，

于是便对卫士张口吐言：

"听人说此女子十分美丽，

---

[1] 指蛮力卡。

[2] 指格拉纳达公主。格拉纳达是西班牙南部的撒拉逊王国。

[3] 指罗多蒙。见本歌 25 节。

我应该在这里亲眼见见，
现引我去公主所在之处，
或把她快带到我的面前。"

42

"你定是天下的头号疯子。"
说完话卫队长不再开言。
鞑靼人[1]却挺枪冲杀过去，
瞬间把对手的胸膛戳穿；
他用力将那人捅死在地：
身上甲怎抵挡锐利枪尖。
阿格里[2]猛虎子拔出长枪，
因为他身上未佩戴刀剑。

43

当获得赫克特兵器之时[3]，
便缺少勇士[4]的腰间佩剑，
发誓把杜林丹[5]抢夺到手
（取伯爵手中剑纯属狂言）；
否则便不持剑行走天下，
因而他此时只手握枪杆：
阿蒙特曾经持赫克特剑[6]，
现此剑罗兰爷握于掌间。

---

[1]　指蛮力卡。
[2]　指鞑靼汗王阿格里，他是蛮力卡的父亲。
[3]　指在索里亚仙女城堡中获得赫克特盔甲时。见本歌 31 节。
[4]　指赫克特。
[5]　赫克特的宝剑叫杜林丹，现在罗兰手中。
[6]　非洲王阿格拉曼的叔叔阿蒙特曾经获得杜林丹剑，后来他被罗兰杀死，该宝剑也
　　被其夺走。

44

鞑靼的勇骑士狮虎肝胆，
寡驱众，冲向前，高声呐喊：
"有谁敢阻挡我前进道路？"
持长枪闯到了众人面前。
你挺枪，我拔剑，蜂拥而上，
围鞑靼骑士于人群中间。
蛮力卡杀死了许多卫士[1]，
最后把他那杆长枪折断。

45

他见到枪头折枪杆尚在，
便双手紧抓住挥舞不断；
用枪杆又打死许多敌人：
从未见有如此凶残恶战。
腓力斯人群中叁孙闯入[2]，
拾颌骨把众人头颅砸烂，
蛮力卡亦击碎盾牌、头盔，
将周围骑士的战马驱赶。

46

可怜人蜂拥至，前来送死，
一个个均倒下难以立站；
死本身就已经令人恐惧，
此死法更让人胆战心寒。

---

[1] 指公主的卫士。
[2] 就像叁孙闯入腓力斯人群之中那样。叁孙是《圣经·旧约》中的大力士，他借助
上帝所赐的力量，徒手击杀雄狮，并只身闯入外敌腓力斯人群中，拾起死人的颌
骨把敌人的头颅砸烂。

破裂的长枪杆夺人性命，
乌合众也只能承受灾难，
众卫士都死于棒击之下，
就如同被砸扁蛇蛙一般。

47

付出了代价后众人发现，
终究是死与伤无法避免，
眼见得三人中被杀有二，
剩余的均开始仓惶逃难。
凶狠的鞑靼人怎肯忍受，
惊恐的乌合众随意乱窜，
若某人保住命逃离他手，
就如同被夺走巨额财产。

48

干涸的沼泽地芦苇刺耳[1]，
北风将田野里麦茬吹干，
见火苗必然会熊熊燃烧，
谨慎的耕田者将其点燃，
游动火顺沟垄覆盖大地，
噼啪啪尖叫着响声不断；
蛮力卡愤怒火无人敢挡，
就如同芦苇与麦茬烈焰。

49

蛮力卡看见了通道口处，

---

[1]　风一吹发出刺耳的声音。

已没有守卫者将其看管；
草地上有一条新踏小路，
他听见抱怨声传至耳边，
看见了高贵的女子[1]走来，
其美貌如人们赞颂那般；
该女子绕过了具具尸体，
来到了通道口——小河之弯。

50

蛮力卡见女子立于草地
（她名唤多拉丽，十分美艳），
依靠着古老的白蜡树干，
表现出痛苦状，凄凄惨惨。
如河泪流淌出生命水脉，
落入了美少女胸怀之间；
对他人之不幸面现痛苦，
也为己之命运恐惧不安。

51

见来者浑身血面色阴暗，
她越来越惧怕，浑身抖颤，
怕自己与随从受到伤害，
喊叫声冲苍穹，撕破云天；
人群中有骑士亦有向导，
他们把美公主细心照看，
还有些年迈者、妇人、侍女，
侍女也个个是美丽婵娟。

---

[1] 指格拉纳达公主。

52

鞑靼人看见那俊秀颜面，

西班牙无一人比她美艳，

哭泣时仍布下爱神罗网，

微笑时会怎样撩人心弦？

他不知在天国还是人间：

若不做这女子阶下囚犯[1]，

不晓得此胜利还有何益，

因而盼尽快能遂心所愿。

53

对女子不可以过分退让，

胜利果岂能够抛弃一边[2]；

尽管见她哭泣十分痛苦，

展现出女子的全部可怜。

蛮力卡要使出浑身解数，

令这位伤心女心中喜欢，

便将其置放于矮马背上，

欲携带美公主赶路向前。

54

他释放年迈者、妇人、侍女，

和其他所有的公主陪伴，

他们可全返回格拉纳达；

开言道："我陪伴，她定然舒适安全，

---

[1] 公主已成为蛮力卡的女囚，但蛮力卡若不成为这位女囚的情感囚犯，真不知道他
所取得的胜利还有什么意义。

[2] 岂能把自己通过激烈战斗所取得的胜利果实抛弃一边。

做管家与乳娘，服务周到[1]，
你等可告别她，不必再见。”
众随从无能力与他对抗，
哭泣着离开了公主身边；

55

自语道：“如若是她父王知晓此事，
又将会怎么样痛苦心酸？
他夫婿会怎样怒火燃胸？
施报复定令人毛骨悚然！
为什么需夫婿帮助之时，
他却未在身旁保其安全，
防人劫斯托迪国王[2]血脉，
避免其被恶人挟持天边？”

56

鞑靼人很满意所获猎物，
是运气把美女奉其面前，
似乎寻黑衣者[3]迫切愿望，
强烈度远不如事[4]发之前。
先前他急奔跑，此刻缓行，
思考着何处可安营停站：
他要觅安静的舒适之处，
享快乐，发泄出情欲火焰。

---

[1]　我可以作他的管家和奶娘，周到地为她服务。
[2]　斯托迪是格拉纳达国王，多拉丽公主的父亲。
[3]　指罗兰。
[4]　指刚才发生的杀戮。

57

痛哭的多拉丽泪流满面，
蛮力卡对公主反复慰劝：
编织和杜撰了许多故事，
说早闻公主名，将其爱恋；
他故乡美无比，远超别国，
之所以远离开幸福家园，
不为见西班牙、法兰西国，
只为了能欣赏她的美颜。

58

"如若说爱人者应被人爱，
我爱你便应获你的爱恋。
论血脉谁能够与我相比？
我父王阿格里势大强悍。
论财富谁能够将我超越？
我统治疆域广，仅次上天。
论勇力我足以赢得你心，
今日你亲眼见我的表现。"

59

蛮力卡得到了爱神启示，
说出了许多的美妙语言，
化解了少女的恐惧、痛苦，
用甜蜜慰藉了公主心田。
恐惧消，痛苦逝，心平气和，
它们[1] 曾把公主心灵戳穿。

---

[1] 指恐惧和痛苦。

美公主变成了顺从女子，
欲讨得新爱人心中喜欢。

60

她开始对骑士表示亲热，
言语中已可见温情、和善，
时不时把闪亮爱恋目光，
投射于蛮力卡刚毅颜面：
因曾经多次被爱神射中，
骑士知此希望[1]并非虚幻，
美公主对他的求爱之举，
绝不会永远都厌恶，反感。

61

他喜欢美公主伴随身边，
有她陪自觉得快乐无限，
现已近众生灵休息之时，
寒冷夜人们欲尽早入眠；
他看到日低落半掩其面，
便开始策马儿快步向前；
耳边的芦苇如吹响竖笛，
见前面茅庐升缕缕炊烟。

62

一座座牧民的简陋小屋，
虽不美却舒适，可供安眠。
殷勤的放牧人陋室之中，

---

[1]　得到公主爱情的希望。

款待了骑士和美丽婵娟；
他二人均表示十分满意：
热情者往往是随处可见，
城堡与都市中未必遇到[1]，
却经常邂逅于茅屋里面。

63

多拉丽与这位阿格里子，
随后便进入了幽幽黑暗，
所做事我难以准确说明，
就留给读者爷自己判断。
可相信他二人情投意合：
第二日起身时欢乐无限；
多拉丽向牧人表示谢意，
感谢他招待其草屋安眠。

64

他二人从此后四处游荡，
最后至一条河美丽岸边，
那河水通向海无声无息，
或流动或静止难以判断；
闪亮的河中水清澈透底，
一眼便可以把漪澜看穿。
凉爽的树荫下他们看到，
两骑士一少女立于河畔。

---

[1] 城堡与都市里未必能遇到热情的人，而在牧民简陋的茅屋中却可以经常遇到。

65

人崇高之想象并不愿意，
我叙事只遵循一条路线，
它引导我回到摩尔人处，
法兰西被其军鼓噪震撼，
特罗扬国王子[1] 法国战场，
向神圣帝国军提出挑战；
要烧毁巴黎城，踏平罗马：
凶猛的罗多蒙放出狂言。

66

非洲王听到了重要消息，
英格兰军队已越海来援；
他呼唤年迈的加尔波王[2]、
马西略及他人靠近身边。
众人均建议王[3] 大举强攻，
说这样才能把巴黎攻陷；
若敌人之援军先行赶到，
再破城定然比登天还难。

67

非洲王调集来无数云梯、
支撑木、柳藤条、长形木板，
所需物从各处不断运来，
可适应战场的瞬息万变；
还准备许多船、渡河浮桥，

---

[1] 指非洲王阿格拉曼。见第 1 歌 1 节。
[2] 加尔波是北非的一个王国。年迈的加尔波王指的是索柏林国王。见本歌 24 节。
[3] 指非洲王阿格拉曼。

第一击、第二击最为关键[1]；
调来了最强悍兵丁、将领，
兵将强方能把城池攻陷。

68

翌日晨将展开殊死决战，
查理召各修会神职人员，
集聚齐白黑灰[2]神父、修士，
巴黎城做弥散、祭祀大典；
使提前忏悔了罪过之人，
摆脱掉地狱中魔鬼纠缠，
全部都领圣餐接受超度，
第二天面对死心中坦然。

69

在最大圣庙中查理皇帝，
由统领、鼓动者、勇将陪伴，
诸圣事他亲自虔诚参与，
以行动为所有将士垂范。
"上主啊，尽管我不公正不够虔诚，"
他合掌祈祷神，两眼朝天，
"你仁慈，不希望因我失败，
忠诚的众臣民[3]蒙受灾难。

70

"若我们因过错当受酷刑，

---

[1]　攻城时，第一次攻击和第二次攻击是最关键的。
[2]　指穿各种颜色神职服装的神父和修士，即各宗神职人员。
[3]　指忠诚主的臣民。

你希望臣民们处境悲惨，
至少要将处罚推至他时，
不要用敌人手将其惩办；
人人知我们是你的朋友，
如命运令我们遭敌涂炭，
异教徒必会说你无能力，
竟然使支持者蒙此大难。

71

"我们中若有人将你背叛，
世界上叛徒将成千上万[1]；
巴比伦虚假的宗教法则[2]，
将驱赶你信仰跌入深渊。
请保护你面前可怜之人，
他们曾清洗你圣墓陵园[3]，
逐恶狗捍卫了你的代理[4]，
使你的圣教会永世璀璨。

72

"我知道靠我们微小奉献，
欠下的沉重债难以偿还；
再看看我们的罪恶人生，
你宽宏，惩罚却无法豁免。
但如若赐予我你的圣宠，

---

[1]　表示我们绝不会有一个人背叛天主，因为有一个人背叛，就会造成世界上出现成千上万的叛徒。
[2]　巴比伦虚假的宗教法则指违背耶稣基督精神的宗教法则，此处指伊斯兰教的宗教法则。
[3]　指人们虚传的查理大帝所组织的十字军东征。
[4]　指查理打败了伦巴第人，维护了罗马教宗的利益。天主的代理指的是罗马教宗。

其账目便平衡，可以了断；
只要是还记得你的怜爱，
就不能不希望你的救援。"

73

虔诚的查理帝如此祈祷，
谦卑与悔悟感充满心间。
为大战得胜利创建辉煌，
又补充其他的恳求、誓愿。
佑王神[1] 是最佳守护天使，
听到了他言语，羽翼伸展，
热诚的祈祷词岂能无果，
天使报救世主，请其决断。

74

顷刻间祷告声成千上万，
众天使捧其至上主身边；
永福者[2] 听到了虔诚之音，
怜爱情显现在仁慈容颜，
全注视永恒的至爱圣主，
表示出他们的共同心愿：
基督徒已发出求救祈祷，
应允其去实现正义之言。

75

上天主仁慈心难以言表，
忠诚者之请求岂能不管，

---

[1]　佑护查理王的神灵。
[2]　居住在天国享受永恒幸福的灵魂。

他抬起爱之眼，做出手势，
把天使米迦勒[1] 唤至身边。
"你快去基督徒援军[2] 之中，
它已在皮卡第[3] 降下风帆，
要将其护送至巴黎城下，
切莫令敌军营察觉发现。

76

"你先找'沉默君'[4] 对他说明，
我令他协同你把事经办；
他知晓做此事最佳技巧，
也明白何事要提前防范。
随后你立刻到另一去处，
那里由'不和女'[5] 坐镇统管；
告诉她要携带火镰、引信，
应把那摩尔人军营点燃；

77

"打听清摩尔人谁最勇猛，
造不和令他们争吵不断，
相互间拔刀剑，你死我活，
有被伤，有被捉，或者被斩；
愤怒使其他人脱离战场，

---

[1] 米迦勒是《圣经》中提到的一位大天使，上帝指定他为伊甸园的守护者。据《圣
    经》记载，与撒旦的七日战争中，米迦勒奋力维护上帝的统治权，因而被视为基
    督教的卫士。
[2] 指英格兰、苏格兰和爱尔兰的援军。
[3] 皮卡第是法兰西北部沿海的一个地区。
[4] 主管沉默和安静的神君。
[5] 在人间制造不和睦的女神。

以至于摩尔王缺少军援。"
神圣的大天使飞离天国,
把圣主之嘱托牢记心间。

78

米迦勒展羽翼所到之处,
必然是乌云散,晴空灿烂。
金光圈环绕在他的周围,
夜晚看似耀眼空中闪电。
大天使在空中反复思量,
于何处收羽翼降落地面,
在哪里可找到沉默之君,
能够把第一项使命实现。

79

米迦勒思量着何处落脚,
他最后将思绪集于一点:
隐修士教堂与修道院中,
可见到"沉默君"[1] 身影出现;
那里的歌咏与睡眠之处,
均不许任何人乱语胡言,
吃饭处也同样不准说话,
"请肃静"写在了每个房间。

80

他认为在那里可见"沉默"[2],
急煽动金羽翼飞翔向前;

---

[1]　在人间掌管沉默的神君。
[2]　指沉默神君。

他坚信还可见和睦女神[1]，

"安宁女"[2]、"仁爱女"[3] 也会出现。

却发现被自己判断欺骗：

到达了修道院，"沉默"不见，

人们说"沉默"已不住此处，

他仅仅注册于隐修之院。

81

也没有"怜悯"[4] 与"安宁"[5]、"谦卑"[6]，

爱神与"和睦女"[7] 更是难见。

古时候他们曾居住于此，

是"贪食"[8]、"贪婪"[9] 与"愤怒"[10]、"傲慢"[11]，

"嫉妒"[12] 与"怠惰"[13] 和"残忍"[14] 恶神，

将上述美德君迫害，驱赶。

惊讶的大天使巡视邪恶[15]，

还见到"不和女"混于其间。

---

[1]　管理人间和睦的女神。

[2]　管理人间安宁的女神。

[3]　管理人间仁爱的女神。

[4]　管理人间怜悯的女神。

[5]　在人间司掌安宁的女神。

[6]　在人间司掌谦卑的女神。

[7]　在人间司掌和睦的女神。

[8]　引诱人类犯贪食罪的邪恶女神。

[9]　引诱人类犯贪婪罪的邪恶女神。

[10]　引发人类愤怒的邪恶女神。

[11]　使人类犯傲慢罪的邪恶女神。

[12]　使人类犯嫉妒罪的邪恶女神。

[13]　使人类犯怠惰罪的邪恶女神。

[14]　使人类犯残忍罪的邪恶女神。

[15]　巡视上述邪恶的神灵。

82

圣父曾告诉他寻找"沉默"，

然后再速赶到"不和"[1]面前。

米迦勒本以为须赴地狱，

邪恶女[2]应混在鬼魂中间；

未曾想在这里遇见此女，

"新地狱"[3]是祭祀天主圣殿！

他感到这件事十分奇怪，

原以为找"不和"须走很远。

83

那"不和"身披着无数飘带，

其长短不齐整，色彩斑斓，

飘带间未缝合，风吹散开，

迈步时忽而露忽而遮掩[4]。

她头发或金色或者银色，

有黑的，有灰的，争奇斗艳；

有的发束成绺，有的编辫，

或垂肩飘洒开散落胸前。

84

手中擎怀中抱大捆东西，

有传票，有诉状，还有法典，

有评注，有辩词、审讯笔录，

一摞摞全都是诉讼文件；

_____

[1] 在人间挑拨离间的邪恶女神。

[2] 指不和女神。

[3] 指修道院。

[4] 迈步行走时，忽而露出肉体，忽而遮掩住肉体。

正因此可怜人那点财产，
从来就不可能获得安全[1]。
她前面与后面左右两侧，
是律师、公证员、执法官员。

85

米迦勒召"不和"来到面前，
命她去撒拉逊勇将身边，
点燃其嫉妒心，引起火并，
让他们将损害永记心间。
随后问"沉默"的有关消息：
有可能"不和"知他在哪边，
因"不和"点妒火到处行走，
曾到过无数处海角天边。

86

"不和女"回答说："经常听到，
人们说他狡诈诡计多端，
不记得在何处与其相识，
是否曾与此君见过一面。
我这里有一女名唤'欺骗'[2]，
有时候会陪伴此君身边，
我想她能提供有关消息。"
说话间便用手指向那边。

87

"欺骗女"着装正，姿态端庄，

_____

[1] 正因为人间充满诉讼纠纷，人类那一点点可怜的财产从来就得不到安全。
[2] 在尘世怂恿人欺骗他人的女神。

目转动，显谦卑，面容和善，

说话如加百利口称: Ave[1]，

她谦和之声音暖人心田。

除此外其他处丑陋、畸形，

身穿的大袍服又长又宽，

把邪恶掩盖在袍服之下，

下面还暗藏着一把毒剑。

88

大天使问"欺骗"应走何路，

方能够把那位"沉默"寻见。

"欺骗女"回答道："按其德行，

'沉默君'通常在本笃身边[2]，

或者在厄里亚先知那里[3]，

居住于新建的修道之院[4]；

在毕达哥拉斯[5]学园之中，

他[6]好像学古人修德多年[7]。

89

"哲学家与圣贤行走正路，

---

[1] 大天使加百利问候圣母玛利亚时所说的话，意思为"万福玛利亚"。

[2] 本笃指本笃修会的创始人圣本笃。这里的意思是："沉默君"通常在本笃修会的
修道院。

[3] 指在加尔默罗修会的修道院。该修会是按照《圣经·旧约》中的伟大先知者厄里
亚的精神建立的，修会成员认为该先知是修会的创建人，因此此处说"在厄里亚
先知那里"。

[4] 厄里亚是《圣经·旧约》中的先知，而加尔默罗修会是 12 世纪新成立的天主教
修会，因而此处说"新建的修道之院"。

[5] 古希腊的著名哲学家。

[6] 指沉默神君。

[7] 就好像在古代的毕达哥拉斯的学园中学习修行了许多年一样。

现如今他们都早已不见，
'沉默君'因而便离弃正直，
踏上了另一条邪恶路线。
他开始深夜里约会情人，
与窃贼为伙伴尽情寻欢。
还经常和'背叛'[1]一同过夜，
我见他甚至与'凶杀'[2]共眠。

90

"与伪币制造者隐于洞穴，
躲藏在黑暗中是他习惯。
他经常换伙伴同居过夜，
寻找他实在是十分困难；
我希望教会你如何找他，
若你愿速赶到；'睡君'[3]家园，
趁午夜他正在熟睡之际，
你定能找到他，我敢断言。"

91

尽管是"欺骗女"经常扯谎，
此言语却如同真实一般；
大天使米迦勒信以为真，
飞出了修道院，不敢怠慢。
抖双翼，升于空，观看分析，
不停顿，速赶路，飞翔于天，
若希望能及时找到"沉默"，

---

[1]　在人间引导人背叛他人的神君。
[2]　在人间引导人谋杀他人的神君。
[3]　专管睡眠的神君。

便需要快赶到"睡君"家园。

92

阿拉伯有一个美丽山谷，
远离开城与镇乡村庄园，
长满了古冷杉、粗壮榉木，
荫蔽谷夹在了两山之间。
晴天时太阳也难以进入，
其光线射不到峡谷里面，
入谷路被密密枝叶截断，
谷中有一洞穴，深不可探。

93

黑黑的密林中宽敞山洞，
深入到坚硬的一座石岩，
常青藤迈着它扭曲步子，
徘徊着缠绕住山洞门脸。
山洞中躺卧着沉重"睡君"，
肥胖的"闲逸君"[1] 坐在一边，
另一边坐着那"懒惰"[2] 女子，
她难以站起身行走向前。

94

健忘的"遗忘君"[3] 守住洞口，
决不让陌生人进到里面；
他不听人解释亦不通报，

---

[1]　专管闲逸的神君。
[2]　专门使人懒惰的女神。
[3]　专门令人丢掉记忆的神君。

驱赶走来访者，无私铁面。
"沉默君"来回走，巡逻山洞，
身上披褐色氅，脚穿毛毡[1]；
从远处对来人打着手势，
示意其勿过来，快点走远。

95

大天使靠近他附耳轻语：
"助基督阵营是天主意愿，
你引导里纳多、其他兵将，
赴巴黎对其主[2] 火速救援；
但应该静无声，秘密行动，
不要让撒拉逊察觉发现；
'传闻女'[3] 未通知异教之前，
基督兵应绕到他们后面。"

96

"沉默君"不言语，做出表示，
点着头示意会遵循其愿；
然后便跟随他一同上路，
先飞至皮卡第[4] 援军身边。
米迦勒调动起勇猛军团，
把他们遥远路大大缩短；
仅一天引他们赶到巴黎，
没有人将这个奇迹发现。

---

[1] 毛毡做的鞋。
[2] 指里纳多的主人，即查理大帝。
[3] 指专门负责传遍消息的女神。
[4] 法兰西西北部沿海地区。见本歌 75 节。

97

"沉默君"急忙忙东奔西跑，
释放出浓浓的迷雾一团，
那迷雾只围绕军团周围，
其他处仍然是艳阳晴天；
浓浓的迷雾团鸦雀无声，
号角声迷雾外无人听见[1]；
他随后又赶赴异教兵营，
令众人耳不闻眼亦不见。

98

里纳多急匆匆领军而来
大天使引导他疾行向前，
撒拉逊军营中不闻其声，
静悄悄如此之庞大军团。
非洲王此时也调动步兵，
将他们部署在巴黎周边，
护城河及城墙受到威胁：
他意欲在城前展开决战。

99

非洲王调大军进攻查理，
谁若是能清点多少兵员，
就能把亚平宁山中植物，
一棵棵数清楚，不差半点；
也能够说明白多少波浪，
拍击着阿特拉斯[2]山脚海岸；

---

[1]　迷雾外面听不见迷雾中基督徒军队的号角声。

[2]　北非山脉，位于非洲西北部，横跨摩洛哥、阿尔及利亚、突尼斯三国。

半夜里有多少上天之眼[1]，

注视着情人们隐秘之欢。

100

可听见报警钟急促敲响，

一声声，一阵阵，令人心颤；

可见到众多人涌入圣庙，

举双手，颤动唇，祈祷不断。

若天主似我等如此愚蠢，

对财富也表示十分喜欢，

那一日真福会必然决定，

主之像均应由黄金铸建[2]。

101

正直的老年人声声抱怨，

不应该苟活于如此灾难，

称那些死去人十分幸福，

他们已多年前入土为安。

健壮的年轻人十分勇敢，

并不把此灾难放在心间，

不愿学成年人理性、谨慎，

城墙上从东边跑到西边。

102

城中聚近卫士、勇将、骑士，

外来的王与兵各个彪悍，

---

[1] 指天上的星星。

[2] 在天国中享受永福的灵魂为享真福者。如若是上天主也喜欢金银财宝的话，天上
享受真福者必然要召开会议，决定用黄金铸造天主像，求天主保佑基督徒。

还有那公爵与侯爵、伯爵，
为基督愿意把生命奉献；
欲出城猛扑向撒拉逊人，
请皇帝放吊桥护城河面。
见众人胆气壮，皇帝高兴，
却不想放他们出城迎战。

103

将众人布置在合适之处，
要阻挡野蛮人冲锋向前：
这里需派重兵严防死守，
那里却只安置少数人员；
需要时这些人掌管机械，
那些人则控制熊熊火焰。
查理帝到处走，从不停顿，
安排着守城事，确保安全。

104

巴黎在法兰西腹胸之地，
坐落于好一片广阔平原；
一条河[1] 入城垣，滚滚而过，
奔流出城池的另外一端。
在城中形成了一座小岛，
该岛屿三区[2] 中最为安全；
护城河、塞纳[3] 把其他二区，

---

[1] 指塞纳河。
[2] 指巴黎城中的三个区域。
[3] 指塞纳河。

也紧紧围绕在流水之间[1]。

105

城市大，围墙长，绵延数哩，
在各处均可以展开激战。
非洲王却不愿分散兵力，
只希望从一点将城攻陷，
于是把全军都撤至河西，
准备从此方向实施攻坚；
因身后一直到西班牙国，
每一城都被他事先攻占。

106

查理已准备好守卫城池，
把坚固大堡垒精心修建，
加强了各处的河岸堤坝，
建碉楼，挖暗沟，河渠相连；
河之水入与出城池之口，
拉起了粗粗的拦截锁链；
在那些令人们担忧之处，
命兵士勿疏忽、加倍防范。

107

丕平子[2] 如巨人阿耳戈斯，

---

[1] 塞纳河穿过巴黎的城墙，然后从城墙的另一端流出巴黎；在流经市区时分成二岔，河的两岔中间形成一座小岛，小岛是城中最安全的地区；小岛左右两侧自然形成了巴黎城的另外两个区域，这两个区域都由护城河和塞纳河支岔的水包围着。
[2] 法兰克王矮子丕平是查理大帝的父亲，因而，丕平子指的就是查理。

为监视非洲王睁开百眼[1]；
对他所设计的攻城计划，
每一点事先都做好防范。
马西略、费拉乌、伊索列[2] 等、
西班牙统帅们各个彪悍，
率领着各自的骑士、步卒，
在原野摆下阵，枕戈待战。

108

索柏林[3] 在左翼塞纳河畔，
普拉诺[4]、达蒂内[5] 伴其身边，
还有那高大的奥兰国王[6]，
六臂长从额头至其脚面。
为什么这些人急切动武，
我的笔却描写如此缓慢？
撒扎王[7] 胸中早充满怒火，
吼骂着其头脑已无判断。

109

就好像酷暑天经常可见，
苍蝇群扑向了牧人食罐，
或扑向盛筵的甜美残羹，

---

[1] 希腊神话中的百眼巨人，奉天后赫拉之命看守被变成小母牛的伊娥。他睡觉时闭
　　着五十只眼睛，睁着五十只眼睛。后来赫尔墨斯奉宙斯之命给他吹笛子、讲故事，
　　使他闭上全部眼睛，然后砍下他的头，救出伊娥。
[2] 见本歌 11 节。
[3] 见本歌 24 节。
[4] 见本歌 22 节。
[5] 见本歌 27 节。
[6] 见本歌 17 节。
[7] 见本歌 25、40 节。

吱吱叫，扇翅膀，令人生厌；
亦如同紫翅椋扑向架杆[1]，
染架杆葡萄汁十分红艳[2]；
摩尔人攻巴黎疯狂至极，
喊杀声、兵器声冲破云天。

110

城墙上基督军奋勇抵抗，
石与火、枪与斧、弓弩、刀剑，
保卫着巴黎城，毫不畏惧，
全不顾敌人的野蛮、傲慢；
若有人倒在地立即移走，
无一人会拒绝将其替换。
多次因回击猛伤亡惨重，
撒拉逊撤退到护城河边。

111

守城人不仅用弓弩枪剑，
而且用大块的断裂墙砖，
碉楼顶、碎墙垛、坚硬岩石[3]，
抗敌寇守卫着城墙安全。
沸腾水从城上倾泻而下，
摩尔人难承受，跌下城垣；
滚烫汤灌入了头盔之中，
攻城者被烫伤，灼瞎双眼。

---

[1] 指支撑葡萄藤的架杆。
[2] 也好像扑向被葡萄汁染红的葡萄架杆的紫翅椋鸟一样。
[3] 把破裂的城墙砖抛向敌人，其中包括破裂的碉楼屋顶、墙垛和坚硬的岩石。

112

此兵器似乎比枪剑更利，

硫磺与石灰粉烧伤敌面；

沥青与松树油、燃烧火罐，

更加令攻城者处境悲惨；

火焰圈也没有沉睡库中，

四周的毛发上燃烧烈焰；

各处的守城者将其抛下，

撒拉逊被火圈卷烧其间。

113

撒扎王督促着第二梯队，

冲杀到巴黎的城池下面，

加拉曼、马孟达各成一队，

布拉多、奥米达领军向前。

克拉林、索利丹分兵两翼，

休达王也未敢躲藏一边；

摩洛哥、卡尚王紧跟其后，

一个个均想把神武展现。

114

撒扎王罗多蒙朱红大旗，

一雄狮绘绣在展开旗面，

那猛兽被王后套上缰绳，

张开它血盆口显示凶残[1]。

罗多蒙就像是那头雄狮，

其王后将国王紧紧捆拴：

---

[1]　据《热恋的罗兰》讲，罗多蒙的旗帜是红色的，上面绣着一个王后和一只雄狮，
　　王后牵着雄狮嘴中的嚼子，控制着雄狮；那王后象征着格拉纳达公主多拉丽。

多拉丽本来自格拉纳达，
西班牙美公主容貌非凡。

115

蛮力卡掠此女，占为己有，
在何处，如何夺，我已讲完[1]。
罗多蒙早狂热爱恋此女，
远胜过爱江山及其双眼；
为了她王显示勇力、殷勤，
却不知她已经被逼就范：
如若是他当时就已知情，
必定会即刻把后事了断[2]。

116

同时间千架梯支在城墙，
每梯阶至少有两人攀缘；
后面的催前面快速向上，
第三人推第二努力登攀。
一个个难阻挡，或勇或怕[3]，
每个人不得不冲锋向前：
撒扎王罗多蒙十分凶狠，
停顿者他必定举剑劈斩。

117

人人都顾不得烈火石剑，
均拼命向城上步步攀缘。

---

[1] 见本歌 50—64 节。
[2] 指后面所讲的去抢回多拉丽的事情。见第 18 歌 36 节。
[3] 不管因为勇敢还是因为害怕受到惩罚，每个人都奋勇向前，难以阻挡。

所有人都观察，试图寻找，
防线的撕裂处、薄弱之点；
唯独那罗多蒙迎难而上，
决不去易攻处寻求安全。
在他人无功劳、绝望之处，
必听到撒扎王诅咒上天。

118

他身披一铠甲十分坚硬，
铠甲上披盖着龙皮鳞片。
那一位建筑起巴别塔者[1]，
曾穿它护住了背后胸前：
他试图从金宫驱逐天主，
夺取其对众星统治之权，
因此便铸造了完美铠甲，
还有那护身盾、锋利宝剑。

119

罗多蒙比宁录[2]更是倔强，
也比他更疯狂，凶狠，傲慢，
如人间有道路可通苍穹，
必立刻奔上去绝不迟缓[3]；
他不管护城墙是否破裂，
也不顾护城河河水深浅：

---

[1]　指《圣经》中的人物宁录，他是巴别的王。据《热恋的罗兰》讲，他怂恿族人兴
　　建了巴别塔，试图把上帝从天国中赶出，从而夺取上帝的权力。为达此目的，他
　　命人打造了十分坚固的铠甲、盾牌和非常锋利的宝剑。
[2]　指所谓的建造巴别塔的人。
[3]　必定会不等天黑就奔上天穹。

蹚过河或者说飞跃而过,

淤泥上水已经淹没喉管[1]。

120

他浑身是污泥,滴水不止,

迎火石弓弩箭冲锋向前,

就好像在我们马雷沼泽[2],

一野猪穿行于芦苇之间,

用胸蹭,用嘴拱,用蹄蹬刨,

所到处必开出巨窗一面。

罗多蒙高举盾护住身体,

不怕天,更不惧区区城垣。

121

罗多蒙刚爬上护城河岸,

就已经蹿到了通道上面,

那通道直通向城池内部,

为法军之通行提供方便。

只见他砍下了数人首级,

其伤口就像是教士发圈[3],

到处飞死人的臂膀、头颅,

血如注,从城头流向河面。

---

[1] 河底淤泥上面的水已经淹没了脖颈。

[2] 马雷是波河左岸费拉拉城附近的一片低洼沼泽地。诗人是费拉拉人,因此说"在我们马雷沼泽"。

[3] 天主教教士头顶剃光的部分。伤口大得像头顶发圈一样。

122

异教徒[1]弃盾牌，双手握剑，

追赶到阿努夫公爵身边；

公爵爷来自于美丽国度，

在那里莱茵河流入海湾；

可怜的公爵爷难以抵挡，

就如同硫磺粉遇到火焰；

他摔倒在地上再难爬起，

其头颅距脖颈一拃之远。

123

安瑟莫、欧拉多、斯皮、兰多

也被他反手剑全都砍翻。

狭窄的通道上人群聚集，

他奋力挥舞着手中利剑。

佛兰德[2]被夺走前面两位，

诺曼底丧失了后面二员[3]。

马刚萨[4]奥盖托也被竖劈，

从额头到胸部再至肚面。

124

安罗鹏、魔奇诺被抛城下，

第一位是神父，祭祀上天；

---

[1] 指罗多蒙。

[2] 佛兰德是比利时北半部的一个地区，人口主要是弗拉芒人，传统意义的佛兰德还包括法国北部和荷兰南部的一部分地区。

[3] 前面两位指的是安瑟莫和欧拉多，后面两员指的是斯皮和兰多。

[4] 指马刚萨家族。见第 2 歌 58 节。

第二位只崇拜美酒佳酿[1]，
一桶酒一口气便能喝完，
视水如有毒的蝰蛇之血，
能躲避必躲避绝不沾边：
葬身于此处的护城河水，
这件事最令他心中厌烦。

125

又一剑把路易劈成两半，
随后把阿纳多胸膛刺穿。
乌贝托、克洛德、乌戈、多尼，
灵魂也出了窍，热血飞溅；
瓜铁罗、萨塔龙、奥多、安巴，
这四位巴黎人死其身边；
还有些其他的可怜死者，
我不知名与姓、来自哪边。

126

异教军紧跟随勇士[2] 身后，
都纷纷架云梯登城激战。
巴黎人在此处已无抵抗，
他们的一防线被敌攻陷。
入城后敌仍须克服万难，
这绝非张声势放出虚言；
二防线、城墙间有一深沟[3]，

---

[1]　魔奇诺是安托尼·马尼亚尼诺的笔名。在费拉拉的埃斯特宫廷中真有其人，他是
　　　一位十分著名的酒鬼；诗人将其置于此处，给人以十分幽默的感觉。
[2]　指罗多蒙。
[3]　在第二防线和城墙之间有一道防御深沟。

在那里充满了可怖凶险。

127

破城敌猛扑来，居高临下，
居低势，抗高敌，我军勇敢；
援军从内堤处俯冲而至[1]，
亦加入两军的血腥混战；
二防线外面的敌军如潮，
我兵勇奋全力挥舞枪剑：
如没有乌列诺之子[2]参与，
此激战定不会如此凶残。

128

他这面攻击完又攻那面，
把基督之兵将紧紧追赶：
有的人被刺胸，有人断头，
还有的转过身拼命逃窜。
猛冲击基督徒，拽其头发，
或抓住脖领子、一双臂腕：
将他们头朝下抛入深沟[3]，
窄浅沟被尸体很快填满。

129

蛮人[4]的众兵将下入深沟，
把凶险之沟壑几乎挤满，

---

[1] 基督教援军从第二道防线的堤坝（内堤）冲下来支援第一道防线溃败的战友。
[2] 指罗多蒙，他是乌列诺国王之子。
[3] 指第二道防线前面所挖的深沟。
[4] 指撒拉逊人。

随后又试图登二道堤坝，
急忙忙支云梯努力攀援；
撒扎王戴甲胄身体虽重，
却如同生双翼可以飞天，
一纵身越出了深深沟壑，
站立在深沟的另一边缘[1]。

130

沟壑深足足有三十余呎，
他敏捷跃上去如同猎犬，
又轻轻落在地，声音微小，
就好像其脚下垫有毛毡；
将此人或彼人盔甲劈碎，
似利刃砍在了白镴软片：
铸甲胄不用铁而用果皮，
怎承受他猛力挥舞利剑！

131

我军的将士们在那深沟，
已为敌设下了许多套圈，
布下了一捆捆枯枝干柴，
松树脂洒在了干枝上面；
尽管在深沟边布满柴捆，
沟底下却无人能够看见，
因沟沿挡住了人的视线；
除此外还隐藏许多瓦罐，

---

[1] 指沟壑的内沿。

132

罐中装硝与油或者硫磺，
所装物样样都十分易燃。
深沟中撒拉逊搭设云梯，
自以为可攀上另一沟沿；
为使其疯与狂不能得逞，
此时刻攻击令传至耳边，
兵勇们点燃火推下沟壑，
只见得到处是熊熊烈焰。

133

蔓延的熊熊火连成一片，
把东岸与西岸全都烧遍；
那火焰直升上高高天空，
月亮上露之源[1] 几乎烧干。
天空中笼罩着黑暗烟雾，
蔽皓日，遮住了晴朗蓝天。
只听得噼噼啪不断爆响，
就像是可怕的雷鸣、闪电。

134

致命的烈火焰、粗野咆哮，
同狂吼、尖叫与哭嚎、抱怨，
合成了奇怪的协奏乐曲，
刺人耳，极恐怖，令人胆寒；
吼叫声来自于将死之人，

---

[1]　诗人认为早晨的露水来自于夜晚的月亮。

罗多蒙将他们引入深渊。
恩主呀，我不能继续讲述，
嗓子哑，须休息一段时间。

第 15 歌

阿托夫复人形逃离海岛　　尼罗河缚巨人卡里格兰
破魔法巧斩杀不死魔怪　　格力风闻爱妻被人拐骗

善良的女仙洛基提教授恢复人形的阿托夫法术，帮助他逃离阿琪娜海岛，并赠送他一本魔法书和一支魔号。

在尼罗河畔，阿托夫用魔号降伏巨人卡里格兰。他见到格力风和阿奎兰与一魔怪争斗，那魔怪可使自己被砍断的臂膀和脖颈立刻恢复原样，因而难以杀死。魔法书中有杀死魔怪的方法，阿托夫用该法成功斩杀魔怪。

阿托夫与格力风、阿奎兰二兄弟去耶路撒冷朝圣，在那里受到总督单索内的热情款待。当他们在圣庙中祈祷上帝时，一位希腊香客给格力风带来了令其心碎的消息：他心爱的女子，与新情人私奔，在安提阿寻欢作乐。

1

或机运或智慧令人取胜，
得胜者总应该受到称赞；
但胜利经常是十分血腥，
使统帅之荣耀不再璀璨。
自己人若未受丝毫伤害，
却能令溃败敌狼狈不堪，
此类胜才值得神的赞誉，
其光荣万代传，永世不变。

2

我的主[1]，您值得人们颂赞，

雄狮国[2]称霸于波涛海面，

从海口一直到弗兰考林[3]，

波河的南北岸均被它占，

由于您取得了辉煌胜利[4]，

听其吼我不再惧怕，抖颤。

您展示应如何战胜对手，

杀敌人自身却十分安全。

3

狂妄的异教徒怎懂此理，

驱兵卒下鸿沟不顾凶险，

熊熊的冲天火将其吞噬，

全丧命，无一人能够生还。

深沟壑不足以容纳众人，

许多人被烈火卷到一边，

炙热火将尸体化成灰烬，

沟壑的内与外骨灰撒遍。

4

一万又一千零二十八人，

葬身于深沟的熊熊烈焰，

愚蠢的统兵将下令入沟，

尽管是众兵卒均不情愿。

---

[1] 指诗人阿里奥斯托的恩主，即伊波利托枢机主教和费拉拉公爵阿方索一世。

[2] 指威尼斯。威尼斯的城徽是一头长着翅膀的雄狮。

[3] 意大利的一座城镇，位于距费拉拉城不远处的波河右岸。

[4] 指拉文纳战役的胜利。见第 14 歌 2 节。

刺眼的火光中他们丧命，
吃人的烈火焰将其吞咽：
罗多蒙造成了众人痛苦，
自己却逃离开死亡灾难：

5

率众人下入到深沟之底，
为的是攻陷敌二道防线，
他面对众敌兵纵身一跃，
跳上了沟内沿，身手不凡。
转过身望着那地狱深谷[1]，
见熊熊之烈火浓烟冲天，
又听到众兵勇痛苦尖叫，
便疯狂吼叫着诅咒上天。

6

罗多蒙之战况十分惨烈，
伤亡者难计数，成千上万。
非洲王此时对另一城门，
发动了好一场凶猛攻坚：
王[2] 认为该城门敌兵不足，
守军弱，戒备松，疏于防范。
阿兹拉[3] 班比拉[4]、巴里卫佐[5]，
跟随着非洲王阿格拉曼。

---

[1] 比喻深沟。
[2] 指非洲王阿格拉曼。
[3] 北非的一个王国。见第 14 歌 23 节。
[4] 班比拉是阿兹拉的国王，但前面阅兵时并未提到他的名字。见第 14 歌 23 节。
[5] 见第 14 歌 24 节。

7

柯力诺[1]——姆尔贾新的统帅、

加那利[2] 领军人亦立阵前，

马拉布[3] 亦率领麾下兵勇：

他所辖费赞国常年夏天[4]；

其他的许多人也在那里，

有些人通战事武艺精湛；

也有人未挂甲不懂战争，

千万盾护其身不觉安全[5]。

8

非洲王未曾想事与愿违，

此城门之情况恰恰相反，

帝国主查理王亲临现场，

众多的近卫士护卫身边：

丹麦人武杰罗[6]、萨拉蒙王[7]，

圭多与安杰林双双出现[8]，

加纳隆[9]、拜恩公[10]、贝兰、阿沃、

---

[1]　姆尔贾军的新统帅。见第 14 歌 23 节。

[2]　见第 14 歌 22 节。

[3]　马拉布是费赞军的国王。

[4]　马拉布所管辖的费赞国位于热带，因而说"他所辖费赞国常年夏天"。

[5]　指文职官员。

[6]　武杰罗是丹麦王子。在《热恋的罗兰》中已有此人物。

[7]　历史人物，布列塔尼国王。

[8]　两个圭多和两个安杰林双双出现。两个圭多指勃艮第的圭多和蒙福尔特的圭多，两个安杰林指波尔多的安杰林和贝兰达的安杰林，他们都是在《热恋的罗兰》中出现过的人物。

[9]　在《罗兰之歌》中，加纳隆是查理王的妹夫，罗兰的养父，后来出卖罗兰，致使其阵亡。

[10]　指拜恩（另译：巴伐利亚）公爵纳莫。见第 1 歌 8 节。

阿维诺与奥童[1] 守卫城垣；

9

法兰克、日耳曼、伦巴第人，
无名的兵与将千千万万，
在国君之面前各个奋勇，
都希望被赞誉英勇彪悍。
此故事我别处另外讲述，
现必须把公爵[2] 重新叙谈，
那公爵在远处高叫示意，
请求我别把他抛弃一边。

10

我此刻应重现公爵形象，
英格兰阿托夫甘冒风险，
早已经厌倦了长期漂泊，
他迫切想返回自己家园；
战胜了阿琪娜那位女仙[3]，
令公爵有希望实现意愿。
她一心送公爵回归英土，
所行路应方便，快捷，安全。

11

于是便为其备一只快船，
更好的船与舟从未曾见；

---

[1] 贝兰、阿沃、阿维诺与奥童是拜恩公爵纳莫的儿子。在《热恋的罗兰》中他们四
人始终在一起。
[2] 指阿托夫。
[3] 指洛基提。

因担心阿琪娜设置障碍，
来干扰他行程，阻其归返，
洛基提派出了强大舰队，
安洛妮[1]、索罗丝[2]将其统管，
要护送阿托夫安全到达，
阿拉伯海面或波斯港湾。

12

还希望他沿着海岸行船，
绕契丹[3]和印度、岛国万千，
再弃舟，登陆路，不辞辛苦，
从波斯至北非路途漫漫；
而不要行寒地进入北海，
那里的邪恶风激荡水面，
某季节[4]终日里缺少阳光，
数月中不见日，只有黑天。

13

洛基提见一切安排妥当，
教公爵诸本事，嘱咐再三，
然后才令公爵出发上路，
话儿长我无法细述其[5]言；
为公爵能躲避各种魔法，
不再被魔法术困于其间，

---

[1]　一位象征勇德女仙。
[2]　一位象征节德的女仙。勇德和节德都是西方古代"四枢德"的组成部分。"四枢德"为：勇、义、智、节。
[3]　指中国。
[4]　指冬季。
[5]　指洛基提。

赠送他一美妙适用图书，
愿公爵爱护它永带身边。

14

善良女[1] 告诉他此书神奇，
可破除魔法术保人平安，
有目录，有提要，可以查询，
破解法或在后或者在前。
随后又赠送他另一礼物，
其神力远超越其他物件：
一号角可吹出可怕声音，
令闻听号音者狼狈逃窜。

15

那号角能发出可怖声音，
无论谁听到后必定逃窜；
此世间无人心如此宁静，
闻号音不奔逃，心定神安：
狂风吼、地摇动、万钧雷霆，
都不比号声更令人心颤。
英格兰公爵爷千恩万谢，
告别了洛基提上路登船。

16

公爵爷离开了东方海港，
微风吹，船劈开大海波浪，
美舰队[2] 游弋于宁静水面，

---

[1]　指洛基提。
[2]　指由美丽仙女安洛妮和索罗丝统领的舰队。

黄金的马六甲[1] 紧贴船帮；
船沿着富裕的海岸行进，
见恒河泛白沫流入大洋[2] ；
再前行他看见多马之地[3]，
水手们把船头转向北方。

17

船绕过芳香的古老印度，
富裕且繁荣的城市、村庄；
左右舷均可见千座岛屿，
分布在广阔的印度海洋，
锡兰[4] 与科里角[5] 已在附近，
两岸间海峡水又细又长。
行千里，破万浪，到达柯欣[6]，
随后便离印度驶向他方。

18

乘忠诚之帆船劈斩波澜，
公爵爷欲对海了解一番，
便向那安洛妮提出疑问，
问女子是否曾亲眼看见，
有帆船来自于日落之处[7]，

---

[1]　马六甲半岛富有金矿。

[2]　入海口处恒河水泛着白沫。

[3]　多马指耶稣十二使徒之一圣多马。"马多之地"指圣多马受难的地方，即玛利亚普洱，它位于印度的东海岸，距现在的金奈很近。

[4]　斯里兰卡的旧称。

[5]　印度洋的一个海角。

[6]　指印度的港口古城柯枝。西方人称该城为"柯欣"，1996 年改回古名柯枝。

[7]　指西方。

经常在东方的海洋出现；
从印度若起锚可否到达，
法兰西、英格兰不需靠岸。

19

安洛妮回答说："你应知晓，
海之水把陆地拥抱怀间；
无论在赤道处还是冰海，
波涛滚，水与水环环相连；
再往前便可见非洲大陆，
它向着赤道处不断伸展，
有人说尼普顿[1]禁止人们，
继续行使两洋[2]没有界限[3]。

20

"船起锚是为了驶往欧洲，
并非是要停留印度这边；
航海者从欧洲启程航行，
也都想到我们东方家园。
东西方航海人见此大陆[4]，
均急欲返故乡，船头调转；
看到它千里长于是认为，
向西行其目的更易实现[5]。

---

[1] 尼普顿是罗马神话中的海神，相对应希腊神话中的波塞冬。

[2] 指大西洋和印度洋。

[3] 到达非洲最南端的好望角就不可以继续前行了，因为那是大西洋和印度洋两大洋的分界线。

[4] 指非洲大陆。

[5] 指哥伦布等航海家认为向西行更容易到达目的地。

21

"过一年又一年我们看到，
新航海英雄们离西海岸，
提飞[1] 与阿尔戈[2] 开辟道路，
从无人晓此路今天之前；
还有人绕过了非洲大陆，
沿黑人海岸线航行向前，
越过了太阳的掉头之处[3]，
南方的回归线抛在后面；

22

"行驶到遥远的尽头之处[4]，
它[5] 好像把二洋[6] 分隔两边；
浏览了阿拉伯、波斯、印度，
与附近各岛屿处处海滩；
赫丘利将欧非[7] 一分为二，
有的人离开了左右海岸[8]，
沿着那太阳公行走路线[9]，
寻找到全新的另一空间[10]。

---

[1] 提飞是希腊神话中的"阿尔戈"船的领航人。
[2] 指希腊神话中的五十位阿尔戈英雄。他们随伊阿宋乘快船"阿尔戈"去取金羊毛，因而被称作阿尔戈英雄。
[3] 指回归线。
[4] 指非洲的最南端。
[5] 指非洲的好望角。
[6] 指大西洋和印度洋。
[7] 指欧洲与非洲。
[8] 指直布罗陀海峡。据说，希腊神话中的大力神赫拉克勒斯（罗马神话中的赫丘利）在那里立了两根标示大地边缘的柱子。
[9] 从东向西行走的道路。
[10] 指找到了新大陆。

23

"我看到圣十字、帝国旗帜，

竖立在美丽的绿色海岸[1]：

还见到有些人看守船只，

有些人忙占领新的家园：

印度国[2]屈从于阿拉贡王[3]，

十个人追赶着逃者万千[4]；

见查理五世帝[5]各位船长，

所到处竟没有一人应战。

24

"天主愿此道路自古隐藏，

还应该被隐藏许久时间；

最少需再度过六、七世纪，

才有人能够把此路发现[6]：

待到那圣君主[7]时代到来，

此道路才得以展现人间；

屋大维时代后从未见过，

如此之英明的帝王出现[8]。

---

[1] 指新大陆海岸。

[2] 指新大陆。

[3] 指西班牙国王。

[4] 指很少的人征服了成千上万的印第安人。

[5] 日耳曼神圣帝国皇帝，兼任西班牙国王。

[6] 从查理大帝时代到新大陆的发现，中间相隔七个世纪。

[7] 指阿方索一世和查理五世时代，即诗人生活的时代。查理五世是日耳曼神圣罗马帝国皇帝，西班牙国王，当时欧洲最强大的君主。

[8] 指查理五世。

25

"奥地利、阿拉贡血统哺育[1]，
我见他[2]出生于莱茵左岸，
论才华无人能与他相比，
人们都尽全力将其颂赞。
由于他正义神没有死亡，
又重新奏凯归登坐金殿；
诸德能早已被逐出尘世，
他却使美德行再现人间。

26

"图拉真、奥勒留、奥古斯都[3]，
都曾经头上顶绚丽皇冠；
至善主[4]因其功为他[5]加冕，
使其权远超越帝国界限，
并希望一直到南北两极，
广阔的疆土上统一皇权；
牧羊人仅一位[6]并无其他，
普天下也只有一座羊圈[7]。

27

"代上天发出的永恒命令，

---

[1] 查理五世的母亲是西班牙阿拉贡家族的人，父亲是日耳曼的哈布斯堡家族的人，
　　因而此处说"奥地利、阿拉贡血统哺育"。
[2] 指查理五世。
[3] 三位都是古罗马的著名皇帝。
[4] 指上帝。
[5] 指查理五世。
[6] 天主只有一位牧羊人，即罗马教宗。
[7] 普天下也只有天主教一个宗教。

都能够更容易得以实现，
至上的天之道为他选将：
海与陆常胜将无比彪悍。
统兵者埃尔南[1]遵从圣命，
建立起新王国、新的城垣[2]，
在印度不曾见新国、新城，
它们均距东方十分遥远。

28

"普罗帕·科罗纳[3]显露身手，
佩斯卡拉侯爵[4]光辉璀璨，
随后是瓦斯托一位青年[5]，
他们使意大利美丽非凡；
尤其是第三位[6]更为杰出，
他准备比别人先夺桂冠：
后离开起点的优秀赛马，
却能比其他马早到终点。

29

"他名叫阿方索也是侯爵，
名与姓已显示忠诚、勇敢，

---

[1]　指埃尔南·科尔特斯。他是殖民时代活跃在中南美洲的西班牙殖民者，以摧毁阿
　　兹特克古文明、并在墨西哥建立西班牙殖民地而闻名。

[2]　指在新大陆建立起新的王国和新的城池。

[3]　普罗帕·科罗纳是罗马贵族，曾任罗马军队的统帅，先与法国人并肩战斗，后来
　　倒向西班牙人；为查理五世取得比克卡城堡战役胜利做出重要贡献。

[4]　佩斯卡拉侯爵指的是弗朗切斯科·阿瓦罗，他曾经是西班牙军队的著名将领。

[5]　指弗朗切斯科·阿瓦罗的堂弟阿方索·阿瓦罗，他继承堂兄之位，成为瓦斯托侯
　　爵（瓦斯托位于意大利的东南部），曾任西班牙和日耳曼神圣罗马帝国军队的统
　　帅，后担任米兰总督。

[6]　指前面提到的瓦斯托那位青年。

其年龄还未到二十六岁，

年虽少却表现才华非凡，

皇帝把统军权交予他手，

三军皆无败绩，帝国平安，

全世界折服于皇帝统治，

有此帅皇帝将权势无边。

30

"有这等勇将帅帝行千里，

使帝国之疆土不断扩展；

多里亚与帝国结好之后[1]，

海战中皇帝也次次凯旋，

从欧洲到非洲烈日焦土，

他[2]均可破巨浪一往无前。

多里亚是一位大海卫士，

赶走了众海盗，四方平安。

31

"庞培[3]亦驱逐了所有海盗，

却难与多里亚勇士比肩：

靠强大帝国的雄武之师，

取胜利并不可自称彪悍。

多里亚却依赖自己力量，

---

[1] 多里亚指安德烈亚·多里亚，他是文艺复兴时期意大利著名的海军将领，曾为驱逐海盗立过大功，在法兰西与西班牙和日耳曼神圣罗马帝国的战争中，先与法兰西结盟，后来又与西班牙和日耳曼神圣罗马帝国结盟，把法国人赶出了热那亚和那不勒斯。

[2] 指日耳曼神圣罗马帝国皇帝兼西班牙国王查理五世。

[3] 指古罗马共和国晚期的重要政治家、恺撒的对头庞培，他也曾受罗马元老院委托承担过肃清海盗的任务。

清洁了广阔的一片海面；

卡尔佩[1] 至尼罗各处海盗，

闻其名，心敬畏，浑身抖颤[2]。

32

"在这位舰长的护卫之下，

查理帝[3] 登上了忠诚战船，

意大利为帝王敞开大门，

圣君主来此地接受加冕。

他[4] 没有把奖励留给自己，

却将它向祖国[5] 全部奉献：

请王赐其国民[6] 自由生活，

其他人则定会独揽大权[7]。

33

"对祖国表现的这份忠诚，

赢得了崇敬和讴歌、颂赞，

法兰西、西班牙、非洲等地，

恺撒的胜利已丧失光环[8]；

屋大维[9]、安东尼[10] 两位对手，

---

[1]　卡尔佩是西班牙中东部的沿海城镇。

[2]　所有海盗听到他的名字都会敬畏得浑身抖颤。

[3]　指查理五世。

[4]　指多里亚。

[5]　指热内亚。热内亚是多里亚的家乡。

[6]　指热内亚人民。

[7]　查理五世把热那亚赐予了多里亚，但多里亚并没有将其变为自己的封地，而仍然
　　 保持了热那亚的共和体制；如若是其他人，就一定会自己独掌热那亚的大权。

[8]　恺撒在高卢（法兰西）、西班牙和非洲等地所取得的辉煌胜利，在多里亚的光辉
　　 下已显得黯淡无光。

[9]　指古罗马著名的政治家、军事家屋大维，他是罗马帝国的开国君主。

[10]　指古罗马重要的政治家、军事家安东尼，他是屋大维的对头，后战败身亡。

也都难比此君更加璀璨：

对自己之祖国使用武力，

他们的伟业绩光辉暗淡[1]。

34

"使自由之祖国变成奴婢，

那些人面羞红，自觉汗颜；

能听到多里亚英名之处，

均不敢抬目光正视人面。

除了那共享的巨大奖赏，

他还获其他的统治大权，

查理帝赐予他肥沃土地，

诺曼人曾从那（儿）向外扩展[2]。

35

"宽宏的查理帝不仅对他，

对别人也显示慷慨无限，

若众人对皇帝不惜流血，

他必定施恩泽，令其如愿。

把城市与乡村赐予忠臣，

圣君主心中也十分喜欢，

他希望所有的称职之人，

都能够建立起新的帝苑。"

---

[1] 指屋大维与安东尼之间的内战。他们调动罗马人自己相互残杀，这件事使他们的
丰功伟绩黯淡无光。

[2] 指意大利南部城镇梅尔菲所在地区。诺曼人的首领古列尔莫就是从那个地区开始
向意大利南部扩张的。

36

安洛妮向公爵讲述未来，
需再过许多年方可实现，
那时候查理[1] 的诸位将帅，
战争中取胜利，高歌凯旋。
此时刻她同伴[2] 掌控东风，
不着急，不慌乱，平稳行船；
顺风儿有时强，有时减弱，
就好像全听她安排、使唤。

37

他们见波斯海展现眼前，
好一片广阔的波涛水面；
从那里再行进寥寥数日，
便靠近古老的波斯海湾。
漂泊的木帆船驶入港口，
在那里船尾儿朝向海岸；
已确定阿琪娜不能加害，
阿托夫登陆地离弃舟船。

38

过旷野，穿森林，马不停蹄，
跨深谷，再翻越座座高山；
明亮地、黑暗处常遇盗贼，
或在前或在后紧紧追赶；
还遇见雄狮和喷毒恶龙，
或其他凶猛兽拦在路间；

---

[1]　仍然指查理五世。
[2]　指另一位仙女索罗丝。见本歌 11 节。

但他把神号角刚放嘴边，

恶魔们均慌乱四处逃窜。

39

他来到阿拉伯菲利克斯^[1]，

那（儿）盛产没药^[2]与焚烧香烟^[3]，

广阔的世界中唯一凤凰，

曾选择此地为栖身家园^[4]；

直到它寻找到复仇波浪，

顺天意以色列得报仇怨^[5]，

淹没了法老和他的臣民，

随后又冲向了河洛海湾^[6]。

40

他沿着图拉真河流^[7]奔驰，

胯下马世无双，非同一般，

轻跃过一道道潺潺流水，

无足印踏在那柔软河滩^[8]：

那马儿草与雪不留痕迹，

越大海四足也滴水不沾；

飞一般奔跑着快如疾风，

---

[1] 古代地名，意为"富饶的阿拉伯"，大约指今天阿拉伯半岛南部和西南部。

[2] 没药是橄榄科植物地丁树或哈地丁树的干燥树脂，可活血、化瘀、止痛、健胃，产地是古代阿拉伯及东非一带。

[3] 可以焚烧的香料。

[4] 据说，神奇大鸟凤凰选择了阿拉伯菲利克斯作为它的栖息之地。

[5] 直到遵照天意，它用红海之水将埃及法老及众臣民淹没，为以色列人报仇雪冤。

[6] 河洛是一座位于苏伊士湾的埃及古城。此处河洛海湾指苏伊士海湾。

[7] 一条由埃及法老修建的运河，后来该运河由罗马皇帝图拉真重修，因而此处称其为"图拉真河流"。

[8] 形容马跑得如飞一样，蹄不留印。

似闪电或者像呼啸利箭。

41

此骏马本属于阿加利君[1]，
似疾风又好像熊熊火焰；
不吃草，不食谷，只饮空气，
著名的拉比坎着实不凡。
赶路的公爵爷来到一地，
见尼罗、图拉真将要会面[2]；
但尚未到两河汇合之处，
便看到驶过来一艘快船。

42

船尾处站立着一位隐士，
白白的长胡须垂挂胸前，
他邀请近卫士[3]登上小舟，
从远处高声叫："我儿[4]上船！
你若是不仇恨你的生命，
你若是不希望死于今天，
就不要沿死路一直行走，
而应该快踏上另一河岸。

43

"你向前再行走六哩路程，
便可见好一座血腥'宫殿'，

---

[1]　安杰丽佳的兄弟，被费拉乌杀死。见第 1 歌 28 节。
[2]　见到图拉真运河与尼罗河将要汇流。
[3]　指阿托夫。
[4]　老年人对青年的爱称。

那里住可怕的一位巨人，
比凡人高八呎，似头顶天。
无骑士或路人遇此恶魔，
有希望摆脱他，能够生还：
许多人被残忍割喉、剥皮，
或者是被肢解、活活吞咽。

44

"在众多残忍中他最喜欢，
把一网布置于住处不远；
他用心巧安排，那张大网，
将该网铺设于浮土下面，
并精心按环境隐藏细网，
若事先不知晓绝难发现。
那巨人高声吼，恫吓行人，
把他们驱赶入大网里边。

45

"狂笑着把网中捕获猎物，
拖拉到居住的房屋里面；
不管是美女子还是骑士，
也不管够不够一顿饱餐：
吃其肉，食其脑，喝其鲜血，
然后把白色骨弃于荒原；
再用那剥下的张张人皮，
装点起他那座可怖'宫殿'。

46

"我的儿，你应走另一条路，
它送你到海边，十分安全。"

勇敢的骑士爷回答隐士：
"修士啊，我感激你的劝谏，
但是我视荣誉胜过生命，
为了它我何惧千难万险。
你劝我改路线，徒劳无益，
我马上去寻那黑穴之殿。

47

"逃命会损坏我美好声誉，
比死亡我更憎此类安全。
换道路是我的最差选择，
我将失生命于众人面前[1]；
若上帝指引我展示武威，
巨人死，我生命必定平安：
我将还千万人安全之路，
这样做可除害获利万千。

48

"我宁可一人冒生命危险，
也要使天下人获得安全。"
"我的儿，祝愿你一路太平！
上帝派米迦勒[2]降至人间，
大天使将保佑你的性命。"
隐修士为骑士祈祷平安。
阿托夫沿尼罗勇敢前进，

---

[1] 在众人面前，我将丧失脸面，也就丧失了我的生命。
[2] 米迦勒是《圣经》提到的天使名字，他是天主所指定的伊甸园的守护者。在基督教的绘画与雕塑中，米迦勒长着金色长发，手持红色十字形剑，与巨龙搏斗。这里的巨龙是地狱魔王撒旦的象征。

更依赖魔号角而非枪剑。

49

大河^[1]与沼泽地之间河滩，
有小路躺卧着延伸向前：
小路的尽头是一间孤屋，
无人迹也不见丝毫炊烟。
周围挂赤裸裸人头、肢体，
不幸者将它们留在此间。
那孤屋没有窗也无城垛，
更不见任何人探出脸面。

50

就像在高山的别墅、城堡，
狩猎人经常会甘冒风险，
取棕熊之皮毛、熊掌、熊头，
悬挂在别墅或城堡门前；
凶残的巨人也如此这般，
把最显其勇力猎物展现。
其他人之白骨到处抛弃，
沟与壑全都被人血灌满。

51

残忍的巨人叫卡里格兰，
他立于孤屋的高大门前；
别人用美锦缎布置房屋
他却用死人把住宅装点。

---

[1] 指尼罗河。

当公爵出现在他的远处，
那魔怪难抑制心中喜欢：
两个月已过去，并无路人，
第三月才见人踏此地面。

52

沼泽地长满了绿色芦苇，
他隐于芦苇中疾奔向前；
谋划着迂回到另外一侧，
在骑士身后面突然出现；
企图把近卫士驱入网中，
那网儿被浮土掩藏不见，
就像对其他的过路之人，
令厄运将他[1]也投入灾难。

53

近卫士见巨人奔跑而来，
勒住马，他心中并无疑点：
隐修士讲述的那张大网，
巨魔怪会自己栽入里面。
此时刻骑士要借助魔号，
吹响它一定会效果不凡：
巨人心必将被号声击伤，
受惊吓，调转头，拼命逃窜。

54

阿托夫吹号角，同时观察，

---

[1]　指阿托夫。

他看见那神网已经跃弹：
恶巨人逃遁时晕头转向，
一双眼失光明，心亦伤残，
慌乱中不知道如何行路，
才能够避神网不被捆缠：
跌入了自设网，引其弹起，
被捆缚，平卧着摔倒地面。

55

阿托夫见蠢货跌在地上，
已自觉无危险，驱马向前；
他要为千百个冤魂复仇，
手握剑一翻身跃下马鞍。
但觉得杀一个被缚之人，
非美德而是种卑劣表现；
于是便捆缚其手脚、脖颈，
以至于魔丝毫不能动弹。

56

伏尔甘[1]用坚固纤细铁丝，
精心织罩人的神网一面，
谁若想挣破那铁网弱处，
必定会白费力，无法实现；
维纳斯[2]、玛尔斯[3]双手双脚，
曾被其捆绑住不能动弹。

----

[1] 伏尔甘是罗马神话中的火神，在希腊神话中叫赫淮斯托斯；他是宙斯与赫拉的儿子，亦是诸神的铁匠，制作了许多著名的工具。
[2] 维纳斯是罗马神话中爱神，也是火神伏尔甘的妻子。
[3] 玛尔斯是罗马神话中的战神。

嫉妒者[1] 编此网不为它用，
只为捉他二人[2] 床上通奸。

57

墨丘利[3] 曾盗走铁匠[4] 神网，
他要把佛洛拉[5] 掠到身边；
佛洛拉追随着曙光女神，
曼舞着去迎接白日出现，
长衫襟包裹着美丽花朵，
把百合与玫瑰洒向人间。
墨丘利在空中长期等待，
布天网欲捕获美丽花仙。

58

似乎在尼罗河入海之处，
墨丘利捉获了飞舞花仙。
后来在克诺珀阿努比庙[6]，
此网被供奉了许许多年。
又足足过去了三千余载，
神网被恶魔怪移出圣殿：

---

[1] 指火神伏尔甘。

[2] 指维纳斯与玛尔斯。

[3] 墨丘利是罗马神话中的一位天神，担任诸神的使者，他行走敏捷，精力充沛，多
才多艺。

[4] 指火神伏尔甘。

[5] 佛洛拉是罗马神话中司花朵、青春与欢乐的女仙。当佛洛拉跟随在曙光女神奥罗
拉身后散花的时候，被爱恋她的墨丘利用神网掠走。

[6] 克诺珀（另译：克诺珀斯）是古埃及的城市，位于亚历山大附近，尼罗河三角洲
西岸。阿努比（另译：阿努比斯）是埃及神话中一位与木乃伊制作和死后生活有关
的胡狼头神，它守护墓地。

那窃贼[1] 焚圣城[2]，抢掠圣庙，
后来他将神网携带身边。

59

在此处河滩上张开大网，
众路人被赶进神网里面，
若有人触及到神奇网绳，
便缚其手与脚、脖颈、双肩。
驯服的巨人比少女温顺，
阿托夫提起了一根网链，
先解脱缚其身铁丝大网，
再将其一双手背后倒拴；

60

随后又缚其胸及其双臂，
若挣脱实在比登天还难。
欲将其拖拽着游街示众，
让乡村与城镇都能看见。
造宝物需要靠神仙巧手，
近卫士把神网留己身边：
被缚者变驮驴受其牵引，
驮载着战利品[3] 行走向前。

61

还受命驮骑士头盔、盾牌，
似扈从跟随在骑士后面，

---

[1] 指卡里格兰。
[2] 指克诺珀城。
[3] 指大网。

所到处必带去无限欢乐，
行旅者已获得一路平安。
阿托夫又行走许多路程，
看见了孟菲斯[1] 已在眼前：
孟菲斯金字塔闻名世界，
人密的开罗城立于对岸。

62

开罗人倾城出跟随其后，
来把这恶巨人仔细观看。
你一言，我一语，议论纷纷：
"矮子怎缚巨人，将其引牵？"
许多人从四面紧紧围住，
阿托夫向前进十分艰难：
每个人都钦佩骑士神勇，
均向他示敬意，将其颂赞。

63

那时的开罗城不比今日，
人们说今天它巨大无边：
城中的住房有三层之高，
一共有大街区一万八千，
仍无法承载下众多居民，
无数人夜卧于马路两边，
苏丹王居住在一座城堡，
那城堡极宽敞，富丽，壮观；

---

[1]　埃及古城，位于尼罗河左岸。

64

城堡的侍从者一万五千，
都曾是基督徒，现已叛变[1]，
携妻子与家庭还有战马，
同住在苏丹王城堡周边[2]。
阿托夫欲见到尼罗尽头[3]，
达米塔[4]入海处波涛水面；
到那里[5]近卫士方才明白：
来此者死或俘绝难避免[6]。

65

一塔楼内隐藏江洋大盗，
坐落于入海处尼罗岸边，
那贼子掠或盗乡亲、行旅，
每个人受其害，开罗难安。
传言说无人可防他伤害，
任何人取其命难如登天：
他曾经千百次身负重伤，
却未能被杀死，仍然凶残。

66

恶盗贼欧利罗[7]生命顽固，

---

[1] 背叛了基督教。
[2] 即居住在城堡附近。这些人本来是基督徒，后来改信伊斯兰教，成为苏丹王的贴身护卫。
[3] 指尼罗河的入海口。
[4] 达米塔（另译：达米埃塔）是埃及的城市，位于尼罗河入海处。
[5] 指达米塔。
[6] 到那里的人或者被杀死，或者被俘获，都难以避免这两种厄运。
[7] 盗贼的名字叫欧利罗。

其死活全依赖帕耳开线[1]，

为令贼早点死莫再害人，

阿托夫来到了此处地面；

他到达尼罗河入海之处，

看见了大塔楼立于岸边，

内居住会法术凶恶大盗，

其父是小精灵，母是女仙[2]。

67

见大盗与两位骑士争斗，

好一场凶残的殊死激战。

欧利罗令骑士只能防守，

一恶魔使两人狼狈不堪。

二骑士均擅长舞枪弄剑，

其英名人世间广为流传。

格力风、阿奎兰一白一黑，

奥利维俩儿子勇力非凡[3]。

68

近卫士眼前事真真切切，

激战中上风被恶魔所占；

战场上他携带一头猛兽[4]，

那畜牲只有在当地可见：

---

[1] 罗马神话中的命运三女神，即希腊神话中的摩伊赖。她们通常以三位妇人的形象出现，整天忙碌着纺人的生命线。

[2] 据《热恋的罗兰》讲，欧利罗的母亲是一位女仙，父亲是一个小精灵。

[3] 在《热恋的罗兰》中，博亚尔多就已经开始讲述二骑士勇斗欧利罗的故事，现在阿里奥斯托继续讲述。阿奎兰和格力风兄弟是近卫士奥利维的儿子，他们一人穿白袍，另一人穿黑袍，因而此处说"一白一黑"。

[4] 一条鳄鱼。

生活于河岸边泥水之中，
人血肉是它的美味大餐，
轻率的行路人、不幸水手，
必定会葬其腹，下场悲惨。

69

二兄弟已经把畜牲杀死，
其尸体卧河口附近沙滩；
因此说欧利罗伤害二人，
并非是逞凶狂无由无缘。
二骑士曾多次把贼肢解，
却不能将其命彻底了断：
他如同蜡制成可以粘接，
断一手或一腿立刻复原。

70

格力风、阿奎兰时而劈头，
时而把那恶徒当胸斩断。
恶徒却讥笑其白费力气：
无效果令兄弟胸燃怒焰。
就好像看见了白银坠落，
术士却称其为水银点点，
那水银摔裂成滴滴银珠，
随后又收拢成白银一片[1]。

71

若断头，欧利罗翻身下马，

---

[1]　水银珠又会收拢成一片水银。

不停顿寻觅头直至找见；
或抓发，或捏鼻，将其提起，
再牢牢安放在脖颈上面。
有时候格力风将其抓起，
甩臂膀把头颅抛向河面；
欧利罗似鱼儿潜入水底，
携其头又平安游上河岸。

72

有两位美女子服饰端庄，
一穿白，一穿黑，色差明显，
她们是争斗的引发原因，
在一旁注视着恶斗场面。
奥利维俩儿子哺育之人，
正是这善良的二位女仙，
她们从两大鸟[1] 利爪之下，
抢救出稚嫩儿，令其脱险，

73

两大鸟掠走了吉梦达儿[2]，
携他们离家园，飞至天边。
此故事我不必重新讲述，
它已经在世间广泛流传；
故事的首创者混淆其父，

---

[1]　一只鹰，一只兀鹰。由此两兄弟得名，阿奎兰的意思为鹰，格力风的意思为兀鹰。
[2]　吉梦达是两兄弟的母亲。

错以为另一人生此儿男[1]。
在两位女子的要求之下，
二少年展开了这场恶战[2]。

74

那时节开罗处白日已落，
幸运岛[3]太阳公依然高悬；
在昏暗神秘的月光之下，
阴暗影遮蔽了周围视线；
欧利罗又返回自己家中，
因黑白二姐妹不愿再战，
她二人更愿把恶战推迟，
待白日从东方再次出现。

75

阿托夫已认出二人标志[4]，
也看到他们俩武艺非凡，
认出是格力风、阿奎兰君，
走过去示敬意，毫不傲慢[5]。
他二人见来者牵着巨人，

---

[1] 欧洲有一部名叫《丹麦人武杰罗》的史诗，创作于 14 世纪。本诗作者认为阿奎兰和格力风的形象是该史诗首创的，但在该史诗中阿奎兰和格力风的父亲是利恰德洛，不是《热恋的罗兰》中所说的奥利维；因而此处说"故事的首创者混淆其父"。

[2] 据《热恋的罗兰》讲，这两位女仙是阿奎兰和格力风兄弟的保护人，她们预见，如二兄弟赶往法兰西，就必死无疑，因而，她们极力用这场争斗留住两位兄弟。

[3] 指位于埃及以西的加那利群岛。

[4] 指阿奎兰和格力风的标志。

[5] 阿托夫与两位骑士的父亲奥利维是战友，都是查理大帝的近卫士，因而，应被视为他们的长辈；但是在他们面前，阿托夫丝毫没有傲慢的表现。

原来是花豹爷[1] 立于面前
（宫廷中公爵被如此称呼），
便高兴迎过去，与其共欢。

76

二女仙引骑士前去休息，
来到了她们的一座宫殿。
众女婢与侍从迎向来客，
把通道照明灯全都点燃。
骑士们把战马交予侍者，
卸甲胄走进了一座花园，
见餐桌已摆好，晚宴齐备，
桌旁是清澈的美妙喷泉。

77

草地上把巨人捆于橡树，
用一条更粗的坚固锁链，
那古老之橡树根深粗壮，
恶巨人猛烈摇亦难挣断；
命十位侍从者严密看守，
以避免深夜里逃脱监管，
趁众人不防备发动攻击，
平安者将蒙受巨大灾难。

78

在丰盛、奢华的宴会之上，
诸佳肴吃起来不美，不鲜，

---

[1] 阿托夫旗帜上绣着一只花豹，因而被称作花豹爷。

赴宴者话儿多，议论纷纷，
欧利罗魔法是争论重点。
想起来真好像在做噩梦，
将断头或断臂抛于地面，
他却能拾起来重新接上，
返回来再与你疯狂激战。

79

阿托夫细阅读魔法之书，
找到了如何令恶魔就范：
欧利罗头上有一根魔发，
若不除难使他魂飞魄散；
拔掉它迫使其灵魂出窍，
不必去管盗贼情不情愿。
那恶魔头上发密密麻麻，
法书却未说明如何识辨。

80

阿托夫预感到胜利喜悦，
就好像已头顶棕榈之冠[1]；
他希望数回合便能做到，
拔魔发，将大盗灵魂驱散。
为完成此任务公爵决定，
将魔盗肩以上囫囵砍断，
杀死他令恶贼不能争斗，
如若是两兄弟不觉遗憾[2]。

---

[1] 棕榈树象征着胜利。戴上用棕榈树枝叶编成的冠就意味着取得了胜利。
[2] 如果格里风和阿奎兰两位兄弟不因为阿托夫夺走他们的功劳而感到遗憾的话。

81

二兄弟很情愿退出战斗，
已确信再辛苦取胜也难。
那魔盗走出屋又下战场，
新晨曦已经在天空点燃。
公爵爷与魔盗开始交手，
一个人手轮锤，一人握剑。
阿托夫只等待良机到来，
把恶魔之灵肉一分两边。

82

砍掉他一只手铁锤落地，
又剁下一条臂，手亦相连；
锋利剑劈下时坚甲破裂，
魔盗被一节节剁成数段，
欧利罗在地上收拢肢体，
仍然是无损坏，健康，平安：
即便是将其体裂成百块，
可见他顷刻间聚拢复原。

83

千百次剁与砍最终奏效：
双肩上下颚根恨劈一剑，
头颅与护头盔脱离脖颈；
公爵比欧利罗先下马鞍，
把血腥之头颅抓在手中，
随后又跃上马，只在瞬间；
携头颅朝尼罗急速奔驰，
欧利罗已无望令头复原。

84

那蠢货尚不明发生何事，
尘土中寻头颅并不惧难；
后得知阿托夫携其头颅，
骑战马飞一般闯入林间；
便立刻跑向了自己战马，
跃上鞍，疾奔驰，紧紧追赶。
他想喊："等一等，转身回来！"
嘴随头被掠走，开口已难。

85

脚后跟未被砍已是万幸：
他仍可纵马儿奔驰向前。
拉比坎之速度令人赞叹，
在身后已抛下广阔荒原。
此时间阿托夫查遍头顶[1]，
从后颈一直到眉毛之间，
欲快速寻找到那根魔发，
它若在恶魔便魂不飘散。

86

头发多，难计数，更难区分，
这一根比那根不直不弯；
哪一根剪断后可夺贼命？
选哪根才能将魔命了断？
公爵道："最好是全都剃除。"
却难寻剃刀和理发铁剪，

---

[1] 查遍被砍头颅的头顶。

但依然把其发剃光，刮净，
所利用工具是锋利宝剑。

87

手捏鼻，紧按住那颗头颅，
前与后均剃光，毛发不见。
偶然间刮掉了那根魔发，
魔怪面变苍白，十分难看，
两只眼向上翻，奄奄一息，
看迹象已经到生死边缘：
那一具追公爵无头身躯，
抽搐着砰一声跌落马鞍。

88

阿托夫手提着那颗头颅，
又回到二女子、骑士身边，
魔怪头早已经面露死色，
他又引众人把尸体观看。
二兄弟尽管对公爵谦恭，
却不知见此景是否情愿：
他们都胸中怀嫉妒之心，
并没有共祝贺公爵凯旋。

89

这一战出现了如此结局，
我认为二女仙亦不喜欢。
天注定两兄弟命运险恶，

不久后在法国预言灵验[1]；
二女仙欲推迟厄运到来，
命他们与魔盗展开激战，
只希望能长期拖住他们，
盼厄运能自行烟消云散。

90

当地的城堡主[2]确信不疑，
欧利罗已丧命，离开人间，
立刻便放出了报信飞鸽，
羽翼下捆绑了一封信件。
按约定那信鸽飞往开罗，
开罗放另一只飞向更远：
此消息传遍了整个埃及，
只用了几小时短短时间。

91

公爵爷完成了此番事业，
慰藉了高贵的两位青年；
尽管是二兄弟并未求助，
只希望自己能摆脱纠缠[3]；
为捍卫圣教会、罗马帝国，
他们愿快结束东方激战，
返回到战友中，创建业绩，
令自己之荣耀辉煌灿烂。

---

[1] 天命注定，后来两兄弟赶往法兰西，遭遇不幸。见本歌 71 节。
[2] 指当地的君主。见本歌 64 节。
[3] 摆脱欧利罗的纠缠。

92

格力风、阿奎兰分别辞行，
求二女让他们前去参战；
二女子不放心，十分痛苦，
却不知如何能将其规劝。
阿托夫同他们踏上右路，
决定在返回到巴黎之前，
先去主生活的神圣之地[1]，
向上帝把崇拜真诚奉献。

93

左边路沿海岸向前延伸，
一定比右边路舒适、平坦，
他们本可以走左边之路，
却选择右边路不惧艰险，
只因为右路距圣城[2]更近，
赶到那（儿）可提前足足六天。
此路上只具有饮水与草，
其他的所需物一律少见。

94

以至于在踏上旅程之前，
他们需做准备忙碌一番；
把给养全压在巨人身上，
他力大，可将塔扛于背肩。
经过了艰辛的长途跋涉，
从高山望下去圣城可见，

---

[1] 指耶路撒冷。
[2] 指耶路撒冷。

在那里至爱[1] 曾用己鲜血，

洗涤了我们的罪孽万千。

95

入城时三骑士偶遇熟人，

其名叫单索内[2]，是位青年，

他正值年少时，处于花季，

而且还极谨慎、精明强干；

神武威、善良心闻名于世，

众人均崇敬他，将其称赞。

罗兰曾亲手为此人洗礼，

他皈依我教会，魂可升天。

96

此时他正设计一座堡垒，

把埃及哈里发[3] 小心防范；

欲修建两哩长一道围墙，

想把那各各他[4] 围于中间。

众骑士受到他热烈欢迎，

观其面便知他爱满心田，

客人们在他的陪同之下，

下榻于舒适的庄严宫殿。

---

[1] 指上帝。

[2] 在另一部意大利史诗《摩尔干提》中已经出现过这个人物，他与罗兰一起战死在隆塞斯瓦耶斯隘口。

[3] 哈里发是穆罕默德去世以后伊斯兰阿拉伯政权元首的称谓。该词是阿拉伯"继承"一词的音译，原意为"代治者"、"代理人"或"继承者"。

[4] 耶稣受难的山冈。"各各他"和十字架一直是耶稣基督受难的标志。

97

单索内是统治此地总督,

代查理执掌着正义王权[1]。

阿托夫公爵爷见面之礼,

便是那巨型的被俘大汉,

若驮重他能顶十头骡子,

其身体高而壮,十分强健。

赠巨人还捎带一张神网,

该网令那巨人成为囚犯。

98

单索内对公爵亦有回赠:

华丽的一腰带可挂宝剑;

还赠送左右脚一对马刺,

环带扣与刺轮[2] 黄金铸锻。

我认为它本属一位骑士,

那骑士救少女把龙屠斩[3]:

单索内夺雅法[4] 得此宝物,

还缴获其他的许多物件。

---

[1] 指耶路撒冷的权力。

[2] 指马刺的环带扣和刺轮。

[3] 指圣乔治,他是基督教著名的烈士、圣人,英格兰的守护圣人,经常以屠龙英雄
的形象出现在西方文学、雕塑、绘画等作品中。据传说,圣乔治到利比亚去,当
地沼泽中的一只恶龙在水泉旁边筑巢,这水泉是当地唯一的水源,市民为了取水,
每天都要把两头绵羊献祭给恶龙。后来,绵羊都吃完了,只好用活人来替代,每
天抽签决定何人应为牺牲品。有一天,国王的女儿被抽中。当少女走近正要被恶
龙吞吃时,圣乔治赶到,提起利矛对抗恶龙,用十字架保护自己不受伤害,用腰
带把恶龙束缚住并杀死,救出了公主。人们被他的义举所感动,都放弃异教,改
信基督教。

[4] 雅法是世界上最古老的港口城市之一,位于以色列,现与特拉维夫合并成一个
城市。

99

他们[1]到修道院洗清罪孽，
又把那诸圣庙一一参观，
圣基督受难的光辉榜样，
在神秘气氛中得以展现；
邪恶的摩尔人篡夺圣庙，
留下了永恒的耻辱污点。
欧洲已武装起奋力反抗，
希望在各地把战火点燃。

100

当骑士祈祷主专心致志，
希望能被宽恕，心获宁安，
格力风认识的一位香客，
把刺心坏消息传其耳边；
那消息违背了他的意愿，
将最初之计划全都推翻；
点燃了他胸中熊熊烈火，
迫使他把祈祷搁置一边。

101

欧丽吉是骑士[2]所爱女子，
这爱情却引起他的灾难：
此人的容貌美，身材苗条，
千选一也难得如此美艳；
但是她性轻佻，毫不忠诚，
你足迹可踏遍城镇、乡间，

---

[1] 指阿托夫等人。
[2] 指格力风。

还有那陆地和海中岛屿，
绝难寻另一女与她一般。

102

骑士留此女子君士坦丁[1]，
因为她发高烧身有病患；
现返回，欲见她，与其同乐：
此时刻她必定十分美艳。
香客说女子去安提阿城[2]，
跟一位新情人求乐寻欢：
她觉得难忍受孤独之苦，
年轻轻守空房无人陪伴。

103

从听到坏消息那天之后，
格力风昼与夜叹息不断。
其他人感受的每一快乐，
都似乎带给他精神苦难：
恋爱者能理解他的痛苦，
因为也曾经中爱神之箭。
此伤痛远超过其他折磨，
对别人难启齿，心受熬煎。

104

其兄弟阿奎兰比他智慧，
曾千次责备他，将其规劝，

---

[1] 指君士坦丁堡。
[2] 现在叫安塔基亚，是土耳其一座城市，靠近叙利亚边境。古时称安提阿，在基督
　　教历史上占据重要地位。

告诉他此爱情并不可靠，
他应把淫邪女[1]逐出心田；
在众多恶女中此女最阴，
这便是阿奎兰所做判断。
格力风并不怪兄弟指责，
然而却一次次自我欺骗。

105

他打算一个人孤独离去，
并不对阿奎兰吐出片言，
寻女子他要去安提阿城，
把那位偷心人揪到面前；
再找到拐骗者，实施报复，
要令他把惩罚永记心间。
下一歌我再向你们讲述，
他如何去实现自己意愿。

---

[1] 指欧丽吉。

第16歌

格力风寻情敌再次受骗　两军在巴黎城展开激战
里纳多引援军及时赶到　闻警报查理帝亲自增援

格力风独自一人去寻找背叛他的未婚妻欧丽吉和情敌，在大马士革遇到了他们。欧丽吉谎称新情人是他的兄弟，企图再一次欺骗格力风。

巴黎城两军激战正酣。攻入城中的罗多蒙大开杀戒，无数基督徒死于他的剑下；他放火烧毁了许多住房和庙宇。

里纳多引来英格兰、苏格兰和爱尔兰的援兵，两军在城外展开激战。

查理并不知罗多蒙已攻入城内，更不知他在城中逞凶狂。一位侍从跑来报信，查理立刻率众骑士前往救援。

1

爱情苦种类有成百上千，
我曾经忍受过它的磨难，
其伤害集中在我的身上，
因而我熟知它[1]亦属自然。
我多次讲述过爱的痛苦，
有的轻，有的却十分凶残，
用笔墨记录下亲身体会，
你们应相信我真实判断。

---

[1] 指爱情。

2

我至死都要说心中之言：
谁要是被爱情绳索捆拴，
所爱女却一味拒其近身，
并不想满足他强烈意愿，
爱神亦剥夺他应得回报，
尽管他已付出辛苦、时间；
但只要他把心曾经高悬[1]，
即便死都不应泪水洗面。

3

如若是你已经成为奴仆，
效力于秀丽发、迷人双眼，
美容貌却隐藏自负身躯，
肮脏体已受到彻底污染；
可怜人[2]必定会躲藏其身：
受伤鹿身带箭东奔西窜[3]，
渴望着伤愈却徒劳无益，
因羞愧对爱情难以直言。

4

年轻的格力风便是如此，
他见到己之错改正已难，
把爱心全都已奉献女人，
卑鄙女却不忠而且寡善：
其邪恶战胜了人的理性，

---

[1] 只要他心中曾经爱过值得爱的女人。
[2] 指成为美女奴仆的人。
[3] 就像是受伤的小鹿一样到处躲藏，东奔西窜。

人自由意志已让位情欢。
尽管是淫邪女无情无义，
骑士仍寻找她不惧艰难。

5

我现在继续把故事讲完，
格力风怕兄弟将其抱怨，
说他会白辛苦、枉受折磨，
便秘密出了城，未敢明言；
他背着亲兄弟去寻情敌，
踏上了平坦路，疾奔向前。
六天内便到达大马士革，
想从那（儿）再朝着安提阿赶。

6

在城外遇到了一位骑士，
欧丽吉心已经被其拐骗；
他们俩牵着手，伤风败俗，
就好像花与草根根相连；
二人均心轻浮，不知廉耻，
一个人无信义，一人背叛；
他们都掩盖起邪恶企图，
为利己，损他人，兽心人面。

7

那骑士乘骏马迎面走来，
身披甲，腰挎剑，华丽耀眼；
不忠的欧丽吉陪伴一旁，
身上的天蓝衣镶着金边；
左右侧跟随着两位侍从，

为骑士擎盾牌、护头盔冠；
他像是来参加比武大会，
因此便细修饰，穿戴不凡。

8

这几日在都城大马士革，
王[1] 举办隆重的节庆盛典，
招来了四方的游侠骑士，
一个个披甲胄，侍从陪伴。
婊子[2] 见格力风突现眼前，
便害怕受凌辱、丧失颜面：
她知道心爱人能力不足，
难抵御格力风拼命勇汉。

9

胆大的淫邪女处事老练，
尽管她受惊吓浑身抖颤，
却装出镇静样，稳住声音，
内心的恐惧情不露半点。
她又对忠诚者设下奸计，
假装出心中有无限喜欢，
迎向了格力风，张开双臂，
紧搂住其脖颈，悬挂半天。

10

随后便做出了深情动作，
哭泣着吐出了甜言蜜语：

---

[1]　指大马士革的国王。
[2]　指不忠诚的女人欧丽吉。

"难道说我爱你应获此奖？
难道说我应该受此慰勉？
你让我等待了整整一年，
若我随他人去你不心酸？
我苦苦等你归，却不知道，
是否能再重新与你相见！

11

"为比武你去了尼科西亚[1]，
分别时我发烧，病情凶险，
你把我留下来，生死未卜，
我一直等待你返回身边，
后听说你去了叙利亚国，
这令我更难忍痛苦熬煎，
不知晓如何能将你追随，
似自己亲手把心儿戳穿。

12

"但命运表现出对我眷顾，
给予我双重的宠爱、恩典：
派来了亲兄弟把我保护，
致使我至今仍贞洁平安；
现在又在这里与你巧遇，
此快乐我认为远超一般：
我的爷，天及时赐我幸福，
若再晚，因思念我命归天。"

---

[1]　塞浦路斯岛的一座城市。据《热恋的罗兰》讲，格力风曾去那里参加比武会。

13

阴险女竟如此狡猾捏造，
每一句都必是骗人谎言，
狐狸也没有她这等奸诈：
一切错格力风都应承担。
并让人以为那同行之人，
是骨肉亲兄弟，血脉相连：
《福音书》也不比其言真切，
用此法她编织美丽欺骗。

14

狡猾女虽美丽却更邪恶，
她不仅使骑士[1]原谅背叛，
不再想报复那同行之人：
尽管是他二人淫乱，通奸；
而且令格力风难以拒绝，
把一切之过错全部承担。
为表明同行人是其兄弟，
她竟然对那人爱抚不断。

15

女子随情人赴大马士革，
一路上听其言滔滔不断：
叙利亚国之主十分富有，
在该城居住着华丽宫殿；
不管是基督徒还是他人，
也不管城内或城墙外面，

---

[1] 指格里风。

所有人至该城均受款待，
每一日都设有重大庆典。

16

我不愿再继续讲述此事，
而要把叛徒的故事剪断，
那时代背叛事不止一桩，
到处有，又何止成千上万。
再回头来看看二十万人，
和那片燃烧的熊熊烈焰，
毁坏了巴黎的坚固城墙，
引起了无数人胆战心寒。

17

上文中我说过阿格拉曼，
在巴黎城门前展开激战，
他以为那座门疏于防范，
却不想比别处守卫更严；
查理王在那里亲自督战，
善战的勇骑士护卫身边，
二圭多、安杰林，安焦列君[1]，
阿维诺、阿沃等站立阵前。

18

诸勇士围绕着我王查理，
非洲王身旁有悍将千员，
谁若是能奋力冲锋陷阵，

---

[1] 查理手下的一位骑士，在诗中首次出现他的名字。

必获得重封赏，受王[1]称赞。
摩尔人遭打击伤亡惨重，
其损失远远比战果明显，
在门前留下了无数尸体，
为其他疯狂者提供借鉴。

19

从城墙向敌人射出箭矢，
就如同密集的冰雹一般。
我军中与敌营发出怒吼，
可怖的怒吼声惊破云天。
请查理、非洲王耐心等待，
我再把摩尔的战神颂赞；
可怕的罗多蒙冲入城中，
在城内四处奔，杀人万千。

20

恩主啊，不知您是否记得，
异教的这员将十分彪悍，
破城池却抛弃手下士卒，
令他们葬身于二防线前，
被贪婪熊熊火活活吞噬，
从未见如此的恐怖场面。
我曾说他一跃跳上沟沿，
闯入了深沟壑圈卫地面。

---

[1] 受到双方各自国王的称赞。

21

撒拉逊此名将十分残忍，

身上的怪铠甲挂满鳞片，

善良的民众与年迈长者，

竖起耳听人讲有关传言；

有人哭，有人喊，顿足捶胸，

绝望声直冲上星云之间；

能逃者必隐遁，绝不停留，

躲藏到庙宇中，把门牢闩。

22

彪悍的撒拉逊挥舞利剑，

剑下仅少数人得以逃窜。

此处有半条腿携带一足，

彼处的一颗头离体甚远，

有的人被竖劈从头至髋，

还有人被恶魔拦腰斩断：

那凶神追杀者成百上千，

竟没有一个人能见其面[1]。

23

就好像希尔卡尼亚[2]附近，

凶狠虎把弱牛猛然扑翻，

又如同在堤丰大山[3]之中，

---

[1]　因被杀者都在奔逃，背朝罗多蒙，而且十分慌张，所以都没有看见他的面孔。

[2]　古波斯的一个地区。

[3]　堤丰是希腊神话中象征风暴的妖魔巨人。据说，他被宙斯打败后，被压在西西里岛的爱特纳火山之下。它在山底欲挣脱束缚，从而造成地震和火山喷发。"堤丰大山"指的是压在堤丰身上的山，即埃特纳火山。

恶狼把成群的山羊追赶；

基督徒兵勇已溃不成军，

被凶神追逐着四处逃窜；

他们应被称作乌合之众，

生之前就该死，无人可怜[1]。

24

被劈刺而亡者不计其数，

竟无人敢迎面将其观看。

沿通往米迦勒大桥[2]之路，

可怕的罗多蒙奔跑向前，

那条路人密集，你拥我挤，

他抡圆血腥的手中利剑，

也不管是奴仆还是老爷，

更不顾你邪恶还是良善。

25

信仰难助教士逃避灾难，

无辜亦不能令孩童脱险，

对妇人与少女毫不留情，

全不管目清秀、面腮红艳，

年迈者也遭受致命打击；

此表现怎可称勇猛彪悍？

不分辨男与女、地位、年龄，

显示的只能是兽性凶残[3]。

---

[1] 此处足见作者对逃兵的鄙视。

[2] 当时位于巴黎市区的一座大桥。

[3] 罗多蒙表现的并不是勇猛彪悍，而是凶残的兽性。

26

血之河未浇灭愤怒之火，

恶人之恶国王[1]怒焰冲天，

点燃了美丽的住房、庙宇，

烧毁了顶棚与房脊、屋檐。

听人说那时代巴黎房屋，

全都是木结构，见火即燃；

至今日人们仍可以看到，

十之六还如同那时一般[2]。

27

尽管是大火将一切吞噬，

并未能熄怒火令其意满。

他只要用手臂奋力推动，

必然会令房屋前后抖颤。

恩主呀[3]，帕多瓦您也曾见[4]，

用重炮猛轰击坚固城垣，

亦难比此凶汉手摇威力，

它可令坚固墙倒塌一片。

28

罗多蒙纵火烧，挥剑劈砍，

在城中开杀戒，展示凶顽，

如那日非洲王加紧攻击，

---

[1] 指罗多蒙。

[2] 诗人生活的时代，巴黎城仍然基本保留着查理大帝时代的木建筑结构。

[3] 诗人在呼唤阅读此作品的恩主伊波利托枢机主教。

[4] 帕多瓦是意大利北部的一座城市。此处，诗人指的是 1509 年日耳曼神圣罗马帝国皇帝马克西米利安一世对帕多瓦城的攻击，当时使用了许多重炮，伊波利托枢机主教也参加了战斗。

巴黎城必然会全面沦陷。
但此时近卫士[1] 返回救援，
令敌人未能把愿望实现，
英格兰、苏格兰紧随其后，
"沉默君"、大天使引其向前。

29

当恶徒罗多蒙闯进巴黎，
令城中烈火燃，生灵涂炭，
克莱蒙[2] 将之花[3] 引军来助，
里纳多要遵循上帝意愿；
心谋算怎应对蛮人[4] 攻击，
塞纳河岂能够将他阻拦；
沿左岸崎岖路向前行进，
奔走了三哩路将桥修建。

30

他派出弓箭手足足六千，
由奥多挥帅旗引导向前，
又派出两千名轻骑甲士，
其统帅阿曼公十分彪悍；
令他们沿小路先行一步，
直奔向皮卡第[5] 大海岸边，
从巴黎东面的圣马丁门，

---

[1] 指去英格兰求援后返回的里纳多。
[2] 法兰西北部的一块封地，属于里纳多的家族。
[3] 指里纳多。
[4] 指撒拉逊人。
[5] 法兰西北部的一个沿海地区，位于巴黎的北面。

进城内对查理提供支援。

31

命他们携带着粮草辎重，
择捷径迂回到城的东面。
他自己则带领其他人马，
绕路行，不停步，急速增援。
携船只与浮桥、其他工具，
以便能不涉水跨过河面。
过河后命拆除所有浮桥：
英格兰、苏格兰背水一战。

32

里纳多首先令各路统帅，
集聚于塞纳的高高河岸，
众人都围绕在他的身旁，
相互间能听清亦能看见，
他说道："你们应举起双手，
感谢主把你们送到此间，
他意欲赐你们无上荣耀，
需诸位暂且把汗水奉献。

33

"如你们能解除巴黎之围，
俩君主[1] 可因此获得救援：
一位是你们所效忠之君，
献生命也应该保其安全；

---

[1]　指查理和随查理一同作战的英格兰国王奥托。见第 6 歌 33 节。

另一位便是那万王之王，
大皇帝把整个世界统管，
各国的国王与爵爷、骑士，
全都应从其命听他召唤。

34

"如若是能解救此座城池，
巴黎人必定会感激无限，
这不仅可解除他们痛苦，
还可使居民们消除不安；
若不然圣修女贞洁难保，
不能够实现其所许誓愿，
妻子与儿女们同处险境，
巴黎人太恐惧，饱受磨难。

35

"我想说，你们若拯救此城，
不仅是巴黎人感恩无限，
每一座城市都心存感激，
无论是在附近还是遥远；
广阔的基督教信徒世界，
都将对你们把崇敬奉献。
若你们最后能取得胜利，
法兰西与诸国共庆同欢。

36

"古时候如能够拯救一人，
便可以成英雄，佩戴桂冠，
而如今你们救芸芸众生，
难道说不应受酬谢万千？

若嫉妒与懦弱能够阻挡，
仁慈与神圣的事业实现，
我认为此城池将会失陷，
意大利、日耳曼亦遭磨难。

37

"基督曾为我们悬于木架，
现如今基督徒均难平安；
别以为你们[1]是海上强国，
而且距摩尔人十分遥远，
他们曾驶出过直布罗陀，
跨越了赫丘利柱标地边[2]，
抢夺过你们的各座岛屿，
若占领我国土[3]将更凶残。

38

"即便是无任何荣耀、利益，
促你们为此役做出贡献，
也应该承担起互助责任，
因我们为同一教会而战。
都认为你们会取得胜利，
取胜利只需要短暂激战；
我觉得他们[4]均不熟军事，
无力量，缺勇气，不善争战。"

---

[1] 指英格兰、苏格兰和爱尔兰人。

[2] 据罗马神话讲，大力神赫丘利曾在大地尽头树立了两根柱子，以标示大地的边缘，越此二柱者违反天意，必遭受严厉惩罚；人们认为赫丘利柱立于直布罗陀海峡处。

[3] 里纳多是法兰西人，他说"若占领我国土将更凶残"，意思为：占领巴黎之后，敌人将变得更加凶残。

[4] 此处的"他们"指撒拉逊人。

39

里纳多鼓士气激励众人，
吐出了响亮的铿锵之言，
诸统帅一个个摩拳擦掌，
全军都气昂昂急于参战，
就如同那一句成语所言：
疾奔的骏马儿也需加鞭。
讲完话他命令各路人马，
静悄悄按顺序行进向前。

40

基督徒静悄悄，鸦雀无声，
分三路沿大河行进向前：
泽比诺获殊荣靠河而行，
他可以对蛮人最先开战；
里纳多又命令爱尔兰军，
大迂回行进于广阔乡间；
随后命英格兰统兵公爵[1]，
率骑兵与步卒[2]行走中间。

41

各路军按指令开始行动，
近卫士[3]骑战马驰骋河沿，
他超越仁善的泽比诺公[4]，
把公爵与兵勇抛在后面。

---

[1] 指兰开斯特公爵。他是英格兰国王的侄子，英格兰援军的统帅。见第 10 歌 77 节。
[2] 指兰开斯特公爵所率领的英格兰军队。
[3] 指里纳多。
[4] 泽比诺是公爵，因而称泽比诺公。

奥兰与索柏林及其战友，

正立于西班牙营寨不远，

观望着面前的广阔原野，

却突然见敌人[1]降至眼前。

42

由"沉默"与天使安全引导，

基督军来到了巴黎城前，

有这等可靠的称职护卫，

并不须静无声、缄默不言[2]。

见敌军[3]便吹响刺耳军号，

基督徒众军士高声呐喊；

鼓噪声冲云天，震耳欲聋，

撒拉逊闻其声骨髓冰寒。

43

里纳多策战马奔跑在前，

把众人抛身后一箭之远，

挺长枪闯入到敌群之中，

迟疑者必然都被其戳穿。

就像是一旋风陡然而至，

可怖的暴风雨紧随后面，

骑士[4]驱巴雅多飞驰战马，

冲出了基督营，勇猛非凡。

---

[1]　指基督徒的军队。

[2]　由"沉默君"和大天使米迦勒这两位称职的护卫者陪伴，军队并不需要缄默不
　　　语，鸦雀无声。

[3]　指撒拉逊人的军队。

[4]　指里纳多。

44

法兰西近卫士出现面前，
摩尔人预感到面临危险：
见他们一个个手中长抢、
蹬中足、鞍上股不停抖颤。
唯国王普拉诺[1] 面不改色，
他不识里纳多勇士颜面；
驱战马奔驰着迎面而来，
未曾想将面临巨大灾难：

45

他牢牢抓握住手中长枪，
把身体紧缩成一个肉团；
双马刺扎马腹疾奔而来，
松缰绳纵战马冲锋向前。
但对手之勇猛绝非虚传，
近卫士展身手，神武不凡，
阿蒙公后代是战神之子，
战场上抖精神，十分彪悍。

46

他二人均瞄准对方头部，
相互间用全力刺向敌面，
但力量与技巧无法相比，
一躲过，另一人死于阵前。
枪上靠[2]，显优雅，无济于事，
还必须把骑士勇力展现，

---

[1] 纳萨孟人的国王。见第 14 歌 22 节。
[2] "枪靠"，见第 1 歌 61 节注。

但更需有运气佑护其身，
无机运勇力也徒劳枉然。

47

近卫士拔出了神奇长枪，
又扑向奥兰国君主身边，
那国王身不亏骨与赘肉[1]，
却缺少狮虎心、胆气、勇敢。
里纳多手中抢出神入化，
他枪刺敌盾牌，将其戳穿：
谁若是不赞美亦可原谅，
骑士枪难刺到盾牌上边[2]。

48

坚固盾并未能阻枪刺入，
尽管是棕榈骨铁皮蒙面[3]；
它难以抵挡住如此重击，
更不能免其主[4]魂飞魄散。
那战马[5]整日驮巨人在身，
现摆脱热重物压迫背肩，
它应该真心谢里纳多君，
帮助它卸下了这副重担。

---

[1] 指身材高大并且肥胖。
[2] 奥兰国王是一个巨人，里纳多的长枪很难刺到他盾牌以上的部位。
[3] 盾牌用棕榈树为骨，用铁片蒙面，十分坚固。
[4] 指奥兰国国王。
[5] 指奥兰国国王的战马。

49

枪杆断，里纳多调转马头，

马敏捷就如同翼生双肩；

他朝着人群的密集之处，

策战马凶狠狠冲击向前。

轮动起浮杯塔[1]，血光闪闪，

甲胄如脆玻璃裂成碎片；

一剑剑均劈入人的骨肉，

无锻铁能抵挡他的剁砍。

50

无盔甲和铁器如此坚硬，

能抵御这样的锋利宝剑，

剑锋裂苦栎或皮质盾牌，

及绣花棉衫和缠头锦缎[2]。

里纳多攻击者必定倒地，

或直刺或横撕或者竖砍；

他剑下任何人都难活命，

如禾苗遇风暴，野草遇镰。

51

泽比诺率前队赶到之时，

首批敌已溃败狼狈逃窜。

好骑士枪上靠，昂首挺胸，

冲锋在大队的人马之前。

他麾下众甲士紧随其后，

―――――――――

[1] 里纳多的宝剑。

[2] 利剑不仅劈碎了盾牌、盔甲，而且还劈透了盔甲里面所穿戴的绣花棉衣和缠头锦缎。

一个个极凶猛，表现不凡：
就如同一群狼或者狮子，
在一群羊身后紧紧追赶。

52

追赶到距敌军不远之处，
众人均驱战马猛冲向前，
敌我间距离已十分接近，
转瞬间敌与我混作一团。
两军间并没有形成激战，
苏格兰只一方猛杀，狠砍：
异教徒众兵勇溃不成军，
似在此仅为了引颈受斩。

53

苏格兰每个人热血沸腾，
异教徒却全都心比冰寒。
摩尔人均以为敌人个个，
都如同里纳多那般强悍。
索柏林未等待参战命令，
便率领麾下兵冲锋向前：
此一队远胜过前队人马，
其统帅艺高且十分勇敢。

54

他们是非洲的精锐之师，
尽管也不见得多么强悍。
达蒂内亦驱动他的队伍：
乌合众，装备差，不善争战；
尽管他头上顶闪亮头盔，

全身均遮盖着铁网、甲片。

我认为第四队将会更强,

伊索列紧跟在该队后面。

55

马尔的善战者特拉松公[1],

能参加此战斗心中喜欢,

他见到伊索列率领兵勇,

挥舞着枪与剑投入激战,

便放出麾下的勇猛骑士,

邀他们一同去赢取盛赞。

阿巴尼新公爵阿里奥丹,

也率领其兵将奋勇向前。

56

基督徒与蛮人[2]同击战鼓,

敌与我号角声混乱一片,

弓箭和投石器、攻城机械,

亦混杂在其间,响声不断;

天空中回荡着嘈杂之音,

还可闻怒吼及呜咽、抱怨:

如飞降尼罗水震耳欲聋,

轰隆隆,似雷鸣,巨响冲天[3]。

57

两阵营射出的密集箭雨,

---

[1]　马尔公爵叫特拉松。见第 10 歌 85 节。

[2]　指异教兵士。

[3]　如同飞降而下的尼罗河所发出的巨响一样震耳欲聋,指著名的尼罗河瀑布。

令周围广阔天一片昏暗；
呼吸与汗热气、飞扬尘土，
像浓雾腾空起，遮日，蔽天。
时而见敌溃败，时而我退，
时而见此军逃，彼军追赶；
刚杀死一敌酋未及躲闪，
便死于另一敌手中利剑。

58

一营兵因疲惫退出战斗，
另一营立刻便冲锋向前。
敌与我兵力都不断增加，
众骑士与步兵混战一团。
绿草原披上了红色披风：
战场的土地被鲜血浸染；
天蓝与黄色的花朵之上，
现如今死人马躺卧一片。

59

泽比诺立下了非凡功绩，
同龄的年轻人无人比肩：
周围的异教军被其斩杀，
纷纷都溃败逃，狼狈不堪。
勇猛者还有那阿里奥丹，
也同样表现出神勇、彪悍；
他使得纳瓦拉、卡斯提尔，
每个人都感觉心惊胆战。

60

死去的阿拉贡卡拉隆王[1]，
有两位私生子效命军前，
克林多、莫斯考[2] 欲显威风，
卡拉米[3] 随二人冲锋向前；
他三人把军旗抛在身后，
都希望争荣耀、获得桂冠，
扑向了泽比诺，欲斩其首，
击中他胯下马左右两边。

61

三支枪齐刺腹，战马跌倒，
泽比诺却双足稳稳立站；
他为了报杀马切齿仇恨，
徒步与三恶敌奋勇激战：
年轻的莫斯考骑坐马背，
因轻率先被其一剑戳穿，
这一剑正刺中他的肋部，
那恶徒被击落，狠摔地面。

62

其兄长克林多怒火填膺，
猛然朝泽比诺驱马向前，
企图令奔腾马撞翻骑士，
却被他抓辔头勒住马面，

---

[1] 据《热恋的罗兰》讲，阿拉贡国王卡拉隆被罗兰杀死。
[2] 克林多、莫斯考是阿拉贡国王卡拉隆的私生子，诗中，他们的名字在此处第一次
     出现。
[3] 卡拉米是撒拉逊的一位将领，他的名字也在此处第一次出现。

一用力那马儿跌倒在地，
再不能食草料重新立站：
泽比诺用足了十分力气，
那战马与主人同死阵前。

63

卡拉米见此人这般凶猛，
勒缰绳，调马头，急忙逃窜；
泽比诺在身后猛劈一剑，
厉声喝："奸诈徒，你且停站！"
这一剑未击中应击之处，
然而距应击点偏差不远；
未劈斩马上人，坐骑遭殃，
其臀部挨一剑倒于地面。

64

卡米拉弃战马，匍匐逃命，
他刚刚爬行了没有多远；
特拉松公爵爷恰恰赶到，
奔腾的战马蹄将其踏践。
鲁卡尼与其兄阿里奥丹，
亦冲入敌群中展开混战；
众骑士和爵爷都来相助，
希望令泽比诺重跨马鞍。

65

挥舞着手中剑阿里奥丹，
阿塔里、马甲诺抵挡艰难；

埃泰克、卡斯米[1]更难应对，
均感觉那只手力量非凡：
前两人身负伤逃遁而去，
后两人丧性命躺倒地面。
鲁卡尼亦使出浑身解数，
狠劈刺，猛冲撞，将敌砍翻。

66

恩主啊，别以为旷野之战，
其惨烈比不上大河岸边，
公爵爷[2]统帅的英格兰军，
怎么肯在后面却步不前。
他攻击西班牙各路军营，
其战况也如同顺风扬帆；
统兵帅、众骑士、步卒兵勇，
均擅长杀敌寇，勇猛，彪悍。

67

奥拉多[3]率领着格洛斯特，
约克公费拉蒙紧随后面，
里卡多伯爵爷威风凛凛，
克莱尔公爵爷英雄虎胆。
马塔里与佛力、巴里孔多，
各自率本队的兵勇迎战；
阿梅利、马略卡、格拉纳达，

---

[1] 阿塔里、马甲诺、埃泰克、卡斯米是撒拉逊的四员战将，他们的名字也只在此处
　　出现过一次。
[2] 指兰开斯特公爵，他是英格兰军队的统帅。见本歌 40 节。
[3] 格洛斯特的奥拉多。格洛斯特是英格兰西南区域的城市。

由他们三个人统领向前。

68

敌与我斗多时不分胜负，
好一场激烈的殊死恶战。
敌我势如微风吹动禾苗，
我若退，他必进，他遁我赶，
又如同海之水冲击岸边，
忽而进，忽而退，重复往返。
就好像命运要开个玩笑，
最后把摩尔人抛弃一边。

69

奥拉多公爵爷施展虎威，
瞬间把马塔里击落马鞍；
费拉蒙亦打翻敌将佛力，
击中了马西略私子右肩：
这两位异教徒均成俘虏，
被英人[1] 捆缚于两军阵前。
克莱尔公爵斩巴里孔多，
也同样把神武、威风展现。

70

因得胜基督徒士气高涨，
异教徒却个个心惊胆战，
众敌寇均被迫退下阵去，
都纷纷离战场，四处逃窜；

---

[1] 英格兰人。

我兵士却向前英勇冲击，
在后面快步奔，奋力追赶。
如若是无人来将敌援助，
其阵地必然会彻底沦陷。

71

费拉乌至此时尚未出阵，
一直在马西略国王身边；
他见到那一营败阵而逃，
全军已被击溃，损失过半，
便驱马闯入了战场之中，
冲向了激战处，势如闪电，
见塞拉奥林匹[1]头被劈裂，
从战马跌下来，摔倒地面。

72

那是位美少年，面目和善，
如果有齐特拉[2]演奏陪伴，
他美妙之歌声动人心弦，
闻其音铁石心亦能变软；
法兰西年轻轻丧失性命，
全因为他来此效命军前，
假若他能仇恨盾箭刀枪，
其荣耀早足以令他美满[3]！

---

[1]　奥林匹是塞拉军的统领。塞拉是西班牙东部的沿海城市。
[2]　齐特拉琴，西方古代的一种乐器。
[3]　他用歌唱所获得的荣耀早足以令他生活得美满。

73

费拉乌对少年十分欣赏，

当见到他被杀跌下马鞍，

其心中忍受的剧烈痛苦，

远超过见其他死者万千。

他举剑劈向那杀人凶手，

剑锋把护头盔斩成两半，

裂前额与双眼、面颊、胸膛，

被劈者立即便死于地面。

74

随后便抡利剑继续追杀，

盔与甲均被其撕成碎片，

或劈面，或断喉，剑剑见血，

或斩头，或者把臂膀砍断；

一个个血流尽，灵魂出窍，

稳定了异教军阵营局面；

可悲的基督徒吓破苦胆，

乱哄哄，无秩序，四处逃窜。

75

非洲王亦投入激烈战斗，

东面杀，西面闯，威风施展；

法鲁蓝、葡卢晓、巴里卫佐、

索利丹、班比拉紧随后面。

许多的无名氏血流成河，

那一天死亡者成千上万，

其数量实在多，无法查清，

如秋风吹过后难数叶片。

76

非洲王调大批攻城人马，
弃城墙，下原野，回军增援；
费赞王领命后立即率兵，
向营寨之后方急速驰援；
爱尔兰大军已辗转迂回，
飞一般来到了营寨后面，
他必须抵抗住猛烈攻击，
以避免各营寨被其攻占。

77

费赞王之行动十分迅速，
为形势不恶化怎可迟延。
非洲王集结起各路人马，
命他们尽全力冲锋向前。
他觉得河岸处更需亲至，
便策马登上了塞纳河沿：
索柏林遣来了一位使者，
求国王派救兵，刻不容缓。

78

王立刻率领着半数人马，
急匆匆随使者前去救援，
声势令苏格兰惊恐万分，
弃阵地与荣耀四处逃窜。
泽比诺、鲁卡尼、阿里奥丹，
皆只身迎敌寇，不惧危险；
泽比诺无战马，身处险境，
里纳多将其险及时发现。

79

近卫士在别处奋勇砍杀，

百队敌已被他追赶、驱散。

泽比诺面临着巨大危险，

此消息传到了他的耳边；

他听说泽比诺只身一人，

被弃于非洲人万军之间，

调头朝苏格兰溃军奔去，

突然间闯到了恶敌面前。

80

他见到苏格兰士兵逃窜，

厉喝道："尔等要奔向哪边？

为什么你们会如此懦弱，

见鼠辈弃阵地，胆战心寒？

我认为他们是一堆僵尸，

可用来把你们教堂装点。

若抛弃你们的国王之子[1]，

怎获取荣誉和赢得颂赞？"

81

他见到阿瓦拉葡卢晓王，

在前面距离他并不很远，

从一位侍从手取过长枪，

扑过去便将其挑下马鞍。

又杀死班比拉、阿里卡王，

重伤了索林丹、战将数员；

---

[1]　指泽比诺，他是苏格兰王子。

如若是长枪杆坚固不断，
更多人必然会被其戳穿。

82

只因为长枪杆折成数段，
欲攻击赛潘廷，骑士拔剑，
异教徒身上甲虽具魔力，
但重击仍令其跌下马鞍。
就这样苏格兰公爵[1] 周围，
被清出宽敞的空地一片：
可从容选一匹无人战马，
跃上鞍驰骋于两军阵前。

83

他及时跨上了一匹战马，
再晚些，机遇失，难上马鞍：
非洲王、达蒂内同时赶到，
索柏林、巴拉斯也至身边。
但此时泽比诺稳骑马背，
挥舞着手中剑奔驰向前，
把此人或彼人送入地狱，
将最新之消息带往冥间[2]。

84

好骑士里纳多英勇善战，
一心把最凶敌击落马鞍，
他觉得非洲王十分勇猛，

---

[1]　指泽比诺，他是苏格兰公爵。
[2]　被杀死的人把最新的人间消息带往地狱。

便朝着该恶徒[1]举起宝剑；

非洲王真彪悍，以一当千，

骑士驱巴雅多猛冲向前：

这一冲极迅猛，剑锋劈下，

非洲王被击中，人仰马翻。

85

两军都充满了仇恨、愤怒，

厮杀于城池外，天昏地暗，

罗多蒙在城内屠戮民众，

把住房与圣庙用火点燃。

查理在另一处不停忙碌，

忙何事，未曾见，未闻半点[2]：

他调集阿里曼[3]、奥多两军，

派他们去城东实施增援。

86

跑过来一侍从，面色苍白，

喘吁吁，其呼吸十分困难。

"我的天，我的天！"不断重复，

好一会才开始张口吐言：

"今日里罗马国[4]将被埋葬，

基督把众信徒抛弃一边；

今日里从天上降下魔鬼，

---

[1] 指非洲王阿格拉曼。

[2] 只知道查理在忙碌，但没有听说他具体忙碌什么，也没有亲眼见到，因而这里也就不表了。

[3] 此处第一次出现。

[4] 指神圣罗马帝国。

此城中已难以再有平安。

87

"是撒旦（决不会另有他人），
令不幸巴黎城生灵涂炭。
您看那贪婪的炽热烈火，
喷出来一团团浓浓黑烟；
您再听那哭声冲向天空，
请相信您奴仆所说之言。
他一人用剑、火毁灭巴黎，
逼居民都逃离美丽家园。"

88

就好像刚听见嘈杂之音，
又听到圣钟声紧敲不断，
还看见燃烧起熊熊大火，
似烈焰灼烧在自己身边；
查理王闻侍从报告恶讯，
又亲眼认出了来者颜面，
便竖耳仔细听城中混乱，
闻善良众臣民哭喊连天。

89

急召唤一大群勇猛骑士，
查理王亲统帅，快马加鞭，
其旌旗指向那城中广场，
异教徒[1]在那里正逞凶顽。

---

[1]　指罗多蒙。

闻嘈杂又见到可怖场面，
人肢体被残忍抛弃路边。
谁若想继续听美妙故事，
下文中我再来细细道全。

第 17 歌

查理帝率众勇亲斗恶徒　　为救妻痴心王洞中受难
格力风一人战八员虎将　　马塔诺盗甲胄编织谎言

查理率众骑士救援处于危难之中的民众，他身先士卒，冲向罗多蒙；众骑士也随其围攻恶徒。

格力风在大马士革城遇见前来参加比武大会的欧丽吉及其奸夫马塔诺。晚宴上，一位当地骑士讲述了举办比武会的缘由：叙利亚国王与爱妻曾被恶魔囚禁于山洞四个月，经过百般周折才摆脱灾难，因而每年四月举办比武大会作为纪念。

格力风下校场连败八员猛将，无人可抵；马塔诺在校场上的拙劣表现令他羞愧，因而未领奖品便离去。趁格力风熟睡，马塔诺盗穿其盔甲和战袍，以便欺世盗名。格力风醒来后只得披挂马塔诺的盔甲，因而众人认为他是懦夫，侮辱他，并将其捆缚，准备第二天游街示众，然后押送出境。

1

我们的罪孽若超过极限，
必定受正义神严厉惩办，
上天主施怜悯亦示正义，
却常把王权交暴君掌管；
赐他们作恶的力量、智慧，
使恶魔逞凶狂十分凶残；

因而让两尼禄[1]、马略[2]、苏拉[3]，

狡诈的盖乌斯[4]降临世间；

2

图密善[5]、安东尼[6]登上帝位；

马克西米努斯[7]蛮人掌权，

脱肮脏平民位成为皇帝；

底比斯克瑞翁[8]施暴在前[9]；

并指定梅震佐[10]统治切尔[11]，

所管辖领土被鲜血浸染；

令匈人[12]、伦巴第[13]、哥特铁骑，

践踏了意大利美丽家园。

---

[1] 指古罗马残暴的皇帝提比略和尼禄。提比略的全名是提比略·克劳狄乌斯·尼禄，因而此处称"两尼禄"。

[2] 马略是古罗马共和国晚期的统帅、政治家。曾大批屠杀政治对手苏拉的追随者。

[3] 苏拉是古罗马共和国晚期的统帅、政治家、独裁者，曾为彻底肃清马略派颁布《公敌宣言》，残杀政敌。

[4] 指盖乌斯·卡里古拉，他是罗马帝国第三任皇帝，被认为是罗马帝国早期的典型暴君。他建立恐怖统治，神化王权，行事荒唐。公元 41 年，盖乌斯·卡里古拉被近卫军刺杀身亡。

[5] 图密善是罗马帝国皇帝，公元 81 年继位，生性残暴，后被暗杀。

[6] 指古罗马皇帝马可·奥勒留，他于 161—180 年在位；其全名为马可·奥勒留·安东尼·奥古斯都，因而此处称其为"安东尼"。

[7] 公元 235—238 年为罗马帝国皇帝，全名盖乌斯·尤里乌斯·维卢斯·马克西米努斯，他是第一位出身蛮族的罗马皇帝；诗人认为他出身低贱，因此说他是"脱肮脏平民位成为皇帝"。

[8] 克瑞翁是古希腊神话中底比斯王。

[9] 克瑞翁是古希腊神话中的人物，生活在罗马人之前，因而此处说他"施暴在前"。

[10] 《埃涅阿斯纪》中的人物，是埃特鲁斯人切尔部落的王，十分残暴，曾下令将活人与死人捆绑在一起，使其活活吓死。

[11] 埃特鲁斯人的一个部落。

[12] 匈人即匈奴人。是古代生活在欧亚大陆的一个游牧民族，公元 4 世纪西迁到了欧洲东部，并入侵东、西罗马帝国。

[13] 欧洲北方一个蛮族，中世纪早期南下意大利，占领了大部分意大利领土，成为意大利北方的统治者，后来被法兰克人所灭。

3

还有那艾泽林[1]、阿提拉王[2]，

及其他残暴者何止百千？

长时期行走于歧途之上，

主最终把他们投入苦难。

不仅在古代有此类例子，

今日里亦经常可以看见，

主派来疯狂的一群恶狼，

将卑贱懦弱羊监护，看管：

4

饥饿狼能吞下大量肉食，

凶残兽从来都贪得无厌；

它们从山那边森林之中，

唤来的其他狼更加贪婪[3]。

坎尼[4]与特雷比[5]、特拉西梅[6]，

未埋葬之尸骨难比今天，

---

[1] 指艾泽林三世，他曾经是意大利东北部许多城市的统治者，如：维罗纳、维琴察、帕多瓦。他十分残暴，人送绰号"魔鬼之子"。见第 3 歌 33 节。

[2] 阿提拉是古代匈人最伟大的领袖和皇帝，西方史学家称其为"上帝之鞭"，他曾多次率领大军入侵罗马帝国，并给予帝国极大的打击。

[3] 指从阿尔卑斯山脉以北，即法兰西或日耳曼，尤其指法兰西。

[4] 坎尼是古代意大利东南部阿普利亚地区的一个村镇。公元前 216 年，在坎尼地区，罗马人与汉尼拔率领的迦太基军队展开激战，罗马人遭受惨败。

[5] 特雷比（另译：特雷比亚）是位于意大利北部的一条河。公元前 218 年冬，汉尼拔为首的迦太基军队和罗马军队在特雷比河附近展开了第二次布匿战争中的第一场大型战役，罗马军队遭受了巨大损失。

[6] 特兰西梅（另译：特拉西梅诺）是意大利中部的一个湖泊。第二次布匿战争中，迦太基统帅汉尼拔在该湖附近取得了重大胜利，全歼罗马三万主力军团。

阿达河[1] 与梅腊[2]、龙科[3]、塔拉[4]，

尸骨更遍布于两岸田园。

5

上帝令其他族惩罚我们，

他们更比我们邪恶冥顽，

也犯下无尽的滔天大罪，

历历罪皆十分无耻，凶残。

如若是他们比我们更恶，

我们也将洗劫他们海岸，

到那时他们已恶贯满盈，

会点燃永恒善[5] 愤怒火焰。

6

他们的滔天罪触怒上帝，

使我主慈祥面显露怒焰，

令摩尔侵犯了他们疆土，

施杀戮与抢掠、凌辱、强奸：

疯狂的罗多蒙欠下血债，

主必然会令他双倍偿还。

查理王听到其疯狂之举，

便奔来将恶徒严加惩办。

---

[1]　指阿尼亚德洛战役。阿尼亚德洛是意大利北部的一个城镇，位于阿达河畔。1504
年，在那里威尼斯人与法国人展开了一场激烈的战斗。

[2]　指布雷西亚战役。梅腊是意大利北部的一条小河，位于布雷西亚附近。1512 年
在那里展开了一场激烈的战斗，后来取胜的法国军队洗劫了布雷西亚城。

[3]　指拉文纳战役。龙科是意大利北部的一条小河，位于拉文纳附近，1512 年在那
里有一场激烈的战斗。

[4]　指福尔诺沃战役。塔拉是意大利北部的一条小河，波河的支流，穿过福尔诺沃小
镇；1495 年法兰西国王查理八世在那里取得了福尔诺沃战役的胜利。

[5]　指上帝。

7

一路见众臣民遭受杀戮，
庙宇与宫殿都冒着火焰，
大片的巴黎城已被摧毁，
其惨状此之前从未曾见。
"哪里逃？你们被吓破苦胆？
没见到巴黎城如此悲惨？
若你们弃家园，表现懦弱，
还能够到何处躲避灾难？

8

"仅仅有一敌酋被关城中，
他已被高高的城墙围圈。
难道说城中人全被杀死？
难道说他欲逃你们不拦？"
查理王怎可忍如此大辱，
此番话显露其心中怒焰。
他来到高大的皇宫前面，
见恶徒在杀人仍逞凶顽。

9

那里有一大群乌合之众，
躲入宫希望能获得救援；
宫殿的四墙壁十分坚固，
有储备可长期抵御侵犯。
傲慢的罗多蒙疯狂至极，
他一人把广场全部侵占，
一只手舞利剑，目中无人，
另一手向四处抛掷火焰。

10

他用力敲打着皇宫大门，
高高的皇家屋响声冲天。
乌合众从高墙抛下城垛[1]，
他们已受惊吓魂飞魄散。
没人怕拆毁那皇宫屋顶，
木头与石块都飞向下面，
有石板与圆柱、镀金房梁，
抛下的全都是父辈血汗。

11

异教王[2]身披着精铁甲胄，
宫门前闪闪亮，十分耀眼，
似龙蛇走出了漆黑洞穴，
脱掉了身上的老旧鳞片，
新鳞甲令龙蛇高昂其首，
自觉得获新生无比强健：
抖动着三舌信[3]，眼中喷火，
所到处百兽必退让一边。

12

弓与弩、石与梁、城墙之垛，
难击倒撒拉逊如此强汉，
他仍然猛击打宫殿大门，
手不停挥舞着嗜血利剑；
砍出了好一个窗口大洞，

---

[1] 欧洲古代的皇宫为城堡式建筑，因而房顶上设有城垛。
[2] 指罗多蒙，他是非洲撒扎国国王。
[3] 三根蛇信。

内与外相互间清晰可见，
避难人一个个面带死色，
乱哄哄挤满了危机宫殿。

13

听到那高高的房顶、屋檐，
传来了女子的哭泣、叫喊：
悲伤的妇人们捶胸，顿足，
面苍白，奔跑着，痛苦不堪；
平时把门与床留给他人[1]，
今日却围绕其团团打转。
查理王及时救城中民众，
众多的勇骑士跟随身边。

14

勇骑士曾多次解王之难，
查理王对他们开口吐言：
"阿斯普罗蒙特[2] 苦战敌王[3]，
难道说你们未护我身边？
特罗扬、阿蒙特与他[4] 同死，
你们杀贼敌寇何止万千，
难道说现如今你们力衰，

---

[1] 诗人风趣地说：女人们平时不守妇道，把婚床留给其他男人，焦急地等着他们开门；而今天却在屋中门前和婚床前团团打转，不知所措。

[2] 阿斯普罗蒙特山位于意大利南部墨西拿海峡附近，属于亚平宁山脉的一部分。在那里，罗兰杀死了非洲王阿格拉曼的叔父阿蒙特。

[3] "敌王"指老非洲王阿高兰，他是特罗扬和阿蒙特的父亲，阿格拉曼王的祖父。据法兰西史诗《阿斯普罗蒙特之歌》(Chanson d'Aspremont) 讲，查理曾在阿斯普罗蒙特大败非洲王阿高兰。

[4] 指阿高兰。

会惧怕疯恶魔实施凶残？

15

"难道说今日里我应见到，
你们已无从前那般强悍？
显示出你们的勇猛气概，
不要让此逆贼再逞凶顽！
高尚心不惧怕面对死亡，
早或晚人都要离弃世间。
你们在我便无任何担忧，
因你们每次都伴我凯旋。"

16

说完话便朝着撒拉逊人，
驱战马，冲过去，挺直枪尖。
武杰罗骑士亦猛然冲出，
纳莫[1] 与奥利维[2] 怎肯怠慢，
阿维诺和阿沃、贝兰、奥童，
四兄弟也一同跃马向前：
齐向那罗多蒙冲杀过去，
枪刺其两肋与胸膛、脸面。

17

撒拉逊猛汉事讲述已多，
他强悍而且还十分凶残；
恩主啊，怒与死暂且搁放，
我以后再叙说为时不晚；

---

[1]　拜恩公爵。见第 1 歌 8 节，第 15 歌 8 节。
[2]　十二近卫士之一，格力风和阿奎兰的父亲。见第 1 歌 67 节。

现应该回到那中止之处：
格力风来到了城门之前[1]，
遇到了欧丽吉及其奸夫，
谎称是亲兄弟，她真阴险。

18

人们称辉煌城大马士革，
是东方最富有美丽家园，
人口也十分多，熙熙攘攘，
从圣城[2]到那里需要七天；
它位于富饶的一片平原，
冬与夏均令人心怡情欢。
在那里日初生黎明时分，
便映出附近的一座小山。

19

两条河清漪澜如同水晶，
把该城之土地滋润，浇灌，
城中有无数的美丽花园，
绿成荫，花似锦，四季美艳。
人们说那里有许多作坊，
加工的芳香水令人喜欢；
从街上走过者便可闻到，
香气出房舍门，四处飘散。

20

主干路铺满了锦绣地毯，

---

[1]　为寻找情敌，格力风来到大马士革城门前。
[2]　指耶路撒冷。格力风从那里出发来到大马士革。

其颜色极鲜艳，五彩斑斓；
土地上覆盖着芳香花草，
墙壁被茂密的枝叶遮掩。
门与窗细装点，十分华丽，
细呢绒、美锦缎垂挂上面，
女人们巧打扮，十分俊俏，
戴珠宝，穿绣裙，无比娇艳。

21

透过门可看见许多屋内，
正莺歌与燕舞，尽情狂欢；
街道上城中的富足之人，
遛骏马，弄辔鞍，十分悠闲；
城主与显贵们所居宫殿，
若参观更令人眼花缭乱，
印度与非洲海耀眼珍珠，
黄金饰与宝石随处可见。

22

格力风与陪伴[1]进入城中，
左瞧瞧，右望望，尽情观看，
一骑士在路上拦住众人[2]，
引他们入家门方下马鞍；
当地的风俗好，骑士有礼，
使来客未感觉丝毫不便。
请他们先沐浴，洗净风尘，
然后又奉献出热情盛宴。

---

[1]　指欧丽吉及其奸夫和侍从。
[2]　指格力风、欧丽吉等人。

23

主人讲：诺兰丁叙利亚王，
掌管着此城的统治大权，
他邀请本国与过路骑士，
来此处显神武展示彪悍。
翌日晨将举行比武大会，
城中的广场是比武地点；
格里风若真正武艺高强，
便应该把本事当众展现。

24

格力风并不是为此而来，
但骑士须随时表现勇敢，
他因此接受了热情邀请：
好机会岂能够错失眼前。
他询问比武会举办原因，
是否是每年有，例行多年，
或者是国王想检验骑士，
才决定要举办此次盛典。

25

骑士答："每年的四月份举行比武，
今年是头一次隆重举办，
在此前从没有这种经历，
以后将年年办比武盛典。
我王曾四个月痛苦哭泣，
他当时距死亡已经不远，
那一日好机运将其解救，
保住了项上头理应纪念。

26

"我现在就对您细细道来：
塞浦路斯公主美貌非凡，
其他的佳丽都难入王心，
因王恋此美人已经多年；
他终于可迎娶公主为妻，
便陪同她一起回归家园，
踏上来叙利亚艰难路程，
身边有骑士与侍女陪伴。

27

"离开喀帕苏斯[1] 危险海港[2]，
我们便鼓足帆顺风行船，
突然间卷起了残忍风暴，
老船长亦失措，惊恐不安。
船儿在惊涛中随波逐流，
它整整漂行了三夜三天。
当我们力竭时终于登陆，
那是片庇荫丘翠绿海岸。

28

"我们在树木间打下木桩，
支帐篷，拉帷幕，心中喜欢。
把餐桌立在了地毯之上，
点燃火，架起锅，开始造饭。
此时间我王进附近山谷，
欲入林捕猎物作为美餐，

---

[1] 喀帕苏斯是希腊东南部爱琴海的岛屿，为十二群岛中第二大岛。
[2] 具有潜在危险的海港。因为从该海港出发后诺兰丁国王等人便陷入了灾难。

看能否猎杀到山羊、野鹿，
二侍从携弓箭随其身边。

29

"其他人闲无事，耐心等待，
盼国王携猎物林中归返，
却突然见一个食人魔怪，
沿海岸朝我们奔跑向前。
骑士爷，我恳求天主保佑，
切莫让你们见那张恶脸，
最好是只听听他的名字，
千万别去那个魔怪身边。

30

"他巨大之身材无法测量，
其身高有几何欲知亦难。
额头下两菇色骷髅头骨[1]，
镶嵌在眼窝中不见光线。
沿海岸向我们奔跑而来，
就好像移动的一座小山。
似野猪呲獠牙，十分凶恶，
鼻子长，脏口水流淌胸前。

31

"长猪嘴就如同猎狗寻物，
沿踪迹探索着奔跑向前。
看见他我们都面色灰白，

---

[1]　指魔怪的眼珠。

受惊吓，没了魂，四处逃窜。
寻物时那魔怪只靠嗅觉，
比其他有眼者更加困难，
见到他是瞎子我心略安：
但逃脱仍需要翼生双肩。

32

"奔到这（儿），跑到那（儿），均难脱身，
那怪物速度如旋风一般。
四十个侍从仅十人逃遁，
跳入海，拼命游，爬上帆船。
魔怪把被捉者夹在腋下，
胸前亦拥数人，并不空闲；
他身挎大行囊如同牧人，
行囊内人熙攘乱成一团。

33

"瞎魔怪把我们带入洞穴，
洞穴在海边的岩石下面。
该岩石呈白色，十分洁净，
就如同未书写白纸一片。
岩洞中一贵妇与魔同住，
看上去其哀痛不同一般；
有妇人与少女，美丑不一，
将这位贵妇人侍奉，陪伴。

34

"魔怪所居住的洞穴附近，
几乎在岩石的脊背顶端，
还有座大岩洞，十分宽敞，

那里是魔怪的一座羊圈。
羊数量非常多，无法数清，
冬与夏魔怪均牧羊不倦。
放与圈全依照时机而定，
牧羊人不为利只因喜欢。

35

"那魔怪更喜欢食用人肉，
一入洞便把那嗜好表现；
我们的三青年先被吃掉，
或者说被魔怪生吞活咽。
他走近羊圈门挪开巨石，
逐羊群把我们关在里面。
驱赶着那群羊前去放牧，
吹响的风笛声回荡山间。

36

"这时候我国王返回海边，
四周围静悄悄，一人不见，
大小的帐篷中空空如也
才明白可能是发生灾难。
他不知是何人盗走一切，
怀一颗恐惧心来到海滩，
见他的水手们正在起锚，
急忙忙拉桅索升起风帆。

37

"水手们见国王立于海岸，
便派出小舢板接其上船。
诺兰丁没及时得到消息，

不知道魔怪已抢走家眷；
此时他做决定毫不犹豫：
寻恶魔，哪怕是入地上天。
卢齐娜[1] 被劫持，痛心疾首，
若不能救回她绝不生还。

38

"海滩上可见到新鲜足迹，
沿足迹我国王急追向前，
爱之火推动他一刻不停，
来到了说过的洞穴前面。
在洞中等恶魔，十分恐惧，
我们都一个个心惊胆战，
每听到有声音便会感觉，
饿魔鬼又回来吞食美餐。

39

"此时刻机运神陪伴我王，
魔之妻在家中，怪物未还。
见到他[2]，魔妻喊：'快快逃走！
如被魔捉住了你才悲惨！'
他答道：'捉不捉，死不死，我有何惧，
再悲惨也不能离开此间。
我主动来到此并非走错，
情愿被杀死在我妻身边。'

---

[1]　被掠走的王后。
[2]　指国王。

40

"我国王随后便向她询问，
被捉者现怎样？何处被关？
特别是卢齐娜他的美妻，
是否仍被关押，或者归天。
那女子安慰他，十分仁善，
告诉他卢齐娜活在人间，
她一定不会死，毫无疑问，
因恶魔从不把女人吞咽。

41

"'我本人便可以作为佐证，
陪伴我之女子全都安全：
只要是我们不试图逃走，
那魔怪对女人并不凶残。
谁若是想逃跑必受严惩，
从他那（儿）再不能获得宁安，
被活埋也可能被拴锁链，
还或许被扒光独弃沙滩。

42

"'今日里他捉来你的随从，
尚没有区分开女子、儿男；
混乱将被捉者堆放一处，
囚禁于上面的岩洞里面。
他能够用鼻子区分性别，
女人们不必怕丧命此间：
他每日吞男子四至六人，
男人们之死亡难以避免。

43

"'怎样救你妻子我无建议，

你应该对现状心足意满，

她生命并没有受到威胁，

将在此与我们同样安全。

天保佑，你快走，快快逃遁，

趁魔怪还没有把你发现。

他很快便回来四处嗅闻，

一老鼠来家中也能明辨。'

44

"王回答：若事先不见爱妻，

决不会远离开此座巨岩；

他不想在远处苟且偷生，

而宁愿被杀于妻子身边。

女子见言语难打动其心，

不能令痴心人改变意愿，

便努力想办法，绞尽脑汁，

为帮助我国王重新谋算。

45

"魔杀死许多的母羊、公羊，

把它们全挂在岩洞里面，

供他和女子们日常食用，

从洞顶垂挂下羊皮面面。

贵妇人让王在羊肠之处，

取下来羊脂肪好大一团，

从头顶直抹到两足之处，

把国王之气味尽力遮掩。

46

"王全身散发着羊脂气味，
每一刻浓重的膻臭熏天，
妇人扯一羊皮，命其披上，
把国王全身都裹在里面。
王藏身奇怪的服装之下，
女子牵'大山羊'四处兜圈，
来到了囚王妻那座山洞，
该洞口堵一块沉重石岩。

47

"诺兰丁遵从那妇人嘱咐，
等待在岩顶的山洞门前，
他要见瞎魔怪赶羊回来，
就这样期盼着直到黑天。
夜幕降，他闻听风笛之声，
那笛声邀羊群返回家园，
命它们快离开湿嫩草场，
凶狠的牧羊人紧随后面。

48

"你们想，当听到魔怪返回，
又看见他那张可怕嘴脸，
一步步走近了岩洞门口，
我国王会不会心肝抖颤；
但爱情之力量战胜恐惧：
是真爱是假爱，人心可见。
怪走来，挪岩石，打开洞门：
诺兰丁随羊群混入洞间。

49

"羊入洞，怪关上身后之门，

随后便来到了我们身边，

用鼻子把众人仔细嗅闻，

选出了两个人作为晚餐。

一想起魔怪的可怕獠牙，

我仍然会抖颤，浑身冒汗。

怪离去，王脱下羊皮外衣，

把心爱美女子拥抱胸前。

50

"美公主见国王本应高兴，

然而她痛苦心却如油煎：

王来此只能够白白送死，

并不能帮助她摆脱灾难。

'国王啊，今魔怪掠我之时，

你不在，此事他并未发现，

虽然我承受着许多痛苦，

却为此略感觉一丝宁安。

51

"'尽管是我现在即将死去，

这令我极痛苦浑身抖颤，

我自然会觉得十分哀伤，

却只因我个人命运悲惨；

但现在你迟早也要丧命，

你的死更令我心碎肠断。'

美女子为国王万分悲痛，

远胜过她自己遭受磨难。

52

"王答道：'是希望令我来此，
对你与众随从实施救援；
如不能救你们，我宁愿死，
没有你我生命一片黑暗。
如若是你们也和我一样，
浑身是膻臭味（儿）并不心烦，
我便可带你们脱离地狱，
能进入也必能走出深渊。'

53

"他传授魔妻的巧妙诈术，
教我们把魔怪嗅觉欺骗；
我们应也穿上羊皮外衣，
出洞前不可被魔怪发现。
每个人都被王话语说服，
无论是弱女子还是儿男，
杀死了许多的年长老羊，
因它们比幼羊更加腥膻。

54

"我们在羊肠处取得脂肪，
用它把全身都涂了一遍，
再披上恶心的腥膻羊皮，
此时刻日复出金色客栈[1]。
太阳公射出了第一缕光，

---

[1] 天又亮了。

放牧人^[1] 又来到山洞门前^[2]；
为召唤他的羊走出山洞，
吹起了响亮的空心木管^[3]。

55

"一只手拦在了山洞门口，
防我们逃出洞混于羊间：
出洞时若感觉身有羊毛，
便自然放我们走出羊圈。
众男女身披着多毛皮衣，
就这样来到了山洞外面；
那魔怪并没有察觉有异，
一直到卢齐娜来到门前。

56

"恐惧的卢齐娜或许因为，
不愿意多涂脂，恶其腥膻，
或许因其动作慢而温柔，
有异于众羊儿行走向前；
也可能当魔怪触其臀部，
因恐惧她惊叫不同一般；
还或许魔觉她长发飘洒，
实难说她为何被魔发现。

57

"我们都专心于自己混出，

---

[1]　指魔怪。
[2]　指囚禁国王与众人的山洞。
[3]　指风笛。

并无意把他人情况观看。
闻惊叫我转身看那魔怪，
他已经撕下了王妻皮衫，
又把她扔回到山洞之中；
我们却躲藏在羊皮下面，
随羊群被魔怪赶去放牧，
来到了绿山冈美丽草原。

58

"我们都等待到大鼻魔怪，
睡卧于树林中阴影之间；
有的人奔海边，有人上山，
只有王诺兰丁不肯逃难。
他要随那羊群返回山洞：
对妻的忠诚爱根扎心田，
若不能解救出心爱女子，
他至死也不会离开此间。

59

"当国王逃出那山洞之时，
见爱妻又被魔抛回洞间，
心痛碎，头晕眩，宁愿死去，
他本能欲返回做魔美餐[1]；
转过身向恶魔奔跑而去，
已经与碾碎机[2]相距不远；
是希望将国王留在羊群：
他期待再救妻逃离羊圈。

---

[1] 他本能地要返回山洞。
[2] 指魔怪，因魔怪吃人时嘴像碾碎机一样。

60

"天色晚，魔怪赶羊群回洞，

发觉了我们已逃离羊圈，

知道了他已经没有晚餐，

便认为卢齐娜是个罪犯，

判罚她永远被铁链捆锁，

置她于那一座石岩顶端。

见妻因他之过遭受痛苦，

王心碎，生命却不能了断[1]。

61

"晨与昏不幸的恋爱之人[2]，

去牧场，回羊圈，均见妻面，

他必须隐藏在羊群之中，

见爱妻哭泣着忍受苦难。

悲伤妻面呈现哀求之情，

暗示他千万别留在此间：

他不能给予妻任何帮助，

在这里却要冒生命危险。

62

"魔之妻也请王快快离去，

但规劝爱恋者实在困难；

不携妻他拒绝离开那里，

国王的意志已越来越坚。

怜悯神与爱神将其束缚，

令我王来接受如此考验，

---

[1] 国王不能死，因为他还希望解救爱妻。

[2] 指国王。

一直到阿格里汗王之子[1]、
赛里斯国之主[2] 偶至岩前。

63

"他二人解救了我王之妻,
表现出勇骑士英雄虎胆;
尽管是靠运气而非智慧[3],
却能把卢齐娜带离海滩;
将公主交还给他的父王,
这一切发生在清晨时间,
那时候诺兰丁正由羊群,
陪伴着被囚于岩洞里面。

64

"天亮时那魔怪打开羊圈,
王才知爱妻已离开石岩。
魔怪妻后来对国王讲述,
他爱妻是如何逃出苦难。
王谢主令爱妻脱离绝境,
并虔诚向上主许下誓愿,
祈求主能让她获得救助,
用武力或者用祈祷、金钱。

65

"我国王随羊群愉快离去,
来到了绿色的牧场上面;

---

[1] 指鞑靼汗王阿格里之子蛮力卡。见第 14 歌 30 节。

[2] 指勇猛的格拉达索,他是赛里斯国王。见第 2 歌 45 节。

[3] 据《热恋的罗兰》讲,食人魔怪追赶蛮力卡时跌入了一个深坑。

等待到那魔怪前去睡觉，

躺倒在草地上树荫之间。

王逃离，行走了一天一夜，

不可能再被捉，其心方安；

阿达纳[1]登上船，海上航行，

三月前返回了久别家园。

66

"罗得岛[2]、土耳其、塞浦路斯，

埃及与非洲地命人找遍，

我王寻卢齐娜美丽爱妻，

两天前才知她所在地点。

国王于岳父处获得消息：

卢齐娜登上了逆风帆船，

数日后才赶到尼科西亚[3]

现住在其娘家，非常安全。

67

"听到了好消息十分快乐，

我国王要举行隆重盛典；

他希望每一年四月之时，

都举办比武会庆祝一番：

王混在羊群中，身披毛皮，

整度过四个月漫长时间，

他应该永记住脱难之日，

重要的纪念日就是明天。

---

[1] 位于土耳其的东南海岸。

[2] 希腊的一座岛屿。

[3] 尼科西亚是塞浦路斯的首都，也是塞浦路斯岛上最大的城市。

68

"当事人[1]亲口讲这段故事，
一部分还是我亲眼所见；
我国王受苦难足足数月，
一直到将悲哀转为笑颜。
如若是您听到其他说法，
可告诉讲述者那是讹传。"
就这样格力风听完讲解，
此城的比武会真实根源。

69

骑士们听主人讲述故事，
度过了这一夜大半时间；
都认为那国王大爱在心，
对爱情他表现卓越不凡。
晚宴散，骑士们全都离去，
进入了舒适的下榻房间。
翌日晨，天晴朗，阳光明媚，
起床时他们闻欢闹不断。

70

鼓乐与号角声响遍全城，
把市民召集到广场上面。
听到了马蹄与车轮之声，
轰鸣于街道和房舍之间，
格力风穿戴上闪亮盔甲，
此宝甲人世间着实罕见；

---

[1]　指诺兰丁国王。

是白色女仙人[1] 亲手锻造，
施法术，坚无比，利剑难穿。

71

欧丽吉猥琐的那位情夫，
亦披甲跟随在骑士[2] 身边。
主人也为他们热情准备，
枪头与一根根粗壮枪杆，
选择了高贵的护卫随从，
一同去广场上参加盛典；
为他们提供了马步侍从，
一个个均十分精明强干。

72

来到了比武场立于一旁，
并没有下校场炫耀一番，
为的是细观察战神臣民[3]，
怎么样把风采一一展现。
有的人用颜色展示苦乐，
可看出被人爱或是受骗；
有的人盔与盾雕饰爱神，
其面容或和善或者凶残。

73

那时代叙利亚有此风俗，
按西方之方式披甲在肩；

---

[1]　格力风的保护人。见第 15 歌 72—74 节。
[2]　指格力风。
[3]　指来参加比武会的骑士。

可能受附近的法人[1]影响，

他们曾长时间居住此间，

掌控着此处的神圣居所，

全能主肉体曾置放里面；

傲慢且悲惨的基督信徒，

现如今[2]将圣地留给狗[3]管。

74

基督徒应挺枪投入战斗，

为信仰之胜利冲锋向前，

然而却相互间戳穿胸腹，

把仅存一点点信仰砸烂。

西班牙、法兰西各路人马，

快转向其他地厮杀征战，

日耳曼、瑞士也别处争利，

此处[4]已早就是基督地盘[5]。

75

如你们仍然是基督信徒，

还自称天主的教会成员，

为什么要杀戮基督子民？

为什么要掠夺他们财产？

背叛者[6]夺走了耶路撒冷，

---

[1] 指法兰西人。

[2] 指诗人生活的文艺复兴时代。

[3] 指异教徒。

[4] 指意大利。

[5] 诗人厌恶基督徒之间在意大利的争斗，告诉西方列强，这里早已经是基督教的地方，若想争斗，请去异教地区。

[6] 指伊斯兰教信徒。

为什么不收复圣主家园[1]？
世间的最美处君士坦丁[2]，
为何任土耳其随意侵占？

76

西班牙呀，难道说对面的非洲土地，
比你犯意大利更加遥远？
为打击那一群卑劣之徒[3]，
你首创之伟功辉煌灿烂[4]。
大醉的意大利昏昏睡在，
充满了恶习的腥臭房间，
你[5]已经成为了他人婢女，
难道说你甘愿任人使唤？

77

引瑞士[6]进入到伦巴第地[7]，
你[8]可能怕饿死巢穴里面，
只希望有人能赐你面包，
却不知他或许令你命断；
土耳其应该被逐出欧洲，
你距离其财富寸步之远：

---

[1] 指耶路撒冷。
[2] 指君士坦丁堡。
[3] 指曾经占领西班牙的撒拉逊人。
[4] 指公元 718—1492 年间伊比利亚半岛的基督徒所进行的收复失地运动。1492 年，
    基督徒攻陷格拉纳达，宣告该运动结束。
[5] 指意大利。
[6] 指引入瑞士雇佣军。
[7] 指意大利北部。
[8] 指意大利。

若参战你可能摆脱饥饿[1]，

也可能为荣耀战死阵前[2]。

78

我也对日耳曼欲说此话，

在那里[3]有财富千千万万，

是皇帝从罗马携宝而去[4]：

大部分随身带，其余赠捐。

帕托罗、艾尔默[5]提炼细金，

麦多尼[6]、吕底亚[7]黄金家园[8]，

流传着许多的美妙故事，

若想去距离你均不甚远。

79

掌天门钥匙的伟大利奥[9]，

你肩上担负着千钧重担，

别再让意大利沉睡梦中，

扯其发唤醒它睁开双眼。

上帝把神权杖交到你手，

---

[1] 如果意大利参加驱逐土耳其的战斗，就有可能获得它的财富，摆脱饥饿的困境。

[2] 指战死在打击土耳其的东方战场。

[3] 指东方的君士坦丁堡。

[4] 大部分财宝是罗马皇帝迁往东都君士坦丁堡时带过去的，其余的财宝也是臣民们后来捐赠给帝国的，因而应该属于以罗马为代表的西方。

[5] 帕托罗和艾尔默是吕底亚（古代小亚细亚的城市）地区的两条小河，据说富有金沙。

[6] 据说古代的麦多尼国王积攒了大量财宝。

[7] 吕底亚是古希腊时期小亚细亚地区的希腊城邦国，因产黄金，十分富有。

[8] 诗人用帕托罗、艾尔默、麦多尼和吕底亚来比喻东方有很多富有的地区，基督徒若想争夺财富，可以去那里。

[9] 指与诗人同时代的教宗利奥十世。

赐予你高傲名[1]，令执牧权，
只要你伸双臂发出怒吼，
便可以逐恶狼保羊平安。

80
难道说我今日所行之路[2]，
与我讲之道路[3] 相距甚远？
我不信已迷失前进方向，
正确路不可能重新再现[4]。
我是说法兰克统治之时，
叙利亚常举办比武盛典：
比武场设立在大马士革，
广场上众骑士甲胄披肩。

81
美女子从看台抛洒鲜花，
红黄花飘落在勇士双肩，
当号角吹响时诸位骑士，
驱战马下校场，跳跃，盘旋。
每个人无论是骑术如何，
都策马狂奔驰，意欲表现：
希望能引众人喝彩之声，
在身后可留下欢呼一片。

---

[1] 指"利奥"的名字，其含义为"雄狮"。
[2] 指今日（即诗人所生活的时代）欧洲人所走的道路。
[3] 指诗人所讲述的那个时代（即查理大帝时代）欧洲人所走的道路。
[4] 诗人不相信迷失方向的欧洲人不能重新找到正确的道路。诗人想问：难道我们今天就不能再重新走上查理大帝时期的尚武之路吗？

82

比武的奖品是一套甲胄，
数天前一商人向王奉献，
那商人来自于亚美尼亚，
在路上获宝甲纯属偶然。
王为甲又配上一件战袍，
布料及绣工均高贵超凡，
上面镶珍珠与宝石、金饰，
此甲胄与战袍不同一般。

83

如国王真了解此甲价值，
必定会因爱惜留己身边；
无论他有多么慷慨大度，
也不会奖励给武士魁元。
如若是细讲述何人粗心，
把宝甲竟如此不放心间，
弃路旁任行人随意拾走，
应耐心细细听，更需时间。

84

此故事以后再讲给您听，
我先把格力风故事讲完：
他到场比武会已经开始，
因而见校场中数枪折断。
那国王有亲信一共八人，
在校场结成了同盟集团，
一个个极年轻，出身高贵，
勤习练，武艺高，勇猛，强悍。

85

比武会他八人进入校场，

轮番向众骑士提出挑战，

先用枪，再用剑，或者用锤，

一直到观看的国王厌烦；

虽然是校场上比武游戏，

比武者却像遇死敌一般，

相互间经常会刺穿盔甲，

交战者只有王能分两边[1]。

86

安提阿那骑士[2] 缺少理性，

他名唤马塔诺，本无肝胆，

却好像格力风力附其身，

促使他来参加比武盛典，

他抖胆来校场，站立一旁，

观看着比武场，默默无言；

场中有两骑士开始较力，

展开了好一场殊死恶战。

87

一人是塞勒恰[3] 守城主将，

八勇中先选他下场挑战；

他正与翁布伦[4] 进行厮杀，

一出枪戳在了对手脸面；

---

[1]　在十分激烈的比武过程中，只有国王下令，才能把交战者分离开。

[2]　指欧丽吉的情夫，他来自安提阿。

[3]　叙利亚的一座城市。

[4]　下场比武的另一位骑士。

被杀死之骑士引起同情，
因众人均认为他很仁善：
叙利亚再难遇此等好人，
比他更慷慨者世上罕见。

88

见此景马塔诺心生恐惧，
怕自己也悲惨死于阵前；
又恢复懦弱的自然本性，
盘算着如何能逃脱劫难。
格力风在一旁见此状况，
催促他抖精神较量一番；
新下场一骑士逼向豺狼[1]，
就好似捕猎的一条恶犬。

89

刚交手懦弱狼逃之夭夭，
凶猛犬在身后紧紧追赶，
追赶了足足有二十余步，
呲利牙，狂吠着，眼喷怒焰。
校场边观战的高贵骑士，
一个个都十分勇猛彪悍，
胆怯的马塔诺竟然退却，
勒缰绳，调马头，奔向右边。

90

若有人不想把懦夫指责，

---

[1]　指阴险邪恶的懦弱骑士马塔诺。

可以说他战马[1]不听使唤；
然而他无力剑连续失误，
狄摩尼也难以为其争辩[2]：
身上的甲与胄似用纸糊，
人轻易可将其撕成碎片。
他逃遁引起了哄堂大笑，
令骚动围观者均感难堪。

91

众人对懦弱者鼓掌叫好，
喊叫与讥嘲声响成一片；
被追狼马塔诺急急忙忙，
又回到观战的校场旁边。
格力风见同伴受到嘲笑，
也感到面无光，荣誉受染：
他宁愿被烈火烧成灰烬，
也不想在此处丢尽颜面。

92

就好像全都是他的耻辱，
心燃烧，面呈现熊熊烈焰；
他是否能挽回恶劣影响，
观众都期待着亲眼看见：
这一次他必须做出努力，
令自己美德行重新灿烂；

---

[1]　指马塔诺的战马。

[2]　狄摩尼（另译：狄摩西尼、德摩斯梯尼或德摩斯提尼）是古希腊著名的政治家、
　　演说家、辩护家。此处的意思为：即使是狄摩尼出面为其辩护，也无法避免人们对
　　他的指责。

懦弱者之影响实在恶劣，
寸之错似乎有六臂[1]长短。

93

格力风已摘下腿边长枪，
勇骑士极擅长舞枪弄剑；
松缰绳，驱战马，疾奔过去，
随后便枪上靠投入激战；
漆冬[2]的男爵爷被其枪挑，
跌下马，极痛苦，其状悲惨。
惊讶的观众都站立起来，
他们本期待着另一局面。

94

格力风提长枪返回阵前，
完整的长枪杆未损半点，
拉塔基亚[3]城主举盾相迎，
枪戳在盾顶部，折成三段。
该骑士三四次前卧后仰，
全身都躺倒在马臀上面；
却重新坐立起，紧握利剑，
转身朝格力风猛冲向前。

95

格力风见对手稳坐马背，
猛冲击未令其跌落地面，

---

[1] 长度单位，一臂约 0.6 米。
[2] 古代腓尼基城市。
[3] 拉塔基亚现在是叙利亚最主要的港口城市。

自语道："长枪杆没达目的，
抡宝剑，五六下，他定玩（儿）完。"
用力气向对手额角劈去，
此一击似乎是来自上天；
紧接着又对其再砍两下，
那骑士头晕眩，摔下马鞍。

96

有两位阿帕梅[1] 嫡亲兄弟，
经常在比武会展示手段，
他们是提色与克林伯君，
均败于奥利维儿子枪剑。
一个被猛冲时挑于马下，
另一个难抵挡对手利剑。
见此状众人都共同认为，
此勇士必成为比武魁元。

97

萨林特也进入校场之中，
他本是叙利亚侍卫总管，
掌管着宫廷的各类事务，
也是位彪悍者，武功不凡。
外来的一骑士欲夺胜利，
高傲的总管爷怎能心甘，
他抓起一杆枪，对其怒吼，
凶狠狠逼过去，提出挑战。

---

[1]　弗里吉亚（位于今土耳其中西部）的一座城市。

98

格力风提起了粗枪一杆，
认为他八勇中最为彪悍，
瞄准其手中盾猛力刺去，
欲一枪盾甲胸同时戳穿；
残忍的铁枪头刺透肋部，
从后背足露出一拃枪尖。
除国王众人均十分欢喜，
因恨他对臣民吝啬、凶残。

99

有两人家居住大马士革，
艾默飞、卡蒙多武艺不凡，
前者是国王的陆军统帅，
后者是海军的司令长官。
对冲时一个被战马砸倒，
那马儿力不支，摔倒阵前，
因对手格力风实在凶猛，
另一人也很快落下马鞍。

100

还剩下塞勒恰主将在场，
比另外七骑士他更彪悍；
好战马驮载着凶猛武士，
精兵器陪伴着英雄好汉。
他二人相互间迎面猛冲，
其枪尖均指向对手护面；
格力风这一击实在凶狠，
使对手足脱镫险些落鞍。

101

二骑士弃断枪回身再战，
均奋勇挥舞着手中利剑。
格力风先劈中异教骑士，
锻铁砧也可被此击砍断。
只见那千选一坚硬盾牌，
铁与骨均被剑劈成两段；
如若无坚固的双重保护[1]，
剑落时他大腿必被截断。

102

格力风也同时被敌击中，
这一剑刺面甲，十分凶险，
若不是其甲胄施有魔法，
护面甲必破裂，下场悲惨。
异教徒与骑士辗转多时，
尽管其武艺高少见破绽，
格力风仍击裂敌甲多处，
剑出时无虚刺亦无空砍。

103

每个人都已经亲眼见到，
骑士比异教徒武艺精湛；
如若是国王不立即干预，
劣势者必然有生命危险。
诺兰丁对卫士做出手势，
命令他入校场终止激战。

---

[1]　指盾牌和铠甲的双重保护。

两对手便如此退出争斗，
观众们均欢呼国王仁善。

104

那八位下校场挑战之人，
竟不能胜一人，着实可怜，
挡不住勇骑士猛烈攻击，
一个个比武场丢尽颜面。
外来的其他人本该应战，
却已经无对手比试枪剑：
格力风仅一人击败八将，
原本应他们[1]向众人挑战。

105

尚未过一时辰，比武结束，
未料想此盛典如此短暂。
诺兰丁国王想使其延长，
令盛典延续到天色昏暗；
下看台，他命人清理场地，
然后把众骑士分为两边，
按血统与武艺令其组合，
又重新开始了比武盛典。

106

格力风又回到他的位置，
其心中燃烧着愤怒火焰：
虽取胜他心中并无快乐，

---

[1]　指被格力风战败的八位骑士。

马塔诺已令他丢尽颜面。
为洗清身上的巨大耻辱，
马塔诺双唇间吐出谎言；
狡诈的小娼妇深谙此道，
配合他又一次把人欺骗。

107

不知道年轻人是否相信，
谨慎者[1] 竟接受他的辩言[2] ；
勇骑士格力风立即决定，
不声张，远离开这块地面：
他担心马塔诺被人看见，
会引起众人怒，造成骚乱，
便沿着无人的一条近路，
出城门，不停歇，快马加鞭。

108

刚走出还不足两哩之远，
格力风与战马疲惫不堪，
困与倦已沉重压于眼睑，
下榻在第一家所遇客栈。
摘头盔，脱下了全身铠甲，
又让人解辔头卸下马鞍；
随后便一个人进入卧室，
赤裸体，上卧榻，酣睡香甜。

---

[1] 指格里风。
[2] 年轻人是容易轻信谎言的，但此次，谨慎的格力风竟然接受了他们的辩解之言。

109

头刚刚倒在了枕头之上，
困倦就令骑士合闭双眼，
他深深陷入到梦乡之中：
狗獾与睡鼠也难有此眠。
马塔诺、欧丽吉悠闲散步，
进入了附近的一座花园；
设计出好一个奇怪骗局，
从未见人脑会如此荒诞。

110

马塔诺计划要盗走骑士，
战马与衣物及盔甲、枪剑；
扮装成勇骑士去见国王，
说自己是那位获胜魁元。
谋划好恶人便付诸实践，
牵出了白龙驹，套上马鞍，
穿戴上格力风全部服饰，
头顶盔，臂挽盾，提枪，挎剑。

111

在侍从与情妇陪同之下，
又回到比武的校场上面；
到达时比武会恰恰结束，
已无人再舞枪挥动利剑。
国王唤得胜者上前受奖：
那骑士头盔上白缨飘展，
白战袍，白战马，全身皆白，
却不知其名姓、真实颜面。

112

马塔诺穿戴着他人衣帽，

就如同毛驴披狮皮一般，

听呼唤，忙过去，迫不及待，

冒牌的格力风来王面前。

谦恭的诺兰丁起身迎接，

拥抱且亲吻他，令立身边；

还不断赞美他将其夸奖，

并希望众人能听见其言。

113

国王命吹号角向他[1]欢呼，

那一日胜利者名震云天。

所有的看台上声音回荡，

令懦夫假英名四处传遍。

当国王要回到宫殿之时，

希望与勇骑士并肩向前；

使胜者享受到王的荣耀，

赫丘利[2]、玛尔斯[3]方可这般。

114

邀请他下榻在华丽宫殿，

欧丽吉也获得荣誉无限：

年少的侍从者、高贵骑士，

被派去侍奉于她的身边。

我现在再来讲格力风君，

---

[1] 向假冒的格力风欢呼。

[2] 罗马神话中的大力神。

[3] 罗马神话中的战神。

他不惧被二人设计欺骗，
沉睡于梦乡中全然不知，
待醒来才看到天色已晚。

115

醒来后他发现时间不早，
急忙忙走出了他的房间，
伪装的内弟与说谎情人，
早把他抛弃在那家客栈；
他发现二人已无影无踪，
甲胄与衣物也难以寻见，
却见到同行者服饰、标志[1]，
便心中产生了疑问万千。

116

店主人走过来告诉他说，
那人已披白甲[2]离去半天，
女人和随从们与他同行，
又返回离开的城门里面。
那一天格力风终于找到，
被爱神隐藏的正确路线[3]：
那男人是奸夫不是兄弟，
知此情他心似被油炸煎。

117

因自己太愚蠢，白白受苦，

---

[1] 指马塔诺的衣物和徽章标志。
[2] 指格力风的盔甲。
[3] 被爱神蒙蔽双眼的格力风终于明白了。

香客的讲述是真实之言[1]，
多次被背叛者随意摆布，
好骑士竟轻易受她欺骗。
格力风不知道如何雪恨，
想惩罚恶女子，她却逃远；
再一次犯下了严重错误：
他竟披懦夫甲坐其马鞍。

118

他即便不穿甲赤裸而去，
也不该把耻甲[2] 披在己肩，
更不该臂上挽可憎盾牌，
头上任丢人的盔缨飘展。
欲追赶那娼妇及其情人，
他一心施报复，理智昏暗。
当骑士返城时日尚未落，
一时辰之后才降临黑暗。

119

格力风经过的城门附近，
左手有一城堡，华美不凡，
其房间舒适且富丽堂皇，
是防御之堡垒更是宫殿。
叙利亚国王及诸侯老爷，
与高贵妇人们集聚一团，
城堡的敞廊中正在举行，
奢华且喜庆的帝王晚宴。

---

[1] 见第 15 歌 100 节。
[2] 指令人感觉耻辱的马塔诺的铠甲。

120

美敞廊有塔楼探出城墙，
居高处把全城俯视鸟瞰；
宽阔的广场与条条马路，
在楼上张望去尽收眼帘。
这时候格力风走向城门，
身披着懦夫的耻辱甲片，
难料的恶命运实在残忍，
他被王和宫廷众人发现：

121

都认为他便是那位懦夫，
引妇人与骑士[1]耻笑不断。
真懦夫马塔诺正受荣宠，
稳坐在显赫位国王身边，
般配的淫邪女并排而坐，
诺兰丁对他们笑容满面；
王转身问[2]何人如此胆小，
全不顾他们[3]的尊贵颜面；

122

在如此丑陋的表现之后，
竟然敢又回到众人面前。
王说道："这件事真够新鲜，
您是位真武士，勇猛，彪悍，
全东方难寻的此等懦夫，

---

[1] 指参加晚宴的众妇人与骑士。
[2] 问马塔诺和欧丽吉。
[3] 指马塔诺和欧丽吉。

竟然是勇士的同行伙伴。
或许是您有意如此安排，
为更能衬托您神勇非凡。

123

"可以向永恒的天神起誓，
若不因对您有崇敬之感，
我会像平时对其他懦夫，
命众人将此君取笑一番，
令他能在心中牢牢记住，
我永远与懦夫不共戴天。
他能够不受罚离开校场，
全因为是由您带到此间。"

124

马塔诺之心中充满邪恶，
回答道："他与我毫不相干，
陛下呀，我不知他是何人，
来此时我二人相逢路边。
我觉得他外表还算不错，
可以做比武的同行伙伴；
但以前未见其参加比武，
今首次看到他卑劣表现。

125

"他表现实在是令我恶心，
我真想当时就将其惩办，
恨不得冲向前一剑刺去，
令懦夫再不能提枪持剑：
然而我不敬他却敬校场，

对陛下之崇拜熄我怒焰。
我不愿他做伴再获好处，
哪怕是只一天或者两天。

126

"我现在仍感觉被他玷污，
心口上还压着一块石岩，
若见他不受罚安然离去，
骑士们会感觉耻辱蒙面；
最好是挂他在城垛之上，
放走他怎令我心绪宁安；
请您发万人赞君王之命，
使其成懦弱者卑劣之鉴。"

127

马塔诺话一出不必暗示，
欧丽吉便立刻称赞一番。
王却答："他没有如此邪恶，
依我看还不可将其问斩。
我打算对其罪严厉惩罚，
令民众再一次欢喜开颜。"
王立刻唤来了一位官吏，
叮嘱他按王命如此这般。

128

那官吏挑选出一队甲士，
出宫殿来到了城门前面；
他们都雄赳赳严阵以待，
眼见着格力风来到门前。
格力风入门时甲士拥上，

捉他于两桥间，并未开战[1]；
在一间暗室中将其囚禁，
嘲弄他至东方重露光线[2]。

129

太阳公才刚刚飘洒金发，
开始向山坡上投射光线，
离开了古老的乳母[3] 怀抱，
照亮了山之巅，驱走黑暗；
卑鄙的马塔诺心中害怕，
勇敢的格力风为己申辩，
道出来其罪孽，展示真相，
便急忙告别王赶路向前。

130

找理由谢绝了国王邀请，
不参加新办的嘲弄[4] 联欢。
除奖品国王还赠送重礼，
给这位虚假的比武魁元；
使懦夫登上了荣誉顶峰，
享受到无比的广泛特权。
但我要向你们郑重声明：
人按功取酬金方可平安。

---

[1] 众人一拥而上，格力风没有准备，措手不及，未来得及反抗就被捉获了。
[2] 整整嘲弄他一夜。
[3] 指希腊神话中的海洋女神忒提斯，这里比喻大海。
[4] 嘲弄格力风。

131

人群已挤满了城中广场，
格力风被拉到广场中间；
被剥除身上的头盔、铠甲，
灰溜溜穿马甲令人观看；
他立于高高的牛车之上，
似被押屠宰场，十分可怜，
有两头饿瘦的虚弱母牛，
拉着车慢悠悠行进向前。

132

卑鄙的少女与无耻老妪，
都赶来把耻辱战车[1]观看，
或这人或那人驾车前行，
所有人都把他斥责，糟践。
少年们不间断将他折磨，
对懦夫不仅用秽语恶言，
投石块（儿）几乎取受辱者命，
多亏有善良人将他保全。

133

造成他苦难的那身盔甲，
令人们误解的盾牌、枪剑，
被拖在牛车后污泥之中，
强忍耐应受的酷刑磨难。
在一座高台前牛车停下，
一公差将其罪当众宣判，

---

[1] 指拉着格力风的牛车。

此耻辱全源于别人之恶，
却让他丧尽了骑士尊严。

134

然后他被押着四处游街，
来到了圣庙与民房门前，
在那里被冠以各种恶号，
他已成人世间臭名大全。
最后又被众人押送出境，
都认为放逐他理所当然，
并不知他究竟何等身份，
用皮鞭抽打着令其滚蛋。

135

刚为他打开了脚上镣铐，
去掉了手上的桎梏铁环，
便见他抓起来利剑、盾牌，
令鲜血染红了一片地面。
愚蠢的市民们未带武器，
并不能用枪矛伤其半点。
恩主啊，这一歌已该结束，
下一歌我再把故事讲完。

第 18 歌

罗多蒙出重围闻妻受难受　受羞辱格力风怒挥利剑
真相白勇骑士昭雪冤屈收　收主尸梅多罗忠诚赤胆

　　罗多蒙拼死厮杀，最后跳入塞纳河，游水逃离巴黎；上岸后却得
知未婚妻被蛮力卡掠走。

　　押送格力风出境的士兵为其打开镣铐，勇士抓起拖在牛车后面的
利剑和盾牌大开杀戒。国王诺兰丁见其勇猛，知道错怪勇士，急忙表
示道歉。阿奎兰寻兄，路遇盗穿兄长盔甲的马塔诺，便把他与奸妇一
起捉住，押回大马士革。

　　国王决定重办比武会，阿托夫与单索内也来参加。他们路遇勇猛
的女骑士玛菲萨，三人一同赶往大马士革。比武会后，众英雄同往
巴黎。

　　里纳多杀死非洲勇将年轻的达蒂内国王。异教军溃败，撤回营寨
坚守不出。

　　撒拉逊勇士梅多罗与战友克洛丹冒险出营为达蒂内收尸，被泽比
诺等骑士发现。

1

宽宏的恩主啊，我有理由，
把您的每一件丰功颂赞；
尽管我粗俗的拙劣文笔，
会使您之光彩难显璀璨。
但您的美德行把我吸引，
它令我不能不击掌赞叹。
都认为您愿意听人倾诉，

然而却不轻信他人之言[1]。

2

您保护远方的受责之人，
经常会为他们据理争辩，
或至少等他们当场解释，
从不愿因偏信丧失明断；
惩罚人总应该先见其面，
然后再细听他如何申辩；
若判断其他人是否有过，
应等待日与月，甚至数年。

3

诺兰丁如果能兼听申辩，
格力风便不会遭此劫难。
他[2]若是能够有您的美德，
怎么会令名声漆黑一团。
格力风怒火烧，已近疯狂，
用利剑向人群猛刺，狠砍，
三十人跌倒在牛车之旁：
国王错，害臣民生灵涂炭。

4

其他人受惊吓四处逃窜，
沿道路或者是奔向田间；
还有人试图要返回城中，

---

[1] 诗人把他的恩主伊波利托枢机主教和阿方索一世公爵与偏听偏信的大马士革君主诺兰丁相对比，认为不轻信他人之言的恩主更加光辉灿烂，值得赞扬。

[2] 指诺兰丁国王。

人压人跌倒在城门前面。
格力风不恐吓，沉默无语，
但已把怜悯心抛弃一边，
挥铁剑向无力民众劈刺，
要洗清己颜面，报仇雪冤。

5

先赶到城门的乌合之众，
都意欲拔起腿逃向更远，
一些人全不顾他人性命，
急忙忙起吊桥，保己平安；
一些人哭泣着面带死色，
拼命逃，绝不敢将身回转；
在城中四处闻哭喊、尖叫，
嘈杂与喧闹声一片混乱。

6

吊桥处格力风捉住二人，
落他手之人都难逃劫难：
将一人狠摔在城墙坚石，
其脑浆立即便四处飞溅；
又当胸抓起了另外一人，
从城外摔向了城内地面。
城中人见有物从天而降，
骨片飞如冰溜坠地一般。

7

凶狠的格力风跳上城墙，
乌合众一个个心惊胆战：
即便是苏丹王发起攻击，

也不会令该城如此混乱。
到处是人奔逃，刀光剑影，
穆安津[1] 在塔顶高声叫喊，
鼓声与号角声响成一片，
震耳聋，惊人世，冲向云天。

8

但我想以后再继续讲述，
欲听完此故事再寻时间。
我现在要重提查理国王，
他正与罗多蒙展开激战，
此恶徒在涂炭巴黎民众，
陪王来战恶徒猛将数员，
武杰罗、奥利维、纳莫、阿沃、
阿维诺、奥童等伴王身边。

9

凶狠的摩尔人[2] 鳞甲护身，
同时间抵挡住长枪八杆[3]，
八支枪由八名勇士刺出，
一个个均奋勇冲锋向前。
似船夫听见了西北风起，
松桅索，降船帆，稳住航船，
罗多蒙也立刻收住疯狂，
来承受排山力压向身边。

---

[1] 穆安津是伊斯兰教一个教职的称谓，意思为"宣礼员"，即清真寺每天按时呼唤穆斯林做礼拜的人。

[2] 指罗多蒙。见第 17 歌 9—13 节。

[3] 见第 17 歌 14—16 节。

10

萨拉蒙、里卡多、圭多、拉涅[1]，

加纳隆、乌盖托[2] 也不怠慢，

安焦列、安焦利[3]、图品[4]、伊翁[5]，

马尔可[6]、马太[7] 亦奋勇参战，

与前面提到的八员勇将，

一同把撒拉逊围在中间，

英格兰之奥多、阿里曼君，

也赶到激战的王宫门前。

11

就好像南风或北风刮起，

疯狂般拔起了白蜡、云杉[8]，

山岩上坚固的城堡高墙，

迎狂风咆哮着瑟瑟抖颤；

傲慢的撒拉逊高声呐喊，

饮血狂胸中燃熊熊怒焰，

要复仇，泄愤恨，凶残无比，

似雷鸣与闪电震撼人间。

---

[1]　拉涅是中世纪骑士传奇作品中的骑士名字，在本诗中首次出现。

[2]　乌盖托是中世纪骑士传奇作品中的骑士名字，在本诗中首次出现。

[3]　安焦利是中世纪骑士传奇作品中的骑士名字，在本诗中首次出现。

[4]　可能指随军征战并记录了骑士传奇的兰斯大主教图品。

[5]　伊翁是中世纪骑士史诗或传奇作品中的骑士名字，在本诗中首次出现。

[6]　马尔可是中世纪骑士传奇作品中的骑士名字，在本诗中首次出现。

[7]　马太是中世纪骑士传奇作品中的骑士名字，在本诗中首次出现。

[8]　白蜡树与冷杉树。

12

他一剑劈向了身边之敌，

乌盖托丧性命，下场悲惨：

尽管是其头盔精铁锻造，

剑劈至牙齿处，跌倒地面。

他同时身上也中了数枪，

却没能伤及他皮肉半点；

就好像绣花针扎向铁砧：

护其身龙鳞甲遮蔽枪剑。

13

查理把人马均调至广场，

那里的市民们需要救援；

放弃了全城的其他防御，

顾不得别处的守备安全。

人们从各条街汇集而来：

独自逃[1]已难以获得平安，

查理王激发了众人斗志，

人人都持武器展示勇敢。

14

母狮子被锁入铁笼之中，

虽年迈却仍然凶猛善战，

有时候会看见公牛靠近，

哞哞叫，示倔犟，绕笼而转；

沙滩上有一群狮子幼崽，

不常见庞然物[2]这等傲慢，

---

[1] 指每个市民的独自逃窜。

[2] 指公牛。

头上长好一对巨型犄角，
因而便缩成团恐惧不安[1]：

15

但如若母狮子奋勇扑上，
狠狠将牛耳朵咬在齿间，
狮幼崽也一定勇敢助阵，
愿意用牛血把面腮浸染；
撕烂那公牛的后背、肚皮：
众人攻异教徒亦似这般。
从房顶与窗户四处飞来，
雨点般密集的长枪、利剑。

16

骑士和步兵勇人群如海，
把皇宫之广场全都挤满。
众人从各条路蜂拥而至，
一层层聚集在广场上面；
即便是他们都赤手空拳，
砍杀易，却难以摆脱纠缠，
如若是把他们束成大捆，
二十天也难以杀尽，砍完。

17

异教徒不知道怎样脱身，
此游戏真令他痛苦不堪。
尽管是千人血染红大地，

---

[1] 就像是一头被关在铁笼中的母狮子，虽然年迈，却仍然十分凶猛；公牛绕铁笼而
转，哞哞地叫，狮崽在远处不敢靠近。

仍不见广场上人少半点。
然而他早已经气喘吁吁，
总算是头清醒还可判断：
若不趁力尚存逃之夭夭，
到时候再想走难如登天。

18

他怒目向周围环视一番，
四面已全被围，出路不见；
要尽快开辟出一条通道，
就必须再杀人千千万万。
于是便挥舞起锋利宝剑，
疯狂者又冲入人群中间，
去攻击新来的英格兰军，
奥多与阿里曼领军向前。

19

他好像公牛被群犬追咬，
遭众人围攻已整整一天，
现挥剑又杀向涌动人群，
冲烂了广场的坚实栅栏；
惊恐的民众都四处奔逃，
均害怕被公牛挑在角尖：
凶猛的非洲汉冲撞之势，
蛮公牛哪有他这般强悍。

20

十五或二十人拦腰截断，
十五或二十颗头颅被斩，
或正劈或反撩只需一下，

似榆树、葡萄藤被断枝干。
凶悍的异教徒浑身是血，
将断头与残臂抛弃一边，
臂膀与人腿等到处都是，
开辟出一血路，猛冲向前。

21
眼见他离开了宫殿广场，
却并非因胆怯狼狈逃窜；
他反复盘算着寻找出路：
脱身时应确保自身安全。
来到了塞纳河小岛之处，
河中水向下游流出城垣。
武装的兵士与勇敢民众，
紧相逼，令他无半刻宁安。

22
就像被驱赶的凶猛野兽，
逃走时还要把高傲展现，
威胁着一步步退入丛林，
奔跑于密密的树木之间；
罗多蒙身亦陷奇怪丛林[1]，
投出的梭镖与长枪、利剑，
飞向了无畏的异教勇士，
落在了他身边，或近或远。

---

[1]　指长枪与利剑的丛林。

23

激起他数倍的胸中怒火，

突围后又返回敌人中间，

再砍倒周围的百余兵卒，

又用血染红了手中利剑。

但最后他理性战胜疯狂，

不能够令污秽把神熏染[1]；

最好是从岸上跳入水中，

沿水路逃离这巨大凶险。

24

披重甲他跳入河水之中，

却好像有浮子带在身边。

非洲啊，可与他相比者你尚未生，

尽管有汉尼拔[2]、安泰[3]巨汉。

爬上岸，他向后张望巴黎，

整个城都已经被他踏践，

却没能将该城彻底摧毁，

想起来真令他万分遗憾。

25

傲慢情、愤怒火把他折磨，

望城内，似意欲再次回返，

心深处哭泣着，叹息不已，

---

[1] 不能让污秽的尸体一直堆到天上把神灵熏染。

[2] 汉尼拔是北非古国迦太基的名将，军事家，被誉为战略之父；在第二次布匿战争中，几乎使罗马灭亡。

[3] 安泰（另译：安泰俄斯）是希腊神话中的巨人，大地女神盖亚和海神波塞冬的儿子，居住在北非的利比亚。他力大无穷，而且只要保持与大地的接触，就不可战胜，因为他可以从母亲那里获取无限的力量。

未踏平巴黎城其心难安。
他见到一个人沿河而来，
此人将熄灭他愤怒火焰。
我很快就让您知道是谁，
但先要对您讲另一事件。

26

米迦勒大天使曾经嘱托，
"不和女"应施展离间手段，
要在那非洲王勇将之中，
点燃起嫉妒的争吵火焰。
当天晚"不和"出修道院门，
把己职托他人临时掌管：
让"欺骗"继续令修士争斗，
直到她返回时方可休战。

27

她觉得若"傲慢"随其同行，
定可以更令她神通无限；
二女子本来就同居一室，
并不须为寻她行走很远。
"傲慢女"随"不和"同行而去，
却不愿无代理就离修院：
便任命"虚伪女"代理主持，
她认为只需要离开几天。

28

坚定的"不和女"踏上路途，
"傲慢女"陪伴在她的身边，
半路上遇见了忧伤"嫉妒"，

她也朝异教营赶路向前；
身边随矮小的一位侏儒，
侏儒寻罗多蒙来到此间，
受公主多拉丽再三嘱托[1]，
要转告美女子[2]所历艰险。

29

公主落蛮力卡手中之时
（此事的原委我已经道全），
她偷偷对侏儒托付要事，
请他带消息到国王[3]面前。
不希望王闻讯无所作为，
而应把神奇的武威表现，
从窃贼之手中将她夺回，
为复仇不要怕展示凶残。

30

"嫉妒女"偶然遇矮小侏儒，
他此行之缘由心中明鉴，
令侏儒行走在自己身旁，
自觉得事业已成功一半。
有"嫉妒"作陪伴"不和"高兴，
当"不和"明原因[4]心更喜欢，
在她要完成的事业之中，
"嫉妒女"可做出巨大贡献。

---

[1]　要向罗多蒙通报多拉丽被蛮力卡掠走之事。见第 14 歌 49—64 节。
[2]　指多拉丽。
[3]　指罗多蒙，他是北非撒扎国国王。见第 14 歌 25 节。
[4]　指侏儒到来的原因。

31

罗多蒙、蛮力卡应结仇怨,
挑唆的理由已呈现眼前:
要激怒此二人这已足够,
但还须燃他人心中怒焰。
她带着小矮人一起来到,
被凶残异教徒蹂躏地点,
那恶徒游着水逃离险境,
恰此时他们也来到河边。

32

刚认出罗多蒙凶猛骑士,
美女子传信人愁容全散,
他额头舒展开,不见乌云,
感觉到胸中又勇气倍添。
那侏儒尚未曾开口说话
罗多蒙迎向前,面露笑颜,
他迫切询问道:"你从哪(儿)来?
我夫人现是否一切平安?"

33

侏儒答:"她现在不属于你,
早已经服侍在他人床前。
昨日里在路上遇一骑士,
掠公主并且还将她霸占。"
闻此言"嫉妒女"冷酷介入,
紧紧把罗多蒙拥抱胸前。
侏儒又讲述了那位骑士,
如何杀众随从掠走婵娟。

34

"傲慢女"在下面抻开火绒，
"不和女"拿起了点火石镰，
用全力敲打着引火工具，
顷刻间便点燃熊熊烈焰；
撒拉逊之灵魂已被灼烧，
因而他得不到半刻宁安：
叹息且颤抖着，面色可怖，
向苍天与万物怒吼不断。

35

就像是母老虎返回空穴，
入洞后四处转，反复查看，
最后它才发现爱子被掠，
其胸中必燃起万丈火焰，
它愤怒与疯狂不断膨胀，
全不顾黑夜与深水、高山；
路遥与冰雹都难平其恨，
在掠走虎仔者身后追赶。

36

暴烈的撒拉逊已经发疯，
对侏儒怒吼道："你快靠边。"
他不等牵坐骑，更不待车，
也不对身边人再吐半言。
烈日下绿蜥蜴过路虽快，
也难比罗多蒙疾奔向前。
遇到了第一骑必夺其马，
他心中早已经有此打算。

37

"不和女"探知到他的想法，

眼看着"傲慢女"微笑吐言，

说她去找一匹奔腾战马，

更令那罗多蒙争执不断；

她要把行进路清除干净，

使骑士除此马其他难见，

并已经想到了何处寻马。

我回头把查理故事讲完。

38

撒拉逊勇骑士离去之后，

查理王周围也熄灭火焰，

他重新整顿起麾下人马，

加强了防御的薄弱地段。

欲率兵重扑向撒拉逊军，

为驱逐侵略者再开激战；

圣日曼一直到圣维克托[1]，

把贼寇从各门赶出城垣[2]。

39

圣马切洛门[3] 外一马平川，

查理王命兵勇聚集门前，

让步卒与骑士相互等待，

聚齐后再一起投入激战。

---

[1]　"圣日曼一直到圣维克托"指的是巴黎周围几座城镇所在地区，圣日曼在西面，
　　圣维克托在东南面。

[2]　把敌寇从朝向圣日曼和朝向圣维克托的各个城门驱赶出城。

[3]　在巴黎南面。

他激励每个人奋勇杀敌，
使英名垂青史，永远璀璨；
令各营军旗手回归原位，
战场上引本营冲锋向前。

40

尽管是基督徒重整旗鼓，
非洲王战场上稳坐马鞍；
他正与泽比诺你来我往，
展开了好一场殊死恶战；
鲁卡尼、索柏林结对厮杀，
里纳多与一队敌军混战：
其神武与运气令其无阻，
开道路，斩敌酋，敌兵逃窜。

41

当战斗进行到激烈时刻，
帝[1]开始攻敌人后卫集团：
西班牙军聚于统帅麾下，
马西略指挥着精兵万千。
查理王驱甲士奋勇前进，
卒居中，骑士们分行两边，
战鼓与军号声响彻寰宇，
被震动大地似上下抖颤。

42

撒拉逊阵营被我军撕裂，

---

[1]　指查理大帝。

已开始向后退，意欲逃窜：
如若是转过身离弃战场，
就再难重聚拢投入激战。
格兰朵、法斯龙此时赶到，
他二人曾多次经历危险，
巴鲁干、赛潘廷紧随其后，
费拉乌^[1]对他们高声叫喊：

43

"唉，杰出的勇士们，我的战友，
一定要坚守住你们防线。
若我等不推卸应负之责，
敌人的努力将徒劳枉然。
要保卫崇高的荣耀、利益，
机运神助我们就在今天：
如失败，我们将永远痛苦，
要忍受伤害且被人踏践。"

44

费拉乌猛冲向贝兰骑士，
他手中紧握着大枪一杆，
那骑士正激战拉加里法^[2]，
被一枪把头盔迎面戳穿：
跌下马，摔在地，一命呜呼；
费拉乌随后又斩将八员。
他手中挥舞着凶狠利剑，
剑出时必有人跌落马鞍。

---

[1] 撒拉逊勇将，史诗中的重要人物。见第 1 歌 14—31 节。
[2] 一位撒拉逊骑士。

45

里纳多在别处奋力杀敌，

无数的敌兵已死于其剑。

他如入无人境，横冲直闯，

战场上没人能阻其向前。

泽比诺、鲁卡尼也很英勇，

其伟业被人们永世颂赞：

后者将巴拉斯一剑刺死，

前者把菲纳杜头盔砍烂。

46

巴拉斯曾统率阿泽贝[1]军，

塔多克过去把此军掌管；

摩洛哥、扎莫[2]与萨非[3]人马，

曾聚在菲纳杜军旗下面。

"难道说非洲无一名骑士，

善使用长枪与手中利剑？"

尽管是此说法不无道理，

光荣者我岂能忘记颂赞。

47

莫遗忘阿蒙特高贵儿子[4]，

掌握着柱马拉王国大权，

他枪挑乌贝托、克洛德君，

艾里奥、杜尔芬亦坠马鞍，

---

[1] 突尼斯东南部的一座岛屿。

[2] 摩洛哥海边城市。

[3] 萨非是摩洛哥西岸面临大西洋的城市。

[4] 指达蒂内。见第 1 歌 28 节，第 14 歌 27 节。

用利剑刺中了安瑟莫君，
雷蒙德、皮纳梦也摔地面，
四人死，一人伤，两人昏迷，
尽管是他们都十分强悍。

48

年轻的达蒂内[1]十分勇猛，
却不能稳定住战场局面，
难坚定他手下士卒意志，
我军[2]少却个个英勇向前。
虽然他善使用手中枪剑，
并精通战争的各种手段；
但休达、柱马拉、摩洛哥国，
胆怯的众兵勇纷纷逃窜。

49

阿泽贝[3]之兵勇腿脚最快，
年轻的勇骑士阻其逃窜；
试图要坚定其战斗意志，
用恳求亦使用尖刻语言：
"如若是阿蒙特值得纪念，
我今日便应见尔等肝胆，
看你们是否要将我抛弃，
置其[4]子于如此巨大危险。

---

[1]　上一节中所提到的"阿蒙特高贵儿子"。
[2]　指基督教军队。
[3]　一个非洲的王国。
[4]　指阿蒙特。

50

"你们也曾年轻充满希望，
少年我请你等快快停站，
别为了逃命竟奔向利刃，
致使我非洲种难留世间。
各条路已经被敌人封锁，
我众人必须要紧抱一团：
攀高墙，越深壑，翻山，跨海，
才可能有机会返回家园。

51

绝不能向狗类祈求投降，
我宁愿战死在铁血阵前。
为真主你们要坚守阵地，
其他的补救法全都徒然。
敌兵勇也只有一头二手，
"其生命亦不比我等更坚。"
说话间，勇青年猛力一击，
阿瑟尔伯爵爷一命归天。

52

溃败的非洲军受到激励，
勇气被阿蒙特之名点燃，
用双手与臂膀保卫自己，
远胜过调转头四处逃窜。
英格兰古列莫身材高大，
达蒂内一剑便削其头尖，
使他与其他人一样高低，
随后把阿拉蒙脖颈砍断。

53

阿拉蒙被杀死跌下战马，
其兄弟奔过去意欲救援；
达蒂内又一剑劈向来者，
裂其肩，剑锋至胯骨中间。
他随后再一剑戳穿伯焦，
令这位基督徒彻底完蛋：
被杀者对妻子曾经许愿，
六月后要活着返其身边。

54

鲁卡尼已击落多勤、加多，
前者的喉管被一剑戳穿，
后者的头颅被剑锋劈开，
阿尔托转身逃为时已晚；
鲁卡尼在身后紧紧追赶，
因为他爱此人如同心肝[1]，
只一剑便结束他的性命，
随后朝达蒂内策马向前。

55

见此状达蒂内抓起长枪，
对先知[2]发出了复仇誓愿，
若能将鲁卡尼挑于马下，
清真寺向神灵把枪奉献。
随后便策战马扑向对手，
挺长枪刺向了他的腰眼，

---

[1]　诗人风趣地说，鲁卡尼追赶异教骑士是因为如爱心肝一样爱他。
[2]　指对穆罕默德。

这一枪穿透了对手身体，
他命令兵勇们拔出枪杆。

56

别问我，其兄长阿里奥丹，
见此景是否会痛裂心肝；
是否想把凶手亲自杀死，
将其魂投入到地狱深渊。
尽管是人群把通道堵塞，
撒拉逊、基督徒挤作一团，
他只想为兄弟报仇雪恨，
挥舞着手中剑开路向前。

57

无论谁阻挡他前进脚步，
均被其猛冲撞，劈刺，驱赶。
达蒂内是骑士[1]追杀目标，
却不断移动着，难遂其愿[2]：
人与马也拦住达蒂内路，
他所立宏伟志亦难实现。
你杀死成群的基督将士，
我诛灭摩尔人成百上千。

58

机运神总阻挡他们道路，
一整天未允许二人碰面；

[1] 指阿里奥丹。
[2] 达蒂内不断地移动，阿里奥丹无法追上他，因而无法完成为兄弟报仇的心愿。

她[1] 要把达蒂内留给强手:
人摆脱其命运着实困难。
里纳多迎面来，踏上此路，
达蒂内之性命难以保全:
"机运"引近卫士来到这里，
要杀死此猛士赢得盛赞。

59

但此次西方的辉煌伟业，
我已经令读者双耳灌满。
现在应再讲述格力风君，
他胸中充满了愤怒火焰，
其怒火令众人十分恐惧，
造成了惊慌的人群骚乱。
闻混乱，诺兰丁国王赶来，
身边随披甲者成百上千。

60

诺兰丁国王与披甲卫士，
看见了民众在四处逃窜，
便赶到城门前，严阵以待，
王命人放吊桥准备迎战。
格力风把愚民驱离身边，
但不敢未披甲擅自冒险，
又重新把那套耻辱盔甲，
再一次穿戴在头顶背肩。

[1]　指机运女神。

61

他撤至一坚固庙宇附近，
庙宇的四周被深沟围圈，
在一座小桥头稳稳站立，
任何人难将其围困中间。
一队兵冲到了城门之外，
高声吼，恫吓着，威逼向前；
勇敢的格力风纹丝不动，
看上去他毫无惊恐不安。

62

当见到那群人靠近身边，
格力风迎上去冲锋向前；
就好像屠宰场杀死牲畜，
用双手挥舞着嗜血利剑；
随后又退至那狭窄小桥，
在桥头略休息短暂时间，
再重新杀出去，重新退回，
每一次均令敌心惊胆战。

63

或正劈或反挑，鲜血飞溅，
或骑士或步勇倒于地面。
众兵将朝勇士蜂拥而上，
此恶战越来越血腥，凶残。
从四面涌来了人海浪潮，
格力风担心被淹没其间；
他左肩与左腿已经负伤，
力用尽，身瘫软，喘息不断。

64

勇敢会救助那无畏之人：

诺兰丁心生疑，跑来观看，

血泊中许多人已被杀死，

这一切是国王亲眼所见；

伤口似出自那赫克特[1] 手，

这样的铁证据无法推翻，

曾错误羞辱过这位骑士，

此勇士之神武绝非一般。

65

王随后身靠近，迎面观看，

好一位杀人的勇猛大汉，

面前的深沟中鲜血流淌，

尸体也堆成了可怖小山；

豪拉提独斗败托斯卡纳[2]：

只见他一个人占据桥面；

诺兰丁已后悔羞辱骑士，

便撤下众兵勇，停止恶战。

66

他高高举起了赤裸右手[3]，

用古老之方式请求停战，

---

[1]　赫克特是荷马史诗中的英雄人物，特洛伊的王子和第一勇士，不但勇冠三军，而且为人正直，品格高尚，后来被希腊英雄阿喀琉斯杀死。

[2]　豪拉提（另译：豪拉提乌斯）是古罗马的一位独眼英雄。据说，公元前 508 年，埃特鲁斯人的军队入侵罗马，他只身一人遏制住了敌军的进攻，后因溺水而身亡。埃特鲁斯人居住在托斯卡纳等意大利中部地区，因而，诗中用"豪拉提独斗败托斯卡纳"来比喻格力风的勇猛。

[3]　指未拿武器的右手。

开言道：“我声明犯了错误，
对于此也深深表示遗憾。
我竟然会做出如此错事，
全因为受挑唆，缺乏明断：
本应该严惩罚卑劣小人，
却使得最高贵骑士受难。

67

“今日因我无知令你承受，
众人的羞辱与谩骂万千，
然而你此时已获得荣耀，
耻与辱被灿烂光辉遮掩；
我一定要做出最大努力，
令尊贵勇骑士心足意满，
尽力把黄金与古堡、城池，
统统都奉献在你的面前。

68

“你可以向我索半个王国，
我将其献给你心甘情愿；
你之勇怎仅仅与此相配，
真值得我向你捧出心肝。
你的手已向我郑重表明，
值得我爱与信，直至永远。”
说话间诺兰丁跨下战马，
朝骑士伸右手疾步向前。

69

格力风见国王如此和善，
用双臂来抱他脖颈、双肩，

便丢弃手中剑、敌对情绪，
示卑微，拥其髋，跪于地面。
见他有两处伤仍在流血，
王唤人涂伤药，将其慰勉；
随后又亲扶他慢行入城，
安歇在国王的辉煌宫殿。

70

负伤者在那里逗留数日，
然后才能够把铠甲披肩。
我再讲阿奎兰、阿托夫君，
现在须重返回巴勒斯坦。
格里风离圣城，二人寻找，
查遍了城中的每个地点，
随后又去其他许多地方，
两骑士花费了何止一天。

71

格力风去何处二人不知，
亦无法靠推测准确判断；
但那位希腊客来找他们，
谈话时透露出信息点点：
欧丽吉欲前往安提阿城，
现已经随奸夫赶路向前，
新情人本来自那座城市，
他二人一相遇情火便燃。

72

阿奎兰问是否格力风兄，
也曾闻他已被女子背叛；

见香客点头后立即明白，
为什么格力风踪影不见：
他追踪欧丽吉去了安城[1]，
重夺回背叛女其心方安，
一定会给情敌严厉教训，
这一切已经是十分明显。

73

阿奎兰怎能让兄长一人，
独自去面对这巨大风险，
便披甲，跨战马，追踪而去，
但行前请公爵[2]等他回返：
他未从安提阿返回之前，
先别回法兰西与父团圆[3]。
在雅法[4]阿奎兰下马登舟，
他觉得海路更快捷安全。

74

大海上刮起了西洛可风[5]，
东南风似为他[6]吹动船帆，
第二日提洛[7]与萨菲托[8]城，
均先后映入了骑士眼帘。

---

[1] 指安提阿城。
[2] 指阿托夫。
[3] 此句诗的主语是公爵，即阿托夫。
[4] 雅法是世界上最古老的港口城市之一，位于以色列，现与特拉维夫合并成一个城市。见第 15 歌 98 节。
[5] 从撒哈拉吹向地中海的热风，即东南风。
[6] 好像是为了阿奎兰。
[7] 古代称提洛，现在称苏尔。是一座位于黎巴嫩南部的古城。
[8] 可能指叙利亚的萨拉芬（Sarafend）城。

左手是美丽的塞浦路斯，
贝鲁特、泽贝尔[1]已抛后面，
帆船儿又驶向托尔图沙[2]，
随后入伊斯肯德伦海湾[3]。

75

从那里船头又指向东方，
木帆船飞一般行驶向前；
顺海潮进入了阿西河[4]口，
骑士要在那里弃舟登岸。
阿奎兰放下了登陆跳板，
身披甲骑战马走下帆船；
沿着河向上游直奔而去，
朝着那安提阿快马加鞭。

76

打听到马塔诺有关消息，
听说他携情妇远离家园，
受国王邀请去大马士革，
要参加隆重的比武盛典。
胞兄他必定也随其而去，
阿奎兰心中急，刻不容缓，
他当天便离开安提阿城，
但不想行海路再次乘船。

---

[1] 贝鲁特北部的一座城市。
[2] 古代称托尔图沙，现代称塔尔图斯，是叙利亚西部地中海港口城市。
[3] 地中海东北角深水湾，现在属土耳其。
[4] 又称奥龙特斯河。阿西河是中东地区一条跨国河流。发源于黎巴嫩的贝卡谷地，
   向北流经叙利亚、土耳其。

77

骑马奔拉里萨、吕底亚[1] 城，
富足的阿勒颇[2] 被甩后面。
上天主此时要显示公正，
必定会惩罚恶奖励良善：
在距离马木戛[3] 一里格[4] 处，
马塔诺、阿奎兰相遇迎面。
那懦夫欲炫耀比武荣耀，
令侍从擎奖品开路在前。

78

阿奎兰在远处错误以为，
是胞兄来到了自己面前：
兄平时一身白，如同新雪，
那盔甲和战袍把人欺骗。
"噢！"见此景阿奎兰惊叫起来，
走近后他才把来人分辨，
观其面，闻其声，并非兄长，
是他人扮兄长来到身边。

79

他怀疑同行女使用骗术，
格力风被谋害已经归天；
便吼道："告诉我，你等何人？
我一看便知道非盗即骗。

---

[1] 古代位于安提阿和大马士革之间的两座城市。
[2] 阿勒颇（另译：阿勒坡）是叙利亚北部城市，阿勒颇省的首府。
[3] 古代位于安提阿和大马士革之间的一座城市。
[4] 长度单位，约等于 6000 米。

你从哪（儿）得到了这身盔甲？
在何处跨上了我兄马鞍？
快快说我兄长是生是死？
你如何获得此战马枪剑？”

80

欧丽吉听到了愤怒质问，
调马头就准备逃避灾难；
阿奎兰比女子动作更快，
勒其马，怎管她愿与不愿。
马塔诺闻骑士如此厉喝，
突然间人发愣不知咋办，
是行动，是答话，主意全无，
就如同风吹树浑身抖颤。

81

阿奎兰吼叫着，愤怒不已，
将剑尖直指向懦夫喉管；
如若他不说出真实情况，
定先把奸妇的脖颈割断，
然后再取他的项上人头；
倒霉的马塔诺唾液下咽，
心中想怎样能减轻罪过，
随后他便张口再吐谎言：

82

“老爷呀，您应知，这是我妹，
她生于仁慈家，非常良善，
可恶的格力风将其控制，
令她在耻辱中丧尽颜面。

此丑事搅扰我坐立不宁，
又无力将我妹夺回身边，
格力风极高大，勇力过人，
我只好为施计百般谋算。

83

"她也想再回到体面生活，
我与她便秘密协商逃难，
趁邪恶格力风入睡之时，
静悄悄偷逃离他的身边。
她担心格力风醒后追赶，
令我们之计划不能实现，
于是就盗走其盔甲、战马，
来到此，就如您亲眼所见。"

84

这狡诈贼人竟欲盖弥彰，
编造了另一个愚蠢谎言，
如若他未试图巧言掩盖，
反而会容易使骑士受骗；
盗盔甲和战马那段故事，
或许能遮人目蒙混过关，
但他说自己是女子兄长，
此谎言早已经被人揭穿。

85

安提阿阿奎兰已经探知，
那女子与情夫秘密通奸；
他胸燃愤怒火，高声吼道：
"狗窃贼，你竟敢吐此谎言！"

说话间向懦夫猛击一拳，
打掉了两颗牙只好下咽；
随后便不废话，扭其臂膀，
用绳索缚其背，捆绑双肩；

86

亦同样捆绑住欧丽吉女，
尽管是她口中不断争辩。
拖他们游遍了大街小巷，
一定要让他们受尽苦难；
把他们又牵至大马士革：
恨不能拖他们万里之远，
一直到寻找回受害兄长，
再请他随其意严厉惩办。

87

阿奎兰来到了大马士革，
命懦夫侍从们返回家园；
他发现格力风威震全城，
其名望展双翼飞上蓝天：
男和女、老与少无人不知，
比武场他善用长枪、利剑，
被同伴用假象欺世盗名，
偷走了胜利的荣耀、颂赞。

88

民众恨马塔诺可耻懦夫，
认出了他那张丑恶嘴脸。
有人道："这不是那无赖吗？
他盗走别人功，骗取颂赞。

用无耻与邪恶岂能掩盖，
未醒的英雄汉[1]勇猛彪悍？
这不是那一位无情女吗？
她帮助邪恶人背叛良善。"

89

还有人讽刺道："多么匹配，
同品种，同标志，同等颜面！"
对他们有些人辱骂，怒吼：
"吊死他，烧死她，锤击，裂断[2]！"
为观看，人与人拥挤推搡，
都跑到街道间、广场上面。
此消息传到了国王耳中，
听到后他心中十分喜欢。

90

好国王急忙忙来到街上，
无侍从前后拥，行动方便，
他赶来为了见阿奎兰君：
此君为格力风报仇雪冤。
对来者他表示热情、尊重，
邀请其进入了国王宫殿；
命令人把两个可恶囚徒，
禁闭在塔楼的地牢里面。

91

负伤的格力风卧榻休养，

---

[1]　指格力风。
[2]　指五马分尸。

国王陪阿奎兰来到床前，
见兄弟，格力风面颊泛红，
知弟已听说他所受磨难。
阿奎兰先与兄取笑一番，
王才与二人把正事叙谈：
那两个被捉的邪恶之人，
应怎样把他们严厉惩办。

92

阿奎兰与国王已有打算，
将二人千刀刮方解愤懑；
格力风却主张原谅他们
（只原谅欧丽吉启齿实难），
便巧妙陈述了许多理由，
最后他做出了如此决断：
马塔诺被判处扫帚抽打[1]，
但懦夫之性命得以保全。

93

他们命把懦夫紧紧捆绑，
第二日再使用扫帚皮鞭。
欧丽吉被囚禁监狱之中，
一直到卢齐娜返回家园[2]，
再按照她意愿实施惩罚，
或轻罚或严惩，王后决断。
阿奎兰在此处休息，等待，
待兄能康复后披甲在肩。

---

[1] 用扫帚抽打后背。这是一种欧洲中世纪的刑罚。
[2] 卢齐娜王后还在塞浦路斯的娘家。

94

在犯了严重的错误之后，
诺兰丁增智慧受到锻炼：
如若是给有功应谢之人，
带来了伤与害，令其受难，
他必然要忏悔所犯罪过，
也定会感受到痛压心田；
为了让受害者重新快乐，
昼与夜苦冥思，心难宁安。

95

诺兰丁做出了最后决定，
对这位受辱的骑士典范，
以国王之名义隆重赐予，
崇高的荣誉及万民颂赞，
把奸人诈取的那份奖品，
向完美勇骑士如数奉还；
并且还向全国发出公告，
下个月重举行比武盛典。

96

王命人去布置比武会场，
要显示王室的气势不凡。
"传闻女"展开了飞行羽翼，
令消息叙利亚各地传遍；
再传至法兰西、巴勒斯坦，
也传到阿托夫公爵耳边，

公爵与总督爷[1]一起商定，
他们要结伴去参加盛典。

97

单索内是一位勇猛骑士，
既英明又强悍，名不虚传。
罗兰爷引入教，为其洗礼，
查理王命他把圣地掌管。
阿托夫与总督携带辎重，
踏旅程，赴"传闻"宣扬地点：
比武会举办在大马士革，
一路上此消息耳中灌满。

98

骑马向比武地悠闲走去，
慢慢行，还经常休息，停站，
比武日再赶到大马士革，
可保持身不乏体力强健。
在一个岔路口遇到一人，
其衣着与举止男人一般，
她其实是一个女儿之身，
在沙场却无比勇猛彪悍。

99

此女叫玛菲萨，童贞之身，
手中握一宝剑，武艺精湛，
布莱与蒙塔坂伯爵[2]虽勇，

---

[1] 指单索内，他是查理派驻耶路撒冷的总督。见第15歌95—97节。
[2] 布莱伯爵指的是罗兰，蒙塔坂伯爵指的是里纳多。见第1歌12节和第6歌34节。

她却令此二人多次汗颜。
无论是昼与夜顶盔披甲,
踏遍了高山与广阔平原,
行四方寻骑士比试武艺,
练就了不坏身,捷报频传。

100

当她见阿托夫、单索内君,
身披甲朝着她行走向前,
看上去二人是勇猛武士,
他们的骨骼都十分强健。
因喜爱与他人比试武艺,
便驱马迎向前,意欲挑战;
但走近她瞩目仔细观看,
认出是公爵爷来到面前。

101

她记起在契丹二人同行,
近卫士之诙谐令其心欢;
于是便呼其名,摘下手套,
随后又掀面甲露出笑脸。
她高兴迎过去拥抱公爵,
尽管在女子中她最傲慢。
这一次近卫士仍同往常,
对眼前杰出女尊崇无限。

102

他二人相互间嘘寒问暖,

阿托夫随后答[1] 怎来此间；
他讲述为何去大马士革：
因天下猛士要参加盛典，
叙利亚国之主发出邀请，
众骑士把神武意欲展现。
"我也要与你们一同前往，"
玛菲萨随时愿参加激战。

103

阿托夫愿意携这位战友，
单索内也同样表示喜欢。
比武的前一天到达该城，
在城外小镇中下榻客栈：
奥罗拉重唤醒老爱人时[2]，
再起身也不会感觉太晚；
比下榻华丽的宫殿之中，
住客栈令他们更觉宁安。

104

新一天旭日又冉冉升起，
把耀眼之光辉洒满人间，
勇女子与两位武士披甲，
派侍从进城把消息打探；
侍从传消息说时间已到，

---

[1] 因玛菲萨问他为何来到此处。

[2] 奥罗拉是罗马神话中美丽的曙光女神，她爱上了人间的美少年提托诺斯，但苦于
他是凡人，会死去；于是，她再三恳求宙斯使提托诺斯永远不死，却忘记要求宙斯
使爱人永远年轻；后来她只好无奈地看着心爱的美少年不断变老。"奥罗拉重唤醒
老爱人时"的意思为"在黎明时分"。

为观看比武场骑士激战，
国之君诺兰丁已至校场，
他将见折枪戏[1]十分凶残。

105

三勇士急进城不敢怠慢，
沿大路赶到了广场周边，
来自于各地的杰出武士，
待国王发号令下场激战。
那一日优胜者应获奖品，
是装饰华丽的铁锤、短剑，
还可得高昂首一匹骏马：
配得上取胜的英雄好汉。

106

诺兰丁心中已坚定不移，
两场的比武会耀眼荣誉，
与两份优胜者丰厚奖品，
白衣士格力风必获无疑；
勇敢者应取得如此重奖，
本应该给予他这等激励，
把短剑和铁锤、珍贵骏马，
作奖品与盔甲[2]合二为一。

107

格力风已赢得首次比武，
马塔诺假扮他获得利益，

---

[1]　指激烈的比武。
[2]　上一次比武会的奖品。

欲窃取他人物必付代价，
勇骑士应重获盔甲、战衣；
国王命把铁锤悬挂马鞍，
将短剑与盔甲系在一起，
以便于格力风大显身手，
把两份奖品都奋力夺取。

108

若要使国王的意图实现，
须阻挡女骑士[1]校场露面，
但她与阿托夫、单索内君，
已赶到比武的广场周边。
玛菲萨一见到那副盔甲，
便立刻认出它，心中喜欢：
她本来就是这盔甲主人，
视它为心爱的宝贝一般。

109

有一天她追赶布鲁内贼，
欲夺回她那把被盗宝剑，
穿盔甲绊腿脚实在不便，
便将其搁放在道路旁边。
我觉得此故事不需再讲，
已有人讲述过，何必多言[2]，
我只想请你们能够了解，
见此甲女骑士如何表现。

---

[1]　指玛菲萨。

[2]　据《热恋的罗兰》讲，有一天，玛菲萨休息时，布鲁内偷走了她的宝剑；为轻装
　　　追赶窃贼，玛菲萨脱下盔甲，并将其搁放在路旁，后来被人拿走。

110

为任何人世间其他原因，
都不愿让盔甲离身一天；
当认出自己的这副宝甲，
你们想她应该如何表现？
顾不上去思考用何方法，
再重新把盔甲夺回身边，
她突然奔过去，伸出手臂，
转眼间将盔甲抓于掌间；

111

全不顾带走了其他奖品，
然后把它们又丢在地面。
见此状诺兰丁国王大怒，
用目光调人马对其开战；
众臣民怎可忍如此羞辱，
为雪耻刺出了长枪、短剑。
全忘记曾惹怒游侠骑士，
这件事才刚刚过去几天。

112

这不是春天到百花盛开，
俊少年来到了多彩花园，
更不是随雅乐翩翩起舞，
把美艳俏佳丽热情陪伴；
玛菲萨闻马嘶、兵刃撞击，
身旁飞投枪与呼啸羽箭；
她于是在校场挥剑屠戮：
难相信女子竟如此彪悍。

113

勇女子闯入了愚蠢人群，
挺枪杆恶狠狠冲锋向前，
枪或戳胸腹部或刺脖颈，
马冲撞令数人跌倒地面；
随后她拔利剑左刺右砍，
一个人头不见只剩躯干，
另一人两肋被利剑穿透，
还有人左右臂全被斩断。

114

阿托夫、单索内与其同来，
身披甲亦十分勇猛彪悍，
尽管是来此处不为混战，
见战斗已打响怎肯旁观；
放下了护面甲，挺直长枪，
冲向了那一群凶恶混蛋，
随后也拔利剑左冲右突，
开辟了一条路，行进向前。

115

从各地赶来的勇猛骑士，
为比武集聚在校场周边，
却见到眼前的武力疯狂，
游戏已转变成死亡灾难；
众骑士并不知其中缘由，
为什么怒臣民遭受劫难，
为什么国王会受此羞辱，
一个个头脑中疑云难散。

116

因此便有人去帮助民众，
但不久他们都悔不该管；
有些人并不管外人、市民，
过去把争斗者分为两边；
还有些智慧者勒住缰绳，
要静观此事件如何发展。
格力风、阿奎兰也在其中，
欲夺回宝甲胄催马向前。

117

他二人见国王满面怒气，
眼睛中放红光，似火点燃，
许多人对他们道出原因，
讲明了是什么引起混战。
格力风感觉到国王受辱，
就如同对自己辱骂一般；
兄弟俩命侍从递过长枪，
为复仇冲过去，势如闪电。

118

另一边阿托夫驱动战马，
蹿到了随行的同伴前面，
手中握金制的魔法长枪，
枪到处所有的对手落鞍。
他先令格力风坠落马下，
又与那阿奎兰交手阵前；
刚刚用长枪尖触及盾牌，
便使其从马背摔下地面。

119

另一些尊贵的勇猛骑士，
单索内总督前坠落马鞍。
众臣民逃奔到校场出口：
见此状王胸燃愤懑火焰。
玛菲萨身披甲，头上顶盔，
手中持新得的铠甲、铁冠，
当见到众人都调头逃走，
得胜者无意追，欲返客栈。

120

阿托夫、单索内随后紧跟，
齐来到校场的出口门前，
所有人为他们让开通道，
围栏前他二人并不停站。
阿奎兰、格力风痛苦不已，
见自己一回合便被打翻，
两兄弟低垂头，十分羞愧，
更无颜再回到国王面前。

121

他们俩寻战马，重新跨鞍，
刺马腹急忙忙在后追赶。
国王与众侍从紧随其后，
都准备或赴死或讨颜面。
愚民们高声喊："啊！冲啊！"
一个个却胆怯不敢上前。
格力风赶到了吊桥之处，

在那里三同伴[1]回首观看。

122

格力风一下子认出公爵，
剃发杀欧利罗魔怪[2]那天，
他便穿这一套战袍盔甲，
骑同样战马配同样马鞍。
在校场两个人交锋之时，
他未及对公爵仔细观看；
现认出公爵爷，向其施礼，
再询问另两位是何同伴；

123

为什么他们要夺那盔甲，
对国王之尊严不顾不管？
英格兰公爵对格力风君，
把同伴之情况介绍一番；
为什么那盔甲引发混战，
公爵也不知道其中根源；
因他是玛菲萨同行朋友，
与总督助同伴理所当然。

124

说话间阿奎兰赶到跟前，
听到了兄长与公爵交谈，
也立刻认出了勇猛骑士，
改变了刚才的复仇意愿。

---

[1]　指玛菲萨、阿托夫和单索内。
[2]　见第 15 歌 65—90 节。

许多的诺兰丁侍从赶到，
却不敢太靠近他们身边；
后来见交谈者十分和谐，
才放心专注听他们之言。

125

有一人认出了玛菲萨女，
其勇猛足可以威震世间，
调马头疾驰去禀报国王：
若今日他不想丧失王权，
引王室快拜见提西福涅[1]，
毁灭前求原谅还不算晚。
玛菲萨确实是夺甲之人，
这死神就立于众人面前。

126

她名声令整个东方发抖：
即便是距离她千里之远，
许多人闻其名毛发卷曲，
诺兰丁也难免心惊胆战。
若不能事先就做好准备，
传信者所讲事必然出现；
侍从们一个个变怒为惧，
都因为受惊吓缩成一团。

127

单索内、奥利维两个儿子，

---

[1]　提西福涅是希腊神话中复仇三女神之一，此处指玛菲萨。

与奥托国王子则在一边，
齐恳求凶猛的玛菲萨女，
快结束这一场残忍恶战。
玛菲萨对国王高傲说道：
"国王呀，此盔甲非您财产，
我有理自决定作为礼物，
赠送给比武会取胜魁元。

128

"那一天行走于亚美尼亚，
我把它搁置在一条路边，
因我要徒步追一个窃贼：
他点燃我胸中熊熊怒焰；
我所用标志是最好证明，
你若是听说过，此处可见。"
她指出盔甲上打印徽记：
好一顶国王冠裂成三瓣。

129

王答道："一商人赠我此甲，
这件事发生在几天之前；
如向我索此物，您早获得，
何必管曾是否您的财产；
尽管是已赠送格力风君，
我对他还曾经许过诺言，
但若您愿先将此物还我，
我便可再把它披在您肩。

130

"想令我相信您是何身份，

并不需您来把标志展现，
只要您说一声我便相信，
远胜过找证据让我观看。
我认可这盔甲归属于您：
此重奖应该配骑士魁元。
只要是获此奖您能高兴，
我可奖格力风其他物件。"

131

格力风不关心盔甲归属，
为使王心喜悦开口吐言：
"对于我你的爱已是奖赏，
这份爱足令我心足意满。"
玛菲萨自语道："我已觉得，
挽回了自己的全部尊严。"
她微笑表示愿赠送盔甲，
格力风受馈赠感激无限。

132

友善的众英雄返回城中，
把节庆之气氛成倍增添。
随后又重举行比武大会，
获奖的单索内受人称赞：
阿托夫、玛菲萨、两位兄弟，
并未想下校场与其交战，
他们是好朋友、亲密伙伴，
都希望单索内英名远传。

133

英雄们感觉到皆大欢喜，

与国王同欢庆大约十天。
心爱的法兰西催促返回，
身不在，众人心难有宁安；
于是便告别王，启程上路，
玛菲萨也愿把他们陪伴。
她早就希望能赶往法国，
与诸位近卫士较量一番，

134

要检验是不是名副其实，
看本领与名声是否一般。
单索内托人管耶路撒冷，
命他人暂时把重任承担。
五英雄随后便组成一队，
论武艺无人与他们比肩；
众骑士先要去的黎波里，
告别了诺兰丁赶路向前。

135

在该城找到了一艘大船，
那只船去西方准备扬帆。
与鲁尼[1] 年迈的船长谈妥，
运送人与马匹应付价钱。
趁天晴他们便解缆启航，
日艳丽，气清爽，天高云淡。
他们可有数日幸运天气，
船行于顺风的平静海面。

---

[1]　来自于鲁尼的老船长。鲁尼是意大利托斯卡纳地区的一座古城。

136

爱神的圣岛[1] 为他们提供，

第一个泊船的避风港湾；

那里的坏空气不仅伤人，

而且还腐蚀铁，万物命短。

只因为那是片宁静死水，

但莫把法马古斯塔[2] 抱怨，

它靠近恶劣的康斯坦察[3]，

除此外塞岛[4] 是美丽家园。

137

沼泽地散发出腥臭气味，

木船儿在那里难停数天。

因此趁东北风升帆启航

绕塞岛右手处飞速向前，

在巴佛[5] 船靠岸放下跳板，

航行人登上了美丽海岸，

有的人忙卸货，有人游览，

参观这快乐的爱情家园[6]。

138

远离开海岸边六七哩路，

登上了怡人的丘陵之巅。

---

[1] 指塞浦路斯岛。在古罗马神话中，塞浦路斯是爱神维纳斯的圣地。

[2] 塞浦路斯岛东岸的城市。

[3] 法马古斯塔城附近的古城，现已不存在。因该城位于沼泽地带，地理环境不好，
    所以此处称"恶劣的康斯坦察"。

[4] 指塞浦路斯岛。

[5] 塞浦路斯岛的城市。

[6] 塞浦路斯岛是维纳斯的圣地，因而称其为爱情家园。

爱神木、雪松和橙子、月桂，
千余种美妙树覆盖矮山。
百里香、墨角兰、玫瑰、百合，
从芬芳土壤中获取香源，
只要是陆地上风儿吹起，
四溢的幽香气飘向海面。

139

潺潺的小溪中流淌泉水，
浇灌着肥沃的一片海滩。
这里是维纳斯美妙王国，
真堪称快乐的幸福家园；
此处的每一位妇人、少女，
比人间其他处更加美艳：
无论是年纪轻还是年迈，
神令其整日里勇于爱恋。

140

卢齐娜与魔怪恐怖故事，
此岛和叙利亚各地传遍；
她准备启航于尼科西亚[1]，
早期待返回家与夫团圆。
精明的老船长见风使舵，
见有利航行风吹拂海面，
便下令起铁锚船头向西，
展开了船上的所有风帆。

---

[1] 塞浦路斯的首都。

141

西北风推动着船儿前进，
船扬帆，逆风行，远离海岸。
当太阳高悬于天空之上，
温柔的西南风开始出现，
黄昏时那风儿越刮越烈，
卷动起凶猛浪撞击木船，
雷鸣声震耳聋，闪电耀眼，
似天裂，宇宙间万物俱燃。

142

黑压压乌云把天空遮蔽，
令白日与群星难露颜面。
海在下，天在上，怒吼，咆哮，
船周围狂风吹，令人不安，
黑色的暴风雨携带冰雹，
对可怜航海人抽打不断；
愤怒且可怕的波涛之上，
覆盖着阴森森漆黑夜晚。

143

航海人展示出高超技艺，
并因此受到了众人称赞[1]：
有的人吹哨子，来回奔跑，
指挥着其他人准备应变；
有的人搬来了备用铁锚，
有的人解索绳降下风帆；

---

[1] 显然，这里，诗人在赞美欧洲不断兴起的航海热潮；当时新大陆刚被发现不久。

有的人扶稳舵，加固桅杆，
还有人急忙忙清理甲板。

144

猛烈的暴风雨整夜不停，
天地间黑压压地狱一般。
船长驾木船儿直驶远海，
他认为那里的波涛少险；
时不时调船头迎击巨浪，
逆风暴向前进，十分勇敢，
从来未放弃过美好希望，
盼天明风暴停波浪平缓。

145

但风暴未停止，波浪不平，
却反而更疯狂，卷起巨澜，
盼白昼也只能漏壶计时[1]，
夜虽去，光不见，天仍黑暗。
面对风老船长万分担忧，
他恐惧不断增，希望锐减：
调船尾朝波浪，放弃搏斗，
顺狂澜漂流去，升起小帆。

146

暴风雨折磨着航海之人，
陆地亦令人们不得宁安：
英格兰兵士与撒拉逊人，

---

[1]　因为天昏地暗，已分不清白昼和夜晚。

集聚在法兰西你杀我砍。
里纳多倒敌旗，开路挺进，
或抗击敌兵将，阻其向前；
只见他用马刺驱动坐骑，
朝彪悍达蒂内猛冲向前。

147

里纳多识徽记，心中明白，
阿蒙特猛虎子就在眼前；
见他敢与伯爵[1]竞争标志，
便晓得他必定十分彪悍。
走近后更觉得名不虚传：
其周围死尸已堆成小山。
高喊道："最好先根除此苗，
莫让它长大后更呈凶顽。"

148

近卫士便直扑阿蒙特子，
甩开了其他人，开路向前；
驱散了基督徒、撒拉逊人，
手中握可怕的著名宝剑；
眼只有达蒂内不见其他，
把不幸年轻人紧紧追赶。
"小顽童，谁给你这面盾牌？
继承它必然会引起麻烦。

---

[1] 指罗兰。杀死阿蒙特后，罗兰开始使用阿蒙特的标志；而达蒂内也在使用他父亲
的标志。

149

"你莫走，我与你比试一番，
看此盾你是否能够保全；
我面前若不保红白盾牌[1]，
勇罗兰到来时护盾更难。"
达蒂内回答道："你会看到，
持此盾我便能将其保全；
我捍卫红白盾、父亲荣耀，
不管是将遇到何等麻烦。

150

"你切莫见我小便自以为，
我会逃或屈膝把盾奉献：
若想夺我兵器先取我命，
我认为真主的安排相反。
任何人都不可把我斥责，
说我难维护住祖先颜面。"
说话间他手握锋利宝剑，
对骑士里纳多猛冲向前。

151

当见到里纳多策马而来，
紧紧把达蒂内愤怒追赶，
就如同草原上一头雄狮，
见牛犊凶狠狠猛扑一般；
恐惧便压倒了非洲兵勇，
令他们心中血如同冰寒。

---

[1]　红白相间的图案是阿蒙特的标志，即达蒂内手持盾牌的颜色。

先出手骑士是撒拉逊人[1]，
曼波林头盔[2]上枉劈利剑。

152

里纳多笑言道："你应知晓，
我比你更善于斩断血管。"
刺战马同时把缰绳松放，
说话间用足力刺出一剑，
这一剑直刺向对手胸口，
戳穿胸从背后露出剑尖。
拔出剑，灵魂伴鲜血流出：
无魂尸喷着血跌落马鞍。

153

娇嫩的紫红花丧失生命，
铁铧犁经过时将其铲断，
菜园中罂粟花情绪低落，
垂下头把悲伤情感表现；
达蒂内已尽失面部颜色，
就这样丧了命，离弃人间；
他所有勇敢与超人武艺，
也一同随其去，撒手人寰。

154

就如同人有时利用智慧，
修闸坝把水流堵塞、截断，
当截水之堤坝破裂之后，

─────────────

[1]　指达蒂内。
[2]　里纳多头上的宝盔。见第 1 歌 28 节。

轰鸣的直泄水四处泛滥；
活着的达蒂内给人勇气，
非洲兵受节制不便逃窜，
现见他跌下马死于阵前，
便纷纷四散开，乱作一团。

155

谁想逃，里纳多全都放行，
只追杀欲反抗非洲敌顽。
近卫士身边过阿里奥丹，
众敌寇都纷纷跌落马鞍。
廖内托[1]、泽比诺亦杀数人，
基督徒个个都奋勇当先。
查理王、奥利维恪尽职守，
萨拉蒙、图品亦表现不凡。

156

那一日摩尔人处境危险，
恐怕是无一人能返家园；
西班牙国王却抓住时机，
携残兵离战场寻求安全。
他认为撤兵是最佳选择，
受损失总强于倾家荡产：
撤兵还可挽救部分军队，
若坚持全军亡不可避免。

---

[1]　基督教骑士。在此诗中第一次出现。

157

向各营发出了退兵号令，
命三军集合在沟障后面，
斯托迪[1]、马达拉[2]、葡萄牙人[3]，
率兵勇聚成了一个军团。
他[4]派人去恳求非洲之王，
请他快远离开强敌身边；
若那日能保住性命、营寨，
已表明三军曾奋勇作战。

158

非洲王已经被彻底击垮，
他认为比塞大[5]再也难见，
机运神从没有亲眼见过，
国王脸如此的可怕、难看；
他欣慰马西略撤离战场，
使部分军队能得到保全；
于是便下命令偃旗后撤，
收兵的鼓号声传遍阵前。

159

大部分非洲兵已经阵亡，
听不到鼓号也令信难见；
到处是胆小的惊弓之鸟，

---

[1] 格拉纳达国王。见第 14 歌 13 节。
[2] 见第 14 歌 12 节。
[3] 指里斯本的国王。见第 14 歌 13 节。
[4] 指西班牙国王马西略。
[5] 比塞大是非洲王的老巢，非洲王国的首都。

塞纳河淹死者成千上万。
非洲王又重新聚拢残兵，
索柏林在身边，其他溃散；
各营的统兵者费尽气力，
再难以将败兵集成一团。

160

非洲王、索柏林、其他统帅，
用恳求与威胁劝兵回返，
仍难以集聚起三分之一，
收兵令无人听，执行甚难。
或阵亡，或逃遁，三人有二，
剩一人亦受伤，痛苦不堪；
有的人伤在前，有人在后，
一个个力气尽，忍受熬煎。

161

心中都充满了无限恐惧，
撤入到坚固的营门里面；
若不是漆黑的夜幕降临，
恶战停，短时间一切宁安，
不管是怎么样加强防御，
异教的营寨都难保安全。
当"机运"转身时，查理知道，
应紧紧将其发抓于掌间[1]。

---

[1]　比喻紧紧地抓住机运之神所赐予的机会，不可轻易放手。

162

但夜幕已降临，不宜厮杀，
似乎主对万物恩赐爱怜。
原野上流淌着鲜血大河，
滚滚的红波浪涌上路面。
那一日可见到八万尸首，
剑锋把他们的脖颈割断。
深夜里乡下人盗其衣物，
恶狼也出山洞吞食肉宴。

163

查理王并未返巴黎城内，
他命令在城外扎下营盘，
敌营寨被查理团团围住，
密密的篝火在四周点燃。
非洲王命士兵挖掘土地，
把壕沟、掩体与堡垒修建；
并亲自巡营寨，设立岗哨，
一整夜都未曾卸甲摘冠。

164

承重压撒拉逊苦痛难免，
整夜里军营中哭泣不断，
抽噎与抱怨声到处可闻，
但最后压抑住，哀声不见。
有的人失亲友，十分悲伤，
有的人身负伤，忍痛艰难，
一个个好似被热锅煎熬，
更惧怕面临的巨大灾难。

165

众人中有两位摩尔勇士，
出生在托梅塔[1]，身世不辨；
对朋友真挚的友爱故事，
很值得我对您讲述一番。
梅多罗、克洛丹两位伙伴，
随国王达蒂内法国参战，
无论是幸运时还是背运，
对朋友之爱心从未改变。

166

克洛丹身修长，十分强健，
一生为轻装兵，随军征战。
梅多罗美面容白而色润，
是一位善良的英俊少年；
他也随溃败兵退出战斗，
但心情极忧伤，美色锐减：
虽然是眼发黑，金发蓬乱，
却仍如最高层天使一般[2]。

167

当夜神望天空昏昏欲睡，
东西方都陷入一片黑暗，
他二人仍站在掩体之上，
与许多其他人同守营盘。
梅多罗在那里念叨不停，

---

[1] 非洲古城，坐落在现在利比亚东北部海边。
[2] 仍然像最高等级的天使那样美丽。

句句话都把他国王[1] 怀念:
阿蒙特之爱子尚未埋葬,
其魂魄在荒野哭泣不断!

168

梅多罗对战友开口说道:
"我国王还躺在血浸荒原,
寻美餐狼与鸦会食其肉,
这件事真令我心难宁安。
一想到他对我十分和善,
就觉得我对他欠债未还,
为荣誉他献身, 灵魂出窍,
我应为谢其恩略作奉献。

169

"我想去旷野中寻其尸体,
以免他未入土暴尸荒原:
或许主希望我隐身出营,
去查理宁静的营寨旁边。
若上天颁神旨令我丧命,
你留下可对人讲述天愿;
机运神若禁止我行善事,
我至少能够把善心表现。"

170

这番话惊呆了克洛丹君:
一少年竟有此赤诚肝胆;

---

[1]　指刚刚战死在沙场的达蒂内。

因爱他于是便想方设法，
希望能令他弃危险打算。
他[1]痛苦如此大，实在难忍，
不接受任何人劝说之言：
梅多罗已准备慷慨赴死，
决心使其国王入土为安。

171

见少年心不动意志坚定，
战友说："我随你一同冒险，
我也愿亦希望光荣而死，
投身于善举中令人称赞。
如无你我自己活在人间，
什么还能令我心中喜欢？
最好是携武器与你同死，
这样会免除我人生苦难。"

172

他二人就这样做出决定，
换岗后便上路，去冒风险。
越过了寨沟与防护栅栏，
来到了不设防我军营盘：
篝火均已熄灭，营寨入睡，
因不惧撒拉逊残兵来犯。
兵器与辎重间众人歪倒，
沉浸于甘醇与美梦之间。

[1]　指梅多罗。

173

梅多罗之战友止步说道：
"有机会我从不抛弃一边。
难道说这群人我不该杀？
是他们将我王胸膛戳穿。
并不需你拔剑亲自下手，
只需要你望风仔细观看；
我自己舞利剑闯入敌群，
开辟出宽敞路引你向前。"

174

说完话他立刻开始行动，
闯入了沉睡的博士[1] 房间：
阿尔佛去年才进入宫廷，
为查理作巫医并且观天。
但此次上天未把他提醒，
也可能还对他说了谎言：
曾预示他可以享足年岁，
寿终于妻子的怀抱之间；

175

但现在精明的撒拉逊人，
把剑尖刺向了他的喉管。
随后杀占卜者[2] 身旁四人，
他们都无时间吐出片言：
图品君并未说姓甚名谁，
时间久其信息消失不见。

---

[1] 指随军博士，即下面一句中的"阿尔佛"。
[2] 指刚才提到的随军博士阿尔佛。

再取走蒙卡列帕里东命，
他睡在二马间自觉安全。

176

又轮到可悲的格里罗君，
他的头倚靠在酒桶边缘：
喝尽了美佳酿安俯桶上，
以为能静入梦酣睡香甜。
勇敢的撒拉逊斩其头颅，
鲜血随红色酒喷出"桶眼"[1]，
开此类酒桶眼何止一个，
勇士欲畅饮酒乱凿一番。

177

日耳曼、希腊人各杀一个，
均死在格里罗醉汉身边，
他们是安德罗、孔拉多君：
举酒杯，掷骰子，深夜不眠；
他二人若能够熬至日出，
方可以感觉到幸福无限。
即便是人均可预见未来，
也不能把命运随意转变。

178

就像是皮包骨饥饿雄狮，
闯入了满满的一座羊圈，
它凶狠乱撕咬，随意吞食，

---

[1] "桶眼"指被砍断的脖颈。从脖颈喷出的不仅有鲜血，还有刚刚喝进去的红酒。

懦弱的羊群儿任其涂炭；
异教徒[1] 展开了示残屠杀，
基督兵受戮于睡梦之间；
梅多罗手中剑亦不吃素，
也愤怒把贱民[2] 刺捅劈砍。

179

拉伯雷公爵卧妇人怀抱，
梦乡中正酣睡十分香甜；
他二人紧紧拥，如同一体，
连空气也难以插入中间。
梅多罗将他们头颅砍落。
噢，这种死好幸福！命运甘甜！
我相信，就如同躯体一样，
二人魂亦相拥飞离人间。

180

又杀死马林多、阿达里考，
佛兰德[3] 伯爵爷二子命断；
他二人都刚刚成为骑士，
查理授金百合奖励勇敢，
因白天混战后返回营寨，
见他们手中提血红利剑：
许诺言赐他们弗里斯兰[4]，

---

[1]　指克洛丹。
[2]　指无名的基督教兵将。
[3]　佛兰德（另译：法兰德斯）是比利时北半部的一个地区，主要由弗拉芒人居住。
　　　传统意义的佛兰德亦包括法国北部和荷兰南部的部分地区。
[4]　弗里斯兰地区位于荷兰北部。

梅多罗禁其掌封地职权。

181

四周围竖立着许多营帐，
营帐边埋伏着凶险利剑，
近卫士警惕高，轮班站岗，
守卫在查理王安歇帐前；
撒拉逊二勇士杀戮多时，
已觉得应撤退，提剑回转：
偌大的兵营中怎么可能，
无一人不睡觉圆睁双眼。

182

他二人取得了巨大收获，
已做到满载归自保安全。
梅多罗跟随着克洛丹君，
一心寻安全路行走向前。
来到了旷野处，遍地可见，
血泊中浸泡着弓弩枪剑，
穷鬼与富人及侍从、国王，
同战马混压着弃尸荒原。

183

旷野上堆满了死人尸体，
展现出可怖的混乱场面，
若不是梅多罗哀求明月，
快走出乌云幕显露笑脸，
忠诚的两战友白费力气，

至天明其愿望[1] 也难实现。

梅多罗面朝天虔诚祈祷，

举双眼，望明月，口中吐言：

184

"噢，圣洁的女神啊，古人曾说，

你必然有三形[2] 可以转换，

在天上和人间、冥界之中，

以不同之形状展示美艳；

森林中你猎捕各种野兽[3]，

紧跟踪其足迹追赶向前；

请告知我国王卧于何处，

他生前模仿你狩猎不断。"

185

闻祈祷月亮便拨开乌云，

或因为其虔诚[4]，或属偶然，

一露面便展现她的美貌，

赤裸着偎依在情人[5] 胸前。

月光下一片片荒原显现，

可看到巴黎城、山坡、平原：

---

[1]　找到国王达蒂内尸体的愿望。

[2]　罗马神话中，月亮女神有三种称呼，在天上被称作卢娜，在地上被称作狄安娜，
　　　在冥间被称作普罗塞尔皮娜。

[3]　月亮女神也是狩猎女神。

[4]　由于梅多罗的虔诚。

[5]　指恩底弥翁。恩底弥翁是古希腊神话人物之一。常年于小亚细亚拉塔莫斯山中牧
　　　羊和狩猎。因与月亮女神相恋而受到宙斯惩处。

远处是蒙马特[1]、蒙丽瑞[2] 丘，
一座丘立于右，一立左边。

186

月亮神之光线照亮大地，
阿蒙特儿子的尸体可见。
梅多罗奔过去，哭泣不已：
认出了盾牌上红白相间。
他双眼流淌出一条小溪，
苦涩泪浸湿了整个颜面，
其怜悯之举动、甜蜜抱怨，
可令风止呼吸空气停颤。

187

抱怨声十分低，将将可闻，
他不管是否被别人听见，
只希望能追忆逝者生命，
哪怕是离世者并不喜欢。
他害怕其思念尚未形成，
忆逝者之行为便被阻断；
于是悬逝者于二人肱骨，
沉重物被他们高置于肩。

188

他二人拼全力加快脚步，
肩抬着爱戴者尸体走远。

---

[1] 蒙马特是位于法国巴黎十八区的一座 130 米高的山丘，在塞纳河的右岸。
[2] 蒙丽瑞是巴黎南部郊区的小镇，位于丘陵之上，海拔最低 64 米，最高 152 米，
距巴黎约 25 公里。

刚强的泽比诺勇力过人，
需要时可不顾自身困倦，
他追杀摩尔人整整一夜，
黎明时才开始返回营盘。
光明主[1]驱散了天空星辰，
亦赶走世间的阴影黑暗。

189

泽比诺身边随几名骑士，
在远处看见了两位伙伴[2]。
便策马朝二人奔跑过去：
众骑士都希望满载而返[3]。
"兄弟呀，我们需抛弃重物，
应尽快离此地自保安全；
为一尸俩活人丢弃性命，
此想法真不算什么明断。"

190

克洛丹说完话抛弃尸体，
他以为朋友也同他一般；
但可怜梅多罗更爱国王，
独自将王尸体扛在背肩。
克洛丹急忙忙逃之夭夭，
他以为好朋友紧随身边：
若知将弃友于死亡绝境，
必定会等待他一同逃难。

---

[1]　这里的光明主指的是太阳。
[2]　指梅多罗和克洛丹。
[3]　希望能多捉俘虏，满载战利品返回军营。

191

骑士们[1] 已决定攻击二人，

掠走或将他们头颅斩断，

你向左，我向右，包抄而来，

堵住了每条路，防其逃窜。

其首领[2] 紧跟在骑士[3] 身后，

催促着众骑士紧逼向前；

见二人竟如此心生恐惧，

更确定是敌人出现眼前。

192

那地方有一片古老野林，

蔽荫处密密的古树参天，

密林中兽行道狭窄隐蔽，

就好像神奇的迷宫一般。

两伙伴都希望古林朋友，

能隐藏他们于密枝之间。

您若是喜欢听这段故事，

就等我下一次将其道全。

---

[1]　指泽比诺和他所率领的骑士。

[2]　指泽比诺。

[3]　指围堵梅多罗和克洛丹的基督教骑士。

第 19 歌

梅多罗负重伤奄奄一息　美女子救少年二人相恋
众英雄返巴黎路遇风暴　女儿国欲脱身必须激战

　　梅多罗被泽比诺率领的基督教骑士追上，身负重伤，跌倒在地，似乎已死。

　　安杰丽佳路过此地，发现奄奄一息的梅多罗，用草药将其救活。在医伤的过程中，二人产生了爱情；梅多罗康复后，他们返回契丹。

　　阿托夫、玛菲萨、阿奎兰、格力风等人的船被风暴吹至一个女子掌权的国度。要想通过那里，他们必须选出代表，与十位骑士比武，然后再与十位女子过夜。玛菲萨下校场战败九位骑士，与第十位骑士战至深夜，不分输赢，便决定第二天再战。他们互通姓名，彼此表示钦佩。

1

有的人幸运时并不知晓，
谁爱他且将其置于心间；
真与假朋友都表示忠诚，
众人均围绕在他的身边。
当幸运转变成厄运之时，
献媚者便立刻把身扭转，
真诚的朋友则爱心坚定；
主人亡奴仆仍忠诚不变。

2

宫廷中有强者势大压人，

也有人难讨得君主喜欢，
但命运却可以相互转换，
因人心就如同常变之脸：
强权者会失势沦为微臣，
弱小者会变强不再卑贱。
我再讲梅多罗忠诚之士，
生与死均把王置于心间。

3

在林间错综的小路之上，
年轻人试图要躲避危险；
但肩上扛着的沉重尸体，
令勇士之企图难以实现。
更因为地不熟走错道路，
荆棘丛又将其双足羁绊。
另一人没有扛重物在肩，
早已经远离他得到安全。

4

克洛丹躲入了僻静之处，
追赶者嘈杂声已听不见；
他见离梅多罗十分遥远，
便感觉把心肝丢在后面。
自言道："唉，怎么能如此粗心，
我居然会独自摆脱危险，
竟一人不携你撤至此处，
在何地我把你抛弃一边？"

5

说话间又踏上崎岖小道，

再钻入错综的密林之间，
他重新回到了来时之路，
沿死亡之路线行进向前。
又闻听马蹄与呼喊之声，
敌人的威胁也始终未断：
骑士将梅多罗团团围住，
勇敢者[1]向前行步履艰难。

6

基督徒骑着马将他围住，
泽比诺厉声令缚其回返。
苦命人奋全力进行自卫，
似陶车[2]滴溜溜不停旋转，
躲藏在橡榆榉白蜡树后，
从未想把重物抛弃一边。
到最后实难以继续背扛，
置它于草地上，围其兜圈：

7

就好像高山的捕猎之人，
在岩洞猛攻击母熊一般，
那母熊护幼崽心中惶恐，
示爱心，勃然怒，咆哮不断，
它自然会亮出利爪、血口，
喷射出熊熊的疯狂火焰；
爱使它心柔软向后退缩，
怒火中又回首把子观看。

————————

[1]　指梅多罗。
[2]　制造陶瓷器皿的旋转的机器。

8

克洛丹不知道如何助友，
能与他同死也心甘情愿，
但不想杀几个敌人之前，
便轻易生转死一命归天；
于是搭利箭于弯弓之上，
隐其身，细瞄准，拉动弓弦；
苏格兰一骑士脑浆迸裂，
命呜呼，头朝下跌落马鞍。

9

其他人转身朝同一方向：
从那里飞来了索命利箭。
一骑士忙询问周围伙伴，
是何人拉弓弦发出呐喊；
撒拉逊瞄准了问话之人，
箭飞出把他的咽喉刺穿，
截断他未完的口中话语，
杀他于第一位死者身边。

10

其统领泽比诺见此情景，
再无法忍耐住心中怒焰。
疯一般扑向了梅多罗君，
怒吼道："此血债由你偿还！"
伸出手抓住了他的金发，
凶狠狠拖他到自己身边：
但当他看见其英俊面孔，
杀意灭，因心中产生爱怜。

11

年轻人[1]转过身祈求骑士[2]：
"骑士呀，为上主你应行善，
别阻拦埋葬我牺牲国王，
致使他不能够入土为安。
我不求你赐我其他怜悯，
别以为我只顾自身安全：
我王死竟不能得到安葬，
这件事最令我难以宁安。

12

"你若与克瑞翁[3]同样疯狂，
愿野兽与猛禽肚皮填满，
请让我先掩埋阿蒙特子，
然后令禽与兽把我吞咽。"
梅多罗坦然的不凡风度，
与适度美言语力可移山；
感动了泽比诺高贵骑士，
爱与怜熊熊火焚其心田。

13

恰此时有一位粗野骑士，
不尊重其主将，十分凶残，
把手中之长枪猛刺过去，
乞求者娇嫩胸被其戳穿。

---

[1] 指梅多罗。
[2] 指泽比诺。
[3] 克瑞翁是古希腊神话中的君主之一。在决斗中，他杀死了对手波吕尼刻斯，并下
    令任何人都不得埋葬他的尸体；后来他又下令杀死了违反命令的安提戈涅。

泽比诺对此举深感遗憾，
他眼见美少年跌倒地面，
面苍白，无知觉，昏死过去，
看上去命已绝魂弃人间。

14
又痛苦，又愤怒，开口说道：
"他定会受到我严厉惩办！"
随后便转过身，怒火填膺，
朝逞凶恶骑士威逼向前；
那骑士比主将动作更快，
急忙忙逃离去，瞬间不见。
伙伴见梅多罗倒在地上，
从树后跳出来与敌交战。

15
他胸中燃怒火，弃弓拔剑，
舞利刃与数位敌人周旋，
与其说为复仇发泄愤怒，
不如说为寻死与友做伴。
欲终结己生命迎剑而上，
用自己一腔血染红地面；
眼见得已用尽全身力气，
便自己倒卧在战友身边。

16
摩尔人两勇士均已倒地，
一个死，另一个命悬一线；
苏格兰众骑士随即离去，
把愤怒带入了林木之间。

年轻的梅多罗卧地多时，
宽宽的伤口处流血不断，
若不是有人来伸出援手，
他生命必然会从此中断。

17

一少女偶然间来其身边，
身上穿牧人的简朴裙衫，
却显示美丽的皇家气质，
其举止高贵且十分雅观。
已许久我未曾提到此女，
您或许能认出她的颜面，
她便是娇艳的安杰丽佳：
契丹的国王女高傲非凡。

18

布鲁内曾盗走她的魔戒，
美女子又将其取回身边，
此后她风采与傲慢增长，
似乎对一切都感觉厌烦。
她只身一人行，不需陪同，
最著名之伙伴[1] 不屑一看：
一提起罗兰或萨克利潘，
她胸中必然会燃起怒焰。

19

令美人后悔的最大错误，

---

[1]　指罗兰和萨克利潘。

便是向里纳多曾示爱恋，
自觉得这耻辱实在难忍，
想当初目光竟如此下贱。
她心中早认为爱神蛮横，
真不想再见他这般傲慢：
但爱神却已经等在那里，
梅多罗倒卧处箭已上弦[1]。

20

契丹女发现那少年之时，
他已经身负伤，命悬一线，
虽然因伤势重万分痛苦，
却为王未入土更受熬煎；
见此景佳人生异常怜悯，
爱入心之路径非同一般：
当少年讲述了他的情况，
美女子坚硬心即刻变软。

21

在印度她曾学外科医术，
现记忆又将其呼喊，召唤
（好像是此学在高贵东方，
极受人推崇和欣赏、称赞；
并不用纸张与笔墨记述，
须父亲向儿子亲口相传），
她要现草药汁神奇功效，
一定让美少年生命回还。

---

[1] 在梅多罗倒卧之处爱神已经把箭搭在弓弦上了。

22

她记得在路上曾见一草，
生长在怡人的一片草原，
是白藓或者是其他灵药，
其药效可令人死而复转；
它能够止鲜血去除痉挛，
令伤者免痛苦转危为安。
行不远便寻到所需仙草，
采摘后又回到伤者身边。

23

返回时遇到了一位牧人，
正骑马沿树林行走向前，
他去寻丢失的一头母牛：
两天前因粗心走失不见。
美女子拖他至梅多罗处，
少年的胸流血，衰弱不堪；
鲜红血浸染了大片土地，
伤者已身处于生命边缘。

24

到达后美女子翻身下马，
并请求牧人也跳下马鞍。
用石头捣碎了所采药草，
雪白手把药汁捧向少年；
敷在了伤口处，将其涂平，
胸口上，肚皮处，直至两髋；
那药汁竟然有如此神效：
止流血，令伤者精神回转。

25

她搀扶梅多罗勉强上马，
好牧人牵畜牲行走在前。
但国王尚未能安葬入土，
梅多罗绝不愿离其身边。
先请求葬国王、克洛丹君，
然后随佳人离血染荒原。
来到了热情的牧人陋室，
契丹女因怜悯将其陪伴。

26

待少年康复时仍不离去，
她已对梅多罗产生爱恋：
当初见他躺卧血土之上，
心中便出现了怜惜情感；
后见其品德美、容貌英俊，
便觉得无形锉锉磨心田；
心被锉，一点点发生变化，
到最后全身被爱火点燃。

27

牧人家简陋却洁净舒适，
隐没于树林中两山之间，
不久前才建起这座新屋：
粗俗汉与妻儿生活美满。
梅多罗受美女精心照顾，
其伤势便慢慢有了好转：
经短暂休养后自觉强壮，
多情女却心中伤痕不浅。

28

她感觉从少年秀目、金发，
生羽翼神箭手[1] 射出利箭，
无形箭射中了她的心房，
撕裂开一伤口又深又宽。
虽然她胸中已欲火凶猛，
还一心把伤者精心照看，
并无暇去顾及自身感受：
医伤员自己却跌入苦难。

29

梅多罗伤口已接近愈合，
契丹女心中伤治愈则难。
美少年身痊愈，她却憔悴，
发高烧，忽而冰，忽如火炭。
康复者一天天美似花开，
可怜女如雪片融化不断，
就好像季节过残雪落地，
艳日把温暖光洒满地面。

30

如若是她不愿如此死去，
便需要即刻就自我救援。
她觉得渴望的那件事情，
并不需待别人邀其实现；
因此便抛弃了所有羞涩，

---

[1] 指生有双翼的神箭手爱神。

热情语燃烈火不逊双眼[1]：
她索求伤害的合理补偿，
但对方并不知伤其心田。

31

噢，勇伯爵罗兰爷、切克斯王，
你们说神武与爱情何干？
你们说荣耀又价值几何？
尔等的奉献[2] 有多么可怜？
告诉我她何曾对你二人，
表示出真诚的慷慨、爱恋？
你们曾为了她忍受痛苦，
她何曾有半点报恩表现？

32

噢，阿格里汗王啊，你若复活，
这件事对于你实在凶残！
因厌恶她处处躲避于你，
一次次拒绝你，令尔心寒。
噢，费拉乌和其他千百情人，
你们都白经历无数考验，
如见到她已入别人怀中，
无情女令你们何等心酸！

33

美女子请少年首摘玫瑰：

---

[1] 安杰丽佳求爱的热情语言好像燃烧着烈火，与喷射着爱情火焰的双眼相比一点也
不逊色。
[2] 指罗兰和萨克利潘为保卫安杰丽佳的安全所做出的奉献。

这之前梅多罗无此特权，
从未曾触及过这朵鲜花，
也未曾涉足过美丽花园。
为了使此美事更加庄重，
举行了神圣的婚庆盛典，
牧人妻作女方主婚之人，
爱神把男方的主婚承担。

34

简陋的屋檐下举行婚礼，
尽所能组织了隆重庆典；
二情侣甜蜜蜜度过月余，
在一起无忧虑尽情寻欢。
美女子两眼中只见少年，
享其爱从不会心足意满；
尽管是每日里拥其脖颈，
仍觉得不满足：欲壑难填。

35

昼与夜出门或留在家中，
晨与晚去潺潺河水两岸，
或者到翠绿色草地之上，
都必定有少年陪伴身边；
晌午时有茅屋为其遮凉，
狄多与心爱人[1]惬意宫殿，

---

[1] 据古罗马著名诗人维吉尔的史诗《埃涅阿斯纪》讲，特洛伊城被攻陷之后，埃涅
阿斯率随从漂泊到北非的迦太基，与迦太基的狄多女王产生爱情，愉快地生活在
迦太基的宫殿里；后来，埃涅阿斯受天神召唤，毅然决然地抛弃了狄多女王，又漂
泊到意大利的台伯河口，登陆后经过千辛万苦，最后站稳脚跟；他的后代建立了罗
马城。狄多的心爱人指的是埃涅阿斯。

也未必比陋室更加舒适：
因草房见证了二人情恋。

36

只要是见大树遮蔽溪泉，
他们必把刀簪插于树干[1]：
快乐的泉与树目睹幸福，
岩不坚也定会如此这般[2]；
他们书名字于房外各处，
屋内外墙壁也到处可见，
各式样"梅多罗"、"安杰丽佳"，
缠结的俩名字扭作一团。

37

美女子见已经逗留多日，
便计划重返回契丹家园：
定要让梅多罗头戴王冠，
掌握她美丽的王国大权。
她臂上有一只黄金宝环，
珍贵的石与珠上面镶嵌，
它本是罗兰爷爱情信物，
俏佳人已佩戴许久时间。

38

泽良特得环于摩根勒菲[3]，

---

[1] 指二人宽衣解带，意欲做爱。

[2] 假如岩石不很坚硬，他们也会把刀与簪插在上面。

[3] 见第 6 歌 34 节。据《热恋的罗兰》讲，邪恶女妖摩根勒菲曾囚禁德莫机岛国王莫诺丹之子泽良特，后来被罗兰解救。赠送金手镯的故事是阿里奥斯托首创的。

当时他被妖女囚于湖间；
勇罗兰显神武创立伟业，
囚者父莫诺丹赠送臂环[1]；
伯爵爷爱上了安杰丽佳，
坚持把此金环戴其臂腕；
本打算赠送给艳丽女王[2]，
使美丽女王更光辉耀眼。

39

并不因近卫士[3]表示爱情，
该臂环极珍贵，工艺精湛，
美女子便十分珍惜此物，
有了它其他物不再喜欢。
哭泣岛[4]美女子幸存此物，
不知道何运气将其保全：
岛上人曾残忍将她剥光，
展示在吃人的海怪面前。

40

美女子与少年入住之后，
好牧人与妻子十分良善，
极热情且真诚款待他们，
真不知用何物酬谢一番；
从臂上摘金环赠予他们，

---

[1] 阿里奥斯托认为，摩根勒菲囚禁泽良特时曾赠送给他一只镶有宝石和宝珠的臂环，后来为了感谢救子之恩，泽良特的父亲莫诺丹国王将该臂环转赠给罗兰，罗兰又将其转赠给安杰丽佳。

[2] 指安杰丽佳，她是契丹王位的继承人，因而此处称其为“女王”。

[3] 指罗兰。

[4] 指埃不达岛。见第10歌93节。

请他们为了爱永藏身边。
法兰西、西班牙被山分开，
他二人登上了那座高山[1]。

41

在巴塞罗那或瓦伦西亚，
他们想暂逗留寥寥数天，
等待着某一条可乘之舟，
去东方拔铁锚扬起风帆。
当他们从山梁走下之时，
见到了赫罗纳[2]海水一片，
踏大路奔向了巴塞罗那，
左手是美丽的蓝色海岸。

42

他二人尚未到欲去之地，
便看见一疯子[3]卧于海滩，
浑身都极肮脏，丑陋如猪，
泥和水沾满了胸背颜面。
他猛然扑过来，好似恶犬，
见行人便吠咬，十分凶残，
羞辱了美少年、艳丽女子。
我再把玛菲萨故事讲完。

43

我再讲玛菲萨、阿托夫君、

---

[1] 指比利牛斯山。
[2] 赫罗纳是西班牙东北部城市，靠近法国，东临地中海。
[3] 已经疯狂的罗兰，在后面的第 29 歌中有介绍。

格力风、阿奎兰遇到危险，
他们曾战胜了死亡威胁，
却难抵愤怒海施加磨难：
暴风雨从来就高傲，狂妄，
不断增之怒火威胁安全；
它已经疯狂了三天三夜，
平息的迹象却丝毫不见。

44

那狂风极凶猛，海浪更恶，
船楼与眺台被浪头撞翻：
暴风雨使波涛挺直竖立，
老船长与海斗劈斩巨澜。
有人在微弱的灯光之下，
低着头紧盯住航海罗盘，
用手在海图上指示航向，
还有人持火炬至舭[1]下面。

45

船尾与船头处各下一人，
手持着漏沙壶计算时间：
每半时[2]便要去查看一次，
应知晓到何处、行走多远。
二人持一叠纸重登甲板，
报情况集聚在航船中间；
船长再召集来诸位水手，
请他们快提出行动意见。

---

[1] 舭是船底与船侧之间的弯曲部分。
[2] 每半个小时。

46

有人说：“应驶向利马索[1]岸，

那（儿）海面浪平静，更加安全。”

有人说：“礁布满的黎波里，

海浪会把船儿击碎，打翻。”

有人说：“阿达纳[2]必定遇险，

行船人到那里均会哀叹。”

虽然是船上人各抒己见，

一个个却早已心惊胆战。

47

第三日恶风暴更加肆虐，

愤怒的海浪也咆哮不断；

一阵风吹断并卷走前桅，

另一风令舵与舵手不见。

强硬的风暴比铁石更坚，

今天我想起来仍然胆寒。

玛菲萨一向都十分自信，

不否认她那日也曾抖颤。

48

许诺去西奈山[3]、加利西地[4]，

或者去罗马城朝圣，还愿[5]，

---

[1]　塞浦路斯岛的城市。

[2]　位于土耳其的东南海岸。那里的海面风浪凶险。见第 17 歌 65 节。

[3]　西奈山，又称摩西山，位于埃及西奈半岛南端，也是基督教的圣山。摩西率领以
　　色列人出埃及后，在这座山上代表以色列人领受上帝的律法十诫。

[4]　加利西（另译：加利西亚）位于西班牙西北部，与葡萄牙接壤，临大西洋。相传
　　圣雅各伯的遗骨葬于其首府圣地亚哥——德孔波斯特拉。

[5]　使徒圣彼得的墓在罗马的梵蒂冈。

圣主墓[1]、圣母堂[2]也应朝拜，

凡圣地都应该把心奉献。

木船儿在海上痛苦飘荡，

经常被举上天摔下深渊，

老船长命令人截断主桅，

为的是令船儿少受磨难。

49

从船头和船尾或者两舷，

把箱子等重物抛向海面；

清理净船舱与货物仓库，

弃珍贵商品于贪婪巨澜。

有的人用水泵排除积水，

把海水又投入波浪之间；

有的人急忙下底仓救援，

大海已撕裂了船底木板。

50

众人在痛苦中挣扎四天，

没有人能保护他们安全；

若大海再坚持肆虐些许，

巨浪头必定会将船打翻。

久违的圣艾莫闪亮之光[3]，

使人们有希望迎来晴天，

出现于船头的小桅杆上，

因主桅早已经被人截断。

---

[1] 指耶路撒冷的圣主墓。

[2] 圣母堂指何处，尚无定论。

[3] 圣艾莫被视为航海者的保护圣人，风暴中的希望之光。

51

看见了美丽光如火闪耀，

航海人全屈膝跪在甲板，

求大海快息怒风平浪静，

眼潮湿，泪珠闪，声音抖颤。

猛烈的暴风雨十分固执，

但此时却不愿再逞凶顽：

狂暴的西北风停止骚扰，

西南风已独自掌控海面。

52

大海上西南风十分强劲，

张开了黑色口^[1]猛吹不断，

那黑风令海水激流涌动，

摇动起汹涌的滚滚波澜，

推动着大木船飞速前进，

飞行的猎鹰儿也难追赶；

掌舵人怕木船难达目的，

被狂风吹散架沉入深渊。

53

另找来一水手将他替换，

新舵手拴漂物船尾后面，

用绳索轻而缓将其顺下，

使木船行驶的速度减慢。

他又在船头处点燃灯火，

好兆头、好举措令人心安：

---

[1] 西南风又被说成黑风，因为它来自黑非洲。

将沉的木船儿从此得救，
航行于海面上十分安全。

54

阿亚佐海湾[1] 朝叙利亚处，
在一座大城市港口泊船，
海岸边可见到两座城堡，
紧锁住舟船的停泊港湾。
当船长看见了所到之地，
再一次面色变灰白暗淡；
他不能再扬帆逃之夭夭，
也不想停海上或者靠岸。

55

不能够停海上亦难逃走，
因船上大桅杆已经折断；
还由于海中浪不断击打，
打烂了船梁与块块船板。
入港口无异于自寻死路，
必定被倒剪手捆缚双肩；
被捉者或死亡或做奴隶：
风与浪错推船靠近此岸。

56

再犹豫便会有巨大危险，
当地人定跳出，实施侵犯，
驱战船来捕捉犹豫之人，

---

[1]　阿亚佐是伊斯肯德伦海湾的城市，因而此处称伊斯肯德伦海湾为阿亚佐海湾。伊
　　斯肯德伦是土耳其的海湾，位于地中海东部。

既不宜停海上也难迎战。
当船长拿不定主意之时，
英格兰公爵爷[1]询问开言：
是何人使船长举棋不定，
他为何不快快令船靠岸。

57

老船长对他讲，那片海岸，
全都由杀人女控于掌间，
按她们古老的法律规定，
来此者均为奴或者问斩；
谁若想摆脱掉此等命运，
下校场须战胜勇将十员，
还需与十少女展开肉搏，
深夜里激战于枕席之间。

58

如顺利通过了第一考验，
却难以再闯过第二道关，
闯关者似乎都无法免死，
随行者或放牛或者耕田。
若侥幸通过了两道难关，
便可求放伙伴离此地面；
他自己却留下选择十女，
作夫君将她们永远陪伴。

---

[1] 指阿托夫。

59

这里的风俗竟如此奇怪，
阿托夫听到后狂笑不断。
单索内、玛菲萨走来旁听，
阿奎兰两兄弟也到面前。
老船长对他们同样说明，
为什么他没有入港靠岸。
他说道："我宁愿海中溺水，
也不想戴上那奴隶锁链。"

60

水手与其他的船上乘客，
均表示赞成那船长意见。
玛菲萨及伙伴却不同意，
因觉得陆地比大海安全；
他们都不再愿重入大海，
宁可与十万人比枪斗剑：
无论在此处或任何地方，
显神武众勇士从不为难。

61

众勇士期待着尽快登陆，
英格兰公爵爷更不耐烦；
他深知腰间的号角[1]魔力，
城中人闻其声必定逃窜。
有人愿入海港，有人反对，
因意见不相同争执不断；

─────────────

[1]　指仙女洛基提赠送的魔号。

勇猛的骑士们[1] 逼迫船长，
违其意命水手划船靠岸。

62

残忍城屹立在大海岸边，
航海人出现在它的面前，
见驶来一双桅帆桨轻舟，
众多的划桨者动作熟练；
那轻舟直驶向悲惨木船[2]，
船[3] 上人手无措不知咋办；
来者把两条船首尾相系，
拖破船驶离了波涛海面。

63

拖木船进入了港口之中，
靠划桨不依赖船上风帆；
木船儿顶着雨逆风而行，
狂风对船上人实在凶残。
骑士们又穿戴坚硬盔甲，
提起了忠诚的锋利宝剑；
对船长和他人不断劝慰，
请他们切莫要心中不安。

64

那海港弯弯的如同月牙，
环抱成四哩余半个圆圈；

---

[1]　指阿托夫和玛菲萨一行人。
[2]　木船被惊涛骇浪击打得破烂不堪，看上去十分悲惨。
[3]　指骑士们所乘坐的船，即上一句所说的"悲惨木船"。

月牙的两端均建有城堡，
入口处足足有六百步宽，
若风暴不是从南方而来，
就无法冲击到海港里面。
城市呈半圆形沿港展开，
如剧场缓缓升形成坡面。

65

木船儿入港湾刚刚靠岸
（全城人早已获通知在前），
六千名女武士港口等候，
手握弓，头顶盔，坚甲披肩；
为令人抛弃掉逃遁幻想，
两城堡已受命封锁海面：
要实现此目的早就备好，
一条条战船与根根锁链。

66

有妪似阿波罗年迈女巫[1]，
年龄与赫克特母亲[2]一般，
命人唤老船长面前说话，
问是否众人想丧命此间，
或者是愿接受此地风俗：
把脖颈束缚于桎梏下面。
这两者过路人必选其一，

---

[1]　指希腊神话中太阳神阿波罗的女祭司库迈纳，据说她活了一千年。

[2]　指特洛伊国王普里阿摩斯的妻子赫卡柏，她活了很多年，曾生育过五十个儿女，特洛伊英雄赫克特也是她的儿子。库迈纳和赫卡柏都是老女人的代表。见第 7 歌 73 节。

死亡或受奴役须做决断。

67

她说道："你们中若有一人，
胆气壮而且还身强彪悍，
敢于斗我们的十个男子，
并将其杀死在角斗阵前，
然后与十女子共度良宵，
能够把丈夫的重任承担；
便留下作君主，加冕登基，
其他人则可以尽随己便。

68

"他们也可做出自由选择，
想留下愿离去随其自便；
愿留者最好是迎娶十女，
但他可按协议自行决断。
如若是你们的勇士太弱，
难同时战胜我强将十员，
或不能承受住二次考验[1]，
他必死，其他人亦成囚犯。"

69

那老妪以为可吓倒骑士，
却发现众骑士各个傲慢；
每个人自认为可伤他人，
都希望能通过双重考验。

---

[1] 与十位美女在床上搏斗的考验。

玛菲萨从不缺迎战勇气，
尽管她不适合二次激战；
若女性自然身难以相助，
她确信手中剑可补缺陷。

70

船上人共商量做出决定，
委托那老船长把话代传：
他们中有人可接受挑战，
无论在婚房中还是阵前。
排除了敌视情[1] 水手泊船，
抛缆绳并令人将其抓攥；
又命人铺好了登陆跳板，
武装的众骑士牵马登岸。

71

就这样骑士们进入城中，
见高傲美女子穿梭不断，
骑着马，腰束带，街区走动，
似骑士比武场舞枪弄剑。
男人靴无马刺，腰不悬剑，
更不能有片甲披挂在肩，
除非是那十位比武勇士；
这便是此城的风俗习惯。

72

其他的男人们专心致志，

---

[1] 船上的人和当地人相互间排除了敌视态度。

梳毛麻，摇纺车，织布，制衫，
身上披女人装，长裙盖脚，
他们的举止都温柔，缓慢。
经常被锁链拴，数人一组，
去放牛或者是种地，耕田。
千女中最多有不到百男，
城内外男子均十分罕见。

73

骑士们希望能通过抽签，
来决定谁应该救众脱险：
下校场，比武艺，斩杀十人，
然后再与另外十人激战；
未想让玛菲萨参与此事，
认为她无法过二次考验，
必然遇难逾越巨大障碍，
无能力赢对手奏凯而旋。

74

然而她却希望参与抽签，
简言之机遇竟落在她肩。
她说道："我宁愿留命于此，
你们的自由则定要保全：
（她用手指了指腰悬利刃），
为保险我可用这把宝剑，
学习那斩结的亚历山大[1]，

---

[1]　按照神谕，谁若是能够解开弗里吉亚国王戈耳迪所系的死结就可以成为亚洲的君
　　主；亚历山大大帝见其无法解开，便用利剑将其斩开。"斩开戈耳迪之结"后来成
　　为一句成语，意思为"用其他方法解决难题"。

用其法可解开错综结团。

75

"我不愿外来人再受伤害，
对此地恶习俗痛苦抱怨。"
同伴们不能够阻止此女，
把命运赋予的使命实现。
或失败或赢得众人自由，
全交给勇女子一人决断。
她身穿软硬甲，全副武装，
准备好下校场迎接激战。

76

城高处有广场，台阶围圈，
坐其上，场中事尽收眼帘，
那广场专用来展示神勇，
或斗兽，或比武，或是混战。
有四座青铜门紧锁广场，
许多的好斗女来到此间，
人挤人，乱哄哄，熙熙攘攘，
传来话：玛菲萨入场迎战。

77

玛菲萨骑灰色战马入场，
那马儿身布满圆圆斑点，
头虽小眼睛却显示暴烈，
马面美，步伐健，十分傲慢。
诺兰丁选马于大马士革，
赠送给玛菲萨，精饰辔鞍，
上千匹骏马中选此一骑，

既高大，又俊美，十分强健。

78

正午时玛菲萨踏入南门，
在门前未停顿片刻时间，
便听到校场上吹响号角，
嘹亮的号角声刺耳震天：
她见到十对手穿过北门，
也进入校场中准备激战。
第一位出马的那位骑士，
看上去比其他九人彪悍。

79

胯下骑高头马来到场中，
那马儿除额头、左后脚腕，
全身均呈黑色，乌鸦难比，
脚踝与额头有白毛点点。
骑士的袍与甲与马同色，
黑暗中有零星白色斑点：
意味着在漆黑哭泣心中，
也可见些许的微笑显现。

80

听见了发出的开战信号，
九骑士枪上靠一同向前；
黑骑士却不愿以多欺少，
身退后，好像是不想参战。
他宁可违反那王国法律，
也不肯背礼仪抛弃尊严。
退一边仔细瞧场上比武，

看一矛怎样抵长枪九杆。

81

疾奔的灰战马美妙无比，
载少女飞一般冲锋向前，
同时间玛菲萨长枪上靠，
重枪杆需四男方能平端：
下船前筛选于众多兵器，
此长枪必定是最坚一杆。
女骑士之动作凶猛异常，
令千人面无色心惊胆战。

82

第一个对手被撕裂前胸，
无良甲此一击会更凶残：
先戳破精铁裹厚硬盾牌，
又穿透其护胸坚硬甲片。
见后肩铁枪头探出一臂，
足可见这一刺多么凶悍。
被长枪穿透者调转马头，
松缰绳，纵马儿奔回队间。

83

狠冲撞第二位迎战骑士，
第三位也被她猛力击翻，
打碎了后脊梁，令其离世，
使两位勇骑士同时落鞍；
其余者结成队一起冲来，
此回合甚猛烈，更加震撼。
我曾见炮击时敌阵开裂，

玛菲萨使敌队亦折多段。

84

数杆枪齐刺向彪悍女将，
她拨挡，使枪杆全部折断，
似投球游戏中移动墙壁，
把掷出诸球都一一阻拦[1]。
身上的精锻甲十分坚硬，
刺与砍均难以伤其半点：
那盔甲本出自地狱烈焰，
又经过冥河水淬火锻炼。

85

她策马奔向了校场尽头，
转过身，略停站，猛冲向前，
迎群敌，阻其进，驱散六勇，
敌鲜血已流至剑柄上面。
一人被砍下头，另一断臂，
还有人被一剑拦腰截断：
胸和头与双臂滚落在地，
腹和臀与两腿骑坐马鞍。

86

我是说，这一剑实在太准，
齐刷刷片在了肋髋之间；
就像是时常见各地民众，

---

[1] 可能指文艺复兴时期佛罗伦萨的一种游戏：参加游戏者要努力把球投到墙壁之外，
　　而不断移动的墙壁会阻挡投出的球。

置半身人像于圣像面前[1]，
半身的人像由白银打造，
用蜡制半身像更是常见，
那是因人们要感谢圣人，
受其恩就需去圣殿还愿。

87

见一人转身逃，随后紧追，
赶上时已来到校场中间；
一剑便分离开头颅脖颈，
神医也无办法令其还原。
总言之将他们一一杀死，
或令其负重伤气息奄奄；
她确信无人能重新站起，
更不能再与她展开激战。

88

引九人入场的那位骑士，
一直在校场边静静观战；
他认为众多人围攻一骑，
实在是不公平，更不体面。
此时见对手竟如此勇猛，
摆平了九个人只在瞬间；
为表明迟下场非因胆怯，
于是便挺身出，策马向前。

---

[1]　去教堂还愿时，人们经常把小型的圣人半身像置于教堂中大圣像之前，然后顶礼
膜拜，以表示对圣人的感谢。诗人用圣人半身像来比喻被玛菲萨片下来的上半截
尸体。

89

他怎知如此的神武之士，
竟然是一女子遮掩颜面；
于是便做手势表示意愿，
在对手说话前抢先发言：
"勇骑士，你已经杀死数人，
必定已身疲倦，不宜再战；
若现在我与你继续争斗，
便显我无礼貌不顾脸面。

90

"我允许你休息直至明天，
然后再下校场与我激战。
我认为你今日筋疲力尽，
与你斗我取胜也不光灿。"
她答道："此小战无需挂齿，
披铠甲、舞枪剑是我习惯，
今天我定让你付出代价，
能亲眼见识我何等彪悍。

91

"我现在并不需任何休息，
感谢你好心肠提供方便；
今日里时间仍十分充足，
虚度过令我等羞愧难言。"
闻此语那骑士开口回话：
"巴不得能遂我厮杀意愿，
同时也满足你好战之心；
但愿你还能够将命保全。"

92

说话间他命人速速抬来，
粗大且沉重的长枪两杆；
他先请玛菲萨挑选一支，
自己把另一支牢握掌间。
二骑士身退后做好准备，
只等待开战令投入激战。
号声响他们便向前猛冲，
乾坤动，大海也回声震天。

93

只见到他二人屏住呼吸，
无一人张开嘴眨动双眼：
两勇士目不转，全神贯注，
均努力防对手摘取棕冠[1]。
玛菲萨将对手欲挑马下，
枪直指对手面冲锋向前，
彪悍的黑骑士马背躬身[2]，
也盘算令来者呜呼命断。

94

枪不似用粗壮苦栎制成，
反倒像干枯的瘦细柳干，
一直到枪尾部断裂数节，
战马也难承受如此震撼，
就好像用大刀猛砍马腿，
每一条战马腿均被截断。

---

[1] 防止对手取得比武的胜利。棕冠指用棕树枝叶做成的王冠，用以奖励比武得胜者。
[2] 在马背上躬身，表示骑士正准备冲锋。

两战马便一同跌倒在地，
二骑士飞一般跳离马鞍。

95

玛菲萨在一个回合之中，
曾挑落勇骑士何止百千，
她自己却从没摔下马背，
但此次结果竟不同一般。
这样的稀奇事令其惊愕，
更令她好半晌不知咋办。
黑骑士亦感到奇怪至极，
他从来未轻易跌落马鞍。

96

他二人跌下马刚触地面，
两只脚一站稳重新开战。
在那里狠劈刺疯狂砍杀，
腾挪跳，用盾剑左挡右拦。
舞利刃，嗖嗖嗖，风声刺耳，
或假劈，或真刺，虚实相间。
头上盔、身上甲、手中盾牌，
比铁匠锻铁砧更硬更坚。

97

若少女极凶狠，臂力沉重，
其对手每一击亦不轻缓。
他二人真可谓旗鼓相当：
承受的打击都如数奉还。
普天下再难寻比此二人，
更勇猛彪悍的英雄好汉；

二骑士神武与拔山之力，
从东方到西方世间罕见。

98

校场边观战的各位妇人，
长时间见二勇恶斗不断，
却不见他们俩疲劳迹象，
其呼吸不短促更不气喘；
便赞颂二人是最佳武士，
在万名骑士中可以夺冠。
都觉得若没有超人勇力，
二人必累死于持久之战。

99

玛菲萨在心中自言自语：
"多亏了他刚才没有参战，
如若他与伙伴一同战我，
我或许被杀死命已归天；
现在我只与他一人对阵，
也仅仅能勉强应付局面。"
说话时玛菲萨仍然不断，
挥舞着手中的锋利宝剑。

100

那骑士自语道："我好幸运，
没让他去休息直至明天。
第一阵激战后他已疲劳，
与他斗我仍觉十分艰难。
如若是休息到明日天亮，
他恢复体力后该多强悍？

亏了他未接受我的建议，
我运气真正是不同一般。"

101

"他二人激战到夜幕降临，
谁优势，谁劣势，难以分辨；
无光亮二人均不知如何，
躲避开刺来的锋利宝剑。
夜已深，对卓越美女武士，
慷慨的勇骑士先行开言：
"我二人都同样讨厌黑夜，
天已黑，你与我应该咋办？

102

"我觉得最好是暂留你命，
至少要留其至明日亮天。
我只能把你的这条性命，
再延长短短的半个夜晚。
如若是你性命不能持久，
且莫要失理智把我抱怨：
应责怪那一群无情女子，
是她们手中握司法大权。

103

"上天主可洞察宇宙万物，
我担忧你伙伴与尔安全。
你可以与伙伴住我那里，
与他人同居住必有危险：
你今日杀死了众人夫君，
她们要手刃你报仇雪冤。

每一个被杀者必定都有，
十寡妇为亡夫哭泣抱怨。

104

"今日里九十位被害女子，
恨不能把仇人生吞活咽：
如若是你不在我处投宿，
今夜必受攻击，毫无安全。"
玛菲萨回答道："可住你处，
你一定能保证我等安全，
相信你有一颗真诚之心，
既勇敢，又神武，而且良善。

105

"若杀我你定会后悔不已，
若杀你我也会深感遗憾。
我认为你不该将我轻看，
以为我不如你坚强，勇敢。
你愿意继续斗还是暂停，
希望在月下战或待明天，
我随时准备好，甘愿奉陪，
于何时，怎样斗，任你挑选。"

106

就这样激战便中途停止，
推迟至白日现恒河彼岸[1]；
这两位勇士中谁优谁劣，

---

[1] 当时西方人认为恒河是世界的最东端，此处"白日现恒河彼岸"的意思为"太阳从东方升起"。

暂时还无结果，没有答案。
慷慨的勇骑士[1]向前来见，
阿奎兰、格力风、其他同伴，
请他们下榻在他的住所，
一直到新日光重新出现。

107

众勇士无疑心，接受邀请，
通明的火把光引路向前，
来到了不平凡一个住处：
那是座华丽的皇家宫殿。
见此景勇士们目瞪口呆，
都摘下护头盔仔细观看；
殿主人也取下头上铁胄：
他不足十八岁，正值少年。

108

玛菲萨感觉到十分诧异，
一少年竟然会如此彪悍；
见秀发少年亦明白真情：
刚刚与一女子厮杀阵前。
他二人相互间询问姓名，
均得到回答后心中喜欢。
勇少年究竟该如何称呼，
我请您下一歌细听周全。

---

[1] 指与玛菲萨比武的那位骑士。

第 20 歌

圭多内细讲述离奇故事　阿托夫吹魔号助众脱险
四骑士城堡中受人胁迫　泽比诺护卫在老妪身边

第十位骑士名叫圭多内，是阿蒙公爵的私生子；他向众骑士讲述了女儿国离奇的故事。

骑士们决定武装逃离女儿国。阿托夫吹响魔号，女兵四散而逃，同伴们也逃上帆船，把阿托夫一人留在岸边。

玛菲萨告别众人，独自上路。阿奎兰、格力风、圭多内、单索内四位骑士来到一座城堡，受人胁迫遵守当地的邪恶规定。

玛菲萨路遇一位老妪，用战马将她带过溪水，受到皮纳贝及其身边傲慢女子的耻笑，因而向皮纳贝挑战。取胜的玛菲萨扒下傲慢女子的衣衫和首饰，给老妪穿戴上。勇女子又遇见泽比诺，再次受到讥笑。玛菲萨打败泽比诺，强迫他陪伴并保护老妪。

泽比诺得知伊萨贝落入他人之手，误以为心爱人已被他人占有，心如刀绞。

1

古代的女子们创建伟业，
文与武均令人刮目相看；
其业绩使她们美而荣耀，
把光辉洒遍了整个人间。

阿帕里[1]、卡米拉[2] 名震天下，
因她们都非常英勇善战；
萨福[3] 和科里纳[4] 十分博学，
灿烂的阳光下不见黑暗。

2

女子们生来就无比优秀，
涉足的各领域光辉灿烂；
历史上却没有引起关注，
至今日其名望人世罕见。
若以往人世间不传女名，
此恶习却不应世代相传；
全因为执笔者[5] 嫉妒，无知，
把她们之荣耀长期隐瞒。

3

我似乎已见到当今世界，
大美德出现于女子中间，
真值得提起笔纸上泼墨，
使其在人世间广为流传，
以便令邪恶的诅咒之语，
与永恒之诽谤消失不见：
将出现对女子褒奖言辞，
超过对玛菲萨称颂、赞叹。

---

[1] 希腊神话中的色雷斯王国的公主，母亲早逝，由父亲用牛奶和马奶养大，并与男
    子一样习武。父亲去世后，她成为绿林大盗。据说她奔跑如飞，连马都追赶不上。
[2] 罗马著名诗人维吉尔笔下的女英雄。
[3] 古希腊著名女诗人。
[4] 古希腊著名女诗人。
[5] 指写书的文人们。

4

再回头讲述那女中豪杰，
骑士问她是谁来自哪边。
向一位慷慨的勇猛骑士，
怎能够对己名缄口不言；
何况她也想知对方名姓，
便立刻将自己身份展现。
"我名叫玛菲萨，"知此足矣：
这名字已传遍整个人间。

5

现轮到那骑士介绍自己，
他首先须讲述故事一段：
"你们应都知晓我族之姓，
其名声早已经四处传遍，
法兰西、西班牙、附近各国，
印度与本都国[1] 远至天边；
谁不知克莱蒙家族骑士，
令勇猛阿蒙特魂飞命断[2]，

6

"还杀死迦列罗、曼波林王[3]，
并且将其王国投入灾难。
我身上流淌着此族血液，

---

[1] 本都王国是公元前 3 世纪至公元后 1 世纪期间一个以安那托利亚地区为中心的希腊化国家。其君主是希腊化的波斯人，自称是阿契美尼德王朝君主大流士一世的后裔。

[2] 里纳多和罗兰都属于克莱蒙家族，此处的"克莱蒙家族骑士"指的是罗兰和里纳多，罗兰杀死了非洲王室的阿蒙特。见第 1 歌 28 节。

[3] 迦列罗和曼波林兄弟二人被里纳多杀死。见第 1 歌 28 节。

出生在多瑙的河口地面，

有一次阿蒙公[1] 偶至那里，

我母亲便将我生于人间；

今年我离开了痛苦母亲，

欲返回法兰西寻亲团圆。

7

"但未能完成我应行路程，

一风暴却推我至此海岸。

我被囚温柔室已经十月，

每一日每一时铭刻心间[2]。

我名叫圭多内·塞尔瓦焦，

刚出道，名声小，尚未广传。

阿吉龙等十勇与我争斗，

均被我杀死在比武阵前。

8

"我又与美少女进行较量：

十佳丽在身边尽情求欢；

她们是此国的最美女子，

一个个全经我精心挑选。

我支配十佳丽、其他美女，

众女子交给我统治大权：

她们赐此权于幸运之人，

以便于十女施杀人手段。"

---

[1] 阿蒙公爵是里纳多和布拉达曼的父亲。这位骑士是阿蒙公爵的私生子，因而是里纳多和布拉达曼的同父异母兄弟。

[2] 指心里每时每刻都在计算着时间。

9

骑士们齐询问圭多内君，
为什么此地区缺少儿男；
此处的男人都屈从妻子，
人世间别处则女子从男。
圭多内回答道："来此之后，
其缘由曾多次传我耳边；
如若是你们愿听我述说，
我便向你们讲所闻传言。

10

"希腊人去攻打特洛伊城，
离故土二十载返回家园
（用十年攻陷城，十年返回，
在海上逆风行，受尽磨难），
返回后却发现家中女子，
找到了孤独病医治手段：
女子们均选定年少情人，
使冰冷之婚床得到温暖。

11

"希腊人发现了他人儿郎[1]，
早已经挤满了久别家园，
知女人不能够长期无爱，
便决定不再把妻子恨怨；
但需为奸夫子[2]寻找出路，
另安排众儿郎远离身边：

---

[1] 自己的妻子与其他人通奸所生的儿郎。
[2] 与妻子通奸之人的儿子。

因丈夫都不愿沉默忍受，
养他人儿与女竟花己钱。

12

"众儿郎被母亲或弃或藏，
但他们之生命得以保全。
孩子们一批批长大成人，
你去这（儿），我去那（儿），全离家园。
有的人习武艺，有人学文，
或者是搞艺术，耕种田园；
还有人做牧民，服务宫廷，
全依赖机运神做出决断。

13

"残忍的克吕泰涅斯特拉[1]，
其儿子也是位离家少年，
将将满十八岁，艳如百合，
如刺茎刚摘下玫瑰一般。
他乘坐一战船离开家园，
到各处去劫掠美丽海岸，
全希腊挑选出百名儿郎，
紧紧随其身边南征北战。

---

[1] 克吕泰涅斯特拉是希腊神中的人物，斯巴达王后海伦的双胞胎姊妹，阿伽门农的妻子。丈夫参加特洛伊战争时，她和情夫埃癸斯托斯一起统治迈锡尼。战争结束后，阿伽门农回国，成为她统治迈锡尼的一大障碍。于是她设计杀死了阿伽门农和他的情妇预言家卡珊德拉。

14

"凶残的伊多墨纽斯国王[1]，

已经被克里特民众驱赶，

民众们集聚起，手握武器，

为巩固新建的国家政权；

用高薪雇佣了法兰托[2]君

（众人都如此称这位少年），

法兰托率领他全部随从，

守卫着迪克塔[3]全城安全。

15

"克里特上百座城市之中，

迪克塔最令人心中喜欢，

富裕城充满爱，美女如云，

可清晨至夜晚纵情寻欢。

每时刻该城都张开双臂，

热情把外来客拥抱怀间，

使他们感觉到宾至如归，

在异乡却似主，尽遂所愿。

16

"法兰托少年郎[4]各个英俊

（希腊的精英们方可入选），

---

[1] 希腊神话中的克里特王，弥诺斯之孙、丢卡利翁之子。曾率领40艘战船，参加
 特洛伊战争。他英勇善战，是希腊联军中著名的英雄。在回国途中遇上暴风雨，
 于是向波塞冬许愿：把他登陆后遇见的第一个生物作为祭品奉献；结果回国时最先
 碰到的却是自己的儿子，他只得忍痛杀子祭神。

[2] 那位率众儿郎南征北战的克吕泰涅斯特拉的儿子。

[3] 克里特岛的城市。

[4] 指法兰托所率领的少年儿郎。

以至于在该城刚刚露面，
便扯动全城的美女心弦。
少年郎不仅是面貌英俊，
枕席间也表现十分彪悍，
只数日便赢得美女欢心，
一个个对他们无比爱恋。

17

"法兰托签契约，来此守城，
停战后他们须离开此间，
无战事雇佣费停止支付，
少年郎不能够辛苦白干，
因此便盘算着离开那里，
城中女一个个心碎肠断，
她们都放开声嚎啕大哭，
就如同亲生父死在面前。

18

"女子们对少年不断祈求，
求他们留下来一同寻欢；
留不下便决定随其私奔，
把父儿及兄弟抛弃一边。
盗窃了家人的金银财宝，
携带走宝石与黄金万千；
出逃事竟然是这等隐秘，
克里特男子们无人发现。

19

法兰托逃离的时间合适，
吉祥的海风儿顺利推船，

克里特发现了损失之时，
他们已驶出了数哩之远。
至此处无人滩接待他们，
因遇到风与浪，脱离航线；
逃亡者安营寨意欲休息：
偷窃的美果子无比香甜。

20

"这地方充满了爱的快乐，
美少年享受了足足十天。
尘世间人们会经常见到，
泛滥的男女情令人厌烦；
众儿郎均同意远离女人，
要摆脱她们的痛苦纠缠：
与女人同相处直至嫌弃，
她们已成为了沉重负担。

21

"虽然是养姹头不需刀枪，
更不用拉弓弦射出利箭，
但吝啬少年郎不愿花费，
更愿意作窃贼偷盗金钱；
于是便卷走了女人财宝，
令她们孤独且悲惨，可怜；
听说在普利亚[1] 少年登陆，
后来建塔兰托[2] 那座城垣。

---

[1] 意大利东南部地区。
[2] 意大利东南部的城市。

22

"女子们曾十分信任情人，
却看到被他们无情背叛，
数日内愣在那（儿）不知所措，
似不动之雕像呆立海边。
后来见嚎哭与无尽泪水，
并不能获取到好处半点，
便开始深思考如何才能，
获自救，摆脱掉眼前苦难。

23

"协商时她们中有人提出：
应返回克里特美丽家园；
哪怕是受严父怨夫处罚
（私奔女遭惩戒理所当然），
也不愿野林中忍受痛苦，
饿死于凶险的无人荒滩。
有人说：溺死在汪洋大海，
也要比如此做[1]略显体面；

24

"还不如作娼妓游荡世界，
乞讨或作女奴更有颜面；
把自己随意交一人处置：
任何人都可把堕落惩办。
可怜的女人们自己建议，
一种种惩处法十分凶残。

---

[1]　指返回克里特向父亲或丈夫认错。

弥诺斯国王的一位后裔,
名字叫欧龙塔,起身发言。

25

"众女中她最美,年纪最轻,
所犯错不严重,智慧不凡:
因爱恋法兰托处女献身,
为情人把父亲抛弃一边。
她面容与话语显露高贵,
心中却燃烧着熊熊怒焰,
斥责了所有的胡说女子,
述己见,令众人刮目相看。

26

"她认为不应弃这块地面,
因为它土肥沃,空气新鲜,
清澈的江河水将其灌溉,
树林密,还有片广阔平原;
从非洲和埃及来往之客,
运来的所需物品种齐全,
此处有港湾与入海河口,
外来客可进入躲避海难。

27

"她认为应在此安顿下来,
对可恶男人们泄愤排怨:
每一只被风暴胁迫之船,
如若是漂泊到此处靠岸,
就应该被烧抢投入血海,
不要留生命给任何儿男。

众女子做决断说到做到，
从此后立法律如此这般。

28

"每当见海面上风云剧变，
武装女便奔向大海岸边，
愤怒的欧龙塔统率众女，
发号令勇女王头顶金冠：
将航船胁迫到岸边停靠，
施劫掠，放火烧，吓破人胆，
绝不留一男子作为活口，
避免其把消息四处播传。

29

"她们都对男性恨之入骨，
就这样孤身女生活数年。
但后来意识到如不改变，
此法律将带给她们灾难；
若不能分枝权传延后代，
所定法便很快不值一钱：
不孕的王国会后继无人，
永恒法之计划难以实现。

30

"因此便减轻了惩罚力度，
四年中女子们反复筛选，
在来到此地的男子之中，
选勇猛俊骑士整整十员，
他们能承受住百女攻击，
在爱的游戏中可经百战。

此处的美女子共计百人，
法律定十女嫁一位儿男。

31

"最初时曾斩杀许多男子，
只因为他们都不够强悍。
经反复考核后选定十人，
与他们共统治，一同睡眠；
但要求男子们发出誓言，
在此港若捉获其他儿男，
他们应无怜悯，毫不留情，
令来者统统都死于枪剑。

32

"众女子怀身孕即将分娩，
便开始心恐惧，十分不安，
如诞生过多的男性婴儿，
女子们将对抗众多儿男；
她们爱自己的手中权力：
若男子过于多必夺大权，
因此便下命令趁其弱小，
就令其永不能谋逆造反。

33

"为了使男子们难掌大权，
一母亲只可育一个儿男，
法律定应溺死其他男婴，
或用其在国外换取金钱。
还可以将他们带往各地，
把男婴与女婴进行交换，

如若是不能够换得女婴，
卖其身，带金钱返回家园。

34

"若无男牧羊群仍可生存，
她们便不养育任何儿男。
不公正之法律只对国人，
对外人法律却比较松宽：
也曾经判外来男子死刑，
但后来法改成今日这般；
不希望按最初法律规定，
众女子杀无辜造成混乱。

35

"最初若同时来十个男人，
将他们都投入牢房里面：
每天须抽签定杀死一人，
选定者被提出，丧命难免。
欧龙塔修建起恐怖神庙，
神庙里竖立了复仇神坛；
残忍的抽签礼在那（儿）举行，
十囚徒有一人作为祭献。

36

"多年后有一位英俊少年，
偶然间来到了杀人地面，
他本是赫丘利[1] 子孙后代，

---

[1] 罗马神话中的大力神。

名字叫埃巴纽，勇猛彪悍。
也如同其他的不谨慎者，
被捉获才发现身处危险；
作祭品与他人一同关押：
狭窄的监牢处戒备森严。

37

"他容貌极英俊，令人喜欢，
其穿戴很优雅，风度翩翩，
美谈吐连毒蛇亦愿倾听，
声声响，字字凿，无比雄辩。
人们便向上面迅速汇报，
此杰出少年郎世间罕见，
那时候欧龙塔年事已高，
消息传亚力山——其女耳边。

38

"虽然说欧龙塔仍然健在，
同代的其他女均离人间；
但女子之数量增长十倍，
一个个美丽且十分强健：
每十间铁匠铺一把锉刀，
因此便经常是铺门紧关[1]。
她们有十骑士听其使唤，
其他的来访者必定遇难。

---

[1] 用此比喻男人不够用。就好像有十间铁匠铺，却只有一把锉刀，因而最多只能有
一间开门，其他铺子都必须关门。

39

"埃巴纽受到了众人称赞，
亚力山期盼着与其见面，
为个人之快乐恳求母亲，
允许她会见那英俊少年；
会见后分别时她却痛苦，
就好像被某人刺锉心田：
她似乎受束缚难以反抗，
最后被抛入到情狱里面。

40

"埃巴纽对她说：'善良女子，
在阳光普照的尘世人间，
您到处播撒下珍贵同情，
希望您把怜悯亦撒此田；
高尚的美容貌孕育生命，
它可使男子们产生爱怜，
请求您能慷慨还我性命，
我时刻愿将其为您奉献。

41

"'此处的其他人缺少仁慈，
他们都不讲理，作恶多端，
因而我不求您保我性命，
我知道该请求徒劳枉然；
但作为一骑士，或强或弱，
死亡时我都应手握利剑，

不应像大审判[1]地狱之魂，
或献祭之畜牲那般悲惨[2]。'

42

"善良的亚力山眼眶湿润，
她十分同情这英俊少年，
回答道：'不只有邪恶、残忍，
这地方还具有许多优点：
我认为女子们并非全像，
古时的美狄亚[3]那般凶残：
若似她我不会混在其中，
因而我不认同您的判断。

43

"'如过去我也曾冷酷，暴虐，
像许多凶狠的女子那般，
可以说我未遇适合之人，
值得我对他把怜悯表现。
若您的美貌与风度、彪悍，
未驱走我心中冷酷严寒，
我会像愤怒的母虎一样，
心比那金刚钻更硬更坚。

---

[1]　指最后的审判。

[2]　最后审判时地狱的灵魂将无条件地接受上帝判处，祭祀时的畜牲也只能任人宰割。

[3]　美狄亚是希腊神话中的科尔基斯公主，伊阿宋的妻子，也是神通广大的女巫。美狄亚被爱神之箭射中，与率领阿尔戈英雄寻找金羊毛的伊阿宋一见钟情，帮助伊阿宋盗取羊毛并杀害了自己的亲弟弟阿布绪尔托斯。不料对方后来移情别恋，美狄亚由爱生恨，将自己亲生的两个稚子杀害以泄愤，最后酿成了悲剧。

44

"'对外人制订的法律条文，
若并非如此的严厉，难变；
我不拒用性命将您救赎，
为救您我甘愿把命奉献。
但此处并无人如此强势，
有权力能随意助您脱险；
您所求虽然是微不足道，
在此地却着实难以实现。

45

"'如若是您喜欢此种死法，
我可以帮助您实现心愿；
但恐怕要忍受更多痛苦，
这种死则需要更长时间。'
美少年埃巴纽补充说道：
'我一人可战胜十位好汉，
取他们之性命自身无虞，
精铁坚，却难敌我的宝剑。'

46

"闻此言亚力山并未答话，
离去时却听她发出长叹，
心中的受伤处永难愈合，
被千支锋利箭无情刺穿。
她来到母面前表示意愿：
若骑士真表现勇猛彪悍，
一个人能杀死十位勇士，
就不应处死这英俊少年。

47

"欧龙塔力推荐女儿建议:
'这的确是一个好的意见,
总应该选择出最佳骑士,
为我们守卫住海港、家园;
要知道谁该走谁该留下,
就必须让他们比试一番;
怎可以令我们无辜受害,
让懦夫治王国勇者命断。

48

"'我觉得应做出新的规定,
如将来风推船靠我海岸,
船上的每一位勇猛骑士,
去圣殿作祭品被杀之前,
若愿意都可以参加比武,
一抵十并能够摆脱危险,
将他们全击败,强悍无比,
便可以率众人守卫港湾。

49

"'我这里有一位被囚骑士,
似乎愿向十勇提出挑战。
他一人若可抵十位武士,
天主也应满足他的心愿。
如若是他妄称勇猛、彪悍,
则必须遭受到严厉惩办。'
女国王结束了她的讲话,
一年迈老妇人张口回言:

50

"'这不是我们的主要目的,

对男人之措施另有根源,

又何必要外来男人帮助,

靠自己也能够保卫家园;

守国土我们有足够力量,

也具备应有的智慧、勇敢:

无外人我们也可以做到,

令女人掌权利,世代承传!

51

"'生儿女无男子自然不行,

当然要选男人作为陪伴,

但只需一男子应对十女,

男子少便永难夺取大权。

因生育需男子方定此法,

并不必用他们保卫家园。

虽骁勇他们却只有此用,

除此外,无益处,可弃一边。

52

"'如果留如此强一位男子,

便完全把原定计划打乱。

若一男可杀死十名勇士,

多少女将受他奴役、控管?

我们的十男子若被杀死,

第一天他便可夺取大权。

不能把枪与剑交给强者,

统治者怎可把绝路挑选。

53

"'你想想，若"机运"助此少年，
令他把十个人脖颈斩断，
便会有百女子丧失丈夫，
你定会闻她们哭声震天。
若活命他必提其他建议，
以避免被看作杀人凶犯。
假如能一人令百女满意，
或许可获原谅，得到宁安。'

54

"阿特米[1] 提出了残忍建议，
欲极力把少年留在圣殿，
要当着无情的众神之面，
将骑士埃巴纽喉管割断。
但女王欧龙塔将其驳斥，
她要使爱女能心足意满，
又讲出各种的其他理由，
议事会听从了她的意见。

55

"埃巴纽真可谓英俊无比，
如此的美骑士世上罕见，
占据了议事会少女芳心，
决定了她们的最终判断；
老妪们都希望按老规矩，
她们的意见却被置一边：

[1]　反对让埃巴纽与十位勇士比武的那位老妇人叫阿特米。

议事会几乎要做出决定，
埃巴纽差点被完全赦免。

56

"但最后议事会做出决定，
若能够杀十人便可赦免，
还需要另一战击败十女，
并不必与百名寡妇激战。
第二天少年被放出监牢，
枪剑甲与战马任其挑选；
他一人与十位勇士对阵，
在校场一个个将其刺穿。

57

"当天夜他又被剥光衣服，
一个人与十女展开激战，
他神武已取得显赫胜利，
其智慧亦可胜十位婵娟。
少年获欧龙塔万分恩宠，
被视为女王的儿子一般；
赐给他亚力山、其他九女，
那九女前一天与他夜战。

58

"骑士与美公主一起生活，
从此后施新法直至今天，
亚力山也成为该城之名[1]，

---

[1] 人们用亚力山公主之名为城市命名，因而该城市叫亚历山大勒塔，即今天的伊斯
肯德伦。伊斯肯德伦是土耳其的城市，位于土耳其南部地中海沿岸。

后来者必须要显示强悍：
如厄运带一位骑士至此，
他不幸脚踏上这块地面，
须选择是否作牺牲祭品，
或独自与十勇较量一番。

59

"若白天杀死了十位男子，
还需要夜晚与女子激战；
如若是夜战中他仍幸运，
击败了十对手，奏凯而旋，
便成为美女群一位统帅，
可任意挑选出十名婵娟，
共统治，一直到再来一人，
取其命，比他更凶猛彪悍。

60

"此凶残风俗已两千余年，
至今日仍然未修改，更换；
有一位不幸的游侠骑士，
数日前刚奉献神庙祭坛。
谁若以埃巴纽作为榜样，
要一人战十勇披甲在肩，
经常是第一阵便丧性命，
千人中无一人闯入二关。

61

"尽管少仍然有寥寥数人：
屈指可数清楚何人过关，
阿吉龙便是那其中一人，

但在此统治了不长时间。
我来此击败了二十对手[1]，
也令他永安息合闭双眼；
那一日我斩杀这位勇士，
因不愿做奴隶丢尽颜面。

62

"有多少爱之乐、欢笑、游戏，
我这等少年郎各个喜欢，
身上穿紫红袍，佩戴珠宝，
在城中他人前位贵身显；
天主啊，对丧失自由之人，
这等乐岂能有益处半点；
如若是永不能远走高飞，
我觉得此奴役忍受实难。

63

"见自己竟如此耗费青春，
颓废中度过了花样之年，
我的心难平静，痛苦不已，
所有的快乐早消逝不见。
我血统之威名展开双翼，
飞遍了人世间，冲上蓝天；
如能与兄弟们同在一起，
或许我也能够有所贡献。

---

[1] 指十个骑士和十个美女。

64

"我觉得是命运将我凌辱，
它令我受奴役处境悲惨：
就如同一战马混入牛群，
其双眼或四蹄必有缺陷；
也可能因其他遗憾之处，
那战马再难以参与征战。
如不死我渴望脱此奴役，
若不然我宁愿气绝命断。"

65

圭多内讲到此停止话语，
好骑士心愤恨，发出抱怨，
抱怨他那一日取得胜利，
夺取了王国的统治大权。
阿托夫在一旁静听讲述，
他根据诸迹象做出判断：
此人为阿蒙公私生儿子，
是堂弟圭多内坐在面前。

66

于是便开言道："亲爱堂弟，
英格兰阿托夫与你相见。"
说话间便热情将他拥抱，
热吻中他已经泪流满面。
"母亲[1] 曾留印记于你脖颈[2]，
它现在虽然已不很明显；

---

[1]   指圭多内的母亲。
[2]   在脖颈处留下相认的印记。

但你握手中剑表现勇猛，
足可以证明你与我同源。"

67

若别处圭多内遇见近亲，
必定会雀跃起欢庆一番，
但此时却面带焦虑、忧伤，
见堂兄他心中痛似油煎。
他若活阿托夫必将为奴，
并不需等许久，只待明天；
若堂兄获自由他必先死，
很明显：得此利必遭彼难。

68

如取胜他痛心其他骑士，
必定要做奴隶，直至永远；
即便是他死于那场争斗，
其他人受奴役亦难避免：
玛菲萨若闯过第一道关，
也不免会陷入二关泥潭，
战胜了圭多内并无益处，
女将死，其他人仍要受难。

69

骑士们亦不愿获取自由，
却要令少年郎一命归天：
若必须将少年斩杀校场，
玛菲萨情愿先气绝命断；
更何况他年少尚未成熟，
竟如此慷慨且勇猛彪悍，

把一片同情与怜悯之心，
奉献给玛菲萨及其伙伴。

70

玛菲萨对他说："随我而去，
拼全力可闯出险恶地面。"
他答道："快放弃出逃企图，
或战败，或战胜，别无他选[1]。"
玛菲萨又说道："我心无惧，
已开始之事情定要做完；
利剑已指给我必由之路，
并没有其他路更加安全。

71

"在校场已领教你的勇猛，
会同你我敢闯任何险关。
天明后那一群乌合之众，
再重新登看台准备观战，
那时候我二人左冲右杀，
令她们或自卫或者逃窜，
为恶狼和秃鹫留下尸体，
再纵火使烈焰冲上云天。"

72

他答道："难道说你让我做好准备，
随你去并死在你的身边？
只要是众女子略施报复，

---

[1] 只能选择在校场上比武取胜或者失败，别无他选。

你与我便无望再活世间：
我经常见校场女兵无数，
其他处更何止千千万万，
守卫着港口与要塞、城墙，
未曾见任何路出逃安全。"

73

玛菲萨回答道："女兵虽多，
远超过薛西斯[1] 身边儿男，
也超过造反的堕落天使[2]
（他们被驱出天，丧尽颜面）；
若你我齐努力，令其无助[3]，
我便可将她们一天全歼。"
圭多内回答道："只好如此，
我不知除此外还能咋办。

74

"我想起有一女需要保护，
现对你细讲述其中根源。
此处的男子汉不许出门，
更不许脚踏上岸边沙滩。
女子们按规定把我交给，
信任的一少女严格监管；
然而我感受到她的真爱，
但此时对其爱不便道全。

---

[1] 古代波斯皇帝，在第二次希波战争中，曾率领百万大军进犯希腊。
[2] 在基督教教义中，堕落天使是指因背叛上帝被赶出天国的天使。大天使路西法率
　　领三分之一的天使反叛，挑战上帝的权威，因而被逐出天国。
[3] 令他们没有你的援助。

75

"该少女也愿我摆脱奴役：
尽管是她知道我会走远；
因此她便希望与我独居，
远离开其他女竞争、纠缠。
在海港她备下轻便小舟，
趁夜晚天色黑五指不见，
计划去找你们船上水手，
欲商定如何能离岸登船。

76

"有一些骑士与商人、水手，
也意欲随我行，人数有限，
他们已聚集在我的屋中，
全依赖你们的宽宏仁善。
若我们出逃路被人截断，
你们再挺胸膛开路向前；
我希望引你们逃出此城，
利剑可助我等远离凶残。"

77

玛菲萨回应道："随你所愿，
我自觉可安全闯过难关。
若令我斩杀尽城中之人，
远远比偷逃走更加简单：
人见我逃离去定会生疑，
都以为我缺少英雄虎胆。
我更愿靠武力冲出城外，
其他的方法都不够体面。

78

"若我被认出是女儿之身，
必定获众女子拥护、盛赞；
巴不得与她们同在一起，
或许我女人中更显非凡。
但我与男骑士一同而来，
并不想独享受更多特权：
任他人受奴役，独保自由，
我认为如此做实在荒诞。"

79

玛菲萨说出了这番话语，
表明她更关心伙伴安全，
不愿意自己的鲁莽行为，
使他人受牵连蒙受灾难；
她不会主动去攻击敌人，
也没有必要去显示强悍；
因此让圭多内做出选择，
请他定行何路逃离此间。

80

圭多内爱妻叫阿莱里亚，
深夜时他二人曾经密谈：
并不需费口舌说服此女，
女子愿满足他一切心愿。
他请求爱妻去准备一船，
装载上贵重的珠宝细软，
佯装作黎明时意欲出海，
身边有其他的女子陪伴。

81

事先命将兵器运入宫中，

已备好盔甲与盾牌刀剑；

半裸的水手及各位商人，

在那里配刀剑，披甲在肩。

有些人去睡觉，有人放哨，

若成事就必须劳逸相间；

常派人看东方是否发红，

众人都穿铠甲枕戈待旦。

82

太阳公还未揭黑夜面纱，

坚硬的大地也尚未露面；

吕卡翁女儿[1]才转动车驾，

刚划开广阔的苍穹云天。

女人们都想见比武结果，

早已把校场的看台挤满，

就像是蜂窝口成群蜜蜂，

春天到期盼把蜂巢更换。

83

女人们吹号角，擂起战鼓，

鼓号声回荡于大地、蓝天，

召唤着他们的骑士老爷[2]，

---

[1] 指希腊神话中的人物卡利斯托，她是阿卡迪亚王吕卡翁的女儿。卡利斯托十分美
丽，宙斯爱上了她。卡利斯托喜欢打猎，有一天在树林中，宙斯化身成狩猎女神
迷惑她，结果使她怀孕；嫉妒的天后赫拉把她变为一只熊，后来宙斯将她送到天空
中，成为大熊星座。因而，此处吕卡翁的女儿指的是"大熊星座"。此句诗的意思
是"大熊星座开始离去，曙光即将出现"。

[2] 指圭多内。

返校场结束那开始之战[1]。
阿奎兰、格力风全副武装,
英格兰公爵爷铠甲披肩,
圭多内、玛菲萨、单索内等,
或徒步,或骑马,准备齐全。

84

从宫殿去海边,赶往港口,
穿校场之路径最为方便,
不论长还是短,别无他路,
圭多内已将此告知同伴。
他再三嘱咐且鼓舞众人,
随后便静悄悄赶路向前;
出现在女子们集聚校场,
百余人夹带于行列之间。

85

圭多内催伙伴快速行走,
来到了另一个出口门前;
校场边众多的武装女兵,
随时都准备着对敌开战,
见骑士携带着许多外人,
意识到他意欲逃离此间,
于是便将羽箭搭在弓上,
箭雨阻欲逃者行进向前。

---

[1] 指前一天已经开始的比武。

86

圭多内及其他骑士骁勇，
玛菲萨尤其是最为彪悍，
他们都不迟疑，动起手来，
杀敌人，闯大门，冲锋向前。
但羽箭极密集如同暴雨，
射伤了许多的同行伙伴，
万支箭从四面呼啸而至，
逃跑者均担心伤亡太惨。

87

每一位勇士都盔甲坚硬，
否则便更令人心中不安。
单索内胯下马已被射死，
玛菲萨坐下骑亦倒地面。
阿托夫自语道："还待何时？
魔号角何处能神威更显？
若枪剑难开路，便须看看，
它是否能确保行路安全。"

88

公爵爷吹响了神奇号角，
它总是能助人摆脱危险。
可怖的号角声回荡空中，
好像是大地摇，宇宙抖颤。
众人心被恐惧重重压迫，
一个个为活命意欲逃窜，
受惊吓，面失色，扑下看台，
被弃的校场门无人看管。

89

就如同一家人眼皮沉重，
睡意在一点点增长蔓延，
突然间见到了四周火起，
立刻便心惊恐，不知咋办，
从极高窗户处纵身跳下，
甘愿冒坠高楼摔死危险：
每个人都逃避可怖号声，
全不顾生与死，十分慌乱。

90

上下奔，左右跑，不知所措，
众女子都急于四处逃窜。
同时间千余人涌向出口，
相互间绊倒后堆成人山。
许多人因踩踏丧失性命，
还有人坠窗户摔下楼板，
有的人摔断臂成为残废，
有的人摔碎头死于地面。

91

嚎哭声、喧哗声、破裂之声，
混杂着乱哄哄冲上云天。
无论是魔号声传到何处，
乌合众必惊恐加紧逃窜。
如若您曾听说贱民可悲，
经常是无见识更无肝胆，
见此景就不会感到惊愕，
胆小的山野兔本性难变。

92

玛菲萨、圭多内熊心虎胆，
你们说他们会怎样表现？
曾为族争光的奥利维子，
你们想他二人是否慌乱？
他们视百万兵犹如草芥，
却也被魔号声吓破肝胆，
就像是胆怯的野兔、鸽子，
闻巨响，身抖颤，拼命逃难。

93

号角声既慑敌亦伤朋友，
欲抵抗其魔力极端困难。
单索内、圭多内、两位兄弟，
随惊恐玛菲萨一同逃窜；
为避免双耳被号声震聋，
他们都恨不能奔至天边。
阿托夫吹号角用足力气，
刺耳的魔号声响彻云天。

94

有的人逃下海，有人上山，
还有人入密林躲避灾难；
有的人向前跑不敢回头，
不停步奔逃了整整十天；
有的人越过了护河吊桥，
一生中也未敢再返家园。
圣庙堂与广场、家舍空寂，
整座城似乎已人影难见。

95

玛菲萨、圭多内面色改变，

单索内、两兄弟浑身抖颤，

水手与商人们随其奔逃，

一个个均拼命冲向海边；

在那里找到了阿莱里亚，

她事先早已经备好一船。

美女子急忙忙迎接众人，

摇动桨并展开船上风帆。

96

公爵爷踏遍了城里城外，

从山冈一直到波涛海岸；

每个人逃避他拼命奔跑，

他已令街巷中人影不见。

许多人因胆怯四处躲藏，

全不顾藏身处肮脏、黑暗；

还有人不知道何处隐蔽，

竟跳入大海中溺于波澜。

97

公爵爷寻众人来到海边，

他认为堤坝处可见同伴。

转动身向四周仔细观看，

却不见一个人现身海滩。

举目望见远海帆儿鼓起，

伙伴们飞一般逃离海岸。

他必须另谋划自己旅程，

因木船已扬帆离岸甚远。

98

先任其独自去，不必担忧，

他此次必须行万哩之远，

其足迹将踏遍蛮人土地，

所到处充满了难料风险：

魔号角能助他化险为夷，

它今日已显示威力非凡。

我现在先关注公爵伙伴，

因恐惧抖颤着海上逃难。

99

撑起帆飞一般远远逃离，

那一片血腥的残忍海岸。

令他们恐怖的可怕号声，

因距离十分远入耳已难；

不寻常之耻辱刺痛心田，

羞红的众人面如同火炭。

一个个都不敢相互对视，

心愧疚，不言语，低垂双眼。

100

浪冲击罗得岛[1]、塞浦路斯，

船夫见爱琴海百岛离远，

危险的马里阿海角[2]退去，

---

[1]　罗得岛是希腊佐泽卡尼索斯群岛的最大岛屿，位于爱琴海最东部，与土耳其隔马
　　　尔马拉海峡相望。

[2]　马里阿角是希腊伯罗奔尼撒半岛东南端的一个海角，隔基西拉海峡与基西拉岛相
　　　望。马里阿角附近的天气多变，致使基西拉海峡成了一条危险的航道，包括奥德
　　　修斯在内的历史上许多人的船只均在此遇险。

老船长[1] 已开始专心行船；
稳定的吉利风推船前进，
希腊的半岛已隐藏不见；
西西里过后入第勒尼安[2]，
船沿着意大利海岸向前。

101

最后在鲁尼[3] 港停靠、抛锚：
老船长在那里离家登船；
要感谢上天主助他航行，
又令他安全返熟悉海岸。
众人又寻找到另一船长，
他愿意驾帆船继续向前，
同一天船起锚驶向法国，
不久后便到达马赛岸边。

102

那时节并不见布拉达曼[4]，
平时她在那里执掌大权；
若她在必定会谦恭敦请，
众来客下榻在她的宫殿。
玛菲萨与同伴弃舟上岸，
辞别了四骑士[5] 自行向前，
同时也告别了阿莱里亚，

---

[1]　前面提到过的与玛菲萨、阿托夫等人一起航行的老船长。
[2]　第勒尼安海是地中海的一个组成部分，位于意大利西海岸与科西嘉岛、撒丁岛、西西里岛之间。
[3]　意大利的沿海城镇，位于意大利的西北部。
[4]　受查理大帝的委托，布拉达曼掌管马赛的权力，保卫马赛的安全。
[5]　指格力风、阿奎兰、单索内和圭多内。

登路程，冒风险，不惧艰难，

103

她认为众骑士一同行走，
并不是令人赞佳话美谈：
掠鸟儿与鸽子、黇鹿、马鹿，
胆怯的禽兽才成群结伴；
勇敢的隼鸟与高傲雄鹰，
不希望获他人任何支援，
雄狮及熊与虎独行天下，
都不惧其他兽更加强健。

104

别的人并没有此种想法，
只有她要一人独自冒险。
穿林海，沿奇异偏僻小道，
她踏上寂寞路，无人陪伴。
格力风、阿奎兰黑白骑士，
与其他二勇士同路向前，
第二日来到了一座城堡，
受热情之款待，下马落鞍。

105

我是说表面看十分热情，
却很快跌入了不幸灾难。
城堡主装仁慈，彬彬有礼，
为他们提供了下榻方便；
趁夜深沉睡时毫无防备，
床榻上捉骑士，捆缚双肩；
令他们发誓言遵守恶规，

随后才放其出牢狱黑暗。

106

我现在再来讲好斗女子[1]，
然后把众骑士状况展现。
她越过迪朗斯[2]、罗纳[3]、索恩[4]，
来到了一座山向阳坡面。
见一位老妇人身穿黑裙，
沿湍流缓迈步，行走艰难，
因曾行漫长路极其疲惫，
还由于心悲伤面显不安。

107

她便是山洞中那位老妪[5]，
曾效力众匪徒，看管洞岩，
正义神派来了罗兰伯爵，
那一日令众匪魂飞命断。
老妖女惧怕死逃之夭夭，
其理由以后再对您道全；
黑暗路已奔逃许多时日，
她极力避免被认出颜面。

108

玛菲萨穿戴与手中武器，

---

[1]　指玛菲萨。
[2]　迪朗斯是法兰西的一条河流，位于该国东南部。
[3]　罗纳是欧洲主要河流之一，法兰西五大河流之首。
[4]　索恩是法兰西东部的一条河流，罗纳河的支流。
[5]　见第 12 歌 92—94 节。

如一位外乡的骑士一般；
那老妪只躲避本地之人，
见到了玛菲萨并不逃窜；
反而在涉水处停步站立，
表现出心镇定气平情安；
见骑士至湍流涉水之处，
走过去，打招呼，面带笑颜。

109

求骑士置她于马背后面，
送她到湍流的另一岸边。
玛菲萨生来便十分善良，
把老妪带到了河的对岸；
并且还热情送老妪一程，
一直到平坦的易行路面。
走出了泥泞的崎岖小道，
她们见一骑士迎面向前。

110

那骑士盔甲亮，服饰华丽，
坐下马配一套精致辔鞍，
他也朝湍流水行走而来，
一少女、一侍从跟随身边。
少女的娇嫩面十分艳丽，
其高傲却令人望而生厌：
她品性极自负，目中无人，
配得上邪恶的骑士陪伴。

111

皮纳贝便是那陪伴骑士，

他本是马刚萨家族一员；

数月前欲陷害布拉达曼，

凶残将她弃于洞穴下面[1]。

大法师[2]曾囚禁他的女子，

现如今该女子随其身边，

为了她有多少哭泣、哀叹，

差一点哭瞎了他的双眼。

112

老法师阿特兰法术破除，

山冈上魔城堡消逝不见，

每个人都得以自由离去，

全依赖勇少女[3]功劳无限[4]。

女子[5]曾对情人十分温柔，

皮纳贝之欲望均能实现，

现重回其身旁，二人同行，

向一座城堡处赶路向前。

113

受宠的美女子喜欢撒娇，

见老妪、玛菲萨来到面前，

便肆意讽刺与讥笑她们，

口中吐恶言语毫无遮拦。

玛菲萨之天性高傲无比，

---

[1]　见第 2 歌 58—76 节。

[2]　指阿特兰法师。

[3]　指布拉达曼。

[4]　见第 4 歌 16—38 节。

[5]　指与皮纳贝在一起的女子。

难忍受欺辱与任何横蛮，
她愤怒回敬那傲慢少女，
说老妪远比她更加美艳；

114

并向她身边的骑士挑战：
如若是能将其击落马鞍，
便夺走她胯下那匹骏马，
再剥掉她身上所穿裙衫。
皮纳贝虽无语却不迟疑，
错选择用兵器回应挑战；
他抓起盾与矛兜转战马，
面迎着玛菲萨挺直枪杆。

115

玛菲萨紧盯住骑士面甲，
枪上靠迎着他猛冲向前；
对手被击落马，昏晕过去，
差一点脖颈被长枪挑断。
一回合便轻易获得胜利，
玛菲萨命傲女脱下裙衫，
并摘下身上的所有首饰，
请老妪穿戴上装饰一番：

116

女骑士让老妪穿上新衣，
把丑陋老太婆好好打扮；
又夺过少女的胯下骏马，
请老妪坐上了华丽马鞍。
随后便携带她重新上路：

那老妪越打扮越是难看。
沿漫长道路行三天三夜，
后来事我继续对您道全。

117

第四天她二人遇一骑士，
他只身骑战马急奔向前。
您可能想知晓此为何人：
国王子泽比诺来到此间。
他英俊，德行美，世间少有，
但此时受愤怒、痛苦熬煎，
未能够惩罚那可恶之人[1]，
该凶手阻他把慷慨实现。

118

泽比诺徒劳在林中奔跑
紧紧把残忍的恶徒追赶；
但那厮择道路及时逃脱，
已先行远离去，再难寻见。
是密林和浓雾助他逃命，
遮住了清晨的太阳光线，
现恶徒已彻底逃离其手，
泽比诺因此便胸燃怒焰。

119

然而见那老妪他难忍笑，
尽管是胸中仍燃烧怒焰；

---

[1] 指伤害梅多罗的骑士。见第 19 歌 5—14 节。

他觉得那一张丑陋老脸，
实难配少女的服饰裙衫；
于是对玛菲萨开言说道：
"骑士呀，你充满智慧、才干，
难道说你不怕别人嫉妒，
把如此美少女携带身边。"

120

老妪如干果皮，满脸皱纹，
远胜过西比拉[1]那张颜面，
她如此被粉饰像只猕猴，
似某人为取笑将其装扮；
从眼中迸发出愤怒火花，
发怒时更百倍丑陋不堪：
说女子年纪老面容难看，
是对其最大的羞辱、踏践。

121

玛菲萨假装作已被激怒，
为的是寻理由取笑一番，
回言道："我女人十分艳丽，
远比你更慷慨心地良善；
我尽管认为你所吐话语，
并非是出自于你的心田：
你装作不承认她的美貌，

---

[1]　据古罗马诗人奥维德在《变形记》中讲，太阳神阿波罗有一个女祭司叫西比拉，
她会预言未来。阿波罗爱上了她，并答应实现她的一个愿望。西比拉要求她生命
的年数能像手中的沙粒一样多，但是她忘了要求青春永驻；后来，年龄虽然以千年
为单位来计算，她却变成了一个很难看的老太婆。

为的是掩饰你懦弱、卑贱。

122

"如若是一男子身边无伴，
野林中遇少女如此美艳，
却不想夺得她为己所有，
这样的骑士爷何处可见？"
王子答："此女子最好陪你，
莫让人带她离你的身边；
我不会莽撞做如此之事，
绝不想夺走她令你不安。

123

"若想为其他事与我比武，
可令你见识我何等彪悍；
但为她我不会这般愚蠢，
去与你摆战场较量一番。
无论她丑与美你自留用，
我不想将你们二人拆散：
真可谓上天的完美绝配；
我敢说你之勇如她美艳。"

124

玛菲萨怒言道："你算何人！
最好来试夺她离我身边。
我难忍一人见如此佳丽，
却不想夺得她寻乐求欢。"
泽比诺回答道："我不知道，
男子汉为何要寻难、涉险，
取胜后却有利失败之人，

胜利者将面临苦恼、忧烦。"

125

少女道:"如此法你不喜欢,
我们可另择法将其更换,
这新法你切莫拒绝接受:
如我败此女子留我身边,
若我胜便强行奉献于你;
我二人现在就较量一番。
你若败就永远将她陪伴,
哪怕是她远行直至天边。"

126

泽比诺回答道:"如此甚好。"
便策马拉开场准备激战。
为避免对冲时不慎失误,
足踏镫,一双腿紧夹马鞍;
他一枪便刺中少女盾牌,
却好像戳上了一座铁山;
少女也枪尖挑对手头盔,
震晕头,令骑士跌落地面。

127

泽比诺跌落马,十分狼狈,
此惨状其他处从未曾见,
击败过勇骑士数以千计,
现必须忍耻辱活于世间。
长时间卧于地,沉默无语,
想起那许诺言,心如箭穿:
将携带丑老妪同行上路,

还永远难拒绝将她陪伴。

128

得胜者骑着马来其身边，
笑言道："此女子交你陪伴；
她现在属于尔，随你而去，
希望她更可爱、美丽非凡。
你已经顶替我将她护卫，
但信义且不可随风飘散，
你许诺要为她开路、护航，
愿随她足踏遍海角天边。"

129

她不待其答话纵马离去，
立刻便隐没于树木之间。
泽比诺以为她是位男子，
开口问："此何人，这等善战？"
对骑士那老妪并不隐瞒：
真情会带给他更大苦难。
她说道："是一位年轻女子，
只一枪就将你挑落马鞍。

130

"她勇猛，武艺也十分高强，
败骑士盾与矛理所当然；
要挑战法兰西近卫士爷，
从东方赶到此不惧遥远。"
泽比诺听此言惭愧无比，
绯红了双面颊，自觉难堪，
差一点周身都染成赤色，

也连同身上的每块甲片。

131

泽比诺跨上马，斥责自己，
为什么双股未紧夹马鞍。
那老妪暗自笑，越加希望，
刺激他更令其痛苦不安。
她提醒骑士爷勿忘诺言，
泽比诺承认有义务在肩；
战马亦低垂耳好像战败，
悲骑士刺马腹令其向前。

132

叹息道："哎呀呀，机运神，你好凶残，
难道说你竟然如此善变？
一女子美无比，本应归我，
你却要强带她离我身边。
难道说你认为给我此女，
便可以把先前美女替换？
即便是丧失了所有女人，
也不要这等的荒谬交换。

133

"此女子今日无美貌、德行，
她将来也不会德貌双全；
若将她送给那海中鱼虾，
鱼虾也沉海底撞碎礁岩；
她本该去地下吞食蛆虫，
却重新被人们领回人间，
竟还要活十年、二十余载，

为的是更加重我的苦难。"

134

泽比诺道出了伤心话语，
其面相已经是痛苦不堪，
失美女[1] 使骑士无比伤心，
可恶的新奖品令其更惨。
那老妪未见过泽比诺君，
但从其言行中可以判断，
这便是伊萨贝谈论之人，
公主曾对她讲二人爱恋。

135

您已经听说过她的故事，
此老妪从山洞逃至此间，
伊萨贝在洞中囚禁多日，
泽比诺被其爱伤及心田。
伊萨贝对老妪多次讲述，
她怎样离开了父王海岸，
又怎样遇风暴船儿被毁，
获救于罗歇尔那片海滩[2]。

136

她经常对老妪谈论情人，
描绘其美身形、高贵容颜；
现老妪听其言仔细观看，
清晰见骑士的眉宇、双眼。

---

[1]　指他所爱恋的伊萨贝。见第13 歌 3—31 节。
[2]　见第13 歌 16—31 节。

囚禁于洞中的伊萨贝女，
为了他心始终好似油煎；
被土匪掠为奴，强忍痛苦，
见不到心上人，更受磨难。

137

泽比诺痛苦且愤怒讲述，
老妪则静听其诉说之言，
显然是骑士爷并不相信，
伊萨贝已葬身凶残海难。
尽管是老妪已知晓真情，
为使他仍郁闷故意隐瞒：
能使其快乐事缄口不语，
更令他伤心情唠叨不断。

138

她说道："你这等狂妄，傲慢，
竟如此耻笑人，把我小看；
但若知你所哭女子情况，
就必须用献媚讨我喜欢，
否则我不告知半点消息，
宁可被你掐死撕成碎片；
假如你能对我更加温顺，
我或许把秘密对你展现。"

139

似扑向窃贼的一条猛犬，
见窃贼把美食抛掷眼前，
或被他实施了有效魔法，
立刻便静下来，不见凶焰；

泽比诺也马上表示谦卑，
知真情他方能心足意满，
那老妪已明示情人未亡，
还可以讲实情令其如愿。

140

泽比诺笑应对面前老妪，
以人神之名义请其吐言，
他再三求老妪不要沉默，
快把她所知事一一道全。
那老妪矜持着开口说道：
"欲闻事并不能令你喜欢，
伊萨贝并未死，如你想象，
死者均嫉妒她仍活人间。

141

"这些日她曾落多人之手，
我想你未曾闻消息半点；
若一旦她重新再落你手，
望你摘爱情花趁其鲜艳。"
啊，可恶的老妪你自知扯谎，
却还要把谎言装饰一番！
即便是她曾落众人之手，
也从未被他人蹂躏，踏践。

142

问老妪曾何处、何时见她，
泽比诺从其口抠言实难；
固执的老太婆再不愿意，
对所说之事情增补片言。

他先用温柔话将其劝说，
后来又威胁说割她喉管；
恐吓与利诱都毫无用处，
均难使丑妖婆开口吐言。

143

到最后泽比诺放弃言语，
说话已无助他一丝半点；
听讲述他已经万分嫉妒，
胸腔中难容纳他的心田；
他渴望寻找到伊萨贝女，
为复仇宁愿去赴蹈火焰；
却不能弃老妪寻找情人，
因他对玛菲萨许下诺言。

144

泽比诺被引上孤寂小路，
他完全要遵从老妪意愿；
无论是上高山下入深谷，
他二人不互看，更不交谈。
正午的艳阳已转身离去，
二人间寂静才被人打断，
在路上遇到了一位骑士，
下一歌我再把故事讲完。

第 21 歌

费兰德遭淫妇阴谋陷害　错杀友心恐惧被迫就范
贾丽娜备毒酒杀害二夫　诡计败入囚室受人监管

泽比诺路遇艾摩尼，并听他讲述了老妪贾丽娜的阴毒和残忍。

贾丽娜欲勾引费兰德通奸，费兰德不从，贾丽娜便诬陷其强奸自己。贾丽娜的丈夫阿尔焦不愿杀死朋友，便把费兰德关押在城堡之中。邪恶的女人又设毒计，致使费兰德误杀阿尔焦，并以揭发他杀害朋友为要挟强迫费兰德就范。

后来，已经厌恶费兰德的贾丽娜又用毒酒杀害了第二个丈夫。恶行败露后她被众人囚禁。

听完艾摩尼的讲述，泽比诺并没有放弃保护老妪的义务，继续携带她前行。

1

信誉绳可打成不解之结，
受其缚美心灵永守诺言，
其牢固远胜过绳索捆绑，
亦胜过铁钉子插入木板。
古人也展示过"信誉"[1]形象：
神圣女身披着白色裙衫，
白长衫包裹着洁净圣体，
有污点必定会损其美颜。

---

[1]　指掌管信誉的女神。

2

无论是对一人还是千人，
不可以损信誉不守诺言；
哪怕是在野林、山洞之中，
离城市和乡村十分遥远，
也要像在法庭面对证人，
或面对法官的记录文件，
你即便从没有向谁发誓，
只要是许诺便不可食言。

3

泽比诺骑士在任何事上，
都严格遵守着每句诺言：
远离开他自己应行之路，
伴讨厌老妇人赶路向前，
就好像把一块恶臭腐肉，
或死人携带在自己身边；
守诺言并非因心中愿意，
而因为必须把美德表现。

4

只要是看一眼护卫之女，
他心中极痛苦如被箭穿，
既无怒也不愿与其说话，
两个人同赶路沉默无言。
当最后之日光投向世界[1]，
沉默被一骑士突然打断，

---

[1]　指天黑之前。

那是位闯荡的游侠骑士，
赶路程来到了他们面前。

5

老妇人认出了那位骑士，
他名叫艾摩尼，来自荷兰，
黑盾上打印着他的徽记：
红色带斜穿过整个盾面。
她收起那一幅高傲面孔，
面向着泽比诺卑微求援，
提醒与玛菲萨分手之时，
骑士曾对少女许下诺言。

6

那一位迎面来骑士老爷，
与她和她家人不共戴天：
他杀死无辜的老妪父亲，
使老妪之兄弟气绝命断；
对其他幸存者仍不放过，
也试图令他们魂离世间。
泽比诺开言道："你莫惊慌，
我定会捍卫你生命安全。"

7

艾摩尼靠近后双眼紧盯，
引起他仇与恨那张丑面：
恶狠狠威胁着高声吼道：
"你快快准备好与我交战，
或放弃对这位老妪保护，
她死于我刀剑理所当然。

你若是为她战难免一死，
谁固执做错事必有灾难。"

8

泽比诺回答时彬彬有礼，
说这是卑劣的邪恶欲念，
要杀死孱弱的一位女子，
不符合骑士的侠义理念；
如若他欲挑战，无人躲藏，
但事先挑战者必须明辨，
一骑士应知礼，不可蛮横：
怎可用女人血将手污染。

9

这些话对那人皆无用处，
到最后还是要兵刃相见。
二骑士向后退，留足空间，
驱战马飞一般奔驰向前。
两战马面对面猛然冲击，
速度快，冲力大，如同闪电，
烟花飞也难有如此速度，
火飞溅立时便引起狂欢[1]。

10

荷兰的艾摩尼瞄准下方，
试图将对手的右肋戳穿；
但其枪力太弱没有成功，

---

[1]　就像放烟花一样，烟花快速飞向天空，立时引起一片欢呼跳跃。

未伤及苏格兰骑士半点。
而对手那一枪着实有力，
戳破他手中盾直刺其肩，
艾摩尼肩膀被前后穿透，
跌下马摔倒在草地上面。

11

泽比诺自以为将其杀死，
生怜悯急过去跳下马鞍，
从那张苍白脸摘下护盔，
受伤者盯着他半晌无言，
就好像从梦中惊醒过来；
随后道："我不觉十分遗憾，
因为你是一位骑士之花，
行走于江湖上，勇猛彪悍。

12

"然而我仍然是十分痛苦，
因见你守卫在恶女身边；
我不知你这位高贵骑士，
为何要做此事损你光鲜。
当你知我为何索她性命，
为什么因复仇如此凶残，
每想起这件事你会后悔，
不应该救她命让我受难。

13

"若我仍有气力向你讲述，
必让你看清她邪恶嘴脸，
她行事一贯是极端恶毒，

但只怕违我愿难以道全。
我曾经有一位年少兄弟，
离开我故乡土美丽荷兰，
成为了希拉略皇帝[1]骑士，
大皇帝把希腊帝国[2]掌管。

14

"宫廷中有一位尊贵爵爷，
他成为爵爷的兄弟、伙伴，
爵爷有城堡在塞尔维亚：
美宫殿舒适且城固墙坚。
阿尔焦便是那爵爷名字，
此恶女是其妻，将他陪伴；
他本是尊贵的爵士老爷，
对此女爱情却全无界限。

15

"但此女如树叶十分易变：
秋天到寒风将叶片吹干，
并且把它们都统统刮落，
疯狂般席卷着飞舞向前。
她曾经将夫君置于心上，
很快便对他无欲望半点，
其心思已完全转向别处，
想勾引我兄弟与其成奸。

---

[1]　7世纪上半叶的东罗马帝国皇帝，比查理大帝早一个多世纪；诗人却把他们放在
　　了同一个世纪里。
[2]　指东罗马帝国，因东罗马帝国统治地区讲希腊语。

16

"塞罗尼安海角[1] 坚固礁石，
抵御着汹涌的巨浪、狂澜；
茂盛且粗壮的新发松树，
根已经深扎于岩心中间，
耸立在高山上，挺拔壮丽，
抗拒着强劲的北风摧残；
都难与我兄弟意志相比，
他坚拒邪恶女无耻欲念。

17

"勇骑士经常会寻找理由，
为比武向他人提出挑战；
有一次争斗中我弟负伤，
他当时距朋友城堡不远，
寻常时他入堡不必邀请，
无论是阿尔焦陪不陪伴，
因此便意欲去那里养伤，
希望能快痊愈行动方便。

18

"当他在城堡中卧床休养，
阿尔焦有要事外出未还。
那无耻之淫妇故技重施，
来勾引我兄弟与其通奸。
但我弟很忠诚，难以忍受，
他身旁竟出现如此邪念；

---

[1] 塞罗尼安海角位于阿尔巴尼亚西南部。该海角因到处是极其危险的暗礁而著称
于世。

为保全那一颗赤城之心，
百害中择其轻是其心愿。

19

"百害中他做出最佳选择：
把爵爷友谊情暂放一边；
他决定远离开邪恶女子，
使其名令该女再难听见。
尽管是此决定十分残忍，
总胜过满足那不端意愿；
阿尔焦爱妻子如同心肝，
实不便去揭露其妻不端。

20

"我兄弟尚没有恢复健康，
便披甲离城堡赶路向前；
离去时他已经下定决心，
再不会返回到那片地面。
难道说如此做真正值得？
机运神毁吾弟用新手段：
爵士爷此时刻返回城堡，
见妻子痛哭泣泪流满面，

21

"脸通红，蓬乱发披散双肩；
便问她为什么如此心酸。
欲报复抛弃她无礼骑士，
恶女子已事先考虑周全，
于是令爵士爷反复请求，
她最后才勉强开口回言；

　　　恶女子把爱情变成仇恨，
　　　其本性认为这理所当然。

22

　　　"她说道:'老爷呀，吾之罪恶，
　　　为什么对于你还要隐瞒?
　　　我可对所有人匿而不说，
　　　但不能把自己良心欺骗。
　　　我灵魂会自觉罪孽肮脏，
　　　内心中必忍受悔罪苦难，
　　　有些错可带来皮肉痛苦，
　　　灵魂苦却远胜肉体殉难;

23

　　　"'尽管是我被迫犯下此错，
　　　仍希望你能知为何所犯;
　　　须用剑削掉我肮脏躯壳，
　　　把洁白无瑕的灵魂展现，
　　　应永远熄灭我眼中光明[1]:
　　　耻辱事已令我丢尽颜面;
　　　我难忍每时刻不敢抬头，
　　　见到人便觉得羞愧无言。

24

　　　"'你朋友毁灭我珍贵荣誉:
　　　施暴力把我的躯体强奸;
　　　因害怕我对你讲述此事，

---

[1] 杀死我，使我的眼睛失去光明。

粗野人不辞别便已逃远。'
爵士爷本来是最爱我弟，
此番话却使他恨植心间。
阿尔焦全相信，片刻不待，
携兵器，冲上路，欲报仇冤。

25

"他知道我兄弟住在附近，
便立刻赶过去，只需瞬间；
我兄弟伤未愈，十分虚弱，
心无虑，情不急，行路缓慢；
阿尔焦很快就追上吾弟，
便意欲下狠手报仇雪冤；
我兄弟找不到辩解理由，
他于是对我弟提出挑战。

26

"一个是身康健，怒火填膺，
另一个身负伤，心存友善；
角斗中我兄弟难以施展，
对手却怀仇恨胸燃怒焰。
费兰德不应有如此厄运
（年轻人唤此名，命运悲惨），
他最后被爵爷击倒在地，
因难以承受住如此激战。

27

"阿尔焦开言道：'天主不愿，
我之怒、你之罪如此这般，
我曾经极爱你，你亦爱我，

竟然要相残杀方能平怨；
尽管是你对我已显邪恶，
我却要把慷慨对你表现，
相爱时我比你更加真诚，
互恨时我也要比你良善。

28

"'我不愿手上染你的鲜血，
而想以其他法将你惩办。'
说话间他马上开始工作，
用枝叶编担架忙乱一番，
我弟被置其上，奄奄一息，
抬回到城堡中囚于黑暗，
让我弟在牢中接受惩罚，
无辜者被判为永久囚犯。

29

"除以往享有的来去自由，
任何物我兄弟不缺半点；
看守们全听从我弟吩咐，
其手脚未束缚，行动方便。
那恶女并不肯就此罢休，
施诡计欲将其阴谋实现，
几乎她每日都前去探狱，
握钥匙，狱门可自由开关。

30

"她不断对我弟讥讽，诱惑，
其胆量远超过囚禁之前。
她说道：'忠诚心对你何益？

你行为被看作无耻背叛。
噢，这猎物多肥硕，令人自豪！
噢，你伟大，你光荣，奏凯而旋！
噢，若众人都骂你是个叛徒，
你最终之功绩何等璀璨！

31

"'假如你给予我所求之物，
便能够多获利、更加体面！
你争得此巨奖，自己领受，
它可把你冷酷、固执彰显。
若你不先软化铁石心肠，
入狱后便别想再能出监。
如你愿低下头讨我喜欢，
我便可还给你自由、颜面。'

32

"费兰德回答道：'别再妄想，
我忠诚从不是虚假欺骗，
尽管我已获得残忍奖赏，
要忍受眼前的不公磨难；
虽然是都认为我不忠诚，
若一旦人们见事实真面，
是非明我便可洗净冤屈，
众人会永对我心存好感。

33

"'如爵爷囚禁我还觉不足，
他便可夺我命去我苦难。
我善为在人间不受欢迎，

在天国或许受奖赏称赞。
也许他已被我彻底激怒，
但如若我灵魂离弃人间，
他那时会发现对我不公，
将哭泣死去的忠诚伙伴。'

34

"无耻女曾多次勾引我弟，
却始终无结果，空手而还。
她淫欲并没有就此中止，
邪恶爱助长其情欲火焰：
欲望已越过了恶女裙衫，
使长久之邪恶四处泛滥。
胡思索，乱想象，心难宁静，
用铁钉钉思绪绝难实现。

35

"过去她不间断来往囚室，
现六月未曾踏牢狱门槛，
可悲的费兰德一心希望，
该女子已对他不再爱恋。
邪恶的"机运神"另行安排，
为淫女提供了作恶方便，
她之恶真令人没齿难忘，
要满足禽兽般疯狂欲念。

36

"'美男子'莫兰多男爵老爷，

与其夫[1] 许久前结成仇怨：
经常趁阿尔焦不在家中，
独自闯其城堡，胆大包天；
阿尔焦在家时从不受邀，
总是距其城堡十哩之远。
现如今为引诱他来城堡，
阿尔焦说要去圣城还愿。

37

"所有人都见他离家远去，
此消息无羽翼四处飞传；
除妻子没人知他的想法，
因爵爷只对她道明根源。
天黑时他重新返回城堡，
隐匿于夜幕中无人看见；
再外出旗杆上改换旗帜[2]，
他往返城堡时难以发现。

38

"爵士爷在城堡周围游荡，
游到这（儿），游到那（儿），却不走远，
为知晓莫兰多是否轻信，
还经常返回来亲自观看。
他整日躲藏在树林之中，
当见到日落下大海水面，
才回到己城堡，进入暗门，
不忠妻迎接他返回家园。

---

[1]　指恶女子的丈夫阿尔焦。
[2]　使用与平时不一样的旗帜，以避免被人发现。

39

"除邪恶之妻子人人以为，
阿尔焦已离家十分遥远。
恶女人于是便抓住良机，
害我弟，设新计，十分阴险。
她随意伪造出如泉泪水，
似雨点从眼中落于胸前。
对我弟开口道：'何处求助，
才能够不丢尽我的颜面？

40

"'我丈夫也同时丧失荣誉，
他若在我不会忐忑不安。
你认识莫兰多那个恶徒，
知我夫不在家，无法无天，
他不断收买我身边之人，
或恳求，或威胁，行为不端，
欲强迫我就范，遂其所愿，
不知我是否能摆脱纠缠。

41

"'他已知我夫君离家远去，
短时间并不会返回家园，
没原因，没理由，无缘无故，
便悍然闯进了我家后院；
假如是我夫君还在家中，
狂妄汉怎么敢如此大胆，
距城堡之围墙数哩之遥，
早已经自觉得难保安全。

42

"'他曾经派使者索我回话，
今日里面对面要讨我言，
如此我有可能受其侮辱，
现眼前出现了巨大危险；
如若是我不用甜言蜜语，
假装作顺从他邪恶意愿，
他将用暴力做温存之事，
伸利爪显露出凶残贪婪。

43

"'我向他许诺言顺从其意，
否则他用暴力实现意愿；
威胁下说的话并不生效，
拒绝他才是我真实打算。
只有你才能够将他阻止，
我可否保颜面现当决断；
阿尔焦之荣誉更加重要，
你说过它在你心中如山。

44

"'如若是你拒绝我的请求，
可以说你忠诚全是虚言；
你每次鄙视我哭诉哀恳，
都只是因为你心肠凶残；
尽管你总使用忠诚盾牌，
对爵爷却没有尊敬半点。
这件事虽隐藏我们心中，
但你缺忠诚心清晰可见。'

45

"费兰德回答道:'何须铺垫,

为朋友阿尔焦我愿赴难。

告诉我你心中所想之事,

我的心如既往从未改变;

尽管我受此难十分无辜,

却对他未曾有任何抱怨。

为了他我愿意赴汤蹈火,

向万物与命运发出挑战。'

46

"邪恶女回答道:'我只希望,

你杀死毁我名那个恶汉。

不要怕会对你有何伤害,

我给你指明路,十分安全。

他还会来找我,如同以往,

趁三更夜深时天色黑暗;

贼给我发信号,寂静无声,

我放其入城堡,无人能见。

47

"'你隐藏我卧室黑暗之处,

这件事对于你并不困难,

我让他先脱掉身上盔甲,

再引他赤裸裸来你面前。'

那恶妇便如此引导夫君,

步入了恐怖的阴谋深渊:

此女子怎可称结发妻子,

她真比地狱魔更加凶残。

48

"待邪恶幽暗夜到来之时，
凶残女令我弟手持利剑，
隐藏在黑漆漆卧室之中，
等其夫——悲惨的堡主回返。
后来事如同她阴谋安排：
设诡计很少会不能实现。
阿尔焦被误认骚扰恶徒，
费兰德令朋友魂飞命断。

49

"一剑便断其颈，头颅滚落，
因未戴头上盔，没有防范。
活着时阿尔焦十分痛苦，
被杀时无辜者更加悲惨。
未曾想就这样将其杀死，
难相信会发生如此事件！
本试图帮朋友，事与愿违，
对敌人也难以这等凶残。

50

"阿尔焦卧于地，我弟未识，
奉剑于贾丽娜恶女面前。
贾丽娜是这位女子之名，
她生来便为把别人背叛。
恶女仍对意图缄口不语，
让我弟重返回卧榻房间，
手捧灯照亮了凶杀现场，
令他把好朋友尸体观看。

51

"若我弟不满足她的情欲，
她威胁将我弟罪恶揭穿，
向众人说明白我弟所为，
致使他不能够开口分辩；
让人们骂他是凶手、叛徒，
处死他并令其丢尽颜面；
还提醒，即便他不爱生命，
也勿忘将荣誉置于心间。

52

"费兰德见自己犯下罪过，
心田被惧与痛折磨，摧残。
他几乎要怒杀面前恶女，
理性却致使他犹豫难断：
若不是他身处敌人城堡，
若不因有理性将其规劝，
即便是手中无其他武器，
用牙齿也把她撕成碎片。

53

"就好像大海中行驶木船，
被两股强风浪冲击不断，
一股风从船尾推船前进，
另一股又推船退回原点；
风儿或吹船尾或吹船头，
相搏后更强风推其向前：
就这样费兰德徘徊不定，
两害中择其轻理所当然。

54

"理性为我兄弟指出危险：
不仅死，还毁誉，十分悲惨；
如若是城堡案四处传开，
他思考怎应对并无时间。
不管他愿意饮还是不愿，
苦鸩酒都会被倒入喉管。
恐惧感战胜了报复之心，
最终它占据了我弟心田。

55

"因惧怕悲惨死、丧尽颜面，
便应允并发出千遍誓言，
若能够保平安走出城堡，
愿满足贾丽娜全部欲念：
施淫威她先摘欲望之果，
然后再放我弟离其身边。
费兰德接受了如此条件，
在希腊[1] 留恶名，成为笑谈。

56

"竟如此杀朋友，愚蠢至极，
友之形已牢牢铭刻心间；
他如同美狄亚、普洛克涅[2]，
为邪恶之收获承受苦难。
若我弟不重视信誉、誓言，
不视其为约束，随意背叛，

---

[1] 指东罗马帝国统治的区域，因为那里讲希腊语。
[2] 见第 3 歌 52 节。

安全时便可以杀死恶女，

但如今却只能仇记心间。

57

"从此后再未见我弟笑颜，

其言语亦总是忧伤寡欢，

他变成另一位俄瑞斯特[1]，

心悲伤，胸起伏，不断哀叹，

杀死了生身母、埃癸斯托[2]，

愤怒的复仇神将其惩办。

此痛苦无休止折磨我弟，

令我弟病卧床不能立站。

58

"那邪恶之娼妇见此状况，

其心中对新夫产生厌倦，

将熊熊情欲火变成仇恨，

胸中又燃起了邪恶火焰；

恶毒女对我弟咬牙切齿，

比对待阿尔焦更加凶残：

曾设计铲除了第一夫君，

---

[1] 俄瑞斯特（另译：俄瑞斯忒斯）是希腊神话中的人物，迈锡尼王阿伽门农的儿子。希腊远征特洛伊的统帅阿伽门农在率领大军出发时，因风暴阻挡船只前进，准备将女儿伊菲革涅亚杀死，献祭给月亮女神阿尔忒弥斯，但被女神以鹿易人救下。阿伽门农的妻子克吕泰涅斯特拉为了给女儿复仇，与人通奸，并在 10 年后阿伽门农凯旋时，在家中暗杀了阿伽门农。俄瑞斯特当时只有 12 岁，逃亡他乡，发誓长大后一定要为父报仇。多年后俄瑞斯特果然回到家乡，杀死了自己的母亲和她的情人。犯下弑母重罪的俄瑞斯特发了疯，被复仇女神反复纠缠，不得安宁。

[2] 埃葵斯托（另译：埃癸斯托斯）是希腊神话中的人物。他趁阿伽门农远征特洛伊时与其妻克吕泰涅斯特拉私通。阿伽门农回来后被他二人杀死，王位也被他们篡夺。后来阿伽门农的儿子俄瑞斯特将他们杀死。

现为杀第二夫再施手段。

59

"寻找来善欺骗一位医师，
令其施毒杀计，以遂心愿；
那医师极擅长用药索命，
并不会治病痛保人平安。
她先对那巫医许下诺言：
若能使夫君饮毒酒一盏，
中毒后即刻便一命呜呼，
重酬金可令他富贵无限。

60

"老巫医手中持索命毒酒，
来我弟之面前当众开言，
说毒酒是一剂医病良药，
可以令我兄弟身体复原。
在毒酒伤害到病人之前，
恶女子贾丽娜主意改变，
她不想再支付许诺重金，
便设法摆脱掉同谋纠缠。

61

"当巫医刚递过毒酒杯盏，
恶女子便抓住他的手腕：
'你切莫心中有丝毫不快，
我担忧心爱人生命安全，
须肯定此药汤并非毒酒，
你未曾把毒汁调制奉献；
因此需你先尝杯中之物，

方可捧药杯于我夫面前。'

62

"老爷呀，您想想，那老巫医，
他该是多可悲，多么慌乱？
因紧张霎时间不会思考，
更不知何出路比较安全；
只为了不引起更大怀疑，
他选择尝毒酒，毫不迟延。
我兄弟见此状深信不疑，
接过来剩余酒，一饮而干。

63

"如雀鹰用利爪捉住山鹑，
它正待食猎物享用佳宴，
本认为馋狗是忠诚朋友，
却被其追赶上夺走美餐；
那巫医本打算助恶赚钱，
却不料未成功，适得其反。
这便是窃贼的罕见榜样，
每一位贪财者必遭此难。

64

"奉完药老巫医打算离去，
他急需返回家自救一番，
想立刻再服下某种解药，
欲解除药酒毒，保命安全；
但恶女并没有同意他走，
说希望在巫医离去之前，
能看到毒汁在我弟胃中，

消化后被吸收效果明显。

65

"他再三求离去，无济于事，
放弃掉酬金也难以遂愿。
绝望的巫医见必死无疑，
不可能及时离恶女身边，
便对众身边人揭示阴谋，
邪恶女再难以将其遮掩。
害人的老巫医最终害己，
自作恶不可活理所当然。

66

"我弟的冤魂踏远行旅途，
巫医的魂魄也紧随后面。
老巫医获得了可笑报酬，
真情却展示在人们面前。
众人便捉住了邪恶女子，
因她比林中兽更加凶残；
把该女囚禁于黑暗牢狱，
将判其受火刑葬身烈焰。"

67

艾摩尼讲到此仍想继续，
述恶女是如何逃离监管；
但伤痛折磨他，难以忍受，
绿草地衬托出苍白颜面。
陪伴他那两位随身侍从，
用粗枝做担架放其身边：
艾摩尼被置于担架之上，

否则他不能够移动半点。

68

泽比诺请骑士将他原谅，
伤骑士他深感十分遗憾；
但努力护身边随行女子，
是每位骑士的行为习惯；
否则他信誉便受到损害：
为保护此女子他许诺言；
他成为该女的忠诚卫士，
必须与侵犯者展开激战。

69

其他事他可以任其方便，
令受伤之骑士满足心愿。
骑士说他只想提醒对方，
快摆脱贾丽娜无耻纠缠：
待恶女施阴谋陷害他时，
灾难至再后悔为时已晚。
贾丽娜始终是低垂双眼，
因面对真实语难以争辩。

70

泽比诺携老妪重新上路，
他必须去履行所许诺言；
一整天他都在默默咒骂，
骂老妪令他受如此苦难。
现如今已有人揭发恶女，
闻言者将恶女骨髓看穿，
若从前极厌恶面前老妪，

现恨她，绝不愿再看一眼。

71

老妪知泽比诺恨其入骨，
她不愿仇恨被他人独占，
对王子之仇恨不缺分毫，
取四两还半斤理所当然。
她心中愤怒火熊熊燃烧，
外表上却好似十分坦然；
可以说表里间有片古林，
林东西相互间难见真面。

72

日西斜，天色暗，夜幕临近，
叫喊声、敲击声混乱一片，
越靠近嘈杂音越是响亮，
就好像有武士进行激战。
泽比诺欲看清发生何事，
朝声音发出处疾步向前；
贾丽娜不怠慢紧随其后，
发生事下一歌我再道全。

第 22 歌

阿托夫破魔法城堡消逝　近卫士获飞马游走云天
鲁杰罗城堡前迎战四勇　魔盾牌放光焰众人晕眩

阿托夫返回英格兰。听说父王与查理帝被困巴黎，便又奔向法兰西，半路被引入魔法城堡。他按照魔法书的指导，破解了城堡的魔法，使城堡消逝，并喜获宝马神鹰。

鲁杰罗与布拉达曼终于拥抱在一起。为娶布拉达曼为妻，鲁杰罗必须先受洗皈依基督教，于是，他们朝一座修道院走去。路遇少女求助，为帮助少女解救一位可爱的少年，他们来到了皮纳贝的城堡，并与受胁迫的阿奎兰、格力风、单索内、圭多内比武。布拉达曼认出并杀死曾陷害她的皮纳贝。比武时，鲁杰罗魔盾的罩布破碎，魔光使在场的所有人晕倒。鲁杰罗也再次与布拉达曼失散。

1

贤淑的高贵女情人喜欢，
你们对唯一爱忠贞不变，
人世间有女子千千万万，
但有此情感者十分罕见；
闻先前所述事切莫不悦，
对恶女我心中燃烧怒焰，
如若我再铺陈继续讲述，
还要骂该女子淫邪、凶残。

2

有强者[1] 令我讲此女邪恶，

我自然不能把真相隐瞒。

但为此我不可忽视赞颂，

娴雅女真诚心、美誉、仁善。

为三十银币便出卖师尊，

并未损圣彼得光辉半点[2]；

虽仅是众姐妹其中一个，

许珀耳涅特拉美誉非凡[3]。

3

我冒昧用诗句斥责老妪

（因历史之记载如此这般），

然而我更愿意赞美淑女，

令她们美德行如日光灿。

再回到所讲的多彩故事[4]，

许多人静静听心中喜欢，

上一歌叙述到苏格兰人[5]，

闻附近有人在高声叫喊。

4

他冲入两山间一条小路，

[1] "强者"可能指掌控史诗创作的缪斯卡利俄佩。此处诗人称，是卡利俄佩命他讲述邪恶女人的故事，因而他只能从命；这样他便不必承担说女人坏话的罪过了。

[2] 虽然为三十枚银币出卖老师耶稣的犹大也是十二使徒之一，他的卑鄙行为却无损圣彼得的光辉形象。

[3] 许珀耳涅特拉（另译：许珀耳涅斯特拉）是希腊神话中的人物，她是达那俄斯五十个女儿中唯一一个没有遵从父命在新婚之夜杀死丈夫的人。

[4] 指史诗中所讲述的千变万化的故事。

[5] 指泽比诺，他是苏格兰王子。

喊声从那里出，相距不远，

来到了封闭的一座山谷，

见一位死骑士卧倒地面。

现暂且离法国转向东方，

卧地者是何人以后道全。

我见到英格兰阿托夫君，

他踏上西行路，快马加鞭。

5

上文说他身处残忍之城，

吹响了魔号角，声震云天，

驱赶走那一群异教恶人，

摆脱掉周围的巨大危险；

其同伴羞辱了当地之人，

登舟船，扬起帆，离开海岸。

他上路奔向了亚美尼亚，

我现把其故事继续讲完。

6

几日后来到了纳塔利亚[1]，

随后朝布尔萨[2] 行路向前；

越海后又朝着特拉齐亚[3]，

不停蹄继续把路程紧赶。

飞奔向匈牙利、摩拉维亚[4]，

---

[1] 指安那托利亚。安那托利亚又名西亚美尼亚，是亚洲西南部的一个半岛，位于黑
海和地中海之间。

[2] 布尔萨位于土耳其西北部，是该国第四大城市。

[3] 特拉齐亚地区位于巴尔干半岛的东南端，包括今天的希腊的东北部、保加利亚的
南部、土耳其的欧洲部分。

[4] 摩拉维亚为捷克东部一地区，得名于起源该地区的摩拉瓦河。

沿多瑙急奔驰，刻不停缓，
越莱茵、弗兰肯[1]、波西米亚[2]，
就好似其战马生翼双肩。

7

过阿登森林后进入亚琛，
最后在佛兰德登上帆船。
微弱风朝北方轻轻吹动，
鼓起了木舟的船头风帆，
正午时英格兰已经不远，
阿托夫入港口，弃舟登岸。
跳上马，刺其腹，驱动坐骑，
当天夜便赶到伦敦地面。

8

他听说老父亲奥托国王，
数月前去巴黎，领兵助战，
几乎是勇骑士倾巢出动，
上战场以国王作为典范；
他立即也准备奔向法国，
又回到泰晤士入海港湾，
登上船，扬起帆，出港而去，
调船头，朝加来[3]行驶向前。

---

[1] 弗兰肯（另译：法兰克尼亚）是德国的一个历史地区，大致范围是巴伐利亚州北部、图林根州南部以及巴登－符腾堡州一小部分。

[2] 波西米亚是古中欧地名，包括布拉格在内的捷克共和国的中西部地区。

[3] 法兰西城市，位于法兰西最北部。

9

风迎面轻轻吹，船头破浪，
木船儿行驶于浪花之间，
风与浪不断长，渐渐强烈，
越来越令船夫难以控管。
到最后他只能调转船头，
否则会使船儿沉下水面。
不得不改变了航行方向，
沿海峡中线处行驶向前。

10

忽而右，忽而左，不停摇摆，
被风浪随其意推行水面，
到后来鲁昂港[1]踏上陆地，
因最先漂泊到那片海岸；
他又为拉比坎[2]装上马鞍，
自己也披甲胄，腰挎宝剑。
携带着魔号角重新上路：
有此号在身旁胜兵万千。

11

穿越过一森林行至山脚，
在那里有一条潺潺清泉，
正午时牲畜都吃草进食，
躲避于山坳中或是栏圈。
既炎热，又干渴，难以忍受，

---

[1] 鲁昂位于法国西北部，是上诺曼底大区的首府。鲁昂是中世纪欧洲最大最繁荣的
城市之一。

[2] 阿托夫胯下的战马叫拉比坎。

近卫士从头上摘下盔冠；
拴战马于树密阴影之处，
随后为饮泉水来到溪边。

12

他嘴唇还没有浸入水中，
一隐藏附近的乡村少年，
从树丛跳出来，牵走战马，
跃上背，骑着它欲离林间。
阿托夫闻其声将头抬起，
见有人偷战马岂能不管，
未喝水似饮足，急弃小溪，
贼身后拼命跑，紧紧追赶。

13

那窃贼并没有全速奔逃，
否则会顷刻间消失不见；
他时而勒缰绳令马慢走，
时而又快步行疾奔向前。
追赶了好一程，二人出林，
最后见一城堡——雄伟宫殿，
有许多尊贵爷禁闭于内，
虽非狱，众人却难离此间。

14

乡下人驱战马进入城堡，
那马儿奔跑时如风一般。
阿托夫被远远甩在身后，
披盔甲，携盾剑，行动不便。
他最终也赶到城堡之处，

窃贼与战马已踪影不见；
转目寻，快步追，徒劳无功，
再难见拉比坎、窃贼之面。

15

城堡中到处寻，白费功夫，
搜遍了厅廊与卧室房间；
要找到乡巴佬——奸诈之徒，
付辛苦也无益，寻人实难。
他不知拉比坎被藏何处，
好战马奔驰时速度非凡；
搜索了一整日，毫无结果，
上与下、内与外全都查遍。

16

到处转，身疲惫，头脑昏乱，
他发现有魔法施于宫殿；
洛基提曾赠他魔法之书，
近卫士始终都携带身边；
想起了如若被魔法所困，
就可以利用它摆脱困难；
于是便急忙忙查找目录，
很快见破解法书写上面。

17

那书中记载着这座城堡，
还记载用何法可破魔幻，
使巫师深陷于困惑之中，
助囚徒摆脱掉束缚锁链。
在城堡门槛下锁一幽灵，

他制造此陷阱将人欺骗：
若移开压其身石制门槛，
魔城堡便立刻烟消云散。

18

近卫士极希望做成此事，
建功业，创伟绩，荣耀无限，
不迟疑向门石伸出手臂，
要试试重几何石制门槛。
阿特兰见骑士双手靠近，
心担忧出不测发生危险，
毁坏掉他所创艺术杰作，
便意欲施新法将其阻拦。

19

命魔怪使骑士转换模样，
与平时不相同，变形异面：
忽而像一巨人，忽而农夫，
或显现恶骑士残忍冷面。
众人[1]曾见巫师千变假面，
在林中把他们蒙蔽，欺骗；
现如今都以为又遇骗子，
全扑向近卫士，欲泄恨怨。

20

其中有鲁杰罗、格拉达索、
布兰迪、伊洛多、布拉达曼，

---

[1] 指被囚禁在魔幻城堡中的人。

都心中燃怒火，欲诛公爵[1]，
却不知又一次受人欺骗。
危机时公爵爷想起魔号，
它可以令众人放弃侵犯。
不依赖魔号角进行自救，
近卫士必然会惨死此间。

21

公爵爷吹响了那只魔号，
可怕的号角声震撼周边，
众骑士便立刻落荒而逃，
似群鸽闻枪声惊飞四散。
老法师亦慌乱，逃之夭夭，
抛弃了其洞穴[2]，惶恐不安，
面苍白，魂魄失，狂奔不止，
听不见恐怖声方敢停站。

22

守狱者[3]与囚徒[4]一同逃走，
许多马随后也冲出马圈，
拴马绳岂能够束缚烈驹，
它们都追主人奔向荒原。
城堡中猫与鼠亦不敢留，
号声似对其喊：快快逃窜！
若不是出门时遇到公爵，

---

[1] 指阿托夫。
[2] 指施加魔法的城堡。
[3] 指设魔法城堡囚禁众骑士的巫师阿特兰。
[4] 指被囚禁于魔法城堡中的众骑士。

拉比坎也必定消失不见。

23

阿托夫赶走了年迈巫师，
掀起了千斤重石制门槛，
门槛下发现了巫术小人（儿），
还有些其他物，不必道全。
他意欲摧毁掉巫师魔法，
便按照书[1] 指示采取手段，
砸碎了巫术人（儿）、其他之物，
使城堡如烟雾消逝不见。

24

公爵见鲁杰罗宝马神鹰，
被一条金锁链拴于马圈，
我是说老法师赠送之马，
它曾携骑士[2] 至妖女[3] 身边；
洛基提教骑士令马止步，
西归时见下方右侧是岸[4]，
骑士曾乘它行英伦天空，
然后返法兰西辽阔地面。

25

不知道您是否仍然记得，

---

[1] 指他手中的魔法书。
[2] 指鲁杰罗。见第 6 歌。
[3] 指邪恶的阿琪娜。
[4] 阿琪娜的岛屿在东方的海洋中，骑着宝马神鹰向西飞回欧洲时，向下望去，左手是大海，右手则是海岸。

鲁杰罗在树上将马捆拴，
赤裸的美女子将他戏弄，
骑士欲寻欢乐，马儿不见[1]。
谁见到那飞马都会惊讶，
它重新又飞回法师[2]身边；
并始终与故主同在一处，
一直到魔城堡消逝如烟。

26

阿托夫欲踏遍天涯海角，
骑飞兽可数日游遍世间，
见此物近卫士快乐至极，
其他事难令他如此喜欢；
求神鹰已并非三日两天，
恰此时宝马驹出现眼前：
他深知鹰马兽多么便捷，
因为他曾经有亲身体验。

27

邪恶女[3]曾施法使他变树，
改变了阿托夫人类颜面，
智慧女梅丽萨那日救他，
令公爵在印度体验飞天。
亲眼见洛基提驾驭神兽，
令叛逆神鹰马低头停站，

---

[1]　见第 11 歌 2—9 节，13—14 节。
[2]　指法师阿兰特。
[3]　指阿琪娜。

还看见鲁杰罗受其[1]指教，
学会了乘鹰马飞行于天。

28

阿托夫决定取神兽自乘，
要为它把鞍辔配备齐全；
其他马都已经纷纷逃走，
有许多缰与辔悬挂马圈；
置适合嚼子于鹰马之口，
再为它套装好辔头、马鞍。
因不知拉比坎怎样处置，
才没有不迟疑立即升天。

29

骑士爱拉比坎有其理由，
世无双，沙场上英勇善战，
骑乘它从印度东方极地，
奔驰到法兰西，一路平安。
他反复思考后最终决定：
把马儿[2]送友后才可飞天[3]；
不能将心爱马交与路人，
任凭他随其意跨乘马鞍。

30

朝树林定睛看希望见到，
有猎手或农夫来到面前，

---

[1] 指洛基提。
[2] 指拉比坎。
[3] 指宝马神鹰的马鞍。

可牵着拉比坎随其同行，
从那里一直到某座城边。
他徒劳张望了整整一日，
直等到新一天又要出现。
清晨时天色仍有些昏暗，
他见到一骑士行于林间。

31

先说说鲁杰罗、布拉达曼，
然后再把故事继续讲完。
魔号声停止时美丽情侣，
已逃离魔城堡，距其甚远；
鲁杰罗定睛瞧立即看见，
阿特兰遮掩的少女美面[1]：
老法师施魔法致使二人，
此之前尚未曾互识容颜。

32

鲁杰罗盯着看布拉达曼，
美少女也瞧他惊诧无言，
多少日那幻觉将其迷惑，
蒙蔽了骑士头，遮其双眼。
鲁杰罗将佳人拥抱怀中，
羞少女脸色比玫瑰红艳；
在美人热唇上骑士摘花[2]，
爱情的初花蕾十分娇灿。

---

[1] 鲁杰罗和布拉达曼同时被囚禁在城堡之中，法师阿特兰施魔法，使二人无法见面；因而此处说"阿特兰遮掩的少女美面"。

[2] 比喻亲吻。

33

他们俩搂与抱何止千次，

相互拥情人于两臂之间，

其喜悦之心情胸腔难抑，

恋爱人感觉到幸福无限。

魔法术令二人忍受痛苦，

曾身处之城堡充满欺骗，

本应该早享受团圆幸福，

二人却彼此间不识颜面。

34

智慧的童贞女可奉之乐，

美少女甘愿对情人尽献：

心爱人可免受爱情折磨，

自己的荣誉也不受污染。

少女道：若骑士欲摘爱果，

她不会装矜持躲躲闪闪，

但必须先受洗皈依基督，

再派人见父面，求结姻缘。

35

为爱情鲁杰罗何止愿意，

把宗教之信仰彻底转变，

与其父及祖先同拜一神，

和高贵之族人信仰一般[1]；

甚至为此女子获得快乐，

他甘愿把生命全部奉献。

---

[1] 鲁杰罗的父亲本来是基督教徒，其家族是基督教的一个王室，这一点在第 36 歌中有更清楚的交代。

骑士道:"我可以赴汤蹈火,
为爱你做何事我均情愿。"

36

鲁杰罗欲迎娶此女为妻,
为受洗踏上路,行走向前,
引少女欲奔向瓦隆罗萨
(那是座富丽的修道之院,
虔诚的修士们严守教规,
对来者均同样热情,仁善);
出树林他二人见一妇人,
那女子悲伤情显示于面。

37

鲁杰罗对待人一向谦和,
尤其是对女子更是仁善;
见此女,珍珠泉流淌不断,
娇嫩的脸颊上泪痕斑斑,
他心涌好奇情,顿生怜悯,
要知道此女子受何苦难;
先寒暄,然后再开口询问,
她为何竟如此泪湿颜面。

38

那女子抬起了湿润双眸,
温柔对勇骑士开口吐言,
她愿意把原因全盘托出,
说明白为什么受此磨难。
女子道:"尊贵爷,您听我说,
全因为我怜悯一位少年,

他今日将死于附近城堡，
所以我才双颊珠泪挂满。

39

"西班牙马西略国王之女，
既年轻，又高贵，十分美艳，
少年因爱公主变音卷睫[1]，
装女子，遮面纱，身穿裙衫，
每一夜与公主同床而卧，
未引起王室的猜疑、不安：
但人间并没有任何秘密，
可长久不被人将底揭穿。

40

"一个人知秘密告诉二人，
第二人再转告，传王耳边。
前天有王亲信来找我们，
他令人公主屋床上捉奸；
将两位有情人关入城堡，
并分别囚禁于不同房间：
那少年只能够活过今日，
我认为他必定下场悲惨。

41

"我逃出因不想目睹残忍，
他们把少年要焚于火焰；
将杀害如此的英俊儿郎，

---

[1] 装出女子的说话声音，翻卷睫毛装扮成女人的样子。

这件事真令我痛苦不堪；
一想到熊熊火心便期盼，
切莫把美肢体火中熔炼，
若能保那脆弱腿脚手臂，
我一定会感到欢喜无限。"

42

这消息惹怒了布拉达曼，
听讲述她心中痛苦不安；
为那位被罚者深感忧虑，
就好似亲兄弟正在受难。
此担忧并不是毫无根据，
我以后再对您一一道全。
她转向鲁杰罗开口说道：
"为救他我们应挺枪举剑。"

43

随后对伤心女继续说道：
"就请你带我们入那城垣，
若他们尚未杀英俊少年，
你放心，此邪恶再难实现。"
仁慈的鲁杰罗心存怜悯，
深了解心爱女十分良善，
他觉得火烧身，跃跃欲试，
决不能任少年身亡命断。

44

见女子流泪河骑士说道：
"现在仍静等待为了哪般？
须救援而不应流泪不止：

引我们快快到少年面前。
即便是迎千枪面对万剑，
我们也愿营救那位少年，
但需要你尽量加快脚步，
若太迟难助他逃离火焰。"

45

好一对神奇的勇敢男女，
吐出了高贵语，举止超凡，
又重新使女子获得希望，
这希望曾逃离她的心田。
但此时女子仍犹豫不决，
并不怕那座城路途遥远，
而担心若踏上被拦之路，
救少年之行动徒劳枉然。

46

她于是对二人张口说道：
"若我们行直途，一路平坦，
我认为当到达目的地时，
刑场上还未必点燃火焰；
若绕行，踏崎岖险恶小路，
天黑时也难以到达地点，
我担心当赶到该城之时，
那少年早已经一命归天。"

47

骑士问："为什么不走近路？"
女子答："有城堡挡在前面，

它位于彭提欧[1]伯爵领地，
皮纳贝定规矩三天之前；
此人是安瑟莫伯爵之子，
人世间只有他最为阴险；
该规矩对行路骑士、妇人，
不公正而且还十分凶残。

48

"因此便无骑士也无妇人，
过该地不受害，可保尊严：
一个个失战马，徒步出城，
骑士须弃兵器，女弃裙衫。
法兰西并没有骑士挺枪，
勇骑士已多年未曾得见；
前几日四骑士来到城堡，
为维护恶规矩发出誓言。

49

"皮纳贝之规定刚刚实行，
其时间还仅仅不过三天；
令四位骑士爷发誓理由，
对与错听讲后你们判断。
皮纳贝之女人阴险，毒辣，
凶狠的蛇蝎心世间罕见；
有一日随他去不知何处，
受一位骑士辱，丧尽颜面。

---

[1]　见第 2 歌 58 节，第 7 歌 38 节。

50

"原因是她耻笑那位骑士，
笑其携一老妪骑坐马鞍。
骑士向皮纳贝提出挑战，
那厮[1]傲，却力亏，跌落马鞍；
他[2]又命其女子[3]下马立地，
还强迫她徒步行走向前，
叫该女摘首饰、脱下衣服，
请老妪穿戴上她的裙衫。

51

"那女子徒步行，心生怒火，
便一心渴望着报仇雪冤；
皮纳贝对该女千从百顺，
做坏事总听其蛊惑妖言。
恶女子昼与夜愤恨难眠，
定要辱骑士与妇人万千，
夺骑士马与甲，剥女裙衫，
否则她便永远不会开颜。

52

"那一日有几位过路骑士，
来到了恶女子城堡地面，
他们都来自于遥远国度，
刚踏上这片土没有几天；
现如今难寻到其他骑士，

---

[1] 指皮纳贝。
[2] 指那位不知名姓的骑士。
[3] 指皮纳贝的女人。

能如此武艺精英勇善战：
他们是：阿奎兰、格力风君，
单索内、圭多内四位青年。

53

"皮纳贝表面上十分殷勤，
城堡中待客人热情无限，
深夜里却将其缚于床上，
令他们留城堡并发誓言，
然后才为他们松开捆绑，
一年零一个月定为期限，
若期间有游侠骑士来到，
他们需剥其甲夺其枪剑。

54

"如若是有女子随同而来，
他们应夺其马剥其裙衫。
四骑士被强迫遵守誓言，
尽管是极悲伤心不情愿。
至今日似乎是尚无一人，
与他们比武时稳坐马鞍；
来此地之骑士不计其数，
都徒步离城堡，弃甲，丢剑。

55

"按规定四人中谁先出战，
必定要拼全力冲锋向前；
如若是遇强敌十分勇猛，
被击落，敌却能稳坐马鞍，
四骑士必须要一同出阵，

战强敌一直到鲜血流干。
若他们每人都武艺高强，
可想象四合一多么强悍。

56

"考虑到我们已肩负重任，
不允许有半刻停顿迟缓，
若你等纠缠于城堡比武，
即便是你们有出色表现，
可击败那四位强悍对手，
却不能仅仅用极少时间；
如今日不能够及时施救，
熊熊火极可能烧死少年。"

57

鲁杰罗回答道："这有何妨，
此等事对我们又有何难；
上天主自然会安排一切，
主不睬也会有"机运"来管[1]。
比武时你定会清楚看到，
我与她[2]是否能帮助少年；
说少年今日会被火烧死，
这牵强之理由立足实难。"

58

勇少女虽无言却已动身，
踏上了捷径路，行走向前。

---

[1]　即便是上天主不理睬我们，还会有机运神帮助我们。
[2]　指布拉达曼。

前进了还不到三哩之遥，
便来到吊桥与城门前面：
在那里许多人丢甲弃裙，
性命也差一点难以保全。
见他们一出现，城堡之上，
便有人敲钟把消息递传。

59

城门开，一老叟骑马迎出，
那马儿哒咯哒快步向前；
马边走他边喊："且慢，且慢，
请停下先支付过路税钱；
若从前未曾闻此处习俗，
我现在对你等解说一遍。"
那老叟于是便开始讲述，
把城堡之规矩一一道全。

60

随后便像对待其他骑士，
说出他对来者建议之言：
"你们先命女子、孩童脱衣，
再留下盔甲与战马、枪剑；
切莫要把生命看作儿戏，
去迎战那四位勇猛壮汉。
兵器及马与衣均可再得，
唯独命丧失后难返人间。"

61

鲁杰罗回答道："你且住嘴！
他人已将情况全对我言，

我来此为证实是否神勇，
就如同我心中自认那般。
仅闻听这几句威胁话语，
岂能够将武器衣马赠捐；
我同伴为你那几句废话，
肯定是也不愿献出枪剑。

62

"那几位欲夺马、兵器之人，
求上主能让我尽快得见；
我在此不可能逗留多时，
因我们还需要越岭翻山。"
老叟道："你来看，他已过桥，
出城池来到了你的面前。"
话音落一骑士出城而来，
披红袍，白色花刺绣上面。

63

女骑士再三求鲁杰罗君，
能慷慨让她把神武展现，
她要把披绣花战袍骑士，
比武时在阵前挑下马鞍；
但恳求却不能使她如愿，
鲁杰罗也正想下场激战。
他意欲独自把功业创立，
令少女立于旁悠闲观看。

64

鲁杰罗问老叟此为何人，
第一个冲出门前来挑战。

"单索内是其名，" 老叟答道'
"我认得绣白花红色袍面。"
二骑士勒战马拉开距离，
不搭话因不愿浪费时间；
驱动其胯下马相对疾奔，
挺长枪面对面猛冲向前。

65

皮纳贝率众多徒步兵勇，
出城堡来到了比武场边：
待骑士被击落战马鞍桥，
便可以冲上去剥甲、摘冠。
骁勇的二骑士迎面猛冲，
将长枪牢倚在枪靠上面，
枪杆有两掌粗，自然生成[1]，
其直径至枪头几乎不变。

66

单索内命人在附近野林，
砍下了碗口粗鲜活树干，
制作成十余支此类长枪，
携两支来此处向人挑战。
盾与甲都必须硬如钻石，
方能免被这等大枪戳穿。
先送给鲁杰罗一支大枪，
另一支他自己紧攥掌间。

---

[1] 枪杆是自然生成的树干，有左右两个手掌合围那么粗细。

67

枪杆上装精铁锋利枪头，
此大枪可以把铁砧戳穿；
二骑士疾奔驰猛力冲撞，
相互间用铁盾挡住枪尖。
鲁杰罗那面盾十分神奇，
为铸它裸魔怪汗流满面，
阿特兰造此盾不惧冲击，
其神力前文中早已展现。

68

我说过那盾牌魔力无限，
其神光可刺伤人的双眼，
揭罩布它可令诸光暗淡，
使睹者失知觉昏倒地面；
若不是一定要借助盾光，
鲁杰罗用罩布遮盖盾面。
但坚硬魔盾牌不可穿透，
猛冲击未使其受损半点。

69

另一盾制造者技术较差，
它难以承受住重击考验。
这一击就如同天降霹雳，
使铁盾从中间裂成两半；
持盾者感觉到击力太重，
盾难以护住他持盾臂腕；
负伤的单索内极力支撑，
却不免摇晃着跌落马鞍。

70

四伙伴都必须遵守恶规，
不赚钱却夺人衣甲盔冠，
单索内第一个挺枪出马，
但因为力不支跌下马鞍：
有时候得意者反要倒霉，
只因为机运神无常反叛。
城楼上观战者将此情况，
传递给其他的三位勇汉。

71

皮纳贝走近了布拉达曼，
想询问是何人如此彪悍，
他竟然会这等艺精、凶猛，
使城堡勇骑士跌落地面。
正义的上天主惩罚邪恶，
令恶徒骑战马至女面前，
该马曾载少女行走天下，
他盗窃少女马将其欺骗[1]。

72

这件事发生在八个月前，
赶路程他曾把少女陪伴；
马刚萨此恶贼您应记得，
抛少女于梅林墓穴洞前，
好树枝救少女免其一死，
身跌落生命却得以保全；

---

[1]　见第 3 歌 4—5 节。

他以为少女必葬身洞口，
便牵走其战马留己身边。

73

勇少女认出了她的战马，
亦认出恶伯爵卑鄙嘴脸；
随后待他走进听其话音，
又迎面把歹人仔细观看；
开口道："就是这奸诈之徒，
施诡计欲令我一命归天：
邪恶人必定会罪有应得，
其罪孽引导他来我面前。"

74

说话间她握剑怒视恶徒，
朝卑鄙皮纳贝威逼向前；
但首先应断其回归之路，
以免他再逃回城堡里面。
邪恶徒丧失了逃遁希望，
不可能如狡狐溜回洞间。
皮纳贝喊叫着窜入林中，
他从未有胆量将头回转。

75

可悲者面苍白，策马奔窜，
还奢望能摆脱生命危险。
多多涅勇少女奋勇追击，
在恶徒左侧刺右侧劈砍，
紧缠住皮纳贝毫不放松，

野林中木呜咽[1]，响声震天。
城堡前无人知此处之事，
只关注鲁杰罗勇猛彪悍。

76

城堡中另三位勇猛骑士，
此时也出城门列于路边；
那一位立恶规淫邪女子，
随他们一同来阵前观战。
三骑士都不想受人斥责，
宁肯死也不愿丧失颜面：
现需要同上阵攻击一人，
心痛苦，羞愧面红似火焰。

77

残忍的娼妓已立下规矩，
并胁迫所有人不得违反，
现提醒众骑士曾发誓言，
还立约要为她报仇雪冤。
圭多内在一旁开口说道：
"为何要其他枪把我陪伴？
我一枪便可以挑其落马，
否则被砍头颇心甘情愿。"

78

格力风、阿奎兰亦不示弱，
他们愿一对一下场迎战，

---

[1] 野林中的树木被布拉达曼砍得直哭泣。

都宁可被杀死或被俘虏，
也不愿众人与一人对战。
那女人开言道："多言何益？
说话多，无结果，违我心愿。
带你们来此处夺他兵器，
并非为订新约重新谈判。

79

"在狱中[1]应对我做此辩白，
现如今提此事为时已晚。
你们应无条件服从命令，
而不该说空话不守诺言。"
鲁杰罗对他们高声呐喊：
"这里有新来者甲、马、辔鞍，
并且有女子的衣服、裙衫，
想取走，快过来，何必停站？"

80

一方面城堡女百般逼迫，
另一面鲁杰罗斥责，呼喊，
三骑士不得不一同入场，
但脸上燃烧着羞愧火焰。
高贵的勃艮第侯爵之子[2]，
驱战马肩并肩走在前面；
圭多内胯下马行动略缓，
也紧跟二人后，相距不远。

---

[1] 指骑士们被囚禁狱中尚未签订协约之时。
[2] 指格力风和阿奎兰，他们的父亲近卫士奥利维是勃艮第侯爵。

81

他们也手中持同样枪杆，
单索内被此枪击落地面，
阿特兰曾持的那面盾牌，
护卫住鲁杰罗，保其平安；
我说的是那面闪光魔盾，
人肉眼难抵其刺目光线；
鲁杰罗若遇到巨大困难，
可用它护其身摆脱危险。

82

他曾经有三次使用魔盾，
用该盾自然是遭遇极险：
头两次助他离温柔之乡[1]，
又恢复好品行，受人称赞；
第三次帮助他摆脱海怪，
逃离其利牙齿，免被吞咽；
海之怪欲吞食美丽女子[2]，
那女子却伤害恩人[3] 心肝[4]。

83

除上述三次曾利用盾光，
其他时均用布罩于盾面，
当需要魔盾牌提供帮助，
揭罩布便射出耀眼光线。

---

[1]　指魔女阿琪娜的宫殿。见第 10 歌。
[2]　指安杰丽佳。
[3]　指鲁杰罗。
[4]　见第 11 歌 2—9 节。

我前面已说过勇猛骑士，
来这里携此盾接受挑战，
他何惧面前的三位骑士，
视他们就如同孩童一般。

84

格力风面甲与盾顶同高[1]，
迎面朝鲁杰罗猛冲向前。
他枪尖刺中了那面魔盾，
却横着滑过了光滑盾面；
那盾面既光滑又极坚硬，
伤人者自受伤，难遂其愿；
他左晃，右摇摆，跌于马下，
其战马弃主人奔逃已远。

85

这一枪挑破了盾面罩布，
魔之盾射出来可怕光线，
见盾光人必定眼瞎落马，
任何人都难以逃避此难。
阿奎兰与其兄一同冲来，
把罩布全挑烂，盾光如焰。
光刺伤两兄弟四只眼睛，
圭多内随后来，亦难幸免。

86

在场者一个个东倒西歪，

---

[1] 弓起身，使头部与左手挽着的盾牌顶端一般高；即做出骑马冲锋的样子。

魔光亦使众人头晕目眩；
所有人受惊吓，无法自控，
摇晃着无目的四处乱窜。
鲁杰罗不知情调转马头，
他意欲手握剑刺戳劈砍，
却发现对手已全部倒地，
竟无人在场内与他交战。

87

鲁杰罗见骑士、步勇、女人，
都口中喘粗气呼吸困难，
战马也受到了极大伤害，
其性命都处于生死边缘。
他先是很惊讶，后来发现，
脱落的遮光罩悬盾左边；
我是说那一块丝质锦缎，
它本应罩盾面遮其光线。

88

于是便转过身四处查看，
欲寻找他心爱美丽婵娟；
又回到第一场比武之时，
女骑士所在的那块地面。
未见到勇少女，心中猜想：
她已去救那位落难少年，
可能因太担心滞留激战，
那少年难免于丧身烈焰。

89

引骑士来此处那位女子，

也倒在众人间，卧于地面。
骑士把昏睡女置于马背，
携带她离去时忐忑不安。
用女子身上穿御寒披风，
遮盖住神奇的魔盾盾面；
伤人的盾光被遮住之后，
女子便苏醒来睁开双眼。

90

鲁杰罗离去时面色羞红，
低着头，无勇气抬起双眼，
他觉得应受到千夫指责，
虽取胜却未获荣耀半点。
"我所犯之罪过如此卑鄙，
怎样能赎我罪挽回颜面？
人会说此胜利全靠魔法，
并未见我曾有神武表现。"

91

鲁杰罗一面想一面行路，
并不知自己要去向哪边；
半路上来到了一个地方，
曾有人在那里掘井一眼。
酷暑里烈日下饱食牛群，
可来此饮井水，享受清闲。
骑士道："盾牌呀，必须弃你，
你可别再令我丧失颜面。

92

"因为你我受责最后一次，

你不必总跟随我的身边。"
说话间鲁杰罗跳下战马，
取一块沉重石与盾紧拴，
随后将石与盾投入深井，
令它们沉入到井水下面；
又说道："你静静安睡井底，
我心中羞与辱同你做伴。"

93

井虽深水却已漫过井口：
盾牌重石块亦身沉体显[1]。
鲁杰罗静等待重物沉底，
轻柔水将它们完全遮掩。
游荡的"传闻女"不肯沉默，
将慷慨之行为迅速广传[2]；
她吹号把消息远远播撒，
法兰西，西班牙，其他地面。

94

到后来一传十十人传百，
此壮举传遍了尘世人间，
各地的武士都纷纷寻找，
全不顾千万里路途遥远；
但他们不知晓在何树林，
更不知在何井魔盾沉眠；
传壮举那一位知情女子[3]，

---

[1] 因为盾牌和石块又重又大，沉入水中后使井水漫出了井口。
[2] 把鲁杰罗这种慷慨的行为传遍四面八方。
[3] 指与鲁杰罗在一起的那位女子，她是唯一的目睹之人，该消息便是她传播出去的。

不愿说藏盾井在何地面。

95

鲁杰罗取胜利轻而易举，
随后他离城堡行路向前；
却留下被击败四位骑士，
卧于地就如同草人一般；
他带走宝石盾，魔光消逝，
不再会炫耀眼使人晕眩：
卧于地似死的四位骑士，
因惊愕站起身哑口无言。

96

一整天他们都不谈其他，
只议论这一起神奇事件，
为什么他们中每一个人，
都会被可怕光击倒地面。
四骑士在议论奇事之时，
又得知皮纳贝惨死林间，
只闻听此恶徒身亡消息，
却不知是何人令其命断。

97

野林中勇女子[1] 追上恶徒，
距离他仅仅有一步之远；
百余回剑利刃伤其两肋，
胸膛亦无数次刺入剑尖。

---

[1] 指布拉达曼。

为世间清除掉害人恶臭，
它曾把这一片土地污染；
女骑士携恶徒窃走战马，
转身离见证林[1] 欲返城前。

98

想返回鲁杰罗所在之处，
却不知回归路如何寻见。
或下谷或上山来回转悠，
她几乎找遍了周围四边。
是厄运不愿意少女知晓，
鲁杰罗离去时所行路线。
谁若是喜欢我讲述故事，
下一歌再听我细细道全。

---

[1]　见证了布拉达曼杀死邪恶的皮纳贝的树林。

疯狂的罗兰

文艺复兴译丛

疯狂的罗兰

下

〔意〕卢多维科·阿里奥斯托 著

王 军 译

ZHEJIANG UNIVERSITY PRESS
浙江大学出版社

4

老伯爵安瑟莫曾管此地，

许久前离弃了这座荒山，

因难逃克莱蒙家族[1] 之手，

无人可帮助他躲避危险。

山脚下勇少女[2] 心满意足：

令邪恶害人者魂飞命断；

那恶人呼救命无济于事，

他未能获取到任何救援。

5

虚伪的恶骑士谋害少女，

少女却使歹人魂魄飞散。

她返回欲寻找鲁杰罗君，

命运却令她难遂心所愿；

勇少女踏上了一条小路，

来到了无人迹奇怪林间，

那林子树木密，令人恐惧，

日光熄，周边已渐渐昏暗。

6

勇少女不知道何处过夜，

便停留密林中树木之间，

躺卧在枝叶下嫩草之上，

半睡眠半欣赏群星灿烂，

看土星，观木星、金星、火星，

一直到第二天日出东边；

―――――――――

[1] 加洛林系列骑士史诗中重要的家族，罗兰、里纳多、布拉达曼等均属于此家族。

[2] 指布拉达曼。

但少女始终是似睡非睡，
就仿佛鲁杰罗在她面前。

7

她经常心深处叹息不已，
后悔使勇少女痛彻心肝，
其心中虽有爱怒火更甚：
"怒已使我远离爱人身边，
至少应略关注我心之爱，
在完成复仇后重见其面，
能知道从何处来到此地，
然而我目失明，记忆不见。"

8

一阵阵她口吐抱怨言语，
与自己懊悔心争论不断。
叹息风、哭泣雨汇聚一处，
痛苦的暴风雨将其席卷。
经漫长期待后东方发白，
出现了盼望的黎明光线；
她跨上在附近食草战马，
迎光明朝东方奔驰向前。

9

行不远便走出茂密树林，
来到了魔城堡[1]所在地点，
那城堡数日前将其戏弄，

---

[1] 指被阿托夫破除魔法的那座城堡。

野蛮的大法师[1] 施展手段。

在那里她遇见阿托夫君,

此君获飞行兽心中喜欢,

但不知拉比坎交予何人,

为此事伤脑筋不明咋办。

10

偶然间近卫士[2] 摘下头盔,

露出了被铁胄遮掩头面;

勇少女刚走出茂密树林,

便认出是堂兄站在面前;

从远处便高兴向其致意,

奔过去拥其于两臂之间;

报出了己名姓,揭开面甲,

令堂兄清晰识她的颜面。

11

阿托夫欲托付拉比坎马,

她便是众人中最佳人选,

马需要有一位忠诚卫士,

才可能返家园确保安全;

多多涅公爵爷勇猛女儿[3],

似天主派她来骑士身边。

阿托夫平时便喜见堂妹,

需要时见到她心更喜欢。

---

[1]　指阿特兰。

[2]　指阿托夫。

[3]　指布拉达曼。里纳多和布拉达曼的父亲阿蒙公爵亦称多多涅公爵,因为多多涅
　　　（另译：多尔多涅）地区也是他的封地。

12

两兄妹随后又两次三次，
紧拥抱，把亲情相互体现，
你问我我问你近况如何，
表现出亲属间相爱无限。
公爵道："我欲巡飞鸟家园，
现已经滞留了太久时间。"
向堂妹他展示宝马神鹰，
并解释其心中迫切意愿。

13

勇少女见飞马展开羽翼，
并不觉有什么奇异、新鲜；
大法师阿特兰曾攥缰绳，
驾驭它朝少女飞冲迎面；
那一日飞行兽远走高飞，
携带着鲁杰罗行于空间，
令少女紧盯住目不转睛，
致使她盯痛了一双丽眼。

14

阿托夫把宝马托付少女，
并对她讲述了自己心愿；
拉比坎可载其奔驰如电，
闻拉弓它时常追逐飞箭；
并请她把兵器全都带走，
因现在他不需携带身边，
存放在蒙塔坂安全之处，
一直待他返回方可归还。

15

他希望骑飞马游遍天际，
因此便须努力减轻负担：
只携带魔号角、锋利宝剑，
有魔号不须担任何风险。
勇少女接过了那杆神枪，
加拉隆少子[1] 曾握此枪杆；
无论是这神枪触及何人，
他必定立刻就跌落马鞍。

16

阿托夫跨上了飞兽马鞍，
驱使它先缓步行于空间，
慢慢行，已渐渐远离而去，
加速度，转瞬间踪影不见。
就如同掌舵人海上航行，
须谨慎观风向，躲避礁岩；
待港口与海岸被抛身后，
展船帆，顺风行，飞速向前。

17

勇少女见公爵已经飞远，
心中便生愁云，十分为难；
不知道把堂兄武器、战马，
如何送蒙塔坂，置放一边；
她渴望重新见鲁杰罗君，
此欲念煎熬着她的心田，

---

[1] 指被费拉乌杀死的安杰丽佳的兄弟阿加利。加拉隆是契丹国王，安杰丽佳和阿加利的父亲。见第 8 歌 43 节。

是否应先赶往那座修院[1]，
寻找到爱人后再返家园。

18

她难以做选择，心悬不定，
偶然见一农夫迎面向前，
命令他把甲胄打成一捆，
装载在拉比坎马鞍上面；
再令其携二马跟在身后，
骑一马，另一马用手引牵：
她自乘一战马夺一战马，
自然有两匹马随其身边。

19

她以为踏上了修道院路，
便有望与情人重新团圆；
却难辨哪条路近而平坦，
怕迷途，四处游，心中不安。
那农夫也不很熟悉此地，
他二人便一同盲目兜圈。
勇少女开始了随意走动，
去何处全凭借主观判断。

20

不见人，无法问应去何处，
她只好一个人东转西转。
下午时走出了茂密树林，

---

[1] 与鲁杰罗约定好要去的修道院。见第 22 歌 36 节。

见到了一城堡立于不远，
那城堡耸立在小山之上，
看上去蒙塔坂与它一般：
定睛瞧那正是蒙塔坂堡，
父母与兄弟们居住其间。

21

当少女认出了蒙塔坂堡，
真不知她心中何等苦酸：
如若她停片刻会被发现，
实再难找理由离开家园；
若留下，爱之火将她焚毁，
定令她魂飞散一命归天：
再难见心爱人鲁杰罗君，
更难去修道院实现夙愿[1]。

22

略思索勇少女做出决定，
背朝着蒙塔坂再离家园：
家附近她已知应择何路，
转向了欲去的那座修院。
但命运对少女另有安排，
在她要走出那山谷之前，
遇见了阿拉多——久别兄长，
阿蒙女想回避为时已晚。

---

[1] 实现鲁杰罗皈依基督教，二人完美成婚的夙愿。

23

兄遵循查理命招募新兵，
从四处将他们集聚此间，
刚刚为众骑士、步勇、兵卒，
安排好睡卧的铺位房间。
兄妹俩拥抱着热情问候，
心高兴肩并肩行走向前；
相互间谈论着件件往事，
回到了蒙塔坂温馨家园。

24

美少女踏上了蒙塔坂地，
贝丽奇[1] 见到她热泪满面，
曾派人寻少女踏遍法国，
慈母心昼夜把女儿期盼。
母与兄亲吻她紧握其手，
却不能使少女心情宁安，
难代替鲁杰罗激情拥抱，
那感觉已铭刻少女心间。

25

美少女难脱身，心中盘算，
应立刻派一人赶往修院，
去通知鲁杰罗她的处境，
告诉他难赴约真实根源；
为爱情鲁杰罗应受洗礼，
切勿要动摇其皈依信念，

_____

[1]　布拉达曼和里纳多等人的母亲。

然后他再去做许诺之事，
使情人成眷属，喜结姻缘。

26

她选定战马作送信使者，
派它到鲁杰罗骑士身边，
骑士对该战马十分熟悉，
喜爱它不失蹄一往无前；
撒拉逊王国里无马可比，
查理帝马厩中也极罕见，
只有那巴雅多[1]、布里亚多[2]，
可与它比一比高大强健。

27

鲁杰罗坐下马名唤伏龙，
那一日他冒失飞上云天，
骑乘着飞行兽空中驰骋，
把伏龙留地面少女身边；
少女牵伏龙回蒙塔坂地，
令精心饲养它使其强健，
只骑它短距离慢行散步，
除此外便从未跨其马鞍。

28

她命令城堡中每一侍女，
同她选白色与黑色丝缎，
用金线精心绣美丽图案，

---

[1]　巴雅多是里纳多的战马。见第 1 歌 12 节。
[2]　布里亚多是罗兰的战马。见第 8 歌 84 节。

把辔头与马鞍精心装点。
随后选忠诚的乳娘之女，
作贴身之侍女将其陪伴，
把秘密无保留告诉于她，
知道她不会对别人多言。

29

她千次对侍女述说秘密：
鲁杰罗已铭刻她的心田；
夸骑士美容貌、德行、举止，
说神灵也难以与其比肩。
唤侍女到身边对她说道：
"伊帕卡，我需人传递信件，
没有人能比你更加合适，
你忠诚亦智慧，令我心安。

30

"你快去帮助我实现心愿。"
她命令乳娘女赶往修院，
教她对鲁杰罗应说之话，
并令她牢记住该讲之言：
请骑士原谅她未去赴约，
别认为她许下虚假诺言；
机运神比人力更加强大，
只怪她[1] 把二人戏弄一番。

---

[1]　指机运女神。

31

命侍女骑上了一匹驽马，
把伏龙美缰绳手中紧攥；
若遇见某一个疯狂粗人，
想抢走伏龙驹，跨其马鞍，
只要是告诉他马主是谁，
定能叫恶徒把主意改变：
闻听到鲁杰罗英名之人，
无一个不惊恐浑身抖颤。

32

请侍女传话给鲁杰罗君，
把诸多之事宜嘱咐再三；
伊帕卡将嘱托牢记心中，
随后便登路程，刻不容缓。
沿荒野黑森林小路前进，
行走了十余哩未遇麻烦；
不曾见有人来将她骚扰，
也无人询问她去向哪边。

33

中午时伊帕卡走下小山，
沿一条崎岖路奔跑向前，
迎面遇罗多蒙步行而来，
一武装侏儒人随其身边。
摩尔人抬起了高傲之头，
他诅咒永恒的天使集团：
如此的骏马与精美鞍辔，
其缰绳却未被骑士握攥。

34

他发誓路遇的首匹战马，
必定要抢夺到自己身边；
首匹马竟然是如此俊美，
如今就行走在自己面前；
但夺于少女手似乎不妥，
虽渴望他却是犹豫难断。
细盯看那骏马愤愤说道：
"唉，为什么其主人未随身边！"

35

伊帕卡回答道："如若他在，
定叫你头脑中改变邪念。
骑此马之勇士远胜于你，
世上的其他人也难比肩。"
凶汉道："是何人敢践踏他人荣誉？"
侍女答："鲁杰罗，他英名世间远传。"
凶汉道："我必得这匹骏马，
令你的鲁杰罗丢失颜面。

36

"如若是你所说全是事实，
没有人能比他更加彪悍，
我不仅还给他这匹战马，
他还可随意索任何物件。
告诉他罗多蒙是我名字，
他若想与我来角斗一番，
哪怕是到天边我也等他，

所到处我必定显露光焰[1]。

37

"因此我所到处必留印记,
比霹雳留痕迹更加明显。"
说话间手抓住金色缰绳,
置其于伏龙驹脖颈上面[2]:
随后便跳上了战马脊背,
伤心的伊帕卡泪流满面,
她威胁罗多蒙口吐秽语,
那凶汉不理睬,跃上小山。

38

为寻找蛮力卡、未婚之妻,
按侏儒指引路行进向前,
伊帕卡在身后紧紧追赶,
辱骂与诅咒语声声不断。
这里所发生事另行叙述,
图品君[3] 讲故事此处转弯。
您[4] 与我再回到先前之处,
皮纳贝在那里魂飞命断。

39

因为要去寻找心中爱人,

---

[1]　我的名声显赫,所到之处闪闪发光,无人不知,无人不晓。
[2]　因之前缰绳在伊帕卡手中。
[3]　传说中的《罗兰之歌》等骑士传奇的最初作者。
[4]　指读者。

阿蒙女[1]急转身赶路向前，
泽比诺则沿着另一小道，
携虚伪老太婆来到此间。
见一位骑士爷卧倒山谷，
不知道他是谁、来自哪边；
王子[2]本心仁慈，非常善良，
见此景怜悯情生于心田。

40

皮纳贝卧于地，已经死去，
无数的伤口处流血不断，
即便是百把剑同取其命，
也难以将其体千次刺穿。
苏格兰骑士爷[3]刻不容缓，
沿新鲜之足迹紧紧追赶，
他欲知是何人行此杀戮，
泽比诺追凶手甘冒风险。

41

令老妪在那里耐心等待：
他很快便能够返其身边。
贾丽娜独留在尸体之旁，
双眼却紧盯看周围四边；
她不愿白白把死尸守护，
希望能寻找到珍贵物件：
那老妪之心性十分邪恶，

---

[1] 指布拉达曼，她是阿蒙公爵的女儿。
[2] 指泽比诺，他是苏格兰王子。
[3] 指泽比诺。

人世间再无女比她贪婪。

42

她摘走死者身可匿之物，
遗留下未取物心有不甘。
取一条精美的束腰之带，
缠在了腰胯处两裙之间。
如若是能想出适当方法，
可盗走并留在自己身边，
死骑士身上的华丽战袍，
她必会脱其甲剥其衣衫。

43

泽比诺去追赶布拉达曼，
无结果便只好原路回返；
因见到山间路分成多岔，
有的路下深谷有的上山。
那一天白日已快至尽头，
他不愿处黑暗岩石之间，
携老妪离开了死亡山谷，
希望能寻找到栖身客栈。

44

行两哩他们见一座城堡，
那城堡宏伟且十分壮观，
高大的城堡尖直指天空，
便决定留下来度过夜晚。
刚入堡便闻听痛苦抱怨，
哀嚎与哭泣声令人心烦；
见众人眼中均流淌泪水，

似堡中所有人蒙受灾难。

45

泽比诺询问时得到回答，
有人传噩耗于堡主耳边：
安瑟莫伯爵子皮纳贝君，
被杀于一小路两山之间。
泽比诺低垂头佯装不知，
此举动完全是为了避嫌；
但骑士心中却十分明白，
被害者定是那路上所见。

46

不久后收殓的棺木来到，
火把与松明灯照亮空间，
尖叫与击掌声响成一片，
痛苦已冲上了星空云天，
每个人血红眸鼓出眼眶，
泪雨似洪水般淹没颜面：
悲惨的老父亲脸最阴沉，
比他人之面色更加昏暗。

47

摆设好隆重的祭奠灵堂，
为死者办葬礼必须庄严，
其礼节都遵照古老习俗，
那习俗每时代均有改变；
城堡主发出了正式公告，
终止了民众的各种传言；
并许诺要重赏报信之人：

知凶手消息者获银万千。

48

一传十十传百，消息飞走，
凶杀事与公告传遍世间，
淫邪的老妖婆[1] 毒比蛇蝎，
消息亦传递到她的耳边；
她欲害泽比诺，或许因为，
对此君恨入骨，心燃怒焰，
亦或许只为了傲慢显示，
人世间唯有她最为阴险；

49

还可能为了要获取奖励，
于是便找伯爵要求接见；
向伯爵先编织虚假故事，
然后说泽比诺犯下凶案。
从腰间她摘下华丽束带，
可悲的死者父立刻识辨，
见证物又听到老妪巧言，
伯爵爷已觉得水落石现。

50

向苍穹伸双手，流泪不止，
祈求天为儿子报仇雪冤。
命臣民快起来手持武器，
围困住泽比诺居住客栈。

---

[1]　指老妪贾丽娜。

泽比诺自以为敌在天边，
未曾想有此等诽谤、诬陷，
竟激怒安瑟莫伯爵老爷，
刚入梦便被捉羽被之间。

51

那一夜被锁于黑暗之中，
戴上了重足枷，行动艰难。
太阳还未洒下万道金光，
不公正之惩罚已经宣判：
在所谓犯罪的那个地方，
他将被车裂成四块碎片。
其他的调查已不再需要，
伯爵的判断便足以结案。

52

美丽的奥罗拉再次出现，
晴朗天白红黄色彩斑斓，
民众都高喊着：杀死，杀死！
要惩罚泽比诺冤屈凶犯。
愚蠢的乌合众押解骑士，
或徒步，或骑马，混乱不堪；
苏格兰骑士爷低垂其首，
受缚于一矮小驽马上面。

53

但上主常帮助无辜之人，
要使人相信他十分仁善，
已经为泽比诺设下防护，
今日他并没有被杀危险。

危机时罗兰爷路经此地，
使王子获拯救，性命平安。
下山的近卫士[1] 看见众人，
拼命拉一痛苦骑士向前。

54

从山洞解救的那位少女，
跟随着伯爵爷来到此间：
伊萨贝本来是国王之女，
大海上遇风暴身处危险，
舟船破奋全力登上海岸，
却不幸被强徒囚禁洞间；
因爱恋泽比诺其魂尚存，
王子已铭刻在公主心田；

55

罗兰爷从山洞将她救出，
她跟随伯爵行，将其陪伴。
当见到旷野中乌合之众，
便问道是何人如此这般。
伯爵答："不知道。"随即下山，
把公主暂留在山冈上面。
近卫士[2] 定睛瞧泽比诺君，
一眼便看出他是条好汉。

56

走近后张口问受缚之人，

---

[1]　指罗兰。
[2]　指罗兰。

为何由被捆绑？去往哪边？
痛苦的骑士爷抬起头来，
认出是近卫士站在面前，
便讲述受害的真实情况，
求伯爵保护他生命安全。
言语中伯爵已知其无辜，
不应该被冤枉死于非难。

57

当晓得犯此错并非他人，
而是那安瑟莫凶狠混蛋，
便肯定泽比诺是被冤枉：
只有他才能办此种错案。
除此外马刚萨、克莱蒙族，
相互间仇与恨不共戴天，
此仇恨已经是历史悠久，
两族间互残害、羞辱、踏践。

58

"狗东西，若活命速放此人。"
伯爵对众恶徒高声呐喊。
安瑟莫一亲信厉声答道：
"谁在那（儿）大声叫，如此疯癫？
若我们是蜡、草，他是火焰，
此喊叫或许令我等抖颤。"
说话间他迎向罗兰伯爵，
近卫士亦对他挺直枪杆。

59

昨夜晚泽比诺脱下盔甲，

那恶徒夺到手，披挂在肩，
闪亮的宝甲却难保其身，
近卫士猛冲撞非同一般。
铁枪尖击中了恶徒右面，
精铁锻护头盔未被戳穿；
但此击力量大，恶徒坠马，
命呜呼，其脖颈已被震断。

60

伯爵爷长枪杆并未离靠，
同时把另一个恶徒戳穿。
随后便弃长枪拔出宝剑，
冲进了密集的人群里面，
或竖劈，头至脚一剑到底，
或横砍，头颅被囫囵斩断；
转瞬间许多人脖颈被刺，
上百人遭杀戮或被驱散。

61

被杀死之恶徒十之有三，
剩余的被驱赶四处逃窜。
有的人弃盾牌，有的丢盔，
还有的抛掉了长矛、勾镰；
或沿路顺着跑，或者横窜，
许多人躲避到山洞、林间。
那一日罗兰爷毫无怜悯，
他想把众恶徒全都杀完。

62

图品君曾做过减法计算，

一百二恶徒中八十命断[1]。
到最后伯爵返泽比诺处，
王子[2]心在胸中仍然抖颤。
见伯爵又回来王子欣喜，
其心情用诗句难以表现。
他本想谢伯爵匍匐在地，
却被缚驽马背施礼困难。

63

伯爵剥恶徒首铠甲盔冠，
松绑后帮王子披挂在肩，
那恶人不知趣盗用此甲，
引来了杀身祸理所当然。
伊萨贝停留在山冈之上，
泽比诺将目光投向那边；
公主见山下的激战结束，
便走近把美貌光彩展现。

64

泽比诺对此女十分爱恋，
曾多次为了她泪水涟涟，
闻讹传自以为美女淹死，
现竟然又见其来到身边；
他心头就好似压冰一块，
浑身凉，如冰冻，有些抖颤；
然而却转瞬间寒冷过去，
周身都燃烧起爱的火焰。

---

[1]　在一百二十个恶徒中有八十人被杀死。
[2]　指泽比诺。

65

但为了对伯爵表示尊敬，
才没有立刻就拥抱婵娟；
他心想必定是罗兰伯爵，
对美丽少女也狂热爱恋。
就这样从痛苦跌入痛苦，
先前的快乐也瞬间不见：
闻少女身已亡心如刀绞，
见少女属他人更难宁安。

66

对少女和罗兰他欠情债，
这令他更难忍痛苦熬煎：
从勇猛伯爵手夺回少女，
既不义又必定难似登天。
其他的猎物他均可放弃，
无声息弃此物[1] 怎能心甘；
但他对罗兰爷欠下重债，
为此债伯爵可踏其背肩[2]。

67

三个人沉默着至一溪边，
跳下马休息了片刻时间。
疲惫的伯爵爷卸下铁胄，
他也让泽比诺摘下盔冠。
美少女见爱人出现面前，

---

[1]　指伊萨贝。
[2]　他对罗兰伯爵欠下的情债很重，为感激罗兰，即使他跪下，让罗兰脚踏其背肩也
　　　不为过。

立刻便心惊喜，面色全变；
随后又如同似雨后日出，
娇滴滴湿润花十分美艳。

68

不迟疑亦不顾任何礼节，
双臂将心爱人脖颈紧圈；
她口中难吐出半句言语，
泪水却浸湿了面颊、胸前。
罗兰爷目睹了热烈场面，
并不须细解释此情根源，
已清楚看出了其中缘故：
泽比诺必定是少女心肝。

69

泪珠儿仍挂满少女面颊，
伊萨贝已恢复说话语言，
讲述了罗兰爷彬彬之礼，
法兰西近卫士英勇彪悍。
苏格兰泽比诺爱此少女，
视其与己生命重量一般，
他双膝跪拜于伯爵脚下，
因同时获二命[1]感激无限。

70

若不是听见了密林深处，
黑暗的小路上声响不断，

---

[1] 泽比诺视对伊萨贝的爱情为生命。此处"获二命"指的是获得了伊萨贝的爱，同时又被罗兰挽救了性命。

泽比诺必定会万谢伯爵，
发誓言把一切向他奉献。
二骑士取护盔戴在头上，
随后又把战马牵至身边，
刚上马便见到有人走近：
一骑士携一位美貌婵娟。

71

蛮力卡便是携少女骑士，
他紧随罗兰的足迹追赶，
欲报雪阿兹多、马尼拉[1] 仇：
近卫士将二人斩于阵前。
但后来他放慢复仇脚步，
因路获多拉丽美丽婵娟，
夺其于百余名勇士之手，
却仅凭苦栎木一根枪杆。

72

撒拉逊[2] 并不知所追之人，
竟然是伯爵爷——骑士之冠：
原以为是一位游侠骑士，
其迹象看上去十分明显。
伯爵比泽比诺更引关注，
他迅速头至脚观察一遍；
看上去罗兰爷酷似凶手，
便问道："你定是我所寻杀人逃犯。

---

[1]　他们分别是特勒密和诺里军的统帅。见第 12 歌 69 节。
[2]　指鞑靼王子蛮力卡。诗中把所有异教徒都称作撒拉逊人。

73

"我已经追赶了足足十日，
寻找你逃遁迹从未间断：
你曾把千余人送往地狱，
其中有一活人逃脱灾难，
致使我得消息心中明白，
你来到巴黎城战场阵前；
屠戮了特勒密、诺里兵勇，
开杀戒展示了你的凶残。

74

"你应知我追赶并不缓慢，
想见你并且要较量一番；
见到你身上的这件战袍，
我便晓你就是杀人罪犯；
你即使不披挂这身袍甲，
隐藏在相似的百人之间，
这一副傲慢的恶人面孔，
也能够令我识凶手颜面。"

75

罗兰爷回答道："无人会说，
你不是勇敢的英雄好汉；
我认为如此的雄心壮志，
定不会寄寓在卑贱心田。
若为了见到我远道而来，
我里外便叫你看个周全：
现在就摘下来头上护盔，
让你能看仔细遂心所愿。

76

"看见我容颜后仍不满意，

还希望实现你另一心愿，

我只能再让你得到满足，

但需要你与我周旋一番；

看一看我是否真的神勇，

是不是枪剑狠如我凶面。"

异教徒开口道："快快上前，

第一愿我已经完全实现。"

77

伯爵爷继续瞧异教之徒，

用眼把头至脚打量一番：

未见他腰胯间、马鞍桥上，

悬挂着击人锤或者宝剑。

便问其若长枪出现失误，

将使用何武器继续迎战。

异教徒回答道："何需你管，

就这样我曾令万人胆寒。

78

"我曾经发誓要击败罗兰，

不夺取杜林丹[1] 腰不悬剑；

寻伯爵我踏遍天涯海角，

为的是要与他有个了断。

我戴上这一顶头盔之时，

发誓夺赫克特[2] 甲、盾、宝剑，

---

[1]　罗兰的宝剑。见第 9 歌 3 节。

[2]　赫克特是《伊利亚特》中的特洛伊王子，被刀枪不入的希腊勇士阿喀琉斯杀死。

该英雄已离世千年之久，
不知你是否懂何为誓言。

79

"那宝剑被人盗不知去向，
全套的兵器中只它不见。
我听说近卫士窃为己有，
因而他无畏惧，十分勇敢。
如若能与此君较量一番，
我可以教训他令其还剑。
寻找他还因要为父报仇，
我父王阿格里名震世间。

80

"我要在角斗中将他杀死，
除此外无他法能遂我愿。"
伯爵爷听此言高声怒吼：
"你口中全都是骗人谎言！
命注定你寻者就在眼前，
杀你父是为把正义展现；
我便是近卫士罗兰伯爵，
有本事你夺我手中宝剑！

81

"虽然是此宝剑理应归我，
为谦让我与你争斗一番：
现把它悬挂于树枝之上，
比武时我与你均不用剑。
若你能杀死我或者擒我，
便可以取走剑，遂你所愿。"

说话间伯爵爷摘下宝剑，
挂在了场中的小树上面。

82
他二人已拉出角斗距离，
相互间分离开半箭之远[1]；
将战马之缰绳完全放松，
用马刺驱坐骑冲锋向前；
互瞄准对手面猛刺过去，
骑士透面甲孔可见光线。
双枪杆均断裂如同冰碎，
千余块碎木片飞向蓝天。

83
两杆枪注定要断成数节，
因骑士均不肯躲闪半点；
二人又手握着枪杆根部，
调马头返回到角斗阵前。
骑士本习惯于使用枪剑，
此时却像两个愤怒粗汉，
为争夺灌溉水、牧羊草地，
争斗中持木棒显露凶残。

84
木棒也经不起数次击打，
疯狂的争斗中飞逝不见。
但二人胸中火越烧越旺，

---

[1]　弓箭的半个射程之远。

可用的伤人器只有双拳。
用指抓，用掌击，四手较力，
扯软甲，拽护腰，猛撕甲片。
无人想寻兵器借助其力，
或者寻重锤和坚硬铁钳。

85

撒拉逊能找到何种方法，
可结束此恶战不失颜面？
你一来，我一往，两败俱伤，
在此处耗时间，疯狂一般。
异教王[1]用力气抓住伯爵，
二勇士相互间紧紧纠缠：
就好像见到了宙斯之儿[2]，
把安泰大地子高举过肩[3]。

86

蛮力卡猛然间抓住伯爵，
忽而推，忽而拉，用力甚蛮；
毫无心去顾及战马辔头，
因为他已陷入怒海波澜。
罗兰爷收紧身蓄势待发，
也希望能够把敌人掀翻：

---

[1] 指蛮力卡。他本是鞑靼汗王阿格里之子，阿格里被杀后他便是王位的继承人，因而此处称其为"异教王"。
[2] 指希腊神话中的大力神赫拉克勒斯。
[3] 安泰是希腊神话中的巨人，大地女神盖亚和海神波塞冬的儿子，居住于利比亚。他力大无穷，只要保持与大地接触，就可以从母亲那里不断获取力量，从而战无不胜。后来大力神赫拉克勒斯经过利比亚时发现了安泰的秘密，并在激烈的搏斗中，将其举到空中，使其无法从盖亚那里获取力量，最后把他扼死。

腾出了一只手伸向马头，
把对手马辔头拽落地面。

87

撒拉逊用足了全身力气，
欲窒息伯爵或掀其下鞍：
较力时，伯爵爷两膝夹紧，
左与右均不敢松懈半点。
异教徒蛮力卡力大，凶猛，
把伯爵马鞍的腹带挣断。
罗兰爷似乎未感觉落地：
因双足仍套镫，两腿夹鞍。

88

落地时伯爵爷发出巨响，
就好像铁甲袋坠地一般。
对手马无辔头，获得自由，
马嚼子脱马口，马难控管，
那畜牲顾不上树林、道路，
狂奔跑，把一切障碍踢翻，
奔向这（儿），跑向那（儿），全无方向，
蛮力卡仍被它驮在背肩。

89

多拉丽见她的护身卫士，
出战场，飞奔去，离己身边，
她不敢一个人单独停留，
也策马在身后紧紧追赶。
异教徒对战马高声怒喝，
击打它，威胁它，令其停站，

就好像那战马并非畜牲，
越是骂，越踢打，奔跑越欢。

90

那胆小之畜牲尚未驯服，
全不顾足下路，横奔竖窜。
它已经奔跑出三哩之遥，
若不是被坑阻还会向前。
那深坑并非是柔软床铺，
人与马跌入坑，仰面朝天；
蛮力卡被狠狠摔在硬地，
却没有将他的筋骨折断。

91

就这样那战马最终止步，
无马嚼不可能再跨其鞍。
鞑靼人[1] 狠抓住战马鬃毛，
其胸中燃烧着熊熊怒焰。
对此马他不知如何是好，
少女说："取我马辔头可解决困难，
无论是戴嚼子或是不戴，
我的马都不会带来风险。"

92

撒拉逊自认为此事不妥，
受少女之恩赐不够体面。
但获得马嚼子另有它路，

---

[1] 指蛮力卡，他是鞑靼王子。

机运神眷顾他，令其如愿：
发送来贾丽娜邪恶老妪，
她刚把泽比诺出卖背叛，
像母狼听远处猎人追赶，
拼全力奔逃来，狼狈不堪。

93

她仍然佩戴着少女首饰，
身穿着少女的美丽裙衫，
那本是皮纳贝女子之物，
却早已披挂在老妪背肩。
她骑乘那女子高头骏马，
贵族才可能跨此类马鞍。
鞑靼人已发现马上老妪，
老妪却尚未见前面勇汉。

94

见老妪面貌丑似非人类，
如黄狒、狝猴等畜牲一般，
却身穿少女装，怪模怪样，
多拉丽、蛮力卡不笑也难。
撒拉逊心盘算夺其辔头，
安装在自己的马头上面。
扯老妪马辔头高声大叫，
那马儿受惊吓，飞速逃窜。

95

老妪也受惊吓，命丢一半，
卧马背沿树林奔跑向前，
下深谷，上高山，入沟，登坡，

马随意寻道路，或直或弯。
我无意再讲述老妪之事，
更不愿把伯爵搁置一边：
他专心工作着，无人搅扰，
修好了胯下的受损马鞍。

96
又跨上战马背，张望多时，
等待着撒拉逊重返阵前。
不见其再回来，最后决定：
主动去寻找他，策马向前。
但伯爵按照他行事习惯，
先返回那两位恋人身边，
须礼貌与二人辞别之后，
方可以寻对手行走世间。

97
离别时泽比诺无比伤心，
温柔的伊萨贝哭泣不断。
他二人陪其去，虽然美好，
伯爵爷心中却不太情愿：
似依赖其他人提供帮助，
像追赶对手时携带同伴；
这对于骑士是莫大耻辱，
正为此罗兰欲独行向前。

98
伯爵爷对二人再三嘱咐：
若他们先遇见凶猛恶汉，
告诉他罗兰于三日之内，

还会在此周围往返不断；
然后才有可能离开此地，
朝美丽金百合行进向前，
去寻找查理帝激战大军，
在那里他可见罗兰之面。

99

他二人愿效劳，许下诺言，
行诸事都愿听伯爵使唤。
泽比诺踏西路，伯爵向东，
两骑士各择路行进向前。
伯爵爷上路前走向小树，
从树上摘下来心爱宝剑；
沿想象异教徒行走之路，
驱战马，奔驰去，紧紧追赶。

100

撒拉逊胯下马行路奇怪，
在林中狂奔跑不择路面，
害伯爵白追赶整整两日，
无踪迹，更未能见其颜面。
至一条水晶般清澈小溪，
美妙的草地上花开两岸，
到处是繁茂树，阴影婆娑：
大自然秀丽色如画一般。

101

正晌午树枝叶遮蔽烈日，
令牛群与牧人舒适宁安；
勇罗兰虽然是身披甲胄，

并没有丝毫的不适之感。
伯爵爷入草地，意欲小憩，
该草地可栖息却不舒坦：
并非只休息处不尽人意，
那一天对伯爵命运凶残。

102

转动身见四周庇荫岸边，
有文字刻画于许多树干。
于是便细观看，心中确定，
是心爱之女神[1] 刻在上面。
这便是美丽的契丹女王[2]，
与情人常到的一个地点，
对于此我已经有过描述，
善良的牧人家距此不远。

103

处处刻梅多罗、安杰丽佳，
他二人名与姓绞作一团。
就如同爱神把无数铁钉，
钉在了近卫士痛苦心田。
伯爵爷不愿意相信此事，
费心思欲摆脱痛苦纠缠：
强认为有另一安杰丽佳，
是她将名与姓刻于树干。

---

[1] 指安杰丽佳。
[2] 指安杰丽佳。安杰丽佳是契丹公主，其父已亡，她已经成为契丹王位的合法继承
　　人，因而，此处称她为女王。

104

开言道："但笔迹十分熟悉，
我曾经见过它何止数遍。
难道她编造出梅多罗名，
以便能假托我，寄其思念？"
可怜的罗兰爷自欺欺人，
其幻觉与真实相差甚远，
他处于希望与幻想之中，
也只能心中存美好意愿。

105

他试图驱赶走痛苦疑云，
浓密的疑云却不断涌现：
似鸟儿不慎入蜘蛛网中，
或者是被鸟胶牢牢黏粘，
越抖翅试图要摆脱束缚，
越牢固被束缚，难脱纠缠。
罗兰爷来到一拱形山洞，
那山洞就位于清泉旁边。

106

常青藤迈着它扭曲步子，
徘徊着缠绕住山洞门脸。
炙热的日子里，幸福情侣，
常在此互拥抱紧紧纠缠。
洞中与周围比其他各处，
两情人名字更随处可见，
黑木炭、白石膏均可作笔，
写名字还可用锐利刀尖。

107

悲伤的伯爵爷下至洞口，
洞口处许多字清晰可见，
那些字出自于梅多罗手，
就好像刚写就，十分新鲜。
构成了一句句美妙诗句，
记录了他洞中快乐无限。
诗句用阿拉伯[1] 文字书写，
可如此翻译成我们语言：

108

"欢喜树、翠绿草、明澈清泉，
凉爽的阴影下、快乐洞间，
我怀抱艳丽的安杰丽佳，
把世间极乐事尽情体验；
其他人爱恋她，徒劳无益，
无一人能满足自己心愿；
幸福的梅多罗无以回报，
刻此诗将美人永远颂赞。

109

"所有的恋爱者来到此处，
无论因自愿或'机运'决断，
贵妇人、骑士或农妇、行者，
均应向日与月共同请愿：
太阳与明月携诸位仙女，
应护佑此草地以显仁善，

---

[1]　梅多罗来自于北非，自然会使用撒拉逊人所使用的文字。

令牧民永不来此处放牧，
使羊群不毁坏圣洁地面。"

110

虽然是诗句为阿拉伯文，
但伯爵却精通多种语言，
他完全能理解此诗含义，
就如读拉丁文那样方便。
他曾经多次入撒拉逊地，
却从未受伤害丢失颜面；
但此次却遭到沉重打击，
使以往之荣耀光辉暗淡。

111

他反复读诗句，三遍四遍，
只希望眼中见全是虚幻，
但一切努力都徒劳无益：
越观看文字越清晰明辨；
每一次都觉得痛苦胸中，
有一只冰冷手紧抓心肝。
后来他头麻木，双眼紧盯，
那一座无情的冰冷石岩；

112

全身都沉浸在痛苦之中，
就好像无知觉死人一般。
您应信亲历者所述之事，
此痛苦已超越任何极限。
伯爵爷将下颚低垂胸前，
其额头已不见往日傲慢；

被悲伤控制住，欲哭无泪，
其声音亦丧失，说话无言。

113
他胸中充满了剧烈痛苦，
那痛苦欲全部冲出心田：
就好像常见到瓷坛装水，
口虽小肚子却十分粗宽，
当把它底朝上翻转过来，
水急忙向下流欲出瓷坛，
出水口太窄小，通道堵塞，
只能够一滴滴流淌艰难。

114
随后他略微又恢复意识，
心中想这许是虚假欺骗：
某恶徒想诽谤他的女人，
并希望令他也蒙受苦难，
致使他难忍受残忍嫉妒，
痛令其心肝碎魂飞命断；
欲造成此后果那位恶人，
将少女[1]与情人[2]模仿一番。

115
这一点微弱的希望之光，
又使得痴罗兰心略宁安；

---

[1] 指安杰丽佳。
[2] 指梅多罗。

太阳神已让位他的胞妹[1]，
伯爵爷再次跨坐骑马鞍。
行不远近卫士看到茅屋，
烟囱中冒出了缕缕炊烟，
又听到牲畜叫、狗儿吠咬：
一农舍出现在他的眼前。

116

伯爵爷软绵绵翻下马鞍，
战马交一可靠少年看管；
其他人帮助他卸甲、脱靴，
还有人为伯爵擦拭甲片。
梅多罗曾经在此屋养伤，
并有幸成美事快乐无限。
未吃饭罗兰便上床倒卧：
难进食因腹中装满苦难。

117

他越是寻安宁越难平静，
心中的苦与痛增长不断；
到处是可恨的邪恶文字，
墙壁与门窗上随处可见。
欲询问却反而缄口不语：
可怕事若确认更加悲惨；
只希望用迷雾将其遮蔽，
因如此可较少伤其心肝。

―――――――

[1] 指月亮。在希腊神话中，太阳神与月亮女神是兄妹。

118

他自己骗自己又有何用,
不询问也自有他人开言。
牧民见伯爵爷如此悲伤,
便希望减轻他心中苦难;
若有人希望闻真挚爱情,
他愿讲两情人[1] 如何相恋;
因人人喜欢听他的故事,
他也对伯爵爷侃侃而谈。

119

受托于艳丽的安杰丽佳,
他驮载梅多罗来此房间,
俊少年身上伤虽然严重,
美女子治愈他只用数天;
但爱神令女子受伤更重,
星星火已将其彻底点燃,
烈火焰把少女周身焚烧,
她再也无处寻平静、宁安;

120

全不顾契丹的公主身份
(他本是东方的国王心肝),
强烈爱迫使她放低身价,
与卑微一步卒结成姻缘。
牧羊人讲完了他的故事,
取宝物放在了伯爵面前:

---

[1]　指安杰丽佳与梅多罗。

离别时美女子表示感谢，
赠送给牧羊人宝石金环。

121

此结局已经是十分明确，
爱之神真邪恶，狠毒，阴险，
无数次把伯爵残忍伤害，
又猛然将他的脖颈砍断。
悲罗兰努力要掩饰痛苦，
白痴也难以受假象欺骗：
不管他愿不愿，结果相同，
眼泪与叹息声无法遮掩。

122

他终于无顾忌发泄愤怨，
因没有任何人在其身边，
眼眶中流淌出行行热泪，
伤心河湿面颊，洒满胸前。
他叹息且呜咽，床上翻转，
却无处寻安宁助其入眠；
感觉到那床铺坚硬如石，
又好似长满刺荨麻一般。

123

痛苦的伯爵爷心中想象：
就在他躺卧的这张床面，
无情女携她的忠诚爱人，
曾多次卧其上尽情寻欢。
他不能不恨那羽绒被褥，
便立刻揭开它抛弃一边，

就好像一农夫见到毒蛇，
折草叶置目上，欲遮双眼。

124

那床铺，那房屋，那位牧人，
突然间引起了他的仇怨，
他不等黑暗的月夜消逝，
也不等黎明日光照人间，
携武器出房门，跨上战马，
行走于幽幽的林木之间；
知自己是一人并无陪伴，
于是便泄痛苦高声狂喊。

125

他不停哭泣且不断吼叫，
昼与夜未曾有半刻宁安。
远避开城与镇，进入森林，
躺卧在露天的坚硬地面。
他奇怪在自己头脑之中，
竟然有一眼泉喷水不断，
致使他极痛苦，叹息不止，
于是便哭泣中自语自言：

126

"我眼中洒出的并非泪水，
它好似宽阔河流淌不断，
眼泪并不足以宣泄痛苦：
泪流尽痛苦却难以淌完；
是生命之精华被火燃烧，
沿眼睛这条路逃离身边；

流逝物带走了我的痛苦，
亦裹挟我生命奔向极点。

127

"我何止仅有这痛苦叹息，
叹息也绝非能泄我仇怨：
有时候叹息会暂时停止，
我却觉胸中痛未减半点。
爱之神抖羽翼煽风点火，
将我心投入到熊熊烈焰；
爱神啊，你施展何等神功，
焚我心却令它跳动不断？

128

"我本质与外表不再相同，
过去的罗兰已离弃人间；
无情义狠女子将他杀死：
不忠者为害他发起恶战。
我只是离躯体一个幽灵，
在地狱游荡着忍受熬煎，
尽管是一阴影独自行走，
却为信爱神者提供借鉴。"

129

罗兰爷在林中游荡一夜，
白天的烈火焰[1]再露颜面，
命运又引伯爵来到溪畔，

---

[1] 指太阳。

在那里梅多罗铭刻诗篇。
再一次见诅咒写在山岩，
他周身均燃起熊熊烈焰，
无一处不是恨、怒与疯狂；
不犹豫拔出了锋利宝剑。

130

举起剑削文字，劈砍山岩，
碎石屑高飞起，冲上蓝天。
山洞与棵棵树实在不幸，
因两位情人名刻在上面。
那日起洞与树再无阴影，
牧羊人与羊群乘凉困难；
小溪水本来是清澈，纯净，
如此的怒火下也难宁安；

131

树枝叶、木屑及碎石、土块，
不断被抛入到美丽漪澜，
致使那小溪水十分混浊，
溪中的清澈泉从此不见。
伯爵爷力气竭，无法泄愤，
汗流尽，身已经疲惫瘫软，
仇恨的怒火却仍在燃烧，
他跌倒草地上对天哀叹。

132

痛苦且力用尽令其跌倒，
眼盯着苍穹却不吐片言；
不吃饭，不睡觉，静静躺卧，

太阳公三次升三次落山；
那痛苦仍不断增长扩散，
到最后令理智飞离身边。
第四日，在疯狂推动之下，
他撕碎锁子甲[1]，拽断护片[2]。

133

盔与盾卧于此，剑躺彼处，
护身甲更被他抛弃一边：
简言之伯爵的各种兵器，
被丢在树林的不同地点。
随后他撕衣服，赤身裸体，
腹和胸与脊背硬毛长满；
就这样开始了可怖疯癫，
如此之狂汉子从未曾见。

134

罗兰爷竟这等怨恨、愤怒，
以至于失理智头脑昏乱。
忘记了把宝剑握在手中，
其疯狂否则会更不一般。
他身上力无限，何须武器，
创伟业不必用板斧、利剑。
在林中展示出神奇威力：
先拔除一高大松树粗干，

---

[1] 即穿在硬甲里面的软甲。见第 1 歌 17 节注。
[2] 指硬甲上的坚硬的金属护片。

135

随后又连根拔许多巨松，
好似薅茴香草，毫无困难；
榉树和冬青栎、橡树、榆树、
白蜡与冷杉也同样遭难。
还拔除苦栎与其他古树，
就如同捕鸟人清场一般：
需拔掉灯芯草、麦根、荨麻，
方可以布下网将鸟围圈。

136

牧民们听到了巨大声响，
把牲畜抛弃在林木之间，
都急忙从四周大步奔来，
欲观看是何事如此震撼。
我已经讲到了故事极限，
继续讲会引起您的厌烦；
我不愿您觉得过分啰嗦，
而更想把讲述向后推延。

第 24 歌

泽比诺卸包袱严惩老妪　　忠诚汉不畏死舍身护剑
罗多蒙难忍受夺妻之恨　　树林中二勇士展开恶战

　　泽比诺和伊萨贝路遇阿莫纽和克雷伯，他们押解来曾经意欲强暴伊萨贝的奥多里。此时，一匹无缰头的马驮着老妪贾丽娜奔跑而来，泽比诺决定让奥多里陪伴并保护老妪，以此来惩罚他。一天后老妪被人吊死，一年之后，奥多里也被吊死。

　　泽比诺决定继续跟随罗兰，并派阿莫纽和克雷伯向苏格兰军队通报情况。他与伊萨贝来到罗兰发疯的树林，见到被伯爵抛弃的兵器和战袍，十分伤心，便将其收拢在一起。蛮力卡携多拉丽赶到。他欲取走罗兰的杜林丹宝剑，激起泽比诺的愤怒，二人展开激战。泽比诺身受重伤，伊萨贝恳求多拉丽令蛮力卡停战。奄奄一息的泽比诺最终死在伊萨贝的怀里。痛苦的伊萨贝意欲自尽，一位年迈的隐修士劝她珍爱生命。隐修士陪伴伊萨贝携泽比诺的棺木来到马赛附近的一座修道院，将她安顿在那里。

　　刚刚与罗兰激战过的蛮力卡与多拉丽在一片树林中休息，与蛮力卡有夺妻之恨的罗多蒙赶到，两位武士在林中展开恶战。罗多蒙被击中前额，差点跌下马；然而他猛力回击，将蛮力卡的战马劈死，二人战得难解难分。一信使赶到，请他们暂时休战，赶快去解救处于危难中的阿格拉曼王和撒拉逊军队。

1

谁若是脚踏上爱情胶带，

快脱身，切勿把羽翼黏粘；

智慧者普遍都如此认为：

无癫狂最终就没有爱恋；
人均如罗兰爷那般狂躁，
为爱情都好似疯了一般。
爱他人竟然会丧失自我，
有何狂会比此更加凶残[1]？

2

疯狂的实质虽只有一个，
却可见其多种不同表现。
伯爵爷身处广阔野林，
入林者必迷途，道路不见，
东面跑，西面奔，上下乱窜，
其结果定如同我所判断：
谁若是被爱情长久折磨，
最好是为他戴足枷、锁链。

3

您定会对我说："亲爱兄弟，
你只会说他人，己目不辨[2]。"
对于您应回答：我已知道[3]，
我头脑时而昏时而明断；
但愿我会十分重视休息，
能摆脱爱情的羁绊、纠缠；
但难以立刻就达此目的，
因恶习已渗入骨髓里面。

---

[1] 有什么疯狂会比为了爱情丧失自我更加凶残呢？
[2] 你只会说别人，却看不到自己在爱情方面的弱点。
[3] 我对您的回答是：我已经知道。

4

恩主啊，前一歌我已讲过，

罗兰爷失理智疯狂一般，

扯拽下盔与甲，到处丢弃，

撕碎了身上衣，扔掉宝剑，

拔除了千年树，发出巨响，

震荡了野树林、山洞、石岩；

许多的放牧人奔跑而来，

或因为太惊奇或因遗憾[1]。

5

疯狂者之威力难以置信，

靠近后更见其神力无边，

转过身急忙忙意欲逃命，

因慌乱不知道奔向哪边。

那疯子在身后紧追不舍：

捉一个并将其脖颈拧断，

其轻松就如同树上摘果，

或者是荆棘丛取一花瓣。

6

随后又拎一腿抡起躯体，

似抡锤猛砸向他人头肩：

被砸的两个人睡卧在地，

若苏醒或许需等待明天。

其他人转过身撒腿便跑，

转瞬间无人影，全都逃窜。

––––––––––––

[1] 或者因为赶到太惊奇，或者因为树林被毁而感到遗憾。

那疯子又扑向成群牲畜，
否则必在他们身后追赶。

7

众农夫也如同牧人那样，
把犁杖与锄镰抛弃田间；
爬到了屋脊上、神庙房顶：
因榆树与柳树均不安全[1]；
看见了可怖的疯狂场面：
赤裸汉拳击或咬、踢、踏践，
逃脱者必然是善跑牛马，
其他的被击倒，骨肉砸烂。

8

可听见附近的村庄之中，
呼喊与号角声响彻云天，
混乱的嘈杂音震耳欲聋，
尤其是尖利的钟鸣不断；
千余人持梭镖、叉、弩、弹弓，
从山坡冲下来，混乱一片，
还另有千余人来自山谷，
对疯子欲展开乡野激战[2]。

9

就像是常见的大海波浪，
被南风吹动着拍击海岸，
那后浪比前浪更加凶猛，

---

[1]　柳树和榆树都有可能被疯狂的罗兰拔掉，因而逃命者认为躲在树上并不安全。
[2]　由乡野农夫使用农村的武器所展开的激战。

一浪被另一浪推上岸边；
海边浪一次次越冲越远，
打湿了更大的一片沙滩：
凶狠的乌合众集聚一处，
从高岗与深谷涌向林间。

10

伯爵爷杀十人再杀十人，
乌合众蜂拥上受戮不断：
事实已向他们明确表示，
离疯子远一点更加安全。
任何人都难以伤及其身，
用利器砍与刺徒劳枉然：
为了使伯爵能捍卫信仰，
主[1] 施恩令其身比石更坚。

11

如若是罗兰爷可能死亡，
早已经身处于生命边缘。
即便他知弃剑意味什么，
仍然会逞英雄赤手空拳。
乌合众见攻击毫无效果，
便渐渐撤离去躲闪一边。
罗兰爷见不再有人阻挡，
便朝着一小镇行路向前。

---

[1]　指上帝。

12

小镇中他未遇大人、孩童，
所有人因恐惧逃离家园。
却见到大量的牲畜饲料，
那本是牛与羊佳肴、美餐；
长时间未进食十分饥饿，
无面包取橡子狼吞虎咽，
抓一个便用牙猛力啃咬，
疯狂者生与熟全然不管。

13

随后又踏遍了城镇、乡村，
捕猎物在人畜身后追赶；
树林中时而捉灵巧山羊，
时而把敏捷鹿抓在掌间；
常与熊和野猪激烈搏斗，
空着手便能把它们掀翻；
曾多次吞食下猛兽皮肉，
填肚皮，充饥饿，十分贪婪。

14

东西奔，南北窜，跑遍法国，
有一天他来到一座桥边，
桥下面滚滚流宽宽河水，
两边是高高的陡峭河岸。
附近处耸立着一座塔楼，
站塔楼，向远望，一目了然。
伯爵爷之所为以后再叙，
我先将泽比诺故事讲完。

15

勇罗兰离去后他略停顿，

随后也沿小路迈步向前，

他顺着伯爵爷先行之路，

却勒缰令马儿行走缓慢。

向前行尚未到两哩之遥，

见一位骑士被捆缚双肩，

跨坐在一矮小驽马背上，

左右各一骑士将其监管。

16

走近后那囚徒认出王子，

也认出伊萨贝美丽婵娟；

他便是奥多里[1]——比斯开人：

恶狼被指定把羔羊看管。

泽比诺向众人曾荐此君，

自己也把爱人托他照看，

本指望他忠诚始终如一，

护少女也能够展现赤胆。

17

伊萨贝对爱人正在讲述，

她曾经遭受的那些苦难：

那一日她登船安全无恙，

但后来船却被波浪击烂；

奥多里如何欲将她强暴，

山洞中又怎样被人看管。

---

[1] 见第 13 歌 11、12 节。

其讲述尚没有完全结束，
便见到马驮来邪恶囚犯。

18

奥多里两侧的押解骑士，
早听说伊萨贝蒙受灾难；
他们也认出了泽比诺君，
知道他对少女真诚爱恋；
先看到盾牌上古老标志，
显示出王子的高贵血缘，
随后又仔细观他的面孔，
证实了他们的先前判断。

19

于是便跳下马张开双臂，
迎王子泽比诺奔跑向前，
拥抱住公爵爷[1]，显示谦卑，
屈双膝摘下了头上盔冠。
泽比诺亦认出两位骑士，
因已见他二人赤裸头面，
比斯开克雷伯、阿莫纽君，
曾护送伊萨贝登上大船。

20

阿莫纽开言道："感谢天主，
伊萨贝跟随在你的身边，
王子呀，我知道你已明白，

---

[1] 指泽比诺，他是苏格兰王子，也是公爵。

已听过她讲述所受磨难；
再对你讲一遍这个恶人，
为什么被紧紧捆缚双肩，
我认为已完全没有必要，
你不会再觉得有何新鲜。

21

"你应该已知道我们受骗，
分离后她遭受何等苦难；
克雷伯怎么样捍卫公主，
又如何身负伤躺倒地面。
关于我返回后情况如何，
伊萨贝不知道，也未曾见，
她自然不能够对你讲述，
我现在就对你续补这段。

22

"我很快找到了一些马匹，
急忙忙从城市返回海边，
凝双目想看到留下之人[1]，
希望能把寻找目标发现。
向前行我来到那片海岸，
在那里我离弃他们身边；
细观看却没有发现其他，
只见到新足迹印于沙滩。

---

[1]　指伊萨贝、奥多里和克雷伯。

23

"那足迹引导我向前寻找，
进入了好一片凶险林间，
行不远有声音刺激我耳，
随后便发现他[1]躺卧地面。
我问他伊萨贝、奥多里事，
又讯问是何人将他侵犯。
知道了真情后我便上路，
为寻找背叛者越岭翻山。

24

"那一日我赶了许多路程，
其他的踪迹却未能寻见。
又回到克雷伯倒卧之处，
见鲜血染红了大片地面，
如若是再延误片刻时间，
则不需医生和休养房间，
而需要为他掘一个深坑，
在神父主持下葬尸其间[2]。

25

"我令人将伤者抬到城里，
安置在一朋友开设客栈，
由一位老医师精心治疗，
不久后伤痊愈，恢复康健。
随后又备齐了兵器、战马，

---

[1] 指克雷伯。
[2] 按照基督教的规定，应由神父主持死者的葬礼；此处的意思为，由神父主持葬礼将他埋葬在深坑中。

共同寻奥多里行路向前，
赶到了比斯开国王宫廷，
见恶人，我向他提出挑战。

26

"那国王主正义赐我校场，
令我能与恶人角斗一番，
除正义我还有'机运'[1]相助，
她经常赐胜利随其所愿，
致使那背叛者处于劣势，
被捉获成为了我的囚犯。
王允许我随意处置俘虏，
我可以任意将恶人惩办。

27

"我不想杀死他亦不愿放，
欲锁他来寻你，如你所见；
因我愿你亲自将他惩罚，
或杀死或令他承受苦难。
听说你已到了查理身旁，
便有意赶过来与你见面。
谢天主令我至这个地方，
未曾想会与你邂逅此间。

28

"主令你又重获伊萨贝女，
现见她跟随在你的身边；

---

[1]　指机运女神。

我想这恶徒的所作所为，
你必定早已经心中明辨。"
泽比诺听讲述缄口不语，
对恶徒奥多里盯视不断；
因心中增长着刻骨仇恨，
更因为友情被如此背叛。

29

阿莫纽结束了他的讲述，
泽比诺惊愕了许久时间，
他不知还会有何等恶人，
能如此无忌惮将其背叛。
但后来他终于摆脱惊愕，
叹息着向囚徒提问开言，
问骑士所讲述是否真实，
问叛徒是否要反驳、申辩。

30

不忠者屈双膝跪倒在地，
开口道："我的爷，你听我言，
人世间每个人都有罪过，
善与恶实在是难以分辨：
如果人并非是次次败阵，
便希望能侥幸奏凯而旋；
但对手如若是特别强大，
你便会弃兵器投降叛变。

31

"如命我去守卫一座城堡，
强敌攻，我尚未积极迎战，

就立刻高举起敌人旗帜，

情愿把那城堡拱手奉献，

便可以指责我卑鄙无耻，

给我带罪恶的背叛标签；

若被迫屈从于强大敌人，

我肯定无辱骂反受称赞。

32

"所遇到之敌人越是强大，

失败者找借口越是不难。

保护我忠诚心，如守要塞，

要塞已被重兵团团围圈，

崇高的"智德女"[1] 赐我智慧，

我将其全奉献不留半点，

做一切努力后最终失败，

猛烈的攻势下被迫逃窜。"

33

奥多里如此说后又补充，

若道全则需要很长时间；

总言之，他说有重要原因，

曾为他行恶事推波助澜。

如若说祈求亦难消愤恨，

卑贱的语言也难熄怒焰，

奥多里此时正竭尽全力，

使王子复仇的心肠变软。

---

[1]　古代欧洲文化中所追求的"四枢德"之首为智德。"四枢德"为：智德、义德、
　　勇德、节德。

34

泽比诺此时已犹豫不决，
不知道是否应报仇雪冤：
因恶人之罪过怒火填膺，
恨不能立刻就令其命断；
但想起二人间曾存友谊，
那友谊已维系许久时间，
同情水便浇灭心中怒火，
又意欲接受他摇尾乞怜。

35

正当那泽比诺犹豫之时，
对叛徒放与罚难以决断：
取其命使恶人立即消失，
或令他永承受无尽苦难；
忽听得蹄踏与马嘶之声，
见一马无辔头来至面前：
害王子那老妪骑坐马背，
辔头被蛮力卡撕下马面。

36

那马儿远处闻此处有人，
便朝着有人处奔跑向前，
马背上闻老妪哭喊救命，
哭泣与喊叫都徒劳枉然。
见老妪泽比诺举起双手，
谢苍天对于他如此仁善，
人世间只仇恨两个恶人，
均交予他手中任其惩办。

37

泽比诺命捉住邪恶老妪，
需考虑应如何将其惩办：
是否该割鼻子及其双耳，
为恶人做榜样提供借鉴；
后又觉另一种惩罚更好：
把老妪献秃鹫作为美餐。
在心中掂量着各种惩罚，
终于他做出了最后决断。

38

对同伴他说道："我已决定，
不忠者应高兴活在人间；
既然他不配获别人原谅，
也不配承受那残忍苦难。
释放后令他们继续活着，
我觉得爱神是罪孽根源；
如若是爱之神引起罪过，
一切的借口都轻松自然。

39

"爱之神经常会扰乱一切，
他没有坚定的理性判断，
会引起严重的种种罪孽，
把我等全都曾凌辱踏践。
因我错，奥多里可以原谅：
我眼拙便应该遭受苦难，
瞎眼人委其任不加思考，

殊不知草见火轻易可燃[1]。"

40

随后盯奥多里开口说道：
"我希望你陪这老妪一年，
用此来忏悔你所犯罪孽，
一年内不许你弃她不管；
昼与夜无论你行至何处，
每时刻都不能离她身边；
无论谁想冒犯这位老妪，
你均应捍卫她不惜血汗。

41

"她命你与人斗，别管何人，
你都要摆战场较量一番；
我希望你承担一年义务，
携她把法兰西全境踏遍。"
奥多里之罪孽死有余辜，
此要求似预掘坟墓一般，
假如他能避免葬身其中，
是命运赐予他巨大恩典。

42

被老妪出卖者人数众多，
受其害男与女成百上千，
谁与她在一起难躲纷争，
战游侠勇骑士不可避免。

---

[1] 这是一种比喻：把伊萨贝这样美丽的女子交给其他男人照管就如同把柴草放在火边，立刻会引火烧身。

如此做可同施双重惩罚：
老妖婆所犯罪自需承担，
背叛者不得不保护老妪，
走不远他必定魂飞命断。

43

王子令奥多里发出毒誓，
应永远信守他铮铮誓言，
如若是再胆敢不守信义，
命运又令二人重新相见，
绝不会宽容他，祈求无益，
一定会叫恶人悲惨命断。
随后命阿莫纽、克雷伯君，
放囚徒奥多里，任其自便。

44

释放这无信的邪恶叛徒，
二骑士心中都不太情愿；
他们有强烈的复仇欲望，
对王子之命令深感遗憾。
就这样不忠者获释离去，
携老妪陪伴在他的身边。
其结果未曾闻图品[1]讲述，
他人说不久后二人命断。

45

何人讲此等话我且不说，

---

[1] 据传说，图品是罗兰故事的原创者。

他写道：刚行走不到一天，
有人为贾丽娜套上绳索，
将她悬一榆树，勒断喉管；
奥多里摆脱了烦人纠缠，
没必要再遵守信义誓言；
一年后（但未说在何地方），
阿莫纽用同法令其魂散。

46

泽比诺不愿意耽误时间：
失伯爵足迹后便难再见；
但需要派人去通报队伍[1]，
请下属别对他过分挂念。
阿莫纽知更多王子情况，
派他去可讲清遭遇根源；
克雷伯也随他一同前往，
伊萨贝留在了王子身边。

47

感恩者[2]十分爱德善伯爵[3]，
伊萨贝之心中亦有同感，
都迫切要获得伯爵消息，
想知他是否已追上凶汉[4]；
那一位撒拉逊实在凶狠，

---

[1]　泽比诺曾率领一小队骑士围攻梅多罗，因追赶伤害梅多罗的骑士，他离弃了小
　　　队。见第 19 歌 16 节和第 20 歌 117—118 节。
[2]　泽比诺。
[3]　指罗兰。
[4]　指先前与罗兰争斗的蛮力卡。

把伯爵拽下马连带马鞍；

泽比诺需等待三天三夜，

此之前不能把军营回返[1]；

48

因伯爵说等待无剑骑士[2]，

定下了三天为等待期限。

罗兰爷所到处王子均至，

他[3]不愿遗漏下任何地点。

最后他来到了那片林地：

无情女[4]名字被刻写树干；

并发现树木与溪水、岩石，

处处被疯狂人打碎，砸烂。

49

见远处不知道何物发光，

发现是伯爵的铠甲金片；

随后又找到了伯爵护盔，

并不是阿蒙特那顶宝冠[5]。

在树林隐蔽处闻听马嘶，

那马儿高扬首嘶叫不断；

草地上见到了布里亚多，

它正在食青草，缰挂马鞍。

---

[1] 罗兰曾请泽比诺帮忙：若他先见到蛮力卡，请他告诉蛮力卡，三天内罗兰不会远
　　去，以便二人能再次见面，决一雌雄。

[2] 指蛮力卡，因为他一心要夺取罗兰的杜林丹宝剑，所以身上不拷剑。

[3] 指泽比诺。

[4] 指安杰丽佳。

[5] 并不是那顶从阿蒙特那里夺得的宝冠，因为那顶宝冠曾被隐身的安杰丽佳盗走，
　　后来又落到费拉乌之手。见第 12 歌 52—60 节。

50

为寻觅杜林丹[1] 走遍树林，
剑出鞘，双双[2] 被抛弃一边。
又找到被撕毁罗兰战袍，
悲惨的伯爵爷遍洒碎片。
伊萨贝、泽比诺悲伤观望，
不知道如何将它们照看：
可看护所有的散乱物品，
照顾那疯狂的伯爵却难。

51

若他们能见到一滴血迹，
会以为罗兰爷魂已升天。
此时见一牧人沮丧走来，
他沿着潺潺水行进向前。
那牧人在一座岩石之上，
曾亲见不幸者疯狂表现，
抛武器，撕战袍，屠杀牧民，
还造成其他的无数灾难。

52

那牧人回答了泽比诺问，
向王子把真情讲述一遍。
诧异的泽比诺难以置信，
但事实之迹象十分明显。
信不信难由他，情况如此，
生怜悯，悲含泪，跳下马鞍；

---

[1]　罗兰的宝剑。
[2]　指剑与剑鞘。

从四处收集来兵甲器械，
全都是罗兰爷散落物件。

53

伊萨贝也下了坐骑马鞍，
帮爱人收集起盔甲枪剑。
突然见一女子来到身旁，
面悲伤，心痛苦，抽泣不断。
若有人询问我她是何人，
为什么会悲伤，遭受何难，
我回答：菲蒂丽[1] 便是此女，
寻爱人美女子赶路向前。

54

布兰迪弃她于查理城中[2]，
临行前未对她吐露片言，
在城中等夫君七八个月，
却始终未见到夫君回还；
为找他跨过了片片大海，
翻越了一座座巍峨高山：
痴情女寻遍了天涯海角，
却未进阿特兰魔法宫殿。

55

若进入阿特兰那座客栈[3]，
便可见其夫君游荡不断，

---

[1] 布兰迪的妻子。见第 8 歌 88 节。
[2] 指查理所守卫的巴黎城。
[3] 指阿特兰的魔法城堡。

还有那鲁杰罗、格拉达索、
罗兰爷、费拉乌、布拉达曼；
但后来阿托夫吹响魔号，
恐怖的号声把法师驱赶，
布兰迪已上路返回巴黎，
菲蒂丽却对此不知半点。

56

泽比诺、伊萨贝偶然看见，
菲蒂丽出现在他们面前；
美女子亦认出兵器、战马，
其主人却不在，缰悬马鞍。
她亲眼看见了悲惨场景，
还听说伯爵爷已经疯癫：
是牧人曾经对女子[1]讲述，
见疯狂近卫士奔跑向前。

57

泽比诺收集齐伯爵兵器，
把它们堆积在松树下面；
不允许外乡人、当地骑士，
窃取去将自己武装一番，
于是在树干上书写文字：
"近卫士罗兰的甲胄宝剑"；
好像说：若不与伯爵比武，
任何人都不可挪动半点。

---

[1] 指菲蒂丽。

58

做完了应做的慷慨之事，
又重新跨上了他的马鞍；
恰此时蛮力卡来到此地，
见到了松树下盔甲、宝剑，
便请求泽比诺解释原委，
王子便把真相讲解一番。
欢喜的异教王毫不迟疑，
走过去抓起了杜林丹剑，

59

随后道："无人能从我手将其夺走，
并非我今日才该得此剑，
无论它在何处都应归我，
取走它很正常，理所当然。
罗兰本无勇气捍卫此剑，
抛弃它何必又佯装疯癫；
尽管他可原谅自己懦弱，
我不能放弃掉理性判断。"

60

泽比诺高吼道："休得动剑，
莫以为可取它不需激战。
如此得赫克特[1] 神奇兵器，
是偷窃而不是理所当然[2] 。"
话音落他二人迎面猛冲，

---

[1]　赫克特是荷马史诗《伊利亚特》中的重要人物，特洛伊城的英雄。
[2]　如果不经过激烈战斗你就想取走赫克特的兵器（罗兰使用的杜林丹宝剑等兵器原
　　　本是特洛伊英雄赫克特的），那便是偷窃行为。

显现出罕见的胆气、彪悍。
兵器的撞击声回荡空中，
两骑士开恶战，天昏地暗。

61

杜林丹每一次劈落之时，
泽比诺急避开如躲火焰；
左面跳，右面蹦，好似麋鹿，
令战马急腾挪，巧妙躲闪。
其动作须准确，不差分毫，
只要是被宝剑剐蹭半点，
必定与恋爱者灵魂相聚，
把婆娑爱神木树林充填[1]。

62

就好像飞奔的牧羊之犬，
羊群外见懒猪游荡田园，
便迂回它身边左蹦右跳，
期待着猪儿会失足磕绊；
泽比诺注意看如何避开，
忽而上忽而下翻转宝剑；
他既要击对手又要躲避，
同时间需捍卫生命、尊严。

63

另一方撒拉逊勇猛骑士，

---

[1] 古罗马著名诗人维吉尔曾经在他的作品中把恋爱者死后的灵魂置于爱神木树林之中，后来，人们认为恋爱者死后灵魂会在爱神木树林中徘徊；泽比诺对伊萨贝的爱情始终不渝，因而此处说"必定与恋爱者灵魂相聚，把婆娑爱神木树林充填"。

挥利剑狠劈刺，虚实相间，
就像是两山间三月春风，
把茂密之树林猛烈摇撼；
忽而间树低首，树头着地，
忽而间枝叶断，飞转空间。
尽管是泽比诺躲过数次，
但最终仍难避致命一剑。

64

这一剑猛劈砍，着实凶狠，
穿剑、盾之间隙[1]，直裂胸前。
环锁铠[2]与甲片均很坚固，
棉衬袍亦结实，本应安全；
但难以抵挡住如此重击，
锋利剑透护甲十分凶残；
剑落处斩断了所有阻挡，
护身甲与马鞍都被劈烂。

65

若不是这一击略有偏差，
定劈他，似裂竹头至脚面；
然而却只将将伤及皮肉，
剑锋未劈刺进肌体里面。
伤虽浅，却极长，何止一拃，
用手臂难量出伤口长宽。
明亮的护身甲热血涂染，
胸至脚鲜红血流淌一线。

---

[1] 穿过泽比诺手中的剑与盾之间的空隙。
[2] 指软甲，亦称锁子甲。见第 1 歌 17 节注。

66

有洁白一只手如同美玉，
它常把我的心撕成碎片，
那只手铺展开银色画布，
用美丽紫红带横穿中间[1]。
泽比诺虽神武，无济于事，
尽管他有力量，也很勇敢；
但鞑靼之国王[2] 远胜王子[3]，
其武艺更精湛，十分彪悍。

67

虽然说这一剑看来凶狠，
其效果并不如想象那般；
但仍使伊萨贝心受惊吓，
似将其冰凉心劈成两半。
英勇的泽比诺十分坚强，
周身被怒与恼烈火点燃；
用双手抓利剑奋力劈刺，
正砍在鞑靼人头盔中间。

68

这一剑使傲慢撒拉逊人，
身曲向战马的脖颈上面；
如若是那宝盔未施魔法，
此一击将其头必定砍烂。

---

[1]　一般认为这几句诗道出了诗人真实生活中的一个场面，可能是他在观看心爱的人
　　绘画。诗人用此画面来比喻泽比诺的鲜血在护甲上流淌。
[2]　指蛮力卡。
[3]　指泽比诺。

但对手立刻便实施报复，
并未说：下次再与你了断，
举起剑劈向了王子头盔，
欲令其从头部裂至胸前。

69

泽比诺盯对手，全神贯注，
勒战马急腾挪，转向右面；
但还是有些迟未能躲过，
举盾牌欲遮挡凶狠之剑。
杜林丹伤及了王子手臂，
因盾牌被剑锋劈成两半；
裂其械，伤其臂，继续下劈，
直劈至泽比诺大腿上面。

70

泽比诺左或右尽力躲闪，
从不愿见到事出现眼前：
伤人的对手竟安然无恙，
自己并未能够伤其半点。
凶狠的鞑靼王占了优势，
他已令泽比诺十分难堪，
伤及了王子爷七处八处，
击毁了其盾牌，盔裂两半。

71

弱势者鲜血已越流越多，
尽管他不觉得支撑已难：
坚强心并没有丝毫减弱，
还足以强撑住虚弱躯干。

伊萨贝受惊吓，面无血色，
便靠近多拉丽少女身边，
以天神之名义向她祈求，
求她将二斗士分离两边。

72

多拉丽既美丽又很仁善，
此角斗之结果她亦难断，
愿接受伊萨贝所提建议，
请勇猛蛮力卡立即休战。
泽比诺在爱人请求之下，
也熄灭心中的复仇怒焰，
放弃了用枪剑应创业绩，
跟随着伊萨贝行路向前。

73

菲蒂丽见宝剑无人捍卫，
伯爵爷竟然会如此悲惨，
其心中默忍着剧烈痛苦，
愤怒使她哭泣拍打额面。
真希望布兰迪参与角斗，
若见他必讲述争斗根源，
她不信蛮力卡能够长久，
游四方高傲持杜林丹剑。

74

菲蒂丽昼与夜寻找爱人，
其努力却始终徒劳枉然；
她越走离爱人相距越远，
因爱人已返回巴黎家园。

赶路程，翻高山，越过平原，
那一日来到了一条河畔，
见到并认出了可悲伯爵。
我先把泽比诺故事讲完：

75

尽管是身负伤，流血不止，
极艰难爬上了他的马鞍，
但丢失杜林丹酿成大错，
才最伤泽比诺痛苦心田。
停战后经过了一段时间，
怒火熄，激情灭，疼痛更显：
那疼痛竟然是如此剧烈，
他觉得生命力已经耗完。

76

因虚弱他已经难以行走，
便止步在一眼清泉旁边。
仁慈的伊萨贝想要帮他，
却不知做什么，该吐何言。
也只能眼见他痛苦死去，
因城市均距离十分遥远：
在城中可求助妙手医师，
为怜悯或金钱将其救援。

77

若抱怨并非是徒劳无益，
她只能怨命运、苍天凶残。
"大海呀，在我们扬帆之时，
你为何不让我沉没水面？"

泽比诺聚无神目光看她，
听其言更觉得痛彻心田，
顽固且强烈的难忍剧痛，
已将他带到了生命边缘。

78

对她道："心肝呀，我死之后，
您的爱还应该如此这般；
死对我并不是十分痛苦，
独留您于世间令我不安：
如若能在一片安宁之地[1]，
死亡至，我生命得以中断，
我便会感受到十分幸运，
因我将死于您双臂之间。

79

"但命运对于我实在不公，
不知道您将会落谁掌间；
与您的口与眼、缕缕秀发，
我希望能始终紧密相连；
即便是下地狱，彻底绝望，
我发誓仍对您无限眷恋；
如此便把您弃令我心痛，
此痛已超越了所有界限。"

80

听此言伊萨贝痛苦至极，

---

[1]　临终前泽比诺希望伊萨贝处于安全的环境。

低垂下她那张美丽泪脸，
其嘴与泽比诺双唇相接，
衰弱唇似玫瑰不再鲜艳；
摘玫瑰已过了花开季节，
篱笆上花儿呈苍白之颜，
少女道："心肝呀，您别多想，
怎能让您独去无我陪伴。

81

"心肝呀，您别有任何恐惧，
我愿意追随您入地上天。
两灵魂本应该同时离体，
相搀扶共奔赴永恒空间。
您不会马上就合闭双眼，
若合闭，内心痛令我命断；
如若是痛不能索我性命，
我定会用此剑将胸戳穿。

82

"对我们之躯体应抱希望，
死比生更会有好运相伴。
也可能有人动恻隐之心，
使我们尸体能入土为安。"
说话间，死掠走生命之华，
骑士已走到了死亡边缘，
少女用悲伤唇将其[1] 聚集，
他微弱之气息只存半点。

---

[1]　指泽比诺的生命之华，即微弱的生命气息。

83

泽比诺用足力开口说道：

"女神呀，祈求您牢记心间，

当离弃父王[1] 的那片海岸，

您已经表现出对我爱恋，

如若我能对您发号施令，

就请您顺天意活在人间；

还请您一定要永不忘记：

所有爱我都已向您奉献。

84

"上天主可能会将您帮助，

使您能挣脱掉卑劣纠缠，

就好像曾派遣罗马显贵[2]，

保护您走出那岩洞黑暗。

上天主保佑您逃离海难，

摆脱了比斯开渎神恶汉，

若最后不得不面对死亡，

只因为此选是较小灾难[3]。"

85

我认为他最后这些话语，

尚未能表达清他的意愿；

就像是微弱光缺少蜡油，

便渐渐熄灭了它的光线。

真不知谁能够充分说明，

---

[1]　指伊萨贝的父王。

[2]　指罗兰。罗兰是查理大帝建立的神圣罗马帝国中的显贵，因而如此称呼他。

[3]　与丧失贞洁相比，死亡是较小的灾难。

拥爱人尸体于自己臂间，
看着他苍白脸、冰冷身躯，
美少女心中会何等凄惨？

86

她扑卧血染红爱人躯体，
如雨泪将尸体打湿一片，
数哩外可闻其痛苦尖叫，
哭喊声传遍了荒野林间。
折磨她自己的双颊、前胸，
抽打与抓挠并撕裂皮面；
扯拽着卷曲的金色秀发，
不断且徒劳把爱人呼唤。

87

痛苦已似乎使少女疯狂，
怒与狂令婵娟自控困难；
有一位隐修士居住附近，
经常来这一眼明澈清泉，
若他未亲眼见少女狂举，
不力阻其实施轻生之念，
多情女必定会用剑自裁，
把爱人之嘱咐抛弃一边。

88

可敬的隐修士德行高尚，
他遵守自然的智德[1] 规范，

---

[1] 古代欧洲人所遵守的"四枢德"之首，因形成于基督教诞生之前，所以此处称其
　　为"自然的智德"。

充满了基督教超德[1] 仁爱，
以自身做榜样言辞雄辩；
他劝说痛苦的少女忍耐，
把千条凿凿理摆其面前；
并把那《圣经》中贞贤女子，
介绍给美少女作为样板。

89

他请求少女去关注上帝，
上帝处才会有真乐无限，
其他的希望都如同流水，
过路客注定会转瞬不见；
其言语要使她彻底摆脱，
残忍且固执的那种欲念，
并希望少女能将其余生，
对上帝无保留，全部奉献。

90

并不需她放弃伟大之爱，
把情人之尸骨抛弃不管，
最好是携它去欲往之处，
昼与夜均有其陪伴身边。
那修士年纪迈却仍强壮，
他帮助伊萨贝忙碌一番，
把骑士置悲伤战马背上，
沿野林赶路程行走数天。

---

[1] 超德是基督教在古代"四枢德"基础上增加的三项美德，即信、望、爱。"仁爱"
　　是基督教"三超德"之一。

91

单身的隐修士并不愿意，
携年轻孤女子在己身边，
去自己不远的独居之处，
那去处隐蔽在山洞里面；
自言道："一只手抓稻草亦携火种，
必然会身处于极端危险。"
对年龄与智德并不自信，
他不愿再经历严峻考验。

92

他打算带她去普罗旺斯，
进马赛附近的城堡里面，
那里有许多的圣洁修女，
居住在美丽的女子修院。
于是在路过的一座村庄，
把死亡之骑士认真装殓，
为了能携尸体长途跋涉，
用黏黏之树脂严封木棺。

93

漫长路行走了许多时日，
所到处全都是荒无人烟；
各地均燃烧着战争烽火，
为隐蔽他们宁绕出很远。
到最后一骑士挡住去路，
将他们欺凌且辱骂一番；
适当时我自会对您讲述，
此时我返辔靼国王身边。

94

我讲过，刚停止那场激战，
年轻人[1]便闯入凉爽林间，
来到了清澈的小溪之旁，
卸下了坐骑的辔头、马鞍，
任马儿在草地随意行走，
啃食着青嫩草，享受美宴；
但不久便见到一位骑士，
下山岗奔驰着来到平原。

95

多拉丽一抬头认出来者，
便将他指点给蛮力卡看，
对他说："是傲慢罗多蒙君，
若距离未将我视觉欺骗。
他来此定是为与你角斗，
要向你显示他勇猛彪悍；
我曾是他妻子，他来复仇，
妻被夺他觉得丢尽颜面。"

96

就像是一苍鹰远处望见，
一野鸭或丘鹬行走迎面，
或者见灰山鹑、其他飞鸟，
必定会高昂首十分喜欢；
认定是罗多蒙前来受戮，
蛮力卡心喜悦理所当然，

---

[1] 指蛮力卡。

跨战马，足踏镫，手握缰绳，
其表现既兴奋又很傲慢。

97

当二人走近后互闻其声，
便吐出狂妄语显示傲慢，
罗多蒙开口就高声怒吼，
手指点，目怒视，威胁一番；
他要令其对手后悔不已，
为快乐竟莽撞结下仇怨，
不检点惹怒了眼前凶汉，
必定会遭恶报下场悲惨。

98

蛮力卡回应道：“你吼何益，
谁若想威胁我徒劳枉然：
你可以去恐吓孩童、妇人，
或不懂枪剑的庸人、愚汉；
我喜欢与人斗远胜休息，
早已经准备好较量一番，
可徒步或骑马、持械、空手，
旷野或校场中我均愿战。”

99

见二人拔利剑怒吼辱骂，
双剑锋互撞击响声凶残；
就好像疾风儿刚刚吹过，
白蜡与苦栎树倒伏一片，
随即便尘土扬飞向天空，
树木被连根拔，房倒地面，

狂风暴卷走船令其沉没，
驱散的羊儿都惨死林间。

100

这两位异教徒世人难比，
胆气壮，勇力也巨大无边，
他二人均属于凶狠血族，
必然会如此战，这般刺砍。
当利剑碰撞时，发出巨响，
闻可怖之声音大地抖颤：
利刃把星星火抛掷天空，
放射出数千道耀眼闪电。

101

他二人未休息也没喘息，
恶斗了足足有两个钟点，
都企图劈斩开对方甲胄，
亦刺透锁子甲[1]——铁布衣衫。
草地上两个人没有退进，
似乎是周旋于沟壁之间[2]，
那草地极狭窄，圈子很小，
每一寸土地都价值万千。

102

鞑靼人劈刺了何止千次，
一剑中非洲王[3] 额头中间；

---

[1]　即软甲。见第 1 歌 17 节注。
[2]　就像是在深沟或墙壁围圈起来的角斗场上周旋。
[3]　指罗多蒙，他来自非洲，是撒扎国国王。见第 14 歌 25 节。

他眼前飞溅起无数火星，
火星似在头上闪烁旋转。
一时间非洲人失去控制，
身后仰，头磕在马臀上面：
在所爱之女子面前丢丑，
足脱镫，差一点未落马鞍。

103

但此人身如同精铁铸造，
就像是强硬弓拉满一般，
越用力，越弯曲，弹射越猛，
似绞车或杠杆将力用满；
发力时其表现十分疯狂，
反攻时施伤害绝非一般；
非洲人很快便重新立起，
对敌人猛攻击，双倍凶残。

104

罗多蒙亦击中对手额头，
阿格里虎狼儿[1] 处境危险。
但未能伤及到他的脸部，
特洛伊之宝盔护[2] 住其面；
却仍然震晕了鞑靼国王[3]，
致使他辨不清白昼夜晚。
愤怒的罗多蒙仍不放手，
紧接着对敌头又砍一剑。

---

[1]　指蛮力卡，他是鞑靼汗王阿格里的儿子。
[2]　蛮力卡头上戴的是古代流传下来的特洛伊英雄赫克特的宝盔，因而令其安然无恙。
[3]　指蛮力卡。

105

鞑靼人之战马急忙躲闪，
帮主人躲过了呼啸利剑，
为避剑向后面猛跳一步，
挽救了主人却自己受难：
那一剑对主人并非对它，
然而却正劈在马头上面；
可怜马并未戴特洛伊盔，
因而它跌倒地惨死阵前。

106

马跌倒蛮力卡闪身立定，
猛惊醒，手挥舞杜林丹剑。
见马死他内心受到刺激，
外表便燃起了愤怒火焰。
非洲人驱战马欲撞对手，
蛮力卡却没有后退半点，
就像是一礁石迎击海浪，
马跌倒，鞑靼人岿然立站。

107

非洲人感觉到战马跌倒，
足离镫，腿依靠马鞍桥边，
旋即他脱战马双足落地，
两勇士如此便平等对战。
相互间劈、砍、刺越来越猛，
傲慢和恨与怒增长不断；
此时刻一信使飞速奔来，
意欲将角斗者一分两边。

108

摩尔人在法国广派信使，

来者是众信使其中一员，

他们要召离队统帅、骑士，

快赶回撒拉逊阵营参战；

因为那金百合帝国皇帝[1]，

已经把撒拉逊营寨围圈；

若不能急前往实施救援，

摩尔人遭屠戮必不可免。

109

看二人之徽章、身上战袍，

见他们舞刀剑勇猛不凡，

信使便认出了两位骑士，

其他人怎么会如此彪悍。

那信使并不敢轻易介入，

因二勇极愤怒，难保安全，

他希望角斗者熄灭怒火，

不要给传信人带来灾难。

110

于是便来到了多拉丽处，

对她讲非洲王[2]身处危难，

马西略、斯托迪[3]也被围困，

残兵将人数少，营寨不坚。

请求她用全力平息怒火，

---

[1] 指查理大帝。金百合是查理的旗徽，金百合帝国即查理帝国。

[2] 指阿格拉曼。

[3] 斯托迪是多拉丽的父亲。

劝二人休争斗返营参战，
为挽救撒拉逊众生性命，
应同心且协力回归阵前。

111

勇敢的美女子闯入阵中，
将二人分两边，开口吐言：
"既然是你二人都很爱我，
那就请快收起手中利剑，
去解救我们的撒拉逊军，
它现被基督徒紧紧围圈，
生与死之关头急待救兵，
这才是应做的大事一件。"

112

那信使随后又细讲战况，
说非洲众兵将深陷危险；
拿出了非洲王亲笔急信，
交到了乌列诺儿子[1]手边。
两勇士协商后做出决定：
先休战，暂搁置所有仇怨，
在摩尔破围困退敌之前，
决不可互相间重新开战。

113

当帮助自己人突围之后，
他二人方可以相互亮剑，

---

[1]　指罗多蒙。罗多蒙的父亲叫乌列诺。

重点燃胸中的熊熊怒火，
再展开凶残的生死恶战，
一直到用武力辨明是非，
对少女应归谁做出决断。
多拉丽为二人作证，担保，
二骑士发出了铮铮誓言。

114

"不和女"[1] 急忙忙来到此处，
她仇恨和平与一切休战；
"傲慢女"[2] 也挺身坚决反对，
她难忍此协议得以实现。
强大的爱之神亦来此地，
其威力任何神均难比肩；
用羽箭阻挡住"不和"、"傲慢"，
令两位恶女神不敢向前。

115

骑士间达成了停战协议，
使他们主宰者[3] 心中喜欢。
二骑士还缺少一匹战马，
鞑靼人那匹马卧于地面：
恰此时走来了布里亚多，
它沿着小溪岸食草向前。
我已经唱到了此歌尽头，
请原谅在此处画上句点。

---

[1]　指不和女神。她专门负责挑拨离间。
[2]　鼓励人们表现傲慢的女神。
[3]　指多拉丽。

第 25 歌

鲁杰罗救少年毅然决然　荆棘花误爱恋布拉达曼
理查德假变性赢得真爱　交换场救兄弟勇士出战

　　蛮力卡与罗多蒙休战，并赶往巴黎解救阿格拉曼王。他们来到一
片草地，见四位骑士与一位美女在那里休息。

　　鲁杰罗将魔盾沉入井底，继续赶路，没走多远，便遇见信使。信
使带来阿格拉曼危机的消息，并请求鲁杰罗前去救援。鲁杰罗犹豫不
决，他请信使先行一步，然后继续随求救的女子前进，黄昏时来到处
决英俊少年的法场。鲁杰罗误以为少年是布拉达曼，因为二人长得十
分相似；他奋不顾身冲入法场，救出少年。少年是布拉达曼的孪生兄
弟理查德，他向鲁杰罗讲述了一段离奇的经历：头部受伤的布拉达曼
在林中休息，被西班牙异教的荆棘花公主发现。公主见其英俊，又以
为她是男人，便狂热地爱上了她；当知道她是女子时十分痛苦。后来，
早已心中爱慕公主的理查德，去找公主；假称神灵将他变成了男子，
从而，与公主成就了夫妻之爱。

　　鲁杰罗与理查德一同来到阿里蒙城堡，见到了理查德的堂弟阿迪
杰。阿迪杰讲，马刚萨家族的贝托拉十分邪恶，要用许多珍贵的战利
品与费拉乌凶残的母亲朗福萨交换被其俘虏的马拉基和维维诺，若两
兄弟落入贝托拉之手，必死无疑。于是鲁杰罗、理查德和阿迪杰决定
去交换场地抢回两兄弟。

1

噢，荣耀的渴望和爱情冲动，
在青年思想中冲突不断！
忽此重，忽彼重，反复无常，

哪一个价更高难以分辨。
现义务与荣耀占据上风，
两骑士[1]做出了如下决断：
应中止爱情所引发纠纷，
去把那撒拉逊阵营救援。

2

若不是爱之神施展威力，
命女人插入到他们中间，
化解了二勇士凶残恶斗，
一骑士必头顶胜利桂冠；
非洲王[2]也只能率军空盼，
他二人来实施有效救援：
爱之神并非是一贯害人，
常邪恶却有时也会行善。

3

现如今这两位异教骑士，
都愿意把争斗搁置一边，
为解救非洲王危难军队，
携女人向巴黎疾奔驰援；
曾追踪鞑靼人那位侏儒，
罗多蒙跟随他来到此间，
身虽矮却也要前往巴黎，
随骑士登路程急速向前。

---

[1]　指罗多蒙和蛮力卡。见上一歌。
[2]　指阿格拉曼。

4

众人至草地中一条小溪，
见几位骑士爷停留岸边，
两个人未披甲，两人顶盔，
身边有一女子，美貌非凡。
他们是什么人，以后再讲，
我先把鲁杰罗故事讲完；
曾说过勇猛的鲁杰罗君，
把魔盾沉入到井水下面。

5

刚离开那口井一哩之遥，
便见到一信使急奔向前，
特罗扬儿子[1]派信使传书：
他焦急等待着骑士救援；
查理把撒拉逊军队包围，
其处境现在已十分危险，
若无人能及时将其解救，
必被歼，荣耀亦烟消云散。

6

犹豫的鲁杰罗思想混乱，
各想法突然间搅扰心田；
他不知什么是最佳选择，
做决定时不对地点不便[2]。
便请求传信者先行离去，

---

[1]　指阿格拉曼。见第 1 歌 1 节。
[2]　此时此地不是能够决断的时间和地点。

然后随那女子^[1]行路向前，
急忙忙赶路程，时不我待，
催促着引路女刻不停缓。

7

踏上路，不停步，急急行走，
黄昏时来到了一座城前：
马西略在法国中部地区，
用战争夺得了这块地面。
在城门吊桥处没有停留，
并无人上前来将其阻拦，
尽管是护城河栅栏周围，
站立着众多的武装大汉。

8

因众人均认识那位少女，
她亲自陪伴在骑士身边，
鲁杰罗才得以自由通过，
未被问是何人来自哪边。
来到了燃火的一片空地，
邪恶人把那座广场挤满；
被判处死刑的英俊少年，
面苍白被缚于广场中间。

9

那少年低垂头泪流不止，
鲁杰罗抬眼望他的颜面，

---

[1] 那位哭泣着请求鲁杰罗和布拉达曼去解救一位英俊少年的女子：可怜的少年，因
与马西略女儿情欢而被判处死刑。见第 22 歌 36 节。

他以为见到了心爱女子，
其容貌酷像是布拉达曼。
他越是盯着看那人面容，
越觉得他就是心爱婵娟；
自言道："难道说是我爱人，
或者说鲁杰罗不似从前。

10

"难道说她曾经勇敢捍卫，
被判处死刑的那位少年；
但行动未成功，遭遇不幸，
被捉获，就如同我见这般。
哎呀呀，她为何这等着急？
此业绩我不可助她实现？
谢上主让我能及时赶到，
可助她摆脱掉生命危险。"

11

勇骑士不迟疑，紧握宝剑：
因另一城堡处折断枪杆[1]，
驱战马冲向了乌合之众，
把他们胸、肋、腹凶狠踏践。
抡圆了手中剑，奋力砍杀，
劈额头，划腮面，斩断喉管。
乌合众尖叫着四处奔逃，
许多人被刺残或被砍烂。

---

[1] 在皮纳贝的城堡与格力风比武时折断了枪杆。

12

就好像池塘边一群鸟儿，

安详飞，寻食物，享用美餐，

突然间从天降凶残猎鹰，

将一只觅食鸟抓于爪间，

扑啦啦，鸟群散，同伴被弃，

都只顾自己的生命安全：

勇猛的鲁杰罗冲入人群，

您眼前出现了同样场面。

13

鲁杰罗斩落了五六颗头，

只能怨受戮者脚步太慢；

五六人被砍在眼或牙处，

五六人之胸腔被剑刺穿。

我确认被杀者未戴头盔，

只带着铁制的闪亮护面[1]：

即便是他们也头顶宝盔，

也难防鲁杰罗奋力劈砍。

14

鲁杰罗之勇力非同一般，

今日的骑士们[2] 怎可比肩，

即便是熊与狮也难对抗，

更没有其他兽如此强悍。

---

[1] 被杀死的全是普通士兵，他们未戴骑士的坚固头盔，而只是戴着简单的铁制护
    面，因而无法抵挡鲁杰罗的砍杀。
[2] 指与诗人同时代的骑士，即文艺复兴时期的骑士。

"地震"与"大魔鬼"[1]或许可比，
我说的是恩主霹雳手段，
它们能喷吐火开辟道路，
入海洋，登陆地，冲上云天。

15

每一击都撂倒何止一人，
经常是一剑令两人命断；
有时候一击取四五人命，
杀百人也只在一瞬之间。
利剑挑人肋部轻而易举，
如快刀斩柔嫩凝乳一般：
法勒琳为杀死罗兰伯爵，
欧佳尼花园[2]中锻此宝剑。

16

到后来她悔恨锻造此剑，
因亲眼见花园被剑劈烂。
现如今剑落入勇士手中，
该造成何等的灭顶灾难？
鲁杰罗若从来未曾狂怒，
也从未把凶狠对人展现，
在此处却为救他的女人，
显现出其愤怒、勇猛、彪悍。

---

[1] 指埃斯特·阿方索一世的被称作"地震"和"大魔鬼"的著名大炮。

[2] 见《热恋的罗兰》第2卷第4歌6—7节和第5歌13节。罗兰要离弃欧佳尼王
国，法勒琳巫女起了杀心，于是她施魔法锻造了巴利萨达宝剑；后来罗兰取得宝
剑，并用它摧毁了法勒琳的魔法花园；再后来布鲁内盗走宝剑，最后该宝剑落到
鲁杰罗之手。

17

他面前乌合众四处躲藏，
就好像野兔见猎犬一般；
成群的逃遁者不计其数，
千百个被杀者躺倒地面。
那女子[1]解开了捆绑双手，
释放了被缚的英俊少年；
并尽快也将他武装起来，
令少年臂挽盾手中握剑。

18

愤怒的勇少年扑向众人，
奋力杀，决心要报仇雪冤：
他神勇被众人看在眼中，
都说他武艺高十分彪悍。
当骑士获全胜走出城堡，
他身边携带着那位少年，
望西方广阔的无际大海，
太阳已将金轮沉入水面。

19

少年随鲁杰罗走出城堡，
他已经获得了生命安全，
对骑士表示出千谢万谢，
施大礼，说尽了崇敬之言；
虽二人不相识却施援手，
慷慨者竟甘冒生命危险；

---

[1] 指为鲁杰罗引路的美丽女子。

他请求鲁杰罗道出名姓，
要知道是何人赐此恩典。

20

鲁杰罗自言道："我见她俊，
美举止，美身材，美丽容颜，
却在她感谢的词句之中，
未闻我爱人的温情语言；
若只听她柔美说话声音，
会以为就是我可爱心肝。
假如她是我的布拉达曼，
却为何忘记我名字怎唤？"

21

为了能更确认自己想法，
鲁杰罗对他说："我识您面，
我想来又想去最终难定，
想不起曾何处与您相见。
如若您想起来可告诉我，
我最好把您名再听一遍，
以便我能知道帮助何人，
今日里逃脱了火刑灾难。"

22

少年道："或许您见过我面，
却不知在何处于何时间：
我也曾游世界闯荡天下，
在各地稀奇事不曾少见。
也可能那是我一位胞妹，
披甲胄，腰胯间佩带宝剑：

她与我同时生，十分相像，
家中人欲区分亦很困难。

23

"将我们认错的何止一人，
众人见我兄妹，头脑混乱：
父亲与兄弟们无法区别，
亲生母也难以清晰明辨。
我头上长短发，散乱无序，
与其他男人的头发一般；
她长发梳成辫，盘在头上，
兄妹的差别也仅此一点。

24

"但一日她负伤，头被打破
（说起来话儿长，需要时间），
为治伤耶稣的一位仆人[1]，
把她的长头发齐耳剪断，
从此后我二人再无区别，
仅仅是她为女我为儿男。
我名唤理查德，里纳多弟，
她便是其胞妹布拉达曼。

25

"如若您真愿意听我讲述，
我故事可令您惊讶不断：
由于我酷似她，先获快乐，

---

[1]　指一位基督教的隐修士。

后来却像烈士痛苦殉难。"
鲁杰罗愿意闻情人[1]故事，
回忆起爱人事其心喜欢，
有关她之言语句句中听，
于是便请少年快快道全。

26
"前几日发生了重要事件，
我胞妹过树林遭遇凶险，
被一队撒拉逊伤及头部，
由于她没有戴护头盔冠。
因凶险之伤口位于头上，
她被迫把秀丽长发剪短，
为治愈那一道严重伤口，
我胞妹顶短发行于林间。

27
"游走至树荫下小溪水边，
伤口痛身体亦十分疲倦，
下战马，摘掉了头上护盔，
睡卧在柔嫩的草地上面。
我认为不会有其他传奇，
能够比此故事动人心弦。
西班牙荆棘花公主到来：
因捕猎她偶然进入林间。

---

[1] 指布拉达曼。

28

"公主见我妹妹躺在那里，
全身裹护身甲只露其面，
怀抱剑却不是一只纺锤，
便以为是男子卧于面前。
凝视着她那张阳刚之脸，
自觉得心已被骑士攻占；
邀请她入密林同捕猎物，
为躲避其他人，深入林间。

29

"携她至僻静的无人之处，
不担心会被人突然发现，
随后她对我妹言行并用，
一点点敞开了受伤心田。
欲望使公主的灵魂憔悴，
其叹息似爱火，目现情焰。
她忽而面失色忽而似火，
突然间吻我妹，十分勇敢。

30

"这时候我妹妹恍然大悟：
美公主错将她看作儿男；
她不能给少女任何帮助，
自己却被卷入巨大麻烦。
自言道：'应打破她的错觉，
令此女别因我坠入梦幻；
或许可让她觉我是蠢人，
真不知何方法能令其安！'

31

"与一位美女子相聚交谈，

男子竟极木讷，泥塑一般，

快乐女不断要展示风采，

公杜鹃却一直羽翼不展；

此伪装实在是卑劣不堪，

阿蒙女已决定不再隐瞒：

她机敏引导着对话方向，

欲告诉对话者她非儿男。

32

"她本如卡米拉[1]、希波吕忒[2]，

战火中欲追求荣耀光环；

出生在非洲的阿兹拉城[3]，

孩童时便善于舞枪弄剑。

如此讲并不能熄灭情火，

恋爱女心中仍燃烧烈焰：

伤太重此药已无济于事，

因爱神早射出致命利箭。

33

"那公主仍喜爱英俊骑士，

并不觉其举止逊色半点；

心被夺，绝没有回转之意，

爱之光已照亮少女心田。

见我妹身披着战袍、护甲，

---

[1]　古罗马著名史诗《埃涅阿斯纪》中的女性英雄人物。见第 20 歌 1 节。

[2]　希波吕忒是希腊神话中亚马逊人英勇善战的女王。

[3]　见第 14 歌 23 节。

便幻想其希望可以实现；
当听说我妹是女人之身，
哭泣着跌入了痛苦波澜。

34

"那一日谁闻听她的哭声，
必定会陪同她抽泣不断。
她说道：'何痛苦这等残忍，
能如此刺伤我悲哀心肝？
我还能期盼来其他何爱，
不管它是神圣还是凶残；
我可以在刺茎摘取玫瑰，
但唯独我欲望永难实现！

35

"'爱神啊，你若欲将我折磨，
见到我享幸福感到遗憾，
也应该心满足别的伤害，
就像对其他的恋者那般。
不管是在人群还是畜群，
雌爱雌之现象从未曾见：
女人们不会觉女人秀丽，
雌性鹿亦不觉雌鹿美艳。

36

"'登陆地，下海洋，飞上蓝天，
只有我受你赐此等苦难；
竟这样惩罚我所犯错误，
你王国此惩罚已至极限。

尼努斯[1] 是一位凶残国王，

他妻子[2] 把儿子疯狂爱恋，

克里特[3] 爱公牛，密拉[4] 爱父：

但我的变态爱最为极端。

37

"'女人对男子汉精细盘算，

希望能获得他，满足心愿：

帕西淮入木制母牛体中[5]，

其他人则利用别的手段。

即便是智慧的代达罗斯[6]，

绞脑筋亦难解我心纷乱：

自然是最精明造化大师，

---

[1] 尼努斯是希腊神话中的人物，亚述国王。

[2] 尼努斯的妻子叫赛米拉米斯。结婚数日后，她毒杀尼努斯王，然后数十年间，以摄政者身份统治亚述。传说她爱恋自己的儿子。

[3] 指克里特王后帕西淮。克里特国王弥诺斯宣称，他想要什么神就会赐给他什么。为了证明这一点，弥诺斯求海神波塞冬赐给他一头纯白色的公牛，以使他可以把这头牛作为祭品回献给波塞冬。结果波塞冬真地从海上送给他这样一头白牛，该牛被称作克里特公牛。因为这头牛十分漂亮，后来弥诺斯违背了原来的诺言，将其藏匿起来，献祭了另外一头牛。波塞冬大怒，于是便使弥诺斯的妻子帕西淮疯狂地爱上了克里特公牛。在著名的建筑师代达罗斯的帮助下，帕西淮化装成一头母牛与白牛交配，结果生下了怪物弥诺陶洛斯。

[4] 据希腊神话讲，密拉是塞浦路斯国王喀倪剌斯的女儿，母亲是肯刻瑞伊斯。密拉的母亲夸口说自己女儿的美貌与女神阿佛罗狄忒不相上下，令后者勃然大怒。阿佛罗狄忒对密拉施下诅咒，使她爱上了自己的父亲。密拉知道无法与父亲结合，于是产生了轻生的念头，企图上吊自杀，但被乳母希波吕忒所救。希波吕忒心疼密拉，于是设计帮助她与父亲乱伦。密拉与父亲同床12夜，第12天夜里，喀倪剌斯终于发现与他交欢的女人是自己的女儿，暴怒之下拿起刀准备将密拉杀死。密拉向神呼救，众神使她变成了一棵没药树。这时密拉已经怀上了喀倪剌斯的孩子。10个月后，没药树的树皮渐渐隆起，在助产女神的帮助下，树皮破裂，生出男婴阿多尼斯。

[5] 见上一节注。

[6] 代达罗斯是希腊神话中一位伟大的建筑师和雕刻家。见上一节中关于克里特公牛的注释。

它神奇且强大，法力无边。'

38

"美女子竟如此痛苦、不安，
短时间心平静十分困难。
时不时欲对己实施报复，
抓烂了头上发，撕破颜面。
我妹妹亦被动承受痛苦，
因怜悯陪伴她哭泣不断。
思考着咋令她摆脱狂念，
劝慰均无结果，徒劳枉然。

39

"她寻求人帮助并非劝慰，
其抱怨越来越痛彻心田。
白昼将流逝去，余时不多，
太阳光映红了西方云天，
谁若是不愿在林中过夜，
最好是退缩到避风港湾；
那女子邀我妹布拉达曼，
随同她一起返宁静家园。

40

"我妹妹难拒绝她的邀请，
她二人便来到那块地面，
就是你曾去的邪恶城市，
若无你我将被投入火焰。
在城中荆棘花美丽公主，
令众人对我妹礼遇无限；
让我妹再穿上女子衣裙，

使众人认清她佳丽颜面。

41

"她知道从这个'男人'身上，
绝无法收获到利益半点；
也不想因此事受人指责，
面对她众人吐责备之言；
于是便展示出真实情况，
决心把错误从脑中驱赶：
曾因为披男服造成错觉，
现令其把女儿服装改穿。

42

"入夜后她二人同卧一床，
休息的情况却相差甚远；
一个人安稳睡，另一哭泣，
因为她之欲望仍如火焰。
若有时困倦使双眼合闭，
短暂的睡眠也充满梦幻：
她好像看见了上天施法，
将同床美女子性别改变。

43

"如难耐干渴的一位病人，
在贪饮欲望中进入睡眠，
头脑热，昏沉沉睡梦之中，
想起了曾见的每一水源；
梦中的各景象令她感觉，

那美好之欲念[1] 得以实现。
醒来后用手掌触摸自己，
却发现这一切全是梦幻。

44

"深夜里向神灵、穆罕默德，
做出了多少的祈祷、许愿，
他们应在人世显示神迹，
令她能改性别由女变男！
然而她见祈求全都落空，
可能是天也笑她太荒诞。
黑夜过，福玻斯洒下光明，
在海中露出了金色脸面。

45

"白昼至，二女子离开床榻，
荆棘花更增添痛苦万千；
女骑士已表示决意离去，
她希望摆脱这窘迫缠绵。
热情的女主人欲赠骏马，
和黄金装饰的辔头、马鞍，
还有件亲手绣华丽战袍，
也希望女骑士披挂在肩。

46

"陪同她行走了一段路程，
随后便哭泣着原路回返。

---

[1]　布拉达曼变成男性的欲念。

我妹妹飞奔驰，快速赶路，
到达了蒙塔坂就在当天。
伤心的母亲与我等兄弟，
都集聚在一起欢庆团圆：
听不到她消息为其担忧，
曾以为她已经灵魂归天。

47

"摘盔时我们见短发覆头，
从前是结成辫，头顶盘缠；
身上披不寻常异国战袍，
谁见到都会有诧异之感。
她从头叙述了奇特经历，
就如同我对您讲述这般：
如何在树林中身负重伤，
又如何为疗伤把发剪短；

48

"到后来她如何溪边入睡，
美猎手[1] 又如何来她身边，
虚假的男子身令其喜爱，
又如何被公主错认儿男。
公主的抱怨也毫不隐瞒，
刺痛了众人心，令我生怜；
她如何与公主同床而卧，
又如何别公主返回家园。

---

[1]　指荆棘花公主。

49

"我早知荆棘花许多情况，
在法国、西班牙其容已见，
俊雅的面腮与美丽双眸，
致使我因爱慕心弦抖颤；
但是我并没有固执以求，
因为这无望爱如同梦幻。
但如今希望却如此巨大，
过去的情火又重新点燃。

50

"爱之神不善绘其他锦绣，
只会织希望的美丽丝缎，
于是便向我把方法教授，
告诉我如何能遂心所愿。
欺诈术其实也十分简单：
我与妹之容貌他人难辨，
经常会令别人无法分清，
或许能以此将少女诱骗；

51

"行不行我心中犹豫不决，
最后觉寻快乐理所当然。
我从未对他人说过此事，
也不想请别人对我建言。
黑夜里到我妹卸甲之处，
那里存其甲胄盾枪宝剑：
披甲胄，提枪剑，跨马上路，
不等待黎明时日放光线。

52

"趁夜色我离去（爱神引路），
去寻找荆棘花美丽婵娟；
到达时夜未至，白昼尚存，
太阳也还没有沉下海面。
最先向美公主报喜之人，
运气好，决不会白跑一番：
为公主谁带去巨大喜讯，
必然会获公主赏赐金钱。

53

"都以为我便是布拉达曼，
就像你见我时错认那般；
因为我身上衣、胯下战马，
均是她前一日所乘，所穿。
不一会（儿）荆棘花公主来到，
见到我自然会欢庆一番，
她脸上呈现出愉悦之色，
人世间难见到如此笑颜。

54

"美臂膀围圈住我的脖颈，
紧拥抱，嘴吻嘴，亲密无间。
你想想爱神箭此时发射，
定然会将我心一箭射穿。
抓住手急引我进入卧室，
头至脚卸甲胄，亲手操办，
她亲自做此事不用帮助，
其他人也不便插手其间。

55

"她命人取来了女人服饰，
亲手展那一件华丽裙衫，
穿在身我就像一位女子，
用金网又将我发拢一团。
我没有表现出不是女子，
却呈现无辜状，转动双眼。
说话声可能会把我背叛，
却没有任何人发现这点。

56

"我二人随后便走出卧室，
入众人集聚的厅堂里面，
骑士与妇人们隆重迎接，
就好像迎皇后、贵妇一般。
我多次暗自笑，这些蠢人，
全不知裙子下隐藏儿男，
我是位强壮的勇猛汉子，
他们却出神瞧，情色贪婪。

57

"盛宴中奉上了各类佳肴，
应季节美食品摆满桌面；
隆重宴结束后又过多时，
夜已深众来宾纷纷离散；
美公主未问我重返原因，
不等待我对她解释一番，
便热情邀请我同床而卧：
那一夜一定要将她陪伴。

58

"贵妇人、小姐与侍从、奴仆，
一个个全离去，聚会已散，
我二人床榻上脱下衣服，
四周亮，如白昼，火把灿烂；
我说道：'公主呀，您别惊讶，
我竟然如此快回您身边；
或许您曾想过再要见我，
连上主都不知需待哪天。

59

"'先讲述为什么我要离去，
您再听为什么我又回返。
我愿意服侍您，一心一意，
生与死都不会感觉遗憾；
但如若留下会令您悲伤，
我宁愿离开您，刻不停缓：
见到我您身心承受折磨，
我只好忍痛苦离您身边。

60

"'在一片密林中枝叶纠缠，
机运神阻我行，拉我一边，
在那里我听见附近之处，
有女子求救命高声呼喊。
奔过去见法翁[1] 正在垂钓，
安坐在清澈的湖水岸边，

---

[1] 法翁是古罗马神话中半人半羊的神灵，生活在树林里。罗马人认为他便是希腊神话中的潘神。

湖中心一裸体少女上钩，
那恶人[1]想将她生吞活咽。

61

"'我随即拔出剑握在手中：
其他法已难救女子脱险，
杀死了那卑劣垂钓之人，
美女子便立刻跳入波澜。
她说道："你不会白白救我，
将获得重奖赏，受益匪浅：
你可以向我索任何恩赐，
因我是此水中一位女仙。

62

""我能够做许多奇异之事，
可强制大自然听我使唤。
你讨要我法力可及之物，
随后便让我来为你实现。
我歌唱可使月从天而降，
火结冰，空气比顽石更坚；
有时候可仅仅使用语言，
命地动，令太阳停止旋转。"

63

"'我不求大自然赐予财宝，
也不求手中握国王大权，
更不求美德与能力增长，

---

[1] 指法翁。

百战胜令荣耀更加璀璨；
只祈求她为我开辟道路，
使我能满足您一切欲念：
并非是我向她祈求恩赐，
而是我交给她全权决断。

64

"'我刚刚向仙女表明请求，
便见她再一次投入忙乱；
不再来回答我其他问题，
却用那魔法水喷我颜面：
那魔水刚触及我的面孔，
不知道为什么我性改变。
是亲身之体验，应该真实，
我已经从女子变成儿男。

65

"'如若您仍不信这是事实，
便应该立刻来亲自体验：
我愿意随时听您的指挥，
任您辨我是女还是儿男。
您可以命一名机警侍女，
现在就将我身立即查看。'
我边说边请她伸出手来，
亲自把我身体真情检验。

66

"就好像人已经丧失希望，
无人助他只能哭泣不断，
既悲伤又痛苦，怒火填膺，

却突然其愿望得以实现；
虽获得新希望，心却郁闷，
为什么把时间播种沙滩[1]；
曾经的绝望也令她怀疑，
对自己不信任，头脑混乱。

67

"美公主虽然是亲触，亲见，
她曾经期盼的英俊儿男，
却不信自己的双眼、感觉，
还以为她仍然处于梦幻；
但必须相信这确凿证据，
亦相信自己的真实触感。
她说道：'上主啊，如若是梦，
你应该令我在梦中永眠。'

68

"开始了猛烈的爱情攻势，
并未闻鼓号声响彻云天，
而只见我二人效仿飞鸽，
行与飞都把那爱恋呈现。
无梯子我却登高高堡垒，
并未用弓箭与弹弓参战，
一下便将旗帜插入堡中，
敌人被我奋力赶下城垣。

---

[1]　指曾经浪费时间。

69

"如若是那张床前天夜晚，
载满了叹息和抱怨之言，
这一夜却盛装快乐、喜悦，
温柔情亦充溢床帏之间。
柔软的茛芳花盘绕柱梁，
也难以一圈圈如此缠绵，
我二人腿臂连，相互拥抱，
颈胸与腰胯亦紧密无间。

70

"两人间美妙事默默进行，
那快乐延续了数月时间；
到后来被某人发现秘密，
怒国王锁我于坚硬铁链。
广场上他们欲将我烧死，
您让我摆脱了火焰凶险，
现在您已知道全部情况，
天主晓我还应受何苦难。"

71

理查德如此对鲁杰罗讲，
夜晚的行程便不觉艰难，
他二人朝一座小山走去，
那山丘布满了山洞、陡岩。
崎岖的山间道遍布岩石，
须开辟行进路艰难向前。
山顶上坐落着阿里蒙堡，

克莱蒙[1] 阿迪杰守卫城垣。

72

他本是布沃爷私生儿子，
马拉基与此弟血肉相连：
还有人说他是杰拉德子[2]，
但证据不充分，难信此言。
人人知他慷慨彬彬有礼，
而且还极智慧勇猛彪悍；
在这里他日夜兢兢业业，
守卫着兄长的美丽家园。

73

他热情款待了来访骑士，
这是他作骑士应有表现，
视堂弟理查德一奶同胞[3]，
对勇士鲁杰罗礼遇不减。
但今日他没有欢乐出迎，
却显露忧伤情，面色阴暗，
只因为他获得一个消息，
致使他心中的痛苦外现。

74

与堂弟相互间问候之后，
开言道：“兄弟呀，有恶讯令人不安。

---

[1]　克莱蒙是法兰西的一个显赫的家族，罗兰、里纳多等勇猛骑士均属于该家族。
[2]　意大利文艺复兴早期著名的史诗诗人浦尔契在《摩尔干提》中说阿迪杰是杰拉德之子。见《摩尔干提》第 20 歌。
[3]　理查德的父亲阿蒙和阿迪杰的父亲布沃是兄弟。

可靠的一使者今日传信，
巴约讷贝托拉[1] 无理横蛮，
与凶残朗福萨[2] 串通一气，
把珍贵战利品献她[3] 身边，
欲换得马拉基、维维诺君[4]，
令两位好兄弟落其[5] 掌间。

75

"自从被费拉乌捉获之后，
朗福萨将二人关入黑暗，
一直到与那人[6] 签署协议，
该协议卑劣且十分凶残：
明日将二人交马刚萨族，
地点在两人的城堡之间[7]。
贝托拉亲自去支付酬劳，
买法国最佳的家族儿男[8]。

76

"刚派人去通报里纳多君，
命信使疾奔驰快马加鞭；
但我觉那信使尚未到达，

---

[1] 贝托拉是马刚萨家族成员，住在法兰西西南部的巴约讷，他与理查德所属的克莱
   蒙家族是仇敌。
[2] 朗福萨是费拉乌的母亲，十分凶残。见第 1 歌 30 节。
[3] 指朗福萨。
[4] 马拉基和维维诺都是布沃的儿子，因此，也是阿迪杰的兄长；他二人是阿里蒙城
   堡的主人，阿迪杰为两位兄长守卫该城堡。
[5] 指贝托拉。
[6] 指马刚萨家族的贝托拉。
[7] 地点在贝托拉的巴约讷城堡与朗福萨的城堡之间。
[8] 指马拉基和维维诺兄弟，他们是克莱蒙家族成员，因而称法国最佳的家族儿男。

不是他行动慢而因路远。
我准备率手下出城夺人，
心已决，力量却十分有限。
若叛徒[1] 得二兄，必定戕害，
我不知能否救他们脱险。"

77

消息令理查德非常忧虑，
鲁杰罗也随之有些不安；
见二人缄其口全无主意，
他脑中也不知怎样施援，
便大胆吐言道："你等放心，
请你们把此事交予我办；
我一剑可以顶千把利刃，
定能够救你们兄弟回还。

78

"不需要别人的其他帮助，
此重任我一人便可承担；
只要求派给我一位向导，
引我去他们的交易地点。
我要让邪恶的交易之人，
嚎叫声直传到你们耳边。"
说完话对二人再无他语。
二人中一人曾见其彪悍，

---

[1] 指马刚萨家族的贝托拉。

79

另一人认为他是位狂徒，
只会说，不会做，口吐虚言。
理查德向堂兄细细讲述，
他如何救自己逃离火焰；
并肯定他身手远超言语，
到时候定会把神武展现。
理查德对于他非常崇拜，
一声声全都是真诚盛赞。

80

餐桌上"富裕神"倾倒牛角[1]，
鲁杰罗被视为主人一般。
他三人已决定不等帮助，
靠己力救二位兄弟脱难。
此时刻懒惰的"睡神"赶到，
欲合闭老爷与仆人双眼，
只有那鲁杰罗难以入睡，
因扰人之思绪刺其心肝。

81

白天曾有信使向他通报，
非洲王被围困，令其心烦。
他明知若救援耽误片刻，
会使他失荣耀非常难堪。
噢，与自己君主的敌人为伍，
多无耻又多么丢失颜面！

---

[1] 在欧洲文化中，用牛角杯盛满花果洒向大地，通常象征富足。古罗马著名诗人贺拉斯曾有"至福的牛角杯盛满花果"的诗句。

噢，此刻若受洗礼皈依基督，
必定会被指责卑劣背叛！

82

若平时人们都必定认为，
是真正之信仰将其改变；
但此时须援助阿格拉曼，
破重围摆脱掉被歼危险，
人们会认为是懦弱、胆小，
使卑劣之骑士躲闪一边，
指责他并非有更佳信仰：
此事令鲁杰罗难以宁安。

83

但未得心中的女王[1]允许，
他不知是否该出手救援。
忽而这（儿），忽而那（儿），思绪不定，
疑惑心两边倾，摇摆不断。
荆棘花城堡中欲见爱人，
但希望落了空，未能实现；
我曾说，他二人[2]本应同往，
去帮助理查德摆脱灾难。

84

后来他想起了曾经许诺：
二人应相聚于修道之院。
他以为心爱女已去那里，

[1]　指布拉达曼。
[2]　指鲁杰罗与布拉达曼二人。

未见他必定会诧异，悲叹。
至少应向爱人传递消息，
以避免美少女伤心抱怨，
抱怨他不遵守事先安排，
自离去，对少女未吐片言。

85

他想象应该做许多事情，
首先应写一封解释信件，
尽管他尚不知如何发信，
也不晓信咋到少女身边；
然而他并不想无所作为：
在路上一信使总可寻见！
不迟疑立刻便跳出羽被；
命取来纸与笔、墨汁、灯盏。

86

谨慎的侍从们用心服侍，
为骑士取来了所需物件。
鲁杰罗先写下问候话语，
就如同普通人写信那般；
随后讲从军中传来消息，
非洲王请求他前去救援，
如若是他不能及时行动，
王必死或成为敌人囚犯。

87

非洲王现处境十分艰难，
如若是拒绝去实施救援，
他必然会遭受千夫指责，

对于此心爱女亦不情愿：
他最终要成为少女夫君，
便不可沾染上丝毫污点，
任何的丑陋与少女不符，
纯洁的佳丽如美玉一般。

88

如若说曾试图做出努力，
去谋求美名声永世相传，
获美名又将其视为珍宝，
并力图将此宝永留身边；
现如今他最需寻求美名，
对美名应表现嫉妒、贪婪，
与少女之名誉结为一体，
夫妻虽两身躯，魂却相连。

89

已经对美少女亲口表明，
现再次用纸墨展示心田：
鲁杰罗若还有一息尚存，
就必须对国王忠诚不变；
事后他必定会皈依基督，
这是其不渝的美好意愿；
然后向少女的父兄求婚，
有情人应结成美好姻缘。

90

又写道："我意欲解救国王，
这件事想必您也会喜欢，
为的是令无知民众缄口，

否则会众口传毁我之言：
好运时他追随阿格拉曼，
昼与夜从未曾离他身边；
现如今机运神转向查理，
他却站胜利者旗帜下面。

91

"我需要十五或二十来天，
以便能出现在战场上面，
非洲人被围困，情况危急，
我应该去解除他们危险。
随后我便寻找正当理由，
调转头，离我王，原路回返。
这是我对您的唯一请求，
此后便把生命向您奉献。"

92

鲁杰罗写下了此类词句，
不知我是否已将意说全；
随后又写下了其他话语，
一直见整页纸全都写满；
再将信叠好后装入信封，
封上口揣在了自己怀间，
他希望第二天能遇一人，
可秘密向爱人交此信件。

93

鲁杰罗封好信又上床榻，
此时刻才安心合闭双眼；

"睡神"用树枝蘸忘川河水[1]，

令骑士之身体万分疲倦。

他一直沉睡至黎明时分，

街巷上红白色花云洒满[2]，

到处是欢乐的东方之光，

白昼又走出了金色客栈[3]。

94

鸟儿在绿枝上跳跃鸣叫，

又开始迎白昼新的光线，

阿迪杰希望引鲁杰罗君，

和另位勇骑士[4]解兄危难：

两兄弟[5]不应落恶人之手，

要阻止贝托拉实施凶残；

于是便第一个早早起身，

闻其声二士[6]亦弃床不眠。

95

鲁杰罗穿衣衫披挂甲胄，

与两位堂兄弟赶路向前，

他请求独承担全部重任，

但其言无结果，徒劳枉然；

那二人挂念着他们兄弟，

---

[1] 忘川是希腊神话中冥府的河流，谁身沾忘川河水，便会忘记一切。此处指"睡神"把忘川之水洒在鲁杰罗身上，令其疲劳地忘却一切而入睡。

[2] 指彩色的曙光洒遍城中街巷的上空。

[3] 指太阳又出地平线，发出金色的光芒。

[4] 指布拉达曼的孪生兄弟理查德。

[5] 指阿迪杰同父异母的马拉基兄弟二人。见本歌 72 节。

[6] 指鲁杰罗和理查德。

不愿意他人把重任承担，
便坚决拒请求，心比石硬，
不同意鲁杰罗独往救援。

96

战利品、马拉基交换之日，
众人都赶到了交换地点。
那是片广阔的乡村空地，
阿波罗明亮光覆盖地面。
并没有月桂与爱神之树，
白蜡树、柏与榉也不得见，
只见到秃石砾、几株矮苗，
并非是锄与犁耕种此间。

97

在一条小路上三勇止步，
那小路把空地一分两半；
他们见一骑士来到此处，
盔甲上镶金饰，十分耀眼，
标志是绿背景绘一飞鸟，
美丽的大鸟儿非常罕见。
恩主呀，此一歌已到结尾，
下一歌我再把故事讲完。

第26歌

众勇士救兄弟大显身手　玛菲萨清泉边美貌初现
蛮力卡逞凶狂欲抢佳人　鲁杰罗决心报夺马仇怨

在解救马拉基和维维诺兄弟的路上，鲁杰罗、理查德和阿迪杰遇见了玛菲萨，玛菲萨也愿意随他们同去。经过一场厮杀，他们救出了马拉基和维维诺。战斗结束后，玛菲萨摘下头盔，众人才认出她是一位少女。在大家的请求下，玛菲萨换上女装，展现出美丽的女子风采。众人在清澈的泉水旁共享美餐，然后睡卧在草地上。

放哨的马拉基和维维诺见布拉达曼的侍女伊帕卡奔来，她受主人之托，来向鲁杰罗报信，路上却被罗多蒙抢走了伏龙宝马。愤怒的鲁杰罗随伊帕卡去寻找夺马的强徒，却与其走上了不同的道路，因而未能相遇。

蛮力卡与罗多蒙和多拉丽来到泉边，见到身穿女装的玛菲萨，便决定将其抢到手，送给罗多蒙作为补偿，以熄灭他胸中的夺妻之恨。蛮力卡打败陪伴玛菲萨的四位骑士，又开始与玛菲萨交手。此时，鲁杰罗赶回；他欲向罗多蒙发泄夺马之恨，于是二人展开激战。罗多蒙与蛮力卡合击鲁杰罗，玛菲萨则为鲁杰罗助战。

为帮助处于危机中的鲁杰罗，马拉基施魔法于多拉丽的驽马，令其狂奔而去。罗多蒙跳出战场，去解救心爱的女人；蛮力卡自知难敌鲁杰罗与玛菲萨二人，也随其而去。鲁杰罗和玛菲萨想与罗多蒙和蛮力卡决出胜负，因而告别伙伴，前往巴黎的撒拉逊军营。

1

古代的女人都十分贤惠，
不贪财只喜欢美德、良善；

今天的女人却只想得利，
不爱钱之女子十分罕见。
但仍然有少数仁慈女性，
并不像多数人那般贪婪：
人世间她们应享受幸福，
死后也美名声永世相传。

2

真值得受赞颂布拉达曼，
不贪财亦不喜掌握王权，
却深爱鲁杰罗男子风范，
和他的彬彬礼、志强、意坚；
如此的坚强汉，勇猛骑士，
就应该把这等女子爱恋，
为了使此女子心中愉悦，
做一番大事业，清史垂范。

3

鲁杰罗与两位勇猛骑士，
跨上马，结成伴，赶路向前，
他们是阿迪杰、理查德君，
去帮助两兄弟[1] 摆脱灾难。
在路上众人遇一位骑士，
迎面来，其表情十分傲慢，
标志是好一只神奇大鸟[2]，
其他鸟难比拟，世间罕见。

---

[1] 指马拉基和维维诺兄弟。
[2] 指凤凰。

4

该骑士抬头望三位伙伴，

见他们怒目睁虎视眈眈，

便谋划与他们比试武艺，

看是否真勇猛表里一般。

他说道："你们中或许有人，

想比武，欲知晓谁更彪悍，

挥利剑或者用手中长枪，

拼杀至一落马另一坐鞍。"

5

阿迪杰回答道："我愿奉陪，

舞利剑，挺长枪，随你方便；

但另一重要事阻此较量，

你在此若等待定能亲见，

我与你现只能交换数语，

要比武却没有足够时间：

我们需等对手足足六百，

还必须与他们较量一番[1]。

6

怜悯与仁爱情促使我们，

要救出被拘押两位囚犯。"

他随后讲述了是何原因，

使他们来此处铠甲披肩。

骑士[2]道："我不能反驳你言，

---

[1] 指马刚萨家族的人。

[2] 指以凤凰鸟为标志的骑士。

也承认此建议[1]难以实现；
然而我可断定你们三人，
是三位勇骑士，世上罕见。

7

"我只求与你们过一两招，
看一看你们是何等彪悍；
你们说让我见其他厮杀[2]，
不比武已足见你等虎胆。
我请求将我的盔冠、盾牌，
合并于你等的甲胄、枪剑；
与你们同行时我可显示，
不愧为你们的行路伙伴。"

8

我似乎看见了有人欲知[3]，
是何人自愿把众人陪伴，
此人的名与姓如何称呼，
为什么陪他人甘冒风险。
她并非是一位强健男子，
其名唤玛菲萨，勇赛儿男，
曾委托可怜的泽比诺君，
将邪恶贾丽娜精心照看。

---

[1] 指比武的建议。
[2] 指前面提到的与数百名马刚萨家族的骑士厮杀。
[3] 此句话是诗人对读者说的。

9

克莱蒙二骑士[1]、鲁杰罗君，
并不知她是位美丽婵娟，
都以为是一名男性骑士，
因而愿接受其作为伙伴。
行不远阿迪杰见一旗帜，
便指给伙伴们仔细观看，
那旗帜迎微风招展，舞动，
众多人集聚在旗帜下面。

10

当众人进一步靠近之时，
摩尔人之服装清晰可见，
认出了那是群撒拉逊人，
并看见二囚徒在其中间；
他二人被缚于驽马之上，
将交给马刚萨换取金钱。
玛菲萨开口道："他们已到，
为什么仍等待还不开战？"

11

鲁杰罗回答道："尚未到齐，
受邀者还缺少另外一半。
现应该准备好盛大"舞会"，
盛典上我们要身手大显；
这些人绝不会逗留许久。"
说话间马刚萨已经出现，

---

[1]　指阿迪杰和理查德。

从远处走来了邪恶叛徒：
精彩的好节目就要上演。

12

马刚萨已赶到交换现场，
骡群把珍贵物托在背肩，
有黄金，有服饰、其他宝贝；
在长枪与利剑弓弩之间，
另一面走来了两位兄弟[1]，
交换处贪婪者正在期盼，
还听到贝托拉——凶恶仇敌，
与摩尔队长在相互交谈。

13

见恶人布沃与阿蒙之子[2]，
怎能够不行动强忍怒焰；
他二人都立刻长枪上靠，
向叛徒冲过去，挺直枪杆。
一杆枪穿鞍桥，刺透其腹，
另一杆戳面腮，捅漏其脸。
贝托拉遭双击，一命呜呼，
其邪恶也随之烟消云散。

14

玛菲萨、鲁杰罗见此状况，
齐行动，并不等号声震天；
只见得三四个恶徒落地，

---

[1] 指马拉基与维维诺两兄弟。
[2] 指阿迪杰和理查德。

玛菲萨直杀到枪杆折断。
鲁杰罗枪挑翻异教队长，
该恶徒即刻便魂飞魄散；
随后又挑落俩异教骑士，
令他们均跌入地狱深渊。

15

受攻击众人间产生误会，
为他们带来了毁灭灾难：
一方面马刚萨错误以为，
那一队撒拉逊将其背叛；
另一面摩尔人遭此攻击，
视对方为凶手，恨其阴险。
双方间展开了残忍杀戮，
拉开弓，挺直枪，挥舞利剑。

16

鲁杰罗两队间来回冲闯，
击十人、二十人跌落马鞍；
勇少女也同样勇猛劈杀，
十人或二十人魂飞命断。
那两柄锋利剑所到之处，
必然见人落马惨死地面，
盔与甲均难挡利刃之势，
似林中枯干木难抵火焰。

17

您一定没见过如此猛冲，
也未曾听说过这等激战：
两队人就好似不和蜜蜂，

相互间厮杀着空中盘旋，
突然间闯入了贪婪飞燕，
杀死了众蜜蜂，享用美宴。
可想象那两位勇猛骑士，
就如同飞燕入蜂群一般。

18

理查德与堂兄舞姿不同，
他们在人群中另有表现[1]，
只盯住马刚萨那群恶徒，
却把那撒拉逊抛弃一边。
近卫士里纳多同胞兄弟[2]，
武艺高，力无穷，英雄虎胆，
对邪恶马刚萨充满仇恨，
这使他力倍增更加彪悍。

19

仇恨使布沃的私生儿子，
亦如同凶猛的雄狮一般，
他不停挥舞着手中利刃，
劈头盔或将其砍碎，砸扁。
玛菲萨、鲁杰罗两位伙伴，
全都是骑士花，三军勇冠。
哪一个不勇猛武艺超群？
谁不似赫克特[3]重生，再现？

---

[1] 他们与鲁杰罗和玛菲萨的做法不同。
[2] 指理查德。
[3] 《伊利亚特》中的特洛伊英雄。

20

玛菲萨杀敌人不断挥剑，

时不时用双眸观看伙伴；

见他们之勇猛与己可比，

于是对众英雄发出赞叹。

鲁杰罗更是令少女惊讶，

其神勇人世间无人比肩；

她甚至觉得是战神降世，

走下了五重天[1]来到身边。

21

她看见可怕的猛烈刺砍，

每一剑必定令鲜血飞溅：

精铁剑撞击到巴利萨达[2]，

似软纸立刻被劈成碎片。

断头盔，裂铠甲，所向披靡，

竖劈开众骑士直至马鞍，

然后把两半身抛弃草地，

将尸体左与右各分一半。

22

鲁杰罗猛冲击绝不停手，

将骑士与战马一同劈斩。

人头颅一颗颗肩上飞起，

还常见上半身脱离两髋。

有时候他一剑诛戮五人：

---

[1] 按照中世纪的观念，大地周围围绕着九重天，第五重天是火星天；在拉丁语中，
火星一词意思为罗马神话中的战神，因此火星天也被理解为战神天。

[2] 鲁杰罗的宝剑。

总有人会认为这是谎言，
否则我定会说杀死更多，
但人们常不信亲眼所见。

23

真诚的图品君喜说实话，
但人们经常信心中成见[1]，
他展示鲁杰罗真实神武，
你们却听后人广传虚言[2]。
玛菲萨对阵的那些骑士，
亦如同冰雪人遇到火焰；
她赞赏鲁杰罗高超武艺，
自己亦吸引住骑士[3]视线。

24

少女视鲁杰罗玛尔斯[4]神，
鲁杰罗却以为她是儿男，
若知晓她是个女子之身，
定认为贝罗纳[5]来到面前。
他二人或许会展开竞赛，
令那群邪恶人极其悲惨，
用他们肉与骨、筋和鲜血，
来证明谁更加勇猛强悍。

---

[1] 讲述此故事的图品君虽然喜欢说实话，人们却经常相信他们自己心中已故有的想法。
[2] 图品君真实地讲述鲁杰罗的神奇武功，人们却听信后来人传播的虚言。
[3] 指鲁杰罗。
[4] 罗马神话中的战神，朱比特与茱诺的儿子，贝罗纳的丈夫；他是罗马军团崇拜的最重要的战神，在罗马众神中他的重要地位仅次于朱比特。
[5] 罗马神话中司职战争的女性神祇。

25

四骑士武艺高，凶猛，勇敢，
冲击使两阵营[1] 溃败逃窜。
逃遁者早已是丢盔弃甲，
只携带马与足行动方便[2]。
谁的马善驰骋着实幸运，
奔跑缓，碎步行，脱身均难；
谁若是无战马必会发觉，
步兵卒舞刀枪多么悲惨。

26

战利品与阵地均属胜者，
绝非归步兵卒、赶骡粗汉。
马刚萨、摩尔人四散逃命，
弃辎重与牲畜、被缚囚犯。
释放了马拉基、维维诺君，
众人都露笑容，心中喜欢；
随后又为侍从[3] 解开绑绳，
把财物卸下来放于地面。

27

大量的珍贵银雪白耀眼，
铸成了一个个各式银罐；
还有些女人的美丽衣裙，
细针线绣出了奢华裙边；

---

[1] 指摩尔人和马刚萨家族的两队人马。
[2] 这是诗人极夸张的生动比喻：逃跑者丢盔弃甲，甚至连上半截身体都没有了，只有脚仍插在马镫中，这样才能跑得更快。
[3] 指与马拉基和维维诺一起被捉的侍从。

一挂毯可装饰帝王内室，
佛兰德[1]金与丝精织细编；
其他的贵重物数量众多，
还可见美食与许多酒坛。

28

当摘下头盔时众人看见，
一少女伸援手将敌驱赶；
她显现卷曲的金色秀发，
还有那细嫩的桃花颜面。
众人都崇敬她，再三请求，
她不要把英名藏匿，隐瞒：
朋友间应表现彬彬有礼，
不拒绝把真情一一道全。

29

众人均细观看美貌少女，
战场上她竟然如此彪悍。
少女对其他人不屑一顾，
只是与鲁杰罗互视交谈。
仆人们走过来邀请少女，
与同伴一起享丰盛美餐，
溪水边摆设好美味佳肴，
一小山遮蔽住夏日烈焰。

---

[1]　佛兰德是文艺复兴时期最著名的挂毯产地。

30

法兰西梅林设四股清泉[1]，

这便是四清泉其中一眼，

泉四周围绕着美丽岩壁，

洁净且白如奶，光亮耀眼。

大法师施手段，鬼斧神工，

将图像雕刻在陡峭山岩：

您会说若不是缄口不语，

那雕像会呼吸，活的一般。

31

好像是一野兽[2]冲出山林，

看上去狠毒且丑陋不堪，

耳似驴，头与牙如同恶狼，

因饥饿，瘦如柴，十分凶残[3]：

四只爪如雄狮，其他如狐，

它好似在世间到处流窜，

踏遍了法兰西、欧洲、亚洲，

意大利、西班牙、英伦地面。

32

它咬伤或杀死许多生灵，

有的人极卑贱，有人傲慢；

它更愿去危害老爷、总督，

---

[1] 博亚尔多在《热恋的罗兰》中讲，梅林法师曾设下三眼清泉，两眼在阿登森林，即著名的"恨泉"与"爱泉"，还有一眼被称作"松树泉"，设在梅林的住所；然而，此处阿里奥斯托却说"法兰西梅林设四眼清泉"。

[2] 隐喻贪婪。

[3] 这是但丁《神曲》中的饿狼形象，它象征贪婪。

国王与王子们也难避险。
在罗马教廷中更加肆虐，
令枢机[1]与教宗魂死命断，
污染了彼得的美丽圣地[2]，
使信仰之丑闻频发、广传。

33

这野蛮之畜牲所到之处，
必然见防护墙倒塌一片。
所有的城市都难以自卫，
城堡若遇到它防守亦难。
它已经侵犯到上天荣誉，
愚蠢人对于它崇拜无限，
还妄称掌握了天国钥匙，
也可以打开那地狱深渊。

34

随后见一骑士[3]迎面走来，
头发上围圈着帝王桂冠，
三青年王室服精绣百合，
陪伴在走来的骑士身边；
一雄狮随他们一同而来，
似乎要与恶兽激战一番：
众人的名与姓清晰可见，
或雕于头顶上或在袍边。

---

[1]　指枢机主教，即红衣主教。
[2]　指罗马，因为罗马是圣彼得受难的圣地。
[3]　岩壁上雕刻的骑士形象隐喻文艺复兴时期的法兰西国王弗朗索瓦一世。

35

那骑士名字被雕于剑柄，
剑插入恶兽的肚腹里面，
上刻着法兰西弗朗索瓦[1]；
陪伴者奥地利马西米连[2]；
日耳曼大皇帝查理五世，
用长枪把恶兽咽喉戳穿；
另位是英格兰亨利八世，
朝恶兽之胸膛射出利箭。

36

雄狮的名字叫利奥十世[3]，
他已将恶兽耳叼于齿间；
此举使那畜牲痛苦万分，
引来了其他人参与激战。
似乎已解除了众人恐惧，
高贵者改错误回归良善，
尽管是回归者数量不多，
但恶兽已因此命绝气断。

37

恶兽曾令各地痛苦，悲伤，
众贵人杀死它驱除黑暗，
玛菲萨与各位在场骑士，
希望把贵人名牢记心间。

---

[1] 指弗朗索瓦一世。

[2] 指日耳曼神圣罗马帝国皇帝马西米连（另译：马克西米利安）一世。

[3] 文艺复兴时期的著名教皇。为完成罗马圣彼得大教堂的巨大工程，他派神职人员
　　去日耳曼兜售赎罪券；此事件成为马丁·路德宗教改革的直接导火线。

尽管是其英名刻于石面，
是何人众骑士无人明辨[1]。
便请求若有人知晓实情，
快快向其他人一一道全。

38

马拉基仔细听并未发言，
维维诺对兄弟瞩目盯看，
开口道："现轮到你讲故事，
依我看你博学，必知根源。
是何人用武器杀死恶兽，
对畜牲举起了弓、枪、利剑？"
马拉基回答道："迄今为止，
尚没有史学家记录此篇。

39

"岩石上书名姓那些人物，
他们都还没有生于人间；
仍需待七百年方能出世，
他们的英名令世界璀璨。
智慧的不列颠法师梅林，
亚瑟王时代便设此清泉；
命巧匠刻下了未来之事，
雕筑了这一处清水池谭。

---

[1] 弗朗索瓦一世国王、马克西米利安皇帝、查理五世皇帝、亨利八世国王、利奥十世教宗是意大利文艺复兴时期的欧洲君主和教宗，查理大帝时期尚不存在，因而，此处说"众骑士无人明辨"。

40

"许久前出现了度量衡器，

为土地划定了分割界限，

人与人签订了买卖契约，

恶兽便走出了地狱深渊[1]。

它最初并没有踏遍世界，

还有些纯洁的美丽家园。

今日它已到处肆虐，骚扰，

但只把愚民与贱者侵犯。

41

"从诞生一直到我们时代，

这恶魔不断长，未曾间断：

长远看若继续不断成长，

将变成巨魔王，令人胆寒。

有笔墨曾记述巨蟒皮同[2]，

听说它极可怕，令人惊叹，

却没有此恶兽丑陋，可憎，

其身长还不足它的一半。

42

"它将要进行那残忍杀戮，

无一处不被它恶毒涂炭：

壁雕中之展示微不足道，

只是它凶残的一星半点。

---

[1] 随着私有制的建立，出现了商品交换，产生了度量衡，划分了土地所有权界限；人们把私有制的建立作为产生贪婪的根源，所以此处说"恶兽便走出了地狱深渊"。

[2] 皮同是希腊神话中的一条巨蟒，由大地女神该亚所生。阿波罗杀死皮同，并在其占据的地方建起了自己的神庙。

我们均已见到伟人名字，
他们会对世界高声呼喊，
将放出耀眼的灿烂光辉，
关键时对人类实施救援。

43

"法兰西之国王弗朗索瓦，
对恶兽刺出了致命一剑
（战斗中他勇猛超过众人，
助战者仅数人，无人领先[1]），
令其他王室的光彩暗淡，
众武士似乎都缺少肝胆，
就好像其他光遇日退避，
只可见灿烂的太阳光线。

44

"法兰西之军队曾遭惨败[2]，
全因为放牧人十分凶残[3]，
尚未报所受的奇耻大辱，
伟大的国王心燃烧怒焰：
幸运国[4]登基后第一年头，
还没有戴稳固头上王冠，
便勇敢跨越了阿尔卑斯，
毁灭了守山者美妙梦幻[5]。

---

[1] 仅仅有数人协助他杀死恶兽，却无一人冲在他前面。
[2] 1513 年，法兰西军队在意大利北部的诺瓦拉地区与瑞士军队作战，遭受惨败。
[3] 在中世纪的欧洲，瑞士人被看作是放牧人。
[4] 指法兰西王国。
[5] 守山者指意大利将军普洛斯佩洛·科罗纳；他试图率军先占领阿尔卑斯热内夫尔
　　山口，阻击弗朗索瓦一世率领的法军，但被击败。

45

"他率领法兰西骑士精英，
踏上了伦巴第富饶平原，
粉碎了瑞士的虎狼之师，
令他们不能够击鼓再战。
使教廷、西班牙、佛罗伦萨，
蒙受了大羞辱，丧尽颜面[1]，
攻占了那一座坚固城堡[2]，
永固城之神话成为虚言。

46

"攻城堡所用的武器之中，
最得力是那柄璀璨宝剑，
先用它斩杀了凶残恶魔，
那恶魔腐蚀了尘世人间。
见宝剑敌军都纷纷倒地，
或偃旗，弃兵器，四处逃窜；
无屏障、护城河、高大城墙，
能抵御锋利剑，保城安全。

47

"此君主将具备卓越才能，
人世间诸将帅均难比肩：
有恺撒[3]之胆略、坚定意志，

---

[1] 当时瑞士人与罗马教廷、西班牙和佛罗伦萨是盟友。
[2] 指米兰城。
[3] 指古罗马共和国晚期著名的政治家、军事家恺撒。

智慧与汉尼拔将军[1]一般，
其运气可以比亚历山大[2]：
计谋若无运气虚化成烟。
我认为他无比英明伟大，
没有人能够作他的典范[3]。"

48

马拉基讲述了法王[4]故事，
众骑士心中增好奇之感，
还希望能知道其他人名，
是何人杀恶兽如此勇敢。
先见到贝纳多[5]名刻岩壁，
大法师用文字将其颂赞。
他写道："就如同锡耶纳、佛罗伦萨，
由于他，比别纳[6]闻名世间[7]。"

49

"贡扎加[8]、阿拉贡[9]、萨维亚提[10]，

---

[1] 北非迦太基国的将军，西方历史最杰出的军事家之一；第二次布匿战争中曾多次
　　击败罗马军团。
[2] 指古希腊时期的亚历山大大帝。
[3] 同时代没人能比，之前也没有人为其做榜样。
[4] 指上文提到过的法兰西国王弗朗索瓦一世。
[5] 意大利人，人称比别纳的贝纳多，文艺复兴时期著名的枢机主教。
[6] 意大利佛罗伦萨附近的小城镇，现属阿雷佐省管辖。
[7] 由于他的功劳，比别纳小镇变得如同锡耶纳和佛罗伦萨那样著名。
[8] 贡扎加是欧洲著名的王室之一，长期统治意大利北部曼托瓦地区；该家族的西吉
　　蒙曾是文艺复兴时期著名的枢机主教。
[9] 阿拉贡是欧洲著名的王室，曾长期统治西班牙的大片地区；该家族的鲁多维曾担
　　任枢机主教职务。
[10] 意大利佛罗伦萨重要的权贵家族，该家族的约翰是文艺复兴鼎盛时期的教皇利奥
　　 十世的外甥，曾担任枢机主教职务。

西吉蒙、鲁多维及其约翰，

均冲在最前面，争先恐后，

他们与恶魔头不共戴天。

还有那贡扎加·弗朗索君[1]，

他儿子腓特烈[2] 随其后面；

旁边是其姐夫[3]、乘龙快婿[4]，

费拉拉[5]、乌比诺[6] 执掌大权。

50

"有一子名唤作圭多巴多[7]，

他不愿被父亲抛在后面。

菲斯基[8] 奥托蚌、斯尼巴多[9]，

逐恶兽也与他并肩作战。

佳佐罗路易吉[10] 铁制箭头，

已穿透恶兽的脖颈喉管，

福玻斯[11] 赐予他一把神弓，

玛尔斯将宝剑挂其腰间。

---

[1]　指曼托瓦侯爵弗朗索·贡扎加。

[2]　指曼托瓦侯爵弗朗索·贡扎加的儿子腓特烈·贡扎加，他曾经被教宗利奥十世任命为教廷军队的总司令。

[3]　指诗人的恩主——费拉拉公爵埃斯特家族的阿方索一世，他迎娶了腓特烈·贡扎加的姐姐为妻，因而，阿方索一世和腓特烈·贡扎加是姐夫与内弟之间的关系。

[4]　指乌比诺（另译：乌尔比诺）公爵弗朗索·德拉·罗维雷，他也曾经担任过教廷军队的总司令；弗朗索·德拉·罗维雷迎娶了弗朗索·贡扎加的女儿，因而是他的乘龙快婿。

[5]　意大利北部城市，文艺复兴时期重要的文化中心，诗人阿里奥斯托生活的地方。

[6]　意大利中北部城市，文艺复兴时期重要的绘画大师拉斐尔的故乡。

[7]　指弗朗索·德拉·罗维雷的儿子圭多巴多·德拉·罗维雷。

[8]　意大利热内亚的重要权贵家族。

[9]　奥托蚌、斯尼巴多二兄弟是菲斯基家族的重要成员。

[10]　指路易吉·贡扎加，他是意大利曼托瓦地区的佳佐罗封地的伯爵；他是骑士，也是诗人，因而受到主管诗歌的太阳神阿波罗和主管战争的战神玛尔斯的喜爱。

[11]　指希腊神话中的太阳神福玻斯，即阿波罗。

51

"有两位艾克勒、伊波利托[1]，

他们使埃斯特家族璀璨，

贡扎加、美第奇两人同名[2]？

他们也将恶兽奋力驱赶。

朱利奥[3] 未滞留儿子身后，

费兰特[4] 亦未让兄弟领先，

安德烈·多里亚[5] 时刻准备，

米兰公弗朗索[6] 奋勇向前。

52

"阿瓦罗两勇士[7] 旗绣礁石，

其血统极显赫，慷慨不凡，

礁石上盘绕着一条蟒蛇，

就好像把提丰[8] 压在下面。

为了使恶魔怪流尽鲜血，

他二人也冲在众人之前：

一个是不败的弗朗索君，

---

[1] 两位艾克勒指费拉拉公爵艾克勒一世和艾克勒二世，两位伊波利托指枢机主教伊波利托一世（诗人的恩主）和枢机主教伊波利托二世（费拉拉公爵阿方索一世的儿子）。

[2] 贡扎加家族也有一位叫艾克勒的人，即艾克勒·贡扎加，他也担任过枢机主教；美第奇家族也有一位叫伊波利托的人，即伊波利托·美第奇，他也担任过枢机主教；因而，此处说"贡扎加、美第奇两人同名"。

[3] 朱利奥·美第奇是枢机主教伊波利托·美第奇的父亲，他不肯落在儿子的后面。

[4] 费兰特·贡扎加是艾克勒·贡扎加的兄弟，他也没有让其兄弟领先。

[5] 见第 15 歌 30—34 节。

[6] 指米兰公爵弗朗索·斯福尔扎（另译：弗兰切斯科·斯福尔扎）二世，其母亲是埃斯特家族的女子。

[7] 指阿瓦罗家族的弗朗索和阿方索。见第 15 歌 28—29 节。

[8] 提丰是希腊神话中泰坦族的一员，大地之神盖亚和地狱之神塔耳塔洛斯的儿子。他有一百个蛇头，浑身长着羽毛，生有一对翅膀，口吐蛇芯，是双眼喷火的像蛇一样的怪物。

一个是阿方索，勇猛彪悍。"

53

孔萨沃·费兰特[1] 西班牙人，
其荣耀受人敬，光辉灿烂，
马拉基对此人这般赞颂，
难道说其他人难与比肩？
在杀戮恶兽的众人之中，
蒙菲拉古列莫[2] 清晰可见；
恶兽已伤害了无数好人，
取其命仅仅是少数儿男。

54

众骑士在欢乐交谈之中，
品佳肴度过了炎热时间，
随后又躺卧于柔细"地毯"[3]，
周围的小树丛装点清泉。
马拉基、维维诺持械放哨，
因别人都已经安然入眠；
他们见一女子急速奔来，
并无人陪伴在她的身边。

55

她便是伊帕卡[4] 传信女子，

---

[1]　指人称伟大统帅的科尔多瓦（西班牙西南部城市）的孔萨沃，他为统一西班牙的
　　　斐迪南二世国王夺得了那不勒斯王国。
[2]　指蒙菲拉（另译：蒙菲拉托）侯爵古列莫三世。蒙菲拉位于意大利西北部的皮埃
　　　蒙特地区。
[3]　比喻柔软的草地。
[4]　布拉达曼的侍女。见第 23 歌 29 节。

罗多蒙夺伏龙对她横蛮；
前一日她跟在恶人身后，
恳求他，谩骂他，均难遂愿[1]；
于是便来寻找鲁杰罗君，
面朝着阿里蒙赶路向前[2]。
因路上她听说在这城堡，
鲁杰罗、理查德可以得见。

56

伊帕卡很了解阿里蒙堡，
她曾经多次到这片地面，
于是便直奔向清澈泉水，
找到了鲁杰罗，如上所言。
她是位谨慎的机灵信使，
心明了应如何传主之言，
当见到主人的孪生兄弟，
装不识鲁杰罗在其面前。

57

他朝着理查德迎面走去，
因二人相互间熟识颜面；
理查德也起身迎向侍女，
询问她急忙忙去向哪边。
那侍女因哭泣双眼通红，
她叹息提高音张口吐言；
为的是让附近鲁杰罗君，
能把她讲述事清晰听见。

---

[1] 难以实现讨回宝马伏龙的愿望。
[2] 阿迪杰的城堡所在地。

58

她说道："我遵从你妹命令，
曾牵引一骏马随我身边；
你妹妹非常爱伏龙神驹，
那一匹漂亮马令人赞叹；
我牵其行走了三十余哩，
朝马赛赶路程，疾步向前，
你妹说几日后她也赶来，
令我在马赛城等她会面。

59

"我坚信没有人能夺伏龙，
敢对我显示出强徒贼胆，
若我说此马属里纳多妹，
闻言者必定会浑身抖颤。
但昨日我想法成为泡影，
撒拉逊一恶徒夺马逞蛮；
虽听说伏龙驹属于何人，
仍不愿还骏马于我身边。

60

"我昨日与今天求他还马，
后来见求与吓均难如愿，
便对他诅咒与谩骂并加，
那恶徒现在就距此不远；
伏龙驹遭劫难需要帮助，
快拿起手中剑前往救援，
去迎战折磨它凶恶骑士，
希望你能为我报仇雪冤。"

61

鲁杰罗强忍耐听完讲述，
闻其言跃身起双足立站，
身转向理查德再三请求，
让他能只身随女子迎战[1]，
就算是为回报救命之恩[2]，
向他把奖赏与酬谢奉献。
撒拉逊何人夺伏龙宝马，
鲁杰罗请女子引其追赶。

62

尽管是理查德不太情愿，
将重担推卸到别人背肩，
虽然是此谦让实在过分，
却难逆鲁杰罗坚定意念。
鲁杰罗告别了诸位伙伴，
跟随着伊帕卡赶路向前，
留下的众骑士对其勇气，
发出了一声声真心称赞。

63

伊帕卡见已离他人很远，
便告诉鲁杰罗主人心愿，
派遣她来此的那位女子，
已经把勇骑士深刻心间；
随后将出发时主人之托，
倾诉给鲁杰罗毫不隐瞒；

---

[1] 指迎战夺走伏龙驹的罗多蒙。
[2] 鲁杰罗对理查德的救命之恩。见第 25 歌 9—24 节。

若刚才她之言有所不同，
全因为理查德也在面前。

64

告诉他那恶人不仅夺马，
还口吐傲慢的狂妄之言：
"我知道鲁杰罗是马主人，
这更是我夺马真实意愿。
若他想再重新夺回此马，
对于他我不把名字隐瞒，
我名叫罗多蒙，十分勇猛：
耀眼光可照亮整个人间。"

65

闻此言鲁杰罗难以掩饰，
他心中燃烧的熊熊怒焰，
不仅因他十分喜爱伏龙，
也因为此礼物来历不凡[1]，
抢走它是对其莫大羞辱，
如若是不尽快夺回身边，
并且对罗多蒙实施报复，
便如同容恶徒肆意踏践。

66

侍女引鲁杰罗追赶向前：
望他与异教徒即刻开战；
来到了分叉的路口之处：

---

[1]　布拉达曼精心饲养了伏龙，因而它是使鲁杰罗怀念心爱女子的珍贵礼物。

见一路入平原，一路上山；
两条路随后又汇聚山谷，
那便是与恶徒相遇地点[1]。
上山路虽崎岖却是捷径，
另条路虽平缓却更遥远。

67

伊帕卡欲夺回伏龙宝马，
也急于报复那凶蛮恶汉，
于是便奔上了上山小路，
因小路是捷径，用时更短。
撒扎王罗多蒙另走他路，
鞑靼王[2]、其他人[3]随其身边；
他们选易行的平原之路，
鲁杰罗与他们无法会面。

68

二人[4]间之争斗已被推迟，
推迟至非洲王得到救援，
这一点你们已听我讲述，
多拉丽是他们争吵根源。
请你们继续听故事发展，
他[5]径直与同伴[6]奔向清泉，
阿迪杰、马拉基、维维诺君、

---

[1]　就是在那个山谷中罗多蒙遇见了她，并抢走了伏龙。
[2]　指蛮力卡。
[3]　指多拉丽和阿格拉曼的信使等人。见第25歌3节。
[4]　指罗多蒙和蛮力卡。
[5]　指罗多蒙。
[6]　指蛮力卡、多拉丽等与罗多蒙同行之人。

玛菲萨、理查德在那（儿）同欢。

69

玛菲萨在众人请求之下，
穿女装，佩女饰，展女容颜，
马刚萨欲献给朗福萨物，
为她现少女面提供方便。
实难见玛菲萨如此打扮，
不披甲，不顶盔，不持枪剑：
那一日众伙伴求其卸甲，
美裙衫衬托出桃花颜面。

70

鞑靼人一见到美丽婵娟，
便企图将此女夺到身边，
再用她来顶替多拉丽女，
交给那罗多蒙，平等对换：
就好像爱之神定此规矩，
恋爱者可换女，随心所愿，
若丧失一女后可得另女，
他[1] 何必太悲哀心存伤感。

71

将此女送给他[2] 作为补偿，
自己可将另女[3] 留在身边，
他觉得玛菲萨美丽优雅，

---

[1] 指前面提到的恋爱者。
[2] 指罗多蒙。
[3] 指多拉丽。

有资格把任何骑士陪伴；
此女如多拉丽令其喜欢，
想把她作礼物送给同伴；
见女子身边有许多骑士，
于是便对众人提出挑战。

72

马拉基、维维诺手握兵器，
为众人做警卫，保护安全，
便挺身站立起，自告奋勇，
他二人准备好，立刻迎战；
都以为要迎击两位骑士，
罗多蒙来此却不为争战，
因而他无表示，纹丝不动，
形成了二战一角斗场面。

73

勇敢的维维诺争先出马，
冲过去直挺起粗大枪杆；
异教王抖精神迎敌而上，
其威名天下扬，力大无边。
他二人均瞄准对方要害，
相互间面对面直冲向前。
维维诺枪刺中对手宝盔，
对手却身不晃，更未落鞍。

74

异教王长枪尖十分坚硬，
维维诺盾破裂，如冰碎片；
跌下马摔倒在绿地之上，

扑入了花与草怀抱之间。
马拉基奔过去投入战斗，
欲立刻为兄弟报仇雪冤；
但很快便倒在兄弟身旁，
仇未报，却必须将他陪伴。

75

另一位亲兄弟[1] 先于堂弟[2]，
披甲胄也跃身跨上马鞍；
他要与撒拉逊国王拼命，
驱战马，猛冲击，十分勇敢。
其长枪刺向那异教国王，
击中了面甲的视孔下面：
长枪杆断四节飞向空中，
此重击却难撼对手半点。

76

异教徒从左侧将他击中，
这一刺力巨大，万物皆穿，
盾与甲均不能护住其身，
似树皮被利刃划裂两半。
残忍的铁枪头插入肱骨：
受伤的阿迪杰前伏后翻；
铠甲红，面苍白，难以支撑，
最后也卧倒于花草之间。

---

[1] 指阿迪杰。
[2] 指理查德。

77

理查德也勇敢冲上阵来，
枪靠上支撑着粗壮枪杆，
就如同他经常表现那样，
展现出法兰西勇将风范：
若他与对手有同等条件，
其表现必定会一样彪悍；
是战马跌倒后压其身上，
虽无错亦难免人仰马翻。

78

因未见其他的骑士出场，
再次对异教徒提出挑战，
他认为已赢得角斗奖品，
朝女子走过来，靠近泉边；
开口道："美人（儿）啊，您已归我，
若没有其他人为您跨鞍。
您不可寻借口将我拒绝，
这本是胜利者应有之权[1]。"

79

高傲的玛菲萨仰起头来，
开口道："你之见太不着边。
如若是你击败那些人中，
有骑士曾护卫我的身边，
便同意你说的完全合理，
角斗胜我归你理所当然。

----

[1] 角斗的得胜者获得女子，这是他所应有的权利。

但他们与本人互不相干，
若夺我，就请你向我挑战。

80

"我也善挽盾牌舞弄刀枪，
曾击落勇骑士何止一员。"
她又对侍从们开口说道：
"快备马，抬来我甲胄枪剑。"
她脱下女裙衫显露马甲[1]，
其身体极健壮，面颊美艳，
全身的各部位十分匀称，
除面部全都与战神[2]一般。

81

穿戴好甲与胄，腰悬宝剑，
一跃身跨上了坐骑马鞍；
驱战马前与后兜转三圈，
马多次跷前蹄后足立站；
随后向撒拉逊勇士挑战，
紧握住大枪杆冲锋向前。
就好似特洛伊阿喀琉斯[3]，
与彭忒西勒亚[4]展开激战。

---

[1]　此处马甲指的是骑士穿在铠甲里面的短小棉衣。
[2]　指罗马神话中的战神玛尔斯。
[3]　阿喀琉斯是古希腊神话和文学中的英雄人物，参加了特洛伊战争，被称为"希腊
　　第一勇士"。
[4]　彭忒西勒亚是希腊神话中的一位亚马逊人的女王。特洛伊战争爆发后，她曾率领
　　十二名亚马逊女战士支援特洛伊，后来被阿喀琉斯杀死。

82

在如此凶猛的冲杀战场，
长枪杆如玻璃碎成数段；
却不见持长枪冲锋之人，
心胆怯向后面退缩半点。
玛菲萨细分析希望知晓，
是否应靠敌身展开近战，
她或许可如此击败对手，
于是对异教王拔出宝剑。

83

异教王见对手仍坐马鞍，
便疯狂亵渎神诋咒上天；
勇女子欲击碎他的盾牌，
亦对天发狠话，口喷怒焰。
他二人均手握出鞘宝剑，
似铁锤狠砸下，相互劈砍，
神奇剑猛撞击，势均力敌，
那天需宝剑把魔力展现[1]。

84

身上的软硬甲坚固难破，
剑与枪均不能砍烂、戳穿；
以至于此战会持续一日，
第二天还可能需要再战。
罗多蒙冲入了二人中间，
对滞留发出了心中抱怨，

---

[1]　在那天的激战中他二人都需要宝剑展现出魔力。

他说道："若你愿进行格斗，
先结束我俩间开始之战。

85

你知道我二人休战有约，
本应该对我军实施救援。
在完成此事前不可开始，
另一场角斗或长久激战。"
随后对玛菲萨表示敬意，
并把那传信使指给她看；
告诉她非洲王派来此人，
以国王之名义请求支援。

86

他还请玛菲萨不仅放弃，
这场与蛮力卡凶险恶战，
并且随他二人一同上路，
去救援非洲王阿格拉曼；
若如此她可使英名飞起，
冲云霄直升入高高蓝天，
远胜过为鸡毛蒜皮之事，
忘记把伟业绩努力实现。

87

玛菲萨始终有一个夙愿，
与查理之勇士比试枪剑，
她一心想知道他们威名，
与事实相符合还是虚传，
其他事均难以将其吸引，
因而便来法国不惧路远；

一听说非洲王急需帮助，
便意欲随众人赶路向前。

88

鲁杰罗跟随着伊帕卡女，
此时刻行山路，徒劳枉然；
赶到了失马处，全无人影，
罗多蒙另择路，早已不见。
他认为那恶徒尚未走远，
便想行另条路直返清泉，
沿路上留下的新鲜足迹，
驱战马在恶人身后追赶。

89

他希望伊帕卡另择他路，
蒙塔坂一日内便可回返：
如若是再回到清泉之处，
侍女将离正路更加遥远。
他告诉伊帕卡不必担忧，
伏龙驹他一定夺回身边；
心爱女蒙塔坂等待消息，
应尽快通报她令其心安。

90

将怀揣一物品交给侍女，
是那封阿里蒙写的信件；
又亲口对侍女再三嘱咐，
请她向心爱女解释一番。
伊帕卡牢记住所有嘱托，
告别后调马头赶路向前；

她当晚便回到蒙塔坂堡，
好信使不迟缓，快马加鞭。

91

鲁杰罗急追赶撒拉逊人，
沿平原路上的足迹向前，
当见到罗多蒙、蛮力卡等，
离那眼清泉水已经不远。
查理王马上要猛攻对手，
异教徒二骑士已许诺言，
相互间决不再你击我打，
一直到异教军获得救援。

92

鲁杰罗立即就认出伏龙，
因而也认出了窃贼嘴脸；
俯下身挺直枪准备冲锋，
高声对非洲人提出挑战。
罗多蒙比约伯[1]更有耐心，
那一日抑制住心中傲慢；
本来他习惯于寻求争斗，
此时刻却努力将其避免。

93

他从来不拒绝任何争战，

---

[1] 约伯是《圣经·旧约》中的人物，他非常正直，受到上帝的祝福。但是撒旦指控
约伯只为了物质利益才侍奉上帝。于是上帝一步一步地撤去了对约伯的保护，容
许撒旦夺走他的财富、子女和健康。约伯始终对上帝忠诚，没有诅咒上帝。后来，
上帝对约伯的祝福超过以往。

此番的表现却绝后空前，
因急于去解救非洲之王：
他觉得这才是正直意愿；
如开战，一两剑难以取胜，
并不比豹捕兔更加轻便，
他不想长时间逗留于此，
与对手鲁杰罗过分纠缠。

94

他知道鲁杰罗是个劲敌，
为伏龙必定会拼死激战，
该骑士美名声天下传扬，
无他人可与其并列齐肩；
罗多蒙也想与此君较量，
看是否鲁杰罗名不虚传；
但此时他不愿接受挑战，
救国王之重任压其心间。

95

如若是不纠缠这场争斗，
他便可赶路程千哩之远；
若今日他迎战阿喀琉斯[1]，
您难闻其他的故事段段；
因此在奄奄的灰烬之下，
易怒的非洲人抑制怒焰：
他讲述为什么拒绝争斗，
并邀请鲁杰罗助其救援：

———————————

[1]　此处指勇猛的武士，即指鲁杰罗。

96

这才是忠诚的勇猛骑士，
对待其君主的应有表现。
待敌人重围被解除之后，
他二人有时间解决恩怨。
鲁杰罗回答道："还我伏龙，
我便愿暂推迟这场激战，
去抗击查理王统帅大军，
努力救被围困阿格拉曼。

97

你竟然从女人手中夺马，
勇骑士决不会如此厚颜，
此表现已输掉一场比赛，
还妄图令我将比武推延；
快快把伏龙驹交还我手，
否则便休想我就此罢战，
你蛮横夺走我心爱战马，
我不容你享有半刻平安。"

98

鲁杰罗向对手讨要伏龙，
非洲人不交马必须迎战，
然而他却一直推三阻四，
交战马或滞留均不情愿；
此时刻蛮力卡亦未消停，
在一旁又挑起另一争端：
他见到鲁杰罗徽章之上，
百禽由一大鸟辖制统管。

99

蓝色的背景下白鹰展翅，
那本是特洛伊徽章图案：
勇猛的赫克特曾用此徽，
现如今鲁杰罗佩戴身边。
蛮力卡并不知事情根源，
难忍受此图绘他人盾面，
别人饰赫克特著名白鹰，
就如同辱骂他，毁其颜面。

100

一大鸟掠走了伽倪墨得[1]，
蛮力卡亦佩戴此徽图案。
我相信您脑中仍然记得，
那一日城堡中战胜艰险，
仙女送此徽章表示感谢[2]，
他[3]得以戴身上，风光无限，
还获得伏尔甘锻造铠甲[4]，
特洛伊骑士[5]曾披其在肩。

---

[1] 伽倪墨得（另译：伽倪墨得斯）是希腊神话中的一个美少年，特洛伊王子。宙斯
    喜爱他，变成巨鹰把他从伊达山上劫走。
[2] 此处，诗人并没有说明，在什么城堡，战胜什么艰险，什么仙女送给蛮力卡徽
    章，好像他与阅读此诗的恩主之间具有心照不宣的默契。
[3] 指蛮力卡。
[4] 指赫克特曾披挂的由火神伏尔甘打造的神奇铠甲。
[5] 指特洛伊王子——勇士赫克特。

101

以前曾有一次二人对阵[1]，
也因为此原因欲开激战；
偶然间被阻止，事出有因，
您已知何缘故，我不多言。
他二人之后便从未谋面，
今日里在此处方得重见，
蛮力卡见盾徽，傲慢威逼，
高喝道："我向你提出挑战。

102

"冒失鬼，你竟敢戴我徽章，
我警告你此事何止一天。
疯小子，你以为我还可忍？
我曾经放过你，视而不见。
威胁语、劝说言你均不听，
都难以驱走你心中狂念，
我现在就教你最佳方法，
它立刻能令你遵从我言。"

103

如干燥木柴被烈火烘烤，
有微风吹动时立即点燃，
鲁杰罗一听到对方话语，
心中便燃起了愤怒火焰。
他说道："趁我与他人争斗，

---

[1] 在《热恋的罗兰》中，博亚尔多曾写道：有一次鲁杰罗与蛮力卡为争夺"雄鹰徽章"的使用权准备展开激战，欲夺杜林丹宝剑的格拉达索的介入中止了二人的争斗。见《热恋的罗兰》第 3 卷第 6 歌 39 节。

你竟想强迫我听从你言？
我请你先看我如何夺马，
此盾牌归属谁以后再辨。

104

"上一次也为此与你争斗，
距此时尚未过许久时间；
那时候我不曾将你杀死，
只因为你腰间未挎宝剑。
若上回是警告，此次认真，
窃用那白鸟徽是你灾难，
它本是我家族古老徽章，
我佩戴自家徽理所当然。"

105

蛮力卡回答道："你窃我徽！"
说话间刺愣愣拔出宝剑：
不久前罗兰爷怒而疯癫，
将此剑丢弃在树木之间。
好骑士鲁杰罗从来不会，
忘记掉应有的骑士风范，
当他见异教徒利刃在手，
便把那手中枪弃于地面。

106

他同时一手握巴利萨达[1]，
另只手将宝盾挽于臂腕；

---

[1]　鲁杰罗的宝剑叫巴利萨达。

但此时非洲人冲入阵中，
玛菲萨也紧紧跟在后面；
他们将两骑士分别挡住，
请二人切莫要展开激战。
罗多蒙不愿见已定契约，
两次被蛮力卡撕成碎片。

107

前一次试图夺玛菲萨女，
在数次交手后被迫休战；
这一次为夺取鲁杰罗徽，
全不顾非洲王阿格拉曼。
他说道："你若要与人角斗，
先应把你我间争端了断，
那样才可以说公平合理，
而不应又重新另开激战。

108

"这便是你我的临时契约，
此契约已确定，必须休战。
当了结与你的争斗之后，
我再与他解决战马争端。
只要你还能够继续活着，
以后再争盾牌为时不晚：
然而我不给你太多机会，
鲁杰罗与你战亦无机缘。"

109

蛮力卡回答那说话之人：
"我勇力不似你想象那般，

你亲眼将见我勇猛无敌，
可令你头至脚不停流汗：
就像是此清泉水流不止，
它永远不枯竭难以用完；
鲁杰罗与其他所有勇士，
欲比试，我均愿将其[1]展现。"

110

不管是这一方还是那方，
皆愤然舞弄起唇枪舌剑；
一时间蛮力卡胸燃怒火，
他要向二骑士同时挑战。
鲁杰罗怎忍受如此欺辱，
全不顾休战约，只求交战。
玛菲萨左与右两面熄火，
但一人之力量着实有限。

111

就好像乡下人见河溢水，
那河水已漫过高高堤岸，
欲避免水泛滥想方设法，
不希望牧场与草料被淹；
堵一处又一处，心中恐慌，
这一面刚稳固略觉安全，
又见到那面堤土石松软，
有多处水喷涌如同泉眼。

---

[1] 指蛮力卡的勇力。

112

蛮力卡、罗多蒙、鲁杰罗君，

三人均情激动，一片混乱，

每个人都想向阵外同伙，

表现出自己最勇猛彪悍；

玛菲萨努力令他们平静，

费时间，用气力，徒劳枉然；

刚分开一个人，将其拉走，

又见到另两人跳至前面。

113

玛菲萨希望使众人和解，

便说道："请诸位听从我言：

现推迟争与斗是好建议，

一直到解救出阿格拉曼。

若只想去了断自己恩怨，

我也与蛮力卡应斗一番；

看是否最后能如其所说，

夺我时他表现艺高强悍。

114

"但若想去解救阿格拉曼，

快行动，我们间不可开战。"

鲁杰罗开言道："只要还马，

我便可熄战火，不再纠缠。

一句话，只要他还我战马，

否则须抵挡住我的利剑：

我此番或身亡倒于此地，

或者是骑该马回归军前。"

115

罗多蒙回答道: "此事甚难,
并不如另一法[1]更加简便。"
随后道: "若我王受到伤害,
全都是你罪过与我无干,
因为我并不想滞留于此,
只愿把应做事及时了断。"
鲁杰罗并不听此等反驳,
手紧握锋利剑, 胸燃怒焰。

116

像野猪猛扑向撒扎国王,
狠冲撞, 用盾牌亦用其肩;
重撞击令对手头脑眩晕,
一只脚脱马镫, 险些跌翻。
蛮力卡高声喝: "野蛮骑士,
或推迟或与我先开激战。"
说话间便劈向鲁杰罗盔,
这一击太卑劣[2], 十分凶残。

117

鲁杰罗急弯腰直至马颈,
他随后欲起身却遇困难;
只因为乌琏子[3]也来击打,
凶狠狠劈下了锋利宝剑。
若其盔并非是坚如钻石,

---

[1]　指先救阿格拉曼, 然后再了断他们之间的争端。
[2]　趁鲁杰罗与罗多蒙争斗之机袭击他, 因此说"太卑劣"。
[3]　乌琏是罗多蒙的父亲, "乌琏子"指罗多蒙。

必定会被利剑一劈两半。
因疼痛鲁杰罗松开双手，
一手弃马缰绳，一手弃剑。

118

宝剑被弃身后，落于地面，
战马载鲁杰罗奔向荒原。
玛菲萨早已是他的战友，
那一日也好似胸燃怒焰，
见伙伴不得不以一斗二，
她本是慷慨者，十分勇敢，
冲向那蛮力卡，用足气力，
举利剑对其头狠狠劈砍。

119

罗多蒙身后追鲁杰罗君，
若再击，赢伏龙稳操胜券[1]；
理查德、维维诺凝成一股，
插入到鲁杰罗、撒扎王间。
前者战罗多蒙阻其前进，
将他与鲁杰罗一分两边；
后者把自己的宝剑奉上，
交到了醒觉的骑士手边。

120

骁勇的鲁杰罗一醒过神，
维维诺便奉上他的宝剑，

---

[1]　若能再一次击中鲁杰罗，罗多蒙就稳操赢取伏龙驹的胜券。

报羞辱之仇恨不容犹豫，
他冲至罗多蒙国王面前，
似雄狮摆脱了牛角纠缠，
全然把身上痛抛弃一边：
恼与怒刺激他冲动难抑，
促使其胸中燃复仇火焰。

121

巴比伦国王[1]造罗多蒙盔，
欲戴它狂妄对星辰开战；
鲁杰罗拼全力凶狠劈砍，
若手握他自己那柄宝剑，
我相信那头盔虽然坚固，
亦难保被劈者头颅安全；
前面说，此争斗开始之时，
背叛者[2]令勇士跌落宝剑。

122

"不和女"早已经确信不疑，
此处的争与吵必定不断，
再不会重见到休战状况，
求和平更加是难上加难，
于是便对身边妹妹[3]说道，
可安心随她回修道之院。

───────────

[1]　指《圣经》中的人物宁录，他是巴比伦国王。据《热恋的罗兰》讲，他怂恿族
　　人兴建了巴别塔，试图把上帝从天国中赶出，从而夺取上帝的权力。为达此目的，
　　他命人打造了十分坚固的盔甲、盾牌和非常锋利的宝剑。
[2]　指蛮力卡。他不遵守骑士的道德规范，偷袭鲁杰罗，致使其宝剑脱手；因而说他
　　是无耻的"背叛者"。
[3]　指与她同行的傲慢女神。见第24歌114节。

任其去，我继续讲述故事，
鲁杰罗剑伤及罗多蒙面。

123

鲁杰罗这一击力量巨大，
撒拉逊骑伏龙承受此剑，
剑劈在他穿戴盔甲之上，
那头盔与铠甲坚硬非凡，
三四次他被迫前伏后翻，
头低垂，身弯曲，险落地面；
若不是其宝剑拴于手上，
必定会脱手出飞向空间。

124

此时刻玛菲萨激战对手，
蛮力卡拼全力，汗流满面，
他亦令勇少女出汗不止，
但二人之盔甲未损半点；
至此时他们仍旗鼓相当，
破两位之甲胄十分困难；
但战马转身时险遭不测，
玛菲萨此时刻需要支援。

125

玛菲萨胯下马转弯过急，
那一处草地面实在松软，
湿草地一失足向右滑倒，
任何人都难以助其立站；
马跌倒本急于重新跃起，

却又被异教徒战马[1]撞翻，
此冲撞着实是凶猛异常，
可怜的欲立马又倒地面。

126
鲁杰罗见少女跌倒在地，
便急忙对伙伴实施救援，
另一位[2]对手已晕头远去，
此时刻他正有空闲时间；
于是对鞑靼人头盔劈去，
险些把其头颅一劈两半，
鲁杰罗若手持巴里萨达[3]，
蛮力卡头必定难保齐全。

127
晕头的撒扎王醒过神来，
转身见理查德在其身边；
他想起此人曾骚扰自己，
向对手鲁杰罗提供救援。
若不是马拉基将他拦住，
对其施魔法术新的手段，
他定会转过身实施报复，
立刻令理查德遭受苦难。

128
马拉基对魔法了如指掌，

---

[1]　指布里亚多，当时蛮力卡正骑乘着它。
[2]　指罗多蒙。
[3]　鲁杰罗自己的宝剑。

如所有卓越的法师一般，
尽管是他那日未带法书，
否则可令太阳立刻停转，
但仅凭头脑中所记咒语，
便可命众幽灵听其使唤：
驱魔入多拉丽弩马体内，
致使它魔附体疯狂一般。

129

斯托迪国王的千金女儿[1]，
骑温顺矮弩马脊背上面，
弥诺斯一侍卫[2]接受指令，
入少女弩马的身体里面；
即便是马并非总听摆布，
以前却未见其如此疯癫，
此时它突然间腾空跃起，
十六呎之高度三十呎远。

130

这一跳虽高远却不至于，
令背上骑乘者跌落马鞍。
少女见此情景惊恐高叫：
她以为其生命难以保全。
那弩马身上有魔怪作祟，
腾跃后携少女飞奔向前，
美少女用全力拼命呼救，
受惊马疾奔驰快似飞箭。

---

[1]　指多拉丽。
[2]　指魔怪。在希腊神话中，弥诺斯是冥界判官，弥诺斯的侍卫指的就是冥界的魔怪。

131

一听到少女的高声呼喊，
乌琏子便立刻脱离混战；
他拼命驱赶着胯下战马，
飞奔去对少女实施救援。
蛮力卡无其助难以击败，
鲁杰罗、玛菲萨勇将两员，
便去追罗多蒙、多拉丽女，
却未向二对手请求停战。

132

玛菲萨趁此机挺身立起，
她心中燃烧着愤怒火焰，
错以为可为己报仇雪耻，
却见到对手已奔驰甚远。
鲁杰罗见角斗如此结局，
又叹息，又咆哮，雄狮一般。
二人知伏龙与布里亚多，
他们的胯下马难以追赶。

133

伏龙驹归何人尚未确定，
鲁杰罗与对手不想休战；
玛菲萨亦没有决出胜负，
也不愿鞑靼王静享宁安。
让纷争就这样不了了之，
忍受此大失误二人均难：
受辱者通常会制订计划，
沿对手之足迹追赶向前。

134

若不能路途中追上他们，
撒拉逊军营里也可见面；
法兰西查理王破营之前，
他二人须赶到实施救援，
因而应朝军营径直奔去，
在那里追赶上理所当然。
鲁杰罗不能够突然离去，
他必须先告别那群伙伴，

135

于是便又返回聚会之地，
心爱女好兄长被弃那边；
他表示要与其永结朋友，
不管是命运会怎样多变，
并巧妙请好友以他名义，
向其妹示敬意，表现情感：
这感情很明确，真真切切，
任何人都不会怀疑半点。

136

他告别阿迪杰、爱人兄长、
维维诺、马拉基诸位伙伴。
伙伴也声明愿与其为友，
为了他随时把血汗奉献。
玛菲萨一心想赶往巴黎，
竟忘记向朋友说声再见；
为向她在远处挥手致意，
马拉基、维维诺追出很远；

137

理查德亦如此向她告别，
阿迪杰身有伤卧于地面。
罗多蒙、蛮力卡奔向巴黎，
鲁杰罗、玛菲萨跟随后边。
恩主啊，下一歌我再讲述，
这两对勇骑士如何表现，
他们使查理帝遭受损失，
所创的伟业绩奇迹一般。

第 27 歌

撒拉逊众勇士轮番上阵　基督兵溃败逃难撑局面
异教营起纷争互不相让　罗多蒙愤然去难抑怒焰

　　幽灵驱赶驾马驮着多拉丽奔至巴黎城下的撒拉逊军营，罗多蒙和蛮力卡也随之赶来。离开阿特兰魔法城堡的萨克利潘和格拉达索也返回军营为阿格拉曼助战。此时，罗兰、里纳多等基督教最勇猛的骑士却因为追寻安杰丽佳远离军营。

　　罗多蒙、蛮力卡、萨克利潘、格拉达索先冲入基督徒军营，杀死无数兵勇。随后，鲁杰罗和玛菲萨也赶到，他们再一次冲击，令查理军大败。取胜后，罗多蒙、蛮力卡、鲁杰罗、玛菲萨均来到阿格拉曼王面前，请求他评理。阿格拉曼以抽签的方式决定他们的交战次序。结果，罗多蒙与蛮力卡应最先交战。

　　费拉乌和萨克利潘帮助罗多蒙披甲戴盔，格拉达索和法斯龙则帮助蛮力卡整装备战。格拉达索发现了蛮力卡腰间的杜林丹宝剑，便与他发生争执，并要求先与其交战。鲁杰罗斥责格拉达索，说他不可破坏已定次序。阿格拉曼王和马西略前来调停。然而，在另一边，萨克利潘见到了伏龙驹（最初属于萨克利潘，后来被布鲁内盗走，赠送给鲁杰罗），也与罗多蒙发生争执，阿格拉曼又只好赶到那边调停。玛菲萨听说布鲁内是盗马贼，确定她的宝剑也是被其所盗。整个撒拉逊军营乱作一团。

　　阿格拉曼发现多拉丽是最初争端的导火线，便决定让她自己在罗多蒙和蛮力卡之间选择夫婿。结果多拉丽选择了蛮力卡。罗多蒙一怒之下离营出走。恼羞成怒的罗多蒙马不停蹄地来到索纳河畔，准备乘船返回非洲。

1

女人们突然间提出建议，
远胜过熟思虑千遍万遍；
那本是她们的特殊礼物，
由慷慨上天主赐予人间。
而男人之建议若不成熟，
便难以帮助人做出判断，
只因为他未曾反复思考，
没研究，没努力，没花时间。

2

前面讲马拉基实施魔法，
欲解救其堂弟摆脱危险，
但似乎那措施并不太好，
尽管保理查德生命平安。
罗多蒙、阿格里汗王之子[1]，
被幽灵带离了角斗阵前，
未曾想把二人引回军中，
基督兵遭打击，承受灾难。

3

若当初有时间认真思考，
相信他可同样保弟安全，
不仅向堂兄弟提供帮助，
也不给基督军带去灾难。
他可以向幽灵下达指令，
命幽灵携少女奔至天边，

---

[1] 指蛮力卡。

或向东或向西不停驰骋，
法兰西难闻其消息半点。

4

无论去巴黎城还是别处，
她爱人[1] 都必定紧紧追赶；
但因为没能够认真思考，
此结果马拉基未曾预见。
上天若放邪恶幽灵出笼，
总会见血与火、生灵涂炭，
法师未事先定应行路线，
马自沿有害路[2] 驰骋向前。

5

那驽马体内有幽灵陪伴，
载恐惧多拉丽奔跑向前，
溪与壑、崖与坡、林与沼泽，
均不能把少女挽留，阻拦；
它穿过英格兰、法兰西营，
又越过基督徒其他营盘，
把少女驮到了撒拉逊营，
将她又带回到父王身边。

6

罗多蒙、阿格里汗王之子，
第一天追少女好长一段，
从远处还可见她的背影，

到后来少女便踪影不见；
他二人寻觅着少女踪迹，
就像是追兔狍两只猎犬；
细细查，一直到获得消息，
美女子已回到父亲身边。

7

查理呀，你注意恶狗扑来，
我看你难逃避这场劫难：
伤害你不仅有格拉达索，
再加上他二人[1]、萨克利潘。
一道道霹雳[2]将夺你运气，
他们均智超群，无比彪悍，
你却在黑暗中一无所知，
攻击时他们定令你胆寒。

8

罗兰和里纳多两员猛将，
一个已失理智怒而疯癫，
无论是冷与热晴天下雨，
均赤裸奔跑于高山、平原；
另一个有理智却不稳定，
关键时他竟然离你身边：
在巴黎见不到安杰丽佳，
寻踪迹他去了海角天边。

[1] 指蛮力卡和罗多蒙。
[2] 指一个个如霹雳一样冲来的异教猛将。

9

我先前曾说过里纳多君，

被年迈隐修士[1] 蒙蔽，欺骗，

那修士令骑士深信不疑，

美女子[2] 跟随在伯爵[3] 身边：

因而便引起了强烈嫉妒，

从未见爱人心如此这般，

赶回了巴黎城进入宫廷，

命注定他须去英伦地面。

10

恶战中他取得辉煌荣誉，

非洲王被围困巴黎乡间，

返回城他找遍民房、城堡，

还有那所有的女子修院。

若美女未被封柱墙之中，

执着的爱恋者定能寻见。

到最后也没见美女、伯爵，

寻二人急迫心似被油煎。

11

他臆想：在布莱、安格兰堡[4]，

罗兰爷与美女正在同欢；

因而便为找她奔往两处，

---

[1] 指曾经欺骗过里纳多和萨克利潘的那位年迈的隐修士，他派精灵去见两位正在角斗的骑士，对他们说，安杰丽佳随罗兰去了巴黎。见第 2 歌 16—17 节。

[2] 指安杰丽佳。

[3] 指罗兰。

[4] 布莱和安格兰都是罗兰的封地。见第 6 歌 34 节。

两处均空手归，未能如愿。
又臆想：或许因行动略迟，
罗兰与美女去，他已来晚；
长时间离战场必受指责，
于是他又返回巴黎地面。

12

在城中仅停顿不到两日，
仍未见伯爵爷罗兰回返，
再次去布莱和安格兰堡，
希望能得知他去向哪边。
里纳多日夜行，马不停蹄，
全不管黎明爽、晌午烈焰；
他曾行此条路两百余次，
或白天或依赖月亮光线。

13

那古老恶魔曾唆使夏娃，
把其手伸到了禁果上面；
这一日向查理投来妒眼，
令善良里纳多远离身边；
它[1]见到此时刻存在可能，
使基督众子民溃败，受难，
于是将人世间撒拉逊人，
所有的勇猛士招致阵前。

---

[1]　指前面提到的"古老恶魔"，即唆使夏娃盗食禁果的蛇。

14

赛里斯国之主格拉达索，
接指令便会同萨克利潘，
走出了邪恶的阿特兰堡，
因恶魔令二人前去救援，
救被困非洲王、异教兵勇，
将查理大皇帝投入灾难：
魔藏于无人知隐匿之处，
护卫且助他们行路向前。

15

另一位恶魔怪也去催促，
罗多蒙、蛮力卡疾奔向前，
沿着那多拉丽行走足迹，
急忙忙赶路程刻不迟缓。
还有一恶魔怪前去提醒，
玛菲萨、鲁杰罗莫再悠闲：
此魔怪之行动有些缓慢，
使两位勇骑士到达略晚。

16

玛菲萨、鲁杰罗两位骑士，
其行动迟缓了半个钟点：
黑天使[1] 欲给予基督信徒，
沉重的打击且令其受难：
他预知罗多蒙、鲁杰罗君，
若同时赶到那两军阵前，

---

[1]　指魔怪。

必定会为战马再次争斗，
于是便阻二人阵前相见，

17

前四人[1] 都一起赶到阵前，
已看见被围困异教营盘，
亦可见一层层敌军压境，
和许多军旗在迎风招展。
四勇士相互间商量片刻，
做出了最后的坚定决断：
战查理解救出阿格拉曼，
定要使非洲王摆脱危险。

18

他四人齐进攻，力合一处，
朝基督中军营冲锋向前，
高声喊：西班牙、非洲在此！
闻喊声便知是异教增援。
军营中人呼叫：快持兵器！
尚未闻交手声便已看见：
后军中一大群惊慌兵勇，
没受到攻击就慌乱逃窜。

19

基督营被撼动，骚乱一片，
全不知为何事上下乱窜。

---

[1]　指格拉达索、萨克利潘、罗多蒙、蛮力卡。

有人说是瑞士、加斯科涅[1]，

因敌至，乌合众一片混乱。

多数人则觉得势态不明，

各路兵于是便速聚一团，

雷战鼓，吹军号，震耳欲聋，

鼓与号之响声直冲云天。

20

大皇帝除头部全副武装，

有数位近卫士守护身边；

他询问发生了何等大事，

为什么各路军如此慌乱；

欲阻止逃遁者，厉声恐吓，

见众人面与胸劈裂两半，

还有人头或喉流血不止，

或者是手和臂被人斩断。

21

往前行他看见许多兵士，

躺卧在红色的血泊里面，

被自己恐怖的鲜血浸泡，

医与巫均难把手段施展；

见头颅和腿臂脱离躯体，

其场面十分的可怖、悲惨；

头排至最后排营房之中，

兵勇们已全部命丧，气断。

---

[1] 查理军营中有一些瑞士和加斯科涅雇佣军，他们是一些乌合之众，敌人进攻时经
　　常会混乱一片。加斯科涅是法兰西西南部的一个地区。

22

那小队闯营者名垂青史，
勇猛士所到处印记明显，
留下了长长的一道痕迹，
尘世间将永远被人纪念。
查理王细观察残忍杀戮，
他心中惊愕亦充满怒焰，
就像是被霹雳伤害之人，
在房中查雷击来自哪边。

23

这一支先到的救援队伍，
尚未至非洲王营帐护栏，
勇猛的鲁杰罗、玛菲萨女，
从另端亦赶到敌营寨前。
他二人转双眼审视敌情，
对寨前之形势仔细查看，
寻捷径去解救被围君王，
路选定便立刻策马扬鞭。

24

就好像点燃了雷管引线，
火迅速无拘束飞奔向前，
沿一条黑火药铺设线路，
其速度人双眼难以追赶；
猛听到轰隆隆一声巨响，
似岩石或高墙倒塌一般：
鲁杰罗、玛菲萨冲杀过来，
战场上只闻得响声震天。

25

两骑士开始了竖劈、横砍，

成群人被斩落臂膀、背肩，

怪只怪未及时躲闪两侧，

他们的行动都过于迟缓。

有人曾见暴雨来临之时，

只瓢泼山或谷一个侧面，

另一面却没有雨水击打：

二人与众人间便似这般[1]。

26

躲避开罗多蒙愤恨之火，

及首批其他的勇士怒焰，

谢天主赐予了快捷双足，

令众人逃离时行动方便；

随后遇玛菲萨、鲁杰罗君，

未曾想被如此戏弄一番，

既难以停下步，亦难逃脱，

其命运已确定，岂可逆反。

27

谁躲过第一关难避二险，

付出的骨与肉代价不凡。

似胆小母狐狸企图逃命，

却与子被恶狗咬死，吞咽；

因附近一农夫讨厌狐狸，

他精心点着火放出浓烟，

---

[1] 此段比喻的意思为，只见到鲁杰罗和玛菲萨劈砍众人，却不见众人反击两位勇士。

搅扰它洞穴中不得安宁，
被逐出常住的古老家园。

28

玛菲萨、鲁杰罗安全进入，
撒拉逊军营的防护栅栏。
营寨中众人均举目望天，
感谢主助他们闯营平安。
此时对近卫士不再惧怕：
最卑劣异教徒亦敢挑战；
众勇士做出了如下决定：
不休息，杀回去，血洗营盘[1]。

29

摩尔人吹号角，擂起战鼓，
震耳的鼓号声响彻云天：
只见得一面面旌旗竖立，
在空中哗啦啦随风飘展。
另一方，查理的统军将领，
集聚起各路的兵勇万千，
法、意、英、日耳曼、布列塔尼，
均投入这一场血腥混战。

30

可怕的罗多蒙力大无穷，
疯狂的蛮力卡怒火冲天，
彪悍的鲁杰罗勇将楷模，

---

[1]　血洗基督教营盘。

赛里斯国之主[1] 名震世间，

无谓的玛菲萨高傲昂首，

切克斯国王[2] 也身手不凡；

法王[3] 呼圣约翰、德尼[4] 来救，

并被迫躲避到城池里面。

31

玛菲萨与这些凶猛骑士，

勇无比，力神奇，十分彪悍，

恩主呀，他们的非凡本领，

想象与描写皆非常困难。

也只能去评估被杀人数，

才可知查理帝何等悲惨。

更何况有另位摩尔名士：

费拉乌与他们并肩作战。

32

慌乱中许多人溺死塞纳[5]，

桥梁已难承受众人踏践，

都希望生翼如伊卡洛斯[6]，

因死尸堵塞路难以逃窜。

武杰罗[7]、维也纳侯爵[8] 除外，

---

[1] 指格拉达索，他是赛里斯国王。

[2] 指萨克利潘。

[3] 指法兰克人的国王查理。

[4] 圣约翰和圣德尼都是巴黎的保护圣人。

[5] 指流经巴黎的塞纳河。

[6] 伊卡洛斯是希腊神话中代达罗斯的儿子。他与父亲用蜡制作羽翼，希望逃离克里特岛；但由于飞得太高，双翼被太阳熔化，因而跌落海中丧生。

[7] 见第 15 歌 8 节。

[8] 指奥利维。见第 15 歌 67 节。

其他的近卫士均被围圈。
奥利维虽返城，右肩受伤，
另一位[1]伤势重，头部被砍。

33

若如同里纳多、罗兰伯爵，
布兰迪亦弃战远离阵前，
即便是查理能退出战场，
也必定被逐出巴黎地面。
布兰迪拼全力进行抵抗，
但阻挡疯狂敌万分困难。
机运神微笑对阿格拉曼，
助他把查理王围困中间。

34

寡妇与孤儿及失明老汉，
嚎叫着发出了哀鸣、抱怨，
哭喊声穿越过浑浊大气[2]，
飞上了米迦勒永恒晴天[3]；
请天使低下头观看世界：
虔诚者正承受禽兽糟践，
法兰西、日耳曼、英伦子民，
尸骨已覆盖住大片荒原。

35

大天使自觉得难以交差，

---

[1]　指武杰罗。
[2]　指围绕着大地的气体。
[3]　飞上了大天使米迦勒所在的永远晴朗的天空。

未完成天主命，羞红颜面，
奸诈的"不和女"背信弃义，
竟无耻用欺骗将他背叛。
本该在异教徒之间点火，
应引发他们的仇恨、争端，
却好像未击中瞄准目标，
伤害了其他人，适得其反。

36

主忠诚之奴仆[1]记忆强健，
爱之情亦充满他的心田，
当发现遗忘掉心中之物，
就如同丢失了灵魂一般，
他迅速想方法修正错误，
不希望天主将失误发现：
若不能先完成自己任务，
便不再返回到天主身边。

37

修道院曾多次见过"不和"，
于是便展双翼飞向那边；
见"不和"正坐在会议室中，
观选举新任的修院官员。
她高抛《日课经》修士头顶，
看上去此女子欣喜非凡。
大天使手抓住她的头发，
并对她拳与脚击踹不断。

---

[1]　指大天使米迦勒。

38

拍其头，击其胸，扭拽臂膀，
把她的十字架用力折断[1]。
可悲的"不和女"高呼救命，
紧抱住天使腿不肯立站。
米迦勒仍不肯放过此女，
飞速驱"不和女"来到阵前；
对她说："若见你再离战场，
我定会令你的下场更惨。"

39

尽管是"不和女"臂膀折断，
她仍然心恐惧，忐忑不安，
担心会再一次受到重罚，
面对着怒天使浑身抖颤；
急忙忙奔过去抓起风箱，
努力把已有的火势增添，
再点燃另一堆熊熊烈火，
令其他许多人心燃怒焰。

40

罗多蒙、蛮力卡、鲁杰罗君，
均来见非洲王阿格拉曼，
异教徒不再受查理威胁，
反而是占优势，形势转变。
三人述他们的相互恩怨，
讲明白是何故引发争端；

---

[1] 将其身上佩戴的基督教十字架折断。

然后又请国王做出决断:
命何人先下场展开激战。

41

玛菲萨亦讲述她的情况,
说要与鞑靼人有个了断,
二人已早开始相互争斗,
自己受他煽动才来此间:
她不想把争斗再延一刻,
更别说向后推一天两天;
坚决要第一个进入战场,
向可恶鞑靼人提出挑战。

42

罗多蒙亦不愿放弃首场,
也要求与对手有个了断,
他中断争斗并将其搁置,
为了对非洲军实施救援。
鲁杰罗也抛出他的狠话:
若不与罗多蒙先开恶战,
仍然让夺马贼骑乘伏龙,
他心就如同被沸油熬煎。

43

鞑靼人亦十分愤怒,疯狂,
也投入争论中,胡搅蛮缠,
他指责鲁杰罗没有权利,
佩戴那白翼鹰行走世间;
如若是其他人并不反对,
诸问题齐解决是他心愿:

非洲王如同意此项建议，
别人也必定会没有意见。

44

非洲王对众人再三规劝，
愿化解仇与怨，恢复宁安；
最后见大家都沉默不语，
并不说要和平还是开战，
便考虑如何能达成协议，
令众人分先后比试枪剑：
他觉得最好的结果便是，
众骑士靠抽签决定后先。

45

他命人准备好四张卡片，
"蛮力卡、罗多蒙"先写上面；
二张写"蛮力卡、鲁杰罗"君，
"罗多蒙、鲁杰罗"另张可见，
"玛菲萨、蛮力卡"又书一张，
令无常之女神[1]抽签决断：
撒扎王[2]、蛮力卡先被抽中，
这两个死对头应先开战。

46

然后是蛮力卡、鲁杰罗君，
鲁杰罗、罗多蒙紧随后面；
玛菲萨、蛮力卡留在最后，

---

[1] 指变化无常的机运女神。
[2] 指罗多蒙。

勇女子紧锁眉，心中不欢。
鲁杰罗也心中感觉不快，
他知道头两位勇力不凡，
二勇士争斗的必然结果：
玛菲萨与他都再难参战[1]。

47

巴黎城不远处有片场地，
其周长约一哩或许略短：
四周围高高的一道长堤，
好地方就如同剧场一般[2]。
场地上一城堡成为废墟，
墙与顶被战火无情摧残：
帕尔马[3]、博尔格[4]之间路上，
可见到类似的城堡残垣。

48

那地方被改作比武校场，
矮木栏将校场四周围圈，
其范围正适中，不大不小，
按惯例栅栏开大门两扇。
王认为那一日适合比武，
众骑士无理由推迟交战，
便命人在校场东西两侧，

---

[1] 鲁杰罗认为，罗多蒙或蛮力卡会死于凶残的争斗之中，即便不死，也会精疲力
　　竭，无法与他或玛菲萨再战。
[2] 那片由长堤围绕的场地装点得十分美丽，就像是古代露天剧场一样。
[3] 意大利中部的城市。
[4] 意大利中部的小镇。

依栅栏立帐篷，以便观看。

49

撒扎王之帐篷立于西侧，
他四肢极粗壮，巨人一般，
费拉乌、异教王萨克利潘，
正为他披挂上蛇皮甲片。
强壮的法斯龙[1]、格拉达索，
二人在东边的帐篷里面，
正把那特洛伊精致铠甲，
披挂在阿格里世子[2]背肩。

50

非洲王、西班牙国王等人，
高坐在宽阔的看台上面；
还可见斯托迪、其他王者，
异教军对他们尊崇无限。
另一些幸运者亦处高位，
在高堤、树杈上翘首立站！
场周围人如海，涌动不停，
从四面紧围住长长栅栏。

51

卡斯提尔王后[3]身旁安坐，
各地的公主和贵妇若干；

---

[1]　法斯龙是西班牙王马西略的兄弟。见第14歌12节。
[2]　指蛮力卡。
[3]　卡斯提尔（另译：卡斯蒂利亚）是西班牙西北部的王国。

有些人来自于格拉纳达[1]，

该王国距巨柱之处不远[2]，

其中有斯托迪宝贝女儿[3]，

她身穿双色的锦缎裙衫，

朱与绿似乎是涂染不匀，

红颜色好像已不再鲜艳[4]。

52

玛菲萨身上穿束带紧衣，

女骑士经常会如此这般：

德茂东似乎见希波吕忒[5]，

将自己与女兵这般打扮。

传令官披战袍进入校场，

战袍上非洲王标志可见，

他宣布赛场的规则、禁令：

观战者言与行不可选边。

53

拥挤的观众们焦急等待，

直抱怨两武士[6]出场太慢；

忽听得蛮力卡帐篷响动，

那响声逐渐大，震耳动天。

---

[1] 西班牙南部的一个王国。

[2] 指赫丘利柱。据罗马神话讲，大力神赫丘利曾在直布罗陀海峡处立起两根擎天柱，以标示大地的边缘。

[3] 指多拉丽。

[4] 暗指多拉丽对罗多蒙的爱情已不纯洁。

[5] 在古希腊神话中，小亚细亚地区生活着一个由女战士构成的民族，被称作亚马逊人，她们的女王叫希波吕忒。德茂东是亚马逊地区的一条河。

[6] 指罗多蒙和蛮力卡两位著名的骑士。

恩主呀，我请您快快观看，
赛里斯国之主勇猛，彪悍，
鞑靼人亦凶狠，力大无穷，
他二人发巨响，高声呐喊。

54

赛里斯勇国王亲手帮助，
鞑靼王把铠甲披挂在肩，
随后将罗兰的那柄宝剑，
悬挂在鞑靼人身侧腰间；
当见到"杜林丹"书于剑柄，
剑原属阿蒙特十分明显，
阿斯普罗蒙特[1]彪悍伯爵[2]，
从其手抢夺来挎己腰间。

55

国王[3]想这定是罗兰伯爵——
安格兰封地主[4]手中宝剑，
为此剑他曾经率领大军，
远离开东方地，西进征战[5]；
西班牙尚未被践踏之时，
法兰西还没被征讨以前，
他怎能想象到今日看见，

---

[1] 阿斯普罗蒙特是意大利的山峰，位于意大利南部墨西拿海峡附近，属于亚平宁山脉的一部分。在阿斯普罗蒙特山，罗兰杀死阿蒙特，夺得他手中的宝剑杜林丹。

[2] 指罗兰。

[3] 指赛里斯国王格拉达索。

[4] 罗兰是安格兰封地的封建主。见第1歌57节。

[5] 在异教军队征讨法兰西之前，格拉达索曾为了争夺杜林丹宝剑远征西班牙（卡斯提尔）。见博亚尔多的《热恋的罗兰》第1卷第1歌和第4歌。

蛮力卡把此剑悬于腰间。

56

于是便问他在何时何地，
用武力或协商获取此剑。
蛮力卡说曾战罗兰伯爵，
把宝剑杜林丹夺到身边：
他见到近卫士[1] 装疯卖傻，
试图把恐惧心对人遮掩，
尽管是手中持最佳利刃，
却不敢再继续与他交战。

57

说伯爵竟然会模仿水狸，
见猎手在身后紧紧追赶，
它知道猎人要寻求何物，
便抛下自己的生殖器官[2]。
赛里斯国之君尚未听完，
便说道："它[3] 归我，这是必然，
我付出太多的金钱、辛苦，
怎么肯留它于别人身边。

58

"你再寻其他剑佩戴腰间，

---

[1] 指罗兰。
[2] 古代欧洲人普遍认为，水狸的生殖器有药物作用，因而猎捕水狸主要是为了取得
     其生殖器。水狸知道人的需求，在逃命时便抛下生殖器，避免猎人继续追赶，以
     便逃生。
[3] 指杜林丹宝剑。

对于此切莫有丝毫不欢。
任何处见此剑我必夺之，
罗兰的疯与否与我何干？
你既然无证人必是窃取，
我这里定与你争执一番。
此弯刀会说明我的道理，
入校场我二人做个了断。

59

"用此剑你欲战罗多蒙君，
就先应夺取它，然后开战。
须遵守古老的民间习俗，
若开战就必须先行购剑。"
鞑靼人高昂首开口回话：
"从未曾听到过如此美言，
但需获罗多蒙同意此事，
我不惧任何人对我挑战。

60

"你可争先下场与我交手，
令撒扎之国王接受二战：
别以为我转身回避于你，
我对你和他人均不拒战。"
鲁杰罗高喊道："不可毁约，
使命运不清晰，混乱一团：
罗多蒙应下场首先出手，
或者是我战后他再交战。

61

"如认为此剑归格拉达索，

须先行购武器然后开战；
你必须先解除我的武装，
才可戴白鹰徽下场举剑：
这本来是我的最初希望，
我未想强实现此项意愿，
只要是罗多蒙最先下场，
我便可第二战展示彪悍。

62

"若你们想部分破坏秩序，
我便将此秩序彻底打翻。
如若你现在不与我争斗，
我不会把盾牌留你身边。"
蛮力卡怒火燃，开口回话：
"即便是玛尔斯[1]在我面前，
你二人也休想禁止我用，
这一套精致甲、锋利宝剑[2]。"

63

话音落猛扑向格拉达索，
举拳头欲发泄胸中怒焰；
出右拳，突然向对手击去，
欲迫使他放弃杜林丹剑。
赛里斯之国王未曾想到，
蛮力卡竟如此胆大包天，
未注意被重拳猛然击中，
不得不放弃了手中宝剑。

---

[1]　罗马神话中的战神。

[2]　指蛮力卡身上披挂的赫克特的宝甲和手中挥舞的赫克特的杜林丹宝剑。

64

他感到受羞辱，愤怒不已，
羞与怒令面部喷射火焰；
这件事竟令他如此痛苦，
只因为发生在众人面前。
他略微向后退拔出弯刀，
决心要施报复，挽回颜面。
鞑靼王蛮力卡十分自信，
同时向鲁杰罗提出挑战。

65

"你二人可同时与我争斗，
第三人罗多蒙亦可参战，
非洲与西班牙一同来攻，
我也会迎头击，不惧半点。"
说话间这一位无畏之人，
挥舞起阿蒙特那柄宝剑[1]；
手臂挽护身盾，愤怒凶狠，
朝两位勇骑士猛扑向前。

66

"我先来，"开言道格拉达索，
"让我来治愈他狂妄疯癫。"
鲁杰罗回答道："怎可让先，
主[2]认为最好是我来迎战。"
"你退后！你退后！"二人齐吼，
却无人有退后半步意愿。

---

[1] 指杜林丹，在罗兰夺取此剑以前，它由阿蒙特掌管。
[2] 指穆斯林的真主。

如众人并非是十分谨慎，
齐介入疯狂的争吵之间，

67

再三劝被激怒各位骑士，
他三人必定会混战一团，
都付出流血的沉重代价，
展现出惊人的神奇场面；
假若是西班牙国王[1] 未到，
特罗扬显赫子[2] 现场不见，
也难以熄灭掉三人怒火：
因二王[3] 之威严重于大山。

68

非洲王命说明争吵理由，
知晓了为什么又燃怒焰；
他决定费口舌努力调解，
使暴躁赛里斯国王让剑；
那一日只允许鞑靼国王，
手中握赫克特这柄宝剑：
蛮力卡、罗多蒙已定开战，
便可以持此剑结束争端。

69

非洲王细盘算如何熄火，
或与此或与彼说理，争辩；

---

[1] 指马西略。
[2] 指阿格拉曼。
[3] 指马西略和阿格拉曼。

此时在另一座帐篷之中，
罗多蒙正应对萨克利潘。
前面讲切克斯这位国王[1]，
他正在罗多蒙骑士身边，
费拉乌与他助勇士披甲，
捧来了其祖先宁录[2]甲片。

70

他们已来到了战马身旁，
那马儿口咬嚼，沫泛口边；
我是说伏龙驹神奇宝马，
为了它鲁杰罗怒火冲天。
角斗者[3]引导人萨克利潘，
他应该细观察是否安全，
看战马有没有装备齐整，
查马蹄之铁掌有无缺陷。

71

他走近那马儿查看细节，
见一张机灵的瘦长马面，
认出了宝马驹伏龙塔拉[4]，
无疑问它原属萨克利潘。
异教王曾十分喜爱此马，
并为它发出过许多哀叹；

---

[1] 指萨克利潘。

[2] 建造巴别塔的宁录被认为是萨克利潘的祖先。罗多蒙身上披的是宁录的盔甲。见
　　第14歌118节。

[3] 指罗多蒙。

[4] 伏龙驹最早叫伏龙塔拉，归萨克利潘所有。

丢失后一度要永远步行，
以寄托对爱马悲痛思念。

72

他记得那一日阿布拉卡[1]，
布鲁内窃美女[2] 魔法指环，
同时也骑走了他的神驹，
还盗走玛菲萨手中宝剑，
罗兰爷牛角号、巴利萨达[3]，
也被他返非洲带在身边；
后来送马与剑鲁杰罗君，
马改称"伏龙驹"，驰骋世间。

73

当明白这不是任何臆想，
便朝着罗多蒙张口开言：
"骑士爷，您应知，此为我马，
被他人偷窃走，许久不见。
很多人均可以为我作证，
但如今他们都距我甚远，
若有人欲否认我说之事，
我愿用手中剑证实此言。

74

"数日来我二人相互陪伴，
这令我很愉快，十分心欢，

---

[1] 见第 4 歌 46 节。
[2] 指安杰丽佳。
[3] 原本是罗兰的宝剑，后来被布鲁内盗走送给鲁杰罗。见《热恋的罗兰》。

今日里将此马借你使用，
我看到你无它取胜很难；
但必须与我订借用契约，
承认马归我有是其条件：
否则便休想骑这匹宝马，
或者先下校场与我激战。"

75

罗多蒙闯江湖何止一日，
从没见任何人如此傲慢；
也未曾遇到过其他武士，
有这等虎豹心、狮熊之胆；
于是便回答道："除你之外，
从无人敢这样对我吐言，
你天生最好是不能说话，
否则便马上会十分悲惨。

76

"你刚才对我说心中喜欢，
近日来我二人互敬相伴，
所以我现在才好心提醒，
你应该将我们之事推延，
一直到你眼见此战结果：
因鞑靼与我的战火已燃；
我希望到那时你自醒悟，
主动把此战马向我奉献。"

77

切克斯国之主愤怒答言：

"对你善必然是对它[1]凶残；
我现在就向你交代清楚，
你休想对此马心有盘算：
我禁止你骑乘这匹骏马，
手中的锋利剑捍卫我愿；
如若仍难制止你乘此马，
便用爪与利齿令你伤残。"

78

说话间他二人动起手来，
吼叫着，威胁着，展开恶战：
许多人会轻易怒火灼胸，
远胜过草遇火立燃烈焰。
罗多蒙身披甲浑身遮护，
切克斯国王却未披甲片；
然而他严防守，滴水不漏，
全依赖手中舞锋利宝剑。

79

罗多蒙难击败萨克利潘，
尽管他力无限，凶猛彪悍，
无盔甲反有利切克斯王，
谨慎与身灵巧补其缺陷[2]：
磨小麦大风车旋转轮盘，
也难以急滚动如此这般，

---

[1] 指伏龙驹。

[2] 萨克利潘未穿盔甲，身轻灵巧；而且他知道罗多蒙力大无穷，十分勇猛，因而十分谨慎；这些都有利于他与罗多蒙周旋。

异教王[1] 舞利剑双足跳动，
忽而左，忽而右，随机应变。

80

费拉乌、赛潘廷[2] 亦拔宝剑，
抖虎胆先插入二人中间，
格兰朵[3]、伊索列[4] 紧随其后，
其他的摩尔将齐拥向前。
混乱的嘈杂声传出帐外，
另一顶帐篷[5] 中也可听见：
鞑靼王[6]、鲁杰罗、格拉达索，
在该帐正争斗，调解已难。

81

有人向非洲王又报消息：
说对面帐篷中亦发争端，
为战马罗多蒙、萨克利潘，
展开了凶残的生死恶战。
非洲王被争端弄昏头脑，
便对那马西略开口吐言：
"你想法劝此处武士熄火，
我解决那一边争斗混乱。"

---

[1]　指萨克利潘。
[2]　见第 14 歌 13 节。
[3]　见第 14 歌 12 节。
[4]　见第 14 歌 11 节。
[5]　指蛮力卡和格拉达索所在的帐篷。
[6]　指蛮力卡。

82

罗多蒙见非洲国王来到,
退一步强忍住胸中怒焰;
切克斯国王见阿格拉曼,
亦退后把他的敬意表现。
王压低其声音,面部严肃,
问二人为何事怒火冲天:
知道了原因后努力劝解,
却无果,难以令二人和缓。

83

那战马本属于萨克利潘,
他不愿罗多蒙常跨其鞍,
本应该被恳求出借坐骑,
怎能忍侮辱语、受人踏践。
罗多蒙一向都十分傲慢,
回答道:"即便你是头顶那片苍天,
也难以迫使我承认错误,
夺宝马你只能借助利剑。"

84

战马事,王询问萨克利潘,
问怎样它被人盗离身边:
切克斯之国王讲述经过,
说话时通红脸燃烧怒焰:
他说是狡猾的江洋大盗,
趁其陷沉思中实施欺骗,
四杆枪将马鞍高高撑起,

盗裸马于四支枪杆下面[1]。

85

玛菲萨随众人闻声赶到，
她恰好闻讲述盗马事件，
因想起自己曾丢失宝剑，
也立刻心中怒，面色突变：
在此处辨别出伏龙宝马，
那一日似生翼飞离身边[2]，
并认识切克斯智慧君主，
以前却从不识他的颜面。

86

周围的其他人也常听到，
无耻的布鲁内自吹盗剑，
便扭头转向了那个窃贼：
就是他！众人意十分明显；
玛菲萨仍怀疑，到处询问，
身边的所有人全都问遍，
到最后她心中完全明白，
确定是布鲁内把她欺骗。

87

大窃贼布鲁内曾盗宝物[3]，
本应该被套上绞刑绳圈，

---

[1] 见《热恋的罗兰》第 2 卷第 5 歌 39—40 节。

[2] 博亚尔多在《热恋的罗兰》中讲，布鲁内盗窃了伏龙驹和玛菲萨的宝剑，并携剑
骑马在玛菲萨身边飞奔而去。

[3] 指盗取了安杰丽佳的魔法指环。

却成为丹吉尔王国[1]主人，

非洲王树立了罕见典范。

玛菲萨又燃起旧日仇恨，

便盘算一定要报仇雪冤，

欲严惩可恶的无耻之徒，

他竟然敢玷污圣洁宝剑。

88

命侍从为她系护头盔冠，

早已经甲披身，腰间悬剑。

自从她习惯了穿戴盔甲，

其勇猛就始终无人比肩；

女儿身披铠甲，飒爽英姿，

一生中无十次卸下甲片。

戴好冠便走向布鲁内处，

高堤上他安坐首领之间。

89

她一到便当胸抓起窃贼，

把那厮提离地悬于空间，

就好像凶猛鹰惯用利爪，

捉小鸡腾空起飞向蓝天；

将窃贼提拎到争斗帐篷：

特罗扬王儿[2]在熄灭怒焰；

布鲁内见陷入恶人之手，

便不断哭泣着求人可怜。

---

[1] 丹吉尔是北非古代王国。现在是摩洛哥北部的一个滨海城市，位于直布罗陀海峡
　　西面的入口处。

[2] 指阿格拉曼。

90

校场上到处是嘈杂噪音，
轰鸣声、叫喊声乱作一团，
布鲁内求怜悯、他人救助，
其高音盖过了校场混乱。
听到了喊叫与忏悔之声，
众人都集聚到他的身边。
玛菲萨至非洲国王面前，
竟如此高昂首对他开言：

91

"此窃贼是你的附庸陪臣，
我亲自要勒断他的喉管，
他那日盗此人战马之时，
还偷走我那柄锋利宝剑。
若有人想说我胡言乱语，
请挺身站出来开口明言；
我向他来证明是否说谎，
你面前用行动表现一番[1]。

92

"但我若阻碍了众位豪杰，
下校场去解决他们争端，
便可能会有人将我指责，
说我是有意要增添麻烦；
因而我将绞刑推迟三日，
可派人，你亦可亲来救援；

---

[1] 这里指玛菲萨要用当时十分流行的比武方式证明自己所言无虚。

无人救，此贼人必死无疑，
食其尸，众恶鸟必定喜欢。

93

"距此处三哩远有片树林，
见高楼坐落在树林对面，
一仆从、一侍女是楼主人，
我去那（儿），并不携其他同伴。
若有人敢前来抢夺此贼，
尽管来，我等待他的挑战。"
勇女子说完话不待回答，
便离开比武场，刻不停缓。

94

把窃贼布鲁内置于马颈，
一只手将其发牢抓掌间。
苦命人哭喊着呼唤人名，
仍希望众朋友出手救援。
晕头的非洲王十分纠结，
不知道如何把乱麻斩断；
玛菲萨掠走了布鲁内君，
他觉得此事太令人难堪。

95

并不因爱他或对他赞赏，
王也恨此恶贼不止一天；
自从他丢失了那枚魔戒，
便心中常出现杀他之念。

但此事[1]却令王荣誉受损，
使其面燃烧起羞愧火焰：
王希望尽全力实施报复，
欲亲自追女子，快马加鞭。

96

在场的索柏林英明统领[2]，
力劝王莫为此亲自出战，
他认为国王应高高在上，
此小事不适合国王出面；
即便是希望大，十分把握，
可败敌，取胜利，高歌凯旋，
但只能受指责，难获荣耀，
人会说：拼全力胜一婵娟。

97

与女子展开的每一战斗，
荣誉微，却需冒巨大风险；
他对王提出了最佳建议：
任窃贼被勒死绞架上面；
若认为王眨眼下道命令，
便足以助窃贼摆脱绳圈，
也不应眨眼睛违逆正义，
使正义之惩罚难以实现。

98

他说道："可派使去请求玛菲萨女，

---

[1] 指玛菲萨掠走布鲁内之事。
[2] 见第 14 歌 24 节。

让你做此事的审理法官，
并许诺：定勒断窃贼脖颈，
一定叫勇女子心足意满；
若女子仍固执拒绝接受，
你表示满足她所有意愿：
除此贼还勒死所有大盗，
只求她不拒你友情太远。"

99

索柏林是谨慎智慧之人，
非洲王很愿意听其意见；
放弃追玛菲萨最初想法，
也不让其他人将她追赶；
更不想派人去请求女子：
天知道欲平息军营大乱，
非洲王还需要何等努力，
才能够使三军获得宁安。

100

疯狂的"不和女"因此暗笑，
不必再为和谐担忧，不安。
她从东走到西，游遍校场，
无一处可见到欢乐笑颜。
"傲慢女"亦随她弹冠相庆，
在火中加劈柴助长烈焰：
她高声将喜讯传递天使[1]，
胜利音升入了神国云天。

---

[1]　指受上帝指派帮助基督徒取胜的大天使米迦勒。

101

闻听到可怖的高声呐喊，
塞纳河变浑浊，巴黎抖颤；
那声音直传至阿登森林，
以至于众野兽弃穴逃窜。
解维纳[1]、阿尔勒[2]、阿尔卑斯、
布莱[3]与鲁昂[4]城直至海边，
加龙[5]和莱茵河全都听到：
母亲们把幼子紧搂怀间。

102

五骑士都争先解决恩怨，
似铁钉牢钉死难移半点，
诸恩怨又相互紧密套牢，
阿波罗神谕也不解其难[6]。
非洲王欲解开这个死结，
他听说最初的那场争端，
本是由斯托迪之女[7]引起，
鞑靼王、非洲汉因她激战。

103

非洲王在他们中间穿梭，
反复劝二勇士和解、停战，

---

[1] 法兰西罗纳河下游的小镇。
[2] 法兰西普罗旺斯的城市。
[3] 法兰西西南部城市。
[4] 法兰西诺曼底的城市。
[5] 加龙河位于欧洲西南部，穿越法国和西班牙，是法国五大河流之一。
[6] 在希腊神话中，太阳神阿波罗是解决疑难问题的能手。
[7] 指多拉丽。

以正义之君主、兄弟身份，
向两位提出了自己意见：
他发现两人都如同聋子，
难说服，极倔强，十分逆反，
均不肯放弃那祸水女子，
因为她，二人才发生争端。

104

王终于找到了最佳方案，
此法令两爱人心中喜欢：
美女子可自己择夫选婿，
二人中挑一人，自做决断；
当女子做出了选择之后，
便不可再要求任何改变。
二勇士都喜欢这种妥协，
均希望此选择可遂己愿。

105

撒扎王爱此女已经许久，
要早出蛮力卡很多时间，
多拉丽曾将其捧于头顶，
贞洁女爱恋他理所当然；
他判断此选择有利于己，
因他可使少女幸福，美满：
不仅仅他自己深信不疑，
其他人也认为这是必然。

106

每个人均知晓为此女子，
比武场、战争中他的表现；

都认为蛮力卡按此协议，
必定是一场空，如水入篮。
但太阳落山后鞑靼国王
曾多次与少女偷偷同眠，
他深知自己已稳操胜券，
暗中笑众人的虚妄判断。

107

这两位求爱者面对国王，
在确认协议时态度庄严；
随后又来到了少女跟前，
那少女面羞红，低垂双眼，
说自己更喜爱鞑靼勇士，
所有人均诧异，哑口无言；
罗多蒙惊而羞，不知所措，
无勇气再抬起惭愧颜面。

108

羞与愧染红了他的面孔，
但随后愤怒将羞愧驱散，
他宣称此决断不够公正，
刺愣愣抽出了腰间宝剑，
说用它来决定胜败结果，
绝不认易变的女子决断：
那女子总是做出格之事，
国王与其他人静听，愕然。

109

蛮力卡也再次暴跳如雷，
高喊道："要做甚，悉听尊便！"

若不是罗多蒙受到指责，
非洲王命他勿再起争端，
不要与蛮力卡继续吵闹，
强行令他降下怒火风帆，
纠纷的木帆船入港之前，
还仍然需游弋广阔海面。

110
罗多蒙一日内两次见到，
自己受众人辱，丢尽颜面，
不仅被心爱女当场耻笑，
尊敬的国王也不讲情面，
因而他不再想留在军中，
只挑选忠诚的侍从两员，
命二位侍从者随他而去，
要远离可恶的摩尔营盘。

111
似公牛将母牛让与胜者，
离去时通常觉十分悲惨，
它必定远离开肥沃牧场，
去寻找无人的林、岸、荒原；
白日与月影下哞哞哀叫，
却难以抑制住爱之怒焰：
罗多蒙被心爱女子抛弃，
就这样离开她，头痛心乱。

112
鲁杰罗为伏龙也欲动身，
早已经为此事铠甲披肩；

但想起蛮力卡与其有约，
便不能不下场同他激战；
赛里斯勇国王[1] 欲夺宝剑[2]，
挑起了另一场勇士争端；
鲁杰罗须先战鞑靼汗王，
去追赶罗多蒙实有不便。

113

眼见着伏龙驹被人骑走，
心沉重却不能上前阻拦；
但结束这一场争斗之后，
他深信仍然可夺马回还。
切克斯国王[3] 却不必下场，
有空在罗多蒙身后追赶，
他只有这件事可以去做，
于是便沿足迹奔驰向前。

114

若不是路上遇一件奇事，
便很快能赶到他[4] 的身边，
奇事使他滞留直至天黑，
丢失了足迹印，无法追赶。
他看见一女子跌入塞纳，
如若是不赶快实施救援，
那女子必定会葬身河底，

---

[1]　指格拉达索。
[2]　指欲夺杜林丹宝剑。
[3]　指萨克利潘。
[4]　指罗多蒙。

于是便跳入水救其上岸。

115

后来他意欲再重新上马，
战马却不等待主人跨鞍，
他一直追赶到夜幕降临，
那马儿不让人靠近身边；
最后他抓住马却失方向，
不知道如何寻正确路线，
致使他追赶上罗多蒙前，
妄行了二百哩平原、高山。

116

在何处追赶上，怎样争斗，
争斗中又遇到什么困难，
他如何失战马被人捉获，
我这里先不讲以后再言。
先讲述罗多蒙离开校场，
心中燃何等的熊熊怒焰，
他痛恨无情女、阿格拉曼，
对二人说出了愤愤恶言。

117

撒拉逊痛苦汉所到之处，
空气均燃烧着叹息烈焰：
因对他怀中揣怜悯之心，

厄科[1]从岩洞中回音不断:
"哎呀呀,女子的自然本性,
一转身你便会轻易改变,
你完全与信誉格格不入,
噢,谁若是信任你必然遭难!

118

"忠诚与伟大爱均无力量,
将你心保留在自己身边,
能使你不如此快速变化,
这已经被证实千遍万遍。
我丧失你的爱并不因为,
你觉得蛮力卡比我强悍;
此事我找不到任何原因,
只因你是女人,心性善变。

119

"我相信是上主将你造就,
你邪恶之性别本属自然,
来世间使男子负重,受苦,
若无你他们将快乐无限;
上主还创造了邪恶毒蛇,
狼与熊和空中飞虫万千,
如苍蝇与黄蜂还有牛虻,
毒麦与燕麦也混长麦田。

---

[1] 厄科是古希腊神话中的回音女神。她爱在山林中打猎嬉戏,所以山谷中回荡着她
银铃般的欢笑声。伶牙俐齿的厄科深得智慧女神雅典娜的宠信,她经常和雅典娜
一同出猎和游玩。不过厄科有个毛病,她总爱多嘴多舌,接别人的话茬,有时甚
至还会挑弄是非。

120

"因自然母亲她如此造化，
没有你男人便难降人间，
靠人工怎交媾雄性植物？
梨树与楸果树、苹果均难。
但自然之造化并非完美，
只要是看我们咋称自然，
便可知她难造完美之物，
因她有阴柔的女子身段[1]。

121

"如若说男人是你的儿子，
女人呀，你不要因此傲慢：
玫瑰花本生于荆棘之上，
百合花亦放于卑草茎秆；
你傲慢，没有爱，喋喋不休，
不忠诚，无头脑，令人生厌，
莽撞且不公正，无情，残忍，
给人世带来了永久灾难。"

122

撒扎王随后便悲伤离去，
口中吐无尽的此类怨言，
低声泄心中怨，自言自语，
好像是一声音来自天边；
他鄙视且责骂女子性别，
灵魂已距理性十分遥远：

---

[1] 在意大利语中，"自然"是阴性名词，因而，看一看人们怎么称呼自然母亲，就
    会知道她无法创造出完美之物。

不应只眼前见个别恶女，
而应信好女子成千上万。

123

即便是我所爱女子之中，
从未见一个是忠诚婵娟，
我不说她们均阴险无情，
只怨恨我命运过于悲惨。
过去与现在有许多女子，
不愿引其男人如此抱怨；
但残忍命运却巧妙安排，
若百女一邪恶，我必遭难。

124

尽管是我极力不断寻求，
希望在死亡或白发之前，
有一天能见到某位女子，
对于我不缺少忠诚情感。
如若是那一天真能到来，
我定会赞颂她不知疲倦，
用笔墨书诗句撰写文章，
努力令该女子光辉灿烂。

125

对国王和所爱那位女子，
罗多蒙之愤恨丝毫未减；
因此便将他们不断指责，
其理智已远远超越界限：
他希望能看到非洲王国，
头顶降无数的痛苦灾难，

连岩石都难以稳立山上，
处处均现哀痛，极端悲惨；

126

非洲王被沮丧赶出王国，
到处游，乞讨生，蒙受苦难；
然后他把一切还给国王，
再扶王归其位，重戴王冠，
他忠诚将结出丰硕果实，
真朋友国王应清晰识辨，
尽管是所有人将他反对，
也让其居首位，排列最前。

127

罗多蒙想着那国王、女子，
心搅动，难获得一丝宁安，
快速行，不投宿，从不止步，
伏龙驹无半刻休息时间。
一两天便赶到索恩河[1] 畔
（这条河朝南方直流向前，
入海前润泽了普罗旺斯），
他打算乘船回非洲家园。

128

东河岸，西河岸，整个河中，
泊满了大小舟、轻快木船，
从各地运来的粮草物资，

---

[1]　索恩河是法国东部的一条河流，罗纳河的支流，在里昂与罗纳河汇流。

为大军提供了后勤支援;
巴黎至艾格莫尔特之处[1],
西班牙无垠的广阔地面,
已经被摩尔人全部控制:
大片的美旷野一望无边。

129

物资被卸下了大小木船,
装载在车上或牲畜背肩,
在众人押送下驮运他处,
运送到舟与船难到地面。
河岸上站满了运货牲畜,
它们被从各地牵引此间;
牵引者于河岸不远之处,
寻找到居住屋,度过夜晚。

130

罗多蒙赶到时正值深夜,
夜幕下无光线,漆黑一片,
一乡下店主人发出邀请,
请来者留宿在他的客栈。
安顿好战马后准备酒菜:
白葡萄佳酿与可口美餐;
他喜欢法兰西葡萄美酒,
其他却保留着摩尔习惯。

---

[1] 法兰西南部的城市,位于普罗旺斯罗纳河的入海口。

131

客栈主笑脸迎，精心款待，
为贵客罗多蒙设下美宴；
此人的面相已清晰表明：
他是位勇猛的杰出好汉；
然而却不言语，灵魂出窍，
那一晚他已经心不在焉：
尽管是他的心并不愿意，
却仍回已失的女子身边。

132

客栈主是一位机敏之人，
此种人法兰西十分罕见，
在众多外来的侵略者中，
他能够将小店财产保全，
并唤来好几位他的亲属，
来身边帮助他经营客栈。
众人见撒拉逊沉思不语，
便无人敢张口胡乱开言。

133

异教汉之思绪不断游荡，
灵魂离其躯体十分遥远，
任何人他都不正面观看，
低垂首，面朝地，不抬双眼。
于许久沉默后长叹一声，
就好像从睡梦苏醒一般，
他身体猛抖动，抬起头来，
眼望着店主与全家成员。

134

随后便打破了沉寂气氛，
被愁云笼罩面略有舒缓，
问店主和其他周围之人，
是不是他们已迎娶家眷。
店主与其他人回答说道，
他们均娶妻子，有人陪伴。
又问道是否是深信不疑，
他们的女人都忠诚不变。

135

除店主其他人异口同声，
说他们女子都贞洁，良善。
店主道："你们可随意胡说，
但我知你们在把人欺骗。
愚蠢的相信会付出代价，
依我看你们都心不明辨；
这位爷若不想混淆黑白，
他也会做出我同样判断。

136

"普天下凤凰鸟只有一只，
并没有另一只活于世间，
若世间也只有一个男人，
可避免妻子的无耻背叛，
每个人便自认幸福无比，
是那位唯一的胜利儿男。
人世若无多人避免背叛，
怎可说每个人爱情美满？

137

"我也曾似你等错误认为，
并不只有一位贞洁婵娟。
好运气引来了一位绅士，
他来自威尼斯，风度翩翩；
生活中获得的真实例子，
引导我出愚昧避免受骗。
他名叫弗朗索·瓦雷里奥，
这名字我永远牢记心间。

138

"对妻子与女友惯用伎俩，
弗朗索之心中十分明辨：
有关的现在与古老故事，
随口便可道来，似有体验；
他对我坦诚说无女贞洁，
无论是身高贵还是贫贱；
若某女比他人似乎贞洁，
一定是更善于遮掩真面。

139

"他讲述许多的真实故事，
我现在已难以牢记心间，
但其中有一个铭刻我心，
其牢固远胜过刻于石板：
无论谁听到了这个故事，
都会对无情女与我同感。
老爷呀，如您愿听我啰嗦，
我便将女子的耻辱展现。"

140

罗多蒙回答说："你快道来，
当着面讲出来令我心欢，
你给我讲故事，列举实例，
除此外何事能合我心愿？
你过来，面对面与我同坐，
讲话时我可以观察你脸。"
店主对罗多蒙如何讲述，
下一歌再向您细细道全。

第 28 歌

乐君妻拥奴仆睡卧婚床　王后与侏儒臣私通有染
一女子伴二男仍不满足　罗多蒙见佳丽欲火重燃

　　罗多蒙下榻于索纳河畔的一家客栈，听店主讲述了一个离奇的女子背叛丈夫的故事。

　　伦巴第国王阿斯托夫认为自己是美男子，其侍臣福斯托骑士说他兄长"乐君"的美貌绝不亚于国王，国王便派他去罗马邀请其兄。"乐君"随兄弟上路去伦巴第，突然想起把爱妻所赠项链遗忘在床前，于是便返回去取。不幸见到妻子正拥抱家中年少奴仆睡在床上。他未出声，取走项链，但心中却对女人有了新的认识。

　　在伦巴第宫殿里，"乐君"无意中发现了王后与一侏儒有染，便将此事告知国王，并引其透过地板缝隙亲眼看见王后私通的场面。他劝说国王不必悲伤，可利用他二人的美貌和财富去勾引其他女子。后来在西班牙的巴伦西亚见到一位小店主的美丽女儿，便决定二人共享一女，认为该女子得到性欲满足后一定会对他们更加忠诚。但不料该女子又和曾与她爱恋过的客店伙计私通。两人终于明白了女人的需求，便不再怨恨自己的妻子，于是返回家园与她们团聚。

　　听完店主的讲述后，罗多蒙返回卧室，休息一夜，第二日继续赶路。先乘船南下，后弃船登岸，继续前行，在一座山村落脚。在山村附近的山上，他发现一座被废弃的小教堂，决定放弃返回非洲的想法，在那里安身。刚入住一天，便见到伊萨贝在一位年迈隐修士的陪同下走来。他被伊萨贝的美貌所吸引，又燃起了生活的欲望。

1

女子和捧其为心肝之人，

请你们不要听以下之言，
虽然此污秽语无足轻重，
但庸人善传播碎语闲言，
会夸张听到的鸡毛碎片，
这已经成为了古老习惯；
店主的这一番指责话语，
令你等[1]受羞辱丢尽颜面。

2

你们可弃此歌，阅读下文，
越过它故事仍清晰明辨。
图品君写此歌，我亦如此，
并非因邪恶心与女结怨。
我曾经表明过爱惜你们，
对你们不吝啬赞美之言[2]，
而且还千万次展示忠心，
愿永远服侍在你们身边。

3

谁愿意便可以跳过数页，
若想读也不必心慌意乱，
切不能轻易信胡言乱语，
只将其看作是无稽之谈。
现在我再回到故事上来，
见你已准备听店主之言：
罗多蒙早为他腾好位置，
请店主坐在了自己对面。

---

[1] 令女子和将女子捧为心肝的人。
[2] 赞美女人的语言。

4

"伦巴第国之主阿斯托夫，

继承了兄长位，掌握王权，

少年君美容貌超过众人，

尘世间少有人可与比肩。

阿佩莱、宙西斯[1]、其他画师，

都难以画出其英俊容颜。

所有人都觉他优雅无比，

他亦觉己好看，十分自恋。

5

"并不因做国王地位高贵，

便认为别的人比他低贱；

也不因比其他国王富有，

便觉得自己的财产无限；

然而却自觉得潇洒，英俊，

人世间最属他光辉灿烂。

听夸奖他心中享用不尽，

最愿闻别人的此类颂赞。

6

"福斯托·拉提尼——罗马骑士，

在宫中最受他呵护、喜欢，

对此人他经常自我赞美，

夸自己美丽手、英俊容颜。

有一日国王向此人提问，

远近处是否见其他儿男，

---

[1] 阿佩莱（另译：阿佩莱斯）和宙西斯（另译：宙克西斯）是古希腊最著名的两位
画师。

也如同他这般帅气无比，
其回答与想象完全相反。

7

"福斯托回答王开口说道：
'依照我亲耳闻，亲眼所见，
有一人美貌可与你相比：
众人美合成他一位俊男：
此人是我兄长，人称"乐君"，
英俊貌，他人见，均觉汗颜，
我相信你之美别人难比，
但比你他绝不逊色半点。'

8

"王觉得这简直难以置信，
因一直自认为独顶美冠；
其心中燃起了强烈愿望：
想结识被人赞美貌儿男。
国王令福斯托许下诺言，
将其兄引入宫与王相见；
然而他做此事会遇困难，
于是便对国王道出根源：

9

"此生中其兄长从未移步，
离开过罗马城他的家园，
机运神赐予他许多财富，
其生活无忧虑，十分宁安：
父离世留下的那份遗产，
未增长亦没有任何缩减；

此行程似他人远去顿河[1]，
兄会觉帕维亚[2] 实在太远。

10

"要使他与爱妻相互分离，
将遇到大障碍，非常困难，
爱情将他二人紧紧相系，
妻不舍，兄自己也难情愿。
福斯托却只能服从君命，
说此行定努力成功回还。
国王请福斯托带去重礼：
令其兄欲拒绝难以开言。

11

"福斯托离国王，行走数日，
返罗马又回到自己家园。
在家中反复劝兄长移步，
欲说服他北上与王相见；
还努力令嫂嫂保持沉默，
尽管是这一切十分困难；
对嫂嫂展示出此行好处，
并说他对兄嫂感激万千。

12

"'乐君' 兄定下了出发日期，
寻马匹，选侍从，准备齐全，
命人做新衣服，备好饰物：

---

[1] 位于俄罗斯的一条大河。
[2] 伦巴第王国的首都，位于意大利米兰附近。

美披风可以把风雅增添。
妻难舍，夜陪伴，昼绕身边，
一双眼泪盈眶，哭声不断，
对他说：相互间远隔千哩，
不知道怎忍受如此熬煎；

13

"只要是想到此心便疼痛，
似被人从根部将其抠剜。
他对妻一边哭一边说道：
'噢，你别哭，我的命，我的心肝；
如不哭旅程会略有快乐，
我希望两月内返你身边；
即便是国王赠半个王国，
我也不再拖延一天时间。'

14

"但妻子闻此言未获安慰，
说此行令她等太久时间；
如若夫返回时见其未亡，
只能说惊人的奇迹出现；
她日夜都难以摆脱痛苦，
这痛苦会令其寝食难安。
'乐君'兄此时刻心生怜悯，
悔不该轻易听兄弟规劝。

15

"从颈上妻摘下一条金链，
十字架链坠（儿）上宝石光灿；
一香客来自于波西米亚，

在各地集圣物作为纪念，
妻父亲朝圣去耶路撒冷，
归来时将此物带回家园，
离世时把'圣物'[1]传给女儿，
现戴在女儿的丈夫胸前。

16

"求夫君为爱情永挂颈上，
爱之情每一时铭刻心田。
好夫君接受了珍贵礼物，
此物件可令他思念不变，
无论是好运气还是厄运，
他都能挺身立，战胜困难；
佩戴着此宝物直至死去，
始终能把爱妻牢记心间。

17

"第二日黎明时夫要离去，
这便是分别前最后夜晚，
妻子在'乐君'怀似乎死去，
因很快她便要独守家园。
天亮前一小时最后辞别，
这一夜夫妻俩均未入眠。
夫最终跨马鞍踏上旅程，
妻子又登床榻卧于羽棉。

_____

[1] 指波西米亚香客赠送的神圣的项链。

18

"'乐君'兄刚走出不足两哩，
便想起妻赠送十字项链，
昨夜晚把项链置于床头，
他后来便将其遗忘枕边。
自言道:'罪孽呀，这可咋办?
怎样能令我妻不把我怨，
相信我喜欢她无限之爱?
用何法可把她疑虑避免?'

19

"他最后头脑中产生想法:
若自己不亲自调头回返，
仅仅派侍从者解释原因，
决难以平息妻心中之怨。
于是便勒住马，对弟说道:
'你先到巴卡诺[1]客栈打尖;
我现在必须要返回罗马，
随后我还可以将你追赶。

20

"'其他人不可能解我之需，
别生疑，我很快回你身边。'
说完话，调马头，告别兄弟，
未携带侍从者跟随身边。
过河[2]时太阳已慢慢升起，
白日下黑暗夜消逝不见。

---

[1] 罗马附近的小镇。
[2] 指穿过罗马城的台伯河。

'乐君'兄登上楼直奔卧榻，
见爱妻在床上酣睡香甜。

21

"'乐君'兄掀幔帐并不作声，
却看到不想见惊人场面：
被子下他那位'贞洁'爱妻，
竟怀中拥抱着一位少年。
他立刻便认出通奸男子，
因与其久相识熟知颜面，
是家中一侍从，由他养大，
其地位十分低，出身卑贱。

22

"见此景惊愕且悲伤不已，
他心中须承受何等苦难！
这最好发生在别人身上，
而不应令'乐君'亲身体验。
愤怒情激起了一股冲动，
欲拔剑将二人杀死床前：
对这位不忠妻强烈爱情，
却阻止他莽撞使用利剑。

23

"爱之神太邪恶、阴险、凶残，
把'乐君'变成了奴仆一般，
不让他唤醒妻，免其忍受，
床榻上被捉奸那份难堪。
'乐君'兄出卧室沉默无语，
下楼梯，随后又重跨马鞍；

被爱情刺伤者猛刺马肋，
还未到客栈便至弟身边。

24

"所有人都见他面色已变，
所有人都觉他心中寡欢；
但无人能知晓他的秘密，
也无人可探入他的心田。
全以为他为爱返回罗马，
却不知竟见到妻子背叛。
人均晓是爱情引发痛苦，
怎知道爱如何伤其心肝。

25

"兄弟也认为他忍受痛苦，
全因为将妻子独留家园；
实情却与判断完全相反，
痛苦的原因是妻子有伴。
'乐君'兄面膀肿，紧锁双眉，
那一对痛苦眼牢盯地面。
福斯托想方法将他劝慰，
收效少只因为不知根源。

26

"伤口上涂药膏不对病症，
痛未减反而是不断增添；
未愈合之皮肉越裂越大：
想起了不忠妻痛彻心肝。
昼与夜难安歇，睡眠无味，
不可能长时间酣睡香甜：

他本来有一张美丽面孔，
现在却极憔悴，不似从前。

27

"明亮眸似乎已深陷眼窝，
消瘦的面孔上鼻梁凸显：
其美貌早已经所剩无几，
岂可比伦巴第国王容颜。
痛苦使'乐君'兄高烧不退，
阿比亚、阿尔诺[1]再难向前：
其美貌残余如脱茎玫瑰，
被置于烈日下倍受摧残。

28

"见兄长如此受痛苦折磨，
福斯托也感觉十分心酸；
就好像君主前曾经虚夸，
被看作说谎者怎能心安：
许诺将最美者引见国王，
却领来人世间最丑儿男。
但仍然向前行未曾退缩，
引'乐君'来到了京城[2]地面。

29

"他不想立刻去谒见国王，
不愿被指责为缺少判断，

---

[1] 指流经意大利托斯卡纳地区的阿比亚河和阿尔诺河。这两条河分别代表锡耶纳和
佛罗伦萨两座城市。这里的意思是：到达锡耶纳和佛罗伦萨后再难向前行进了。
[2] 指伦巴第王国首都帕维亚城。

于是便先写信发出通知，
说兄长到来时气息奄奄：
看上去其心中十分痛苦，
已伤及他那张美丽颜面，
而且还伴随着凶恶高烧，
现容貌已不似以往那般。

30

"国王闻'乐君'至，心中欢喜，
就像是老朋友来到身边；
哪怕是此男子比他更美，
国王也不感觉丝毫遗憾；
尽管他已知道若无意外，
'乐君'兄胜过他，或者齐肩，
人世间他已无其他愿望，
一心想见此君英俊容颜。

31

"宫殿中王安置来访客人，
每时刻询问之，每日探看；
并提供所需物令其舒适，
王一心恭敬他，讨其喜欢。
但'乐君'一想起邪恶妻子，
心凄惨，人憔悴，病情无缓：
观杂耍，听音乐，无济于事，
其痛苦不能够减少半点。

32

"'乐君'的房间在宫殿顶层，
对面有古老的厅堂一间。

他蜷缩在那里，孤独一人，
因仇恨所有的欢乐陪伴；
其胸中填满了沉重思绪，
还每日把新痛不断增添；
但谁信他在此会遇神医，
可治愈其伤痛，令他复原。

33

"厅堂的尽头处非常黑暗
（不开窗已成为人们习惯），
见地板与墙壁连接不紧，
一亮光从缝隙透入堂间。
顺缝隙望过去见一怪事，
听人说盲目信着实困难，
即便是非耳闻，亲眼所见，
他仍然难相信自己双眼。

34

"王后的密室他尽收眼底，
那可是全王宫最美一间，
若不是王后的忠诚侍从，
绝不能进入到房间里面。
仔细瞧，他看到一位矮人，
与王后正奇怪摔打，纠缠：
那短小之侏儒着实灵活，
他已经把王后压在下面。

35

"'乐君'兄见此景目瞪口张，
以为是在梦中，呆愣半天；

当明白并非是虚幻睡梦，
方相信自己的亲眼所见。
自言道：'人世间伟大君王，
最英俊，最显贵，风度翩翩，
其妻竟屈从一丑陋魔鬼，
噢，何品味才令她如此这般！'

36

"于是便又想起自己妻子，
他曾经把妻子指责抱怨，
因妻子将侍从搂于怀中，
但现在他已觉情有可原。
是女性之罪过，非她之错：
一男子难满足一女心愿[1]；
如果说女子已全被污染，
妻至少未把鬼拥于怀间。

37

"第二天又到了同一时刻，
他再次回到那同一地点；
又见到王后与矮小侏儒，
在那里令国王丧尽颜面。
又一日，再一日，仍然如此，
最后是日日来，不歇一天：
那王后因侏儒施爱太少，
竟然会感觉到痛苦不安。

---

[1] 仅仅一个男人是无法满足一个女人的欲望的。

38

"有一日那王后心绪不宁，
情绪低，极忧郁，悲伤寡欢，
曾两次派侍女召唤侏儒，
然而他却拒绝，不肯来见。
第三次侍女归，回答王后：
'主人啊，那无赖戏耍正欢；
因赌博他不愿与您相会，
只为了不输掉一个铜板。'

39

"'乐君'兄见如此怪诞场面，
眼明亮，面带笑，额头舒展；
名义乐[1]顷刻变实质快乐，
哭丧脸速转成欢快笑颜。
恢复了愉快心，体肥，色润，
其容颜似生翼天使一般；
国王与其兄弟、全部侍从，
都惊讶看着他发生转变。

40

"美国王急切听'乐君'讲述，
何缘故使'乐君'获得宁安，
'乐君'兄也迫切告知国王，
要让他能尽快发现背叛；
但不想使国王与他不同，
对妻子之过错严厉惩办；

---

[1] 指他的绰号叫"乐君"。

于是便请国王对神起誓，
听讲后不可伤王后半点。

41

"请国王发毒誓永不报复，
无论闻何秽语，见何场面，
无论对王尊严有何伤害，
无论王感觉到怎样难堪；
即便是王知道威严受损，
也希望他对其沉默不言，
要使那作恶者永远不明，
王应该把秘密久藏心间。

42

"对上述要求及其他诸事，
那国王均发出铮铮誓言。
'乐君'兄便对王道出真情，
致使王许多日痛苦难堪：
妻子竟怀中抱卑贱侍从，
他觉得妻可耻，已丧颜面；
如若是安慰再略来晚些，
痛苦会令国王魂飞命断。

43

"'乐君'兄在宫中所见之事，
使他的心中苦得到减缓；
虽然也曾跌入耻辱之中，
却至少能肯定有人陪伴。
说话间二人至观景之处，
'乐君'指丑侏儒给王观看，

小矮人骑乘着他人母马[1]，
刺其腹，令马儿快乐撒欢。

44

"对国王这可是奇耻大辱，
我不说您也会如此判断；
狂怒使他几乎丧失理智，
欲大吼，不再想遵守誓言，
要用头猛撞击四面墙壁，
但被迫堵住嘴缄口不言，
因曾经向神灵发誓许诺，
便只好把酸苦强忍下咽。

45

"对'乐君'王说道：'你禁我怒，
兄弟呀，你说说，我该咋办？
难道说不应施正义报复？
难道说我不该心燃怒焰？'
'乐君'道：'可抛弃无情女子[2]，
去见证其他女是否易变：
贱奴仆曾如此欺辱我们，
对他人我们施同等手段。

46

"'我二人现如今都还年轻，
论容貌难有人能够比肩。
女人对丑陋者全不设防，

---

[1] 指王后。不难看出诗人在比喻什么。
[2] 指王后和"乐君"的妻子。

难道会拒我等千里之远？
若美貌与年轻不足取胜，
除此外我二人还有金钱。
我希望你重返家园之前，
能夺得他人妻成百上千。

47

"'长时间不归家，巡游四方，
与别人女眷们共同寻欢，
这做法似乎能安慰人心，
助女人发泄出情欲火焰。'
王赞同此观点并欲行动，
不愿意再推迟出发时间，
携两位侍从者随即上路，
福斯托骑士也陪伴身边。

48

"化装游意大利、法兰西国，
并到达弗拉芒、英伦地面；
见众多俊俏的美貌女子，
在彬彬请求下均从其愿。
或他们或女子出款付账[1]，
经常是可平衡花销之钱。
许多女受邀请接受爱情，
同样有许多女主动求欢。

---

[1] 指付性交易的钱款。

49

"此地住一个月，彼地俩月，

要寻找真证据做出明断：

他们妻不会比其他女子，

更不忠、不贞洁、性情淫乱。

到后来若不冒生命危险，

便难以再踏入他人门槛[1]；

因此便需不断寻求新爱，

对于此二人也深感遗憾。

50

"最好是寻找到一位女子，

容貌与举止令二人喜欢；

可同时使两人得到满足，

却不会诱发起嫉妒情感。

王说道：'你做伴，并非他人，

嫉妒情怎么会入我心间？

我深知在所有女人之中，

无一女只满足一位儿男。

51

"'自然的需求若只邀一女，

便可以使两男尽情寻欢，

我二人便不觉十分吃力，

亦不会相互间产生争端。

而一女有两夫陪伴身旁，

我认为她不再感觉遗憾：

_____

[1] 曾与两位采花大盗有过来往的人家都开始提防他们，因而他们需要冒很大危险才能进入这些人家的大门。

其忠贞会远胜只有一夫，
还可能抱怨也烟消云散。'

52

"听完了国王的一席话语，
年轻的罗马人十分心欢。
他们为寻找到合适女子，
踏遍了平原与座座高山：
见一位西班牙店主之女，
满足了二人的最终心愿；
此女子居住在巴伦西亚，
其举止极高雅，容貌美艳。

53

"她正值春天的花放季节，
尚处在稚嫩的年少阶段。
其父亲把贫穷看作死敌，
肩负着众多的儿女负担；
以至于摆平他十分容易，
轻易便能带女离父身边：
"二嫖客"可随意携其远行，
只需为善待她许下诺言。

54

"他们俩快乐带少女离去，
轮流与美人儿亲近合欢，
就好像两风箱替换鼓风，
火炉中怎能够不燃烈焰。
携少女游遍了西班牙境，

还到过斯法切王国[1] 地面。

那一日他们离巴伦西亚，

来到了哈蒂瓦[2]，入住客栈。

55

"二老爷游遍了大街小巷，

参观了寺庙与雄伟宫殿；

无论到何城市均要逛街，

他们已养成了如此习惯。

少女与侍从们留在一起，

众侍从喂马匹，收拾房间，

还有的忙准备美酒佳肴，

待老爷归来时奉上晚宴。

56

"客栈中有一位年少伙计，

他曾经侍客于少女小店[3]，

孩童时便倾心美丽女主，

并曾享女少主所赐情欢。

他二人已相认却装无事，

因害怕被关注引起麻烦；

但很快二人便眉来眼去，

因主仆[4] 为他们提供方便。

---

[1] 斯法切是古代位于北非地区的努米底亚王国的国王，"斯法切王国"指的就是努
米底亚。见彼特拉克的史诗《阿非利加》。

[2] 西班牙巴伦西亚附近的一座城市。

[3] 指少女父亲开设的那家小店。

[4] 指伦巴第国王、"乐君"、福斯托及其侍从。

57

"那伙计问少女去向何方，
俩老爷哪一位与她爱恋。
法美塔[1] 讲述给格雷考[2] 听，
她亲身经历的故事段段。
格雷考对她说：'我多期盼，
有机会能与你同床共眠！
哎呀呀，法美塔，我的心肝，
你走后不知道能否再见。

58

"'我计划本甜蜜，现变苦涩，
你已经归他人，离我身边。
我原想用自己辛勤汗水，
令客人奖赏我更多金钱，
再加上雇佣金剩余部分，
积攒下一定的钱币、财产，
为求婚再返回巴伦西亚，
迎娶你离家门，来我身边。'

59

"那少女耸耸肩开口回答，
说男仆行动慢，已经来晚。
格雷考哭泣着装腔说道：
'难道说你让我如此命断？
至少用你双臂将我拥抱，
令我能把欲望发泄一番；

---

[1]　少女叫法美塔。
[2]　年少男仆叫格雷塔。

临行前我与你短暂相拥，
可使我离世时快乐无限。'

60

"仁慈的美少女回答说道：
'你以为我没有胸燃欲焰？
但此处地点与时间不对，
在众目睽睽下实在不便。'
格雷考又说道：'我也知道，
你对我如若是真心爱恋，
今夜里定能够寻一去处，
我二人在那（儿）可尽情同欢。'

61

"少女又回答道：'怎可如此？
我夜里始终卧二君中间，
或这个或那个与我戏耍，
我总是被搂于一人臂弯。'
格雷考开言道：'这有何妨，
你若想便有法解决麻烦；
如果你怜悯我就该愿意，
摆脱掉他们的可恶纠缠。'

62

"美少女略思考，随后说道：
当别人入睡后他可来见；
告诉他做事应轻手轻脚，
来与去都别出声音半点。
格雷考便遵照少女安排，
当众人入梦乡熟睡香甜，

便来到少女屋[1]，轻轻推门，
入房内用脚尖试探向前。

63

"迈长步，后脚定，稳稳站立，
移前腿，似足践玻璃一般，
每一步均谨慎，生怕出错，
踩地面就好像足踏鸡蛋；
手如同探测尺伸向前方，
摸索着向前行，直至床前；
靠近了床前的脚掌之处，
不言语将其头伸向前面。

64

"法美塔仰卧着叉开双腿，
他直奔少女的两腿之间；
爬上去，同高度，紧紧拥抱，
卧其身一直到光现天边。
无镫子却牢牢骑坐马上，
征战中不需把坐骑更换：
他觉得此母马行走如飞，
一整夜都不愿跨下马鞍。

65

"'乐君'与国王闻马蹄之声：
战马奔令床榻猛烈摇撼；
他二人被错觉戏弄，嘲笑，

---

[1] 指少女与伦巴第国王和"乐君"的房间。

都以为是伙伴激战正酣。
格雷考结束了他的旅程，
走出屋就如同来时那般。
太阳从地平线射出光芒，
法美塔起床把侍从呼唤。

66

"国王对其伙伴戏谑说道：
'兄弟呀，你驰骋路途遥远；
一整夜都骑在战马背上，
现在你应好好休息一番。'
'乐君'兄驳国王开口答话：
'应当我对你说此番语言。
多休息对你才真正有益，
一整夜你捕猎未曾下鞍。'

67

"王说道：'若昨夜你能够借我战马，
我可于欢乐中心足意满，
必定会狂奔驰毫不失误，
纵犬儿追猎物尽情撒欢。'
'乐君'兄反驳道：'我是陪臣，
你可以强令我立即下鞍；
并不需兜圈子做出暗示，
只需要对我说莫扰你安。'

68

"他二人一个说一个反驳，
展开了好一番口水之战。
从玩笑发展到相互挖苦，

都觉得被嘲弄心中不欢。
法美塔怕欺骗被人戳穿，
他们却呼唤她靠近身边，
让她当两人面明确说出，
谁不愿讲实情口吐谎言。

69

"王对她说话时眼光严厉：
'莫怕我，莫惧他，对我明言，
一整夜谁表现如此勇猛，
欢爱时不留给他人空间？'
他二人欲证实对方说谎，
均等待女子的明确答案。
法美塔扑倒在他们脚下，
自认为难以保生命安全。

70

"求二人原谅她失身别人，
因那位年轻人实在可怜，
为了她少年郎受尽折磨，
她不忍痛苦心受到摧残，
那天夜犯下了如此罪孽，
随后她便如实讲述一番；
与少年苟合时心怀希望：
令二人均以为同伴求欢。

71

"国王与'乐君'兄相互对望，
二人均极惊愕，头脑混乱；
突然闻从来未听说之事，

表现出很失望，心中不安。
随后便同时间爆发狂笑，
眼合闭，嘴张大，前仰后翻，
直笑到无力气呼吸，喘气，
最后都躺倒在床榻上面。

72

"狂笑后他二人感觉胸痛，
眼睛中流出的泪水如泉，
自语道：'若二男难控一女，
左右抓都无法将其看管，
我们又怎么能看住妻子，
监视她避免其实施欺骗？
若丈夫双眼被完全遮住，
妻子的背叛便不可避免。

73

"'我们有好证据成百上千，
无一例得出的结论相反。
若再寻其他例仍然相似，
最新的证据是此女背叛。
可认为与其他女子对比，
你我妻很贞洁，并不淫乱：
她们同别人妻完全一样，
我二人最好是回家团圆。'

74

"说到此二人为法美塔女，
呼唤来她那位情爱伙伴，
当众把美少女许他为妻，

赠嫁妆令他们返回家园。
国王与'乐君'也随即上马,
从西方向东方赶路向前,
又回到他们的妻子身旁,
从此后再不觉痛苦心烦。"

75

客栈主结束了他的故事,
撒拉逊勇骑士静听无言。
他全神贯注却不插一语,
一直到店主把故事讲完。
随后他开言道:"我已确信,
女子的骗术有千千万万;
这一类背叛的千分之一,
纸与墨全用尽记录亦难。"

76

此时刻一智慧年迈男子,
比他人更具有英明远见,
他已经再无法继续忍受,
说每个女子都擅长欺骗,
于是便转向了那位店主,
开口道:"全都是无稽之谈,
我听人讲述过许多故事,
其中就包括你所说谎言。

77

"即便是《福音书》作者讲述,
我也不相信这无根之言;
它只是讲述者道听途说,

并非是他自己亲身体验。
一两个女子有邪恶念头，
竟引起对其他女子抱怨；
一旦是怒火消你会听到，
对女子赞美声远超责难。

78

"女子可赞美处范围广泛，
远多于受指责那些弱点：
如一位奸诈女受到谴责，
有百位贤淑女获得颂赞。
不可以把女子全都责怪，
否认有千万颗善女心田；
若指责出自于瓦雷里奥，
全因为他心中燃烧怒焰[1]。

79

"请说说你们中可有一人，
对妻子始终会忠诚不变？
如若是有机会能否拒绝，
与其他美女子约会同欢？
难道说世间有此类男子？
说有者必扯谎，信者疯癫。
难道说从未有女子招你？
（无耻的公用女[2] 排除不算）。

---

[1]　瓦雷里奥说出指责女人的话语，是因为他心中燃烧着对女人的愤怒的火焰。见第
　　　27 歌 137 节。
[2]　指妓女。

80

"你们可曾认识一位男子，
从不把美丽妻抛弃一边，
去追求其他的漂亮女人，
并立刻欲将其拥于臂间？
若有女向男子自献殷勤，
肯请其去约会，他该咋办？
以我看为讨好美貌女子，
所有人都甘冒生命危险。

81

"抛弃了丈夫的那些女子，
经常是有理由如此这般：
见丈夫对夫妻爱情淡漠，
出家门另寻欢，十分贪婪。
如若想被人爱必须施爱，
施多少获多少，那是必然。
我遵循舍与得平衡原则，
此原则任何人都难违反。

82

"若女子难证实自己夫君，
也曾经有一次将其背叛，
她自己却被捉与人通奸，
定法律判其死也属自然；
能证明夫背叛便应开释，
法庭与夫君都切莫不安。
要做到：己不欲勿施于人，
基督的教诲应牢记心间。

83

"即便是不整体怨恨女性，
对女子斥责也过分泛滥。
除我们[1] 这又是谁的过错？
我们中无一人抑制抱怨。
男人们最应该脸颊羞红，
无他们罪孽便十分少见：
凶杀与高利贷、辱骂他人，
还有那盗窃与邪恶欺骗。"

84

坦诚的老智者讲完道理，
又列举女子的例子数件，
说她们在思想、行为之中，
从未曾把贞节抛弃不管。
撒拉逊怒视着讲话之人，
他不愿听老叟肺腑之言，
致使其因恐惧缄口不语，
但难以改变他已有观点。

85

结束了不快的交谈之后，
异教王离餐桌返回房间；
躺卧在床铺上准备入睡，
但眼前黑暗却长久不散[2]：
他哭泣邪恶女对其伤害，
叹息着度过了大半夜晚。

––––––––––

[1] 指男人。
[2] 指在黑暗中长时间睁着双眼。

天再次放光时离开客栈，
他打算乘舟船赶路向前。

86

好骑士都十分爱惜战马，
对伏龙罗多蒙也是这般，
他喜欢这一匹善行良驹，
马本属鲁杰罗、萨克利潘；
两日来骑乘它奔驰不停，
它即便是宝马再跑也难，
于是想让伏龙好好休息，
也因为水路更快捷方便。

87

命船夫快快放船儿下水，
摇动桨推木舟离开岸边。
沿索恩河中水顺流而下，
那船儿虽不大少载轻便。
罗多蒙郁闷却难以排解，
无论是在陆地还是水面：
船头与船尾处全是苦恼，
陆行时它亦随骑士跨鞍。

88

那痛苦从脑中、心灵深处，
驱赶走所有的慰藉、宁安。
苦命人难避免受其伤害，

它[1]已经如恶魔占据心田。
不知道从何处寻求怜悯，
他内心情感中发生激战：
昼与夜无休止搅扰其心，
残忍者[2]绝不会把他可怜。

89

罗多蒙航行了一日一夜，
心始终极痛苦如受熬煎；
多拉丽与国王[3]令其受辱，
从脑中逐耻辱十分困难；
马背上他曾经深感悲伤，
登船后仍承受同等苦难：
在水中亦难熄熊熊烈火，
换地点其心中状态难变。

90

就像是发高烧一位病人，
无气力，身疼痛，连续翻转[4]；
或左侧，或右侧，不断折腾，
只希望转向那舒适一面；
转右侧或左侧均难安歇，
处任何姿势都痛苦不堪：
异教徒患心病，悲伤不已，
陆地和水面上痛均难免。

---

[1] 指痛苦。
[2] 指心中的痛苦。
[3] 指非洲王阿格拉曼。
[4] 指躺在船上不断地翻转。

91

罗多蒙在船上难得安宁，
便命令停下船，登陆上岸。
过里昂、维埃纳、瓦朗斯[1] 城，
见一座华丽桥横跨河面；
此河[2] 与凯尔特山脉[3] 之间，
广袤的土地上城市、田园，
自从被二国王[4] 征服之后，
均听命马西略、阿格拉曼。

92

向艾格莫尔特[5] 直线奔去，
他一心要快速返回家园；
赶到了一河边，进入山村，
巴克斯[6]、克瑞斯[7] 令其心欢；
该村庄经常被士兵勒索，
不得不把食物捧来奉献。
向南望是一片汪洋大海，
北望则阳谷中麦浪翻卷。

---

[1]　里昂、维埃纳、瓦朗斯都是法兰西罗纳河流域的城市。

[2]　指罗纳河。罗纳河发源于瑞士伯尔尼山的罗纳冰川，先由东向西流经日内瓦湖后进入法国境内，转向南流，穿过汝拉山后又转向西流，至里昂后又转向南流，经维埃纳、瓦朗斯、阿维尼翁等地，最后在马赛以西 50 公里处注入地中海。它是欧洲主要河流之一，法国五大河流之首。

[3]　指将法兰西和西班牙分离开的比利牛斯山脉。古时凯尔特人居住在那里，因而诗人如此称呼该山脉。

[4]　指西班牙王马西略和非洲王阿格拉曼。

[5]　法兰西南部罗纳河入海口处的城市。

[6]　罗马神话中的酒神。

[7]　罗马神话中的大地和丰收女神。此处，诗人以巴克斯和克瑞斯的名字来隐喻丰盛的酒菜。

93

在那里见一座矮小教堂，

新建于一丘陵山顶上面，

因周围燃烧起熊熊战火，

神父们弃教堂逃离家园。

罗多蒙把教堂辟为住屋，

那神殿[1] 远离开耕种农田，

他喜欢此住屋远离世人，

便把它权当作避风港湾。

94

改变了返非洲最初想法：

他觉得这地方美丽，舒坦。

命侍从牵战马，携带辎重，

陪同他入住到教堂里面。

那山村就建在河流旁边，

不远处有城堡，富贵壮观，

数哩外便是那蒙彼利埃[2]：

易获得所需物，生活方便。

95

罗多蒙如往日忧郁，沉思，

在那里他刚刚居住一天，

便见到草地间羊肠小路，

走过来一少女，美丽非凡，

那少女长一副多情面孔，

有长髯修道士伴随身边；

---

[1]　指前面提到的教堂。

[2]　法国南部的城市，位于地中海沿岸，现在是法国的第八大城市。

他二人牵一匹高头战马，
一黑布覆盖在马背上面。

96

少女是什么人？修士是谁？
马背上驮何物？前文曾见。
您已经早认识伊萨贝女，
她不愿将夫尸弃于林间。
此时她正走向普罗旺斯，
可敬的老修士把她陪伴；
修道士劝说她将其余生，
全献给上天主，求心宁安。

97

少女脸苍白且慌乱，不宁，
其头发未梳理如同荒原；
燃烧的胸膛中发出叹息，
一双眼似两泉泪流不断；
她身上还可见其他迹象，
能证明其生活十分悲惨；
然而她仍残留许多姿色，
足可以令爱神滞留身边。

98

一见到美女子出现眼前，
撒拉逊勇骑士抛弃恨怨：
他曾经斥责和痛恨女性，
现不再把怨恨记于心间。

他觉得值得把二次爱情[1]，
奉献给眼前的美丽婵娟，
第一次情爱已完全熄灭：
似新钉将旧钉顶出木板[2]。

99

罗多蒙之表现彬彬有礼，
迎少女走过去温柔开言，
询问她现处于何种境况；
美少女对他吐心中苦难，
讲述她为什么欲弃尘世，
对上帝决心把自己奉献。
异教徒视信仰如同死敌，
不信神，面带笑，神情傲慢。

100

他认为此愿望荒谬、轻率，
说少女做出了错误决断；
就好似吝啬鬼自己不用，
却试图将财富刻意隐瞒，
埋藏在地下的秘密之处，
使世人难寻见，废弃一边[3]：
可关闭狮与熊、毒蛇、猛兽，
无辜的尤物却不应禁圈。

---

[1] 罗多蒙把他的第一次爱情献给了多拉丽公主，但多拉丽却背叛了他，与鞑靼勇士蛮力卡相爱。
[2] 这是当时的一句成语，意思为"用新的顶替了旧的"。
[3] 上述诗句隐喻：伊萨贝意欲把自己的美貌隐藏在修道院，这是一种自己不用又不让别人用的浪费。

101

修道士竖耳听此番话语，
他知道不能再原路回返；
为帮助无知的幼稚少女，
便决定老船长亲掌舵盘[1]：
在此处他要为撒拉逊人，
摆设好丰盛的精神美餐。
罗多蒙却天生品味低下，
不欣赏此盛宴，反而心烦。

102

修道士难打断罗多蒙语，
无法令撒拉逊闭口不言：
恶骑士已丧失他的耐心，
欲愤怒向修士实施凶残。
如若是继续讲您会觉得，
我的话太罗嗦，令人生厌：
曾有人因多说快速变老，
我现在就应该引以为鉴。

---

[1] 老修道士决定自己亲自干预。

第29歌

烈女子保贞洁自寻死亡　莽壮士受感动隆重祭奠
窄桥上两大汉双双落水　美女子隐身影摆脱罗兰

伊萨贝谎称认识一种药草，可用它熬制出使人刀枪不入的药剂；罗多蒙十分期待获得这种神奇药剂。伊萨贝采来药草，当晚制药，并将熬好的药剂涂抹在自己身上，请罗多蒙用剑砍她，以试药效；结果被罗多蒙杀死，保全了自己的贞洁。

罗多蒙被伊萨贝的英勇行为所感动，决定把自己居住的小教堂改建为伊萨贝和泽比诺的陵墓，以纪念这位忠诚的贞洁烈女和她的未婚夫。同时，他命人在陵墓旁修建了一座塔楼，供自己居住，为烈女守灵。他意欲夺取所有路过此地的骑士的兵器来祭奠烈女。

疯狂的罗兰偶然至此，与罗多蒙在窄桥上激战，并双双落入河中。赤身裸体的罗兰轻而易举地从水中脱身，而全副武装的罗多蒙却费尽周折才爬上了河岸。

罗兰继续前行，路遇安杰丽佳和梅多罗；他一拳打死梅多罗胯下的战马，随后又疯狂地追赶安杰丽佳。情急之际，安杰丽佳将魔戒置于口中，隐匿身影，但慌乱中却跌落马背。罗兰骑着安杰丽佳的马，到处奔跑，后来跌入深壑；他扛着马跳出深壑，继续拖着摔伤的马前行，直至将其拖死。

1

啊，人头脑一向是反复无常！
它总是把计划随意改换！
所有的思想都轻易变化，

尤其是爱之怒[1]持久更难。
撒拉逊刚才还怒不可遏，
对女人恨怨已超越极限，
我以为此怒火永难降温，
更别说熄灭他熊熊怒焰。

2

女人啊，他过分指责你们，
我为此也感觉受到冒犯，
女人们绝不会把他原谅，
他之错将酿成巨大灾难。
我要用白鹅毛、黑色墨汁，
令人人均看到他应慎言，
说你们坏话前必须小心，
最好是先咬住自己舌尖。

3

但他仍如白痴继续讲述，
对你们欲展示他的经验。
面向着所有女不作区别，
恶狠狠拔出了愤怒之剑：
当目光触及到伊萨贝女，
就立刻改变了他的判断。
刚见她尚不知此女是谁，
便对其产生了爱的情感。

---

[1]　由于爱情所产生的愤怒。

4

新爱情灼其心令他沸腾，
于是便欲打碎少女信念，
而少女一心向造物之主，
莽汉语收效微理所当然。
为了使少女心不被摧毁，
隐修士甘愿作盾牌、甲片，
用坚定之语气张口说话，
努力为美少女遮挡风险。

5

凶狠的异教徒心生厌烦，
难忍受狂修士不断侵犯：
竟然敢放肆说莫扰此女，
不可以携带她返回家园。
明显见罗多蒙心中不悦，
他不想让修士再有宁安：
伸手抓其胡须，面带愠色，
恨不能把它们全都扯断。

6

怒火生，他扼住修士脖颈，
那只手就像是一把铁钳；
随后便拎修士兜转三圈，
向海面高抛起，令其飞天。
关于那修士的最终结局，
到处是不同的各类传言。
有人说他撞岩，粉身碎骨，
头与脚散落地，难以分辨；

7

也有人说修士落入海中，
距岸边三海里沉下水面，
千祈求，万祷告，无济于事：
不识水葬海底那是必然；
还有人说来了一位圣人，
伸出手，救援他，拖其上岸。
您眼中之真实必不虚假，
我以后对于他不再多言。

8

残忍的罗多蒙摆脱修士，
唠叨声不再会令其心烦，
其心绪稍平静，面色和缓，
又返回惊恐的少女身边，
表现出温和情，不断示爱：
说少女是他的宝贝心肝，
也是他安慰和无限希望；
总言之尽是些蜜语甜言。

9

对少女未显露任何粗暴，
其表现看上去风度翩翩。
伊萨贝优美的淡雅容貌，
熄灭了他一贯高傲气焰：
尽管是用武力可摘硕果，
但此时却不愿撕破脸面；
若少女不愉快将他接受，
他觉得强扭瓜不会香甜。

10

并认为应慢慢调理少女，
可使她一点点心甘情愿。
在这个荒僻的异国他乡，
少女似猫爪下老鼠求安：
它愿与猫之间燃一火堆，
因时刻都必须考虑周全，
危机时是否会有一出路，
能令它不受损逃避凶险。

11

伊萨贝脑中生一个想法，
在残忍野蛮人[1]明白之前，
用其手先夺走自己性命，
以铲除酿大错[2]重要根源；
她不愿伤害到已故骑士[3]：
其苦难之命运已经很惨；
临终前她对其曾经许诺：
为爱人守贞洁，至死不变。

12

盲目的恶人欲[4]不断增长，
她面对异教王不知咋办。
心明了他将要实施邪念，
到那时想拒绝徒劳枉然。

---

[1] 指罗多蒙。
[2] 指女子丧失贞洁。
[3] 指被杀害的未婚夫泽比诺。
[4] 指罗多蒙无理性的邪恶欲望。

与莽汉谈论了许多问题，
到最后找到了自卫手段，
可挽救其贞洁不受伤害，
使美名能长久流传世间。

13

丑恶的撒拉逊对待少女，
言语和行为都开始改变，
全不似最初时那般和蔼，
已没有任何的礼貌可言。
少女道："我对你毫不怀疑，
你可以保护我荣誉平安，
若如此我必定回报于你，
远胜过你将我尊严侵犯。

14

"短暂的小愉快微不足道，
人世间到处有，不差这点，
为了它你何必抛弃永乐，
获永乐才会有真福无限。
你可以寻找到千百美女，
一个比另一个容貌美艳；
但谁能给予你这份礼物[1]，
即便能，此类人也极少见。

15

"我认识山间的一种药草，

---

[1] 指前面提到的"永乐"。

并知道附近处如何寻见，
将此草与芸香一起煮汤，
用柏枝作劈柴把火点燃；
洁净手可制出一种药剂，
该药剂之功效神奇非凡，
若三次把此药涂抹身上，
皮与肉不再惧烈火、枪剑。

16

"我是说若三次涂抹药剂，
保一月身坚硬，金刚一般。
每个月都必须重复涂药，
过时间此药剂不再灵验。
我今日就开始准备制药，
你当天便可以将其体验：
如若是能成功你定欢喜，
远胜过把欧洲控于掌间。

17

"我请你为此药给我回报，
以信仰之名义发出誓言：
无论是用话语还是行动，
永远不伤害我贞洁半点。"
此话令罗多蒙收敛邪念，
又重新意志坚，语气和善，
美少女不必提其他要求，
他许诺定令其不受侵犯：

18

守信誉一直到目睹事实，

见神药摆放在自己眼前;

他努力抑制怒不施暴力,

连暴力迹象也不显半点。

但事后却打算不守约定,

因为他不敬畏圣人、上天;

论说谎、不守信他数第一,

与他比全非洲无人争先。

19

为造就库克诺[1]、阿喀琉斯[2],

伊萨贝欲炼成神汤一罐,

撒扎王发誓说不扰少女,

免其在制药时心中烦乱。

美少女远离开村庄、城市,

踏遍了黑山谷、悬崖、峭岩,

收集了许多的各类药草,

撒拉逊从未曾离她身边。

20

有些草有根须,有的无根,

待材料收集全时间已晚,

少女又返回到她的住处,

一整夜煮药汤不厌其烦,

煮药时不敢有半点马虎,

其表现极耐心,堪称典范。

---

[1] 希腊神话中的科罗奈国王,海神波塞冬的儿子;波塞冬使他刀枪不入,后来却被同样刀枪不入的阿喀琉斯扼死,死后变成白天鹅。

[2] 希腊神话中的刀枪不入的英雄,荷马史诗中的重要人物。此处的意思为"伊萨贝想用神药剂造就刀枪不入的英雄,因而罗多蒙发誓说不打扰她"。

撒扎王不分神，时刻关注，
伊萨贝煮药的神秘手段，

21

与身边仅存的几位侍从，
玩耍着熬过了那个夜晚。
因屋小，炉火近，实在太热，
罗多蒙感觉到口渴，嘴干，
时不时饮两口希腊美酒：
那几位侍从于两日之前，
抢掠的过路人两桶佳酿，
仅一夜就被他全部喝干。

22

并不是罗多蒙嗜酒如命，
且法律[1] 还惩罚豪饮习惯；
只因为此酒如神仙玉液，
比仙露和吗哪[2] 更加香甜。
他诅咒撒拉逊传统习俗，
或整瓶一饮尽或用大碗。
美佳酿走天下，四方饮用，
也会使畅饮者头晕目眩。

23

此时刻伊萨贝端下汤锅，
煮好的汤药剂功效不凡；
开口道："为证明我言确切，

---

[1] 指穆斯林的法律。
[2] 《圣经》中说，古希伯来人经过旷野时，天降"吗哪"神液，赐福于他们。

绝不是随风飘，无根一般，
事实可使蠢人变成智者，
也能够区分开真话、谎言，
现在就用我身试试药剂，
让你能亲眼见此药灵验。

24
"这药汤充满了神奇功效，
我愿意第一个亲身体验，
使你能不做出错误评价：
说此汤是毒药令人命断。
我将把此药剂涂抹全身，
从头顶到脖颈再到胸前；
随后你在我身试力，验剑，
看剑利还是药效力灵验。"

25
说话间把药汤涂遍全身，
愉快将赤裸颈引向莽汉。
罗多蒙力气大，宝剑锋利，
酒使他更加是勇力不凡；
鲁莽者对少女深信不疑，
高举手，用全力猛劈一剑：
美头颅早已是爱神居所，
现脱离胸与背，被剑斩断。

26
那头颅跳三跳，发出声音，
清晰把泽比诺名字呼唤；
就这样她选择罕见之路，

逃脱了撒拉逊野蛮凶汉。

少女呀，你具有贞洁灵魂，

把生命与青春抛弃一边，

更爱惜诚信和纯洁名声，

如今有谁知晓，何人纪念[1]？

27

安息吧，美丽且永福之灵！

我诗句会大力将你颂赞，

为此我正准备竭尽才智，

把颂扬之语言努力装点，

以便使世人都闻你美名，

并千年万年后铭记心间。

安息吧，你可以顺从天意，

把诚信之榜样永留人间。

28

对这一无比的震撼之举，

创世主从天上瞩目观看，

开言道："你胜过那位贤女[2]，

其死令"傲慢者"[3] 丧失政权；

为此我欲定立一个天条，

似其他之天条约束万年，

我要以神圣水名义发誓，

---

[1] 诗人感叹现代的人已经堕落。

[2] 指古罗马著名的贤惠女子露克莱齐亚，她的死引起罗马人暴动，推翻了君主制，建立了罗马共和国。

[3] 指古罗马王政时期的最后一位君主塔奎尼乌斯，他的绰号为"傲慢者"；其子强奸了罗马一贵族之妻（露克莱齐亚），引起了罗马人的暴动，从而君主制被推翻，建立了罗马共和国。

此天条永世都不会改变。

29

"我希望喜欢你壮举之女，

一个个都聪明智慧非凡，

既美丽又可爱、热情、贤惠，

其诚信与贞洁亦至极点；

使文人可获得创作素材，

把杰出之女性讴歌颂赞：

品都斯、赫利孔、帕纳塞斯[1]，

伊萨贝之美名回荡不断。"

30

说话间上天主澄清苍穹，

大海也从未见如此安澜。

贞洁女灵魂返三重天上[2]，

投入到泽比诺怀抱之间。

又一个布勒斯[3]——残忍之人[4]，

受羞辱，丧颜面，留在人间；

待酒力过去后头脑清醒，

定会为己过错痛苦不安。

31

罗多蒙希望能获得安宁，

并满足少女的部分夙愿：

---

[1] 在古希腊神话中，品都斯、赫利孔、帕纳塞斯是诗乐女神缪斯的圣山；这里指，
所有诗人的作品都将赞颂伊萨贝的美名。

[2] 三重天为爱神天。

[3] 不列颠系列骑士传奇中的人物，绰号"无怜悯"，是女人的凶残敌人。

[4] 此处指罗多蒙。

虽然是夺走了少女性命，
但对她之至诚应该纪念。
小教堂[1] 被用作祭奠少女，
杀人者心中才略觉平安：
美少女受戮于他的居所，
现将其变陵寝令她安眠。

32

各地的瓦匠都受命[2] 而来，
因恐惧也因为少女可怜；
共集聚足足有六千余人，
搬来了附近的沉重山岩，
建起了好一座高大坟墓，
九十臂[3] 从墓顶直至地面；
小教堂被大墓覆盖于内，
两情人安卧在教堂中间。

33

台伯河哈德良[4] 曾立巨陵[5]，
罗多蒙模仿其将墓修建。
还希望墓旁边建一高塔，
他决定住塔内一段时间。
并令人在附近河水之上，

---

[1]　指罗多蒙所居住的小教堂。
[2]　罗多蒙命令他们来。
[3]　长度单位，每臂约为 0.6 米。
[4]　公元 2 世纪的罗马皇帝。
[5]　指罗马城中台伯河畔的圣天使古堡，该古堡原本是为古罗马皇帝哈德良修建的坟墓。

建一座狭窄桥，两臂之宽[1]。
窄桥上只能够勉强通过，
并肩的两匹马、骑士两员；

34

两匹马必须是紧靠而行，
否则会相碰撞，人仰马翻：
桥两侧人与马均可跌落，
因桥面并没有遮护栏杆。
基督教或异教各位骑士，
付代价方能过狭窄桥面；
异教王欲夺得千人甲胄：
为祭奠美少女许下诺言。

35

跨河的狭窄桥工程完毕，
用时间或许还不足十天；
建坟墓却不能如此之快，
塔封顶也需要更多时间。
但塔身已竖起，上设岗楼，
按常规楼上立哨兵一员：
若见到有骑士走向小桥，
便吹号把警报迅速飞传。

36

武装者如若是走向高塔，
撒扎王必来自对面河岸，

---

[1] 在骑士传奇故事中，经常见骑士修建小桥，形成唯一通道，从而向过往的所有骑士提出挑战。

身披甲头顶盔迎向对手，
勇敢对来访者提出挑战。
那窄桥便是他角斗战场，
如战马略不慎，蹄出桥面，
必定会跌下河，沉入深渊：
这可是人世间罕见之险。

37

撒拉逊设计出如此窄桥，
他随时都面对跌落危险，
头朝下从桥上坠入河中，
用滚滚河水把肚皮灌满：
因暴饮酿大错[1]血染双手，
他本可把此错完全避免，
水似乎可熄灭烈酒之火，
把罪孽手与舌冲洗一番。

38

仅数日便出现许多骑士，
朝意国[2]、西班牙赶路向前：
有些人沿普通道路行进，
绝不走荒寂的无人路线；
有的人爱荣耀胜过生命，
偏偏要把风险亲身体验：
所有人都以为可获胜利，
却经常丢宝剑，甚至命断。

---

[1]　罗多蒙因爆因烈酒，头脑不清醒，才杀死伊萨贝。
[2]　指意大利。

39

败者中有许多异教骑士，
罗多蒙满足于剥甲，夺剑，
把名字[1]铭刻于甲剑盾牌，
高悬在陵墓的石壁上面；
基督徒则统统关入牢中，
欲携其返回到非洲家园。
疯狂的近卫士到来之时，
陵墓的大工程尚未全完。

40

伯爵爷勇罗兰偶然来此，
出现在滚滚的激流河岸。
我说过：罗多蒙正在那里，
命令人把大墓抓紧修建，
桥落成，塔与墓仍在建设；
异教徒头顶盔，铁甲披肩，
除面甲未放下，全副武装，
疯罗兰在此时突至桥边。

41

伯爵爷被疯狂驱使而来，
越桥前拦路杆跑步向前。
罗多蒙正站立高塔前面，
见此景面改色，胸燃怒焰；
他认为不值得使用枪剑，
于是便在远处高声叫喊：

---

[1] 指前面说到的失败者的名字。

"大胆的乡巴佬，你快止步，
太冒失，太狂妄，实在讨厌！

42

"此桥梁只是为骑士准备，
你这个蠢畜牲怎敢踏践。"
疯罗兰脑中乱，心不在焉，
继续跑，似乎是没有听见。
异教徒自语道："这个疯子，
我应该把他来整治一番。"
赶过去欲将其投入水中，
却未想是何人在他面前。

43

此时刻有一位可爱女子，
为过桥也来到激流岸边，
其打扮很优雅，面容俊俏，
看上去极矜持，难近身边。
恩主呀，不知您是否记得，
这一位寻夫的美貌婵娟，
布兰迪便是她寻找夫婿：
出巴黎，她踏遍海角天边。

44

菲蒂丽是这位女子芳名，
她来至狭窄的桥梁前面，
罗兰与罗多蒙正在交手，
后者欲把前者抛入波澜。
女子与伯爵爷曾有交往，
立刻便认出了熟识颜面：

见伯爵失理智赤身裸体，
因惊愕不敢信自己双眼。

45

停脚步细细瞧两位勇汉，
看二人之疯狂如何了断。
都希望把对手抛于桥下，
两勇士使足劲专心交战。
凶猛的罗多蒙自言自语：
"一疯子何以能如此强悍？"
东边扭，西边拽，南北纠缠，
傲慢的异教王胸燃怒焰。

46

罗多蒙细观察得势之处，
两只手寻找着新的抓点；
有时将手巧妙插入裆处，
有时把左或右腿脚撬绊。
他就像笨狗熊欲拔大树，
围绕着罗兰爷不断纠缠，
自己却不谨慎常跌于地，
犯错误更令其怒火冲天。

47

罗兰爷智慧被疯狂淹没，
只能够用力气进行激战，
但其力宇宙间无人可比，
即便有也必定十分罕见；
他搂抱异教徒同坠桥下，
跌入水，摔了个仰面朝天。

落下河，又一同沉入水底：
岸哭泣：河中水空中飞溅。

48

水立刻将二人分离开来，
赤裸的疯罗兰鱼般轻便：
两臂划，双足蹬，奋力游动，
很快便出波浪，登上河岸，
飞奔去，并不等了解战况：
全不知受人骂还是颂赞。
异教徒身上披沉重铠甲，
许久后才吃力爬上岸边。

49

菲蒂丽趁此机走过窄桥，
她安全到达了河的对岸；
从四面仔细观高大陵墓，
把心爱布兰迪迹象察看，
并未见其兵器、盔甲、战袍，
便希望在别处与其相见。
我们再回头讲伯爵故事，
他已把塔、河、桥抛在后面。

50

罗兰的疯事若件件讲述，
我必定失理智也变疯癫，
因太多，我不知何时结束，
现只能一个个仔细筛选，
讲值得歌颂的重要故事，
它们可使伯爵青史垂范。

比利牛斯山的图卢兹城，
发生的神奇事不能不言。

51

伯爵爷狂奔至许多地方，
严重的疯癫症促其向前；
最后他无意中登一山顶，
法兰西、阿拉贡分为两边；
他转头奔向了另一方向，
太阳公在那里熄灭烈焰[1]：
向前行见一条狭窄山路，
那小路立悬于深谷之间。

52

小路上有两位年轻樵夫，
赶着驴迎伯爵行走向前，
驴背上满载着新砍柴火；
二樵夫见伯爵立即发现：
此人的头脑已缺少理智，
于是便对伯爵厉声叫喊，
命令他向后退或者闪开，
切莫把他们的道路阻拦。

53

疯罗兰对吼叫并不应答，
却猛然飞起脚喷发怒焰，
正踢在毛驴的胸脯之上，

---

[1] 指奔向了西方。

其力度之巨大令人惊叹；
那驴子腾空起高入云端，
谁见到均觉是大鸟飞天。
越过了山谷处一哩之遥，
摔落在远处的小山之巅。

54

随后向两樵夫猛扑过去，
一樵夫运气好只伤皮面：
从悬崖跌入了深深山谷，
六十臂[1] 之山谷好似深渊。
半途中触及到柔软之物，
荆棘和草木丛将其阻拦，
他只被刮破了一点表皮，
其他处未受伤，性命保全。

55

另一人悬挂于陡壁边缘，
期待着有机会攀爬峭岩；
并希望重返回悬崖之上，
快逃离疯狂的大汉身边。
罗兰爷紧抓住此人两脚
（他不愿该樵夫再活人间）：
用全力将两腿向外撕扯，
立即把可怜人撕成两半；

---

[1]　长度单位，约 0.6 米。

56

就好像时常见苍鹰与隼[1]，
把猎物之内脏趁热吞咽，
鹭与鸡被它们撕成碎片，
以满足猛禽的饕餮贪婪。
那一位生存者十分幸运，
尽管他险些把脖颈扭断；
他亲口把奇迹告诉别人，
图品君听说后记录此段。

57

过大山伯爵爷创建奇迹，
一件件都令人惊愕赞叹。
进入了西班牙向南行走，
踏遍了峰与谷，最后下山；
沿海边来到了塔拉戈纳[2]，
那里的浪花儿拍打海岸：
是疯狂驱使他到达该城，
并希望他在那（儿）逗留数天；

58

为躲避太阳光烘烤、灼烫，
他竟然要钻入燥热沙滩。
梅多罗与娇妻安杰丽佳，
恰此时无意中来到此间；
前文中我已经对您讲述，
他二人下山至西班牙岸。

---

[1] 一种猛禽。
[2] 西班牙东北部的城市。

美女距伯爵爷一臂之遥，
却没有认出来他的颜面。

59

无迹象能提示这是伯爵，
与平时太不同，模样全变。
他自从被疯狂控制之后，
阴凉与烈日下赤裸向前：
若出生阿斯旺[1] 阳光之城，
或生于阿蒙神[2] 统治地面，
抑或者出生于尼罗山谷[3]，
其肌肤便不会被日晒干。

60

双眸已深陷入眼窝之中，
消瘦的面孔与骷髅一般，
可怖的散乱发令人怜悯，
吓人的浓胡须丑陋不堪。
突然间美女子看见此人，
受惊吓，回转身，浑身抖颤：
尖利的惊叫声冲上天空，
向她的引路人[4] 紧急求援。

61

无理智疯罗兰发现美女，

---

[1] 埃及南部的城市。
[2] 古代埃及等非洲国家所信奉的最重要的神灵之一。
[3] 指尼罗河所流经的山谷。
[4] 指与她同行的梅多罗。

猛跳起，欲挽留她于身边：
罗兰爷喜欢这俊俏面孔，
立刻便表现出情欲贪婪。
伯爵曾爱恋且崇拜此女，
但记忆全消失，未存半点。
在女子身后边紧追不舍，
就像是捕猎的一只猛犬。

62

那少年见疯子追赶女子，
便纵马欲将其践踏，撞翻，
当疯子转过身背朝他时，
便举起手中剑对其猛砍。
他以为这一剑可断其首，
未曾想其皮肤比骨更坚，
甚至说精铁也难以相比，
生来便可抵挡锐枪利剑。

63

罗兰爷感觉到身后被击，
转过身一只手紧紧握拳，
照准那撒拉逊战马猛打，
其力度可锤碎一座铁山。
击中了战马头，如砸玻璃，
战马死，其头如烂泥一般：
随即又转过身奔向女子，
女子逃，他在后紧紧追赶。

64

美女子驱赶着胯下坐骑，

用马刺锥马腹，不断挥鞭；
怨只怨那马儿脚步太慢，
恨不能似飞箭弹离弓弦。
她记起指上的救命魔戒，
抛入口，含其于齿舌之间：
那指环魔力强，神通广大，
似风吹油灯灭，少女不见。

65

可能是因少女受到惊吓，
摘环时未能够坐稳马鞍，
或者因那马儿蹦跳翘立，
想确定何原因实在困难；
总言之，魔戒被抛入口中，
少女的美容颜隐藏不见，
同时她脚脱蹬，落下马背，
摔倒在沙滩上，仰面朝天。

66

如若是这一跌再近两指，
便与那疯狂汉滚成一团，
猛撞击必定令少女丧命，
但运气帮助她脱离危险。
最好是再去偷一匹母马，
帮助她脱困境飞速向前；
这匹马再难以助她赶路，
因它在伯爵前奔踏海滩。

67

别以为少女难再获坐骑，

我先把罗兰爷故事讲完；
他胸中仍冲动，愤怒不已，
全因为美女子隐身不见。
沙滩上猛追赶无主畜牲，
他越来越靠近母马身边，
已触及其身体，抓住马鬃，
随即又勒嚼子，令马停站。

68

近卫士抓住马心中喜欢，
似他人捉到了少女一般；
整顿好缰绳与马面辔头，
一纵身便跃上母马背肩；
驱赶它奔跑了许多路程，
忽而这（儿），忽而那（儿），从不下鞍，
鞍座与马嚼子永不卸下，
令马儿不食草，不饮清泉。

69

他本想跨越过一条宽壑，
马失蹄，跌入沟，四脚朝天。
伯爵爷没受伤，未觉摔痛，
深壑底母马却跌脱背肩。
不知道如何能拖马出壑，
最后他肩驮马跃上沟沿，
出沟后扛重物不停行走，
奔出了足足有三箭之远[1]。

————————

[1]　三倍于弓箭射程的路程。

70

后来觉肩上物十分沉重，
置于地，试图用双手拖牵。
那母马慢步行，一瘸一拐，
罗兰爷徒劳吼："快快向前！"
母马儿被迫随伯爵奔跑，
然而却难满足疯子意愿。
伯爵爷从马头卸下缰绳，
把马儿右后蹄紧紧捆栓；

71

说如此可令其跟上脚步，
边拖拽边劝慰母马心安。
马皮毛一处处被石蹭破，
这一种牵马法着实野蛮。
那可怜之畜牲最终死去，
难忍受这样的痛苦磨难。
罗兰爷全不顾母马痛苦，
不停步，奔跑着，赶路向前。

72

疯伯爵仍拖牵已死母马，
向西方继续行刻不停缓；
若感觉腹饥饿需要进食，
便抢掠村寨与农夫庄园；
为填满他那副辘辘饥肠，
用武力夺面包、果、肉、米饭：
有的人被杀死，有的残废，
抢掠者向前行，从不停站。

73

他心爱之女子若不躲藏，
也必定遭受到类似灾难：
伤害时自以为实施援助，
因为他早已经黑白不辨。
啊，勇骑士[1]赠予的那枚魔戒，
你令人诅咒且令人讨厌！
若无它罗兰爷必定复仇，
伤及她与别人成百上千。

74

不感恩恶女子何止一人，
过去与今天有成千上万；
她们都必定会忘恩负义，
心田中均没有半点良善。
现在我应准备转换话题，
必须要降音调，松调琴弦，
最好是将此曲推迟演奏，
以便使听曲者不觉厌倦。

---

[1] 指鲁杰罗。见第 10 歌 107 节。

第 30 歌

疯罗兰奋力游横越海峡　　美女携梅多罗返回契丹
鲁杰罗杀猛士大获全胜　　伊帕卡向女主亲交信件

　　疯狂的罗兰拖着死马来到西班牙一条大河的入海口处,见一位牧人骑马而来,便提出用死马换牧人的活马;牧人不愿意,被他打死。他骑着牧人的马继续前行,不饮马,不喂马,几日后将马累死。随后他又抢夺了几匹马,均将其累死。后来,罗兰奋力游过直布罗陀海峡,登上非洲的休达海岸。

　　安杰丽佳和梅多罗怎样返回契丹,梅多罗又怎样成为契丹国王,诗人认为,这些自有其他人讲述,他更愿意讲述别的故事,从此二人便在诗中消失。

　　经过抽签,非洲王阿格拉曼决定由鲁杰罗与蛮力卡比武,胜者可获得使用白鹰徽章的权利;若鲁杰罗取胜,杜林丹宝剑就归格拉达索所有,若蛮力卡取胜,杜林丹宝剑便仍然属于他。比武结束,蛮力卡被杀死,身负重伤的鲁杰罗获得最终胜利。

　　布拉达曼迫切期盼鲁杰罗来蒙塔坂城堡与她相会。侍女伊帕卡返回城堡,向女主人讲述了罗多蒙夺马和在泉水旁遇见鲁杰罗的经过,并把鲁杰罗的亲笔信交给布拉达曼。

　　里纳多返回蒙塔坂城堡,但只略停几日,便带领三位兄弟、两位堂弟及其他勇士离开城堡,赶赴巴黎,增援查理王。

1

如人被冲动与愤怒征服,
弃理智,无自卫,受害难免,
盲目的疯狂会促使他去,

用手脚或语言把友冒犯；
随后他痛落泪，伤心，叹息，
想补救所犯错为时已晚。
上一歌因愤怒，多言多语，
我现在枉然泣，悲哀，可怜。

2

我就像一病人疾患沉重，
千忍耐，万忍耐，到了极限，
已没有任何法可止痛苦，
于是便怒难遏，诅咒上天。
痛苦过，冲动也随之散去，
口中舌说恶语过于随便；
因而便心悔恨，十分懊恼：
却难以再收回所吐之言。

3

女人啊，我恳求你们仁慈，
一定要把我的罪孽赦免。
请你们原谅我胡言乱语，
因头脑被疯狂激情侵占。
你们应去指责我的女敌[1]，
是她令善良我如此这般，
主知道，我爱她，是她之错，
才使我说出了罪过之言。

---

[1] 指诗人所爱的女人。所爱女人令诗人忍受痛苦，因而此处称其为"女敌"。

4

罗兰爷没有我这般疯狂，
也不比我更需原谅、可怜；
游遍了马西略大半王国[1]，
或翻山或足踏平原、海滩，
他拖拽马尸体许多时日，
畅通行，未曾遇任何阻拦；
来到了一大河入海之处，
不得不把死马抛弃一边。

5

他善于浪中游，如同水獭，
跳入河，随后又登上对岸。
遇见了骑马的一位牧人，
为饮马他来到大河岸边。
罗兰爷赤裸裸孤身一人，
牧人见，心不惊，并不躲闪。
那疯子开言道："我要你马，
用母马可与你做个交换。

6

"若愿意就请你仔细观看，
它已死，躺卧在河的对岸；
你可以为此马服药治病，
除此外它没有其他缺陷。
你还应再给我一些补偿，
我喜欢你下马慷慨表现。"

---

[1]　指西班牙。

那牧人面带笑并不答话，

离疯子，欲涉水，走向河边。

7

疯罗兰见此状狂怒吼道：

"我要你那匹马，你未听见？"

放牧人握一根坚节木棍[1]，

高举起，猛抽打伯爵背肩。

近卫士从未曾如此疯狂，

狂与怒已超出任何极限。

紧握拳对牧人头顶狠砸，

可怜人头骨碎，死于地面。

8

伯爵爷跳上马四处游荡，

一路抢，令众人遭受苦难。

不让马啃青草，不喂干料，

数日后那马儿力尽命断；

罗兰却不愿意徒步前行，

而希望骑乘马遍游世间；

见到马他必定夺来自用，

被杀的马主人十分悲惨。

9

他最后来到了马拉加[2] 城，

这座城受伤害，十分凄惨：

疯罗兰抢劫了城中居民，

---

[1]　长满坚硬节的木棍。

[2]　西班牙南部的城市。见第 14 歌 12 节。

还将其征服后折磨一番；

两年内再难以劫掠此城，

因疯子已杀人成千上万，

推平或纵火烧座座民房，

全城被摧毁了将近一半。

10

他随后又到达直布罗陀，

踏上了泽咋拉[1]城市地面，

人们用海峡名称呼此城，

因为它坐落在海峡旁边；

见一船满载着欢乐人群，

正意欲远航去起锚离岸，

清晨的微风下众人嬉笑，

要驶向平静的美丽海面。

11

那疯子高声叫："且慢，且慢！"

他突然也希望搭乘此船。

但喊叫与狂吼无济于事，

装此货[2]人与舟全都不愿。

水面上木船儿快速行驶，

就像是空中的轻盈飞燕。

罗兰爷用锤鞭[3]抽打坐骑，

驱赶其奔跑着冲向水面。

---

[1]　现在叫阿尔赫西拉斯，当时被撒拉逊人占领，被称作泽咋拉。

[2]　指罗兰。

[3]　一种用皮条和金属丝编成的鞭子，上面结有许多铅弹。

12

那马儿不得不踏入水中，
所有的反抗都徒劳枉然：
水没过膝与腹，又漫臀部，
到后来只马头将露水面。
欲返回已经是全无希望，
马感觉硬鞭杆击打耳间。
可怜虫将窒息波浪之中，
或者须渡海至非洲彼岸。

13

罗兰爷已不见船帮船尾，
船上人驾木舟远离海岸；
大海中激荡的波涛高扬，
遮挡住水中的低矮视线：
那马儿却仍然搏击巨浪，
挣扎着欲游过那片海面。
它腹中灌满水，灵魂已空，
到最后不再游，气绝命断。

14

罗兰爷若不是奋力游水，
也必定葬身于浪涛之间。
他蹬踹两条腿，划动双臂，
风与浪吹打着泳者脸面。
那一日风温顺，大海平静，
是一个绝好的艳阳晴天；
如若是有狂风激荡海水，
近卫士必溺死汹涌波澜。

15

机运神眷顾着疯狂之人，
推伯爵登上了休达[1]海岸，
距休达城垣处两箭之地，
罗兰爷爬上了柔软沙滩。
顺海岸向东方快速奔走，
许多天无目的跑步向前；
一直到他看见海滩之上，
黑色人扎军营无边无沿。

16

我们请近卫士暂且游荡：
再回头讲述他总有时间。
恩主呀，摆脱了伯爵之后，
妖艳女[2]又遭遇何种苦难？
她怎样寻船只，恰遇顺风，
返回了自己的美丽家园？
梅多罗又怎样掌握权杖？
自会有他人唱，拨动琴弦。

17

我已经无兴趣再讲此女，
更愿意说一说其他事件。
转话题继续讲鞑靼国王[3]，
胜对手，夺得了美丽婵娟，

---

[1] 休达是现在西班牙在北非的属地，它位于马格里布的最北部，在直布罗陀海峡附近的地中海沿岸，与摩洛哥接壤。
[2] 指契丹公主安杰丽佳。
[3] 指蛮力卡。

他享用美佳丽，欣喜若狂，
欧洲再无女子比她美艳：
契丹女[1] 远离去，永不返回，
贞洁的伊萨贝已经升天。

18

经裁判，蛮力卡高傲武士，
获得了多拉丽美貌婵娟，
然而却未得到全部快乐：
与别人还存在其他争端。
因不愿他使用白鹰徽章，
年轻的鲁杰罗与其结怨；
著名的赛里斯一国之君[2]，
与他因杜林丹[3] 也起争端。

19

非洲王、马西略费尽气力，
难理清他们间相互纠缠：
无法令众勇士化解矛盾，
使他们再重新拧成一团；
蛮力卡用古老特洛伊盾[4]，
鲁杰罗不情愿，心中生怨；
杜林丹是否属格拉达索，
要平息二争端难上加难。

---

[1] 指安杰丽佳。
[2] 指格拉达索。
[3] 杜林丹宝剑。见第9歌3节。
[4] 蛮力卡使用的是古代特洛伊勇士赫克特带有白鹰徽章的盾牌，而鲁杰罗则认为白
     鹰徽章应该属于他。

20

鲁杰罗不愿他[1] 征战之时，

将自己之宝盾挽于臂弯；

他挥舞罗兰的锋利宝剑，

亦违反赛里斯国王心愿。

非洲王开口道："不必多言，

最终由运气来做出决断；

我们看机运神如何安排，

谁在先，谁在后，不可改变。

21

"如你等能令我心中愉快，

我永远对你们感激万千；

你二人[2] 谁先战，抽签决定，

抽中者先下场与其激战；

另一人并没有机会对阵：

两争端应该由一人承担，

若失败，应算作两阵皆输，

若获胜，一取盾，一得宝剑。

22

"勇猛的鲁杰罗、格拉达索，

我认为你二人都很彪悍；

无论是谁先行下场比武，

必定会表现出身手不凡。

这胜利最终应属于何方，

全依仗天命来做出决断。

---

[1] 指蛮力卡。

[2] 指鲁杰罗和格拉达索。

勇骑士并没有任何过错，
所有错均应由"机运"[1]承担。"

23

非洲王吐此言，二人沉默，
两勇士对抽签没有意见，
他们俩无论谁先行入阵，
都应该肩负起双重争端。
准备好同样的两张卡片，
将二人名与姓写在上面；
把卡片装入到签箱之中，
左右摇，上下晃，混合一番。

24

命一位少年郎伸手入箱，
抽出来箱中的一张卡片，
卡片上书写着鲁杰罗名，
赛里斯那一张留在箱间。
鲁杰罗听到了自己名字，
他心中之欢喜无语可言；
赛里斯国王却十分痛苦，
但只好接受这上天决断。

25

赛里斯之国王想方设法，
要帮助鲁杰罗准备一番，
比武时他必须占据上风，

---

[1]　指机运女神。

先应该把招数演习一遍；
鲁杰罗深知晓怎样取胜，
如何用剑与盾护己安全，
哪一剑是虚招，哪剑为实，
何时攻，何时守，何时躲闪。

26

那一日缔约和抽签之后，
还需要静等待一段时间，
朋友向比武者广提建议，
当时有如此的风俗习惯。
民众都渴望着观看比武，
蜂拥至，占位置，恐后争先：
许多人前一天便已赶到，
宁可熬一整夜不闭双眼。

27

愚昧的乌合众迫切期待，
二勇士下校场展开激战；
一个个无知者鼠目寸光，
除眼前其他均难以看见。
索柏林、马西略、其他智者，
可洞察害与利做出明断，
都指责这一战有害无利：
非洲王却允许，不加阻拦。

28

智慧者均提醒阿格拉曼，
二亡一，撒拉逊定然遭难，
鲁杰罗、鞑靼王必死一人，

凶残的命运已做出决断：
要抗击丕平子[1]取得胜利，
则需要两勇士并肩作战，
虽然有千万名兵勇士卒，
得一员猛将却十分困难。

29

非洲王亦晓得此种道理，
但无法不承认已许之愿。
他请求蛮力卡、鲁杰罗君，
放弃掉他许诺这场争战；
并化解他们的相互怨恨，
不值得因此便舞枪弄剑：
若他们不愿意遵从王命，
至少应略推迟争斗时间。

30

把争斗向后推五六个月，
或更长或稍短，随机而变；
一直到把查理逐出王国，
夺其杖，剥其袍，摘其王冠。
两勇士虽然也愿意从命，
却仍然态度硬，不想服软；
都认为先同意退让之人，
必然要忍耻辱，丧尽颜面。

---

[1]　查理是矮子丕平的儿子，因而"丕平子"指法兰西王查理。

31

多拉丽——斯托迪美貌公主[1]，
苦苦求鞑靼人，口吐抱怨：
比国王[2]、其他人更显痛苦，
安慰她枉费尽万语千言。
求夫君接受王诚恳建议，
别违逆在场的众人意愿；
抱怨说她总是为其担忧，
心充满恐惧与焦虑不安。

32

开言道："真不幸！我无宁日，
斗此人，战彼人，何日能完，
挑战欲迫使您永不卸甲，
我还可心期盼何等平安？
刚熄灭为我的那场恶斗，
另一场生死战又被点燃，
我胸中还会有什么快乐？
还能见我展现何种笑颜？

33

"一国王、一骑士如此彪悍，
若为我宁愿冒生命危险，
投入到殊死的角斗之中，
哎呀呀，这令我多么体面！
但如今我见您这般轻率，
为小事也同样甘冒风险；

---

[1]　多拉丽是斯托迪国王的女儿。见第 14 歌 55 节。
[2]　此处的国王指阿格拉曼。

足可见您心中本性残忍，
并非因爱我才投入激战。

34

"您对我若时时努力示爱，
那爱情很真诚并非欺骗，
我便以爱之名向您请求，
别在意鲁杰罗白鹰盾面；
为此事您竟要大开杀戒，
来拷打我灵魂，伤我心田。
我不知得或弃白鹰徽章，
何利害能让您如此为难。

35

"此争战，利益小，害却极大，
完全是您情愿为战而战：
即便您能夺得鲁杰罗鹰，
也必须因小利受大磨难；
若'机运'转过身弃您而去，
您未能捉其发扣留身边，
将造成难想象恶劣后果，
想到此我的心破裂两半。

36

"如若您丝毫不顾及生命，
却对那白鹰徽喜爱无限，
至少应为了我珍惜自己，
您若死我命也必定归天。
生与死我都要把您追随，
伴随您我虽死并无遗憾：

然而我却不愿死于您后，
死亡前处境还无比凄惨。"

37

说出了许多的悲伤话语，
泪水和叹息声陪伴其言，
一整夜，她不断哀求夫君，
请求其熄战火寻求平安。
蛮力卡吸吮着甜蜜泪水，
娇艳女潮湿眼泪流不断，
美丽的玫瑰唇倾吐苦痛，
勇骑士亦落泪回答抱怨：

38

"哎，心尖啊，您不要如此悲痛，
上主啊，这本是小事一件；
若查理、非洲王亲自率领，
所有的法兰西、摩尔军团，
展大旗一起来把我攻击，
都不必担心我会有危险。
鲁杰罗一个人有何畏惧，
您应该淡定且从容不变。

39

"您一定还记得我曾一人
（无弯刀也未带锋利宝剑），
只凭借一杆枪闯入万军，
武装的众骑士无人敢拦。
赛里斯国王也无比羞愧，

若人问，他也会讲述一番[1]，
索里亚城堡中成我俘虏[2]，
他远比鲁杰罗名声灿烂。

40

"然而他绝不敢拒绝承认，
切克斯国之主亦记心间，
格里风、阿奎兰、伊索列君，
也无法否定我勇猛彪悍：
数日前他们与上百骑士，
被捉住关押在城堡里面，
其中有撒拉逊、基督教徒，
那一日获释放靠我救援。

41

"至今日他们仍惊讶不已，
赞叹我那一日表现不凡；
法兰克、摩尔军齐为我敌，
激战的程度也难比那天。
鲁杰罗还是位无知幼雏，
一对一我会有什么危险？
今日里鲁杰罗有何可惧？
更何况我手握杜林丹剑。

---

[1] 尽管格拉达索会感觉到羞愧和痛苦，但有人问时，他也会讲述一番。
[2] 据《热恋的罗兰》讲，在索里亚城堡时，蛮力卡曾打败格拉达索，夺得古代特洛伊英雄赫克特的盔甲，并请求索里亚巫女释放了格拉达索、伊索列、萨克利潘、阿奎兰、格里风等人。见《热恋的罗兰》第 3 卷第 1 歌 39 节。

42

"上一次若没有投入战斗，
我怎么能把您留在身边？
如若我再向您展示神武，
鲁杰罗之下场您可预见。
求上主，您赶快擦干眼泪，
别向我做如此悲惨祝愿；
并非为盾牌和白鹰徽章，
应深信我是为荣誉而战。"

43

尽管是蛮力卡如此表白，
伤心女却坚定回答其言，
言之力可移动擎天柱石，
因她已决心把勇士改变：
美少女要征服武装骑士，
虽然是她仅仅身穿裙衫；
她甚至说国王[1]坚持和解，
也完全是为她心中喜欢。

44

在她的劝说中黑夜过去，
美丽的奥罗拉伴日飞天；
勇猛的鲁杰罗急于表明，
他持有白鹰徽理所当然；
不愿意说空话延误时日，
一心把这件事尽快了断；

---

[1]　指非洲王阿格拉曼。

闻号声，入校场，全副武装，
栅栏旁围观者成千上万。

45

傲慢的鞑靼人亦闻号声，
知有人下校场向他挑战，
他不想再听到谈论和解，
从床上跳起来高喊："枪剑[1]。"
其面部显现出凶狠、残忍，
多拉丽见此状亦觉胆寒，
不再敢对他说放弃争斗：
二勇士校场将展开激战。

46

侍从们为骑士披挂铠甲，
蛮力卡强忍受，不耐其烦；
随后他急匆匆跳上宝马[2]：
巴黎的勇卫士[3]曾跨此鞍；
他朝着比武场奔跑而来，
为的是要了断徽章争端。
非洲王与显贵亦到校场，
不需要再等待便可开战。

47

他二人戴上了闪亮头盔，

---

[1] 高喊着叫人取来他的枪剑。
[2] 指宝马布里亚多，它原本属于罗兰，被他留在牧民的家中，后来被蛮力卡获得。
　　见第 23 歌 116 节，第 24 歌 115 节。
[3] 指罗兰。

每个人牢握着长枪一杆。
紧接着又响起开战号角,
在场者受惊吓面色皆变。
二骑士将枪尾插入靠[1]中,
刺马腹驱坐骑冲锋向前;
其冲力极巨大,惊天动地,
似乎令大地裂,天空塌陷。

48

只见得白鹰徽左右齐现[2]:
此神鸟载宙斯巡游云天[3];
色萨利曾多次见过神鹰[4],
但异样之羽毛披其背肩[5]。
二勇士皆胆壮,从容不迫,
手中握粗大的坚固枪杆;
战场上极镇定,势不可摧,
远胜过迎风塔、阻浪礁岩。

49

图品君之描写十分真切:
冲击中大枪杆飞上云天,
因进入火之层[6]随后下落,

---

[1] 指枪靠。

[2] 鲁杰罗和蛮力卡都佩戴白鹰徽章,因而此处说"白鹰徽左右齐现"。

[3] 古时西方人经常展示希腊主神宙斯乘神鹰巡天的形象。

[4] 色萨利是希腊中东部历史区域。罗马共和国末期恺撒与庞培在该地区曾经展开激战,屋大维也曾经在该地区北面的马其顿与布鲁图斯和卡西乌斯展开激战;古罗马人使用雄鹰徽章,因而此处说"色萨利曾多次见到神鹰"。

[5] 古罗马共和国晚期罗马军团使用银白色鹰徽,帝国建立以后改用金色鹰徽,因而此处说"但异样之羽毛披其背肩"。

[6] 按照欧洲古代天文学的理论,在地球与月亮天之间有一个火层。

折成了两三段，燃烧烈焰。
勇骑士随后又拔出利剑：
二人都无所惧，奋勇向前，
面对面猛冲击，刚刚接触，
剑尖便直指向对手之面。

50

第一剑便刺向对手面甲，
想一招就将其击落地面，
并无意去伤害他的坐骑，
因马儿并没有引发激战。
若认为二人间订立协议[1]，
便不懂古习俗，乱做判断：
虽然是无协议，若伤战马，
将永远受谴责，丢尽颜面。

51

二人的面甲有双重保护，
也将将能承受凶狠重剑。
你一剑，我一剑，劈刺相接，
击打如冰雹落连续不断，
砍碎了枝与叶、土块、秸秆，
摧毁了期待的丰收麦田。
锋利剑杜林丹、巴利萨达[2]，
被二雄握在手，威力无限。

---

[1] 诗人并不认为中世纪的骑士之间存在着相互保护对方战马的协议，但遵照习俗，
骑士不能有意伤害对方战马，否则便不被看作是好骑士，因此，诗人说"虽然是无
协议，若伤战马，将永远受谴责，丢尽颜面"。
[2] 杜林丹原本是罗兰的宝剑，现由蛮力卡使用；鲁杰罗使用的是巴利萨达宝剑。

52

未出手之招数更加凶狠，
两勇士心中明，加倍防范。
蛮力卡先使出一路狠招，
差一点鲁杰罗被剑斩断：
砍下的锋利剑着实恶毒，
把骑士手中盾一劈两半，
盾后的护身甲也被撕裂，
残忍剑直陷入皮肉里面。

53

蛮力卡狠劈砍令人胆寒，
在场者为骑士[1]恐惧不安；
不敢说所有人倾向于他，
多数人爱戴他不容争辩。
如"机运"能遵从众人意愿，
他们的希望能得以实现，
蛮力卡必定死或被活捉，
因他的这一剑引起众怨。

54

我认为有天使干预此事，
助骑士摆脱了生命危险。
鲁杰罗不迟疑，回敬对手，
此一击更令人心惊胆战。
宝剑向蛮力卡迎头猛砍，
复仇的熊熊火十分凶残，

---

[1] 指鲁杰罗。

剑劈落一定能伤及其身，
若不然我必会发出抱怨。

55

迎其面狠劈下巴利萨达，
赫克特神盔也抵御困难。
蛮力卡被击中，疼痛难忍，
马缰绳脱离他指掌之间。
曾三次似乎要倒栽落马，
那马儿因换主痛苦不安[1]：
您知道其名唤布里亚多，
在校场摇晃着左右兜转。

56

驮鞑人受重击头昏眼花，
觉醒后心中的火气冲天，
似被踏之蛇虫、受伤雄狮，
从不曾燃如此疯狂怒焰。
他愤怒与傲慢越是增长，
越显示是一位勇猛凶汉：
勒缰绳令战马腾空跃起，
扑向了鲁杰罗，高举利剑。

57

脚踩镫，直立身，瞄准头盔，
满以为此剑能裂敌两半，
剑锋可直劈到对手胸部，

---

[1] 布里亚多本来是罗兰的战马。

鲁杰罗却比他更加灵便：
勇骑士虽然是收紧身体，
忍伤痛，一双眉紧锁不展；
然而在蛮力卡剑落之前，
对其胸速刺出凶猛一剑。

58

锁子甲被利剑戳个大洞，
右腋处防护破，受伤难免；
鲁杰罗拔出来巴利萨达，
温热的鲜红血如同喷泉；
落下的杜林丹已无力气，
再难给鲁杰罗带来危险；
但头盔若不是精心锻造，
这一剑也叫他牢记永远。

59

鲁杰罗不罢休，驱马向前，
猛攻击蛮力卡右肋一边。
锁子甲用铁丝细心编织，
虽精制护其身十分困难；
勇骑士劈与刺从不失误，
神奇剑可断金，锋利非凡，
无论是环锁铠[1]、魔咒甲片，
抵挡住此剑锋难比登天。

---

[1]　即软甲，亦称锁子甲。见第 1 歌 17 节注。

60

那宝剑触及处必伤其身，
令鞑靼凶猛汉十分悲惨；
蛮力卡比海上风暴可怖，
他狂怒颤抖着诅咒苍天。
已准备使出他终极力量：
利剑柄被牢握双手掌间，
那一面蓝色底白鹰宝盾，
因愤怒早已被抛弃一边。

61

鲁杰罗对他道："是你不配，
盾面上绘鹰徽行走世间，
抛弃它、劈裂它[1]便是铁证，
请别再把此徽挂在嘴边。"
说话间，鲁杰罗命中注定，
必定受杜林丹沉重一剑；
这一剑太凶狠，迎面砍来，
略轻些亦可以劈倒一山。

62

把面甲从中间一劈两半：
甲与脸幸亏有一些空间；
剑随后落铁制鞍桥之上：
两层铁包鞍桥亦被斩断；
直劈到双腿间护腰甲衣，
如切蜡撕裂了腰甲护片；

---

[1] 在角斗中，蛮力卡劈裂了鲁杰罗画有白鹰徽章的盾牌，又抛弃了自己手中画有白
鹰徽章的盾牌，因而此处说"抛弃它，劈裂它"。

重伤了鲁杰罗一条大腿，
伤痊愈则需要很长时间。

63

两人的宝剑都流淌鲜血，
长长的两条印红而鲜艳；
以至于众人的见解不同，
二人中谁上风难以分辨。
鲁杰罗却很快解除疑虑，
全依赖他那把凶狠宝剑：
把剑尖猛刺向对手左侧，
蛮力卡已弃盾，无法阻拦。

64

穿透了对手的左侧护甲，
无阻挡，直刺向他的心田；
从侧面入心脏一拃之深，
蛮力卡不得不跌落地面；
他放弃所有的白鹰要求，
也不能再占有著名宝剑，
同时还丢掉了珍贵性命；
剑和盾与生命难比贵贱。

65

可怜虫[1]命虽丧却施报复，
快速挥他人的那把宝剑[2]，

---

[1]　指蛮力卡。
[2]　杜林丹宝剑原属于罗兰，罗兰发疯后被蛮力卡得到，因而此处称"他人的那把
　　宝剑"。

在自己被刺中跌倒之时，
差点把鲁杰罗面劈两半；
若先前勇骑士[1] 未消其力，
使他的气势与力量锐减，
刺中了他右侧腋窝之处，
己[2] 生命必然会难以保全。

66

鲁杰罗取对手性命之时，
他也被蛮力卡剑劈迎面，
盔中的大护箍、精铁丝网[3]，
全都被这一击迸飞一边；
杜林丹破额头坚硬皮骨，
入骑士头骨中两指深浅：
鲁杰罗亦跌倒昏厥过去，
其头部流鲜血小溪一般。

67

鲁杰罗先对手落马坠鞍，
鞑靼人也随后跌于地面，
几乎是每个人都会以为，
蛮力卡已光荣赢得激战。
多拉丽那一日多次哭笑，
与众人均做出错误判断，
朝天空伸双手感谢上主，
令角斗之结果如此这般。

---

[1]　指鲁杰罗。
[2]　指鲁杰罗自己。
[3]　指头盔内部为加强坚固性所设置的支撑铁箍和用精铁制作的护网。

68

但随后比武场出现迹象，
生者生，死者亡，十分明显，
双方的拥护者转变心情，
这一方得安慰，那方悲惨。
国王与显贵者、骑士看见，
鲁杰罗已艰难挺身立站；
众人都奔过去将他拥抱，
给予他荣耀且欢呼不断。

69

众人都对骑士表示祝贺，
口与心相呼应，与其同欢。
赛里斯国王却与众不同，
心里想有别于口中之言；
他表面好像是十分高兴，
对骑士嫉妒却隐藏心间：
鲁杰罗暗中有命运相助，
获得了角斗的优先之权。

70

对非洲王中王那份宠幸，
又应该怎么说我的意见？
王对于鲁杰罗真诚喜爱，
不携他不愿离非洲家园，
难道说没有他万军无为？
难道说他不在旌旗难展[1]？

---

[1] 据《热恋的罗兰》讲，没有鲁杰罗参与，非洲王阿格拉曼就不愿意从非洲起兵对
法兰西发动战争，因为占星术士们预言，没有鲁杰罗参与，对查理王的战争不会
取得胜利。见《热恋的罗兰》第 2 卷第 1 歌 69 节。

现如今他杀死阿格里子，
众人都一起来把他颂赞。

71

鲁杰罗并非是男人独爱，
女人们也蜂拥表示心愿，
她们随西班牙、非洲大军，
来到了法兰西美丽家园。
多拉丽则痛哭苍白爱人，
伤心的美少女十分凄惨；
但若无羞愧感将其制止，
或许她也混入欢乐女眷。

72

说"或许"是因为我难确定，
她是否会轻佻不顾颜面：
鲁杰罗英俊且功绩辉煌，
形象美，身高贵，风度翩翩。
我们已对此女十分了解，
她虽美情感却非常易变，
为表示她不缺爱的激情，
或许向鲁杰罗把心奉献。

73

活着的蛮力卡令其喜爱，
但死人能给她何种情欢？
她需要再寻求一位勇士，
可使她昼与夜心足意满。
宫廷的最高明疗伤医师，
急忙忙赶到了伤者面前，

检查了鲁杰罗每处剑伤，
确定说可保他生命安全。

74

非洲王亲安排疗伤之事，
令人把鲁杰罗置其帐间；
王关心且爱护鲁杰罗君：
昼与夜要见他卧己面前。
蛮力卡盾牌与全部兵器，
悬挂于鲁杰罗卧榻旁边；
只缺少杜林丹锋利宝剑，
赛里斯国王已暂悬腰间。

75

蛮力卡兵器与其他物品，
全成为鲁杰罗私有财产，
罗兰爷抛弃的布里亚多，
也成为战利品，理所当然。
鲁杰罗后来向国王[1]赠马[2]，
足可见他对王感激万千。
说到此我们须重新返回，
鲁杰罗渴望的女子身边。

76

阿蒙女承受着爱情之苦，
她始终把爱人迫切期盼。
伊帕卡又返回蒙塔坂堡，

---

[1]　指阿格拉曼。
[2]　指布里亚多。

把女主等待的消息递传。
先讲述罗多蒙夺马之事，
再说明如何在潺潺溪边，
遇见了鲁杰罗、理查德君，
阿里蒙兄弟也将其陪伴。

77

与侍女分手后独自前行，
他希望能惩治盗马凶犯，
罗多蒙夺伏龙犯下罪孽：
竟然对弱女子显示横蛮；
但因为走上了另一条路，
其计划并未能顺利实现。
为何他未赶往蒙塔坂堡，
伊帕卡对女主一一道全；

78

并把他对女主道歉之语，
一句句全说出，不留半点。
随后又从怀中抽出一信，
鲁杰罗请她作传信鸿雁。
女主人接过信，打开阅读，
她心中不宁静，情绪纷乱：
自以为能面见鲁杰罗君，
否则她见此信必定心欢。

79

她期盼能见到鲁杰罗君，
却仅仅得其信未能谋面，
这使她美面容增添愁云，

悲与怒和恐惧脸上布满。
她一心只想念写信之人，
吻信纸十遍后又吻十遍。
滴滴泪洒在了书信之上，
叹息火切莫把信纸点燃。

80

又重新五六次反复读信，
并希望消息能重复数遍，
侍女把两消息带回城堡，
她边听边哭泣，抽噎不断：
若不能尽快见鲁杰罗君，
我认为她难以获得宁安，
如没有心爱人亲自安慰，
便无法摆脱掉心中苦难。

81

鲁杰罗信中说很快返回，
最多用十五日、二十来天，
他还对伊帕卡发誓说道，
不要怕他失踪再也不见。
阿蒙女开言道："谁能保证，
他不会再遇见偶然事件，
某事使鲁杰罗不能来此，
令骑士难实现他的意愿。

82

"鲁杰罗，我爱你胜过自身，

哎呀呀！谁相信你也会如此这般[1]？
我是你公认的一个敌人[2]，
你怎能只爱我他人不恋？
对本该支持的你却残忍，
本应该压制的你却支援[3]。
奖与罚你难以分辨清楚，
不知你自认为该责、该赞。

83

"你知否特罗扬杀死你父，
众人皆晓此事，乃至石岩：
你竟然去帮助特罗扬子，
保护他身安全不失尊严。
鲁杰罗，这难道是你复仇？
报你父大仇者该遭此难[4]？
你给予我家族如此大奖，
竟想令我死于这等磨难[5]。"

84

对不在现场的鲁杰罗君，
痴情女哭泣着吐出此言，
她不止一两次流出眼泪，

---

[1] 谁相信你爱我也像我爱你一样？
[2] 因布拉达曼与鲁杰罗信仰不同，在众人眼中他们应该是敌人，而不是恋人。
[3] 鲁杰罗支持本该压制的撒拉逊人，对本该支持的基督徒却十分残忍。
[4] 据《热恋的罗兰》讲，鲁杰罗的父亲鲁杰罗国王是基督徒，被阿格拉曼的父亲特罗扬杀死。见《热恋的罗兰》第2卷第1歌70节。后来基督徒为鲁杰罗报了杀父之仇，罗兰杀死了特罗扬。见本诗第1歌1节。但在《疯狂的罗兰》第38歌5节中，阿里奥斯托又将此罪行算在特罗扬的兄弟阿蒙特身上。
[5] 你竟然给予你报杀父之仇的克莱蒙家族（罗兰、里纳多、布拉达曼均属于此家族）如此奖励，想令属于此家族的我死于这等磨难之中。

伊帕卡安慰她为其拭面，
劝她说：女主应耐心等待，
鲁杰罗许诺言返回那天，
必可见他并非无情之人，
定然会仍保持忠诚不变。

85

情人的希望会经常伴随，
恐惧和痛苦及其他忧烦；
希望与伊帕卡劝慰之语，
减轻了女主人心中苦难；
致使她停留在蒙塔坂堡，
并不想外出游眠于客栈，
欲等待鲁杰罗前来相会：
然而他后来却违背诺言。

86

虽然他违背了返回诺言，
却不该把过错承担在肩；
他被迫违约定，滞留军营，
延误了约定的来堡时间：
与凶悍鞑靼人角斗之后，
众人都疑其死，痛碎心肝；
因负伤不得不卧床一月，
远避开他人的注意视线。

87

热恋女等待着约定时间，
她徒劳将情人苦苦期盼，

若不听伊帕卡、兄弟[1]讲述，
便不知鲁杰罗消息半点；
兄弟说，骑士救马拉基等，
还助他摆脱了死亡苦难。
闻此信她虽生感激之情，
却略觉苦涩味，心中不安：

88

谈话时她听说玛菲萨女，
既勇猛又美丽，如同天仙；
还听说鲁杰罗与她同行，
要赶往兵营助阿格拉曼，
到异教诸军的薄弱之处，
欲帮助撒拉逊摆脱危险。
她希望鲁杰罗不再孤独，
但心中却不喜如此陪伴[2]。

89

沉重的怀疑心将其压迫：
玛菲萨美丽且英名远传，
他二人已多日相伴而行，
骑士若不爱她令人惊叹！
阿蒙女希望中夹杂担忧，
凄惨惨期待着快乐一天[3]；
她滞留蒙塔坂叹息不已，
却不想移脚步离开家园。

---

[1] 指布拉达曼的孪生兄弟理查德。
[2] 指玛菲萨的陪伴。
[3] 指与鲁杰罗相聚的那一天。

90

这时候美城堡主人[1]归来,

兄弟中他居首,影响不凡

(我并非说年龄而说荣誉,

因先有两兄弟出生在前);

里纳多光辉照各位兄弟,

就如同日映星令其璀璨;

那一日九时许[2]他回城堡,

除侍童无他人跟随身边[3]。

91

从布莱[4]返回到巴黎那天

(我说过他正把佳丽追赶,

欲寻觅美女子安杰丽佳),

有一条坏消息传至耳边,

堂兄弟马拉基、维维诺君,

将遭受马刚萨迫害苦难;

因而便踏上了阿里蒙[5]路,

急忙忙对兄弟欲施救援。

92

后听说他们已被人解救,

敌人都被杀死或者逃窜,

恩人是玛菲萨、鲁杰罗君,

---

[1] 指里纳多。

[2] 指刚刚进入下午的时候。

[3] 除了一位少年侍从并无其他人跟随在他的身边。

[4] 罗兰的封地之一。

[5] 马拉基和维维诺的城堡所在地。

众兄弟身自由，获得安全；
兄弟与堂兄弟一同返回，
蒙塔坂美城堡，他的家园；
想尽快在城堡拥抱他们，
便觉得一小时长如一年。

93

里纳多返回了蒙塔坂堡，
把各位亲人都拥抱臂间，
母亲及妻与儿、各位兄弟，
似雏鸟待衔食归来飞燕，
盼骑士里纳多，如饥似渴，
此时他被亲人簇拥中间。
又过了一两日他又离去，
还携带其他人与其做伴。

94

阿拉多、理查德、圭恰多兄[1]，
全来自阿蒙公高贵血缘，
还有那马拉基、维维诺君，
也跟随近卫士[2]持枪挎剑。
勇小妹仍期盼过些时日，
心上人能前来与她相见，
因而对兄长说体弱无力，
不能够同上路将兄陪伴。

---

[1] 圭恰多是里纳多四兄弟中的长兄，其次是阿拉多，里纳多是老三，布拉达曼的孪
　　生兄弟理查德是四弟。

[2] 指里纳多。

95

她并非发高烧浑身疼痛，
但有病是实情，并非虚言：
躯体内灵魂患相思之病，
令少女极痛苦，心受熬煎。
里纳多在家中小住几日，
离去时把精英携带身边。
他如何去巴黎，咋帮查理，
下一歌再对您一一道全。

第31歌

圭多内显神武与兄相认　里纳多趁黑夜袭敌营盘
布兰迪寻伯爵沦为俘虏　非洲王兵败至法兰西南

　　里纳多携诸兄弟赶赴巴黎增援查理，路遇圭多内，并与其对阵。众兄弟均不是圭多内的对手，纷纷落马。里纳多出马，冲击中，圭多内的战马死于阵前；里纳多与圭多内又展开步战。夜幕降临，里纳多邀请圭多内同回营帐休息，约定第二日再战。圭多内知道了与其交战的勇士就是著名的同父异母兄长里纳多，十分高兴；兄弟相认，大家欢聚一堂。

　　在巴黎附近，众兄弟又遇见了格力风、阿奎兰和少女菲蒂丽。里纳多趁黑夜率领众兄弟和七百勇士袭击巴黎城外的撒拉逊兵营。查理闻讯，也率军冲出城接应。睡梦中的非洲王阿格拉曼被里纳多劫营惊醒，见势不妙，决定撤至法兰西南部的阿尔勒地区防守。

　　格拉达索的营帐距离阿格拉曼中军大营较远，因而受里纳多冲击较小。当格拉达索听说是里纳多来劫营，十分高兴，他正要与里纳多大战一场，决一雌雄，夺取里纳多的宝马巴亚多。于是，二人约定，第二日清晨在一清泉附近比武；若里纳多败，宝马巴亚多归格拉达索；若格拉达索败，他手中的原属于罗兰的杜林丹宝剑归里纳多。

　　布兰迪与心爱女子菲蒂丽在阵前相见。闻听挚友罗兰疯癫的消息后，他与菲蒂丽一同去寻找伯爵。他来到罗多蒙修建的窄桥前，二人展开激战；布兰迪跌入水中，险些淹死，成为罗多蒙的俘虏。

1

如若是人并无邪恶疑心，
也没有恐惧与悲伤情感，

更不会被疯狂嫉妒投入，
痛苦且黑暗的万丈深渊；
有何比爱之情更加甜美，
更能够引起人心中喜欢？
何生活比成为爱神奴仆，
更能令人感觉心足意满？

2

在这种美妙的温情之中，
若出现一点点苦涩之感，
它会使爱之情更加细腻，
令情感更能够趋向完善。
渴会使水味道极其美妙，
饥饿能令食物无比香甜：
从未曾经历过战争痛苦，
怎知道和平的价值无限。

3

如若是眼不见心觉之物，
和平时人也会遭受苦难。
远行后欲返回家园之时，
方觉得路虽遥心却宁安。
如被爱所奴役暂无回报，
只要是还存在希望一线，
尽管是回报迟，仍可忍受：
做贡献，获奖赏，终能如愿。

4

当爱情来到时想起以往，
遭拒绝，被折磨，受尽磨难，

所有的相思泪化作回忆，
更感觉味道美，心足意满。
若地狱之瘟疫[1] 侵扰世界，
将软弱之灵魂毒害污染；
即便是后来会出现欢乐[2]，
爱人也绝不会欣赏、喜欢。

5

因为受残忍的致命之伤，
用药酒与膏剂治愈均难；
嘟嚷嚷念咒语，绘制魔符，
望天空，观星象，徒劳枉然；
魔法的发明者琐罗亚德[3]，
也从未施魔法救此之难：
此类伤使男人痛苦万分，
令绝望男子汉魂飞命断。

6

哎呀呀，这创伤无药可治，
却轻易能侵害爱者心田，
我对此是否真存有疑问：
它竟然对男子如此凶残，
能令其失理智毫无智慧，
容貌也再不似从前那般！
噢，可恶的嫉妒心，你太无理，

---

[1] 指嫉妒。

[2] 指实现了爱情。

[3] 琐罗亚德（另译：琐罗亚斯德）是古代波斯和米底王国的琐罗亚德教的创始人，
该教被认为是魔法教，因而他被看作是魔法的创始人。

烦扰着美少女布拉达曼！

7

伊帕卡、理查德带来消息，

使少女心遭受无情磨难，

几天后将传来虚假恶讯，

对痛苦美少女更加凶残。

如若与将闻的恶讯相比，

旧消息[1] 之邪恶不值一谈。

但是我先要讲里纳多君，

他率领众兄弟巴黎驰援。

8

第二日黄昏时遇一骑士，

一女子紧跟在他的身边，

骑士手持黑盾，身穿皂袍，

有一条白饰带横穿盾面；

此来者法兰西武士模样，

对走在最前面之人挑战：

理查德一向是来者不拒，

兜战马留出了冲击空间。

9

他二人相互间并不搭话，

面对面驱战马冲锋向前。

里纳多及其他骑士未动，

把角斗之结果静静观看。

---

[1]　指已经听到的消息。

"他竟然在此处迎我冲击，
必定会很快就跌落马鞍。"
理查德在口中自言自语，
未曾想其结果恰恰相反：

10

远来的骑士爷[1] 猛力冲击，
其枪尖直刺向面甲下面，
理查德落马背，平躺于地，
被足足抛出了两枪之远[2]。
阿拉多难抑制复仇怒火，
转眼间也被人摆平地面：
这一击更凶猛，盾牌破裂，
头晕眩，失知觉，狼狈不堪。

11

圭恰多忍不住长枪上靠，
因见到两兄弟躺卧地面，
里纳多大吼道："且慢，且慢，
第三场应该由我来交战；"
他尚未捆扎好头上护盔，
圭恰多已冲入战场中间；
他不比其他人安坐更稳，
转瞬间也摔个仰面朝天。

12

维维诺、马拉基争先恐后，

---

[1]　指与理查德对阵的骑士。
[2]　两杆长枪的距离。

都急于下战场角斗一番：
里纳多制止了他们争吵，
戴甲胄跃马至众人面前，
开言道："我们应赶往巴黎，
若你等一一被击倒地面，
我在此静等待，然后出战，
只恐怕会耽误太久时间。"

13

他说话声音低未被听见，
否则似对他人羞辱一般。
说话间两人已开始争斗，
面对面极凶猛冲锋向前。
里纳多力可抵诸位兄弟[1]，
这一击却未使对手落鞍，
长枪却如玻璃粉身碎骨，
二骑士并没有后退半点。

14

两战马也相互猛烈冲撞，
都被迫向后坐，臀触地面。
巴亚多随即便挺身立起，
其奔跑也仅仅停顿瞬间。
另一匹战马则遭受重创，
立时便折断了脊梁、背肩。
骑士见自己的战马已死，
弃脚蹬，跳下马，双足立站。

---

[1]　里纳多一个人的力量可以抵得上诸位兄弟的合力。

15

阿蒙子此时已兜马回转，
那骑士便对他开口吐言：
"骑士爷，你毁我一匹好马，
它活时曾令我十分喜欢，
若让其就这样默默死去，
我责任未尽到怎能心安：
快快来使出你浑身解数，
我二人仍应该继续交战。"

16

里纳多对他道："战马已死，
若你无其他马投入激战，
我赠送另一匹更好战马，
可令你受慰藉气平心安。"
骑士道："若觉我倚重战马，
你实在不明察，目光短浅。
既然你不理解我的意图，
我向你更清楚解释一番。

17

"我想说在下段'舞蹈'之中[1]，
不知你是否可与我比肩，
若与你不比试剑法高低，
我觉得是一个极大遗憾。
或骑马或步战随你方便：
只要手不叉腰呆立傻看，

---

[1]　在下面的角斗中。

我愿意让与你任何优势，
只希望能与你比武论剑。"

18
里纳多并不让骑士等待，
回答道："我许诺与你比剑；
为使你能放胆与我一搏，
不怀疑他人会下场助战，
只留下一侍从为我牵马，
其他人都先行，我后追赶。"
说话间便勒马转过身去，
走向了同来的那群伙伴。

19
勇猛的近卫士彬彬之举，
深深受远来的骑士称赞。
里纳多把缰绳交予侍从，
令其把巴亚多精心照看；
他见到自己的旌旗离去，
已距离比武场越来越远，
便左手挽起盾，右手握剑，
向那位异乡的骑士挑战。

20
在此处展开了一场恶战，
从未见比武会如此凶残。
两人都难奢望压倒对方，
角斗中谁优势难以判断。
他二人勇与力旗鼓相当，
并非是一人痛一人心欢，

为取胜均施展各种招数，
把傲慢与狂怒抛弃一边。

21

只听得他们在无情厮杀，
可怖的巨响声回荡不断，
大盾牌被劈掉四个边角，
环锁铠被戳破，硬甲裂断。
并不需细研究如何攻击，
怎防守也不必精心判断，
二人都一心要保持平局，
因失误会造成永久灾难。

22

此恶战持续了一时辰半，
太阳已沉下了波涛水面，
一直到遥远的地平线处，
阴森森到处是一片黑暗；
这两位武士爷疯狂格斗，
不休息，不停手，厮杀不断，
并不是因仇恨你砍我杀，
他们是为荣誉展开激战。

23

里纳多在脑中反复思考，
这骑士是何人，如此彪悍，
不仅仅有勇气坚定迎敌，
而且还能令其浑身冒汗；
多次使近卫士处于险境，
此角斗之结果实难判断：

若仍然可维护自身尊严，
他宁可停止这凶险之战。

24

远来的勇骑士亦不知道，
对手是什么人、何等血缘，
更不晓他便是蒙塔坂主，
武士中名远扬，震撼地天；
只为了不足道微小敌意，
此大汉舞利剑对其宣战，
他确信不会有任何猛士，
能够比这个人更加强悍。

25

若能够不受到任何指责，
他愿意快摆脱眼前危险；
不想因为战马报仇雪恨，
再纠缠这一场殊死恶战。
世界已笼罩于黑暗之中，
每一次都只是虚刺乱砍：
二人都击不中，遮挡无益，
只将将能看见对手握剑。

26

蒙塔坂城堡主先行开口，
说不该黑暗中继续交战，
应推迟激烈的凶狠角斗，

待懒惰大角星再次不见[1]；
邀远来勇骑士随其回营：
在那里他能够感到安全，
并获得尊重和精心侍奉，
比其他各居所更加舒坦。

27

并不需里纳多再三请求，
勇骑士便应邀行走向前。
二人至蒙塔坂队伍之中，
在那里外来人十分安全。
里纳多命侍从牵来一马，
赠送给彪悍者，表示心愿，
那马儿极漂亮，装备齐整，
可适应枪与剑各类激战。

28

远来的勇骑士已经知道，
是著名里纳多将其陪伴：
因他们尚未至营寨之前，
近卫士偶然间道明根源。
他二人本来是异母兄弟，
都觉得很愉快，心比蜜甜，
相互间均怀有骨肉亲情，
欢乐的两兄弟喜泪满面。

---

[1]　指天亮。大角星是牧夫座中最明亮的星，呈橘黄色。它的行动迟缓，因而，此处
　　称"懒惰的大角星"。当大角星沉落时，天便亮了。

29

圭多内便是这勇猛骑士，
我曾说他航海劈斩波澜，
玛菲萨、单索内、奥利维子[1]，
曾一路和此君同行做伴。
邪恶的皮纳贝将其捉获，
阻止他与亲人相聚团圆，
关押他并命其捍卫邪恶，
向过路众骑士提出挑战[2]。

30

里纳多美名声无人可比，
圭多内不聋也未瞎双眼，
早迫切希望能见到此人，
闻其名他心中无限喜欢，
开言道："哎呀呀，骑士老爷，
何运气令我能与您交战？
我心中爱戴您已经许久，
极渴望对您把敬意奉献。

31

"我名叫圭多内，并非他人，
科坦察[3]生我于黑海岸边，
本与您是同种，出身显赫，
我父亲阿蒙公气概不凡。
早期盼见您与其他兄弟，

---

[1] 指格力风和阿奎兰。见第 15 歌 67 节。
[2] 见第 22 歌 52 节。
[3] 圭多内的母亲。

便离开出生地，来到此间；
本意是要向您奉献敬意，
未曾想竟把您辱骂一番。

32

恳请您原谅我所犯错误，
我未能认出来您等颜面；
告诉我怎么样才能改错，
做什么我都会心甘情愿。"
他二人相互间左拥右抱，
你拥我，我抱你，反复多遍，
里纳多随后说："求我谅解，
怎能比您下场与我交战：

33

"为证实您的确是我兄弟，
与我们是同族，同一血缘，
应见到您确实彪悍过人，
除此外其他法验明皆难。
如若您之表现温文尔雅，
我们便难信您英雄虎胆：
鹿妈妈产不出勇猛雄狮，
母鸽子生鹰隼难如登天。"

34

行路时他二人不断议论，
议论中却不忘赶路向前，
说话间便来到营帐之中，
里纳多对众人介绍一番，
说骑士圭多内是亲兄弟，

众人已期盼着与其相见；
近卫士带来了惊人喜讯，
每个人都觉他[1]与父一般。

35

阿拉多、理查德、其他手足，
均欢迎亲兄弟回归家园；
维维诺、马拉基、阿迪杰等，
对堂弟也要把热情表现；
众兄弟对骑士讲述家事，
骑士对兄弟们道说心愿：
总言之，经过了无数周折，
他最终来到了众人面前。

36

我相信圭多内每时每刻，
早得到众兄弟深情挂念；
但此时正需要他来相助，
因而便更令人心中喜欢。
新一轮太阳公浮于海面，
放射出耀眼的万道光线，
圭多内随兄弟、诸位亲人，
齐聚于他们的旌旗下面。

37

众人又行走了足足两天，
距被围巴黎城已经不远，

---

[1]　指圭多内。

再行走十哩路便可到达，
他们沿塞纳河继续向前；
遇到了格力风、阿奎兰君，
两勇士头顶盔，铠甲披肩：
奥利维、吉梦达生此二子，
前者白，后者黑，勇将两员。

38

一少女[1]与两位兄弟说话，
看上去其身世并不一般，
她身上穿一件白色绒裙，
装饰着美丽的金色穗边；
其容貌既优雅又很俊美，
尽管是愁与泪挂满腮面。
看表情与动作便可知晓，
他三人正谈论重要事件。

39

圭多内与两位骑士相识，
数日前他还与二人做伴；
便说道："他们是勇猛之士，
能比其更强者十分罕见；
若他俩随我等捍卫查理，
撒拉逊必难以赢得此战。"
里纳多亦赞同这种看法，
也认为二人是骑士典范。

---

[1] 少女是菲蒂丽。在本歌 47 节中才说明少女的名字。

40

里纳多立刻就认出二人，

因他们穿与戴习惯明显，

一个人穿皂服另一披白，

两骑士很重视服饰装点。

认出了圭多内、里纳多君，

他们向众兄弟问候一番；

拥抱了里纳多视其为友，

把陈旧之怨恨抛弃一边。

41

曾经因特鲁法[1] 产生矛盾，

他们与里纳多结成恨怨；

但此时早已经抛弃仇恨，

在一起互亲热，兄弟一般。

单索内因拖延到达略迟，

里纳多也对他欢迎一番，

给予他应有的那份荣誉，

因知道此人也十分彪悍。

42

那少女走近了里纳多君，

立刻便认出了骑士容颜

（她了解近卫士每人情况），

对他讲一消息，令其遗憾；

开言道："骑士爷，罗兰本是，

教会与帝国的一位好汉，

---

[1] 据博亚尔多在《热恋的罗兰》中讲，特鲁法是巴比伦的国王，他曾挑起里纳多与
　　格力风和阿奎兰兄弟之间的矛盾。见《热恋的罗兰》第 1 卷第 26 歌 13 节。

他曾经因智慧满身荣耀，
现在却失理智，游荡世间。

43

"何原因造成这奇怪现象，
我没有听人说，亦未亲见。
却只见他宝剑、其他兵器，
被散乱抛弃在野林之间；
还见到一慷慨仁善骑士，
将它们收集起用心看管，
堆积在小树旁做出标记，
美丽的枝叶下场景壮观。

44

"但当天阿格里之子[1] 来到，
他夺走伯爵的那柄宝剑。
杜林丹又落入异教徒手，
基督徒均感觉十分心酸：
你明白，在信仰基督世界，
这巨大之损失令人不安。
还有那游荡的布里亚多，
异教徒亦跨坐它的马鞍。

45

"几天前我看见罗兰伯爵，
赤裸裸，无羞耻，奔跑向前，
总言之，失理智，已成疯子，

---

[1] 指蛮力卡。

其吼声真令人心惊胆战；
若不是这双眼[1] 极其忠诚，
我难信如此的心酸场面。"
随后说伯爵与一个大汉[2]，
双双都跌下了狭窄桥面。

46

补充道："我逢人便讲述这件事情，
敌人前却保持缄口不言：
听讲述总会有好心之人，
因感动怜悯情生于心田，
去巴黎或别处寻其朋友，
帮助他把理智重新复原。
我知道布兰迪[3] 若能办到，
定然会尽全力，不惧万险。"

47

讲话者是俊秀菲蒂丽女，
布兰迪珍惜她胜过心肝，
美佳丽寻爱人又返巴黎；
随后她讲述了宝剑之战：
赛里斯[4]、鞑靼人[5] 争执不息，
都想把杜林丹夺到身边；
蛮力卡先得剑，随后丧命，

---

[1] 指菲蒂丽自己的眼睛。

[2] 指罗多蒙。

[3] 布兰迪是少女所爱的骑士，因而在作者尚未说出少女名字时，读者便已经能够猜出她是菲蒂丽了。

[4] 指赛里斯国王格拉达索。

[5] 指鞑靼王子蛮力卡。

最后是赛里斯国王遂愿。

48

此故事离奇且令人心酸，
里纳多听完后抱怨不断；
他的心已变软，充满同情，
就像是阳光下冰融一般。
下决心要寻找表兄罗兰，
哪怕他身已至海角天边，
找到后还希望能够治愈，
折磨着伯爵的痛苦疯癫。

49

然而他已经把队伍集聚，
顺天意或者还需冒风险，
先应该驱赶走撒拉逊人，
解巴黎之围困令其安全。
他建议将进攻推至深夜，
漆黑夜袭敌营更加方便，
三更或四更天机会最好：
睡神把勒忒水[1] 已经洒遍。

50

他命令所有人隐蔽林中，
在那里躲藏了足足一天；
当太阳离弃了昏暗世界，
又回到古老的乳母[2] 身边；

---

[1] 勒忒是古希腊神话冥界中的忘川河。此诗句意思为：睡神已经令所有人熟睡。
[2] 指希腊神话中的海洋女神忒提斯，这里比喻大海。见第 17 歌 129 节。

双熊与山羊和无毒长蛇[1]，
在巨灯[2] 照耀下暗淡不显，
此时却携众兽[3] 点缀天空，
劫营者静无声，踪影难见：

51

格力风、阿奎兰、圭多内君，
跟随着里纳多走在最前，
维维诺、阿拉多、单索内君
也静静紧跟在他的后面。
众人见非洲营哨兵沉睡，
均斩杀，令他们难吐一言。
来到了摩尔人营寨附近，
竟没有任何人警觉发现。

52

刚靠近异教徒营寨边缘，
突然见巡逻队来到面前，
里纳多全杀死，不留一人，
令全队巡逻兵均离人间。
撒拉逊枪之尖[4] 已被截断，
对他们这并非轻松笑谈：
未披甲，心恐惧，睡眼惺忪，
怎能够把如此勇士阻拦。

---

[1] 指大小熊星座、山羊星座和蛇夫星座。
[2] 比喻太阳。
[3] 指众星座。
[4] 指巡逻队已经被消灭。

53

里纳多命立刻吹响号角，
高喊着其英名冲锋向前，
撒拉逊闻喊声惊恐万状，
一个个早已经吓破苦胆。
他驱动巴亚多飞奔而上，
一纵身跨越过营寨栅栏，
撞翻了敌骑士，蹄踏步卒，
被冲垮之营寨躺倒地面。

54

闻听到里纳多可怖名字，
在黑暗夜空中回荡不断，
异教徒兵勇们无人不惧，
因惊吓其毛发蜷成卷卷。
西班牙亦随着非洲逃遁[1]，
急忙忙往车上装载细软；
都不想傻等待疯狂杀戮，
不愿意遭劫难以泪洗面。

55

圭多内随其后同样凶猛，
奥利维俩儿子恐后争先，
阿拉多、理查德奋勇冲锋，
单索内挥舞剑开路向前，
阿迪杰、维维诺迎战敌人：
一个比另一个更加彪悍。

---

[1]　指西班牙军队也随着非洲军队逃跑。

每个人都跟随克莱蒙旗，
诸骑士均表现十分勇敢。

56

蒙塔坂及周围乡村城镇，
里纳多养七百威武大汉，
其勇猛远胜过密耳弥冬[1]，
寒与暑均准备举枪握剑。
需要时他们都以一当十，
百人便不惧怕敌军万千；
从其中可选出许多勇者，
比任何骑士都更加凶悍。

57

尽管是里纳多并不具有，
一座座城市和许多金钱，
但他与众属下同甘共苦，
有慷慨之行为、和善语言，
即便是其他人付出千金，
也难以拉走他一名勇汉。
若不是有紧迫重大需求，
里纳多不让其投入激战；

58

现如今，查理王需要帮助，
他仅留少数人守卫城垣。
蒙塔坂勇士入非洲营寨，

---

[1]　希腊英雄阿喀琉斯所率领的勇士。

我说过这群人无比强悍，
就像在塔兰托加勒索河[1]，
凶恶狼冲进了羊群一般，
或者是在野蛮齐尼佛河[2]，
雄狮对山羊群展示凶残。

59

查理得里纳多骑士通知，
说他已赶到了巴黎城边，
趁敌人无准备夜袭其营，
于是便披铠甲准备参战；
关键时他率领诸位骑士，
出城向里纳多提供支援；
队伍中有富贵莫诺丹子[3]，
菲蒂丽心爱的智勇儿男，

60

美少女寻情人已经多日，
行万里，法兰西被其踏遍；
从远处少女已认出爱人，
因他携常戴的徽章作战。
布兰迪也看见心爱少女，
弃杀戮又展现仁慈一面：
奔过去，拥抱她，充满激情，
反复吻心上人，何止千遍。

---

[1] 加勒索是流经意大利塔兰托城附近的一条小河，古时，该城所在地区是非常著名的牧羊区。
[2] 古代非洲的一条河。
[3] 指布兰迪。

61

那时代人们都十分信任，
自己的妻子和待娶婵娟。
任她们游城市、平原、山冈，
并不派任何人护卫身边；
归来时仍然会认为完美，
从不对其贞洁胡乱臆断。
菲蒂丽向爱人伤心讲述，
安格兰伯爵爷已经疯癫。

62

若他人讲述此荒唐故事，
布兰迪定认为一派胡言；
然而他对少女确信不疑：
此女子从未曾将他欺骗。
这件事并非是少女耳闻，
少女说曾是她亲眼所见，
并讲明见到的时间、地点：
她熟悉罗兰爷，不会误判。

63

她描述那一座危险小桥，
罗多蒙阻骑士踏过桥面，
小桥旁修一座华丽大墓，
他要用被捉者甲袍装点。
还讲述她看见疯狂伯爵，
在那里创奇迹，令人惊叹；
使那位异教徒跌入河中，
差一点浮不出波浪水面。

64

布兰迪对伯爵情感至深，
就好像爱子女、兄弟一般；
他准备寻伯爵不顾一切，
绝不避苦与痛千难万险，
还要用各种药或者巫术，
去治愈痛苦的疯狂罗兰；
此时他骑着马全副武装，
于是便随女子赶路向前。

65

朝女子见伯爵那个地方，
驱坐骑急奔驰刻不停缓，
过一日又一日最后到达，
撒拉逊勇猛汉守护桥边。
卫兵向罗多蒙发出信号，
侍从也牵过马，抬来枪剑：
布兰迪赶到那桥口之时，
异教王已准备投入激战。

66

撒拉逊异教王厉声厉气，
对骑士布兰迪高声怒喊：
"无论你走错路还是有病，
是命运引你到这片地面，
杀你前，卸甲胄，放下枪剑，
把它们悬墓上作为奉献，
你随后也定会成为祭品，
我对你绝不会感激半点。"

67

布兰迪对这种傲慢之徒，
不回言却挺直粗大枪杆，
刺战马巴托多，命其狂奔，
朝对手猛冲击，势如飞箭，
表现出坚定心无所畏惧，
比对手更强悍，更加傲慢。
罗多蒙亦把枪撑于靠上，
驱战马也奔上狭窄桥面；

68

胯下兽极镇定，投入战斗，
此小桥它并非首次踏践，
经常会助主人拦截骑士，
令他们一个个落下马鞍。
那马儿不寻常，表现从容，
对手马却因惧浑身抖颤。
差一点没跌入河水之中，
因桥窄，周围无任何护栏。

69

二骑士武艺都十分精湛，
粗糙的木枪杆如同树干，
长而壮，似房上两根大梁，
攻击的力量大，不同一般。
他们的战马均强壮，灵活，
却难以承受住如此激战：
双双都跌倒在狭窄桥上，
令它们之主人摞成一山。

70

两骑士用力刺战马双肋，
都希望能尽快重新起站，
但桥面太窄小难以立足，
二人均找不到助力支点；
全都被抛入水，同等命运，
轰隆隆一巨响震荡云天，
就像是蹩脚的驾灯车人[1]，
跌入了我们的大河[2]里面。

71

二骑士还牢牢系于马鞍，
两战马携他们跌下桥面，
落水中直沉入河底深处，
去寻找隐藏的美貌水仙。
异教徒并非是首次落桥，
也并非第二次坠入波澜，
已多次与战马掉入河水，
因而知波浪中怎样避险：

72

罗多蒙知何处硬或松软，
也晓得哪里深，哪里水浅。
从水中抬起头，露出背胸，
他任意击对手，十分凶残。

---

[1] 此处的"灯"指太阳，"驾灯车人"指希腊神话中的法厄同。法厄同是太阳神的
　　儿子，曾驾着太阳神的四马金车出游，车子离地球太近，几乎把地球烧毁，惹怒
　　宙斯，被其用雷击死。
[2] 指意大利最大的河流波河。

布兰迪激流中不断旋转：
马下沉，深陷入河底沙间，
人与马浸泡在深水之中，
有可能再难以浮出水面。

73

波浪令他二人时起时伏，
人携马漂向了深水河面：
布兰迪在水下，战马在上，
桥上的菲蒂丽心如刀剜，
她眼中流泪河，祈祷不断：
"哎呀呀，罗多蒙，勿再凶残！
以你敬已故的女子[1] 名义，
切莫让一骑士溺死波澜。

74

"噢，慷慨爷，如若你具有爱心，
怜悯我，因为他是我心肝！
你可以擒住他作为战俘，
用其徽把你的石墓装点；
在诸多饰墓的战利品中，
它必定最美丽、辉煌、璀璨。"
异教王尽管是十分残忍，
闻此言生怜悯，动了情感；

75

河中马并不渴，却喝足水，

---

[1]　指被罗多蒙杀死并受到他尊敬的伊萨贝。

其生命已处于极度危险：
为搭救少女的心中爱人，
令畜牲葬身于波浪下面。
先摘下布兰迪宝剑、护盔，
然后再对骑士实施救援。
从水中拖出来半死之人，
关押在高塔的俘虏中间。

76

当见到心中人成为俘虏，
美少女熄灭了欢乐火焰；
然而她心仍然获得安慰，
远胜过见爱人葬身波澜。
她不能怨别人，只恨自己，
不该向爱人讲：在此桥边，
曾认出疯狂的伯爵面孔，
引爱人急来到这块地面。

77

她只好离小桥，心却盘算，
把彪悍里纳多引至此间，
或勇士圭多内、单索内君，
还可引宫廷的其他猛汉；
总言之，引水陆完美骑士，
来此与撒拉逊抗衡一番；
他们若不够强，运气应好，
不会像布兰迪跌入灾难。

78

行走了许多日，遇一骑士，

看上去该骑士如她所愿，
可以与撒拉逊奋力一搏，
解救她心上人脱离苦难。
欲寻找勇骑士踏破铁鞋，
竟然见他来到自己面前：
那骑士披一件华丽战袍，
上面绣一根根柏树粗干。

79

此君为何许人以后再讲，
我先要把巴黎故事讲完，
继续说里纳多、马拉基等，
令摩尔吃苦头兵败逃窜。
逃跑者有多少我难计数，
跌入到地狱河千千万万。
即便是图品君有心细点，
也无法数清楚，因为黑暗。

80

非洲王在营帐刚刚入睡，
一骑士唤醒他，劝其避难，
告诉他如若不尽快逃走，
有可能被俘虏，成为囚犯。
王看见周围人一片混乱，
全都似无头蝇四处乱窜，
逃到这（儿），躲到那（儿），赤身无甲，
摘盾牌护住身更无时间。

81

头迷乱，无主张，不知所措，

急忙忙把铠甲披挂在肩，
法斯龙、格兰朵、巴鲁干等，
异教徒众首领来王面前；
把危险展示给阿格拉曼：
若留下，或被擒或者命断，
如侥幸保性命，大难不死，
需感谢机运神心地良善。

82

马西略和善良索柏林君，
与众人同声说危险不远，
王距离被击溃寸步之遥，
里纳多很快会来到面前：
近卫士是一位勇猛大汉，
若见到他率众挥舞利剑，
非洲王及各位异教朋友，
定然会落敌手，或者被斩。

83

若后撤阿尔勒、纳搏讷[1]处，
仍然有少数人护卫身边；
两地的城池均固若金汤，
可抵御强大敌何止一天：
如若是王本人安全无恙，
以后再整旗鼓重聚军团，
短时间便可以报仇雪恨，
最后能败查理，奏凯而旋。

---

[1] 位于法国南部普罗旺斯地区的两座城市。

84

非洲王接受了众人意见，
尽管是此决定令人心酸；
飞一般撤向了阿尔勒城，
因那里王觉得更加安全。
除向导他还有别的帮助：
撤兵时夜已深，一片黑暗；
非洲与西班牙两万兵马，
避开了里纳多锋利宝剑。

85

近卫士与兄弟歼贼无数，
奥利维俩儿子灭寇万千，
里纳多指挥的七百勇士，
令异教之兵将闻风丧胆，
单索内亦杀戮众多敌兵，
塞纳河溺水者数比星繁；
谁若能数清楚定可尽数，
芙洛拉[1] 四月天所撒花瓣。

86

有人说在得胜那个夜晚，
马拉基也做出他的贡献：
并未将敌人的头颅敲碎，
也没有令鲜血洒遍荒原，
而用心施展出魔法之术，

---

[1]　古希腊神话中的花神。

放地狱黑天使[1]飞离深渊[2]，
众魔鬼举长枪摇动旌旗，
枪与旗远多过两军阵前；

87

他使人听到了无数号角，
千万面战鼓声响彻云天，
急切的战马嘶随处可闻，
步卒的呐喊也乱作一团，
回荡在远处的高峰深谷，
震撼着一片片广阔平原；
造成了摩尔人万分恐惧，
令他们转过身拔腿逃窜。

88

非洲王并未忘鲁杰罗君：
身负伤仍然是处境危险。
令侍从将骑士扶上马背，
尽量使他舒适行走向前；
沿安全一小路突出重围，
又将其安置于一只木船；
阿尔勒需聚兵，重整旗鼓，
于是便划木舟顺流面南。

89

背朝向里纳多、查理国王
（我认为逃遁者约有十万），

---

[1] 指地狱魔鬼。
[2] 指地狱。

沿荒野、树林与高岗、深谷，
欲冲出法兰克包围之圈；
多数人被截住逃亡之路，
绿与白[1] 均染成鲜红一片。
赛里斯之国王无此厄运，
只因他与中军相聚较远。

90

他甚至一听说蒙塔坂主，
来袭击摩尔营引发恶战，
心里便充满了激动之情，
跳到这（儿），蹦到那（儿），喜悦无限。
他感激并赞美造物圣主，
赐予他机会把身手展现：
可夺取里纳多巴亚多马，
此神驹人世间十分罕见。

91

赛里斯国王已垂涎三尺，
梦想挎杜林丹锋利宝剑，
再骑上这一匹神奇战马
（我认为前文中您已明见）。
他顶盔，披铠甲，率军十万，
来法国就是为实现此愿；
为得到这一匹宝马良驹，
早就向里纳多提出挑战。

---

[1] "绿"肯定指的是绿色的草地，"白"可能指泛着白色波浪的河流水面。

92

曾赶到浩瀚的大海岸边，

在那（儿）与里纳多意欲决战：

马拉基改变了事件进程，

使堂兄[1]被迫离那块地面，

登上了一木舟漂泊大海，

若讲述此故事需要时间。

从此后赛里斯国王认为，

卑劣的近卫士[2]毫无肝胆。

93

一听说里纳多来到营前，

傲慢的异教王心中喜欢，

披铠甲，头顶盔，跨上战马，

黑暗中寻对手，意欲决战；

逢阻碍定将其打翻在地，

令众人遭苦难，极其悲惨，

法兰西、非洲营骑兵、步卒，

敌与友全被他挑于枪尖。

94

此处寻彼处找他的对手，

还经常用足力高声呼唤，

何处的死人多他去何处，

一心与里纳多比试枪剑。

二勇士最终持利剑相遇：

同命运之长枪双双折断，

---

[1] 指里纳多。里纳多是马拉基的堂兄，二人的父亲是兄弟。

[2] 指里纳多。

碎成了千百截，腾空飞起，
登上了群星车、夜晚蓝天[1]。

95

异教徒[2]认出了勇猛骑士，
不仅因其徽章清晰可见，
更因见近卫士可怖杀戮，
巴亚多似独骋无人阵前；
赛里斯国王对伯爵[3]怒吼，
斥责他太卑劣丧尽颜面：
约定好决胜负却不到场，
避开了那一天应有激战。

96

随后道："你也许心中希望，
若躲过那一次殊死之战，
我们在人世间再难相遇，
但今日我又至你的面前。
即便你逃入到冥界深渊，
或幸运登上了高高云天，
无论是升苍穹或下地狱，
只要你乘此马我必追赶。

97

"如若是无勇气同我较量，

---

[1] 古时候欧洲人认为夜晚之车是由十二星辰所拉动的，因而"登上了群星车"和
　　"登上了夜晚蓝天"是相同的意思。

[2] 指格拉达索。

[3] 指里纳多。

亦明了你与我难以比肩，
视生命远胜过你的荣誉，
你便可避危险，寻求安全；
只要是把此马和气让我，
你就能留生命在己身边：
从此后你不配再骑战马，
因为你丢尽了骑士颜面。"

98

理查德、圭多内骑士在场，
他二人同时间拔出宝剑，
要当着里纳多兄长之面，
把狂妄异教王教训一番。
近卫士急忙忙阻止二人，
他自己难忍受狂徒侵犯，
开言道："难道说无你们我难应对，
这一个伤害我异教混蛋？"

99

他随后转向了格拉达索，
又说道："异教徒细闻我言，
你应该聚精神，竖耳静听，
我曾经寻找你到过海边[1]；
在何处我都会讲此真话，
当时我欲与你比武论剑；
你所说全都是伪造谎言，

---

[1] 据博亚尔多在《热恋的罗兰》中讲述，格拉达索与里纳多曾约定在巴塞罗那附近的海边比武（见《热恋的罗兰》第1卷第5歌），格拉达索白白地等待了许久时间，里纳多却被马拉基引走，没有赴约；此后，格拉达索极其鄙视里纳多。

我从未不守约，更不怯战。

100

"在咱俩下战场比武之前，
我请你要充分理解我言，
能明白我理由真实可靠，
切莫要错怪人将我抱怨；
至于这巴亚多，应如上次，
你我间可展开一场步战，
荒僻处一对一，单打独斗，
在何处你可以随意挑选。"

101

赛里斯国王亦十分慷慨，
正如同平时所表现那般；
他喜闻如此的真诚解释，
近卫士求谅解令其心欢。
二骑士来到了大河岸边[1]，
在那里里纳多讲述一番，
言虽简却揭开真实面纱，
苍天能证实他所说之言：

102

随后便唤来了布沃之子[2]，
对此事他了解十分全面；
布沃子重讲述他的魔法，
极详细，未遗漏实情半点。

---

[1] 指塞纳河岸边。
[2] 指马拉基。见第 25 歌 72 节。

里纳多补充道："我仍希望，
用枪剑来确认证人之言；
你应见更可靠确凿证据，
或此时或可以另选时间。"

103

赛里斯国王也不愿放弃，
早已经开始的战马争端[1]，
他接受基督教骑士解释，
尽管对真与假尚不明辨。
但不像上次在巴塞罗那，
把战场选在了松软沙滩；
而说好第二日天明之时，
于附近清泉处二人见面：

104

里纳多携战马赶赴约会，
作奖品置其于二人中间，
若他被对手杀或者征服，
异教王可立刻跨上马鞍；
如国王惨败于近卫士手，
丧尽了骑士的应有尊严，
不得不屈从于强劲对手，
里纳多则可取杜林丹剑。

105

曾听到菲蒂丽少女讲述，

---

[1] 指与里纳多之间早已经存在的关于宝马巴亚多的争端。

表兄已失理智，怒而疯癫，
我说过，近卫士万分痛苦，
他觉得诧异且心中愤然。
此时刻里纳多深晓轻重，
知此次角斗的意义非凡：
异教王手中握那柄宝剑，
铭记了罗兰爷伟业万千。

106

尽管是近卫士再三请求，
约国王与自己同帐共眠[1]；
但定好角斗的时间、地点，
异教王仍返回侍从身边。
天放亮，异教王、里纳多君，
头顶盔，身披甲，来到阵前，
他们在离清泉不远之处，
为宝马与利剑欲开激战。

107

他二人商定好单打独斗，
这定是殊死的一场恶战；
阿蒙子众朋友为其担忧，
开战前都有些恐惧不安：
异教王力无边，勇猛，智慧，
现如今腰胯间又悬宝剑，
米龙子[2]之宝剑威力巨大，
里纳多近卫士恐有危险。

---

[1]　在比武前夜与对手同帐共眠是中世纪骑士的一个习俗，他们以此表示相互间的信任。
[2]　米龙是罗兰的父亲，米龙之子指罗兰。

108

马拉基之忧虑超过他人，
此争斗将其心高高提悬，
恨不能再一次插手干预，
令角斗似云烟随风飘散。
但不愿蒙塔坂主人发怒，
与自己凝结成生死仇怨：
里纳多仍怨恨上次干预[1]：
虽登船心中却始终不甘[2]。

109

尽管是其他人担忧，痛苦，
里纳多却心中十分喜欢，
他希望能清除众人责怪：
受指责自觉得颜面难看；
还可令邪恶的彭提欧[3]人，
别因此便狂妄，肆无忌惮。
近卫士心宁静，昂首前进，
要重新获荣耀，奏凯而旋。

110

二骑士一从东，另一从西，
同时至潺潺的清泉旁边，
你拥我，我抱你，互示友谊，
显现出慷慨情、坦荡心田：

---

[1] 指上次对里纳多和格拉达索相约角斗的干预。
[2] 上一次里纳多与格拉达索约好角斗，马拉基施魔法引里纳多登船离去，里纳多至今仍然怨恨马拉基破坏了他建功立业的机会。
[3] 马刚萨家族的封地。见第23歌3节。

异教王好似与克莱蒙族，
情义笃，或者是血缘相连。
他二人会如何相互伤害，
我将此再推至以后道全。

第 32 歌

非洲王命绞死阴险窃贼　阿蒙女跨战马心存恨怨
冰岛国美君主派使求婚　败三王勇佳人下榻安眠

　　玛菲萨前来增援非洲王，并将她关押的贼人布鲁内交与其主子阿格拉曼处理。为赢得玛菲萨的欢心，阿格拉曼将布鲁内处死。

　　布拉达曼日夜期盼见到鲁杰罗，经常外出打探他的消息。一日，她遇见一位从非洲营寨来的骑士，便询问鲁杰罗的情况。骑士告诉布拉达曼，在角斗中，鲁杰罗虽然杀死了蛮力卡，自己也身负重伤；据他所见，鲁杰罗与玛菲萨已经产生恋情，待其伤痊愈后，二人将结成夫妻。布拉达曼心存怨恨，痛苦万分，提枪上马，奔赴巴黎战场。

　　布拉达曼路遇冰岛女王派出的女使者和追求她的哥得兰、瑞典与挪威的国王。美丽的冰岛女王派使者前往查理宫廷，希望查理为她指定宫廷中最彪悍的勇士为夫，并将一面金盾交予其手作为信物；女王还说，若三位同行的国王中有人真地爱她，只有战胜查理指定的勇士，并从其手中夺回金盾，方可成为她的夫婿。

　　女使与随从快步前行，布拉达曼则因为思念鲁杰罗而行走缓慢。夜幕降临，布拉达曼按照一位牧人的指引，来到女使和三位国王已经先行入住的城堡。遵照城堡的传统规定，她战胜了先到的三位国王，获得入住城堡的权利，并极力保护女使，避免她也被赶出城堡。

1

我想起曾向您许下诺言，
应该对勇少女歌唱一番。
鲁杰罗心爱的美丽女子，
因猜疑被痛苦紧紧纠缠；

听完了理查德讲述之事，
她胸中嫉妒情更伤心田，
这嫉妒极邪恶令其不悦，
似长着尖利的毒牙一般。

2

本应讲此故事却叙他事，
里纳多插进来十分突然；
圭多内随后又引起关注，
半路使近卫士[1]滞留不前；
我只得出一事再入一事，
现如今又想起布拉达曼：
先搁置里纳多、格拉达索，
我更愿把少女重新叙谈。

3

开讲前还需把阿格拉曼，
再一次对恩主交代一番：
率残兵他撤至阿尔勒处，
摆脱了可怖的黑夜之战；
此撤退有利于收拾残局，
溃败军获给养、喘息时间；
非洲兵面对海，河岸[2]立足，
西班牙亦沿河靠近海边。

4

马西略命招募全国男丁，

---

[1]　指里纳多。
[2]　此处指罗纳河。罗纳河，也称作隆河，是欧洲主要河流之一，法国五大河流之首。

无论是步卒或骑马勇汉。
并下令武装起巴塞罗那，
所有的渔商船改作战舰。
非洲王也每日聚众协商：
不吝惜出巨资流尽血汗。
他不断征沉重苛捐杂税，
非洲的城市都肩负重担。

5

自己的亲堂妹——阿蒙特[1] 女，
他欲送罗多蒙，讨其喜欢，
美丽的奥兰国[2] 作为嫁妆，
却仍难令勇士返回阵前。
高傲者不愿意离弃小桥，
仍欲夺过路人军械、马鞍，
许多人已被他击落马下，
战利品挂满了石墓墙面。

6

玛菲萨不想学傲慢猛汉[3]，
当听说非洲王处境危险，
被查理击败后丢盔弃甲，
其士卒死无数，十分悲惨，
率残兵退守至阿尔勒城，
便不等人邀请驰行来援：

---

[1] 阿格拉曼的叔叔。
[2] 奥兰又称瓦赫兰，是古非洲王国。奥兰现在是阿尔及利亚的第二大城市，奥兰省
的省会，位于阿尔及利亚西北部地中海沿岸。
[3] 指罗多蒙。

为解救非洲王阿格拉曼，
女骑士甘愿把一切奉献。

7

把窃贼布鲁内送还国王，
咋处置她请王自行决断：
并未曾伤此贼一根汗毛，
只拘押十白昼十个夜晚；
未曾见任何人来救贼子，
也没闻有人想将其赎还，
她不愿卑劣血污染己手，
于是便押恶贼来王面前。

8

她自己对贼子不做处罚，
请国王惩其恶或者赦免；
您想想见她来实施援助，
非洲王多高兴何等喜欢。
王经过反复且认真思考，
决定对玛菲萨有所表现：
把恶贼布鲁内送上绞架，
满足了勇少女惩贼意愿。

9

贼尸被抛弃于荒野之地，
令乌鸦和秃鹫饱食美餐。
上一次鲁杰罗曾经救他[1]，

---

[1]　见《热恋的罗兰》第 2 卷第 21 歌 39 节。

此次也可能解绞贼索圈，
但上主却令其身负重伤，
再不能为救贼实施仁善：
当知道消息时木已成舟，
布鲁内身赴死，无法救援。

10

阿蒙女曾抱怨时间太慢，
她需要静等待二十余天，
待约定之日期到来之时，
鲁杰罗将回到她的身边。
但流放或等待出狱之人，
有时却不觉得时间迟缓，
并不愿立刻就获得自由，
尽快回期盼的心爱家园[1]。

11

在艰辛等待中少女希望，
艾托与丕洛马[2] 足有缺陷；
或太阳之车轮不似以往，
因故障其旋转速度减慢。
正义的犹太人[3] 十分虔诚，
他曾令日之轮不再旋转，

---

[1] 诗人用此比喻布拉达曼心中的矛盾：一方面她希望尽快见到鲁杰罗，另一方面又怕约期到来时鲁杰罗不归，因而不愿意日子过得太快，使自己过早地失望。

[2] 艾托和丕洛是希腊神话中拉太阳车的四匹马中的两匹。此处指布拉达曼期盼太阳车行走得缓慢一些，即日子过得慢一点。

[3] 指犹太人的先知约书亚，据《圣经》说，他为了有足够时间战胜敌人，曾命令太阳停转。

神孕育赫丘利夜晚更长[1]，
少女盼每日夜如此这般。

12
噢，多少次她甚至十分嫉妒，
懒熊和睡鼠与贪眠之獾，
那些日只希望深深入睡，
再不要醒过来睁开双眼；
她不想梦中闻其他声音，
一直到鲁杰罗将其呼唤。
然而却做不到沉睡不醒，
连每夜睡一时也难实现。

13
讨厌的羽绒间翻来滚去，
却始终难入睡合闭双眼。
少女常习惯性打开窗户，
看一看奥罗拉是否出现，
她是否撒下了百合、玫瑰，
已开始迎晨光普照人间：
天放亮少女仍十分渴望，
举目见千万星点缀蓝天。

14
仅还剩四五天约期即到，
希望仍充满了她的心田，

---

[1] 据希腊－罗马神话讲，阿尔克墨涅是底比斯国王安菲特律翁的妻子，被宙斯诱奸后生下大力神赫丘利。宙斯把与阿尔克墨涅交媾的夜晚拖长，以便更多地享受情爱快乐。

每时刻期盼着信使到来，
对她说:"鲁杰罗将至门前。"
她经常登一座高高塔楼，
透过那密密林、美丽田园，
注视来蒙塔坂每一条路，
条条路伸展向各处地面。

15

如见到远处有兵甲闪烁，
或他人似骑士行走向前，
便以为是所盼鲁杰罗君，
其睫毛与美目立时灿烂；
若见人不披甲徒步而来，
便希望是骑士派使来见:
如若是其希望不幸落空，
她便会一次次继续期盼。

16

欲迎接勇骑士披甲，顶胄，
走下山踏上那广阔平原；
未遇到便认为他来城堡，
选择了另一条平坦路面:
出堡时其心中充满希望，
返回时她自觉徒劳枉然。
在此处与彼处难见爱人，
却已过他二人相约时间。

17

过一日，又一日，三四五日，
八九日，十来日，二十余天；

仍未见夫君面，消息亦无，
便开始心不宁，口吐怨言；
黑暗国[1]"复仇女"[2]发如长蛇，
她也会被抱怨感动生怜；
勇少女自虐其非凡美目，
还有那嫩白胸、金色发卷。

18

她自语："难道说我真应该，
寻找那躲避我负心之汉？
难道说应欣赏蔑视我者？
难道说我该求他来可怜？
为何要因恨我之人痛苦？
这个人自以为美德无限；
难道说需天上降下神女，
才能够将其心用爱点燃？

19

"傲慢者[3]知道我将他敬爱，
竟不愿我服侍在他身边。
他明了我为其痛苦将死，
却宁可我死后再来救援。
因怨声可征服冷漠、矜持，
残忍者[4]便不想闻我抱怨，
于是他似毒蛇隐匿其身，

---

[1] 指地狱。
[2] 指复仇女魔。
[3] 指鲁杰罗。
[4] 指鲁杰罗。

拒绝听歌唱声以保凶残。

20

"哎，自由的爱神啊你快止步，
我慢行你竟然奔跑向前；
快回到俘获我最初起点，
那时我不屈从任何儿男！
而如今我却被希望戏弄，
但不该哀求你[1]将我可怜；
因为你见泪河心中愉快，
你以此谋生活，寻乐求欢！

21

"哎呀呀，是欲望缺少理性，
除此外还能够把何抱怨？
是欲望促使我空中飞翔，
羽翼却被烈火无情点燃；
我实在难支撑，高空坠落，
但痛苦并没有因此了断；
欲望生新羽翼，再次跌落，
从此后我不断坠入深渊。

22

"我应该怨自己而非欲望，
因欲望打开了我的心田；
若理性被欲望赶下宝座，
我能力怎可与欲望比肩。

---

[1] 指爱神。

它令我每时刻处境恶化，
却无法抑制它，自控更难：
我自信它引我奔向死亡，
因等待令我受无尽苦难。

23

"哎，为什么我还要忍受痛苦？
我何错，若不能把你爱恋？
女子的情感都十分脆弱，
受折磨又何必如此哀叹？
为什么我还要左藏右躲，
假装出对至美[1]并不喜欢？
为何要显高贵使用智语？
不敢观太阳者实在可怜！

24

"除命运，我还被他人[2]鼓动，
其话语可令人坚定信念：
他向我描绘出极大幸福，
说爱情结此果理所当然。
哎呀呀，若所说是虚言那可咋办？
若梅林之建议全是欺骗，
我已经放不下鲁杰罗君，
现只能把梅林大师抱怨。

25

"我抱怨梅丽萨、梅林大师，

---

[1]　指鲁杰罗。
[2]　指预言她幸福的梅林大师。

怨他们抛我入永久苦难，
驱使着地狱的黑暗幽灵，
把我的血脉果一一展现[1]，
他们用骗人的虚假希望，
引诱我失理性真假不辨，
可能因他二人将我妒忌，
嫉恨我享受着甜美宁安。"

26

痛苦已将少女全面控制，
使慰藉难进入她的胸间；
尽管是她已经没有安慰，
希望却努力要寓其心田；
她脑中仍然是记忆犹新，
鲁杰罗临行时所说之言；
每时刻等待着他的归来，
全不听其他的亲人意见。

27

是希望支撑她忍耐煎熬，
度过了近一月二十余天；
她忍受如此的剧烈痛苦，
如心中无希望承受绝难。
那一日她又踏常行之路，
为寻找鲁杰罗赶路向前，
听到了悲惨的一个消息，
她彻底绝了望，浑身冰寒。

---

[1] 把后裔的情况一个一个地指点给我。

28

遇到了多嘴的一位骑士，
骑士从非洲营来到此间；
从巴黎决战的那天开始，
他便被囚禁在敌军营盘。
阿蒙女诱导他进行交谈，
最后使该骑士开口吐言；
当谈及爱人时不停询问，
随后便绕此题反复打转。

29

那骑士言语中流露出来，
敌营情一件件了如指尖：
鲁杰罗、蛮力卡二虎相斗，
其场面着实令人人胆寒；
到最后鲁杰罗杀死对手，
自己也负重伤命悬一线：
鲁杰罗有如此充分理由，
不能够来城堡与她会面。

30

那骑士补充说有位少女，
名字唤玛菲萨，战场常见，
她勇猛无人敌，十分美丽，
极擅长使长枪舞弄利剑；
此女与鲁杰罗相亲相爱，
常相聚，分离却十分罕见，
非洲营每个人确信无疑，
他二人已许下忠诚誓言。

31

鲁杰罗伤痊愈恢复健康，
他们将实现其结婚夙愿；
异教的国王和各位君主，
必定会与他们共庆同欢，
全知道他二人勇猛过人，
都希望短时间硕果万千：
能生出许多的善战儿女，
一个个均无比威武彪悍。

32

那骑士自以为所言之事，
摩尔人军营中广为流传，
大家都公开在议论此事，
理应当讲述给布拉达曼。
许多的善良人出于好意，
杜撰了虚假事、蜚语、流言；
或美名或恶名出自一口，
却经过万人嘴传遍世间。

33

鲁杰罗若不来摩尔营寨，
玛菲萨绝不会前来助战，
所有人对此事确信不疑，
后来更坚定了如此信念：
勇少女先离开角斗校场，
带走了布鲁内邪恶大奸；
并无人召唤其再回军中，
她为见鲁杰罗自返营盘。

34

只为了见骑士来到兵营，

勇骑士负重伤身处危险，

她不止一次至营寨探视，

经常是白日来夜晚回返；

此举动引起了众人议论，

人人知该女子高傲不凡，

她眼下所有人不值一提，

只认为鲁杰罗谦逊、良善。

35

骑士爷讲故事言辞肯定，

少女却受折磨，十分悲惨，

她心中之痛苦如此剧烈，

闻讲述差一点跌倒地面。

调马头，不出声，默默离去，

嫉妒火、愤怒焰焚烧心田；

她已经丧失了一切希望，

狂怒的女骑士返回房间。

36

不卸甲扑倒在睡榻之上，

面朝下直挺挺趴卧床面，

唯恐会因痛苦发出吼叫，

抓床单堵住嘴，欲叫也难；

口重复多嘴人所说之事，

深陷入痛苦中，心如刀剜，

到后来她实在再难忍受，

便被迫排泄痛，口吐怨言：

37

"可怜啊！我还能相信何人？
我所爱鲁杰罗忠诚、仁善，
如果他也这般背信弃义，
可以说人情均冷若冰寒。
你若是想一想我的恩情，
再想想你对我那些亏欠，
难道说不觉得世间难见，
如此的残忍和邪恶背叛？

38

"鲁杰罗，人世间没有骑士，
可比你更英俊，更加彪悍，
无论是论武艺还是风度，
一个个都与你相差甚远；
为什么不努力发扬美德，
使你的美名声更加灿烂，
令人说无人能撼你诚信，
见到你君子都鞠躬示谦？

39

"难道说没有她[1] 你便不能，
把神武与高贵对人展现？
难道说她是道灿烂光辉，
无她照你之美难被发现？
你轻易便欺骗一位少女，
她视你如偶像、神灵一般，

---

[1] 指玛菲萨。

你可以用美言令她相信，
空中日无光辉，比冰更寒。

40

"杀爱人你一点不觉后悔，
还认为何罪孽令你忌惮？
若轻易便可以不守信誉，
你还可肩负起何种重担？
如此来折磨你所爱之人，
对敌人你又会怎样凶残？
我希望亲手来报仇雪恨，
并不需上天的正义审判。

41

"邪恶的负义者罪恶滔天，
最令人受折磨痛苦不堪，
为此罪，最美丽灿烂天使[1]，
被逐出天国门，光辉不见。
大罪孽必等待大的惩罚：
若赎罪亦难以洗净心田，
你小心惩罚会降你身上，
负心汉不改过灾祸难免。

42

"我痛心你染上盗窃之罪，
它远比其他罪更加凶残。

---

[1] 指路西法。路西法曾经是天国中地位显赫的天使，受到上帝的宠爱，然而他忘恩负义，率领三分之一的天使反叛上帝，因此被逐出天国，打入地狱，成为地狱魔王。

你盗走心与肝我不怨恨，
只希望你避开惩罚苦难；
我想说你本已归属于我，
后来却无缘故离我远远；
持他人心肝者难救自我，
明此理，你就该听我之言。

43

"鲁杰罗，你将我无情抛弃，
然而我却不愿离你身边！
为了要摆脱掉痛苦、哀伤，
我愿意离弃这苦难人间。
死也难获你爱令我悲伤，
愿神灵实现我以下夙愿：
我死时你感觉心中愉快，
这种死会使我幸福无限。"

44

说话间她准备坦然赴死，
跳下床，胸中燃熊熊怒焰，
把利剑欲插向左肋之处，
却发现周身是坚硬甲片。
守护者大天使靠近身边，
"女人啊，"对其心张口开言，
"你血统高贵且家族显赫，
如此死一定会受人非难。

45

"难道说你不能赶赴战场？
在那里随时可荣誉归天。

应该在鲁杰罗面前倒下，
你的死可令他悔碎心肝；
假若你能死于他的剑下，
何死可比此更令人心欢？
鲁杰罗取你命最为合理，
他本是你生命痛苦根源。

46

"你死前或许遇玛菲萨女，
便可对此女子报复一番，
她利用邪恶爱把你戕害，
使你和鲁杰罗逐渐疏远。"
美少女觉天使话语合理，
便挑起一旗徽向人展现，
压在她心中的绝望之情，
并表示赴死的坚定信念。

47

身上的战袍呈悲伤颜色，
上面绣光秃秃柏树枝干，
枝干已无法将树叶滋养，
枯萎叶看上去十分凄惨。
粗大的柏树干毫无生机，
无嫩枝更不见绿色叶片，
因为它曾经受利斧砍凿，
此服装衬托着少女苦难。

48

她牵过阿托夫常乘战马，
又提起那一支黄金枪杆，

枪触及必定令骑士落马，
阿托夫将宝枪交她保管；
公爵爷从何处获得此宝，
我认为不需要重新赘言。
握长枪少女却全然不知：
该枪的神奇处令人赞叹。

49

不携带侍从者，没有陪伴，
勇少女下山岗，赶路向前，
择捷径直朝着巴黎奔去：
撒拉逊之营寨曾设那边；
因少女尚未闻新的消息：
里纳多率众人前去增援，
近卫士助查理法兰克王，
解除了巴黎围，令敌逃窜。

50

科尔西[1]、卡奥尔[2] 被弃身后，
又越过多多涅诞生之山[3]；
当费朗、克莱蒙[4] 两座城市，
将街区展示在少女面前，
她看到一女子面容和善，
沿街区迎着她行走向前，

---

[1] 科尔西是法兰西古代的一个省，位于法兰西的西南部。

[2] 卡奥尔是法兰西西南部的一座城市，曾经是科尔西省的省会。

[3] 指诞生多多涅（另译：多尔多涅）河的山区。多多涅是法兰西南部的一条河流，
该河流域是里纳多和布拉达曼家族的封地。多多涅公爵即布拉达曼的父亲阿蒙公
爵，阿蒙是公爵的名字，多多涅是公爵的封地。

[4] 费朗和克莱蒙是法兰西中南部的两座城市，现合并为克莱蒙费朗市。

马鞍桥悬挂着一面盾牌，
有三位骑士爷随其身边。

51

婢女与男侍从簇拥而来，
前开路，后跟随，鱼贯向前。
阿蒙女问擦肩路过之人，
何女子竟如此显贵不凡；
那人道："此女子来自北极，
远离开'迷失岛'[1]漂行海面，
她作为一使者被人派往，
法兰西之国王查理身边。

52

"有人称'迷失岛'，自有原因，
还有人称'冰岛'，亦有根源，
该岛有一女王，丽质绝顶，
是上天赐予她如此美艳；
她派人把一盾交予查理，
并明确表示了自己心愿：
将该盾送世间最佳骑士，
查理王应认可此人彪悍。

53

"都认为人世间的的确确，
从未见有女子如此娇艳，
因此她欲寻觅一位骑士，

_____

[1] 指冰岛。

其神武应胜过所有勇汉。
她决心已下定，绝不改变，
拔山力也难以将其摇撼，
谁若想成为这女王夫婿，
须持剑勇夺取荣誉之冠。

54

"在查理法兰西宫廷之中，
她希望能找到勇将一员，
该勇士比他人更加威猛，
其神武能经受千锤百炼。
那三位骑士爷亦是国王，
我可以告诉您来自哪边：
哥得兰[1]、瑞典与挪威王国；
少有人比他们更加彪悍。

55

"这三人之国度离此不近，
却距那'迷失岛'不甚遥远：
称它为'迷失岛'并不奇怪，
很少有行船者识其海岸。
三国主是女王忠诚恋人，
竞相要迎娶她返回家园；
为了使女王能心中愉悦，
他们都尽其力，不惜登天。

---

[1] 是古代位于瑞典东部的一个王国。现在是瑞典最东部的省。

56

"女王却不喜欢其他之人，
一心盼人世间第一好汉。
对三人经常说：'我不欣赏，
你们在比武场种种表现；
我希望你们中出一能人，
似群星烘托的明月那般，
而并非只知道自吹自擂，
自称是普天下无人比肩。

57

"'我崇敬查理王并且认为，
他是位英明主，智慧非凡，
现向他呈上这黄金盾牌，
并与其事先就讲明条件：
金盾牌将送给勇猛之士，
他应在勇士中最为彪悍。
王若觉某骑士能增我荣，
便可将此宝盾赠该好汉。

58

"'如果王收下了这面宝盾，
赠送给善战的勇将一员，
并认为该将在宫廷之中，
远远比他人更勇猛、强健；
你们中若有人抖擞精神，
能夺盾并带其回我身边；
他便可作夫君获得我爱，
我定会满足其一切心愿。'

59

"这段话促三王来到此地，
沿海路远离开各自家园，
都试图展威风夺回宝盾，
否则便宁死在对手面前。"
阿蒙女仔细听，聚精会神，
好侍从把故事对其讲完；
说话者随后便策马离去，
急奔驰，把伙伴紧紧追赶。

60

但少女却没有随他而去，
在后面缓缓行，不紧不慢，
把可能发生的种种情况，
反复在心田中仔细盘算：
此盾牌会引起巨大纠纷，
法兰西将受其挑拨离间，
查理王若指定最佳骑士，
嫉妒情必造成争斗不断。

61

此担忧重压在少女心头，
另一事更令其倍受熬煎：
鲁杰罗献爱于玛菲萨女，
自己已早被他抛弃一边。
想到此心疼痛，难以自拔，
不择路，更不知去向哪边，
全不顾是否有过夜之处，
向前行能否见舒适客栈。

62

似岸边刮起了一阵狂风，

水中船把缆绳猛力扯断，

木舟上并没有掌舵之人，

随河水任意漂，顺其自然；

年轻的恋爱女全神贯注，

心惦念鲁杰罗英俊儿男，

拉比坎[1] 随意携少女行走，

背上人不勒马：心已飞远。

63

到后来抬起头看见太阳，

已背向巴库斯[2] 统治地面，

随后似秋沙鸭投入海中，

又回到乳母的怀抱之间。

她若想在野外露天过夜，

这愚蠢之想法十分荒诞：

深夜里或许会降下雨雪，

无墙壁怎抵御朔风、严寒。

64

阿蒙女策战马加快脚步，

她刚刚行走了没有多远，

便见到一牧人撤离草场，

驱赶着一群羊行走向前。

赶过去肯请其指点一二，

---

[1] 原本是阿托夫的战马，现由布拉达曼暂时骑乘和保管。

[2] 指北非毛里塔尼亚国王巴库斯一世（公元前 110 年），他曾与罗马进行过战争。
"巴库斯统治地面"指的是毛里塔尼亚。

告诉她何处可栖身，避寒，
不管是居住的条件如何，
总胜过被雨淋、铺地盖天。

65

牧人道："真不知如何帮您，
近处无栖身屋，必须走远，
至少要行走出五六里格[1]，
除非去特里坦城堡里面。
若骑士希望能下榻城堡，
就必须手握枪争斗一番，
夺城堡并将其勇敢捍卫，
若不然任何人入城皆难。

66

"一骑士到来时若有空房，
城堡主便接收来者入店，
但需要对堡主真诚许诺，
再来客他必须与其激战。
无人来就可以常住不去：
若来人他定要提枪持剑，
与来者下校场比试高低，
失败者退出房居于露天。

67

"三四位骑士若先行来到，
请他们同入住并无困难；

---

[1]　里格是古代欧洲的一种长度单位，一里格约等于六公里。

独行的后来者处境恶劣，
需要与先来者一一激战。
独行者若先到住入城堡，
与后来多人需比试枪剑，
要战胜三四人或许更多，
占上风勇猛者可保平安。

68

"若妇人与少女来到城堡，
或独自或有人将其陪伴，
随后有另一女来到此处，
美者入，逊色者留在外面。"
勇少女问城堡位于何处，
善良的牧羊人解释一番，
还用手对少女指示方向，
距他们说话处五六哩远。

69

阿蒙女驱战马快步疾走，
拉比坎捌碎步行进艰难，
只因为路泥泞，坑坑洼洼：
那季节天气恶，雨水不断；
到城堡夜幕已降临尘世，
处处都无光线，漆黑一片。
见城堡吊桥门紧紧关闭，
少女对门卫说欲寻客栈。

70

那门卫回言道："没有空间，
先来者已经把客房住满，

众人正围火堆耐心等待，
为他们捧上来丰盛晚餐。"
少女道："你去说有骑士门外等候，
他已知此城堡风俗习惯，
若他们还没有填饱肚皮，
厨师便为他们不必备饭。"

71

城中人正舒适等待进餐，
卫士报有骑士来到门前，
此消息令众人十分不悦：
寒冷天出室外无人情愿。
外面已开始下瓢泼大雨，
其他人未动身，三王立站：
结成伴慢腾腾走出城门，
来到了勇少女站立地面。

72

来者是勇猛的三位骑士，
也算得人世间英雄好汉；
他三人同一天来到此地，
陪伴在高贵的女使身边；
他们在冰岛国夸下海口：
从法国携金盾返回家园；
因心急三国王策马快行，
便先于阿蒙女人住房间。

73

比他们更强者虽然不多，
其中便有女将布拉达曼；

那一夜在室外淋雨挨饿，
说什么她也不心甘情愿。
屋内人都立于窗前、回廊，
借夜光把比武仔细观看，
尽管是乌云密，光线不足，
瓢泼雨遮住了观者视线。

74

就好像一情人心燃欲火，
正亟待进入那偷情房间，
等许久他终于听到响动，
屋内人静悄悄轻拉门闩；
阿蒙女亦如此心情急迫，
她急于同对手较量一番，
听城门开启声心中高兴，
吊桥落，见三人来到面前。

75

三骑士过吊桥，鱼贯而出，
一个个接踵来，相距不远；
勇少女向后退，拉开距离，
松缰绳，刺战马，疾奔向前；
将堂兄[1] 那一杆金枪上靠，
从未见神枪出徒劳枉然，
触及者必然会跌落马下，
即便是玛尔斯[2] 也难避免。

---

[1]　指阿托夫。
[2]　罗马神话中的战神。

76

瑞典王先出马迎战少女，
亦最先跌下马摔倒地面：
那长枪猛击在他的头盔，
金枪杆挺直时人必落鞍。
随后是哥得兰国王出马，
也落个脚朝天，人仰马翻。
第三人被枪挑，倒栽水中，
上半身深扎入护河泥潭。

77

勇少女这三枪枪枪凶狠，
对手均头向下双脚朝天，
随后她入城堡意欲过夜，
然而却先需要发出誓言：
若再有其他人前来挑战，
她必须出城门较量一番。
城堡主见骑士如此勇猛，
款待她之盛情不同一般。

78

那位与三骑士同来女子，
也同样极崇敬布拉达曼，
我说过她来自"迷失之岛"，
作使者被派往法王身边。
站起身，施敬意，彬彬有礼，
她亲切且优雅，举止不凡，
迎过去，执其手，引至火旁，
微笑面展现出阳光灿烂。

79

勇少女已开始弃枪卸甲，
先放下手中盾再摘盔冠；
金发罩随头盔一同取下，
内藏的秀丽发飘洒于肩，
那长发原本是挽于罩中，
散落下显现出少女颜面，
众人均认出她真实面目，
其美貌不逊于她的彪悍。

80

就好像幕布起时常见到，
千盏灯照亮了舞台台面，
一座座拱形门、高大建筑、
石雕像与绘画金光闪闪；
又如同乌云去，太阳露脸，
见晴朗天空中日光灿烂：
当摘下遮面的头盔之时，
天门开，展现出神女容颜。

81

隐修士曾剪短她的秀发，
现如今已长长，美丽非凡，
虽尚未恢复成原先模样，
却可在头后束发髻一团。
城堡主认出是布拉达曼：
因从前曾多次见过其面，
他表现比先前更加殷勤，
对勇猛美少女百般夸赞。

82

众人在火堆旁欢乐交谈，
坦诚把新消息相互交换，
为了使行路人恢复体力，
美佳肴捧上了夜宴桌面。
少女问城堡主此借宿法，
是新规还是个古老习惯，
是何人定此法，何时开始，
城堡主对少女开口回言：

83

"在遥远费拉蒙[1]统治时期，
其爱子克洛德女友美艳，
她举止极优雅，无比高贵，
其他的美女子均难比肩；
克洛德爱女友无与伦比，
时刻都盯着她，百看不厌，
远胜过伊娥的守护牧人[2]，
因为他嫉妒心非同一般。

84

"向父王讨此堡作为礼物，
携女友入住后很少露面；
法兰西十勇士随其而来，
他们在骑士中最为彪悍。

---

[1] 据说费拉蒙是最早率众来到莱茵河西岸高卢地区定居的法兰克王。
[2] 在希腊神话中，伊娥是天后赫拉的首席女祭司。主神宙斯爱上了她，赫拉出于嫉妒把伊娥变成小母牛，交给百眼巨人阿耳戈斯监视。此处"伊娥的守护牧人"指的就是阿耳戈斯。

勇猛的特里坦偶来此处，
他携带一女子陪伴身边，
不久前该女子被他解救：
一巨人曾用力拖她向前。

85

"到达时日背向塞维利亚[1]，
已渐渐远离开那片海岸；
特里坦请堡主收留他们，
只因为十哩内没有客栈。
热恋的克洛德非常嫉妒，
他不愿外人在城中安眠，
无论是来人为何等人士，
美人在，想入城必遭刁难。

86

"千百次恳求都遭到拒绝，
骑士爷欲投宿难以如愿，
开言道：'我不再苦苦哀求，
强入住，不管你愿与不愿。'
向十位勇骑士、克洛德君，
高声吼，怒目睁，提出挑战，
要证明他并非无礼、粗野，
一定要与他们比试枪剑。

87

"条件是：克洛德及其随从，

---

[1]　塞维利亚是西班牙南部的城市。

若落马他却能稳坐马鞍，
便独自入城堡安居过夜，
其他人锁门外居于露天。
法兰西国王子难忍耻辱，
便上马，冒风险，迎接挑战，
与十位卫士却不幸落马，
一同被关在了城堡外面。

88

"城堡中只留下那位美女，
克洛德对此女十分爱恋，
大自然赋予她无比美貌，
世间无其他女比她娇艳。
特里坦与美女交谈之时，
城门外苦情人忍受熬煎；
他派人向骑士百般恳求：
莫拒绝把美女还其身边。

89

"特里坦并不喜此女容貌，
他只把伊索塔[1] 专心爱恋：
因曾喝神奇的催情药酒，
该女子早独占他的心田；
却因为受到了无礼虐待，
意欲对克洛德报复一番；
便说道：'我觉得没有理由，

---

[1] 特里坦和伊索塔传奇是一个欧洲中世纪流传甚广的极其悲惨的骑士爱情故事。特
里坦护送叔王的未婚妻伊索塔回归康沃尔（现英国西南的一个郡）王国，路上二
人误饮催情药酒，发生爱情；后来经过千般曲折双双惨死。

把此等美女子逐出城垣。

90

"'如若是克洛德不愿独睡，
可恳请他人去林中陪伴，
我这有一女子俊俏，鲜嫩，
但不如他情人那般美艳。
我愿意将此女送往城外，
全听从他命令，任其调遣；
最美女应陪伴最强勇士，
我觉得这才是理所当然。'

91

"被逐的克洛德十分沮丧，
一整夜喘粗气，来回兜圈，
好像是给那些安稳睡客，
作卫士，勤巡夜，忙碌不断；
受折磨不仅因天冷风急，
更因为心爱女被人侵占。
第二日特里坦归还女子，
悲惨人才结束心中苦难。

92

"听说明他心中深信不疑，
归来的心爱女未损半点；
他对人一向是毫无礼貌，
受这种羞辱也理所当然；
让其在夜空下接受惩戒，
特里坦才感觉心足意满；
但难以接受他虚假托辞：

丘比特怎能是错误根源。

93

"爱之神能净化粗野之心，
不会令高贵者粗俗不堪。
特里坦离城堡不久之后，
克洛德也要把住所更换；
临行前将城堡交一骑士，
那骑士令王子十分喜欢；
为他与其后裔定下规矩：
此住宿之方式代代相传。

94

"最彪悍骑士与最美女子，
才可以入城堡登榻安眠；
失败者便应该腾空卧房，
睡草地或别处寻找房间。
都必须遵守这传统习俗，
您已见它延续直至今天。"
当堡主讲风俗根源之时，
主厨者已摆好丰盛美宴。

95

丰盛宴设在了城堡大厅，
人世间无他处如此壮观；
火炬明，主厨来迎接宾客，
贵客被引入了餐厅里面。
阿蒙女入厅时环顾四周，
好奇心如其他少女一般；
见到了周围的华丽墙壁，

一幅幅精美画绘满壁面。

96

那餐厅高雅且壮丽不凡，
众人都观美景忘食佳宴，
尽管是早已经精疲力竭，
为补养均需要吞食菜饭，
但盘中之美味全都放冷，
主厨人见此景心中苦酸。
有人道："最好是先填肚皮，
然后再令双眼饱食美餐。"

97

众人都坐下来欲食佳肴，
城堡主却有了新的发现：
同款待两女子是个大错，
留一人另一人应被驱赶。
逊色女出城堡，美女留下，
出堡者须忍受风雨严寒。
两美女并非是同时来到，
一出城，另一位方可安眠。

98

他唤来两老叟、数位女佣，
请他们对二女做出评判；
将两人细观看，反复比较，
要从中选出来最美婵娟。
到最后众人都一致认为，
阿蒙女之美貌更加不凡；
她勇猛远胜过诸位骑士，

其美貌也超出另一名媛。

99

那冰岛美女子对此结果，
不服气，心中有疑虑万千，
城堡主开言道："应守习俗，
莫认为这不是公正决断。
您必须去寻找另一住处，
众人已做出了明确评判：
她容貌与举止全都胜您，
尽管是从未曾梳妆打扮。"

100

就好像一时间乌云密布，
覆盖住湿山谷头顶蓝天，
太阳脸本来是十分纯洁，
现在却有黑纱罩在上面；
那少女闻宣布残忍判决，
将被人驱逐到冰雨空间，
脸变色，笑容无，美貌不见，
全不似未做出评判之前。

101

女使脸无颜色，十分苍白，
她实在不想听如此宣判。
明智的阿蒙女发表看法，
因怜悯不愿其被人驱赶，
她说道："还不知参评者是否赞同，
尚未闻她们有何等意见，
我觉得此决定不够公平，

更难说这是个正义判断。

102

"我不管是否比此女秀丽，
但声明应取消这个决断；
我并非以女子身份来此，
也不想被认为比她美艳。
如果不全脱光赤身裸体，
谁敢说我比她更加光灿？
若不知，就不要信口雌黄，
胡说可给他人带来灾难。

103

"许多人留长发与我相同，
不因此便可称温柔婵娟；
为何故我获得下榻权利？
因神武或美貌，众心明辨。
为什么要给我女子名分？
我行为处处像雄风儿男。
你们的规定是女子比美，
并非是武士将美人驱赶。

104

"即便是我被人视为女子
（对你等此看法我有意见），
我容貌难与这女子相比，
绝没有她那般俊俏，美艳；
虽然我貌不如此女姣好，
你们却难抹我神武光鲜。
因色弱而丧失武威荣耀，

我认为不应该如此决断。

105

"按你们这一条传统规定，
色弱者须出城露天观星，
但无论我容貌是否居上，
均应该留城内睡卧安宁[1]。
因而便可得出如此结论：
我二人之竞争缺少公平，
比美时她只能败于我手，
我安居城堡内已经确定。

106

"若没有输与赢两种可能，
不管是何竞赛均不公正：
因此便有理由赐其许可，
不要再禁止她宿于城中。
若有人敢说我意见不妥，
不正确也缺少应有公平，
我要与反对者说道说道，
看一看谁意见更加英明。"

107

高贵女将无礼遭到驱赶，
被逼迫风雨中宿于露天，
头顶上无片瓦为其遮雨，
阿蒙女对她动恻隐心田；

---

[1]   因为布拉达曼已经在比武场上取得胜利。

苦心劝，磨破了她的口舌，
决心令城堡主接受意见，
结束时又抛出挑战话语，
城堡主默认可，缄口无言。

108

就好像夏日里烈日炎炎，
小草儿把甘露急切期盼，
花儿也近乎要体液耗尽，
失生命，叶萎谢，茎秆枯干，
却迎来及时雨，生命复活；
女使者也如此恢复美艳，
她见到有人要将其捍卫，
心里便无限喜，面露欢颜。

109

晚宴已捧上来多时未用，
到此时他们才开始美餐，
并未因又到来一位骑士，
众人均受搅扰心神不安。
他人欢，少女[1] 却心中不喜，
可怜的伤心人[2] 已经习惯；
她心中有无名恐惧、怀疑，
早令其无胃口，饮食不甘。

110

晚宴毕阿蒙女站起身来，

---

[1]　指布拉达曼。
[2]　指布拉达曼。

女使者也立于她的身边；
若不为观美景饱其眼福，
那晚餐也许会继续拖延。
城堡主便示意一位侍从，
把许多大蜡烛快快点燃，
照亮了大厅的每个角落。
下面事另一歌我再叙谈。

第 33 歌

三国王再败于布拉达曼　巴亚多受惊吓逃入洞间
异教王获宝马欲返东方　飞兽载公爵落非洲地面

晚宴结束后，布拉达曼在城堡主的陪同下观看了大厅中的壁画。一幅幅美丽的画面展示了中世纪的杰出人物。看完壁画，布拉达曼与众人各自回房安歇。第二日，当布拉达曼欲离去时，等在城门外的三位被击败的国王再一次向她挑战，并再一次被其轻易击落马下。取胜后，布拉达曼扬长而去。后来，当三位国王听说他们是被女子击落马下时，羞愧得决定一年之内绝不披甲挎剑。

里纳多与格拉达索比武，正打得难解难分；一只巨型恶鸟袭击了巴亚多，令其受惊逃走，躲入山洞；二人决定暂停争斗，去寻找宝马。里纳多丢失了巴亚多的踪迹，随后返回清泉旁，等待格拉达索。而格拉达索却找到了宝马，他不再想与里纳多继续角斗，于是便跳上马背，奔驰而去，意欲返回东方。

此时，阿托夫正骑乘宝马神鹰巡游世界，最后在非洲的努比亚王国落地。努比亚国王塞纳颇曾狂妄地想登上人间乐园的高山，受到上天的惩罚，双目失明，并受尽人头妖鸟的残酷折磨；他求助来自于天空的阿托夫。阿托夫用魔号惊走前来夺食的人头鸟，并追至地狱。

1

提玛格、坡力诺、巴赫西斯，
古画师之名声传播甚远，
还有那阿佩莱、普罗托金，

宙西斯之英名更为震撼[1]；
尽管是克罗托[2] 灭身毁画[3]，
但他们美名仍世代相传：
只要是人继续阅读书籍，
书会使画师名长存人间。

2

达芬奇、贝里尼[4]、曼特尼亚[5]，
许多的名画师活于今天，
雕塑与绘画的米开[6] 大师，
他本是天使身，永生人间；
拉斐尔光照耀乌比诺城[7]，
卡多雷[8] 提香的辉煌不减；
他人的杰作也令人赞叹，
与古人之作品同样璀璨。

3

有一些名画师活于眼前，
还有些享殊荣已越千年，
他们都用画笔留下杰作，

---

[1] 诗中所提到的全是古希腊著名画家的名字，阿佩莱和宙西斯的名字在第28歌4
　　节中已经提及过。

[2] 克罗托是希腊神话中的命运三女神之一，专门负责纺织生命之线。

[3] 这里指克罗托纺出的生命之线总有尽头，随着时间的流逝，人会死，画作也会
　　毁掉。

[4] 贝里尼是威尼斯画派的创建人，该画派的建立使威尼斯成为文艺复兴后期的一个
　　重要的艺术中心。

[5] 曼特尼亚是文艺复兴时期意大利帕多瓦画派的杰出画家。

[6] 指文艺复兴时期的艺术大师米开朗琪罗。

[7] 乌比诺（另译：乌尔比诺）是文艺复兴时期艺术大师拉斐尔的家乡。

[8] 卡多雷指的是威尼斯附近的小镇皮耶韦迪卡多雷，它是文艺复兴时期艺术大师提
　　香的家乡。

或绘于画板上或饰墙面。
却不见古代或今日画师，
描绘出未来的锦绣云天：
但有人曾见到未来美景，
刻画在壮丽的石岩上面[1]。

4

古与今画师都难夸海口，
说能把未来事描绘一番；
只好将此艺术让与魔法，
见魔法连幽灵也会抖颤。
上一歌我所讲那座大厅[2]，
可能在艾维诺[3]湖泊岸边，
或者在诺尔恰[4]山洞附近：
魔鬼建此城堡一夜之间。

5

古人的这一种神奇艺术[5]，
现如今早已经失传多年。
再返回我讲的那座城堡，
人们要把大厅绘画观看；
我曾说一侍从接受指示，
点燃了大火炬，照亮厅间，
黑暗被驱赶走，销声匿迹，

[1] 鲁杰罗、玛菲萨等人曾欣赏过梅林泉的雕塑，那些雕塑展示了人类的未来。见第
　　26 歌 30 节。
[2] 指上一歌所讲述的布拉达曼进入的城堡大厅。
[3] 意大利中南部的湖泊。
[4] 意大利中部的城市。
[5] 指魔法艺术。

白昼也难如此光辉灿烂。

6

城堡主开言道："您应知道，
我这里描绘了战争场面，
虽然是记述的战争不多，
却均是未开战先有画面。
绘画者都只能提前预测，
我军的胜与败只能判断；
当胜利或失败已定之时，
您可以来此处再次观看。

7

"大厅中法师[1] 把未来预示，
事出于梅林后千年之间[2]，
法兰克进行的每场战争，
胜与败均展示，令人明见；
不列颠王国主[3] 派其[4] 前往，
法兰克新登基国王[5] 身边，
为何故派梅林前往那里，
我现在就对您陈述一番。

8

"费拉蒙[6] 率领着法兰克军，

---

[1]　指大法师梅林。
[2]　事件都发生在梅林大师身后的一千年之间，即一直至诗人生活的时代。
[3]　指亚瑟王。
[4]　指梅林。
[5]　指法兰克王费拉蒙。
[6]　据说费拉蒙是最早率众到莱茵河西岸高卢地区定居的法兰克王。见第 32 歌 83 节。

跨莱茵，进入了高卢地面，
占高卢他还要继续扩张，
欲侵入意大利灭其气焰。
只因为帝国[1]已日渐衰落，
他才能放开胆，肆无忌惮：
想结盟不列颠亚瑟国王：
二人在同时代头顶王冠。

9

"无梅林大法师出谋划策，
亚瑟王绝不做任何决断，
我说的梅林是幽灵之子，
他能够把未来提前预见；
梅林使亚瑟王预知危险，
亦警告费拉蒙面临灾难，
若进入海封锁亚平宁地[2]，
陷困境之军队后果悲惨。

10

"未来掌法兰克权杖之人，
梅林向费拉蒙一一展现：
其军必被铁血男儿摧毁，
受饥饿或瘟疫无情摧残；
从意土获得的收获甚微，
巨大的灾难却伤害无限；

---

[1]　指古罗马帝国。
[2]　指被大海包围的意大利。意大利半岛亦被称作亚平宁半岛。

在那里百合花[1] 难以扎根，
痛苦长，欢乐却十分短暂。

11

"费拉蒙对此言深信不疑，
便计划向别处调转枪尖；
大法师预见了未来之事，
就好像他已经亲眼看见；
应国王之请求梅林提笔，
施法术画下了未来事件，
法兰西将建的丰功伟绩，
被展示厅壁上，供人观看。

12

"以便于来此者能够明白，
应如何夺胜利赢得盛赞，
只要是意大利拿起武器，
可抵御任何的疯狂野蛮；
若有人南下去践踏意土，
欲破坏并将其蹂躏，侵犯，
我认为他必会亲眼看见，
坟墓已张巨口设于山南[2]。"

13

说话间城堡主引导女子，

---

[1]　法兰克人的国花。中世纪晚期和文艺复兴时期，法兰西军队曾多次南下意大利，
　　给意大利人民造成了极大的痛苦；诗人利用梅林大师的预言，表示法兰西的入侵绝
　　无好下场。
[2]　指阿尔卑斯山脉以南，即意大利。

来到了画展的起始一端；

先看到贝尔托[1]为财而动，

莫里斯[2]向此人许诺金钱。

"他越过宙斯山[3]，侵入境内，

踏上了伦巴第肥沃平原。

您可见奥塔里[4]将其击溃，

并令他逃遁去，狼狈不堪。

14

"再来看法兰克克洛泰王[5]，

他率领十多万兵勇过山：

贝内文托公爵[6]大显身手，

率少数兵与将前去应战。

佯装败，弃营寨，设下埋伏，

留下了伦巴第佳酿万坛，

法兰克兵勇都狂饮美酒，

一个个丢性命，丧尽颜面。

15

"你再看另一位贝尔托王[7]，

---

[1] 指法兰克国王辛吉贝尔托。

[2] 莫里斯是东罗马帝国皇帝，582—602 年在位。

[3] 指阿尔卑斯山脉的大圣伯纳德山，古罗马人称其为"宙斯山"。

[4] 奥塔里是伦巴第国王，584—590 年在位。

[5] 指克洛泰（另译：克洛泰尔）三世，法兰克国王，657—673 年在位。

[6] 指贝内文托公爵格里莫阿尔多，他曾经佯装撤退，留下许多坛葡萄酒在弃寨之中，引诱敌人喝醉，并趁夜色杀回营寨，大获全胜。贝内文托是意大利那不勒斯附近的城市。

[7] 指辛吉贝尔托国王王位的继承人希尔德贝尔托二世，他是法兰克墨洛温王朝时期的奥尔良国王，592—595 年在位。希尔德贝尔托曾多次南下意大利，与伦巴第人作战。

重兵把意大利蹂躏侵犯；

克洛泰也不敢自吹狠毒[1]，

被掠的伦巴第极其悲惨；

天降下一神剑将他惩罚，

其兵勇尸遍野，躺满街面，

温热的鲜红血流淌如河，

十人中无一人回返家园。"

16

随后又展示了丕平[2]、查理[3]，

也南下意大利翻越高山，

曾欣喜获得了节节胜利，

其目的却不为毁我家园；

前者因斯德望牧人[4]受辱，

后者为哈德良[5]、利奥[6]而战：

征服了阿托夫[7]又胜他人，

使教宗之荣耀重新璀璨。

17

旁边是另一位少年丕平[8]，

率兵勇占领了土地大片：

---

[1] 在贝尔托面前克洛泰都不敢自吹狠毒。

[2] 指查理大帝的父亲"矮子丕平"。

[3] 指查理大帝。

[4] 指教宗斯德望二世。

[5] 指教宗哈德良一世。

[6] 指教宗利奥三世。

[7] 伦巴第国王。

[8] 指与祖父同名的查理大帝的儿子丕平。

佛纳齐[1]一直到帕莱斯特[2]，

马拉莫[3]建一桥，费时费钱；

其军队攻打至里阿尔托[4]，

在那里展开了一场激战。

随后又溃败逃，弃兵于水，

风与浪卷走了新修桥面。

18

"勃艮第[5]路易君也曾南下，

军溃败，被俘获，十分悲惨，

胜利者命令其发出毒誓，

永不对意大利重新发难。

后来他失信誉不守诺言，

再入侵，又跌入陷阱里面：

一双眼失光明如同鼹鼠[6]，

随从们搀扶他翻过大山[7]。

19

"阿尔勒之武戈[8]战绩辉煌，

贝伦加[9]被赶出意土地面；

---

[1] 意大利波河流入亚得里亚海的上河口，古时被称作佛纳齐河口。

[2] 帕莱斯特指的是帕莱斯特里那海岸，位于意大利威尼斯附近。

[3] 威尼斯的一个地方。

[4] 古威尼斯的中心地区。

[5] 勃艮第是法兰西历史地区名，各历史时期所指不同。一般指勃艮第人曾居住过的法兰西中部。

[6] 鼹鼠又称欧鼹，视力极差。

[7] 指翻越阿尔卑斯山脉，即返回法兰西。

[8] 阿尔勒之武戈指的是普罗旺斯伯爵武戈。

[9] 指贝伦加（另译：贝伦加尔）一世和贝伦加二世。888—924年贝伦加一世为意大利国王。950—961年贝伦加二世为意大利国王。

他曾经两三次击败对手[1]，
对手却得到了强者[2]增援。
后被迫与对手签订和约，
不久后便离弃尘世人间，
继位者也短命，很快死去，
贝伦加掌管了意大利权[3]。

20

"再看看另一位查理君主，
应牧首之邀请意土开战[4]；
康拉丁[5]紧跟随曼弗雷迪[6]，
二国王阵亡于两场恶战。
法国兵后来犯千桩罪孽，
受压迫新王国十分悲惨，
晚祷钟敲响时各城民众，
奋勇起将他们喉管割断[7]。"

---

[1] 指贝伦加家族。

[2] 强者指日耳曼神圣罗马帝国皇帝阿努尔夫和奥托。

[3] 由于武戈和继承人都相继去世，意大利王国的权柄落入贝伦加二世手中。

[4] 另一查理指法兰西安茹伯爵（或称瓦卢瓦伯爵）查理，他应教宗（牧首）邀请，
率领法兰西军队南下意大利，击败了日耳曼霍亨斯陶芬家族的曼弗雷迪国王和康
拉丁国王，夺得了西西里王国的权杖。

[5] 康拉丁是日耳曼霍亨斯陶芬王朝最后一代君主，西西里国王曼弗雷迪的侄子。

[6] 曼弗雷迪是西西里国王，日耳曼神圣罗马帝国皇帝腓特烈二世的私生子。在与法
兰西安茹伯爵的战争中阵亡。

[7] 指"西西里晚祷起义"。据说，西西里人举行复活节的庆祝活动，一群占领西西
里的法国军人和官吏加入并开始饮酒。期间一位名叫德鲁埃的法国军官将一个已
婚年轻妇人从人群中拉出，并当众侵犯了她。随后，妇人的丈夫用刀袭击并杀死
了这名军官。法国军士企图为德鲁埃复仇，却被当地的民众全部杀死。正在此时，
巴勒莫全市的教堂皆响起了晚祷的钟声。此事件后来被称作"西西里晚祷起义"。

21

随后又展示了高卢统帅[1]，

率兵勇走下了巍峨大山；

您可能会觉得跨越多年，

有许多伟业绩未曾展现；

他紧紧围困住亚历山德[2]，

麾下聚骑步卒何止万千；

公爵爷[3] 在城内陈兵防守，

城外也设埋伏将敌诱骗；

22

用计谋布下网迎接敌人，

法国人不谨慎陷入灾难，

是卫队引伯爵[4] 跌进陷阱，

统帅也难逃身，实在悲惨；

伯爵爷与全军彻底覆灭，

部分人被捉获，成为囚犯：

塔纳罗[5] 已变成鲜血之河，

染红的波河水滚滚向前。

23

马尔凯[6] 一个人安茹三人[7]，

---

[1]　高卢统帅指的是法兰西阿玛尼亚伯爵杰昂。他曾受佛罗伦萨人之邀率兵南下意大
　　利，对抗米兰首位公爵加雷阿左·维斯孔蒂。

[2]　指意大利西北部的亚历山德里亚城。

[3]　指米兰公爵维斯孔蒂。

[4]　指法军统帅阿玛尼亚伯爵杰昂。

[5]　意大利西北部地区的一条河，是波河的支流。

[6]　指起源于法国波旁家族的马尔凯伯爵波旁·雅克布二世。

[7]　指安茹家族的路易三世、雷纳托一世和乔瓦尼二世，他们都曾经是名义上的意大
　　利南方的统治者。

城堡主一位位展示画面:

"请您看南方的各地人民,

经常受这些人搅扰侵犯。

法兰克[1]、拉丁人[2]作其后盾,

许多人仍不免难返家园[3]:

每一次他们来均受打击,

阿方索[4]、费迪南[5]将其驱赶。

24

"你们看南下的查理八世[6],

法兰西精锐师随其翻山[7],

越利里[8]夺取了整个王国[9],

却从未挺长枪拔出利剑[10]。

一礁卧堤丰[11]的腹胸之上,

唯有它幸免于这场灾难;

遇上了阿瓦罗血性男儿[12],

瓦斯托·伊尼克守卫礁岩。"

---

[1]　指法国人。

[2]　指安茹家族在意大利的同盟者。

[3]　许多法国人仍难以返回家园。

[4]　指那不勒斯王国萨莱诺亲王阿拉贡·阿方索。

[5]　指那不勒斯国王阿拉贡·费迪南。

[6]　指文艺复兴时期的法兰西国王查理八世。

[7]　指翻越阿尔卑斯山。

[8]　意大利中部的一条河流。

[9]　指那不勒斯王国。

[10]　指兵不血刃。

[11]　堤丰是希腊神话中象征风暴的巨人,这里指大海。卧于堤丰身体之上的礁石指的是那不勒斯对面海中的伊斯基亚岛。

[12]　指伊尼克·阿瓦罗侯爵,又称瓦斯托·伊尼克。

25

城堡主对少女不仅讲述，
并用手指点给布拉达曼，
介绍完海岛事[1] 开口说道：
"在引您观其他绘画之前，
先道明我通常讲述之事，
少年时曾祖父曾对我言，
他要把听其父所述故事，
也如实对我等口耳相传。

26

"他也曾听父亲、祖父讲述，
这故事本来自家族先贤，
一直可追溯到那位前辈，
大法师绘图时他曾亲见[2]。
五彩色[3] 本出自法师[4] 之手，
画上见法师把城堡指点[5]，
就是在高岩上建筑那座[6]，
并对王[7] 说出我欲吐之言。

27

"法师对先贤说此地将见，

---

[1] 指介绍完有关伊斯基亚岛的事情之后。
[2] 那位前辈曾经亲眼看见梅林法师用魔法画出这些画面。
[3] 指壁画。
[4] 指梅林。
[5] 画中，梅林法师正向费拉蒙国王展示城堡。
[6] 指画中的高岩上所修建的那座城堡。
[7] 指城堡主的先贤国王费拉蒙。见本歌 10 节。

有骑士[1]卫城堡十分勇敢，

他不惧身周围熊熊烈火，

任火焰直烧至灯塔下面；

同时间或略后又生骑士[2]

（大法师说明了何月何年），

那骁勇之骑士无人能敌，

从未见有男儿如此彪悍。

28

"尼柔斯[3]没有他潇洒英俊，

无敌将[4]也不会这般勇敢，

拉达[5]虽速度快，远不及他，

涅斯托[6]不似他智慧非凡，

恺撒[7]虽极慷慨，却不如他

（尽管其古时就英名璀璨）；

与他比，此岛屿别的英豪，

其业绩之光辉微不可见。

29

"古老的克里特[8]光辉灿烂，

---

[1] 指伊尼克·阿瓦罗侯爵。

[2] 指伊尼克·阿瓦罗的儿子阿瓦罗·阿方索侯爵。

[3] 尼柔斯是荷马史诗中攻打特洛伊的最英俊的希腊勇士。

[4] 指希腊神话中最勇猛的战将阿喀琉斯。

[5] 拉达是亚历山大大帝手下奔跑最快的传令兵。

[6] 在荷马史诗《伊利亚特》和《奥德赛》中，涅斯托（另译：涅斯托耳）是希腊联军中最受人尊敬的智慧老者。

[7] 指罗马著名的政治家恺撒。

[8] 指古希腊文明的发祥地克里特岛。诗人说希腊神话中的主神宙斯诞生在那里。

天之孙[1]诞生在该岛上面，

底比斯喜生下大力天神[2]，

提洛岛生双子[3]自觉不凡；

当此岛[4]诞生了伟大侯爵，

其荣耀将照亮高贵云天，

它怎能甘寂寞沉默不语，

又怎能不腾空飞上蓝天。

30

"大法师曾多次告诉我祖，

罗马国[5]灭亡后再过多年，

新时代又诞生新的勇士，

由于他，人恢复自由、宁安。

其伟绩我之后对您展示，

现在就不提前赘述，多言。"

说话间又回到查理[6]故事，

请众人看查理种种表现。

31

堡主道："'摩尔人'[7]十分后悔，

---

[1] 天之孙指的是宙斯，因为主神宙斯的祖父是天空之神乌拉诺斯，祖母是大地之神盖亚。

[2] 底比斯是希腊神话中的大力神赫拉克勒斯的出生地。

[3] 提洛岛是希腊神话中的孪生兄妹太阳神阿波罗和月亮女神阿尔忒弥斯的出生地，因而此处说"提洛岛生双子自觉不凡"。

[4] 此岛指城堡主正在讲解的伊斯基亚岛。

[5] 指古罗马帝国。

[6] 这里指的不是查理大帝，而指的是文艺复兴时期的法兰西国王查理八世。

[7] 指文艺复兴时期米兰城主卢多维科·斯福尔扎，他的绰号为"摩尔人"。他曾与法兰西国王查理八世结盟，请其南下意大利惩戒自己的老对手那不勒斯国王费迪南二世；后来他又后悔请查理八世南下，因而，与威尼斯人和教皇国结盟，抵抗查理八世。

悔不该把查理引入家园[1]；
只为了略惩戒竞争对手[2]，
便召唤法兰西国王翻山[3]；
当发现查理王撤军意北[4]，
欲擒王又与人结盟开战。
王[5]暴怒，挺长枪开辟道路，
联盟军虽奋勇却难阻拦。

32

"王留兵欲保卫新建王国[6]，
但命运不吉利，事违人愿；
费迪南获援助恢复元气，
曼托瓦城邦主助其再战；
败敌寇仅仅用数月时间，
陆与海敌兵竟无一生还；
勇士[7]却被出卖丧失性命：
虽取胜费迪南[8]并不心欢。"

33

城堡主又开始介绍侯爵，
阿瓦罗·阿方索出现画面，
他说道："侯爵爷参战千次，

---

[1] "家园"指意大利。
[2] 指那不勒斯国王阿拉贡·费迪南。
[3] 指翻越阿尔卑斯山脉。
[4] 指意大利北方。
[5] 指法兰西国王查理八世。
[6] 指查理八世赶走费迪南后新建立的那不勒斯王国。
[7] 指守卫伊斯基亚岛的阿瓦罗·阿方索侯爵。
[8] 指那不勒斯国王阿拉贡·费迪南。

此战役却使他名垂万年；

一黑奴签下了双重协议，

设圈套诱侯爵上当受骗[1]，

此时代最伟大勇猛骑士，

中毒箭，身亡于无耻背叛。

34

"随后又展示了路易十二，

在意人护卫下翻越高山[2]，

灭'摩尔'[3]占领了肥沃土地，

金百合之旗帜迎风招展。

加利格里阿诺[4]架桥铺路，

派军队沿查理[5]足迹向前；

但又见其军队溃败四散，

或被杀或溺死滚滚波澜。

35

"普利亚[6]杀戮也十分惨烈，

法兰西之军团狼狈逃窜；

西班牙费朗特·孔萨尔沃[7]，

曾两次设陷阱令其受骗。

---

[1] 阿方索二世侯爵买通法国人的一位黑奴，请其偷偷引导他的军队进入敌人占领的城堡，但该黑奴与法国军队串通好，出卖了侯爵，并用箭射死侯爵。

[2] 路易十二曾在法兰西军队统帅意大利人姜·雅克摩·特里乌尔乔的护卫下翻越阿尔卑斯山脉，南下意人利；因而此处说"在意人护卫下翻越高山"。

[3] 指铲除米兰城主卢多维科·斯福尔扎。

[4] 加利格里阿诺是意大利中部的一条河流。

[5] 指查理八世。

[6] 意大利东南部沿亚德里亚海岸线的一片区域。

[7] 费朗特·孔萨尔沃是西班牙的一位将领，曾担任那不勒斯王国军队的统帅，多次击败法兰西军队。

从波河分割的富裕平原[1]，

一直到汹涌的波涛海面，

机运神对路易心情不悦，

后来又重露出美丽笑脸。"

36

说到此城堡主重新讲起，

他先前搁置的故事一段；

有一人把君上赐予城堡，

出卖给其他人，换取金钱[2]；

还有人雇瑞士卫兵守城，

却遭到奸诈者无耻背叛[3]：

二者都把胜利赠送法王，

从未曾见他们挺枪拔剑。

37

又介绍切萨雷·波吉亚公[4]，

他称雄意大利，得王支援[5]；

附属于罗马的所有城主[6]，

一个个都被他逐出城垣。

---

[1] 指伦巴第平原，它被波河在亚平宁山脉和阿尔卑斯山脉之间分割成南北两片，向东一直延伸至亚得里亚海岸。

[2] 帕维亚人贝尔纳迪诺·达科特为了换取金钱，把城堡让给了法兰西人。

[3] "摩尔人"卢多维科·斯福尔扎雇佣瑞士雇佣军守城，却被其出卖，自己也被雇佣军交给了法兰西人。

[4] 切萨雷·波吉亚（1476?—1507年）是教宗亚历山大六世的私生子，人称瓦伦蒂诺公爵。文艺复兴时期著名的政治理论家马基雅维利曾撰文推崇他。他曾经呼风唤雨，权倾一时，令人谈之色变，征服了意大利中部的许多城邦国。

[5] 指得到法兰西国王路易十二的支持。

[6] 指意大利中部马尔凯和罗马涅地区的各城邦国城主，当时这两个地区附属于罗马教廷。

再展示王驱逐锯刀家族[1]，
助橡树[2]进入了它的地面；
之后又镇压了热内亚人[3]，
使该城受奴役，屈从王权。

38

随后说："您再看加拉阿达[4]，
荒原上倒卧着尸骨万千。
所有城都对王[5]敞开大门，
只有那威尼斯顽强苦战。
王不许教宗越罗马涅界，
挥剑向费拉拉公爵开战，
夺公爵统治的莫德纳城，
其他的领土也被其侵占：

39

"随后又夺回了博洛尼亚，
令原来老城主[6]重返家园。
法兰西攻陷了布雷西亚[7]，
并下令将该城洗劫一番；

---

[1] 本提沃廖是中世纪意大利中部的重要家族，曾多年统治意大利中部的博洛尼亚
     城，其族徽是锯刀。
[2] 文艺复兴时期的教宗尤里乌斯二世属于罗韦雷家族，其族徽是橡树。1506 年，
     法兰西国王路易十二帮助尤里乌斯二世从博洛尼亚赶走了本提沃廖家族，恢复了
     教皇国对该城的统治。
[3] 1507 年路易十二镇压了热内亚人的反抗。
[4] 意大利威尼斯附近的一个地区。
[5] 路易十二打败了威尼斯人，威尼斯附近的城市都投降了法国人。
[6] 指本提沃廖家族。
[7] 意大利东北部城市，位于米兰与威尼斯之间。1612 年该城被法国军队洗劫。

教皇国派军救菲尔希纳[1]，
军溃败众兵勇四处逃散：
两军团曾对阵低洼之处，
吉雅斯海滩[2]上欲开激战。

40

"法兰西、西班牙摆开阵势，
好一场生与死激烈恶战。
只见得两军的兵勇倒下，
鲜红血把广阔大地浸染。
每一条壕沟都灌满血水：
胜利归哪一方，战神难断。
后来因阿方索勇猛无敌[3]，
西班牙才溃败，法军凯旋。

41

"拉文纳被洗劫，极其悲惨，
教宗爷咬嘴唇，痛彻心肝，
令北方雇佣军[4]翻山而来，
其愤怒如暴风骤雨一般；
法国兵尚未及弹冠相庆，
便被迫逃回了大山北边[5]；
拔除了金百合，'摩尔'子[6]归，

---

[1] 古代埃特鲁斯人称博洛尼亚地区为菲尔希纳（Felsina），此处，菲尔希纳意指博洛尼亚。
[2] 位于意大利东北部拉文纳附近的海滩。
[3] 见第 14 歌 3 节。
[4] 指瑞士雇佣军。
[5] 逃回了阿尔卑斯山脉以北。
[6] 指"摩尔人"卢多维科·斯福尔扎的儿子马西米利安·斯福尔扎。

苗圃中发新芽，待花烂漫[1]。

42

"法军回[2]，再一次被人击败，

米兰的少主人甘冒风险[3]，

又请来瑞士兵助其御敌：

其父曾被他们无耻背叛。

您可见机运神左右一切，

诺瓦拉[4]法国军溃败逃窜；

新国王[5]登基后为报前仇，

再南下意大利意欲开战：

43

"这一次法兰西期盼吉利，

您可见新国王冲在最前，

折断了瑞士人头上犄角，

差一点没将其彻底全歼：

可憎的粗野人[6]曾享美名，

从此后再难用美名装点；

不再称'教廷的忠诚卫士'，

或'震慑君王的教廷勇汉'[7]。

---

[1]　指马西米利安·斯福尔扎又重新掌握了米兰城的权力。

[2]　法兰西军队再次返回意大利。

[3]　米兰新城主马西米利安·斯福尔扎再一次冒险雇佣曾经背叛其父的瑞士雇佣军。

[4]　意大利西北部的城市。

[5]　指新登基的法兰西国王弗朗索瓦一世。

[6]　指瑞士雇佣军。

[7]　瑞士雇佣军曾被称作"教廷的卫士"和"震慑各君主的教廷勇汉"。

44

"尽管有强大的神圣同盟[1]，

夺米兰，与青年[2]和解停战。

波旁人为法王守卫城池[3]，

抵御住日耳曼嚣张气焰。

法国王还觊觎其他领土，

欲使己伟业绩辉煌灿烂，

却不知其兵勇傲慢残忍，

因而他再一次丢失米兰[4]。

45

"您再看另一位弗朗索[5]君，

与祖先有同等熊心虎胆；

在教廷帮助下驱逐高卢[6]，

又重新令乡土恢复宁安。

法兰西再返回，遇到阻拦，

并未能逞凶狂如同从前；

提契诺[7]曼托瓦[8]公爵英勇，

封关隘，阻挡其行进向前。

---

[1]　指日耳曼神圣罗马皇帝马克西米利安一世、西班牙国王、佛罗伦萨人、教宗利奥十世组成的联盟。

[2]　指年轻的米兰城主马西米利安·斯福尔扎。法兰西军队夺得米兰城后与米兰城主和解。

[3]　波旁人指的是波旁家族的查理，他曾为法兰西国王守卫米兰城，抵御日耳曼神圣罗马帝国的军队。

[4]　此处影射法兰西人在米兰的腐败统治，致使他们又丢失了米兰城。

[5]　指斯福尔扎家族的弗朗索二世。其曾祖父也叫弗朗索，因而此处称其为"另一位弗朗索"。

[6]　此处指法兰西人。

[7]　意大利北部的一条河流，波河的主要支流。

[8]　意大利北部的古城，位于伦巴第地区的提契诺河畔。

46

"费德烈[1] 面颊上尚未开花[2]，

其美名却得以万世流传：

创伟业要依赖粗壮长枪，

更要靠智慧与孜孜不倦；

他抵御法兰西疯狂进攻，

击碎了海上的雄狮[3] 侵犯。

您再看两侯爵[4]——可怕人物，

他们是意大利荣耀典范；

47

"他二人本出于同一血脉，

子与父全都是英雄儿男。

一黑奴诱父亲跌入陷阱，

您已见其鲜血染红地面[5]。

多少次儿提出合理建议，

法人被驱逐出意国家园[6]。

父名叫阿方索，面貌英俊，

瓦斯托[7] 施仁政，其心良善。

48

"当前面我展示海岛之时[8]，

---

[1] 指曼托瓦公爵费德烈·贡扎加。

[2] 隐喻尚未长出胡须。

[3] 海上的雄狮指威尼斯人，因为威尼斯的城徽上有一头雄狮。

[4] 指佩斯卡拉和瓦斯托侯爵阿方索·阿瓦罗二世及其儿子弗朗索·阿瓦罗。

[5] 见本歌 33 节。

[6] 指意大利。

[7] 意大利东南方的一座城市。

[8] 当前面展示伊斯基亚岛的时候。见本歌 30 节。

曾说过他是位骑士典范，
很久前梅林对费拉蒙君[1]，
早已经说出了许多预言：
痛苦的意大利、教廷、帝国，
要抵御蛮族的凌辱侵犯，
每一次最需要帮助之时，
都必然会诞生杰出勇汉。

49

"您再看另一人继堂兄位[2]，
科罗纳[3]助此人昂首向前，
在瑞士、法兰西人的眼中，
他却似一幼子，尚未成年。
法兰西再准备展现雄风，
要把其未竟的事业实现：
派一军去攻打那不勒斯，
王[4]亲至伦巴第，率军万千，

50

"但却像一股风席卷尘土，
旋转着飞向了高高云天，
转瞬间又落在大地之上，
风平静，尘土也踪影不见；
王以为帕维亚集聚重兵，

---

[1] 见第 32 歌 83 节。

[2] 指弗朗索·阿瓦罗的堂弟阿方索·阿瓦罗，他继承了堂兄的侯爵位。见第 15 歌 28 节。

[3] 指普罗帕·科罗纳。

[4] 指法兰西国王。

围城的兵勇有足足十万：
他只知花巨资马多人众，
却未曾把人马细细清点。

51

"憨厚王很信任他的大臣，
无耻的大臣却极其贪婪[1]；
当夜晚开战时兵勇高吼，
旗下却兵稀少，将无几员，
眼看着精明的西班牙人[2]，
攻入了营寨中无法阻拦；
阿瓦罗两员将[3]引兵杀来，
他二人有胆量入地登天。

52

"您可见法兰西贵族精英，
几乎全葬身于战场荒原。
您可见有多少利剑、长枪，
把暴怒之国王围困中间；
您可见王战马卧其身旁，
敌兵均涌向他欲夺其冠；
却没有一个人前来护驾，
然而王不屈服昂首立站。

53

"勇国王双足立，持剑自卫，

---

[1] 大臣们贪污了征兵款。
[2] 指西班牙国王查理五世。
[3] 指弗朗索·阿瓦罗和堂弟阿方索·阿瓦罗。

浑身被敌士卒鲜血浸染；

但最后王力竭被敌俘获，

押解至西班牙，成为囚犯。

两侯爵一向是成双成对，

从未见他二人分离两边，

这一次也双双赢得奖赏，

获破敌与擒王光荣桂冠。

54

"另一军[1]剑指向那不勒斯，

意欲把该王国蹂躏，侵犯，

亦可见该军也停滞不前，

似少蜡或缺油，灯光惨淡。

国王将俩儿子留在狱中，

方得以返回到法国家园[2]；

他又在意大利重燃战火，

本土却有敌人对他开战。

55

"您可见罗马城遭受浩劫，

处处是抢掠与凶杀灾难[3]；

烧房屋，奸妇女，罪行累累，

大劫难引起了天怒人怨。

同盟[4]军亲眼见圣城被毁，

---

[1] 指法兰西的另一路军队。

[2] 弗朗索瓦一世把自己的两个儿子作为人质留在西班牙的监狱中，自己才获释返回法兰西。

[3] 1527年，查理五世的日耳曼军队抢劫了罗马。

[4] 指法兰西、教皇国、米兰、威尼斯、佛罗伦萨所结成的反对查理五世的同盟。

亲耳闻到处是哭泣、哀怨；

本应该前进却后退而去^[1]，

任彼得继承人成为囚犯^[2]。

56

"王^[3]命令洛特雷^[4]率领新军，

不可在伦巴第滞留，恋战，

而应救教宗和其他人物，

使他们脱虎口远离苦难。

洛特雷赶到时发现教宗，

已不再头上戴自由圣冠^[5]。

便扑向美人鱼创建之城^[6]，

把整个王国都彻底搅翻。

57

"您再看帝国军^[7]解缆起锚，

意欲把被围困城市^[8]救援；

多里亚^[9]截住了它的去路，

---

[1] 诗人暗指同盟军的统帅犹豫不决。

[2] 圣彼得被看作是第一任罗马教宗，后来历代教宗均称自己是圣彼得的继承人，因而彼得的继承人指的就是教宗。

[3] 指法兰西国王弗朗索瓦一世。

[4] 指法兰西元帅洛特雷。

[5] 法兰西国王弗朗索瓦一世派洛特雷元帅率兵去解救教宗克蕾芒七世，但元帅南下意大利时却发现教宗已与查理五世和解，并受到他的控制，于是便围攻了那不勒斯。

[6] "美人鱼创建之城"指的是那不勒斯。传说那不勒斯是"美声之城"，它的创建者是希腊神话中的美人鱼帕尔特诺珀，因而，帕尔特诺珀是那不勒斯城的另一个称谓。

[7] 指日耳曼神圣罗马帝国的军队。

[8] 指那不勒斯。

[9] 指菲莉皮诺·多里亚，他是安德烈·多里亚的堂弟；兄弟二人均是当时意大利最著名的海军统帅。

并令其沉下了波涛海面。
机运神又改变她的意愿，
此前她对法国军队和善；
之后杀其兵勇不用长枪，
千人中无一人返回家园。"

58

大厅中有各色美丽图画，
把历史展示在观者面前，
要细细讲述那每段故事，
需耗费许久的宝贵时间。
城堡主陪少女观看多次，
仍不愿离大厅魅人画展；
把壁画下方的金色文字，
二人又朗读了不止一遍。

59

二美女与其他在场之人，
细观看并相互议论不断，
城堡主引他们前去休息：
热情待来往客已成习惯。
当他人都已经安静入睡，
多愁女[1] 才最后躺卧床面，
忽向左，忽向右，辗转反侧，
她难以入梦乡熟睡香甜。

---

[1] 指布拉达曼。

60

黎明前她略微合闭双睛，
似看见鲁杰罗——她的心肝，
心上人对她说："何苦如此，
偏要去相信那不实之言？
你可见河倒流返回高地，
却难以令我把真情改变。
如若是我已经不再爱你，
也不会再爱我双眸、心肝。"

61

又好像补充说："我太迟缓，
是重伤将我的腿脚羁绊，
否则我定会去接受洗礼，
实现我许下的郑重诺言。"
梦至此，猛惊醒，睡意已无，
鲁杰罗随梦去，眼前不见。
美少女又开始痛哭不止，
不出声，在心中自语自言：

62

"啊，快乐是虚假的一场梦幻，
醒来后更痛苦，我好可怜！
凶残的梦魇会滞留不去，
美梦却很快就消逝不见。
睡梦中见闻的美好之事，
现在却为什么不再出现？
双眼啊，你见善为何紧闭？
又为何圆睁开把恶观看？"

63

"美好梦可令我心中安宁，
醒来后头脑中又开激战：
哎呀呀，甜蜜梦全是假象，
确凿的醒来事不信也难。
若真实令我苦，假象更美，
愿此生真实情永不得见；
若梦中我快乐，醒来痛苦，
我宁愿永沉睡，不离梦幻。

64

"哎呀呀，睡鼠啊，你真幸福，
可沉睡六个月不睁双眼！
我睡时并不似已经死去，
醒来后也不像活于人间；
我命运与他人完全不同：
醒似死，睡眠中生命美艳。
如若说睡眠与死亡相似，
死神啊，你现在就令我永垂眼帘！"

65

太阳出地平线，映红天际，
把周围朵朵云步步驱散，
又一天将开始，空中放亮，
这一日似乎又不同一般。
阿蒙女醒来后披甲在身，
欲及时登路程行进向前，
对城堡之主人千谢万谢，
感谢他为客人提供方便。

66

她见到女使者也出城堡，
众女婢与侍从紧随身边；
女使至三骑士落马之处：
在那里他们曾展开激战。
昨夜晚勇少女手握金枪，
把他们一个个掀下马鞍，
一整夜他们都忍受痛苦，
受风雨恶天气无情摧残。

67

再加上人腹空，马肚无食，
更增添风雨中骑士苦难：
双脚踏泥泞地牙齿磕打，
三骑士一个个痛苦不堪；
更担心女使会报告女王[1]，
说他们法兰西首次应战，
便一枪被对手击落马下，
丢尽了骑士的尊贵颜面。

68

冰岛的女使唤乌拉尼娅，
其名字前文中从未曾见，
她定然会误解三位骑士，
不相信他们有英雄虎胆；
三骑士均宁愿尽快赴死，
或马上雪耻辱挽回颜面：

---

[1]　指美丽的冰岛女王。

只要是阿蒙女走出城门，
他们都必然会再次挑战。

69

然而却不知道她是女性，
因未见有任何女子表现。
阿蒙女心事急不愿应战，
也不想滞留于城堡门前。
但他们一次次不断挑衅，
看上去勇少女不战也难；
出三枪将三人再挑马下，
三骑士均摔倒趴卧地面；

70

随后便不转身扬长而去，
背朝着落马人瞬间不见。
那三位欲夺取金盾之人，
从远方来到了这片地面，
他们已丧失了说话勇气，
站起身，默无语，难以吐言。
惊愕的三骑士不知所措，
对女使均不敢抬起双眼；

71

此之前他们对乌拉尼娅，
曾多次自夸耀，十分傲慢：
说任何勇骑士都难抵御，
他三人手中的长枪、利剑。
见他们低着头默默行路，
已没有以往的嚣张气焰，

女使者便告诉三位国王，
是女子将他们挑落马鞍。

72

她说道："你们竟被一位女子击败，
应想想近卫士何等彪悍？
里纳多、罗兰与其他勇士，
怎么会无伟业妄享盛赞？
他们中若一人获得金盾，
你们可有勇气向其挑战？
难道说尔等比以往更勇？
我不信，你们也自有明断。

73

"这足以令你等自明价值，
并不需更清楚证明一番：
你们中谁若想冒失行事，
法兰西再提出新的挑战，
不顾及自身的利益、荣誉，
一定要葬身于勇士宝剑，
只能是再一次自取其辱，
这两日你们已亲身体验。"

74

女使令三骑士确信其语：
一少女将他们击落马鞍，
涂黑了三人的一世英名，
他们也曾经是荣耀灿烂；
其话语使众人深信不疑，
她一人可胜过十人齐言；

三骑士痛苦且羞怒不已，
恨不能向自己刺出利剑。

75

怒与羞令他们做出决定，
摘下了腰间的锋利宝剑，
又脱下软硬甲——铁布衣衫；
全抛到护城河泥水下面；
并发誓要洗清巨大耻辱：
一年内腰无剑，不披甲片；
只因为被一位女子击败，
落马鞍摔倒在坚硬地面；

76

无论是走平地登岗下山，
均步行，绝不会骑跨马鞍；
即便是一整年过去之后，
若不能在战场夺马取剑，
也不会再披甲，手持利刃，
更不会骑战马行走世间。
为自罚，三骑士徒步而行，
其他人则乘马赶路向前。

77

勇少女行走于巴黎路上，
天黑时进一座城堡里面，
闻其兄与查理大获全胜，
击溃了非洲王阿格拉曼。
城堡中获美食、柔软卧榻，
但这些均难以使其宁安；

食不甘，睡不甜，应付了事，
因其心不能够休憩半点。

78

我不想因多讲少女之事，
把两位勇骑士故事推延，
他二人在偏僻泉水之处，
各自把己战马拴于树边。
相互间欲徒步展开格斗，
但并非为争夺地盘、王权，
而为了巴亚多、杜林丹剑：
有二宝便可称第一好汉。

79

不需要鸣号角发出命令，
也不必有人教进攻、防范，
更不用去激励二人意志，
两勇士已意欲殊死决战；
协商好，齐拔出腰中利刃，
劈刺砍，躲避闪，灵活轻便。
只听得不断的重击之声，
双方的胸中都燃烧怒焰。

80

我不知是否有其他二剑，
可承受两三次这般劈砍，
因如此猛烈的沉重碰撞，
其凶狠远超越任何极限：
这两把精锻的神奇宝剑，
曾经受无数次严峻考验，

它们可千百次相互猛击，
却不会身破裂折成两段。

81

里纳多急腾挪，忽左，忽右，
身灵巧，艺高超，功夫精湛，
杜林丹剑锋利，削铁如泥，
必须要躲避它沉重劈砍。
凶狠的异教王毫不留情，
但几乎次次空，效果不显：
即便是中目标，敌仍无恙，
本应该重创敌，伤却很浅。

82

艺高的近卫士十分机敏，
经常令异教徒臂膀麻酸；
剑时而指软弱两肋之处，
时而又指向那盔甲之间[1]：
但其甲如钻石，坚硬无比，
锋利剑亦难破铁布衣衫。
异教徒身上甲魔法铸造，
必然是任何剑难以刺穿。

83

他二人手脚忙，你来我往，
用全力激战了许久时间，
眼从来也不曾左盼右顾，

---

[1] 盔与甲的连接之处。

只紧紧盯对手不宁颜面；
忽然间闻争吵，二人分神，
都愤怒跳出圈，停止激战：
把双眼均转向吵闹之处，
见宝马巴亚多处境危险。

84

那马儿与一只魔兽争斗，
魔兽比战马大，飞鸟一般，
大鸟嘴足足有三臂之长，
其他处似蝙蝠，模样不凡；
它羽毛黑黝黝如同墨汁，
尖利的巨大爪十分凶残；
似火眼射出了可怖之光，
背上长两羽翼如同风帆。

85

或许它真是只某处飞鸟，
我不知何处是它的家园。
从未见也未闻此种动物，
唯图品有介绍此鸟之言：
对此君[1]之尊敬令我相信，
鸟可能来自于地狱黑暗：
也许是马拉基魔法唤来，
为的是把二人格斗搅乱。

---

[1] 指对图品君。

86

里纳多仍深信此种说法，
对巫师马拉基辱骂不断[1]：
他认为是巫师不想认错，
也不愿卸下这沉重负担；
否则他就应对神光[2] 发誓，
说不该把此错压于己肩。
不知道那怪物是何孽障，
扑下来把宝马抓于爪间。

87

烈性马立刻便挣脱其爪，
怒与恼令它要报复一番，
用牙咬，用蹄子不断蹬踹，
那怪物便飞快重升蓝天；
随后又返回来再次攻击，
徘徊于马周围，与其激战。
巴亚多无防护，受到伤害，
便急速撒开腿脱缰逃难。

88

它逃入附近的一片野林，
寻枝叶稠密处奔跑向前。
头上的猛飞禽紧追不舍，
牢盯住战马的逃跑路线；
好战马已逃入密林深处，

---

[1]　马拉基曾阻断过一次里纳多与格拉达索的角斗，令里纳多十分恼怒。见第 31 歌
　　 91—92 节。
[2]　指上帝之光。

最后它躲进了山洞里面。
那飞禽丢失了马的踪迹，
为寻找新猎物又返蓝天。

89

里纳多、异教王亲眼看到，
两人的争夺物丢失不见，
便决定为救出宝马良驹，
暂推迟二人间角斗时间；
定契约助战马摆脱恶禽，
二人中谁将其先行寻见，
应重新牵回到角斗之地，
那一汪清清的泉水旁边。

90

为寻马他二人离开泉水，
又重新踏草地奔跑向前。
靠脚掌怎能够飞速行走，
巴亚多距他们已经很远。
异教王行不远跨上战马，
沿树林飞驰去，转瞬不见，
近卫士被远远抛在身后，
从未见他如此悲伤、凄惨。

91

里纳多追寻的战马失踪，
那马儿行一条异常路线；
他找遍荆棘丛、荒野之地，
细搜查每一处树、岩、河岸，
查看了马躲避恶鸟利爪，

所能够隐匿的所有地点。
到最后只好又返回泉边，
费尽力，无收获，徒劳枉然；

92

他期盼异教徒牵马归来，
二人曾约定过如此这般。
但见到久等待并无音信，
便痛苦徒步行，返回军前。
再回头讲一讲异教骑士，
情况与里纳多完全相反。
因命运而不为其他缘由，
不远处马嘶声传其耳边；

93

见马儿躲藏在山洞之中，
因恐惧，缩一团，浑身抖颤，
不再敢走出那黑暗山洞，
异教徒便竭力强行驱赶。
他已与里纳多口头约定，
应牵马再回到清澈水边；
然而他不打算守护信誉，
便心中细盘算，自语自言：

94

"谁若要争此马随他去争，
我却想获得它不拔宝剑。
为得到巴亚多我来此处，
曾跨越大地的东西两端；
现在已到我手岂能让出，

任何人欲夺它徒劳枉然。

里纳多想再得并不容易,

应学我,去印度不惧艰险[1]。

95

"我曾经两次来法兰西国,

他赶往赛里斯又有何难[2]?"

说话间他踏上快捷之路,

赶到了阿尔勒[3],返回军前;

随后携巴亚多、杜林丹剑,

又登上双桅帆多桨快船。

法兰西、里纳多、格拉达索,

我现在将他们暂搁一边。

96

再讲述阿托夫驾驭神兽[4],

似平时骑跨着战马一般,

翱翔在天空中,行程万里,

连雄鹰与猛隼如此也难。

越大海、莱茵河、比利牛斯,

又西返法兰西、西班牙间,

飞跃了高卢人居住之地,

见一山[5]将东西一分两边。

---

[1] 我不惧艰险地来到法兰西寻找巴亚多宝马,他也应该像我一样,不惧艰险地赶往东方去找我讨回宝马。

[2] 格拉达索是赛里斯国的国王。见第 10 歌 71 节。

[3] 见第 27 歌 101 节。

[4] 指宝马神鹰。

[5] 指比利牛斯山脉。

97

飞过了纳瓦拉[1]、阿拉贡国[2]，
众人见神鹰都张口无言。
沿左面又越过塔拉戈纳[3]，
比斯开[4]、里斯本翼下可见。
飞跃了加利西[5]、卡斯提尔[6]，
科多瓦[7]、塞维利[8]已在下面，
海岸边、旷野间座座城市，
西班牙每一处尽收眼帘。

98

又见到加的斯[9]、狭窄海峡[10]，
赫丘利[11]在那里划定地边。
他随后准备游阿非利加[12]，
大西洋一直到埃及边缘。
再鸟瞰著名的巴利阿里[13]，
又直飞伊维萨[14]美丽空间。
随后再掉头向阿兹拉地[15]，

---

[1]　见第 14 歌 5 节。
[2]　见第 14 歌 5 节。
[3]　见第 29 歌 32 节。
[4]　见第 9 歌 23 节。
[5]　见第 13 歌 4 节。
[6]　见第 12 歌 4 节。
[7]　见第 29 歌 32 节。
[8]　见第 29 歌 32 节。
[9]　见 14 歌 12 节。
[10]　指直布罗陀海峡。据说，罗马神话中的大力神在那里立起了柱子，标示大地边缘。
[11]　罗马神话中的大力神叫赫丘利。
[12]　即非洲。
[13]　指西班牙的巴利阿里群岛。
[14]　指伊维萨岛，是巴利阿里群岛中的一座岛屿。
[15]　见第 14 歌 23 节。

西班牙被甩在神鹰后面。

99

摩洛哥、伊伯纳[1]、阿尔及尔、

贝贾亚[2]，还有那奥兰[3]、费赞[4]，

全都是王国的首都之城，

头上戴金制的闪光王冠。

比塞大[5]、突尼斯、的黎波里[6]、

卡碧丝[7]、阿泽贝[8]俯视可见，

班加西[9]、托梅塔[10]，再过尼罗，

又飞向亚细亚[11]遥远地面。

100

从大海一直到阿特拉斯[12]，

他细观每一片街区、城垣。

随后又飞向了昔兰尼加[13]，

将后背朝向了卡雷纳山[14]；

---

[1] 北非古地名。

[2] 阿尔及利亚的一个地方。

[3] 见第 14 歌 17 节。

[4] 见第 14 歌 22 节。

[5] 现在是突尼斯的一座沿海城市，曾经是非洲王的都城。见第 18 歌 158 节。

[6] 的黎波里是利比亚的一座城市，现在是利比亚的首都。

[7] 位于突尼斯。

[8] 见第 18 歌 46 节。

[9] 位于利比亚，现在是该国的第二大城市和重要海港。

[10] 见第 18 歌 165 节。

[11] 指亚洲。

[12] 阿特拉斯是非洲西北部山脉，横跨摩洛哥、阿尔及利亚、突尼斯三国。

[13] 昔兰尼加是利比亚的东部地区。

[14] 卡雷纳山是阿特拉斯山的余脉。

已来到努比亚阿巴加达[1]，
先穿越好一片广阔荒原。
破败的阿蒙[2]庙被弃身后，
巴图斯[3]墓地也越来越远。

101

又飞到另一个特雷米森[4]，
该城有伊斯兰信徒万千。
随后他飞往埃塞俄比亚——
尼罗河彼岸的美丽家园。
再转向努比亚城市上空，
翱翔在多巴亚、科诺阿[5]间，
两座城分别信基督、安拉，
兵士们守边防不敢偷懒。

102

努比亚国之主塞纳颇[6]君，
曾手持十字杖掌握王权，
有许多臣民与城池、财宝，

---

[1] 努比亚指埃及尼罗河第一瀑布阿斯旺与苏丹第四瀑布库赖迈之间的地区。从古至今努比亚一直被认为是地中海地区的埃及与黑色非洲之间的连接地。阿巴加达是一座城堡的名称。

[2] 阿蒙是一位古埃及的主神。

[3] 指巴图斯一世，他被视为古代昔兰尼加王国的创始人。

[4] 不指阿尔及利亚的特雷米森，而指努比亚的特雷米森，因而此处称"另一个特雷米森"。

[5] 非洲古代的两座城市。

[6] 塞纳颇，又名普雷斯托，是12世纪欧洲流传甚广的一个传说中的人物，据说，他是非洲尼罗河源头附近的基督教王国的国王，王国周围全是异教徒国家。后来这个人物又从传说进入了骑士史诗。此处，诗人把这个人物与古代一个关于亚历山大大帝的传说结合在一起，设想他与亚历山大一样，也试图狂妄地登上人间乐园之山，最后受到惩罚，双目失明，受尽人头妖鸟的折磨。

其势力一直到红海岸边；
该王国捍卫着我们信仰，
抵御着凶恶的包围、侵犯。
如若是我之言没有错误，
洗礼时那里人使用火焰。

103

飞到了努比亚，公爵下马，
入宫把塞纳颇国王谒见。
此国君居住的那座城堡，
既坚固又豪华，雄伟壮观。
吊桥索与城门合叶、门闩，
全都用黄金制，金光闪闪：
其他的城堡则用铁铸造，
每一件城门的重要配件。

104

不仅是金属件精细，华美，
王宫的敞廊也气势不凡，
挺拔的水晶柱十分高贵，
宽阔的明亮厅充满光线。
天花板精装饰，华丽无比，
被均匀分割成许多空间，
祖母绿、黄晶与红蓝宝石，
灯光下五彩色炫目耀眼。

105

墙面和棚顶都镶嵌珍珠，
贵重的珠宝也铺满地面。
此处是香脂树温暖故乡，

圣城[1] 的香脂也难以比肩。
龙涎香、麝香等珍贵原料，
亦产自此地区，销往四边：
总言之这里的各类产品，
若运到我家乡价值万千。

106

听人说埃及的苏丹陛下，
也要向努比亚国王纳捐，
因他可令尼罗改变河道，
使大河水流向另外一边；
若如此，开罗与周边地区，
必定会忍饥饿，遭受苦难。
我们称此君为普雷斯托，
臣民称塞纳颇，相差甚远。

107

该王国曾有过许多君主，
然而他却握有最强王权；
尽管是金钱与财宝无数，
却凄惨丢失了一对亮眼。
这只是较轻的一种惩罚，
还伴有其他的更大灾难：
尽管是无人比他更富有，
却长期忍饥饿，十分悲惨。

---

[1]　指耶路撒冷。

108

如若是被强烈需求驱使，

可怜人要喝水或者吃饭，

便出现复仇的地狱人鸟，

成队的人头鸟[1] 丑陋凶残，

用爪抓，用嘴啄，十分快捷，

速夺走食物且打翻杯盘；

残余物难填入贪婪肚皮：

被污染，极肮脏，无法下咽。

109

那国王年纪轻，尚未成熟，

见自己地位高荣誉无限，

不仅有无数的珍宝、财富，

还比人精力足，更具肝胆；

便如同路西法[2] 那般傲慢，

妄图对造物者疯狂挑战，

曾率众直奔向巍峨高山：

埃及的大河流在那（儿）发源[3]。

110

他以为在那座高山之巅，

越云层随后便可以登天，

亚当与夏娃曾居住山上，

---

[1] 但丁在《神曲》中曾经对人头妖鸟有过极其精彩的描述。见《神曲·地狱》第13 歌。

[2] 基督教认为路西法就是地狱魔王撒旦。据说，他曾经是天上最明亮的星，是上帝最宠爱的天使，却傲慢地率三分之一的天使于天界北境反叛上帝，因而被打入地狱，成为地狱魔王。但丁在《神曲》中对其有精彩的描述。

[3] 指尼罗河发源于那座高山。

人们说那里是人间乐园[1]。
那里有成群的骆驼、大象，
诸动物悠闲且得意坦然。
若那里曾居住我等人类，
令他们守园规是我心愿。

111

上天主要惩戒狂妄之举，
派天使降临其队伍之间，
杀死了十万多他的随从，
并判处他忍受无尽黑暗[2]；
而且还从地狱放出恶魔，
来毁坏狂妄者应享美餐，
强夺走或污染他的食物，
令他永难吞咽鱼肉菜饭。

112

一次次将狂徒投入绝望，
曾有人对国王做出预言：
当见到空中来一位骑士，
那骑士稳坐在飞兽马鞍，
才可以结束这无情掠夺，
他方能重品尝佳肴美餐。
塞纳颇却觉得毫无希望，
因此事好像是无法实现。

---

[1]　即伊甸园。
[2]　指令其双目失明。

113

现如今众人都惊愕见到，

一骑士飞跃过高塔、城垣，

立刻便有士卒去报国王，

飞奔向努比亚华丽宫殿；

那国王又想起美好预言，

忘记了持权杖，因心狂欢，

伸双手迎向了飞行骑士，

黑暗中摸索着行走向前。

114

阿托夫在城堡广场之上，

盘旋了数圈后落下地面。

国王被引导到他的面前，

两掌合，双膝跪，祈求开言：

"上帝的天使呀，新的救主，

我重罪难获得你的赦免，

然而人总是会犯下错误，

你应赐忏悔者神圣恩典。

115

"我深知犯下了严重罪过，

不敢求再赐还明亮双眼。

你是位上帝的宠爱神灵，

我深信求诸事你均灵验。

夺我光已使我牺牲巨大，

请不要再用饿令我受难：

至少要驱赶走卑鄙妖鸟，

别让其再掠夺我的美餐。

116

我意欲将宫殿改建庙宇，
并向你先许下郑重诺言：
云石墙，黄金顶，黄金大门，
内与外用珠宝装饰、镶嵌；
该庙宇以你的圣名命名，
并将你之神迹雕于墙面。"
那失明之国王如此说道，
还试图去亲吻公爵脚面。

117

阿托夫回答道："我非天使，
也并非新救主来自上天，
而只是有罪的一个凡人，
对于我你不必感谢万千。
但我将努力去降服魔怪，
或杀之或驱赶，救你家园。
你只应敬上帝，不须谢我，
因是他引我来对你救援。

118

"你应该向苍天许下誓愿：
为上帝建庙宇，竖立祭坛。"
说话间他二人走向城堡，
周围的簇拥者显贵不凡。
国王命宫廷的侍从、仆人，
立刻备丰盛的佳肴美餐，
他希望这一次别再被夺，
即将要到嘴的鱼肉菜饭。

119

在一间华丽的大厅之中，
立刻就布置好隆重盛宴。
阿托夫一人陪国王坐定，
美食便一盘盘端上桌面。
忽然间，闻空中吱吱鸟叫，
可怖的大羽翼击打空间，
丑恶的人头鸟又至餐厅：
佳肴味引它们来夺美餐。

120

这一群丑恶鸟一共七只，
都长着苍白的女子颜面，
因长期忍饥饿十分消瘦，
看上去比死神令人胆寒。
利爪尖弯曲着十分奇特，
不寻常宽羽翼形状怪诞；
大肚皮令人厌，尾巴长长，
如蛇尾忽而伸忽而卷缠。

121

刚闻听空中飞恶鸟之声，
它们便同时至餐桌上面，
夺食物并撞翻所有杯碟，
还拉出许多的肮脏粪便；
众人都难忍受如此恶臭，
堵鼻孔均因为呼吸困难。
阿托夫公爵爷怒火填膺，
迎贪婪邪恶鸟拔出利剑。

122

有的鸟被刺中脖颈、臀部，
还有的被刺中羽翼、胸前；
但就像剑击在一袋麻絮，
力消减，其效果并不明显。
在抢掠或污染食物之前，
恶鸟把杯碟盘全都打烂，
厅内的器皿已无一完好，
残留的脏食物无法下咽。

123

本坚信天赐的阿托夫公，
能够把那一群恶鸟驱散；
但见到所有的希望破灭，
绝望的国王也只能哀叹。
公爵爷想起了那只魔号，
它通常能助其摆脱危险，
便选择借助那魔号之力：
此方法驱魔怪最为灵验。

124

先要求国王与诸位显贵，
用温热柔软蜡把耳堵严：
为的是当魔号吹响之时，
在场的众人都不必逃难；
再握缰跨上那宝马神鹰，
把美妙之魔号紧抓掌间；
随后对主厨者发出命令，
命重新准备好丰盛美餐。

125

在一间敞廊中重设酒宴，
佳肴又摆放在新的桌面。
恶鸟群再飞回，故伎重演，
阿托夫吹魔号，声震云天。
众恶鸟并没有堵塞双耳，
闻魔号一个个吓破肝胆，
全无心顾及那美食、佳酿，
均拼命展双翼慌忙逃窜。

126

近卫士在身后驱动飞兽，
神鹰马冲出了敞廊庭院，
将城堡与城市抛在身后，
腾空起把魔怪紧紧追赶。
阿托夫吹魔号连续不断，
人头鸟飞向了尼罗之源，
逃到了高高的大山之处，
入山后又飞往熊熊烈焰[1]。

127

从大山根底处钻到地下，
进入了好一个深洞空间，
有人说那是座地狱之门，
人时常从此处下入黑暗。
那一群抢掠者飞入地狱，
方觉得回到家摆脱危险，

---

[1]　人头恶鸟来自地狱的烈火区，因而此处暗指逃向地狱。

降落在考斯托[1]河岸之上，
魔号声在那里再难听见。

128

邪恶人弃光明方下地狱，
但公爵为降怪潜入黑暗，
不再吹可怖的那只魔号，
亦收起神鹰翼方进冥间。
白纸张已写满黑色文字，
不能够背叛我通常习惯，
在继续引公爵行进之前，
为休息我应该结束此篇。

---

[1] 地狱深处的一条河。

第 34 歌

阿托夫地狱见残忍公主　乘飞马又登上人间乐园
公爵爷随使徒游历月球　携罗兰之理智欲返人间

　　阿托夫追赶人头妖鸟，来到一座大山的山脚下，那里有一个洞口，直通地狱。他把飞马拴在洞口的一棵树上，勇敢地下入地狱。在浓烟弥漫的地狱中，他遇见了吕底亚公主莉迪亚，并听她讲述了一个悲惨的故事：公主利用色雷斯勇猛骑士阿切斯特对她的疯狂爱恋，征服了许多国家，获得了巨大利益；达到目的后却不再允许骑士见她，致使骑士被爱情折磨而死。由于冷酷，她死后被打入地狱，忍受无尽的痛苦。

　　阿托夫走出地狱，在洞口修建了篱笆墙，使人头妖鸟无法再飞出地狱祸害人间。离开地狱后，他骑乘飞马升入人间乐园，在那里遇见了使徒圣约翰，并受到热情的款待。随后，他又在圣约翰的引导下登上月亮天。在一个大峡谷中见到了许多人们在人间丢失的东西，其中包括人的理智。阿托夫找到装有自己丢失的理智的瓶子，把瓶口置于鼻孔处，吸入理智，从而变得更加智慧。之后，他又取走了装有罗兰理智的瓶子，在圣约翰的引导下，来到一座神奇的宫殿，见到了掌管人类生死的女神帕尔开，并见一老翁奔跑着运送标示生命线归属的金属牌儿。

1

噢，丧失了光明的意大利呀！
你犯下重重罪，惹下麻烦，
凶残的人头鸟将你惩罚，

搅扰你无法把食物下咽[1]。
无辜的儿童与善良母亲，
一个个因饥饿跌倒地面，
眼睁睁见恶魔抢走食物，
吞食掉生存的一切资源。

2

你不该再敞开那些魔窟
（它们都早已经封闭多年），
从那里又放出腥臭贪婪，
先污染意大利，随后扩散。
消逝的好生活再难重现，
人世间丧失了平静、宁安，
从此便陷入了战争、饥饿，
许多年也难以摆脱苦难；

3

一直到你抖动雄狮鬃毛，
将你的懒散子赶出忘川[2]。
"怎不学仄忒斯、卡拉伊斯[3]，
去挽救菲纽斯[4]佳肴美餐？
怎不学近卫士帮助国王[5]，
从恶臭、利爪下夺回菜饭？

---

[1] 见第 33 歌 107—128 节。
[2] 忘川是希腊神话中冥府的河流，谁沾上忘川河水，便会忘记一切。见第 25 歌 93 节。
[3] 卡拉伊斯和仄忒斯是希腊神话中风神波瑞阿斯的孪生子，长有翅膀，他们曾帮助菲纽斯驱走抢劫和污损其食物的人头鸟。
[4] 菲纽斯受到宙斯的严厉惩罚，双目失明且永受饥饿。
[5] 指近卫士阿托夫帮助国王塞纳颇。见第 33 歌 107—128 节。

难道说无人有这等胆量？"
你必须如此对子孙呐喊。

4

公爵用恐怖的神奇号角，
将丑陋人头鸟恫吓，驱赶，
来到了好一座高山脚下，
在那里众妖鸟钻入洞间。
将双耳贴洞口仔细听音，
闻洞中刺耳风时吹时断；
因常有抱怨和哭喊之声，
很显然这便是地狱深渊。

5

阿托夫想进入地狱之中，
重见到失踪的妖鸟人面，
深入到大地的核心之处，
绕地狱火坑边巡视一圈。
自言道："下地狱我有何惧？
魔号能帮助我战胜万难。
它可使三头狗[1]让开道路，
驱赶走普路托[2]、凶恶撒旦[3]。"

---

[1] 指希腊神话中的刻耳柏洛斯，他是众妖之祖堤丰与蛇身女怪厄喀德娜之子，长着
三颗头，外形凶恶可怕。据说，刻耳柏洛斯住在冥河岸边，为冥王哈得斯看守冥
界的大门。
[2] 罗马神话中的冥神，即希腊神话中的哈得斯。
[3] 基督教的地狱魔王。

6

他跃身跳下了飞马脊背，
在一棵小树上将其捆拴；
随后便手抓号，进入洞穴：
全依赖魔号角战胜艰险。
刚向前行走了没有多远，
闻且见呛人的一股黑烟，
比沥青和硫磺更黑更臭：
阿托夫实难以继续向前。

7

再往前那烟雾更加浓重，
公爵爷已感觉举步维艰，
不可能再继续向前行走，
将被迫向后退，否则危险。
忽然间见洞顶有物活动，
他不知那是个什么物件，
似迎风悬挂的一具尸体，
受日晒和雨淋已经多天。

8

在那条漆黑的道路之上，
若伸出一只手，五指难见，
公爵爷不明白此为何物，
竟然会飘荡在黑暗空间；
为弄清悬挂物公爵拔剑，
挥舞了一两下意欲试探。
他判断那应该是个幽灵，
因为剑似乎在劈砍气、烟。

9

他听到一声音悲伤说道:
"哎,你不要伤害人,放下刀剑!
此黑烟由地狱烈火产生,
受其熏我已经难以宁安。"
惊诧的公爵爷停止挥剑,
随后对那魂影开口吐言:
"愿上帝折断这烟雾翅膀[1],
令你能对我述所受何难。

10

"如想知世界上新的消息,
我可以满足你迫切心愿。"
魂影道:"如能见生命光,美名远传,
我便会感觉到万分喜欢[2];
因期待能获得此份馈赠,
自然会尽本分开口吐言,
尽管是我说话十分辛苦,
也应该对你把实情展现。"

11

又说道:"我出身十分高贵,
国王女莉迪亚在你面前,
崇高的上天主将我惩罚,
判处我受烟熏,永世不变,
因我在尘世间无情无义,
不善待忠诚的爱我儿男。

---

[1] 愿上帝阻止烟雾飘到你处,使你受苦。
[2] 如果能重新见到生命之光和使自己的名声在世间流传,我便会觉得万分喜欢。

此洞中有无数这类地方，

同罪者应遭受同等苦难。

12

"残忍的阿纳萨[1] 在此下方，

更浓的黑烟中忍受熬煎；

因为她见情人痛苦悬梁，

却冷酷，不动情，心比石坚，

其躯体在世间变为岩石，

灵魂也来此处遭受磨难。

达芙涅[2] 在一旁已经明白，

不应令阿波罗奔跑枉然。

13

"地狱中寡情女幽灵无数，

她们的处境均非常悲惨，

如若是我对你一一介绍，

许久后才能够将其讲完。

若讲述无情男所受痛苦，

则需要花费掉更多时间，

他们在更苦的区域受罚，

浓黑烟熏瞎了幽灵双眼。

---

[1] 据罗马著名诗人奥维德在《变形记》中讲，阿纳萨是塞浦路斯岛的一位美丽女孩儿，青年伊菲十分爱她，却得不到回报。最后伊菲在阿纳萨家门前吊死，希望以此赢得她的心，但阿纳萨对他的死仍然冷酷无情。维纳斯见此景十分气愤，把女孩儿变成一块岩石。

[2] 据希腊神话讲，太阳神阿波罗爱恋月桂仙子达芙涅，然而，达芙涅是月亮女神阿尔忒弥斯的追随者，也想像阿尔忒弥斯一样终身不嫁。阿波罗不断地追赶达芙涅，眼看就要追上。达芙涅恳求父亲河神，希望得到帮助。河神听到了达芙涅的请求，用神力把她变成了一棵月桂树。阿波罗看到后懊悔万分，他凝视着月桂树，痴情地说："我要用你的枝叶做我的桂冠，用你的木材做我的竖琴，并赐你永不衰老。"

14

"因女子更容易轻信他人，

应对待欺骗者惩罚更严。

忒修斯[1]、伊阿宋[2]深谙此道，

毁拉丁王国者[3]更懂欺骗；

押沙龙为他玛[4]怒杀之人，

骗女人手法也十分老练；

其他的男与女骗子无数，

或弃妻或抛夫，全因情变。

15

"讲他人还不如讲我自己，

应该把我罪过明确展现：

人世间我美丽而且高傲，

实难有其他女与我一般；

我身上傲与美哪个更多，

自己也难做出明确判断。

娇艳与高傲都诞生于美，

所有人均对美十分喜欢。

---

[1] 据希腊神话讲，克里特公主阿里阿德涅爱恋英俊的雅典王子忒修斯，并帮助他进入迷宫杀死牛头人身的魔怪弥诺陶洛斯；随后，二人逃离克里特岛；后来忒修斯却把阿里阿德涅抛弃在一座荒岛之上。

[2] 希腊神话中的英雄伊阿宋移情别恋，抛弃了妻子美狄亚和两个幼子，后来受到美狄亚的报复。

[3] "毁拉丁王国者"指的是古罗马著名诗人维吉尔的史诗《埃涅阿斯纪》中的主要人物埃涅阿斯，他曾经欺骗北非迦太基王国狄多女王的情感，致使其自杀身亡。

[4] 押沙龙和他玛是《圣经·旧约》中的人物。大卫的儿子阿蒙欺骗了他玛的感情，后来被其兄押沙龙杀死。

16

"那时候色雷斯[1]有位骑士，

其武艺被认为世间罕见，

他听到许多人交口称赞，

赞我的美容貌无比娇艳；

因而便很自然产生想法，

意欲把他的爱向我奉献，

认为我为其勇可能动情，

心中会对英雄产生爱恋。

17

"他来到吕底亚[2]亲眼见我，

更陷入爱情中，自拔已难；

携其他勇骑士谒见我父，

其名望在宫廷如日中天。

若对你细讲述，说来话长，

总言之，他表现十分彪悍：

已选定爱戴的英明君主，

他决心为新君做出贡献。

18

"卡利亚[3]、奇里加[4]、潘菲利亚[5]，

为我父取三国挺枪，挥剑；

如若是该骑士不愿出征，

---

[1] 色雷斯是巴尔干半岛的一地区，位于现在的保加利亚。

[2] 吕底亚是位于小亚细亚中西部的一个古国。

[3] 卡利亚是古代安娜托利亚的一个地区，位于今天的土耳其。

[4] 奇里加（另译：奇里乞亚）位于今天土耳其东南部的小亚细亚半岛，塞浦路斯以
　　北，曾经是罗马帝国一个贸易非常繁盛的地区。

[5] 潘菲利亚是古代安纳托利亚南部的一个地区，位于今天的土耳其。

我父王对敌人绝不开战。
那骑士自认为功劳显赫，
于是便向我父提出心愿，
展示出战利品请求重赏，
说娶我为妻才意足心满。

19

"我父王认为他只是骑士，
再勇猛也只有长枪、佩剑，
他希望嫁我到一个大国，
于是便拒请求，未遂其愿。
太看重财与权，过分吝啬，
而吝啬是万恶最初根源：
父王闻品行与各种美德，
就像驴听琴师弹奏一般。

20

"我讲的骑士叫阿切斯特，
他见到被拒绝未遂己愿，
本应受之酬谢却未得到，
于是便告别后离我家园；
临行时威胁要实施报复，
令我父为此事悔恨万般。
他随后便去了亚美尼亚，
该国王与我父结有仇怨。

21

"他怂恿该国王点燃战火，
对我父高举起锐枪、利剑。
因曾创伟业绩，十分著名，

于是便受王命统兵开战。
发誓言若获得战争胜利，
只取我作报酬，以偿夙愿，
其他的战利品均归国王，
能娶我为妻子他便心满。

22

"我难以对你表战争之中，
他带给我父王何等灾难。
一年内他击溃四支军队，
令我父之处境十分艰难，
还剩下高坡上一座城堡，
只能守，已无力出城再战：
父身边剩下的只有家人，
及匆忙带出的珍宝数件。

23

"恶骑士围困住山上城堡，
我父王陷绝境，自拔已难；
若希望逃避这灭顶之灾，
只能令我服侍他的身边，
然后再让给他半个王国，
这便是最佳的和解条件。
眼见得父已无其他选择，
我意欲身赴死离弃人间。

24

"绝望时人总要努力尝试，
每一个可能的生存手段；
所有的灾难都由我而起，

父命我出城与恶人相见。
我准备见骑士明确表示，
愿作他战利品，把身奉献，
请求他快取走部分王国，
条件是将愤怒变成宁安。

25

"恶骑士听说我前来会面，
迎过来，面苍白，浑身抖颤：
看上去他不像取胜之人，
反而似失败者、被俘囚犯。
我本来事先已想好说啥，
早知晓爱情火燃其心田，
见此景我又有新的想法，
新想法更适合新的局面。

26

"我开始诅咒他邪恶爱情，
指责他狠毒心令我胆寒，
竟残忍用战争戕害我父，
还妄图凭暴力将我霸占；
如他能停止用强硬手段，
令我父和众人心中喜欢，
再以礼来求婚，获我恩准，
不久后便可以遂其所愿。

27

"我父王曾拒绝他的请求，
不同意我出嫁作其家眷，
尽管是此做法有些残忍，

但女方总应该矜持一点；
未曾想他如此桀骜不驯，
竟然会心中火立刻点燃；
他若用其他法效果更好，
短时间便可以满足心愿。

28

"若我父还仍然拒绝骑士，
我可以再努力将其规劝：
请父王同意我嫁他为妻；
如若是仍固执拒绝我言，
我们可私下行夫妻之事，
虽苟且他也能意足心满。
但他却选择了另一方法，
我铁定不再会将他爱恋。

29

"是我对父王的孝敬之心，
促使我出城外与他见面，
我敢说他难以感到快乐：
心怀恨怎能够赐其情欢；
我宁愿用鲜血染红大地，
也不愿顺从他邪恶欲念；
他需要用暴力将我强迫，
否则便永不能令我就范。

30

"我利用每一句此类话语，
一步步控制了他的心田；
令骑士感觉到无比懊恼，

其悔恨圣修处也未曾见[1]。
他跪倒我脚下向我恳求，
快拔出他腰间那柄宝剑，
千万次哀求我握剑在手，
施报复切莫要心肠柔软。

31

"见此状我心中暗暗计划，
要扩大此战果，直至凯旋；
令其晓：如若他改过自新，
把夺取我父的王国归还，
还同时服侍我一心一意，
并永远不再向我父举剑，
便有望再获得我的爱情，
有资格我身边享受情欢。

32

"他许下诺言后送我回堡，
我未伤一毫毛，奏凯而旋，
甚至他没有胆亲吻我唇：
其脖颈已被我套上锁链；
为了我爱神已将他触动，
是否还有必要射出羽箭？
多情的骑士回亚美尼亚，
他还须与其王商讨一番：

---

[1]　这样的悔恨在圣人的隐修处都未曾见到过。

33

"夺得的每寸土已属国王[1]，
但须求王将其全部归还：
我疆土遭蹂躏已经荒芜，
胜利者本应该将其侵占。
王大怒，两颊似燃烧烈火，
对骑士怒吼道：休有狂念！
只要是我父有一寸土地，
他别想熄战火收回利剑。

34

"若骑士为女子改变主意，
他一定会招来巨大灾难。
经一年苦战才夺得土地，
因其求便放弃，王怎情愿。
骑士爷再请求再次失望，
知获得王同意难于登天，
便愤怒吐出了威胁之语，
说所求用武力也要实现。

35

"二人间愤怒火越烧越旺，
怒骂已恶化成拔剑相见，
勇骑士持利刃冲向国王，
来救驾之兵勇成百上千。
骑士当众人面杀死国王，
同天将该国兵全部驱遣散，

---

[1] 指亚美尼亚国王。

雇佣来色雷斯、奇里加军[1]，
帮助他战胜了敌兵万千。

36

"取胜后自付费扩大战果，
并不需我父王花费半点，
一月内收复我整个王国，
随后又补偿其所造灾难：
战利品与加税亚美尼亚，
是骑士之钱财重要来源，
除此外还抢掠赫卡尼亚[2]，
一直到里海的波涛岸边。

37

"凯旋后我并未赞其功绩，
反而要耍计谋令其命断。
但见到他拥有许多朋友，
未行动，以避免引起祸端。
我请他去征服其他敌人，
进一步把神武向我展现，
佯装爱，使他存娶我希望，
却令其一天天期待枉然。

38

"我派他去执行危险使命，
只身或携数人随其身边，
他轻易可杀死千名敌兵，

---

[1]　骑士雇佣了色雷斯和奇里加的士兵。见本歌 8、16 节。
[2]　古代地区，位于里海南岸。

每一次都能够奏凯而旋；

凯旋时还经常带回俘虏，

全是些恶魔般可怖凶汉：

捉来了拉斯忒[1]、癸干忒斯[2]，

他们都曾搅扰我国地面。

39

"欧律斯透斯[3]受恶母[4]挑唆，

命其弟[5]去挑战众多困难：

勒纳[6]与涅墨亚[7]、埃托利亚[8]、

利比亚[9]、台伯河[10]所发事件，

还有那色雷斯[11]、厄律曼托[12]，

均难比我所施种种欺骗，

对情人虚请求，暗藏杀机，

只希望他远离我的身边。

---

[1]　指拉斯忒吕戈涅斯，他们是一群食人肉的野人，在荷马史诗《奥德赛》中有描述。

[2]　在希腊神话中，癸干忒斯指身形雄伟、力大无穷的巨人族，经常被称作巨灵。荷马在《奥德赛》中把他们也描述成一群野人。

[3]　欧律斯透斯是大力神赫拉克勒斯同父异母的兄弟，后来成为迈锡尼的国王；他在嫉妒的赫拉的唆使下，命令赫拉克勒斯去完成十二项艰巨的任务。

[4]　此处的"恶母"指的是赫拉。欧律斯透斯和赫拉克勒斯都是主神宙斯的儿子，赫拉是宙斯的妻子，因而也是他二人的后妈，所以称其为"恶母"。

[5]　指希腊神话中的大力神赫拉克勒斯。

[6]　下面所列举的都是希腊神话中的大力神赫拉克勒斯创建伟业的地方。勒纳是赫拉克勒斯杀死九头蛇怪许德拉的地方。

[7]　涅墨亚是赫拉克勒斯杀死狮子并取得其毛皮的地方。

[8]　埃托利亚是古希腊的一个山区。赫拉克勒斯为夺得迎娶埃托利亚公主为妻的权利，曾在那里大战河神阿刻罗俄斯。

[9]　利比亚是赫拉克勒斯战胜巨神安泰的地方。

[10]　在台伯河处赫拉克勒斯杀死了试图盗取其红牛的强盗卡库斯。

[11]　在色雷斯，赫拉克勒斯战胜了其国王狄俄墨得斯。

[12]　厄律曼托（另译：厄律曼托斯）是赫拉克勒斯捕捉野猪的地方。

40

"施一计不成功又施二计,
第二计之效果十分明显:
使所有朋友都辱骂骑士,
令众人均对其心燃怒焰。
让骑士只喜欢服从我命,
把其他重要事抛弃一边,
只要是我示意必定出手,
决不听其他人半点意见。

41

"我见到用此法效果良好,
父王的仇敌均消失不见,
同样也征服了阿切斯特,
为我们他与友全都结怨;
事至此我对他揭开伪装,
向他把欺骗都一一明言:
我对他心怀有刻骨仇恨,
并期盼他尽快离开人间。

42

"后考虑若如此令其死去,
众人前我形象实在难看,
人人会指责我过分残忍:
都知道我对他曾有亏欠;
但可以剥夺他见我权利,
不许他再出现我的眼前:
我与他不再愿说一句话,
连他的信件也不再想见。

43

"我表现令骑士痛苦万分，
他请求我原谅，十分可怜，
到最后苦成病，卧床不起，
生命力耗尽后离弃人间。
我罪孽应受到严厉惩罚，
将永在浓烟中忍受苦难：
地狱中不存在任何救赎，
烟令我面如碳，泪流不断。"

44

痛苦的莉迪亚不再说话，
公爵爷欲巡看其他苦难，
但惩罚寡情的浓浓烟雾，
恶狠狠阻挡在他的面前；
再向前他已经寸步难行，
不得不把身体向后回转，
为避免毒烟夺他的性命，
便加快其脚步拼命逃难。

45

只见他撒开腿快速奔跑，
全不似懒散人行走那般。
向前行，登上了一座峭壁，
细观看，地狱口设在那边：
邪恶的浓烟雾见到光明，
便开始一点点随风飘散。
费尽了辛苦且气喘吁吁，
出黑洞把浓烟抛在后面。

46

为了把那一群贪吃畜牲[1]，

再出洞之道路拦腰截断，

公爵爷收集起许多石块，

及胡椒与姜茎、枝叶、树干，

尽所能编织成一道篱笆，

堵洞口，把妖鸟通道阻拦：

他巧妙封死了地狱出口，

人头鸟再难以返回人间。

47

幽暗的洞穴中那股黑烟，

就像是漆黑的油脂一般，

不仅把裸露处全都染黑，

而且还渗透到衣服里面；

公爵爷不得不到处寻找，

能洗净身体的清澈山泉；

见一处山泉水流出岩石，

用清水把身体全都洗遍。

48

随后便跨飞马腾空而起，

飞向了那一座高山之巅，

他觉得其山峰直指天空，

一定距月亮天[2]不会太远。

好奇心使他想离开尘世，

希望能升高空，飞入蓝天。

---

[1]　指人头恶鸟。

[2]　按照欧洲中世纪的天文学，月亮是离地球最近的一重天。

公爵爷在空中越飞越高，
已飞至高峰的山脊上面。

49

美丽的花朵像珠宝一般：
蓝宝石、红宝石、黄金、白钻、
锆石与橄榄石、水晶、珍珠，
似和风将群花嵌于坡面；
如此的嫩草儿世间罕见，
祖母绿也难以这等鲜艳；
繁茂的枝与叶郁郁葱葱，
神奇的花与果树头挂满。

50

枝叶间雀跃的鸟儿欢唱，
有白色，有红绿，还有黄蓝。
潺潺的小溪与平静湖水，
翻动着水晶般清澈漪澜。
甜美的和缓风惬意吹过，
飘荡在旷野上，流连忘返，
令周围之空气微微颤抖，
使燥热不能来惹人心烦：

51

它不断轻掠过花草、树木，
让各色芳香气飘向四面，
为仙园提供着和谐气味，
用美好滋育了万灵心田。
一高厦坐落在平原中央，
放射出灿烂的万丈光线，

就好似点燃了熊熊烈火，
人世间从未见如此宫殿。

52

宫殿占三十哩方圆地面，
阿托夫朝着它缓步向前，
骑乘在宝马上，逍遥自在，
游逛着，把美景仔细观看；
与丑陋、野蛮的地方[1] 相比，
他觉得好像在天国一般；
我尘世之家园已经腐败，
这美丽山巅却阳光灿烂。

53

当靠近闪光的宫殿之时，
因惊愕，目圆睁，口难吐言；
它全由宝石与美玉建成，
宫墙比红宝石明亮，鲜艳。
噢，绝世作定出自代达罗斯[2]，
人世间何宫能如此璀璨？
世上有神奇的七大建筑[3]，
与此宫相比时光辉不显。

54

在舒适、辉煌的宫殿前厅，

---

[1]　指丑陋、野蛮的人间。

[2]　代达罗斯是希腊神话中的人物，他是建筑师和雕刻家，也是最伟大的艺术家。

[3]　指古代西方人所认为的七大奇迹建筑：埃及的金字塔、巴比伦的城墙、奥林匹亚的宙斯像、罗得岛的巨像、以弗所的狄安娜神庙、居鲁士的宫殿、摩索拉斯的陵墓。

公爵见一老叟来到面前，
他身穿白长袍、红色披风，
白颜色似乳汁，红赛铅丹。
浓密的须发亦洁白如雪，
垂挂于其胸前，十分庄严；
见老叟人自会肃然起敬：
他定是天国的一位要员。

55

该老叟笑脸迎来访公爵，
公爵也示敬意跨下马鞍，
老叟道："骑士呀，你不知此行原因，
更无法决定你来此意愿，
还以为无上天神秘安排，
就从那北半球来到此间[1]，
其实是遵照了上天神意，
才能够飞腾至人间乐园[2]；

56

"为了解如何能救助查理，
使神圣之信仰摆脱危险，
你到此向我来寻求建议，
无目的[3]也不顾万哩遥远。
孩子呀，并非是因为你才能出众，
就可以随己意到达此间；

---

[1] 中世纪的欧洲人认为人间乐园设在遥远的南半球，但丁在《神曲》中也如此
描述。

[2] 人间乐园即《圣经》中所说的伊甸园。

[3] 阿托夫自己并不知道，因而是无目的的。

若上帝不赐你此等权利，
号与马[1] 协助你到此亦难。

57

"我现在告诉你如何安排，
其他事我们可慢慢交谈。
首先你随我们一同进食：
你一定因饥饿身难宁安。"
那老叟说出了他的名字，
言语如滔滔水奔流不断，
他便是写《福音》那位圣者，
知此后公爵爷发出惊叹。

58

赎世主喜爱的这位门徒[2]，
曾经在《福音》中做出明断，
他不会很快就结束生命，
为此因，圣子[3] 对彼得吐言：
"如果我要他活，直至我来，
这件事又与你有何相干？"[4]
尽管是并未说：他不会死，
却意欲如此说，显而易见。

---

[1]　指魔号与飞马。
[2]　指洗礼约翰，据《圣经》记述，耶稣十分喜爱门徒约翰。
[3]　指耶稣。
[4]　《圣经·约翰福音》中的耶稣原话是："我如果要他存留直到我来，与你何干？你只管跟随我。"据《约翰福音》记载，一次，耶稣显灵，告诉圣彼得，他也将如耶稣一样殉难，以此使天主更加光荣。彼得问跟在耶稣身旁的约翰会如何，耶稣则以上面的话回答彼得。后来，圣彼得被倒钉十字架而死，应验了耶稣的预言。圣彼得死后三十余年，约翰仍在，因而有人说耶稣说其不死；在写作《福音》时，圣约翰解释说，人们错误理解了耶稣的话，耶稣并没有说他不死。

59

此圣徒身未亡便升天国，
找到了哈诺客[1]族长做伴，
厄里亚[2]先知也如此行事，
这二人均未见最后夜晚[3]，
却摆脱邪恶的瘟疫环境[4]，
开始享永恒的美妙春天[5]，
一直到众天使发出信号，
圣基督乘白云奏凯而旋[6]。

60

勇骑士受众圣热烈欢迎，
被安顿在一个美丽房间；
飞马被安置在另一住处，
草料足，质量也非同一般。
为骑士捧来了天国果实，
天国的美果实无比香甜；
为鲜果我们的两位先祖[7]，
违反了天主命，惹下灾难。

---

[1]　哈诺客（另译：以诺）是《圣经·旧约》中的人物，希伯来人的族长，据说未死便升入天国。

[2]　厄里亚是《圣经》中的重要先知。他按照神的旨意审判以色列，施行神迹，却被以色列王室逼迫。厄里亚的名字意思为"耶和华是神"，他也没有经历死亡就直接被神接入天国。

[3]　指死亡。

[4]　指摆脱了邪恶的尘世环境。

[5]　指享受天国的幸福。

[6]　指基督受难后升天。

[7]　指亚当和夏娃。

61

公爵爷阿托夫吃饱睡足，

食与眠人都须顺从自然；

他尽享圣乐园一切幸福，

随后便开始了新的一天。

奥罗拉离开了年迈夫君[1]：

为此君她长久深感遗憾；

天明时公爵爷走出卧房，

被天主最爱的使徒[2]看见；

62

使徒牵骑士手低声细语，

讲述了许多的重要事件。

他说道："孩子呀，你还不知，

此时刻法兰西遇何困难。

你们的勇罗兰走上歧途，

抛弃了信仰旗，违忤天愿，

爱不该爱恋者，惹得神怒，

受天主之惩罚，遭受磨难。

63

"当罗兰诞生时，上主恩赐，

无穷力、神武功、熊心虎胆，

他获得不坏身，刀枪难入，

生来就皮与肉坚硬非凡；

主希望塑造出无敌英雄，

---

[1] 奥罗拉是罗马神话中的曙光女神，嫁给了凡人。她向宙斯求得丈夫的长寿，却忘记了求得他永葆青春。于是丈夫迅速衰老，对此她深感遗憾。

[2] 指使徒约翰。据说圣约翰是基督最喜爱的弟子。

令他对圣信仰做出贡献，
学叁孙[1]为保护希伯来人，
奋勇与菲力斯展开激战。

64

"但罗兰对天主毫无敬意，
竟然把异教女专心爱恋；
本应该勇捍卫上帝利益，
他却将其子民抛弃一边。
变态的男女情令其失明，
异教女使罗兰深陷泥潭，
曾两次欲杀死虔诚表弟[2]，
他不仅邪恶且十分凶残。

65

"主为此严惩他，令其疯狂，
赤裸着腹与胸行走人间；
他已经失理智，头脑模糊，
人与物均难以清晰分辨。
书中说主惩罚尼布甲尼[3]，
使傲慢之国王遭受苦难，
七年间受无情疯狂折磨，
像头牛，食草料，不吃菜饭。

---

[1] 叁孙是《圣经》中的大力士，他借助上帝所赐的力量，徒手击杀雄狮并只身与众
多外敌腓力斯人作战。见第 14 歌 45 节。

[2] 指里纳多。

[3] 指巴比伦国王尼布甲尼撒二世。由于他傲慢至极，上帝剥夺了他的王权，判处他
过七年牲畜的生活。

66

"近卫士[1] 虽狂妄罪却较轻，
远不如巴比伦国王傲慢，
上天主只判其受罪仨月，
便能够洗清罪脱离苦难。
若天主并不想通过你手，
使罗兰重新获理性判断，
便不会令你行万里路程，
登上这高高的大山之巅。

67

"你还须随我做另一旅行，
把大地全部都抛弃下面。
应登上天国的最低一层，
踏入那最近的月亮天环[2]，
因那里存放着灵丹妙药，
可以使罗兰的理智还原。
今天夜当明月高悬之时，
便可以踏上路，升入神天。"

68

圣使徒不仅讲这件事情，
还说出其他的许多智言。
当白日又沉入大海之中，
重新见天空上月牙高悬，
已备好升空的一台马车，

[1] 指罗兰。
[2] 按照中世纪的地心说理论，宇宙的中心是地球，地球周围环绕着许多重天体，离
　　地球最近的一重天为月亮天。

可乘它飞行于广阔星天：
曾见到在犹太大山之中，
厄里亚[1] 被此车带离人间。

69

圣使徒套上了四匹骏马，
那马儿红彤彤好似火焰；
携公爵阿托夫一同登车，
手持缰，策骏马，奔向蓝天。
车轮转，那马车腾空而起，
转瞬间便进入永恒火团[2] ；
老使徒驾驶着神奇飞车，
过火层却不觉身边烈焰。

70

飞天车穿越了整个火层，
随后便进入了月球空间。
他们见那里的大部区域，
就如同白金般没有污点；
和古人所说的差别不大，
其面积与地球大小一般；
但在那距上帝最远天界[3] ，
大海把陆地却紧紧围圈。

71

阿托夫对月球十分好奇，

---

[1] 《圣经》中的先知。见本歌 59 节。

[2] 按照欧洲中世纪的天文学，地球与天空之间的大气层是火层。

[3] 指月球。按照地心说，月球是距离上帝居住的天府最遥远的行星。

近处看它如此广阔无边，

在人间观看时完全不同，

竟然像小小的一个圆圈；

如若是想分辨陆地与海，

须瞩目细观瞧，眯起双眼：

人们的想象力如若无光，

定然会飞不高行不多远[1]。

72

那里[2] 与我们这（儿）[3] 截然不同：

另一种河与湖、村庄、田园，

不同的山峰与平原、山谷，

耸立着异样的古堡、城垣；

近卫士从未见这等巨屋，

此后他返人间也再难见；

一片片广阔的宁静森林，

时刻见仙女把猎物追赶。

73

公爵爷登上了月亮之天，

来此处并非为悠闲参观。

圣使徒引导他入一峡谷，

峡谷的两侧是巍峨高山；

我们曾丢失过许多东西，

因不慎，运不佳，错过时间，

在那里均可以神奇找到：

---

[1] 诗人发出感慨，认为，没有想象力，人自然不会理解充满奥妙的月亮天。

[2] 指月亮天。

[3] 指人间。

人世间遗失物峡谷聚全。

74

我说的并不是王权、财富，
此二者得与失难以判断；
而是讲机运神难操纵的，
诸物品和种种人类事件。
山谷中被蛀蚀虚荣甚多，
时间就好像是蛀虫一般；
那（儿）还有无数的罪恶人类[1]，
向天主做出的许诺、誓言。

75

恋爱者叹息与悲伤泪水，
娱乐中耗费的宝贵时间，
一个个未实现空洞计划，
愚昧者长时间闲逸、懒散，
有许多无用的妄想、欲望，
占据了峡谷的大片地面：
你在那下界处丢失之物，
登天后全展现你的眼前。

76

近卫士走过了失物堆边，
向向导提问题连续不断。
见一堆山一般鼓起气泡，
里面似有混乱高声叫喊；

---

[1] 按照天主教的教理，人类犯有原罪，必须由上帝来解救，因而人类被称作"罪恶人类"。

问明白气泡是古代王冠，
代表了吕底亚[1]、亚述[2] 王权，
还有那波斯和希腊权力，
现如今均被人遗忘一边。

77

见旁边有一堆金银钓钩：
应送给各君王讨其喜欢：
它们是对恩主献媚之物，
献媚者希望能获得恩典。
又见到花环藏许多圈套，
听讲解方知是谄媚之言。
为权贵书写的赞美诗句，
全都似唱裂的蝉儿一般。

78

见一些金树瘤、闪光树桩，
它们是不幸的爱情体现[3]。
还见到一只只雄鹰利爪：
向臣属君王把权威施展。
陡坡处见许多鼓起风箱[4]，
是君主赐忠诚臣属恩典，
它们似一股气难以持久，
不久后随风儿飘然不见。

---

[1]　吕底亚是小亚细亚中西部的一个古国，濒临爱琴海，位于今天土耳其的西北部。
[2]　亚述是古代西亚国家，位于底格里斯河中游。
[3]　婚礼不管多么隆重，双方不管多么富有，没有恩爱，婚姻便是不幸的，只能像砍
　　倒的树桩和长出的树瘤，再金光闪闪，也是痛苦的。
[4]　用鼓风机鼓风时，鼓起的风箱不会持久，很快便会被压扁。

79

见城市与城堡断壁残垣,

瓦砾中散落着珠宝万千。

听讲解方知是协议、阴谋,

协议废,阴谋亦被人揭穿[1]。

见毒蛇长一张少女面容,

是伪装之窃贼把人欺骗;

又见到各类的破烂酒瓶,

是宫廷侍从者被弃一边[2]。

80

见一摊蔬菜汤洒在地面,

便询问博学者[3]张口开言;

回答道:"是某人施舍之物,

为死后不受罚做此捐献。"

又路过各类花堆积小山,

芳香物如今却臭气熏天:

它曾是罗马帝君士坦丁,

赠送给教宗的礼物一件[4]。

81

见许多黏糊糊粘鸟胶带,

---

[1] 人们不遵守和平协议,发动战争,造成断壁残垣的悲惨景象;被揭穿的宫廷政变,也使城堡成为废墟。

[2] 当宫廷侍从不再有用的时候,君主们便将他们像空酒瓶一样摔碎,扔掉。

[3] 指使徒圣约翰。

[4] 据罗马教廷的重要文件《君士坦丁赠礼》记述,4 世纪时,罗马皇帝君士坦丁曾把帝国西部政权赠予教宗西尔维斯特一世。教宗据此要求在政治上统治西欧和意大利。文艺复兴时期,著名的意大利人文主义学者瓦拉揭穿了这个骗局,用其研究成果证明了该文件是伪造的。

女人啊，那可是你们的迷人美艳。
若列全峡谷中所见之物，
须执笔写很长一段诗篇，
千百段诗句后仍难结束：
所需物在那里样样齐全；
但疯狂留尘世不肯离去，
天国中半点也难以看见。

82

公爵爷见到了他丢失的，
许多物、许多事、许多时间；
若没有讲解者陪伴身旁，
想辨别其模样十分困难。
随后见人人觉不缺之物，
无一人为获它向主[1]许愿；
我说的是人的重要理智，
在那里它早已堆积如山。

83

它们似轻飘的一种烈酒，
不密封极容易挥发不见；
都装在各类的细颈瓶中，
瓶大小虽不同，用途不变。
疯狂的安格兰伯爵理智，
盛装在最大的瓶子里面；
瓶外书："罗兰的大脑理智"，
其标记极明显，轻易可辨。

---

[1]　指上帝。

84

其他的瓶外面亦书名姓，

内盛物归属谁清晰可见。

公爵见自己的大部理智[1]，

并且为许多人感到惊叹：

他以为那些人不缺头脑，

从来未将理智丢失半点，

但如今却表明他们少智，

因大部已飘上月亮之天。

85

有人为爱或名丧失理智，

有人为寻财富跨越海面[2]，

有人对权贵们寄予希望，

有人为神奇事[3] 奔忙不断，

有人为珠宝或绘画作品[4]，

有人却失理智只为寻欢[5]。

诡辩家、占星者、诗人理智，

在那里聚成堆，随处可见。

86

《启示录》之作者[6] 允许公爵，

---

[1] 阿托夫在那里见到了自己的大部分理智。

[2] 文艺复兴时期欧洲出现了航海热，哥伦布发现了新大陆；显然，这里诗人指狂热的航海者。

[3] 文艺复兴时期人们的好奇心与探索精神增强，大大推动了科学研究的发展；这里的"神奇事"指的便是神秘的科学研究。

[4] 文艺复兴时期出现了艺术品收藏热，大大推动了绘画艺术的发展。

[5] 有些人只为了喜欢某些事情，便失去理智。

[6] 指圣约翰，他是《圣经·新约》中的《启示录》的作者。

把他的理智瓶取到身边。
阿托夫将瓶口置于鼻下，
便觉得理智已自归家园：
图品君曾经说从此以后，
智慧的公爵爷长寿，宁安；
但后来仍犯过一个错误，
再一次把理智丢弃一边。

87

阿托夫又取过最大瓶子，
伯爵爷之理智装在里面；
原以为那支瓶不会沉重，
拿在手才知道并不尽然。
高高的月亮天充满光明，
近卫士在离开那里之前，
被使徒引导至一条河旁，
河岸上耸立着雄伟宫殿；

88

殿中屋均装满纺织材料，
羊毛团与亚麻还有丝、棉：
呈现出美或丑五颜六色；
头间屋一女子不停纺线，
摇纺车拉出了条条长纱，
似村姑夏日里忙碌不断；
从茧中剥出了潮湿蚕丝，
再将其缠绕成一个丝团。

89

纺完了一团纱再来一团，

纱线团被挪到别人身边：
另一女将美丑纱线分开，
把美丽纱线团精心筛选。
阿托夫对约翰提出疑问：
"我不懂她二人为何忙乱？"
回答道："年迈的帕尔开[1]女，
为我们正准备生命之线。

90

"线长度决定了生命年限，
若线尽，生命便难以延年。
死亡与自然神圆睁双眸，
监视着人应于何时命断。
另一女负责选优质纱线，
织锦缎，把天国精心装点；
劣质线可编成有用绳索，
用其来捆缚住恶魔双肩。"

91

已备好纱线的主人姓名，
被刻于一小块金属薄片，
薄片用铁或银、黄金制成，
该纱线之用途已有决断。
金属片堆积成一座小山，
而且还继续堆，从不间断，
一老翁运名片不知疲倦，
离去后又归来，往而复返。

---

[1] 帕尔开是罗马神话中掌握生死的三女神，一个纺生命之线，一个决定生命之线的
长短，另一个则扯断生命之线。

92

那老者速度快，动作娴熟，
好像是为奔跑生于此间；
其披风兜满了金属薄片，
满载着沉重物奔离小山[1]。
您喜欢我常用叙事方法，
并示意我暂且停止所言：
那老者去何处，为何奔忙？
我对您下歌再一一道全。

---

[1]　指上段所说的像小山一样的金属片堆。

第35歌

公爵游帕尔开女神宫殿　　阿蒙女小桥边战胜猛汉
非洲营勇少女提出挑战　　金枪挑撒拉逊骑士落鞍

阿托夫巡游了命运三女神的宫殿，了解了许多过去与未来之事。

布拉达曼得知非洲王撤兵阿尔勒，便奔向那里寻找鲁杰罗。她路遇菲蒂丽，应其邀，赶往小桥边，向罗多蒙挑战。布拉达曼用神奇的金枪将罗多蒙击落马下，夺回了伏龙驹，并取下被他挂在大墓之上的基督教骑士的兵器，收藏在塔楼之中；她命令罗多蒙派人去非洲，释放被其囚禁的基督教骑士。从此后，羞愧的罗多蒙躲避在黑暗的山洞之中，再无颜面见人。

布拉达曼与菲蒂丽来到阿尔勒的非洲大营，她请求菲蒂丽进入大营，将伏龙驹交予鲁杰罗，并向他传话，说一位骑士要与他决斗，以证实他不守信誉。

听说有骑士在城外挑战，撒拉逊勇士纷纷出战，但都被布拉达曼的神奇金枪挑于马下，连勇猛的费拉乌也不例外。

鲁杰罗披甲顶盔准备迎战。

1

女人啊，谁为我登上天国，
携带着我理智重返人间？
您[1]美目射利箭伤及我心，
从此后我才华每刻锐减。

---

[1] 指诗人的爱妻亚历山德拉·贝努齐。

只要是不继续丢失理智，
我不为无才智口出怨言；
但如若智慧在不断减少，
我唯恐把罗兰难讲周全。

2

有人说我理智并无双翼，
不可能空中飞升入云间，
我自己也不信它有能力，
可高居天国的月亮之天。
您若觉我可以重获智慧，
它必在您身上游走不断，
秀丽目、美面容、象牙乳峰，
我均会用双唇品味香甜。

3

近卫士巡游着雄伟宫殿，
见命运纺车上缠绕纱线，
那线儿已缠得整齐有序，
未来的生命均一一可见。
有一卷滚动的闪光线团，
比黄金更明亮更加耀眼，
似珠宝碾碎后精纺线中，
到处现珠宝气，美妙不凡。

4

公爵对珠宝线喜爱至极，
千万种美纱线无它璀璨，
近卫士产生了好奇之心，
欲知晓线归谁、生命长短。

《福音书》之作者并不隐瞒，
说此人诞生于二十年前：
主基督降尘世道成人身，
距今年已过去千五百年[1]。

5

人世间任何线难与它比，
华丽的珠宝线光芒四溅，
它代表幸运的人类生命，
天才者世无双，卓越非凡；
大自然赞美他罕见能力，
把他那魅人的智慧展现，
赋予他永恒的无限才智，
吉利的"机运"[2]也随其身边。

6

圣约翰开言道："卑微小城[3]，
坐落在河王[4]与支流[5]之间：
波河前小城后一眼望去，
雾茫茫广阔的沼泽一片；
多年来意大利诸城之中，
它最美，最华丽，最为灿烂，
不仅有高城墙、雄伟宫殿，

---

[1] 基督降临人世距诗人写作之时已经 1500 年。"此生命"指阿托夫和圣约翰见到的珠宝线所代表的生命，即伊波利托·埃斯特枢机主教的生命，他诞生于 1479 年，距 1500 年约 20 年。
[2] 指机运女神。
[3] 指费拉拉城。
[4] 指意大利最大河流波河。
[5] 指波河入海口处的众多支流。

品味与民俗也高雅不凡。

7

"它如此之快速飞腾，崛起，
绝非因运气好，更非偶然；
上天主巧安排令其辉煌，
为迎接一伟人降生世间：
该小城屹立处应结硕果，
将见到繁茂树挺拔傲然；
那树是造物主黄金精铸，
树上嵌珠与石，无比璀璨。

8

"人世间从未见其他精英，
身上披如此的优雅衣衫[1]；
也罕见这等的可敬灵魂，
从天空星群中降至人间[2]；
上帝造埃斯特·伊波利托，
显示出永恒的智慧非凡。
是天主选择了这位豪杰，
赐予他天资且令其光鲜。

9

"若是把其美德分于众人，
令众人皆荣耀光辉灿烂，
然而他[3]聚德于一人身上，

---

[1]　指人的躯体。躯体被看作是灵魂的衣衫。
[2]　按照柏拉图的理论，人的灵魂是从天空的星群中降至人间的。
[3]　指天主。

你[1]现在希望我将其道全。
我若是细讲述他的丰功，
必然将离主题越来越远，
罗兰会被搁置时间太久，
他苦等其理智徒劳枉然。"

10

基督的好弟子陪同公爵，
边讲述边参观壮丽宫殿，
他二人浏览了全部厅室，
厅室内纺出人生命之线；
出宫殿又来到河流堤岸，
浑浊水卷泥沙流淌不断；
看见了那老叟迎面走来，
他身上挂满了众人名片。

11

我不知您是否仍然记得，
前文中将此人搁置一边，
他面似一老叟，腿却灵活，
比马鹿速度快，身手不凡。
披风上挂满了众人名片：
名片山虽缩小消失却难；
那条河名字叫忘川之水，
入河中人们会卸下负担[2]。

---

[1] 指阿托夫。
[2] 卸掉人世间的包袱，即忘掉人世间的追求。

12

老叟又来到了忘川河畔，
慷慨把大披风水中洗涮，
名片都被冲入浑浊水中，
任波浪将它们无情吞咽，
均深深沉入到忘川水下，
再不能用它们标示纱线；
千万张名片被卷入河底，
或许有少数可漂出水面。

13

无数只黑黑的乌鸦、秃鹫，
在忘川河周围高高盘旋，
乌鸦与诸飞鸟高声鸣叫，
不和谐嘈杂音回荡不断；
当见到撒下了众多财宝[1]，
便飞来掠猎物刻不容缓：
用嘴叼，用利爪牢牢抓住，
却难以携猎物飞出很远。

14

诸飞鸟欲重新高高飞起，
竟无力将重物[2] 带离河边；
也只好令忘川将其卷走，
淹没掉伟人名，掩其光焰。
飞鸟中有两只白色天鹅，

---

[1]　指落入河中的名片。
[2]　指它们夺到手的名片。

它们饰您[1]族徽，令其灿烂，
两天鹅是唯一快乐之鸟，
口中把您英名牢牢叼衔。

15

慈善鸟挽救了几张名片，
违反了那老叟邪恶意愿：
他欲把名片都弃于河中，
令波浪卷英名远离人间。
神圣的天鹅却振翅高飞，
注视着此场景，空中盘旋；
凶残河不远处见一丘陵，
丘陵上坐落着一座圣殿。

16

从祭祀不朽的神灵圣殿，
一美貌女神仙走下小山，
来到了忘川的河水岸旁，
从天鹅之口中取下名片；
将它们粘贴在神像之上，
那神像耸立于庙中柱端；
神圣的美英名得到呵护，
它们在圣殿中永世可见。

17

那老叟是何人，为何来此？
为什么把名片撒于水面？

---

[1]　指诗人的恩主伊波利托·埃斯特。

诸飞鸟与圣殿代表何意？
美女神为什么来到河边？
阿托夫欲知晓其中奥秘，
想弄清何寓意隐于后面；
便询问上天主派来使者，
圣使者答其问如此这般：

18

"你应知此处若不发信号，
下界的树枝叶便不摇颤。
地与天一切都相互呼应，
绝不会有半点差错出现。
那老叟胸前飘长长胡须，
却无物能阻其奔跑向前：
似时光急匆匆天地行走，
留下了同样的业绩万千[1]。

19

"此处的纺车上缠满纱线，
下界的生命便到达终点。
若尘世人人保自己声望，
此处的老叟也不毁名片，
美名会长久被铭刻不忘，
神圣的荣誉将永恒不变。
但你见老叟投名片入河：
是时光把美名抛弃一边。

---

[1] 老叟与时光留下了同样的业绩，即掩饰人间的丰功伟绩。

20

"此处的一群群乌鸦、秃鹫，
与其他各类的鸟儿万千，
忙碌着从水中意欲捞出，
它们所认为的最美名片：
人世间马屁精、拉皮条汉、
告密者、弄臣与妖艳少年[1]、
和那些生活在宫廷之人[2]，
各个比德善者讨人喜欢；

21

"后者[3] 被称作是高贵侍臣，
学猪驴全为了讨主笑颜。
正义的帕尔开[4] 为其主子，
纺完了他们的生命之线，
我说的那一群卑劣懒人[5]：
生于世只为把肚皮填满，
仍暂时把主人名挂嘴上，
数日后便将其遗忘一边。

22

"但两只天鹅却奋不顾身，
圣庙中挽救了主人名片；
诗人也学天鹅纵情歌唱：

---

[1] 指娈童。
[2] 指宫廷的侍从。诗人本人也是侍臣。
[3] 指"那些生活在宫廷之人"，即宫廷侍从。
[4] 希腊神话中的命运女神。
[5] 因为这些人只是为了生存而被动地做事，而不是积极主动地做事，因此被称为
    "懒人"。

可敬者被世人永记心间。
噢，精明且智慧的各位君主，
应紧随恺撒[1] 的足迹向前，
众文人都成为您的朋友，
您不必再害怕忘川波澜！

23

"配称为诗人者着实很少，
他们如两天鹅功劳不凡，
因上天不允许过多精英，
以文采来统治尘世人间；
全都是吝啬的君主之过，
令神圣之智慧乞讨人前：
抑美德，赞罪恶，黑白颠倒，
被驱逐之艺术难以停站。

24

"上天主剥夺了白痴[2] 智慧，
令他们失光明头脑混乱；
愚蠢人均厌恶美妙诗歌，
死亡便使他们彻底腐烂[3]。
若他们能成为齐拉[4] 之友，
便可以见与闻永恒香艳，
即便是他们染各种恶习，

---

[1] 指恺撒的养子第一位罗马皇帝恺撒·屋大维·奥古斯都。他施行开明的文化政策，
　　致使重要的罗马文人都成为他的朋友，为巩固罗马帝国政权努力服务。
[2] 指那些愚蠢的君主。
[3] 他们死后留不下丝毫名声，肉体和灵魂一同腐烂。
[4] 帕纳塞斯是阿波罗的圣山，齐拉是该山的一座峰，此处代表掌握诗乐的阿波罗。
　　成为齐拉的朋友即成为诗人的朋友。

美名也出坟墓活于人间。

25

"太神勇赫克特、阿喀琉斯！
太仁慈罗马人那位祖先[1]！
他们都远超出真实情况，
其丰功与伟绩到处流传：
是诗人尊贵的执笔之手，
使他们之光辉无比灿烂，
为后人建筑起宏伟丰碑，
奉献给卓越的伟大先贤。

26

"屋大维也并非如此圣慈，
就如同维吉尔歌颂那般：
对诗歌他具有高雅品味，
因而便驱散了不公评判。
若尼禄[2]以文人作为朋友，
无人知他十分邪恶、凶残，
也不会说他以天地为敌，
使其名竟如此卑劣不堪。

27

"荷马赞胜利者阿伽门农，
特洛伊似乎更卑劣、低贱；

---

[1] 指《埃涅阿斯纪》中的主人公埃涅阿斯，它被罗马人看作是最早的祖先。这两句诗的意思是：在传说中，赫克特和阿喀琉斯比真实情况更神勇，埃涅阿斯也比真实情况更仁慈。

[2] 罗马帝国著名的暴君。

对丈夫忠诚的佩涅罗佩[1]，

强忍受求婚者凌辱万千。

如若是真情况不被掩盖，

历史便一定会彻底改变：

希腊人溃败逃，特洛伊胜，

忠诚女也变成娼妓一般。

28

"艾丽萨[2] 心洁净，清纯如水，

若闻听她名声丑陋不堪，

被说成是一位淫乱娼妇，

必定是维吉尔将其恨怨。

我到处如此说，心却疼痛，

你不必对此事诧异惊叹；

我热爱写作者，此为我责，

因我也在人世著述多篇。

29

"我美名远超过其他诸人，

岁与月难磨灭，死亡亦难：

是我的受赞美基督圣主，

赐予我重回报，令我不凡。

---

[1] 佩涅罗佩是《奥德赛》中的人物，奥德修斯的妻子。丈夫出征特洛伊，二十年未归；忠诚的佩涅罗佩战胜重重艰难，抗拒来自各方的诱惑与羞辱，等待丈夫归来，全家团圆。

[2] 艾丽萨是迦太基狄多女王的另一个名字。狄多女王是维吉尔的代表作《埃涅阿斯纪》中的人物。埃涅阿斯逃离特洛伊，漂流至迦太基，与女王产生爱情；后在天神的指引下毅然决然地离弃女王，继续航行，去完成上天赋予他的使命；女王则因被抛弃而自尽。

为悲惨时代[1]人我感痛心，
那时候慷慨情紧锁门闩；
一昼夜不停顿抽打我主，
他的脸消瘦且苍白难看。

30

"无食物也没有倒卧之处，
一直到野兽们离其身边；
仅仅有极少数诗人、学者，
记载下这一段重要事件。"
可敬的老约翰如此讲述，
一双眼似乎在喷射火焰；
随后又微笑着转向公爵，
恢复了他那张安详慈面。

31

暂且把阿托夫、约翰搁放，
我先要返尘世离开上天，
因再难在空中展开双翼，
便跳跃天国事降至人间。
再来到痛苦的少女[2]身旁，
嫉妒向她开战，十分凶残。
她曾经眨眼间战败三王，
将他们一个个击落地面。

32

夜晚又进入了一座城堡，

---

[1] 指耶稣受难的时代。
[2] 指布拉达曼。

去巴黎必经过该堡地面；
她听说非洲王被兄[1]击溃，
向南方阿尔勒狼狈逃窜，
便认为鲁杰罗必随其王，
查理也自然会紧紧追赶；
于是她就朝着普罗旺斯，
天刚亮便上路直奔向前。

33

沿捷径直奔向普罗旺斯，
在路上遇见了一位婵娟[2]，
那少女面挂泪，十分悲伤，
但痛苦与泪水难遮美颜。
此女爱莫诺丹英俊儿子[3]，
为爱情她心房被箭射穿，
小桥旁罗多蒙擒其爱人，
她被迫离情人波涛河岸。

34

赶回来欲寻找一位骑士，
在浪中灵活似水獭一般，
陆上亦武艺强，十分勇猛，
能够向罗多蒙提出挑战。
鲁杰罗无慰藉伤心女友，
又遇见另一位沮丧婵娟，
走过去向该女致以敬意，

---

[1]　指布拉达曼的兄长里纳多。
[2]　指菲蒂丽。
[3]　指布兰迪，他是莫诺丹之子。

再询问造成她痛苦根源。

35

菲蒂丽定睛瞧，似乎见到，
她所需之骑士来到面前；
便开始讲述起桥边故事：
撒扎的恶国王截断桥面，
小桥旁夺走了她的爱人，
并不因那恶人更加强悍，
只因为狡猾的撒拉逊人，
善利用窄桥与水中波澜。

36

她说道："我一眼便看出你的人品，
既慷慨又十分神武、勇敢，
能惩罚夺我爱邪恶之人，
以上帝之名义报我仇怨；
至少要告诉我何处可寻，
能对抗此恶徒勇士一员，
他擅长舞枪剑，阵前无敌，
使恶徒难利用河水、桥面。

37

"你本应行游侠骑士之举，
他们都一个个慷慨不凡，
既可助忠诚的恋爱之人，
亦使你美名声广为流传。
你其他美德行不必我讲，
数不清，道不完，千千万万，
谁若是从来未听说、看见，

必定是耳朵聋，瞎了双眼。"

38

慷慨女[1]立刻要赶赴小桥，
她行为实令人感恩无限，
每一项伟业都令其增辉，
少女的美名声万人颂赞；
她以为已丧失鲁杰罗君，
绝望情令其心十分悲惨，
假若是能结束痛苦生命，
她宁愿不活在尘世人间。

39

回答道："多情的年轻女子，
帮助你我绝不畏惧艰险，
这不仅因为我勇冠三军，
其他的诸原因我不想谈；
也因为你讲述情人故事，
此类的忠诚爱人世罕见，
但对你我却想真诚说明：
温情话全都是虚伪谎言。"

40

叹息着她吐出最后话语，
那叹息全出自她的心田；
说一声："我们走！"随后离去，
第二日她们便来到河边。

---

[1] 指布拉达曼。

瞭望哨发现了两位女子，
向主人报信息，号角震天，
异教王按习惯披甲，顶胄，
站立在河上桥彼岸一端：

41

当女将出现在窄桥之上，
便令她把战马、甲胄、枪剑，
祭献在那一座大墓之上，
若拒绝便将其斩于桥面。
勇女子已知晓故事真相，
伊萨贝死于他那柄利剑，
菲蒂丽早对她细细讲述，
便回答撒拉逊傲慢之言：

42

"贼畜牲，为何杀无辜之人，
让他们为你把罪过承担？
你应该用己血将她慰藉：
是你杀美女子，他人无关。
你竟然把众人击落马下，
将他们之装备、甲胄、枪剑，
祭献给你杀的那位女子，
我现在就灭你，为她雪冤。

43

"她更愿我送其这份礼物，
因为我是女子，与她一般：
我来此并非为其他事由，
报其仇便是我唯一心愿。

但最好我们先立下规矩，
再比试我二人谁更彪悍：
如若我被击落随你处置，
你可以把我也祭献墓前；

44

"如遂我之所愿击你落马，
便取你战马与甲胄、枪剑，
你祭献大墓的全部兵器，
我也要取下来不留半点，
还要求你释放所有骑士。"
罗多蒙回答道："公平之见，
但我却不能够交出囚徒，
因他们并未在我的身边。

45

"已经送他们去非洲王国[1]，
我许诺并发誓：绝不食言，
假如说真发生不幸意外，
我落地你却能稳坐马鞍，
就一定将所有囚徒释放，
何时放全由你做出决断；
若我败你可以命我派人，
去非洲把释放命令速传。

46

"倘若是角斗中你落马鞍，

---

[1] 指罗多蒙在非洲的王国，即撒扎王国。

我知道要将你如何惩办，
并不想命令你留下盾剑，
刻你名在我的兵器上面；
你美貌，眼睛亮，秀发飘逸，
能引诱所有人激荡心田，
我为此愿放弃胜利果实，
只要你把仇恨转成爱恋。

47

"我勇猛，武艺高，世上无敌，
你落马绝不要怨人恨天。"
他微笑，但笑容有些冷峻，
未露出快乐情而显怒焰；
勇女子不回答傲慢之人，
后退到小桥的另外一端，
用马刺驱坐骑，挺直金枪，
直冲向狂妄的摩尔大汉。

48

罗多蒙亦驱马投入战斗，
猛冲撞，一巨响，小桥摇撼，
似雷鸣震聋了众人双耳，
尽管是他们都距离甚远。
那金枪如往常显示神威，
异教徒脱马鞍空中飘悬，
尽管他极精通角斗之术，
却难免跌下马栽于桥面。

49

勇女子骑战马奔驰而来，

桥面窄并没有穿行空间；
此冲击亦对她凶险万分，
偏一点便跌入波涛水面。
人都说拉比坎似风，如火，
好战马，极灵巧，身手不凡，
尺寸宽桥边处一跃而过，
就像是足踏在剑锋上面。

50

转过身又走向落马大汉，
勇女子开口吐优雅之言：
"现在你已看到谁是败者，
我二人哪一个跌落马鞍。"
诧异的异教徒张口结舌，
竟然被一女子击落地面；
对女子他已经无言以对，
其心中充满了惊愕之感。

51

从地上爬起来，悲伤无语，
走出去四五步突喷怒焰，
撕下了盔与甲，举起兵器，
恶狠狠全摔在岩石上面；
孤独独，徒步行，迅速消失：
但事先已派出侍从一员，
委托他去非洲传达命令，
释放掉囚禁者，实现诺言。

52

他离去，之后便渺无音讯，

隐匿于黑山洞，再不露面。
勇少女把他的全副兵器，
悬挂在高高的大墓上面；
又命在先前悬兵器之中，
按铭刻之名姓进行挑选，
将查理勇骑士兵器摘下，
其他则不许动，仍然高悬。

53

摘下了莫诺丹之子甲胄，
单索内，奥利维盾、枪、宝剑：
为寻找安格兰封地之主[1]，
他们均沿捷径来到此间；
随后被高傲的撒拉逊人，
捕获后前天送非洲地面。
少女命将他们兵器摘下，
收藏在高高的塔楼里面。

54

从异教骑士手所夺兵器，
仍高高悬挂于大墓石岩。
其中有一国王[2] 全副武装，
为伏龙他白白赶路向前：
我是说切克斯国王甲胄，
他曾经急匆匆越岭翻山，
来此处又丢弃另一战马[3]，

---

[1]　指罗兰。
[2]　指萨克利潘。
[3]　他不仅丢失了伏龙驹，而且又丢失了后来的战马。见第 27 歌 70 节。

轻装去，留下了甲胄枪剑。

55

这一位弃甲的异教国王，
徒步行，告别了凶险桥面，
与其他同信仰骑士一样，
离开了罗多蒙，丢尽颜面。
没勇气再返回烽火战场，
已无颜在那里重新出现：
就这样灰溜溜回到军营，
吹嘘者会感觉羞愧难言。

56

他重新产生了寻美[1] 愿望，
契丹女容貌已根扎心田。
很快他便明白风险极大，
我不知是何人设此磨难[2]：
妖艳女已返回她的祖国，
异教王也追踪赶路向前，
是爱神驱使他，不能自拔；
但我要先讲述布拉达曼。

57

有文讲少女拆小桥隘口，
我这里就不再重新赘言。
少女对菲蒂丽表示关心，
问她欲离此处去往哪边；

---

[1] 指安杰丽佳。
[2] 诗人不知道是什么人续写了萨克利潘后来所受的磨难。

菲蒂丽心已被悲伤刺穿，
眼含泪，低垂着美丽颜面。
回答道:"我想去阿尔勒城，
赶往到撒拉逊军队营前，

58

"在那里寻找到渡船、陪伴，
只希望渡大海到达彼岸。
一定要寻找到我的夫君，
否则我绝不会停止不前。
我想尽方法要救其出狱，
罗多蒙战败时已经许愿;
若此次仍不能将其救出，
我还要再努力千遍万遍。"

59

闻此言阿蒙女开口答话:
"我情愿陪伴你行走一段，
一直到你看见阿尔勒城，
再请你进非洲大军营盘，
去寻找鲁杰罗替我传话，
他英名人人知，响彻世间;
并将这宝马驹交予他手:
撒拉逊傲慢人[1]落此马鞍。

60

"我希望你准确传递我言:

---

[1]　指刚刚从伏龙驹背上跌落在地的罗多蒙。

'为能使世上人心中明辨，
有一位勇骑士意欲证明，
你对他失信誉说了谎言；
此战马毫无损，完好如初，
你曾经交予他替你看管。
他请你穿锁甲，披挂护片，
等待着他前来向你挑战。'

61

"鲁杰罗若想知我是何人，
你便说不知道，未闻我言。"
菲蒂丽如往常温柔答道：
"效力你我绝不惧怕万难，
我情愿献生命何况传话，
你对我做出过巨大贡献。"
阿蒙女千感谢温柔女子，
将伏龙之缰绳交其手间。

62

两婵娟沿大河[1] 急赶路程，
披星星，戴月亮，快步向前，
眼前已展现出阿尔勒城，
不远处可听到大海抖颤。
菲蒂丽需要有充足时间，
牵马至鲁杰罗骑士身边，
因此在城外的障碍物[2] 前，
勇少女勒住马，停步立站。

---

[1] 指罗纳河。该河从北向南流经普罗旺斯。
[2] 为了守城而设置的障碍物。

63

菲蒂丽走过去进入栅栏，

上吊桥入城门，有人陪伴，

来到了鲁杰罗居住之处，

跨下了战马背，立于地面；

将伏龙交给了一位侍从，

并请他传话至主人耳边；

随后便急匆匆忙己之事，

并不等鲁杰罗有何回言。

64

鲁杰罗极困惑，一头雾水，

前后思，左右想，难得答案，

不知谁说恶语并施慷慨[1]，

还对他凶狠狠提出挑战。

不知道何人说他不守信，

也无法问何人将他抱怨；

任何人都可能对他指责，

却难以想象是布拉达曼。

65

罗多蒙与他人相互比较，

更可能有此种怪诞之念；

但即便亲耳闻他的指责，

也难以想象出因何根源。

除此外尘世间还与何人，

鲁杰罗曾有过纠纷、争端？

———————

[1] 指还给他伏龙驹。

此时刻又闻听号角震天，
多多涅勇少女门外挑战。

66

马西略、非洲王听到消息：
一骑士城门外高声叫喊，
赛潘廷恰好在二王身旁，
便请求披甲胄出城迎战，
并声称要活捉狂妄之徒；
众人都来到了城墙上面，
无论是少年郎还是老叟，
齐来看二人中谁更彪悍。

67

傲慢的赛潘廷出城迎战，
其战袍极华丽，兵刃闪闪。
一回合他便被击落马下，
胯下马奔逃时生翼一般。
勇少女在身后紧追不舍，
那马儿拖其主奔跑向前，
少女道："快上马，回营求主，
派更好骑士来与我交战。"

68

非洲王率众人城墙站立，
观看着城下的二人交战，
见少女仁慈对赛潘廷君，
对慷慨之行为诧异，惊叹。
闻众人议论声开口说道：
"可擒获却放走实为哪般？"

赛潘廷返回后传少女话，
请国王再派出勇将一员。

69

闻此言格兰朵目喷凶焰，
西班牙骑士中他最傲慢，
他请求第二个出马迎敌，
冲出城，入战场，怒发冲冠。
"你慷慨之表现毫无用处，
我必定战胜你手中枪剑，
捆缚你奉献给我的国王，
或将你杀死在角斗阵前。"

70

勇女子回答道："卑劣小人，
我不想你对我表现仁善，
却先要提醒你赶快回城，
以避免落得个尸骨冰寒。
快回去对你王代我说明，
对你等愚蠢才我不开战；
我来此是为寻勇猛骑士，
勇士才值得我挺枪舞剑。"

71

此言语太尖刻，令人难忍，
挑动起撒拉逊心中怒焰；
他不知怎么样回言反驳，
凶狠狠调马头意欲开战。
少女亦勒转马迎向狂徒，
驱战马拉比坎，挺直枪杆。

神奇的金枪尖触及盾牌，

撒拉逊脱马鞍，双足朝天。

72

宽宏的女骑士勒其战马，

开言道："我早已有话在先，

与其说要与我比试武艺，

还不如返回城传递我言。

请你王快选派一位骑士，

他与我能同样勇猛彪悍；

我不想与你等白费力气，

你们都艺不精，不善争战。"

73

艺高的勇骑士稳坐马鞍，

是何人？城墙上众人难断，

便列数最杰出勇士之名，

闻其名炎热天人亦抖颤。

许多人说他是布兰迪君，

有人说里纳多来到眼前，

还有人判断是凶狠伯爵[1]：

但都知他现在处境可怜。

74

第三个出战者朗福萨子[2]，

他说道："我心中不奢望奏凯而旋，

假如我也落马便可证明，

---

[1] 指罗兰。

[2] 指费拉乌。见第 1 歌 30 节。

其他人坠马鞍并非偶然。"
随后便披甲胄，全副武装，
马厩中百良马任其挑选，
精选出好一匹宝马良驹，
善奔跑，其速度快如飞箭。

75

迎少女飞奔来，意欲比武，
相互间问候后，少女开言：
"如若是我可以知您姓名，
告诉我您是谁，然后开战。"
费拉乌满足了她的要求，
尽管他很少会如此这般。
少女道："我不会拒绝斗你，
但更愿与另位骑士交战。"

76

费拉乌追问道："他是何人？"
"鲁杰罗。"美少女刚刚吐言，
脸上便泛起了一朵彩云，
就如同红玫瑰那般鲜艳。
紧接着又说道："他之大名，
吸引我来到此比试枪剑。
我并无其他的任何奢求，
只希望证实他是否彪悍。"

77

她说出简单的寥寥数语，
听者却认为把恶意表现。
费拉乌回答道："你我二人，

首先要看一看谁善用剑。
若我也如前人跌下地面，
另一位骑士爷再与你战；
你表示要与他比试武艺，
他将会挽回我丢失颜面。"

78

说话间，勇少女布拉达曼，
将面甲掀起来，露出容颜。
费拉乌看着那美丽面孔，
几乎已被征服，浑身绵软；
他心中在说话，口不吐语：
"这个人如空降天使一般；
尽管他长枪尖未触及我，
我已被其美目击落地面。"

79

他二人拉开场投入激战，
费拉乌如他人亦落马鞍。
勇少女拉住了他的战马，
开言道："快回城唤你说那人来战。"
费拉乌灰溜溜离开战场，
看见了鲁杰罗在王面前，
便对他不隐瞒，直言道明：
那骑士已向他提出挑战。

80

鲁杰罗尚不知来者何人，
亦不晓谁派他来此挑战，
心高兴，因自信必胜无疑，

命取来环锁铠、硬甲护片：
他未曾见前人纷纷落马，
心灵甲还没有被枪刺穿。
下一歌我对您细细讲述，
他如何披甲胄出城迎战。

第 36 歌

二神武女骑士城前较力　　混战中两情人进入林间
兄妹斗阿特兰墓中说话　　明身世为父母应报仇冤

　　玛菲萨赶到撒拉逊兵营，听说有人挑战，便先于鲁杰罗出城迎战。布拉达曼猛冲过去，恨不能将其一枪戳穿。玛菲萨急忙接招，却跌落马背，只好继续步战。正当二人激战时，一队基督徒骑士赶来。阿格拉曼命撒拉逊骑士出城迎敌。

　　基督徒骑士与撒拉逊骑士展开混战。鲁杰罗与布拉达曼对阵，布拉达曼不忍心伤害鲁杰罗，便虚晃一枪而去；她把怒火喷向撒拉逊其他骑士。被弃一边的鲁杰罗因无法与布拉达曼搭话而发出抱怨。闻听抱怨声，布拉达曼引鲁杰罗远离混战的战场，玛菲萨也追赶而来。他们三人同时来到树林中的一座大墓前。愤怒的布拉达曼冲向玛菲萨，欲夺其命，神枪再一次使玛菲萨跌落马鞍。布拉达曼跳下马背，放下金枪，提剑欲斩玛菲萨的头。但玛菲萨早已跳起，于是二人开始徒步激战。

　　鲁杰罗想阻止二人争斗，惹怒了玛菲萨，她便把利剑刺向鲁杰罗，鲁杰罗不得不迎战。见此景布拉达曼感到欣慰，在一旁观战。此时，阿特兰法师的幽灵在大幕中说话，他讲述了鲁杰罗和玛菲萨的身世：二人本是孪生兄妹，父亲是西西里国王鲁杰罗二世，母亲是老非洲王的女儿，阿格拉曼的姑姑；他们均被阿格拉曼的爷爷、父亲和叔父杀害。

　　鲁杰罗与玛菲萨兄妹相认，布拉达曼也与玛菲萨摒弃前嫌。玛菲萨认为鲁杰罗应为父母报仇，而不该效力于仇人的儿子。但鲁杰罗已被阿格拉曼加封为骑士，如弑君，便违背了骑士的神圣原则，将被视为无耻的叛徒。他们经过协商，最后决定，鲁杰罗暂且返回非洲军营，等待时机，投靠查理大帝。

1

不管在何地方均应谦恭，
而不该有其他不良表现；
从外表到本质都要一致，
而绝对不可以轻易改变。
不管在何地方都应坦荡，
想隐藏醒酲龌龊心极其困难；
因本性驱使它[1]追求邪恶，
邪恶成外衣后难以更换[2]。

2

古代的骑士中可以见到，
高尚的慷慨者成千上万。
在那场战争[3]中伊波利托，
却见到处处是劣迹斑斑。
当今的慷慨士着实不多，
恩主[4]却夺敌徽装点神殿，
并缴获无数顶敌酋头盔，
摆满了母亲河[5]辉煌堤岸。

3

邪恶的威尼斯雇佣士兵，

---

[1] 指醒酲龌龊心。
[2] 邪恶一旦形成，便会表现出来，再难以改变。
[3] 指波莱塞拉战役。在该战役中，埃斯特家族的军队打败了威尼斯人。胜利后，伊
波利托命令把缴获来的敌人的旗徽悬挂于费拉拉的主教堂中。
[4] 指诗人的恩主伊波利托。
[5] 指流经费拉拉的波河。

用他们凶狠的手中刀剑，
比突厥、鞑靼人、摩尔更恶，
犯下了残忍罪，野兽一般，
他们并未遵从雇主之命：
其雇主一贯是正义典范。
我是说他们曾四处纵火，
烧毁了美丽的房舍、田园；

4

那一次施报复，十分残忍[1]，
凶狠敌向恩主劈下利剑；
您跟随皇帝围帕多瓦城[2]，
都知晓您慷慨心地仁善[3]：
曾多次禁士兵肆意纵火，
还曾经命熄灭已燃火焰[4]；
上天主之慷慨随您降世，
责成您挽救了乡镇、圣殿。

5

我不讲那一次野蛮行为，
也不讲敌人的其他凶残；
只说说有一次惨不忍睹，
足能够令岩石哭泣不断。
恩主呀，您那日派遣家人[5]，

---

[1] 指威尼斯人为在阿拉加达战役中的失败而进行凶残的报复。见第 33 歌 38 节。
[2] 当时伊波利托随日耳曼神圣罗马帝国皇帝马克西米利安一世围帕多瓦城。
[3] 连敌人都知道伊波利托的仁善。
[4] 伊波利托曾多次严令禁止士兵纵火，并命令士兵扑灭已经燃烧起来的大火，从而
　　挽救了许多城镇和教堂。
[5] 此处"家人"指忠诚的亲兵。

猛冲向敌军占大河[1]对岸：
敌乘船退彼岸意欲顽抗[2]，
失败的征兆却已经呈现。

6

就好像赫克特[3]、埃涅阿斯[4]，
曾入水去烧毁希腊战船；
我见到[5]艾克勒、亚历山大[6]，
猛冲锋，入敌营，奋勇当先，
驱战马奔跑在众人前面，
见此景营寨中敌兵慌乱，
弃第一防线后转身逃跑，
狼狈敌退守至第二防线。

7

前者成敌俘虏后者幸免：
慷慨儿[7]被擒获，押上小船，
又被敌摘下了头上护盔，
周围是千万柄嗜血利剑；
见此景索拉公[8]你有何感？

---

[1]　指波河。

[2]　1509 年 11 月 30 日，威尼斯人被占优势的埃斯特家族的士兵所逼迫，不得不乘船退至波河彼岸的堡垒中，企图借地势负隅顽抗，但当时已经呈现出失败的迹象。

[3]　《伊利亚特》中的重要人物，特洛伊勇猛的王子和军队统帅。

[4]　《伊利亚特》中的人物，特洛伊的贵族青年，英勇善战；据《埃涅阿斯纪》讲述，他逃离特洛伊后，来到意大利，成为罗马人的祖先。

[5]　指诗人亲眼见到。

[6]　艾克勒和亚历山大是伊波利托手下的两员猛将。

[7]　指艾克勒。

[8]　索拉公是艾克勒的父亲。冲在最前面的艾克勒后来被敌人捕获，并在战场上当着其父的面被斩首。

他们欲斩其首令你观看。

敌利刃要砍断你儿脖颈，

你却未心痛死，令我赞叹。

8

难道说你[1]是从雇佣军处，

学会了如此的狠毒凶残[2]？

难道说你是从斯基提亚[3]，

学会杀弃剑的被俘人员？

他只为保祖国就该被诛？

太阳光不应照残忍人间！

因为它充满了阿特柔斯[4]、

及其弟那样的兽心人面。

9

野蛮的残忍者头脑愚蠢，

杀害了最杰出勇敢少年，

从遥远印度到日落之处，

如此的少年郎再难寻见。

他英俊且年少，令人心痛，

---

[1] 指威尼斯人。

[2] 难道说雇佣军是你们威尼斯人的榜样，从而你们学得如此凶残吗？

[3] 斯基提亚是古希腊人对其北方草原游牧地带的称呼，古希腊人将其看作是野蛮地区，认为那里的人都十分凶残。

[4] 阿特柔斯是古希腊神话中著名的迈锡尼国王阿伽门农的父亲。堤厄斯忒斯与阿特柔斯是兄弟，他勾引阿特柔斯的妻子埃洛帕，并欲篡夺阿特柔斯的王位；事情败露后，他携埃洛帕逃离迈锡尼。阿特柔斯为了报复，杀死堤厄斯忒斯的儿子，并把其肉做成佳肴宴请他，以示和解。堤厄斯忒斯发现吃了自己儿子的肉，便诅咒阿特柔斯的子孙。后来堤厄斯忒斯的儿子埃癸斯托斯与阿特柔斯的儿子阿伽门农的妻子通奸，并杀害了阿伽门农。在西方文化中，阿特柔斯和堤厄斯忒斯兄弟二人都被看作是残忍的象征。

安特洛[1]、波吕斐[2]亦会生怜；
你心狠远超过独眼巨人，
而且比拉斯忒[3]更加凶残。

10

我认为在古代武士之中，
这类的狠毒者难以寻见，
古代人只追求慷慨、仁慈，
得胜后绝不会十分凶残。
我们再来讲述布拉达曼，
将对手一个个挑落地面，
对败者她不施严厉惩罚，
反而还帮助他重跨马鞍。

11

上文说美少女勇猛彪悍，
她先把赛潘廷挑下马鞍，
格兰朵随后也被其击落，
费拉乌虽勇猛亦摔地面；
落马后又被她扶上马背，
第三位落马者受托传言：
她挑战鲁杰罗，欲比高低；
都以为她是位勇猛儿男。

---

[1] 指安特洛法戈。他是吃人蛮族拉斯忒吕戈涅斯人的国王，在荷马史诗《奥德赛》中有所描述。见第 34 歌 38 节。

[2] 指波吕斐摩斯。他是希腊神话中吃人的独眼巨人，海神波塞冬和海仙女托俄萨之子。

[3] 指拉斯忒吕戈涅斯人，他们是荷马史诗中所讲述的吃人的蛮族。

12

鲁杰罗接挑战心中快乐，
命取来盔与甲，枪、盾、宝剑，
他当着国王面披甲顶盔；
落马者返回城把王来见，
说那人真是位杰出骑士，
枪法精，武艺强，英勇善战；
费拉乌传话时受到追问，
问是否他认识那位好汉。

13

费拉乌回答道："我敢肯定，
他并非你们说任何儿男。
见其面我觉得好像看到，
里纳多小兄弟[1] 来到面前；
我知道理查德并非此人：
因为他绝没有这等彪悍；
依我看必定是他的小妹，
我听说他二人同一颜面。

14

"她勇猛似其兄，名声在外，
比任何近卫士不差半点；
依照我今天的亲身体验，
比其兄和表兄[2] 她更强悍。"
鲁杰罗听人讲他的心肝，
脸泛红，心颤抖，不知咋办；

---

[1]　"里纳多小兄弟"指理查德。
[2]　指罗兰。

就好像清晨的一缕朝霞，
洒在了他面上，十分红艳。

15

闻此言他似被爱神射中，
内心里燃烧起熊熊烈焰，
恐惧却似冰水体内流动，
顷刻间便觉得骨如冰寒：
他担心新愤怒毁其大爱；
然而爱却早已焚其心田。
因此他心混乱难以抉择，
不知是留城中还是迎战。

16

此时刻玛菲萨女杰赶到，
她早就欲出城与敌交战：
女骑士昼与夜甲胄在身，
不披甲不顶盔十分罕见。
少女见鲁杰罗正在披甲，
如若是勇骑士出城迎战，
自己便失一次得胜机会，
因此她必须要抢在前面。

17

玛菲萨一纵身跨上战马。
城门外阿蒙女心颤不断：
她急切等待着鲁杰罗君，
捉住他才能够满足心愿，
因此想战场上只用金枪，
伤对手却希望其命安全。

玛菲萨驱战马奔出城门，
头上戴镶凤凰一顶盔冠：

18

或许因太傲慢，意欲表示，
人世间只有她最为彪悍；
或许她要宣示保持贞洁，
永不会有夫君伴其身边。
阿蒙女细观看，并未认出，
她那张令人爱美丽容颜；
问其名竟愤然听到回答，
原来是夺爱者来到面前。

19

准确说她以为这位女子，
正与她心爱人共乐同欢；
她痛恨此女子，胸燃怒火，
不复仇还不如命绝气断。
调马头，如闪电猛力冲来，
并不想仅把她击落地面，
一心要摆脱掉嫉妒之情，
恨不能将对手胸腔戳穿。

20

玛菲萨不得不承受重击，
落马背，两只脚勉强立站，
从未曾经历过这等不幸，
疯狂的女骑士怒火冲天。
她欲雪落马的奇耻大辱，
唰楞楞拔出了腰间宝剑。

"你已是我俘虏，还欲何为？"
阿蒙女厉声喝，显示傲慢：

21

"对他人我表现彬彬有礼，
而对你施慷慨我却不愿，
我听说你是个卑鄙女子，
但心中却充满狂妄、傲慢。"
玛菲萨闻此言愤怒咆哮，
如海浪猛击打岸边礁岩。
怒火已冲昏了她的头脑，
虽吼叫却不知如何回言。

22

挥利剑只顾砍对方战马，
劈马胸，刺马腹，疯狂一般；
阿蒙女勒缰绳，调转马头，
好战马立刻便躲闪一边，
同时间又刺出那杆金枪，
怒与恨全凝聚锐利枪尖，
那神枪刚触及玛菲萨身，
便将她撂倒在战场地面。

23

玛菲萨倒地后立即跳起，
用利剑左右挡，应付局面。
阿蒙女又重新挺枪来刺，

她[1]再次触金枪跌倒地面。

阿蒙女虽然是十分勇猛，

玛菲萨也绝非逊色半点，

只因为那金枪施有魔法，

触及者倒地面难以避免。

24

恰此时远处见几位骑士，

朝两人角斗场奔驰向前，

我是说有几位我方战士，

他们距城门前一哩半远；

看到了两个人正在交手，

见战友舞金枪英勇善战：

只认出他是位基督卫士，

是何人，为何事，却不明辨。

25

特罗扬慷慨子[2]见到远处，

有一群勇骑士靠近城垣，

不管是何情况、何种危险，

均不愿无准备应对事变；

他命令手下人拿起武器，

出城门，准备好迎击来犯。

鲁杰罗亦随众奔出城门，

他想让玛菲萨快快停战。

---

[1] 指玛菲萨。

[2] 指阿格拉曼。

26

热恋的鲁杰罗仔细观看，
他的心在胸腔不断抖颤：
年轻人为爱妻十分担忧，
他清楚玛菲萨勇猛善战。
我是说见二人开始劈刺，
好像都发了疯，他心不安；
但后来看到了眼前局势，
竟惊愕，若木鸡，口难吐言：

27

其他人一回合便知结果，
她二人决胜负却很艰难；
鲁杰罗越来越疑窦重重，
难道说有怪事出现眼前。
两女子都是他心中挚爱，
怎允许两挚爱相互激战：
一方是真正的友谊之情，
另方是疯狂的男女之恋。

28

他希望将二人一分两边，
令他的心爱人尽快停战。
但那些随他来异教骑士，
决不愿查理军得胜凯旋，
都觉得阿蒙女已占上风，
便进场把局势奋力搅乱。
另一面基督教诸位骑士，
亦入阵与摩尔展开混战。

29

四面闻众人喊：快快参战，
此类喊每一日均能听见。
骑士们跨战马手持兵刃，
都聚于自己的战旗下面；
周围的一把把军号举起，
响亮的冲锋号震荡云天：
惊醒了骑士的胯下战马，
战鼓亦催步卒冲锋向前。

30

无人能想象出这场混战，
有多么血腥和多么凶残。
多多涅勇少女施展威风，
她要把玛菲萨杀死阵前；
此愿望极强烈却难实现，
她心中也对此深感遗憾；
东面冲，西面闯，不断叹息，
全为让鲁杰罗能够看见。

31

鲁杰罗持蓝盾上绘银鹰，
阿蒙女见此盾认出少年。
多情的一双眼全神贯注，
凝视他结实的胸、背、双肩，
英俊的美面容、优雅举止；
随后见玛菲萨又现眼前，
想二人共求欢，心生厌恶，
愤怒火胸中燃，开口吐言：

32

"难道说她应该吻此美唇，
而我却难实现美好心愿？
啊，另一女占有你绝非真事，
你若是不归我，归她亦难。
我宁愿亲手杀负心之人，
也不愿被气死，独自命断；
如人间丧失你，地狱再见，
至少在黑暗界永世团圆。

33

"你杀我[1]应赐我复仇借口，
如此可安慰我痛苦心田；
所有人都愿有秩序、法律，
杀人者应偿命，理所当然。
不因此你与我痛苦相等，
因你死合情理，我死太冤。
应杀死期盼我死亡之人，
哎呀呀，我若死，谁宠你，把你爱恋？

34

"双手啊，你为何不鼓勇气，
握利剑把敌心劈成两半？
他多次给予我致命伤害，
用虚假坚定爱慰我心田，
如今竟允许我自裁生命，
对我痛他不觉丝毫心酸。

---

[1] 你每日用爱情之伤将我杀死。

灵魂呀，你应该反抗恶人：
用一命来补偿千死仇怨[1]。"

35

说话间便冲向负心之人，
高喝道："无耻的鲁杰罗当心一点：
你休想携带走少女之心，
夺丰硕战利品显示傲慢。"
鲁杰罗听话音立刻明白，
是自己爱妻声响在耳边，
此声音牢印在脑海之中，
千人的声音中亦能分辨。

36

鲁杰罗闻此语心中推断，
少女的话中有言外之言；
一定在谴责他未守约定，
于是便欲对她申辩一番；
做手势表示要与其说话，
但少女用面甲已遮其面，
痛苦与愤怒情促她冲来，
将对手欲击落坚硬地面。

37

鲁杰罗见少女如此激动，
便牢牢握兵器坐稳马鞍：
枪上靠却虚悬，并未挺直，

---

[1] 布拉达曼受伤害，已经心死千次，因而此处说：用负心人的一条命来补偿她心死
　　千次的仇怨。

为不伤心爱女枪指旁边。
少女为伤对手来此战场，
施怜悯并非是心中所愿，
靠近时却不忍将其伤害，
更不忍将爱人挑于地面。

38

两支枪便如此空中虚晃：
是爱神与他们分别对战；
这一回对冲撞如同虚设，
爱神枪却刺中二人心田。
阿蒙女不忍伤鲁杰罗君，
向别处喷出她胸中怒焰：
一直到天与地翻转之时，
此伟业在人间广为流传。

39

转瞬间用那杆神奇金枪，
少女将三百人击落马鞍。
那一日她一人赢得战争，
被驱赶摩尔兵四处逃窜。
鲁杰罗随其后东奔西跑，
紧追赶，欲靠近少女身边，
自语道："不与你说句话我将死去，
哎呀呀，你快快听我之言！"

40

就好像南方的驱寒之风，
从海上吹来了一股温暖，
寒雪与坚硬冰随之融解，

化作了激流水，滚滚向前；
那一声祈求与简短抱怨，
涌入了里纳多胞妹心田，
她那颗如磐石坚硬之心
转瞬间生怜悯，情意缠绵。

41

她不愿也不能应其抱怨，
便驱动拉比坎猛冲向前，
尽量距其他人更远一些，
随后向鲁杰罗举手召唤。
勇少女远离开混战人群，
来到了平坦的一块地面，
她进入平原的小树林中，
一棵棵柏树似模样一般。

42

树林中有一座新修大墓，
高耸的坟墓用云石砌建。
有心人若想知何人卧此，
见简短赞美词铭刻上面。
阿蒙女来到了坟墓附近，
我觉得她无心阅读颂赞；
鲁杰罗也随后策马赶到，
入树林他来至少女面前。

43

再回头说一说玛菲萨女，
那时刻她重新跨上马鞍，
也赶来寻找那美女英雄：

她竟然也被其击落地面。
女将与鲁杰罗同离人群，
见此景玛菲萨紧紧追赶；
她并非为爱情追逐二人，
而为要雪耻辱重试枪剑。

44

策战马沿足迹追踪而来，
她几乎与二人同到墓前。
两情人都讨厌她的到来：
恋爱者心自明，不必我言。
最怒者自然是布拉达曼，
是此女致使她痛碎心肝。
谁能令阿蒙女心中相信，
玛菲萨不为爱追至林间？

45

阿蒙女重认为骑士失信，
开言道："你臭名早已远传，
我知你弃信义难道不够？
为何还强迫我把她来见？
我看你蓄意要赶我离去，
为满足你邪恶、卑鄙欲念；
我若死，害我者也须同死，
因为他害死我铸成大冤。"

46

愤怒使她凶狠赛过毒蛇，
猛冲向玛菲萨，挺直枪杆；
那金枪刚触及对手盾牌，

便令其身向后跌落马鞍；
虽然说这一击并非突然，
但其势却如同雷霆一般，
玛菲萨头重重撞击大地，
几乎有半截盔插入土间。

47

阿蒙女已下定必死决心，
或斩杀玛菲萨发泄恨怨，
立刻便一纵身跳下马背，
把手中金枪杆弃于地面：
她不想只简单伤及对手，
于是就唏楞楞拔出利剑，
一心取玛菲萨情敌之命，
把插在土中头一剑砍断。

48

但她的行动却略微迟缓，
玛菲萨跳起来，怒火冲天，
又一次见自己交锋之时，
竟轻易从马背跌落地面。
此时刻鲁杰罗难以相助，
痛苦的勇骑士不知咋办：
恨与怒冲昏了二女头脑，
她们都拼着命投入激战。

49

她二人已展开贴身近战，
傲慢使两女子不断向前，
相互间扭一团，无法分开，

另一人想参战也很困难；
无用的锋利剑落于地上，
都试图伤对手用新手段。
鲁杰罗求双方快快住手，
但无人肯听他苦求之言。

50

当看到恳求已毫无用处，
他准备强插入二人中间：
先夺走两女子手中短剑，
搁放在一柏树根干旁边；
见她们无利器，相互撕打，
用哀求与威胁将其规劝。
但二女仍然在拳打脚踢，
尽管是手中无他物助战。

51

鲁杰罗拉这个，那个撕打，
玛菲萨被扯臂拽到一边，
致使她胸中燃不平之火，
并朝向鲁杰罗喷射怒焰。
她蔑视尘世间人与万物，
鲁杰罗友谊也不顾不管，
撤出身，摆脱了布拉达曼，
取剑朝鲁杰罗威逼向前。

52

"鲁杰罗，你是个卑鄙小人，
竟无耻来干扰他人交战；
我要用这只手令你懊悔，

　它足以战胜你二人之剑。"
鲁杰罗用好言将其规劝,
企图令玛菲萨情绪平缓;
但发现她已经怒不可遏,
对她的规劝是浪费时间。

53

事至此鲁杰罗只得拔剑,
愤怒亦烧红了他的颜面。
在雅典与罗马、世界各地,
都难以见如此精彩场面;
这场面令嫉妒布拉达曼,
心欢笑,情喜悦,快乐无限,
让少女抛弃了一切疑虑,
也必然使其他观者喜欢。

54

从地上她拾起自己宝剑,
撒一旁,定睛瞧,仔细观战:
鲁杰罗表现出武艺高强,
她好像见战神出现眼前。
这个似孚里埃[1] 来自地狱,
那个似玛尔斯[2] 源于上天。
最初时年轻的勇猛骑士,
并没有拼全力投入激战。

---

[1] 孚里埃是罗马神话中的复仇三女神,她们来自冥界;在希腊神话中称厄里倪厄斯。
[2] 玛尔斯是罗马神话中的战神,即希腊神话中的阿瑞斯。

55

他深晓手中剑巨大威力，
已多次见它有不凡表现：
所到处最好是快快躲避，
否则便必遭殃，死伤难免。
于是他控制住刺或劈砍，
但却要佯装出积极迎战。
鲁杰罗长时间小心翼翼，
但突然失耐心喷出怒焰；

56

只因为玛菲萨猛力劈剑，
似乎要将其头砍成两半。
鲁杰罗举盾牌遮住头部，
那一剑正劈在银鹰[1]上面，
是魔法护盾牌，未被劈裂，
但臂膀却难免被震麻酸；
若手中并非是赫克特盾[2]，
这一剑必将其臂膀斩断，

57

随后便劈砍到他的头部：
残忍女一心要令其伤残。
鲁杰罗忍疼痛移动臂膀，
举手中银鹰盾十分艰难；
因此他弃任何怜悯之心，
眼中似喷射出愤怒火焰，

---

[1] 指盾牌上绘饰的银鹰图案。
[2] 鲁杰罗使用的是特洛伊英雄赫克特的神奇兵器。

用足力恶狠狠刺出一剑：
玛菲萨呀，若刺中，你必悲惨！

58

我不知怎么样对您讲述，
为何剑刺中了柏树粗干，
深插入树体内足足一拃：
或许因木稠密难以避免。
此时刻只觉得山摇地动，
从林中那一座大墓中间，
传出了不寻常一个声音，
人嗓子绝难以如此叫喊。

59

那喊声真令人毛骨悚然：
"你二人切莫要再舞枪剑，
怎会有兄杀妹这等歪理，
妹杀兄同样把天理违反。
鲁杰罗、玛菲萨，我的孩子，
应相信我的话绝非谎言，
你们是一颗种同腹孕育，
并同时降生在尘世人间。

60

"亲生母名字叫切拉切拉，
鲁杰罗二世君播下情缘[1]。
母兄长[2] 令你们不幸父亲，

---

[1]　见第 2 歌 32 节。
[2]　指非洲王阿格拉曼的叔父阿蒙特和父亲特罗扬。

丧性命，弃人间，十分悲惨；
全不顾同胞妹身怀有孕，
更不管与你等同根同源，
令你们母亲入一叶小舟，
抛弃到大海中，飘荡水面。

61

"机运神在你们出生之前，
已认定二人的伟业非凡，
助小舟漂泊至利比亚处，
安全靠荒凉的无人海岸；
在那里生下了你们两个，
母灵魂弃人世，飞入乐天。
上天主已决定你们命运，
此时刻令我来二婴身边。

62

"荒原上我做出最大努力，
将母亲埋葬好：入土为安；
用衣服把稚嫩婴儿包裹，
抱起来，带上了卡雷纳山，
令一头母狮子[1]抛弃幼崽，
出森林来到了我们面前，
用乳汁精心来哺育二子，
度过了二十月艰难时间。

---

[1]　阿特兰施法术招来一头母狮子。

63

"有一日我必须离开住处，
进城市，入街区，混入人间，
路上遇阿拉伯一群强盗，
你们都或许还记得那天；
玛菲萨，众强盗将你掠走，
鲁杰罗腿脚快逃离危险。
丢失你我心中十分痛苦，
只好将鲁杰罗精心照看。

64

"鲁杰罗，你心中十分明白，
是师父阿特兰把你照看。
关于你我曾见星辰预示，
皈依后你身亡基督徒间；
为了使此厄运不降你身，
我努力留你在遥远天边，
但无法阻止你实现欲望：
因焦虑，我病故，十分悲惨。

65

"死之前我预见你来此处，
与胞妹玛菲萨展开激战，
便依赖地狱的魔鬼帮助，
聚石块把这座大墓修建；
我曾经对卡隆[1]高声呼喊：
'死之后别把我灵魂移远，

---

[1]　希腊神话中冥王哈得斯的船夫，负责将死者渡过冥河。在《神曲》中，但丁将其
　　置于地狱，负责摆渡进入地狱的罪恶灵魂。

留我在树林中耐心等待，
鲁杰罗与其妹来我面前。'

66

"我幽灵于是在树荫之下，
等你们来此处很长时间。
噢，阿蒙女，你若爱我的养子，
现妒火不再会令你晕眩。
我现在已应弃尘世光明，
沉入到地狱的永久黑暗。"
话音落，巫师把惊愕留给，
玛菲萨、鲁杰罗、布拉达曼。

67

鲁杰罗与胞妹幸福相认，
玛菲萨也心中非常喜欢；
他二人紧拥抱，激动万分，
阿蒙女在一旁再无抱怨。
回忆起童年时那些事情：
"我曾做，我曾说，我曾这般"；
他们都越来越心中肯定，
那幽灵所述事绝非谎言。

68

鲁杰罗对胞妹并不隐瞒，
他心中已深爱布拉达曼；
用温情之话语细细说明，
对此女他承担义务万千。
并且说因大爱造成分歧，
令二人共承受痛苦磨难；

他做出和解之友好表示，
两情人亦相互拥作一团。

69

玛菲萨随后又询问其兄：
父亲是什么人？出自何源？
何人用何方法将其杀死？
是否他战死在万军阵前？
谁命令将母亲弃于大海，
任波涛随其意将母吞咽？
她幼时也曾经听人讲述，
但如今已忘记，印象浮浅。

70

鲁杰罗对胞妹细细讲述，
赫克特是他们最早祖先：
阿斯蒂[1]躲过了奥德修斯，
又逃避其他的重重灾难，
离开了故乡土特洛伊城，
另一位同龄儿替他受难；
经过了长时间海上漂流，
来到了西西里，弃船登岸。

71

"他后裔统治着那片土地，

---

[1] 指特洛伊英雄赫克特的幼子阿斯蒂阿纳克斯。据说，特洛伊城被攻陷后，奥德修斯把他从城垛上掼下去摔死了；但诗人却认为，奥德修斯摔死的是另一个婴儿，而阿斯蒂阿纳克斯却逃过了奥德修斯和其他人的迫害，最后漂流到西西里岛，成为西西里的统治者；后来他们又向北发展，成为古罗马人和法兰克人的祖先。

而且还控制了半岛南端[1]；
数代后他们又向北移居，
入住到战神城罗马地面。
许多的杰出王、伟大皇帝，
皆出自这一族高贵血缘，
从罗马君士坦[2]、君士坦丁[3]，
发展至丕平子[4]，相承不断。

72

"鲁杰罗一世与姜巴、伯夫[5]、
向二世鲁杰罗传递王权；
你已听阿特兰刚才讲述，
我母亲身受孕，将他[6]爱恋。
你将见我子孙伟业辉煌，
谱写的光荣史照亮世间。"
随后说：阿高兰[7]——非洲国王，
与两个邪恶子[8]十分凶残。

73

阿高兰有一位年轻女儿，
此少女武艺精，非常彪悍，
曾击败近卫士不止一人，

---

[1] 指意大利南部的卡拉布里亚地区。
[2] 指古罗马皇帝君士坦（另译：君士坦斯）。
[3] 指君士坦丁大帝。
[4] 指查理大帝。丕平是查理的父亲。诗人认为，查理家族与君士坦皇帝和君士坦丁大帝一脉相承，以证明其皇权的合法性。
[5] 鲁杰罗一世和姜巴、伯夫都是鲁杰罗二世的前辈。
[6] 指鲁杰罗二世。
[7] 非洲王阿高兰是鲁杰罗的外公。见第2歌32节。
[8] 指阿蒙特和特罗扬，他们是非洲王阿高兰的儿子，也是鲁杰罗的舅舅。

对勇猛鲁杰罗[1] 十分爱恋，

因爱情她违逆父王之命，

受洗礼，与情人结成姻缘。

有奸人名字叫贝特拉莫[2]，

对嫂嫂不轨爱暗藏心间；

74

他阴险设毒计欲夺嫂嫂，

把祖国与父兄无耻背叛；

对敌人敞开了里萨[3] 城门，

放他们入城内实施凶残；

已怀孕六个月切拉切拉[4]，

被狠毒父与兄抛弃海面，

乘一叶独木舟难控方向，

严寒中狂野风激荡波澜。

75

玛菲萨面安宁，全神贯注，

听兄长细讲述二人根源；

心喜欢自己的高贵出身，

其血脉之后裔光照人间。

她知道克莱蒙、蒙格拉纳[5]，

两家族同出于这一血缘，

在尘世已多年显现荣耀，

---

[1] 指鲁杰罗二世，即史诗中主要人物鲁杰罗的父亲。

[2] 贝特拉莫是鲁杰罗二世的兄弟。

[3] 西西里一座沉入湖底的古城。

[4] 鲁杰罗的母亲，鲁杰罗二世的妻子。

[5] 法兰西显贵家族，与克莱蒙家族同出一条血脉。在这两个家族中诞生了许多法兰西勇猛骑士，如罗兰、里纳多、鲁杰罗、布拉达曼、奥利维、格里风、阿奎兰等。

哺育的众英雄世间垂范。

76

最后闻兄讲述阿格拉曼，
祖父和父与叔[1] 十分凶残，
残忍害鲁杰罗二世国王，
将其妻也投入苦难深渊；
听到此玛菲萨再难忍受，
打断道："兄长啊，你听我言，
不去报杀父仇实在无理，
你怎么竟如此没有心肝。

77

"阿蒙特、特罗扬早已死去，
再难以令他们血债血还，
但你可移恨于他们子女，
为什么不去杀阿格拉曼？
有如此血海仇你不去报，
却要在他宫廷苟且偷安，
这便是你面上一块污迹，
差不净，抹不去，直至永远。

78

"我崇拜父之神——基督天主，
并郑重向天主许下诺言，
若不为父与母报仇雪恨，
绝不脱甲与胄放下枪剑。

---

[1] 指阿格拉曼的祖父、父亲与叔父，即阿高兰、阿蒙特、特罗扬。

如见你仍然在摩尔军中，
还服务非洲王阿格拉曼，
却不举枪与剑杀死敌人，
我为你会觉得心似油煎。"

79

噢，阿蒙女此时刻抬起头来，
闻此言她感觉心中甚欢！
便鼓励鲁杰罗努力遵从，
玛菲萨对他的告诫之言；
劝他去查理王面前讲明：
他父亲鲁杰罗英名远传，
受人们崇敬与赞美、歌颂，
是世间无双的英雄好汉。

80

明智的鲁杰罗回答说道：
一开始他就该如此这般，
但因为许多事并不清楚，
所以才未讲明，拖至今天。
现如今非洲王阿格拉曼，
已把剑悬挂在他的腰间[1]，
弑君者是叛徒，行为邪恶，
因为他已承认君的王权。

81

他曾对阿蒙女许过诺言，

---

[1]　指已加封他为骑士。

现再次把决心对其表现：
只要是不伤害他的荣誉，
一定会寻机会，决不食言。
过去曾不守约，错不在他，
全因为鞑靼王过分刁蛮，
他不得不与其争斗不休，
人人知他二人交战根源。

82

玛菲萨曾每日看望伤者[1]，
她可以见证这绝非谎言。
就此事两杰出勇猛女子，
相互间问与答交换意见。
她二人做出了最终建议：
鲁杰罗先返回非洲营盘，
一直待出现了适当机会，
他再来效命于查理帐前。

83

玛菲萨对阿蒙女儿说道：
"让他去，你不要恐惧不安，
数日后我一定努力做到，
其君主不再是阿格拉曼。"
如此说却没有丝毫显露，
她心中是怎样思考，盘算。
鲁杰罗告别了两位女子，
调马头欲返回非洲营盘；

---

[1] 指在与鞑靼王蛮力卡交战中负伤的鲁杰罗。

84

恰此时山谷中传来哭声，
令三人神贯注，驻足不前。
他们均竖起耳仔细静听，
似一女在那里抽泣不断。
我现在欲结束此歌诗篇，
只希望能令您情悦心欢；
若下歌您继续听我讲述，
定会有更美音响您耳畔。

第 37 歌

小镇中只有女不见儿男　恶堡主逼迫人妻离子散
立新规女人成小镇主人　鲁杰罗与妻、妹分路向前

玛菲萨和布拉达曼正欲辞别鲁杰罗，离开树林，忽闻女人哭声。
赶过去，见三位近乎裸体的女人狼狈不堪。她们是冰岛女使乌拉尼娅
和两位侍女。女使向三位骑士讲述了悲惨遭遇。

听完讲述，三位骑士决定同女使一起上路，去城堡为其雪耻。行
走了一段时间，来到一座村镇，住入一家客栈。奇怪的是，村中只有
女人，没有男人。当地一位女子向他们讲述了其中的缘故：附近有一
城镇，镇中有一城堡，城堡中居住着一位凶残的老爷，他的两个儿子
为强占女人而被杀死；因此，这位老爷十分痛恨女人，他拆散所有的
夫妻和母子，令男女不得相见。

鲁杰罗、布拉达曼和玛菲萨击败城堡主及其随从，并为该城镇另
立新的规定，责令镇中所有的男人服从女人管理，随后离去。

在岔路口处，鲁杰罗向布拉达曼和玛菲萨告别；鲁杰罗奔向阿尔
勒城，去寻找非洲王阿格拉曼，布拉达曼和玛菲萨则踏上另一条路。

1

人若是不勤奋付出辛苦，
大自然便难赐礼物万千：
杰出的女子们长期努力，
昼与夜工作忙，孜孜不倦，
才收获累累的丰硕果实，
使自己美名声传遍世间；
她们对文学也努力研究，

此行为令美德永世相传；

2

并促使人们能牢记女子，
让女性善行为得到颂赞，
再不必去恳求文人帮助，
文人因妒与怨常生恶念：
应赞的德善事缄口不语，
邪恶事却件件世间传遍；
从此后女子可美名鹊起，
恶名便再难以四处流传。

3

文人们只依赖展示作品，
其名声岂能够远传世间，
于是就深探究如何揭示，
女子对男人们有何邪念。
绝不愿女人们占据上风，
要努力把她们逐入深渊：
怕女子，庸者便掩其荣耀，
唯恐雾遮蔽住太阳光线。

4

他们口不足以吐出美音，
笨拙手亦不能写出妙篇，
尽管恶在人世疯狂增长，
却不断设法要抑制德善；
他们想熄灭掉女人荣耀，
令女子无光芒，一片黑暗；
但不仅未达到预定目的，

反而距其目标越来越远：

5

不只是阿帕里[1]、托米丽司[2]，

卡米拉[3]、彭忒西[4]十分彪悍，

不仅仅希德尼、推罗女主[5]，

海上行，利比亚最终登岸；

也不仅胜亚述、波斯、印度，

那一位女君王[6]风采无限：

她们是罕见的女中豪杰，

神武威令她们名传万年。

6

不仅在古希腊、罗马之地，

有巾帼智勇者成千上万；

虽然从印度到大地西边，

太阳公遍撒下金发丝线[7]，

女人们却未获应得荣耀：

千女杰一人名传至今天[8]；

---

[1]　见第 20 歌 1 节。

[2]　托米丽司是生活在里海东岸的马萨革泰族的女王，公元前 6 世纪在位。公元前 530 年，波斯帝国的居鲁士大帝入侵马萨革泰，杀死托米丽司之子，托米丽司倾全 国之力予以还击，在一场惨烈的肉搏战中击败波斯军，杀死居鲁士并将他的头颅 浸在盛血的革囊里。

[3]　罗马著名诗人维吉尔笔下的女英雄。见第 20 歌 1 节。

[4]　指彭忒西勒亚。见第 26 歌 81 节。

[5]　指迦太基的狄多女王。狄多女王曾率领希德尼和推罗人离开推罗（今黎巴嫩泰 尔），在北非登陆，建立迦太基王国。

[6]　指传说中的亚述帝国的著名女王赛米拉米斯。她很有政治才干，曾多次远征，打 败波斯和印度人。

[7]　指太阳撒下金色的光线。

[8]　一千个杰出女人中，只有一个人的美名传至今天。

全因为当时的文人说谎，

嫉妒与邪恶情毒其心田。

7

女人啊，勿停止前进步伐，

因你们需要有杰出表现；

莫放弃你们的辉煌伟业，

只担心不能够美名广传；

虽好事均难以永久传颂，

但恶为也无法长存世间。

对你们纸墨若未曾传德，

现如今它们定尽情颂赞。

8

马路里[1]、蓬塔诺[2] 赞美你们，

斯特罗齐父子[3] 颂扬在先，

卡斯提利奥内[4] 培养侍女，

本博[5] 也为女子撰文数篇；

曾有俩路易吉[6]，二君同名，

令缪斯、玛尔斯心中喜欢，

他二人家族所统治地盘，

---

[1] 指米凯尔·马路里，他是文艺复兴时期来自君士坦丁堡的拉丁语诗人。

[2] 指乔瓦尼·蓬塔诺，他是文艺复兴时期意大利重要的拉丁语诗人。

[3] 指提托·斯特罗齐和他的儿子艾克勒·斯特罗齐，他们都是文艺复兴时期的意大利诗人。

[4] 意大利文艺复兴时期著名的人文主义作家，代表作为《侍臣论》。

[5] 意大利文艺复兴时期著名的作家、语言学家和人文主义者。

[6] 指意大利文艺复兴时期的文人路易吉·阿拉曼尼和路易吉·姜彼得罗·贡扎加，二人既是军人，又是诗人；因而此处说"令缪斯、玛尔斯心中喜欢"。

被明乔之河水一分两半[1]。

9

二人中有一人出自本能[2]，
对女子尊敬且极力颂赞，
赞美声回荡在帕纳塞斯[3]，
随后又升上了附近云天[4]；
从没有受胁迫放弃爱情，
也未曾丢掉过坚定信念：
伊萨贝[5] 给予他抗争勇气，
他愿意为女性竭力奉献。

10

因此便提起笔不辞辛苦，
在诗中把女人热情颂赞；
若女子被他人无情指责，
他必定第一个提枪挑战：
为避免女子的美德受损，
人世间真骑士均会这般。
为其他诗人也提供素材，
令他人荣耀亦永世相传[6]。

---

[1] 指贡扎加家族所统治的城市曼托瓦（位于意大利北部）。明乔河位于意大利北部，流经曼托瓦城。
[2] 指路易吉·姜彼得罗·贡扎加。见第 26 歌 50 节。
[3] 帕纳塞斯是阿波罗和缪斯的圣山，位于阿波罗的诞生地提洛岛。
[4] 因帕纳塞斯山高耸入云。
[5] 因路易吉·贡扎加参与了洗劫罗马，教宗坚决反对罗马科隆纳家族的伊萨贝嫁给他；但伊萨贝不顾任何威胁，仍然与路易吉·贡扎加成婚。
[6] 他的行为为其他诗人也提供了创作素材，从而使其他诗人的荣耀也永世相传。

11

天下的裙钗女所有美德，

伊萨贝一人身兼备齐全；

但值得她如此坚定不移，

心不变，一直到海枯石烂，

作支撑男人的顶梁柱石，

全不顾"机运"的巨浪狂澜[1]：

男爱女，女恋男，绝代佳配，

如此的好夫妻世间罕见。

12

奥利奥[2]河岸上他[3]创新功，

在烈火与船车、枪剑之间[4]，

到处都撒下了纸墨文字，

引起了奔流水妒忌万千。

河边处艾克勒·本提沃廖[5]，

赞女人写作了清新诗篇，

雷纳托、圭代蒂、摩尔扎君[6]，

也执笔把女人歌唱颂赞。

13

艾克勒[7]——我公爵掌上爱子，

---

[1]　被命运神所掀起的巨浪狂澜。

[2]　奥利奥河是意大利北部的河流，属于波河的左支流。

[3]　指前面提到过的路易吉·贡扎加。见本歌 9 节注。

[4]　指在战争中。

[5]　本诗作者阿里奥斯托的朋友。

[6]　雷纳托曾写作过一些爱情诗歌。圭代蒂曾改写《十日谈》。摩尔扎是意大利文艺
复兴时期的人文主义者和诗人。

[7]　指诗人的恩主阿方索·埃斯特公爵之子艾克勒·埃斯特。

如天鹅[1] 展双翼飞翔在天，
他尽情赞女子，引吭高歌，
令女子美名声响彻云端。
瓦斯托侯爵[2] 爷亦展歌喉，
用诗文令女子名传万年，
为其他诗人也提供素材，
赞美他之诗人何止百千[3]。

14

女人啊，世上有无数诗人，
献歌喉把你们热情颂赞；
女人们也可以自我讴歌，
搁放下手中的绣花针线：
为解渴女子去阿佳尼泊，
随缪斯饮水于清澈泉边[4]，
返回时作品已十分辉煌，
男子的诗作被远抛后面。

15

若我想告诉你是何女子，
将她们之功德一一道全，
便需要写诗文何止一页，
今日里其他事便难叙谈；
但若是只讲述五六女子，

---

[1] 天鹅是埃斯特家族徽章上的神鸟。见第 35 歌 14 节。

[2] 指瓦斯托侯爵阿方索·阿瓦罗。见第 15 歌 28—29 节、第 26 歌 52 节、第 33 歌 47 节。

[3] 阿方索·阿瓦罗曾经创建了许多丰功伟绩，为诗人的创作提供了素材。

[4] 阿佳尼泊是希腊神话中的一眼清泉，位于缪斯的圣地赫利孔山附近。据说，饮用该泉水的人会变成极具灵感的诗人。因而，缪斯也被称作阿佳尼泊仙子。

便可能惹怒了其他名媛。
全不讲或者是只选一二，
应如何？我实在难以决断。

16

我决定选一女，事出有因，
她可免其他女妒焚心田，
若赞颂她一人其他不讲，
任何人都不会心中抱怨。
此女子不仅用绝世佳音，
令自己美名声永世相传；
无论谁写诗歌将她赞颂，
都会使她永远活在人间。

17

福玻斯[1] 凝视着洁净胞妹，
光辉将狄安娜周身装点[2]，
远胜过维纳斯[3]、迈亚[4] 等星，
群星均行苍穹自动旋转；
我所讲之女子亦胜他人，
风格雅，言词美，句句雄辩；
她高飞之语言十分有力，
似又有另一轮艳阳悬天。

---

[1] 希腊神话中的太阳神。此处指太阳。
[2] 此处狄安娜指月亮。
[3] 此处指金星。在西方许多语言中维纳斯与金星为同一个词汇。
[4] 在西方的许多语言中，水星与罗马神话中的神祇墨丘利为同一个词；墨丘利是宙斯与迈亚所生，因而此处"迈亚"指的是水星。

18

此女子名字叫维托利亚，

诞生于胜利中，光辉灿烂[1]，

胜利者无论是行走，止步，

战利品都令她周身璀璨；

阿尔特米西亚英明女王，

因爱恋毛索罗受人称赞[2]；

胜利女[3] 却写诗赞美夫君，

令其德比厚葬更加不凡[4]。

19

阿丽娅[5]、阿尔佳[6]、艾娃德妮[7]，

和其他贤惠女成千上万，

她们都希望与亡夫同墓，

其美德均值得讴歌颂赞；

但更应赞美那维托利亚，

因她使帕尔开[8]、死神不欢：

虽忘川与恨河[9] 九绕魂影，

---

[1] 维托利亚的意思为"胜利"。

[2] 阿尔特米西亚是古代小亚细亚地区哈利卡那索斯城的女王，她曾为亡夫毛索罗修建华丽的坟墓，以表示自己的爱。

[3] 指维托利亚。

[4] 维托利亚远胜过阿尔特米西亚，她为亡夫写作的诗篇使其永垂不朽。

[5] 阿丽娅是古罗马帝国时期的著名烈女，见克劳迪一世皇帝判处其夫君死刑，她宁愿自杀后随葬。

[6] 阿尔佳是古希腊故事中的女性人物。暴君克雷翁特将阿尔佳的丈夫坡里尼斯杀死，阿尔佳为埋葬夫君向暴君提出挑战。

[7] 卡帕尼奥是希腊神话中的人物，攻打忒拜的七英雄之一。烈女艾娃德妮是他的妻子，她扑向焚烧夫君尸体的烈火，与其一同被烧成灰烬。

[8] 罗马神话中的命运三女神，她们的任务是纺人类命运之线，并按次序剪断生命之线。

[9] 地狱中的两条河，此处泛指地狱。

她依然引夫君远离河岸[1]！

20

马其顿[2]若嫉妒阿喀琉斯，
定会说因荷马将其颂赞，
弗朗索若仍然活在人世[3]，
嫉妒也定会令其心不安。
这一位贤淑的可爱妻子，
用诗篇使你[4]名永驻人间，
你英名早已经响彻云霄，
并不需吹号角将其远传。

21

如若是用纸墨讲述之事，
能全部讲述清不遗半点，
我将会长时间尽情表述，
绝不因未说清心留遗憾：
玛菲萨及伙伴美妙故事，
上一歌已被我搁置一边，
若此歌您仍旧听我讲述，
我曾经许诺言令您如愿。

22

您现在已来此听我讲述，
我自然要实现所许诺言，

---

[1] 此处指远离忘川与恨河，即远离地狱。
[2] 指马其顿王亚历山大大帝。
[3] 指意大利的勇将弗朗索·佩斯卡拉。见第 26 歌 52 节。
[4] 指维托利亚的丈夫。

但需要有更多时间书写，
对英勇玛菲萨盛赞诗篇；
实际上并不需将她歌颂，
她自身已十分光辉灿烂；
然而我却意欲赞美此女：
颂扬她可满足我的心愿。

23

女人啊，总言之，每个时代，
都会有女英雄青史垂范；
因男性文人们心怀嫉妒，
女子的美名才十分罕见；
从今后此情况不再继续，
你们已自己使美德永传。
两姑嫂^[1]深知晓如此行事，
其伟业将永世传颂人间。

24

我是说玛菲萨、布拉达曼，
二人的伟业绩光辉灿烂，
若讲述，十有九将会遗漏，
再努力我仍觉难以重现。
我愿意努力讲所知之事，
尽量把隐蔽的伟业展现，
女人啊，我崇敬、热爱你们，
希望能使你们称心如愿。

---

[1] 指布拉达曼和玛菲萨。

25

上文中我曾说鲁杰罗君，

正意欲辞别后赶路向前，

他此时不再有任何阻碍，

便顺利拔下了树上利剑[1]。

忽闻得不远处哭声大作，

那哭声令其心高高吊悬；

同两位勇女子急忙奔去：

见有人遇灾难他必救援。

26

越靠近那哭声越是清晰，

已可辨哭泣者所述之言。

入山谷见三女衣着奇怪，

哭啼啼发出了悲哀抱怨；

她们提超短裙肚脐之上：

不晓得谁如此不知检点；

因明白其服装难以遮体，

便坐地而不敢起身立站。

27

就好像伏尔甘那个儿子[2]，

---

[1]　上一歌 58 节中讲，鲁杰罗的宝剑深深地插入树干之中，可以想象很难拔出；这是巫师阿特兰所设计的一个计谋，他以这种办法阻止鲁杰罗与胞妹玛菲萨厮杀；此时阿特兰的鬼魂已离去，因此此处说鲁杰罗拔剑时"不再有任何阻碍"。

[2]　指火神伏尔甘的儿子艾利托尼乌斯。智慧女神密涅瓦求火神伏尔甘为她打造一套新的宝甲，刚刚被妻子维纳斯抛弃的伏尔则试图利用此机会与密涅瓦做爱。密涅瓦拒绝伏尔甘的爱，将其精子抛于地面，致使大地女神盖亚怀孕，生下艾利托尼乌斯。密涅瓦十分同情长着两条蛇一样奇怪且丑陋的腿的艾利托尼乌斯，收留了他，将其装在一个密封的篮子中交给阿伽劳洛斯姐妹照看，并嘱咐她们不要打开篮子。阿伽劳洛斯姐妹非常好奇，便打开了篮子，后来受到密涅瓦的严厉惩罚。

诞生于大地的怀抱之间，
密涅瓦托付人将其关照，
阿伽劳洛斯却大胆偷看；
他[1]建造第一架驷马战车，
坐车上将丑足藏臀下面：
三少女也同样坐在地上，
为掩盖隐秘处，遮人双眼。

28

这一个不体面难堪奇观，
令两位高贵女羞红颜面，
就像是园中的春天玫瑰，
美丽的花色彩十分鲜艳。
阿蒙女观三女面孔、身段，
发现有一女子似乎曾见：
是来自"迷失岛"乌拉尼娅，
法兰西作使者到此地面。

29

又细观其他的两位女子[2]，
同时也认出了她们颜面。
勇少女对那位尊贵女子，
于是便提问题口中吐言；
询问她是何人如此无礼，
将规则与品德抛弃一边，
把自然所掩饰隐秘之处，
赤裸裸暴露在他人面前。

---

[1] 指伏尔甘的儿子。
[2] 指陪同乌拉尼娅的两位侍女。

30

女使者已认出布拉达曼：
不仅识其标志、悦耳语言，
数天前就是此勇猛少女，
曾将她三骑士掀下马鞍。
她说在不远处有座城堡，
邪恶且残忍者居住里面，
不只是剪短了她们衣裙，
令她们还忍受其他苦难。

31

她不知金盾牌落谁之手，
也不知三国王身在哪边；
三王曾陪伴她周游列国，
是被杀或被捉难以判断。
因查理遭围攻她心悲伤，
便希望离弃这痛苦地面，
于是就走上了这条道路，
现在须徒步行，实觉艰难。

32

女勇士、鲁杰罗不仅强悍，
三个人心肠也十分良善，
听人讲亦目睹可怜境况，
美丽的晴朗面转变阴暗；
忘记了所有的其他事情，
不需要受虐女恳请再三，
他们欲为此女报仇雪恨，
急忙忙朝城堡赶路向前。

33

他三人同时都扯下战袍，
仁慈心促使着他们行善，
掩盖住暴露的不雅之处，
令三位美女子恢复尊严。
阿蒙女不希望乌拉尼娅，
再徒步行走于坚硬路面，
于是便拉她上自己马背，
玛菲萨、鲁杰罗亦携婵娟[1]。

34

女使者把前往城堡之路，
指示给勇少女布拉达曼；
阿蒙女也努力安慰女使，
说一定要为她报仇雪冤。
离谷地沿曲折道路前进，
在山中行走了一段时间，
太阳已沉入海，隐没其身，
众人才欲休息，跨下马鞍。

35

见一座小村镇坐落山坡，
陡峭的山坡路攀行艰难；
村镇中有一座小小客栈，
是最好安身处，备有晚餐。
众人向四周望，发现此地，
到处是各类女，没有儿男，

---

[1]　指其他两位女子。

年少女与老妪成群结队，
却不见任何的男子颜面。

36
伊阿宋、阿尔戈伙伴[1] 一同，
踏上了海中的岛屿地面，
众英雄走遍了利姆诺斯[2]，
仅仅见有两张男子颜面：
女杀夫、亲生子、父亲、弟兄，
此景令目睹者发出哀叹；
鲁杰罗和同行各位女子，
下榻时也同样惊诧难免。

37
为女使与同行两位侍女，
勇女子玛菲萨、布拉达曼，
当天晚命人寻三件裙衫，
不华贵也能有几分体面。
鲁杰罗唤当地一位女子，
问为何男子竟一个不见，
他们都在何处将身隐藏；
那女子回答他开口吐言：

38
"我家乡女人多，男子不见，
可能会使你们发出惊叹，

---

[1] 伊阿宋是希腊神话中夺取金羊毛的主要英雄，阿尔戈是他去夺取金羊毛时所乘坐
　　的木舟；阿尔戈伙伴指的是陪同他一起乘木舟去夺取金羊毛的英雄们。
[2] 伊阿宋取金羊毛时路过利姆诺斯海岛，只见到两个男子，其他男子均被女子杀死。

这地方女独自悲惨生活：
我们也难忍受如此灾难。
孤居的苦生活折磨众人，
但附近一恶人十分凶残，
他喜见父、子、夫、其他亲人，
被强迫与我们长期离散。

39

"恶人的居住地就在附近，
距我等诞生处两哩之远，
将我们流放到此处地界，
施凌辱，还任意蹂躏踏践：
若在此想接待我们男人，
或男人来此与我等会面，
他威胁要杀死所有居民，
不管是卑微女还是儿男。

40

"此恶汉极憎恨我等女性，
这不需我对您过分多言：
只要是闻听到女人名字，
他便会感觉到臭气熏天。
树木的秀发曾两度脱落，
又两度重披上新鲜衣衫[1]，
凶恶汉无顾忌，肆意发怒，
却无人纠正他，令其改变；

---

[1] 指树叶脱落两次，又重新长出两次，即过了两年。

41

"此地人都害怕这位恶汉，

恐惧情比死亡令人心颤；

凶恶汉天生就十分狠毒，

而且还力过人，十分强悍。

其高大之身躯胜过巨人，

一百人与他斗，取胜也难。

他不仅要欺负臣服女子，

对外来过路女也很凶残。

42

"若爱护同来的三位女子，

也珍重你们的高贵尊严，

最好是勿前行，另择他路，

如此做对你们更加安全。

这一条通恶人城堡之路，

引你们将邪恶亲身体验；

过往的诸女子、各位骑士，

遇恶汉必定会惨遭劫难。

43

"邪恶汉马迦诺[1] 占据城堡，

此歹人性狠毒，十分凶残，

尼禄[2] 和其他人也有恶名，

均不如此暴君罪恶滔天，

他嗜血，特别是女人之血，

比恶狼食羔羊更加贪婪。

---

[1]　居住在城堡中的暴君叫马迦诺。

[2]　指罗马帝国的暴君尼禄。

被厄运引导至城堡之女，
全都要受到他羞辱、驱赶。"

44

鲁杰罗与两位勇猛女子，
急知晓为何他如此凶残，
于是便请女子简短讲述，
不希望她从头慢慢叙谈。
女子道："城堡主一向残忍，
他凶狠，无人性，禽兽一般；
但最初却隐藏歹毒之心，
人难以一眼就将其看穿。

45

"他曾有两儿郎活于人世，
与其父之禀性截然相反，
他们对外来人从不施虐，
距卑劣之行为万哩之远。
那时候此处是礼仪之邦，
好事多，风俗美，人人和善；
两兄弟之父亲虽然吝啬，
却不阻他二人积德行善。

46

"美女子、勇骑士路过此地，
经常会受善待，心情舒坦，
临别时许多人恋恋不舍，
对二子之热情十分怀念。
他们俩也都是高贵骑士，

均加入神圣的骑士集团[1]：
二人叫齐兰德、塔纳克罗，
面英俊，胆气壮，十分彪悍。

47

"两兄弟之荣耀名副其实，
本应该永受人歌功颂赞，
从来都不放纵强烈欲望：
该欲望被称作男女情恋；
然而却因爱情误入歧途，
走上了错误路，遭受灾难；
一贯所遵循的善良美德，
突然间变丑陋，被恶污染。

48

"东罗马皇帝的一位骑士，
偶然间来到了这块地面，
身边随一风雅俊俏女子，
其美貌令众人渴望、期盼。
齐兰德情欲动，疯狂爱恋，
无此女他自觉魂弃人间：
那女子离开时他竟觉得，
生命已随其去不再回还。

49

"因哀求无效果不济于事，
他试图用武力获得婵娟：

---

[1] 指被教会加封为骑士的人所组成的骑士团。

携兵器离城堡一段路程，
为抢夺美女子隐藏路边。
他本来胆气壮外加欲火，
便难以再保持理性判断：
见东方骑士爷来到面前，
冲过去枪对枪与其交战。

50

"他本想一回合击其落马，
携美女返城堡，奏凯而旋；
那骑士却十分英勇善战，
长枪竟撕裂他锁甲、护片。
他被人抬回了城堡之中，
闻消息，伤心父即刻来看，
见儿子已身亡，嚎啕大哭，
命将其埋葬在先祖身边。

51

"丧葬事并未阻城堡待客，
它仍然为来客提供方便，
因堡主另一儿塔纳克罗，
与兄长齐兰德同样仁善。
第二年远方的一位男爵，
携妻子来到了城堡客栈，
此爵爷之勇武令人赞叹，
妻子也极美丽，十分娇艳；

52

"不仅美而且还正直、仁善，
很值得写诗篇将其颂赞。

男爵爷身显贵，武艺高强，
人世间难有人与其比肩。
如此的英雄汉堪配佳人，
他有权享用此美貌婵娟。
奥林德[1] 远来自伦加维拉[2]，
德鲁斯[3] 是他的随行女眷。

53

"欲火灼年轻的塔纳克罗，
比之前其兄长自拔更难，
不轨的情欲在熊熊燃烧，
令少年尝受到苦涩辛酸。
他所做之决定更加过分，
把神圣待客礼无耻背叛，
因不愿被欲火夺去性命，
决心要摆脱掉烈焰熬煎。

54

"但眼前仍可见其兄教训：
为夺爱失性命，魂飞命断；
于是便设下了夺美计谋，
绝不给受害者复仇方便。
美德曾避免他沉入恶水，
致使他毒不如其父那般；
但此时所有的种种美德，
均消失，而且还再难重现。

---

[1] 远道而来的男爵叫奥林德。
[2] 意大利北方的一个城镇。
[3] 随男爵而来的女人叫德鲁斯。

55

"那天夜他偷偷召集杀手，
武装了二十人，隐于黑暗；
在远离城堡的山洞之中，
设埋伏，欲杀人，表现凶残。
拦住了奥林德行走之路，
四周的各通道均被截断；
尽管是奥林德奋力反抗，
男爵爷最终仍死于枪剑。

56

"奥林德被杀死，妻子被俘，
烈性女极痛苦，肝肠寸断，
苦哀求凶手也赐她一死，
绝不愿苟且生独留人间。
为求死她纵身跳下悬崖，
深谷中寻见她卧于地面；
人未死，头却破，鲜血流淌，
浑身伤，极衰弱，乏力瘫软。

57

"那恶少将其置担架之上，
抬回家，细护理，精心照看。
他命令侍从者为其敷药：
失可爱之猎物[1]其心怎甘。
须等待许多日方可痊愈，
为婚礼恶少要准备一番：

---

[1] 指德鲁斯。

不应只作女友而该迎娶，
如此的贞洁女美貌天仙。

58

"邪恶的年轻人只想此事，
而不把其他事再置心间。
见女怒便不断怨恨自己，
并努力欲将其情感转变。
他越爱越难以安抚其心，
所做的努力都徒劳枉然，
那女子越恨他越是坚强，
已确立复仇的坚定信念。

59

"恨并未冲昏那女子头脑，
令她对己境况不明不辨；
她知道若实现所定计划，
就必须善伪装，巧妙周旋，
令恶少沉迷于虚假欲望，
再寻机为亡夫报仇雪冤；
她立即表现出被爱征服，
看上去似愿把一切奉献。

60

"面平和，心却把复仇呼唤：
这是她唯一的心中夙愿。
遇事均细思索，十分谨慎，
或接受，或拒绝，或者吊悬。
一旦要实现了复仇愿望，
她觉得自己便可以归天。

在何地、于何时她可死去？
又怎样为夫君报仇雪冤？

61

"表面上她好像十分高兴，
很希望再结成新的姻缘；
对新婚她并非扭捏，矜持，
会阻碍婚礼事全都推延。
比别人她更重装饰俏丽：
奥林德似乎已被抛一边。
她希望婚礼能十分隆重，
就像是在家乡举办一般。

62

"她讲述家乡的婚礼风俗，
其情况并非真，而是欺骗，
因为在她心中只有复仇，
不可能有余地承载他念；
她希望令杀夫仇人死去
于是便设计了一个谎言：
说希望按家乡风俗成婚，
并且把如何办描述一番。

63

"她说道：'寡妇若重新再嫁，
新夫须令亡者灵魂宁安，
亡灵会被再嫁寡妇惹怒，
应对他行祭礼，祷告一番；
该仪式要设在灵柩庙宇，
以洗清新婚者身上污点；

在圣庙举行的祭礼之上，
新郎可为新娘戴上指环。

64

"'仪式上会捧来祭奠红酒，
主祭者对红酒祈祷一番，
吟诵出虔诚的祭文悼词，
祈神灵降福祉酒瓶上面，
将祭酒再倒入一只杯里，
交赐福之红酒夫妻手间：
新娘应将祭酒接在手中，
首先要捧酒至自己嘴边。'

65

"那恶少不明白他乡风俗，
以何法办婚礼他均不管，
便说道：'只要能尽快结合，
不管是啥婚礼我都喜欢。'
他没有预料到此女心中，
正盘算为前夫报仇雪冤，
复仇女只存有一个念头，
其他的想法都难入心田。

66

"一老妪侍奉着复仇女子，
被擒后她一直把主陪伴；
于是便召唤来低声嘱咐，
以避免男主人竖耳听见：
'我知道你会制剧毒之物，
你为我准备些装入瓷坛；

马迦诺这儿子十分阴毒，
我现有一法可令其命断。

67

"'并知道怎么样救你、我命：
以后再告诉你，暂不方便。'
那老妪去准备杀人毒药，
随后又返回到女主房间；
找一瓶康帝雅香甜红酒，
将杀人毒药汁倒入里面。
备好了毒酒后只待婚礼，
不再须把时间继续拖延。

68

"'婚礼日美女子来到圣庙，
饰珠宝，身上穿华丽裙衫，
奥林德身显贵，功勋卓著，
两圆柱高擎起他的石棺。
圣庙中隆重唱祭奠颂词，
吸引来男与女成百上千；
马迦诺比平时更加高兴，
与诸位朋友伴爱子身边。

69

"'隆重的祭奠礼快要结束，
女子请主祭者赐福，祈天，
被赐福之红酒参有剧毒，
倒入了一精美金制酒盏。
女子饮适量的有毒红酒：
它足以令饮者魂飞魄散；

随后又面带笑献杯新郎，
新郎把杯中酒一饮而干。

70

"将酒杯还神父，心中欢喜，
张双臂欲拥抱可爱婵娟。
此时刻女子已全无温情，
原有的宁静也骤然生变。
将恶少向后推，拒其拥抱，
脸上与眼睛中似燃火焰；
发出了可怖的高声怒吼：
'奸诈徒，你快些离我远远！

71

"'难道说在我这（儿）你仅取乐，
给予我却全是泪水、灾难？
我希望能亲手将你杀死：
你已经饮下了毒酒一盏。
我痛心你如此轻易死去，
杀人的凶手竟这等体面；
我的心并没有那么凶狠，
可与你这等的凶犯比肩。

72

"'此次的祭献礼并不完美，
这令我感觉到十分遗憾：
若祭礼全能够如我设想，
才可说我行动没有缺陷。
我爱夫必定会将我原谅，
因他见我施祭良好意愿；

虽然我没能够如愿以偿，
却已经尽全力令你命断。

73

"'依我看你应受更严惩罚，
人世间我难以将其实现，
但希望能见到你的灵魂，
另一个世界中遭受苦难。'
随后又面带笑抬起双眼，
直望着苍天却视而不见，
呼喊道：'奥林德，我已经为你复仇，
请接受祭献物——妻的心愿；

74

"'你为我向天主祈求恩赐，
今日令我升天来你身边。
他若说无功劳难入天国，
告诉他我已经做出贡献：
此魔头无耻且极其邪恶，
我将把其盔甲祭献圣殿，
铲除掉此丑恶凶残瘟疫，
何功劳比此更光辉灿烂？'

75

"说完话美女子一命归天，
魂虽去她面上却带笑颜，
夺丈夫性命的阴险之徒，
受惩罚已令她心中宁安。
那恶少魂魄也离开尘世，
不知道在其后还是在先：

我认为必在先不会在后，
因多饮毒先发理所当然。

76

"马迦诺见爱子跌倒在地，
随后在其怀中魂飞命断，
因悲伤他几乎随子而去：
剧烈痛突然间戳透心田。
他曾有俩儿子，如今孤身，
两子丧二女手，十分悲惨。
一女子被指控谋杀长子，
另一女杀次子，亲眼所见。

77

"爱与怜、痛与恨、愤怒火焰，
复仇和死之念共焚心田，
这一位昏头的不幸父亲，
咆哮着如狂风激荡海面。
他凶狠扑向了德鲁斯女，
见女子命已断紧闭双眼；
熊熊的怒火仍灼烧其心，
便对那无知觉尸体施鞭。

78

"就好像沙滩上立一长杆，
一毒蛇狠命咬，徒劳枉然；
又好似有人向恶狗抛石，
令恶狗急奔逃，狂叫不断，
空吠咬发泄着胸中愤怒，
不复仇便离去非其所愿：

马迦诺比恶狗、蛇蝎狠毒，
施暴于无血尸，万分凶残。

79

"不满足只撕碎一人尸体，
那恶人如此难发泄仇怨，
便闯入圣庙里女人群中，
挥舞起邪恶的凶残利剑，
就好似镰刀割卑微茅草，
一个个均砍倒，绝不可怜。
圣庙中无任何掩蔽之处，
百人伤，三十亡，就在瞬间。

80

"手下的侍从都无比恐慌，
无一人敢抬头观此场面。
妇女与小民们逃出教堂，
能逃者均逃走，无一停站。
众朋友千恳请，万般哀求，
疯狂者才最终略有收敛，
恶人被拽入了山上城堡，
山下的嚎哭声十分悲惨。

81

"朋友与民众都再三请求，
恳求他勿杀人，过分凶残；
但恶人胸中怒仍未熄灭，
他决定把所有女子驱赶：
当天便发出了放逐公告，
命女子都离开他的地盘；

为我们画出了流放地界，
谁若是近城堡必定遭难！

82

"妻与夫就这样一分两处，
母和子也自然难以团圆。
如有人斗胆与我们相会，
并不知马迦诺设有密探，
必然会受到他严厉惩罚，
许多人已被杀，十分凄惨。
他城堡有一条严酷规定，
若没读亦未闻灾难难免。

83

"在山谷若捉住一位女子，
按规定用柳条鞭挞其肩，
再命她清扫净全部街区，
此惩罚已实施何止一遍；
但先要将她的衣裙剪短，
女人的隐秘处难以遮掩；
如女子是一位武装骑士，
必定会被杀死，求生极难。

84

"若女子有骑士护卫身边，
便可获此恶人所施'仁善'：
被拖至亡子的葬身之处，
他亲手割喉管祭献墓前。
将陪同女子者抛入牢狱，
无耻夺其战马，甲、盾、枪剑：

他身边有千人为其效力，
施恶行全不分白昼夜晚。

85

"他也曾赦免过来往过客，
但要求赦免者先发誓言：
对女性始终应嫉恶如仇，
一直到离开这尘世人间。
你若想抛弃掉您的女人，
便可去城堡处亲自观看，
试一试那一位邪恶堡主，
是不是真如此狠毒，凶残。"

86

听讲述二女将心生怜悯，
随后又胸中燃熊熊怒焰，
因夜晚不方便马上行动，
若白日必立刻前去挑战。
众人在小客栈暂且安身，
等待到奥罗拉展露容颜，
群星辰让位于光辉太阳，
便急忙携兵器跨上马鞍。

87

刚出发便闻听脚步声响，
一声声传到了众人耳旁，
该声音令大家转动双眸，
向山谷之方向举目眺望。
见大约距他们一箭之地，
二十人成一队，全副武装，

沿狭窄一小路快步走来，
或徒步或骑在马背之上；

88

有匹马驮载着一位女子，
看上去女子显老妪模样，
就像是判死刑一个罪犯，
被押送断头或绞索刑场：
尽管是距离远仍可辨认，
女子的容貌和身上衣装。
村镇的女人们立刻认出：
德鲁斯老侍女马背受绑。

89

我说过凶残的塔纳克罗，
捉女主将侍女亦带身旁，
后来这老侍女接受重任，
备剧毒令恶少气断命丧。
因当时她害怕密事将发，
并没有随他人进入教堂；
而离开恶城堡，逃之夭夭，
希望能躲避到安全地方。

90

她逃到奥地利躲避危险，
行踪被马迦诺最终发现，
恶堡主想办法捉获此女：
欲烧死或吊于绞架上面。

邪恶的"贪婪女"[1]十分爱财，

为获得丰厚礼使其[2]受难：

先让一男爵爷收留老妪，

随后又令男爵将其背叛；

91

把老妪牢捆绑，装入箱中，

致使她无气力张口吐言，

押送她一直到康斯坦茨[3]，

然后置马背上，如物一般。

心充满仇恨的城堡主人，

距那片异国土十分遥远，

于是便命人将老妪押回，

以满足恶人的泄愤之愿。

92

就像那维佐峰[4]流出大河[5]，

朝东奔，将注入大海波澜，

兰布罗、提契诺[6]与其合流，

阿达[7]与许多河增其水源，

越向东水越是汹涌澎湃，

鲁杰罗也越听怒越难按；

两勇猛女骑士更是如此，

---

[1] 指贪婪女神。

[2] 指德鲁斯的年迈侍女。

[3] 德国的一座城市。

[4] 阿尔卑斯西段一座山峰，意大利最大的河流波河发源于该山峰。

[5] 指波河。

[6] 波河的两条重要的支流。

[7] 波河的重要支流。

对恶霸胸中燃熊熊怒焰。

93

愤怒令勇女子胸燃烈火，
恶堡主马迦诺罪恶滔天，
尽管他身边有众多卫士，
仍认为应对其严加惩办。
都觉得不能让恶人速死：
轻松死怎能够将债偿还；
最好令他感到万分痛苦，
慢折磨，将其痛不断拖延。

94

但首先应阻止凶手杀人，
还老妪自由身，令其脱险。
于是便松缰绳，驱动战马，
择近路加速度飞奔向前。
押解者从未遇如此冲击，
因而都一个个吓破肝胆；
弃老妪与手中盾牌刀枪，
空着手飞一般四处逃窜。

95

似恶狼叼猎物欲返巢穴，
自以为回家路十分安全，
忽然见有猎人携带犬儿，
截住它行进路，阻其向前，
弃猎物奔进了黑暗丛林，
选树木稠密处飞速逃窜：
冲击者如迅雷不及掩耳，

逃跑者亦疾奔快似闪电。

96

不仅仅弃老妪、长枪、短剑，

还留下一些马及其辔鞍，

许多人从陡峭悬崖跳下，

就好像如此可摆脱危险。

鲁杰罗、勇女子十分高兴，

牵过来三匹马解决困难：

载三女[1]，为己马减轻负重，

昨日驮六个人汗流不断[2]。

97

减轻了负担后快速赶路，

直奔向无情的邪恶客栈[3]。

三骑士都希望携带老妪，

能令她亲眼见女主雪冤。

然而她却担心对己不利，

哭喊着拒绝把城堡回返；

鲁杰罗强将其置于马背，

驱伏龙携带她奔驰向前。

98

最终至一山冈，向下望去，

见房屋一大片展现眼前，

那城镇并未设城墙、护河，

---

[1] 指与鲁杰罗、布拉达曼、玛菲萨同行的那三位女子。

[2] 三匹战马曾驮载六个人，十分吃力，因而汗流不断。

[3] 指那个迫害女人的城堡。

从四面均可以进入其间。
城镇中耸立着一座高岗，
城堡就坐落在高岗之巅。
三骑士凶狠狠冲向城堡，
心明了马迦诺住在里面。

99

城镇的栅栏门站立卫兵，
见三骑冲进镇，关闭栅栏，
亦通知封住了另一出口，
勇骑士再出镇十分困难。
马迦诺携步卒、骑士赶来，
所有人披甲胄，手持枪剑；
他口吐简短的傲慢话语，
把此地恶风俗讲解一番。

100

与胞兄鲁杰罗、布拉达曼，
入镇前早已经计划周全，
玛菲萨不答话驱动战马，
女英雄显示出无比强悍；
她并未挺长枪刺向对手，
也没有拔出那著名宝剑，
只挥拳砸向了头上铁盔，
令恶人头昏厥难坐马鞍。

101

法兰西女英雄[1] 同时冲出，

---

[1]　指布拉达曼。

鲁杰罗亦驱马不肯怠慢，
一连串刺六枪，展示威风：
第一枪将一人腹部刺穿，
随后把两人的胸腔戳透，
又两人颈与头难避枪尖，
第六枪刺出后枪杆折断，
却插入一人背，透至胸前。

102

阿蒙女金枪杆所到之处，
一个个邪恶徒跌倒地面：
就好似天降下霹雳之火，
触及者被劈裂，无人幸免。
众人向城堡或山谷奔逃，
有人入教堂或自家房间，
紧锁门再不敢露出头来，
广场上除死尸活人不见。

103

玛菲萨把昏厥恶徒捆绑，
将其手倒缚于脊背后面，
交到了德鲁斯侍女之手，
令得意老女人牵其向前。
如若是此城镇不肯悔过，
骑士说可令其毁于火焰：
应铲除马迦诺邪恶规矩，
要强令镇中人做出决断。

104

不费力便可以令其屈从，

玛菲萨却不愿过分多言，
她不仅要令人心生恐惧，
而且想使镇中人人命断。
民众恨马迦诺及其规定，
那规定既邪恶又很凶残：
但人都屈从于狠毒恶霸，
我们可从此镇窥豹一斑。

105

统治者与民众没有信任，
相互间均不敢说出意愿；
暴君便流放或杀戮民众，
还剥夺他们的荣誉、财产。
缄默的小民向天国呐喊，
盼上主与众圣报仇雪冤：
如若是复仇火迟迟到来，
更严厉之惩罚必不可免。

106

现如今人群中充满愤怒，
用行动与诅咒报仇雪冤：
俗话道："枝与叶被风吹落，
拾柴的众人都奔向林间。"[1]
马迦诺已成为恶人典范，
作恶者有恶报理所当然。
其罪行受到了严厉惩罚，
大人与孩童均欢笑开颜。

―――――――――――

[1]　这句话具有"墙倒众人推"的含义。

107

妻与妹、母与女被其杀害，
许多人忍怒火，痛彻心田；
奔过去欲亲手取其性命，
因不必再掩饰复仇心愿。
鲁杰罗与两位勇猛女子，
计划令凶残者承受苦难，
要让他慢慢死，痛不欲生，
然而却护其命十分困难。

108

那老妪恨此贼咬牙切齿，
很难见女子有如此仇怨，
三骑士缚恶贼，交予她手，
其捆绑很牢固，挣脱极难；
一农夫将一把尖尖锥子，
交到了牵堡主老妪掌间，
那老妪握锐器，不断扎刺，
使恶徒浑身被鲜血浸染。

109

冰岛使与两位随从侍女，
从未忘因恶徒丢尽颜面，
复仇欲不亚于那位老妪，
岂能够站一边袖手旁观；
虽然是复仇的力量不足，
但也要尽全力发泄一番：
向恶人抛石块、污秽之物，
两侍女用牙咬，用锥戳剜。

110

就好像雨水或冰雪融化，
令山川落激流滚滚不断，
山洪水卷走了山冈树木，
石与土和果实流失不见；
奔流的傲慢水随后变缓，
冲击的力量也逐渐消减，
此时见孺子与妇人涉水，
他们可赤双足踏过水面。

111

从前闻马迦诺恶人名字，
周围的大地都上下抖颤；
现如今有人来折其犄角，
令恶人丧失了所有傲慢；
连孩童都可以拿他取笑，
揪其发，扯其须，羞其颜面。
鲁杰罗、女英雄登上山冈，
策战马朝城堡奔驰向前。

112

控制住城堡却未遇抵抗，
城堡中有器物成千上万，
一部分交受辱女子、骑士，
另一些任意取，令人自便。
他三人又找回那面金盾，
还见到被捉的三王之面：
我好像前文中曾经交代，
战败的三国王未持枪剑。

113

那三王不骑马始终步行，
因曾被阿蒙女挑下马鞍，
陪女使来到此遥远城堡，
却没有披甲胄手持枪剑。
他三人空手来未携兵器，
对女使是祸福我难分辨，
若能够护女使自然很好，
但败阵反而会酿成大难：

114

像对待其他有卫士女子，
押她至暴君的爱子坟前，
杀死后祭献给两位兄弟，
她如此丧性命更加悲惨。
虽然曾暴露出隐秘之处，
但死亡总要比受辱凶残：
若讲清被强迫遭此侮辱，
羞愧感便不会永扰心田。

115

玛菲萨在离开城镇之前，
命城镇之居民发出誓言：
丈夫要把权力交予妻子，
镇中的一切由女子掌管；
谁要是斗胆来反对此事，
受严厉之惩罚必不可免。
总言之，别处的丈夫权力，
此处由妻子们握于掌间。

116

随后又命他们许下诺言：
若有人从远处来到此间，
无论是骑士爷还是步卒，
不以主[1]之名义发出誓言，
或不以其他法郑重起誓，
做女子好朋友，永远不变，
视仇恨女子者为己敌人，
便不可入镇中居于客栈。

117

远来者若意欲即刻娶妻，
或后来有意图迎娶家眷，
他们都应该做女子仆人，
要完全无折扣遵从女愿。
玛菲萨补充说她定返回，
时间在落叶与年终之前，
看一看该誓言是否落实，
是否应令该镇毁于火焰。

118

骑士们未因此即刻离去，
还要把德鲁斯隆重祭奠，
命人将忠烈女抬离污处，
安葬在同墓室丈夫身边。
老侍女用锥子反复戳刺，
马迦诺后背处鲜红一片：

---

[1] 指天主。

他只恨再没有足够力量，
令老妪把残忍惩罚停缓。

119

勇女子见广场有座神庙，
一圆柱挺立在它的旁边，
马迦诺刻规定圆柱之上，
那规定疯狂且十分凶残。
她们便似建立一座丰碑，
挂恶人盾、甲于圆柱上面；
并命人铭刻上新的规定，
此规定任何人不得违反。

120

三骑士耽搁了许久时间，
玛菲萨铭新法圆柱上面，
邪恶的辱女子索命旧法，
已经被新法律彻底推翻。
冰岛的使者与她的侍女，
离三位勇骑士另寻裙衫：
若不能打扮成以往模样，
出现在宫廷中实在丢脸。

121

冰岛使暂留于那座城镇，
她手握马迦诺监管大权。
女使与侍从们难以脱身，
因而便对恶人开始厌烦，
于是便命令他跳下高塔，

他一生从未跳如此之远[1]。
不再说女使者与其他人，
继续讲三骑士赶路向前。

122

他们朝阿尔勒行走一天，
第二日继续行，时近九点，
来到了一岔口，路分两条，
一路通阿尔勒，一通乡间；
两情人再一次紧紧拥抱，
曾多次欲告别，二人心酸。
鲁杰罗最终去阿尔勒城，
女骑士行乡间，此歌唱完。

---

[1] 指跳入到地狱之中了。

第 38 歌

玛菲萨受洗礼皈依基督　草药治努比亚国王双眼
两军约以比武决定胜负　里纳多鲁杰罗下场交战

鲁杰罗回到阿格拉曼的军营，布拉达曼和玛菲萨则去了查理的军营。布拉达曼与玛菲萨受到查理和基督教骑士的热烈欢迎。玛菲萨向查理讲述了自己的身世，并要求皈依基督教。查理为玛菲萨亲自筹办洗礼仪式，并请图品大主教为其洗礼。

阿托夫骑宝马神鹰返回人间，按照圣约翰的指示，寻找到药草，治愈努比亚国王的眼睛。为感激阿托夫，努比亚国王组织了一支人数众多的大军，准备进攻非洲王阿格拉曼的老巢。

老巢危险的消息传到阿格拉曼设在阿尔勒的营寨，引起全军震动。非洲王召集众将议事。马西略认为是少数土匪扰乱非洲老巢，建议阿格拉曼不必担忧，继续与查理交战。索柏林则催促阿格拉曼回军救援。他认为，若阿格拉曼觉得如此回军太丢脸面，便应与查理谈判，约定双方各派一员勇将下场比武，以比武的结果决定战争的胜负。

基督教阵营选定里纳多下场比武，撒拉逊阵营则选定了鲁杰罗。比武开始，鲁杰罗犹豫不决，他不愿意杀死心爱女人的兄长，因而只防御，不进攻；但他更不愿意战败。

1

听我讲故事的尊贵妇人，
你们都表现出心中不安，
因见到鲁杰罗马上离去，
告别了忠诚的可爱婵娟；
你们已充满了痛苦、烦恼，

不愉快似胜过布拉达曼；
于是便评论说爱情之火，
尚未在鲁杰罗胸中点燃。

2

若他似克拉苏、克罗伊斯[1]，
聚敛的财宝与金钱如山，
却远离心爱的美丽女子，
全不顾她心中迫切意愿；
我想法也会与你们相同：
此人心尚未被爱箭射穿；
金与银怎能够买到爱情，
爱可令人心中无限喜欢。

3

但如果为捍卫荣誉离去，
不仅仅该谅解而应颂赞：
在这种情况下若做他选，
羞辱与斥责声铺地盖天；
若女子不通情，十分固执，
执意要将情人挽留身边，
便明显表现出缺少理智，
或并未将情人置于心间。

4

如若是女子对情人生命，
比对她自己命更加爱怜

---

[1] 克罗伊斯是古吕底亚王国国王，克拉苏是古罗马前三头政治时期的重要人物，二人都以善于敛财著称于世。

（我是指真正的热恋情人：
"爱神"箭已射穿他的心田），
就应该很珍重他的荣誉，
置其于自己的快乐之前；
尽管是生命比快乐重要，
但珍贵之荣誉更应居先。

5

义务使鲁杰罗追随其主，
而不应远离开国王身边，
否则他会招来众人羞辱：
无理由弃君主恶名难免。
阿蒙特杀死了他的父亲，
不应该降罪于阿格拉曼；
因为他[1]纠正了前辈错误，
施恩惠已经将债务偿还。

6

阿蒙女也鼓励鲁杰罗君，
尽义务快回到君主身边，
并不想强迫他滞留不归，
其理由我已经讲述多遍。
此次虽难满足爱人心愿，
下一次必定能令她喜欢；
如若是这一次丧失荣誉，
千百年寻机会补偿亦难。

---

[1] 指阿格拉曼。

7

鲁杰罗又返回阿尔勒城，
非洲王率残兵退守其间。
勇少女玛菲萨、布拉达曼，
已成为知心友、挚爱亲眷；
她二人一同去查理军营，
希望助查理王对敌作战，
展示出强大的神武力量，
铲除掉法兰西长期忧患。

8

兵营中阿蒙女被人认出，
引起了众人的兴奋、狂欢：
每个人都向她问候、致意，
少女也频点头，施礼不断。
里纳多闻妹至，立即来见，
理查德又怎肯落在后面，
其他人也纷纷聚拢过来，
都快乐迎接她返回家园。

9

从契丹至日落西班牙地，
玛菲萨创伟业成千上万，
其神武之英名无人不知；
听人说阿蒙女由她陪伴，
兵营中所有人倾巢而出，
从四面赶过来欲见其面；
为目睹这一对杰出女子，
人与人互拥挤，乱作一团。

10

二女子见查理表示敬意，
图品说：玛菲萨跪拜王前，
这是她第一次向人屈膝：
令人敬丕平子无比威严；
她认为应对其万分崇敬，
在众多皇帝与国王之间，
无论是撒拉逊、基督国度，
如此的仁义君十分罕见。

11

查理王接见她非常热情，
出营帐，迎过去，双手扶搀；
随后令玛菲萨入帐就座，
比公侯更靠近自己身边。
闲杂人均离去，各回己处，
少数人留在了大帐里面：
卑贱的兵勇都退出大帐，
近卫士、尊贵者留王身边。

12

玛菲萨声音美，开口说道：
"常胜的大皇帝光辉灿烂，
从炎热非洲至斯基提亚[1]，
从印度一直到大地西边[2]，
你洁白十字架令人崇敬，
无君主比你更正义、明辨；

---

[1] 斯基提亚是古希腊人对北方草原游牧地带的称呼。
[2] 指直布罗陀海峡。据说希腊神话中的大力神在那里立了两根柱子，标示大地边缘。

疆界难限制你英名传播，
它将我从远方引至此间。

13

"说实话，是嫉妒心中作祟，
促使我单骑来向你挑战，
以证明无国王如此强大，
能令我站在他信仰一边。
因此我成为了你的敌人，
让基督信徒血染红荒原，
还做下其他的凶残之事，
现我怀友善心来你帐前。

14

"当我想攻击你军团之时
（以后再慢慢讲我怎盘算），
却发现鲁杰罗——我的父亲，
被我母之兄弟无耻背叛[1]。
我可怜母亲也怀孕而去，
忍痛苦生我于大海彼岸。
一法师养育我直至七岁，
阿拉伯掠我离他的身边。

15

"在波斯卖我于一位国王，
做奴隶长大后弑君脱难：
因他要占有我处女之身，

---

[1]　见第 36 歌 59—63 节。

我令他及侍从气绝命断；
驱散了他那群邪恶子孙，
命注定我夺取他的王冠。
我今年仅仅有十八周岁，
却已夺七王国统治大权。

16

"我说过：嫉妒你威名远传，
心底处曾经有坚定信念，
要压倒你享有显赫声望：
是妄想也或许可以实现。
但如今此愿望已经熄灭，
我疯狂之翅膀折成两段，
已知晓本与你出于同宗[1]，
于是便来此处与你团圆。

17

"父王[2]是你亲属，为你服务，
我也要效命于你的帐前：
曾经对你怀有嫉妒、仇恨，
现在已妒与恨全然不见；
恨只恨特罗扬及其兄弟，
是他们欠血债，罪恶滔天，
杀死了我父亲，迫害我母；
还应恨非洲王阿格拉曼。"

---

[1] 查理是神圣罗马帝国皇帝，被认为是罗马帝国的继承者；罗马诗人维吉尔的《埃
涅阿斯纪》认为特洛伊人埃涅阿斯是罗马人的祖先；而玛菲萨和鲁杰罗被认为是特
洛伊王子赫克特的后裔，因而此处说"本与你出于同宗"。
[2] 指鲁杰罗和玛菲萨的亲生父亲鲁杰罗二世。

18

随后说她愿意皈依基督，

先铲除非洲王阿格拉曼，

再东去令自己王国受洗，

使我王查理帝心中喜欢；

然后再持枪剑征服世界，

驰骋于穆斯林异教地面；

并许诺将夺得所有土地，

向基督之帝国[1]真诚奉献。

19

大皇帝勇无敌、智慧超人，

口才亦十分好，能言善辩，

他夸奖玛菲萨杰出女子，

并且把其父与家族称赞；

与少女玛菲萨亲切交流，

并对其敞心扉，无话不谈；

最后说接受她作为亲戚，

对她像亲女儿那样喜欢。

20

说到此，站起身，再次拥抱，

吻其额，好似对女儿一般。

高贵的克莱蒙、蒙格拉纳[2]，

众成员走向前面带笑颜。

里纳多曾围困阿布拉卡[3]，

---

[1]　指查理统治下的神圣罗马帝国。

[2]　见第 36 歌 75 节。

[3]　见第 1 歌 75 节。

他多次见此女表现非凡；
简言之其心中充满崇敬，
很高兴与英雄少女重见。

21

年轻的圭多内快乐无比，
见到她心中亦非常喜欢；
阿奎兰、格里风也围拢来：
与少女在凶城同遇风险[1]；
马刚萨之家族十分邪恶，
曾经把基督徒无耻背叛，
马拉基、维维诺、理查德君，
在诛杀叛徒时有她陪伴[2]。

22

第二日要举行隆重典礼，
大皇帝查理王亲自筹办，
为少女玛菲萨洗礼入教，
选择了一场所，精心装点。
附近的大主教、显要神父，
一个个极精通教义经典，
受王命全聚于洗礼之处，
向少女欲传授圣教规范。

23

大主教图品[3] 穿司祭礼服，

[1] 指杀人的女子城。见第 19 歌 54 节。
[2] 见第 26 歌 8 节。
[3] 见第 13 歌 40 节。

为少女洗礼于华丽圣殿；
查理王认真遵宗教礼仪：
从圣池[1]扶少女起身立站。
已到了救伯爵[2]关键时刻，
应该把其理智如数奉还，
阿托夫公爵乘厄里亚车[3]，
携理智从天国返回人间。

24

阿托夫从月球乘车而下，
来到了人间的高山之巅[4]，
携带着那一支细颈圆瓶，
战争神[5]之理智装在里面。
圣约翰教公爵[6]识别仙草：
奇功效之仙草长于人间；
他希望阿托夫返回尘世，
用该草治愈那国王[7]双眼。

25

王获得阿托夫巨大帮助，
必愿助他攻取敌国家园。
不识兵[8]努比亚需要武装，

---

[1]　指洗礼用的圣水池。
[2]　指罗兰。
[3]　见第 34 歌 68 节。
[4]　指人间乐园的山顶。
[5]　指罗兰。
[6]　指阿托夫。
[7]　指瞎眼的努比亚国王。见第 33 歌 102 节。
[8]　不懂军事。

应训练其民众舞枪弄剑;
再穿越危险的荒寂大漠:
耀眼沙能晃瞎众人双眼;
老使徒对公爵谆谆教诲,
阿托夫一件件牢记心间。

26

随后令公爵爷乘上飞马:
鲁杰罗、阿特兰曾跨其鞍。
近卫士离开了圣洁之地[1],
告别了圣使徒福音约翰;
乘鹰马沿尼罗向前飞行,
努比亚已映入他的眼帘;
入京城随后便降下祥云,
又来到塞纳颇国王面前。

27

公爵爷给王国带来快乐,
令国王塞纳颇万分喜欢;
那瞎子仍记得人鸟之害,
是公爵解除了他的灾难;
这一次又使他摆脱黑暗,
使双目再重新见到光线。
努比亚国之主恢复视觉,
视公爵如至上天神一般。

---

[1] 指人间乐园。

28

并不须公爵爷向他请求，
他主动要发兵助其征战：
十万人去讨伐比塞大城[1]，
还自愿亲出征做出贡献。
他的人全立于旷野之中，
广阔的土地上兵卒挤满；
努比亚是一个缺马之国，
大象与骆驼却成千上万。

29

努比亚军队已整装待发，
在大军出发的前天夜晚，
近卫士跨上了宝马神鹰，
踏上路，朝南方飞奔向前，
当赶到高山[2]时刮起南风，
那风儿从南方吹向北面。
见到了一深穴，洞口窄小，
风生于洞口处，狂吹不断。

30

他遵照圣约翰谆谆教诲，
把一个空皮囊携带身边，
它能够征服那狂野南风，
令南风沉睡于黑山洞间，
可堵住出风口使其沉寂，
设圈套令无知南风就范：

---

[1]　非洲王阿格拉曼的老巢。
[2]　指通向人间乐园的高山。

天明时风以为吹出山洞，
却不知已被锁皮囊里面。

31

近卫士很满意重大缴获，
又返回努比亚等待亮天，
天明时随黑人[1]一同上路，
辎重队亦跟在大军后面。
奔向了群山首阿特拉斯[2]，
十万军浩荡荡迤逦向前，
进入了细沙的大漠之中，
却不必担心那狂风作乱。

32

翻越了高山梁，到达北坡，
平原与大海便展现眼前。
阿托夫挑选出最佳士卒，
组成了精锐军，纪律森严；
山脚下与平原连接之处，
命他们东与西四处分散。
随后又重登上一座山岗，
神贯注，深沉思，祈祷苍天。

33

屈双膝，跪在地，面朝天空，
对他的圣导师[3]祷告一番；

---

[1] 指努比亚人。
[2] 阿特拉斯是非洲北部最重要的山脉。
[3] 指圣约翰。

他深信导师能听到祈祷，

可令石从天上降落地面。

噢，对信奉基督者此事合理！

天降石，然而却违反自然；

但曾见石上升随后落下，

变成了腹与腿脖颈与脸[1]。

34

但此时却闻听马嘶之声，

一群马沿小路奔下山巅，

来到了平原处，摇头摆尾，

有栗色，有灰色，还有花斑。

众兵卒等待在山谷之中，

均迅速伸出手勒马停站，

不多时便全都跨上马背：

因马儿生来便装有辔鞍。

35

将八万步兵卒变成骑士，

阿托夫显神威只用一天。

率他们席卷了阿非利加[2]，

掠与烧且捉获俘虏万千。

菲尔斯、阿佳泽、布兰扎朵[3]，

三国主受王[4] 命守卫家园，

---

[1] 奥维德在《变形记》中讲，希腊神话中的普罗米修斯之子杜卡里翁与其妻匹娜曾变石头为人，重新使人类遍布大地。

[2] 指北非。

[3] 菲尔斯和阿佳泽是非洲王的两个附属国的国名，布兰扎朵是非洲王附属国卜吉亚的国王。

[4] 指非洲王阿格拉曼。

要顽强抵抗住英伦公爵[1]，
一直到非洲王回师救援。

36

先命令一轻舟鼓起风帆，
展羽翼[2]，摇动桨，飞速求援，
把消息传递给阿格拉曼：
努比亚将非洲蹂躏，踏践。
那轻舟日与夜急速行驶，
赶到了阿尔勒，不敢怠慢；
见国王[3]坚守着阿尔勒城，
查理军距城池咫尺之远。

37

为夺取丕平国离开家乡，
现如今却闻报本国遇险，
非洲王急召集各路统帅，
共商讨以何法应对灾难。
马西略、索柏林两位国王，
比他人更年长，智慧不凡，
非洲王转双眸仔细思索，
随后便对二王开口吐言：

38

"尽管是我懂得三思而行，
一统帅未思考不该开言，

---

[1] 指阿托夫，他是英格兰的公爵。
[2] 比喻：展开风帆，快速前进。
[3] 指非洲王阿格拉曼。

但是我还要说：灾难已至，
任何人都对此难以预判；
此失误虽然有各种原因，
这却是命注定，绝非偶然；
我不该让非洲防守薄弱，
努比亚竟然能将其侵犯。

39

"除真主谁能够想到此事：
未来事真主可宗宗预见；
竟然会有如此众多人马，
越高山给我国带去灾难；
他们与我国间有片流沙，
每时刻风卷动，沙飞满天；
然而竟能洗劫阿非利加，
围困住比塞大我的家园。

40

"我现在就此事征求意见：
是否该离此地，空手回还，
还是应继续这未竟事业，
捉查理做俘虏再返家园；
或者说既应救我们宝座，
同时也应砸烂皇帝[1]王冠。
为按照最佳的选择行事，
请心中明白者知无不言。"

---

[1]　指神圣罗马帝国皇帝查理。

41

非洲王身边坐西班牙主[1]，
于是便把目光转向那边，
他好像心中说：关于此事，
现轮到马西略发表意见。
马西略站起身略屈双膝，
微低头，示敬于阿格拉曼，
随后又坐在了尊贵宝座，
张开口吐出了如下之言：

42

"陛下呀，'传闻女'[2]不分辨消息好坏，
总是要尽全力夸张一番。
因而我从不会垂头丧气，
也不会表现出过分傲慢，
因形势好与坏全靠运气；
我希望坏消息全是讹传，
闻喜讯，我担心被人夸大，
从不信所传的无根之言。

43

"对'传闻'我从来不会相信，
因为她总是把真相翻转。
如若是'传闻女'认为真实，
真见到远方王[3]前来侵犯，
欲踏上善战的非洲我土，

---

[1] 指马西略。
[2] 指传闻女神。
[3] 指努比亚国王。

带来了入侵者成千上万，
他便似波斯王冈比西斯，
越沙漠定断送他的军团[1]。

44

"我认为是一些游牧部落，
为抢掠与破坏走下高山，
对那些抵抗力薄弱地区，
实施了杀与掠、蹂躏、踏践；
非洲的监国者布兰扎朵，
受命应维护好各地安全，
他可能为夸大自己本领，
十贼寇被说成千千万万。

45

"即便我承认是努比亚人，
难道说他们都来自上天？
难道说十万人藏于云朵？
长途行怎么能未被发现？
难道说你担心若不援救，
恶徒们会洗劫你的家园？
若惧怕那一群无脑愚民，
你留守之军团太无肝胆。

46

"即便你想派出几艘战船，

---

[1] 据说，波斯王冈比西斯欲夺取埃及主神阿蒙的圣庙，派军队穿越利比亚沙漠，遇沙暴，全军覆灭。

为了让乌合众见你旗帆[1]，
也难以解缆绳及时起锚，
恶徒早先逃回他们地面。
努比亚或者是游牧愚民，
看见你越过海远离家园，
和我们聚一处创建伟业，
才敢来骚扰你破坏圣战。

47

"你应该抓时机报仇雪恨，
趁查理勇外甥[2]不在身边：
敌军因无罗兰缺少战力，
任何人难阻你勇往直前。
若我们不明智或者懈怠，
任辉煌之胜利转瞬不见，
只能望其背影唉声叹气，
我们的恶名会遗臭万年。"

48

马西略吐出了巧妙话语，
欲说服非洲王阿格拉曼，
建议其未铲除查理之前，
勿撤离法兰西占领地面。
聪明的索柏林一眼看破，
马西略藏私于言语之间，
如此说是为他自己利益，
因而便不再愿沉默不言：

---

[1] 让那些恶徒见到你的旌旗和船帆，心生畏惧而逃离。
[2] 指罗兰。

49

"陛下呀，曾劝你维护和平，

你却说我没有卓识远见；

当初你不应听罗多蒙话，

而应信索柏林忠诚之言；

亦不该相信那阿兹多[1]语，

事实已证实了我的判断；

现如今我愿与他们对质，

最希望罗多蒙立我面前，

50

"想当面质问他为何轻敌，

视强敌法兰西玻璃一般；

他曾说追随你上天入地，

而不是把其主抛弃一边，

需要时他却只挠挠肚皮，

竟无耻离战场，自寻悠闲；

我当时说实话被视胆怯，

现如今却仍然在你面前；

51

"我虽然年事高，但不胆小，

为了你我时刻甘冒风险，

敢迎战法兰西任何勇士，

一直到生命熄，离弃人间。

无一人敢狂妄说我卑劣，

指责我战场上懦弱无胆；

---

[1]　已战死。见第 12 歌 75 节。

许多人之功绩远不如我,
却比我更善于自夸自赞。

52

"如此说是为了对你表明,
我要把当时话再说一遍,
这些话不出自卑劣之心,
而出自真爱与忠诚信念。
我劝你尽全力快速返回,
回到你父兄的美丽家园;
若只顾抢他人自家遭劫,
只能说太缺少理智判断。

53

"你知道,三十二非洲国王,
追随你,登战船,离开港湾,
现在仅剩下了三分之一,
其他人均死于战场枪剑。
若没有死更多,应谢真主!
如果你仍固执继续交战,
不久后恐只剩五分之一,
你国民也将有灭种危险。

54

"勇罗兰不在此对我有利,
否则会全军灭,无人幸免。
不因此我们可高枕无忧,
这只能助我们拖延时间。
里纳多勇猛且身经百战,
他不比勇罗兰逊色半点;

其家族、近卫士全部在此，
他们是撒拉逊永久梦魇。

55

"第二位玛尔斯[1] 也在此处，
他立于近卫士猛将身边，
我是说布兰迪武艺高强，
他也与勇罗兰同样彪悍；
其神武我曾经亲身领教，
亦听说或看见他的表现。
多日来那罗兰不在营中，
我们仍失败多，胜利少见。

56

"若过去我们曾节节败退，
从此后我们会越败越惨。
蛮力卡弃我们离开人世，
赛里斯国王[2] 亦撤掉增援；
关键时玛菲萨不辞而别，
撒扎国勇士[3] 也如此表现：
如若他[4] 对你能十分忠诚，
何必约前二人[5] 来此助战。

---

[1] 玛尔斯是罗马神话中的战神，这里指的是勇猛的布兰迪。显然，索柏林还不知道
  布兰迪已经被罗多蒙俘虏。
[2] 指格拉达索。
[3] 指罗多蒙。
[4] 指罗多蒙。
[5] 指蛮力卡和格拉达索。

57

"现如今已没有这些壮士,
我军的阵亡者成千上万,
能来的都已经来到此地,
休要等再有船运来兵援;
查理却新获得四员战将,
他们与猛罗兰同等强悍;
可以说此处至巴特里亚[1],
这样的勇骑士再难寻见。

58

"圭多内、单索内、奥家二子[2],
你可晓他四人何等彪悍?
其威名皆令人闻而生惧,
天下的勇士都难以比肩;
日耳曼或其他异国他乡,
也派军把查理皇帝增援:
新来了千百万有生力量,
战场上令我军抵抗艰难。

59

"只要你再出战一定溃败,
战几次败几次那是必然。
想当初我们是十六战八,
还经常败下阵,非常悲惨,
意大利、日耳曼、法兰西军、
英格兰、苏格兰拧成一团,

---

[1] 古代波斯北部的一个省。此处指从西方到东方的广阔地域。

[2] 指奥利维的两个儿子,即格里风和阿奎兰。

现如今六人战十二对手，
除失败还可能有何期盼？

60

"如果你固执要在此开战，
必同时兵马灭王国被占；
若改变你计划，退兵非洲，
余下的兵勇可保卫家园。
如抛弃马西略会被人骂，
受指责无情意非你所愿；
还可以与查理停战议和：
你喜欢他也会心甘情愿。

61

"倘若你对此战极端重视，
它源于你心中复仇怒焰；
双方已鏖战至今日地步，
如停战你觉得难挽颜面；
至少你应探索如何取胜：
依我看或许能奏凯而旋；
你应该去请教鲁杰罗君，
询问他可否把形势逆转。

62

"你与我都知道鲁杰罗勇，
罗兰与里纳多无他善战，
基督徒其他人更不敌他，
一对一顶数他神武彪悍。
但如果你希望两军混战，
尽管他武艺高，勇猛非凡，

也只是一个人，难以分身，
我军在混战中取胜极难。

63

"我觉得你应该派一使者，
去说服基督王结束血战，
你停止令其军血流成河，
他免除你兵卒死亡灾难；
你请他派一名最勇武士，
与你的勇武士角斗一番；
让二人来决定战争胜负：
一人胜，另一人卧于地面。

64

"立条约先做出必要规定：
败方向胜利方进贡纳捐。
其条件尽管对我方有利，
我认为查理王也会喜欢。
应相信鲁杰罗有力臂膀，
他定会赢对手奏凯而旋；
即便是遇到了可怕战神，
我方摘胜利果理所当然。"

65

善言的索柏林苦口婆心，
其建议占上风令王喜欢；
当天便选定了几位使者，
派他们前去与查理谈判。
查理王帐下有无数勇将，
便认为必取胜，无可争辩；

里纳多领受了角斗任务，
王相信除伯爵[1]他最彪悍。

66

对协议双方都十分满意，
两军营均高兴庆祝一番；
所有人身心已万分疲惫，
继续斗没有人心甘情愿。
每个人都希望好好休息，
后半生无人想随军征战；
你指责，他咒骂，愤怒、疯狂，
是它们使众心争斗不断。

67

可看出里纳多十分高兴，
查理帝把重任压在他肩，
信任他远超过其他众人，
此伟业令勇士心中喜欢。
鲁杰罗不认为对手英勇，
可抵御他手中锐利枪剑；
曾杀死蛮力卡——鞑靼猛士，
还有谁能比他更加强悍。

68

异教营鲁杰罗荣耀显赫，
非洲王自然会把他挑选，
在最佳骑士中出类拔萃，

---

[1] 指罗兰。

将重任置其肩理所当然；
但骑士脸上却流露悲伤，
并非是恐惧感扰其心田，
他不怕两兄弟[1]一同来战，
更何况里纳多单枪独剑。

69

因为他深爱恋里纳多妹，
已与其约定了忠诚姻缘；
心爱女每日写书信敦促，
并怨恨他心中优柔寡断。
现又要比武场杀其兄长，
旧恨上怎可添新的怒怨？
如若令心爱人胸凝仇恨，
再平复可要比登天还难。

70

如果说鲁杰罗痛苦无语，
勉强把此重任置于己肩，
爱妻则一听到角斗消息，
似断肠，痛哭泣，泪如雨般。
她击打美胸脯，撕乱金发，
指抓破挂泪的秀丽颜面；
怨只怨鲁杰罗无情无义，
恨只恨自己的命运悲惨。

---

[1]　指基督教最勇猛的骑士罗兰和里纳多，他二人是表兄弟。

71

无论是角斗的结局如何，
痛与苦降其身无法避免。
不愿想鲁杰罗死于战场，
想到此她就觉心被刀剜。
若兄长角斗时不幸被杀，
基督的法兰西亦遭劫难，
她必将也难免剧烈痛苦，
少女的命运会更加悲惨：

72

将受到亲友们严厉指责，
与所有基督徒结下仇怨，
再无法回到她夫君身旁，
尽管是人人知她有此愿。
她多次曾计划携夫返家，
因难以再忍受思念熬煎；
二人早相互间郑重许诺，
怎可以因后悔不再爱恋。

73

逆境中常见的那位女子，
对少女却给予及时支援，
我是说梅丽萨善良法师，
她不忍闻少女痛苦呐喊；
这一次又前来把她安慰，
说必定有救助来自上天：
天冲散这一场痛苦角斗，
她何必为此事哭泣不断。

74

里纳多、鲁杰罗卓越骑士，

正准备甲与胄，欲开激战；

圣罗马帝国的最佳勇士，

优先选角斗法理所当然[1]。

丢失了巴亚多宝马良驹[2]，

角斗时里纳多难跨马鞍，

这一次他仍要徒步入场：

持战斧，把匕首别在腰间。

75

明智的马拉基极具远见，

他提醒里纳多切莫用剑，

因了解嗜血的巴利萨达[3]，

能劈透所有的坚硬甲片；

角斗的两勇士最后商定，

比武时把宝剑放在一边。

角斗场确定在城墙脚下，

可施展武艺的广阔平原。

76

奥罗拉又离开提托诺斯[4]，

从住所刚探出光彩笑脸，

所定的角斗日已经到来，

---

[1] 撒拉逊一方是这次角斗的挑战者，按照中世纪欧洲骑士的规矩，理所当然地应该
把选择使用何种武器进行角斗的权利让给基督教一方的代表里纳多。

[2] 里纳多的宝马巴亚多已丢失多时，落在了异教骑士格拉达索手中。见第 33 歌
88 节。

[3] 鲁杰罗的宝剑。

[4] 见第 11 歌 32 节。

将开始激烈的战斗一天。
从两面走来了双方证人，
各自都拉来了帐篷、栅栏，
支帐篷，建栅栏，忙碌不停，
帐篷间立起了明誓祭坛。

77

不久后见异教兵勇列队，
一排排威武且整齐立站。
中间见非洲王全副武装，
其王者之气度高贵不凡；
他胯下栗色马披黑鬃毛，
白额头，两前蹄新雪一般，
鲁杰罗与国王并肩而来，
马西略侍左右，毫无傲慢。

78

鲁杰罗战胜了鞑靼国王[1]，
夺得了他那顶护头宝冠，
特洛伊赫克特带过此胄，
伟大的史诗[2]曾将其颂赞；
马西略手捧着高贵护盔，
其他的众显贵站立旁边，
有人为鲁杰罗敬捧铠甲：
饰珠宝之铠甲金光闪闪。

---

[1] 指蛮力卡。
[2] 指荷马史诗《伊利亚特》。

79

查理王率兵勇从另一面，
走出了高大的防卫栅栏，
与平常交战时并无区别，
队列整，步伐齐，秩序井然。
在众人簇拥下里纳多君，
与查理罗马帝并肩向前；
他身上披铠甲未戴头盔，
近卫士武杰罗为其捧冠。

80

纳莫公[1]、不列颠高贵国王[2]，
分别把两战斧捧于怀间。
这一端查理集基督兵将，
非洲与西班牙聚于那端。
战场上已不见一个人影，
空荡荡好一片广阔空间，
双方都发公告严禁进入，
除二勇，进入者死罪难免。

81

异教徒勇骑士鲁杰罗君，
对兵器有权利做出二选[3]，
选择后，两军都派出祭司，
二祭司手捧书来到阵前：

---

[1] 见第 8 歌 73 节。
[2] 指英格兰国王奥托，他是阿托夫的父亲。
[3] 里纳多做了第一次选择，他选择了用战斧比武；鲁杰罗便有权利做第二次选择，
即在两把战斧中先选择一把。

我祭司书中记基督生平，
《古兰经》在异教祭司手间；
查理帝携基督祭司而来，
异教的祭司随阿格拉曼。

82

查理帝来到了祭坛前面，
高举起两只手双掌朝天，
祈祷道："天主啊，你赴死不惧痛苦，
为救赎我们的灵魂升天；
圣母啊，主由你道成人身，
你光辉之美德令人赞叹：
在尘世孕育主足足九月，
却保持处女身丝毫未变。

83

"若今日我勇士败于对方，
你们可见证我所许诺言：
我立刻便停止这场战争，
并发誓与对方永不开战；
每年贡两万磅纯正黄金，
臣服于非洲王阿格拉曼；
我子孙亦臣服他的后裔，
法兰西可接受他们调遣。

84

"若食言你们可对我动怒，
致使我焚毁于可怖怒焰，
天之怒只毁灭我与子孙，
而不要把他人投入灾难；

以便能顷刻间令人明白，
祸来自对你们不守诺言。"
说话间查理帝手扶《福音》，
抬起头，两只眼瞩目苍天。

85

随后又将目光转向他处，
注视着庄严的异教祭坛；
那一天鲁杰罗若是战败，
非洲王也发出狠毒誓言：
他率军越过海，返回非洲，
向查理亦纳贡黄金万千；
按查理之意图订立条约，
永不与基督徒重新开战。

86

同样也说一番高贵话语，
呼伟大穆圣人[1]见证表现，
手按着大祭司手捧之书，
对所说之话语许下诺言；
许诺后两国王大步离去，
回归到各自的队伍里面。
紧接着二骑士入场宣誓，
对众人也发出铮铮誓言。

87

鲁杰罗宣誓说：角斗之时，

---

[1]　指穆罕默德，伊斯兰教徒称其为"穆圣"。

若国王派人来干扰激战，
便不再继续做他的骑士，
而要向查理王把身奉献。
里纳多亦发誓：战场之上，
在没有分辨出胜负之前，
若查理命令他退出战场，
他便去效忠于阿格拉曼。

88

战前的宣誓礼已经结束，
二人都返回到自己队间；
返回后并没有拖延许久，
开战的号声便震荡云天。
闻号声两勇士迎面而来，
调整着行进步，谨慎向前。
随后便开始了激烈争斗，
大铁斧上下舞，撞击不断。

89

或刃劈，或背砸，左右腾挪，
或扫腿，或砍头，上下翻转，
双方的武艺精，十分灵巧，
想描述此妙战实在困难。
少女已早俘获鲁杰罗魂，
鲁杰罗却与其兄长开战，
不得不极谨慎，怕伤对手，
便没了以往的那种彪悍。

90

更注重防对手，少有进攻，

他自己也不知应该咋办：
杀对手里纳多他不愿意，
被对手取性命亦不心甘。
我觉得应暂且推迟讲述，
已到了此歌的结束时间。
如若您愿知晓故事结局，
邀请您继续听下歌诗篇。

第 39 歌

女法师易容术扰乱角斗　　比塞大被围困形势危险
阿托夫助罗兰恢复理智　　两舰队巧相遇展开激战

比武场上鲁杰罗步步退让，里纳多紧逼不放。女法师梅丽萨施易容术，变成罗多蒙模样，来到阿格拉曼面前，指责他不该派一位文弱少年与勇猛的里纳多比武，而应让他上场。罗多蒙的到来鼓舞了阿格拉曼，他不顾一切地撕毁协议，率兵冲入比武场助战。两军混战。基督徒十分勇猛，尤其是玛菲萨和布拉达曼，杀得敌军溃败而逃。索柏林和马西略弃非洲王逃入城中，阿格拉曼独木难支，也溃败回城。

非洲的留守王布兰扎朵拼凑起一只由老人、少年和妇女组成的军队守卫比塞大。刚一出城迎战阿托夫率领的努比亚军队，就溃不成军。布兰扎朵逃回城中，大部分乌合之众死于城外的战场。阿托夫接受布兰扎朵的建议，用俘获的非洲国王卜齐法换回许久前被罗多蒙俘虏并关押在比塞大的近卫士杜多内。

阿托夫施魔法，变枝叶为战船，组成舰队，命杜多内统帅舰队去解放被异教徒占领的普罗旺斯。一只异教小船押送布兰迪、奥利维、单索内等基督徒俘虏来到比塞大海边，被基督徒军队捕获，众俘虏获释。正在大家备战之时，听到惊人的巨响，阿托夫等基督教骑士赶过去，看见疯狂的罗兰正在用大棒杀人。众人用绳索绊倒伯爵，将其压住，阿托夫取来盛有罗兰理智的大瓶，帮助他恢复了理智。

非洲王阿格拉曼率军起锚，返回非洲。他知道有敌军围攻比塞大，不敢在那里靠岸，便试图在距该城较远的岸边登陆，却巧遇杜多内的舰队，两军展开激战，异教军队大败。

1

鲁杰罗不知道如何行事，
此局面最令他焦虑不安，
身痛苦，灵魂更倍受折磨，
两死中必选一，难做决断：
若敌强，定死于里纳多手，
若己强，必亡于布拉达曼；
杀其兄会引起少女仇恨，
比死亡更令他心寒胆战。

2

里纳多却一心夺取胜利，
他心中并没有任何杂念：
舞动着手中斧凶狠攻击，
猛劈向对手头或者臂肩。
灵巧的鲁杰罗左右腾挪，
忽而这（儿），忽而那（儿），遮挡避闪；
若攻击也必定反复思量，
里纳多要害处绝不劈砍。

3

异教徒阵营中各位老爷，
都觉得此争斗太不一般：
看上去鲁杰罗极其懒散，
年轻的里纳多却很彪悍。
非洲王面部现慌乱神色，
观角斗时不时口吐哀叹：
他指责索柏林不该提议：
其建议令非洲败在眼前。

4

梅丽萨是一位精明法师，
此时刻她要把魔法施展，
改变了自己的女子模样，
展现出撒扎国勇士容颜：
就好像罗多蒙一举一动，
身上的龙皮甲无锐可穿[1]；
手中盾、腰间剑与其相同，
和异教之国王不差半点。

5

将魔鬼变成了一匹战马，
骑它至特罗扬儿子面前；
紧锁眉，面带怒，高声吼道：
"大王啊，这比武太不体面，
与著名强悍的高卢人[2] 斗，
此稚嫩年轻人[3] 实在危险，
立条约关系到非洲荣誉，
你怎么选择他下场挑战？

6

"此格斗不应该继续下去，
否则会令我们结局悲惨。
重任落罗多蒙我的肩上，
并不算毁协议破坏誓言。
从此后您的剑更加锋利：

---

[1] 罗多蒙身上穿的是龙皮甲。见第 14 歌 118 节。
[2] 指里纳多。
[3] 指鲁杰罗。

我一人便可胜敌人万千。"
这番话鼓舞了阿格拉曼，
王立刻不犹豫策马向前。

7

他以为罗多蒙返回军营，
可不再把协约放在心间；
此一人能胜过千军万马，
有其助王心中不再慌乱。
双方的观战者同时行动，
众骑士冲入阵，挺直枪杆。
见点燃两军的厮杀怒火，
假扮的罗多蒙顷刻不见。

8

两勇士见角斗受人干扰，
诺言与协议被撕成碎片，
二人便停止了相互厮杀，
谅解了对手的凌辱恶言，
并决定如若不调查清楚，
哪一方毁协议行动在先，
是查理还是那阿格拉曼，
鲁杰罗、里纳多绝不参战。

9

失信者是二人共同仇敌，
他们又发出了新的誓言。
或进攻或转身逃之夭夭，
两军的兵与将混战一团。
在这场恶战中可以见到，

有的人极卑劣，有人勇敢：
所有人都同样快速跑动，
这群人奔逃走，那群追赶。

10

卑劣的胆小者如同野兔，
一心要奔逃去，疾驰兜圈，
在猎犬驱赶下难以归队，
被捉后它胸中燃烧怒焰，
因痛苦和伤心万分绝望，
尖叫着，挣扎着，蹬踹不断。
那一日玛菲萨与其嫂嫂[1]，
终于可显神威展示傲慢。

11

见眼前如此多诱人猎物，
奔跑在这一片广阔平原；
先前受双方的条约限制，
二女子不可能随意追赶；
为此事她们曾十分懊恼，
发出了许多的无益哀叹。
现在见休战的协约被毁，
便冲入非洲群尽情撒欢。

12

玛菲萨将枪尖插入敌胸，
敌后背露出来两臂枪杆；

---

[1] 指布拉达曼，她是玛菲萨未来的嫂子。

随后又拔出了锋利宝剑，
裂三盔似破冰，只在瞬间。
亦同样显神通布拉达曼，
金枪杆威力大，不同一般：
所到处必令敌倒地不起，
双倍敌倒地却无人命断。

13

她二人肩并肩横冲直闯，
相互间可见证胆气、彪悍；
之后又分离开随意冲杀，
向摩尔众兵勇喷射怒焰。
谁能够数清楚金枪击倒，
多少个异教的勇猛凶汉？
有多少敌兵勇头颅落地，
惨死于玛菲萨锋利宝剑？

14

就好像和缓风吹来之时，
亚平宁[1] 显露出绿草背肩，
浑浊的两湍流同步滚淌，
坠落时却各自流动向前；
卷走了岸边的岩石、树木，
送五谷、土壤入深谷之间；
行路者[2] 可带来巨大灾难，
二湍流便如此竞相比肩。

---

[1] 指纵贯意大利半岛的亚平宁山脉。
[2] 指滚滚向前的河水。

15

伟大的女骑士亦如两川，

沿不同之道路冲刷田园，

在非洲兵勇中大肆杀戮，

一人用神金枪，一人用剑。

非洲王止逃窜费尽气力，

勉强聚兵勇于旌旗下面。

转头问罗多蒙去往何处，

无人知，再问也徒劳枉然。

16

他用力高声喊安慰自己，

呼唤着诸天神，表情庄严，

请他们来现场做个见证，

随后便突然间策马逃窜。

索柏林并没有看见此景，

他早已撤回到城池里面。

发伪誓必然遭严厉报复，

厄运正等待着阿格拉曼。

17

马西略亦逃回阿尔勒城：

他心中充满了信仰慌乱[1]。

非洲王难阻挡敌军攻击，

查理帝率兵勇冲锋向前，

意大利、日耳曼、英格兰军，

士卒都强悍且十分勇敢；

---

[1] 由于对信仰产生怀疑，从而心中十分慌乱。

近卫士混杂在他们之中，
似珠宝点缀在绣品上面。

18

还有些人世间完美骑士，
并肩与近卫士奋勇作战，
奥利维俩儿子声震寰宇
英勇的圭多内熊心虎胆。
两少女之勇猛前文已说，
我这里就不必再次赘言。
诸英雄勇杀戮撒拉逊人，
死伤者又何止成千上万。

19

我现在想搁放这场杀戮，
欲越海高扬起舟船风帆。
怎能够只赞美法兰西人，
而忘记阿托夫神奇好汉。
曾说过他获得圣徒恩赐，
也似乎讲述过非洲开战：
非洲国留守王布兰扎朵，
为抗敌武装了所有人员。

20

短时可召集的非洲兵勇，
全已经集聚在战旗下面，
青壮年与老幼皆不例外，
甚至还有妇女成千上万：
非洲王一心想报仇雪恨，

曾两次征男丁欧洲作战[1]，
剩下的非洲人已经不多，
组成了胆怯的老弱军团[2]。

21

在远处刚刚见敌人出现，
便纷纷逃性命，四处乱窜。
阿托夫率领着善战兵勇，
似驱羊把他们紧紧追赶：
乌合众大部分挤满战场，
仅仅有少数人逃进城垣。
勇猛的卜齐法[3]成为俘虏，
监国王[4]躲入了城池里面，

22

并不怕全军被敌人歼灭，
只为失卜齐法心中痛酸：
要防守比塞大这座大城，
没有他[5]拒敌寇十分困难；
赎回他却需付巨大代价，
想到此王[6]痛苦心如箭穿。
近卫士杜多内[7]囚禁在此，

---

[1] 从非洲发兵时征过一次兵，退守阿尔勒时又征过一次兵。见第 32 歌 4 节。
[2] 指由老弱病残组成的兵团。
[3] 卜齐法是与布兰扎朵一起留守非洲的阿佳泽人的国王。
[4] 指布兰扎朵。
[5] 指卜齐法。
[6] 指留守王布兰扎朵。
[7] 见第 6 歌 41 节。

王[1]记得怎虐俘数月之前：

23

撒扎王[2]第一次侵入法国，
擒他于摩纳哥波浪海岸，
从那时杜多内——丹麦后裔，
便被囚监牢中，直至今天[3]；
可用他换回来阿佳泽王[4]，
于是派一使者前去谈判。
已探知阿托夫英格兰人，
统帅着努比亚庞大军团；

24

若一位近卫士[5]获得释放，
留守王[6]知公爵[7]必然喜欢。
善良的阿托夫听说此事，
接受了留守王交换条件。
获释的杜多内感谢公爵，
与公爵共谋划如何作战：
战争的诸事宜安排妥当，
从陆地一直到波涛海面。

---

[1] 指留守王布兰扎朵。

[2] 撒扎王指罗多蒙。

[3] 据博亚尔多在《热恋的罗兰》中讲，撒扎王罗多蒙第一次入侵法兰西时，在摩纳哥海边捉获近卫士杜多内。

[4] 指卜齐法。

[5] 指杜多内。

[6] 指布兰扎朵。

[7] 指阿托夫。

25

阿托夫麾下有士卒无数，

非洲军欲抵抗十分困难；

但想起老圣徒谆谆嘱咐，

他还有其他的重任在肩，

需奋力再夺回普罗旺斯：

现如今撒拉逊将其侵占。

公爵爷再一次精选士卒，

组成的新军团适应海战。

26

众兵勇双手中抓满枝叶，

有月桂、有雪松、棕榈、橄榄，

每个人都努力尽量多拿，

来到了大海边，抛向水面。

噢，天喜爱之灵魂[1] 你真幸福！

对人类主少赐如此恩典！

噢，那枝叶一入水奇迹诞生，

真叫人不得不望海惊叹！

27

水中的枝与叶不断长大，

按照它固有的脉络曲线，

长成了长长的粗重弯木，

坚硬的船骨板出现眼前，

顷刻间变成了许多木舟，

舟上方竖立着尖尖桅杆，

---

[1] 指阿托夫。

其木质不相同，难以数清，
船数量与所摘枝叶一般。

28

单桨艇、双桨舟、桨楼大船，
枝与叶变战舰，奇迹出现。
与其他船一样，十分神奇，
桨牵索、桨与帆样样齐全。
公爵爷并不缺掌船之人，
他们可抗风暴战胜波澜：
科西嘉、撒丁人担任水手，
两座岛距摩尔海岸不远[1]。

29

水军的各类人登上战船，
人众多，足足有两万六千。
杜多内被委任舰队统帅：
近卫士[2]陆与海均很善战。
大舰队停泊在摩尔海边，
等来了吉祥风方可升帆；
恰此时一小舟满载俘虏[3]，
靠近了泊船的那片海岸。

30

在危险木桥上曾开激战，

---

[1]　船上的水手都来自科西嘉和撒丁岛，这两座岛屿距非洲海岸都不远，因而将他们
　　　招来并不困难。
[2]　指杜多内。
[3]　指在窄桥处被罗多蒙俘虏的基督教骑士。见第29歌33节，第35歌44、45、60节。

那战场太窄小，难以施展，

勇猛的罗多蒙捕获骑士，

此故事我提及不止一遍。

船上有伯爵爷罗兰妻兄[1]，

布兰迪、单索内亦在其间，

日耳曼、意大利、加斯科涅，

其他的骑士我不必道全。

31

因海面扬起了呼啸狂风，

吹船尾将小舟猛推向前：

撒扎国海岸处虽降风帆，

却遥遥将港湾[2]抛在后面；

掌船人令小舟靠近岸边，

并未见存在着什么危险，

以为至安全的自己人处，

似燕子飞回窝啁啾不断。

32

猛抬头见帝国飞鸟标志[3]，

金百合、金钱豹[4]展现眼前，

立刻便受惊吓，脸色苍白，

就好像不谨慎突然踏践，

沉睡于草丛中一条毒蛇，

那蛇儿毒液浓，十分凶残，

---

[1]　指奥利维，他是罗兰妻子阿尔达的兄长。

[2]　指撒扎国的港湾，即现在的阿尔及尔港湾。

[3]　指神圣罗马帝国的雄鹰标志。

[4]　金百合是法兰西的标志，金钱豹是英格兰的标志。

踩蛇者魂惊飞，面无血色，
急忙忙欲逃离毒虫怒焰。

33

掌船人欲逃遁为时已晚，
更不知把俘虏藏匿哪边。
公爵与杜多内将其捉获，
他立刻对英雄展露笑脸。
布兰迪、奥利维、单索内君，
诸勇士获自由，摆脱苦难；
掌船人及时送良将到来，
因而免其他苦，只罚摇船。

34

热情的奥托子[1]彬彬有礼，
视基督诸骑士兄弟一般，
在军帐设宴席款待战友，
为他们备甲盾长枪佩剑。
杜多内亦推迟他的行程，
意欲与众英雄讨论一番，
他认为此讨论十分有益，
远胜过早出发一日两天。

35

他得到法兰西准确消息，
对情况做出了明确判断；
了解了何处能安全登陆，

---

[1] 指阿托夫。奥托是英格兰国王，阿托夫的父亲。

何处可获战果不同一般。
正当他与众人交谈之时，
不远处一巨响传至耳边；
随后闻紧促的警报之声，
令众人心中生朵朵疑团。

36

阿托夫公爵与卓越伙伴，
在一起正相互热情交谈，
闻声音携武器跨上马背，
朝响处急匆匆奔驰向前，
东寻寻，西找找，欲知何响，
来到了一去处，见一大汉，
那大汉赤裸身，正在施虐，
看上去其面相十分凶残。

37

凶残汉挥舞着粗大木棒，
猛落在众人的头顶上面，
每一次棒落下必有一人，
倒于地，被击毙或者伤残。
他已经砸死了一百余人，
任何人都难以遮挡避闪，
如若不在远处弓弩齐射，
无人可近其身制止狂癫。

38

杜多内、布兰迪、阿托夫等，
一同朝声响处奔跑向前，
见那位粗野汉凶猛无比，

均对他非凡力发出赞叹；
同时见一少女身穿皂衣，
骑战马奔跑着来到面前，
少女向布兰迪先打招呼，
然后又把其颈拥于臂间。

39

菲蒂丽便是这热情少女，
她已把布兰迪深深爱恋，
窄桥处见爱人被人俘获，
少女似发了疯，心如刀剜。
闻擒获情人的异教徒说：
他已送众骑士[1]去其家园，
将他们关押在撒扎王国；
于是便越过海来此岸边。

40

菲蒂丽在马赛欲渡海时，
见到了东方的一艘大船，
它本是莫诺丹[2]王室木舟，
老骑士[3]驾它至马赛海岸：
他寻找布兰迪走遍大地，
游弋了无际的大海波澜，
在路上闻听到王子消息，
便来到法兰西激战地面。

---

[1]　指被其捉获的基督教骑士。
[2]　莫诺丹是东方的一位国王，布兰迪的父亲。见第 31 歌 59 节。
[3]　一位名叫巴尔迪诺的年迈骑士。

41

老骑士名字叫巴尔迪诺，

曾掠走布兰迪稚嫩少年，

斯瓦纳城堡中将其养大[1]；

菲蒂丽认出了骑士容颜，

道明了她此行真实意图，

讲清了布兰迪所在地点，

说王子已越海南下非洲，

并请求同登舟驶向彼岸[2]。

42

刚登上非洲陆便闻消息，

公爵[3]围比塞大坚固城垣；

又听说布兰迪与其同在，

他们对此消息真假不辨。

菲蒂丽将爱人速拥怀中，

她当众表现出幸福无限，

以往的种种苦更增快乐：

美女心从未曾如此美甜。

43

见亲爱、忠诚的妻子到来，

殷勤的骑士也心中喜欢，

爱此女远超过世间万物，

---

[1] 据《热恋的罗兰》讲，老骑士曾经与国王莫诺丹结仇，因而掠走了布兰迪，又将
其卖给斯瓦纳伯爵；后来他与莫诺丹和解，于是便四处寻找随罗兰离去的布兰迪，
以安慰莫诺丹国王。

[2] 指非洲海岸。

[3] 指阿托夫。

示温情，将爱妻紧拥怀间；
若不是抬头见巴尔迪诺，
陪少女一同来他的面前，
吻一次又一次，三次四次，
再吻也难满足燃烧欲焰。

44

松开手又拥抱年迈骑士，
同时问他为何来到此间；
还未曾来得及闻其解释，
混乱声打断了他们交谈：
那赤裸疯狂汉轮动大棒，
在一群乌合众身后追赶。
菲蒂丽迎面望那个裸汉，
惊叫道："伯爵爷[1]怎么会来此地面？"

45

近卫士阿托夫同时在场，
也认出眼前的伯爵罗兰，
在人间乐园时已闻介绍，
老圣人讲明了疯子[2]特点。
若不然所有人都难认出，
显贵的伯爵爷如此容颜：
因疯狂他长期被人忽视，
似野兽，已全无人的表现。

---

[1]　指罗兰。
[2]　指疯狂的罗兰。

46

阿托夫心疼痛，顿生怜悯，
向身边两骑士开口吐言：
"杜多内、奥利维，这是伯爵！"
说话间他已经泪流满面。
两骑士睁大眼定睛瞧看，
细端详疯狂的伯爵之脸，
发现他竟然到如此地步，
心中都充满了惊讶、哀怜。

47

大部分骑士爷痛哭流涕，
都感觉极痛苦、万分遗憾。
公爵道："时间能将他治愈，
可避免众朋友流泪不断。"
公爵爷、布兰迪、单索内君、
奥利维、杜多内跳立地面；
同时间扑向了查理外甥，
均希望将疯子牢抓掌间。

48

罗兰爷见众人围拢过来，
挥大棒好像是更加疯癫；
砸向了走近的杜多内君，
杜多内急用盾护住头面，
如若是奥利维不用剑挡，
这一击太沉重难以遮拦：
凶狠棒必然会击碎盾、盔，
把骑士头与胸全都砸烂。

49

盾破碎，棒击在头盔之上，
杜多内受重击跌倒地面。
同时间单索内猛力劈剑，
把那根粗大棒斩成两段；
两臂长断木棒飞离伯爵，
布兰迪趁此机猛扑向前，
用双臂拼全力搂住其腰，
阿托夫将双腿紧抱臂间。

50

罗兰爷用力摇英伦公爵，
把公爵甩出去十步之远；
却难令布兰迪放开双手，
他全力抱伯爵，挣脱极难。
奥利维距伯爵实在太近，
被伯爵挥铁拳打翻地面，
其鼻子与眼睛流血不止，
失血多，面苍白，十分悲惨。

51

若不是奥利维头盔坚固，
此一击必令其命亡气断：
勇骑士倒在地纹丝不动，
似乎已将灵魂奉献苍天[1]。
杜多内、阿托夫地上爬起，
前者的肿胀脸十分难看；

---

[1]　被击倒在地的奥利维差一点死去，几乎成为奉献给天国的灵魂。

单索内砍断了罗兰大棒，
他三人齐冲向伯爵身边。

52

杜多内从背后抱住伯爵，
为能够摔倒他用脚使绊；
阿托夫与他人按住其臂，
但合力也难止他乱动弹。
定有人曾见过猎捕公牛，
猎狗爪执牛耳令其难堪，
牛边跑边哞哞不断咆哮，
难摆脱群犬儿纠缠身边。

53

你想想罗兰爷何等处境，
众勇士一起上，与他周旋。
刚才说奥利维昏倒在地，
此时刻醒过来挺身立站；
见众人难制服疯狂伯爵，
阿托夫之愿望不能实现，
便想出摔伯爵一种妙法，
并立刻将此法赋予实践。

54

他令人取来了多根绳索，
瞬间便制成了绳索套圈；
套住了伯爵爷罗兰腿、臂，
并将其前行的脚步阻拦；
把每根绳索头分给一人，
让众人牢扯住绳索各端：

用兽医绊与捆牛马之法，
把伯爵罗兰爷拽倒地面。

55

当伯爵倒地时众人压上，
捆手脚令罗兰不能动弹。
伯爵爷仍左右挣扎多时，
但一切努力都徒劳枉然。
阿托夫欲恢复罗兰理智，
要使他智与勇如同从前；
杜多内受命后背起伯爵，
奔海边并将其置于沙滩。

56

阿托夫令将其反复冲洗，
七次把疯罗兰按下水面；
把其脸与四肢清洗干净，
洗掉了肮脏的霉苔片片。
随后又收集来一些干草，
把那张喷气的大嘴堵严；
除鼻孔不保留其他"通道"，
若想用口呼吸十分困难。

57

准备好那一只细颈大瓶：
罗兰的理智都装在里面；
置大瓶于他的鼻孔之处，
伯爵爷提气息，吸入胸间；
大瓶空，真令人感到神奇：
他理智已恢复，如同从前，

其话语极优美，头脑清醒，
比以往更智慧、更善思辨。

58

就好像从噩梦苏醒过来，
在梦中曾见过魔鬼万千，
那其实是幻觉，并不存在，
恶魔也不可能真被看见；
又好像梦里的行为古怪，
醒来后其形象仍在眼前。
罗兰爷傻愣愣，不知所措，
此感觉延续了许久时间。

59

不说话，脑中想咋在这里，
是何时、因何故来到此间，
阿托夫、布兰迪、奥利维君，
为何都站立在自己面前。
转动眼，瞧这里，再看那里，
难想象躺卧在哪块地面。
他奇怪怎么会赤身裸体，
为何被绳缚身，从脚至肩。

60

就好像被缚的西勒努斯[1]，
在山洞对众人开口吐言：

---

[1] 西勒努斯是希腊神话中畜牧神潘的儿子，曾养育过酒神。据维吉尔在诗中讲，一
　　次，爱调戏仙女的西勒努斯反被仙女埃格勒和两位牧民捆绑并嘲弄，于是西勒努
　　斯平静地对他们说："解开我。"

"解开我。"面平静，和颜悦色，
眼神中无常见威胁气焰。
松绑后众人令取来衣服，
帮伯爵罗兰把肌体遮掩；
所有人都安慰痛苦伯爵：
过去的剧烈痛仍绞心田。

61

罗兰爷已恢复他的理智，
比以往更智慧，更加雄健，
同时也摆脱了爱情束缚：
他曾把契丹女狂热爱恋，
现认为她是个卑劣女子，
以前却觉得是美丽婵娟。
为挽回爱造成那些损失，
他必须尽全力做出贡献。

62

布兰迪细细听巴尔迪诺，
告诉他老父王荣誉升天；
为寻找并使他返回王国，
先到了季良特兄弟[1] 地面，
又登上遥远的座座海岛，
那些岛在日出东方极端；
人世间不曾有另一国度，
会如此富有且幸福宁安。

---

[1] 《热恋的罗兰》所提及的人物。

63

请求他一定要返回祖国，
最美的莫过于自己家园：
当人们欲品味家乡之美，
便会恨颠沛的流浪艰难。
布兰迪回答说愿随伯爵，
战争中效力于查理身边；
若能够亲眼见战争结束，
再考虑返王国享受宁安。

64

第二日将驶向普罗旺斯，
丹麦人杜多内率领战舰。
罗兰爷欲了解战况如何，
与公爵阿托夫私下交谈：
比塞大已经被团团围困，
公爵将获全胜，荣耀非凡；
但须遵伯爵的面授机宜，
他才能得全功，奏凯而旋。

65

以何法、从何处、何时攻城，
他二人巧安排做出决断。
如何能首战便攻陷城池，
谁会与罗兰把首功创建；
如若我继续讲，您会不快，
所以我把结局暂且推延。
此时刻您可能更想知晓，
法兰克如何把摩尔驱赶。

66

在那场战争的危险时刻，
非洲王似乎被抛弃一边：
马西略、索柏林退入城内，
众多的异教徒随之逃窜；
他二人还觉得不够安全，
于是便爬上了岸边战船；
摩尔的骑士与各路统帅，
纷纷学其榜样登舟避难。

67

非洲王一个人独木支撑，
到最后难承受沉重负担，
也奔向附近的城门之处，
逃命者一刻也不敢怠慢。
拉比坎随其后，紧追不舍，
阿蒙女驱战马，挥舞枪剑：
勇少女想杀死阿格拉曼，
鲁杰罗却多次将其阻拦。

68

玛菲萨也具有同样意愿，
此时刻报父仇虽然略晚；
用马刺她狠戳坐骑腹部：
马儿觉它必须疾奔向前。
但二人[1]均未能及时做到，
把国王入城的道路截断，

---

[1] 指布拉达曼和玛菲萨。

阻止他进城后紧锁大门，
随后再登战船寻求安全。

69

就好像两美丽宽宏豹猫，
松套后便一同猛冲向前，
去追逐花鹿或莽撞山羊，
未追上，白费力，徒劳枉然，
见此景，极恼恨，懊悔不已，
心沮丧，慢腾腾原路回返；
两少女见异教国王逃脱，
返回时亦如此叹息不断。

70

她二人并没有停止追杀，
其他的乌合众仍在逃窜，
东冲冲，西闯闯，不断攻击，
许多人被击倒，再难立站。
欲逃逸，生命却不能获救，
溃败的异教徒处境悲惨：
非洲王已下令关闭城门，
他只顾自己的生命安全。

71

已截断罗纳河所有桥梁，
啊，卑贱的士卒们着实可怜！
众士卒对暴君似乎有用，
却始终被视作羊群一般。
有的人跌入河，有人坠海，
还有的用鲜血染红地面。

多数人丧性命，少数被俘，
部分人付赎金得以幸免。

72

在这场殊死的决战之中，
两军营被杀者成千上万；
但双方蒙受的损失不同，
受重创撒拉逊更加悲惨
（因两位勇少女兵刃最利），
今仍见战场上血迹斑斑：
罗纳河岸边的阿尔勒城，
可看到葬尸坟茫茫一片。

73

非洲王已发出离岸号令，
命大船速避开激战海岸，
只留下少数的轻快小舟，
以接应溃逃兵登船避难。
各大船近海处仅等两日：
因海上逆风行会有危险；
王下令第三天扬帆起锚，
他希望能返回非洲家园。

74

马西略极担心自食其果：
若本土遭侵犯他心怎安；
他唯恐家乡被风暴席卷，
黑风暴实令人心惊胆战；
于是命登陆于巴伦西亚，
在那里把堡垒精心修建，

应做好抗入侵战争准备，
须避免西班牙跌入灾难。

75

非洲王乘上那空空战船[1]，
朝故土扬风帆劈浪向前；
战船上人虽少怨恨却多：
因兵勇留法国四分之三。
在这种情况下众人不满，
怨国王愚蠢且残忍、傲慢，
但每人都暗暗诅咒国王，
因恐惧无一人斗胆明言。

76

有时候两三个知心朋友，
相互间无戒备开口抱怨，
欲发泄他们的胸中怒火，
真可悲，真可怜，阿格拉曼！
非洲王却以为受人爱戴，
全因为只看见众人假面，
只听到别人的阿谀奉承，
却不辨阴险的欺骗谎言。

77

非洲王思考后最后决定，
不能在比塞大登陆弃船，
他已经获得了确切消息，

---

[1]　因大部分人死于法兰西战场，所以战船几乎是空的。

努比亚占领了那片海岸；
应选择一远处平缓之地，
在那里停泊船，踏上地面；
登陆后再奔向比塞大城，
救苦难之臣民刻不容缓。

78

但他的命运却十分险恶，
不支持非洲王卓识远见，
而希望用枝叶建造舰队，
奇迹般出现在那片海滩。
舰队朝法兰西破浪夜行，
遇乌云压船顶，十分阴暗，
浓云雾黑黝黝令人恐惧，
此突发之状况造成混乱。

79

非洲王并没有探得消息：
阿托夫欲派出众多战舰；
若有人讲此事他也难信，
小枝叶怎能变百艘大船。
在那片平缓地王欲登陆，
不担心有人会阻其上岸，
因而未派哨兵登楼[1]眺望，
否则他便可以闻报在先。

---

[1] 指船上的桅楼。

80

杜多内指挥的公爵舰队，

配备的丁勇均十分强悍，

黑暗中看见了撒拉逊人，

便勇敢持军械冲锋向前；

天降兵猛攻击无备之敌，

弃械敌成俘虏，被系锁链，

审问时方知是摩尔军队，

基督的兵与将人人喜欢。

81

摩尔人顺风行遂其所愿，

一艘艘大船只靠近岸边，

努比亚用坚船猛烈撞击，

许多船被撞翻，沉下水面。

随后又开始用双手交战，

熊熊火、大石块、锋利枪剑，

密密投，不间断，如同暴雨，

如此的暴风雨从未曾见。

82

上文说杜多内兵勇不凡，

一个个均十分勇猛彪悍，

现已到该惩罚撒拉逊时，

异教徒一桩桩罪恶滔天；

基督兵均晓得如何杀敌，

非洲王藏何处却无人见。

飞羽箭如云雨铺天盖地，

还有那抓船钩、枪、斧、刀剑。

83

天降下巨大的沉重石块，
投石机将它们抛入云天；
砸烂了敌舰的船头船尾，
开凿出大窟窿，海水灌满；
最大的灾难是熊熊烈火，
燃起来极迅速，熄灭却难。
不幸的乌合众欲脱危险，
越奔逃越跌入灭顶灾难。

84

许多的敌兵勇投入大海，
有些人溺死于波浪之间；
还有人手脚快，游水逃走，
欲爬上这只或那只战船。
为上船一只手紧抓船帮，
因超重船上人向下驱赶，
碍事的那只手独留船上，
身体却重坠水，血染波澜[1]。

85

有些人在水中仍想活命，
或至少丧命时少些苦难，
拼命游却无望获得帮助，
自觉得勇气尽力量用完；
刚逃出吃人的熊熊烈火，
又担心被滚滚波浪吞咽：

---

[1] 抓住船帮的手被船上的人砍断，留在船上，身体却重新跌入水中，鲜血染红了海水。

紧抓住燃烧的炙热木板，

怕二死却难免身亡两遍[1]。

86

有人怕穿人叉、劈人利斧，

便游向远海处，求生徒然，

敌身后石与箭呼啸而至，

决不让任何人逃离太远。

我诗篇已唱至快乐之处，

最好是暂停止，不必唱完，

如若是继续讲这段故事，

或许因太啰嗦令您厌烦。

---

[1]　即被烧死一次，再被淹死一次。

第40歌

见敌众非洲王逃离战场　比塞大被基督大军攻陷
下战书以角斗决定胜负　救俘虏鲁杰罗再开激战

　　烈火照亮了天空，非洲王发现敌军众多，且十分凶猛，知道难以抵抗，因而，携索柏林和少数亲随逃离战场。

　　罗兰和阿托夫率领基督徒军队猛攻比塞大城，经过激烈战斗，终于攻陷城池。与留守王共同守城的两位主将和众多守城士兵战死或被俘，留守王见大势已去，拔剑自刎。

　　非洲王阿格拉曼逃到一座小岛上，从远处望见比塞大城火焰冲天，知道王国已被攻陷，也想拔剑自刎，却被索柏林阻拦。本欲携巴亚多宝马和杜林丹宝剑返回东方的勇士格拉达索，被风浪先吹至该岛，阿格拉曼与其在岛上相遇。他们最后决定，下战书与罗兰决斗。罗兰欣然应战。

　　鲁杰罗寻找阿格拉曼的舰队，希望乘船返回非洲，却连一只非洲战船也没见到。他沿海边向马赛方向走去，巧遇满载非洲俘虏的杜多内舰队；为解救俘虏，他与杜多内展开激战。

1

　　　若展示那海战各个细节，
　　　说起来话儿长，需要时间；
　　　对常胜艾克勒勇猛之子[1]，
　　　我觉得讲战争纯属多言，

---

[1]　指诗人的恩主伊波利托·埃斯特。见第1歌3节。

就如同把鳄鱼送往埃及，
瓦罐去萨摩斯，枭去雅典[1]；
恩主啊，您亲自创丰功令人敬佩，
我只把听来事重述一遍。

2

您忠诚之臣民夜以继日，
似舞台演长篇千古奇观，
见波河敌帆船蒙受打击，
被驱赶至枪剑烈火之间[2]。
河中水被鲜血尽染红色，
只闻听嘶喊声、绝望抱怨，
您亲见战场上种种杀戮，
并将其展示给众人观看。

3

六日前我奉命求取救兵[3]，
时不时换坐骑，快马加鞭，
急忙忙匍匐于牧首[4]足下，
因此便未亲见那场激战。
不需要战马与步卒勇士，
金狮[5]的齿与爪全被折断，
以至于从此后再未听说，
它又敢施强暴对我侵犯。

---

[1]　指做了无用之事，因为埃及的鳄鱼很多，萨摩斯岛的瓦罐很多，雅典的枭也很多。
[2]　见第 3 歌 57 节。
[3]　在波河激战开始之前，诗人阿里奥斯托被派往罗马求取救兵。
[4]　指罗马教宗儒略二世。
[5]　金狮是威尼斯的标志，此处指威尼斯。见第 3 歌 49 节，第 15 歌 2 节。

4

特罗托、阿尼拔、阿弗拉纽，

他们均在现场目睹激战，

阿贝托、巴尼奥、泽比纳托[1]，

也都把亲眼见讲述一番；

后来见圣庙中众多旌旗，

十五艘双桨船停靠岸边，

千余只小木舟亦被缴获，

更证明我所闻并非虚言。

5

我们因宫殿被敌人烧毁，

为复仇，施杀戮，点燃火焰，

令众多敌兵勇葬身河水，

还缴获一艘艘敌军战船；

谁见过此战果不难想象[2]，

非洲人受戮的那场海战，

黑夜里杜多内发起攻击，

海浪中非洲王惨遭苦难。

6

当激烈大海战开始之时，

天未明，仍然是一片黑暗。

泼洒下大量的硫磺、沥青，

船头与船尾处点燃火焰；

楼船与双桨舟难敌烈火，

---

[1]　上面所提及之人都是埃斯特家族的侍从，即诗人的同事。

[2]　谁见过波河之战的丰硕战果，就一定能够想象到阿格拉曼所率领的非洲兵勇遭受
杀戮的悲惨景象。

火舌把一条条舟船吞咽；
漆黑夜似乎已变成白昼，
周围的人与物一目了然。

7

因黑暗非洲王阿格拉曼，
未能对敌情作明确判断，
不认为此战斗十分艰巨，
误以为抵抗能确保安全；
当黑暗被烈火驱散之后，
见之前难预料危险局面，
敌战船两倍于自己舰队，
其脑中之想法立刻改变。

8

携宝物和战马布里亚多，
与少数随从者下入小船，
在许多战船间静静穿过，
一直到宁静的无险海面。
杜多内正折磨摩尔士卒，
其国王却逃离他们身边，
烈火烧，海水泡，利剑屠戮，
肇事者竟逃遁，自寻安全。

9

索柏林紧跟随国王身边，
王后悔未听从他的意见：
智慧者用神算预见未来，
他所作之预言全都应验。
罗兰爷此时正建议表兄，

在敌人援军到比塞大前，
把该城先攻克，夷为平地，
令摩尔再难把法国侵犯。

10

并公开广散布攻城消息：
三日后全军必准备齐全。
为攻城公爵留许多木舟，
杜多内未带走全部战船；
单索内是这支舰队[1]统帅：
陆地上他骁勇亦精海战；
在距离比塞大一哩之处，
港湾中抛下锚，枕戈待战。

11

基督徒阿托夫、罗兰伯爵，
无主[2]助绝不冒任何风险，
在军中发出了一份公告，
命斋戒、做祈祷、祭祀上天；
三日后当出现胜利吉兆，
每个人准备好冲锋向前，
命注定必夺取比塞大城，
掠财富，纵火烧民房、宫殿。

12

施斋戒对上天表示忠诚，
隆重的仪式上许下诺言，

---

[1] 指留在比塞大的舰队。
[2] 指上帝。

仪式后亲与友、其他显贵，
便开始共享用丰盛美宴。
为疲惫之身躯补充能量，
众亲朋互道别，泪流满面：
最亲近之人在分别之时，
通常会如此做，如此吐言。

13

比塞大城内的圣洁祭司，
与痛苦之民众亦求上天，
呼唤着他们的穆罕默德，
捶打胸，嚎啕哭，天难听见。
私下里许下了多少捐赠，
献祭品，守斋戒，心甘情愿；
又公开建圣庙、雕像、祭坛，
永纪念他们所蒙受灾难。

14

大祭司向苍天祈福之后，
民众便持武器登上城垣。
奥罗拉仍陪伴提托诺斯[1]，
天空中尚无光，一片黑暗，
阿托夫、单索内各就各位，
统帅着他们的水陆军团[2]；
一听到伯爵爷[3] 发出号令，
便猛攻比塞大，奋勇当先。

---

[1] 奥罗拉是罗马神话中的曙光女神，提托诺斯是她的丈夫；此处指天还未亮。
[2] 阿托夫统帅陆军，单索内统帅水军。
[3] 指罗兰。

15

城两侧朝大海滚滚波涛，
另两侧向陆地，不见海面。
古城墙巧设计，不同寻常，
精施工，修建于很多年前。
留守王撤退至城池之中，
只期盼非洲王回兵救援，
他身边仅剩下少数将士，
竭全力也难守许久时间。

16

阿托夫请非洲黑人国王[1]，
对城垛之守敌投枪、射箭；
弓箭手、投石机、火枪巨弩[2]，
把攻城之障碍清除一番，
以便于步兵勇、骑马武士，
能安全冲锋至城墙下面；
众士卒携石块、圆木、横梁，
或其他重物到护河沟前。

17

前一日深沟水已被拦截，
形成了黑色的陷人泥潭，
兵勇们一个个冲向护河，
把重物投入到泥潭里面；
石与木很快便与城同高，
深沟壑已经被兵勇填满。

---

[1]　指努比亚国王塞纳颇。
[2]　发射带有火焰的投枪的机器。

阿托夫、罗兰与奥利维君，
命步兵登城墙与敌激战。

18

努比亚兵勇被利益驱使，
等此时早已经不耐其烦，
头顶着龟甲盾奋勇冲锋，
全不顾眼前的生命危险；
羊头锤[1]与其他各类器械，
全用来破城门、坚固城垣。
转瞬间众兵勇冲至城下，
却发现撒拉逊准备在先：

19

火与剑、砖与瓦、沉重城垛，
从天降，就如同暴雨一般，
击碎了特制的攻城机械，
折断了机械的横梁、顶板。
首批的基督徒攻城士卒，
黑暗中头颅被重物砸烂；
当太阳出华丽居所之时，
机运神把后背转向敌顽。

20

近卫士罗兰爷号令总攻，
海与陆四面均展开激战。
单索内之舰队泊于远处，

---

[1] 用来撞击城门和城墙的攻城机械。

此时也驶入了激战港湾；
投石机、弓与弩一同发射，
令敌军遭重创，十分悲惨；
舰队还配备了小艇、悬梯，
和其他各类的军需物件。

21

远离海朝陆地那片战场，
四主将率兵勇冲锋向前，
奥利维、布兰迪拼死杀敌，
罗兰与阿托夫神勇彪悍。
他四人把士卒分成支队，
每个人率一队实施攻坚。
有的人爬城池，有人攻门，
众人在日光下显示彪悍。

22

四勇士之神武清晰可见，
分开后其强悍一目了然：
谁值得受关注获得奖赏，
均展现圆睁的万目之前。
带轮（儿）的攻城塔推至墙下，
无轮（儿）的由大象背驮向前，
象背上攻城塔高高竖起，
低低的城墙垛位于下面。

23

布兰迪在城下竖起悬梯，
率士卒登城墙，奋勇当先；
众勇士一个个紧随其后，

随从们无一人踌躇不前；
没有人去关注悬梯之上，
人是否过于多，承重已难。
勇骑士一心要杀戮敌人，
欲攻占城墙垛，边战边攀。

24

一只手一只脚牢抓城垛，
跃上墙，挥舞着手中利剑；
骁勇的布兰迪身经百战，
左面冲，右面闯，劈刺挑砍。
但突然身后的悬梯断裂：
因难以承受住巨大负担；
众兵士均跌入护城河中，
唯有他布兰迪得以幸免。

25

骑士爷没因此丧失勇气，
也未想缩回足退下城垣；
尽管是已不见任何随从，
他一人独应对守城枪剑。
许多人肯请他快快退下，
他不听，却跳入城墙里面：
我是说他纵身跃入城内，
城墙高三十臂[1]，跃下极难。

————————

[1]　长度单位，一臂约等于 0.6 米。

26

他身轻如鸿毛或是稻草，
无丝毫伤害便落于地面；
刺、劈、砍周围的敌军兵勇，
就像是把柔软布匹裁剪。
忽而此，忽而彼，四处冲杀，
被冲击之敌兵纷纷逃窜。
城外人见骑士跳入城内，
都以为施救援为时已晚。

27

此消息一传十，十人传百，
很快在基督徒军中传遍。
游荡的"传闻女"四处扩散，
到处讲并渲染城中危险。
传到了伯爵爷罗兰耳中，
又飞到奥托王儿子[1]面前，
奥利维亦闻听不幸消息：
坏消息无翼也快速飞传。

28

众骑士都珍爱布兰迪君，
罗兰爷更把他置于心间；
闻此讯均认为若不行动，
稍迟疑他便有生命危险；
于是便抓悬梯纷纷登城，
争相显高贵的英雄虎胆；

---

[1] 指阿托夫。

众英雄如此的豪壮气概，
令敌兵闻风声浑身抖颤。

29

就好像海面上狂风暴雨，
波涛在撞击着小小木船，
海水从头与尾两舷涌入，
遭难的小木舟十分危险；
苍白的掌船人叹息，哭泣，
他本应行动却无智少胆；
一巨浪压过来铺天盖地，
浪虽过水却把小船灌满；

30

城墙被攻陷后势不可挡，
三勇士迈大步冲锋向前，
其他人随其后，无人敢阻，
上千架攻城梯挂于墙面；
坚硬的羊头锤撞破城墙，
到处是喊杀声，令人胆寒：
从四面涌来了无数救兵，
把勇敢布兰迪骑士增援。

31

就如同河中王[1]有时发狂，
会冲破堤与坝，洪水泛滥，
曼托瓦[2]旷野上开辟通道，

---

[1]　指意大利最大河流波河。

[2]　意大利北部的城市，位于波河流域。罗马著名诗人维吉尔的故乡。

把五谷与房屋卷入波澜，
羊群与牧民亦裹挟而去，
牧羊犬也难免遭受灾难：
以往是众鸟儿鸣叫枝头，
而此时群鱼却戏游树端；

32

从许多城墙的破裂之处，
众兵勇冲入城，洪水一般，
举火炬，挥利剑，屠戮敌人，
被击垮乌合众十分悲惨。
处处见杀戮与掠夺、暴虐，
辉煌城被摧毁，就在瞬间，
富裕国已深陷血泊之中，
它曾是非洲王美丽家园。

33

城中已堆满了死人尸体，
受伤者又何止成千上万，
一片片黑红血惨不忍睹，
比狄斯护城河[1]更加难看。
民房被熊熊火烧成废墟，
清真寺、宫殿亦烈焰冲天。
被掠空房屋的屋檐之下，
哭喊声、捶胸声响成一片。

---

[1]　指斯提克斯血河。但丁在《神曲·地狱篇》第 8 歌中描述了围绕狄斯城的这条腥
　　臭血河。

34

得胜者满载着胜利果实，

迈出了一户户悲哀门槛：

掠夺了祭祀用银制器皿，

与华丽服饰和精制瓷罐。

悲惨的母与女被人拖拽：

受奸污及其他蹂躏踏践；

罗兰与公爵爷闻听暴行，

却难以将邪恶制止、避免。

35

阿佳泽卜齐法[1] 战死阵前，

他亡于奥利维锋利宝剑。

留守王[2] 见已经没有希望，

亦拔剑将自己喉管割断。

豹公爵[3] 捕获了菲尔斯王[4] ：

他三处负重伤，不久命断。

非洲王临行时留此三人，

命他们守护住非洲家园。

36

他自己此时亦损兵折将，

索柏林陪同他逃离灾难，

远处见比塞大熊熊烈火，

也只能痛哭泣，发出哀叹。

---

[1] 见第 38 歌 35 节，第 39 歌 21 节。

[2] 指布兰扎朵。

[3] 指阿托夫，因为"豹"是他的标志。

[4] 与布兰扎朵留守非洲的另一位非洲国王。

靠近后他得到确切消息，
听人报王国已被敌攻陷；
于是便欲拔剑自刎而死，
索柏林尽全力将其阻拦。

37

索柏林劝说道："我的大王，
闻你死敌人定心中喜欢：
敌希望在非洲享受太平，
你死后他们的愿望实现。
活着却可阻止他们快乐，
因他们时刻会心惊胆战。
你不死任何人难以期盼，
非洲被基督徒长期霸占。

38

"若你死臣民将彻底绝望，
也只好伴随你一同升天。
我希望你能够解救他们，
令他们出苦海，重露欢颜。
没有你他们会永受奴役，
纳贡的非洲[1] 将十分悲惨。
如若是你不愿苟且偷生，
也应为你臣民活于人间。

39

"你可以去求助埃及苏丹，

---

[1]　非洲将失去自由，被迫向基督徒纳贡。

必定会获邻居[1] 有力支援：
他不愿见到那丕平之子，
在非洲也具有无限霸权。
你亲戚诺兰丁[2] 也会努力，
帮助你重登基，恢复王权；
阿拉伯、波斯与突厥等国，
闻请求也必定不会旁观。"

40

精明的索柏林劝说国王，
他希望非洲王坚定信念，
下决心重夺回非洲失地，
却因怕难奏效忐忑不安：
若王者丧失了手中大权，
去寻求野蛮人给予支援，
经常会白哭泣，徒劳叹息，
因结果往往会更加悲惨。

41

汉尼拔、朱古达[3] 便是先例，
古代的此类人何止百千；
我时代 "摩尔人"[4] 也是一例，

---

[1] 指埃及的苏丹陛下。

[2] 指大马士革国王。见第 17 歌 23 节。

[3] 汉尼拔是古罗马共和国时期北非迦太基的统帅，在第二次布匿战争中曾多次击溃罗马军团；后来被罗马人打败，投靠比提尼亚王国；比尼提亚国王畏惧罗马的强大，将其交给罗马人。朱古达是古罗马共和国时期北非努米底亚国王，与罗马发生冲突，战败后投靠女婿毛里塔尼亚国王，后被其交给罗马人。

[4] 指米兰城主卢多维科·斯福尔扎，人称 "摩尔人"，他曾与瑞士雇佣军联合，对抗法兰西国王路易十二；后来瑞士雇佣军背叛雇主，将其交予法兰西国王。见第 33 歌 34 节。

他成为法兰西路易囚犯。
恩主啊，您兄长[1]亦可证明，
法兰西曾将他抛弃一边[2]：
谁若是靠他人不靠自己，
必然是缺理智，疯狂一般。

42

尽管是公爵爷[3]势力弱小，
难依赖他人的可靠支援，
同盟者[4]被逐出意大利境，
敌人已控制了全部局面；
战争中大牧首罗马教宗，
对公爵也喷射愤怒火焰：
他[5]要使其他国屈从其意，
并不因受威胁或许诺言[6]。

43

当风暴从陆地袭来之时，
狠击打摇摆的木舟侧舷，
非洲王调船头朝向东方，
驶入了远海处波涛水面。
掌船人坐舵旁仰天观望，
开口道："我已见可怕灾难，

---

[1] 指费拉拉公爵阿方索一世。
[2] 费拉拉公爵阿方索一世曾被盟友法兰西人抛弃，只好独自应付困难局面。
[3] 指费拉拉公爵阿方索一世。
[4] 指当时与阿方索一世结成同盟的法兰西人。
[5] 指罗马教宗。
[6] 教宗发怒的原因是威吓其他国家，使他们屈从，而不是因为有人威胁到了他的利益或他向某人许下了什么诺言。

转瞬间便可能降至头上，
此小舟难抵御狂风巨澜。

44

"老爷呀，您应该听我建议，
左手处有一岛，距此不远，
我觉得可以登那座小岛，
待大海发泄完它的怒焰。"
非洲王听其劝，欲脱危险，
愿意登左手的那片海滩，
那岛在非洲与火山[1]之间，
为救援航海者卧于水面。

45

荒僻的小岛上无人居住，
刺柏与爱神木岛上长满，
寂静的无人烟荒野环境，
鹿与狍和野兔十分喜欢；
除渔夫少有人知此小岛，
在那里他们常把网晒干：
荆棘丛悬挂起渔网之时，
海中鱼可安睡，享受宁安。

46

在岸边他们见另一木舟，
被风暴也推至小岛海滩：

---

[1] 指位于西西里岛的埃特纳火山。这句话的意思是"那座岛位于非洲与西西里之间"。

撒拉逊世界的伟大骑士[1]，
离开了阿尔勒，亦至此间。
国王与勇骑士彼此拥抱，
他二人互问候，寒暄一番；
本来是亲密的两位战友，
不久前巴黎城并肩作战。

47

骑士闻非洲王遭遇不幸，
心中也感觉到十分遗憾；
他安慰沮丧的阿格拉曼，
并热情要为其做出奉献，
但不能忍受其前往埃及，
向不忠之国家哀求救援。
他说道："去埃及会有危险，
庞培的悲剧是前车之鉴[2]。

48

"你说是阿托夫夺你非洲，
全依赖努比亚兵勇支援，
他们是塞纳颇国王臣属，
把摩尔之首都投入烈焰；
那罗兰不久前丧失理智，
如今却也与他同在阵前；
我认为可找到一个妙法，

---

[1] 指格拉达索，他携带巴亚多宝马和杜林丹宝剑乘船离开阿尔勒城，欲返回亚洲，
　　却被风浪吹至这座小岛。见第33歌95节。
[2] 罗马政治家庞培在与恺撒的斗争中失败，逃到埃及避难，被埃及王杀死后将头颅
　　交予恺撒。

能令你脱困境，转危为安。

49

"我可以与罗兰单打独斗，
为了你我愿意与其比剑。
若只靠铜与铁相互撞击，
我知他难抵我力大强悍。
他死后基督徒便似羊群，
可轻易被豺狼撕成碎片；
然后再驱赶走努比亚人，
这件事很容易，只需瞬间。

50

"努比亚非基督信仰之人，
被尼罗隔离在河的彼岸；
阿拉伯善养马，良驹成群，
马洛比[1]人众多，富有金钱；
波斯与迦勒底[2]受我统治，
许多的其他人亦归我管；
令他们齐攻击努比亚国，
其军队[3]便难在你土停站。"

51

王细听赛里斯国主[4]讲述，

---

[1]　埃塞俄比亚古代的部落。
[2]　迦勒底人是古代生活在两河流域的居民，两河文明的中心大概在现在的伊拉克首都巴格达一带，北部古称亚述，南部为巴比伦。
[3]　指塞纳颇统领的信仰基督教的努比亚军队。
[4]　指格拉达索，他是东方赛里斯国的国王。

喜欢其所说的第二贡献[1]；
他感激机运神热情帮助，
推他至荒僻的小岛岸边；
并相信可夺回比塞大城，
但不愿东方人[2]为他决战：
他自觉如此会荣誉扫地，
虽失败也不该场外旁观[3]。

52

回答道："我自己参加决斗，
摆战场与罗兰比试枪剑；
我已经准备好，胜败由命，
上天主会做出最终决断。"
勇士[4]说："我又生新的想法，
可依照此新法与敌交战：
我二人同参加这场较量，
罗兰也可携带一位伙伴。"

53

王答道："不管是新法旧法，
我只要能参战便不抱怨；
走遍了全世界也难寻到，
比你更强悍的战场伙伴。"
索柏林插言道："我居何位？

---

[1] 指格拉达索将要做的第二项贡献，即调动异教各国军队进攻努比亚。

[2] 指格拉达索，他是东方赛里斯国的王。

[3] 如果让格拉达索为其出头，非洲王阿格拉曼会觉得荣誉扫地；虽然自己失败了，也不能在场外观战。

[4] 指格拉达索。

难道说我年迈难挑重担？
丰富的经验能助长力量，
好建议可令人摆脱危险。"

54

智慧的索柏林老当益壮，
战场上多次有卓越表现；
他虽然年迈却朝气蓬勃，
仍自觉与少年精力一般。
都认为他之言非常有理，
立刻把一信使唤至面前，
派他去失陷的比塞大城，
向罗兰伯爵爷提出挑战：

55

双方派同数量武装骑士，
登海上一小岛展开激战，
小岛的名字叫兰佩杜萨[1]，
与非洲同处于一片海面。
那信使鼓起帆不停划桨，
急忙忙传消息不敢怠慢，
赶到了比塞大求见伯爵，
他正分战利品，十分忙乱。

56

使者把非洲王挑战文书，
当众向勇罗兰宣读一遍；

---

[1]　兰佩杜萨岛位于非洲北面，西西里以南。

安格兰伯爵爷重赏来使，
因挑战太让他心中喜欢：
战友们早已经告诉伯爵，
杜林丹已挎在他人腰间，
窃剑人是国王格拉达索，
伯爵爷正欲去东方夺剑。

57

他听说那贼人离开法国，
判断其一定会返回家园；
现如今在附近与其相遇，
便庆幸不必再越海翻山。
阿蒙特美号角[1] 将他激励，
也让他极情愿接受挑战，
他知道号角与布里亚多[2]，
全都在特罗扬儿子[3] 身边。

58

罗兰选布兰迪、奥利维君，
陪伴他下战场与敌交战。
深知晓两勇士精通武艺，
对伯爵极忠诚，甘做奉献。
他为己与战友挑选武器，
良马驹、软硬甲、长枪、利剑；
我觉得您应该早就知道，

---

[1] 《热恋的罗兰》中讲，罗兰杀死阿格拉曼的叔父阿蒙特，夺走了他一把美丽的号角；后来号角被布鲁内盗走，又交还给了非洲王阿格拉曼。

[2] 罗兰曾经骑过的宝马。

[3] 指非洲王阿格拉曼。

他三人原兵器非同一般。

59

我曾经许多次对您说过，
疯伯爵将军械遍撒林间，
罗多蒙夺其他二人武器，
紧锁在河边的高塔里面。
全非洲也难得顺手兵刃，
都运往法兰西投入激战：
非洲王需大量军用物资，
因而在非洲地难觅枪剑。

60

罗兰爷命收集所有兵器，
不管是生锈迹还是光灿；
与战友共商讨如何取胜，
来到了非洲的大海岸边。
离军营已经有三哩之遥，
抬起头，举目望，看见水面，
一只船高扬帆飞驶而来，
不减速直冲向柔软浅滩。

61

甲板上无水手亦无乘客，
风与浪随其意推动舟船，
高扬帆之木船急速猛进，
直冲上松软的细沙海滩。
继续讲罗兰的伟业之前，
还想把鲁杰罗故事回看，
我对于此勇士情有独钟，

他曾与里纳多展开激战。

62

我说过：见协议被人撕毁，
两军的兵勇都投入混战，
勇猛的二骑士停止比武，
摆脱了相互间生死纠缠。
他二人欲知情见人便问：
是何人先失理，不顾颜面？
是查理还是那非洲之王，
毁坏了双方的铮铮誓言？

63

鲁杰罗有一位忠诚侍从，
既机灵，又聪明，善观事变，
即便是两军在混战之时，
他仍然紧跟随主人身边；
把战马与宝剑交予主人：
它们可为主人提供方便。
鲁杰罗跨战马，手握利刃，
然而却不情愿参与混战。

64

离去前又重申所立条约，
请对手里纳多牢记心间：
如若是非洲王背弃信义，
他必弃失信的邪恶集团。
那一日鲁杰罗不想参战，
一心要向他人盘问一番：
是何人先撕毁角斗条约？

是查理还是那阿格拉曼？

65

众人说非洲王那一方面，
先毁约，违背了铮铮誓言。
鲁杰罗虽然爱他的君主，
为此事弃他也理所当然。
我说过：后来是非洲军队，
被击溃，其兵卒四处逃窜；
易变轮[1] 旋转着将其碾压，
机运神把世界彻底翻转。

66

鲁杰罗在心中反复思考，
留下或随君主[2] 难以决断。
所爱的阿蒙女搅扰其心，
不让他去非洲再度离远；
近卫士里纳多与其有约，
他必须不违约坚守誓言，
否则会被爱人严厉惩罚，
因而须另择路行走向前。

67

但另种思绪也令他痛苦，
鞭笞他，刺激他，使其心烦，
危机时他若弃阿格拉曼，
将被列耻辱榜，丧尽颜面。

---

[1] 指机运之车轮，它不断滚动，每时每刻都在变化。
[2] 指非洲王阿格拉曼。

即便是许多人觉得合理，
若接受此行为也很困难：
都会说不应该遵守条约，
更不该为此事发誓，许愿。

68

一整天一整夜独自沉思，
他随后又如此度过一天，
被痛苦折磨着心神不定，
留下来或离去无法决断。
最终他选择了捍卫君主，
返回到非洲的王国地面。
夫妻情对于他十分重要，
但责任与荣耀价值无限。

69

他先到阿尔勒寻找舰队，
想搭船返回到非洲地面；
但河[1] 中与海面并无船影，
撒拉逊活人也难以看见：
非洲王率舰队早已离去，
海湾中剩余船焚于烈焰。
返非洲之意图已经落空，
他只好朝马赛沿海向前。

70

他希望能找到一只木舟，

---

[1]　指穿过阿尔勒城的罗纳河。

或祈求或强迫载其离岸。
此时刻杜多内船队来到，
蛮族人[1] 把每只战船塞满。
一粒米再难以投入水中[2]，
因海面密麻麻全是帆船；
帆船上沉甸甸满载乘客，
胜利者与俘虏成千上万。

71

那一夜幸运的异教战船，
未被烧也没有沉下海面，
但仅仅极少数逃之夭夭，
其余随杜多内来此海面。
船上有非洲的七位国王，
见兵败，大势去，顽抗已难，
便率领船与兵弃械投降，
现痛苦，泪满面，沉默无言。

72

杜多内欲寻找查理大帝，
走下船，踏上了马赛海滩；
因捕捉俘虏多，缴获极丰，
他准备办一场隆重庆典。
把俘虏排列在大海岸边，
努比亚胜利者跳跃，狂欢，
高喊着杜多内统帅名字，
欢呼声震荡着周围空间。

---

[1] 指非洲的努比亚兵勇和被俘获的阿格拉曼国王的兵勇。
[2] 比喻船只太多，连向海中投入一粒米的空隙都没有了。

73

远来的鲁杰罗原本希望，

那舰队属国王阿格拉曼；

为弄清实情便驱动坐骑，

当靠近舰队时他才发现：

普拉诺、阿里卡均是俘虏，

法鲁蓝、马尼拉也在其间，

克拉林、里迈东、巴里卫佐[1]，

亦低低垂下头哭泣不断。

74

鲁杰罗爱他们，无法忍受，

众国王陷囹圄，如此悲惨。

不动手靠祈求毫无益处，

他明白此环境须用枪剑。

挺直了长枪杆攻击看守，

如以往尽显其神武、彪悍；

随后又舞利刃横冲直闯，

砍倒了上百人，只在瞬间。

75

杜多内耳闻声，眼见杀戮，

却不知是何人如此凶悍。

又看到众兵卒四散奔逃，

极恐惧，甚痛苦，哭嚷一片。

立即命取盔盾，牵来战马，

他全身早已经披挂甲片；

---

[1] 此处提到的是七位被俘的非洲国王的名字。据前文讲，其中有些国王已经战死沙
　　场，此处诗人又提到他们，显然已经忘记了前面曾讲述过的故事。

跳上马令侍从递过长枪：
从不忘近卫士责任在肩。

76

高声吼，令兵士快快退下，
用马刺驱坐骑冲锋向前。
鲁杰罗又斩杀一百余人，
使囚犯重新有自由期盼；
见神勇杜多内一人冲来，
其他人均无马，脚踏地面，
便断定此人是众人首领，
迎过去，准备与来者交战。

77

杜多内冲过来抬眼看到，
鲁杰罗并没有手握枪杆，
于是将长枪也远远抛出：
他不屑靠兵器赢得此战。
鲁杰罗见对手如此大度，
自言道："其身份一眼可见，
他必是最佳的勇猛骑士，
法兰西近卫士其中一员。

78

"我应该询问他如何称呼，
知道其名与姓方可开战。"
闻听是丹麦人杜多内君，
他早知此人的威名远传。
杜多内也询问鲁杰罗名，
鲁杰罗亦道明，令其心欢。

通报完姓名后相互挑战，
随后便显身手，展示强悍。

79

杜多内手中握一只铁锤，
曾建立无数功，身经百战：
他舞锤显示出丹麦血统，
力气大，武艺精，神勇，彪悍。
鲁杰罗手中剑锐不可当，
可劈裂所有甲、坚固盔冠；
他舞动该利刃迎向对手，
意欲与近卫士比试一番。

80

但心中时刻有一种顾忌：
绝不想与心爱女子结怨；
如若是令对手血洒大地，
必会惹心上人胸燃怒焰；
早了解法兰西高贵家族，
相互间由血缘紧密相连，
贝丽奇是此人亲爱姨母，
她生下勇猛女布拉达曼。

81

因此便刺剑时留有余地，
不伤害对手时方肯劈砍。
见铁锤落下来急忙遮挡，
忽而似击对手，忽而躲闪。
鲁杰罗留情面，对手保命，
若不然几回合必然命断：

如见其有破绽剑背击打，
绝不忍令对手被剑刺穿。

82

鲁杰罗手中握宽背宝剑，
剑锋却不伤人，只用背砍；
杜多内受重击安然无恙，
就好像游戏里中剑一般；
经常是眼前见剑光闪烁，
身摇晃，差一点跌落地面。
为使您更爱听这段故事，
下一歌我再把故事讲完。

第41歌

鲁杰罗遇海难侥幸登陆　小岛上受洗礼信仰改变
风浪推木帆船送来兵器　罗兰爷携战友登岛激战

杜多内体力不支，难以取胜，请求停战，并同意把俘虏的七位非洲国王交给鲁杰罗。鲁杰罗与七位国王登上帆船，试图返回非洲，途中却遇到狂风巨浪。见船将翻，众人欲乘救生舟逃难；救生舟也被打翻，鲁杰罗侥幸游上一座小岛。在岛上他巧遇一位年迈的基督教隐修士。隐修士向他预示了未来，并为其洗礼，使其皈依基督教。

空帆船并没有被风浪打翻，反而被吹到非洲海岸，并被罗兰、布兰迪和奥利维三人发现。他们正准备与阿格拉曼、格拉达索和索柏林进行决战，需要顺手的兵器，恰在此时，帆船给他们送来了鲁杰罗的战马、盔甲和宝剑。罗兰把战马伏龙驹送给了布兰迪，盔甲送给了奥利维，自己留下了宝剑巴利萨达。

在兰佩杜萨小岛上，罗兰、布兰迪、奥利维与阿格拉曼、格拉达索、索柏林展开激战，布兰迪不幸被格拉达索杀死。

1

爱神醒经常会流出眼泪，
形成的芳香水令人喜欢，
俊少年、美女子乐意喷在，
锦衣与秀发或胡须上面；
若香水散发出喜人气味，
多日后香气仍留在空间，
便说明它质量十分完美，
明显的好效果人人可见。

2

伊卡洛请农夫饮用美酒，
给自己却带来杀身灾难[1]；
又听说高卢人喝下琼浆，
不觉累便翻越巍峨大山[2]；
一年尽，酒依然甜美如初，
这表明它原本十分香甜。
冬天至，树仍旧不落叶片，
春天时其绿色必定更艳。

3

照亮了世人的卓越家族，
高贵的光芒会永世璀璨，
它似乎每时刻闪烁光辉，
令人们可清晰做出推断：
埃斯特辉煌的最初祖先，
其表现真值得讴歌颂赞，
使家族之后裔升入天空，
闪闪亮，与太阳一样灿烂。

4

鲁杰罗每一次创建伟业，
都显示彬彬礼、神武、彪悍，
并清晰表现出伟大人格，
其行为高尚且尊贵不凡。

---

[1] 伊卡洛是古希腊斯巴达国王的儿子，他好心把美酒送给参加收割的农夫喝，喝醉的农夫却以为他在酒中下了毒，因而将其杀死。
[2] 大山指阿尔卑斯山脉。此诗句暗指：古代高卢人在葡萄酒的帮助下，不知疲倦地南下意大利定居。

上文中我已经向您说过，
对骑士杜多内如此这般：
因怜悯不愿伤对手性命，
便掩饰他自身武艺精湛。

5

杜多内也自然十分明白，
杀死他鲁杰罗心中不愿；
他[1]努力施展出浑身解数，
难应对，还经常露出破绽。
已看出对手在敬让自己：
每一招每一式谨慎万般。
近卫士[2]力将尽，难以支撑，
却仍然显示出风度不凡。

6

开言道："骑士爷，胜利已不属于我，
我以主之名义请求停战：
你表现高贵且彬彬有礼，
我早被你征服，舞锤艰难。"
鲁杰罗回答道："我盼和解，
但先要定契约，然后弃剑：
你捆缚于此的七位国王，
应释放，交予我带在身边。"

7

说话间便指出七位国王，

---

[1] 指杜多内。
[2] 指杜多内。

他们均低垂头被缚双肩；
又说要带他们赶往非洲，
并希望近卫士不要阻拦。
就这样七国王获得自由，
近卫士为他们准备帆船，
将他们交给了鲁杰罗君，
放他们航行于非洲海面。

8

木船儿解缆绳，扬起风帆，
入奸诈风浪的怀抱之间，
最初朝目的地顺风行驶，
掌船人高昂首信心满满。
远方岸已渐渐不见踪影，
广阔的海面似无边无沿。
天黑时海风便背信弃义，
把船上航行人无耻背叛。

9

船尾风转吹向船舷、船首，
狂风还不断把方向变换：
木帆船团团转，船夫失措，
奔忙于头与尾、两舷之间。
卷起了高高的惊涛骇浪，
如白色公牛群呼啸海面[1]。
巨浪欲伤害的所有生物，
均难以逃脱掉生命危险。

---

[1]　比喻巨浪头上的白色泡沫呼啸而来。

10

此风从前面来，彼风从后，
它忽而袭脊背，忽而迎面；
另一风击船舷，令其旋转，
威胁要把众人抛入巨澜。
舵前的掌船人高高悬起，
面苍白，神惊慌，吓破苦胆；
发指示降风帆调转方向，
吼叫着打手势，徒劳枉然。

11

喊叫与手势都无济于事，
在黑暗暴雨中难闻，难见。
船长的喊叫声无人听到，
众人的惊呼却响彻云天；
乘船人齐呼喊，震耳欲聋，
与巨浪之咆哮混作一团；
木舟的头与尾、两舷之处，
听不清，看不见，一片混乱。

12

愤怒风劈断了牵桅索绳，
发出的可怖声连续不断；
一道道霹雳电照亮苍穹，
滚滚的惊天雷令人胆寒。
有的人奔舵位，有人操桨，
船上人都努力做出贡献；
有的人解索绳，有人捆绑，
其他人将海水舀出木船。

13

突降的狂怒风猛烈吹动，

可怕的暴风雨尖叫不断，

海中浪高扬起冲上天空，

船上帆亦猛烈击打桅杆。

桨折断，残忍风继续猛吹，

仍不停发泄它胸中怒焰；

船侧面无防护难抗巨浪，

但此时船头转，浪击侧舷。

14

右侧舷已全部沉下水面，

眼见得底朝上就要翻船。

船上人均祈求上帝保佑，

都觉得必定会坠入深渊[1]。

一难又接一难，命里注定，

前难去，后难来，难以避免。

木舟儿多处毁，不可收拾，

凶恶的海水已冲入其间。

15

猛烈的暴风雨袭击木舟，

从四面狠击打，十分凶残。

时而见海面上巨浪高扬，

好像已冲击到天的顶端；

时而见大浪头猛然跳起，

浪头下似乎如地狱一般。

---

[1] 指海底。

希望微或者是完全丧失，
最悲惨之死亡就在眼前。

16

一整夜在海上盲目飘荡，
任狂风随其意推动向前；
天明时那风儿本应平和，
却继续增风力，疯狂一般。
见前方有一块秃秃礁岩，
眼睁睁看着它无法躲闪。
残忍风推木舟撞向礁石，
船上人再努力亦难避免。

17

掌船人欲寻找安全之路，
使船儿不撞碎，众人免难，
于是便面苍白努力转舵，
三四次努力都徒劳枉然。
狂风将船上帆满满鼓起，
降下来已变得十分困难；
船上人来不及躲避，商量：
因为已面临着生命危险。

18

众人知并没有挽救方法，
木帆船撞粉碎已成必然，
每个人均考虑自己利益，
都希望能获得生命安全；
于是便争先下救生小艇，
那小艇顷刻间就被挤满，

人太多，重量大，小艇超载，
差一点就沉下波涛海面。

19

鲁杰罗见船长急忙弃船，
水手长与他人紧随后面，
他当时未披甲只穿外衣，
也试图登小艇逃离灾难；
但发觉艇上人实在太多，
后来者还继续接连不断，
海水已漫过了警戒水线，
小艇与众人均沉下水面。

20

人们都希望能逃离海难，
勇骑士[1] 把他们拉出水面。
他闻听痛苦的哭喊之声，
一个个向天国呼唤救援：
但大海充满了傲慢、愤怒，
使哭喊受阻拦，难以传远，
呼啸的风与浪堵住咽喉，
令微弱哀怨声出口困难。

21

一些人在水下，难以露身，
另一些被抛起，跃上浪尖；
有的人游过来，勉强探头，

[1] 指鲁杰罗。

有的人把臂腿露出水面。
鲁杰罗对风暴毫不畏惧，
他高高挺立于波涛之间，
见难以躲避的那座礁岩，
光秃秃卧海上，距己不远。

22

便努力用手脚不停划水，
希望能登上那无水岸边；
抖精神，奋力游，气喘吁吁，
巨浪头反击来，将其推远。
此时刻暴风雨更加凶猛，
狠冲击被抛弃空空木船；
弃船人本期望侥幸逃生，
厄运却将它们投入灾难。

23

噢，船长与众水手弃船而去，
任船儿随意漂盲目向前；
本应该沉没的木船得救：
错误的猜测会把人欺骗！
见众人弃船去，逃之夭夭，
风似乎也改变先前宣判：
令木舟远离陆，随波逐流，
漂向了浪缓的安全水面。

24

有人掌，木帆船难行正路，
无人控，却直驶非洲海岸，
无意间到达了比塞大东，

靠岸处距该城两三哩远；
因水浅，风亦停，再难漂流，
牢扎在荒芜的不毛海滩。
上文中我说过罗兰伯爵，
信步行，来到了大海岸边。

25

他想知木船上乘坐何人，
是否它只是条无人空船，
便伙同布兰迪、奥利维君，
划舢板来到了搁浅海滩[1]。
进入了木舟的船舱之中，
那船儿空空的，一人不见；
却看到鲁杰罗伏龙宝马，
与全副之盔甲、锋利宝剑：

26

逃命时未带走利剑、宝马，
太匆忙，实在是没有时间。
近卫士[2]认出了巴利萨达，
此宝剑曾一度握他掌间。
我知道您[3]了解全部历史：
伯爵毁法勒琳[4]美丽花园，
并夺走魔女所锻造利刃，
后来却被窃贼盗离身边；

---

[1] 指远方飘来的帆船所搁浅的海滩。
[2] 指罗兰。
[3] 指写作这部史诗的诗人的恩主。
[4] 见第 25 歌 15 节。

27

那窃贼布鲁内在山脚下[1]，
向骑士鲁杰罗敬献宝剑。
剑刃利，剑背宽，威力无穷，
其神力百战中已有体现。
罗兰爷见此物心中欢喜，
对上天之主宰感激万千；
他后来经常说：天主垂爱，
关键时将利刃送我面前。

28

赛里斯国王要与其角斗，
这一场生死战十分关键；
那国王不仅是勇力过人，
而且有巴亚多、杜林丹剑。
船上的甲与胄伯爵不识，
并不觉它们有多么稀罕[2]；
体验者才会知甲胄价值，
否则便只以为华丽好看。

29

罗兰爷对盔甲并不重视，
因其身有神助，不惧枪剑，
将盔甲交给了奥利维君，
自己却把宝剑留在身边；
布兰迪得到了伏龙宝马：

---

[1]　指卡雷纳山。见第 33 歌 100 节注。

[2]　罗兰并不知道鲁杰罗杀死了蛮力卡，夺得了特洛伊勇士赫克特的盔甲。见第 30
　　歌 74 节。

伯爵愿同行的每个伙伴，

都能够分得到心爱之物，

从而使所有人心中喜欢。

30

三勇士为决战准备战袍，

均希望有华丽新袍披肩。

伯爵命把雷击巴别高塔，

刺绣在四方格背景上面[1]。

奥利维希望绣趴卧银犬，

犬脖颈拴挂着一条锁链，

下面绣一句话：等待猎物；

黄金色袍底面华贵，鲜艳。

31

布兰迪为表示悼念亡父[2]，

他不想其服装过分鲜艳，

而打算身上穿黑色战袍，

下战场与对手恶战一番。

菲蒂丽亲手把战袍缝制，

尽力使素战袍美丽，庄严：

只使用宝石来将其装饰，

皂色的呢绒布行走针线。

---

[1] 《圣经·旧约·创世记》第 11 章宣称，傲慢的人们欲兴建能通往天堂的巴别高塔；
为了阻止人类的计划，上帝让人类说不同的语言，使人类相互之间不能沟通，计
划因此失败，人类自此各散东西。雷击巴别高塔是上天惩罚傲慢的异教徒的象征，
罗兰命人将其刺绣在战袍上，预示要征服异教徒。红白相间的四方格图案是罗兰
的标志。见第 8 歌 85 节。

[2] 布兰迪不久前接到父亲亡故的消息。见第 39 歌 62 节。

32

心爱人亲手制合身战袍，
与盔甲相呼应，庄重，美观，
勇骑士披它于铠甲之上，
可覆盖战马臀、鬃毛、背肩。
从开始制战袍那一日起，
一直到素战袍缝完那天，
从不见美女子露出笑容，
战袍成，仍不见少女开颜。

33

她那颗痛苦心十分害怕，
布兰迪下战场再难回返。
曾百次在百地见其投入，
一场场危险的殊死恶战，
但从未似今日这样担忧：
面苍白，血凝冻，心中慌乱；
这一种全新的无名恐惧，
令脆弱之少女双倍抖颤。

34

准备好兵器与各种装备，
三骑士扬起了木船风帆。
阿托夫、单索内留在陆地，
把忠诚基督的军队统管。
菲蒂丽心早被恐惧穿透，
对上天诉苦痛，许下誓愿，
她眺望远行船不肯离去，
一直到帆已入远海水面。

35

阿托夫、单索内费尽气力，
才使她离开了眺望海边，
拖她回宫殿中，安置床上，
多情女哭泣着浑身抖颤。
温顺风推动着三位骑士，
率精锐之兵勇破浪向前。
木帆船直驶向约定岛屿，
在那里将展开殊死决战。

36

安格兰骑士爷率领众人，
登上了小岛的东面海滩，
奥利维、布兰迪紧随其后，
先占领此地势理所当然[1]。
那一日非洲王亦至小岛，
在伯爵对面处扎下营盘；
但因为黄昏至，时间太晚，
便决定第二日黎明开战。

37

两军都派出了武装侍从，
设岗哨，防夜袭，直至亮天。
天黑时布兰迪走出军营，
来到了撒拉逊营寨门前：
他本与非洲王朋友相待，
曾经在其旗下奋勇征战，

---

[1]　从东面登陆，有利于战斗，因为东方升起的太阳不会刺激眼睛；这是一种聪明的
　　战术安排。

法兰西易旗帜调转剑锋[1]；
现代表统帅[2]见阿格拉曼。

38

骑士与非洲王相互问候，
随后便对国王侃侃而谈，
以朋友之身份告诉国王，
他带来伯爵爷真诚规劝：
如若王愿意奉基督为神，
并退出这一场凶险恶战，
尼罗至大力神立柱之处[3]，
诸城市王仍可控于掌间。

39

他言道："我向您提此建议，
因为我爱过您，现在依然；
国王啊，我信仰基督真神，
您应该相信我正确判断，
愚蠢者是那个穆罕默德。
我希望您和我同路向前：
如若是您与我所爱之人，
都能够踏坦途，我心方安。

---

[1] 《热恋的罗兰》中讲，布兰迪曾经是阿格拉曼的客人，受到礼遇，并没说他随撒
　　拉逊军队征战法兰西；然而，阿里奥斯托却在《疯狂的罗兰》中暗示布兰迪是在征
　　战法兰西时皈依基督教的；从而为下面布兰迪与阿格拉曼之间的对话埋下了伏笔。
[2] 指罗兰。
[3] "大力神立柱之处"是指直布罗陀海峡。据说希腊大力神在那里立了两根巨柱，
　　标示大地的边缘。

40

"此建议关系到您的利益，
除此外您别听其他意见；
您不要去惹怒米龙之子[1]，
最不该与此人舞枪弄剑：
与他斗必惨败，风险巨大，
他面前任何人难有胜算。
即便是您取胜又有何益，
若失败便永远无法回转。

41

"假若是那罗兰被您杀死，
我们也都亡于您的利剑，
看不出您会有什么可能，
再收复丧失的非洲地面。
我们死，您仍无任何希望，
使事实生变化，形势逆转，
令查理缺兵将，难以占领，
非洲的民房与城堡、宫殿。"

42

布兰迪说到此告一段落，
随后又补充了许多意见；
最后被非洲王厉声喝止，
高傲王仰起头回答其言：
"你这个大疯子狂妄至极，
任何人都不敢这般大胆，

---

[1] 指罗兰。见第 31 歌 107 节。

竟然会对我提如此建议，
谁请你做参谋来到此间？

43

"你胡说建议都出自好心，
还一直把我爱，今日依然，
而你却随罗兰同来此处，
真不知应如何相信你言？
我深信你已被蛇鬼[1]操纵，
它欲把你灵魂投入深渊[2]：
那魔鬼必要时完全可以，
将尘世所有人拖入冥间。

44

"若失败我会被永远流放，
若得胜便能够重掌大权；
真主的头脑中早有安排，
我与你和罗兰均难预见。
无论你咋恫吓，我均不惧，
非洲王之行为怎可卑贱？
如若是我必定难免一死，
情愿死也不想辱没祖先。

45

"你现在快回去等待交战，
若明日战场上表现一般，
并不如今日做说客优秀，

---

[1]　如蛇形状的魔鬼。
[2]　指地狱。

倒霉的近卫士[1] 便无佳伴。"
愤怒的非洲王胸脯起伏，
喷出来胸中的熊熊怒焰。
说完话他二人各自回营，
静等待太阳车再出海面。

46

黎明时东方又放出光明，
武装的众骑士同时跨鞍；
相互间只交换寥寥数语，
随即便不迟疑展开激战：
双方的勇士都挺直枪杆。
恩主呀，我不该絮叨不断，
只讲述此处的诸君故事，
鲁杰罗却被弃波涛海面。

47

年轻人腿与臂同时划动，
狠击打可怖的狂涛巨澜。
暴风雨威胁着他的生命，
心有愧更令他神情慌乱。
极担忧基督神实施报复：
本应该受洗礼圣水洒面，
有充裕时间时他不受洗，
此时却被海水冲刷不断。

---

[1] 指罗兰。

48

他脑中又想起心爱女子，
曾对其许下了很多诺言，
还曾对里纳多发过毒誓，
到如今却没有一件实现。
上天主欲在此将他惩罚，
他向主一次次忏悔不断；
许愿说若能够踏上陆地，
定皈依基督教，遂主心愿：

49

永不再助异教摩尔军队，
对忠诚基督者举起枪剑；
而且要立刻去法兰西国，
向查理把他的敬意奉献；
献真诚爱情于布拉达曼，
对于她绝不再谎言欺骗。
刚对天许完愿奇迹出现，
他觉得力气增，游水轻便。

50

力气长意志也随之增添：
鲁杰罗劈波浪奋勇向前，
一浪头将其举，另浪前推，
浪与浪紧衔接，连续不断。
时而起，时而落，受尽折磨，
最后他终于至一片海滩
（岸边朝大海处有座山坡），
落汤鸡登上岸浑身瘫软。

51

掉入到大海的其他众人，

拼命游，力用尽，沉下水面。

鲁杰罗爬上了孤独小岛，

全依赖天主的善心救援。

骑士登无人之荒芜野山，

逃离海却产生新的不安：

独身在这一座孤寂小岛，

他最终会悲惨忍受饥寒。

52

坚定的鲁杰罗十分倔强，

愿忍受上天赐一切苦难：

如岩上顽强的树木摇动，

挺立着望天空长上山巅。

向前行还不到百步之遥，

见一位斋戒的年迈老汉，

看服饰与迹象是位隐士，

他值得受崇敬，圣人一般；

53

就好像主欲使保罗皈依，

便向他发出了有益呼唤，

"扫罗呀，你为何迫害我教？[1]"

走近后闻老叟也在高喊：

---

[1] 据《圣经·新约·宗徒大事录》说，圣保罗皈依基督教之前名叫扫罗，是一位罗马帝国的官员，残忍地迫害基督教徒；一天晚上，突然一道强光使其跌下马，并听到空中有人喊"扫罗呀，你为何迫害我教"，随之双目失明；后来基督徒在天主的启示下治愈了他的双眼，保罗皈依了基督教，并成为最重要的传教宗徒。

"你以为可免费越过大海，

能够把他人的货物拐骗。

但上帝有很长一只神手，

可提你，无论是相距多远！"

54

那神圣隐修士继续说道：

前一天深夜里曾见主面，

主说是他伸出援救之手，

令骑士鲁杰罗登上此岸；

鲁杰罗以往与未来生活，

他怎样受迫害离弃人间，

其世代子与孙情况如何，

上天主对修士全都明言。

55

隐修士先指责鲁杰罗君，

随后把骑士又安慰一番。

指责他曾多次推迟洗礼，

信仰的美桎梏仍未上肩[1]；

自由时[2] 他就该皈依基督，

主早已对骑士发出召唤；

见生命受威胁被迫入教，

这表明他并不十分情愿。

---

[1] 指鲁杰罗曾经多次推迟洗礼，至今尚未皈依基督教。基督教教义虽然会限制人的
行为，但诗人把皈依基督教看作是一种美好的事情，因而此处说"信仰的美桎梏
仍未上肩"。

[2] 指不受任何胁迫时，即没有受到风浪威胁时。

56

随后又说骑士并未逆天，
虽然迟，却仍然为时不晚。
他讲述《福音书》工人故事：
工不同报酬却不差半点[1]。
用仁爱与虔诚教诲骑士，
嘱咐他对信仰忠诚不变，
边教导边缓步走向斗室，
那小屋开凿在一座石岩。

57

斗室的上方有一座教堂，
方便的小教堂门朝东面，
教堂美，石屋亦显示虔诚[2]，
下方的小树林直面海滩；
树林中长满了月桂、刺柏，
爱神木、棕榈更枝茂叶繁；
还有道清澈泉流下山岗，
潺潺水低声语奔走向前。

58

隐修士居于此已经许久，
至少也大约有四十余年；
救世主为他选合适之地，
令其享孤独的神圣宁安。
食此树或彼树结出果实，

---

[1] 指《福音书》中的一个故事：尽管工人们做工时间不同，雇主却给工人相同的报
    酬。隐喻鲁杰罗虽然很晚才皈依基督教，但也会得到天主赐予的同样的爱。
[2] 显示出石屋主人的虔诚。

饮流动清澈的甜美山泉，
虽然是他已经年满八十，
气不喘，力不亏，十分强健。

59

入斗室老修士点燃炉火，
餐桌上摆野果准备开饭，
他要使鲁杰罗恢复体力，
令其把发与衣慢慢晾干。
学会了我宗教全部玄义，
鲁杰罗感觉到快乐无限；
第二日老修士举行仪式，
为骑士施洗礼，淋洒山泉。

60

鲁杰罗很高兴来到此处，
天主的好奴仆[1] 对其许愿：
几天内送他到该去之处，
一定会令骑士意足心满。
修士和鲁杰罗谈地论天，
经常与他交换各种意见，
从天国谈论到自身情况，
从未来诸人物谈到血缘。

61

明眼的上天主洞察秋毫，
圣修士受启示可以预见，

---

[1]　指隐修士。

鲁杰罗皈依了基督之后，
还只能在尘世生活七年：
贝托拉[1]被杀死与他有关，
皮纳贝[2]也死于其妻枪剑，
邪恶的马刚萨必定复仇，
也狠毒令骑士悲惨遇难。

62

施隐秘之阴谋无人看透，
事先也未听到消息半点；
恶棍们杀死了勇猛骑士，
并将他就地埋，踪影不见：
正因为此原因其妻[3]与妹[4]，
很晚才为骑士报仇雪冤。
怀孕的忠诚妻不远万里，
寻夫君闯南北，踏遍世间。

63

特洛伊睿智的安忒诺耳[5]，
很喜欢美丽的一片田园[6]，
可见到潺潺的温泉溪水，
阿迪杰、布伦塔流淌不断，

---

[1] 马刚萨家族成员，被鲁杰罗的伙伴们杀死。见第 25 歌 74 节。
[2] 马刚萨家族成员，被布拉达曼杀死。
[3] 指布拉达曼。
[4] 指玛菲萨。
[5] 安忒诺耳是特洛伊最睿智和最有见识的长老，他和国王普里阿摩斯政见不同，很多人认为他是特洛伊议会中亲希腊派的代表。由于战争爆发前，他保护和帮助过出使特洛伊的奥德修斯和墨涅勒阿斯，作为报答，战争结束后，希腊联军没有侵害安忒诺耳一家人的生命和财产，并允许其自由移民他处。
[6] 指埃斯特家族统治的领土，即意大利东北部的帕多瓦、费拉拉一带。

旁边是肥沃土、宜人草地：
情愿用伊得山与其交换[1]；
修建了埃斯特著名城堡，
女英雄[2]产子于附近林间。

64

该子叫鲁杰罗，与父同名，
长大后英俊且威武不凡，
他本是特洛伊英雄血脉，
被众人选为王，万民颂赞；
少年时便追随查理皇帝，
与意土伦巴第军队作战，
获得了这一片美丽国土，
受侯爵之封号，世代相传。

65

受封时查理帝郑重宣布：
"埃斯特领此地，直至永远！"
从此后埃斯特成为族名，
该封地风雨顺，好运不断；
就这样形成了埃斯特族，
最初的城堡名再无人见。
主[3]还向其奴仆[4]做出预言：
鲁杰罗遭报复，被人暗算。

---

[1] 据说，特洛伊战争之后，安武诺耳来到意大利，他喜欢意大利远超过耸立着巍峨的伊得山的克里特岛，于是便在其东北部的阿迪杰和布伦塔两河之间的美丽地区建立起帕多瓦城。

[2] 指布拉达曼。

[3] 指天主。

[4] 指那位虔诚的隐修士。

66

修士说他还要托一梦幻，

在骑士忠诚妻面前出现，

对她说何人把骑士谋害，

并指出鲁杰罗葬身地点。

女英雄与小姑[1] 为其复仇，

彭提欧[2] 将毁于烈火、枪剑；

待儿子鲁杰罗长大之后，

马刚萨必定会再次遭难。

67

修士把阿贝托、阿佐等人、

奥比佐、尼科洛一一论谈，

勒内罗、艾克勒、伊波利托、

阿方索、伊萨贝亦说一遍[3]。

他没有把所知全部讲述，

圣洁的老修士不愿多言：

该讲事对骑士一一说清，

不该讲他必定全都隐瞒。

68

此时刻奥利维、布兰迪君，

随罗兰朝前冲，挺直枪杆，

杀向了赛里斯格拉达索：

此异教勇士如战神一般；

另两位撒拉逊彪悍骑士，

---

[1]　指玛菲萨。

[2]　马刚萨家族的封地。

[3]　上面所提及的人物均是鲁杰罗的后裔。见第 3 歌。

索柏林、非洲王阿格拉曼，
也驱动胯下马，疾驰而上，
奔跑声回荡在大海岸边。

69

众勇士互冲撞，凶猛无比，
枪杆均折数段，飞向云端，
海中水受震荡，波涛汹涌，
法兰西亦听见巨响震天。
罗兰爷一人战格拉达索，
力相当，无高下，强弱难辨，
巴亚多助力于赛里斯王，
异教徒有马助异常强悍。

70

伯爵的坐下骑体力不支，
猛冲撞令战马立站困难，
向后坐，向前卧，左右摇摆，
扑腾腾，直挺挺倒于地面。
罗兰爷三四次试图站立，
刺马腹，拉缰绳，徒劳枉然；
难令马立起身，自己下鞍，
臂挽盾，手握剑，徒步迎战。

71

奥利维去迎战非洲国王，
相互间战平手，取胜困难。
布兰迪使对手跌落马下，
索柏林并不晓是何根源：
不知应怪战马还是自己，

那畜牲很少令他落马鞍；
或者因马儿弱或因骑手，
总言之，索柏林摔倒地面。

72

布兰迪见对手跌落马下，
并未对索柏林刺枪，劈剑，
而转身冲向了格拉达索：
因他把罗兰爷撞下马鞍。
奥利维、非洲王再次对冲，
相互间猛击打，继续恶战：
刺盾牌，双枪杆断成数节，
再返回，面对面挥舞利剑。

73

勇罗兰见对手格拉达索，
似不想转过身与他再战，
也不让布兰迪再战别人，
向骑士[1] 迎过去，与其纠缠；
又见到索柏林同样徒步，
被抛弃，没对手，无人交战，
便朝他迈大步扑将过去，
凶恶状令苍天浑身抖颤。

74

索柏林见一人猛然冲来，
全身心准备好，手握利剑：

---

[1] 指布兰迪。

似可怕巨浪头呼啸而至，
掌船人要积极奋力迎战，
见海浪高扬起汹涌澎湃，
昂船头以避免水没甲板。
索柏林盾难挡法勒琳造，
那一柄神奇的锋利宝剑[1]。

75

那宝剑极锋利，削铁如泥，
盾与甲都难免被其斩断；
更何况它握在罗兰手中：
人世间无人比伯爵彪悍。
即便是坚盾骨包裹精铁，
剑砍下，盾牌断，那是必然，
把盾牌前与后全都斩透，
剑锋已劈到了盾的背面。

76

随后落对手肩，遇到坚甲，
尽管有环锁铠、硬甲护片，
它怎管护片硬、锁甲牢固，
撕裂了索柏林骑士背肩。
虽伤重仍顽强欲伤伯爵，
但他的努力都徒劳枉然，
罗兰爷有天主、星辰保佑，
无人能将他的皮肉戳穿。

---

[1] 指罗兰手中握的巴利萨达宝剑。见本歌 26 节。

77

勇猛的伯爵爷又是一击，
试图把对手头劈下背肩。
索柏林深知晓克莱蒙[1] 勇，
盾牌坚也难挡伯爵利剑，
急后退却未能完全躲过，
那宝剑划破了他的额面。
虽然被剑背击，力量却大，
震晕了其大脑，击裂盔冠。

78

遭猛击索柏林跌倒在地，
好半天都未能重新立站。
近卫士以为他卧地死去，
不需要再与其继续纠缠；
又扑向凶猛的格拉达索，
以挽回布兰迪被动局面：
异教王力无穷，战马得力，
而且还有坚甲、无敌宝剑。

79

伏龙驹本属于鲁杰罗君，
布兰迪现骑坐神驹马鞍；
借马力他大战撒拉逊人，
并不觉处下风，过分艰难：
若如同异教王[2] 披挂坚甲，
或许他占上风，对手气喘；

---

[1]   指罗兰的家族。见第 20 歌 5 节。
[2]   指格拉达索。

但因为身上甲不够坚硬,
他必须时不时左右躲闪。

80

其他马怎可比伏龙神驹,
善理解骑者意, 聪明非凡:
杜林丹[1]无论是落在何处,
它[2]避剑左右蹦, 前后躲闪。
另一处地面上可以见到,
奥利维正恶战阿格拉曼,
可以说他二人旗鼓相当,
其勇力与武艺相差不远。

81

罗兰爷冲向了格拉达索,
把异教索柏林抛弃一边,
欲帮助布兰迪战胜对手,
脚踏地, 迈大步, 猛扑向前。
正准备向敌人发起攻击,
见一匹好战马漫步阵前:
索柏林刚从其背上跌落;
伯爵想先夺马然后再战。

82

若有马无人可与其争雄,
近卫士一纵身跨上马鞍,

---

[1] 格拉达索手中的宝剑。
[2] 指伏龙驹。

一只手抓住了华丽缰绳[1]，
另一手高举起锋利宝剑。
见伯爵奔过来呼唤其名，
赛里斯国之主不以为然：
罗兰与布兰迪虽然骁勇，
他却欲将二人同斩阵前。

83

抛弃了布兰迪转向伯爵，
把剑尖直刺向罗兰护肩；
穿透了层层的护身甲衣，
欲伤其皮肉却徒劳枉然。
罗兰爷亦劈下巴利萨达，
剑到处坚石裂，神难阻拦。
盔与甲、剑与盾无法护佑，
任何物被劈到必裂两半。

84

剑伤及赛里斯异教国王，
脸与胸至大腿伤痕不浅；
他自从披上了那副神甲，
就从未皮肉开鲜血飞溅；
这一次他感觉着实奇怪，
饮血的竟不是杜林丹剑。
伯爵剑若劈砍更正一些，
头至腹必定被一劈两半。

---

[1] 索柏林是异教国王，因而马缰装饰得十分华丽。

85

从此后再不能坚信甲胄，

施魔法也难以保身安全[1]。

角斗时须更加小心翼翼，

最好是把身体全都护严。

布兰迪见伯爵参与战斗，

夺走他与对手生死恶战，

于是便穿梭于两场格斗，

哪（儿）需要他就在哪里出现。

86

当众人正奋力拼命厮杀，

索柏林已卧地许久时间，

此时他醒过来挺身站立，

全身痛，尤其是面与左肩。

抬起头，转动身，四处观望，

看见了非洲王与人激战，

迈大步，奔过去，意欲帮忙，

不作声，因而便无人发现。

87

奥利维眼紧盯阿格拉曼，

全不知索柏林来到身边；

异教徒[2]向战马后腿猛击，

这一剑力量大，十分凶残；

奥利维猛然间翻下马鞍，

两只脚却无法站立地面：

---

[1]　就是盔甲施有魔法，刀枪不入，也难以保证身体的安全。

[2]　指索柏林。

人落鞍足悬挂马镫之上，
未曾想遭此劫，十分危险。

88

紧接着索柏林又是一击，
欲砍落敌将头反手劈斩；
但闪亮软硬甲阻挡利刃：
是火神锻造这宝铠坚片[1]。
布兰迪见战友身处险境，
猛扑向索柏林，高举利剑；
伤其头，又狠狠将他撞击，
但凶狠老国王[2]随即立站；

89

继续追奥利维，欲取其命，
要立刻就令他永弃世间；
或至少不让他脱离困境，
继续被拖挂在战马下面。
奥利维拼全力进行自卫，
用右臂挥舞着手中利剑，
劈向左，刺向右，不停击打，
渐渐把索柏林甩在后边。

90

追赶者已被他抛在身后，
奥利维希望能摆脱危险，

---

[1] 奥利维身上穿的鲁杰罗的宝甲，该宝甲是火神伏尔甘锻造的，由特洛伊英雄赫克特传给了后人。
[2] 指索柏林。

但已经身瘫软，遍体是血，
鲜红血如溪流，浸染海滩，
好像是很快便无法支撑，
太虚弱，以至于起身困难，
他多次试图要挺起身来，
却难以脱马镫双足立站。

91

布兰迪此时战阿格拉曼，
围着他狠击打，不停转圈：
伏龙驹或迎面或在左右，
快腾挪，就如同陶车一般。
莫诺丹之爱子[1] 骑乘宝马，
南方王[2] 胯下驹也不一般：
鲁杰罗赠送他布里亚多，
蛮力卡曾骑坐此兽[3] 马鞍。

92

非洲王坚甲胄为其增力，
它经历千百次恶战考验。
布兰迪却随意寻一盔甲，
穿在身来应付这场激战；
但其勇确保他并不逊色，
还期待夺对手宝甲披肩。
尽管是非洲王凶狠无比，

---

[1] 指布兰迪。莫诺丹是布兰迪的父亲。
[2] 指非洲王阿格拉曼。因非洲在欧洲的南方，因而此处称"南方王"。
[3] 指宝马布里亚多。

已令他[1] 鲜红血浸染右肩；

93

东方王[2] 也曾经刺其左胯，
留下的一道伤十分凶险；
但勇猛骑士却伺机报复，
寻找到敌弱点劈下利剑：
盾破裂，砍伤了对手[3] 左臂，
随后将右手也撩伤一点。
可以说这只是小小玩笑，
伯爵与对手[4] 的激战更险。

94

异教王[5] 令伯爵半卸武装：
将其盔从顶端横斩两半，
令其盾跌落在草地之上，
挑碎了锁子甲、护身坚片，
若不是神佑护，必伤其身。
近卫士令对手更加悲惨：
除已经讲述的伤害之外，
还伤及其胸脯、脖颈、面颜。

95

罗兰爷尽管是多处中剑，

---

[1]　指布兰迪。
[2]　指格拉达索，因为他是东方赛里斯国的国王。
[3]　指非洲王阿格拉曼。
[4]　指格拉达索。
[5]　指格拉达索。

头至脚并没有伤及半点，
异教王却见血染红全身，
身瘫软，心绝望，十分难堪；
他双手高举剑欲伤对手，
以为可将其头、胸、腹劈斩；
向傲慢近卫士迎头猛剁，
其剑锋正对准伯爵额面。

96

若对手并非是罗兰伯爵，
这一剑必定能劈至马鞍；
然而却似剑背击中目标，
那利刃仍然是银光闪闪[1]。
被击中罗兰爷眼冒金星，
低垂首，目视地，头晕目眩：
弃缰绳，宝剑也差点落地，
幸亏有一锁链拴于手腕。

97

罗兰爷胯下的那匹战马，
被巨响震晕头，惊恐慌乱，
沿岸边无目的东窜西跑，
显露出它奔驰本事不凡。
这一击使伯爵头脑晕眩，
已无力勒战马令其停站。
异教王随其后紧紧追来，
巴亚多瞬间将赶到身边。

---

[1] 鲜血并没有染红宝剑，使其丧失光泽。

98

异教王转眼见阿格拉曼，
似已经陷绝境，十分危险：
莫诺丹英雄儿用其左手，
紧抓住非洲王头顶盔冠；
系盔冠之皮绳早被挣断，
他正欲用短剑割王喉管；
非洲王已难以进行自卫，
因宝剑先被其击落地面。

99

异教王放弃追罗兰伯爵，
奔过去急忙救阿格拉曼。
粗心的布兰迪没有想到，
他竟然能摆脱伯爵纠缠；
眼与心均没有注意来者，
只想用短剑割敌酋喉管。
赛里斯国王至，用足力气，
两只手握利剑，劈其盔冠。

100

天父啊，他是你忠诚灵魂，
将自己奉献你神圣祭坛，
已走完风和雨生命历程，
入海港，收捆起远航风帆。
啊，杜林丹，你怎会如此不忠？
竟然对罗兰爷这般凶残，

　　　　杀死了主人的亲密战友[1]：
　　　　罗兰爷爱他如腹中心肝。

101

　　　　盔冠有铁护环二指余宽，
　　　　被利剑猛力劈，碎裂两段；
　　　　这一击实在是力大惊人，
　　　　盔内的护头网[2]亦被斩断。
　　　　布兰迪面茫然，失去知觉，
　　　　顷刻间落马背，重摔地面；
　　　　鲜红血从脑中喷涌而出，
　　　　如河水流淌在小岛海滩。

102

　　　　伯爵爷苏醒来，定睛观看，
　　　　见战友布兰迪躺倒地面；
　　　　马背上撒拉逊将他盯视，
　　　　便明白是此人令其命断。
　　　　不知他是否能强忍剧痛，
　　　　即便哭也没有许多时间；
　　　　他可忍痛苦却难抑怒火，
　　　　但此时我需要暂告一段。

---

[1] 杜林丹本来是罗兰的宝剑，格拉达索却用它杀死了罗兰最亲密的战友布兰迪。

[2] 头盔内部用精铁丝编成的网，可以起到保护头部安全的作用。

第42歌

罗兰爷杀两王为友报仇　里纳多追美女林中遇险
近卫士饮"恨水"抛弃爱情　勇骑士入宫殿享受美宴

　　罗兰见格拉达索杀死好友布兰迪，怒火中烧，他猛劈一剑，将非洲王阿格拉曼斩为两段。随后，又扑向格拉达索，将其刺死。此时，奥利维和索柏林已身负重伤，跌倒在地，丧失了战斗力。罗兰抬头远望海面，见一只帆船驶来。

　　里纳多仍然热恋安杰丽佳，他请求表弟马拉基帮助他寻找美女的踪迹。马拉基利用魔法得知安杰丽佳已返回契丹，并将消息告诉里纳多。里纳多以寻找宝马巴亚多为理由，请求查理允许他去东方。

　　路上，里纳多又进入阿登森林。在森林深处遇见身缠毒蛇的千眼魔怪，并与其激战。危急时刻，"漠视君"化身骑士形象，助他摆脱危险，并引导他来到"恨泉"边，让他饮用"恨泉"水，使其忘记对安杰丽佳的爱；随即"漠视君"销声匿迹。

　　里纳多在巴塞尔城听说罗兰要与阿格拉曼决斗，便想赶去助他一臂之力；他快马加鞭来到意大利的波河岸边，在那里遇到一位热情的骑士，并随骑士进入一座美丽的宫殿，受到骑士盛宴款待。骑士请里纳多用一只金樽饮酒，说酒若洒在胸前，他便能看到妻子不忠。

1

若爱神把某人铭刻你心，
你却见这个人名损命断，
因有人当你面对他施暴，
而且还施诡计将他欺骗；
想锁住你愤怒需要使用，

何等的硬马嚼、坚铁纽襻？
即便是能得到钻石锁链[1]，
也难以控制它[2]越过界限。

2

假如怒，太冲动，走上歧途，
其表现狠毒且十分凶残，
也应该被谅解，免遭指责，
因头脑失理性，难控怒焰。
施屠戮无止境阿喀琉斯，
因挚友洒鲜血染红地面；
如若是不存在任何诱因，
他为何拖尸体炫耀一番[3]？

3

阿方索，您手下也曾愤怒：
那一日一巨石砸您额面，
所有人都以为您魂已去，
于是便难抑制熊熊怒焰；
沟与壑及城墙无法护敌，
他们被愤怒火生吞活咽：
一个个全都被无情杀死，

---

[1] 古罗马诗人奥维德在《变形记》中讲，希腊神话中的大力神曾下入冥界，用钻石锁链把看守冥界的恶犬刻耳柏洛斯牢牢地拴了起来。

[2] 指你的愤怒。

[3] 荷马史诗《伊利亚特》中讲，阿喀琉斯的挚友帕特洛克罗斯戴其头盔出战，不幸被赫克特杀死；阿喀琉斯杀死赫克特为友报仇，并将其尸体拖在战车后以发泄怒火。

竟无人去报告城被攻陷[1]。

4

见到您被击倒，众人痛苦，

您士卒由狂怒转为凶残。

如若是您仍然双脚立地，

他们剑便可能少喷怒焰：

只要是重夺回巴斯蒂亚，

您或许就已获心中宁安；

此城被西班牙军队占领，

受他们统治已时间不短。

5

复仇的上天主或许安排，

此时您受重伤倒在地面，

以便于对敌人残忍罪行，

施惩罚令他们承受苦难：

全因为负伤的威斯提得，

战败后落在了他们掌间，

虽缴械却仍被千刀万剐，

受割礼之兵勇[2]亦显凶残[3]。

6

我最终想说明一个道理，

---

[1] 1512 年 1 月 13 日，攻打巴斯蒂亚城时，一块巨石落下，正砸在埃斯特公爵阿方索的额面上，士兵们都以为公爵已死，因而怒火中烧，在攻下城池后，把守城的西班牙士兵全部杀死，连一个报信的人都没留。

[2] 指犹太人和阿拉伯人。

[3] 西班牙军队曾俘获受伤的将军威斯提得，并将手无寸铁的他凶残地杀死；行凶的士兵中还有许多犹太人和阿拉伯人。

当主人与亲友在你面前，
受他人谩骂和羞辱、践踏，
你胸中必定会燃烧怒焰。
罗兰见异教王狠击战友，
布兰迪顷刻间死于地面，
他心中好似被烈火灼烧，
为挚友怒火燃理所当然。

7

似一位牧羊人心爱儿郎，
戏耍于沙滩上不知危险，
被一条邪恶蛇毒杀而死，
那毒蛇随后要蜿蜒逃窜，
愤怒的牧羊人挥起大棒：
伯爵爷亦同样胸燃怒焰；
举利剑劈面前撒拉逊人，
他便是非洲王阿格拉曼。

8

王中王[1]浑身血，手中无剑，
左臂挽半面盾，盔绳已断，
他身上许多处被人击伤，
道道痕均出自布兰迪剑；
似雀鹰被苍鹰已经抓伤[2]，
猎手[3]却赶在了苍鹰之前：
罗兰爷冲过去猛力劈砍，

---

[1] 指非洲王，他是撒拉逊诸王中的盟主。
[2] 雀鹰比喻阿格拉曼，苍鹰比喻布兰迪。
[3] 指罗兰。

非洲王头与体一分两边。

9

盔绳断，脖颈已暴露无遗，
这一剑似劈斩草芥一般。
利比亚统治者[1] 沉重躯干，
跌倒在沙滩上，再难立站。
其灵魂飘荡至阿刻戎河[2]，
卡戎用鹰爪钩抓其上船。
罗兰爷并没有就此停顿，
对另一撒拉逊举起利剑。

10

赛里斯国王见阿格拉曼，
倒在地头与身一分两边；
从未曾见这等可怕之事，
受惊吓，面失色，心惊胆战；
见罗兰勇骑士冲至面前，
他好像早已经预见灾难：
当遭受致命的打击之时，
竟丝毫没遮挡，亦未躲闪。

11

近卫士剑直指他的右肋，

---

[1]　指非洲王阿格拉曼。
[2]　据希腊神话讲，人们死后，被引至冥界。先来到汹涌奔流的黑色的阿刻戎河——
　　即痛苦之河。大河阻挡前进的道路，只有满面胡须的船夫卡戎可以将亡灵摆渡到
　　对岸。但是，亡灵必须交纳一定的过河费方可上船，否则将在痛苦之河的沿岸流
　　浪，找不到归宿。

穿透了其肋骨，深陷胸间，
从左肋露出了一拃之长，
鲜血把剑身与剑柄浸染。
足可见伯爵爷神勇无比，
人世间武士中数他彪悍，
异教徒世界的最勇武士，
命已绝，气已断，死于此剑。

12

虽取胜近卫士并不高兴，
一跃身跳下马，怎肯怠慢；
他飞快奔向了布兰迪君，
泪流淌，面变色，心如油煎。
见地面被战友鲜血染红，
其盔似被利斧劈为两半，
即便它比树皮更不牢固，
凡人力也难以砍成这般。

13

伯爵爷摘下了他的头盔，
见利剑正劈在两眼之间，
深伤口至鼻尖，十分恐怖，
但骑士命尚存，气息未断：
来得及忏悔他所犯罪过，
还可以为赎罪祈祷上天；
布兰迪脸上已洒满泪水，
然而他却尽量安慰罗兰，

14

开言道："罗兰啊，向天主祷告之时，

请求你别忘记为我美言；
菲蒂丽我也要托付给你……"
说到此布兰迪气息已断。
空中闻天使在和谐歌唱，
骑士的灵魂已飞向空间；
那灵魂摆脱了躯体禁闭，
随悦耳之旋律升上云天。

15

近卫士罗兰爷确信不疑，
布兰迪升入了至高蓝天，
他见到天敞怀拥抱战友，
本应为其善终欢乐开颜；
但人间之情感十分脆弱，
他心中忍剧痛无法宁安：
伯爵与布兰迪胜过兄弟，
其泪水岂能够不湿颜面。

16

索柏林两肋与面部鲜血，
滚滚流，就如同下雨一般；
现已经流淌尽，血管干瘪，
面朝天躺在地许久时间。
奥利维倒卧在他的身旁，
一只脚受重伤无法立站，
如若是未骨碎，必定脱臼：
战马蹄曾践踏他的脚面。

17

若罗兰不过去将他帮助，

奥利维已不能随意动弹，
咬紧牙，忍住疼，满面泪水，
收脚时剧烈痛如同殉难；
脚收回却仍然不能活动，
更无力承重量，挺身立站；
那条腿亦似脚负有重伤，
无人助他休想挪动半点。

18

罗兰爷虽取胜却不快乐，
见朋友布兰迪气绝命断，
不知道奥利维可否保命，
此情景太令他痛苦心酸。
索柏林气息弱，性命尚存，
却似乎接近了死亡边缘；
他已经快要死，奄奄一息，
因喷涌之鲜血即将流干。

19

伯爵命，扶起来异教血人，
且精心对其伤包扎一番，
用好言劝慰他，令其心平，
对待他就好像亲人一般：
停战后罗兰已毫无仇恨，
他表现宽宏且十分和善。
收死者兵器并牵其战马，
命侍从把它们精心保管。

20

腓特烈·弗雷格[1] 对此故事，
曾认为不真实，存有疑点；
他曾经到达过比塞大处，
穿越了那一片激战海岸[2]，
偶然间登上了凶残小岛[3]，
见岛上地不平，山山相连，
便说道：那地方崎岖不平，
寻落足之平地十分困难，

21

不可能有六位最佳勇士，
决战于高高的峭壁高岩，
而且是骑战马横冲直撞；
对此语，请听我如何回言：
那时候高岩下有块平地，
极宽阔，可策马奔驰向前；
后地震劈裂开一块巨石，
跌落下，覆盖住全部地面。

22

噢，弗雷格家族的耀眼明星[4]，
您永世之光辉照耀人间；

---

[1] 腓特烈·弗雷格是一位历史人物，曾任热内亚舰队司令，他率舰队在比塞大海面击败了地中海海盗，因而，众人皆知他到过非洲海岸。诗人假托弗雷格对当年兰佩杜萨岛决斗提出疑问，希望通过进一步解释，证明他所讲述的故事是真实的。
[2] 指曾经发生过激烈战斗的比塞大海岸。
[3] 指曾经进行过凶残角斗的兰佩杜萨岛。
[4] 指腓特烈·弗雷格。

那一位常胜的英明执政[1]，

令您的国民都享受宁安，

因为他弃仇恨，一切为爱；

如若您，不指责我善欺骗，

还请您对他也尽快说明，

此事上我说的全是真言。

23

此时刻罗兰爷举目远望，

见海面行驶着一只帆船，

那轻快之船儿飞速而来，

似乎要在小岛落帆，靠岸。

我现在不想说来者何人，

因有人在别处把我期盼。

撒拉逊被逐出法兰西国，

再看看那里人是悲是欢。

24

鲁杰罗对基督、异教阵营，

数日前曾发出铮铮誓言，

然而却不守信，誓言落空，

又一次伤害了布拉达曼：

见骑士登路程远去他方，

忠诚的热恋女心如油煎。

心上人曾多次背信弃义，

她还有何可能情定心安。

---

[1] 指屋大维·弗雷格，他是腓特烈的兄长，曾任热内亚执政，努力使该城繁荣并享
受和平。

25

她时常哭泣也不断抱怨，
哀叹已成为其家常便饭，
鲁杰罗被说成残忍之人，
命运也被看作无情，多舛。
怨上天令失信肆虐人世，
却事前不提醒善良心田，
太懦弱，太无能，毫无正义，
任凭她痛苦海扬起风帆。

26

随后把梅丽萨指责，抱怨，
又诅咒山洞中所闻预言[1]：
现跌入爱情海，将被溺死，
全因为听从了他们欺骗。
见到了玛菲萨更加痛苦：
妹为兄已经把信仰改变；
对着她高声吼，发泄愤懑，
把自己托付她，求其救援。

27

玛菲萨也只能耸耸双肩，
尽全力安慰她，劝其心安：
不相信鲁杰罗如此愚钝，
会长久不返回她的身边。
如若是鲁杰罗真不返回，
也不该因其错自受熬煎；

---

[1] 指在梅林山洞中布拉达曼所听到的预言。见第 32 歌 24—25 节。

而应该下教场向他挑战，
或者是强迫他遵守诺言。

28

阿蒙女听劝说心痛略平，
发泄出胸中愤，心酸稍减。
她指责鲁杰罗傲慢，不忠，
自己却忍受着悲苦熬煎。
我们再看一看她的兄长，
里纳多浑身的皮骨肠肝，
无一处不被那爱火灼烧，
他心中仍思念美丽婵娟。

29

您知道他热恋安杰丽佳，
赛天仙美女子世上罕见；
但并非美容貌诱其落网，
全因为饮用了那股魔泉[1]。
其他的近卫士心若止水，
令溃败摩尔人十分悲惨；
胜者中里纳多独自一人，
深陷在爱情中痛苦不堪。

30

他派出上百名使者寻找，
自己也觅美女不惧艰险。
最后他来到了马拉基处，

---

[1]　指"爱泉"。见第 1 歌 75、80 节。

因经常得此人热情支援。
红着脸，低垂头，向其解释：
是爱情引导他来到此间；
问何处可找到安杰丽佳，
请求他给自己一些指点。

31

此奇怪之情况令人惊讶，
马拉基绞脑筋理解也难[1]：
里纳多若想得这位美女，
便可以上百次拥其胸前。
他自己为撮合二人美事，
曾不断做努力好言相劝，
或恳求或威胁蒙塔坂主，
都未使里纳多心回意转；

32

若成功，马拉基便可获释，
里纳多能助他脱离牢监。
现如今没理由主动求爱，
无人助，无人帮，时过境迁。
他请求里纳多想想当初，
曾怎样无理性，不听规劝，
为拒绝接受那美女之爱，

---

[1] 见《热恋的罗兰》第 1 卷第 5 歌：里纳多曾经饮用"恨泉"之水，十分讨厌安杰
丽佳；安杰丽佳却饮用了"爱泉"之水，狂热地爱上了里纳多。热恋的安杰丽佳恳
请马拉基说服里纳多爱她，并许诺，如果劝说成功便给予他自由，但马拉基始终
未能成功。后来里纳多又饮用了"爱泉"之水，疯狂地爱恋安杰丽佳，而安杰丽
佳又饮用了"恨泉"之水，十分厌恶里纳多。

差一点没令他魂飞命断。

33

里纳多提出的各种要求，
马拉基越觉得难以实现，
越能够显示出骑士胸中，
有一团爱情火灼烧心田。
其请求并非是徒劳无益，
它令人忘记了往日恨怨[1]，
以往的坏记忆沉入大海，
马拉基已准备助他遂愿。

34

马拉基定下了一个日期，
到时候告诉兄[2]寻找路线：
美女在法兰西或是别处，
兄都会有希望重新再见。
马拉基来到了一个地方，
在那里他经常与魔交谈；
陡峭的大山间深洞之中，
打开书，唤精灵来到面前。

35

他选择知爱情一位精灵，
欲向他把情况询问一番：
为什么里纳多心曾坚硬，
现如今却如此情意缠绵？

---

[1] 马拉基已经忘记了以往的恨怨：当初里纳多不肯接受安杰丽佳的爱，从而解救他。
[2] 指里纳多。

他听说有两股清澈山泉，
一股可熄情火，一股点燃；
燃情泉，造痛苦，无药可救，
另一泉却可以熄灭情焰。

36
并听说，里纳多曾经饮用，
那一股灭爱情潺潺清泉，
对美女长时间柔情恳求，
表现出固执且十分傲慢；
后来又因邪恶命运戏弄，
饮"爱泉"，点燃了心中情焰，
是爱水强迫他重燃激情，
把那位厌恶的美女热恋。

37
里纳多受残忍命运驱使，
饮清凉爱泉水，心燃情焰；
恰此时美女至另一溪旁，
饮用了灭柔情那股清泉，
不再爱躲避她无情骑士，
所有爱都逃离她的心田；
骑士却对美女深深爱恋，
其程度似当初憎恨那般[1]。

38
里纳多奇特的不凡遭遇，

---

[1]　见第 1 歌 75 节。

精灵对马拉基——道全，
并向他讲述了安杰丽佳，
把身心全奉献非洲青年[1]；
到后来她决定永弃欧洲，
乘坐上无畏的双帆快船，
迎莫测之惊涛驶向印度，
西班牙海岸边扬起风帆。

39

里纳多来向他[2]讨要答案，
马拉基对表兄[3]劝慰一番，
劝说他别再爱安杰丽佳，
因她有卑贱的蛮人[4]陪伴；
现如今她离弃法兰西国，
再难以寻踪迹将其追赶：
携爱人梅多罗返回故土，
向东行，其路程已过一半。

40

美女子欲返回东方家园，
里纳多本不觉过分难堪，
也不会因此便夜不能寐，
更不必急忙忙将其追赶；
但想到撒拉逊无名小卒，
摘情果竟抢在众人之前，

---

[1] 指梅多罗。
[2] 指马拉基。
[3] 里纳多和马拉基是表兄弟。
[4] 指非洲普通的步卒梅多罗。

便感觉难抑制痛苦之情，
此种痛，他此生首次体验。

41

里纳多对表弟难答一言，
他外表双唇抖，内心震颤；
舌僵硬，无法吐一词一句，
口中苦，好似把毒药吞咽。
立刻离马拉基，意欲上路，
是嫉妒与愤怒促其向前；
懊悔与痛苦后做出决定，
他决心再返回东方地面。

42

于是向丕平子请求远行，
理由是巴亚多离其身边，
赛里斯国王把宝马盗走，
违反了勇骑士行为规范，
促使他为荣誉踏上路程，
以阻止撒拉逊谎言欺骗，
避免他自吹嘘：利用枪剑，
战胜了近卫士，夺马，掠鞍。

43

查理王觉此求理由充分，
最终便准他行，遂其心愿；
虽然是允许他登程远去，
帝却与法兰西未免心酸。
杜多内、圭多内欲陪同行，
里纳多拒二人随其身边。

他一人离巴黎，孤身只影，
心充满爱之痛、无尽哀叹。

44

他曾经有千次获爱机会，
却千次因固执丧失良缘，
拒绝了人世间罕见美女，
此记忆在脑中不断盘旋；
这等的快乐事自愿放弃，
如此的好机遇抛在一边；
若再能与此女独处一日，
时虽短，死也会心甘情愿。

45

他左思与右想难以理解，
一卑贱步勇会如此强悍，
竟然能从美女心中逐走，
所有的最重要恋者情感。
里纳多登路程前往东方，
此思绪撕裂了他的心肝；
他奔向莱茵河巴塞尔城，
进入了广阔的阿登林间。

46

近卫士进入了多险森林，
他已经行走了数哩之远，
远离开城市与座座村庄，
来到了最艰难、危险地面。
突然间见天空乌云密布，
太阳公躲进了密云之间，

从一座黑山洞走出一怪，
长一副奇怪的女子容颜。

47

头上有千只目却无眼睑：
她不能闭眼睛，亦难睡眠；
除千眼她还长许多耳朵，
一撮撮卷头发遮盖头面。
从黑暗洞穴中走出怪物，
竟然长这一副可怖恶颜。
有一条凶残的巨大蛇虫，
长尾缠魔怪胸，形成结环。

48

里纳多千万次经历凶险，
这样的恶魔怪从未曾见。
见骑士那怪物意欲攻击，
朝着他迈大步行走向前；
从未有之恐惧迎面袭来，
令骑士浑身的血管抖颤；
习惯性之勇气促使骑士，
装镇定，颤抖着拔出利剑。

49

大怪物准备好发起进攻，
可以说，她生来便善激战：
高举起毒蛇身，用力摇摆，
随后朝里纳多猛扑向前；
忽而左，忽而右，来回跳动，
里纳多左右闪，徒劳枉然；

正面击，反面打，步步紧逼，
招招伤近卫士，躲避极难。

50

那魔怪携毒蛇凶猛攻击，
力穿透骑士甲，令其胆寒；
狠击打里纳多骑士面甲，
使错位之面甲防御极难。
里纳多用马刺猛扎坐骑，
欲驱使那畜牲逃离激战；
但愤怒地狱魔腿脚利落，
猛一跳便跃到马臀上面。

51

前面蹦，后面跳，尽随其意，
害人虫[1] 始终都绕其腰间；
尽管是那战马不停踢跳，
却难以摆脱掉恶魔纠缠。
除非是那恶魔停止骚扰，
骑士心否则便不停抖颤；
恐惧的里纳多尖叫，呜咽，
他苦于自己仍活于世间。

52

惨伯爵沿险恶小路奔逃，
穿枝叶密杂的荒僻林间，
荆棘丛满山谷，四周漆黑，

---

[1]　指那条毒蛇。

胯下马奔与跃十分艰难；
希望将那恶魔抛在身后：
它丑陋且可怖，实在讨厌。
若此时无人来救助骑士，
或许他永难以摆脱危险。

53

一骑士欲施救，及时赶到，
其身上亮铠甲十分耀眼，
头上戴断牛轭作为护盔，
黄盾牌涂满了红色火焰；
高贵的战袍上刺绣精美，
战马背亦披着华丽锦缎；
马鞍桥挂一柄喷火大锤，
手握着长枪杆，腰挎宝剑。

54

那大锤每时刻向外喷火，
却始终燃烧着，永久不断，
坚固盾、精锻的铠甲头盔，
均无法抵御其熊熊烈焰。
骑士爷可用其开辟道路，
不灭火到达处无人敢拦：
必须要借助此火锤之力，
里纳多才可脱恶魔纠缠。

55

该骑士意志坚，神情不乱，
闻响声，驱战马奔跑向前，
见魔与里纳多正在争斗，

凶恶蛇缠其身千道结环；
里纳多感觉到忽冷忽热，
却无法将恶魔逐下马鞍。
骑士爷[1]冲过去，击魔右侧，
令魔怪从左侧跌落地面。

56

但恶魔一落地即刻站立，
长毒蛇缠绕身，又扑向前。
骑士见用长枪难伤魔怪，
便打算用烈火与其交战。
手握锤向毒蛇连续砸去，
锤接锤，不间断，风暴一般；
令丑陋之畜牲难以还手，
连回击一下也十分困难。

57

他狠击恶魔并将其逼退，
为受惊里纳多报仇雪冤，
并建议近卫士快快离去，
沿那条山间路向上登攀。
里纳多听建议踏上小路，
再不愿回过头向下观看；
尽管是上山路十分难行，
他却是一溜烟顷刻不见。

---

[1]　指携带喷火大锤的骑士。

58

那骑士把恶魔重新逐入，
黑暗且恐怖的洞穴里面；
毒蛇怪极懊悔，咬牙切齿，
千眼中将永久流泪不断。
为了给里纳多指明道路，
骑士也随其后登上高山，
追上了近卫士与他同行，
要引导阿蒙子走出黑暗。

59

里纳多见骑士返回身边，
向恩人他表示感谢万千，
对骑士欠下了恩情之债，
为报恩他愿把生命奉献。
随后问那骑士如何称呼，
欲知晓是何人把他救援，
他将会对查理、其他战友，
赞颂其高贵的义勇、仁善。

60

骑士道："我暂且隐瞒名姓，
你切莫感觉到有何遗憾：
过一会阴凉下小憩之后，
再向你道明白尚不为晚。"
他二人向前行，见一小溪，
潺潺流，如细语，看似清甜，
牧民与过路人时而来此，
饮用这忘情的仇恨之泉。

61

恩主啊，这便是冰冷之泉，
它可以熄灭那熊熊情焰；
美少女因喝下此泉之水，
心中恨里纳多，直至永远。
里纳多曾讨厌安杰丽佳，
美女也见其身喷射怒焰：
恩主呀，并没有其他原因，
只因为都饮用仇恨冰泉。

62

骑士伴里纳多行走向前，
来到了清澈的小溪岸边，
见马儿极疲劳，气喘吁吁，
便说道："可在此消暑去汗。"
里纳多回答道："我看很好，
酷暑的正晌午烈日炎炎，
更何况我曾与魔怪苦斗，
若能够略小憩我很喜欢。"

63

他二人跨下了坐骑马鞍，
放马儿啃青草漫游林间；
绿草地鲜花开，红黄各色，
两骑士均摘下护头盔冠。
里纳多难忍受酷热、口渴，
急奔向那一条清澈凉泉，
饮一口冰冷的玉液琼浆，
从胸中驱赶走渴与情恋。

64

当那位不知名骑士见到,

他抬头嘴离开凉爽清泉,

已懊悔曾经有奇怪想法:

竟然会欲火旺,疯狂爱恋;

便站立说出了未言之事,

昂着头,其表情十分傲慢:

"里纳多,告诉你,我叫'漠视',

来此处为助你摆脱苦难。"

65

说完话便立刻隐匿身形,

那战马亦随其踪影不见。

里纳多感觉到十分神奇,

四周寻,开口道:"他去哪边?"

近卫士难分辨此为何物,

是否是一幽灵来此地面:

马拉基施魔法呼唤他至,

助骑士[1]解长期桎梏锁链[2];

66

或许因上天主无比仁慈,

从天上派遣他来到人间,

就像是派天使令人复明,

施恩泽治愈了多比[3]双眼。

----

[1] 指里纳多。

[2] 指里纳多对安杰丽佳的狂热爱恋。

[3] 见《圣经·旧约·多比传》:在大天使加百利的指引下,多比的儿子用鱼的胆汁
使父亲的双眼复明。

那精灵无论是善或邪恶，
里纳多均谢他心地良善，
赞美他来身旁实施救助，
使骑士摆脱了爱情磨难。

67

他重新又讨厌安杰丽佳，
认为她不值得任何眷恋，
不应该追此女千万哩路，
即便是追半哩亦觉太远。
然而他却想去赛里斯国，
重找回巴亚多、黄金蹬鞍，
是荣誉促使他如此去做，
更何况对查理已述此愿。

68

第二日他到达巴塞尔[1]城，
一消息先传到这块地面：
罗兰爷要决斗格拉达索，
还有那索柏林、阿格拉曼。
不知道是何人传此消息，
或许是伯爵爷有意广传：
命人带消息至西西里岛，
随后便转瞬间四处传遍。

69

里纳多意欲与罗兰会合，

---

[1] 瑞士的一座城市。

路虽远却希望参与决战。
万哩路，勤换马，不敢停歇，
驱坐骑，急奔驰，快马加鞭。
跨莱茵再飞越阿尔卑斯，
来到了意大利广阔地面。
维罗纳、曼托瓦被抛身后，
还急需跨越过波河水面。

70

里纳多赶到了波河岸边，
他打算在那里换马易鞍，
日西斜，天昏暗，夜晚将至，
苍穹中已可见星光闪闪；
夜幕降，近卫士需要暂住，
第二日曙光现再往前赶；
他见到一骑士迎面走来，
看上去极显贵，风度翩翩。

71

先致意，再寒暄，彬彬有礼，
问伯爵是否已迎娶家眷。
里纳多回答道："我已有妻。"
但感觉此问题十分荒诞。
那骑士补充道："吾心宽慰。"
随后他又解释何出此言：
"我请你在鄙舍安住一夜，
并希望你快乐度过今晚；

72

"还请你看一件罕见之物，

娶妻者见此物必然喜欢。”
里纳多也希望休息一夜，
因赶路他已经十分疲倦；
更因为他天生好奇心重，
总希望能见闻稀奇物件；
于是便接受了骑士邀请，
随其后择小路行走向前。

73

弃小路，又走出一箭之遥，
见前面有一座雄伟宫殿，
众多的侍从者列队迎接，
手中均举火炬，亮如白天。
里纳多进宫院，四处观望：
神奇的好地方世间罕见！
做工美而且还设计巧妙，
其花费[1] 私人力难以承担。

74

坚硬的蛇斑石砌建拱门，
那门框极华丽，雄伟壮观；
青铜铸大门板精雕细琢，
雕像都似呼吸，活的一般。
入门后便看见美妙镶嵌，
逼真度足可把人眼欺骗。
一宽阔方宫院展现面前，
每一侧柱廊有百臂[2] 长短。

---

[1] 指建筑宫院的费用。
[2] 臂为意大利的一种长度单位，一臂约合 0.6 米。

75

柱廊有各自的出入门户，
门与廊之间由拱厅相连；
四面的柱廊宽完全相同，
设计师却令其风格多变。
载重的牲畜可进入柱廊，
前后走，左右行，十分方便。
每一座楼梯前亦有拱门，
门各自又通向一处厅间。

76

上拱框向外凸，十分明显，
遮盖住下面的巨大门板；
每个拱有两根圆柱支撑，
有铜柱，也有的用石砌建。
精装饰之宫院十分美丽，
如若是细描述需要时间；
除明处可见的奢华之外，
地下室设计也舒适体面。

77

高高的金柱头支撑棚顶，
棚顶上由无数珠宝镶嵌，
罕见的美云石细细雕琢，
均出自智者的铲凿锤钻；
绘画与铜浮雕其他作品，
尽管是因夜黑多数难见，
其数量之众多足以表明，

两国王之财富亦差很远[1]。

78

美宫殿令观者心旷神怡，
华丽的精装饰随处可见，
除此外院中有一眼喷泉，
凉爽的甜蜜水喷射不断。
众侍从摆设好晚宴餐台，
从高贵宫院的四门观看，
餐饮台极端正，十分庄重，
喷泉水正处于宴席中间。

79

那喷泉由技高大师建造，
美妙的精细工不同一般，
它好似八角形一座楼阁，
周围的荫蔽处阴影呈现。
楼阁上覆盖着金色圆顶，
下涂釉，色鲜艳，好似蓝天；
有八座白云石精致雕像，
把蓝天高擎在左手掌间。

80

右手握丰饶角，寓意"充裕"[2]，
螺号把雕塑师智慧展现，
从号口滴答答落下泉水，

---

[1] 两位国王的财富合在一起也还差得很远。
[2] 雕像右手握着阿玛耳忒亚螺号，该螺号又称丰饶角，象征充裕。阿玛耳忒亚是希腊神话中的一只山羊，它曾经哺乳过主神宙斯。

滴落在下面的雪花石盘；
高大的擎天像均为女性，
每一座细雕琢，技艺不凡。
其服饰与面容各不相同，
却全都极美丽，婀娜，娇艳。

81

每座像下面有一对男雕，
女子的两只脚踏其背肩，
男雕像张着嘴好像表示，
用歌唱与和谐讨女喜欢；
似乎是雕刻师有意设计，
要赞美肩上扛美丽婵娟；
若男像有生命变成活人，
真可以听他们歌唱一番。

82

下方的男雕像手中紧握，
一条条宽宽的文字长联，
上面刻雕像的女子芳名，
芳名旁赞美词映入眼帘；
不远处可见到男士名称，
一字字细雕刻，清晰，明显。
里纳多借烛光仔细观看，
诸骑士和每位美丽婵娟[1]。

----

[1] 指骑士和女子的雕像。

83

先见到鲁蕾齐亚·波吉亚 [1]，

其芳名书写在第一长联，

她是位美貌的纯洁女子，

与罗马同名女 [2] 可以比肩。

用肩膀托卓越、荣耀女子，

是两位高贵的杰出儿男，

他们叫特巴德、斯特罗齐 [3]：

二人似奥菲斯 [4] 歌唱一般。

84

见旁边另一尊女子雕像，

其美丽与前尊似乎一般，

联上书："伊萨贝 [5]，艾克勒女，

她生于费拉拉，快乐无限；

机运神迈着她轻快步伐，

使时光飞逝去，年复一年，

不仅仅给予她雄辩才能，

---

[1] 鲁蕾齐亚·波吉亚是罗马教宗亚历山大六世的私生女，文艺复兴时期意大利著名的瓦伦蒂诺公爵的妹妹。为了帮助父兄实现政治目的，她先后出嫁过三次；第三任丈夫是诗人的恩主埃斯特家族的阿方索，即费拉拉公爵阿方索一世。见第 13 歌 69 节。

[2] 指古罗马的贞洁烈女鲁蕾齐亚。古罗马王政时期的最后一位国王是埃特鲁斯人，他的儿子强奸了罗马贵族克拉提努斯的妻子鲁蕾齐亚。鲁蕾齐亚向丈夫和父亲告发了王子的罪行，并用自杀号召罗马人造反，反抗埃特鲁斯人的暴政；因而，王政被推翻，建立了罗马共和国。

[3] 安东尼·特巴德是鲁蕾齐亚·波吉亚的秘书，也是一位诗人；艾克勒·斯特罗齐是一位拉丁语诗人，他们都曾写诗赞颂过鲁蕾齐亚·波吉亚。

[4] 奥菲斯又被译为俄耳甫斯。据希腊神话讲，奥菲斯的父亲是太阳神阿波罗，母亲是司管文艺的缪斯女神卡利俄帕。他生来具有非凡的艺术才能。奥菲斯的琴声能使神、人闻而陶醉，就连凶神恶煞、洪水猛兽也会在瞬间变得温和柔顺、俯首贴耳。

[5] 指伊萨贝·埃斯特，她是阿方索公爵和伊波利托枢机主教的姐姐，知识渊博，热爱文化，是文艺复兴时期著名的艺术保护者。她与诗人阿里奥斯托之间保持着友好的关系。见第 13 歌 59—61 节。

而且还令她有智慧无限。"

85

下方的那两位肩托男子，

始终把伊萨贝荣耀盛赞，

他们叫卡兰拉、巴德罗内[1]，

都希望把爱的欲望展现。

第三尊、第四尊雕像之间，

细泉水流到了楼阁外面，

两女子都来自同一家族，

亦同样容颜美，才华无限。

86

她们叫艾丽萨[2]、莱奥诺拉[3]：

正如同雕像所讲述那般，

那时节曼托瓦土地之上，

自豪与光荣仍随处可见，

维吉尔为家乡赢得荣耀，

何光辉能比此更加璀璨？

艾丽萨身上穿垂脚长裙，

双足踏萨夺勒、本博[4]背肩。

---

[1] 卡兰拉是曼托瓦诗人，并担任伊萨贝的秘书；巴德罗内也是曼托瓦诗人。曼托瓦
是意大利北方的城市，古罗马著名诗人维吉尔的家乡。

[2] 指艾丽萨·贡扎加，她是蒙泰菲尔特罗公爵圭多巴尔多一世的妻子。蒙泰菲尔特
罗是中世纪意大利境内的一个公国，位于意大利中北部的曼托瓦地区。

[3] 莱奥诺拉是艾丽萨的侄女。

[4] 萨夺勒是莫德纳的文人，曾任主教和枢机主教；本博是文艺复兴时期的著名文人，
与《疯狂的罗兰》的作者阿里奥斯托是好友。

87

卡斯提利奥内[1] 雕像高雅，

与博学穆齐奥[2] 扛一婵娟。

那时节无人知他们名姓，

现如今美名声传遍世间[3]。

随后见另一位高贵女子，

上天主赐予她美德无限，

从未见他人有如此命运：

忽而好，忽而坏，难以预见[4]。

88

此女子名亦叫鲁蕾齐亚[5]，

其美名用金字书于长联，

父亲是费拉拉显赫公爵，

她生活极快乐，享受宁安。

卡米洛[6] 曾赞美博洛尼亚，

现又用优美音唱此婵娟，

就如同阿波罗抒发真情，

其歌声极美妙，动人心弦；

---

[1]　见第 37 歌 8 节。

[2]　曼托瓦诗人。

[3]　查理大帝时代，卡斯提利奥内与穆齐奥尚未出生，因而无人知道他们；在《疯狂的罗兰》的作者生活的时代，这两位文人已闻名遐迩。

[4]　暗指鲁蕾齐亚·本蒂沃廖的坎坷命运，但厄运并不能抹杀她的美德。

[5]　鲁蕾齐亚·本蒂沃廖是费拉拉公爵艾克勒一世的私生女，诗人恩主阿方索和伊波利托同父异母的姊妹，嫁到了本蒂沃廖家族。本蒂沃廖家族曾经是博洛尼亚城的统治者。

[6]　博洛尼亚诗人。

89

福利亚[1] 甜河水汇入大海，

流经过那一片美丽地面[2]：

因曾经称量过罗马黄金，

便留下其名称，永久不变，

从东方到西方从南到北，

所有人都如此把它称唤；

圭多[3] 君生此城，头顶双冠：

雅典娜[4]、福玻斯[5] 同声称赞。

90

狄安娜[6] 是下尊女子雕像，

上书道："请勿看此女傲慢，

她面貌极美丽，无人可比，

其心肠亦十分温柔，良善。"

博学的切利奥·卡尔卡宁[7]，

令她的荣耀与美名远传，

传到了波斯地、朱巴王国[8]，

又传到西班牙、印度海岸。

---

[1] 福利亚是一条流经意大利东部城市佩萨罗的小河。

[2] 指佩萨罗城。在意大利语中，佩萨罗（Pesaro）一词的意思是"称重"。古罗马共和国初期，北方的高卢人围困罗马城，罗马人被迫倾全城之财富作为赎城费请其退兵；据说高卢人曾在佩萨罗称量罗马人支付的黄金，因而该地得名佩萨罗。

[3] 指与诗人同时代的另一位叫圭多·西尔维斯特利的诗人，他出生在佩萨罗城。

[4] 雅典娜是智慧女神，掌管科学，博学者才可以获得她的桂冠。

[5] 福波斯即太阳神阿波罗，他掌管诗乐，最优秀的诗人才能够获得他的桂冠。

[6] 指埃斯特家族的一位女子，她非常美丽，却也十分傲慢。

[7] 切利奥是费拉拉大学教授，十分博学，同时也是诗人。

[8] 指现在的毛里塔尼亚地区。古时那里是努米底亚王国，朱巴曾是努米底亚的国王。

91

另一位赞美者名叫马可[1]，
歌唱了安科纳[2]诞生根源，
就好像那飞马珀伽索斯[3]，
刨出了赫利孔[4]那股喷泉。
贝丽奇[5]是下尊女子雕像，
高昂首，长联书文字一段：
"在尘世令夫君十分快乐，
离人间将苦人抛弃一边；

92

"有她在意大利欢欣鼓舞，
丧失她意大利悲伤无限。"
科雷焦一诗人[6]将其歌颂，
用高雅之文风写下诗篇，
提莫特——本德特家族荣誉[7]：
他二人[8]在那条大河[9]两岸，
用美妙之歌声截断流水，
大河边曾滴落琥珀点点[10]。

---

[1]　指马可·卡瓦罗，他是安科纳诗人，用诗讲述了安科纳城的起源。

[2]　意大利中部亚得里亚海岸边的港口城市。

[3]　马帕加索斯是古希腊神话中缪斯女神的坐骑。

[4]　赫利孔是希腊的一座山。据说，希腊神话中的缪斯女神经常光临该山，因而该山
　　受到赞颂，东麓被辟为圣地。附近有希波克林泉。

[5]　见第13歌62—63节。

[6]　指生于科雷焦的意大利诗人尼科洛·达·科雷焦，其代表作为寓言故事《鲻》。

[7]　提莫特·本德特是一位费拉拉诗人，被看作是本德特家族的荣耀。

[8]　指尼科洛·达·科雷焦和提莫特·本德特两位诗人。

[9]　指意大利最大河流波河。

[10]　据希腊神话讲，太阳神的儿子法厄同擅自驾驭太阳神的四马金车出游，几乎把地
　　球烧毁，被主神用雷电击死。他的妹妹们在波河岸边哭泣，流出的眼泪形成了琥珀。

93

此像与波吉亚[1] 那尊之间，

挺立一高大的美丽婵娟，

白云石雕出这伟大女性，

其容貌美丽且高贵不凡；

面覆纱，身上穿黑色长裙，

无金银，无珠宝，服饰简单，

比华丽装饰女并不逊色，

真好似维纳斯呈现眼前。

94

即便是细端详亦难分辨，

更优雅还是更华贵，娇艳；

其面容表现出端庄无比，

亦展示智慧和真诚、坦然。

上面刻："此女子值得评议，

谁若是想对其进行点赞，

必然是选定了一项伟业，

但最终总难以满足心愿[2]。"

95

这雕像极精制，十分秀丽，

看上去温柔且优雅不凡，

却好像在发怒，心中不悦：

竟然被粗俗者如此展现；

不知道为何她孤独一人，

并没有肩扛者将她陪伴。

---

[1] 指前面提到过的鲁蕾齐亚·波吉亚的雕像。

[2] 赞美这位女性并不是一件容易的事情，一般人很难做得令人满意。

只此处未雕塑肩托之人，
也没把其名姓刻在上面。

96

诸雕像竖立在圆亭之中，
圆亭里铺设着珊瑚地面，
看上去凉爽且十分宜人，
纯洁的清澈水珠落满盘；
那泉水沿数条小溪流出，
滋养着柔嫩草、树丛片片，
形成了花点缀绿色草地，
白黄蓝，色缤纷，非常鲜艳。

97

近卫士与热情主人交谈，
晚宴上一点点流逝时间，
便想起那主人曾经许诺，
他应该守信誉，不能食言；
里纳多时不时瞧看主人，
发现他心忧愁，十分不安；
嘴边挂折磨人焦虑叹息，
每一刻欲流出痛苦之言。

98

里纳多经常被好奇促使，
时不时询问的话至嘴边，
然而却因礼貌几度缄口，
从口中未流出冒失语言。
此时刻丰盛的晚宴结束，
侍宴的少年郎再次出现，

捧上了华丽的金制酒樽，
内装酒，外面有珠宝镶嵌。

99

主人朝里纳多抬起头来，
他脸上略带笑，眼望其面；
但表情更像哭而非欢喜，
谁若是细观察不难发现。
开言道："我此时重新想起，
现在应实现我所许诺言；
谁若是有妻子陪伴身旁，
一定会愿意见这类实验。

100

"我认为每一个已婚男子，
都想知妻是否对己爱恋；
收获的是荣耀还是指责，
妻视己是畜牲还是俊男。
做有角[1]之畜牲最为方便，
人世间男子均丧尽颜面：
其他人都能见他的长相，
长角者却从来视而不见。

101

"若你知，妻子忠、十分贤惠，
有理由尊敬她将其爱恋，
便不会因怀疑心生嫉妒，

---

[1]　在意大利语中，"长有犄角"的意思等同于中文中的"戴绿帽子"。

更不会认为她邪恶，阴暗。
丈夫常因妒忌错怪妻子，
说她们不贞洁，缺少良善；
男子中许多人深信不疑：
自己头长犄角，被人欺骗。

102

"我认为你心中并不确定，
你妻子是否是心性良善，
否则说她不忠，你绝难信，
但不用他人说，你自体验：
若你想知妻子是否忠贞，
喝下去这杯酒定会亲见。
摆它在餐台上不为其他，
只为了实现我许诺之言。

103

"你若喝此杯酒必将看见，
是否是顶犄角作为盔冠：
假如妻不忠诚，将你欺骗，
酒难入你口中，必洒胸前；
妻若忠，你便可一饮而尽，
全看你命运中有无灾难。"
说话间他举目望着对方，
看是否里纳多酒洒怀间。

104

里纳多被说服，欲见真相，
正准备经受这严峻考验，
伸出手抓起了餐台酒杯，

此真相他或许不愿看见；
又思忖是否应举杯饮酒，
把酒杯置唇边有何危险。
恩主啊，请允许我略休息，
随后说近卫士如何回言。

第43歌

为检验妻忠贞弄假成真 贪金银贤惠女将夫背叛
安瑟莫图便宜出卖身体 修士处众骑士欢聚一团

骑士请里纳多用金樽饮酒，说酒若洒在胸前，他便能看到妻子不忠；遭到里纳多拒绝后，他讲述了一段可悲的故事：他娶一位美丽的女子为妻，二人十分恩爱。但后来，为检验妻子是否忠诚，他接受了巫女梅丽萨的建议，假称长期远离家门，然后再扮作别人向妻子求爱，并用珠宝买通妻子，使其接受自己为情夫。当妻子知道是丈夫在诱骗她时，气得发了疯；后来，她真地背叛了丈夫，成为他人的情妇。

里纳多继续赶路，乘船前行。在船上，他与掌船人讨论考验妻子忠贞之事，船长对他讲述了一个十分离奇的故事：安瑟莫迎娶了美丽贤惠的阿尔佳，但不久后，他被派往教廷作使者，须长期与妻子分离，于是便请妻子到乡间别墅中隐居，以避免城中浪荡公子们的纠缠。爱恋阿尔佳的阿多钮骑士在仙女曼托的怂恿下，乔装成过路的朝圣者，曼托也变成一只能造金银财宝的神奇小狗，跟随在他身边；骑士以赠送小狗为诱饵，勾引阿尔佳失身。得知消息的安瑟莫派侍从去杀死妻子，小狗却施魔法使阿尔佳销声匿迹。安瑟莫不肯罢休，四处寻找妻子，最后在一座极其华丽的宫殿里见到一位丑陋的黑人。黑人说，安瑟莫若肯与其做同性之爱，便可以把宫殿赠送给他。安瑟莫觉得此交易十分合算，便接受了。此时，阿尔佳突然出现，安瑟莫羞愧难言。从此二人定下协议，不再相互间指责过错。

里纳多终于到达了兰佩杜萨岛，但决斗已经结束。里纳多与罗兰一同返回非洲，为布兰迪举行了隆重葬礼，并把负重伤的奥利维送到小岛上的隐修士处治疗。在那里，众骑士见到了已经皈依基督教的鲁杰罗。隐修士施神迹，不仅治愈了奥利维，而且治愈了撒拉逊骑士索柏林，并使其皈依基督教。

1

噢，可憎的"贪婪女"[1] 揽财无厌，

你令我太惊讶，呆愣无言，

竟然把有污点卑劣灵魂，

能如此不费力紧攥掌间；

伸利爪将它的身体抓伤，

用绳索又把它捆缚一团：

聪明人若能够摆脱搅扰，

便应该获奖赏，受到称赞。

2

有的人想丈量地、海、苍天，

能道明自然的万象根源，

可知晓诸事的最终结果，

欲攀高窥见到上主心愿[2]；

却难以对己见确信不疑，

因为把聚财的剧毒吞咽，

其心中只关心这一件事，

押上了全部的生命、期盼[3]。

3

有的人击败了万千敌军，

攻陷了善战的座座城垣，

他挺胸冲在前，身先士卒，

---

[1] 指贪婪女神。

[2] 指各类学者：天文学家、物理学家、哲学家、神学家等。

[3] 即便是学者也不能对自己的学问确信不疑，因为他们有聚财的愿望。

却可以避危险，确保安全；
但致死他不能控制自己，
摆不脱盲目的无谓之战。
其他的工作与勤奋研究，
光明亦经常会变成昏暗。

4

我再说伟大的美丽女子，
有忠诚追逐者长期爱恋，
为什么我见其无动于衷，
对男人效忠心意比石坚？
随后见"贪婪女"施加魔法，
令女子晃悠悠来到面前；
有一日并无爱（谁敢相信？），
竟然向丑老叟把身奉献。

5

谁若是能明白，请理解我，
我并未无理由自寻心烦。
也不是有意要脱离正题，
把歌唱主旋律遗忘一边。
我不想再谈论上述话题，
而要把所述事继续讲完。
再回头来叙说近卫士君，
他正要举酒杯接受考验。

6

我曾说他意欲思考片刻，
然后再把酒杯贴近嘴边。
思考后却说道："真是疯子，

不想见又何必寻找一番？
我妻子是一位贤惠女人，
请不要动摇我坚定信念。
此信念始终都非常良好，
这试探又能够有何改善？

7

"试探的好处少，坏处甚多，
有时候它可能令主[1] 厌烦[2]。
我不知这样做是否明智，
然而我不想把恶果看见。
现在请把此酒快快挪走，
我不渴，不想与此酒纠缠。
天主曾禁先祖摘取果实[3]，
不愿意使人类过于明辨；

8

"他亲口嘱咐过亚当、夏娃，
勿食果禁令却徒劳枉然；
后来人从快乐转入痛苦，
被投进永恒的无穷磨难。
若男人想知晓自己妻子，
每一个行为和所有语言，
必定会跌入到不幸之中，
从此便再难以起身立站。"

---

[1] 指天主。
[2] 《圣经·新约·路加福音》第 4 章中说："不可试探上主，你的天主。"
[3] 指《圣经》中所讲述的禁果。

9

说话间善良的里纳多君，
将可恶之酒杯推到一边，
他看见宫殿主高贵骑士，
流淌出滚滚的泪水温泉。
待略微平静后殿主说道：
"曾有人说服我做此试探，
她实在太可恶，应受诅咒，
哎呀呀，妻被夺，吾命悲惨。

10

"十年前发生了不幸之事，
我几乎因悲伤哭瞎双眼。
灾难前我为何不认识你？
否则便可征求你的意见。
现在想当你面揭开面纱，
令你见并分担我的苦难；
我对你从头讲悲伤故事：
在痛苦人世间十分罕见。

11

"此不远坐落着一座城市，
有一条清澈河[1]围绕周边，
那清水展开后注入波河，
加尔达[2]是它的水流根源。
特洛伊古城被大火烧毁，

---

[1]　指波河的支流明乔河。
[2]　加尔达是意大利境内最大的湖泊，位于意大利东北部。

曼托女[1] 来此处建立城垣；
从此后诞生了高贵家族，
其出身贫苦且地位卑贱。

12

"若'机运'[2] 没对我特殊眷顾，
未赐我生来就富贵无限，
'自然'[3] 却给予我非凡美貌，
弥补了'机运'的所有缺陷。
年轻时何止有一位女子，
因我的英俊貌燃烧欲焰；
然而我却表现彬彬有礼：
尽管是男人喜自夸自恋。

13

"有一位智慧男与我同城，
各科的学问均无人比肩；
当合眼不再见福玻斯时[4]，
已度过整一百二十八年[5]。
他一生独身居，未曾开化，
受爱神之诱惑失身晚年，
用金钱勾引了一位美女，

---

[1] 据希腊神话讲，底比斯城的创建者卡德摩斯斩杀了巨龙。后来巨龙的牙齿变成五
　　位武士，帮助他建起了底比斯城，因而底比斯人被看作是龙蛇的后裔。曼托是底
　　比斯巫女，特洛伊城被毁后，她来到意大利，建立了曼托瓦城，并以自己的名字
　　为其命名。
[2] 指机运女神。
[3] 指自然女神。
[4] 指太阳光。
[5] 此两句诗的意思为：他活了整整 128 年。

并暗把一女婴产于人间。

14

"为避免他女儿模仿母亲，
失贞洁只为了获取金钱，
因世间所有钱难买爱女，
智慧男认为其身价无限。
于是便想携女脱离尘世，
躲避于最偏僻、孤独地面；
施魔法召唤来各类幽灵，
在那里修建起华丽宫殿。

15

"令贞洁数老妪将其养育，
渐长成之少女美丽非凡；
从没有和其他男子交往，
也未曾与外人[1]交换片言。
为了给纯洁女树立榜样，
父命人将榜样刻画宫殿：
一个个全都是贞洁烈女，
拒不轨之情爱远离身边。

16

"古时候有许多智德女子，
在她们光照下世界灿烂，
世代传美名声，永垂千古，
至今仍见她们金光闪闪；

----

[1] 除自己的父亲以外，未曾与其他男人有过交往。

未来有其他的贞洁女子，
定能令意大利光彩烂漫，
其尊贵之容貌亦刻宫墙，
如八尊女雕像围绕泉边[1]。

17

"老父亲见女儿已经长成，
可嫁人与男子同品果鲜；
众人中选择我与其婚配，
噢，这是我之幸运还是灾难？
那宫殿周围的二十哩地，
全赠送做嫁妆，讨我喜欢，
有湿地，有干地，十分肥沃，
站城头四处望无边无沿。

18

"我妻子艳丽且很有教养，
实在是太完美，世间罕见。
手巧与雅典娜不分上下，
善刺绣、缝衣衫、飞针走线。
常见她行走时歌声不断：
天籁音并非似来自人间。
对'七艺'[2] 极精通如同其父，
与父比绝不会逊色半点。

19

"其智慧与美貌十分出众，

---

[1] 就如同您所见到过的那八尊围绕着喷泉的美女雕像。
[2] 中世纪学者必须精通的七种学问：语法、修辞、逻辑、算数、几何、天文、音乐。

令岩石能动心将其爱恋；
她把爱与温柔融为一体，
想起她我的心便会抖颤。
无论我走到哪（儿）她都跟随，
偎依我她才能感觉心欢。
长时间我二人并无争吵，
后来却因我错纠纷不断。

20

"套婚姻桎梏约五年之后，
我岳父因年迈一命归天；
没多久便开始心酸经历，
至今日我仍觉痛苦不堪。
我对你赞美的贤惠爱妻，
她把我庇护于羽翼下面，
但当地有一位高贵女子，
其心中也对我点燃情焰。

21

"她善于施魔法使用妖术，
就如同每一位女巫一般：
能够使夜明亮白昼黑暗，
令日止大地却不断旋转。
但难以撩起我爱的情感，
把她的爱之伤抚慰舐舔：
我无法不引起妻子怨恨，
同时又能疗她受伤心田。

22

"虽然说她热情、十分美丽，

而且还全心意把我爱恋，
又向我许诺且馈赠礼物，
并对我不断来表示心愿，
却不能减弱我初恋热情，
让给她一点点情爱火焰；
她知道我妻子十分忠诚，
绝无法令我把情感转变。

23

"我坚信妻子的忠诚美德，
并希望此忠诚永远不变，
因此对其他女不屑一顾，
即便她似海伦[1]那般美艳；
噢，伊得山放牧人[2]十分幸运，
被赐予智慧与财富[3]无限。
但我的拒绝却效果不佳，
未能令此巫女离我远远。

24

"巫女叫梅丽萨，十分美丽，

---

[1] 海伦是引起特洛伊战争的美女。

[2] 指特洛伊王子帕里斯。他由克里特岛伊得山牧民养大，因而此处称他为"伊得山放牧人"。

[3] 据希腊神话讲，不和女神要挑起纷争，便向诸女神献上金苹果，上面写着"送给最美的女神"。地位最高、最美丽的三位女神是赫拉、雅典娜、阿佛罗狄忒，她们为了这个金苹果争执不下，主神宙斯让山上牧羊的漂亮小伙子帕里斯做出评判。为了获得金苹果，天后赫拉许诺赐予帕里斯巨大的财富，智慧女神雅典娜许诺赐予他智慧，爱神阿佛罗狄忒许诺赐予他世界上最漂亮的女子。经过反复思考，帕里斯将金苹果献给了阿佛罗狄忒。后来，帕里斯在阿佛罗狄忒的帮助下拐走了斯巴达的王后——美女海伦，从而引发了特洛伊战争。因而，此处说帕里斯"被赐予智慧与财富无限"。

有一日她趁我走出宫殿，
为使我把安宁转为争吵[1]，
便来到我身边进行交谈；
欲利用邪恶的嫉妒武器，
驱逐走我心中坚定信念。
她开始赞扬我始终如一，
忠诚于我那位贤惠婵娟：

25

"'在亲眼见她的忠诚之前，
难说清她对你爱心不变。
若能够背叛时她仍忠诚，
才可信她对你真心爱恋。
你从来不让她离你独行，
也不让她见到其他儿男，
怎能够有胆量如此肯定，
说她是贞洁女，从不背叛。

26

"'你应该离开家一段时间，
并且令城与乡消息传遍，
都知晓你远行，妻留家中，
求爱者、过往客出入方便。
若恳求与馈赠无济于事，
均不能令她把婚床污染，
你不在，她仍守女子贞洁，
方可说她对你忠诚不变。'

---

[1] 为了把我与妻子的安宁生活转变为争吵的生活。

27

"那女巫反复说此类话语，
诱导我情迷茫，心中不安，
想亲眼看一看妻的忠诚，
欲证实她是否从不欺骗。
便说道：'你说我不知晓她的表现，
因而便不能够发表意见；
但如何能令我确信不疑，
她应该受惩罚还是称赞？'

28

"梅丽萨开言道：'送你一酒，
其神奇之功效不同一般；
它就像亚瑟王胞姐献酒，
能令弟察觉到妻子背叛[1]。
若妻贤，你可以一饮而尽，
如背叛，便难以饮入半点：
只要是把酒杯置于嘴边，
杯中酒必定会倾洒胸前。

29

"'出门前你可以做此试验，
我相信你必定一饮而干；
无疑问，你妻子十分纯洁，
此结果你定会亲眼看见。
返回时如果你再次试验，
我难保酒不洒你的胸前：

---

[1] 据亚瑟王传奇讲：巫女摩根勒菲向兄弟亚瑟王献一杯酒，该酒可令其认清王后不忠。

若能够一饮尽，不湿胸襟，
你便是最幸福娶妻儿男。'

30

"她把那奇酒杯交予我手：
其结果正如她事先预见；
证明了我妻子善良、贞洁，
这样的好结果尽遂我愿。
梅丽萨又说道：'请你离去，
一两月不要在她的身边，
然后再返回来重持酒杯，
看一看酒入口或洒胸前。'

31

"我觉得两分离实在痛苦，
并不因妻子会把我背叛，
而因为一刻也不能忍受，
她独处，没有我陪伴身边。
梅丽萨开言道：'有一方法，
把真情能展示你的面前。
你可以换服装，改变话音，
装扮成他人样再返宫殿。'

32

"尊贵爷，此不远坐落一城[1]，
波河与众支流将其围圈；
该城的统治区十分辽阔，

---

[1] 指费拉拉城。

一直到被波涛拍打海岸。
虽不如其他城更加古老，
却能够与它们争富斗艳。
特洛伊之后裔建立此城，
为逃避阿提拉鞭笞灾难[1]。

33

"一年轻美骑士十分富有，
那一日骑马至，不急不缓，
有猎鹰在前方为其引路，
偶然间来到了我的宫殿；
该骑士对我妻一见钟情，
娇美貌已深深印其心间；
他随后便不断殷勤献媚，
为了能诱我妻顺其心愿。

34

"见吾妻坚拒绝，心性不移，
他最终不再想继续诱骗；
但爱神将美貌刻其脑中，
实难以将我妻逐出心田。
梅丽萨竟如此将我引诱：
令我把那骑士形象装扮；
不知她施何法令我变化，
脸与眼、发与音全都改变。

---

[1] 据说，费拉拉城由逃避匈人王阿提拉铁骑的帕多瓦人所建立，帕多瓦人是特洛伊人安忒诺耳的后裔。匈人首领阿提拉自称是"上帝之鞭"，因而此处说"为逃避阿提拉鞭笞灾难"。

35

"我早已对妻子佯称出行，
去遥远之东方许久时间，
现改变举止与容貌、音、服，
装扮成求爱的那位青年，
梅丽萨亦变成一位侍从，
跟随且侍奉于我的身边；
她随身携带着诸多珠翠，
印度与红海都十分罕见[1]。

36

"我顺利进入了熟悉宫殿，
梅丽萨紧跟在我的身边；
见到了女主人安然独处，
并没有侍从者、丫鬟陪伴。
我对她捧出了献媚、奉承，
施展了诱惑的各种手段：
红宝石、祖母绿、金刚钻石，
可动摇任何人坚定信念。

37

"对她说此礼物微不足道，
她尽可向我提更大心愿；
并劝她切莫要丧失良机，
夫远去已为她提供方便；
告诉她我可作长期情夫，
满足其所有的情爱欲念；

---

[1] 这些珠翠在盛产珠宝的印度和红海地区都十分罕见。

我一定会信守这份真情，
值得她也对我回报一番。

38

"最初时她丝毫不为我动，
脸虽红却不愿听我之言；
但后来见珠宝光芒四射，
铁石心才开始逐渐变软。
随后她压低音简短回答，
啊，闻其言我的命似乎归天！
说若是可确信无人知晓，
她同意满足我求爱心愿。

39

"那回答就好像一只毒箭，
我感觉它已把灵魂射穿：
血管与骨髓中一股寒流，
话至唇却只能喉中吞咽。
梅丽萨摘下了魔法面纱，
把我的容貌又重新还原。
妻见到是被我引入歧途，
你可想她会有何等容颜。

40

"我二人均面色如同死灰，
低下头，垂双眼，难吐一言。
我勉强鼓起舌，用尽气力，
以所有嗓中音高声叫喊：
'妻子呀，当遇到有钱情人，
你竟然毁我誉，无耻背叛！'

我妻子早已经无言以对，
只能够用泪水洗刷颜面。

41

"见到我竟让她如此丢脸，
先羞愧，随后便胸燃怒焰；
她已经难遏制万丈怒火，
怒转憎，咆哮着显露恨怨。
太阳神下马车休息之时[1]，
憎恶使她逃离我的身边；
奔向了河岸边，下入小舟，
一整夜随波浪漂流向前；

42

"天明时她来到骑士面前，
就是那爱恋她英俊儿男，
我曾经装扮成他的模样，
全不顾毁名誉把妻试探。
该男子曾爱她，现仍依旧，
见其至自然是十分喜欢。
后来他来找我传递话语，
说吾妻已对我没有爱恋。

43

"啊，他二人居一室（我好可怜！），
耻笑且戏弄我，尽情寻欢；
我只能忍痛苦，永无宁日，

---

[1] 指太阳落山时。

自己摘苦果子自己吞咽。
我痛苦不断增，近乎死亡，
身体似消耗尽，命无几天。
若无人给予我些许安慰，
我认为年终前命必归天。

44

"十年来许多人来我宫殿，
我置放酒杯于众人面前，
未曾见一人不洒洒前胸，
因此我获安慰，心稍宁安：
众多人之处境与我相似，
这令我苦涩中略尝甘甜。
在无数来客中唯你智慧，
拒绝了如此的危险试探。

45

"我有意采用的此种方法，
已超越对妻子试探界限；
我生命或许长或许短暂，
但一生都难以获得宁安。
最初时梅丽萨十分高兴，
但很快她也失欢乐笑颜：
因为她是我的痛苦根源，
我恨她，再不愿与她见面。

46

"她爱我远胜过自己生命，
因而便难忍受我的仇怨；
曾认为赶走了我的妻子，

她即刻能将我控制掌间。
为了不再忍受眼前痛苦，
不久后她离开这块地面；
抛弃了如此的伤心家园，
我至今不知她去往哪边。"

47

悲哀的骑士爷如此叙述，
他已把伤心的故事讲完，
里纳多此时刻陷入沉思，
他心生怜悯情开口吐言：
"梅丽萨提建议确实邪恶，
让你把马蜂窝用棍捅乱；
你去寻不愿意见到之物，
实在是不理智，缺少明断。

48

"若你妻被贪婪最后征服，
受诱惑，毁声誉，丧尽颜面，
别惊讶：她并非首位女子，
跌入到如此的思想激战；
最坚强心灵也受利驱使，
为微小之利益作恶多端。
你应该切齿恨多少男子？
为金钱他们把主、友背叛。

49

"如若你希望能保护女子，
就不该用利剑将她刺穿。
难道你不知晓黄金之硬？

云石与精铁也难比其坚。
我觉得此试探是个大错，
她很快便跌入陷阱里面。
若她也如此把你来试探，
不知你是否能承受考验。"

50

里纳多说到此站起身来，
离开了餐桌后意欲睡眠；
他希望在此处休息一夜，
天明前两小时离开"客栈"。
时间少我不能在此久留，
要把它全用在重要事件。
宫殿主很高兴为其服务，
速安排骑士的过夜"房间"；

51

命令人去准备"卧室床铺"，
但希望先征求客人意见：
欲令其能愉快安睡一夜，
睡觉时也可行数十哩远。
他说道："我让人备一小舟，
飞速行却没有任何危险，
梦乡中也能够继续前进，
想赶出一日路并不困难。"

52

里纳多很喜欢这个建议，
对热情宫殿主感激万千；
随后便不迟疑立刻动身，

下小舟，众船夫准备开船。

小木舟顺大河漂流而下，

近卫士船上卧，十分舒坦，

六只桨推轻舟破开波浪，

河中船就如同空中飞雁。

53

法兰西勇骑士头一靠枕，

转瞬间就入梦，酣睡香甜；

费拉拉[1]城不远，入睡之前，

已命人到达时唤其观看。

河右岸有城叫塞尔米德[2]，

梅拉拉[3]坐落在河的左岸，

轻舟过斯特拉、菲卡罗洛[4]，

奔腾的波河水在此变缓[5]。

54

掌船人选择了右侧河流，

左河朝威尼斯流动向前；

轻舟过邦德诺[6]，黑暗减弱，

已可见东方处天空发蓝；

---

[1] 诗人所生活的城市，位于意大利东北部。
[2] 意大利东北部城镇，位于曼托瓦地区。
[3] 意大利东北部城镇，位于曼托瓦地区，但现在属于威尼托大区。
[4] 斯特拉是费拉拉地区的小镇，那里有一座著名的城堡；菲卡罗洛也是该地区的一座城镇，但现在属于威尼托大区。
[5] 奔腾的波河在此处分为两条支流，左侧支流流向威尼斯，右侧支流流过费拉拉城；支流中的河水流量减少，流速减慢。
[6] 费拉拉地区的城镇。

奥罗拉[1] 撒尽了篮中鲜花，

天空中飞彩霞，红白相间；

远处现特阿多[2] 两座城堡，

里纳多此时刻抬头细观。

55

开言道："噢，你真是幸运之城，

与表弟我到过这块地面；

马拉基曾经望闪闪群星，

观天象，欲做出清晰判断；

他命令善占卜一位幽灵，

对未来数百年尘世预言：

你[3] 一定会不断增长光辉，

意大利将因你更加灿烂。"

56

说话间那小船飞速前进，

就好像长出了双翼一般，

顺河王[4] 急流下，来到小岛[5]，

到达了至爱的城垣[6] 下面；

尽管是那时节城池荒废，

但见它仍令人心中喜欢，

因知晓随岁月不断流逝，

---

[1]　奥罗拉是罗马神话中的曙光女神，她每天清晨把花篮中的彩色花朵洒向天空，形成彩虹。

[2]　是埃斯特家族的设计师，他设计了诗中提到的两座城堡。

[3]　指费拉拉城。

[4]　指波河。

[5]　指费拉拉城，它位于波河三角洲，似一座美丽的观景小岛。

[6]　指费拉拉的城垣。

该城的美丽将十分耀眼。

57

上一次沿此路来到这里，
马拉基陪伴在伯爵[1] 身边，
听他说还需要艳日、山羊，
七百次相聚会，同点旋转[2]，
此小岛才可成极乐之地，
把其他各岛屿远抛后面；
以至于见到它无人再敢，
赞美那瑞西卡美丽家园[3]。

58

还听说岛上的建筑绝美，
远胜过帝所爱岛屿宫殿[4]；
夜神女[5] 花园的各类树木，
也不比岛上树更加好看；
许多种动物在欢快奔跑，
喀耳刻畜群中也未曾见[6]；
维纳斯、丘比特、卡里忒斯[7]，

---

[1] 指里纳多。
[2] 古时西方人认为，旋转的太阳每年春季与山羊座会合一次；七百次会合即指过了
七百年。
[3] 据荷马史诗《奥德赛》讲，瑞西卡是希腊神话中法埃亚科安岛国国王阿尔喀诺俄
斯的女儿；"瑞西卡美丽家园"指的就是法埃亚科安岛，该岛植物茂密，十分美丽。
[4] 比罗马皇帝提比略所喜爱的卡普里岛（在那不勒斯附近）上的宫殿更加耀眼。
[5] 指希腊神话中的夜神之女，据说，她们受命看守天后的金苹果园。
[6] 岛上的动物种类众多，连在喀耳刻的牲畜群中也未曾见到过。喀耳刻是希腊神话
中的女巫，精通法术。她居住在地中海的埃埃厄小岛上，路过该岛的人都受其蛊
惑，变成动物。奥德修斯回国时也路过该岛，其同伴被变成了猪。后来奥德修斯
答应在她那里居住一年，她才把他们重新变成人。
[7] 希腊神话中美惠三女神的统称。

都情愿居住在此岛上面。

59

大智慧与权力结为一体，
精心的设计与关怀汇集，
方产生如此的美丽景致，
城墙固，护河宽，安全无比：
不需要任何的外来救兵，
可抵御人世间全部强敌。
艾克勒是城主光荣父亲，
城主儿唤同名[1]，承继权力。

60

里纳多想起了表弟话语，
以往事又逐渐返回记忆，
他表弟曾经常预测未来，
并且把其结果告诉自己。
他望着好客的美丽城市，
自言道："你沼泽将变成锦绣大地，
处处见艳丽的鲜花盛开，
生长出丰硕的智慧七艺[2]，

61

"小镇子成长为美丽城市，
城周围是广阔肥沃土地，
池塘与河沟都得到改造，
这一切还需要多少努力？

---

[1]　城主是埃斯特家族的阿方索一世，其父亲是艾克勒一世，其儿子是艾克勒二世。
[2]　中世纪重要的七种学科：语法、修辞、逻辑、数学、几何、天文、音乐。

对于你及城主仁爱、谦恭,

骑士的勇猛与彬彬之礼,

和城中居民的卓越表现,

我致以真诚的崇高敬意。

62

"赎世主之仁慈无可言喻,

他主张理性与人间正义,

但愿能保佑你富饶、幸福,

令仁爱与和平永驻此地;

并使你能抵御疯狂敌人,

可揭穿他们的阴谋诡计;

让所有邻居都恨你独乐,

对他人你却无任何妒忌。"

63

里纳多在船上自语自言,

小轻舟斩波浪快速向前,

即便是鹰主人呼唤猎鹰,

那猛禽也难以稳落飞船[1]。

掌船人驶入了东支东岔,

城墙与宫殿都隐于后面;

圣乔治[2]亦渐渐不见踪影,

盖巴那、福萨塔[3]被抛很远。

---

[1]　比喻船行走得飞快,连猎鹰都无法落在船上。

[2]　意大利的小城镇,在费拉拉附近。

[3]　距离费拉拉约六英里处的两座高塔。

64

里纳多伯爵爷善于思考，
其思绪经常是连续不断，
又想起骑士的美丽宫殿：
在那里受款待享用美宴；
该骑士曾谈论这座城市，
他所说绝没有任何谎言；
想起了那一杯神奇之酒：
它竟然能揭露妻子背叛；

65

还想起那骑士讲述故事，
他曾经用红酒把妻试探；
在参与试验的所有人中，
饮酒者无人不浸染胸前。
他时而心后悔，时而自慰：
"我为何不愿意参与试验？
不成功对于我有何损害？
但成功却可以坚定信念。

66

"我对妻之忠诚深信不疑，
若成功信任只略微增添；
即便是可顺利饮下红酒，
我收益不足道，却担风险；
如果见我不愿看到之事，
必定会伤及我脆弱心田。
损失大却几乎没有好处，
为何要下赌注一比一千？"

67

克莱蒙骑士爷[1] 陷入沉思，
低垂头，面朝地，不抬双眼，
那一位掌船人二目紧盯，
把面前骑士爷仔细观看；
因见其已完全陷入沉思，
并没有对话者，自语自言；
他[2] 本是勇敢的善言之人，
便张口与骑士交谈一番。

68

他二人交谈的结果便是，
许多人对妻子做出试探，
使用了极端的试探方法，
重要事却没能敏锐发现：
面对着金银的强大诱惑，
应捍卫贞洁的美丽婵娟，
就如同在刀枪烈火之中，
应保护爱人的生命安全。

69

掌船人开言道："你话有理，
令妻子抗诱惑实在太难，
并不是所有人胸脯坚强，
可抵挡这样或那样枪剑。
不知道你是否听说一女，
她或许也曾经被你议谈：

---

[1] 指里纳多，他属于克莱蒙家族。
[2] 指掌船人。

亲眼见夫君犯同等错误，
却被其判死刑，险些命断。

70

"我主人[1]本应该心中牢记，
金钱能把任何硬铁折弯；
关键时他却将此事忘记，
自毁灭那也是理所当然。
他亦晓我欲讲这段故事：
发生在附近的古城里面[2]，
那是他[3]也是我诞生之地，
城池被湖泊与沼泽围圈。

71

"我欲讲阿多钮骑士故事，
他送给学究妻一只爱犬。"
近卫士插言道："这段故事，
没传出此地区，翻越高山[4]；
法兰西与其他我到之处，
未曾闻街巷中口口相传；
烦请你快对我细细讲述，
我正欲听故事以遂心愿。"

72

掌船人开言道："在该城中，

---

[1] 指在宫殿中款待里纳多的那位骑士。
[2] 指曼托瓦。
[3] 指掌船人的主人。
[4] 指阿尔卑斯山脉。

有人叫安瑟莫，出身不凡，

青年时身上披学者长袍，

师从于法学家乌尔比安[1]；

求高贵贤惠的美女为妻，

其身份应相配，与他一般；

娶附近一俊俏聪慧女子，

她如同下凡的炫目天仙；

73

"其举止大方且十分优雅，

看上去可人爱，令人赞叹；

与其夫古板的学究做派，

好像是不适合，甚至相反。

不久后丈夫便产生嫉妒，

人世间有多少妒心蠢汉！

不需要再找到任何借口，

只因为妻子美，聪颖超凡。

74

"同城中居住着一位骑士，

他做派古朴亦高雅不凡，

出生在高贵的家族之中，

该家族斩巨龙[2]光荣无限，

曼托与其他人亦属此族，

他们是我等的建城祖先。

阿多钮是那位骑士名字，

他爱上学究妻——美丽婵娟。

---

[1]　乌尔比安是古罗马帝国时期的著名法学家。

[2]　见本歌 11 节。

75

"为了使此爱情结出硕果,

他开始无止境挥霍金钱,

华丽衣、奢侈宴,极尽能事,

要把他之荣耀显示一番。

提比略皇帝[1] 的金银财宝,

也难把其花费巨坑补填。

我相信不需过两个严冬,

他便会挥霍尽父亲遗产。

76

"曾经是早与晚门庭若市,

后来却门罗雀,无友来见,

很快便只剩下几间空房,

连野鸡与鹌鹑亦躲远远。

他本是当地的人中翘楚,

却混入乞丐群,跟人后面。

坠入到悲惨的处境之后,

他便想远离去,踪影不现。

77

"某清晨默无声离开故乡,

一心要躲避开熟人视线;

洒热泪叹息着踏上路途,

沿环城泥潭边行走向前。

并未因心中苦忘记'女王'[2],

那女王已占领他的心田。

---

[1]　古罗马帝国的皇帝。

[2]　指他心中所爱的女子。

至高的命运却帮助骑士，
转痛苦为快乐，令其开颜。

78

"他见到一农夫手持大棒，
正围着荆棘丛周边兜圈。
阿多钮停下脚欲听农夫，
对他讲为什么如此忙乱。
农夫说在那堆荆棘丛后，
遇大蟒，实令人毛骨悚然，
从未曾见长虫这等粗大，
今后也难见蛇如此这般；

79

"因此他不愿意离开此地，
一定要找到它，将头砸烂。
阿多钮闻农夫这样讲述，
失耐心，难容忍如此凶残。
他平时对蛇虫一项爱护：
莽形象绘制在族徽上面，
为纪念其祖先脱其齿口，
斩龙把底比斯城池修建[1]。

80

"他一定要制止农夫害蛇，
请求他快放弃击蛇之念；
切莫要将长虫残忍杀死，

---

[1]　见本歌 74 节。

也不可再寻它，将其侵犯。
阿多钮后来去偏僻之地，
对世人欲隐藏伤心情感；
强忍受相思的痛苦折磨，
在他乡苦苦熬整整七年。

81

"并未因身在外生活窘迫，
便放弃他那个美好心愿，
爱神已习惯于对他下手，
每时刻灼其情，伤其心肝。
到最后又踏上来时之路，
欲重见佳人的秀丽双眼，
再返回心所爱美女身旁，
胡须长，面憔悴，装束可怜。

82

"恰此时我家乡发生一事：
一说客应派往教宗身边，
作使者将留在教廷圣地，
未曾说要滞留多少时间。
靠运气好事落学究身上，
噢，那一日他为此泪流不断，
找理由，欲拒绝，四处恳求，
但最终不得不勉为其难。

83

"此巨大之痛苦实难忍受，
对于他，太冷酷，过分凶残，
远胜过某个人剖开其腹，

伸入手抻出了他的心肝。
别家乡，离心爱女子远去，
因嫉妒与担忧面白，心颤；
他恳求妻子能对其忠诚，
用尽了自认为有效手段。

84

"告诉她：好女子不仅美丽，
更需要运气佳、高贵不凡，
还必须守贞洁、名副其实，
才能够把荣耀不断增添；
只要是具备了此种美德，
就可以败对手，光荣凯旋。
但如今女子都无此德行，
却奢望把自己价值体现。

85

"学究欲用话语劝导爱妻，
说服她要对己忠诚无限。
美女子也拭泪，深感痛苦，
噢，天主啊，她发出多少抱怨！
她发誓：即便见太阳黑暗，
也难以见到她将夫背叛：
怎能够对丈夫缺少忠诚，
至死也不会有如此邪念。

86

"那学究虽相信妻子誓言，
心中也略微有些许宁安，
但仍然在揣测爱妻心思，

还同时要设法止其心酸。
学究的一朋友善施魔法，
可以把未来事准确预见；
天下事皆知晓或知大部，
并对于占卜事了如指尖。

87

"他请求该朋友预见未来，
问妻子阿尔佳将怎表现，
在自己不在的那段时间，
是忠诚，守贞洁，还是相反。
魔法师受恳求，难以拒绝，
定星位，观天象，做出判断，
安瑟莫令巫师施展法术，
第二日他再来寻求答案。

88

"占星者闭双唇缄口不言，
不告诉那学究痛苦预见，
想方法找借口不吐一语，
学究却坚持要知其判断；
预言者最终说：刚出家门，
其妻便毁忠诚，将他背叛：
并不因男子美、殷切追求，
受诱惑全由于眼见金钱。

89

"本来就很担忧，心存疑虑，
现上天又对其警示一番，
若你晓通奸有何等力量，

便能对其心情做出判断。
知妻将被贪婪无情征服，
抛弃掉美贞节，只为金钱，
他的心被搅乱，万分痛苦，
此痛比其他痛更加凶残。

90

"现如今他必须尽力补救，
不能让妻跌入罪恶深渊：
有时候需求能引导人们，
去抢劫神圣的天主祭坛[1]。
那学究有许多珠宝金钱，
他将其全捧到妻子面前；
庄园的收获与所有美物，
都送给他爱妻，讨其喜欢。

91

"他说道：'这一切归你所有，
可随意无限度尽情享受，
只要是能令你心中满意，
你自定消费或送人、出售；
不必要再考虑其他收入，
只要我返回时你还依旧：
到那时你仍然如同今日，
即便是无房地，我能忍受。'

---

[1] 比喻人们为自己的需求会做出许多出格的事情。

92

"补充道：若未闻夫君回返，
切莫要居住在城中房间；
而应该搬迁到乡间别墅：
不必要购物且生活宁安。
那里有卑贱者为其服务，
牧牛羊或耕作旷野田间：
他认为在乡下没有恶人，
无人能破坏妻守节意愿。

93

"阿尔佳把丈夫紧紧拥抱，
搂担忧夫君于美丽臂间，
溪水从女子的眼中流出，
温热泪洒满了丈夫面颜；
妻可能会犯错，夫心痛裂，
就好似她已经将夫背叛：
只因为不相信女子忠诚，
夫疑妻竟然会肝肠寸断。

94

"如若我继续讲当时情景，
话儿长，短时间难以说完。
夫最后离别时留下一话：
'我只能把荣誉托你照看。'
当学究调马头离去之时，
真感到心已被利箭戳穿；
妻送夫，陪其行数哩之遥，
两面颊似田野被水浇灌。

95

"前面说阿多钮穷困潦倒，
面苍白，胡须长，十分悲惨，
踏上路欲返回久别家乡，
只希望故人仍识其颜面。
他来到城附近那片湖泊：
蛇在那（儿）曾逃脱死亡灾难，
全依赖阿多妞慷慨救助，
才成功躲入到密树林间。

96

"天将明他到达那块地面，
苍穹上仍有星微微颤颤，
见一女沿湖边迎面走来，
一身的外来人衣装打扮，
看上去极高贵，出身望族，
但并无侍者与丫鬟陪伴。
女子对阿多妞笑脸相迎，
随后便向骑士[1]开口吐言：

97

"'骑士呀，你难道不认识我？
我是你一亲戚，出于同源：
祖先是凶猛的卡德摩斯[2]，
因此说我二人出身不凡。
我便是曼托女，善施仙术，
垒砌下头块石，建此城垣；

---

[1] 指阿多妞。
[2] 见本歌 11 节。

也可能已有人对你讲述，
曼托瓦取我名立于世间。

98

"'我只是诸蛇仙其中一员[1]，
来此为对你讲蛇仙苦难：
生下来便忍受各种痛苦，
仅死亡不会来她们身边[2]。
蛇仙们虽然有不死优点，
但是比可以死更加悲惨：
每七日都必定转换形状，
可怜其心明了此种蜕变。

99

"'身上披鳞状皮蜿蜒游动，
我们也自认为十分讨厌，
一个个均觉得非常悲伤，
都诅咒自己还活于世间。
我对你曾欠下人情之债，
而且想告诉你其中根源：
你记得那一日我现蛇形，
命注定要忍受无尽苦难。

100

"'人世间万物中人最恨蛇，
以至于我们都十分悲惨，

---

[1] 曼托是古希腊底比斯城的女巫，底比斯人是龙蛇的后裔，因而此处她自称是"蛇
　　仙"。见本歌 11 节。
[2] 因为是仙，所以长生不老。

每个人对我们虐待，攻击，
谁见到都拼命追打，驱赶。
若我们不及时钻入地下，
必定会感觉到人臂强悍。
宁愿死也不想被人重击，
更不愿被砸烂、全身伤残。

101

"'我对你欠下了人情重债：
那一日你路过树丛旁边，
从粗野农夫手把我救下：
他试图施暴虐令我受难。
若无你，我肯定无法脱身，
难避免头与背被其砸烂，
即便是不挺尸死于此地，
也必然浑身伤，筋骨折断。

102

"'那一天我身上披着蛇皮，
胸卧地，匍匐行，扭曲蜿蜒，
我平时可施法控制一切，
蜕变日我却是无力回天。
其他时只要闻我的号令，
日停转，太阳光随即暗淡；
固定的地球会方位移动，
火结冻，寒冰却喷出烈焰。

103

"'我此时来此地为了谢你，
感谢你帮助我摆脱苦难。

现在已蜕下了蛇皮外衣，
你不求，我也要报答一番。
父亲曾留给你许多遗产，
我送你遗产的三倍金钱；
并保你永不会变成穷人，
钱越用越增加，永难花完。

104

"'我知道你仍陷爱情魔网，
爱之神用此网与你纠缠，
我要对你展示应对方法，
它可以满足你爱的欲念。
已听说那女子[1] 丈夫远行，
我希望你听从我的意见：
她现在居住于城外别墅，
你立刻随我去与她会面。'

105

"曼托女对骑士继续讲述，
应如何出现在女子面前；
并告诉骑士应如何穿衣，
该怎样说话和将其诱骗；
还说明她[2] 每日均可行动，
只排除变成蛇腹行那天。
尘世间之万物千变万化，
仙女可随意将形象转换。

---

[1] 指阿尔佳。
[2] 指蛇仙曼托。

106

"把骑士乔装成朝圣之人：
他可敲各户门，祈祷上天。
曼托女变成了一只小狗，
如此小，人世间从未曾见，
白白的长皮毛如同雪貂，
形象美，举止亦令人喜欢；
装扮好二人便一同上路，
朝心爱美女家行走向前。

107

"先来到劳作者茅屋门口，
年轻的朝圣者驻足立站；
他开始演奏起悦耳风笛，
闻笛声那小犬舞蹈不断。
欢乐声传到了女主耳边，
她也要把表演欣赏一番，
便命人召唤来朝圣之人，
如巫师[1] 预言中讲述那般。

108

"阿多钮开始命可爱小犬，
把各类舞蹈都表演一番，
或进退，或止步，展示本领，
当地与异乡舞样样齐全；
朝圣者发号令尽其所能，
跳舞犬展现出人的风范，

---

[1] 指前面提到过的为安瑟莫占卜预见妻子表现的那位巫师。

观舞者一个个聚精会神，
均屏住呼吸且不眨双眼。

109

"女主人觉小狗十分神奇，
很希望能把它留在身边；
派奶娘对其主表示心意，
愿付出高价钱购买奇犬。
朝圣者回答道：'我很有钱，
贪婪女绝难以与我比肩，
她无法购买我小犬一足，
即便是付给我再多金钱。'

110

"为表示他所说绝非戏言，
与奶娘退一边单独交谈，
命小狗送奶娘一块金币，
表现出堂堂的绅士风范。
那犬儿身一摇，金币出现，
阿多钮对奶娘开口吐言：
'你以为这美丽、聪慧小狗，
送给你我仅求些许小钱？

111

"'我不求想要啥便可得啥，
但不能舍小狗空手而还；
珍珠与金首饰、华丽服饰，
其价值均有限，我不喜欢。
你告诉女主人我愿效力，
她不必表谢意付我金钱；

若愿意我陪她同卧一夜，
她便可获小狗，意足心满。'

112

"说话间，命小犬造一宝石，
请奶娘速将其呈主面前。
不必付金银币便可得宝，
贪婪的奶娘觉此事合算。
返回到女主处传递话语，
并劝她快购买美丽小犬；
以此价便可得神奇之物，
这交易实令人心中喜欢。

113

"最初时阿尔佳忸怩，矜持，
不愿毁忠诚名丧失颜面，
她不知是否能严守秘密，
是否会到处传蜚语流言。
在奶娘催促下女主动心，
这样的好运气着实罕见；
第二日便安排欢乐之事，
因女主急于见神奇小犬。

114

"阿多钮携小犬来其别墅：
那学究之毁灭就在眼前。
命小狗造金币每次十块，
各色的珠宝也成堆，成串。
女主人高傲心逐步变软，
以至于难拒绝骑士奉献：

朝圣者要成为她的情人，
已经把其要求摆在面前。

115

"爱慕者[1] 美形象、恳求话语，
无廉耻奶娘的不断规劝，
再见到此事可带来收益，
不幸的学究又远在天边，
并以为无人能传递消息，
就这样贞洁便毁于欲念，
使女主为爱犬把己出卖，
倒在了情人的两臂之间。

116

"阿多钮长时间享用甜果，
不断与美女子尽情寻欢；
是女巫[2] 把大爱强加女主，
并长久跟随在她的身边。
安瑟莫获批准休假之前，
太阳公不停转整整一年；
学究归，心中却充满疑惑，
占星者曾对他有过预言。

117

"飞一般先赶到巫师家中，
他要向占星者询问一番，
问妻子是否仍忠诚如故，

---

[1]　指阿多钮。
[2]　指变成小犬的曼托。

或者是已残忍将他背叛。
占星者确定了所有星位，
学究的星位竟处于极端：
于是便回答说如他预言，
天注定可悲事人难改变；

118

"他妻子已经被重金收买，
成别人之猎物，把身奉献。
此消息重击在学究心灵，
枪与剑抗此击均很困难。
尽管对巫师语确信不疑，
仍然去找奶娘证实其言，
把奶娘拉一旁巧妙审讯，
为获得真实情用尽手段。

119

"他东拉又西扯迂回兜圈，
为寻找可疑点反复试探；
尽管是用出了千钧气力，
最初却无效果，难获实言；
此类事奶娘非初次经历，
她坚决不承认，十分坦然：
似有人教导她做好准备，
令学究心悬疑一月时间。

120

"当想到确认后那种痛苦，
悬疑才令学究少受磨难。
见恳求与馈赠毫无效果，

均难以使奶娘吐出实言，
便触动真琴键，不再虚晃，
使出了男人的杀手之锏：
他要使女人间发生争斗，
耍手腕对二女[1]挑拨离间。

121

"事情如安瑟莫期待那般，
刚引起女子间愤恨、仇怨，
并不须学究再刨根问底，
奶娘便揭秘事，毫不隐瞒。
当理智因沮丧卧倒不起，
情感须支撑起整个局面：
可怜的学究被彻底压倒，
似乎已失理智，怒而疯癫。

122

"最终被怒征服，准备寻死，
但首先要令妻魂飞命断；
用二人[2]之鲜血染红利刃：
可使妻避责骂，自免磨难。
他返回城中后愤怒不止，
为雪耻已如同疯子一般；
派一位信任者前往别墅，
指示他按吩咐去把妻见。

---

[1]　指妻子及其奶娘。
[2]　指学究安瑟莫与他的妻子。

123

"并命令那侍者向妻传话，
请妻子快回城与其相见，
说自己身染病，高烧不退，
若晚回，便再难相会人间；
如果她还有爱，快快回城，
并不必带太多侍从陪伴：
他知道妻必然无话拒绝，
半路上可割断她的喉管。

124

"那侍者出发去召回女主，
遵命令欲对其施加凶残。
阿尔佳抓起了她的小狗，
骑着马朝城里赶路向前。
那小狗已事先预见危险，
但劝她别拒绝侍者之言；
因已经做好了一切安排，
必要时它可以助其脱险。

125

"侍者引阿尔佳离弃大路，
走上了异常的偏僻地面，
亚平宁[1] 小溪水汇入大河[2]，
他有意将女主领至溪边；
那里有一树林，十分昏暗，
离别墅和城池均很遥远。

---

[1]　纵贯意大利的山脉。
[2]　指波河。

他觉得在那个安静之处，
可执行主人命，实施凶残。

126

"他先把主人命告知女子，
随后便哧楞楞拔出利剑；
让女子在引颈受戮之前，
求天主宽恕她罪恶滔天。
我不知侍者欲伤害她时，
她如何躲过了那场灾难：
四周均寻不到她的踪影，
杀人者感觉到十分难堪。

127

"回去见学究爷，面带羞愧，
其表情极惊愕，双目茫然；
对主子讲述了不寻常事，
说不知此奇迹如何出现。
安瑟莫并不知曼托作怪，
用魔法将其妻操纵掌间；
我不知为什么那位奶娘，
竟然会对此事缄口不言。

128

"安瑟莫此时刻束手无策，
仇未报，痛未减，心受熬煎。
轻麦秸变成了沉重梁柱，
压迫在心脏上，喘气困难。
少数人已略知耻辱之事，
他担心很快会明示人前。

曾经能掩盖住第一罪孽[1]，
现二罪[2] 也将要广传人间。

129

"可怜的安瑟莫心如明镜：
妻已知夫对她心变凶残，
绝不想再回来忍受折磨，
一定会投入到他人怀间；
更强壮新男人把她占有，
必定会将其夫嘲弄一番；
或许那与妻子通奸之人，
还挟妻去勾引其他淫汉。

130

"安瑟莫派遣了许多使者，
令他们送出了寻妻信函：
向此处或彼处不断打探，
伦巴第座座城全都问遍。
他随后又亲自各处走访，
还派人探查了每块地面：
却难以寻找到任何线索，
没有人知道她隐藏哪边。

131

"到最后他唤来那位侍从，
引他去妻子的消失地点，
要了解他为何未能得手，

---

[1] "第一罪孽"指的是妻子背叛丈夫的罪孽。
[2] "二罪"指的是丈夫要杀死妻子的罪孽。

命侍从把经过讲述一遍；
或许她白天藏灌木丛中，
夜晚却躲避在某个房间。
那侍从引主人来到密林，
见一座大宫殿立于面前。

132

"阿尔佳请她的女巫[1] 施法，
巧利用雪花石建此宫殿，
那女巫为美人立即开工，
殿内外饰黄金，雄伟壮观。
外华美，内富丽，难以想象，
我无法寻找到赞美之言。
昨晚你见我主[2] 宫殿华丽，
与此比就如同茅屋一般。

133

"马厩与地窖亦装饰讲究，
墙上罩各色的华丽帷幔，
精制的织花毯四壁垂挂，
更别说厅堂与卧室、廊间；
无数的金银罐四处摆放，
室室见宝石雕陈列其间，
有酒杯，有饰盘，大小不一，
还可见奢华的金丝锦缎。

---

[1]　指女巫曼托。
[2]　指掌船人的主人，即那位在华丽宫殿中款待过里纳多的骑士。

134

"我曾说那学究进入密林，
他以为密林中茅屋难见，
那只是无人烟茂密树林，
却不想一宫殿立于面前。
惊讶的学究爷不识真假，
自以为失理智，是非难辨：
不知是喝醉酒还是做梦，
他头脑轻飘飘飞上云天。

134

"见门前站一位非洲黑人，
大鼻子，厚嘴唇，十分难看；
从未见，今后也难以看到，
这样的丑陋且污秽颜面；
其面庞与画中伊索[1] 相似，
他若死天国会愁眉苦脸[2]；
身上穿乞丐的油腻脏衣：
我连他一半丑尚未说全。

136

"宫门前安瑟莫不见别人，
问此人殿属谁理所当然；
便走向黑门卫开口问话，
黑人道：'这是我美丽宫殿。'
问话者很清楚此人说谎，
认为他要戏弄自己一番；

---

[1] 古希腊著名的寓言故事作家，据说长得很丑。
[2] 他太丑了，死后去天国，天国见到他都会愁眉苦脸。

那黑人发誓说这是他家，
此宫殿与他人毫不相干。

137

"如果是学究想入殿看看，
黑人愿邀请他随意参观；
若见到喜爱物，可以取走，
自己用或馈赠，任其方便。
安瑟莫将坐骑交给侍从，
抬起脚迈进了宫殿门槛；
被引导上楼梯再下楼梯，
厅堂与各卧室全都看遍。

138

"他欣赏宫殿的不俗造型，
细观看华丽的辉煌装点；
一边看一边说：'天下黄金，
也不足买下这高贵宫殿。'
那丑陋摩尔人开口答道：
'此宫殿虽高贵也有价钱，
然而却不能用金银计价，
若变通支付法，价很低廉。'

139

"阿多钮对其妻所提之事，
那黑人对学究又提一遍：
因提出丑恶且无耻要求，
人人会骂黑人畜牲一般。
但学究只拒绝三次四次，
黑人为说服他施加手段：

始终把那宫殿作为礼物，
诱学究屈从于贪婪邪念。

140

"学究妻阿尔佳藏身附近，
当见到其夫君跌入贪婪，
便跳出高声喊：'实在太妙，
我亲见智慧者被人欺骗！'
见自己做出了丢人丑事，
那学究面羞红，哑口无言。
噢，大地呀，为何不深深开裂？
否则他当时就自投深渊。

141

"妻子已开脱罪，吼声震耳，
丈夫却丢脸面，羞愧难言，
女子道：'我在人苦求下顺从自然，
你却要开杀戒，令我命断，
现如今与卑劣男人同卧，
惩罚你需要用何等手段？
我情人面貌美，彬彬有礼，
赠送我之礼物远胜宫殿。

142

"'若你觉我应该付出生命，
你便应身赴死百次千遍：
尽管我此时刻十分强大，
完全可随己意将你惩办，
但我却不愿意利用你错，
施报复，令你受巨大苦难。

夫君呀，已不欲，勿施于人，
原谅我，就像我对你这般。

143

"'请忘记以往的一切过错，
你与我重恢复和平、宁安；
我以后不再提你的过错，
你也别再把我指责、抱怨。'
安瑟莫亦觉此协议甚好，
表示了相互间谅解心愿。
他二人如此又恢复和谐，
你爱我，我敬你，齐眉举案。"

144

掌船人讲述了离奇故事，
结果令里纳多略露笑颜；
为学究他感到万分羞愧，
突然间面变红，如燃火焰。
近卫士对女子非常赞赏，
智慧妻令愚夫跌入网间，
她也曾陷入到同一张网，
但失误远不似丈夫那般。

145

热情的曼托安[1]慷慨款待，
为骑士里纳多设下盛宴，
安排其船中行，度过一夜：
天明后他还须驰骋向前。

---

[1] 前文中所说的那位在宫殿中盛情款待里纳多的骑士名字叫曼托安。

左岸的美城镇[1] 快速掠过，
右岸是广阔的沼泽一片，
阿真塔[2] 迎面来，随后飞逝，
桑泰诺[3] 投入到波河怀间。

146

当时还不存在巴斯蒂亚[4]，
西班牙曾吹嘘将其侵占[5]，
把旗帜插在了城楼之上，
罗马涅[6] 民众都痛苦不堪。
那木舟随后又直线前进，
看上去就好像飞行一般。
又转入"死亡沟"[7] 那条支流，
中午时拉文纳出现眼前。

147

里纳多平日里不带分文[8]，
今日却有银两携带身边，
与水手告别时表现慷慨，
给他们每个人许多银钱。
他登岸，弃舟船，跨上战马，

---

[1] 指费拉拉。

[2] 费拉拉附近的小镇。

[3] 意大利东北部的一条小河，它也是波河的支流。

[4] 查理大帝时期巴斯蒂亚城尚未建立。

[5] 西班牙人曾经占领巴斯蒂亚城。见第 42 歌 4 节。

[6] 意大利中北部的一个地区，费拉拉和巴斯蒂亚都位于该地区。

[7] 曾经是波河的一条支流，现在已干涸。

[8] 在欧洲骑士传奇中，里纳多经常被描写成强盗的形象，他身边不带分文，需要时
　　就抢劫他人。

当晚过里米尼[1]，继续向前；

天未亮已越过蒙特菲雷[2]，

日出时乌比诺[3]展现面前。

148

那时节尚未有腓特烈君[4]，

圭多[5]与伊萨贝[6]也不曾见，

更没有弗朗索[7]、莱奥诺拉[8]：

他们都从来不表现傲慢；

彬彬礼令爱人常伴身旁，

名骑士举止雅，形象非凡；

今贵妇与骑士继承前辈，

古今的高贵者不同一般。

149

乌比诺并无人勒其马缰，

里纳多卡里镇[9]奔下山峦。

一峰将梅陶罗[10]、高诺[11]分开，

沿此峰他越过亚平宁山；

---

[1] 意大利中东部城市，与费拉拉同位于现在的艾米利亚－罗马涅行政大区。

[2] 意大利中东部小镇，位于现在的马尔凯行政大区。

[3] 乌比诺（另译：乌尔比诺）是意大利中东部城市，与费拉拉同位于现在的艾米利亚－罗马涅行政大区。

[4] 见第 26 歌 49 节。

[5] 指圭多巴多。见第 26 歌 50 节。

[6] 伊萨贝是圭多巴多的妻子。

[7] 指弗朗索·德拉·罗维雷。见第 26 歌 49 节。

[8] 莱奥诺拉是弗朗索·德拉·罗维雷的妻子。见第 26 歌 49 节。

[9] 意大利的小镇，位于距乌比诺不远的山区。

[10] 梅陶罗是意大利中部的一条河。

[11] 看诗句的意思，高诺也是一条河，它应该是梅陶罗河的支流，但意大利并不存在这条小河。

又穿越翁布里[1]、埃特鲁斯[2]，

至罗马，再奔向大海岸边；

随后又乘船至另外一城：

古孝子葬父于该城地面[3]。

150

再换船驶向了兰佩杜萨，

逆风船劈开了汹涌波澜；

决斗者选定了那座小岛，

在岛上正比试长枪利剑。

里纳多催水手奋力摇桨，

帆与桨尽全力推船向前；

风虽猛对骑士却很不利，

急忙忙登小岛，为时已晚。

151

安格兰伯爵爷获得胜利，

创立的伟业绩光辉灿烂：

虽艰险却奋力斩杀敌酋——

赛里斯勇国王、阿格拉曼。

莫诺丹英雄儿牺牲性命，

奥利维气息微，卧于海滩：

因断足他忍受巨大痛苦，

受重击其生命处于危险。

---

[1] 指古代翁布里人居住的地区，现在被称作翁布里亚地区。

[2] 指古代埃特鲁斯人居住的地方，大约等同于从佛罗伦萨到罗马一带。

[3] 古孝子指罗马人的祖先埃涅阿斯（见维吉尔的《埃涅阿斯纪》），他把父亲安喀塞斯安葬在了西西里岛的特拉帕尼。

152

罗兰与里纳多拥抱之时，

如雨泪打湿了伯爵颜面，

他讲述布兰迪被杀经过，

说此人与自己亲密无间。

见朋友头被剑如此劈裂，

里纳多亦落泪，心中痛酸；

随后他又走向断足之人，

紧紧把奥利维拥抱怀间。

153

里纳多赶到时盛宴[1] 结束，

餐桌上只剩下狼藉杯盘；

近卫士[2] 知无法消除痛苦，

却还要把二人[3] 安慰一番。

异教徒抬尸体返回城中[4]，

两国王被埋葬废墟之间[5]，

比塞大城被毁，王亦身死，

此消息立刻便四处广传。

154

见罗兰获得了最终胜利，

阿托夫、单索内欢笑开颜；

但得知布兰迪双眼永闭，

---

[1] 指刚刚结束的激烈角斗。

[2] 指里纳多。

[3] 指罗兰和奥利维。

[4] 异教侍从们抬着格拉达索和阿格拉曼的尸体返回比塞大城。

[5] 比塞大城已成为废墟。

都不免感觉到万分心酸。
闻勇士阵亡后众人难乐，
人脸上黑色云遮盖蓝天。
谁敢对菲蒂丽讲述此事？
这噩耗能撕裂她的心肝。

155

菲蒂丽为夫君缝制战袍，
曾含泪皂服上飞针走线；
决战的前一天那个夜里，
她竟然在梦中亲眼看见：
那战袍有一半沾染朱红，
似乎是落满了赤色雨点，
每一滴都好像亲手所绣，
因而便感觉到心中不安。

156

梦中说："我夫君曾经命我，
绣制出黑色的战袍一件。
现如今我为何如此刺绣？
这式样并不符他的心愿。"
此噩梦预示了凶险之兆，
当天晚她便晓夫君命断：
阿托夫、单索内前去看她，
公爵[1] 欲暂对其掩盖灾难；

---

[1]　指阿托夫。

157

但二人一进屋女子发现，

虽胜利两主将并无笑颜；

她已经预测到事情不妙，

或许是布兰迪灵魂归天。

因此便感觉到心中压抑，

两只眼似游离不敢观看，

其他的各知觉均已丧失，

猛然间如死人跌倒地面。

158

恢复了知觉后双手乱抓，

扯乱了秀丽发，挠破美面，

口中还重复着爱人名字，

这一切只能把痛苦增添。

只见她吼叫着披头散发，

就好像有魔怪附身一般：

似闻令疾奔来迈纳得斯[1]，

围绕着巴库斯[2]跳跃狂欢。

159

她一会（儿）请求人给她匕首，

用利刃欲把己心脏戳穿；

一会（儿）又要去那决战小岛，

哀恳人快为她准备舟船；

---

[1] 就好像闻听酒神号令疾奔而来的迈那得斯一样。迈那得斯是罗马神话中酒神巴库斯的女祭司，她们非常疯狂、野蛮，整日在山间狂欢痛饮，有活剥野兽生吞的行为，甚至还有把不敬酒神者撕碎的情况。

[2] 罗马神话中的酒神。

虽然是异教王已被杀死，
她仍想越大海报仇雪冤，
欲赶到夫君的战死之处，
身倒地也死在夫君身边。

160

开言道："唉，布兰迪，我为何让你独去？
做大事却无我守护身边。
你所爱菲蒂丽见你远行，
却未能在身后紧紧追赶。
若我去一定会对你有益，
两只眼可为你紧盯安全；
异教王如偷袭你的身后，
一声喊能助你躲过危险；

161

"也可能我快速跳到中间，
挡住他，帮助你避开利剑；
还可用我头颅为你作盾，
我虽死，但损失却可减半：
现如今我终将伤心而死，
比被杀更令人痛苦难言，
如若为保护你身亡玉碎，
反觉得有价值，虽死心安。

162

"如上天逆我意，命运邪恶，
我不能帮助你躲过灾难，
最少可令我能与你吻别，
把哭泣之泪水洒于你面；

当灵魂[1]随天使飘然而去，
飞向那造物者，与主团圆，
我可以对你说：天国等我，
随后我追你去，君可心安。

163

"现如今你本该手握权杖[2]，
难道说你如此掌控王权？
我随你这样去达摩基莱[3]？
你怎么登宝座把我接见？
啊，残忍的机运神，你将我毁！
噢，现如今还令我有何期盼？
哎呀呀，我已失最爱之人，
为什么还迟疑，不弃世间？"

164

她口中不断吐抱怨之言，
胸腔中重燃起愤怒火焰，
又开始撕拽她美丽秀发，
似乎那根根发罪恶滔天。
两只手相互击，牙齿狠咬，
咬破了上下唇，胸被抓烂。
痛哭的菲蒂丽受尽折磨，
我再讲诸英雄、伯爵罗兰。

---

[1] 指布兰迪的灵魂。

[2] 布兰迪参加决战之前接到父亲去世的消息，因而他本该继承父亲的王位，掌握其
    王国的权杖。

[3] 达摩基莱是布兰迪所应继承的王国的首都。

165

奥利维身负伤，急需敷药，
还应该有专人护理，照看，
罗兰爷也必须安排墓地，
使战友布兰迪入土为安；
埃特纳[1]夜明火，白昼冒烟，
他决定到那里巡查一番，
于是便驾小舟乘风破浪，
西西里距他们并不遥远。

166

日西斜，解缆绳，船驶水面，
凉爽风推舟行，鼓起船帆，
沉静的女天神[2]指引道路，
明亮的弯弯角悬挂天边；
第二日赶到了阿格里真[3]，
停靠在附近的美丽海岸。
罗兰爷命众人做好准备，
葬礼就举行于当天夜晚。

167

白日光已熄灭，四周黑暗；
遵伯爵之命令消息广传：
周边的贵族都收到邀请，
显贵们从各处聚于海滩。
火炬照海岸边如同白昼，

---

[1] 位于西西里岛的火山。
[2] 指月亮女神，即月亮。
[3] 西西里的一座城市，位于西西里的南部。

哭喊与抱怨声响彻云天；
罗兰爷又返回战友[1]身旁，
生与死均对他挚爱不变。

168

年迈的老骑士巴尔迪诺[2]，
趴卧在灵床上，哭声震天，
在船上他已经痛嚎不止，
其眼睑红而肿，十分难看。
他指责群星恶、苍天凶残，
怒吼声如雄狮咆哮一般。
两只手似发疯，不由自主，
抓乱了苍白发，挠破皱脸。

169

近卫士[3]返回时老叟起身，
哭喊声成倍增，刺痛心肝。
罗兰爷靠近了战友尸体，
静观看，不作声，未吐一言，
面苍白，就好像夜晚女贞[4]，
或清晨莨芳[5]的花朵那般；
随后他长叹息，眼望战友，
对那具无知觉尸体吐言：

---

[1] 指布兰迪尸体旁。
[2] 见第 39 歌 41 节。
[3] 指罗兰。
[4] 指女贞树，树上开白色花朵。
[5] 地中海地区的一种草本植物，一般开白色花朵。

170

"噢，忠诚的战友啊，你身虽死，
坚强些，我知道你已升天，
你又获另一种新的生命，
不再受人间的伤病磨难；
若不见我哭泣，请你原谅，
恨只恨我独自留在人间，
我二人不能够共同欢乐，
天与地将我们一分两边。

171

"没有你我孤独留在尘世，
任何事不再会令我心欢。
曾与你同经历风暴、战火，
为什么不能够共度宁安？
我不能离尘世随你而去，
此错误太严重，却难改变。
你和我如果曾共忍痛苦，
却为何不可以同享甘甜？

172

"我损失极重大，你却收获：
收获者你一人，失者有伴[1]，
意大利、日耳曼、法兰西国，
全都会陪我痛，分担苦难。
噢，我舅舅皇帝爷，该多痛苦！

---

[1] 罗兰把死者视为有收获之人，因为他获得了天国的新生；把眼见亲人死去自己却痛苦留在尘世的人视为损失重大之人。然而收获者却只是布兰迪一人，而留在人间忍受痛苦的却不只是罗兰一个人。

近卫士诸兄弟该多心酸！

丧失了最忠诚勇猛卫士，

帝国与圣教会痛裂心肝。

173

"噢，你离世敌人便不再恐惧，

他们定心欢喜，相庆弹冠。

噢，异教徒比以往更加猖狂，

他们将贼胆增，肆无忌惮。

噢，你爱妻，她又会多么伤心，

在此处我已闻她的哭喊。

我知道她指责甚至恨我，

因我错熄灭她爱情火焰。

174

"菲蒂丽，你至少略有安慰，

布兰迪虽然是离开人间，

但今日活着的所有骑士，

均嫉妒他之死光辉灿烂。

两德丘[1] 与跳入深渊之人[2]，

还有那科德鲁[3] 受人称赞，

---

[1] 指古罗马共和国早期为国捐躯的父子二人，他们都叫德丘·莫斯，均担任过罗马
共和国的执政官。

[2] "逃入深渊之人"指德丘的孙子马可·库齐奥。据传说，公元前 362 年，罗马共
和国广场开裂一个无底深渊，祭司们询问天意后说这是灾难的预兆，深渊将不断
扩大，最终把整个罗马城吞没，除非罗马的每一位市民都把自己最珍贵的东西抛
入深渊之中。马可·库齐奥是罗马军团中最勇敢的战士之一，他认为罗马人最珍贵
的东西是"强悍"和"勇敢"，因而骑着战马全副武装地跳入深渊，从而制止了深
渊的扩大，挽救了罗马城。此后，马可·库齐奥便被罗马人视为英雄。

[3] 科德鲁（另译科德鲁斯）是古希腊雅典君主之一，也是爱国主义与自我牺牲精神
的代表人物。

　　　但他们都难比你的夫君，
　　　他之死更光荣，令人赞叹。"

175

罗兰爷吐真情，滔滔不绝，
白色及灰与黑神职人员 [1]，
和其他司祭者跟随伯爵，
排长队，踵接踵，行进向前，
为亡者之灵魂祈祷上帝，
求他能升天国，永享宁安。
此时刻周围已开始放亮，
黑暗夜缓缓去，白昼出现。

176

众骑士抬起了亡者灵床，
轮着班扛在肩，缓步向前。
紫丝被覆盖在他的身上，
被面上缝珍珠，绣走金线；
亡者的睡枕也非常华丽，
上面的各色石光彩不凡；
勇骑士身上服与被同色，
精致的缝绣工世间罕见。

177

选三百当地的赤贫农夫，
把垂地黑色衣披在背肩，
都穿着同样的哀悼服装，

---

[1] 穿白色、灰色和黑色服装的神职人员，即指各派的神职人员。

行走于送葬的队伍最前。
随后是一百名少年侍从，
全骑乘高大的战马坐鞍；
战马与侍从者均披丧服，
行走时长衣边拂扫地面。

178

送葬队前与后旌旗无数，
各色的敌徽章绣在上面；
为恺撒与彼得斩将夺旗[1]，
敌军旗伴英雄灵床招展：
护旗的敌军团曾经骁勇，
现如今均毁灭，踪影不见。
队伍中还可见无数盾牌，
敌军将曾将其挽于臂腕。

179

千百名其他的送葬之人，
随其后按顺序行进向前，
他们都手中举明亮火把，
悲哀的黑长袍身上披穿。
罗兰爷跟随在众人之后，
极悲伤，眼红肿，泪湿衣衫；
里纳多并肩行，心亦痛苦，
把断足奥利维骑士扶搀。

---

[1] "恺撒"是皇帝的代称，此处指日耳曼神圣罗马帝国；"彼得"是罗马教宗的代称，因为圣彼得被看作是第一代教宗，此处指罗马教廷。"为恺撒与彼得斩将夺旗"的意思是：这些旗都是在捍卫帝国和教廷利益的战场上夺得的。

180

若对您用诗句细述葬礼，

故事长，难讲完，需要时间。

黑长袍分发后难以收回，

烧尽的火炬有成千上万。

送葬队走向了主教教堂，

所到处均令人泪湿双眼：

亡故者引起了众人怜悯，

无论是老与少、男女、贵贱。

181

亡者被停放于教堂之中，

哭丧女无益泪[1]流洒不断，

众祭司与其他神职人员，

致悼词，忙超度亡者升天。

置棺木于两根短柱之上，

并遵照近卫士罗兰意愿，

用绣金之锦缎覆盖棺木，

待葬于将建的大墓里面。

182

伯爵爷并未离西西里岛，

却派人寻各种美丽石岩；

付重金招来了艺术大师，

请他们把大墓设计，修建。

菲蒂丽来岛时石料运到，

有巨大支柱和各类石板，

---

[1]　按当时风俗，雇佣了专业的哭丧女为其哭丧，但她们的泪水对亡者升天并没有什
　　么用处。

虽然是罗兰已离开非洲，
石材却都来自那片海岸[1]。

183

菲蒂丽泪水河无法止流，
口中的叹息声连续不断，
众祭司连续做安魂祷告，
却难以安抚其受伤心田；
她决心永不与爱人分开，
一直到己灵魂离壳[2]升天：
令人在大墓中造一小室，
欲禁闭小室内度过余年。

184

罗兰爷先派人请她出室，
后来又亲自去将其规劝：
若她去法兰西定获重赏，
可以把加勒兰王后[3]陪伴；
如果想再回到自己故乡，
爷[4]陪她东行至其父身边[5]：
为她建美丽的一座寺庙，
她可把全身心奉献上天。

---

[1]　指非洲海岸。
[2]　指人的躯壳，即人的身体。
[3]　查理大帝的妻子。
[4]　指罗兰爷。
[5]　菲蒂丽的父亲是东方的一位国王。

185

菲蒂丽却决心留在墓中,
为赎罪昼与夜祈祷上天:
但生命并不能长存不去,
帕尔开[1] 将拉断生命之线。
法兰西三骑士[2] 离岛之时,
心中都极悲伤, 流泪不断,
第四位[3] 却留在巨人[4] 岛上,
他永远也不能返回家园。

186

无医为奥利维治疗伤痛,
众骑士不愿意离岛登船:
其伤势有可能急剧恶化,
护理好重伤者十分困难;
众人常听到他呻吟不止,
见其状所有人恐惧不安。
掌船人头脑中生一想法,
说出来令大家心中喜欢。

187

听说在不远处有一修士,
居住于荒凉的小岛上面,
若求他提建议, 给予帮助,
从不会听到他拒绝之言;

---

[1] 罗马神话中的命运三女神。
[2] 指罗兰、里纳多、奥利维。
[3] 指被葬在岛上的布兰迪骑士。
[4] 指希腊神话中的西西里独眼巨人。

有时候可取得非凡效果：
令盲人复光明，死者生还；
他胸前画十字便可止风，
汹涌海变平静只需瞬间。

188

快去找隐修士不要犹豫，
天主对此人也十分喜欢，
若修士展示出他的神力，
奥利维必痊愈，健康立站。
罗兰闻此建议，十分高兴，
率众人把那位修士拜见；
船破浪，不调头，快速行驶，
黎明时见小岛出现眼前。

189

见小岛众水手跳入海中，
以确保能安全弃船登岸。
侍从与水手们共同努力，
把侯爵[1]放入了救生小船；
浪推动救生船靠近岸边，
众人至圣修士居住地点：
鲁杰罗在此处接受洗礼，
他已经把信仰彻底改变。

190

天国的主宰者忠诚奴仆[2]，

---

[1] 指奥利维。
[2] 指圣修士。

接待了罗兰爷及其同伴，
面带笑为他们祈天赐福，
问他们为什么来此地面：
尽管是圣天使事先预报，
他已经早知道有人来见。
罗兰爷回答说他来此处，
为了使奥利维获得救援：

191

侯爵爷为效忠天主基督，
拼死战，负重伤，命悬一线。
请圣人助侯爵摆脱危险，
令他能身痊愈，重新立站。
教堂中寻不到有效药膏，
也没有神奇的妙药灵丹，
只能够向基督祈求救助，
请天主免除他伤痛苦难：

192

以圣父与圣子、圣灵之名，
赐福于奥利维，令其康健。
神圣且永恒的三位一体，
噢，它给予信仰者力量无限！
主解除奥利维一切痛苦，
治愈了骑士足，令其立站，
他站立更稳定，行走如飞，
索柏林在现场全都看见。

193

重伤的索柏林一同而来，

他觉得伤恶化治愈已难，
但看到圣修士高超医术，
其神迹有天助显而易见，
便准备抛弃掉穆罕默德，
把基督万能神牢植心田：
对以往之信仰真心悔悟，
为改信我教义发出誓言。

194

圣修士于是便为其洗礼，
并求天恢复他以往康健。
罗兰与其他的各位骑士，
也为他皈依主十分心欢；
亦高兴见侯爵奥利维君，
伤痊愈，摆脱了生命危险。
鲁杰罗比别人更加喜悦，
他信仰与忠诚再次增添。

195

那一日鲁杰罗游上此岛，
便没有再离开修士身边。
老修士用话语鼓励大家，
他对待众人都十分和善，
欲引导来访者躲避泥水，
走出这浑浊的死水之潭[1]：
庸人都很喜欢浊水人生[2]，

---

[1]　此处"死水之潭"隐喻人世生活的泥潭。
[2]　如同浑浊泥水的人生。

请诸君莫忘记有路通天[1]。

196

为取酒、面包与火腿、奶酪，

罗兰命一侍从返回木船；

老修士已习惯只食野果，

早忘记其他的美味香甜，

众骑士恳请他饮酒食肉，

与他们在一起共享美餐。

不多时众人已酒足饭饱，

随后又对诸事议论一番。

197

闲谈中经常会转换内容，

谈此事，论彼事，话题不断。

里纳多、奥利维、罗兰诸君，

终于见鲁杰罗英俊容颜；

所有人都赞美此君勇猛，

均说他武艺高，无比彪悍；

里纳多曾校场领教其勇，

因顶盔，却未见勇士真面。

198

修士携鲁杰罗刚一出现，

索柏林便认出他的容颜，

但不愿因莽撞犯下错误，

于是便缄其口沉默不言。

---

[1]　请大家不要忘记通往天国之路。

现众人都已晓真实情况：
此人是鲁杰罗，威名广传，
人世间其英名无人不知，
他是位杰出的英雄好汉。

199

又知道他已经皈依基督，
所有人都对他显露笑颜，
有的人执其手，把他亲吻，
有的人还将其拥于臂间。
尤其是蒙塔坂城堡主人[1]，
示敬意，紧拥抱，抚摸不断。
为什么他的爱，超过别人，
若想知，下一歌向您道全。

---

[1] 指里纳多。见第 1 歌 12 节。

第44歌

阿蒙公向太子许下婚姻　勇少女抗父命比武招亲
鲁杰罗欲夺得帝国权杖　愤怒郎勇击溃利奥大军

里纳多非常喜欢鲁杰罗。在隐修士的提议下，他许诺把胞妹布拉达曼嫁给鲁杰罗为妻，罗兰和奥利维等人也十分赞成这个决定。但他们并不知道，此时查理和阿蒙公爵已决定把布拉达曼嫁给东罗马帝国的太子利奥。

阿托夫见已经取得了最终胜利，来自非洲的威胁已经消除，便请塞纳颇国王率军返回努比亚，自己也返回法兰西。

一天，里纳多与父亲阿蒙公爵谈起布拉达曼与鲁杰罗的婚姻，惹怒了父母。为拒绝嫁给东罗马帝国的太子，布拉达曼去找查理，请求查理允许她比武招亲，并提出：能胜她手中枪、剑者方可娶她为妻。查理同意了她的要求。

布拉达曼的父母得知女儿想嫁给既无钱又无地位的鲁杰罗，而且还请求查理允许她比武招亲，怒火万丈；他们把女儿带到海边的一座城堡，将其软禁在那里。

闻此变故，鲁杰罗心中不安，他决定去杀死东罗马帝国的皇帝和太子，夺取帝国的权杖。他来到贝尔格莱德城下，见保加利亚军队与东罗马帝国军队交战，便帮助保加利亚人击溃了帝国军队。鲁杰罗没有追赶上帝国败军，却来到一个地方，并决定在那里休息一日。在该城的客栈中，一败军骑士认出了鲁杰罗，向城主翁加多（东罗马帝国的臣属）告密。

1

狭窄的陋室里可交朋友，

生死的患难中能结友谊，
富贵的人群中时生嫉妒，
钱财也常引起相互猜忌；
王室与辉煌的宫殿之中，
已熄灭仁爱的明亮火炬，
再不见真友情只有虚伪，
这便是人生的普遍真谛。

2

君主和老爷们缔结协议，
但协议通常是脆弱无比；
教宗与皇帝爷今日结盟，
明日便有可能成为死敌。
外表见虚伪情并非真意，
阴暗的丑灵魂内心隐蔽；
见事物之正面，不见背面，
因为都只关注自身利益。

3

他们[1] 均无能力结交真友，
因友谊不进入虚伪之地；
虚伪处只假装议论友情，
或者还把友情当作儿戏；
有时候他们的运气不佳，
陷入了卑贱地，深感失意，
到那时方觉得友情珍贵，
平时却全不知朋友何意。

---

[1] 指君主和老爷们。

4

圣修士在他的狭窄房间，
令客人生真爱，心心相连，
众人情已被他牢牢凝聚，
此成果其他人难以实现。
坚定的忠诚心至死不渝，
牢固的友谊情永世不变。
老修士见他们个个善良，
心纯洁如天鹅白羽一般。

5

更觉得他们都和蔼可亲，
全没有虚伪者那等阴暗：
虚伪者往往是奸而不露，
却处处要显出假意良善。
众骑士相互间仇怨全无，
恶记忆早已经消失不见；
即便是亲兄弟，一奶同胞，
也难以相互爱如此这般。

6

尤其是蒙塔坂城堡主人，
抚摸着鲁杰罗左右细观；
里纳多与此人曾比武艺，
因而知他十分勇猛彪悍，
认为他是人间罕见骑士，
早已经置其于自己心间，
后来又听说了其他情况，
便对他更加是另眼相看。

7

听说他解救了理查德弟^[1]，
为此事曾经冒巨大危险：
理查德、西班牙美丽公主，
在床上被国王双双捉奸^[2]；
他还救布沃的两位公子^[3]，
摆脱了撒拉逊险恶纠缠：
撒拉逊、贝托拉^[4] 相互勾结，
阴谋把两兄弟无耻暗算^[5]。

8

对此人欠两次恩情之债，
向他表敬爱意理所当然；
但一人服务于非洲宫廷，
另一人效命于查理帐前，
从未曾有机会表示感谢，
为此事里纳多曾感不安。
现如今鲁杰罗皈依基督，
近卫士可实现自己心愿。

9

热情的里纳多欢乐无比，
对骑士鲁杰罗话语不断。
隐修士见他们如此友好，

---

[1] 理查德是里纳多的弟弟，布拉达曼的孪生兄弟。见第 25 歌 24 节。
[2] 理查德与西班牙国王马西略的女儿通奸，被捉住，并被国王判处死刑；后来被鲁杰罗解救。见第 25 歌 7 节。
[3] 指马拉基和维维诺兄弟二人，他们是布沃公爵的儿子。
[4] 马刚萨家族成员，与里纳多的家族有世仇。见第 25 歌 74 节。
[5] 见第 25 歌 74 节。

便趁机插话语，开口吐言：
"你二人已成为亲密朋友，
何不再缔结成姻亲之缘；
现距此也仅仅相差一步。"
真希望他的话能够实现！

10

又言道："两家族都很显赫，
其高贵人世间十分罕见，
诞生的子与孙如同艳阳，
荣耀光将永世照亮人间；
日与月穿梭过，光阴荏苒，
他们将更辉煌，金光灿烂；
这本是上天主向我明示，
因此我对你们毫不隐瞒。"

11

老圣人不停顿，连续吐言，
劝伯爵将胞妹布拉达曼，
许配给鲁杰罗骑士为妻，
令两位有情人终成亲眷。
罗兰与奥利维也很赞成，
双方结这一桩美好姻缘；
并认为阿蒙公[1]、查理皇帝、
法兰西众亲友均会喜欢。

---

[1] 阿蒙公爵是里纳多和布拉达曼的父亲。

12

但他们并不知情况有变，
阿蒙遵丕平子查理意愿，
近日里要把女嫁给利奥[1]，
那太子未来将头顶帝冠。
东罗马大皇帝郑重求亲，
因太子意欲要结此姻缘：
年轻人早已闻阿蒙女美，
未见面其心中已燃情焰。

13

阿蒙公回复道：须待儿归，
他要与里纳多商量一番，
现儿子已外出，不在家中，
儿归前，定大事自觉为难；
他认为儿闻讯必然速回，
与太子结姻缘他定喜欢：
尽管是儿对他十分尊敬，
他自己却不愿独自决断。

14

近卫士里纳多远离父亲，
并不知东罗马欲结姻缘，
于是向鲁杰罗许下婚约，
愿把他与胞妹好事成全；
罗兰与其他人亦都赞成，
隐修士更坚持自己意见：

---

[1] 东罗马帝国的太子。

他认为阿蒙公对此婚姻，
心中也必然会十分喜欢。

15

度过了昼与夜又一白天，
众人与圣修士喜聚一团，
几乎都忘记了返回木舟，
更忽视是否可顺风行船。
但水手却不愿长期逗留，
曾多次传讯要赶路向前，
催大家快告别智慧修士，
离开那寂寞岛，扬起风帆。

16

鲁杰罗已在此许久时间，
却从未离开这荒凉海岸，
圣修士教会他信仰真理，
现如今他请求离其身边。
罗兰爷为他披赫克特甲，
命人牵伏龙驹，取来宝剑：
知这些不久前均属此人[1]，
还给他以对其表示友善。

17

尽管是近卫士[2]更有理由，

---

[1]　不久前，在海上漂来的木船上，罗兰得到了伏龙驹、巴利萨达宝剑和赫克特宝甲；他知道，这些东西以前都属于鲁杰罗，便将其还给了鲁杰罗，以示友爱。见第41歌25和29节。

[2]　指罗兰。

将那把神奇剑挎己腰间，
因是他在魔法花园之中，
为夺剑经历了千难万险；
后来是布鲁内那个窃贼，
把剑向鲁杰罗殷勤奉献[1]；
但未待鲁杰罗开口讨要，
罗兰爷便情愿赠送宝剑。

18

老修士为众人向天祈福，
众骑士又重新登上航船。
天晴朗，云不见，晴空万里，
水手们划动桨，南风吹帆，
并不需向天主祈祷、许诺，
顺风行，至马赛，一路平安。
在马赛他们将等待公爵：
阿托夫从非洲赶来团圆。

19

阿托夫见胜利血腥无比，
他心中不快乐亦无宁安；
已看到不再有非洲威胁，
法兰西现已经十分安全，
决定让努比亚国王率军，
沿原路再返回美丽家园：
助公爵来攻打比塞大城，

―――――――――

[1] 是罗兰在法勒琳的花园里夺得了巴利萨达宝剑，后来布鲁内从罗兰手中盗走了
宝剑，并将其与伏龙驹一起赠送给了鲁杰罗，因而说，罗兰更有资格佩戴该宝剑。
见第 41 歌 26 节。

城已陷，返回国理所当然。

20

杜多内统帅的强大舰队，
令异教之兵勇葬身波澜；
当黑人弃舟船登上陆地，
新奇迹立即又再次出现：
船头尾与两舷变成枝叶，
都恢复原形状，如同从前；
随后便风一吹浮于空中，
轻飘飘顷刻间踪影不见。

21

努比亚一队队骑士、步卒，
或步行或骑马返回家园。
出发前阿托夫对其国王，
示真诚之敬意，感谢万千；
感谢他尽全力前来帮助，
亲率兵为胜利做出贡献。
公爵将皮囊袋交给他们，
南来的大漠风可收其间。

22

我是说狂风暴常起南方，
如巨浪滚滚来腾升于天，
卷起来旋转沙，空中飞舞，
皮囊却能将其尽吞腹间；
若他们携带着皮囊备用，
路上可助他们克服困难；
能顺利冲出那风沙牢狱，

重返回美丽的故土家园。

23

塞纳颇咋翻越阿特拉斯[1]，
图品君曾描写道道险关；
就如同出征时石变战马，
归途中战马又变回石岩。
阿托夫此时应返回法国，
上路前先需要安排一番，
应加强摩尔国各地防御，
然后才令飞马展翅飞天。

24

轻展翅已飞至撒丁[2]上空，
转瞬又俯身见科西嘉岸；
随后在大海的上方飞行，
略向左改变了飞行航线。
又来到富饶的普罗旺斯，
勒缰绳令飞马缓行向前；
他遵循圣约翰谆谆教诲，
按要求驭神鹰，稳坐马鞍。

25

圣约翰曾再三嘱咐公爵，
至此处，莫再骑宝马向前；
别继续坐马背驾驭神鹰，
应给予它自由，任其随便。

---

[1]　西北非的山脉。
[2]　指撒丁岛。

聚尘世丢失物月亮之天，
令魔号之神力全然不见：
公爵爷一踏上神圣土地[1]，
它即刻变成了哑巴一般。

26

阿托夫与罗兰、奥利维君，
同一天到达了马赛地面，
蒙塔坂城堡主、鲁杰罗君，
也伙同索柏林到达此间。
回想起牺牲的亲密战友[2]，
团聚的近卫士难以共欢，
虽然是取得了巨大胜利，
众勇士却无心欢庆一番。

27

消息经西西里传至法军：
两王[3]死并俘获大将一员[4]，
不幸的布兰迪英勇献身，
鲁杰罗皈依主，喜事增添。
查理王卸下了沉重包袱，
那包袱曾一度压其双肩，
因而便与众人共欢同庆，
但若想全轻松还需时间。

---

[1] 指属于法兰西的马赛地区。
[2] 指布兰迪。
[3] 指非洲王阿格拉曼和赛里斯王格拉达索。
[4] 指索柏林。

28

胜利者是帝国顶梁之柱，

应该令众勇士风光无限：

查理派帝国的诸位显贵，

索恩河[1] 迎英雄奏凯而旋。

他亲自率皇帝仪仗队伍，

携王后与诸公[2] 迎至门前[3]；

队伍中有高贵女子无数，

一个个精打扮，美若天仙。

29

大皇帝、近卫士、朋友、亲属、

高贵者或平民何止万千，

都欢笑迎向了罗兰伯爵，

把他们之爱戴奉其面前：

均高呼克莱蒙、蒙格拉纳[4]，

欢呼着相互间拥抱不断。

里纳多、奥利维、罗兰伯爵，

一同引鲁杰罗至王面前；

30

告诉王其父是里萨之主[5]，

他与父同样都十分勇敢：

我军的士卒均心中明白，

---

[1]　法兰西东部的一条河流。

[2]　指各位公爵爷。

[3]　指城门前。

[4]　见第 36 歌 75 节。

[5]　见第 36 歌 74 节。

知道他有多么凶猛彪悍。
王身旁有两位高贵美女，
他们是玛菲萨、布拉达曼，
玛菲萨走过去拥抱兄长，
另一位谨慎女踟蹰不前。

31

鲁杰罗跳下马向王致敬，
皇帝命他重新跨上马鞍，
并与他骑着马并肩而行，
命众人对待他不可怠慢，
应该向鲁杰罗表示尊敬：
他重归基督教，信仰已变；
众骑士也一同证实此事，
查理帝闻听后更加心欢。

32

隆重的凯旋礼鼓号齐鸣，
众英雄与皇帝同进城垣，
街道上遍铺着镇土地毯，
到处是绿枝叶、锦绣花环；
各家的女子站美丽窗[1]前，
一把把抛撒着彩色花瓣，
高空中降下了如云花朵，
飘落在凯旋者身上、脚边。

---

[1]　为节庆活动所装饰得十分美丽的窗户。

33

在各条街道的转弯之处，
见新建门与柱昭示凯旋，
上面绘比塞大残垣断壁，
及其他图与像，寓意明显；
城中还搭起了多座戏台，
可观看各类的戏剧表演；
到处都书写着横幅标语：
"帝国的解放者光荣无限！"

34

嘹亮的号角与悦耳短笛，
和谐的天籁音响彻云天，
一阵阵民众的欢笑、掌声，
几乎要涨破了坚固城垣；
大皇帝宫殿前下马离鞍，
在殿中与众人欢庆数天，
比武与短剧及各色表演，
舞蹈和丰盛宴接连不断。

35

有一日里纳多对父说明，
他曾在奥利维、罗兰面前，
许诺将胞妹嫁鲁杰罗君，
骑士将来迎娶布拉达曼；
罗兰与奥利维也都赞成，
缔结这美好的幸福姻缘：
如此的勇猛者、高贵出身，
人世间第二个再难寻见。

36

闻此语阿蒙公面露怒色：
儿竟敢不禀告独做决断；
本计划嫁女去东方罗马，
与太子做夫妻，配成姻缘；
鲁杰罗不仅是没有王国，
也难说身显贵出身不凡，
更没有财富和雄武之德，
他怎敢声称娶布拉达曼。

37

阿蒙妻贝丽奇更加愤怒，
骂儿子太狂妄，过分傲慢；
她明里与暗里坚决反对，
鲁杰罗来迎娶布拉达曼，
极力要送女儿前往东方，
令她成帝王妻，执掌大权。
里纳多是一个固执之人，
也不愿失信誉，自食其言。

38

母以为女必定与己同心，
劝她对终身事发出誓言：
宁可死也不嫁穷酸骑士，
绝不与鲁杰罗结成姻缘。
女若忍兄长的如此羞辱，
母将她便绝情驱离身边；
但如果女勇敢拒绝兄长，
里纳多并不能强其所难。

39

勇少女不作声，沉默无语，
冒风险拒母命实在为难：
对父母她一向十分敬重，
怎愿意违父命，抗母之言。
若明说不愿做违心之事，
她自觉不妥当，心中难安。
但不愿也不能顺从命运，
任爱神夺走她自主之权。

40

她不敢拒绝也不愿接受，
只默默不回答，叹息不断；
在独处无人能看见之处，
眼中的泪水如涌泉一般；
折磨她之痛苦无情肆虐，
冲出胸，又涌到头顶上面，
致使她猛捶胸，撕扯金发，
哭泣着，自言语，发出抱怨：

41

“哎呀呀，我不想违心做事，
但难道，母不能定我姻缘？
其决定却竟然如此轻率，
怎样才能够使她遂我愿？
哎，一少女嫁夫君，将其服侍，
夫君却并非她心中所愿，
还能有什么罪比这严重？
还会有何伤害比此凶残？

42

"强烈的孝母情令我弃你，
哎呀呀，我的命如此悲惨！
鲁杰罗你是否还能赐我，
新爱情、新欲望、新的期盼？
难道说我能够抛弃孝顺，
狠下心去违抗父母心愿？
难道我只注重自身利益，
把自己之快乐放在前面？

43

"我知道应该做什么事情，
也晓得好女儿该咋表现；
但理性若已经不能决定，
难道说我没有欲望、情感？
若爱神把理性驱赶、放逐，
已令我再难以做出判断，
即便是我难令爱神满意，
难道说我不能顺从其言？

44

"我虽然是父母亲生骨肉，
但也是爱神的驱使丫鬟。
望父母恩赐爱，把我原谅，
别怪我跌入了罪孽深渊；
但如若我惹恼爱情之神，
用祈求怎能避他的怒焰，
难道说他听我一声道歉，
便能够饶性命，容我平安？

45

"哎呀呀，劝爱人把基督信奉皈依，
我付出长期的不懈努力，
今终于实现了我的愿望，
若成果归他人，对我何益？
勤劳蜂的确是每年采蜜，
所获却从来不留给自己；
但若弃鲁杰罗嫁与他人，
我宁愿将双眼永远紧闭。

46

"如若我不服从父母之命，
必定会使兄长十分满意，
他明显比父母更加智慧，
因年轻，还没有头脑昏迷。
罗兰与里纳多意见相同，
他二人之庇护对我有益：
两兄长人世间广受崇敬，
基督徒之中享最高赞誉。

47

"众人赞他们是克莱蒙花[1]，
其光辉普照着人间大地；
说二人脚高过他人额头，
其形象极伟大，无人可比。
难道说我应该耐心等待，

---

[1]　克莱蒙家族的最优秀人物。

任我父先二兄[1] 嫁我东地[2] ？
对希腊太子爷[3] 心存疑虑，
我许身鲁杰罗坚定不移。"

48

如若说多情女痛苦不堪，
鲁杰罗心中也难以宁安；
城中人尚未闻许婚消息，
传闻却已来到骑士身边。
他抱怨自己的命运不佳，
被禁止品尝那美果香甜，
命运未赐予他财富、王国，
却将其赠送给千百粗汉。

49

尽管是他具有良好天赋，
后天的努力也无人齐肩，
在许多方面都远胜他人，
普天下再难见此等好汉；
见其美众人均主动退让，
能抵他神勇者世间罕见，
论宽宏与荣耀无人可比，
唯有他之美德最为璀璨。

50

庸人都自以为荣耀可夺，

---

[1] 指里纳多和罗兰。他二人曾许诺将布拉达曼嫁给鲁杰罗。
[2] 指东罗马帝国。
[3] 指东罗马帝国的太子。东罗马帝国位于希腊语地区，因而亦称希腊帝国。

亦可以作礼物向人奉献；
我并非看名分评定庸人，
智慧者绝不在他们中间；
教廷的教宗与帝国皇帝，
名分均难使其获得大权：
是睿智与明断助人成功，
少数人天赐的命运非凡。

51

我说的那一类庸人、蠢货，
都一心只崇拜财富、金钱，
不欣赏其他的任何事物，
人世间万物均视而不见；
无论是勇敢与花容、月貌，
还是那身灵巧、力大、强健，
或者是美德行、善良、智慧，
他均觉无价值，不屑一看。

52

鲁杰罗自言道："阿蒙公爵，
若希望女儿戴帝后宝冠，
命令她与利奥结成夫妻，
他至少还需等一年时间；
我应该趁此时巧作安排，
使利奥与其父心回意转；
要成为阿蒙公称心女婿，
就必须夺他们[1]帝国皇权。

---

[1] 指利奥和他的父亲——东罗马帝国的皇帝。

53

"里纳多在修士面前许诺，
奥利维当时也亲耳听见；
但东帝却盼望成为公爹，
欲迎娶阿蒙女返回家园；
全不顾里纳多、罗兰反对，
也不睬允婚事[1]，我该咋办？
难道说我必须接受安排？
或者是先把我性命了断？

54

"哎，难道说我能够寻机复仇，
报复她父亲的蛮横武断？
我不觉可如此采取行动，
明智者不应该有此恶念。
假如说杀死那无理老人[2]，
再对他全族人实施凶残，
这不能令我心获得快乐，
却反而会违反我的意愿。

55

"我希望美女子永远爱我，
并不愿她与我深结仇怨：
更何况杀其父阿蒙公爵，
将伤害其兄及所有亲眷。
难道说要让她永远恨我，
并让她不再愿做我家眷？

---

[1] 向鲁杰罗允诺的婚事。
[2] 指布拉达曼的父亲阿蒙公爵。

难道说应忍受？不，我不情愿！
上主啊，快让我逃离人间！

56

"然而我并不愿自己先死，
更希望那利奥丧命在前，
他来此搅扰我幸福生活，
我只盼他父子气绝命断。
一定让父与子付出代价，
比求爱海伦者[1] 更加悲惨，
比不幸解救者皮瑞苏斯[2]，
跌入到更深的苦难深渊。

57

"心肝（儿）呀，抛弃我你心何忍？
难道你想使他[3] 满足心愿？
恶父亲怎能够把你强迫？
你还有众兄弟守护身边。
我担心你自己心中愿意，
遵父命要把我遗忘一边：
不希望你丈夫一无所有，
却期待有君王将你陪伴。

---

[1] 指特洛伊王子帕里斯，他拐走美女海伦，引起特洛伊战争，造成城毁国亡的灾难。
[2] 据希腊神话讲，农业女神德墨忒尔的美丽女儿皮耳塞福涅被冥神哈得斯掠入冥界，为解救她，皮瑞苏斯伙同忒修斯下入冥界，却不幸被看守冥界入口的多头恶犬刻耳柏洛斯撕成碎片。
[3] 指东罗马帝国太子利奥。

58

"难道说帝王的虚幻名声，
大排场与奢华隆重庆典，
击毁了你灵魂、高尚美德，
腐蚀了亲爱的布拉达曼？
难道说你因此抛弃信誉，
毁诺言竟如此肆无忌惮？
难道说你不愿与父为敌，
却忘记你以往爱我之言？"

59

鲁杰罗在心中自语自言，
道出了许多的悲伤抱怨；
他的话被身边之人听到，
随后又一个个口口相传。
骑士苦被众人成倍放大，
传到了心痛的女子耳边，
那女子本来就忍受折磨，
闻其痛她之苦成倍增添。

60

有一痛，最令她难以忍受，
她听说鲁杰罗自觉悲惨，
是因为心怀疑被她抛弃，
认为她对太子更加喜欢。
因此便欲派人将他安慰，
使他能抛弃掉错误判断，
有一天她选择一位侍女，
命她去传话语，令其明辨：

61

"鲁杰罗，我对你依然如故，
即便死也不会有所改变。
不管是爱神善还是邪恶，
无论是机运神如何旋转，
我都会如磐石坚守信誉，
风与浪均难以摇动半点；
暴风雨从未曾令我变化，
我爱你一直到海枯石烂。

62

"可见到錾与锉努力工作，
把钻石之模样强行改变；
亦可见江河水滚滚向前，
从低处竟涌上高山之巅；
机运神却不能摇撼我志，
爱神也难毁我坚定信念，
未来事无论是顺与不顺，
我意志之行程永不改变。

63

"鲁杰罗，我完全由你支配，
他人难相信你有此大权。
对君王从未曾见到有人，
发出过我这样效忠誓言。
世界上无一位国王、皇帝，
统治的国度会如此安全：
不担忧有人来夺你王位，
更不用挖护河，修建城垣，

64

"不需要雇他人为你守城，
因无人能将你王国攻陷。
珠宝和金与银难夺我志，
高贵心，价怎能这般低廉？
从未见英俊貌、高贵出身，
能比你更令我心中喜欢；
皇帝冠只能使庸人头晕，
令轻浮之灵魂眼花缭乱。

65

"你别怕我心中再烙新印，
它装入新形象十分困难：
你已经被牢牢铭刻心底，
再无法铲除掉，永留其间。
我的心，非软蜡，久经考验，
它曾经千百次承受历练，
爱神在发射出利箭之前，
早就把你美貌印我心田。

66

"宝石都极坚硬，雕琢不易，
然而却可摔碎，很难保全；
如一旦获得了某种形象，
便难以再把它轻易改变。
我的心与宝石属性相同，
用铁錾雕刻时更显其坚，
若想获其他的美丽形象，
应着手丘比特雕琢之前。"

67

少女又说许多其他话语，
句句都充满了忠诚爱恋；
鲁杰罗假如是一个死人，
闻其言也能够复苏千遍。
但正当都以为船将入港，
有希望摆脱掉风暴纠缠，
却又起凶猛的黑色旋风，
推船儿重入海，远离岸边。

68

勇敢的阿蒙女默默不语，
脑中却盘算着努力一番，
她心中又出现往日勇气，
决心把顾虑都抛弃一边。
有一日她去找查理皇帝，
对帝说："陛下呀，请您明鉴，
切莫要拒绝我一个请求，
如若我曾对您有所贡献。

69

"先请求您明示给我恩赐，
以皇帝之信誉许下诺言；
然后再请求您明察秋毫，
看是否应接受我的意见。"
查理帝回答道："理当如此，
年轻人，你曾做巨大贡献，
我发誓对于你有求必应，
索半国，我亦可遂你心愿。"

70

阿蒙女开言道:"尊贵陛下,
我请求别将我嫁给弱男,
娶我的男子汉必须神勇,
在阵前能胜我手中枪剑。
无论谁想娶我必先比武,
或用枪,或用剑,任他挑选。
第一位获胜者娶我为妻,
失败者娶别人,与我无干。"

71

查理帝面带笑回答其言,
说满足她要求理所当然;
请少女心安定,莫要惊慌,
按计划做准备,以遂己愿。
此对话并没有秘密进行,
很快便生双翼四处飞传;
老阿蒙与妻子转瞬便知,
因消息当天便传其耳边。

72

见女儿竟然想抛弃利奥,
情愿与鲁杰罗结成姻缘;
阿蒙与妻子都十分愤怒,
心中均爆燃起熊熊火焰。
任性的傲慢女行事随便,
为避免她实现疯狂意愿,
便偷偷带其去新获城堡,
靠欺骗离开了查理宫殿。

73

那是座险要的坚固堡垒，
查理赐阿蒙公数天之前，
紧挨着海边城佩皮尼昂[1]，
坐落在观涛的峭岩上面。
把女儿软禁于城堡之中，
寻时机送东方结成姻缘：
逼女弃鲁杰罗，嫁给利奥，
全不顾她愿意还是不愿。

74

勇猛的阿蒙女虽然暴烈，
此时却极低调，不露不显；
父母便未派人限其自由，
她仍然出入门十分方便；
对父亲之监管非常顺从，
然而她宁可死也不服软，
绝不弃鲁杰罗接受他人，
甘愿受任何苦，为情殉难。

75

里纳多亲眼见阿蒙公爵，
用计谋携胞妹离开宫殿[2]，
自己却对此事束手无策，
难守对鲁杰罗所许诺言；
他痛恨父亲并出言不逊，
把儿子之尊重抛弃一边。

___

[1]　法国南部的海边城市。
[2]　指查理的宫殿。

阿蒙要按己愿安排女儿，
因此他不理会儿子怨言。

76

鲁杰罗闻此讯十分担忧，
很害怕心爱女永离身边，
若利奥能长期生存下去，
她被迫嫁太子或早或晚；
便默默下决心杀死太子，
使君王变为神，荣耀升天[1]；
他更想索皇帝父子[2]两命，
并同时占其国，夺取王权。

77

又穿上特洛伊赫克特甲：
此铠甲蛮力卡曾披在肩；
换战袍、护身盾、头盔缨饰，
为伏龙再装上精制马鞍。
此次他不想用以往标志，
不展示白色鹰飞翔蓝天，
却红色盾面绘独角之兽，
兽浑身呈白色，百合一般[3]。

---

[1] 这里隐喻古罗马人尊奉死去的皇帝为神的风俗，并以此戏谑地比喻鲁杰罗将要杀死的利奥王子。
[2] 指东罗马帝国皇帝与太子，即利奥和他的父皇。
[3] 红底绘白色独角兽是古代埃斯特家族的标志。白色和红色象征着鲁杰罗和布拉达曼之间纯洁的情和热烈的爱。

78

侍从中选一位忠诚之士，
只带他一个人陪伴身边；
严令他无论到任何地方，
鲁杰罗之身份定要隐瞒。
跨越了默兹河[1]，再过莱茵，
奥地利、匈牙利被抛后面；
再沿着多瑙河继续驰骋，
贝尔格莱德出现在骑士面前。

79

在那里萨瓦河[2]汇入多瑙，
随大河[3]朝黑海滚滚向前；
见人群居住于帐篷之中，
帐篷外帝国[4]旗迎风招展：
东方帝[5]欲夺回这座城池[6]，
保加利亚将城无理侵占。
皇帝爷与太子亲自出征，
全国的兵与将随军参战。

80

守城的敌兵勇难以数清，
从城内到河边，直至山巅；

---

[1] 默兹河发源于法国，向北流经比利时与荷兰，注入北海。
[2] 萨瓦是巴尔干半岛西部的河流。流经斯洛文尼亚、克罗地亚、波斯尼亚和黑塞哥
维纳及塞尔维亚的北部，在贝尔格莱德注入多瑙河。
[3] 指多瑙河。
[4] 指东罗马帝国。
[5] 指东罗马帝国皇帝。
[6] 指贝尔格莱德。

两军团均打算饮马萨瓦，
面对面摆下阵虎视眈眈。
帝国军在河上欲架一桥，
对手却拼命要阻其修建。
鲁杰罗到来时两军恶斗，
喊杀声震耳聋，冲破云天。

81

四战一，帝国军占据优势，
他们想架浮桥，连接两岸；
看上去他们已决心过河，
一定要拼全力到达彼岸。
睿智的利奥君设法欺骗，
远离开河岸边，迂回兜圈，
绕到了很远处，重返萨瓦，
架起了浮桥后速过河面。

82

他指挥两万余人马过河，
有步卒也有人骑跨马鞍；
太子爷骑乘马沿河疾奔，
猛冲击敌军阵脆弱侧面。
大皇帝见左军正在渡河，
勇利奥奔驰于波涛岸边，
许多船连接成一座浮桥，
帝国军已渡过河的对岸。

83

敌国王名字叫瓦特拉诺，
既勇猛，又智慧，身经百战，

东面奔，西边跑，徒劳无益，
欲抵挡强攻势着实困难。
勇太子冲上去，抱住国王，
猛用力令敌酋摔落马鞍；
因敌王仍抵抗，拒做俘虏，
帝国兵劈下了千把利剑。

84

敌兵勇本来还负隅顽抗，
此时见国王已魂飞命断，
四面的喊杀声如雷贯耳，
便转身拼命奔，四处逃窜。
鲁杰罗混身于兵勇之中，
见溃败便意欲给予支援，
准备助溃败的保加利亚，
因为他对帝国怀有恨怨。

85

策伏龙闯入阵，如同旋风，
冲到了混战的两军阵前；
恐惧的兵勇们逃上山坡，
平坦的战场被抛在后面。
他制止许多人，令其转身，
随后便对帝军挺起枪杆；
如凶神，似恶煞，驱动战马：
玛尔斯与宙斯亦觉胆寒。

86

军阵前见一位英俊骑士，
刺绣的红战袍披挂在肩，

战袍下垂挂着金丝花坠（儿），
看上去就好像谷穗一般；
他本是皇姑的一位爱子，
帝宠他就如同亲子一般；
鲁杰罗裂其甲如破玻璃，
枪穿身，后背处露出铁尖。

87

弃尸体又拔出巴利萨达，
朝附近敌军群冲杀向前；
锋利剑刺左方，又劈右侧，
此人的躯干折，彼人头断；
胸膛与两肋处血染剑锋，
滴血剑又割断敌人喉管；
劈上身，断两臂、双手、肩膀，
血如河流洒于山谷之间。

88

只见他劈与刺，不见反抗，
一个个逃遁者只怨腿短；
溃败兵[1]又转身英勇反击，
战场的形势便立刻转变；
本来已失败的保加利亚，
现在又追杀起帝国军团，
转瞬间帝国军阵势大乱，
偃军旗，息战鼓，四处逃窜。

---

[1] 指先前已经逃窜的保加利亚兵勇。

89

这时候利奥在山冈观战，

此情景映入了他的眼帘，

见麾下众兵卒拼命奔逃，

一个个极狼狈，十分悲惨；

一骑士闯军阵，单枪匹马，

杀众人，败全军，神武非凡：

尽管是太子爷十分恼怒，

也只能对其勇赞叹不断。

90

那骑士闪亮甲黄金镶嵌，

其战袍与徽章不同一般，

尽管他把敌人支援，帮助，

却绝非敌军的战将一员。

太子爷见骑士如同天神，

便认为他来自至高上天；

大天使降尘世惩罚帝国：

或许是因帝国惹怒上天。

91

太子爷心高尚，人品善良，

尽管有许多人把他恨怨[1]，

他爱惜骑士的威武、神勇，

不愿见任何人使其为难。

莫说是砍死他几个兵卒，

即便是杀更多他也无怨：

---

[1] 鲁杰罗就是一个怨恨太子的人。

他宁愿奉献出半个帝国，
也不愿此勇士死于枪剑。

92

就像是一孩童令母暴怒，
被其打而且还驱离身边，
他并不求助于姐姐、父亲，
反而要返回来投母怀间；
鲁杰罗已屠戮一批士兵，
并威胁另一批生命安全，
利奥却无仇恨，反而生爱：
神勇者都必定令人喜欢。

93

太子爷爱骑士，情如烈火，
骑士心却冷酷如同冰寒：
鲁杰罗恨太子，一心报复，
杀死他绝不会心慈手软。
骑士在战场上寻找太子，
并命人把情敌[1]指给他看；
但太子命运好而且智慧，
绝不让此勇汉与己会面。

94

为了使其兵勇不被杀戮，
利奥命吹号角，收兵，停战；
并派出传令兵通报皇帝，

---

[1] 指太子利奥。

请父皇快调头撤回对岸；
若退路还没有被人截断，
大皇帝应庆幸可保安全。
太子爷收拢起部分残兵，
也退向过河处，靠近桥面。

95

帝国的许多人难以撤回，
被杀于山冈或波涛河岸；
若没有河中浪作为屏障，
恐怕是全都要弃尸荒原。
有的人坠下桥溺死河中，
有的人奔远处欲涉水面：
因他们来不及撤至浮桥；
还有人被俘获成为囚犯。

96

那一日激战中保加利亚，
也伤亡极惨重，丧失颜面，
国之主战死在沙场之上，
若没有鲁杰罗收场极难。
见神勇一骑士前来救援，
洁白的独角兽绘红盾面；
众将士均认为胜利归他，
便蜂拥聚集在他的身边。

97

有的人深鞠躬表示敬意，
有的人吻其手甚至脚面，
所有人都努力靠近其身，

能看清恩人者幸福无限；
一个个伸出手将他触摸，
以为是一神勇天将下凡。
齐恳求鲁杰罗切莫推辞，
请骑士统三军，执掌王权。

98

鲁杰罗回答说可以从命，
若这样能满足众人心愿；
但此时他不想手握权杖，
也不愿进城内享受宁安，
而希望趁利奥尚未逃远，
还没有来得及渡过彼岸，
紧紧追，不放过任何踪迹，
赶上后用其血染红利剑。

99

他已经行千哩，马不停蹄，
只为了能满足这一心愿。
说话间便匆匆离弃众人，
转过身，踏上路，追赶向前，
朝利奥逃走的方向疾奔，
似乎怕那浮桥被人截断。
不等待侍从者随其而行，
沿足迹飞驰去，快马加鞭。

100

太子爷落荒逃并非撤兵，
逃遁时他却有许多方便，
其后退之道路尚未受阻，

过河后即烧毁浮桥、渡船。
鲁杰罗赶到[1] 时日已落山，
他不知何处可度过夜晚。
骑着马向前行，皎月引路，
却不见城堡或乡间庄园。

101

因不知何处去不断行走，
一整夜都未曾跨下马鞍。
新一天黎明时看见左面，
不远处坐落着一座城垣；
便决定在那里休息一日，
以避免伏龙驹过劳生怨：
在月下它奔行遥远路程，
骑士爷从未曾容其停站。

102

翁加多是东帝[2] 一位亲信，
统治着该城的坐落地面，
为进行那一场激烈战争，
他招募骑士与步卒万千。
从不禁过路人进入城中，
鲁杰罗受欢迎理所当然；
再往前也难见其他城镇，
比此座富有城更加方便。

---

[1] 指赶到浮桥处。
[2] 指东罗马帝国皇帝。

103

一骑士来自于罗马尼亚，
傍晚时也进入同一客栈[1]，
鲁杰罗勇捍卫保加利亚，
该骑士当时也身在阵前；
他勉强逃脱了勇士之手，
比别人更加倍心惊胆战：
仍感觉独角兽眼前晃动，
恐惧使败军将浑身抖颤。

104

客栈中他见到熟识盾牌，
勇骑士之标志绘在上面
（盾牌主一人败帝国大军，
杀死的希腊兵[2]成千上万），
便急忙去宫殿求见城主，
欲报告城主爷大事一件。
我现在先中断这段故事，
下一歌再讲完为时不晚。

---

[1]　指鲁杰罗所居住的客栈。
[2]　指东罗马帝国的士兵。

第45歌

鲁杰罗被捉获身陷囹圄　皇太子救勇士逃离苦难
查理王发皇榜比武招亲　假利奥战胜了布拉达曼

城主翁加多趁鲁杰罗熟睡之际，将其捉获。

溃败后，东罗马帝国皇帝退至皇姑夫妇守卫的城市。为报杀子之仇，残忍的皇姑把鲁杰罗关押在城堡高塔的地牢中，并准备将其处死。爱惜将才的皇太子利奥设计杀死看守，从地牢中救出鲁杰罗。鲁杰罗化干戈为玉帛，甘愿为太子赴汤蹈火。

在布拉达曼的请求下，查理发皇榜明示：只有敢与布拉达曼比武并一天之内不被击败者方可迎娶她为妻。利奥请无名骑士（鲁杰罗）乔装成他的模样，以他的身份下场比武，希望获得迎娶布拉达曼的权利；心痛万分的鲁杰罗为报恩接受了请求。

布拉达曼未能在一天之内战胜乔装成利奥的鲁杰罗，因而被查理判为战败，必须嫁给利奥太子。取胜的鲁杰罗更加痛苦，离营出走。

玛菲萨愤愤不平，认为谁若想剥夺鲁杰罗迎娶布拉达曼的权利，就必须先战胜鲁杰罗手中的枪剑。查理没有反对玛菲萨的要求，并将其通知了利奥。利奥派人到处寻找无名骑士，希望他再次下场为其迎战鲁杰罗。

1

"机运"轮不稳定，上下旋转，
苦命人被卷入，遭受磨难，
你可见他[1]已经头脚颠倒，

---

[1] 指上句提到的苦命人。

足在上，头发竟低垂下面。
波利克拉特斯[1] 便是一例，
狄奥尼西奥斯[2] 也很悲惨，
他们均曾享受至高荣耀，
却突然跌入到万丈深渊。

2

"机运"轮转动至低谷之时，
人情绪极消沉，处境艰难，
若"机运"按圆轨旋转不停，
必定是已接近上升之点[3]。
有的人颈戴枷成为囚犯，
第二天便掌控整个人间：
古时有马略[4] 与图利乌斯[5]，
今日有路易王[6] 登基顶冠。

3

路易是我公爵爱子岳父[7]，
圣奥班被击溃，处境悲惨[8]，

---

[1] 波利克特拉斯是古希腊时期萨摩斯岛国的暴君，一向都很幸运，但后来却被波斯人诱骗，捕获，施以酷刑，最后被杀死。

[2] 指小狄奥尼西奥斯，他是古希腊时期西西里叙拉吉的暴君，曾经既富有又有权势，后来却被赶下宝座，不得不去做穷教书匠。

[3] 机运之轮转到低谷的时候，也是接近上升点的时候。

[4] 马略是古罗马共和国晚期著名的政治家，平民出身，从一位普通士兵逐步晋升为军队统帅和共和国执政官。

[5] 图利乌斯出身贫贱，后来却成为古罗马王政时期的第六位国王。

[6] 指路易十二。他曾经被前任法兰西国王查理八世击败，差一点被斩首，后来却成为法兰西国王。

[7] "我公爵"指诗人的恩主阿方索一世，他的儿子艾克勒二世是法兰西国王路易十二的女婿，因而此处说"路易是我公爵爱子岳父"。

[8] 在法兰西的圣奥班路易十二被查理八世击败，险些被砍头。

身陷于敌人的利爪之下，
差一点丢头颅，脖颈被砍。
不久后马加什亦遭不幸[1]，
比路易经历了更大危险。
灾难过，一个成法兰西王，
一个把匈牙利控于掌间。

4

古时与现代的历史之中，
可见到此类事成千上万，
福与祸紧相随，互依而存，
辱骂与赞美声相互陪伴；
一个人不应该完全依赖，
自己的胜利与财富、王权，
也不应因厄运垂头丧气：
因旋转之机运十分易变。

5

鲁杰罗打败了太子、皇帝，
取得了大胜利，心中喜欢，
于是对己运气深信不疑，
便以为人世间他最强悍：
不携带任何人，没有助手，
靠自己无穷力、英雄虎胆，
便意欲单骑闯百万敌营，
试图斩父与子[2] 仅靠一剑。

---

[1]　马加什一世是匈牙利国王，登基前曾被前任国王打入囚牢，险些被处死。
[2]　指东罗马帝国的皇帝与太子。

6

机运神[1]并不想任人摆布，
几天后便表明她愿独断，
能挺你她更能让你摔倒，
曾是友，转瞬却把你背叛。
很快就有人令勇士[2]受苦，
用行动告诉他命运多舛。
那一位逃脱的帝国骑士[3]，
拼全力弃战场，获得安全，

7

对城主翁加多密报消息：
皇帝爷善战的精锐军团，
沙场上被一位武士击溃，
该武士在此地要住一晚；
应牢牢抓住这大好机遇，
不费力亦不用与他交战，
捉获他并将其交予皇上，
无他助敌军团[4]必将完蛋。

8

逃离了战场的许多士兵，
暂躲在翁加多城池里面，
一批批到那里欲避追杀，
因他们已无法渡过河面；

---

[1] 指机运女神。
[2] 指鲁杰罗。
[3] 见第44歌103—104节。
[4] 指占领贝尔格莱德的保加利亚军队。

城主闻，那一场杀戮经过：

帝国兵均死于他[1] 的枪剑，

战场上他一人横冲直撞，

毁一军，救一军，无人敢拦。

9

现如今他竟然自投罗网，

并无人在后面将他追赶；

翁加多闻此讯十分高兴，

面带笑，言与行流露心欢。

他等待鲁杰罗卧榻入睡，

随后派数兵勇摸至身边，

未引起勇骑士任何怀疑，

猛然间捉他于被褥之间。

10

鲁杰罗被他的盾牌出卖，

成为了翁加多城主囚犯；

那城主是天下最毒之人，

他为此要隆重庆祝一番。

鲁杰罗醒来后又能怎样？

赤裸裸被捆绑，无法动弹。

翁加多派一名士兵报信，

奔向了皇帝处，快马加鞭。

11

皇帝爷那一天[2] 连夜拔寨，

---

[1] 指鲁杰罗。

[2] 指鲁杰罗下战场激战的那一天。

离开了萨瓦河滚滚波澜；
率大军来到了巴尔奇克[1]，
入驸马安罗飞管辖地面。
勇骑士现沦为城主囚徒，
战场上他曾挑敌将一员，
那便是驸马爷亲生儿子[2]，
极软弱，就好似蜡捏一般。

12

帝命令速加固防御工事，
城门须更结实，以防撞烂；
已知晓敌军换勇猛统帅，
其军力令皇帝惴惴不安，
他担心猖獗敌前来攻城，
残余兵难保证生命安全；
现听说敌酋已成为俘虏，
便不再怕敌人举兵来犯。

13

皇帝爷在奶的海洋游泳[3]，
全不知心中喜如何表现：
"敌军团理应被彻底摧毁！"
说话时信心足，面露笑颜；
就好像角斗中断敌双臂，
见胜利已摆在自己面前：
闻听到恐怖的勇士被捉，

---

[1]　保加利亚的一座城市，位于保加利亚的东北部。
[2]　见第 44 歌 86 节。
[3]　比喻高兴得不能自制。

他难抑欢乐情自不必言。

14

皇太子与其父同样高兴，
计划把失陷城[1] 重新攻占，
再全面征服那保加利亚，
把该国所有城控于掌间；
还希望与那位勇士[2] 交友，
有他助自然会好处无限。
若此人能够成他的战友，
不嫉妒查理有勇猛罗兰。

15

泰多拉[3] 之想法截然不同，
鲁杰罗杀其子，仇深如渊：
用长枪戳穿了皇帝外甥，
前胸入，后背露一拃铁尖。
她本是东罗马皇帝胞妹，
现扑倒兄脚下，痛哭，喊冤，
欲引起皇兄的怜悯之心，
如瀑布之泪水坠落胸前。

16

开言道："我永跪，绝不站起，
你若不允许我报仇雪冤；
杀死我儿子的那个恶棍，

---

[1] 指贝尔格莱德。
[2] 指鲁杰罗。
[3] 泰多拉是东罗马帝国皇帝的妹妹，其子被鲁杰罗杀死。见第 44 歌 86 节。

现如今是你的牢中囚犯。

被害者不仅仅是你外甥，

他还曾为帝国做出贡献，

无理由不雪其杀身之恨，

皇兄啊，我请你做出明断。

17

"你看看，上主也怜悯我们，

已下旨铲除掉如此凶汉，

令这只疯狂的空中飞鸟，

跌落在我们的天网里面，

以免我未复仇可怜孩儿，

徘徊于恨河的此岸不前[1]。

皇兄啊，请把他交予我手，

折磨他我心才略觉宁安。"

18

她如此痛哭泣，这般悲伤，

其有力之话语令人心颤；

皇帝爷三四次欲搀她起，

那皇姑却固执不肯立站；

帝不断用言语劝慰妹妹，

到最后也只好顺从其愿：

下令将鲁杰罗带上殿来，

并把他交给那皇姑惩办。

---

[1] 恨河指地狱的斯提克斯河，它是进入地狱的必经之河。徘徊于斯提克斯河的此岸，意思为：不肯进入地狱，因为人世间的恩怨还没有完全了结。

19

恶皇姑不愿意拖延时间，
即刻要把俘虏带离宫殿，
她马上欲对其实施报复，
恨不能泄私愤就在当天：
众人前让骑士受尽羞辱，
然后再车裂身，令其命断。
但觉得此惩罚仍然太轻，
她希望能表现更加凶残。

20

残忍的女子令手下侍从，
将骑士手脚颈锁上铁链，
关入到黑暗的高塔地牢：
太阳光从不进阴森空间。
除长霉面包无其他食物，
霉面包两三天亦难得见；
专门派一凶恶亲信看守，
可随时把骑士折磨一番。

21

噢，若阿蒙勇女儿得此消息，
若神武玛菲萨见此场面，
知道了鲁杰罗身陷囹圄，
竟蒙受如此的痛苦劫难；
必定会为救出亲爱骑士，
挺身出，甘愿冒生命危险；
阿蒙女为帮助心上之人，
不再会顺从其父母之言。

22

她牢记，查理王曾经许诺，
允许她招亲时比试枪剑，
若男子不如她强壮，勇猛，
便与她不能够结成姻缘。
不仅在查理的宫廷之中，
众人知，阿蒙女有此志愿，
帝国的土地上无人不晓，
而且还很快就传遍世间。

23

发榜文昭示了下列条件：
谁想与阿蒙女喜结良缘，
就必须下校场比试武艺，
从日出至黄昏激战一天；
若天黑求婚者尚未败阵，
女自认已失败，退出激战，
她不能拒绝嫁此人为妻，
亦不可，找理由不守诺言。

24

挑战者，无论谁，均可选择，
比武时用长枪或者利剑；
勇女子也接受各种战法：
无论是骑马背还是步战。
阿蒙公不能够抗拒王命，
最终他不得不顺从女愿；
又经过反复的讨论之后，
才携女返回了查理宫殿。

25

母尽管对女儿怒火难消，

但为女之荣誉母爱不减，

命侍女为她备华丽衣装，

式样美，色彩亦十分鲜艳。

阿蒙女随父亲返回皇宫，

在宫中却不见他的心肝[1]，

那宫廷也似乎变了模样，

再也不像以往那般绚烂。

26

人曾经见到过四月五月，

绿枝叶、多彩花点缀花园，

随后于日靠近南方之时[2]，

又见到美花园一片惨淡，

到处是凄凉与荒芜之色：

皇宫便如此现少女面前。

她离开宫廷时尚未如此：

鲁杰罗还没离美丽宫殿[3]。

27

不敢问鲁杰罗去往何方，

因担心人疑她自定姻缘；

然而却竖起耳探听消息，

她希望有人能满足其愿。

后得知心上人已经离去，

---

[1]　指鲁杰罗。

[2]　指冬天，因为冬天太阳更靠近南方。

[3]　当时鲁杰罗还没有出走，因此在布拉达曼的眼里查理的宫廷尚未如此荒凉。

却不晓踏何路，去向哪边：
出发时他未做任何说明，
只携带一侍从随其身边。

28

听人说鲁杰罗近乎逃走，
哎，阿蒙女有多少悲伤哀叹！
为忘记二人情骑士离开，
这更令多情女忧愁增添。
见阿蒙公爵爷坚决反对，
已无望与其女喜结良缘，
或许是此原因令其远去，
他希望能摆脱爱情纠缠。

29

或许他心中有另一计划，
欲尽快将旧爱逐出心田，
去其他王国处再寻一女，
以便能全忘记痛苦初恋：
常言道木板中铁钉牢插，
只能用另一钉将其驱赶。
鲁杰罗曾对她十分忠诚，
但新爱可替换旧的情感。

30

随后又怨自己信心不足，
不应该对爱人妄生疑团。
鲁杰罗受指责亦被维护：
阿蒙女心不宁，头脑混乱，
时而左，时而右，不知所措，

胡乱思，无定数，更显慌乱。
她自然会厌恶不利想法，
对有利之想法更加喜欢。

31

时不时又想起骑士情话，
鲁杰罗曾对她说过数遍，
她后悔自己竟妒而生疑，
此严重之错误不该重犯！
她似在鲁杰罗面前认错，
捶打胸，跺双足，开口吐言：
"我有错，但我也十分清楚，
这些错产生于何等根源。

32

"是爱神在我心烙你印记，
你形象太英俊，风度翩翩；
随后他[1]又赐予神武、智慧，
所有人都说你勇猛彪悍；
我觉得无论在何处见你，
女人们都必然心燃欲焰。
你不应耍手腕摆脱我爱！
而应该牢束于我的情恋。

33

"啊，爱神应把你心铭于我心，
如同你俊容貌刻我心间！

---

[1]　指爱神。

若如此，我定能辨它[1]模样，
但如今它隐藏，我难明辨；
我将要摆脱掉嫉妒之情，
令嫉妒不这般与我纠缠；
如今我驱赶它费尽气力，
来日里定叫它死于阵前。

34

"我好似贪财的吝啬之人，
财宝已扎根于我的心田，
若远离财宝便心中无乐，
更担心被盗后分文不见。
鲁杰罗，若不能闻你声音，
我心中担忧就不断增添，
对担忧我已经无能为力，
也只好受其缚，成为囚犯。

35

"我眼前并不会速现光明，
令我见你那张英俊容颜。
鲁杰罗，你隐身违背我意，
我不知你藏于世界哪边，
真希望可化解无谓担忧，
把担忧驱赶进无底深渊。
啊，鲁杰罗，你快来安慰我心！
它就要受戮于担忧利剑。

---

[1] 指鲁杰罗的心。

36

"没太阳世界便一片黑暗，

无谓的恐惧会生于心间；

当阳光又重新驱走阴影，

担忧者自然会心静情安：

我没有鲁杰罗自然忧烦，

见到他忧与烦烟消云散。

啊，鲁杰罗，快回来，你快回来！

要赶在担忧毁希望之前。

37

"夜晚时火炬均闪闪发亮，

天一明立刻便火光暗淡；

若剥夺我心中那轮红日，

恐惧便竖起角向我挑战：

当太阳出现在地平线时，

恐惧会逃遁去，希望再现。

啊，快回来，快回来，亲爱光明！

驱赶走折磨我邪恶黑暗！

38

"若太阳远离开短暂白昼，

掩藏起大地的美丽容颜，

狂风吼，雪花飘，万物结冻，

鸟不鸣，鲜花与绿叶不见。

噢，我心中那一轮美丽太阳，

一旦你熄灭了悦人光线，

千万种邪恶的恐惧来临，

一年中我心经数次严寒。

39

"啊，我心中美太阳，你快归来，
再带回期待的温暖春天！
融化掉寒冷的白雪、坚冰，
把我的头脑中乌云驱散。"
为雏鸟觅食的燕雀、夜莺，
回来时见巢空亦会抱怨，
斑鸠若丧失了亲爱伴侣，
也必定会伤心，抽噎不断。

40

痛心的阿蒙女布拉达曼，
极担心鲁杰罗永离身边，
她经常用泪水冲洗面孔，
却尽力遮住脸，以免人见。
噢，若闻听她尚未知晓之事，
一定会更悲伤，痛裂心肝：
心爱人入牢狱受尽折磨，
被残忍判死刑，命悬一线。

41

邪恶的老太婆[1] 十分冷酷，
对善良勇骑士[2] 极端凶残，
她决心要伤害骑士性命，
用尽了旧酷刑、新的手段。
天主的至高善令此消息，

---

[1]　指皇姑泰多拉。见本歌 15 节。
[2]　指鲁杰罗。

传到了慷慨的太子[1]耳边；
启示他应如何解救骑士，
切莫让勇男儿死于磨难。

42

那利奥并不识鲁杰罗君，
对彪悍骑士却十分喜欢，
称他的勇猛是举世无双，
就好似一天神降至人间；
为解救鲁杰罗一条性命，
好太子在心中反复盘算，
决不能惹残忍姑母愤怒，
更不可令恶女[2]斥责，抱怨。

43

太子与看守者私下交谈，
说他想与骑士秘密见面，
令看守趁极刑尚未执行，
引他入地牢中探视囚犯。
夜降临，利奥携一名亲信：
那亲信善格斗，勇猛，强健；
命看守，开塔门，前面引路，
切莫对他人说太子探监。

44

看守趁此时无其他同伴，
秘密引太子爷行走向前；

---

[1] 指东罗马帝国太子利奥。
[2] 指泰多拉皇姑。

那亲信跟随在利奥身旁，
走向了鲁杰罗囚禁地点。
趁看守转身开囚室之门，
二人用一绳索勒其喉管，
齐用力，猛拉拽，令其窒息，
顷刻间那看守气绝命断。

45

打开了地牢门，绳索缠身，
太子爷借助绳下入狱间，
他手中持一把点燃火炬：
鲁杰罗关押处不再黑暗。
见骑士被捆缚，平卧网中，
那竹网距水面一拃之远[1]：
若无人来帮助，一月之内，
必然会受极刑，离弃人间。

46

他拥抱鲁杰罗，表示怜悯，
开言道："骑士呀，我与你心心相连，
见到你显神武我情激动，
把生命献给你是我心愿；
珍爱你远胜过爱我自己，
我为你能得救甘冒风险，
对父皇与家人虽有亲情，
我却把对你爱置于最先。

---

[1] 中世纪，封建主经常在城堡塔楼的最底层设水牢，把危险的重罪犯人捆缚手脚，
置于水面上的竹网之中，竹网距水面很近，犯人处于极端危险和痛苦之中。

47

"我本是皇太子，名叫利奥，
现下到地牢中把你救援，
如若是被父皇知道此事，
我必定要承担巨大风险：
有可能被父皇逐出宫廷，
或者要永受他冷眼相看；
因为你杀死他许多兵将，
他对你怀仇恨理所当然。"

48

随后他又说出安慰话语，
重唤醒鲁杰罗求生欲念，
同时为勇骑士松开绑绳。
骑士道："我对您感谢万千，
您赐我这一条新的生命，
有一日我必定向您奉还，
当需我付出这生命之时，
它定会帮助您摆脱困难。"

49

鲁杰罗被带出阴森地牢，
他得救看守却气绝命断；
并无人知晓这牢中秘密，
利奥引骑士去自家宫殿。
劝骑士在家中隐藏其身，
还需要再等待四天、五天：

此时间太子爷需寻宝马[1]，
为骑士再取回盔甲、枪剑。

50

天明时人们又打开地牢，
发现了看守死，骑士不见。
都纷纷猜测是何人劫狱，
却无人能得出准确判断。
所有人都可能犯下此罪，
唯利奥绝不会放走囚犯：
即便是有理由杀死看守，
为什么对仇敌实施救援？

51

鲁杰罗是一位慷慨之士，
突然的奇遭遇令其昏乱，
他行走千哩路为杀情敌[2]，
现在把最初的想法改变。
新想法、旧想法相互对比，
这两种想法却完全相反：
旧想法全来自嫉妒、仇恨，
新想法却充满爱的情感。

52

昼与夜，全不顾其他之事，
鲁杰罗绞脑汁思考不断：
一心想尽全力报答利奥，

---

[1] 指鲁杰罗的宝马。
[2] 指东罗马帝国的皇太子利奥。

用同样慷慨把情债偿还。
他觉得即便是付出生命
（不管是寿命长还是短暂），
千百次为恩人赴汤蹈火，
也难以报大恩自觉心安。

53

恰此时传来了新的消息，
法兰西发榜文晓谕世间：
谁若是想迎娶阿蒙之女，
必须与女骑士比试枪剑。
太子爷并不愿闻听此讯，
只见他面苍白无血一般；
他虽然是一位勇猛男子，
但自知难对抗布拉达曼。

54

利奥君在心中自言自语，
看可否智补力巧胜阵前：
可请这尚不知名姓勇士[1]，
执太子之标志下场交战；
他断定法兰西任何猛将，
都没有此骑士英勇彪悍；
如若是把重任交予此人，
定能够战胜那布拉达曼。

---

[1] 指鲁杰罗。当时利奥尚不知鲁杰罗的姓名。

55

但是他必须做两件事情，
首先令骑士愿下场迎战；
其次要巧安排骑士下场，
不能让其他人看出破绽。
命人唤鲁杰罗前来叙话，
用美言恳求他给予支援：
请骑士以别人名义比武，
用虚假之标志入场交战。

56

太子爷言语巧，十分善辩，
再加上鲁杰罗欠债未还，
人情债，他永远难以还清，
情债的说服力远胜巧言；
尽管是此类事无法接受，
这请求真让他心中为难，
即便是心不悦，面却带笑，
回答说：为太子万事情愿。

57

虽然是口中说愿意相助，
但感觉心疼痛似被箭穿，
昼与夜无一刻不受折磨，
坐不稳，卧不宁，寝食难安；
尽管他从没对别人道明，
但似乎已看见死在眼前：
助利奥他尚未付诸行动，
却已经决心死百遍千遍。

58

若放弃心上人必死无疑，
因灵魂将离去，挽留极难；
或痛苦与悲伤令其心碎，
心不碎其性命亦难保全：
他自己用双手撕裂躯壳，
把灵魂从里面拽到外边；
所有事骑士都容易做到，
获心爱女子却难于登天。

59

他已经准备好离弃人间，
如何死却仍然难以决断。
甚至想装力弱武艺不精，
将软肋奉献给少女利剑；
如若是丧命于爱人之手，
幸福的死亡会比蜜还甜。
但如此利奥也难娶少女，
人情债未偿还死难心安：

60

他许诺下校场投入激战，
拼全力要战胜布拉达曼；
不应该装无能令人以为，
利奥君武不精缺少肝胆。
忽而东，忽而西，想法万千，
但心中始终有坚定信念：
可驱逐所有的混乱思想，
忠诚心却永远不能改变。

61

经父皇同意后利奥太子，

为骑士准备好战马、枪剑，

还挑选精壮的一队人马：

行路时可以把二人陪伴。

鲁杰罗又重新获得宝甲，

还有那伏龙驹、剑枪、辔鞍。

他整整奔驰了三天三夜，

来到了法兰西巴黎地面。

62

利奥君并不想进入城中，

命旷野支帐篷，扎下营盘；

当天便派使者通报查理，

告诉王太子已来到城边。

王喜欢慷慨的利奥太子，

他多次来访并有所奉献[1]。

太子爷说明了此访理由，

请查理满足他求婚心愿：

63

阿蒙女不愿嫁无能丈夫，

快请她下校场较量一番；

他此来定要娶此女为妻，

若不成便甘愿死于利剑。

查理王应承了太子请求，

连夜令城墙下修建围栏：

---

[1] 利奥曾多次拜访查理并奉献了礼物。

翌日命阿蒙女走出城门，
入校场与来者展开激战。

64

决战日前一天那个夜晚，
鲁杰罗就如同死刑囚犯，
第二日天明时将被处死，
这一夜他怎能卧榻安眠。
因不愿被他人认出是谁，
他选择披甲胄不露颜面，
不用马及长枪、其他兵器，
比武者只挽盾挥舞利剑。

65

不用枪，并不因少女手握，
阿托夫托管的金制枪杆：
那神枪本属于美女胞弟[1]，
触及者必定会滚落马鞍。
契丹王造此枪送给儿子，
除他外无人识魔力枪杆[2]，
阿蒙女本来就神勇无比，
此神枪更助她无敌世间。

66

阿托夫、阿蒙女虽获金枪，

---

[1]　"美女胞弟"指的是安杰丽佳的兄弟阿加利。阿加利死后神枪落入阿托夫之手，后来阿托夫又将神枪托布拉达曼保管。见第 23 歌 15 节。

[2]　只有契丹王子阿加利知道那是一杆神枪，布拉达曼虽然使用过它，却不知它施有魔法。

却不知其法力巨大无边，
还以为是自己神勇难敌，
把所有勇对手击落马鞍；
都深信不管用何种长枪，
均可在战场上光辉灿烂。
鲁杰罗选择了不用长枪，
是因为不想让伏龙露面[1]：

67

如若是少女见伏龙宝马，
定轻易能猜到谁来面前；
因她在蒙塔坂曾骑此马，
长时间将宝马饲养身边。
鲁杰罗用心思，绞尽脑汁，
不想让勇少女认出其面，
能泄露身份的伏龙神驹，
与其他所识物[2]不带阵前。

68

尽管他明知道巴利萨达，
裂任何铠甲如劈斩面团，
无坚铁可抵挡它的锐利，
却决然选择了另一柄剑：
用锤子先毁掉剑的锋芒，
无锋剑刺与砍伤人均难。
日刚刚出现在地平线上，
鲁杰罗携兵器来到阵前。

---

[1]　因为比试长枪就必定骑乘战马，这样布拉达曼就可能认出伏龙驹。
[2]　指布拉达曼所认识的东西。

69

为了能更像是利奥太子，
将他曾穿过的战袍披肩；
手挽着红盾牌，上绘金鹰，
两鹰头[1] 各望着东西两边。
因二人之身材没有差异，
此伪装做起来并不困难。
一个人出现在比武场中，
另一人却隐身难见其面。

70

阿蒙女想法却相差极远，
甚至与假太子完全相反：
鲁杰罗用锤子毁剑锋芒，
无锋剑砍不断，刺亦难穿，
而女子却磨砺利刃锋尖，
并希望自己的灵魂入剑，
每一击均能够劈刺见血，
招招都必指向对手心肝。

71

如赛马站立在起跑线上，
只等待起跑令传至耳边，
鼻孔处喷粗气，双耳直竖，
马性急，一个个蹄刨地面；
勇女子并不知面对何人，
更不晓鲁杰罗与她比剑，

---

[1]　东罗马帝国的标志。

血管中燃烈火，只待号令，
闻号声她必定猛冲向前。

72

似雷声轰鸣后狂风大作，
海波涛被翻卷，掀起巨澜，
转瞬间见一团黑土升起，
从大地直冲向阴暗云天；
牛群随牧人逃，野兽奔窜，
空中降雨与雹，瀑布一般：
勇女子闻号令手握利剑，
扑向了鲁杰罗，意欲决战。

73

从不见古橡树、高塔、厚墙，
遇猛烈北风便退让一边，
也不见狂怒浪昼夜拍打，
能击碎固执的海中礁岩；
火神为赫克特锻造宝甲，
披着它鲁杰罗倍感安全[1]；
勇骑士坦然迎对手愤怒，
承受其对胸肋头颈劈斩。

74

阿蒙女目不转，集中全力，
用剑尖刺对手，剑锋剁砍，
剑与剑撞击声叮当作响，

---

[1]　火神伏尔甘为特洛伊英雄赫克特锻造了刀枪不入的宝甲，后来该宝甲落到鲁杰罗
　　手中。见第 26 歌 100 节。

勇女子欲发泄胸中怒焰。
忽而东，忽而西，攻击对手，
忽而前，忽而后，左右兜圈；
她感觉心不悦，有些烦躁，
因试图伤对手，却难如愿。

75

就好像攻一座坚固城池，
城墙高而且厚，取胜极难，
有时候越沟堑，猛攻高塔，
有时又对城门冲击不断；
却难寻一条路闯入城中，
驱士卒去送死徒劳枉然：
勇女子亦如此费尽气力，
却难裂环锁铠、硬甲坚片。

76

正劈刺，反手撩，千次万次，
招招对敌头颈胸臂双肩，
锋利剑劈砍在盾盔铠甲，
溅起的火星星金光闪闪，
就好像天降下密集冰雹，
叮当当落在了屋顶上面。
鲁杰罗聚精神，巧妙提防，
勇女子欲伤他十分困难。

77

或止步，或转身，或者后退，
手与脚相配合不露破绽。
见女子左与右变换攻击，

勇骑士盾牌挡，舞剑遮拦。
他设法不伤害心爱女子，
不得已才轻伤对手一点。
而女子却希望天黑之前，
能结束这一场命运之战。

78

想起了皇榜文，必须抓紧，
否则她将面临巨大危险：
若一日难征服或杀对手，
就必被求婚者控于掌间。
福玻斯[1]已靠近赫丘利柱[2]，
正准备沉入到大海下面，
此时刻阿蒙女似乎绝望，
已开始不相信自己强悍。

79

越没有希望时越加愤怒，
于是便更加紧刺、挑、劈、砍；
尽管她一心想撕裂敌甲，
却全天没能够实现意愿；
就像是做一件慢工细活，
见夜幕将降临，工作没完，
吃尽苦，拼命赶，徒劳无益，
力用尽，未如愿，日已落山。

---

[1]　希腊神话中的太阳神，此处指太阳。
[2]　指大力神赫丘利在大地边缘竖立的柱子，据说在直布罗陀海峡处；这里指太阳落
　　山之处。

80

噢，可怜的姑娘啊，你若知晓，
所希望杀死者何等容颜，
若清楚你生命系于他身，
是心爱鲁杰罗在你面前；
我知你宁愿死不愿杀他，
舍己命也不弃对他爱恋：
当你知他就是心爱之人，
必定会感觉被万箭刺穿。

81

见来者身披甲，十分强悍，
抖精神灵巧战布拉达曼，
查理与许多人心中以为，
是利奥皇太子来到面前；
又见他只自卫并不进攻，
以往的误解都随即转变，
开言道："他二人倒很和谐，
极相配，定能够齐眉举案。"

82

福玻斯已全部沉入海中，
查理王命二人停止激战，
并判定利奥娶女子为妻，
任何人不可否帝王决断。
鲁杰罗连片刻都未停顿，
也没有卸铠甲摘下盔冠，
骑一匹矮小马速返营寨，
利奥在大帐中待其凯旋。

83

好太子迎上去抱住骑士，
两三次拥其颈，兄弟一般；
随后又为骑士摘下头盔，
热情对鲁杰罗亲吻不断。
开言道："你可以随己意将我支配，
我对你能做到百求不厌，
可牺牲我自身及其王国，
去满足你要求，令你心欢。

84

"我不见有任何丰厚报酬，
可把我对你的情债偿还；
即便你想取走我的皇冠，
我也会尽全力满足你愿。"
剧痛使鲁杰罗头脑昏乱，
他已经对人世怀恨，生厌，
还太子帝国标，并不答话，
独角兽[1]随后又取回身边。

85

表现出疲惫状，无精打采，
告别了太子爷返回帐间，
躲避在帐篷中，闭门不出；
子夜时披甲胄，携带枪剑，
未告别，静悄悄，无人知晓，
便独自跨上了坐骑马鞍，

---

[1] 指先前鲁杰罗所带的标志。

上鞍后无目的信马由缰，
任伏龙自择路行走向前。

86

伏龙驹或直行或者转弯，
或进入树林中或踏荒原，
驮主人一整夜马不停蹄，
主人在黑暗中哭泣不断：
呼唤着死亡神将他安慰，
只有死才能够止此磨难；
除死亡并不见其他方法，
可以令鲁杰罗摆脱熬煎。

87

自言道："难道说我应该为她痛苦？
哎呀呀，她夺走我幸福，如此凶残！
如若我不愿意受此羞辱，
难道说我向她报仇雪冤？
除自己我未见任何他人，
危害我，致使我如此悲惨。
因而也只能够自我报复，
全怪我自己犯罪行万千。

88

"若此次我只是自取其辱，
或许我心中可略感宁安；
尽管人自谅解并非易事，
干脆说我自己也不情愿。
阿蒙女却与我同忍耻辱，
难道可原谅我愚钝冥顽？

即便我仍然可原谅自己，
总不能让爱人继续受难。

89

"为让她泄恨怨我应寻死，
这样做我便可卸下负担；
我不知除死外还有何法，
能解除我痛苦，捍卫尊严。
想当初我该死却未去死，
若去死便不会惹此恨怨。
泰多拉水牢中我若死去，
噢，那时死我心会多么宁安！

90

"如那时受凶残恶婆[1]折磨，
且被她戕害死，一命归天，
我至少可期待布拉达曼，
对我的惨结局表示可怜。
如若她知道我更爱利奥，
为太子我宁愿放弃心肝[2]，
阿蒙女有理由将我怨恨，
无论是生与死，天上人间。"

91

随后又说其他许多话语，
叹息与呜咽声伴随抱怨。
新一天日出时骑士来到，

---

[1]　指东罗马帝国的皇姑泰多拉。
[2]　指布拉达曼。

荒野且奇怪的黑林中间，
因为他已绝望，寻求死亡，
想尽量默默去，无人看见：
他觉得黑森林十分隐蔽，
可满足临终前最后意愿。

92

他进入茂密的黑林深处，
见那里枝叶密阴影黑暗；
先放开伏龙驹，任其自由，
愿马儿走远些，开口吐言：
"哎呀呀，我心爱伏龙宝马，
你为我立下了功劳万千，
对那匹星空中飞行神驹[1]，
你不该有嫉妒藏于心间。

93

"我知道你胜过希拉鲁斯[2]，
更比他值得受万人称赞；
希腊与拉丁人从未曾说，
其他马之光辉比你灿烂。
若它们某方面可与你比，
有一点却与你相差甚远：
你曾经受到过最高礼遇[3]，
对于此你可以夸耀一番。

---

[1] 指希腊神话中被宙斯变成星座的飞马佩加索斯。
[2] 希拉鲁斯是希腊神话中的神奇的半人马之一。
[3] 指伏龙驹曾被布拉达曼饲养。

94

最美丽、勇猛且贤惠女子，
曾经对你照顾十分周全，
亲手备马鞍辔、喂你草料，
爱你的美貌女是我心肝。
啊，她如今已不再是我女人，
为什么还称她我的心肝？
我已经将此女送与他人，
哎呀呀，难道说我不该自刎于剑？"

95

鲁杰罗在那里悲痛欲绝，
悲情可令鸟兽对其生怜；
只闻他哭喊声撕心裂肺，
只见他如雨泪打湿胸前。
莫以为巴黎的布拉达曼，
比骑士情绪好，心中宁安，
再没有借口能令她自卫，
拒利奥皇太子迎亲结缘。

96

在被迫嫁他人为妻之前，
阿蒙女还意欲抗争一番；
若食言必得罪查理、宫廷，
也难免会引起亲离众叛。
如没有其他法摆脱困境，
到最后服毒或自断喉管；
她宁愿放弃掉自己性命，
也不愿鲁杰罗永离身边。

97

吐言道："鲁杰罗你在何方？
难道说你离我真的很远？
难道说你未见比武榜文？
难道说他们只对你隐瞒？
我知道，若你晓比武之事，
一定会第一个赶到阵前。
难道说发生了不幸之事？
哎呀呀，我命运如此悲惨！

98

"鲁杰罗，全世界知晓之事，
怎可能你一人未闻，未见？
若闻讯却未能飞速赶来，
难道说你被杀或成囚犯？
一定是东罗马皇帝之子，
设下的一圈套把你阻拦；
那骗子挡住了你的道路，
你无法及时来比武阵前。

99

"我求得查理帝巨大恩赐，
允许我不嫁给软弱儿男，
深信你是一位强悍骑士，
比武场可胜我手中枪剑。
除你外我并不看好他人，
但天主却惩罚我的冒险：
令一位从未建功绩之人，
获胜利并将我控于掌间。

100

"因未能杀死或活捉对手，
现在我难摆脱他的纠缠；
我认为此结果太不公平，
也不愿屈从于查理决断。
若否认我曾经说过之言，
必然会被认为无常多变：
易变者却并非只我一人，
有人是后来者，有人在先。

101

"只需要对爱人永远忠诚，
我对他爱心比岩石更坚，
远胜过古代的许多女子，
今日女更难以与我比肩。
全不管众人说我多反复，
因反复能令我受益匪浅：
只要是不嫁给那位太子，
宁可被说成是无常、易变。"

102

叹息与哭泣声经常打断，
她口中吐出的句句抱怨，
度过了不幸且痛苦白昼，
阿蒙女又自语一个夜晚。
当夜神携带着黑暗阴影，
又返回契曼里[1]山中洞间，

---

[1] 契曼里是古代的一个民族，生活于黑海附近；古代西方人认为夜神居住在那里的
黑暗山洞中。

天主愿鲁杰罗迎娶爱人，
便伸手来帮助布拉达曼。

103

他[1] 指令玛菲萨高傲女子，
清晨时找查理请求接见，
对王说鲁杰罗蒙受不公，
兄冤屈她不能袖手旁观；
用暴力夺走了兄的爱妻，
竟未对其兄吐只语片言：
与夺走鲁杰罗爱妻之人，
她必须再下场比试枪剑。

104

她意欲向众人证实自己，
敢否定这一桩新的姻缘[2]，
说少女[3] 当她面曾经讲过，
愿服侍鲁杰罗骑士身边；
并举行庄重的订婚仪式，
他二人之婚约无法改变：
男女方都已经没有自由，
再难以与世上他人爱恋。

105

玛菲萨话语中有实有虚，

---

[1] 指天主。
[2] 指利奥与布拉达曼的姻缘。
[3] 指布拉达曼。

听上去却似她亲眼所见[1]，
为的是令利奥中断爱情，
而并非一定要口吐实言；
有意助两情人重新结合，
鲁杰罗再次获布拉达曼，
将利奥欲排除关系之外，
此条路最正确也最方便。

106

查理王闻此事，一头雾水，
忙呼唤阿蒙女来到面前；
告诉她玛菲萨意欲比武，
阿蒙公也同来把王参见。
勇少女[2]目垂地，不敢抬头，
不否认，不肯定，心中慌乱，
以至于众人都心中认为，
玛菲萨所说事句句实言。

107

闻此事里纳多、罗兰欢喜，
有理由劝亲人莫再向前，
都尽快停脚步，转过身来，
利奥也别以为稳操胜券。
若固执阿蒙公能够允许，
鲁杰罗来迎娶布拉达曼；

---

[1] 鲁杰罗与布拉达曼之间的确订立了婚约，但并非玛菲萨亲眼所见，而是她听鲁杰罗所言。
[2] 指布拉达曼。

他们[1] 便不必与公爵[2] 争吵，

愉快送少女去爱人身边。

108

如果能真达成这项协议，

他二人[3] 努力未徒劳枉然：

对骑士鲁杰罗不仅守信，

还可熄战火且维护尊严。

阿蒙说："你们的想法愚蠢，

这只是对我的一个欺骗，

即便是虚构事全都成真，

也难以说服我接受荒诞。

109

"我至今也难信你等话语，

若她[4] 向鲁杰罗曾发誓愿，

鲁杰罗也向她许诺相爱，

就如同你二人所说那般；

何时与何地点发生此事？

请你们做解释，毫不隐瞒。

鲁杰罗受洗前若未发生，

我坚信这件事纯属谎言；

110

"他皈依基督前若已发生，

---

[1]　指里纳多和罗兰等人。

[2]　指阿蒙公爵。

[3]　指里纳多和罗兰。

[4]　指布拉达曼。

可认为与我们毫不相干；
我女是基督徒，他信异教，
此婚约不生效理所当然。
这件事不应令利奥徒劳，
白经历那一场凶险恶战；
我们的皇帝也不会认为，
这样做便属于不守诺言。

111

"你们应早对我说明此事，
若早说还能有余地回旋：
她尚未请皇帝发布榜文，
利奥也还没来巴黎地面。"
阿蒙把二骑士[1]严厉指责，
并希望能剪断恋者情缘；
查理王在一旁静听不语，
不想对某方吐支持之言。

112

议论的声音在四处奔走，
法兰西全境内广为流传，
此声音太强烈，塞满人耳，
其他音被覆盖，难以听见；
就好像南风或北风猛吹，
闻野林枝与叶瑟瑟抖颤；
又好似风神对海神发怒，
汹涌的巨浪头拍击海岸。

---

[1] 指里纳多和罗兰。

113

或支持鲁杰罗或挺利奥，
鲁杰罗获得了多数称赞：
十比一，阿蒙公处于下风，
查理却不选边，袖手旁观。
但事情总要有最后结果，
查理交议事会做出决断。
为推迟阿蒙女婚礼日期，
玛菲萨提出了新的意见。

114

她说道："只要是我兄长活在人世，
阿蒙女便不可另结姻缘；
若利奥想娶她应显神勇，
夺吾兄之性命，令其归天；
他二人谁能够斩杀对方，
便天下无敌手，可取情欢。"
查理王很快便通知利奥，
并告知太子爷其中根源。

115

只要是独角兽骑士还在，
太子爷利奥就心定情安：
有战胜鲁杰罗十分把握，
因此便未感到丝毫为难。
但利奥却不知骑士痛苦，
独自入黑暗的荒野林间，
还以为去散步，即刻可归，
于是便接受了新的挑战。

116

太子爷很快便感到后悔，
因所许之诺言难以实现：
两三天骑士爷没有返回，
去何方也未闻消息半点，
要对阵鲁杰罗无他帮助，
利奥君没把握，心中不安；
派人找独角兽勇猛骑士，
以避免被击败丢失颜面。

117

派人去城市与乡村庄园，
或近处或远处，全都寻遍；
为找到勇骑士不惜代价，
太子爷还亲自跨上马鞍。
并无人听到过任何消息，
查理的骑士们也很茫然，
到最后梅丽萨出面干涉，
下一歌我再把故事讲完。

第46歌

知真情太子还布拉达曼　受请求鲁杰罗登基加冕
查理王宣布办隆重婚礼　罗多蒙来挑战死于阵前

每当布拉达曼和鲁杰罗处于危难时刻，女法师梅丽萨总会出面相助。她引导利奥太子找到了决定离弃人世的鲁杰罗。鲁杰罗向太子讲述了他与布拉达曼之间的爱情，善良的利奥太子决定把布拉达曼还给鲁杰罗，令有情人终成眷属。

保加利亚王国使者来到巴黎，他们寻找鲁杰罗，并请他登基加冕为国王。

查理为鲁杰罗和布拉达曼举办隆重的婚礼，向全国发出榜文：庆典共举行九天，除了宴会外，还有比武大会。正当众人欢庆婚礼之时，撒拉逊最后一位勇将罗多蒙赶来，他指责鲁杰罗背叛信仰，出卖君主，并向其提出挑战。

经过激烈的搏斗，鲁杰罗杀死罗多蒙。全诗结束。

1

如若是航海图标示准确，
此时刻我们距目标不远；
在海上漂泊时向神许诺[1]，
因意欲返航却破船遇险：
遇险船浪尖荡，水手惊慌，

---

[1] 古时候，欧洲人在海上远航遇到风暴时，经常请求海神帮助，并向他们许下一些誓愿；一旦到达岸边，他们就立刻祭祀神灵，感谢他们的保佑，从而解除在海上许下的誓愿。

入港后便希望解除誓愿。
我现在的确已望见陆地，
见港湾张双臂迎我风帆。

2

此时闻欢乐雷滚滚而来，
令波浪轰隆响，空气抖颤：
我听到号角鸣，震耳欲聋，
与民众欢呼声混作一团。
慢慢便看清楚欢乐人群，
他们已挤满了港湾两岸。
似乎是所有人共同庆祝，
我远航已进入最后阶段。

3

噢，我见到美貌且智慧女子、
勇骑士排列在美丽海岸。
对朋友我欠下永恒情债：
他们均来岸边迎我凯旋。
我见到科雷焦[1] 高贵女子，
直排到防波堤最远边缘，
维罗尼[2] 也站在她们中间：
此女令福玻斯、缪斯[3] 喜欢。

---

[1] 意大利中北部的小城镇，距诗人生活的费拉拉城很近，当时是诗人恩主埃斯特家族的领地。

[2] 与诗人同时代的女诗人，因而此处说"此女令福玻斯、缪斯喜欢"。

[3] 福玻斯即阿波罗。在希腊神话中，太阳神福玻斯和缪斯都是掌管诗乐的神。

4

我还见同血脉洁内弗拉[1]、

尤利娅[2] 站立在她的身边，

又见到伊宝利·斯福尔扎[3]，

多米蒂[4] 成长于圣洞里面[5]；

我见到艾米丽[6]、马婕丽塔[7]，

安杰拉[8]、格拉奇[9] 将其陪伴。

狄安娜[10] 与卞卡[11]、俪恰尔达[12]

和其他姐妹们亦在行间。

5

智慧且贤惠的美丽图卡，

与劳拉在一起相互陪伴[13]：

从印度到西方波涛海岸，

难见到善良女胜二婵娟。

洁内拉·埃斯特[14] 立于面前，

---

[1] 上面提到的维罗尼的女儿，因而称其为"同血脉"。

[2] 一位来自于科雷焦城的女子，不知道指历史中的哪一位女性人物。

[3] 米兰城主斯福尔扎家族的一位女性，嫁到费拉拉城的本提沃廖家族为妻。

[4] 与诗人同时代的一位女诗人。

[5] 圣洞是希腊神话中太阳神的一个圣地，太阳神掌诗乐，因而"成长于圣洞"指从小受过写作诗歌的训练。

[6] 卡斯提利奥内在《侍臣论》中所赞美的一位贵妇人。卡斯提利奥内是意大利文艺复兴时期重要的作家。

[7] 《侍臣论》中参与乌比诺（另译：乌尔比诺）宫廷辩论的几位女性之一。

[8] 指安杰拉·波吉亚，她是费拉拉公爵夫人鲁蕾齐亚·波吉亚的宫廷女伴，著名作家本博曾在作品中提及过她。

[9] 当时的一位著名的贵妇人。

[10] 埃斯特家族的一位女子。见第 42 歌 90 节。

[11] 埃斯特家族的一位女子。

[12] 一位贵妇人，不知道指历史中的哪一位女性人物。

[13] 图卡和劳拉是两位费拉拉的贵族女子。

[14] 洁内拉·埃斯特是费拉拉埃斯特家族的一位女子，嫁给了里米尼城主。

她使得里米尼宫廷璀璨：

从不见帝王的华丽大厦，

能如此美丽且庄重不凡。

6

傲恺撒曾征服强悍高卢，

是否该渡小河却难决断，

如过河与罗马必定结仇[1]；

那时若洁内拉已在世间，

我认为恺撒会偃旗息鼓，

战利品全奉献此女面前，

按她意制定出法律、协约，

也可能不镇压自由意愿。

7

又见到博佐洛[2] 城主夫人，

有其母与姊妹身旁陪伴，

还见到托雷利、本提沃廖[3]，

和许多其他的贵族女眷。

再来看这一位美丽女子，

胜所有希腊与拉丁婵娟，

其他的女子也黯然失色，

---

[1] 公元前 49 年，罗马共和国元老院命令高卢总督恺撒返回罗马，恺撒回信，希望延长高卢总督任期，元老院拒绝并发出最终劝告。元老院指出，如果不立刻返回罗马，将宣布恺撒为国敌。于是愤怒的恺撒便违反元老院的命令，率武装军团返回罗马；在路过标志罗马共和国本土边界的卢比孔河（距里米尼不远）时，许多士兵害怕成为元老院的敌人，不敢过河，恺撒则率先蹚河去，并说出一句名言"骰子已掷出"（其含义为"木已成舟"），以表示他们已经成为共和国元老院的敌人，事实无法改变。

[2] 意大利曼托瓦附近的一座城镇，距诗人所生活的费拉拉城不远。

[3] 文艺复兴时期意大利中部的两个望族。

论优雅与丽质无人比肩；

8

她名叫朱利亚，贡扎加[1] 女，

所到处必引来众目齐观，

其娇艳不亚于任何佳丽，

看上去就如同仙女下凡。

旁边是其嫂嫂[2]，信仰坚定，

她引起机运神心中恨怨，

长时间对抗她，与其冲突。

瓦斯托安娜[3] 也光照人间：

9

她美丽、善良且十分智慧，

是贞洁、爱与信杰出典范。

旁边是其姊妹，光彩照人，

使其他美女子色彩暗淡。

再来看善歌唱贤德女子[4]，

使夫君摆脱了憎恨河岸[5]，

尽管有帕尔开、死神纠缠，

其夫仍在天空光辉灿烂。

---

[1] 文艺复兴时期的意大利著名家族，统治曼托瓦公国。

[2] 指伊萨贝·科隆纳，她不顾教宗克蕾芒七世的反对，嫁给了朱利亚·贡扎加的哥哥路易·贡扎加。见第37歌9节。

[3] 指瓦斯托侯爵夫人安娜。瓦斯托是意大利中部的一座城镇。

[4] 这里指维托利亚·科隆纳。她是一位女诗人，用诗歌赞美她的丈夫佩斯卡拉侯爵弗朗索·阿瓦罗，使其名垂千古。

[5] 指地狱中的斯提克斯河。见第45歌17节。

10

费拉拉娇艳女亦来迎接，

曼托瓦、伦巴第佳丽万千，

还有女来自那乌比诺城，

个个都远胜过美貌天仙。

一骑士来到了众女之中，

若美女之光彩未炫我眼，

使我能清晰见周围事物：

阿雷佐[1] 阿科提[2] 来至面前。

11

我还见其侄子贝内代托，

他身穿红披风，头顶赤冠[3]，

旁边是曼托瓦红衣主教，

枢机会之光辉照亮此间。

每个人均显赫，天下闻名，

看上去个个都笑容满面，

高兴见我功成奏凯而归，

此情债永远也难以偿还。

12

拉坦乔、科罗迪·特洛美伊，

德雷鑫、拉提诺立于岸边，

卡皮路两兄弟伙同萨索，

摩尔扎、蒙提诺·弗洛里安；

卡米洛引路去阿斯克拉，

---

[1] 意大利托斯卡纳地区的城镇，距佛罗伦萨不远。

[2] 文艺复兴著名作家卡斯提利奥内在《侍臣论》中所提及的一位杰出的即兴诗人。

[3] 贝内代托·阿科提是枢机主教，俗称"红衣主教"，因而穿红色衣服，戴红色帽子。

为我们寻捷径、平坦路面[1]；

我似乎看见了弗拉米诺，

桑甲与贝尔纳也在其间[2]。

13

再来看法内塞·亚历山大：

噢，众学者都跟随他的身边！

菲德罗、卡佩拉、珀尔奇奥，

菲利普、马达兰、沃尔特兰，

皮里奥与维达、波罗西奥，

其文思不枯竭，十分多产，

拉卡里、穆素罗、纳瓦解罗，

赛维罗是修士，来自修院[3]。

14

另群人有两位亚历山大，

欧罗吉、瓜里尼两族成员[4]。

再来看奥维托、阿雷提诺，

后者是抽君王天赐神鞭[5]。

威利塔、齐塔丁·杰罗拉莫[6]，

也双双出现在我的面前。

---

[1]　卡米洛是著名演说理论著作《科学的舞台》的作者，阿斯克拉是希腊神话中主管
　　　诗乐的女神缪斯的圣地；这两句诗的意思是：卡米洛用他的理论著作为我们铺平了
　　　到达缪斯身边的道路。

[2]　此节中提到的人物都是当时意大利较有名望的诗人和作家。

[3]　此节中所提及的也都是当时意大利较有名望的学者。

[4]　在另一人群中有两位亚历山大，一位姓欧罗吉，另一位姓瓜里尼。

[5]　阿雷提诺是文艺复兴时期意大利的著名诗人，他经常写诗鞭挞君主，甚至日耳曼
　　　神圣罗马帝国皇帝和罗马教宗都惧怕他；当时几乎所有权贵都给他送礼，希望得到
　　　他的赞美而非鞭笞，因而他家经常是门庭若市。

[6]　还有两位杰罗拉莫，一位叫杰罗拉莫·威利塔，另一位叫杰罗拉莫·齐塔丁。

我又见迈纳多、留尼切诺，
切利奥、忒雷诺立于岸边[1]。

15

还见到卡佩罗、彼得·本博[2]，
后者从晦涩的俗语中间，
提炼出纯洁的温柔语言，
用著作为我们做出典范。
欧比齐[3] 紧跟在他的身后，
把他的美文字欣赏、观看。
又见到弗拉卡、贝瓦扎诺、
特里锋、塔索[4] 也跟在后面。

16

岸边上阿玛钮[5]、提埃坡里[6]，
极专注看着我，不转双眼；
弗格索[7] 也靠近，面露好奇，
心欢喜，脸带笑，把我观看。
女人中走出了瓦雷里奥[8]，
对身旁巴里南[9] 似提意见：

---

[1]　这一节中列举的也都是当时的作家和诗人的名字。

[2]　本博是文艺复兴时期最重要的语言学家，为意大利语的形成做出了重要的贡献；他也是《疯狂的罗兰》的作者阿里奥斯托的朋友。见第 37 歌 8 节，第 42 歌 86 节。

[3]　本博的学生。

[4]　指《被解放的耶路撒冷》的作者托尔夸托·塔索的父亲贝纳尔多·塔索，他是与阿里奥斯托同时代的史诗诗人。

[5]　意大利北部的诗人。

[6]　意大利威尼斯地区的拉丁语诗人。

[7]　意大利热内亚地区的诗人和哲学家。

[8]　瓦雷里奥是一位鄙视女人的人。见第 27 歌 137 节。

[9]　一位受女人折磨的意大利诗人。

告诉他如何能摆脱女人，

不再会为她们苦恼，忧烦。

17

我又见杰出的超人天才，

皮科[1] 与庇护[2] 君充满人善。

我不识陪他们那位绅士，

其荣耀也十分光辉灿烂：

望有人把此君介绍给我，

我早已期盼着与其相见，

他名叫雅各布·桑纳扎罗[3]，

由于他卡墨奈[4] 移居海滩[5]。

18

又见到忠诚的博学秘书，

勤劳的皮托费[6] 亦来岸边，

安嘉里、阿恰姚[7] 随其身旁，

他不再因为我惧怕波澜。

还见到阿尼拔[8] 我的亲属，

阿多多[9] 在身边将其陪伴，

希望能听到我幼雏[10] 鸣叫，

---

[1] 指皮科·德拉·米兰德拉，他是意大利文艺复兴时期最著名的人文主义思想家之一。

[2] 阿里奥斯托的同学。

[3] 意大利文艺复兴时期著名诗人和作家，代表作为田园小说《阿卡迪亚》。

[4] 罗马神话中掌管诗乐的女神，即希腊神话中的缪斯。

[5] 桑纳扎罗写作过著名的《渔歌》，因而此处讲"由于他卡墨奈移居海滩"。

[6] 皮托费是费拉拉公爵阿方索·埃斯特的秘书。

[7] 安嘉里和阿恰姚都是费拉拉宫廷中的官员，因此也是诗人阿里奥斯托的同事。

[8] 诗人阿里奥斯托的表弟。

[9] 意大利中部一位有才华的诗人。

[10] 指诗人即将问世的作品《疯狂的罗兰》。

从西方到东方传遍世间[1]。

19

佛斯托、唐蕾蒂[2] 高兴见我，
欢喜者又何止成百上千。
海岸边，无论是女子男人，
见我归，一个个皆露笑颜。
我面前只剩下很短路程，
可顺风，不停顿，瞬间到站。
再来讲梅丽萨实施救援，
希望使鲁杰罗生命安全。

20

我已经对你们说过多次，
梅丽萨有一个最高心愿：
助情人成眷属，结为夫妻，
紧连接鲁杰罗、布拉达曼；
二人的好与坏牢系于怀，
每一刻都拉动她的心弦。
为此事她始终驱使幽灵，
一离去，另一个又来面前。

21

巫女[3] 见鲁杰罗身处幽林，
沉浸在痛苦中，自拔已难，
他决心永不吃任何食物，

---

[1]　希望诗人即将问世的作品能传遍人间。
[2]　阿里奥斯托时代的两位著名教授。
[3]　指梅丽萨。

忍饥饿，耗肌体，血尽命断，
试图用绝食来自杀身亡，
梅丽萨须及时实施救援；
她走出己寓所，即刻上路，
赶到了利奥处，与其见面。

22

皇太子曾派人四处寻觅，
周围的各地点全都找遍；
为寻找独角兽勇猛骑士，
利奥君也曾经亲跨马鞍。
智慧的女法师那天施法，
为幽灵佩戴上缰绳、辔鞍，
并命它变成了一匹驽马，
骑着它来到了太子面前。

23

开言道："太子爷，若您灵魂，
就如同您容颜显露那般；
若您的慷慨与仁慈心地，
也如同您外表那样良善，
应安慰和帮助一位骑士，
他可是我时代最佳儿男；
如若他得不到任何安慰，
不久后便可能魂飞云天。

24

"他不仅是战场优秀骑士，
手挽盾，腰胯间悬挂宝剑；
而且是优雅的美貌男子，

今与昔无人可与其比肩；
若不能获安慰，他将死去，
只因为对别人慷慨奉献。
其他法已难以救他脱险，
请太子施恩泽，快去救援。"

25

聪明的利奥君立刻明白，
此女子所讲的杰出儿男，
就是他命四处寻找之人，
他自己也为此骑跨马鞍。
因而便紧跟随巫女身后，
策马儿，快快行，刻不容缓：
梅丽萨引太子未行多远，
便来到鲁杰罗寻死地点；

26

见骑士已三日未进食物，
力耗尽，身瘫软，非常可怜，
连起身都感觉十分吃力，
无人扶定会再跌倒地面。
身穿甲躺倒在大地之上，
戴铁盔且腰间佩挂宝剑，
头垫着护身盾，如卧睡枕，
白色的独角兽绘于盾面；

27

思考着曾怎样伤害爱人，
又怎样无情义将她背叛。
想到此，不仅会感觉痛苦，

而且还极悔恨，胸燃怒焰；
悲伤使鲁杰罗咬碎嘴唇，
如小溪之泪水打湿颜面，
深陷入哀思中，并未听到，
利奥与梅丽萨靠近身边；

28

他口中发出了声声抱怨，
叹息与哭泣也从未中断。
利奥君勒住马，用心静听，
随后又跨下鞍，缓步向前；
闻其言知爱情引发痛苦，
爱恋者是何人尚不明辩：
为此人鲁杰罗痛苦万分，
但从来未对他开口明言。

29

一步步靠过去，越来越近，
已站在鲁杰罗骑士面前；
以兄弟之情意表示问候，
又弯腰把骑士拥于臂间。
我不知利奥君突然来访，
鲁杰罗是否会心中喜欢；
或许因担心他阻其寻死，
对此位来访者心中生厌。

30

利奥君显示出他的真情，
口中吐甜蜜的温柔之言，
他说道："告诉我痛苦缘由，

你心中不必觉有何不便；
人世间没什么伤心之事，
不能够吐出来以泄心烦；
如知晓痛苦的引发原因，
便有望排除掉心中苦难。

31

"你有意隐瞒苦令我心痛，
我与你交友已许久时间，
不仅在你下场比武之后，
我和你血与肉紧密相连，
甚至在视我为死敌之时[1]，
你形象就扎根我的心田；
我希望能付出财产、生命，
尽全力对于你实施救援。

32

"把痛苦告诉我，没啥不妥，
应让我也为你努力一番，
我愿意帮助你摆脱痛苦，
舍财富，施手段，我均心甘。
若我的努力也无济于事，
随后你再寻死为时不晚：
该尝试之方法尚未尝试，
你不该早早把生命了断。"

---

[1]　指在战场上帮助保加利亚人杀戮太子兵士的时候。见第 45 歌。

33

皇太子之请求十分诚恳，
其话语充满了仁爱、良善，
鲁杰罗不能够不动其心：
他心肠并非是坚铁、石岩；
若拒绝皇太子真心请求，
反而似不礼貌，心地少善。
回答时两三次欲说又止，
他觉得实难以开口吐言。

34

到最后终于说："太子爷呀，
你若知我是谁定会变脸；
敢断言你必然恨我入骨，
巴不得我立刻魂飞命断。
应知道我是你憎恶之人，
恨你的鲁杰罗就在眼前；
我离开查理宫许多时日，
一心想能令你尽早归天；

35

"虽听说阿蒙公偏向于你，
也不愿你夺我布拉达曼，
但万能之上主左右一切，
关键时你慷慨令我改变；
并非我放弃了对你仇恨，
而因为人情债尚未偿还：
我不得不为你奉献力量，
违心愿代替你下场交战。

36

"你不知鲁杰罗在你面前，
便请求助你获心爱婵娟；
就如同苛求我灵魂出窍，
从胸中抠挖出我的心肝。
你亲眼看见了不争事实：
我努力满足了你的心愿；
为了你我牺牲自己幸福，
你却可安心获布拉达曼。

37

"抛弃她我同时丧失生命，
这件事可令你更加喜欢；
没有了心爱女我无灵魂，
又怎能浑噩噩苟活人间。
更何况如若我仍活于世，
你娶她不合法，好事难全：
我二人早已经缔结婚约，
她怎侍二夫于同一时间。"

38

当骑士鲁杰罗暴露身份，
利奥觉此事如奇迹一般，
傻愣愣，如石雕，难以移步，
张大嘴，合不上，不眨双眼：
就好像教堂中竖立雕像，
供众人来朝拜，发誓许愿。
他觉得鲁杰罗慷慨至极，
此慷慨过去无，未来难见。

39

认识了鲁杰罗并未减爱，
对他的喜爱情更胜从前；
见骑士忍受着巨大痛苦，
太子也心中觉万分悲惨。
为显示他是位帝王之子，
有胜过他人的不凡表现，
应该对鲁杰罗表现爱心：
示慷慨不可令他人领先。

40

开言道："鲁杰罗，那一天你闯军阵，
以惊人之神武把我侵犯，
若当时我便知你是何人，
心虽恨，却仍会把你称赞：
因为我已被你彪悍征服，
与知晓是何人并不相干；
我当时就爱你，如同此刻，
仇恨早被逐出我的心田。

41

"不否认知你是何人之前，
鲁杰罗邪恶名刻我心间，
但如今我仇恨并未增长，
心中恨反而都消失不见。
即便是救你出牢狱之时，
对真实情况已心中明辨，
我仍会像那日不顾一切，
帮助你出苦难，获得平安。

42

"我当时并没有欠你情债，
帮助你已是我心甘情愿；
现如今更应该义不容辞，
否则我就是个负心之汉；
你已经给予我无私帮助，
我怎能剥夺你幸福源泉。
现在我就可以对你明示：
偿还你之馈赠是我心愿。

43

"那女子更适合你来迎娶，
尽管是我对她也很爱恋；
若别人获得她令你痛苦，
我宁肯断自己生命之线[1]。
我不愿你以死扯断关系，
除障碍来满足我的心愿，
毁坏掉你二人幸福婚姻，
让她作合法妻把我陪伴。

44

"我宁可失她与世间一切，
甚至愿把生命一同奉献，
也不想听说她痛苦忍受，
因我错心爱的骑士[2]归天。
由于缺你信任，我受熬煎，
你可以支配我，随心所愿，

---

[1]　我宁愿自杀身亡。
[2]　指鲁杰罗。

与其说你期盼伤心死去，
还不如等待我实施救援。"

45

皇太子说许多肺腑之言，
全写入诗篇中需要时间；
强调了他心中真诚道理，
鲁杰罗欲反驳十分困难；
到最后他说道："我愿从命，
不再去想方法离弃人间。
我现在第二次欠你一命，
何时能把如此重债偿还？"

46

梅丽萨早命人准备食物，
此时刻捧上来美酒佳宴；
已近乎崩溃的鲁杰罗君，
受到了安慰且享用美餐。
这时候伏龙驹闻声嘶叫，
也飞速奔驰到主人身边。
利奥命侍从者牵过宝马，
并亲为鲁杰罗套辔，装鞍。

47

鲁杰罗在利奥帮助之下，
很吃力爬上了伏龙马鞍，
往日的勇力已不复存在，
再不像几日前那样彪悍：
他一人曾战胜帝国全军，

随后又扮他人经受考验[1]。
在众人陪同下行走半哩,
来到了好一座隐修寺院。

48

入寺院,下马背,休息,静养,
度过了一日后又过一天:
为使那独角兽勇猛骑士,
再重新恢复他以往强悍。
鲁杰罗随后携巫女、太子,
一同把法兰西王城[2]回返。
他听说前天晚保加利亚,
派使团来到了巴黎地面。

49

该国派使者来法兰西地,
因以为新君在查理身边;
鲁杰罗被他们拥立为王,
欲请他返回国,登基,坐殿:
众臣民都纷纷宣示效忠,
并希望为新君加冕,戴冠。
鲁杰罗侍从与使者同来,
他已知主人曾遭受磨难:

50

勇骑士挥剑助保加利亚,
与帝国之军队展开激战,

---

[1] 扮作利奥经受布拉达曼的考验。
[2] 指巴黎。

击败了皇帝与太子利奥，
帝国兵被杀戮或者逃窜，
因此要拥立他登基为王，
本国[1] 的显贵者皆弃一边；
翁加多捉他于床榻之上，
并交给泰多拉残酷摧残；

51

又传出确切的一个消息，
地牢的看守者被杀狱间，
鲁杰罗逃遁去，狱门洞开，
无人知他后来去往哪边。
鲁杰罗秘密入巴黎城中，
并未让任何人把他发现；
翌日晨他协同伙伴利奥，
来到了查理曼皇帝面前。

52

鲁杰罗饰金鸟来见查理，
两头鹰绘红色背景上面
（陪伴者[2] 亦佩戴同样标志），
太子的战袍他披挂背肩：
前些日校场上比武之时，
那战袍也展现同样图案，
在场者因而便认为是他，
数日前曾挑战布拉达曼。

---

[1]　指保加利亚。
[2]　指利奥太子。

53

利奥穿华丽的皇族衣装，
未披甲，与骑士同步向前；
前与后左与右众人簇拥：
尊贵者由众多侍从陪伴。
见查理，深鞠躬，表示敬意，
查理也迎来客起身立站；
太子握鲁杰罗骑士之手，
吸引住众人目，开口吐言：

54

"这一位勇骑士天下无敌，
生至死无人能伤其半点；
阿蒙女杀与捉均未成功，
也没能将骑士逐出栅栏[1]。
宽宏的国王啊，您发榜文，
遵其[2]意应判他赢得挑战，
获迎娶阿蒙女合法权利，
因而他今日来喜结良缘。

55

"按榜文阿蒙女理应归他，
其他人对此女莫再盘算。
他勇猛足可配布拉达曼，
还有谁能够与此人比肩？
如果说有真爱方可娶她，
无人比此人更对其爱恋。

---

[1] 指围圈比武场的栅栏。
[2] 指榜文。

他来此欲挑战反对之人，

为捍卫己权利手握枪剑。"

56

闻此言查理与整个宫廷，

均惊愕，口无语，面面相观，

本以为并非是无名骑士，

是太子利奥君曾经苦战。

玛菲萨与他人议论纷纷，

强忍耐，把利奥话语听完，

她不愿接受这荒唐建议，

于是便站出来开口吐言：

57

"鲁杰罗未到场岂能算数，

是他应与此人，争妻交战，

怎能够便如此迫其退让，

剥夺他护妻的自卫之权。

我是他同胞妹，理应出头，

替他向所有人提出挑战，

强者若想争夺布拉达曼，

请下场先与我比试枪剑。"

58

玛菲萨怒火烧，愤愤吐言，

许多人见此景心中胆寒，

查理王不迟疑即刻允许，

勇女子[1]下校场比试枪剑。

---

[1]　指玛菲萨。

利奥君已认为时机成熟，
便摘下鲁杰罗头上盔冠，
开言道："你们看，他已在此，
可满足你们的所有心愿。"

59

在邪恶妻子的怂恿之下，
年迈的埃勾斯设下毒宴，
当命人捧上来毒酒之时，
却发现是儿子坐在面前[1]；
如若是未及时发现宝剑，
亲生儿早已经魂坠深渊[2]：
玛菲萨认出了鲁杰罗兄，
心中有埃勾斯同样情感。

60

不迟疑，奔向前，拥抱兄长，
紧搂住其脖颈，如同胶粘。
查理王也过去亲吻骑士，
先罗兰、里纳多把爱表现。
杜多内、奥利维、索柏林王，

---

[1] 据希腊神话讲，雅典王埃勾斯喝醉酒，导致埃特拉怀孕。埃特拉怀孕后，埃勾斯决定返回雅典。临行时，他把自己的盾牌和剑压在一块巨石下，并告诉埃特拉，待儿子长大后，令他取出巨石下的武器，带在身边。埃勾斯返回雅典后又娶美狄亚为妻。后来埃特拉生下了忒修斯，并抚养他成长为一个勇敢的年轻人。忒修斯遵从母命，成功地搬动了巨石，取出了父亲的武器，随后去雅典投奔父亲。忒修斯到达雅典后并没有立刻公开自己的身份。然而美狄亚却依靠巫术探明他是埃勾斯的儿子。为了保住自己儿子的地位，美狄亚怂恿不明真相的埃勾斯设毒宴，试图害死忒修斯；但是，最后时刻，埃勾斯认出了忒修斯佩带的是自己的剑，便打落了他端起的毒酒杯，从而父子相认。

[2] 指冥界。

亦对其示热情，抚摸不断。
近卫士、各显贵，人人欢乐，
全都对鲁杰罗显露笑颜。

61

众人与鲁杰罗拥吻之后，
利奥君对查理开口吐言，
善表述，会说话，句句悦耳，
在场者静听讲，眼珠不转：
讲骑士是怎样击溃帝军，
又怎样表现出勇猛彪悍，
在贝尔格莱德神勇无比，
这一切均是他亲眼所见；

62

又讲述鲁杰罗怎样被捉，
关押他之恶女如何凶残，
他自己又怎样不顾家人，
救骑士出牢狱，脱离苦难；
善良的鲁杰罗又是如何，
还利奥之情债甘冒风险，
显示出高贵的慷慨风度，
古与今均难见此等表现。

63

还讲述鲁杰罗善良骑士，
为太子做出的各种奉献：
他承受弃妻的沉重压力，
其心中忍受着痛苦熬煎，
甚至还准备好抛弃生命，

几乎已到达了死亡边缘。
皇太子叙往事，展现真情，
众人均含热泪，无比心酸。

64

随后为劝固执阿蒙公爵，
吐出了一句句真诚之言，
不仅要用话语感动公爵，
而且想令他把主意改变，
使公爵放低他高贵身价，
请骑士[1]谅解其以往愚见，
接受他做岳父，成为亲属，
来迎娶心爱女布拉达曼。

65

阿蒙女躲藏在小姐闺房，
正在为己命运哭泣不断，
侍从者急忙忙欢呼奔来，
带给她好消息，令其开颜：
因痛苦，其血液淤凝于心，
突然间喜讯至，凝血舒散，
闻消息，血涌出痛苦心房，
欢喜情几乎令少女命断。

66

您知道，此少女十分健壮，
强大的精神也久经考验；

---

[1]　指鲁杰罗。

但此时却感觉浑身无力，

实难以挺直身双足立站。

被宣判轮刑[1] 或断头、绞刑，

并蒙上眼罩[2] 的一位囚犯，

又突然闻听到大赦命令，

其快乐也不过如此这般。

67

同欢庆克莱蒙、蒙格拉纳[3]：

两家族结成了新的姻缘。

加纳隆、安瑟莫伯爵忧伤，

法尔孔、基纳米[4] 同感悲惨；

他们的嫉妒与邪恶之心，

隐藏于虚伪的谎言下面，

时刻都期盼着复仇时机，

似狐狸待兔陷利爪之间。

68

里纳多、罗兰爷曾经杀死，

该家族[5] 许多的邪恶成员。

尽管是查理王洞察一切，

欲平息两家族仇恨怒焰；

---

[1] 中世纪的一种酷刑：把人绑在一个大轮子上，并快速转动轮子，使受刑者忍受极大的痛苦。

[2] 中世纪，受酷刑之前，犯人应带上一个黑色的眼罩。

[3] 鲁杰罗出自于蒙格拉纳家族，布拉达曼出自于克莱蒙家族。见第 36 歌 75 节。

[4] 上述几人均属于马刚萨家族。马刚萨家族与布拉达曼等人所在的克莱蒙家族有世仇。见第 2 歌 67 节。

[5] 指马刚萨家族。

但最近皮纳贝、贝托拉死[1]，
再次使马刚萨丧失笑颜：
然而却装不知凶手何人，
隐藏起复仇的阴毒之念。

69

有使者来自于保加利亚，
到巴黎把查理国王谒见，
需找到独角兽勇猛骑士，
迎接他返王国，登基，加冕；
听说他在此处，庆幸命好：
心中所希望事可以实现；
扑倒在他脚下以表恭敬，
请求他返回国执掌王权；

70

为他存权杖于哈德良堡[2]，
那里还供放着闪亮王冠；
但需要他返回保卫王国，
听说是又有人前来侵犯：
东罗马大皇帝亲率大军，
浩荡荡朝王国挥师向前；
若他们有新王英明指挥，
便有望败希腊帝国[3] 军团。

---

[1]　见第 22 歌 96—97 节和第 25 歌 13 节。
[2]　古代城市名称。即今天的土耳其的埃迪尔内。
[3]　希腊帝国指的就是东罗马帝国，因东罗马帝国的统治区域讲希腊语。

71

鲁杰罗接受了王国权力，
亦许诺返回国捍卫王权，
机运神如若不从中作怪，
三月后他必定抽身回返。
利奥君对此事心中有数，
请骑士鲁杰罗相信其言：
鲁杰罗如今掌保加利亚，
两国的和平将长久不变；

72

并不必离开这法兰西地，
返回国去执掌统兵大权；
他会请其父皇停止进攻，
把占领之土地全部奉还。
阿蒙女母亲已接受女婿，
不因为鲁杰罗勇猛彪悍，
她发生如此的巨大变化，
全因为女婿将头顶王冠。

73

应举行隆重的王室婚礼，
由重要显贵者主持，操办：
查理王便是那操办之人，
就如同嫁亲生公主一般。
不仅因阿蒙公家族显赫，
其女的功绩也光辉灿烂，
为了她即便舍半个王国，
查理王也觉得心甘情愿。

74

发公告示众人：宫廷开放，

所有人均能够参加庆典；

欲举行九天的比武大会，

人人可来巴黎了结仇怨[1]。

开辟了一大片庆典空地，

用美丽枝与叶鲜花装点，

挂金银，悬锦缎，富丽堂皇，

人世间仅此处最为壮观。

75

巴黎城涌来了无数宾客，

此时已难寻到下榻客栈，

有穷人，有富人，地位不同，

希腊人、拉丁人、蛮人万千。

君王与各国的高贵使者，

从四方接踵至，络绎不断；

支帐篷，建木屋，安营扎寨，

全都已安顿好：卧睡宁安。

76

梅丽萨在婚礼前天夜晚，

用心思把婚房布置一番，

她早已渴望着促成此事，

装点的欢乐窝不同一般。

许久前她已经预见喜事，

期盼着他二人喜结良缘：

---

[1] 所有人都可以来巴黎宫廷，按照骑士的规矩，在查理王的监督下，通过比武的方
式解决相互间的矛盾。

女法师极擅长预言未来，
知此树将结出硕果百千。

77

她把那多产的婚床架在，
一巨大宽敞的帐篷中间，
那帐篷极华贵，无比美丽，
战争与和平时均难得见；
大帐篷取自于色雷斯[1]处，
世无双，只一顶存于人间；
它本是皇帝的娱乐宝帐，
被巫女抢掠至巴黎地面。

78

梅丽萨或许获利奥允许，
或许想令太子发出惊叹，
要向其展示出魔法神力，
证明她能够把妖魔控管，
并可以随己欲支配魔怪，
把上帝之仇敌[2]任意使唤；
于是便驱使着地狱魔鬼，
将帐篷从东方搬至此间。

79

从希腊帝国的皇帝手中，
正晌午掠走了遮阳大伞[3]，

---

[1]　古代国家，位于巴尔干半岛。
[2]　指妖魔鬼怪。
[3]　指帐篷。

捎带走所有的支架、绳索，
和全部内与外附属配件；
从空中飞运到巴黎地界，
装点起鲁杰罗新婚"宫殿"[1]：
待隆重庆典礼结束之后，
再施法送回到原来地点。

80

那是座古老的华丽帐篷，
它大约绣制于两千年前。
伊利昂[2] 城中的一位少女，
制帐篷全依赖神启灵感，
经过了长时间认真研究，
用心思亲手制每个部件；
为帐篷取美名"卡桑德拉"，
向兄长赫克特真诚奉献。

81

她把一俊骑士绣于帐篷，
细细行五彩丝，密缝金线，
虽然知该骑士[3] 远离根基[4]，
千载后才出生树[5] 权上面，
但骑士在嫡亲血脉之中，
最谦恭且显贵，慷慨不凡。

---

[1] 指鲁杰罗结婚所用的巨大帐篷。
[2] 即特洛伊。
[3] 暗指诗人的恩主伊波利托·埃斯特枢机主教。
[4] 指特洛伊英雄赫克特，他被视为鲁杰罗的最早祖先，因而也是埃斯特家族的祖先。此处"远离根基"的意思是：已与祖先相隔许多代人了。
[5] 指家族世代繁衍的大树。

妹崇拜赫克特始终不渝，
把他的伟业绩高歌颂赞。

82

但不久赫克特战死沙场，
特洛伊被攻破，遭受苦难；
西农[1] 用欺骗术打开城门，
后面事虽未写却更悲惨[2]；
墨涅拉[3] 获得了这顶帐篷，
带着它偶然至埃及地面，
把帐篷送国王普路透斯，
为了使妻子能再回身边。

83

墨涅拉美貌妻名唤海伦，
夫为她把大帐拱手奉献；
后来又落到了托勒密[4] 手，
克莱奥帕特拉继承王冠。

---

[1] 在特洛伊战争中，他用编好的谎言骗取特洛伊人的信任，让他们把木马拖入城中；夜间，希腊联军的士兵从木马腹中爬出，打开城门，攻陷特洛伊城。

[2] "后面事"指特洛伊城被攻陷。《伊利亚特》中并没有描述特洛伊城被攻陷的经过，因而，此处说"后面事虽未写"。

[3] 指墨涅拉俄斯。墨涅拉俄斯是希腊神话中斯巴达的国王，阿伽门农的兄弟，海伦的丈夫。其妻海伦被帕里斯拐走后，墨涅拉俄斯与阿伽门农召集希腊境内几乎所有的国王对特洛伊开战。经历十年苦战，特洛伊沦陷。按照希腊史学家希罗多德的记述，帕里斯和海伦被海上风暴吹至埃及，当地的国王普路透斯扣留了海伦，准备以后交给墨涅拉俄斯。用帐篷换取海伦是诗人阿里奥斯托自己臆造的故事。

[4] 指古代埃及的托勒密王朝。马其顿君主亚历山大大帝死后，其将军托勒密一世开创了这个王朝，统治埃及和周围地区。该王朝建立于公元前 305 年，历经 275 年；公元前 30 年，埃及女王克莱奥帕特拉七世兵败自杀，王朝灭亡。

阿里帕[1] 兵勇在勒卡德海，
夺走了帐篷和财物万千：
大帐篷又归属奥古斯都，
从罗马再转至东都[2] 地面；

84

意大利受苦因君士坦丁，
万年长之痛苦永世难变[3]。
皇帝爷不喜欢台伯河[4] 水，
将珍贵大帐篷迁至东边[5]：
皇帝处[6] 梅丽萨获得帐篷，
金索绳、象牙架支撑锦幔；
美形象不出自阿佩莱斯[7]，
却绣在帐篷的华丽表面。

85

帐上绣美丽的卡里忒斯[8]，
她们正帮一位王后分娩：
一乖巧孩童已呱呱坠地[9]，
人世间此等儿从未曾见。

----

[1] 阿里帕（另译：阿格里帕）是古罗马将军，他是奥古斯都的女婿，曾在希腊的勒
卡德海附近取得亚克兴海战的胜利，夺得了大帐篷。

[2] 指罗马帝国的东都君士坦丁堡。

[3] 君士坦丁大帝把罗马帝国首都迁至东方的拜占庭，致使美丽的意大利丧失了防御
蛮族入侵的能力，从而忍受永久的痛苦。

[4] 流经罗马城的河流，它代表古罗马文明。

[5] 指迁至东方的拜占庭。

[6] 此处皇帝指利奥的父亲。"皇帝处"即在利奥父亲那里。

[7] 古希腊的著名画家。

[8] 卡里忒斯是希腊神话中美惠三女神的统称，他们是宙斯与海洋女神欧律诺墨的女
儿，代表了真善美，因此也成为了艺术家们歌颂的重要主题之一。

[9] 指刚刚出生的伊波利托·埃斯特枢机主教，他是诗人的恩主。

玛尔斯、维纳斯、宙斯等神，

把鲜花遍洒于宇宙之间，

洒一把又一把接连不断，

芳香气充满了广阔云天。

86

饰带上刺绣的文字虽小，

恩主[1]的名字却清晰可见[2]。

长大后命运神牵领其手，

德善神亦积极引他向前。

帐篷上还可见其他人物，

披长发，身上穿垂地衣衫，

他们去马加什[3]宫廷之中，

请他把育幼儿重担承担[4]。

87

儿告别艾克勒、莱奥诺拉[5]，

离别时父与母难免心酸；

来到了多瑙河，如神降临，

众人都崇拜他[6]，赶来观看。

英明的匈牙利王国君主，

欣赏他虽年幼智慧非凡：

---

[1] 指诗人阿里奥斯托的恩主伊波利托·埃斯特枢机主教。

[2] 文艺复兴时期的画家经常在所绘制的人物形象的衣服或饰带上书写其名姓，以说明自己所画的人物的身份。

[3] 指文艺复兴时期的匈牙利国王马加什一世。

[4] 伊波利托儿童时便被送往姨母（贝雅特丽齐·阿拉贡，马加什一世的王后）处抚养。

[5] 艾克勒和莱奥诺拉是伊波利托·埃斯特的父母。见第 1 歌 3 节和第 13 歌 69 节。

[6] 指少年时的伊波利托·埃斯特。

那时候这天才尚未成熟，
却聪明超众人，不同一般；

88

孩童时便手握主教权杖[1]，
埃斯泰尔戈姆[2] 控制掌间。
常见到王身旁一位少年，
站立在大帐中，出入宫殿；
强悍王曾出兵四处讨伐，
土耳其、日耳曼奋力激战，
我恩主[3] 在身边仔细观察，
学会了美德与机智、勇敢。

89

帐上见他正把花季年华，
用于对神武功、人文专研。
弗斯科[4] 立身旁，向他解释，
古代的经典中神秘语言。
好像说："如若想永垂青史，
何该做，何不该，应记心间。"
定是位杰出的天才大师，
才能够绘绣出如此画面。

90

随后见年轻的红衣主教，

---

[1] 伊波利托 7 岁时就被任命为埃斯泰尔戈姆的主教。
[2] 匈牙利的重要城市。
[3] 指伊波利托·埃斯特。
[4] 弗斯科是伊波利托·埃斯特枢机主教的老师，后来又成为他的秘书。

安坐在枢机会宝座上面，
用雄辩之口才展示智慧，
其妙语惊四座，众人愕然。
相互间嘴接耳赞其神奇：
"此孺子长大后何等善辩？
噢，若彼得大披风不罩其身[1]，
怎敢说幸运的盛世出现！"

91

还见到显贵的杰出青年，
进猎场寻欢乐，飞鹰走犬。
有时他捕野猪下入洼地，
有时又猎棕熊登上高山；
西班牙矮脚马行走如风，
把山羊与马鹿紧紧追赶，
剑到处必然有野兽倒地，
只一剑便将其劈成两半。

92

又见到哲学家、杰出诗人，
簇拥着我恩主，面带笑颜：
此人绘行星图，彼人绘地[2]，
另一人欲对其展示苍天；
有的人书哀歌，有人盛赞，
歌英雄，唱雅致，声声婉转。
另一处恩主在欣赏音乐，

---

[1] 历代罗马教宗都认为自己是圣彼得的继承人，因而，"彼得的大披风罩其身"意味着登上教宗的宝座。
[2] 绘制地图。

其举止令人敬，优雅不凡。

93

大帐的第一侧生动画面，
歌颂了恩主的辉煌少年。
另一侧画面却有所不同，
智与义、勇与节[1]绣在上面，
还有那第五种重要美德，
与前面四枢德紧密相关，
它就是向别人捐赠之德[2]；
美德下，恩主的形象璀璨。

94

另一侧可见到青年英主[3]，
在不幸伦巴第公爵[4]身边，
战争时身披甲展示长蛇[5]，
和平时坐一处交换意见；
无论是快乐或悲伤之时，
他二人似乎有相同观点；
逃难的痛苦中把他[6]安慰，
护卫在其身边，不惧艰险。

---

[1] 智、义、勇、节是西方古代最重要的美德，被称作"四枢德"。
[2] 指慷慨。
[3] 指诗人的恩主伊波利托·埃斯特。
[4] 指米兰公爵卢多维科·斯福尔扎，绰号为"摩尔人"，他是伊波利托·埃斯特的内
　　兄，二人关系密切。
[5] 长蛇是米兰公爵的标志。
[6] 指卢多维科·斯福尔扎。

95

还见到英明主[1] 聚精会神，

正思考费拉拉公国安全；

欲查寻证据与蛛丝马迹，

令兄长阿方索相信背叛[2]，

使他能清晰见真实情况：

恩主[3] 把国之事常置心间，

因此被众人称祖国之父；

西塞罗救罗马也似这般[4]。

96

另一处又见他战甲闪亮，

为教会急奔驰，投入圣战；

率少数乱糟糟乌合之众，

去抵抗精锐的敌人军团；

只因为他亲自投入战斗，

圣教会才得到有效支援[5]，

真可谓:"我来了，见了，胜了！[6]"

因而在火燃前掐灭引线。

---

[1] 指诗人的恩主伊波利托·埃斯特枢机主教。

[2] 伊波利托曾经向兄长阿方索公爵揭发家族中有人阴谋叛乱。

[3] 指伊波利托·埃斯特枢机主教。

[4] 古罗马著名政治家、思想家、文学家西塞罗曾揭露并挫败元老院元老、非洲总督喀提林的叛乱阴谋，受到罗马人的拥戴。

[5] 可能指伊波利托帮助教廷镇压博洛尼亚反叛之事。当时，枢机主教伊波利托只率领少数乌合之众，便战胜了装备精良、训练有素、人数众多的博洛尼亚军队。

[6] 诗人认为，此次胜利可以与罗马名将恺撒征服本都王国的胜利相比。在征服本都王国后，恺撒曾说:"我来了，我见了，我胜了！"后来这句话成为名言。

97

又见他在祖国大河[1] 岸边，
与最强之敌军奋勇作战[2]；
威尼斯派兵勇并非抗击，
土耳其、亚尔古[3] 疯狂侵犯；
击溃敌，夺胜利，缴获颇丰，
并将其全奉献兄长面前；
不见他私留用缴获物品，
而仅仅把荣耀留在身边。

98

美女子、勇骑士细观画面，
却不解其含义，心生疑团；
画面旁并没有文字解释，
说这是未来将发生事件。
都愉快欣赏着完美形象，
观看着精绣的故事段段。
梅丽萨解释给布拉达曼，
只有她[4] 识内情，心中喜欢。

99

虽然说鲁杰罗不明真相，
并不像知情的布拉达曼，

---

[1] 指波河。

[2] 1509 年，埃斯特家族战胜强悍的威尼斯人，取得坡雷塞拉（意大利北部的一个小镇）大捷。在这场战役中伊波利托发挥了巨大的作用。见第 3 歌 57 节，第 15 歌 2 节，第 36 歌 2 节，第 40 歌 2—4 节。

[3] 传说，亚尔古是希腊最古老的城市，因而，在文学语言中经常将其作为希腊的代名词。此处指居住在原东罗马帝国区域的穆斯林。

[4] 指布拉达曼。

但养父[1] 曾常提伊波利托，
子孙中他最受法师[2] 称赞。
何诗句可充分赞美查理[3]，
颂扬他慷慨待美女、好汉？
婚礼客可参加各种游戏，
食佳肴，饮美酒，享用盛宴。

100

比武场可分辨优劣骑士：
每一天千支枪校场折断，
或步战或骑马比试武艺，
一对一或者是结队混战。
常胜的鲁杰罗勇冠群英，
昼与夜下校场展示彪悍；
无论是校场上还是舞会，
他都是佼佼者，身手不凡。

101

第九日隆重宴开始举行，
这已是盛典的最后一天，
查理命鲁杰罗坐在左手，
右手是新娘子布拉达曼。
一骑士身披甲，全副武装，
越旷野朝宴席飞奔向前，
他身穿黑战袍，马披皂衣，
身魁梧，看上去十分傲慢。

---

[1]　指鲁杰罗的养父大法师阿特兰。
[2]　指阿特兰。
[3]　指查理大帝。诗人突然转换话题，又回到鲁杰罗与布拉达曼的婚礼上来。

102

此人是撒扎国凶猛君王，
受少女桥上辱，丧尽颜面，
曾发誓一年零一月一天，
不骑马，腰中也不挎宝剑，
绝对不再佩带任何武器，
做隐士躲藏在房屋里面：
那时代骑士若犯下错误，
常如此将自己惩罚一番。

103

尽管他全知晓世间之事：
查理与非洲王展开决战；
但如若不关己绝不披甲，
因为他不愿意违背诺言。
他见到一年零一月一天，
很快就要过去，"隐修"将完，
便朝向法兰西宫廷飞奔，
披新甲，跨新马，持新枪剑。

104

异教徒不下马也不鞠躬，
无丝毫礼貌与尊敬可言，
对查理及在场各位显贵，
表现出鄙夷情，非常傲慢。
每个人都感觉十分诧异，
这恶徒怎如此肆无忌惮，
均推开佳肴且停止交谈，
想听听粗野汉欲吐何言。

105

他立于鲁杰罗、查理对面，
扯开了大嗓门傲慢叫喊：
"我名叫罗多蒙，撒扎国王，
鲁杰罗，我向你提出挑战：
日落前我在此意欲证明，
你是个不义人，把主背叛；
无耻的背叛者没有资格，
安坐在骑士间享用美宴。

106

"背叛的恶行已大白天下，
信基督，你也难为己争辩；
为令其进一步确凿无疑，
我与你战场上证实一番；
若此处有人想为你出头，
我也愿接受他替你交战。
如一人还不够，多人亦可，
谁来战，我都会遵守诺言。"

107

闻此话，鲁杰罗站起身来，
经查理允许后反驳其言：
无论谁指责他无耻背叛，
都必定是骗子，口吐谎言；
他始终对非洲国王忠诚，
指责者口中言十分荒诞；
自己可向众人郑重声明，
对国王已做出应有奉献。

108

他准备下校场维护荣誉，
不需要任何人提供支援；
向傲慢挑战者用剑证明：
一个人足令其应对困难。
里纳多、罗兰爷挺身而出，
侯爵与黑白儿[1]愤然立站，
杜多内、玛菲萨欲斗恶徒，
为捍卫鲁杰罗争相出战。

109

众人说鲁杰罗新婚燕尔，
不应该将婚礼毁于枪剑。
鲁杰罗回言道："你等免劳，
对于我此借口不值一谈。"
他披挂夺来的鞑靼人甲[2]，
斩断了所有的无谓拖延。
罗兰爷为他紧战靴马刺，
查理王为他挂腰中宝剑。

110

玛菲萨与爱妻布拉达曼，
为骑士披铠甲，带上盔冠。
阿托夫牵过来良种宝马，
杜多内为骑士坠镫备鞍。
里纳多、奥利维、纳莫公爵，
命四周围观者躲闪一边，

---

[1] 侯爵指奥利维，黑白儿指他的儿子格力风和阿奎兰。
[2] 指杀死鞑靼王子蛮力卡时所夺得的特洛伊勇士赫克特的盔甲。

将众人尽快都驱离校场：
广阔的围栏间用于交战。

111

少女与贵夫人面色苍白，
似鸽子受惊吓，浑身抖颤，
弃觅食之麦堆，躲入窝巢，
因呼啸怒吼风将其驱赶；
震耳雷、霹雳电、黑暗天空，
雨雹落，田野苗遭受摧残：
她们为鲁杰罗万分担忧，
都唯恐他不敌异教凶汉。

112

全体的平民与众多骑士，
都似乎还记得以往悲惨，
对巴黎灾难仍记忆犹新，
行凶者就是这异教粗汉；
他一人几乎毁整座城市，
铁与火之痕迹至今可见，
其残迹还将留许久时间：
法兰西从未被如此摧残。

113

阿蒙女比众人更加担忧，
并不是她认为来者彪悍，
力与智都胜过自己爱人，
鲁杰罗必败于他的枪剑；
也不因罗多蒙占有正义：
正义者常可以高歌凯旋；

而因为爱之情令其担忧。
对此战她怎能心中坦然？

114

噢，多希望自己来承担重担！
勇敢替鲁杰罗下场激战！
即便是战死在校场之上，
也强于为爱人把心吊悬。
若一人可承受多次死亡，
她宁可身赴死千遍万遍，
也不愿忍受这揪心之痛，
眼看着爱人冒生命危险。

115

但难以寻找到恰当理由，
令爱人鲁杰罗让她迎战。
也只好在一旁默默观看，
面紧张，心担忧，浑身抖颤。
鲁杰罗、异教徒驱动战马，
枪上靠，迎面冲，勇往直前。
冲撞时长枪杆如同脆冰，
断数节，似鸟儿飞向云天。

116

异教徒枪尖刺盾牌中部，
给对手未带来伤害半点：
火神为赫克特锻造此盾，
因而这坚固盾无法戳穿。
鲁杰罗亦刺中对手盾牌，
那盾牌内与外坚铁蒙面，

盾之骨虽约有一拃之厚，
仍然被戳一洞，内露枪尖。

117

长枪杆难承受猛烈冲击，
第一个回合便折成数段，
断枪杆与碎片如同羽毛，
轻飘飘飞上了高空云端；
枪若是用钻石制作而成，
便可以透铠甲刺入心田。
虽然枪已断裂，角斗继续，
两战马均后退，坐于地面。

118

二骑士勒缰绳猛刺马腹，
旋即令战马儿重新立站；
弃枪杆，从腰间拔出利刃，
又凶狠扑上去，狂刺猛砍：
忽而前，忽而后，左右腾挪，
敏捷的驭马者动作熟练，
均努力寻对方无防护处，
在铠甲薄弱点试图入剑。

119

那一日罗多蒙未披龙鳞[1]，
若该甲护胸腹，利剑难穿，
也没戴平时的护头铁盔，

---

[1] 指罗多蒙平时所披挂的龙鳞宝甲。因在窄桥上战败，布拉达曼夺其兵器，并将其
悬挂在伊萨贝和泽比诺的大墓之上。见第 35 歌 42—52 节。

更未佩宁录[1] 的锋利宝剑；
在小桥他败于多多涅女[2]，
所用的兵器被悬于墓前[3]，
从此后他无脸取回再用，
这故事我已经讲述在前。

120

他还有另一套上等铠甲，
其精致却不及龙鳞坚片。
但不管施加了何等魔法，
也不管用何等精铁锤炼，
二铠甲均难挡巴利萨达，
无论是这一件还是那件。
鲁杰罗左一剑，右边一剑，
罗多蒙甲多处被其戳穿。

121

异教徒见鲜血染红铠甲，
难躲避鲁杰罗锋利宝剑，
他多次被利刃无情击中，
那剑锋食其肉，鲜血飞溅；
激起了他心中疯狂愤怒，
似深冬暴风雨激荡海面；
便抛下手中盾，双手握剑，

---

[1]　《圣经》中说，宁录是"世上英雄之首"，"他在耶和华面前是个英勇的猎户"；
　　　据传说，他后来狂妄至极，悖逆上帝意愿，试图组织人建立通天的巴别塔，最终
　　　未能成功。见第 14 歌 118 节。
[2]　指布拉达曼，其父是多多涅公爵。见第 2 歌 68 节。
[3]　指泽比诺与伊萨贝之墓。见第 35 歌 52 节。

迎面向鲁杰罗盔冠猛砍。

122

就好像波河的两只船上，
跨装的大机器[1] 猛力砸夯，
人借助滑轮力拉起重物，
随后又坠落在尖头木桩；
异教徒用足力狠击骑士[2]，
其双手力沉重，无人可挡；
多亏了鲁杰罗盔有魔力，
否则便人与马一同命丧。

123

鲁杰罗头低垂，感觉晕眩，
腿与臂皆松弛，险些落鞍；
撒拉逊再一次凶狠猛击，
令对手无丝毫抬头时间；
随后又第三次劈下利剑：
利剑却难承受如此重砍，
折成了数段后飞上天空；
异教徒落得个赤手空拳。

124

罗多蒙并没有停止攻击，
朝晕厥勇骑士猛扑向前；
此时刻鲁杰罗失去知觉，
狠劈砍已令他头晕目眩。

---

[1] 指水上打桩机。
[2] 指鲁杰罗。

这一扑却惊醒鲁杰罗君，
恶徒又臂紧勒骑士喉管，
就好像用足力打个死结：
使骑士脱马鞍跌下地面。

125

一落地勇骑士立刻苏醒，
其愤怒已变成羞愧之感；
将视线转向了布拉达曼，
见爱妻美面容显露不安。
鲁杰罗落马背新娘一愣，
受惊吓差点没一命归天。
为雪耻鲁杰罗紧握宝剑，
朝着那异教徒威逼向前。

126

异教徒驱战马冲撞骑士，
鲁杰罗向后退巧妙躲闪，
马错过他左手抓住辔头，
用力拉，令马儿原地打转；
右手则挥利剑刺砍骑手，
或左肋，或腹部，或者胸前；
两处伤令对手最为痛苦，
一处在大腿上，一在肋间。

127

罗多蒙仍手握断剑之柄，
用柄后之圆头猛砸盔冠，
他要对鲁杰罗再次攻击，
试图令勇骑士陷于危险。

鲁杰罗理应当取得胜利，
用左手助右手紧抓敌腕，
猛用力，狠拉拽强悍恶徒，
把异教罗多蒙拖下马鞍。

128

力与巧令恶徒跌下马背，
凶汉与骑士处同一层面；
他二人均落马，徒步格斗，
握剑者占优势理所当然。
切莫使异教徒过于靠近，
要努力使对手远离身边：
决不能让如此巨大块头，
扑上来把自己压在下面。

129

罗多蒙肋与腿，全身各处，
负重伤，鲜血流，染红地面；
鲁杰罗希望他慢慢血尽，
如此便可赢得这场激战。
异教徒手中仍紧握剑柄，
用全力把断剑抛向对面，
鲁杰罗又一次受到重击，
骑士头从未曾如此晕眩。

130

那断剑击中了面甲、肩部，
鲁杰罗感觉到天旋地转，
晃悠悠，足不稳，脚步踉跄，
他几乎已难以直身立站。

异教徒欲向前亦难挪步，
因大腿受重伤不听使唤；
他本想快步行，力不从心，
膝一软，一条腿跪倒地面。

131
鲁杰罗不迟疑猛扑过去，
狠撞击异教徒胸部与脸；
因二人太靠近只能捶打，
重击打令恶徒手撑地面。
异教徒又勉强立起身来，
紧紧把鲁杰罗抱于臂间：
两勇士纠缠着摇晃推搡，
巧劲与残余力全都用完。

132
罗多蒙之蛮力几乎用尽，
因身体受重伤支撑已难。
灵巧的鲁杰罗武艺高超，
角斗中他将其尽力施展：
虽已觉占优势，仍不放松，
胸与臂及双脚一同参战，
专击打异教徒流血之处，
伤口上再撒盐痛苦不堪。

133
罗多蒙极恼火，胸燃怒焰，
紧抓住鲁杰罗脖颈、双肩，
忽而拉，忽而推，不断折腾，
或抓胸将骑士提离地面；

翻过来，转过去，纠缠骑士，
奋力要摔倒他，徒劳枉然。
鲁杰罗收紧身，斗智斗勇，
他始终占上风，屹立地面。

134

勇猛的鲁杰罗改变策略：
紧紧把罗多蒙抓于掌间，
将对手左侧的胸部锁住，
拼全力紧拽住，掌似铁钳；
用右腿斜绊住对手双膝，
猛较劲，异教徒脱离地面，
罗多蒙被高高举过头顶，
头朝下掼落在坚硬地面。

135

罗多蒙头与背狠摔在地，
其力度足以令大地抖颤，
伤口处流淌出温热血泉，
染红了校场地好大一片。
幸运的鲁杰罗扑上前去，
一手举匕首于对手眼前，
另一手掐喉咙，双膝压腹：
绝不让凶猛汉重新立站。

136

匈牙利、西班牙金矿之中，
全因为众人都过分贪婪，
时常见挖金者拼命掘进，
矿井塌，埋其身，处境危险；

气稀薄，被压者无法呼吸，
出口处[1] 有唯一透气洞眼：
撒拉逊被胜者用力压住，
亦好似葬井下，喘气极难。

137
鲁杰罗手举起出鞘匕首，
伸向了面甲处，令敌观看；
强迫他快表示已经屈服，
如此便可活命，重新立站。
但摩尔异教徒不惧死亡，
更不愿有丝毫懦弱表现，
他奋力扭动着并不说话，
却试图把骑士翻到下面。

138
似凶猛大丹犬压住小狗，
用利牙咬住了它的喉管，
那小狗极痛苦，挣扎无益，
眼喷火，嘴吐沫，徒劳枉然，
难逃脱捕食者尖牙利爪，
取胜者靠勇力，绝非怒焰；
异教徒欲挣脱鲁杰罗手，
其意图全落空，无法实现。

139
拼全力挣扎且扭动身躯，

---

[1]　指矿井的出口处。

终于使有力臂[1] 摆脱羁绊；

搏斗时乘势将匕首抽出，

他也把短利刃握于掌间；

试图伤鲁杰罗薄弱腰部，

年轻人[2] 发现了自己误判：

如若不尽快杀凶恶对手，

有可能自己被刺死阵前。

140

鲁杰罗高举起手中匕首，

猛刺向罗多蒙可怖额面，

匕首尖插入了两次三次，

再一刺，刃全入，方脱危险[3]。

异教徒灵魂弃冰冷躯体，

离开时还仍然骂声不断，

飞向了惨淡的阿刻戎河[4]；

人世间他曾经无比傲慢。

---

[1]　指右臂。

[2]　指鲁杰罗。

[3]　鲁杰罗彻底杀死罗多蒙，才真正脱离危险。

[4]　希腊语中，阿刻戎的意思是"愁苦之河"。传说它是冥界的一条河流。

人名与地名索引

　　此索引标示了核心人物的主要行为和出现的章节，对次要人物和地点只标示其名称和出现的章节；为便于区分，用罗马数字表示歌次，阿拉伯数字表示节次。

图书在版编目（CIP）数据

疯狂的罗兰 / （意）卢多维科·阿里奥斯托著；
王军译 . —杭州：浙江大学出版社，2017. 12
　　书名原文：Orlando Furioso
　　ISBN 978-7-308-17645-3

　　Ⅰ.①疯… Ⅱ.①卢… ②王… Ⅲ.①长篇小说—意
大利—中世纪 Ⅳ.①I546.43

中国版本图书馆CIP数据核字（2017）第274895号

疯狂的罗兰（全二册）

[意] 卢多维科·阿里奥斯托 著　　王军 译

责任编辑	王志毅	
装帧设计	毛　淳	
出版发行	浙江大学出版社	

（杭州天目山路148号 邮政编码310007）

（网址：http://www.zjupress.com）

制　作	北京大观世纪文化传媒有限公司
印　刷	北京市松源印刷有限公司
开　本	635mm×965mm　1/16
印　张	127
字　数	1830千
版 印 次	2017年12月第1版　2017年12月第1次印刷
书　号	ISBN 978-7-308-17645-3
定　价	298.00元

本书译自

Ludovico Ariosto, *Orlando Furioso*, 2 Volumi, Torino: Giulio Einaudi Editore, 1992